Gone with the Wind

飘

（上）

〔美〕玛格丽特·米切尔 著　林海彦 编译

内蒙古出版集团
远 方 出 版 社

图书在版编目（CIP）数据

飘 /（美）米切尔著；林海彦编译．—呼和浩特：远方出版社，2016. 1
（阅读深呼吸）
ISBN 978 - 7 - 5555 - 0579 - 2

Ⅰ. ①飘… Ⅱ. ①米… ②林… Ⅲ. ①长篇小说 - 美国 - 现代 Ⅳ. ①I712. 45

中国版本图书馆 CIP 数据核字（2016）第 000757 号

飘

作　　者	〔美〕玛格丽特・米切尔
编　　译	林海彦
责任编辑	于丽慧
封面设计	刘红刚
版式设计	北京旺博雅图文设计中心
出版发行	内蒙古出版集团　远方出版社
社　　址	呼和浩特市乌兰察布东路 666 号　邮编 010010
电　　话	(0471)2236471 总编室　2236460 发行部
经　　销	新华书店
印　　刷	北京振兴源印务有限公司
开　　本	710mm × 1000mm　1/16
字　　数	960 千
印　　张	53. 75
版　　次	2016 年 1 月第 1 版
印　　次	2016 年 7 月第 1 次印刷
印　　数	1—5000 册
标准书号	ISBN 978 - 7 - 5555 - 0579 - 2
定　　价	76. 00 元(全二册)

前 言

玛格丽特·米切尔穷尽心力地描绘了《飘》中古旧的南方气息，农奴时代的社会场景——她的一生只有这一部长篇巨著，但这部书已经足够她留名千古！

——《世界文学史》

斯佳丽是美国佐治亚州一位富足且颇有地位的种植园主的女儿，她的父亲杰拉尔德是爱尔兰移民。刚到佐治亚州时，杰拉尔德身无分文，靠赌博赢得了塔拉庄园，由此开始了自己的美国梦。杰拉尔德 43 岁时，与 15 岁的法国移民后裔艾伦结了婚。

杰拉尔德心地善良但脾气暴躁，而艾伦受过良好的家庭教育，她是塔拉庄园的管理者，也是斯佳丽的精神支柱。夫妇俩很受周边白人的尊敬。

1861 年 4 月，美国南北关系已是剑拔弩张。整个佐治亚州都在议论这场无法避免的战争。16 岁的斯佳丽对此毫无兴趣，她心里除了舞会、郊游之外，就是那群整天围着她打转的男孩，她是方圆百里的美人，也是男孩们的梦中情人。

在身边的这些男孩中，斯佳丽对阿希礼情有独钟，阿希礼的绅士风度与英俊外表令她十分迷恋，她爱他，但却看不懂他。得知阿希礼将与梅兰妮订婚后，一厢情愿的斯佳丽希望能说服阿希礼与自己私奔，去追求属于他们的幸福，结果遭到阿希礼的拒绝。他们的私密谈话被瑞特听见了，恼羞成怒的斯佳丽落荒而逃。

为了挽回颜面，证明自己的魅力，也为了向阿希礼示威，斯佳丽答应了查尔斯的求婚。战争打响了，匆匆成婚的查尔斯上了前线，最终死在战场上。

新寡的斯佳丽带着儿子韦德来到亚特兰大，与梅兰妮以及贝蒂帕特一起生活。寡妇的身份给斯佳丽带来了诸多不便，碍于别人的眼光，她不能跳舞，不能与士兵调情，甚至不能穿颜色鲜艳的衣服，不能佩戴珠宝首饰。

为了支援前线将士，亚特兰大举办了募捐舞会。在舞会上，瑞特以捐献150美元金币的代价，邀请斯佳丽一起领舞。斯佳丽顶着指责、艳羡的眼光，出尽了风头，从此与瑞特熟悉起来。

战事渐渐吃紧，斯佳丽一边担心在塔拉庄园的父母，一边思念着阿希礼。北方联军包围亚特兰大后，斯佳丽收到了父亲的来信，得知母亲和两个妹妹身患重病，她心急如焚，迫切想要回家去，但梅兰妮即将生产，为了不负阿希礼所托，斯佳丽只好留下来照顾梅兰妮。

在北方联军焚毁亚特兰大前夕，斯佳丽带着儿子、梅兰妮及新生的婴儿，在瑞特的帮助下赶往塔拉庄园。途中，瑞特向斯佳丽示爱，遭到了她的拒绝。眼看南方遭到重创，一直鄙视南方人的瑞特决定参军，斯佳丽只得独自带着梅兰妮返回塔拉庄园。

她们历经千辛万苦，终于回到了塔拉庄园，斯佳丽发现迎接自己的是一个破败的庄园，更令她无法承受的是，母亲艾伦去世了，父亲杰拉尔德因承受不了打击而变得痴呆，两个妹妹也卧病在床。无奈之下，斯佳丽成了塔拉庄园的支柱，她要养活一大家人，但是塔拉庄园已经被军队洗劫一空。坚强的斯佳丽发誓，要用尽一切办法让全家人活下去。

战争结束后，斯佳丽收留了一个叫威尔的年轻人，能干的威尔此后成了她的左膀右臂，帮她管理塔拉庄园。这使斯佳丽终于有时间去思念被俘虏的阿希礼。终于，在大家的期盼中，阿希礼回来了。经历过战争洗礼的阿希礼变了，而唯一懂他的人只有梅兰妮，这让斯佳丽感到很难堪。不过，她已经没有时间考虑这些了，她要保住塔拉庄园，就得缴纳重税。她希望得到阿希礼的帮助，但阿希礼的消沉和无奈使她备感失望。

绝望之中，斯佳丽想到了瑞特，但瑞特刚好因涉嫌侵吞南方邦联的大笔资产被判刑入狱，斯佳丽想赶在瑞特被行刑之前和他订婚或者结婚，以便继承他的大笔财产。但是，瑞特拒绝了她。为了保住塔拉庄园，斯佳丽抢走了妹妹苏伦的未婚夫弗兰克，当然还有他的商店。

这时，瑞特通过疏通各路关系重获自由，他借了一笔钱给斯佳丽，斯佳丽瞒着弗兰克，用这笔钱买下了一个倒闭的木材加工厂。很快，果敢、不轻易服输的斯佳丽迅速打开了局面，生意逐渐红火起来，这让弗兰克感到颜面尽失。

此时斯佳丽怀孕了。她想多赚一些钱，让即将出生的孩子生活得好一些，于是，她又买下了第二个木材厂。接着，她在亚特兰大买下了一幢破旧的房子，将家人、阿希礼、梅兰妮等人一同搬了过去。善良正直的梅兰妮很快在妇女界赢得了信任，成了一位极受尊重的人物。阿希礼则受斯佳丽之托管理着一个木材厂，但经营得很糟糕。

不久，斯佳丽遭黑人袭击，身为三K党成员的弗兰克和阿希礼为了替她报仇，与警方发生了冲突，弗兰克中枪而亡，斯佳丽再次穿上了黑色的衣裙。

不久后，斯佳丽与瑞特结了婚，并生下了一个漂亮的女儿邦尼。瑞特在邦尼身上几乎倾注了全部心血。

阿希礼生日那天下午，斯佳丽在木材厂与他谈得很投机，两人一起回忆往昔。对斯佳丽失望透顶的瑞特，带上邦尼离家出走了。这时，斯佳丽才发现自己爱着瑞特，同时，她发现自己又怀孕了，她非常想念瑞特，期盼他能早日回来与自己团聚。瑞特回家当天，斯佳丽把自己怀孕的消息告诉他，结果遭到瑞特的冷嘲热讽。伤心的斯佳丽不小心失足跌下楼梯，折断了肋骨，流产了，她与瑞特的关系也由此降到了冰点。之后，邦尼不幸从马上摔下来，摔断脖子去世了，瑞特痛苦自责、心灰意冷，对斯佳丽越发疏远了。

这时，梅兰妮不顾医生的劝告再次怀孕，身体迅速恶化。临终前，她拜托斯佳丽照顾阿希礼。斯佳丽这才意识到，一向瘦弱的梅妮才是她真正可以依靠的人，而她也直到现在才真正看清楚自己的内心，她并不爱阿希礼，她对阿希礼的那份特殊感情，只是因为他没有像别的男人那样捧着自己。她终于明白，多年以来，瑞特的爱就像一堵石壁那样支撑着她，然而她对待瑞特的爱，就像她对待梅兰妮的爱一样，颇有些不以为然。在她为谋生而斗争时，是梅兰妮一直陪伴在她的身旁，是瑞特一直默默地站在她的身后，爱着她，理解她，随时准备帮助她。但是，现在一切都太迟了，瑞特已经准备离开她。

斯佳丽备感迷茫，整个世界一片漆黑。她只能鼓励自己："还是留给明天去想吧……不管怎么说，明天又是新的一天……"

目录
CONTENTS

上 册

下　册

上　册

一九三七年，《飘》获得了普利策奖。三年后被改编成电影，片名为《乱世佳人》，也成为了美国电影史上的经典之作。

第一章

斯佳丽·奥哈拉并不漂亮，但是男人们一旦被她的魅力吸引住就很难意识到这一点，就像塔尔顿孪生兄弟一样。她脸上鲜明地融合了她母亲那沿海地区法国贵族后裔的优雅和她父亲那种皮肤红润的爱尔兰人的粗犷。那是一张十分迷人的脸，尖尖的下巴，方方的牙床。她的眼睛是纯粹的绿色，没有一点儿褐色，眼眶的黑睫毛在眼角处微微上翘。在眼睛上面，浓黑的眉毛向上延伸，在她木兰花一样洁白的皮肤上划出两条令人吃惊的斜线——那样的皮肤是南方妇女非常引以为傲并用帽子、面纱、手套加以特别保护的，以抵抗佐治亚州的灼热阳光。

1861 年 4 月一个明媚的下午，她和斯图兰特、布伦特坐在她父亲的塔拉庄园凉爽的走廊里，构成了一幅绝妙的图画。她穿着带花边的绿色新裙子，裙摆展开成波浪形，与她脚上所穿的绿色平跟鞋正好相配，那是她父亲最近从亚特兰大为她买来的。裙子紧紧箍住她十七英寸的小腰，这是方圆几个郡里最细的腰围。紧身的马甲衬托出她十六岁已发育成熟的胸脯。除了所有这些显示仪态万方的伸开的裙子、整齐地盘成一个髻的头发以及交叠在膝盖上的白皙安静的小手，她真正的自我很难被掩盖住。

绿色的眼睛在故作天真的脸上显得生动、野性、充满活力，与她端庄的仪态形成显明对比。她的礼貌是在母亲的教诲和嬷嬷严厉的管束下被迫形成的，而她的眼睛是自己的。

在她两边，这对孪生兄弟懒散地靠在椅子上，眯眼看着从明亮的高窗射进的阳光。当他们谈笑时，他们那穿着及膝长靴的肌肉结实的腿潇洒地互相交叉着。十九岁，六尺二寸的身高，长长的骨骼和结实的肌肉，被太阳晒黑的脸和深红色的头发，眼神温和而傲慢，身体被包裹在相同的蓝上衣和芥末色裤子里，这使他们看起来活像两株难分彼此的棉桃。

在室外，夕阳斜照着院落，给那在嫩绿的背景下开满簇簇白花的山茱萸树蒙上一层明亮的光辉。孪生兄弟的马在马车道上拴着，这两只庞大的动物和它们的主人一样有着红色的毛发。一群精瘦、不安的猎狗围绕着马腿吠叫，无论斯图兰特和布伦特走到哪儿，它们都跟着。不远处，躺着一条黑色花纹的随车狗，跟贵族似的，鼻子凑在前爪上，耐心地等待两个男孩回家吃晚饭。

在狗、马和这对兄弟俩之间有一种亲属似的关系，深于他们长久的伙伴交情。猎犬与马儿都很健康，无忧无虑，优雅得体，士气高涨。两个男孩也像他们骑的马一样精力充沛而且非常顽皮，但是，谁要是弄清这对孪生兄弟的脾气，就知道如何驾驭他们。

虽然诞生于舒适的种植园，生下来就被从头到脚服侍着，走廊里这三个人的脸既不懒散也不柔弱。他们有着终生在户外度过且很少用书本上枯燥的东西来伤脑筋的乡村人的强壮和机敏。佐治亚州北部克莱顿郡的生活还是新鲜的，根据奥古斯塔、萨凡纳和查尔斯顿的标准，是有点儿粗野。比较保守和传统的南方人很看不起佐治亚州人，但是在这儿，在佐治亚北部，缺乏良好的学校教育并不值得羞愧，一个男子只要在几件重要的事情上比较精通就足够了，像种植出优质棉花，骑术高明，射击准确，舞姿优美，陪伴女士殷勤潇洒，喝酒时仍能保持绅士风度，这些都是重要的事情。

孪生兄弟在上述各方面出类拔萃，就像他们对书本里的知识总是一窍不通一样。他们家比郡里其他人家有更多的钱，更多的马，更多的奴隶，但是兄弟俩的语法知识甚至比不上他们贫困的邻居们。

正是由于这个特殊原因，斯图兰特和布伦特才能在这个四月的下午闲坐在塔拉的走廊上。他们刚刚被佐治亚大学开除，这是两年来把他们踢出校门的第四所大学。他们的哥哥，汤姆和博伊德，也同他们一起回了家，因为他们拒绝待在一个不欢迎孪生兄弟的学校。斯图兰特和布伦特把他们最后的开除当作一个玩笑，而斯佳丽，自从一年前离开费耶特维尔女子学院以来再也不愿打开书看一眼。因此，也觉得这件事像他们被开除一样有趣。

“我知道你俩一点也不在乎被开除，汤姆也是一样，”她说，“而博伊德呢？他喜欢接受教育，都是你俩把他从弗吉尼亚大学，亚拉巴马大学和南卡罗来纳大学拉了出来，现在又是佐治亚大学。以这样的速度，他永远也不能完成学业。”

“哦，他可以在费耶特维尔帕马利法官的事务所修读完法学教程，”布伦特毫不在乎地回答，“何况，那并不重要。反正我们必须在学期结束之前回家。”

“为什么？”

“因为战争，傻瓜！战争马上就要爆发了，难道你认为我们有谁能在战乱中还待在大学读书？”

“你知道根本不会有什么战争。”斯佳丽生气地说，“那只是说说而已。阿希礼·威尔克斯和他父亲上星期才告诉爸爸说我们驻华盛顿的特派员就要与林肯先生就奴隶制问题达成——一项——一项——友好协议。而且，那些北方佬非常害怕跟我们打仗。根本不会有战争，我已经听厌了这些话。”

“根本不会有战争！”兄弟俩愤怒地叫嚷道，仿佛被人欺骗了似的。

“为什么，亲爱的，战争当然会爆发，”斯图兰特说，“北方佬也许害怕我们，但是自从前天博勒加德将军用大炮将他们轰出了萨姆特要塞以后，他们就必须迎战或者在全世界面前丢人现眼。说到南部邦联——”

斯佳丽撅着嘴，一副极不耐烦的表情。

“假若你再说一次‘战争’，我就回到屋里并且关上门。在我的生命里，我讨厌‘战争’这两个字眼胜过其他任何词，但‘脱离联盟’除外。爸爸从早到晚谈论战争，所有来拜访他的绅士也都在高声嚷嚷萨姆特要塞、州权以及亚伯拉罕·林肯，我简直厌烦得想要尖叫！而且那也是所有男孩子所热衷的话题：战争和军队！今年春天的任何宴会都不会有乐趣，因为男人除了战争说不出别的。我非常高兴佐治亚州直到圣诞节过后才独立，否则它将影响圣诞宴席。你们再说‘战争’，我就进屋去。”

她说这话是认真的，因为她从来不能长期忍受谈论一个她不擅长的话题。但是她说话时微笑着，故意加深她的酒窝儿，并忽闪着她的黑睫毛，像蝴蝶扇动翅膀一样。就像她所预料的那样，兄弟俩服了，他们立即为触怒她而道歉。他们并不因为她对战争缺乏兴趣而小瞧她。事实上，他们越发看重她，战争是男人的事，与女人无关，他们把她的态度当成是她富于女性气质的证据。

使他们抛开战争这个乏味的话题后，她兴致盎然地回到原来的题目上。

“对于你们再次被开除，你们的母亲有什么看法?”

兄弟俩回想起三个月前他们被迫从弗吉尼亚大学返回家时母亲的态度，就露出了难为情的神色。

“好了，”斯图兰特说，“她还没机会说什么呢。今天早上她起床前我们和汤姆就早早离开了家。我们到这儿来的时候，汤姆去了芳汀家。”

“难道昨天晚上你们回家时她什么也没说吗?”

“我们昨晚运气真好。我们到家时，妈妈上个月在肯塔基买的马刚刚运到，家里一片混乱。这个庞然大物——它是一匹高头大马，斯佳丽——你必须告诉你父亲立刻去看它——在到这儿来的路上它已经啃掉了马夫一块肉，而且还将妈妈派去琼斯博罗接火车的两个黑奴踩伤了。就在我们到家之前，它差点儿踢倒马厩，几乎把妈妈的老马草莓踢死。我们到家时，妈妈正在马厩里用一袋糖哄这匹马，居然把它驯得服服帖帖。黑奴们躲得远远的，睁大眼睛，都吓坏了，但是妈妈同那匹马谈着话好像它是家里人一样，它舔着妈妈的手掌。没有人会像妈妈那样会和马儿相处。当她看见我们时她说：‘上帝啊！你们四个还待在家里干什么？你们简直比埃及的瘟神更糟糕！’这时马开始喷鼻息蹬后腿，于是她说：‘出去！难道你们看不出宝贝马受惊了吗？我明天早上再收拾你们四个。’于是我们就上床睡觉了，今天早上我们在她抓住之前就逃走了，留下博伊德去对付她。”

“你们猜她会不会打博伊德一顿？”斯佳丽像那里的其他人一样，永远不习惯矮小的塔尔顿太太惩罚已成年的儿子的方式，如果情形允许，她甚至可以用马鞭抽他们的脊背。

贝特丽丝·塔尔顿是个忙碌的女人，她不仅拥有一个大棉花种植园，一百个黑奴，八个孩子，而且还拥有全州最大的养马场。她脾气火暴，动辄就因为这四个爱惹是生非的儿子而烦恼不堪。虽然不允许任何人抽打奴隶和马，但她认为时不时地鞭打儿子们并不会造成伤害。

“她当然不会打博伊德。她永远不会狠揍博伊德，因为他是老大，另外他个子矮小。”斯图兰特说，很为自己六尺二寸的身高骄傲。“这就是我们为什么把他留在家里向她解释的原因。上帝啊，妈妈真该停止打骂我们了！我们十九岁了，汤姆已经二十一了，她好像还把我们看作六岁的孩子。”

“明天你母亲会不会骑着新马去威尔克斯家参加野宴？”“她是这么想的，但爸爸说那匹马太危险。而且，女孩子们无论如何不会让她那么做的。她们说她们将让她以贵妇人的样子至少参加一次宴会，坐在马车上。”“我希望明天不会下雨。”斯佳丽说，“一个星期以来几乎每天都在下雨。最糟的事情莫过于将一次烤肉野宴改为室内聚餐。”

“哦，明天肯定天气晴朗，热得就像六月份一样，”斯图兰特说，“看看今天的夕阳，我从来没见过比它更红的。你们可以根据夕阳判断天气。”

他们的视野穿过杰拉尔德·奥哈拉家新翻耕过的一望无际的棉花田，投向火红的天际。这时，太阳像一团火似的在弗林特河对岸的山后翻腾下降，四月白昼的温暖渐渐被一阵清爽的凉意代替。

那年春天来得很早，几场温暖的春雨之后，骤然间，一簇簇粉红的桃花开满枝头，白色的山茱萸星星点点，散落在暗淡的河流和远方的群山中。春耕已接近尾声，夕阳血红的霞光把佐治亚州新开垦的红土渲染得更红了。湿润饥饿的土地，等待着棉花种子，一道道犁沟的沙土顶端泛起浅红色，沿着深沟两旁，阴影投射出猩红、橙红和茶褐三种色彩。刷成白色的农场砖屋好像位于红色海洋中的小岛，仿佛波涛起伏的海洋，在粉红的波峰裂为碎浪的那一瞬突然凝固。这儿没有长长的、直直的犁沟，就像在佐治亚州中部平原地带能够见到的黄色土地或在沿海地区种植园常见的肥沃黑土地那样。佐治亚州北部逶迤的丘陵地带被犁耕成无数条曲线，目的是为了防止富饶的泥土被冲入河床。

这是一片原始的红土地，雨后呈血红色，干旱时呈砖屑一样的颜色，是世界上最好的棉花产地。这是一片令人心旷神怡的土地，有白色的房子，平整的耕地和缓缓流动的黄色的河流，但这也是一片反差极大的土地，有明亮的阳光和幽暗的阴影。清理过的种植场和连绵的棉花田，对着温暖的太阳微笑，平和而满足。在田地四周生长着原始森林，这里即使在酷热的晌午仍然幽暗而阴凉，神秘得带点不祥之兆，沙沙作响的松林好像已耐心地等待了数百年，用温软的声音威胁道："当心！当心！我们曾经拥有你。我们可以再次将你夺回来。"

走廊上三个人的耳朵中传来马蹄声、鞍辔上的丁零声和黑奴刺耳的毫无顾忌的笑声。这说明在田里干活的人们和骡子返回了。从房子里传出了斯佳丽的母亲——艾伦·奥哈拉温柔的声音，她在呼唤挎着她的钥匙篮的黑人小姑娘。一个童稚的声音高声回答："是，太太。"脚步声从后面的过道走向厨房，艾伦将在那儿给干活归来的黑人分发食物。瓷器的撞击声和银器的叮当声是塔拉的膳食总管波克安置餐桌发出的。听到这些声音，兄弟俩意识到该回家了，但是他们害怕面对母亲，于是就赖在塔拉的走廊上，殷切期待斯佳丽会邀请他们共进晚餐。

"看吧，斯佳丽。到了明天，"布伦特说，"仅仅因为我们走开或者不知道烤肉宴这回事，我们没有理由不在明天晚上尽情狂舞。你还没有答应他们吧，对不对？

"是的，我答应了！我怎么能知道你们会在家？我当然不能为了等你们二位而冒险做壁花。"

"你做壁花！"兄弟俩放声大笑。

"亲爱的。你必须跟我跳第一曲华尔兹，跟斯图跳最后一曲，而且你必须和我们共进晚餐。我们将像上一次那样坐在楼梯平台上，让金西嬷嬷再给我们算一次命。"

"我不喜欢金西嬷嬷算命。你们知道她说我将会嫁给一个长着黑头发、黑长胡子的绅士，但是我不喜欢黑头发的男人。"

"你喜欢我们这样的红头发，对吗，亲爱的？"布伦特咧嘴笑道，"现在，先答应与我们共享所有的华尔兹和晚饭吧。"

"如果你答应了，我们将告诉你一个秘密。"斯图兰特道。

"什么秘密？"斯佳丽叫道，她对这句话像孩子一样反应敏锐。

"斯图，不是我们昨天在亚特兰大听到的吗？你知道，我们答应过不说出去的。"

"是的，是贝蒂小姐告诉我们的。"

"谁？"

"你知道，就是阿希礼·威尔克斯家住在亚特兰大的表亲，贝蒂帕特·哈密尔顿小姐——查尔斯·哈密尔顿和梅兰妮·哈密尔顿的姑妈。"

"是的，我认识她，她是我今生所遇到的最愚蠢的老妇人。"

"昨天我们在亚特兰大等待回家的火车时，她的马车刚好经过车站，她停下来和我们打招呼，她告诉我们，明天晚上在威尔克斯家的舞会上将宣布一个订婚的消息。"

"哦，我知道。"斯佳丽失望地说，"她那个愚蠢的侄子，查尔斯·哈密尔顿和霍妮·威尔克斯。几年来每个人都相信他们早晚会结婚，尽管他好像对此事并不热心。"

"你认为他傻吗？"布伦特问，"去年圣诞节，你的确让他围着你团团转。"

"他要纠缠我，我也没办法，"斯佳丽毫不在意地耸耸肩，"我认为他这人过于娘娘腔。"

"但是，将宣布的并不是他的订婚消息，"斯图兰特得意地说，"而是阿希礼和查尔斯的妹妹，梅兰妮小姐的！"

斯佳丽的脸还未变而嘴唇却变得苍白——就像一个人没有任何准备就受到一个沉痛打击，或者说，她像一个在受到震惊的最初几秒内，并不明白发生了什么的人。她盯着斯图兰特，脸上的表情凝固了，而他呢，不加分析，想当然地认为她是太吃惊，感到太有趣了才这样的。

"贝蒂小姐还说，她们本不打算在明年以前宣布这个决定，因为梅兰妮小姐身体一向不太好，但是，到处都在谈论战争，两家人都觉得最好尽快结婚。因此，它将于明天晚上晚餐休息时间被宣布。现在，斯佳丽，我们已经告诉了你这个秘密，所以你必须答应与我们共进晚餐。"

"当然，我会的。"斯佳丽机械地说。

"还有所有的华尔兹？"

"是的。"

"你真是太好了！我敢打赌，其他男孩子肯定会愤怒得发疯。"

“让他们发疯好了，”布伦特说，“我们俩可以对付他们。哦，斯佳丽，在明早的烤肉宴上跟我们坐在一起。”

“什么？”

斯图兰特重复了他的请求。

“当然。”

兄弟俩兴高采烈地看着对方，心里有一丝诧异。虽然他们自认为是斯佳丽的追求者中最受欢迎的，但在此之前，从来没有如此轻易地得到这样的恩宠。她总是搪塞他们，让他们哀求、申辩，既不说“行”也不说“不行”，他们生气时她就笑，他们发怒时她就变得冷漠。现在她实际上答应了他们明天的所有节目——在烤肉宴上坐在他们身边，所有的华尔兹（他们知道所有的舞曲都是华尔兹！）还有晚餐中间的休息时间。他们被大学开除真是太值得了。

心中充满了成功带来的喜悦，他们仍然逗留在那儿，谈论着烤肉宴、舞会、阿希礼·威尔克斯和梅兰妮·哈密尔顿，打断对方的话，开玩笑，互相嘲笑，明显暗示着等待被邀请留下来吃饭。又过了一会儿，他们意识到斯佳丽并没有开口的意思。气氛有点儿变化。兄弟俩并不明白，这个下午的欢快已经烟消云散了，斯佳丽好像并不在意他们说些什么，尽管她回答得很得体。感觉到一些他们难以理解的东西，觉得无趣，兄弟俩踌躇了一会儿，不情愿地站起来，看了看表。

夕阳在新耕地的对面下沉，河流对岸高高的树林抛下隐隐约约的暗影。燕子迅速地掠过院落，鸡鸭和火鸡或者扭来扭去，或者摇摇摆摆，或者昂首阔步从田里归来。

斯图兰特喊了一声：“吉姆斯！”很快，一个高大的黑人男孩气喘吁吁地从屋角里闪出来，跑向拴着的马匹。吉姆斯是他们的贴身奴隶，像那群狗一样，处处伴随着他们。他曾经是他们童年时的伙伴，在兄弟俩十岁生日时被赐给了他们。看到他，塔尔顿家的猎狗从红土地上跳起来，站好等待主人。兄弟俩点点头，同斯佳丽握手并告诉她，他们明晨将会早早到达威尔克斯家等着她。然后，他们迅即跑下小径，跨上马匹，吉姆斯跟在后边，沿着松树夹道飞奔而去，他们一边挥舞着帽子，一边回过头朝她喊叫。

当他们拐过一条尘土飞扬的小路，看不到塔拉时，布伦特在山茱萸丛下停住马。斯图兰特也停了下来，黑人男孩在他们后边保持一定的距离。马儿感到缰绳松了，就伸长脖子去啃柔软的春草，耐心的猎犬重新在软软的红土地上躺下，羡慕地看着燕子在暮色中盘旋。布伦特那坦率的宽脸上露出困惑不解的神色，还有一种微微的愤怒。

“嗨，”他说，“依你看，她有没有留我们吃晚饭的意思？”

“我原以为她会，”斯图兰特回答，“我等着她那样做，可她没有。你怎么看待这件事？”

“我什么也不知道。不过，照我的看法，她应该留我们吃饭。毕竟，这是我们回家的第一天，她已经很长时间没和我们见面了。我们有许多新鲜事要说给她听。”

“我觉得我们来时她好像很乐意看到我们。”

“我也这么认为。”

“大约半个小时前，她突然安静下来，好像她头痛似的。”

“我注意到了，但是当时并没在意。你猜是什么惹恼了她？”

“不知道。是不是我们说了什么冒犯她的话？”

他们想了一会儿。

“我想不出有什么冒犯的地方。另外，斯佳丽生气时，每个人都知道。她不会像别的女孩那样控制自己。”

“是的，这正是我喜欢她的地方。她生气时并不冷若冰霜或充满怨恨——而是说出来。但是刚才，是我们说的或做的某些事使她沉默不语并且脸色很难看。我敢保证初见我们时她很高兴，并且本来是打算邀请我们吃饭的。”

“你猜会不会是因为我们被开除的缘故？”

“嘿，当然不会！别傻了。我们告诉她被开除时，她像对待其他任何事情一样哈哈大笑。何况，斯佳丽并不比我们更加珍视从书本中学来的东西。”

布伦特在马鞍上转过身，喊那个黑人随从。

“吉姆斯！”

“什么事？”

“你听到我们刚才和斯佳丽小姐谈话的内容没有？”

“绝对没有，布伦特少爷。您想想我们黑人怎么能偷听白人谈话呢？”

“偷听，我的上帝！你们黑人什么事情都知道。你为什么要撒谎，我亲眼看见你躲在走廊拐角处，蹲在墙角的茉莉花丛里。那么，你有没有听到我们说了使斯佳丽小姐生气——或者伤她感情的话？”

既然已经被揭穿，吉姆斯便不再伪装出没有偷听谈话的样子，他的黑眉毛紧紧地皱起来。

“少爷，我没有听到您说了什么惹她生气的话。她见到你们时高兴得像小鸟一样，好像一直都思念你们。可是当谈到阿希礼先生和梅兰妮·哈密尔顿小姐的婚事时，她安静了下来，就像鸟儿看见头顶有老鹰一样。”

兄弟俩面面相觑，点点头，但是并不理解。

“吉姆斯是对的。但是我不明白为什么。”斯图兰特说道，“我的天！阿希礼对她来说并不重要，只是一个朋友而已。她并不喜欢他。她喜欢的是我们。”

布伦特点头表示同意。

“但是你有没有想过，”他说，“也许阿希礼还没有告诉她明天晚上将宣布订婚消息，她为阿希礼没有在告诉其他人之前先告诉她这个老朋友而生气。女孩子都很重视首先知道这些事情。”

“对，也许如此，但是他没有告诉她会在明天宣布，那又有什么呢？这可能是一个秘密，一个惊喜，男人有权对自己的婚事保持沉默，不是吗？如果不是梅兰妮小姐的姑妈透露了这个秘密，我们也不会知道。但是斯佳丽应该早就知道他会娶梅兰妮小姐。我们几年前就知道了。威尔克斯和哈密尔顿家族一直都在联姻。人人都知道他总有一天会娶她为妻，就如同霍妮·威尔克斯将嫁给梅兰妮小姐的哥哥查尔斯一样。”

“好了，我放弃了。但我为她不留我们吃饭而难过。我发誓我不想回家听妈妈谈论我们被开除的事。好像这事是第一次发生似的。”

“也许到现在博伊德已经使她平静下来了。你知道那个小家伙是多么油嘴滑舌。你也知道他通常都能使她平静。”

“是的，他可以，但那将花费博伊德的时间。他必须绕着圈子说话，直到妈妈困惑不解，然后妥协，叫他留些话为将来当律师用。但是他还没来得及切入正题。我敢跟你打赌妈妈还在为那匹马激动，她甚至不会意识到我们又回到家，直到今晚坐下来吃饭，见到博伊德时为止。晚餐结束之前，她会越想越气，七窍生烟。直到十点左右博伊德终于有机会告诉她，在督学以那样的方式对你我讲过话后，我们中的任何一个继续留在大学都是有失体面的。直到午夜时分他才能使她将愤怒的矛头转向督学，她会问博伊德为什么不一枪打死督学。不，午夜之前我们绝不能回家。”

兄弟俩忧郁地面面相觑。他们一点儿也不害怕野马、射击惹事及邻居的责难，而是只害怕他们红头发母亲不客气的数落以及她毫不犹豫就抽在他们屁股上的马鞭。

“这样吧，”布伦特说，“我们去威尔克斯家。阿希礼和姑娘们会很乐意留我们吃晚饭。”

斯图兰特看起来有点儿不自在。

"不，不能去那儿。他们正在为准备明天的烤肉宴而忙得一塌糊涂，而且——"

"哦，我忘了这一点，"布伦特连忙说。"对，我们不能去那儿。"

他们跨上马，默默地骑了一会儿，斯图兰特棕色的面颊上泛起一丝窘迫。在去年夏天以前，斯图兰特一直都在双方家庭及全郡人的同意下追求英迪亚·威尔克斯。全郡的人都觉得也许冷静而本分的英迪亚·威尔克斯会对他产生一些安静的影响。总之，这是他们热切盼望的。斯图兰特本来可能和她相配，而布伦特并不满意。布伦特也喜欢英迪亚，但他又认为她长相一般又过于温顺，他不可能爱上她，也不愿陪斯图兰特同去。这是兄弟俩第一次产生志趣分歧。布伦特感到气恼的是他弟弟居然看上一个在他眼中并不出色的女孩。

然后，去年夏天在琼斯博罗橡树林中的一个政治演讲会上，他们忽然发现了斯佳丽·奥哈拉。他们早就听说过她，童年时代，她曾是个惹人喜爱的伙伴，她会骑马，也会爬树，并且和他们做得一样出色。但是现在让他们惊讶的是，她已经长成一个妙龄女郎了，并且几乎是世界上最有魅力的姑娘。

他们第一次注意到她的绿眼睛那么灵活，她笑时酒窝儿那么深，她的手脚那么纤巧，而且她拥有一个小细腰。他们聪明的言谈使她发出串串笑声，他们为被她看成是非凡的一对兄弟这样的念头鼓舞着，越发使出浑身解数取悦她。

那天对这对兄弟而言是终生难忘的。此后每当他们说起这件事，总是奇怪为什么他们以前从没注意过斯佳丽。他们永远想不出正确的答案，那就是斯佳丽那天下午决心要引起他们的注意。她简直不能忍受任何男人爱上她之外的任何姑娘。看见英迪亚·威尔克斯和斯图兰特共同参加演讲会，她那好胜的本性就难以忍受。仅仅吸引住斯图兰特还不满意，还得拉上布伦特，这样就把兄弟俩全部吸引了过来。

现在他们都爱上了她，英迪亚·威尔克斯和来自洛夫乔伊的莱蒂·芒罗，布伦特曾经三心二意追求过的两位姑娘，都被抛到了脑后。兄弟俩从没想过如果斯佳丽看中了他们中的一个，另一个该怎么办。反正车到山前必有路。目前，他们非常满意又喜欢上了同一个姑娘，因为俩人之间没有嫉妒。这种情形引起了邻居们的兴趣，也激怒了他们的母亲，她从来就没喜欢过斯佳丽。

"如果那个鬼丫头选中了你们中的一个，那被选中的那个就该倒霉了，"她说，"也许她会接受你们两个，那么你们就得搬到犹他州去，如果摩门教徒会收留你们的话——对这点我很怀疑……我所担心的只是说不准哪一天你们俩会为了那个两面三刀的绿眼睛小妖精打起架来或互相嫉妒，你们会互相射击。不过，那也许不是一个坏主意。”

从演讲会以后，斯图兰特一看见英迪亚就觉得不舒服。不是因为英迪亚埋怨了他或者表情及姿态显示出她已明白他突然移情别恋了。她是那么温柔贤淑的女子。但是斯图兰特和她在一起感到负疚和不自在。他知道是他使英迪亚爱上了自己，他也知道她仍然爱着他，在内心深处，他觉得自己像个绅士。他依然喜欢她，尊敬她安静良好的修养、丰富的知识以及她所拥有的一切优秀品质。但是，令人气恼的是和斯佳丽灵活善变的魅力相比，她显得过于呆板、无趣和一成不变。和英迪亚一起你会知道自己的位置，而与斯佳丽一起，你会迷失自己，这足以使男人意乱情迷。

“那么，我们去凯德·卡尔佛特家吃晚饭。斯佳丽说凯瑟琳从查尔斯顿回来了。也许她会带来一些我们没听说过的关于萨姆特要塞的新闻。”

“别提凯瑟琳了。我敢以二比一的赌注和你打赌，她甚至不知道要塞就设在海港里，更不会知道在我们用大炮将他们轰走之前，那里全是北方佬。她知道的所有东西就是她参加过的舞会和她招来的花花公子。”

“不过，听她喋喋不休也挺有趣。况且我们必须找个地方待着直到妈妈上床睡觉。”

“好，就这样吧！我喜欢凯瑟琳，她很有趣，我也喜欢从她那儿得知卡罗·瑞特和查尔特顿其他人的消息。但是要让我和她那北方佬后妈同桌进餐，真是太糟糕了。”

“对她别那么尖刻，斯图兰特，她本意是好的。”

“我没有对她尖刻。我为她感到难过，而且我不喜欢我为之难过的人。她总是爱大惊小怪，努力想做好让你感觉像在家里，可她总是说错话或做错事情。她让我坐立不安！她认为南方人是野蛮人。她甚至对妈妈这么说。她害怕南方人。无论什么时候我们去她家，她看起来都像是害怕得要死。她使我联想起一只瘦得皮包骨头的母鸡，蹲在椅子上，眼睛又黑又亮充满恐惧，时刻准备朝弄出动静的人扑棱翅膀，咯咯叫。”

“好了，你不能责怪她。你曾射中了凯德的腿。”

“那是因为我喝醉了，否则我不会那样做的。”斯图兰特说道，“而且凯德从来也没产生过激烈情绪。还有凯瑟琳、瑞福德和卡尔佛特先生也都如此。只有她大吵大闹，还说我是个野蛮人，说正派人在未开化的南方人中间没有安全感。”

“好了，你不能责怪她。她是个北方佬，没有良好的修养，毕竟，你射中了她的继子。”

“算了吧！那不能成为侮辱我的借口！你是妈妈的亲生儿子，但是那次托尼·芳汀射中你的腿时她大做文章了吗？不，她只是派人请来芳汀医生替你包扎了一下，并且问医生是什么影响了托尼的射击成绩。她说她猜是醉酒使他枪法不准。还记得这些话使托尼气得发疯吗？”

两个男孩子放声大笑。

“妈妈真了不起！”布伦特饱含爱意地赞许道，“你总是可以靠她去做正确的事情而且不会让你在人前丢脸。”

“但是，今天晚上我们回家时，她很可能会在爸爸和女孩子们面前讲一些让我们尴尬的话，”斯图兰特怏怏不乐地说，“布伦特，我猜这意味着我们去不了欧洲了。你知道妈妈曾说过，假如我们再一次被大学开除，就休想去欧洲旅行。”

“嘿！我们不在乎，对吗？欧洲有什么可看的？我敢打赌那些外国佬不能向我们出示一件佐治亚州见不到的东西。我敢打赌他们的马没有这儿的马跑得快，姑娘也没有这儿的漂亮，而且我清楚地知道他们酿造不出任何一种酒可以和爸爸酿造的大麦威士忌相提并论。”

“阿希礼·威尔克斯说欧洲有许多许多美妙的景色和音乐。阿希礼喜欢欧洲。他经常谈论起那儿。”

“你知道威尔克斯家的人是怎样的。他们喜欢音乐、书本和风景。妈妈说那是因为他们的祖父来自弗吉尼亚。她说弗吉尼亚人对这些事情非常看重。”

“让他们去拥有吧。给我一匹好马骑，一些好酒喝，一个好女孩去谈恋爱，一个坏女孩去取笑玩乐就足够了，谁拥有欧洲都行……我们为什么要在乎失去了这次旅行的机会？试想一下，战争正在进行，我们却在欧洲？我们不能尽快回家。我宁可去打仗也不愿去欧洲。”

“我也是，无论哪一天……嗨，布伦特！我知道可以去哪儿吃晚饭了。我们骑马穿过沼泽地到埃伯·温德家，告诉他我们四个又回来了，正准备去操练。”

“好主意！”布伦特积极响应，“我们将听到关于军队的所有消息，而且还会知道，他们最终决定采用的制服的颜色。”

“如果是阿拉伯式的，我宁死也不会去参军。我觉得穿上那种像口袋一样的红袍子很娘娘腔，在我看来它们就像是女人们穿的红法兰绒衣服。”

“你们是不是打算去温德先生家？要是去的话，你们可能吃不上像样的晚餐。”吉姆斯说，“他们的厨子死了，还没买新的。他们叫了个干农活的黑人做饭，他们家的黑奴告诉我她是全州最差的厨子。”

“天哪！他们为什么不买个新的？”

“穷白佬怎么能买得起黑奴？他们家最多只能雇用四个黑奴。”

吉姆斯的声音中带着明显的轻蔑。他自己的社会地位是有保证的，因为塔尔顿家拥有一百个黑奴，像所有大种植园里的奴隶一样，他看不起奴隶极少的小农场主。

“你再说这样的话我就剥你的皮。”斯图兰特厉声喝道，“不许你把埃伯·温德叫作穷白佬。他确实贫穷，但他不是穷白佬；我绝不容许任何人攻击他，无论白人还是黑人，在这个郡里没有比他更好的人了，要不怎么营队选他做少尉呢?”

“这个我直到现在还没弄明白。”吉姆斯答道，丝毫不为主人的责骂所动，“依我看他们都是从富有的白人里挑选军官，而不是从穷白佬里。”

“他不是穷白佬！难道你的意思是拿他和像斯兰特瑞家那样的真穷白佬相比较吗？埃伯只是不富裕。他是个小农场主，不是大种植园主。如果男孩子们经过深思熟虑选他做上尉，那么任何黑人都没有资格去说他的坏话。营队知道它在干什么。”

骑兵队是三个月前组织起来的，就是佐治亚州脱离联邦的那一天。从那以后，新兵就在盼望打仗。军队至今还没有名字，虽然有许多建议。关于这个问题每个人都有自己的看法并且不愿轻易改变，就像每个人关于制服的颜色和式样都有自己的观点一样。“克林顿野猫”“霹雳火”“北佐治亚轻骑兵”“义勇兵”“内陆火枪连”（虽然军队将用手枪、马刀和刺刀武装起来，而不是火枪），“克林顿灰衣连”“暴力连”“草莽英雄团”等，都有自己的拥护者。在这个问题得到解决以前，每个人都将这个组织称作营队，虽然最后取了个响亮的名字，但直到现在，他们仍然是以“营队”这个简单而实用的名称相称。

军官们都是队员选出来的，因为除了少数几个参加过墨西哥战争和塞米诺尔战争的老兵以外，郡里没人有军事经验；另外，营队不会让一个老兵当领导，如果队员们既不喜欢他又不信任他的话。人人都喜欢塔尔顿家的四个男孩和芳汀家的三个，但遗憾的是，并没有选他们，因为塔尔顿家四兄弟特别容易喝醉酒，还喜欢玩耍，而芳汀家的三兄弟脾气既急躁又残暴。阿希礼·威尔克斯被选为上尉，因为他是全郡最好的骑手，且头脑冷静，可以依靠他来维持军纪。瑞福德·卡尔佛特被选为中尉，因为人人都喜欢他；埃伯·温德，一个小农场主，一个沼泽地捕兽者的儿子，被选为少尉。

埃伯是一个精明严肃的大力士，没有文化但善良，比其余的男孩子年龄大，在夫人们面前能保持良好的礼仪。营队里几乎没有势利现象。那么多人的父亲和祖父都是从小农场主发展为富裕的大种植园主。而且，埃伯是营队里最好的射击手，一个真正的神枪手，可以击中七十五码外的松鼠的眼睛。他还熟悉所有的野外生活，在雨中燃火、追踪动物以及找到水源。营队向真正有价值的人致敬，而且，因为他们喜欢他，所以才让他当少尉。他严肃地对待这个荣誉，一点儿也不自负，仿佛那本来就是他的义务。但是种植园里的夫人们和奴隶们不能忽视他生下来就不是绅士这个事实，尽管男人们并不在意。

起初，营队的征兵对象只限于农场主的儿子，每个人都自备马匹、武器、装备、制服及随身仆人。但是在年轻的克林顿郡，富裕的农场主没有几个，而且为了建立一个强有力的营队，有必要在小农场主、森林猎人、沼泽地里的行猎者及山地人的子弟中招收队员，在个别情况下，甚至可以招募穷苦的白人，只要他们的生活超过本阶级的平均水平。

后面提到的这些年轻人像他们的富人邻居一样渴望同北方佬打仗，如果战争来临的话，但是关于经费的棘手问题冒出来了。小农场主们几乎没有马。他们依靠骡子进行农场耕作，而且没有多余的，最多只有四头。这些骡子不能被分去送上战场，即使以前它们曾经为军队所接受，这是他们重点强调的。对穷苦的白人而言，如果拥有一匹骡子，他们就会觉得自己富起来了。住在森林中的人和沼泽地里的狩猎者既没有马也没有骡子。他们完全依赖土地上生产的东西和沼泽地上的狩猎物来生活，一般情况下，他们以易货方式进行商业活动，一年中很少见到五美元的现金，马和制服远远超出他们的财力范围。但是他们像富有的种植园主一样为自己的贫穷骄傲，他们不接受任何来自于富人邻居的带有施舍意味的东西。因此，为了挽救所有人的感情，为了使军队充满力量，斯佳丽的父亲，约翰·威尔克斯，巴克·芒罗，吉姆·塔尔顿，休·卡尔佛特，事实上郡里每一个大农场主，除安格斯·麦金登以外，都已经捐钱来装备营队的马匹和人员。这件事的做法是每个庄园主同意出钱装备自己的儿子和一定数量的其他人，但是做这项安排的规矩是这样的，不太富裕的成员可以收到马匹和制服，而没有伤到他们的自尊。

营队每周在琼斯博罗聚会两次，喝酒并为即将爆发的战争祈祷。马匹还没有征够，但是那些已得到马匹的人已经在庭院后面的田地里进行他们想象出来的所谓的骑兵演习，腾起滚滚尘土，大声喊叫得喉咙沙哑，挥舞着革命战争时期的剑，那是刚从起居室的墙上取下来的。那些还没有得到马匹的人坐在布拉德店铺前的马路沿上，看着他们骑上马的同志们，咀嚼着烟草，谈笑着，或者致力于射击比赛。不需要教这些人中的任何一个射击技巧。大多数南方人就是手握抢来到这个世界的，把生命消耗在射击上使他们都成了神枪手。

从种植园主们的家到沼泽地里的茅屋，各式各样的火器来到队员们手中。有长长的打松鼠的枪，当最初翻越阿尔根尼山脉时还是崭新的；有老式的前膛枪，打死过不止一个印度人，当佐治亚州刚诞生时；有马枪，在1812年的塞米奴战争和墨西哥战争中发挥了作用；还银柄决斗手枪、袖珍大口径短筒手枪，双筒猎枪，以及用上等木头做成的枪筒闪闪发光的崭新漂亮的英国步枪。

操练总是在琼斯博罗的酒吧里结束，夜幕降临时，那么多的战斗爆发了，官员们很难将处理伤员的问题置后，直到北方佬来惩罚他们。就是在其中一场这样的争吵中斯图兰特·塔尔顿击中了凯德·卡尔佛特，托尼·芳汀击中了布伦特。兄弟俩那时正好在家，新近被弗吉尼亚大学开除，正逢营队组建，他们热情高涨地加入了。但是枪击插曲发生后，也就是两个月前，他们的母亲便匆匆打发他们去了州立大学，命令他们待在那儿。离开的日子里他们十分怀念操练时的快乐时光，他们认为只要能够和同伴们一起骑马、嘶喊、射击，即使荒废学业也很值得。

“那么，我们抄近路穿过村子去埃伯家。”布伦特建议，“我们可以穿过奥哈拉先生的河床和芳汀家的牧场，很快就会到那儿。”

“我们除了负鼠和蔬菜，在那儿什么也吃不到。”吉姆斯争辩道。

“你什么也吃不上，”斯图兰特咧嘴笑道，“因为你要回家去告诉妈妈我们不在家吃晚饭了。”

“不，少爷！”吉姆斯尖声喊叫，“不，少爷！让贝特丽丝小姐为你们做过的事而揍我，那可不好玩。首先她会问我怎么会让你们又一次被开除；其次会问我为什么不把你们带回家让她揍你们；然后她就像鸭子扑向六月小虫那样扑向我。我知道她会将一切责备加到我头上。如果你们不带我去温德先生家，我将整夜躺在树林子里，有可能被巡逻队抓住，我宁愿被巡逻队抓住也不愿被正在闹脾气的贝特丽丝小姐抓住。”

兄弟俩恼怒而无奈地看着这个态度坚决的黑人男孩。

“他居然愚蠢到让巡逻队抓去，那将在接下来的几个礼拜为妈妈提供另一个话题。我敢说，黑人更让人烦恼。有时我想废奴主义者的看法是对的。”

“让吉姆斯去面对我们不想面对的事情也不太对。我们必须带上他。可是，嘿，你这个冒失的黑傻瓜，如果你在温德家的黑人面前摆架子，并且暗示我们一直吃烤鸡和火腿，而他们除了兔肉和负鼠别无其他，我将——我将告诉妈妈。而且我们将不让你跟我们一块儿去打仗。”

“摆架子？我对那些贫贱的黑人摆架子？不，我有良好的教养。难道贝特丽丝小姐没有教给我像你们一样的礼仪吗？”

“她的教育没有在我们三个身上成功，哪怕是一个。”斯图兰特说，“来，我们出发吧。”

他勒住大红马，然后用马刺刺了一下马肚子，轻松地跃过篱笆，进入杰拉尔德·奥哈拉种植园内的松软红土地。布伦特的马跟着，后面是吉姆斯的马，吉姆斯紧紧抓住马鞍和马鬃。吉姆斯不喜欢跳栏，但是他曾经跳过比这更高的栏杆以赶上他的主人。

当他们穿过梨沟，在越来越浓的暮色中沿着小山下到河底时，布伦特对他的兄弟喊道：

“喂，斯图！在你看来斯佳丽是不是愿意留我们吃饭？”

“我一直在想她是愿意的。”斯图兰特喊道，“你为什么会以为……”

第二章

兄弟俩留下斯佳丽一个人站在塔拉的走廊上，飞奔的马蹄发出的最后声音已经消失，她才像个梦游者似的走回她的椅子。她的脸感到僵硬，像是疼痛带来的，她的嘴事实上受到了伤害，因为刚才扯动它，不情愿地微笑，以避免兄弟俩看出她的秘密。她疲倦地坐下，一只脚蜷在大腿下面，她的心充满了悲伤，几乎超出胸膛的负荷。她的心痉挛着，她的手冰凉，一种遭遇灾难的感觉压迫着她。她的脸上显出疼痛和困惑的神情。她是一个被宠坏了的孩子，总是要什么有什么，而现在第一次与生命中的不幸联系在一起。

阿希礼将要娶梅兰妮·哈密尔顿！

哦，那不是真的！那兄弟俩弄错了。他们在和她开玩笑。阿希礼不会，绝不会爱上她。没有人会爱上像梅兰妮那样的小耗子模样。斯佳丽带着情绪回想梅兰妮那瘦小得像孩子似的身材，她那严肃的心形脸庞平淡无奇，几乎可以说是难看。阿希礼已经好几个月没见到她了。自从去年他在十二橡树举行的家庭宴会以来，他最多只去过两次亚特兰大，不，阿希礼不可能爱上梅兰妮，因为——哦，她不会弄错！——因为他爱她！她，斯佳丽才是他所爱的人——她知道的！

斯佳丽听见嬷嬷的沉重脚步声震动着餐厅的地板，她赶紧放下脚努力使脸上的表情平静些。绝不能让嬷嬷疑心有什么事情不对了。嬷嬷觉得她拥有奥哈拉家，从肉体到精神，他们的秘密就是她的秘密，哪怕是一点神秘的暗示就足以使她寻根究底地像警犬一样穷追不舍。斯佳丽凭经验得知，如果嬷嬷的好奇心不能立刻得到满足，她就会把这事告诉艾伦，然后斯佳丽就会被强迫向她母亲坦白每件事，否则就得想出一些似乎合理的谎言来。

嬷嬷从餐厅里出来了，一个体格高大的老妇人，眼睛又小又机灵，像大象似的。她的皮肤黑得发亮，她是纯粹的非洲人，她把自己的最后一滴血都献给了奥哈拉家族，是艾伦的左膀右臂，她是三个女儿的死穴，其他屋里仆人的噩梦。嬷嬷是黑人，但是她的行为准则和自尊心与她的主人一样，甚至高于她的主人。她曾在索朗热·罗彼拉德——艾伦·奥哈拉的母亲，一个优雅、冷漠、高鼻梁的法国妇人的卧室里接受教养。索朗热对她的孩子或仆人的越轨行为决不轻饶。她曾是艾伦的嬷嬷，艾伦结婚时随艾伦一起从萨凡纳来到内地。嬷嬷喜爱谁，就管教谁。因此由于她对斯佳丽的爱和自豪是那么巨大，因此，管教的过程是持续不断的。

“那兄弟俩走了吗？难道你没邀请他们留下吃晚饭，斯佳丽小姐？我已交代过渡克今天为他们加两个盘子。你的礼貌跑哪儿去了？”

“哦，我听厌了他们讨论战争，晚饭过程中我可不能忍受得了它。尤其是爸爸加入进来，大声谈论林肯先生。”

“你还是这样没礼貌，尽管我和艾伦小姐为你花费了大量心思，而且你还没戴披肩！夜晚的凉风会吹进去的！我跟你说过多少次了，不戴披肩站在晚风里会着凉的。进屋去，斯佳丽小姐。”

斯佳丽装作若无其事地转身离开嬷嬷。感谢上帝，她的脸由于嬷嬷全神贯注于披肩而没有被注意到。

“不，我想坐在这儿看夕阳。它是那么美丽。请你快为我取来披肩。嬷嬷，我将坐在这儿，直到爸爸回来。”

“你的声音听起来像是着凉了。”嬷嬷怀疑地说。

“不，我没有。”斯佳丽焦急地说，“你去拿我的披肩。”

嬷嬷摇摆着走进餐厅，斯佳丽听见她在楼梯口轻声唤楼上的女佣。

“喂，罗莎！扔给我斯佳丽小姐的披肩。”接着，声音更大，“没用的黑鬼！她从来都对任何人没有用处。只好我自己爬上楼梯去拿下来了。”

斯佳丽听见楼梯在呻吟，她轻轻站起来。嬷嬷返回来时，又会重复她那关于斯佳丽的礼仪举止的训诫了。斯佳丽觉得她不能忍受喋喋不休于这样一件小事，在她心都碎了的时候。她站在那儿犹豫着，思索可以藏到哪儿直到她胸口的疼痛稍微减弱一点儿，一个念头冒出来，带来一线微弱的希望。她父亲那天下午骑马去过十二橡树，就是威尔克斯家的种植园，去买狄西，他的贴身男仆波克的粗鄙妻子。狄西是十二橡树的女管家和接生婆，而且，自从半年前结婚以来，波克白天黑夜都缠着他的主人去买狄西，这样两个人就可以生活在同一个庄园里。那天下午，被缠得没法儿的杰拉尔德出发去谈狄西的身价。

肯定的，斯佳丽想，爸爸肯定知道这个可怕的消息是否真实。即使他今天下午没有确切地听到什么，也许他已注意到了什么，感觉到威尔克斯家里的某些动静。如果我能在晚饭之前单独见到他，也许我就会发现真相——那实际上不过是兄弟俩的一个恶意玩笑而已。

杰拉尔德该回来了，如果她想单独见他，只有在车道和大路相交的地方等候。她悄悄走下前面的台阶，小心地回头望以确信嬷嬷并没有在楼上的窗户里监视她。看到没有那张宽大的黑脸盘裹在雪白的头巾里，从飘浮的窗帘里不赞赏地盯着她，她胆大地拉起绿花裙子，沿着小路跑向马道，她那双穿着小小的镶锻边便鞋的脚载着她能跑多快就跑多快。

铺满碎石子的马道两旁，黝黑的雪松在头顶形成拱顶，把长长的林荫道变成幽暗的隧道。她一到达雪松粗糙歪扭的手臂下，知道已逃脱了屋子里的监视，便放慢脚步。她脸色苍白，因为她的束腰系得太紧不容许她跑得太远，但她走得尽可能快。很快到了马道尽头，来到大路上，但是她没有停，直到转过一个弯，一大丛树立在她和屋子之间。

她满脸通红，气喘吁吁，坐在一棵树桩上等她父亲。已经过了他通常回家的时间，但她很高兴他晚了。这延迟可以让她有空平缓呼吸，镇静脸色，那样就不会激起他的好奇心了。她时刻盼望能听见他马蹄的嘚嘚声，看见他以惯常的玩命速度冲过小山。但时间一分一秒过去了，杰拉尔德还没回来。她沿大路看去，心底的疼痛又一次弥漫开来。

“哦，那不是真的!”她想，“他为什么还不回来?”

她的眼睛看着风沙弥漫的大路，经过早上的雨，大路呈血红色。她的思绪已经顺着这条路走下山，走到缓缓流淌的弗林特河，穿过乱糟糟的泥泞的河床，到达第二座山，到达十二橡树，阿希礼就住在那儿。现在，所有的路意义只在于此——一条通向阿希礼，通向美丽的白柱房子的路，它像希腊神庙一样位于山顶上。

“哦，阿希礼！阿希礼！”她想，心跳也加快了。

塔尔顿兄弟告诉她的击倒过她的困惑和灾难的冰冷感觉已被抛到了后脑勺，取而代之的是已支配了她两年之久的热情。

现在看来是多么奇怪啊，在她成长的过程中，阿希礼从没有如此吸引过她。童年时，她看着他来来去去，从没产生过什么想法。但是自从两年前的那一天，阿希礼从欧洲经过三年的游学回到家，上门拜访之后，她就爱上了他。就那么简单。

那时她在前廊上，他骑马从长长的林荫道上走来，穿着灰色呢绒外套，一条宽宽的黑领带衬得他那花边衬衣更加得体。直到现在，她也能想起他衣服上的所有细节，他的靴子闪闪发亮，那顶宽边巴拿马帽。他看到她，就将它摘下来拿在手中。他跳下马，把缰绳扔给一个黑孩子，站在那儿看她。他那大大的灰色眼睛带着笑意，太阳那么明亮地照在他的金发上，使它看起来像是一顶银光闪闪的帽子。他说：“你已经长大了，斯佳丽。”然后，轻轻地迈上楼梯，吻了吻她的手。他的声音！她永远都会记得当听到他声音时她的心跳，她像是第一次听到似的，觉得悠扬、洪亮、悦耳。

她想得到他，在那一个瞬间，想得到他就像她想得到食物吃，得到马骑，得到一张柔软的床睡觉一样简单和毫无理由。

两年来他随她走遍了全郡，舞会、炸鱼宴、野餐和去法院旁听审案，从没有像塔尔顿兄弟或肯德·卡尔佛特那样频繁，也从没有像更年轻的芳汀家的男孩子们那样纠缠不休，但是，也从来没有连续一个星期不来塔拉拜访。

确实，他从没有向她表达爱意，他那清澈的灰眼睛里也从来没有斯佳丽在其他男孩眼里司空见惯了的热烈光芒。然而——然而——她知道他爱她。她不会弄错的。比理由更有说服力的直觉和从经验中得来的知识都告诉她他爱她。那么多次她都为他吃惊，当他的眼睛既不朦胧也不遥远，当他带着让她困惑不解的渴望和忧伤望着她时。她知道他爱她。为什么他不告诉她？她不理解。但是关于他，有许多许多事情她都不理解。

他总是彬彬有礼，但冷漠、遥远。没有人知道他在想什么，斯佳丽更不知道。在一个人人都想到什么就说什么的地区，阿希礼的内敛品质是令人恼火的。他像其他任何年轻人一样精通郡里的日常娱乐，打猎、赌博、跳舞和讨论政治，而且是全郡最好的骑手；但是他区别于别人之处在于这些令人愉快的活动并不是他生活的目的和终点。他孤独地伫立于自己的兴趣——对书籍、音乐和写诗的爱好中。

哦，为什么他那么英俊，那么彬彬有礼而冷漠，那么孜孜不倦地谈论欧洲、书本、音乐、诗歌和她丝毫不感兴趣的其他事情——但仍然使她渴望听到？一夜又一夜，她在朦胧的夜色中与他在前廊共坐以后，躺在床上毫无睡意地辗转好几个小时，只有以下次看到她，他一定会求婚的念头安慰自己。但是下一次来到了又过去了。没有任何结果——自己内心的热情更加高涨和炽烈。

她爱他，想得到他，又不理解他。她像吹过塔拉庄园的风和流过塔拉庄园的河一样直率和单纯，即使到了生命的尽头她也不能理解复杂。现在，是她生命中的第一次，她面对一件复杂的事情。

由于阿希礼生于一个传统家庭，他们用空闲的时间来思考而不是行动，来编织内心中明亮缤纷的梦境，与现实丝毫无关。他溜进一个内心世界，那儿比佐治亚州更美丽，不愿回到现实中来。他看待人们，既不喜欢也不厌恶。他看待生活，既不振奋也不忧伤。他接受宇宙和他在宇宙中的位置，认为它们本该如此，耸耸肩回到他的音乐、书籍和他那更加美好的世界中去。

为什么他会使斯佳丽着迷，既然他的思想是她丝毫不能理解的，是陌生的。他的神秘激起了她的好奇心，她的好奇心就像一扇没有锁和钥匙的门。那些她不能理解的关于他的事情只会使她更爱他，他那独特、克制的求爱方式增强她的决心去把他据为己有。总有一天他会求婚的，对此她从来没有怀疑过，因为她太年轻太受宠，还不知道失败的滋味。可现在，晴天霹雳一样传来这样可怕的消息。阿希礼将要娶梅兰妮！这绝不可能是真的！

就在上个星期，当他们黄昏从费尔希尔骑马回家时，他还说："斯佳丽，我有一件非常重要的事想告诉你，但是我简直不知道该怎么说。"

她曾娴静地垂下眼睑，她的心脏因巨大的快乐而剧烈跳动，心想快乐的时刻来临了。接着他说："不，现在不能说！我们快到家了，没时间说。哦，斯佳丽，我是多么怯懦！"然后用马刺刺了一下马，疾驰上山送她到塔拉。

斯佳丽坐在树桩上，想起那些曾经让她那么快乐的话，突然间，它们呈现出另一种含义，一个可怕的含义。试想他想告诉她的是关于他订婚的消息！

哦，只要爸爸回来就好了！她一刻也不能再忍受这焦虑了。她又一次焦急地看看大路尽头，又一次失望了。

太阳已落下地平线，天际的红霞已消退成了粉红色。头顶的天空也慢慢从蓝色转变成浅浅的知更鸟蛋般的蓝绿色，乡间神秘寂静的暮色悄悄来到她身边，模糊的朦胧笼罩着乡野。红红的犁沟和开裂的红色大路失去了它们那神奇的红色，变成了平平的褐色土地。路那边的牧场上，马儿、骡子和奶牛头伸出篱笆安静地站在那儿，等着被赶到马厩用晚餐。它们不喜欢牧场溪畔树丛的黑暗阴影，它们向斯佳丽抖动着耳朵，仿佛感激有人类相伴。

在这奇异的朦胧中，河边沼泽里的高大松树，在阳光下呈现出那么温暖的绿色，此刻在柔和的天空的映衬下却呈黑色，像一排无法穿越的黑巨人把慢慢流动的黄浊的水流掩藏在脚下。河对岸的山上，威尔克斯家高大的白色烟囱渐渐隐进了围绕着屋子的厚重的橡树的阴影中，只有远处星星点点的晚饭灯光才表明那儿有一座房子。春天温暖潮湿的芬芳包围着她，空气中有新耕土地的潮湿气息，以及所有新鲜绿色植物散发的气息。

落日、春天，新生的绿物对斯佳丽来说并不是奇迹。她接受了大自然的美丽就像呼吸空气和喝水一样毫不在意，因为她从没有在什么东西上看到美丽。除了女人的脸、马、丝绸服装和诸如此类可触摸的东西。然而笼罩着塔拉的宁静暮色为她烦恼的思绪带来一抹平静。她那么爱这片土地，甚至用不着让自己刻意知道，就像她爱祈祷时灯光下妈妈的脸一样。

安静而尘土飞扬的大道上仍没有杰拉尔德的影子。如果她再等下去，嬷嬷肯定会来找她并把她赶回屋去，但是当她向逐渐黑下来的路上抬眼望去时，她听见牧场山脚传来马蹄的嘚嘚声，看见马匹和牛群受到惊吓四散乱窜。杰拉尔德·奥哈拉以最快的速度穿过村子回来了。

他骑着一匹飞奔着的粗腰长腿猎马身上出现在山顶上，从远处看，就像一个孩子骑在一匹巨大的马上。他长长的白发在身后飘飞，他扬起鞭子，大声喊叫着催马前进。

内心虽然充满了焦虑，她仍然带着挚爱的骄傲望着他，因为杰拉尔德是个出色的骑手。

“我明白他为什么总是喜欢在喝过酒后跨越篱笆。”她想，“从去年他在这儿摔了一跤，摔坏了膝盖以后。你以为他会汲取教训，尤其是当他向妈妈发誓说他再也不跳篱笆了。”

斯佳丽不害怕她父亲，而且觉得他比她的妹妹们更像她的同龄人。他把跳篱笆这事瞒着他妻子让他感到一种孩子似的骄傲和带有负疚感的快乐，就像她以机智胜过嬷嬷后所获得的欢愉一样。

她站起来看着他。

那匹大马到了篱笆前，积聚力量，像小鸟一样毫不费力地飞越过去，杰拉尔德没有看见他的女儿站在树影里，他在大路上勒住缰绳，带着赞许拍拍马脖子。

“全郡乃至全州都没有哪个能比得上你。”他骄傲地对马说道，他的话仍带有浓重的米思郡土音，尽管已在美国待了三十九年。接着他匆匆地梳理头发，拉平弄皱的衬衫和已滑到耳朵后面的领带。斯佳丽知道这些匆忙的打扮都是为了以一个绅士的模样面对妻子，似乎刚从邻居家里庄重地骑马归来。她也知道他正好为她提供了一个机会使她得以开口说话而又不至于暴露真实目的。

她大声笑起来，像她预期的那样，杰拉尔德被这声音吓了一跳。然后他认出了她，一种夹杂着局促不安和表示不服从的表情浮上他红润的脸庞。他困难地从马上下来，因为他的膝盖僵硬，把缰绳缠在手臂上，蹒跚着向她走来。

“嗨，小姑娘。”他说，捏了捏她的脸蛋，“好啊，你在监视我，像上星期你的妹妹苏伦一样你会向你妈妈告我的状，对不对?”

在他沙哑低沉的声音里既有愤怒也有哄骗的调子，斯佳丽一边调皮地用舌头敲打着牙齿，一边伸手把他的领带拉整齐。他喷到她脸上的呼吸带有浓烈的威士忌味，还夹杂着微微的薄荷香味。伴随着他的还有嚼烟草的气味，光滑的皮革味和马的气味——一种她总是将之与父亲联系在一起的混合气味，而且本能地喜欢在别的男人身上闻到。

“不，爸爸，我可不像苏伦那样爱嚼舌头。”她让他放下心来，站开一点，带着有见识的神色端详他重新整理过的服装。

杰拉尔德是个矮小的男人，稍高于五英尺，但腰身很重，脖子很粗，他坐着时，他的外表会让陌生人误认为他很高大。他那结实的身躯由短而强健的下肢支撑着，总是穿着最好的皮靴。大多数矮个子如果严肃起来都比较可笑，但院落里的矮脚鸡是受到尊敬的，杰拉尔德的情况也如此，没有人会冒失地认为杰拉尔德·奥哈拉是个可笑的小人物。

他六十岁了，他那卷曲的头发呈银白色，但他精明的脸上没有皱纹，他那小小的蓝眼睛很年轻，带着少年无忧无虑的神气，他从来不用抽象的问题来纠缠自己的大脑，除非是在一次扑克游戏中思考该出多少牌。他的脸是典型的爱尔兰人的脸，在他很久之前就离开的故乡到处可见这种脸盘——圆圆的，红红的，塌鼻子，宽嘴巴。

在杰拉尔德·奥哈拉易怒的外表下有一颗善良的心。他不忍目睹奴隶在责备下撅着嘴，不忍听见小猫叫，或孩子的哭声，但他又讨厌别人看出他这个弱点。每个遇见他的人五分钟之内就会发现他心地善良，对这一点，他却不知道，而且如果他发现了，他的虚荣心肯定会极大地受伤，因为他乐于认为只要他用大嗓门发号命令，每个人都会颤抖着服从，但是这种情形在他身上从没发生过。庄园里只有一个声音得到服从——他妻子艾伦温柔的声音。这是个他永远不会晓得的秘密，因为每个人，从艾伦到田里的劳动者都心照不宣，善意地缄默，使他相信他的话就是法律。

斯佳丽比其他任何人都少受他的脾气和咆哮的影响。她是他最大的孩子，而且，现在杰拉尔德知道，除了那三个躺在家族墓地里的儿子之后他不会再有儿子了，所以他已慢慢习惯于以男人对男人的方式对待她，这令她十分高兴。她比妹妹们更像父亲，因为卡琳，教名卡洛琳·艾琳，性格孤僻爱幻想；而苏伦，教名苏姗·艾丽诺，为她的优雅和大家闺秀的举止而自命不凡。

并且，斯佳丽和她父亲之间形成了一个相互隐瞒的协议。如果杰拉尔德抓住她不走半英里以外的大门而是翻越篱笆，或者和一个男孩在前面的台阶上坐到很晚，他就单独严厉而恳切地批评她，但并不向艾伦或嬷嬷提这事。同样，如果斯佳丽发现他违反对妻子的誓言跳篱笆，或者得知他打扑克输钱的准确数目，她也不会告发他。她经常能从郡里人的闲聊中得知。她并不像苏伦那样诡计多端又天真烂漫地在晚饭桌上提起。斯佳丽和她父亲相互庄严地使对方确信，这些事传到艾伦的耳朵里只会伤害她，没有什么事能促使他们去伤害她的和善。

斯佳丽在朦胧的光线里看着父亲，不知道为什么，她发现在他面前很舒服。他身上有一些充满生气、朴实和粗俗的东西正投合了她的爱好，作为一个不善于分析的人，她不能意识到这是因为在某种程度上，她也具备相同的品质，虽然艾伦和嬷嬷为了消除它们而努力了十六年。

“您现在看起来很像样了。”她说，“我觉得没有人会怀疑您耍了什么花招，除非您自己瞎吹。但是在我看来，自从去年您摔坏膝盖以后，再跳同样的篱笆——”

“好了，如果我让自己的女儿告诉我该跳什么和不该跳什么，那真是见鬼了。”他喊道，又捏了捏她的脸蛋，“那是我自己的脖子，就是这样。另外，小姑娘，你不戴披肩坐在这儿干什么？”

看到他又在用熟悉的方法以逃脱不愉快的谈话，她就伸出手臂挽住他说：“我在等您。我不知道您会这么晚。我只是想知道您是否已买下了迪西。”

“当然我买下了，可价格惊人。买她和她的小女儿，普里西。约翰·威尔克斯差点儿把她们白送给我，但是我永远不想让人说杰拉尔德·奥哈拉在交易中利用友谊。我让他为这两个人收下三千块。”

“看在上帝的分上，爸爸，三千块！而且您根本不需要买普里西。”

“已经到了我自己的女儿坐下来评判我的时候了吗？”杰拉尔德大声反问。“普里西是个可爱的小东西，因此——”

“我知道她。她是个既淘气又愚蠢的小畜生。”斯佳丽沉着地反驳，丝毫不在乎他的叫嚷。“您买她的唯一理由就是迪西求您这样做。”

杰拉尔德看起来有点儿垂头丧气和尴尬，做完一件善事被发现后他总是这样。斯佳丽看到揭穿了他就放声大笑。

“是又怎么样？如果迪西为那孩子郁郁不乐买回来又有什么用？好了，我再也不会让黑人在这儿结婚生子。代价太高了。那么，走吧，孩子，我们进去吃晚饭。”

这时，暮色更浓了，天际的最后一抹浅绿色已经消失，微微的凉意代替了春天的温暖。但是斯佳丽徘徊着不知该如何提起阿希礼的话题而不至于使杰拉尔德怀疑她的动机。这很困难，因为斯佳丽体内没有一根精明的骨头；而且杰拉尔德那么喜欢她，从来都能识破她那拙劣的诡计，就像她识破他的一样。而且他这么做几乎不用费什么劲儿。

“十二橡树的人都还好吗？”

“与往常一样。肯德·卡尔佛特在那儿，我处理完迪西的事后，我们都坐在走廊上，还喝了一些棕榈酒。肯德刚从亚特兰大来，那儿全乱套了，他们都在谈论战争和——”

斯佳丽叹了口气。杰拉尔德一旦开始谈论战争和独立，不讲上几个小时绝不会罢休。她赶快用另一个话题来打断他。

“他们有没有说起过明天的烤肉野餐？”

“现在我想起来了，他们说过，那个小姐——她的名字是什么——那个去年来过这里的可爱的小东西，你认识的，阿希礼的表妹——哦，是的，梅兰妮·哈密尔顿小姐，这是她的名字——她和她的哥哥查尔斯从亚特兰大来了，而且——”

“哦，她真的来了？”

“是的，一个温和安静的姑娘，从来不主动开口说话，好孩子应该这样的。快点，女儿，别磨蹭，你妈妈一定在到处找我们呢。”

听到这个消息斯佳丽的心一沉，她曾一再希望有什么事使梅兰妮·哈密尔顿留在亚特兰大，她属于那儿，连自己的父亲都称赞她那安静温柔的品质了，与自己的性格完全不同，这个念头强迫她说出真话。

“阿希礼也在那儿吗？”

“是的。”杰拉尔德松开女儿的手臂，转过身来，用锐利的目光盯着她的脸。“这就是你跑出来坐在这儿等我的原因吧，你为什么不直接说出来而绕那么大一个圈子呢？”

斯佳丽不知道该说什么才好，她感到自己的脸因恼怒而发红了。

“那么，说下去。”

她仍然没说什么，希望能摇摇父亲，告诉他闭上嘴巴。

“他在那儿，还特别关切地问起你，像他的妹妹们一样，他们说希望不会有什么事耽误你参加明天的烤肉野餐。我打包票什么事也耽搁不了。”他精明地说。“现在，女儿，你和阿希礼之间都发生了什么？”

“没什么。”她简短地答道，用力拖他的胳膊，“我们进屋去，爸爸。”

“现在是你想进屋了，”他看着她，“但是我想站在这儿直到我能理解你。现在我想起来了，最近你看起来有点儿不对劲儿。他曾玩弄过你吗？他向你求过婚吗？”“没有。”她简短地回答。

“永远也不会的。”杰拉尔德说。

斯佳丽被激怒了，但杰拉尔德挥手让她安静。

“闭紧嘴巴，小姐！今天下午约翰·威尔克斯悄悄告诉我阿希礼就要娶梅兰妮小姐了，希望我保守秘密。他明天就宣布这个消息。”

斯佳丽的手从他的臂上滑了下来。那么是真的了！

疼痛猛刺她的心，就像野兽的尖牙一样残酷。在这期间，她感到父亲的眼睛盯着她，有一点儿遗憾，还有一点儿恼怒，因为他正面对一个自己也不知道答案的问题。他爱斯佳丽，但是她那孩子似的问题强迫他来解决让他很不自在。艾伦知道一切答案。斯佳丽应该将她的烦恼说给她听。

“难道你不是在让自己丢人现眼——让全家丢脸吗？”他喊道，声调像往常那样因激动而升高，“你是不是在追求一个并不爱你的男人，而全郡的小伙子你可以任意挑选？”

生气和受伤害的自尊消除了一些疼痛。

“我没有追求他。只是——只是这个消息让我吃惊。”

“你在撒谎！”杰拉尔德说，然后盯着她那张痛苦的脸，又和蔼地加了几句，“对不起，女儿。但是毕竟，你只是个孩子，还有许多别的男孩子可供你选择。”

“妈妈嫁给您时只有十五岁，我已经十六了。”斯佳丽哽咽着说。

“你妈妈不一样，”杰拉尔德说，“她从不会像你这样轻浮。现在，女儿，振作起来，我下星期将带你去查尔斯顿看望你尤拉莉姨妈，那儿成天都在嚷嚷着萨姆特要塞的战事，在一星期之内你就会忘记阿希礼。”

“他认为我是个孩子。”斯佳丽想，又恼又气，说不出话来，“他认为只要对我摇晃一个新玩具我就会忘记身上撞出的肿块。”

“行了，别跟我唱反调了，”杰拉尔德警告，“如果你有头脑的话，可能早就嫁给了斯图兰特·塔尔顿或布伦特·塔尔顿。好好考虑一下，女儿。嫁给双胞胎中的一个，我会拿种植园给你做嫁妆，吉姆·塔尔顿和我将为你建一座好房子，就在两家交界的地方，在那片大松林里——”

“您能不能别再把我当小孩子看！”斯佳丽喊道。“我不想去查尔斯顿，不想要房子，不想嫁给双胞胎。我只想——”她想掐住话头，但已来不及了。

杰拉尔德的声音突然低下来，他慢慢地说就像是从一个很少使用的词库里挑词似的。

“你只想得到阿希礼，但是你得不到他的。如果他想要你，我答应时心里仍会感到焦虑，尽管我和约翰·威尔克斯交情很好。”他看看她痛苦的面孔，继续道，“我想让我的女儿快乐，但你跟他在一起不会快乐。”

“不，我会快乐的！我会的！”

“你不会，女儿。只有性格相同的人结婚才会有幸福。”

斯佳丽突然有一股叛逆的欲望想喊出来：“可是您很快乐，您和妈妈并不一样。”但她忍住了，害怕他会为她的无礼而抽她的耳光。

“我们家的人不同于威尔克斯家族的人，”他继续一字一顿地说，“威尔克斯家族不同于任何一家我们的邻居——不同于我所认识的任何家庭。他们很古怪，所以他们最好是表亲联姻，让他们的古怪保留在自己人中。”

“为什么，爸爸，阿希礼不是——”

“闭上嘴巴，小姑娘！我并不是说他的坏话，我很喜欢他。我说的古怪并不是癫狂的意思。他们的古怪不像卡尔佛特家的人那样为了一匹马而赌上所有的家当，不像塔尔顿家那样每一代里总会出现一两个酒鬼，也不像芳汀家的人那样都是头脑发热的小畜生，自以为受到轻视就动手杀人。那种古怪很容易理解，真的，若不是上帝保佑，杰拉尔德·奥哈拉也会有这些缺点！我并不是说阿希礼娶了你之后会和另一个女人私奔，或者打你。如果他那样做了，你倒会快乐一些，因为至少你能理解。他的古怪表现在其他方式上，根本就不能理解。我喜欢他，但是他说的大部分话我都摸不着头脑。现在，小姑娘，告诉我真相，你理解他对书籍、音乐、诗歌、油画和诸如此类愚蠢东西的唠叨吗？”

“哦，爸爸，”斯佳丽不耐烦地叫道，“如果我要嫁给他，我会改变这一切。”

“是的，你会，但你现在会吗？”杰拉尔德恼火地说，狠狠地瞪了她一眼。

“你几乎对天下所有的男人都一无所知，更不用说阿希礼了。没有一个妻子曾改变过丈夫一丝一毫，你最好记住这一点。想要改变威尔克斯家族的人——没门，女儿！他们整个家族都是那个样子，历来如此，并且将永远如此，我跟你说过他们天生古怪。看看他们匆匆跑去纽约听戏剧，去波士顿看油画，还从北方佬那儿成箱地邮法文书和德文书！他们坐在那儿读书，与其幻想只有上帝才知道的东西，不如利用这些时间来做一些体面男人应该做的诸如打猎、玩扑克之类的娱乐。”

“这个郡没有比阿希礼更像骑士的人了。”斯佳丽说，为他指责阿希礼缺乏男子汉气概而生气，“也许他父亲可以除外，其他人谁也比不上他。说到打扑克，难道上星期在琼斯博罗阿希礼不是赢了您两百美元吗？”

“卡尔佛特家的男孩子们又胡扯了，”杰拉尔德不置可否地说，“否则你不会知道这个数目，阿希礼能骑马骑得最好，打牌打得最好——这是我说的，小姑娘！我不否认他的酒量甚至连塔尔顿兄弟都得甘拜下风。这些事情他都能做，但是他的心思不在那上边。这就是我说他古怪的原因。”

斯佳丽沉默了，心往下一沉。这最后一句话她找不出适当的词语来反击，因为她知道杰拉尔德说对了。阿希礼的心思根本不在他所精通的那些娱乐上。他对于那些让每个人都着迷的事情只保持着有节制的兴趣。

杰拉尔德及时地识破了她的沉默，他拍拍她的胳膊得意扬扬地说：“现在，斯佳丽！你承认那是真的。跟阿希礼这样的丈夫在一起你能做什么？他们都是带点儿疯狂的，威尔克斯家族所有的人都是这样。”然后，他换了一种哄骗的语气：“刚才我提到塔尔顿家族的人时，并不是把他们推给你。他们是好小伙子，但如果肯德·卡尔佛特是你所钟情的，那对我也是一样的。卡尔佛特家的人都是好人，尽管老头子娶了个北方佬为妻。当我过世后——嘘，亲爱的，听我说！我将把塔拉留给你和肯德——”

“即使把肯德托在银盘子里，我也不会要的，”斯佳丽怒气冲冲地喊道，“而且我希望您别再把他推给我！我不想要塔拉或任何一个老种植园。种植园没什么价值——”

她本来想说“当你得不到你想要的男人”，但杰拉尔德，被她如此对待他珍爱的宝贝时，他在这个世界上最爱的仅次于妻子艾伦的土地的态度被激怒了，大声咆哮起来。

“你站在那儿，斯佳丽·奥哈拉，告诉我塔拉——那片土地——没什么价值？”

斯佳丽固执地点点头。她的内心那么痛苦以至于根本没注意自己是否惹爸爸生气了。

“土地是这个世界上唯一有价值的东西，”他大声说，粗短的手臂气愤地挥舞着，“因为它是这个世界上唯一永恒的东西，你要记住这一点！它是唯一值得为之奋斗的东西，值得为之而战——值得为之而死。”

“哦，爸爸，”她厌烦地说，“您说话就像个爱尔兰人！”

“我曾对此感到羞耻吗？不，我为之骄傲。别忘了你也是半个爱尔兰人，小姐！任何人只要身上有一滴爱尔兰血液，那么他们所居住的土地就像他们的母亲一样。这一刻我真为你感到羞愧。我给了你世界上最美丽的土地——除了老家米思郡的土地以外——而你是怎么做的？轻视它！”

杰拉尔德正预备大喊大叫继续发作，但斯佳丽脸上那痛苦的神情让他打住了。

“但是，你还年轻。以后你会爱上这片土地的。如果你是爱尔兰人，就不该抛弃它。你只是个孩子，为你的情人而烦恼。当你长大了，你将会明白它是多么……好了，现在你有没有拿定主意是要肯德，双胞胎兄弟，还是埃文·芒罗家的某个少爷？瞧我会多么体面地将你嫁出去！”

“哦，爸爸！”

到这时，杰拉尔德已完全厌倦了这次谈话，完全被压在他肩头的问题惹恼了。他感到不痛快，而且，斯佳丽可以在全郡最好的男孩子中挑选丈夫，还可以得到塔拉，可她看起来仍然很凄凉。杰拉尔德希望他的礼物能被拍着手掌和亲吻着接受。

“行了，别再撅着嘴巴了，小姐。你嫁给谁都没关系，只要他认为喜欢你，只要是个体面的南方绅士。对女人来说，爱情在结婚之后才会到来。”

“哦，爸爸，那是老家的观点！”

“一个正确的观点！当今美国流行的为爱情而结婚这一套只适用于佣人和北方佬！最好的婚姻就是父母为女儿所选择的婚姻。因为像你这样傻乎乎的东西怎么能分辨出来好人和恶棍？看看威尔克斯家。是什么让他们代代保持自尊和强盛？就是在同类型人之间联姻，嫁或娶他们的家庭希望他们嫁或娶的表兄妹。”

“天哪！”斯佳丽哭出声来，新的疼痛又向她袭来，杰拉尔德的话总结了真相的可怕的必然性。杰拉尔德看着她低下头，不安地移动着脚步。

“你没有哭吧？”他问，笨拙地托住她的下巴，试图将她的脸抬起来，他自己的脸上因难过而出现一道道皱纹。

"没有。"她拼命喊道，扭转身子。

"你在撒谎，我为之自豪。我很高兴在你身上还有自尊，小姑娘。我希望在明天的烤肉宴上，我仍能从你身上看到自尊。我不想让全郡的人都说你的闲话，嘲笑你为了一个对你除了友谊别无感情的男人牵肠挂肚。"

"他对我有感情。"斯佳丽想，心里一阵悲伤，"哦，许多感情！我知道他是这样的。我能断定。如果再给我一些时间，我知道我会让他说出来的——哦，但愿威尔克斯家族的人不要总是觉得他们必须娶他们的表妹！"

杰拉尔德拉起她的胳膊挽住自己。

"现在我们该回家吃晚饭了，这件事只有你我知道。我不愿让你妈妈为这事担心——你也不能这样做。擦擦鼻涕，女儿。"

斯佳丽用她的破手绢擦擦鼻涕。他们手挽手走上黑暗的车道，马慢慢地跟在后面。在房子附近，斯佳丽正准备开口说话，忽然看见母亲站在暗淡的走廊阴影里。她戴着软帽、披肩和手套，嬷嬷站在她身后，她的脸上阴云密布，手里拿着黑色的皮包，那里面装着艾伦·奥哈拉为奴隶看病时所需要的绷带和药水。嬷嬷的嘴唇厚而下垂，生气的时候，她会将她的下唇拉长两倍。现在就拉得很长，斯佳丽知道嬷嬷心里正在为一些她不满意的事情而翻腾。

"奥哈拉先生，"艾伦看见出现在马道上的两个人就喊起来——艾伦属于传统的一代，即使已经过了十七年的婚姻生活，已生育了六个孩子——"奥哈拉先生，斯兰特瑞家有人病了。埃米的孩子刚生下来就快要死了，必须马上施洗礼。我就和嬷嬷去那儿看能做些什么。"

她的声音含着询问的语气，似乎在征求杰拉尔德的同意，让她实施她的计划，纯粹是走形式，但杰拉尔德的心里美滋滋的。

"看在上帝的分上！"杰拉尔德吼道，"为什么那些白佬恰恰要在这时候把你抢走，你该吃晚饭了，而且我还想告诉你在亚特兰大举行的战争座谈会的情况！去吧，奥哈拉太太。如果周围人有困难，你却不去帮忙的话，你晚上会睡不安生的。"

"她从来都没有睡过安生觉，因为半夜里总是起床照料那些黑人和穷白佬。"嬷嬷一边声音呆板地咕哝着，一边下楼梯，朝等候在马道边的马车走去。

"坐在餐桌我的位置上，亲爱的。"艾伦说，用一只戴手套的手温柔地拍了拍斯佳丽的脸蛋。

尽管强忍泪水，接触到母亲具有永恒魔力的抚摸，闻到从她那嗞嗞作响的丝绸衣服上发出的淡淡的柠檬香味，斯佳丽又浑身激动起来。对斯佳丽来说，艾伦·奥哈拉身上有一些惊人的东西，是一个生活在这幢房子里的奇迹，陪伴她，使她敬畏、陶醉、感到宽慰。

杰拉尔德把妻子扶进马车，叮嘱车夫小心驾驶。托比，已经驾驭杰拉尔德的马二十年，当被吩咐如何做好自己的本职工作时，就气愤地拉长了嘴唇。马车上路了，嬷嬷坐在托比身边，两个人都是一幅非洲黑人生气时噘嘴的绝妙画面。

“如果我没有为那些白佬斯兰特瑞的家人做过那么多，他们就得到别处去挣钱。”杰拉尔德发怒道，“他们就会愿意把沼泽后面那儿亩荒地卖给我，郡里也好对付他们。”然后，想到他习惯开的一个玩笑，就高兴起来：“来，女儿，我们去告诉波克说我没有买回迪西，却把他卖给了约翰·威尔克斯。”

他把马缰绳扔给一个站在旁边的小黑奴，便开始上楼。他已经忘了斯佳丽的伤心事，他的心思全在捉弄他的贴身仆人上。斯佳丽在他身后慢吞吞地爬楼梯，脚步沉重。她想，毕竟，她和阿希礼之间的结合没有她父亲和艾伦·罗彼拉德·奥哈拉之间的结合离奇。像往常那样，她奇怪大嗓门、不敏锐的父亲怎么会成功地娶到母亲那样的女人，因为这两个人在出身教养和思想习惯方面简直大相径庭。

第三章

艾伦·奥哈拉三十二岁，根据她所处的时代的标准，已是个生了六个孩子，夭折了三个儿子的中年妇女。她个子很高，站着的时候比她那脾气暴躁的矮个丈夫高出一头，但她那么安静优雅地轻摆的裙角移动着步子，使她的身高不特别惹眼了。她的脖子，从她紧身的黑塔夫绸上衣中伸出来，洁白如雪，圆润纤细，看起来总像是被她头后边套在发网里的秀发的重量拉得稍稍后倾。她的父母是在1791年的革命中从海顿逃来的，从她的法国母亲那儿，她遗传了微微倾斜的被浓浓的睫毛遮盖着的黑眼睛，还有黑头发；从她父亲那儿，一个拿破仑士兵，她遗传了长长的直直的鼻子和方方的下巴，柔和的脸颊使下巴显得温柔了些。但是只有从生活中，艾伦的脸上才获得了那种自豪的神情，不傲慢、优雅、伤感、不苟言笑。

如果她的眼睛里有光芒，微笑中带有回答的温暖，那流进家人和仆人耳朵中的温软美妙的声音中有自然流露的味道，那么她将是一个有魅力的漂亮女人。她说话的声音带有沿海佐治亚州温柔而模糊的调子，元音清脆，辅音亲切，稍微带点儿法国腔。这个声音在命令仆人或谴责孩子时绝不抬高，但是在塔拉受到了及时的服从，而她丈夫的怒吼和咆哮在这平静的港湾也化为静水了。

在斯佳丽的记忆中，母亲总是这副样子，她的声音温柔甜蜜，无论是赞扬还是批评，她的礼仪有效率而不慌乱，不管杰拉尔德混乱的家中每天有多少日常急事，她的眼神总是很平静，背从不弯曲，即使在面对她那三个儿子的死时。斯佳丽从没看到母亲的背靠过任何她所坐的椅子的背。她也从没看到她坐在那儿而手里没有针线活，除了吃饭时间，看望病人的时间和忙于庄园内的记账的时间。客人在场时，她手里做的是精巧的刺绣活，其他时间，她手里是杰拉尔德弄皱的衬衫，女儿们的裙子或仆人们的衣服。斯佳丽不能想象她母亲的手上不戴金顶针或者她沙沙走动的身后没有跟着那个黑人小姑娘。这个小姑娘生活中的唯一的作用就是折线头，把青龙木针线盒从主屋搬到别的屋，随着艾伦在屋子里走来走去，准备三餐，打扫卫生 ，为庄园里的所有人做衣服。

她从没见过母亲稳重平静的性子激动过，也从没见过她不得体的装束，无论白天还是晚上。当艾伦为参加舞会，会见客人甚至是去琼斯博罗旁听审判而着装时，一般需要花上两个小时，两个女仆和嬷嬷来侍候她使她满意，但她在紧急情况发生时，梳妆的迅速又很令人吃惊。

斯佳丽的屋子正对着母亲的屋子，她在襁褓中，就常在黎明时分听见光着脚板的黑奴在硬木地板上匆匆跑动的声音，听见在她母亲房门上急促的敲打声，听见那惊惶压抑的嗓音，那是黑奴在诉说在那一长列下等人居住的白色小屋里谁家生了孩子，谁家有人生病，或是谁家死了人的消息。到了孩提时期，她常常爬到房门边，从缝隙里朝外窥探，看到艾伦出现在黑暗的房门口，擎着一支忽隐忽现的蜡烛，走了出去，她臂上挽着药袋，头发一丝不乱，上衣的纽扣也没漏掉一颗，此刻杰拉尔德却没有受到干扰，正在发出均匀的鼾声。

斯佳丽总是受到母亲耳语的抚慰，坚决而又亲切，当她踮着脚尖走过穿堂时："嘘，别那么大声。你会吵醒奥哈拉先生的。他们还没有病得要死。"

是的，知道艾伦晚上出去了，一切平安无事，是该爬回床上睡觉了。

早晨，经过整夜的生死搏斗，老芳汀先生和小芳汀先生都出去应诊而找不到人帮她的忙，艾伦仍像往常那样出现在早餐桌上，她的黑眼睛周围写满疲倦，可声音和举止丝毫不流露出过度疲倦的迹象。在她柔弱的外表下有一种钢铁般坚强的品质，这种品质使整个家庭的成员都敬畏，无论是女儿们还是杰拉尔德，虽然他宁死也不肯承认这一点。

有时，当斯佳丽晚上踮起脚尖吻她高个母亲的脸颊，抬头看那小小的上唇时，那是一张太易被这个世界伤害的嘴巴，就忍不住想知道它是否曾经像傻乎乎的小女孩那样咧开痴笑过或者在长长的夜晚向亲密的女朋友倾吐心中的秘密。但是不，那是不可能的。母亲总是那个样子，她是一个力量的支柱，一个智慧的源泉，一个知道所有事情的答案的人。

然而，斯佳丽错了，因为，许多年前，萨凡纳的艾伦·罗彼拉德像那个令人心旷神怡的沿海城市的所有十五岁的姑娘一样莫名其妙地痴笑，同朋友说着悄悄话度过漫漫长夜，互诉衷肠倾吐所有的秘密，直到那一年。就在那一年杰拉尔德·奥哈拉，年长她二十八岁，闯入她的生活——也是在那一年，年轻的黑眼睛的表哥，菲利普·罗彼拉德走出了她的生活。因为当眼睛炯炯有神，作风放荡不羁的菲利普永远离开萨凡纳以后，他把艾伦心中的所有光芒也一同带走了，留给那个娶她的罗圈腿矮个儿爱尔兰人的只是一个温柔的外壳。

但那对杰拉尔德来说已经足够了，他简直不敢相信有这样的好运，居然真的可以娶到她。而且如果有什么东西离开了她，他也绝不会忽视。他是个精明的男人，要知道这不亚于一个奇迹，他，一个没有家庭背景和财富可使自己受欢迎的爱尔兰人，居然赢得了沿海地区最富有、最体面的家族之一的女儿。因为杰拉尔德是个白手起家的人。

杰拉尔德二十一岁时从爱尔兰来到美国。他匆匆地来了，像许多从前和以后比他强或不如他的人一样，衣服只有身上穿的几件，除了船票以外只剩两先令，还有他的脑袋的价格，他认为这个价钱大于他所犯的罪行。在海这边的人间地狱里，没有哪个奥兰治党人值一百英镑，无论是对英国政府还是对魔鬼本人；但是如果政府对一个英国遥远的领地主的收租代理人的死反应如此强烈，那么杰拉尔德·奥哈拉就得离开，而且是立刻离开。确实，他曾把那个收租代理人称作“一个奥兰治党的恶棍”，但是，根据杰拉尔德·奥哈拉看待它的方式，这个人没有任何权力用口哨吹出《博伊恩河》的开头章节来侮辱他。

博伊恩战争已过去一百年了，但是对奥哈拉家族和他们的邻居来说，就好像是在昨天，他们的希望和梦想，连同他们的土地和财富，在一片尘土飞扬中逝去了，在同样的一片飞扬的尘土中，还有一位仓皇而逃的斯图尔特王子，留下奥兰治王威廉和他可恨的戴橘黄色帽章的军队把斯图尔特的爱尔兰信徒砍倒。

由于种种这样那样的原因，杰拉尔德并没有把吵架的悲惨后果看作什么严重的事，除了被以严重后果提起控告。多年来，奥哈拉家族因为被怀疑有反动政府活动而一直受到英国警方的监视，杰拉尔德并不是奥哈拉家族第一个在黎明时分逃之夭夭的人。他的两个哥哥，吉姆斯和安德鲁，他几乎不记得了，是两个沉默的年轻人，总是在夜深时，来来去去干些神秘的事情，有时消失好几个星期，让母亲焦急万分。很多年前，埋在奥哈拉家猪圈下的一个小武器库被发现后，他们就去了美国。现在他们是萨凡纳成功的生意人，“虽然只有亲爱的上帝才知道那地方在哪儿。”母亲提到她那两个儿子时总添上这么一句，而这次年轻的杰拉尔德被送去投靠他们。

他离家时，母亲匆匆吻了吻他的脸颊，在他耳边念了天主教的祝福。父亲的临别教训是：“记住你是谁，不要白拿别人的东西。”他的五个高个儿哥哥带着崇拜和轻微的神气微笑与他告别，因为杰拉尔德在这个健壮家庭里是年龄最小，个子最矮的。

他的五个哥哥和父亲站着都有六英尺高，或者更高，体格高大，可小杰拉尔德二十一岁时，得知五英尺四英寸半是精明的上帝允许他拥有的最大高度。杰拉尔德从不浪费时间来为他的身高遗憾，从来没有发现身高成为他得到他想要的东西的障碍。而且，正是因为杰拉尔德的矮小才使他成为他自己，因为他很早就懂得小个子在大个子中间必须勤奋才能生存。杰拉尔德是勤奋的。

他的高个儿哥哥都严厉而安静，家庭的昔日光荣传统，已永远失去了，在他们的性格中留下了无法言明的仇恨，只有极端痛苦时才倾吐出来。如果杰拉尔德身体健壮，他可能也会像杰拉尔德家的其他人那样悄悄地、秘密地活动于反政府的造反者之中。但杰拉尔德像他母亲爱怜地形容的那样，是个“爱吵闹而不开窍”的人，脾气暴躁，拳头很快，他像谷场里一群巨型交趾鸡群中的一只趾高气扬的矮脚鸡一样在高大的奥哈拉人中大摇大摆，他们爱他，亲切地逗他，听他的咆哮，用他们的大拳头擂他，只是为了让这个宝贝弟弟规矩些。

杰拉尔德带到美国去的知识装备十分贫乏，但他并没有意识到这一点，即使有人告诉他，他也不在乎；他母亲曾教过他读书、写工整的字体。他所知道的唯一的拉丁语是弥撒时的回答和各种各样爱尔兰人受压迫的历史。他不懂得诗，摩尔的除外；除了流传多年的爱尔兰歌曲外对音乐一窍不通，他非常崇拜那些知识比他丰富的人，可从来都意识不到自己的缺陷。在一个大多数目不识丁的农民都发了大财的新国度里学这些东西有什么用呢？在这个国家，一个男人只要强壮和不怕吃苦就足够了。

把他带到萨凡纳他们的店铺的吉姆斯和安德鲁也不因他缺少教育而遗憾。他字迹清楚，账目准确，而且他在生意方面的精明劲儿赢得了他们的赞赏，倘若年轻的杰拉尔德拥有文学知识和音乐修养，他们肯定会嗤之以鼻的。本世纪最初几年的美国，对爱尔兰人是仁慈的。吉姆斯和安德鲁，起初通过用大篷车从萨凡纳往佐治亚州的内地城镇贩货发展到拥有了自己的铺子，杰拉尔德与他们一起发了迹。

他喜欢南方，在他看来，他很快就成了一个南方人。南方的许多东西——包括南方人——他永远不能理解，但是他依凭本性中的真诚与乐观，接受了当地的观念和习俗，按照他自己的理解方式，变成了自己的东西——打扑克和赛马，火热的政治和决斗模式，州权和对所有北方佬的惩罚，奴隶和棉花大王，鄙视穷白佬和对女人献殷勤。他甚至学会了咀嚼烟草。他没有必要去学喝威士忌，他天生就是海量。

但杰拉尔德仍然是杰拉尔德。他的生活习惯和观念改变了，而他的举止态度他并不打算改变，即使他有能力改变它们。他羡慕富有的种米种棉的农场主们慢条斯理的优雅，骑在纯种马上，后面跟着他们同样优雅的夫人的四轮马车，还有奴隶们的敞篷车。但杰拉尔德永远也不能做到优雅。他们慵懒、含糊的声音在他听来令人愉快，但他自己的爱尔兰土腔像跟舌头粘在一起似的。他喜欢他们对待重要事情的那种漫不经心的优雅风度，拿一笔财产，一个种植园或一个奴隶作赌注压在一张牌上，毫不在意地画押付钱，就像撒小钱给黑小子一样。可杰拉尔德了解贫穷，他永远学不会以优雅的风度和得体的幽默对待输钱。这些佐治亚州沿海城市的人们是一个让人愉快的种族，声音柔软，容易发火，自相矛盾得可爱，杰拉尔德喜欢他们。然而，这个年轻的爱尔兰人身上有一种活跃蓬勃的生命力，新近来自一个国家，那儿的风潮湿而冰冷，那儿雾气腾腾的沼泽不会带来伤寒，这一切使他区别于这些亚热带气候下懒洋洋的上流人士。

从他们身上他学到了自认为有用的东西，摒弃了其他东西。他发现打扑克是所有的南方风俗中最为有用的，还有喝威士忌的酒量。正是由于他对扑克牌和喝酒的天生兴趣为他带来了他最值得骄傲的三件宝贝中的两件：种植园和他的贴身男仆。另一个是他的妻子，他只能把得到她归功于神秘而仁慈的上帝。

那个贴身男仆，名叫波克，皮肤黑得发光，学过制作男装的技术，并因此而出名。他是杰拉尔德在与一个来自圣西门岛的农场主的通宵扑克游戏中赢来的。那人虚张声势的勇气与杰拉尔德相等，但他喝新奥尔良红酒的肚量不行。虽然波克从前的主人后来出双倍的价钱要买回他，杰拉尔德坚决拒绝了，因为拥有第一个奴隶，而且是沿海地区最好的贴身男仆，是达到他心中期望的第一步。杰拉尔德想成为一个奴隶主和有地产的绅士。

他下定决心不像吉姆斯和安德鲁那样整日忙于生意，晚上在烛光下计算长长的数据。他强烈地感到社会对“生意人”的蔑视，而他的哥哥并没有意识到。杰拉尔德想成为种植园主。这个爱尔兰人在那片人们曾经寻求和拥有过的土地上当过佃农，因此他如饥似渴地想看到属于自己的土地在眼前一望无际地延伸。他唯一而残忍的目标是他渴望拥有自己的房子，自己的种植园，自己的马匹，自己的奴隶。在这儿，在这个新的国度里，置地可以脱离在他离开的那片土地上的双重风险——一是让人倾家荡产的赋税，二是随时都会被突然没收——他想拥有它们。但是有那样的雄心和把它变成现实是两回事，随着时间的推移，他认识到了。沿海佐治亚州被非常牢固地控制在根深蒂固的贵族阶级手中，他想获得方寸之地简直不可能。命运之手和扑克之手联合起来给了他这个他后来称作塔拉的种植园，同时，他从海岸地区来到北佐治亚州高地乡村。

那是一个春天炎热的晚上，在萨凡纳的一个酒吧里，坐在旁边的一个陌生人的谈话使杰拉尔德竖起了耳朵。这个陌生人是萨凡纳本地人，在内陆待过十二年后新近返回。州政府想把被印第安人割让的佐治亚州中部的大片土地以发行土地彩票的形式分配给中彩的人，在杰拉尔德来美国的前一年，这个陌生人是中奖者之一。他去那儿建立起了一个种植园，但是现在，房子烧成了灰烬，他厌烦了这个“倒霉的地方”，非常高兴能将它脱手。

杰拉尔德从没放弃过拥有自己的种植园这个念头，便安排互相认识，他的兴趣随着陌生人说该州的北部到处是来自卡莱罗纳和弗吉尼亚的新来者而不断上升。杰拉尔德在萨凡纳住过很久。知道沿海地区的看法——州里其余地方都是边远地区，有印第安人藏在每一处树丛里。在为奥哈拉兄弟做生意的过程中，他去过奥古斯塔，在萨凡纳河上游一百里的地方，而且他曾从这个城市往西一直到内陆去参观古镇。他知道那个地区像沿海地区一样已有人定居，但是听陌生人的描述，他的种植园位于萨凡纳西北二百五十多里的地方，在查塔霍契河南部不远处。杰拉尔德知道那条河北岸的土地仍由柴拉基人控制，所以听到陌生人嘲笑印第安人骚扰的传言，叙述那片新地方新兴的村镇如何繁荣昌盛，种植园如何欣欣向荣，不免大为吃惊。

一小时后，当谈话开始少下来时，杰拉尔德以与他明亮的蓝眼睛所表现的天真无邪不相称的狡猾，提议玩一个游戏。夜幕渐深，酒过数巡，游戏中的其他人都放下了手，只有杰拉尔德和陌生人单独拼搏。陌生人押下他所有的筹码还有种植园的地契。杰拉尔德押下他所有的筹码，在上面放上他的钱包。如果那里边的钱碰巧不是奥哈拉兄弟的，杰拉尔德的良心也不会不安而在第二天早上弥撒前去为它忏悔。他知道他想要什么，而杰拉尔德想得到什么东西时总是以最直接的途径获得。并且，这是他对自己命运和四张牌的信任，他一刻也没想过如果桌子对面的人放下一张比他大的牌，他该怎么还回这笔钱。

“你没得到便宜，而我很乐意不必再为这地方交税了。”拥有三张“A”者叫人拿笔墨时叹着气说道，“大房子一年前被烧，田野里长满了灌木和幼松。现在它是你的了。”

“永远不要混淆牌和威士忌，除非你戒掉爱尔兰酒。”这天晚上，当波克扶他上床时，杰拉尔德严肃地告诉波克。这个贴身男仆出于对新主人的崇拜，已开始试着用土腔来做必要的回答，那是一种极契和米思郡的混合腔调，除了他们两个谁也听不懂。

泥泞的弗林特河，在两排松树和纠结着藤蔓的黑栎之间静静地流淌，像弯曲的手臂缠着杰拉尔德的新土地，从两边拥抱着它。杰拉尔德站在房子曾经所在的小土墩上，这个高高的绿色屏障是一个明显而令人愉快的所有权证据，仿佛那是他亲自建造的标明自己地界的篱笆。他站在被烧毁了的房子的黑乎乎的基石上，俯视长长的林荫道延伸至大路，起劲地发誓，心里那么高兴，感激的祈祷也表达不出他的心情，这两排阴暗的树木是他的，荒芜的草坪也是他的。开着星星点点的小木兰树下的杂草已齐腰高了。这片未开垦的土地，覆盖着幼松和矮树，红土表层向四面蜿蜒伸展，这也属于杰拉尔德·奥哈拉——都是他的，因为他有一副不醉的爱尔兰头脑，有勇气冒险把一切都押在手中的牌上。

杰拉尔德闭上眼睛，在这片荒地的寂静中，他觉得他已回到了家。在他脚下将升起一座粉成白色的砖屋。大路对面将建一个新栅栏，圈着肥肥的牛和纯种马，沿山麓伸向肥沃河床的红色泥土在太阳光下将发出像鸭绒一样白色的光芒——棉花，大片大片的棉花！奥哈拉家族的荣耀将卷土重来。

用他自己的小赌本，那是他从不热情的哥哥那儿借来的，还有以抵押这片地而得来的一笔钱，杰拉尔德买来第一批从事田间工作的黑奴，来到塔拉庄园，在四间房的监工宿舍里过着单身汉的孤独生活。直到塔拉的白墙竖起来的那一刻。

他清理田野，种上棉花，从吉姆斯和安德鲁那儿借来更多的钱买更多的奴隶。奥哈拉家族是一个惯于团结的家族，在贫穷和富有中都互相紧紧联合。不是由于任何过分自信的家族友爱，而是因为他们从无情的岁月里懂得了要延续一个家庭必须紧密联合，一致对外。他们借钱给奥哈拉，在接下来的几年里，这钱将被带着利息返还。渐渐地，种植园随着杰拉尔德又买下邻近的大片土地而不断扩大，白房子也及时地由梦想变成了现实。

它是由奴隶建起来的，一个爬在山丘上的笨拙而杂乱无章的建筑，俯视着伸向河流的绿色牧场，它让杰拉尔德感受到了巨大的快乐，因为，即使是新的，它也呈现出古老年代的面貌。古老的橡树，曾看着印第安人在它枝丫间走过，用它们巨大的枝干把房子牢牢地环抱着，枝干伸过屋顶形成一个密密的阴影。除去野草的草坪长出密密的三叶草和百慕草，杰拉尔德悉心地照料保护着它。从雪松夹道的林荫路到奴隶居住的那排白木屋，有一种关于塔拉的坚实、稳定和永恒的气息。每当杰拉尔德骑马绕过大路的拐角，看到自己的屋顶掩映在绿色枝头中，他的心就充满了骄傲，仿佛第一眼看到它似的。

这一切都是他的，是矮小、精明、暴躁的杰拉尔德的成就。

杰拉尔德与郡里的所有邻居都关系融洽，除了麦金托什家，其领地与杰拉尔德的左邻斯兰特瑞家，那三英亩薄田紧挨着，在杰拉尔德的右边，就在约翰·威尔克斯的种植场和河道之间的沼泽地边上。

麦金托什家是苏格兰—爱尔兰裔，也是奥兰治党人，即使拥有了天主教教义的所有圣洁品质，这个血统也会使他们在杰拉尔德眼里永远受到诅咒。确实，他们已在佐治亚州住了七十年，在这之前，曾在卡罗莱纳生活了一代人；但是这个家族中首先踏上美国海岸的人来自阿尔斯特，这对杰拉尔德来说已足够了。

那是一个沉默寡言，挺直脖颈的家族，不跟其他人交往，与他们的卡罗莱纳亲戚联姻，杰拉尔德不喜欢他们也不会孤单，因为全郡的人都很友善，喜欢交往，没人对缺乏这些相同品质的人过分宽容。谣传对废奴主义者的同情也没有增加麦金托什家的人缘。老安格斯从没解放过一个奴隶，而且还构成了不可宽恕的违反社会契约的行为，把他的一些黑奴卖给过路的奴隶贩子，带到路易斯安那的甘蔗田去，但流言仍在继续传播。

“他是个废奴主义者，毫无疑问，”杰拉尔德对约翰·威尔克斯说，“但是，在奥兰治党人心中，当一种规则和苏格兰人的保守相抵触时，就很难得到进展了。”

斯兰特瑞家是另一回事，被看作为穷白佬，他们甚至得不到邻居们像对安格斯·麦金托什的顽强独立的那种勉强尊重。老斯兰特瑞，紧紧守着几亩薄田，置杰拉尔德和约翰·威尔克斯三番五次买地的提议于不顾，没有谋生能力而又爱抱怨。他妻子是个头发蓬乱的女人，体弱多病，容颜憔悴，生了一群愁眉苦脸，像兔崽子一样的孩子，而且数目逐年有规律地递增。汤姆·斯兰特瑞没有奴隶，他和两个年长的儿子断断续续地耕种着少得可怜的棉花田，而妻子和年幼的孩子就照料所谓的蔬菜园。但是，不知怎么回事，棉花总是长得很差，而园子，由于斯兰特瑞太太接二连三地生孩子而很少长出足够全家吃的菜。

看到汤姆·斯兰特瑞在邻居家的长廊上闲荡，乞讨棉花种子或一块腌肉来“渡过难关”，是很熟悉的场面。斯兰特瑞以他少得可怜的精力恨着邻居，因为感觉到他们礼貌态度下面的蔑视，他尤其痛恨“富人们”的上等黑奴。郡里的家佣仆人都自认为优越于穷白佬，他们毫不掩饰的鄙视刺伤了他，而他们生活中更安全的地位激发了他的妒忌。与他自己的悲惨状况相反，他们吃得好，穿得好，年老生病时还能得到照料。他们为主人的好名声而自豪，很大程度上以属于有身份的人而骄傲，而他为所有的人所鄙视。

汤姆·斯兰特瑞可以把它的农场以高于成本三倍的价格卖给郡里任何一个种植园主，他们会认为花钱除掉一个眼中钉很值得，而他很满足于赖在这儿，靠每年一包的棉花和邻居的施舍悲惨地生活着。

与郡里其他所有人家，杰拉尔德都和睦相处，亲密无间。威尔克斯家，卡尔佛特家，塔尔顿家，芳汀家，这些人一看到这个矮个子骑着大白马走上他们家的车道都会微笑着，拿出高脚玻璃杯，斟上满满一杯波旁威士忌，加上一匙糖和一枝碾碎的薄荷。杰拉尔德很讨人喜欢，孩子们，黑奴们，狗们第一眼看见他时就发现了，邻居们也及时了解到，在他那大叫大喊的声音和粗野的举止后面藏着一颗善良的心，一双随时准备表示同情的耳朵和一个敞开的钱袋。

他的到来总是引起一片混乱，猎狗汪汪叫着，黑人小孩呼喊着奔向他，为能给他牵马而争吵，在他好意的揶揄下不好意思地咧嘴笑着。白人孩子吵着坐上他的膝盖，朋友们的女儿总是把他当作知己，讲她们的恋爱故事；邻里的年轻人都害怕承认赌债会挨父亲的责骂，却发现他是他们患难与共的朋友。

“嗨，你这个小无赖，这笔债你已欠了一个月了！”他会喊道，“上帝啊，你们为什么不在此之前向我要钱?”

他说话的粗鲁方式大家太熟悉了，根本不会在意，它只会使年轻人羞涩地咧开嘴笑着回答：“先生，我不愿给您添麻烦，而且我父亲——”

“你父亲是个好人，不必否认，就是严厉了些，拿上这个，我们别再提这事了。”

庄园主的夫人们是最后被征服的。但是当威尔克斯太太被杰拉尔德形容为“一个伟大的夫人，有罕见的沉默寡言的天赋”后，一天晚上在杰拉尔德的马沿车道疾驰而去时对她丈夫说：“这人说话粗鲁，可他是个上等人。”杰拉尔德这才明确地达到了目的。

他不知道自己用了近十年的时间才达到这一步，他从来没有意识到邻居们起初对他是侧目而视的。在他自己的思想中，毫无疑问他属于这儿，从他踏上塔拉的那一刻起就如此了。

杰拉尔德四十三岁时，健壮的体格，红润的脸庞使他看起来像从狩猎画中走出来的一个打猎的乡绅，尽管他得到了亲爱的塔拉，得到了郡里人的真诚和喜爱，可仍然不够。他想要个妻子。

塔拉呼唤一位女主人。胖胖的厨子，是出于必要从院子的黑奴提升到厨房的，从来没有按时吃上饭；收拾房间的女仆，从前是田里的劳力，让尘土盖满家具，手头好像从来都没有干净的餐巾，所以客人来时总是一片惊慌忙乱的场面。波克，这里唯一一个受过训练的家用黑奴，总管其余的仆人，可他几年来受杰拉尔德逍遥自在的生活方式的影响逐渐变得懒散和粗心大意。作为贴身男仆，他使杰拉尔德的卧室井井有条；作为管家，他把饭食安排得丰盛气派，但除此之外，他就任所有的事自然发展。

以决不会错的非洲人的本能，黑奴们都发现杰拉尔德只会大叫根本不会咬人，他们毫无羞耻地利用他这一点。空气中总是弥漫着威胁声，如把奴隶卖到南方，狠狠地抽打谁，但从来没有一个奴隶从塔拉卖出，只有一次鞭打事件，那是因为经过一天的打猎，居然没有人洗刷照料杰拉尔德的宝贝马。

杰拉尔德锐利的蓝眼睛注意到邻居的家运行得井然有序，头发溜光的主妇们穿着窸窣作响的衣裙那么从容地指挥着她们的仆人，他不知道这些女人从早到晚的活动，做饭、护理孩子、缝纫、洗衣。他只看到外在的结果，这些结果使他印象深刻。

一天早上他打算着装骑马去镇上参加庭审日，波克拿来他最喜欢的褶边衬衫，被女仆胡乱缝补后好像除了他的贴身男仆谁也没法儿给他穿上。这时，迫切需要一个妻子的念头清晰起来。

“杰拉尔德先生，”看到杰拉尔德发火，波克讨好地卷起衬衣说，“您需要一个妻子，一个屋里有许多黑奴可供使唤的妻子。”

杰拉尔德责骂波克放肆，可心里明白他是对的。他想要妻子，想要孩子，如果他不尽快，就会来不及了。但他不愿随便娶谁，像卡尔佛特先生那样，把他那几个没娘孩子的北方佬家庭女教师娶来做妻子。他的妻子必须是一个小姐，一个名门闺秀，像威尔克斯太太一样有风度和优雅，管理塔拉也像威尔克斯太太治理她自己的领土一样成功。

但是要想跟郡里人家结亲有两重困难。一是到结婚年龄的女孩子太少；二是，一个更严重的问题，杰拉尔德是个“新人”“外国人”，尽管他在此已有近十年的居住史。没有人知道他的家庭背景。尽管佐治亚州北部地区不像沿海地区的贵族社会那样等级森严，可是没有哪一家愿意将女儿嫁给一个不明祖宗三代底细的人。

杰拉尔德知道尽管他同郡里那些一块儿打猎、喝酒、谈论政治的男人意气相投，可几乎没有谁的女儿他可以娶到。而且他不打算让人在饭桌上拿这事做谈资，如果哪个父亲深表遗憾地拒绝杰拉尔德·奥哈拉向他女儿的求婚的话。这点认识并没有使他觉得在邻居们面前地位低下。没有什么事可以使杰拉尔德觉得在哪个方面比哪个人地位低下。该郡有一种古怪风俗，女儿只能嫁给在南方住了二十年以上的人家，有土地和奴隶，而且还得沾染上当时流行的一些恶习。

“收拾行李。我们去萨凡纳。”他对波克说，“如果我听见你说‘嘘!’或‘唏!’，就把你卖掉，因为这些话我很少对自己说。”

吉姆斯和安德鲁也许会对这个结婚问题提出一些建议。也许他们老朋友的女儿中有人会符合他的要求，也愿意接受他做丈夫。吉姆斯和安德鲁耐心地听他的故事，但几乎没给他什么鼓励。他们没有萨凡纳亲戚可供他们寻找帮助。因为他们来美国时已结过婚了，而且他们老朋友们的女儿早就结婚生子了。

“你不是个有钱人，也没有一个显赫的家庭。”吉姆斯说。

“我已赚了一些钱，我会建立起一个显赫的家庭。我不想随随便便找个人结婚。”

“你飞得太高了。”安德鲁干巴巴地说。

但他们尽力帮助杰拉尔德。吉姆斯和安德鲁是老人，在萨凡纳颇有声望。他们有许多朋友，整整一个月他们带着杰拉尔德一家一家拜访，吃饭、跳舞、野餐。

“只有一个人我看中了，”最后杰拉尔德说，“我在这儿登陆时她还没出生呢。”

“艾伦·罗彼拉德小姐。”杰拉尔德尽量若无其事地回答，因为艾伦·罗彼拉德那轻微倾斜的黑眼睛不仅仅是吸引了他的目光。一种对十五岁的女孩来说很奇怪的神秘的疲倦态度吸引了他。并且，她还有一种萦绕于他心头的绝望表情直穿他心扉，使他对她比对世界上其他任何人都更温柔。

吉姆斯平静地说：“杰瑞，在萨凡纳没有哪个姑娘比她更难娶到手了。她父亲是个罗彼拉德人，那些法国人骄傲得像什么似的。她的母亲——上帝啊，让她的灵魂安息吧——是一位十分伟大的夫人。”

“我不在乎，”杰拉尔德激动地说，“而且，她母亲已经死了，罗彼拉德老人喜欢我。”

“作为一个男人，是的，他喜欢你，可作为一个女婿，可就不一样了。”

“无论如何这姑娘不会相中你，”安德鲁插话道，“她已爱上了她的表哥，桀骜不驯的菲利普·罗彼拉德，已经一年了，尽管她的家人从早到晚在劝她放弃他。”

“他这个月已经去了路易斯安那。”杰拉尔德说。

“你怎么知道的?”

“我知道。”杰拉尔德回答，他不愿说出是波克提供的这条有价值的消息。菲利普在家庭期望的压力下已远去西部。“我不认为她那么爱他，一辈子也忘不了。十五岁的姑娘太年轻了还不太懂得什么是爱情呢。”

“他们宁可让她嫁给那个浪荡的表哥也不会让她嫁给你。”

所以，当皮埃尔·罗彼拉德的女儿将要嫁给来自北部郡县的矮小爱尔兰人的消息传出时，吉姆斯和安德鲁像其他任何人一样惊诧。萨凡纳人人都在背后窃窃私语，对远去西部的菲利普·罗彼拉德议论纷纷，但嘀咕并没有带来什么答案。为什么罗彼拉德最美丽动人的女儿会嫁给一个大嗓门、红脸膛，几乎只到她耳朵高的小个儿男人，这对所有的人来说都是一个谜。

杰拉尔德本人也不完全知道这一切是怎么发生的。他只知道一个奇迹发生了，当艾伦十分苍白又十分平静地轻轻把一只手放在他胳膊上说“我愿意嫁给你，奥哈拉先生”时，他一生中第一次完全地谦卑恭顺。

震惊万分的罗彼拉德只知道一部分答案，只有艾伦和她的嬷嬷知道整个故事。那个晚上，姑娘像心碎的孩子似的抽泣到黎明，早上起床时已是个下定了决心的大人了。

嬷嬷怀着预感为她年轻的女主人带来一个小包裹，上面是来自新奥尔良的陌生笔迹，里面装着艾伦的一幅小画像，她尖叫着把它扔到地上，四封她写给菲利普·罗彼拉德的信，还有一封新奥尔良牧师的短信，宣布了她的表哥在一次酒吧斗殴中死亡的消息。

“他们把他赶走了，父亲、波林和尤拉莉。是他们赶走了他。我恨他们。我再也不想看到他们了。我想离开。我想去一个再也见不到他们、见不到这个镇子、见不到可以让我想起他的任何人的地方。”

天将亮时，伏在女主人的黑头发上已哭了一宿的嬷嬷抗议道：“可是，宝贝，你不能这么做!”

“我愿意。他是个好人。我就要嫁给他，否则就进查尔斯顿的修道院。”

最终是修道院的威胁使困惑不解、伤心欲绝的皮埃尔·罗彼拉德做出了让步。他是虔诚的长老会教徒，尽管他的家庭是天主教信徒，想到自己的女儿将变成修女比想到她要嫁给杰拉尔德·奥哈拉更糟糕。毕竟，他除了缺少家庭背景，并没有其他可指责的。

于是艾伦，不再姓罗彼拉德，转身离开萨凡纳，再也不愿看它一眼，和她的中年丈夫、嬷嬷还有二十个“家用黑奴”踏上了去塔拉的旅程。

第二年，他们的第一个孩子出生了，他们照杰拉尔德母亲的名字为她取名凯蒂·斯佳丽。杰拉尔德失望了，他原本想要个儿子，但是无论如何，他还是很高兴有一个黑头发的小女儿，他把朗姆酒分给塔拉的每一个奴隶，自己也纵酒笑闹，喝了个一醉方休。

没有人知道艾伦是否后悔做出嫁给他的鲁莽决定，杰拉尔德当然也不知道，无论何时他看着她时都会感到由衷的骄傲。当她离开那座高雅的沿海城市时就已把萨凡纳和与它有关的记忆抛在了脑后，从她到达该郡的那一刻起，北佐治亚州就成了她的家。

她永远离开了父亲的屋子，离开了那个线条像女人的身体一样，美丽飘逸、似一只扬帆前进的帆船的家；粉白色灰泥，具有法国殖民风格、以优雅的姿态高高耸立、螺旋形的楼梯，花边般纤美的锻铁栏杆；朦胧、富有、优雅而孤独的家。

她不仅离开了那优雅的住宅，而且也远离了那建筑后面的整个文明世界，她发现自己来到了一个完全不同的陌生世界，仿佛她跨越到了另一片陆地。

这儿，北佐治亚州是个被勤劳的人们掌握的崎岖山区。高高地站在蓝岭山脉山脚下的高地上，她眼中满是重叠的红色山丘。巨大的露出地面的花岗岩和塔似的云松随处可见。她生长在海边，见惯了布满灰色苔藓，青藤缠绕的海岛宁静丛林的美丽，白色海滩在亚热带的太阳光下传来滚滚热浪，点缀着棕榈树的长长的平坦沙滩的远景，这儿在她看来简直是荒凉野蛮的地方。

这个地区冬天严寒，夏天炎热，人们都充满干劲，这让她感到奇怪。他们善良、谦虚、大方，还有其他优良品质，但刚强、坚毅、易怒。她刚刚离开的沿海城市的人们很骄傲于自己能以满不在乎的口气谈论自己的所有事情，甚至他们的决斗和世仇；但这些北佐治亚州的人们却比较强横。在沿海地区，生活日臻完美——这儿的生活却清新、活跃、生气勃勃。

艾伦在萨凡纳认识的人，几乎都是从相同的模子里铸出来的，他们的观念和传统极其相似，而这儿的人们各不相同，北佐治亚州的安居者来自许多不同的地方，有的来自佐治亚州其他地区，有的来自加利福尼亚和弗吉尼亚，有的来自欧洲和北方。其中有些人，像杰拉尔德，是来冒险淘金的新人。还有些人，像艾伦，是旧家族的成员，发现从前家里的生活难以忍受因而到远土来寻找避难所。大部分人移居这儿根本没有理由，除了因为父辈们的残存血液仍在他们的血管里快速流动以外。

这些来自不同地方，有着不同背景的人们，给该郡的整个生活带来一种不正式的风格，这对艾伦来说很新奇，一种她自己从来都不能融于其中的不拘礼节。她出于本能知道沿海的人们在任何情况发生时将会如何行动。但北佐治亚州的人将会怎么做却永远也没有答案。

该地区各项事务加速运转是因为繁荣的高潮席卷了南方。全世界都迫切需要棉花。郡里这片新地，丰厚而肥沃，盛产棉花。棉花是该区的脉搏，种植和收割是红土地这片心脏的收缩和伸张。财富来自于弯弯的犁沟，傲气自大——傲气建立在绿色的棉株和大片雪白的棉花上。如果棉花能使他们这一代人致富，他们的下一代将会多么富有！

这种对明天的确信赋予生活热情和兴趣。郡里人以一种艾伦不能理解的方式全心全意地享受着生活。他们有足够的钱和奴隶去玩耍，他们喜欢享乐，但他们似乎从来都不会忙到为参加一次打猎、赛马或炸鱼宴而放弃工作，虽然他们没有一个星期不办舞会和烤肉野宴。

艾伦永远不愿，或不能变成他们中的一员——她已把自己的多半留在了萨凡纳——但她尊重他们，过了一段时间，才慢慢学会赞赏他们的真诚和坦率。他们很少有保留，而且总是实事求是地评价一个人。

她成了郡里最受爱戴的邻居。她是个善良节约的女主人，好母亲和称职的妻子，她本想奉献给教会的悲痛和无私，这下都奉献给了孩子、家务和那个带她远离萨凡纳及其记忆，而且从没问过什么的男人。

斯佳丽一岁时，以嬷嬷的观点，简直健康活跃得不像个女婴。艾伦的第二个孩子出生了，取名苏姗·埃利诺，可总是喊作苏伦，接着卡洛琳也来到人世，她以卡洛琳·艾琳的名字被记入了家谱。接下来有了三个男孩，都在学会走路以前夭折了——三个小男孩现在躺在距院落一百码的墓地里，在枝叶交错的雪松下，三块石碑上都写着“杰拉尔德·奥哈拉之子”这样的名字。

从艾伦来到塔拉的那一天起，这地方就开始改变了。虽然她只有十五岁，但已准备承担一个庄园女主人的责任。结婚前，年轻女孩必须甜蜜、温柔、美丽、会打扮，这是最重要的；但结婚后，她们被期望能管理一个有百名或更多白人和黑人成员的家庭家务，事实上，她们都受过这方面的训练。

艾伦已受过婚前准备的训练，任何一个有教养的姑娘都受过，而且她身边还有嬷嬷，嬷嬷能鼓起最懒惰的黑奴的干劲。她很快给杰拉尔德的家务带来了秩序、体面和优雅，她让塔拉呈现出一种以前从没有过的美丽。

这座房子原来建造时没有任何建筑计划，任何时候，任何地方只要便利就加盖多余的房子。在艾伦的细心布置下，竟有了一种魅力，弥补了没有规划的缺陷。雪松夹道的林荫路从中心路直通屋子——那雪松夹道的林荫路，哪个佐治亚庄园主没有，但都不算完整——凉爽幽暗的树荫与其他树木的绿色相映衬，显出明亮的色调。攀缘在阳台上的紫藤在粉白的砖墙衬托下更加鲜艳，门边粉红色的长春花丛，院落里的白色木兰花遮掩了屋子的一些笨拙线条。

春夏季节，草坪上的百慕草和三叶草变绿了，那么诱人的绿，连那些在后院活动的成群的火鸡和白鹅也难以抵抗它的诱惑。年长的火鸡总是带头闯进前院，悄悄逼近绿油油的青草、芬芳的茉莉花蕾和百日草花坛。为防止它们糟蹋，一个小黑奴被安排在前廊站岗。小黑人男孩手里拿着破毛巾，坐在台阶上，构成了塔拉图景的一部分——一个忧郁的男孩，因为不允许他伤害它们，只能向它们挥舞毛巾，发出嘘嘘的叫声。

艾伦派了十二个黑人小男孩来完成这项任务，这是男性奴隶在塔拉所承担的第一项差使。满十周岁后，他们将被送到庄园的补鞋老爹那儿去学手艺，或被送到车工兼木匠阿莫斯那儿，或者放牛的菲利浦那儿，或者赶骡子的小卡夫那儿。如果他们无力完成这些手艺中的任何一项，将变成田间劳动者，以黑奴的观点，他们就此永远失去了获得任何社会地位的权利。

艾伦的生活既不轻松也不快乐，而她并没有期望生活会轻松，如果说不够快乐，那也是女人的命。这是个男人的世界，她只有认命了。男人拥有财富，女人来管理它。男人获得管理好的荣誉，女人还得夸他聪明。男人因为指头上扎了刺而像野牛一样咆哮，女人生孩子时还得压低声音，以免她使他厌烦。男人讲话粗鲁，经常喝醉。女人还得忽视他的失言，毫无怨言地把醉鬼扶上床。男人粗暴无礼、口无遮拦；女人总是善良、优雅和宽容。

她受过大家闺秀的传统教养，知道怎样才能既承担重任，又保持魅力，她希望三个女儿也能成为大家闺秀。在两个小女儿身上，她成功了，因为苏伦非常渴望能吸引人，对母亲的教诲言听计从，卡洛琳是个羞怯的姑娘，极易教育。但斯佳丽，却很难寻找到通向淑女风范的道路。

嬷嬷气恼的是，她最喜欢的玩伴不是两个妹妹或者是有教养的威尔克斯家的姑娘，而是农场里的小黑奴及邻居家的男孩子。她爬树和掷石子一点儿也不比哪个男孩差。嬷嬷非常焦虑艾伦的女儿竟然流露出这样的德行，总是郑重地告诫她“行为举止要像个小姐样子”。可艾伦以一种更加宽容和长远的眼光看待这件事。她知道童年伙伴许多年后会变成情人，一个女孩首要的职责就是嫁人。她告诉自己这孩子只是精力太旺盛，日后还有时间来教她吸引男人的艺术和优雅风度。

为达到这个目标，艾伦和嬷嬷竭尽全力，当斯佳丽慢慢长大时，在这个科目上成为一个聪明的学生，虽然她几乎没学到其他什么东西。尽管接连请了几个家庭女教师，又在附近的费耶特维尔女子学院上过两年。她的教育还是很不完全，但是郡里没有哪个女孩的舞姿比她的更优雅。她知道怎样笑才能使酒窝儿更深。怎样走内八字的步子才能使宽摆裙子款款摆动，怎样抬头看着男人的脸然后垂下眼帘，迅速地眨动眼睫毛，使她看起来好像为一种温柔的感情而颤抖。她首要学会的是怎样才能在男人面前掩藏住那张婴儿一样甜美可爱的脸蛋下面的机警聪明。

艾伦以软言细语的开导，嬷嬷以持续不断的吹毛求疵，努力向她灌输使她真正具有令人满意的妻子的品质。

“你必须温柔一些，文静一些，亲爱的。”艾伦对女儿说，“男人们讲话时不要打断他们，即使你自认为比他们知道得多。男人不喜欢早熟的姑娘。”

“年轻的小姐要是皱着眉头，翘起下巴，尽说‘我要’‘我不要’，八成找不到丈夫。”嬷嬷严厉地警告她，“年轻的小姐应该垂下眼帘说，‘是的，先生。您说得很对’，或者说‘听您吩咐，先生’。”

她们教给她淑女应知道的所有礼仪，可她只学会了文雅的表层迹象。这些迹象所来自的内在优雅她从来也不曾学会，而且她并不认为学那些有什么理由。外表已足够了，因为淑女的外表已为她赢得了众人的青睐，她想得到的就是这些。杰拉尔德吹嘘她是五个郡的大美人，这话有几分真实，因为她几乎得到邻里所有年轻人的求婚，还有许多来自亚特兰大和萨凡纳的年轻小伙子也向她求爱。

感谢嬷嬷和艾伦，十六岁的她看起来总是甜美、妩媚，可举止轻浮，事实上，她固执、自负、任性。她具备爱尔兰父亲易激动的热情，却不具备母亲的无私和宽容的天赋，至多只有薄薄一层外表。艾伦从没真正意识到这只是表面现象，因为斯佳丽总是把最美的面貌展示给母亲，掩盖了她的坏脾气和越轨行为，尽量以柔顺的品质出现在艾伦面前，因为母亲责备的一瞥就足以使她羞愧得流泪。

可嬷嬷不对她抱任何幻想，时刻警惕着要戳穿她外表的虚饰。嬷嬷的眼睛比艾伦犀利，斯佳丽想不起一生中有哪一次愚弄嬷嬷太久。

并不是说这两个慈爱的顾问为斯佳丽的活泼好动和妩媚迷人而懊悔。这些都是南方女人引以为傲的性格。她身上具有杰拉尔德的固执和急躁脾性，这使她们担忧，有时她们害怕不能隐瞒她的恶劣品质，直到她找到一个好的归宿。然而斯佳丽想嫁人——嫁给阿希礼——她愿意显得娴静、温柔、单纯，如果这些都是能吸引住男人的品质。为什么男人会喜欢这样，她并不知道。她只知道这样的方法奏效。她对努力思考个中缘由毫无兴趣，因为她对任何人思想的内在动机都一无所知，甚至是她自己的。她只知道如果这样做，这样说了，男人就会正确地这样回答。就像数学公式一样，一点也不困难，因为数学是斯佳丽在学校时最擅长的课程。

假如她对男人的心思知之甚少，那么对女人的心思她就了解得更少了，因为她对她们不感兴趣。她从来就没有过一个女朋友，而她并不因此感到任何缺憾。对她来说，所有的女人，包括她的两个妹妹，在追逐同一个猎物——男人时，都是天生的敌人。

所有的女人都如此，只有她母亲例外。

艾伦·奥哈拉与众不同，斯佳丽把她看作是超越其他人类的圣洁的东西。

斯佳丽小时候，曾把她母亲与圣母玛丽亚混同在一起，现在她长大了，发现仍没有理由改变原来的观点。对她来说，艾伦代表着只有上帝或母亲才能给予的绝对的安全。她知道母亲是正义、真理、慈爱和智慧的化身——是一个伟大的女性。

斯佳丽非常想成为母亲那样的人。唯一的困难是想要公正、真诚、温柔、无私，就会失去生活中的大部分乐趣，当然还有许多情人。生命那么短暂，不应错过如此令人愉快的事。有一天如果她嫁给了阿希礼，老了，如果她有时间，就打算学母亲的样。可到那时……

第四章

那天晚上吃饭时，斯佳丽代替母亲主持了餐桌上的事宜，但她的思绪仍萦绕在那条关于阿希礼与梅兰妮的可怕消息上。她急切渴望妈妈快点儿从斯兰特瑞家回来，没有她，她觉得失落和孤独。斯兰特瑞家和他们永无休止的病痛有什么权利恰恰在她，斯佳丽最需要母亲的时刻将艾伦叫出去呢？

在阴郁的吃饭过程中，杰拉尔德低沉的声音冲击着她的耳膜。直到她想她再也忍受不了。他完全忘记了那天下午他与她的谈话，自言自语地说着来自萨姆特要塞的最新消息，时不时用拳头擂着桌子，挥舞着手臂。杰拉尔德养成了在吃饭时间控制谈话的习惯，一般情况下斯佳丽都专心于自己的心事，几乎听不见他说什么，但今天晚上她不能排除他的声音，无论她多么留神细听马车车轮声——那预示着艾伦归来了。

当然，她并不打算告诉母亲压在心头的重重心事，因为艾伦如果知道她的一个女儿想得到一个已和另一个女孩订婚的男人，就会感到震惊和伤心。但是，这是她生平第一次陷入悲痛的深渊，她想要母亲出现，给她安慰。艾伦在身边她总会感列安全，因为没有什么事糟糕得艾伦不能使它好起来，只要她在那儿。

听到马道上咯吱咯吱的车轮声，她突然从座位上站起来，听见它们绕过房子继续往后院走去，她重新坐下来。那不可能是艾伦，她会在前面台阶上下车。然后黑暗的院落中传来一个黑奴激动的唠叨声和尖声尖气的黑奴的笑声。从窗户望出去，斯佳丽看见了波克，他刚刚从屋子出去，手里高举着一把烧得亮晃晃的松节，几个模糊的人影从大车上下来。笑声和谈话声在黑夜的空气里此起彼伏，欢快、亲切、无忧无虑的声音，深沉柔和，音乐般动听。然后脚步声拖拖拉拉地踏上后廊的楼梯，进入通向主屋的过道，就停在餐室外面的穿堂里。窃窃私语声停息了片刻，波克走进来，他惯常的严肃不见了，眼睛骨碌碌转着，露出一排白牙齿。

“杰拉尔德先生”，他呼吸急促地说，新郎的自豪全写在闪闪发亮的脸上，“您的新女人来啦。”

“新女人？我没买什么新女人。”杰拉尔德宣布，假装瞪着眼睛。

“是的，您买了，杰拉尔德先生！是的！她就在外面，等着向您问好。”波克回答道，激动地搓着双手，咯咯地笑。

“好了，把新娘带进来。”杰拉尔德说，波克转身向穿堂里他的妻子挥挥手。她刚从威尔克斯家的农场来到这儿，变成塔拉的一员。她进来了，后面跟着十二岁的女儿，她藏在母亲宽大的印花布裙子旁，局促不安地蹭着母亲的腿。

迪西个子高大，腰板挺直，她的年龄介于三十与六十之间，呆板的古铜色脸上没有一丝皱纹。印第安血统在她身上比黑人特征更加明显。红色的皮肤，又窄又高的前额，突出的颧骨，扁平的鹰钩鼻，下面是厚厚的黑人嘴唇，这一切都表明她是两个种族的混血儿。她神态自若，走路时风度超过了嬷嬷，嬷嬷的风度是学来的，而迪西的风度来自于血统。

她说话时，声音不像大多数黑奴那样模糊不清，而且她很小心地选择着措辞。

“晚上好，年轻的小姐们。杰拉尔德先生，对不起，打扰您了，我想到这儿来再次感谢您买下我和我的女儿。许多绅士也许会买下我却不会买我的普里西，您使我免受牵挂之苦，我谢谢您。我将尽力为您效劳，表明我永世不忘您的恩情。”

“唔——嗯唔。”杰拉尔德清清嗓子说，因善举被当场揭穿而感到很尴尬。

迪西转向斯佳丽，一种类似微笑的神情堆满了她眼角：“斯佳丽小姐，波克已告诉了我您怎样央求杰拉尔德先生将我买下。因此我把我的普里西送给您做贴身丫头。”

她将手伸到背后把小女孩拉到前面。她是个褐色的小东西，皮包骨头的腿像小鸟一样，无数的小辫子仔细地用细绳扎着，直挺挺地翘在头顶。她有一双不会错过任何事的锐利、机警的眼睛，脸上有一种假装的愚蠢表情。

“谢谢你，迪西，”斯佳丽回答，“可是我恐怕嬷嬷会对此事有看法，从我出生起她就是我的贴身女仆。”

“嬷嬷年纪大了，”迪西说，沉着的神态肯定会激怒嬷嬷，“她是个好嬷嬷，可您现在是个年轻的小姐，需要一个好侍女。我的普里西给印第安小姐当过一年丫头。她会缝纫、梳头，做得像大人一样好。”

在母亲的怂恿下，普里西弯腰突然行了个屈膝礼，还对斯佳丽咧嘴笑着，斯佳丽忍不住也咧开嘴回笑了一下。

“真是个机灵的小妞。”她想，然后大声说，“谢谢你，迪西，等妈妈回家时我们再商量这事吧。”

“多谢了，小姐。我向您道晚安。”迪西说着，转过身，与她的孩子一同离开了屋子。波克手舞足蹈地献着殷勤。

饭桌收拾干净了，杰拉尔德继续他的演说，他对自己并不满意，听众们根本就没有兴趣。他声如雷鸣地宣布战争立即就要爆发的预言，反复问是否南方还要继续忍受北方佬的侮辱，只换来了隐隐厌烦的回答，“是的，爸爸”或“不，爸爸”。卡洛琳坐在大灯下的一只膝垫上看书，深深地被一个女孩的爱情故事吸引住了，那女孩在她所爱的人死后就当了修女，她正满心欢喜地幻想自己戴上白修女帽的画面。苏伦在她傻笑着称之为“希望之箱”上刺绣，心里想着在明天的野宴上，她是否能把斯图兰特·塔尔顿从姐姐身边吸引过来，用她所拥有而斯佳丽缺乏的女性温柔的品质取悦他。而斯佳丽仍在为阿希礼心绪烦乱。

爸爸知道她的心都快碎了，怎么还能大谈特谈萨姆特要塞和北方佬？像年轻人通常所想的那样，她奇怪人们怎么会那么自私，对她的痛苦无动于衷，她的心都碎了，而地球仍在一如既往地转动。

她的心里仿佛刚刮过一阵旋风似的，奇怪的是，他们坐在其中的餐厅怎么会这么平静，还像以往的那样一成不变。笨重的红木桌子和餐具柜，大堆的银餐具，闪闪发亮的地板上色泽明亮的碎毡小地毯都在它们原来的位置上，好像什么事也没发生似的。这是一间温馨舒适的屋子，平时，斯佳丽喜爱家人吃完晚饭后在这儿度过安静的几个小时，可今晚她痛恨看到它，要不是害怕父亲大声大叫着提问题，她早就溜走了，沿着黑暗的穿堂进入艾伦的小办公室，伏在老沙发上大哭，发泄自己的悲伤。

这是所有的屋子里斯佳丽最喜欢的一间。在那儿，艾伦每天早上都坐在高高的写字台前，整理种植园的账目，听取监工乔纳斯·威尔克森的报告。那儿也是全家人闲坐的地方，艾伦用鹅毛笔记账，杰拉尔德坐在摇椅上，几个女孩子坐在坐垫都凹进去的沙发上，那沙发由于太破旧，没有放到前屋。斯佳丽现在渴望待在那儿，只与艾伦在一起，那么，她就可以将头靠在妈妈的膝上，好好哭一场。妈妈怎么还不回来？

这时，车轮行驶在沙砾马道上的尖利声传来，艾伦打发车夫的温柔声音飘进屋里。所有的人都急切地抬起头来，她匆匆地进来，裙环摆动着，神情疲倦而悲伤。随她一同进来的还有一股淡淡的美人草香囊的柠檬香味，那香味好像总是从她裙子的皱褶间发出来，斯佳丽总是把它与母亲联系在一起。嬷嬷跟在后边几步远的地方，手里拿着皮包，下唇撅着，眉毛皱着，嬷嬷摇摇摆摆地走着，嘴里暗自叽叽咕咕，小心翼翼地压低自己的话音，让人听不出她在说什么，可又要大得足以使人察觉她的一肚子怨气。

“很抱歉，我回来得这么晚。”艾伦说，把格子披肩从低垂的肩头解下，递给斯佳丽，顺手拍了拍她的脸蛋。

她一进来，杰拉尔德的脸仿佛着了魔似的神采奕奕起来。

“那小杂种受洗礼了吗？”他问道。

“是的，死了，可怜的小东西。”艾伦说，“我担心埃米也会死，可我想她会活下来的。”

女孩们把脸转向她，震惊而疑惑，杰拉尔德豁达地摇摇头。

“当然，孩子还是死了好，毫无疑问，可怜他没有父亲——”

“太晚了，现在我们最好做祈祷。”艾伦那么平静地打断话头，如果斯佳丽不是太了解母亲的话，也不会注意到这插话的含义。

弄清楚谁是埃米·斯兰特瑞孩子的父亲将是一件有趣的事，但斯佳丽知道如果她等着从母亲口中弄清真相，那是没指望的。斯佳丽怀疑是乔纳斯·威尔克森，因为她好几次在夜幕降临时看见他和埃米沿着大路散步。乔纳斯是个北方佬，单身汉，他是个监工，这个事实使他永远与郡里的社交活动沾不上边，任何有地位的家庭都不会与他结亲，除了斯兰特瑞家和像他们一样的穷白佬以外没人会跟他打交道。由于在受教育程度上他比斯兰特瑞家的人高出几等，所以他不愿娶埃米也是很自然的，不管他多么频繁地在黄昏与她一起散步。

斯佳丽叹了口气，她的好奇心很大。事情总是在妈妈的眼皮子底下发生，她却从没注意过，仿佛它们根本就没发生似的。艾伦忽视一切违反她的正派观念的事情，并竭力教斯佳丽做到这一点，可效果甚微。

艾伦走到壁炉架前去拿放在嵌花的小首饰盒子里的念珠，这时嬷嬷语气坚定地说话了。

“艾伦小姐，你祈祷前还是吃点儿东西吧。”

“谢谢你，嬷嬷，我不饿。”

“我亲自为你做好晚饭，你就会吃了。”嬷嬷说道，生气地皱着眉头穿过穿堂向厨房走去，“波克!”她喊道，“让厨子把火拨旺。艾伦小姐回来了。”

地板在她身体的压力下抖动着，她在穿堂里的自言自语声变得越来越大，清晰地传到餐厅里全家人的耳朵中。

“我说过多少次了，帮助穷白佬没有任何好处，他们都是些懒惰、不知好歹的下贱人。艾伦小姐犯不着累死累活地去照顾他们，有本事，他们怎么不去弄几个黑奴来侍候着。我就说过——”

她的声音随着她沿着仅盖了一个顶，通向厨房的长长的露天过道走远而逐渐消失。嬷嬷有自己的一套方法，让主人们准确地知道她在所有事情上的立场。她知道黑人自言自语发牢骚时，白人哪怕稍稍留神细听也是有失身份的。她知道要保持这种尊严，他们必须忽视她说的话，即使她站在隔壁的房间里大喊大叫。这使她免受责备，而又让大家都知道她对每件事的确切看法。

波克托着一个盘子、一套银餐具、一条餐巾走了进来。紧跟其后的是十岁的黑人小男孩杰克，一只手匆匆系着白外套上的纽扣，一只手拿着一把苍蝇掸子，那是用细报纸条扎在一根比他还长的芦秆上制成的。艾伦有一把美丽的用孔雀羽毛制成的苍蝇掸子，但只在非常特殊的场合才使用，还得经过家里的争吵，因为波克、厨娘和嬷嬷都迷信地认为孔雀毛是不吉利的。

艾伦坐在杰拉尔德为她拉来的椅子上，四个声音冲击着她的耳膜。

“妈妈，我那新舞裙的带子松了，我明天晚上想穿着它去十二橡树。请您帮我修一修，好不好?”

“妈妈，斯佳丽的新裙子比我的漂亮，我穿粉红色看起来像个丑八怪。为什么不让她穿我的粉红色裙子，让我穿她的绿裙子？她穿粉红色看起来挺好。”

“妈妈，我可不可以待到明天晚上的舞会散场？我已经十三岁了——”

“奥哈拉太太，你相信吗——安静，姑娘们，否则我抽你们鞭子！凯德·卡尔佛特今天早上去过亚特兰大，他说——你们能不能安静些，好让我能听见自己的声音？——他说那儿一切都乱了套，人们都在谈论战争、军事演习、组建军队。他说来自查尔斯顿的消息是他们再也不愿忍受北方佬的侮辱了。”

艾伦疲惫地微笑着，在一片吵闹声中，她首先同丈夫讲话，像一个妻子应该做的那样。

“如果查尔斯顿的正派人都这么认为，我确信不久以后，我们也会同样这么认为的。”她说，因为她有一种根深蒂固的信念，除了萨凡纳，全州大部分的名门望族都能在那个小小的海港城市找到，这是查尔斯顿人普遍持有的一种信念。

“不，卡洛琳，明年才行，亲爱的，那时你就可以待到舞会散场，穿成人衣服，那时我那粉红脸蛋的小宝贝就会玩得很痛快了。不要噘嘴，亲爱的。你可以参加烤肉野宴，记住，待到晚饭结束，但十四岁以前绝不能参加舞会。”

“把你的衣服给我，斯佳丽。做完祈祷后我将为你缝上花边。”

“苏伦，我不喜欢你的语调，亲爱的。你的粉红色衣服很可爱，和你的皮肤很般配，就像斯佳丽的裙子跟她的皮肤相般配一样。但是明天晚上你可以戴我的石榴项链。”

苏伦躲在妈妈背后，得意地朝斯佳丽皱鼻子，斯佳丽本来打算讨来项链自己戴的。斯佳丽对她吐舌头。苏伦是个令人恼火的既自私又爱嘀咕的妹妹，要不是艾伦阻止，斯佳丽早就抽她的耳光了。

“现在，奥哈拉先生，告诉我卡尔佛特先生还说了查尔斯顿哪些事？”

斯佳丽知道母亲根本就不关心战争和政治，认为那是男人们的事，没有哪个女人会理智地关心这些。但是给杰拉尔德一个机会，让他表达自己的观点，这会让他很高兴，艾伦无时无刻不为丈夫的兴致着想。

杰拉尔德继续谈论自己的消息时，嬷嬷把盘子放到了女主人面前，一盘金黄的小甜面包，一盘油炸鸡块和一盘切开的冒着热气的黄番薯，熔化的奶油还在往下滴。嬷嬷拧了小杰克一下，他赶紧开始干他的活，在艾伦身后慢慢地挥着纸掸子。嬷嬷站在桌子旁，看着每块食物从盘子进入嘴里，仿佛时刻预备着把食物强塞进艾伦的喉咙，只要她看出厌食的迹象。艾伦不停地吃着，但斯佳丽能看出来她太疲倦了，简直都不知道自己吃的是什么。仅仅是嬷嬷无情的脸强迫她不得不吃。

盘子空了时，杰拉尔德的话才说到一半。刚刚议论到北方佬的盗贼行径，想解放黑人又不愿为他们的自由花一个子儿的赎金，这时艾伦站了起来。

"我们就要开始祈祷了吗？"他不情愿地问道。

"是的，已经这么晚了——哦，整十点了，"刚好那只钟轻轻地咚咚报着时，"卡洛琳早就该睡了。波克，把灯拿来，还有我的祈祷书，嬷嬷。"

嬷嬷沙哑着小声吩咐下去，杰克把掸子放在屋角，把盘子撤走，嬷嬷这时伸手在壁橱抽屉里找艾伦破旧的祈祷书。波克踮着脚尖，伸手抓住灯链上的环，把灯慢慢放下来，直到桌面笼罩在明亮的灯光中，天花板隐没到阴影中。艾伦整整裙子，跪到地板上，把翻开的祈祷书放在她面前的桌子上，双手紧扣放在书上。杰拉尔德跪在她旁边，斯佳丽和苏伦按惯例跪在桌子另一边的位置上，把宽大的裙子叠起来垫在膝下，这样就不会被坚硬的地板硌得太疼，卡洛琳由于年纪小，不能舒服地跪在桌子旁，就面对椅子跪着，胳膊肘放在座位上。她很喜欢这个位子，因为祈祷中她很容易就可以睡着，而且，这个位置可以逃脱妈妈的注意。

家奴们拖拖拉拉地进了穿堂，跪在门口，嬷嬷跪下来时，大声呻吟着，波克直挺挺地像根通条，贴身女仆罗莎和蒂娜优雅地展开色彩明亮的印花布裙子，厨娘在雪白的包头布下显得既瘦又黄，杰克一副睡眼蒙眬的傻相，尽可能离嬷嬷远些，以免她的手指拧他。他们的黑眼睛满含期待地发着光，因为和他们的白人主子一块儿祈祷是一天中的一件大事。应答祷文中那古老华丽的语句以及东方式的比喻对他们并无意义，但这让他们的心灵得到了某种满足。他们在回答"主啊，怜悯我们吧""基督啊，怜悯我们吧"时，身子总是摇晃着。

艾伦闭上眼睛，开始祷告，她的声音时高时低，使人平静，给人慰藉。当艾伦感谢上帝为她的家庭，包括她的家人和黑奴，带来幸福和安康时，大家都在黄色灯光的光圈下低下了头。

她为塔拉屋顶下的所有人，她的父母、姐妹、死去的三个孩子以及"所有在炼狱中受苦的灵魂"祈祷，祈祷完毕后，她长长的手指捻着白念珠开始吟诵《玫瑰经》。像一阵轻柔的风吹过，应答声从黑人和白人的喉咙里响起来：

"圣母玛丽亚，上帝的母亲，为我们这些有罪的人祈祷吧，现在，和我们临终的那一刻。"

尽管悲痛欲绝，泪水强忍住才没流下来，一种深深的安静平和感还是包围了斯佳丽，在这个时刻，她总会这样。白日里的失望和明天的恐怖都远离了她，留下一线希望。并不是把心奉献给上帝，才带来这种安慰，因为信仰对她而言只是嘴皮子上的玩意儿。而是看到母亲虔诚的脸转向上帝和诸位圣徒和天使的宝座，为她所爱的人祈祷幸福。当艾伦跟天堂对话时，斯佳丽确信天堂听到了。

艾伦做完了祷告，杰拉尔德开始偷偷地扳着手指念《圣母十遍颂》，祈祷时，他总是找不到念珠。他的声音一开始响起来，斯佳丽的思绪就情不自禁地溜号了。她知道应该自我审视一番。艾伦教导过她，在每一天结束时，完全地反省一下，承认自己的诸多错误，祈求上帝宽恕并赐予力量永不再犯。可斯佳丽却在反省自己的心。

她把头抵在合起的手掌上，这样母亲就看不到她的脸了，她的思绪又哀怨地回到阿希礼身上。他真正爱的是她，斯佳丽，怎么能打算娶梅兰妮？而且，他又不是不知道她有多爱他，他怎么能故意伤她的心？

这时，一个崭新的念头突然像彗星一样耀眼地划过她的脑际。

“可是，阿希礼并不知道我爱他!”

她几乎为这个念头的出人意料而震惊得喊出声来。她的思维停滞了，好像过了很长时间，几乎透不过气来，然后才飞速往下想去。

“他怎么会知道？我总是那么正经，那么庄重，一副不容侵犯的样子，他可能认为我只把他当朋友。是的，那就是他为什么从来都不开口求婚的原因，他以为他的爱毫无希望。那就是他为什么看起来那么——”

她的思绪迅速转回过去那些时光，她曾看见他以一种陌生的方式望着她，那双总能很好地掩饰其思想的眼睛睁得大大的，眼神中饱含痛苦和绝望。

“他以为我爱上了布伦特或斯图兰特或凯肯德，他的心都碎了。他可能想既然不能拥有我，不如成全家人娶了梅兰妮。可如果他知道我也爱着他——”

她善变的情绪从深深的愁苦一下上升到激动的幸福中。这就是阿希礼的沉默寡言和古怪行为的答案。他还不知道！她的虚荣心出来支持她，使她更加确信自己的想法。如果他知道她爱他，就会很快站到她这边。她只要——

“哦!”她欣喜若狂地想，手指掐着低下的前额。“我多傻啊，直到现在才想起这一点！我必须想出个办法让他知道我的心。如果他知道我爱他就不会娶梅兰妮了！他怎么会呢?”

这时，她大吃一惊，意识到父亲已祈祷完了，母亲正盯着她看。她赶紧开始念她的《圣母十遍颂》，机械地数着念珠，但她声音中的深情引得嬷嬷睁开眼睛向她投来探询的一瞥。她做完祷告后，轮到苏伦和卡洛琳先后开始念她们的《圣母十遍颂》，她的心思仍在那个刚进入脑海的新念头上飞速转动。

现在还不是太晚！郡里经常出现临结婚了，男方或女方跟第三者私奔了这样的事情。何况阿希礼订婚的消息还没有宣布呢！是的，时间是充足的！

如果阿希礼和梅兰妮之间没有爱情，有的只是很久以前的承诺，那么他为什么不能打破那个诺言而与她结婚——毫无疑问，他会那么做的，只要他知道，她，斯佳丽，爱着他。她必须想出个法子让他知道。她会想出办法的！到那时——

斯佳丽突然从她快乐的梦境中惊醒，因为她忘了做回答，母亲正满含责备地看着她。她一面继续祈祷，一面睁开眼，快速地扫了屋子一圈。跪着的人影，柔和的灯光，黑奴摇晃的暗淡阴影，甚至一个小时前在她看来十分可恨的那些熟悉的东西，顷刻间都呈现出了她自己感情的色彩，屋子好像再次成了一个温馨可爱的地方。她将永远不忘这个时刻，这个画面。

"至诚的圣母玛丽亚，"她母亲吟诵。《圣母玛丽亚祷文》开始了，艾伦用柔和的低音赞美圣母的本性时，斯佳丽顺从地回答："为我们祈祷吧。"

从童年时代起，这个时刻对斯佳丽而言就是崇拜母亲，而不是崇拜圣母玛丽亚的时刻。虽然这念头亵渎神圣，当古老的词句被再次念起，"病人的健康""智慧的源泉""罪人的庇护""神秘的玫瑰"，斯佳丽通过紧闭的眼睛，看到的总是艾伦仰起的脸而不是圣母玛丽亚——这些祷词之所以美丽是因为那是艾伦的本性。但是今晚，由于她自己精神振奋，斯佳丽在整个祈祷中发现那温软的话语，喃喃的回答，都有一种超乎平常的非凡的美，这是她以前未曾体验到的。她的心真诚地感激上帝在她脚下开辟出一条路——让她走出悲惨境况，径直走向阿希礼的怀抱。

最后一声"阿门"响起来时，他们都立起身。有点儿僵硬，嬷嬷由罗莎和蒂娜共同努力搀扶着站起来，波克从壁炉架上取出一个长长的纸捻，在火苗上燃亮后进了穿堂。螺旋形楼梯对面立着一个桃木餐具架，太大了不适合在餐厅使用，在它宽宽的顶上有几盏灯和一长排插在烛台上的蜡烛。波克点亮一盏灯和三只蜡烛，以皇家侍从长照着皇帝和皇后进入寝室的骄傲姿态，带领这队人走上楼梯，把灯高高地举在头顶。艾伦挽着杰拉尔德的胳膊，跟在他身后，几个女孩手里拿着各自的烛台，尾随上楼。

斯佳丽进了自己的房间，把蜡烛放到高高的五斗柜上，然后在黑暗的壁柜里摸索寻找那件需要缝补的舞裙。把它搭到手臂上，她静静地穿过过道。父母卧室的门微微开着一条缝，她正要举手敲门时，艾伦的声音，低低的但很坚定，传进她的耳朵。

"奥哈拉先生，你必须辞退乔纳斯·威尔克森。"

杰拉尔德发作道："我从哪儿还能找到另一个不欺骗我的监工?"

"他必须被辞退，立即，明天早上。大萨姆是个好工头，他可以接管乔纳斯的职位，直到你聘到新的监工。"

"阿哈!"杰拉尔德的声音传出来。"我知道了！能干的乔纳斯是那孩子的——"

"他必须被辞退!"

斯佳丽谨慎地停了一会儿，给杰拉尔德气急败坏的脾气留下渐渐平息的时间，然后才敲开门，把衣服递给母亲。

"那么，他是埃米·斯兰特瑞儿子的父亲。"斯佳丽想，"哦，是的，你还能指望一个北方佬男人和一个穷白佬女孩做出什么其他的事吗?"

直到这时，斯佳丽才脱了衣服，吹灭了蜡烛，明天的计划已详细地订好了。那是一个简单的计划，因为像杰拉尔德一样一门心思于一个意向，她的双眼集中在一个目标上，她只想着达到这个目标的最直接的步骤。

首先，她必须"傲气十足"，像杰拉尔德曾经要求的那样。从她到达十二橡树的那一刻起，就要显得无忧无虑，精神饱满。没有人怀疑她曾为阿希礼和梅兰妮的事而沮丧过。她将与那儿的每个男人调情。那对阿希礼来说很残酷，但会使他更加爱慕她，她不能忽视已到婚龄的每一个男人，从淡黄络腮胡子的老弗兰克·肯尼迪，他是苏伦的情人；到羞怯、安静、爱脸红的查尔斯·哈密尔顿，梅兰妮的哥哥。他们会像蜜蜂围着蜂房一样围着她转，当然阿希礼也会被吸引得离开梅兰妮加入她那些倾慕者的行列。然后，无论如何她要想法与他单独待上几分钟，远离人群。她希望每件事都按计划进行，否则将会困难得多。但是如果阿希礼不采取第一步行动。她就必须自己采取行动了。

当他们最终单独在一起时，他脑海里还留着其他男人绕着她转的画面，他会对那群男人中每一个都想得到她这样的事实印象深刻，所以眼神中充满了绝望和伤悲。然后她会让他重新高兴起来，让他发现，尽管人人都喜欢她，她爱他胜过世界上其他任何男人。她一旦温柔而端庄地承认了，看起来就会一千倍的可爱。当然，她要以淑女的方式做这一切。她做梦也不会冒失地告诉他她爱他——永远都不会。但告诉他的方式是个根本不会困扰住她的细节。以前她曾控制过这样的局面，她可以再重复一次。

躺在床上，月光朦胧地泻在她身上，她在脑海里刻画了整个画面。她看到当他得知她真的爱他时浮上脸庞的惊诧和幸福的表情，她听到他所说的求她嫁给他的话了。

自然，那时她必须说她不愿嫁给一个已与另一个女孩订婚的男人，但他会坚持下去，最后她会让自己被说服。然后他们决定在那个下午逃到琼斯博罗——

那么，明天晚上的这个时候她已经是威尔克斯太太了。

她从床上坐起来，抱着膝头，为她将成为威尔克斯太太而高兴了很长一段时间——阿希礼的新娘！这时，一种轻微的凉意透过心房。如果事情不像预想的那样呢？如果阿希礼不请求她与他一同逃跑呢？她果断地把这些念头推出脑海。

“现在我不想那个，”她坚定地说，“如果我现在想那个，会伤心的。事情没有理由偏离我所希望的轨道——只要他爱我。我知道他爱我！”

她抬起下巴，黑睫毛下的眼睛在月光下闪闪发亮。艾伦从来没告诉过她期望和如愿是两码事；生活没有教给她捷足未必先登。她躺在银色的月光下，勇气不断上升，制订着一个十六岁女孩的计划，生活曾是那么快乐幸福，失败根本是不可能的，一件漂亮衣服，一个清秀的面貌就是战胜失败的武器。

第五章

早上十点钟了。这是四月的一个暖和天，金黄的阳光透过宽大窗户上的蓝窗帘泻进斯佳丽的房间。奶油色的墙壁在太阳光下闪烁，红木家具的深处也泛出像葡萄酒一样的深红色，地板像玻璃似的闪闪发亮，只有铺在上面的碎毡小地毯呈现出色彩鲜艳的斑点。

空气中已含有夏天的气息了，春天的高潮不情愿地为酷暑让路，这是佐治亚州夏天来临的第一个暗示。一股芳香轻柔的温暖泄进房间，夹杂着浓郁的香气，有百合花香、新生树香，也有新耕过的红土地的潮湿气息。透过窗户，斯佳丽能看见碎石车道两旁鲜艳华美的水仙花丛，大片金黄的素馨花像有衬架的裙子似的把大地铺展得花团锦簇。反舌鸟和木坚鸟，在她的窗下又在为争取木兰树上的位置这个旧仇而争吵，木坚鸟声激烈刺耳，反舌鸟声温婉动人。

这样一个明媚的早上通常都会把斯佳丽唤到窗前，胳膊靠在宽阔的窗台上，陶醉于塔拉的芳香和天籁中。可今天她无暇顾及阳光和蓝天，只是匆匆想道：

“感谢上帝，没有下雨。”床上那件苹果绿的波纹绸舞裙，镶着淡褐色花边，整齐地叠放在一只大木盒里。那是准备带到十二橡树，在舞会开始之前换上的，可斯佳丽看到它只是耸了耸肩。如果她的计划能够成功，今天晚上就不用穿那裙子了。早在舞会开始以前，她和阿希礼已经踏上了通往琼斯博罗的路途，旅行结婚了。令人烦恼的问题是——她该穿什么衣服参加烤肉宴？

哪件衣服最能展示她的魅力，使阿希礼难以抗拒？从八点钟开始她就在一件一件地试衣服，然后淘汰掉，现在她站在那儿垂头丧气，身上穿着花边长裤，亚麻布胸衣，三层波浪形花边的亚麻布衬裙。淘汰掉的衣服堆在她周围的地板上、床上、椅子上，色泽鲜艳，缎带凌乱。

那件玫瑰色有长长的粉红色飘带的蝉翼纱衣，看来挺合适，可去年梅兰妮来十二橡树时斯佳丽已穿过它了，梅兰妮肯定还记得，而且可能还会不怀好意地提起它。那件黑色毛葛衣，蓬袖，公主花边领子，配她的白皮肤正好，但它使她看起来有点儿老气。斯佳丽焦虑地盯着镜子里她那张十六岁的脸，仿佛要找出皱纹和松弛的下巴肌肉似的。绝不能在梅兰妮的青春柔美面前显出老气和庄重。那件淡紫色的条纹细布衣很漂亮，有着宽宽的网眼花边，穿起来很美，可它不适合她的风格。它极般配卡洛琳那纤细的身材和慵懒的表情，斯佳丽觉得自己穿上像个女学生。

绝不能在梅兰妮的成熟稳重面前显得像个女学生。那件绿色塔夫绸格子裙，镶着荷叶边，荷叶边外面还滚着绿丝绒边，最时兴，事实上也是她最喜欢的衣服，因为它能使她的眼睛变成深翡翠色。但它的前胸有一块很明显的油渍。当然，她的胸针可以别在那上面，可也许梅兰妮的眼睛很犀利呢。还有许多五颜六色的棉布裙子，斯佳丽觉得不够喜庆，不适合今天的场合，还有许多舞裙和她昨天已穿过的绿色有枝叶花纹的细布裙，但它是下午穿的衣服，不适合野宴，因为是小蓬袖，领口又低得足以当舞裙。可没办法，只有穿它了。毕竟，她并不为自己的脖子、手臂和胸脯害羞，尽管早上把它们露在外面并不妥当。

她站在镜子前，一面扭过身子以便照照侧身，一面想她的身材绝对没什么可挑剔的。她的脖子虽短但浑圆，手臂既丰腴又迷人。胸脯被紧身胸衣高高托起，非常漂亮。她从来都不必像大多数十六岁的姑娘那样在紧身胸衣里缝一层层绸褶，使身材显得丰满而有曲线。她很高兴自己遗传了艾伦的细白手指和纤美小脚，她渴望拥有艾伦那样的身高，然而她自己的身高就挺让她高兴的。多么遗憾啊，腿不能露出来，她想道，提起衬裙，遗憾地看着它们，在长裤下面既丰满又匀称。她有如此优美的双腿，甚至费耶特维尔女子学院的姑娘们都承认了。至于她的腰——在费耶特维尔、琼斯博罗或者三个郡以内，没人拥有那么细的腰。

想到腰，又把她带回实际问题上来。那件绿细布衣裙腰身是十七英寸，嬷嬷却把她的腰束成十八英寸。必须让嬷嬷把她的腰束得再紧些。她推开门侧耳细听，听见嬷嬷沉重的脚步声在楼下穿堂里。她不耐烦地大声喊她，知道自己可以放心提高嗓门，因为艾伦正在熏腊间里，把一天的食物量发给厨娘。

“有人以为我会飞呢。”嬷嬷嘟囔着爬上楼梯，她喘着气进来，一副期待战争并乐意干上一场的表情。她黑大的手掌托着一个盘子，上面的食物还冒着热气，两大块涂着黄油的番薯，一叠淌着糖浆的荞麦饼，一大片浸在肉汁里的火腿。看见嬷嬷手里的东西，斯佳丽的表情从轻微的生气变成倔强的好战状态。沉浸在试衣的激动中，她忘了嬷嬷的硬性规则，奥哈拉家的姑娘们出去参加任何宴会之前，必须在家里把肚子填得饱饱的. 这样在宴会上就吃不下任何东西了。

“那没用。我不会吃的。你把它拿回厨房去。”

嬷嬷把盘子放在桌上，两手叉腰，摆出架势。

“你必须吃！不能像上次烤肉宴上，我由于生病没让你出发之前吃饱肚子，害得别人背后说我的闲话。你必须把这些东西通通吃光。”

“我就不吃！现在，过来帮我把腰束得更紧些，我们已经晚了。我听见马车都到大门口了。”

嬷嬷换成哄骗的语气。

“斯佳丽小姐，乖乖地吃一点儿吧。卡洛琳小姐和苏伦小姐都吃完了她们的那一份。”

“她们愿意吃，”斯佳丽轻蔑地说，“她们的胆量比兔子大不了多少。可我不愿意吃！我看见托盘就倒胃口。我不会忘记那次吃了满满一托盘食物，才去了卡尔佛特家，他们用从萨凡纳运来的冰做成了冰淇淋，我只能吃下去一小匙。今天我要玩个痛快，想吃多少就吃多少。”

听了这番异端邪说，嬷嬷生气地皱起了眉头，一个年轻小姐应该怎么做，不应该怎么做，在嬷嬷心里像黑白一样不容混淆，这两者之间没有任何折中的余地。苏伦和卡洛琳在她强有力的手掌里是泥巴，对她的警告恭敬地言听计从。可是要教斯佳丽知道她的大半冲动都是违反淑女准则的，则如同打仗一样困难。在与斯佳丽的战斗中嬷嬷很难成功，必须想出白人预料不到的花招才行。

“你不在乎别人怎么议论这个家，我可在乎。”她嘟囔道，“我决不能忍受宴会上每个人都说你多么没教养。我已告诉过你多少次了，一个小姐吃饭应该像小鸟一样，我决不让你到威尔克斯先生家里的时候，像田里干活的黑奴一样吃喝，像老鹰一样吞咽。”

“妈妈是大家闺秀，可她也吃饭。”斯佳丽顶了一句。

“你结了婚以后，也可以吃。”嬷嬷反驳道，“艾伦小姐像你这么大的时候，出去从来不吃东西，你波林姨妈和尤拉莉姨妈也一样。她们都结婚了。年轻的小姐要是拼命吃东西，一般情况下都找不到丈夫。”

“我才不信呢。那次烤肉宴你病了，我去前没有吃东西，阿希礼·威尔克斯跟我说他喜欢胃口好的女孩。”

嬷嬷预感不祥地摇摇头：“绅士们嘴上说的和心里想的完全不一致，而且我没注意到阿希礼先生想要娶你。”

斯佳丽怒目而视，开始尖锐地反击，然后住了口。嬷嬷击中了她的要害，没什么可争论的。看到斯佳丽脸上倔强的表情，嬷嬷拿起托盘，以她那种特有的不动声色的狡诈，改变了策略。向门口走去时，她叹了口气。

“不吃算了。厨娘装托盘时我就说过，‘你可以通过吃相判断一个姑娘是不是小姐。’我还对厨娘说，‘我从来没见过哪个白人小姐比梅兰妮·哈密尔顿小姐吃得更少，上次她去看阿希礼先生’——我是说，看英迪亚小姐时我看到的。”

斯佳丽锐利而狐疑地瞥了她一眼，可嬷嬷的宽脸盘上只有无辜和由于斯佳丽不像梅兰妮·哈密尔顿那样淑女而深感遗憾的表情。

“把盘子放下，过来帮我束腰，”斯佳丽烦躁地说，“然后我会努力吃一点。如果现在就吃，腰就束不紧了。”

嬷嬷放下托盘，为她的成功暗自高兴。

“我的小羔羊想穿哪件？”

“那一件。”斯佳丽回答，指了指毛茸茸堆成一团的绿花棉布裙子。嬷嬷立刻又双手掐腰，摆出架势。

“不，你不能穿那件。早上穿它不合适。下午三点以前，你不能把胸脯露出来。那衣服没领子没袖子，你会晒出斑点的，去年你到萨凡纳去，在海滩上晒出一身斑点，我用牛奶为你擦了整整一个冬天，好不容易才消掉，我可不想让你再出斑点。我这就告诉你妈妈去。”

“在我穿好衣服之前，你要对妈妈说一个字我就一点儿也不吃。”斯佳丽冷冷地说，“一旦我穿好了，妈妈就没时间让我回来换掉。”

嬷嬷无奈地叹了口气，知道自己的心思被看透了。权衡利弊，她觉得与其让斯佳丽贪婪地大吞大咽，不如让她穿下午裙参加早上的烤肉宴。

“抓住什么东西，屏住气。”她命令。

斯佳丽服从了，打起精神，紧紧抱住一根柱子。嬷嬷使劲地又拉又抽，鲸骨圈束住的腰围变得更小了，她眼里流出自豪、喜爱的神色。

“没人有我的小羊羔这样细的小腰。”她赞赏地说，“我每次只要把苏伦小姐的腰束到二十英寸小一点，她就会晕过去。”

“噗！”斯佳丽喘着气，困难地说，“我有生以来从来就没晕过。”

“好了，你要是时不时晕一次对你倒没什么害处。”嬷嬷建议道，“你有时太没有分寸了，斯佳丽小姐。我跟你说过，如果你看见蛇啊老鼠啊什么的晕倒一下会使你看起来更可爱。我不是说在家里，而是你在外面的时候。我跟你说过——”

“好了，快点！别说那么多了。我会抓住一个丈夫的。看着吧，即使我不晕不尖叫，也不会找不到丈夫。天哪，我的胸衣太紧了！穿上裙子吧。”

嬷嬷仔细地把十二码的绿色棉布裙套在山一样的衬裙上，钩紧裁剪得很短的紧身衣的背部。

“在太阳底下你要戴上披肩，即使热了也不要脱帽子，”她命令道，“否则你回家时看起来就会像老斯兰特瑞太太一样黑了。现在，过来吃点儿东西，小甜心，但别吃得太快。重新再束就不顶用啦。”

斯佳丽顺从地坐到托盘前，想着她是否还能往肚子里吃进食物，而又留出空间来呼吸，嬷嬷从脸盘架上取下一条大毛巾，小心地把它系在斯佳丽的脖子上，另一头折好铺在她膝上。斯佳丽先吃火腿，因为她喜欢火腿，就强咽进肚子。

“我要是结过婚就好了，”她怨恨地说，一边不情愿地进攻番薯，“我厌倦了无休止的装模作样，从来都不能做自己想做的事。我厌倦了装作我比小鸟吃不了多少，想跑的时候走着，跳一段华尔兹就说我要晕了，我可以连续跳两天的舞而绝不会感到累。我厌倦了说，‘你真了不起！’去愚弄那些见识还不如我一半多的男人，我厌倦了装作什么也不懂，让男人告诉我，因此让他们感觉自己很重要……我一点儿也不能再吃了。”

“再努力吃一块热甜饼。”嬷嬷毫不留情地说。

“女孩想找丈夫为什么就必须装得那么傻呢？”

“我想大概是因为男人不知道他们想要什么。他们只知道想什么就要什么。只要给他们自认为想要的东西，就会省掉一大堆麻烦，就不会做老处女。他们以为自己想要的是胆子小、胃口小、见识少的小姑娘。男人可不会娶一个他疑心比自己见识多的女子做老婆。”

“你不认为男人结过婚后发现自己的妻子很有见识就会大吃一惊吗？”

“可那已经太晚了。他们已经结婚了，而且男人也希望自己的妻子有见识。”

“总有一天我想说什么就说什么，想做什么就做什么，才不在乎别人喜不喜欢呢。”

“不，你不能，”嬷嬷严厉地说，“只要我一息尚存，你就不能那样做。你把那几块饼吃掉。把它们浸在肉汤里，亲爱的。”

“我不认为北方佬姑娘也得像我们一样装出傻瓜样。去年我们在萨拉托加，我注意到她们大多表现得很有见识，在男士们面前也一样。”

嬷嬷嗤之以鼻。

“北方佬姑娘！是的，我猜她们想起什么就说什么，可我在萨拉托加没见到她们中有几个人得到过男人求婚。”

“可北方佬也必须结婚，”斯佳丽争辩道，“她们不仅仅会长大，她们也会结婚，生孩子。她们有那么多的孩子。”

“男人只是为钱才娶她们的。”嬷嬷坚决地说。

斯佳丽把荞麦饼在肉汤里浸了浸塞进嘴巴。也许嬷嬷的话有一定的道理。肯定有一定的道理，因为艾伦也以不同的、更加委婉的语气说过同样的事。事实上，她所有的女朋友的母亲都让她们的女儿牢记弱不禁风、小鸟依人、眼睛天真无邪的必要性。真的，要花费不少时间才能培养和掌握这些矫揉造作，也许她过去太莽撞了。偶尔她会与阿希礼争吵，真实地表达自己的观点。也许就是因为这和她对骑马散步的健康爱好把他从她身边推向了柔弱不堪的梅兰妮。如果她改变策略，也许——可她觉得如果阿希礼屈服于女人设计好的花招，她就再也不会像现在这样崇拜他了。任何一个男人如果蠢得被一声傻笑，一次晕厥和一句“哦，你真了不起”俘虏，就不值得拥有。然而，他们好像全都喜欢那样。

假如她过去在阿希礼身上用错了战略——算了，那都是过去的事了，没法子了。今天要采取不同的、正确的战略。她想得到他，只剩几个小时可争取了。如果晕过去，或假装晕过去能得逞，她愿意晕倒。如果痴笑、卖弄风情、装傻能吸引住他，她愿意卖弄一番，装得甚至比凯瑟琳·卡尔佛特更加傻。而且如果有必要采用更大胆的手段，她也会采取它们。今天到时候了！

没有人告诉斯佳丽，她自己的个性，尽管强烈得让人恐惧，都比她将采取的任何伪装更加吸引人。即使有人告诉了她，她会很高兴但绝不相信。她所处的那种文化也不会相信，因为无论是在过去还是将来，从来没有哪个时候，从来没有哪种文化对女子自然本性的蔑视达到那样严重的程度。

当马车载着斯佳丽沿红土路驰向威尔克斯家的农场时，她心中一阵窃喜，妈妈和嬷嬷都没来参加宴会。那么在烤肉宴上就没有人会故意抬眉毛和噘下唇来干涉她的行动计划了。当然，苏伦明天肯定会说长道短的，可是如果一切都按斯佳丽所希望的方向发展，家里对她和阿希礼的订婚或者她的私奔的震惊足以抵消他们的不快。是的，她很高兴艾伦不得不待在家里。

那天早上，杰拉尔德喝足了白兰地才向乔纳斯·威尔克森宣布了解雇决定，在他离开之前，艾伦留在塔拉复核种植园的账目。斯佳丽跟母亲吻别时，艾伦正坐在小办公室高大的写字台前，分类架上塞满了文件。乔纳斯·威尔克森手里拿着帽子，站在旁边，绷紧的灰黄色脸几乎掩盖不住一腔仇恨的怒火，居然这么随便地就被从全郡最好的监工位置上赶了下来，仅仅因为一桩风流韵事。他反复对杰拉尔德说埃米·斯兰特瑞的孩子的父亲可能是一打男人里的随便哪一个——这个观点杰拉尔德同意——可是一旦艾伦干预了，他也没法改变决定。乔纳斯恨所有的南方人，恨他们对他冷冷的礼貌态度，以及礼貌下面对他社会地位的轻视。他尤其恨艾伦·奥哈拉，因为她拥有南方人身上他所痛恨的一切品质。

嬷嬷作为种植园的女仆总管，留下来帮助艾伦，因此坐在托比赶车位置旁边上的是迪西，女孩子们的舞裙装在长盒子里被她放在膝上。杰拉尔德骑着大猎马走在马车旁，白兰地使他浑身温暖，心里很高兴自己这么快就处理掉了关于威尔克森的不愉快的事件。他把责任都推到了艾伦身上，以至于她也会因为不能和朋友们一起参加烤肉宴而感到失望，他没有留神去想，因为这天是春天里难得的一个好天气，他的田野很美丽，鸟儿在歌唱，他觉得自己年轻贪玩，实在顾不上想别的。偶尔他会哼着《低靠背车上的假腿人》和其他爱尔兰小调，或者是写给罗伯特·艾米特的挽歌："她远离她年轻的英雄长眠的地方。"

一想到今天一整天都可以用来大谈北方佬和战争，杰拉尔德就激动兴奋起来，又为自己三个漂亮女儿骄傲，她们穿着鲜艳的铺展开来的带箍裙子，打着可笑的小花边洋伞。他根本没心思想到前一天他和斯佳丽的谈话，那早已被他抛到九霄云外。他只想到她很漂亮，为他增光不少，今天，她的眼睛像爱尔兰的山一样绿。最后这个想法使他自我感觉良好，因为好像含有一些诗意的味道，因此他就大声微微走调地唱起《披上绿装》的歌儿取悦姑娘们。

斯佳丽以母亲对待装模作样的小孩子那种怜爱而轻蔑的目光看着他，知道到日落时他就会喝得烂醉。夜色中回家时，他又会像往常那样努力跳过十二橡树和塔拉之间的每一道篱笆，她希望上帝的仁慈和那匹马的好灵性，让他躲过摔断脖子的劫难。他会有桥不过，让马从河里游过去，咆哮着回到家里，在这样的时刻总是拿着灯在前廊等候着的波克把他扶到办公室里的沙发上。

他会毁了那套崭新的呢绒灰西服，这会使他早上起来就破口大骂，并长篇大论地告诉艾伦黑暗中他的马怎么怎么从桥上掉了下去——这套拙劣的谎言谁也骗不了，可大家还都乐于接受，这让他觉得自己很聪明。

“爸爸是个可爱、自私、没责任感的活宝。”斯佳丽想，对他油然而生起一股爱怜。今天早上她很激动，很快乐，因而觉得整个世界，包括爸爸在内，都让她喜欢。她知道自己漂亮，在这一天结束以前她会把阿希礼占为己有。太阳暖暖的、柔柔的，佐治亚州春天的明媚在她眼前铺展开来。大路两旁，一丛丛黑莓掩映在嫩绿中，冬雨冲刷出道道红土沟，红土层中露出光秃秃的花岗岩，四周围绕着野生的淡紫色紫罗兰。河畔树木茂密的山坡上，白色的山茱萸花静静绽放，仿佛白雪仍然在绿叶丛中逗留。多花海棠树已含苞欲放，竞相从白色变成深粉红，树下，阳光点点洒在松针上，遍地的野花形成一张色彩绚丽的地毯，有橘黄，有玫瑰红，有深红。微风吹来一股淡淡的野花香，整个世界芳香得简直可以吃下去。

“我将永远记住这美丽的一天，直到我死。”斯佳丽想，“也许今天是我的结婚日呢!”

她激动地想，阿希礼和她将会怎样快速地骑马穿过这鲜花绿叶的美景，向琼斯博罗的牧师那里奔去，就在今天下午，或今晚月明星稀时。当然，她必须要由一位来自亚特兰大的牧师重新证婚，可那是该让艾伦和杰拉尔德操心的事。想到艾伦听说女儿与另一个女孩的未婚夫私奔会羞愧得脸色苍白，她稍稍胆怯了一下，但是她知道艾伦看到她过上幸福的生活就会原谅她的。杰拉尔德会责备她还会大吵大嚷，但根据昨天他说的那番不想让她嫁给阿希礼的话，如果他家能和威尔克斯家联姻，他会感到说不出的高兴。

“那都是些我结过婚后才需要操心的事。”她想道，把那些担忧抛到脑后。在这样暖和的太阳下，在这样的春季，除了快乐不可能感受到其他什么了。河对面山坡上十二橡树的烟囱已经能看得见了。

“我一生都将住在那儿，我会看到五十个这样的春天，或许更多，我将告诉我的子孙这个春天是多么美丽，比他们曾见过的任何一个春天都可爱。”想到最后这个念头她高兴极了，就跟着唱起了《披上绿装》的最后一段合唱，赢得了杰拉尔德的大声喝彩。

“我不明白今天早上你为什么这么高兴。”苏伦生气地说道，心里仍在想着她要是穿上斯佳丽那件绿色丝绸舞裙肯定会比斯佳丽穿上它漂亮得多。为什么斯佳丽总是那么自私，不愿把衣服和帽子借给妹妹？为什么妈妈总是向着她，还称绿色不适合苏伦？“你跟我一样明白今天晚上就要宣布阿希礼订婚的消息了。爸爸今天早上也这么说了，而且我知道你已经爱上他好几个月了。”

“你只知道这些。”斯佳丽说，吐了吐舌头，不想和她计较。不晓得苏伦小姐明天早上的这个时候会有多吃惊！

“苏珊，你知道不是那样的。”卡洛琳震惊地抗议，“斯佳丽爱的是布伦特。”

斯佳丽把含笑的绿眼睛转向她最小的妹妹，心想她怎么会这么可爱。全家人都知道卡洛琳十三岁的心全在布伦特·塔尔顿身上，其实他只把她看作是斯佳丽的小妹妹，别无其他想法。艾伦不在场时，奥哈拉家的人都拿他来逗她流泪。

“亲爱的，我对布伦特没有一点儿意思，”斯佳丽宣称，乐得大方，“他对我也没意思。喏，他在等着你长大呢！”

卡洛琳的小圆脸涨红了，又是高兴又是怀疑。

“哦，斯佳丽，是真的?”

“斯佳丽，你知道妈妈说过，卡洛琳还太小，不该想男朋友的事，你却在这儿往她的脑瓜里灌输这些思想。”

“好了，去告状吧，看我会不会在乎。”斯佳丽回答，“你想阻止小妹妹，因为你知道大约一年以后她就会出落得比你更美丽。”

“你们今天说话要留点儿神，否则我就用鞭子抽你们。”杰拉尔德警告道，“现在别吭气！我听到的是车轮声吗?那是塔尔顿家的马车，要不就是芳汀家的。”

他们走近一条岔路，这条路穿过小山上的密林可以通往棉末沙和费尔希尔，马蹄声和车轮声越来越清晰了，树丛的屏障后面传来女孩子银铃般嘻嘻哈哈的喧闹声。杰拉尔德骑到前面，勒住马，向托比打手势，让他在两条路相交的地方停下马车。

“原来是塔尔顿家的女眷。”他向女儿们宣布，红润的脸庞奕奕泛光，因为除了艾伦以外全郡的女人里就数红头发的塔尔顿太太最讨他的喜欢了。“她亲自驾着车。啊，这女人有一双驾驭马的巧手！轻如羽毛，韧如牛皮，而且还那么漂亮，值得亲一口。可惜你们谁都没有那样一双手。”他加了一句，朝他的女儿喜爱又责备地瞥了一眼，“卡洛琳害怕牲口，苏伦一捏住缰绳，双手就像大熨铁一样，还有你，小姑娘——”

“得了，不管怎么说，我可从来没有被摔过。”斯佳丽生气地叫道，“而塔尔顿太太每次打猎都摔跤。”

“像男人一样摔断了锁骨，”杰拉尔德说，“既没晕过去，也没大惊小怪。现在，别说了，她来了。”

他在马蹬上站起来，脱下帽子挥舞着，塔尔顿家的马车驶进了视野，马车上，女孩子们穿着鲜艳的衣服，打着小阳伞，面纱飘拂着，塔尔顿太太正如杰拉尔德所说的那样。四个女儿，她们的嬷嬷和放在大木盒里的舞裙都挤在马车上，已没有车夫的位置了。贝特丽丝·塔尔顿从来不允许任何人，无论黑人还是白人，抓缰绳，只要她的双手不用吊腕带吊着。她身体单薄，骨骼细巧，皮肤那么白，仿佛火红的头发把脸上的血色都吸干了，可她拥有健康的身体和充沛的精力。她生了八个孩子，都跟她一样有着红头发和旺盛的精力，她很成功地把他们抚养成人，所以郡里人都说，像对待她所养的马驹一样，她给了孩子们慈爱的纵容，还有严格的纪律。"约束他们但不要挫伤了他们的锐气。"这是塔尔顿太太的座右铭。

她爱马，不断地谈论马。她理解它们，比郡里任何男人都能更好地驾驭它们。马驹多得围场里挤不下，都涌到了草地上，就像那八个孩子把山坡上的凌乱小屋挤得水泄不通一样。她在农场里四处走动时，马驹、儿女和猎狗都紧跟其后。她信赖自己的马，特别是那匹红牝马内利，极通人性。她每天都要骑马，如果到时家务事还没忙完，她就把糖缸交给哪个小黑奴说："给内利吃一把糖，告诉她马上就好。"

她总是穿着骑装，很少有例外的时候，因为无论她骑马还是不骑，心里总是渴望要骑的，因为这一点，所以她一大早起来就穿上骑装。每天早上，无论阳光明媚还是大雨滂沱，内利都套着鞍在房子前面走来走去，等候塔尔顿太太从繁忙的事务中抽出一小时的闲暇。然而费尔希尔是个很难管理的农场，她很难抽出闲暇时间，经常内利都是空着马鞍一小时又一小时地走来走去，这时贝特丽丝·塔尔顿把骑装的下摆胡乱绑在手臂上，露出下面闪闪发亮的六英寸高的马靴，就这样度过一天。

今天，她在老式的窄裙环外套着暗淡的黑绸衣服，看起来好像仍然穿着骑装，因为这件衣服是完全按照骑装的样式裁剪的，有着长长黑翎的小黑帽遮住了一只热情、闪亮的棕色眼睛，和她打猎时戴的那顶破黑帽一模一样。

一看见杰拉尔德她就挥舞着马鞭，勒住那对欢跃的红马，后边马车里的四个姑娘都探出身子来大声打招呼，马受到惊吓，前蹄直向上腾跃。在粗心的旁观者看来，仿佛塔尔顿和奥哈拉两家不是两天而是好多年没见过面了。但塔尔顿是善交际的家庭，喜欢自己的邻居，尤其是喜欢奥哈拉家的姑娘们。应该说，她们喜欢苏伦和卡洛琳。郡里没有哪个姑娘真正喜欢斯佳丽，除了头脑简单的凯瑟琳·卡尔佛特外。

夏天时，郡里几乎每星期都举办一次烤肉宴或舞会，可对于红头发的塔尔顿家的人来说，由于具备巨大的享乐能力，每一次野宴和每一次舞会都好像是初次参加那样令她们激动。她们都很漂亮，很丰满，拥挤在马车里，裙环和荷叶边相互重叠着，阳伞碰撞着，擎在宽边的意大利太阳帽之上，帽子上插着玫瑰花，飘垂着黑丝绒带子。帽子下露出不同层次的红头发，赫蒂是纯红色，卡米拉是草莓红，兰达是紫铜红，小贝齐是胡萝卜红。

“这是一群漂亮的姑娘，夫人，”杰拉尔德殷勤地说，在马车旁边勒住马，“可她们要赶上自己的母亲还差得远哪。”

塔尔顿太太转动着棕红色的眼睛，咂着嘴唇扮着怪相表示感激，姑娘们喊起来：“妈妈，别抛媚眼，否则我们去告诉爸爸！”“我敢说，奥哈拉先生，如果周围有一个像您这么英俊的先生在场，她绝不会给我们机会。”

斯佳丽和其余的人听到这些俏皮话都笑了起来，也像往常那样，为塔尔顿家的姑娘们对待母亲那无拘无束的态度而吃惊。她们仿佛把她看作自己的同龄人一样不满十六岁。对斯佳丽而言，仅仅产生对自己的母亲说出同样的话的念头都是大逆不道的。然而——然而——塔尔顿姑娘们与母亲之间的关系有些令人愉快的地方，她们很尊敬她，尽管批评她、指责她、取笑她。不，斯佳丽赶紧忠诚地告诉自己，她更喜欢像塔尔顿太太那样的而不是艾伦那样的母亲，可是和母亲逗着玩仍然是很可笑的事。她知道仅仅这个想法已经是对艾伦的不敬，并为此感到羞愧。她知道坐在马车里的那四个火红头发的脑瓜里，从来不会受到诸如此类令人烦恼的念头的困扰，像通常那样，当她觉得自己不同于邻居们时，一种惶惑感包围了她。

她的脑子转得很快，却不擅长分析，她隐约意识到，塔尔顿家的所有姑娘像雄驹一样难驾驭，像三月的牝马一样难驯，但她们身上有一种遗传下来的无忧无虑的单纯。她们的母族和父族都是佐治亚人，北佐治亚人和最早的开拓者只相隔一代。她们自信，也相信周围的环境。她们本能地知道自己要干什么，像威尔克斯家的人一样，尽管方式截然不同，他们身上没有斯佳丽心里常常涌起的矛盾冲突。她身上混合着两种血统，有声音柔软、富于教养的海滨贵族人家的气质，也有爱尔兰农民的乡土气息。斯佳丽想像对待偶像一样尊敬和崇拜她的母亲，也想弄乱她的头发逗她，而且她知道自己应该将两者合二为一。这种矛盾心理就像她跟男孩子在一起时，既想显得温柔、有教养，又想做个不怕频频接吻的野姑娘一样。

“今天早上艾伦在哪儿?”塔尔顿太太问道。

“她辞掉了我们的监工后留在家里和他核对账目。塔尔顿先生和你的儿子们呢？”

“哦，他们几个小时前就骑马去了十二橡树——去品尝潘趣酒，看它是否够劲。我敢说，他们好像是从现在开始直到明天早上都没机会喝似的！我将去请求约翰·威尔克斯留他们过夜，即使他必须安排他们睡在马厩里。五个沉湎于酒杯的男人对我而言太多了。顶多三个人，我还能应付，可——”

杰拉尔德急忙插进来转移话题。他能感到自己的女儿们在背后窃笑，她们一定是想起了去年秋天他从威尔克斯家最后的烤肉宴上回到家里时的情形。

“你今天为什么没有骑着马，塔尔顿太太？真的，没有内利，你看起来都不像你了。你是个斯坦托。”

“斯坦托，好一个无知的男孩子！”塔尔顿太太喊道，模仿着他的土腔，“你是说一个森特。斯坦托是一个声音像铜锣的男人。”

“管它是斯坦托还是森特，都没关系。”杰拉尔德回答，对自己的错误若无其事，“你有时候声音就像铜锣，太太，当你吆喝猎狗的时候，是这样的。”

“他说得对，妈妈。”赫蒂说，“我跟你说过无论何时你看见狐狸就会叫得像个科曼奇人。”

“可是还没有嬷嬷给你洗耳朵时，你的叫声大呢。”塔尔顿太太回敬道，“你已经十六岁了！好了，至于我今天为什么没有骑马，是因为内利今天一大早就生马驹了。”

“真的吗？”杰拉尔德带着真实的兴趣喊道，他那爱尔兰人对马的喜爱在眼中闪耀，斯佳丽把母亲与塔尔顿太太相比较再次感到震惊。对艾伦而言，母马从不生小马驹，母牛从不产犊。事实上，母鸡几乎不下蛋。艾伦绝口不提这些事情。而塔尔顿太太没有这样的顾忌。

“一匹小母马。是吗？”

“不，是一匹漂亮的小公马，腿有两码长。你必须骑马过去看看他，奥哈拉先生。他是真正的塔尔顿马，就像赫蒂的卷发一样红。”

“看起来也非常像赫蒂。”卡米拉说，然后就尖叫着消失在一片裙子、宽松裤和摇晃的帽子堆中去了，确实长着一张长脸的赫蒂开始拧她。

“今天上午我的母马们可起劲了，”塔尔顿太太说，“自从今天早上我们听说了阿希礼和他那个来自亚特兰大的小表妹订婚的消息，她们就乐得手舞足蹈。她叫什么？梅兰妮？上帝保佑这孩子，她是个温柔的小东西，可是我从来都记不住她的名字和脸。我们家的厨子是威尔克斯家管家的老婆，昨天晚上他带来消息说今天晚上就要宣布订婚了，厨娘今天早上告诉我们的。女孩子们听到这个消息都很激动，虽然我不明白为什么。多少年来每个人都知道阿希礼将娶她为妻，这就是说，如果他不娶梅肯城伯尔家的一个表妹的话，就等于霍妮·威尔克斯不会嫁给梅兰妮的哥哥查尔斯一样。现在，告诉我，奥哈拉先生，难道威尔克斯家和他们家族以外的人联姻会违法吗？因为如果——”

斯佳丽没有听见后面那些谈笑。有一瞬间，仿佛太阳隐进了冷冷的云层，让阴影笼罩了整个世界，万物失去光彩。嫩绿的树叶看起来病恹恹的，山茱萸惨白了，多花海棠树一分钟前还是那么美丽的粉红色，现在已凋零了，枯萎了。斯佳丽的手指深深地插进马车的帷幕里，有一会儿，她的阳伞摇晃着。知道阿希礼将要订婚是一回事，而听到人们漫不经心地谈论它是另外一回事。渐渐地她的勇气又恢复了，太阳又出来了，景色又重新焕发出异彩。她知道阿希礼爱她。那是肯定的。她一想到今天晚上没有宣布订婚消息的话，塔尔顿太太将会多么吃惊，就微笑了——如果出现私奔，将会多么吃惊。她将告诉邻居们斯佳丽这个鬼丫头坐在那儿听她谈论梅兰妮，而她和阿希礼早就——她为自己的想法而露出笑靥，赫蒂一直在犀利地注视着她母亲的话所产生的影响，这时微微皱着眉头困惑地坐了下来。

“我不在乎你说什么，奥哈拉先生，”塔尔顿太太同情地说，“这种表亲联姻方式是完全错误的。对阿希礼来说娶哈密尔顿家的孩子为妻真是太糟糕了，至于霍妮将嫁给那个脸色苍白的查尔斯·哈密尔顿——”

“霍妮如果不嫁给查尔斯，她永远也不会吸引其他任何人的目光，”兰达仗着自己讨人喜欢就残忍而有恃无恐地说，“除了他，她永远不会有第二个情人。而且他从来都没有温柔地待过她，尽管他们已经订过婚了。斯佳丽，你还记得去年圣诞节他是怎么追求你的——”

“别像只猫似的，小姐，”她母亲说，“表兄妹不应该结婚，即使是第二代表亲也不行。这会减弱血统。不像马。你可以让母马和兄弟交配，种马和女儿交配，只要知道血统，就会得到好结果，可在人类身上这个道理行不通。也许你得到了好的血统，却得不到活力。你——”

“哦，太太，关于这个问题我要和你争辩一下！你能说我比威尔克斯家的人优秀吗？而且他们从布里安·博卢还是个孩子的时候起就开始联姻了。”

“他们真该结束这种状况了，弊端已开始显示出来。哦，阿希礼倒不是太严重，他那么漂亮，虽然他——可是看看威尔克斯家那两个相貌平平的姑娘，可怜的东西！当然是好女孩，可长相平庸。再看看小梅兰妮小姐。瘦得像根杆子，纤弱得好像风一吹就会飘起来，根本没有活力。没有她自己的观点。‘不，夫人！‘是，夫人！’那就是她必须说的一切。你明白我的意思吗？那个家庭需要新鲜血液，像你的斯佳丽或我的红发女儿那种良好的生气勃勃的血统。现在，不要误解我。威尔克斯家的人在他们的生活方式上是好人，我喜欢他们所有的人，可诚实地讲，他们过于讲究教养又近亲联姻，不是吗？他们会做得很出色，在平坦的路或快车道上，可是记住我的话，我不信威尔克斯家的人能在泥泞的马道上奔驰。我相信活力已在培养教养的过程中消耗尽了，出现紧急情况时我不信他们能战胜困难，那是个只适宜晴朗天气下生存的家族。我需要的是能在任何气候下奔驰的高头大马！他的家族联姻传统使他们与周围的人们格格不入。他们总是弹钢琴或埋头读书。我相信阿希礼宁愿读书也不愿打猎！是的，我真诚地相信这一点，奥哈拉先生！看看他们的骨骼，多么柔弱。他们需要充满力量的母马和种马——”

“啊，啊，嗯。”杰拉尔德说，突然负疚地意识到这场谈话对他来说非常有趣也完全合适，可对艾伦来说就不是这么回事了。事实上，他知道如果她得知自己的女儿听到这么直白的谈话就永远也不会平静。可塔尔顿太太像往常那样，一旦专心于自己最关心的话题——繁殖，无论是马匹的还是人类的，就听不进其他任何意见。

“我知道我在说什么，因为我有一些亲戚之间互相联姻，告诉你，他们的孩子生下来像牛蛙一样鼓着眼睛，可怜的东西。当家里人让我嫁给第二代的表哥时，我像小马驹一样跳起来。我说，‘不，妈妈。不是为我自己。我的孩子们都将关节内肿或患哮喘。’我一说到关节内肿妈妈就晕倒了，可我立场坚定，祖母也站到了我这边。她也了解许多养马的事，她说我是对的，而且帮助我和塔尔顿先生一起逃跑。看看我的孩子！体格高大、健康，他们中没有一个病恹恹的或个子矮小的，虽然博伊德只有五英尺十英寸高。可威尔克斯家——”

“不想改变这个话题吗，太太？”杰拉尔德急忙打断她的话，因为他注意到卡洛琳困惑的神情，苏伦脸上强烈的好奇，生怕她们会向艾伦问起一些令人尴尬的问题，那将暴露出他是个多么无能的长辈。他高兴地注意到斯佳丽这个小姑娘看起来像是在思考一些小姐应该思考的其他事情。

赫蒂·塔尔顿把他从困境中解救了出来。

“上帝啊，妈妈，让我们继续上路吧！”她焦急地喊道，“太阳烤着我，我都听见痱子从我脖颈上爆出来了。”

“稍等片刻，太太，先别走，”杰拉尔德说，“关于为了营队把马卖给我们这件事，你决定做些什么？战争随时都可能爆发，男孩子们期待着这事得到解决。

那是一支克林顿郡营队，我们想为他们配上克林顿郡的马匹。而你，太固执了，仍然拒绝把你的好马卖给我们。”

“也许根本不会有什么战争。”塔尔顿太太敷衍地说，她的思绪完全从威尔克斯家族奇怪的婚姻习惯中脱离了出来。

“为什么，太太，难道你不能——”

“妈妈，”赫蒂再次打断了杰拉尔德的话，“你和奥哈拉先生不会是想在十二橡树仍像在这儿一样谈论马匹吧？”

“正是这样，赫蒂小姐，”杰拉尔德说，“我只耽误你们一分钟时间。我们马上就要到达十二橡树了，那儿的每个男人，无论年轻的还是年老的，都想知道马匹的事。哦，看到像你母亲这么善良美丽的夫人却如此吝啬于自己的马，真让我伤心！你的爱国心哪儿去了，塔尔顿太太？难道南部邦联对你来说毫无意义吗？”

“妈妈，”小贝齐喊道，“兰达坐在我的衣服上，把我的衣服全都弄皱了。”

“好了，把兰达从你身边推开，贝齐，保持安静。现在，听我说，杰拉尔德·奥哈拉，”她反驳道，眼里开始冒出怒火，“你不要拿南部邦联来吓唬我！我认为邦联对我的意义与对你的意义一样重大，我四个儿子都在营队里，而你一个都没有。可我的儿子们会自己照顾自己，我的马却不会。如果我知道我的马将供给我认识的男孩子们骑，我会很乐意免费提供马匹，绅士们通常有着过良好的教养。不，我绝不会犹豫一分钟。可是让我的马受那些乡巴佬和骑惯了骡子的穷白佬的控制！不，先生！一想到它们连马鞍都没有就被骑出去受伤而又得不到很好的喂养，我就会做噩梦。你认为我愿意让那些无知的蠢货骑在我娇嫩的宝贝身上，看着它们的嘴巴被勒破，被打得精神崩溃？仅仅想到这一点，我现在都起鸡皮疙瘩！不，奥哈拉先生，你想要我的马当然是一片好意，可你最好去亚特兰大为你的庄稼汉买些老马。他们永远也不知道两者有什么不同之处。”

“妈妈，我们不能继续前进吗？”卡米拉问道，也加入焦急的呼声中，“你很清楚到最后你无论如何一定会把你的宝贝给他们的。当爸爸和男孩子们对你说南部邦联需要他们等等来说服你，你就会哭着让马儿跟他们走的。”

塔尔顿太太咧开嘴笑了，抖了抖缰绳。

“我不会做那样的事。”她说着，用鞭子轻轻地碰了碰马。马车迅速奔驰起来。

“真是个好女人。”杰拉尔德说，戴上帽子，回到自己马车旁边的位置上。“走吧，托比。我们将把她磨得筋疲力尽，然后得到马匹。当然，她说得对。她是正确的。如果一个男人不是绅士，就没资格骑在马背上。那些不是绅士的男人们只能是步兵。可遗憾的是，这个郡里没有足够的种植园主的儿子来组成一个完整的军队。你说什么，斯佳丽?”

“爸爸，请你要么骑马走在我们后面，要么就走在前面。你扬起那么厚的尘土，我们都窒息了。”斯佳丽说，觉得自己再也不能忍受这段谈话了。它扰乱了她的思绪，她非常渴望在到达十二橡树之前将思绪和面容都调整得有条不紊充满吸引力。杰拉尔德顺从地用马刺刺了一下马，在一片红尘中追随着塔尔顿家的马车，以便继续那场关于买马的谈话。

第六章

他们涉过小河后，马车驶上了山坡。十二橡树进入视野，斯佳丽就看见一缕青烟在高大的树林顶袅袅升起，闻到了烧山核桃木、烤猪肉、烤羊肉的混合香味。

烤肉坑昨天晚上开始就在慢慢地燃烧，现在应该已成了充满玫瑰红余烬的长槽，肉在火槽上面的铁钗上翻动着，肉汁滴下来，滴进炭火里嗞嗞地响。斯佳丽知道微风吹来的阵阵香味是从大房子后面的大橡树林发出的。约翰·威尔克斯总是在那儿举办烤肉宴，那是通向玫瑰花园的缓坡上的一块令人愉快的阴凉地，比卡尔佛特家所选的地方要舒服得多。卡尔佛特太太不喜欢吃烤出来的食物，而且她说那种气味会在屋子里萦绕数日，所以她的客人总是在距房屋四分之一英里之外毫无遮蔽的平地上热得发昏。可约翰·威尔克斯，因为好客而闻名全州，真正懂得如何举办烤肉宴。

长长的搁板野餐桌，上面铺着威尔克斯家最好的桌布，总是放置在浓荫下面，两边排着没有靠背的条凳；从屋子里搬出来的椅子、膝垫和靠垫分散在空地上，让那些不喜欢坐条凳的人坐。在远得足以使客人闻不到烟味的地方是长长的烤肉坑，巨大的铁汤锅里发出烤肉调味汁的香味，飘浮着布伦兹维克炖菜。威尔克斯先生总是派至少一打黑奴举着托盘在客人们中间忙碌地穿梭着提供服务。谷仓后面总设有另一个烤肉坑，客人的家用奴仆、车夫和贴身女仆可以在那儿吃红薯、玉米饼和黑人最珍爱的菜肴——猪内脏，应时的季节，还有西瓜，足够他们饱餐一顿了。

烤肉的鲜味一传来，斯佳丽就高兴地皱了皱鼻子，希望肉烤好时她还有胃口。事实上，她吃得太饱，又勒得太紧，每时每刻她都担心自己会呕吐。那太可怕了，只有老头子和极老的老太婆才能不顾别人的指责而呕吐。

他们登上了坡顶，那座白房子的完美匀称就展现在她眼前，高大的柱子、宽阔的阳台、平坦的屋顶，像一个对自己的魅力非常自信的美丽的夫人，可以对任何人都慷慨大方、和善可亲。斯佳丽对十二橡树的喜爱甚至超过了对塔拉的喜爱，因为它有一种高贵的美丽，一种成熟的尊严，这是杰拉尔德的房子所没有的。

宽阔蜿蜒的马道上满是带鞍的马、马车，客人走下马车向朋友们大声打着招呼。咧嘴笑着的黑奴们每次宴会总是激动万分，他们把马匹牵到谷场上卸下鞍辔，让它们休息。成群的孩子，有黑人有白人，在嫩绿的草坪上呼喊着，奔跑着，玩造房子和捉迷藏，吹嘘他们将吃下多少食物。从屋前通向屋后的宽阔的穿堂挤满了人，当奥哈拉家的马车在前面台阶停下来时，斯佳丽看见姑娘们穿着带裙箍的裙子，鲜艳得像蝴蝶似的，在二楼的楼梯上上下下，互相搂着腰肢，停下来斜倚着精巧的栏杆扶手，笑着朝下面大厅里的男孩子打招呼。

透过开着的法式窗户，她瞥见年长的夫人坐在客厅里，穿着黑绸衣服显得很稳重，在那儿吹捧自己，谈论孩子、疾病，以及谁和谁结婚了，为什么等等。威尔克斯家的管家汤姆，手里托着银盘子，在穿堂里忙碌穿梭，弯腰微笑着为穿着黄灰相加的裤子和上等亚麻褶边衬衣的年轻男人送上高脚玻璃杯。

阳光明媚的前阳台上挤满了客人。是的，全郡的人都在这儿。斯佳丽想。塔尔顿家的四个男孩子和他们的父亲斜靠着高大的柱子，斯图兰特和布伦特俩兄弟并肩站着，像往常一样形影不离，博伊德和汤姆和其父亲吉姆斯·塔尔顿在一起。卡尔佛特先生紧靠他的北方佬妻子站着，她虽然已在佐治亚州待了十五年，可从来都像在哪儿都是疏离的。每个人都友好礼貌地待她，因为他们为她难过，可谁也不能忘记卡尔佛特家的两个小伙子。瑞福德和肯德和他们打扮得漂漂亮亮的金发妹妹凯瑟琳在一起，逗着黑脸的琼·芳汀和他那美丽的未婚妻萨莉·芒罗。阿历克斯和托尼·芳汀趴在迪米特·芳汀的耳朵边说悄悄话，引得她发出阵阵咯咯的笑声。还有来自十英里外的洛夫乔伊，来自费耶特维尔和琼斯博罗，甚至一些来自亚特兰大和梅肯的家庭。这幢房子仿佛要被人群挤爆炸，没完没了的说话声，大笑声，痴笑声，女人刺耳的叫声和尖叫声此起彼伏。

约翰·威尔克斯站在走廊的台阶上，银发，身材笔挺，流露出安详的魅力和像佐治亚州夏日阳光般永恒温暖的友好态度。他身边站着霍妮·威尔克斯，这么称呼她是因为不管对谁，从她的父亲到田里干活的奴隶她都那么亲热，她局促不安地傻笑着向光临的客人问好。

霍妮显然想吸引住每个男人的神经质的样子与她父亲的从容形成鲜明对比，斯佳丽想，也许塔尔顿太太所说的话有一些道理。当然威尔克斯家的男人遗传了家族的外表特征，约翰·威尔克斯和阿希礼灰色眼睛上面浓密的深金黄色睫毛在霍妮和她妹妹英迪亚的脸上就显得稀疏而暗淡。霍妮古怪而没有睫毛的样子像只兔子，英迪亚，只有用相貌平平这个词形容了。

哪儿也看不到英迪亚，斯佳丽知道她可能在厨房向仆人发布最后的命令。“可怜的英迪亚，”斯佳丽想，“自从她妈妈死后，料理家务上遇到那么多麻烦，使得她除了斯图兰特·塔尔顿以外永远也没有机会吸引别的小伙子，那当然不是我的错，如果他认为我比她漂亮。”

约翰·威尔克斯走下台阶将胳膊伸给斯佳丽。她走下马车时看见苏伦满脸笑容，就知道她一定是在人群中认出了弗兰克·肯尼迪。

“假如我找不到比那个穿裤子的老处女更好的情人！”她一面同情地想道，一面踩到地上向约翰·威尔克斯微笑致谢。

弗兰克·肯尼迪急忙走向马车搀扶苏伦，苏伦那骄傲自大的样子使斯佳丽简直想扇她耳光。弗兰克·肯尼迪也许比郡里其他人拥有更多的土地，也许还有一副好心肠，可这些东西与他已经四十岁的事实相比一文不值。他年已四十，个儿瘦小，生性胆小怕事，长着几根稀稀落落的姜黄胡子，遇事大惊小怪，简直像个老处女。不过想起自己的计划，斯佳丽强压对他的轻蔑朝他莞尔一笑表示问候，他愣了片刻，手臂伸给苏伦，带着又高兴又困惑的神情瞪着斯佳丽。

斯佳丽的眼睛在人群中搜寻阿希礼，即使当她与约翰·威尔克斯进行愉快而短暂的交谈时也没有停止，然而他不在走廊里。有一打人的声音在和她打招呼，斯图兰特和布伦特也朝她走过来。芒罗家的姑娘们奔过来欣赏她的裙子，很快她便置身于一片越来越高的声浪的中心，人人都努力压过别人的声音使自己的话能被听见。可是阿希礼在哪？梅兰妮和查尔斯呢？她一面四处张望，朝穿堂里高声笑着的人群看去，一面努力使自己做得不太明显。

当她聊着天，笑着，眼睛迅速扫过屋子和院落时，她看见了一个陌生人，独自站在穿堂里，以冷漠傲慢的方式盯着她，使她尴尬地意识到自己的裙子胸口开得太低。他看上去够老的，至少有三十五岁，他身材魁梧，体格健壮。斯佳丽想她从来没见过肩膀这么宽阔，肌肉这么发达的男人，她的目光与他的相遇时，他微笑了，在修得短短的黑髭下面露出野兽一般雪白的牙齿。他脸色黝黑，黑得像个海盗。一双厚颜无耻的黑眼睛看起人来就像在估量一只海船，想要凿沉它，或是在估量一个少女，想去掳掠她。他朝她笑着的时候，嘴角带着一种嘲讽的情绪，脸上显出一副满不在乎的冷漠样子，那神情叫斯佳丽见了几乎透不过气来。用那样的眼光看她，她觉得简直应该说是对她的侮辱，然而事实上她并不觉得自己受了侮辱，这实在使她感到烦恼。她不知道他是何许人，但他那张黑黑的面容，无疑显示出他良好的出身。他那饱满的红色嘴唇上面的瘦削的鹰钩鼻，那高高的前额和那双离得很开的眼睛，也都显得他的身世不凡。

她没有回笑就把目光从他身上收了回来，这时有人喊道："瑞特！瑞特！过来！我想让你结识一下佐治亚州心肠最硬的姑娘。"他就转过身去。

瑞特？这名字听起来比较熟悉，好像和一些有趣的风流韵事有关。可她的心思在阿希礼身上，她把这所有的念头都抛开了。

"我必须跑上楼去梳梳头发。"她告诉斯图兰特和布伦特。这两人在设法将她从人群中单独引出来。"你们男孩子等着我，别带其他任何女孩子走开，否则我就生气了。"

她能看出来如果今天她和其他任何人调情，斯图兰特将难以控制自己。他喝了酒，满脸想找碴的蛮横样子，凭经验她知道有麻烦了。她在穿堂里暂停下来与朋友们说话，同英迪亚打招呼，英迪亚正从房子后面跑出来，头发凌乱，前额上冒着细密的汗珠。可怜的英迪亚！长着暗淡的头发和睫毛就已经够糟糕了，凸出的下巴意味着性情固执，不到二十岁就活像个老处女。她不知道英迪亚是否非常恨她将斯图兰特从她身边夺走。许多人都说她仍然爱着他，可是你永远也猜不透一个威尔克斯家的人在想什么。如果她恨她，也不会表现出来，她对待斯佳丽同过去一样若即若离，谦恭有礼。

斯佳丽愉快地和她说了几句就迈上宽宽的楼梯。这时，一个羞怯的声音在背后喊她的名字，转过身，她看见是查尔斯·哈密尔顿。他是个漂亮的小伙子，白白的额头上覆盖着乱蓬蓬的柔软的棕色卷发，眼睛像长毛牧羊犬一样是清澈温柔的深棕色。他衣着讲究，深黄色裤子，黑色外套，有褶边的衬衣上系着最宽、最时兴的黑领带。她转过身来时，他的脸唰地一下红了，因为他在女孩子面前总是觉得难为情。像大多数羞怯的男人一样，他非常喜欢斯佳丽那样开朗、活泼、无拘无束的姑娘。以前她对待他只是礼貌客气地敷衍，因此她脸上带着欢快的笑容与他打招呼，还向他伸出两只手，这几乎让他透不过气来。

"哦，查尔斯·哈密尔顿，你这个漂亮的老东西！我敢打赌，你从亚特兰大远道光临这儿就是为了伤害我这颗柔弱的心！"

查尔斯握着她那温暖的小手，看她那双骨碌碌转动的绿眼睛，激动得几乎说不出话来。女孩子常常以这种方式同别的小伙子讲话，可从来没这样对待过他。他永远也不知道为什么，姑娘们总是像对待小弟弟那样对待他，非常和蔼，可从来都不屑于逗逗他。他总是希望姑娘与自己调情、笑闹，像她们与那些远不如他漂亮，各方面都远远比不上他的小伙子们所做的那样。可偶尔这种情形发生在他身上时，他从来都想不起该说些什么，遭受着自己的笨拙所带来的窘迫的折磨。晚上他清醒地躺在床上想着他本来要施展的种种殷勤，然而很少有第二次机会，因为姑娘们经过一两次尝试后就把他丢在一边不理了。

甚至与霍妮在一起，他也羞怯而沉默，尽管明年秋天他一继承财产就可以与她走进不用言语就能互相理解的婚姻。有时，他会小心眼地觉得霍妮的卖弄风情和做作对自己未必光彩，因为她对男人那么着迷，他设想任何男人只要给她机会她就会对他使用这一套。查尔斯并不为将要娶到她而激动，她激不起他内心中疯狂的浪漫感情，他喜爱的书本让他确信恋人就该产生那种激情。他总是渴望被某个漂亮、大胆、感情炽热而又淘气的女孩子爱上。

斯佳丽·奥哈拉竟然逗他说她为他心碎!

他努力想说点什么，可是没有成功，他默默地祝福她，她说个不停倒使他不必讲话了。这太好了，简直难以置信。

“你在这儿等我回来，我想与你一起吃烤肉。你不要跟别的姑娘走开，那样我会嫉妒的。”这样难以置信的话从那张一边一个酒窝儿的红嘴唇里迸出来；浓密的黑睫毛在绿眼睛上面故作严肃地闪动着。

“我不会的。”他终于能够喘过气来，做梦也没想到她认为他就像一只等待屠夫宰割的牛犊。

她用折叠扇轻轻敲了敲他的手臂，转身走上楼梯，眼睛又一次落在那个叫作瑞特的男人身上，他独自站在离查尔斯几英尺远的地方。显然他已听到了整个对话，因为他像雄猫一样不怀好意地对她咧着嘴笑，他的眼又上下打量了她一番，目光中没有那种她习惯了的尊重。

“见鬼!”斯佳丽气恼地用杰拉尔德最喜欢用的骂人话自言自语道，“他看起来好像——好像知道我不穿衣服是什么样子。”然后她昂起头，走上楼梯。

在放包裹的起居室里，她看见凯瑟琳·卡尔佛特正在镜子前面梳妆，咬着嘴唇以使它们看起来更红。她肩带上插着新鲜玫瑰，与她的面颊相映衬，她那矢车菊般的蓝眼睛因激动而转个不停。

“凯瑟琳，”斯佳丽说，努力把她衣服的胸部拉高一些，“楼下那个叫巴特勒的下流男人是谁?”

“亲爱的,你不知道吗?”凯瑟琳激动地小声说,一面留神隔壁的人听见。迪西和威尔克斯家姑娘们的嬷嬷在那儿聊天。“我想不通威尔克斯先生怎么会受得了他来这儿,可他是去拜访琼斯博罗的肯尼迪先生——谈论买棉花的事——当然,肯尼迪先生只得把他带在身边。他不可能丢下他自己走开。”

“他出了什么事?”

“亲爱的,他不受欢迎!”

“不会吧!”

“真的。”

斯佳丽默默地玩味着这句话,因为在此之前她从来没有同一个不受欢迎的人共处一个屋檐下。这太让人激动了。

“他都做了什么?”

“哦,斯佳丽,他的名声最坏了。他叫瑞特,来自查尔斯顿。他的亲属都是那儿最好的人,可他们甚至不搭理他。卡罗·瑞特去年夏天告诉我关于他的事。他和她家不是亲戚,可她知道他所有的事,每个人都这样。西点军校把他给开除了,想想看!起因太糟糕了,卡罗不便了解。然后又出了他不娶那姑娘的事。”

“赶紧告诉我!”

“亲爱的,你什么也不知道吗?卡罗去年夏天全部告诉我了,她妈妈要是想道卡罗知道这事肯定会气死的。是这样的,这个巴特勒先生带了个查尔斯顿姑娘乘马车出去兜风。我从来都不知道她是谁,可我已有了怀疑对象。她肯定不怎么样。否则不会在黄昏时不带陪伴的人就跟他一块儿出去。亲爱的,他们在外面几乎待了一整夜,最后步行回家来了,说是马跑掉了,又摔坏了马车,他们在树林里迷了路。猜猜后来怎么样——”

“我猜不出来。告诉我!”斯佳丽急切地说,希望听到最坏的结果。

“他第二天却拒绝娶她!”

“哦。”斯佳丽说,希望破灭了。

“他说他没有——嗯——对她做什么,不明白为什么应该娶她。当然,她哥哥向他提出决斗,巴特勒先生说他宁愿被打死也不愿娶一个傻瓜。于是他俩进行了生死决斗,巴特勒先生把那姑娘的哥哥打死了,因此巴特勒先生必须离开查尔斯顿,现在没人愿意接纳他。”凯瑟琳得意地说完了这个故事,这时迪西回屋来照看她所掌管的梳妆用具。

“她有没有怀上小孩?”斯佳丽趴在凯瑟琳耳朵上小声问。

凯瑟琳使劲摇了摇头。“可她同样还是被毁了。”她悄悄回答。

“我希望我已经得到了阿希礼的妥协。”斯佳丽突然想到，“他是个那么高尚的绅士，绝不会不娶我的。”可不知为什么，她对瑞特拒绝娶一个愚蠢的姑娘情不自禁地产生了一种崇拜感。

斯佳丽坐在屋后一棵巨大的橡树树荫下的檀木高脚凳上，裙子的荷叶边和褶边似鳞波般撒开来，她露出两英寸摩洛哥绿舞鞋，一个大家闺秀只能露出那么点儿才不会有失风度——从裙子下面露出个头。她手里拿着一个托盘，里面的食物几乎动也未动，七个骑士围绕着她。烤肉宴已达到高潮，温暖的空气中充满了欢声笑语，银餐具碰击瓷盘的声音，烤肉和肉汤的浓重香味。偶尔微风改变方向，从长长的烤肉坑里就会飘来阵阵烟雾，掠过人群时太太小姐们就会大惊小怪地尖叫起来，还使劲挥舞着棕榈扇。

大多数女客都和男伴坐在桌子对面的长条凳上，可斯佳丽意识到一个姑娘只有两边，只能一边坐一个男人，所就选择了坐开一些，这样她就可以招徕尽可能多的男人。

凉亭下坐着已婚妇女，她们的深色裙子在周围的五颜六色和欢乐气象中显得端庄大方。已婚妇女，无论年龄大小，总是在远离眼睛明亮的姑娘们、小伙子们及周围的笑闹声分开，自成一片，因为在南方是没有老处女的。从芳汀家的老祖母，她享有老年人的特权可以任意打嗝，到十七岁的艾丽思·芒罗，她正在与初次怀孕的呕吐冲动做斗争，她们将头聚在一起，永无休止地谈论着家谱和生育的事，这使得类似的聚会变得非常愉快又富于教育意义。

斯佳丽轻蔑地瞥了她们一眼，心想她们看起来就像一堆肥乌鸦。结过婚的女人永远不会有什么乐趣。她没想到，如果她嫁给了阿希礼，也会自动被归到凉亭或前厅里穿着暗色丝绸衣裙的太太们那一群，像她们一样庄重乏味，远离嬉戏和欢笑。像大多数女孩那样，她的想象力仅仅将她载到结婚的圣坛为止。而且，她现在这么不高兴，没心思去想遥远的事情。

她垂下眼睑看着盘子，优雅地慢慢嚼着一片松饼，一副全然没胃口的样子，肯定会获得嬷嬷的赞赏。尽管她已吸引了一大批小伙子，可有生以来她从没像现在这样苦恼。在某种程度上她不能理解，她昨晚关于阿希礼的计划已彻底失败了。她已吸引了几打的青年，却没有阿希礼，昨天下午的恐惧重新包围了她，使她的心跳时快时慢，脸色也忽红忽白。

阿希礼并没打算加入她周围的圈子，事实上从到达这儿时起她还没有单独同他说过一句话，除了初次见面打招呼外，甚至没说过别的话。她进入后花园时他曾走上前欢迎她，可那时梅兰妮挽着他的手臂，她甚至还高不过他的肩膀。她是个身材纤细、娇弱的姑娘，看起来像是个孩子穿着母亲带着巨大裙箍的裙子——那双太大的褐色眼睛里充满羞怯得几乎是恐惧的神色，这更加深了她像个孩子的错觉。她有一头云团似的卷曲黑发，整齐地罩在发网里，纹丝不乱，前额梳出一道长长的发尖，这种方式更突出了她的心形脸蛋。两边颧骨离得太宽，下巴太尖，这是一张温柔胆怯而又平常的脸，而且她又没有女性那套吸引人的花招来使别人忘记它的平庸。她看上去——事实上也就是——像泥土一样单纯，像面包一样有益，像泉水一样清澈。可尽管她姿色平庸，体格矮小，她的举止却端庄稳重，有一种奇怪的动人之处，而且远比一个十七岁的姑娘老成。

她的灰蝉翼纱裙，配着樱桃红缎带，连同裙摆和褶皱，一同掩盖了她那孩子般未发育成熟的身体，系着长长的樱桃色飘带的黄帽子使她奶油色的皮肤显得神采奕奕。两个沉重的耳环，吊着长长的金链子垂在整齐地被发网罩着的云鬓两边，在她褐色的眼睛旁晃动，那双眼就像冬天森林里闪着静静光芒的池水，褐色的水叶在平静的水面上闪闪发亮。

她带着羞怯的神情微笑着和斯佳丽打招呼，并夸她的绿裙子如何漂亮，斯佳丽简直不知道如何才能有礼貌地回答，她非常急切地想单独和阿希礼在一起。从那时开始，阿希礼就坐在梅兰妮脚旁的凳子上，远离其他客人，与她静静地交谈，带着斯佳丽喜爱的那种慢悠悠懒洋洋的笑容。使事情变得更糟的是他微笑下面的小火星进入了梅兰妮的眼睛，以至于甚至连斯佳丽都不得不承认她看起来几乎是漂亮的。梅兰妮看着阿希礼时，她平庸的脸像是被内在的火焰点亮了，如果说曾经有一颗正爱着的心灵流露在脸上，那么现在它就显示在梅兰妮·哈密尔顿脸上。

斯佳丽努力想把目光从这两个人身上移开，却不能够，每看一眼就加倍地与周围的骑士们打情骂俏，嬉笑着，说些亲热话，挑逗，在他们的恭维声中昂起头，弄得耳环不断晃动。她说了好多次“胡扯”，宣称他们中任何人讲的都不是真话，还发誓任何男人所说的任何话她都不会相信。可阿希礼好像根本就没注意到她。他只是抬头看着梅兰妮，说个不停，梅兰妮低头注视着她，脸上的表情流露出她属于他的事实。

因此，斯佳丽很苦恼。

在外人看来，像她这样的女孩不应该有什么苦恼。毫无疑问她是烤肉宴上的美人儿，是注意的焦点。她在男人们中引起的轰动，以及相伴而来的其他姑娘的心急如焚，要是在其他任何时候都会给她带来巨大的快乐。

查尔斯·哈密尔顿由于受到她的青睐就壮了胆子，坚定地站在她右边，在塔尔顿兄弟的联合攻击下也不让步。他一只手拿着她的扇子，另一只手拿着他那未曾动过的烤肉盘，坚决拒绝与霍妮的目光相遇。霍妮好像眼泪马上就要倾泻而出了。肯德优雅地站在她左边，扯扯她的裙子以吸引她的注意力，以冒着怒火的双眼瞪着斯图兰特。他和双胞胎兄弟之间的气氛已十分紧张，双方都说过一些言辞过激的话。弗兰克·肯尼迪像带着一只小鸡的母鸡似的忙碌不堪，在橡树荫和餐桌之间来回奔波，拿食物让斯佳丽品尝，仿佛四周没有一打专做这类事的仆人似的。结果，苏伦的忍耐力已超过了大家闺秀风度的限度，她瞪着斯佳丽。小卡洛琳可能已经哭了，尽管斯佳丽那天早上说了许多鼓励她的话，可布伦特除了揪揪她的小辫子，说了声“嗨，小妹妹”之外什么也没做，随后就把全部注意力转移到斯佳丽身上。他总是以和蔼而漫不经心的尊重态度对待她，使她觉得自己长大了，卡洛琳曾悄悄梦想过有一天她将盘起头发，放下裙子，以接受他为自己真正的情人。可现在好像斯佳丽占着他。芒罗家的姑娘们隐藏着内心的悲痛，芳汀家的男孩子背叛了她们，她们也气恼托尼和亚历克斯那副样子。这两人站在斯佳丽的包围圈内，等待着哪个人起身走开，好去抢斯佳丽身边的位置。

她们微妙地扬了扬眉毛把对斯佳丽行为的不满传递给了赫蒂·塔尔顿。“放荡”是唯一适合斯佳丽的词。这三个年轻女子不约而同地举起花边洋伞说她们已吃饱了，谢谢，手臂轻轻挽住身边的男人，娇喊着要去看玫瑰园、喷泉和凉亭。这种有秩序的战略撤退逃不过在场的女人和旁观的男人的眼睛。

斯佳丽看到三个小伙子被拖出自己的魅力圈，去观赏姑娘们从小就熟悉了的风景就咯咯地笑起来，眼梢锐利地瞥了一眼阿希礼，看他是否注意到她。可他抚弄着梅兰妮腰带的末梢，抬头对她微笑着。疼痛绞住了斯佳丽的心。她觉得应该抓破梅兰妮那象牙般的皮肤直到渗出血来，这才会让她痛快。

她的眼睛游离于梅兰妮身上时，碰上了瑞特的目光，他没有与大伙儿站在一起而是站在一边和约翰·威尔克斯交谈。他一直在注视着她，看到她望他，立刻朝她一笑。斯佳丽感到不大自在，觉得在场的人中，只有这个人看透了她那悲惨的欢乐背后究竟隐藏着什么，而且她还成为他嘲笑的对象。她也恨不得抓他两下为快。

“只要我能坚持到烤肉宴结束，坚持到下午，”她想，“那时候所有的姑娘都将上楼去午休以积聚精力晚上跳舞，我就待在楼下去跟阿希礼说。他肯定注意到了我是多么引人注目。”她又用另一个希望来安慰自己：“当然，他不得不去关心梅兰妮，因为毕竟，她是他的表妹，她一点也不吸引人，如果他不照顾她，那她只好做壁花了。”

想到这儿她重新鼓起了勇气，她在查尔斯身上加倍下功夫，他那棕色眼睛充满渴望地对着她闪闪发亮。这一天对查尔斯而言太奇妙了，像做梦似的，他突然爱上了斯佳丽。有了新欢，霍妮自然黯然失色。霍妮不过是只叽叽喳喳的麻雀，斯佳丽却是只光彩夺目的蜂鸟。她逗弄他，又护着他，问他话，又自己回答，这样他不用说一个字就显得十分聪明。其他男孩子都因为她明显对他感兴趣而困惑和恼怒，因为他们知道查尔斯那么害羞，简直都不能把两个词连贯起来说，他们心中的怒火不断上升，拼命用礼貌才压住。大家都憋着一肚子气，除了阿希礼，斯佳丽已大获全胜了。

当最后一满叉猪肉、鸡肉和羊肉吃完后，斯佳丽希望英迪亚快点站出来建议女眷们进屋休息。已经两点钟了，太阳在头顶暖暖地照着，可英迪亚由于连着三天为烤肉宴做准备而累得筋疲力尽，只想在凉亭下多坐一会儿，这会儿她正在跟一个来自费耶特维尔的聋子老绅士大声说话。

一种懒洋洋的困倦降落在人群中。黑人吊儿郎当地收拾着刚才摆食物的条桌。欢声笑语越来越不起劲，各处的人群都沉寂下来。都在等着女主人出来宣布上午节目到此结束。棕榈扇摇得越来越慢了，几位老绅士因为天热和肚子太饱已经在打瞌睡了。烤肉宴结束了，大家都盼望着在太阳最毒的时候休息休息。

在午宴和晚会的这段间隙内，大部分人看上去宁静平和得多。只有小伙子还保持着旺盛的精力。从这个人群移到另一个人群，用平静的声音低低地说着话，他们像纯种雄马一样英俊而又危险。他们都感到了正午的倦怠，可他们潜伏着的烈性却可能转眼就一触即发。无论男女，这些人都外表漂亮，内心狂热，快活的举止中带有一点儿暴烈，只是较容易被驯服而已。

时间又过去了一会儿，天气更热了，斯佳丽和其他人又一次望向英迪亚。谈话声渐渐低下去了，林子中的人们忽然听见杰拉尔德怒气冲冲地提高了音调。他站在离烤肉桌不远的地方，与约翰·威尔克斯的争论达到了顶点。

“见鬼，朋友！向北方佬祈求和平解决？我们已经在萨姆特要塞开火打了这群流氓！和平？南方人应该用武器来显示自己不可侮，她脱离联邦靠的不是联邦的怜悯，而是她自己的力量！”

“哦，上帝啊！”斯佳丽想，“他又喝多了！这下我们都将在这儿坐到半夜。”猛然间，倦意从这群懒洋洋的人身上飞走了，像触了电似的，气氛立即紧张起来。男人们从长条凳和椅子上站起来，使劲挥舞着手臂，大声叫嚷着以使自己的声音高于别人的。整个上午都没有关于政治或迫在眉睫的战争的谈话，因为威尔克斯叮嘱过了，怕引起女眷们的厌烦。可现在杰拉尔德嚷出了“萨姆特要塞”这些词，在场的男人都忘记了主人的忠告。

“我们当然要打——”“北方佬——”“我们可以在一个月之内打败他们——”“是的，一个南方人可以打倒二十个北方佬——”“教训他们一顿，让他们不会轻易忘记——”“息事宁人？他们不让我们过和平日子——”“不，看看林肯先生是怎么侮辱我们的委员的!”“是啊，把他们拖住几个星期——还发誓说他要撤出萨姆特要塞!”“他们想打仗，我们要使他们厌恶打仗——”在所有这些喊声中，杰拉尔德的叫声最响。斯佳丽只能听到“州权，上帝!”这句话被喊了一遍又一遍。杰拉尔德正在享受激动时刻，可她的女儿却没有。

脱离联邦，战争——这类话斯佳丽听得厌烦透了，可现在她之所以恨他们的声音，是因为这意味着男人们将在那儿站上好几个小时来高谈阔论，她就没机会单独和阿希礼在一起了。当然根本不会有什么战争，男人们都知道这一点。他们只是喜欢谈论和听自己谈论而已。

查尔斯·哈密尔顿没有与其他人一起站起身，发现自己终于单独与斯佳丽待在一起了，他就靠她更近一些，凭着新产生的爱情的力量，小声做了一番表白：“奥哈拉小姐——我——我已经决定了，如果我们要打仗，我就去南卡莱罗纳州，加入那儿的军队。听说韦德·汉普顿先生正在组建一支骑兵队，当然我想跟他一起走。他是个杰出的人才，也是我父亲最好的朋友。”

斯佳丽想道：“他想要我怎么样——欢呼三声吗？”因为查尔斯的表情显示出他在向她倾吐心中的秘密。她想不出该说什么，就呆呆地看着他，心想为什么男人都这么傻竟会以为女人对这种事感兴趣。他误以为她的表情是默许的意思，就迅速而热烈地继续说道——

“要是我走了——你——你会伤心吗，奥哈拉小姐?”

“我每天晚上都会把枕头哭湿。”斯佳丽说，这话本是戏言，可他却按字面意思理解了，兴奋得脸都红了。她的手原来藏在衣褶里，他小心翼翼地慢慢把手伸进去握住她的手，对自己的大胆和她的默许简直不知所措。

“你会为我祈祷吗?”

“傻瓜!”斯佳丽怨恨地想，一面朝四周扫了一眼，希望有人帮她从这场谈话中解救出来。

“会吗?”

“哦——当然会的，哈密尔顿先生，每晚至少念三遍《玫瑰经》!”

查尔斯迅速朝四周瞥了一眼，屏住呼吸，收紧腹部肌肉。这儿只有他们两个人，他也许永远也不会再次得到这样的机会。即使有这样天赐的机会，他的勇气也会使他一败涂地。

“奥哈拉小姐——我必须告诉你一件事。我——我爱你！”

“哦？”斯佳丽不在意地说，眼睛努力穿过争吵的人群，望向阿希礼，他仍然坐在梅兰妮脚旁说着话。

“是真的！”查尔斯小声说，看到她既没有大笑，也没有尖叫或晕过去，像他设想的年轻姑娘在这种情况下总是表现的那样，他不禁欣喜若狂。“我爱你！你是最——最——”他平生第一次发现了舌头的妙用，“是我所认识的最漂亮、最温柔、最善良的女孩，而且你的风度举止最可爱，我全心全意爱着你。我不敢奢望你会爱上像我这样的人，可是，亲爱的奥哈拉小姐，只要你能给我一点点鼓励，我就愿意为你做世界上的任何事，让你爱上我。我愿意——”

查尔斯停下来，因为他想不出什么艰难的业绩来向斯佳丽证明他感情的深度，于是就简单地说：“我想和你结婚。”

斯佳丽听到“结婚”这个词，猛然回到了现实中。她一直想的是跟阿希礼结婚，于是就带着掩盖不住的烦躁心情看着查尔斯。为什么这个牛犊似的傻瓜必须在这个特殊的日子表白感情？而这时她已焦虑得几乎失去意志了。她看着那双带着祈求的褐色眼睛，丝毫没有一个羞怯男孩初恋的美丽，没有理想变成现实后的崇敬之情，也没有如火焰般撩过他全身的幸福和温柔。斯佳丽习惯了男人向她求婚，那些人比查尔斯·哈密尔顿有魅力得多，而且比他更有手段，绝不会在她心事重重的时候在野宴上求婚。她只看到一个二十岁的男孩，脸红得像甜菜似的，看上去傻乎乎的。她想告诉他他看起来多么傻。然而很自然地，艾伦曾教过她在这种突发情况下应说的话涌到了嘴边，她在长期习惯的压力下垂下眼睑，喃喃道：“哈密尔顿先生，承蒙你向我提出要我做你的妻子，可是这太突然了，我简直不知道该说什么才好。”

这是一种妥善的说法，既不伤害男方的虚荣心，又可以稳住他，查尔斯好像从未见识过新鱼饵似的，首先上了钩。

“我愿意永远等下去！除非你十分确信，否则我不会跟你结婚。奥哈拉小姐，请告诉我我可以存着希望！”

“唔，”斯佳丽说，她犀利的眼睛看到阿希礼并没有站起身加入关于战争的谈话中去，仍然抬头朝梅兰妮微笑着。要是这个抓住她手的傻瓜能安静哪怕一分钟，也许她就能听见他们在说什么。她必须听见他们都说了些什么。梅兰妮对他说了什么，竟然使他眼里露出那么感兴趣的神色？

查尔斯的话扰乱了她正在拼命听着的话音。

“哦，别出声!”她朝他嘘了一声，拧了一下他的手，甚至看也不看他一眼。查尔斯起先被惊呆了，为她的拒绝而脸红，而后看到她的眼睛牢牢盯着自己的妹妹看，就微笑了。斯佳丽害怕有人听见他的话。她自然会尴尬羞怯，所以处于痛苦中，生怕被人听见。查尔斯突然产生一种从未经历过的男子汉气概，因为这是他生平第一次使一个姑娘受窘。这种激动是令人陶醉的。他连忙摆出一副自以为满不在乎的表情，审慎地回拧了斯佳丽一下，表明他是个见过世面的男人，理解并接受她的责备。

她甚至没感觉到他拧她，因为她能清楚地听见梅兰妮温柔甜美的声音，那是她最主要的魅力：“恐怕我不能同意你对萨克雷作品的看法。他是个玩世不恭的人。我怕他不像狄更斯先生那样是个绅士。”

斯佳丽想，对一个男人说这样愚蠢的傻话，她如释重负地咯咯笑。那么她不过是个书呆子，而每个人都知道男人是怎么看待书呆子的……让男人感兴趣并抓住他兴趣的途径是谈论他，然后逐渐把谈话引向自己——并且这样保持下去。如果梅兰妮说“你真伟大”或“你怎么会想起这种事？我的小脑瓜一想到它们就会胀破的”那么斯佳丽还有理由惊慌。可她坐在那，像在教堂里一样同坐在脚旁的男人严肃地谈着话。在斯佳丽看来，自己的前景是光明的，事实上太光明了，以至于她高兴地转眼看看查尔斯，愉快地朝他微笑。他看到她这种亲热的迹象，就抓起她的扇子那么拼命地扇着，以至于她的头发都开始飘散开来。

“阿希礼，你还没有向我们表明你的观点呢。”吉姆·塔尔顿说，从大声吵嚷着的男人群中转过身来，阿希礼道歉一声站起身来。连比他年长的人都停下来听他说。

“当然，先生们，如果佐治亚打起仗来，我会跟着去打。不然我为什么要参加骑兵连呢?”他说。他那灰色的眼睛睁得大大的，昏昏欲睡的神情消失在一片斯佳丽以前从未见过的激情中。“可是，像父亲一样，我希望北方佬让我们过和平的生活，希望不再有战争——”他微笑着举起手，芳汀家和塔尔顿家的男孩子们开始发出一阵闹哄哄的声音，“是的，是的，我知道我们受了侮辱，受到欺骗——可如果我们处在北方佬的位置，竭力想脱离联邦，我们又能怎么办？大概也是这个样子。我们也不会喜欢这种事。”

“他又来了，”斯佳丽想，“总是为别人设身处地地着想。”在她看来，争论双方永远只有一方是公正的。有时候，阿希礼真让人难以理解。

“我们头脑不要太发热，不要期望发生什么战争。世界上绝大多数苦难都是由战争引起的。当战争结束的时候，没人知道他们为什么要打仗。”

斯佳丽嗤之以鼻。幸亏阿希礼有着无懈可击的勇敢的好名声，否则准会引起麻烦。正当她这样想着时，一片吵吵闹闹的反对声包围了阿希礼，激烈而愤怒。凉亭下面，来自费耶特维尔的聋子老绅士捅了捅英迪亚。

“这是怎么回事？他们在说些什么？”

“战争！”英迪亚大声说，把手在他耳朵旁握成茶杯状，“他们想去打北方佬！”

“战争，是吗？”他喊道，摸索着身边的拐杖，使劲从椅子上站起来，多年来他都没有显示出这样的精力了。“我要告诉他们战争的事。我参加过战争。”麦克雷先生不经常有谈论战争的机会，因为他家的女人们管束着他。

他踩着沉重僵硬的步伐急忙走向人群，挥舞着拐杖，大声嚷着，因为他听不见周围的声音，很快他就占据了整个阵地。

“你们这些像吃了炸药似的年轻小伙子，听我说。你们不能向往打仗。我打过仗，我知道。我参加过塞米奴战争，像个大傻瓜一样也参加过墨西哥战争。你们都不知道什么是战争。你们以为战争就是骑着一匹漂亮的马，姑娘们朝你抛鲜花，作为一个英雄回家。不，战争不是这样的。绝不是这样，先生们！战争是挨饿，睡在湿地里而害麻疹和肺炎。如果不害麻疹或肺炎，也会闹肚子。是的，先生，战争对一个男人的肚子都做了些什么——像痢疾以及诸如此类的一些事情——”

女眷们都羞红了脸。麦克雷先生让人们想起从前的不文明时代，像芳汀家的老祖母和她那让人窘迫的大声打嗝一样，那是一个人人乐于忘记的时代。

“去把你的祖父搀过来。”老绅士的一个女儿对站在旁边的一个年轻姑娘轻轻说。“我说呀，”她对身边几个心神不定的太太小声说，“他的身体状况日益恶化。你们信不信，就在今天早上他对玛丽说——她只有十六岁——‘哦，姑娘……’”声音越来越低，转成了悄悄话，孙女溜出去努力拉着麦克雷先生重新回到树荫下的座位上。

在树下转来转去的所有人中，姑娘们都在激动地笑着，男人们热烈地谈论着，只有一个人看上去比较平静。斯佳丽的眼睛转向瑞特，他靠在一棵树上，双手深深地插进裤兜里。自从威尔克斯先生从他身旁走开后，他就独自站着，当周围的谈话越来越火热时，他却没说一句话。修得短短的黑胡子下面两片红红的嘴唇向下撇着，黑眼睛里有一抹感到有趣的轻蔑神情——轻蔑，仿佛他在听孩子们吹牛似的。一种让人非常讨厌的微笑，斯佳丽想。他静静地听着，直到斯图兰特·塔尔顿，他的红头发蓬乱着，眼睛发着光，重复说："是的，我们能在一个月内击垮他们！绅士们总是比庄稼汉仗打得好。一个月——是的，只消一场战斗——"

"先生们，"瑞特说，平静的拖长的音调显露出查尔斯顿口音，他没有移动靠着树的位置，也没有抽出插裤兜里的手，"我可以说几句吗？"

他的举止像他的眼睛一样有一种蔑视，这种轻蔑被外表的彬彬有礼掩饰着，带点儿模仿这些人自己的态度的意思。

人群转过身朝向他，以总是对待外来者那样的礼貌态度对待他。

"你们这些绅士中有没有人想过在梅森·狄克逊线以南没有一家大炮工厂？南方有几个钢铁铸造厂？又有几个棉纱厂、棉花厂或制革厂？你们想过没有我们连一条军舰都没有，北方佬的战舰一星期内就可以封锁我们的港口，这样我们的棉花就不能卖到国外了？可是——当然——你们这些绅士也想到了这些。"

"怎么，他的意思是说这些男孩子们是一群傻瓜！"斯佳丽恼火地想，热血涌上了她的脸颊。

显然，产生这种念头的不止她一个人，因为好几个小伙子开始抬起下巴。约翰·威尔克斯漫不经心却迅速地回到说话者旁边自己的位置上，仿佛向所有在场的人强调这个人是他的客人，而且，有女士们在场。

"我们大多数南方人的麻烦在于，"瑞特继续道，"我们要么外出旅行得不够，要么从旅行中没得到什么益处。当然，你们所有的绅士都是很好的旅行家。可是你们看到了什么？欧洲、纽约、费耶特维尔，当然，女士们还去过萨拉托加。"（他朝凉亭下的人群微微鞠了个躬。）"你们看到了旅馆、博物馆、舞厅和赌场，你们带着哪儿也不如南方的确信回家了。对我来说，我出生在查尔斯顿，可我在北方度过了最近几年。"他咧嘴笑着，露出了白牙齿，仿佛意识到在场的每个人都确切地知道他为什么不再住在查尔斯顿，而又一点儿也不在乎他们是否知道，"我看到了许多许多你们都没有看见的东西。成千上万的移民乐意为北方佬打仗，只要能得到食物和几美元，工厂、铸造厂、造船厂、铁矿和煤矿——所有这些我们都没有。我们所拥有的只是棉花、奴隶和狂傲。他们会在一个月内击败我们。"

一时间气氛紧张，四下寂静。瑞特从上衣口袋里掏出一块上好的亚麻布手帕，轻轻掸掸袖子上的灰尘。接着人群中响起一片险恶的嗡嗡声，凉亭下面也发出一阵喃喃声，像一群刚受惊的蜜蜂一样准确无误。尽管她感到愤怒的热血仍然涌在脸颊上，可斯佳丽讲求实际的头脑里却不禁想道这个男人说得很对，听起来像是常识。真的，她从来没见过工厂，或听谁说见过工厂。然而，即使这是真的，他说出这样一番话也不够绅士风度——而且还是在宴会上，人人都玩得很愉快的时候。

斯图兰特皱着眉头和布伦特一前一后走上前去。当然，塔尔顿孪生兄弟有极好的教养，不会在烤肉宴上大闹一场，即使是被大大地激怒了。然而，所有女士都又兴奋又激动，因为她们很少有机会看到一场争吵或拌嘴的场面。通常她们只能从第三者口中听说这种事。

“先生，”斯图兰特重重地说，“你是什么意思？”

瑞特以礼貌而又嘲弄的眼神看着他。

“我的意思是，”他回答，“拿破仑——可能你已听说过他了吧？——有一次说过：‘上帝站在最强大的军队这一边！’”然后他转向约翰·威尔克斯，带着真诚的彬彬有礼的态度说：“您答应过带我去参观你的图书室，先生。能否请您现在就给我这样的荣幸？恐怕今天下午我必须早些返回琼斯博罗，那儿还有事等着我去办。”

他转过身子，面向人群，脚跟并拢像个舞蹈师似的鞠了一躬，这一躬对如此强有力的人来说是优雅的，同时又充满无礼，像是一记耳光扇在别人脸上。然后他同约翰·威尔克斯穿过草地，他黑色的脑袋高高昂着，他那令人不舒服的笑声飘回餐桌旁的人群中来。

一阵受惊的沉默后，嗡嗡声再次响起来。英迪亚疲惫地从凉亭下的座位上站起身来，朝正生气的斯图兰特·塔尔顿走去。斯佳丽听不见她说了些什么，可她盯着他低着的脸时眼里的神色，让斯佳丽感到一种良心的谴责。梅兰妮看着阿希礼时也是这种眼神，只有斯图兰特看不见。那么英迪亚确实爱着他。斯佳丽想了一会儿，要不是她一年前与斯图兰特在政治演讲会上公然调情，他可能早就娶英迪亚为妻了。然而接着她又想那不是她的错，这种良心的谴责就被自我安慰的想法冰释了，谁让那些姑娘看不住自己的男人呢。

最后，斯图兰特低头朝英迪亚笑了一下，点点头，是一种极不情愿的笑。可能英迪亚刚才在请求他别跟着巴特勒先生闹乱子。树下出现一片有礼貌的骚动，客人们站起身来，掸了掸身上的面包屑。结过婚的妇女们把保姆和孩子叫到身边，把家人聚集起来准备离开，姑娘们开始分散开来，笑闹着走向屋子，到楼上的起居室闲聊或午休。除塔尔顿太太外所有的太太都出了后院，将橡树荫和凉亭留给男人们。她被杰拉尔德、卡尔佛特先生和其他想从她那里得知关于向营队卖马的事的人留住了。

阿希礼信步走到斯佳丽和查尔斯站着的地方，脸上带着若有所思的、有趣的笑容。

“他是个狂妄的家伙，不是吗？”他目送着巴特勒的背影说，“他看上去像波奇亚家族的一员。”

斯佳丽迅速想了一下，可想不起郡里或亚特兰大或萨凡纳有哪户人家的姓名是波奇亚。

“我不认识他们。他跟他们是亲戚吗？他们是谁？”

一种奇怪的表情浮上查尔斯的脸，怀疑和羞怯正在同爱情做斗争。爱情战胜了，他意识到一个女孩只要温柔、美丽、可爱就足够了，没受什么教育也无损她的魅力，于是急忙答道：“波奇亚家族是意大利人。”

“哦，”斯佳丽有失望地说，“外国人。”

她把最可爱的笑容转向阿希礼，可由于某种原因他并没有看她。他正看着查尔斯，脸上夹杂着理解和遗憾之色。

斯佳丽站在楼梯口，小心翼翼地从栏杆上朝楼下大厅里张望。大厅里没人。从楼上的起居室里传来无休止的阵阵低语，此起彼伏，夹杂着叽叽喳喳的笑声以及“哦，你没有，是真的！”“那他是怎么说的？”六个巨大起居室的床上和长条凳上，姑娘们在休息，裙子脱下来了，胸衣松开了，头发披在背上。午休是该郡的传统，尤其是参加全日宴会，一大早就开始，舞会时才达到高潮，就更有必要午休了。姑娘们又说又笑地聊了半个小时后，佣人就拉下百叶窗，在温暖的半明半暗中，谈话逐渐转成了悄悄话，最后就一片沉寂了，只有温软匀称的呼吸声打破这种寂静。

斯佳丽在确信梅兰妮与霍妮、赫蒂·塔尔顿已躺在床上后就溜进穿堂，开始下楼梯。透过楼梯口的窗户，她能看见男士们坐在凉亭下，啜着高脚玻璃杯里的酒，她知道他们会在那儿一直待到黄昏。她的眼睛在人群中搜寻，可阿希礼不在其中。然后她竖起耳朵听着，终于听到了他的声音。像她希望的那样，他仍然站在前面的车道上向正要离去的太太和孩子们告别。

她的心提到了嗓子眼儿，迅速跑下楼梯。如果碰到威尔克斯先生怎么办？她应该找个什么借口来解释自己在其他姑娘都午休的时候偷偷在屋子里跑来跑去？不管怎样，那也得冒一下险。

她走到最底一层楼梯时，听见仆人们在管家的吩咐下在饭厅里四处忙碌，把桌椅搬出去为舞会做准备。宽阔的穿堂对面是图书室那敞开的门，她悄无声息地迅速溜了进去。她可以在那儿一直等到阿希礼送完客，进屋来的时候喊住他。

图书室里半明半暗，百叶窗挡住了外面的太阳光。昏暗的房间里，高高的四壁都摆满了黑压压的书，真让她泄气。这不是她所希望选择的幽会场所，大量的书总是让她泄气，就像喜欢读大量书的人也让她泄气一样。是这样的——但阿希礼除外。笨重的家具在半明的光线中耸立在她眼前，高背靠椅有着深陷的座位和宽阔的扶手。这是供威尔克斯家高大的男士们坐的，前面配有丝绒膝垫的丝绒面矮座软椅是供姑娘们坐的。在这长房间另一头的壁炉前面，有张七英尺长的沙发，那是阿希礼最喜欢的座位，它的靠背高高耸起，像沉睡着的巨大动物。

她把门关得只留下一条缝，努力使心跳减速。努力回忆昨天晚上她计划好要对阿希礼说的话，可她什么也想不起来。是她想出了些什么又忘记了——还是她本来只计划应对他说些什么？她记不起来了，一种突然而至的冰冷的恐惧感包围了她。要是她的心脏不在耳朵旁发出咚咚的跳动声，也许她还会想出该说些什么。可她一听见他道完最后一声再见，走进前厅，心跳就越发地加速了。她所能想起来的只是她爱他——他的一切，从他骄傲地昂着的金发头颅，到他那细长的黑靴子；爱他的笑声，尽管这笑声让她感到神秘；爱他那令人困惑不解的沉默。哦，只要他此刻朝她走进来，并拥她入怀，那她就什么也不用说了。他肯定爱她——“如果我祈祷，也许——”她紧紧地闭上眼睛，开始含糊地自言自语，“圣母玛丽亚，大慈大悲——”

“是你，斯佳丽!”阿希礼的声音打破她耳朵里的轰鸣，让她陷入极端惊慌中。他站穿堂里从半开着的门缝里看着她，脸上带着疑惑不解的笑容。

“你在躲谁——查尔斯还是塔尔顿兄弟?”

她咽了一口气。那么他已经注意到男人们是怎么围绕着她转的了！他是多么可爱啊，站在那儿，眼睛闪着亮光，丝毫不明白她的激动之情。她说不出话来，却伸出手将他拉进屋里。他进来了，迷惑却又带着兴趣。她神情紧张，眼里有一种他以前从从未见到过的光芒，而且即使是在暗淡的光线里他也能看见她两颊上的玫瑰红晕，自动地他关上身后的门，拉住她的手。

“什么事?”他说，几乎是耳语。

她一接触到他的手就颤抖起来。现在就要发生了，正像她曾梦想的那样。千百种互不关联的念头从她脑海中闪过，她却抓不住一个凑成一句话。她只会颤抖着抬头看着他。他为什么不说话?

“什么事?”他重复道，“要告诉我一个秘密吗?”

突然她发现舌头管用了，也正是在这一刹那间艾伦多年来的教导烟消云散了，杰拉尔德那直截了当的爱尔兰血统从他女儿的嘴唇里流了出来。

“是的——一个秘密。我爱你。”

霎时间，一阵沉默，气氛沉重得仿佛他们两个都呼吸不过来了。接着，她停止了颤抖，幸福和自豪感席卷了她。她以前为什么不这样做？比她学过的所有闺女风范要容易得多。她的眼神与他的眼神相撞了。

他的眼里有一种愕然的、难以置信的神情，还有一些更多的内容——是什么呢？是的，那天杰拉尔德被他心爱的宝贝马摔坏了腿，不得不打死它时，眼里也流露出这样的神情。为什么她现在必须想起那事？接着一种像是训练有素的面具蒙住了他的脸，他潇洒地笑了。

“你今天已征服了这儿其他每个男人的心，难道不够吗?”他说，声音里含有挑逗、奉承的老调子，“你想做到无一漏网吗？好了，你一向都拥有我的心。”她知道有什么地方错了——全错了！这不是她计划的那样。许多疯狂凌乱的念头在她脑海里回旋，一个念头开始形成了。不知怎么的——由于某种原因——阿希礼似乎认为她是在跟他调情。可他知道不是的。她知道他了解。

“阿希礼——阿希礼——告诉我——你必须——哦，这会儿别逗我！你有没有——”他的手迅速按住了她的嘴唇。假面具消失了。

“你千万不要说这些话，斯佳丽！千万不要。这不是你的心里话。你会恨自己说出这些话的，你也会恨我听到这些话的!”

她把头扭开。一股热流迅速涌遍全身。

“我绝不会恨你。我告诉你我爱你，而且我知道你一定喜欢我，因为——”她停下来。以前她从未在任何人脸上见过如此多的神秘。“阿希礼，你喜欢吗——你喜——“是的，”他木然地说，“我喜欢。”

如果他说他讨厌她，她也不会比现在更害怕。她扯住他的袖子，说不出话来。

“斯佳丽，”他说，“我们还是走吧，忘记刚才所说的这些话，好吗?”

“不，”她悄声说，“我不能。你是什么意思？你不想——娶我吗?”

他回答：“我就要娶梅兰妮为妻了。”

不知怎么的，她发现自己坐在低低的丝绒椅上，阿希礼坐在她脚旁的膝垫上，握住她的双手。他在说什么——说些无意义的话。她的思维一片空白，一分钟前还在脑海里涌现的千思万虑已烟消云散，他的话像雨水打在玻璃上似的没给她留下任何印象。他的话快速温柔，又充满遗憾，像父亲对受伤的孩子娓娓道来。

她听到梅兰妮的名字才恢复了意识，向他那清澈的灰眼睛看去。她在他眼中又看见了那种总是让她困惑的冷漠——还有怨恨自己的神情。

“父亲今天晚上就要宣布订婚的消息了。我们很快就会完婚。我应该早些告诉你，可我以为你知道。我以为人人都知道——已经知道好多年了。我做梦都没想过你——你有那么多的情人。我想斯图兰特——”

生命、感情和理解力开始回到她身上。

“可你刚才还说过你喜欢我。”

他温暖的手掌弄疼了她。

“亲爱的，难道你非得让我说出伤害你的话来吗?”

她的沉默逼迫他继续说下去。

“我怎么才能够让你明白这些事情呢，亲爱的？你那么年轻，又那么不喜欢思考，你不知道结婚意味着什么。”

“我知道我爱你。”

“仅有爱情不足以构成一桩成功的婚姻，尤其当两个人像你我这样性格迥异的话。你想得到男人的一切，斯佳丽，他的躯体，他的心，他的精神，他的思想。而且如果你得不到这些，你就会很难过。可我不能给你我的全部。我不会给任何人我的全部。我也不想得到你的一切思想和精神。你会因此受到伤害，接着就会恨我——恨得那么厉害！你会恨我所读的书，恨我所喜爱听的音乐，因为它们把我从你身边拉走了，哪怕只有一分钟。而且我——可能我——”

“你爱她吗?”

“她跟我一样，是我血统的一部分，我们互相理解。斯佳丽！斯佳丽！我怎么才能让你明白，除非结婚的两方性格相似，否则，婚姻生活绝不会太平。”有人曾说过：“必须和性格相投的人结婚，否则就不会幸福。”那是谁说的？仿佛她在千百万年前听过这句话，可它仍然没有什么意义。

“可你说过你喜欢我。”

“我不应该那样说。”

在她脑海某处，慢慢升起一股怒火，愤怒席卷了一切。

“好了，说出这样的话来已经够无赖了——”

他的脸变白了。

“我说这话是无赖，因为我就要娶梅兰妮了。我对不起你，更对不起梅兰妮。我不应该说出那样的话，因为我知道你不会理解。我怎么能不喜欢你呢——你对生活充满热爱而我却不；你敢热烈地爱，热烈地恨，而我却不可能；为什么你像火、像风、像野生动物一样充满活力，而我——”

她想起了梅兰妮，忽然想起她那安详的褐色眼睛，眼神悠远，她那柔软的小手藏着黑色花边手套，她那温柔的沉静。于是她又突然升起一股无名火，当初她父亲同样是因为一股无名火才杀了人，另外一些爱尔兰祖辈同样也是因为一股无名火干了不法勾当，从而招致杀身之祸。罗彼拉德家族那种对世界上任何事情都能默默承受的好教养此刻在她身上荡然无存。

“你为什么不说出来，你这个懦夫！你害怕娶我！你宁愿与那个愚蠢的小傻瓜生活在一起，她除了‘是’或‘不’什么也不会说，将来还会生出一窝像她一样说话爱拐弯抹角的小崽子！为什么——”

“你不能这样说梅兰妮！”

“‘我不能’，见你的鬼去吧！你是谁呀，来教我不能说什么？你这个懦夫，你这个无赖，你——你使我相信你会娶我——”

“公平点儿，”他的声音含着祈求，“我曾经——”

她不想公平，虽然她知道他说的是真的。他跟她在一起时从来没有一次越过友谊的界线，她一想到这里，新的愤怒又升起来，这是受伤的自尊和女性虚荣心的愤怒。她追求他，可他对她没一点儿意思。他宁愿要梅兰妮那样的苍白脸蛋的小傻瓜也不愿要她。哦，她要是听从了艾伦和嬷嬷的教诲，永远，永远别流露出她喜欢他的意思——那么要比面对如此难堪的羞辱要好得多！

她迅速站起身，双手握拳，他塔似的站在她面前。脸上充满了被迫面对现实，而现实又很痛苦的无声苦恼。

“我将恨你到死，你这个无赖——你卑鄙——卑鄙——”她想说什么词？她想不出更恶毒的话来。

“斯佳丽——请——”

他向她伸出手，与此同时，她用尽全身的力气扇了他一记耳光。响声像哨子一样划过寂静的房间，她的愤怒一刹那间云飞雾散，心里只留下阵阵凄凉。

她手掌的红印清晰地印在他那白皙而疲惫的脸上。他什么也没说，只是把她那软弱无力的手举到唇边吻了吻。然后她还没来得及再次开口说话，他就走了，轻轻地关上了身后的门。

她非常突然地重新坐下来，愤怒使她双膝发软。他走了，可他挨了一巴掌的脸将永远留在她记忆中，直到她死。

她听见他轻柔、低沉的脚步声逐渐消失在长长的过道里，这时她才感到自己行为的严重性。她永远失去了他。现在他肯定会恨她，以后只要他一看见她就会想起她向他投怀送抱，而他根本没给过她任何鼓励。

“我像霍妮·威尔克斯一样不值钱了。”她突然想到，记起周围每个人都是怎样轻蔑地嗤笑霍妮的孟浪行为，她比其他人笑得都起劲。她看见霍妮笨拙地扭扭捏捏，听见她吊在男孩的胳膊上嗤嗤傻笑，这个想法使她陷入新的愤怒，生自己的气，生阿希礼的气，生这个世界的气。因为她痛恨自己，也就痛恨所有的人，这是十六岁的爱情受挫受辱后产生的愤慨。她的爱情中只掺和了一点点真正的柔情。它包含的大多数的是虚荣和对自己魅力的自满自信。现在她失去了爱情，可她害怕使自己成为公众嘲笑对象的恐惧远远超过她失去爱情的痛苦。她刚才有没有像霍妮一样直白露骨？人人都会嗤笑她吗？她一想到这里就开始颤抖。

她的手落到身旁的一张小桌子上，触到那上边的一只小小的玫瑰花瓷钵，上面有两只瓷天使在微笑。房间太静了，她几乎想尖叫一声打破这沉寂。她必须做点儿什么，否则她会发疯的。她抓起瓷钵，狠狠地朝屋子尽头的壁炉摔去。瓷钵刚好擦过沙发高高的靠背，撞在大理石壁炉台上，啪的一声裂成了碎片。

“这，”一个声音从沙发深处传来，“太过分了吧。”

从来没有什么事让她如此吃惊、如此恐惧过，她的嘴干涩得发不出声音。她紧紧抓住椅子的靠背，双膝发软。瑞特从他一直躺着的沙发上站起来，以夸大的彬彬有礼的态度向她鞠了个躬。

“午休被这样一场谈话吵醒已是够糟糕的了，可是为什么我的生命还要受到威胁呢？”

他是真人。他不是鬼。可是神灵保佑，他什么都听到了！她积聚力气，摆出一副不可侵犯的架子。

“先生，你应该让我们知道你在这儿。”

“真的？”他的白牙齿闪耀着，大胆的黑眼睛含笑望着她，“但你是贸然闯进者。我被迫在这儿等肯尼迪先生，感到在后院我可能不大受欢迎，我颇费了一番心思才把不受欢迎的自己转移到这儿来，以为再也不会受到打扰。可是，啊哈！”他耸耸肩膀，轻轻地笑了。

她的气恼开始再次升起来，因为想到这个粗鲁无礼的男人已经听到了一切——听到了此刻她希望宁死也不该说出来的话。

“偷听别人谈话的家伙——”她开始大发雷霆。

“偷听别人谈话的家伙总是听到有趣和有教益的事情，”他咧嘴笑着，“根据偷听的长期经验，我——”

“先生，”她说，“你不是个绅士！”

“观察正确，”他虚伪地说，“而你，小姐，也不是个淑女。”他好像发现她很有趣似的，因为他再次轻轻地笑了。“没有人在说过和做过我刚刚无意听到的事情后还能保持淑女的美名。不过淑女们很少对我具有吸引力。我知道她们在想什么，可她们永远没有勇气或教养说出她们所想的东西。因此，总有一天会让人厌烦。可是你，亲爱的奥哈拉小姐，是个具有难能可贵的精神的姑娘，非常让人钦佩的精神，我向你脱帽致敬。我不能理解文质彬彬的威尔克斯先生有什么魅力吸引住了你这个本性狂暴热烈的姑娘。他应该双膝跪地感谢上帝赐予他像你这样的——他是怎么形容的？——‘对生活充满热情’，但是因为他是个没有志气的可怜虫——”

“你连给他擦靴子都不配！”她气愤地大声喊道。

“你会恨他一生一世的！”他倒在沙发上。她听见了他的笑声。

如果她可以杀了他，她肯定会那样做的。相反，她以庄严的姿态走出了图书室，砰的一声拉上了身后那扇沉重的门。

她疾速跑上楼梯，速度太快以至于到达楼梯口时她觉得自己就要晕倒了。她停下来，扶住栏杆，她的心脏由于气愤、受辱而咚咚地跳动，仿佛要从她的胸膛中蹦出来似的。她努力想做个深呼吸，可嬷嬷把她勒得太紧了。如果她这会儿晕倒，她们就会在楼梯口这儿发现她，那她们将会怎么想？哦，他们什么都会想出来，阿希礼和那个叫巴特勒的可恶男人，还有那些嫉妒得发狂的讨厌的姑娘们！平生第一次，她希望自己像其他女孩子那样带着嗅盐，可她从来就不曾有过一个嗅盐瓶。以前她总是那么骄傲，觉得自己永远不会发晕。此刻她决不能让自己晕过去！

慢慢地，不适的感觉开始远去。过一会儿，她就会好的，然后她就悄悄溜进和英迪亚的房间相连的小更衣室，解开胸衣，悄悄爬上床，躺在正午睡的姑娘们的旁边。她使劲让心脏平息下来，让面部线条更柔和些，因为她知道她看上去一定像个疯女人。如果哪个女孩还醒着，一定会猜到出了什么事。不能，永远不能让任何人知道发生了什么事。

透过楼梯口宽阔的凸窗，她看见男人们仍然坐在凉亭和树荫下的椅子上。她多么妒忌他们啊！做一个男人真好，永远不必忍受像她刚才所经历的苦痛！她站在那儿望着他们，双眼发热，昏昏沉沉，这时她听见前面马道上传来嘚嘚的马蹄声，石子四处飞溅的声音，还有一个激动的声音在朝一个黑奴发问。石子又飞溅起来，一个骑在马背上的男人在她眼前掠过，穿过草坪朝树下懒洋洋的人群驰去。

是某个迟来的客人，可他为什么骑马穿过英迪亚引以为傲的草坪？她认不出他是谁，可当他从马鞍上滑下来，抓住约翰·威尔克斯的胳膊时，她能看见他脸上的每一根线条都写满了激动。人群包围了他，高脚杯和棕榈扇散落在桌上和地上。尽管距离远，她仍然听见嘈杂的人声，有发问的，有叫喊的，感觉到男人们热情高涨的紧张情绪。接着斯图兰特·塔尔顿的声音从杂乱的人声中响起来，狂喜地大喊，“咦——嘿——！”像他在猎场上那样。她是第一次听到，不知道这就是南军士兵的呐喊声。

她这样看着的时候，塔尔顿家四兄弟后面跟着芳汀家的男孩子们冲出人群奔向马厩，一边奔跑一边呼喊，“吉姆斯！吉姆斯！给马上鞍！”

“肯定哪户人家的房子着火了。”斯佳丽想。可管它着火与否，她的任务是在自己被发现之前溜回卧室。

现在她的心跳平静多了，她踮着脚尖上了楼梯走进寂静的穿堂。一股浓重的温暖气息包围着屋子，仿佛它像姑娘们一样也安详地沉睡着，直到晚上它就会展示出全部的美丽，有音乐、有烛光。她小心翼翼地推开更衣室的门，溜了进去。她的手仍然握住身后的门把手。这时霍妮·威尔克斯低低的几乎是耳语的声音从卧室对面的门缝里传到她耳中。

“我认为斯佳丽今天的举止极尽女孩风骚之能事。”

斯佳丽感到心脏又开始疯狂地跳动，她不自觉地把手按在上面，仿佛要压服它似的。“偷听者总是听到些极有教益的事”这句话从记忆中冒出来。她是否应该再次溜出去？或者让自己出现在众人面前，让霍妮因被发现背后说坏话而尴尬？然而紧接着一个声音让她停止了动作。一队骡子也不能将她拖走了，因为这时她听见了梅兰妮的声音。

“哦，霍妮，不！不要那么尖刻，她只是情绪高涨又活泼而已。我认为她是最有魅力的。”

“哦，”斯佳丽想，指甲掐进紧身胸衣里，“让这个说话拐弯抹角的小丫头站在我一边支持我！”

这话比霍妮那直白露骨的攻击更让人难以忍受。斯佳丽从来不信任哪个女人的动机不是自私的，她母亲除外。梅兰妮知道她已牢牢地把阿希礼掌握在自己手中，所以乐得表现出基督的高尚精神。斯佳丽觉得这只是梅兰妮炫耀胜利的方式，同时也是表明她为人善良的方式。斯佳丽与男人们谈论别的姑娘时经常运用这种花招，它总是让那些愚蠢的小伙子们相信她的善良和无私，从来没有失败过。

“好了，小姐，”霍妮尖刻地说，声音提高了，“你一定是瞎了眼。”

“住口，霍妮，”萨丽·芒罗嘘声说道，“全屋子的人都会听见你说话！”

霍妮放低了声音，仍然继续说道：

“你们看看她是怎样调戏她能够抓住的每一个男人的——甚至包括肯尼迪先生，那是她亲妹妹的情人。我从来没见过这样的人！而且她肯定在追求查尔斯。”

霍妮不好意思地咯咯笑着："你知道的，查尔斯和我——"

"你说的是真的？"激动的声音小声问道。

"不要告诉任何人，姑娘们——还没有！"

响起了更多咯咯的笑声和弹簧床的咯吱声，有人在拧霍妮。梅兰妮喃喃地说一些她是多么高兴霍妮就要成为她的姐妹之类的话。

"可我不高兴让斯佳丽做我的嫂子，因为我从来没见过像她这样轻浮的人。"赫蒂·塔尔顿气恼的声音传来，"可她等于已经和斯图兰特订了婚。布伦特说她对他并没有什么意思，可是，当然，布伦特也爱她爱得发狂。"

"如果你来问我，"霍妮神秘而又郑重其事地说道，"只有一个人对她具有吸引力。那就是阿希礼。"

低语声热闹地融合在一起，有发问的，有插话的，斯佳丽觉得自己由于恐惧和屈辱而浑身冰冷。霍妮对待男人是个傻瓜、笨蛋、蠢货，可她对待其他女人的女性本能，斯佳丽低估了。她刚才在图书室里所受的屈辱和贬损，与这相比太微不足道了。男人们能够管住自己的嘴巴，即使像巴特勒先生那样的人也不例外。可霍妮·威尔克斯就像田野里的猎狗一样爱饶舌，不出六点全郡的人都会知道这件事。而杰拉尔德昨天晚上才说过他不想让郡里的人嘲笑他的女儿。现在他们将会怎样地嘲笑她！黏糊糊的冷汗从她胳肢窝渗出来，开始沿着她的肋骨往下淌。

梅兰妮的声音，平和而有分寸，带点儿责备，压过其他人的声音。

"霍妮，你知道并不是那样的。这样说太刻薄了。"

"是这样的，梅兰妮，要是你不总是忙着在那些并不具备任何优点的人们身上寻找优点，你就会看到的。我非常高兴情况如此。她活该。斯佳丽·奥哈拉一向做的事都是惹是生非和拼力夺取别的姑娘的情人。你知道得很清楚，她从英迪亚身边抢走了斯图兰特，可她并不喜欢他。而今天她又想迷住肯尼迪先生，还有阿希礼和查尔斯——"

"我必须回家去！"斯佳丽想道。"我必须回家去！"

要是她能被魔力带回塔拉，带回安全地带该有多好！要是她能与艾伦待在一起，仅仅是看着她，拉着她的裙子，伏在她膝上大哭一场并倾吐整个故事，该有多好！如果她再听见一个字，她就冲进去，大把大把地撕扯霍妮披散着的暗淡头发，还要吐梅兰妮·哈密尔顿一口，表明自己对她的好心肠是怎样想的。可是她今天的行为已经够不高明了，像个穷白佬似的——这就是她所有烦恼的根源。

她双手紧紧地按住裙子，这样就不会发出窸窸窣窣的声响，然后像只动物似的悄悄退了出来。"回家去，"她一面这样想着，一面疾速沿着穿堂，穿过紧闭的房门和寂静的房间，“我必须回家去。”

她已经走到前廊上了，这时一个新的念头忽然产生了——她不能回家！她不能逃跑！她必须挺过这一关，忍受姑娘们的所有恶毒咒语，忍受自己的屈辱和伤心。逃跑只会给她们提供更多的笑料。

她握紧拳头捶着身旁高大的白柱子，希望自己就是参孙，这样她就可以摧毁十二橡树的一切，砸坏里面的每一个人。她要让他们痛苦，她要向他们表明。她并不确切地知道该如何向他们表明，可她仍然要这么做。她要伤害他们，比他们伤害她的程度更深。

这时候，阿希礼作为阿希礼被她忘掉了。他不是她所爱着的高大的但慵懒的男孩子，而是威尔克斯家族，十二橡树，该郡的一个重要组成部分——她恨他们全部，因为他们嘲笑她。十六岁的年纪，虚荣心比爱情更强大，她热烈的心房里此刻除了仇恨再也盛不下任何东西了。

“我不会回家，”她想，“我要待在这儿让他们痛苦。而且我永远也不会告诉妈妈。不，我永远也不会告诉任何人。”她鼓励自己返回屋子，爬上楼梯，溜进另一间卧室。

她转过身时，看见查尔斯从长穿堂的另一端进到屋子中来。他一看到她，就急急忙忙地奔过来。他的头发散乱着，脸上由于激动几近紫色了。

“你知道发生了什么事吗？”他还没跑到她跟前就喊了起来，“你听说了没有？鲍尔·威尔斯刚从琼斯博罗骑马归来，带来了新的消息。”

他跑到她跟前，停住了，几乎喘不过气来。她什么也不说，只是盯着他看。

“林肯先生已经在召集男人，士兵——我是说志愿兵——七万五千人哪！”

又是林肯先生！难道男人们就不能想些真正重要的事情？这个傻瓜在她伤心欲绝，名声快要毁掉的时候，指望她去为林肯先生的无聊举动而激动。

查尔斯盯着她。她的脸像纸一样苍白，细长的眼睛像翡翠一样闪闪发亮。他从不曾在哪个女孩脸上见到过这样的怒火，从来不曾在哪个人眼里见到过这样的光芒。

“我太鲁莽了，”他说，“我应该委婉地告诉你。我忘了淑女们都是多么娇弱。我很抱歉让你如此难过。你没有觉得晕眩吧？我去为你拿杯水，行吗？”

“不。”她说，努力挤出了一丝勉强的笑意。

“我们过去坐在长凳上，好不好？”他问道，搀住她的胳膊。

她点了点头，他小心翼翼地搀着她走下前廊的台阶，穿过草地，来到前院最大的橡树下面，那儿有一把铁椅子。“女士们是多么柔弱，多么敏感啊，”他想道，“只是提到战争这类残酷的事，她们就要晕过去。”这个想法让他觉得非常具有男子汉气概，扶她坐下时也就格外温柔。她看上去那么奇怪，她苍白的脸上有一种野性的美丽，使得他的心怦怦乱跳。是不是她一想到他可能要去打仗就如此伤心？不，这太异想天开了。可是她看着他的眼神怎么那么怪？她那拿着花边手帕的双手为什么在发抖？还有她那浓密乌黑的睫毛——它们忽闪着，像他读过的爱情小说里姑娘们的眼睛一样，羞涩地、含情脉脉地扇动着。

他清了三次嗓子想说出话来，可每次都失败了。他垂下眼帘，因为她的绿眼睛尖锐地盯着他的眼睛，好像她并没有看到他。

“他有好多好多钱，”她迅速想道，一个念头，一个计划划过她脑海，“而且他没有父母来烦我，他还住在亚特兰大。如果我立即嫁给他，就会向阿希礼表明我一点儿也不在乎他——我只是在跟他调情而已。而且这会置霍妮于死地。她将永远，永远也找不到第二个情人，人们都要笑话死她了。这么做也会伤害梅兰妮，因为她那么疼爱查尔斯。这么做还伤害斯图兰特和布伦特——”她并不确切地知道自己为什么要伤害他们，除了他们都有几个恶毒的妹妹外，“当我坐着上等马车，带着许多漂亮衣服，还有属于自己的房子回来拜访的时候，他们通通都会痛苦的。他们永远，永远也不会再嘲笑我了。”

“当然，这意味着就要打仗了，”查尔斯经过好几次令人尴尬的努力才说出来，“可是，你不要烦恼，斯佳丽小姐。战争一个月内就会结束，我们将打得他们鬼哭狼嚎。是的，长官！鬼哭狼嚎！我说什么也不能错过这场战争。恐怕今天晚上的舞会开不成了。因为营队打算在琼斯博罗集会。塔尔顿家的男孩子们已经去散布消息了。我知道女士们会难过的。”

她“哦”了一声，想说出更恰当的话来，可是这已经足够了。

她渐渐恢复了冷静，思维也开始集中了。一层雾笼罩在她全部的感情之上，她想她再也不会感觉到什么事情了。为什么不接受这个英俊、爱脸红的小伙子？他像其他任何人一样优秀，而且她并不在乎。不，她再也不会喜欢什么东西了，即使活到九十岁也不会。

“我现在还没有决定是加入韦德·汉普顿先生的南卡莱罗纳军团，还是参加亚特兰大城市防卫队。”

又“哦”了一声，他们的目光相遇了，那忽闪忽闪的睫毛使他掉了魂儿。“你会等我吗，斯佳丽小姐？要是——要是能知道你愿意等我到我们打败他们的那一天，那我就会高兴得像升上天堂似的！”他屏住呼吸等待她的回答，看着她嘴角翘起的样子，第一次注意到她嘴角周围的阴影，心想要是能亲它们一下该有多好。她的手滑进了他手中，手心里满是黏乎乎的汗。

“我不愿意等待。”她说着，垂下了眼帘。

他抓着她的手坐在那儿，嘴巴张得大大的。从睫毛下面端详着他，斯佳丽超脱地想他看上去像只被叉住的青蛙。他结巴了好几次，嘴张开又合上，脸又变成了天竺葵色。

“那你有可能爱我吗?”

她什么也没说，却低头看着膝盖，查尔斯又一次被抛入了狂喜与困惑的矛盾状态中。也许男人不该问女孩这样的问题。也许要她回答这样的问题是不合适的。以前查尔斯从来没有勇气让自己处于这样的情景中，因此手足无措，不知如何行动才好。他想欢呼，想歌唱，相吻她，想在草坪上跳跃，然后告诉每一个人她爱他，无论黑人还是白人。可他只是紧紧握着她的手，直到使她的戒指都陷进肉里。

“你愿意马上嫁给我吗，斯佳丽小姐?”

“嗯。”她说，摸着裙子的褶皱。

“我们可不可以与梅兰妮同时举行婚——”

“不。”她很快说道。查尔斯明白自己又犯了一次错误。当然，每个姑娘都想独享自己的婚礼——不愿与别人共享。她能原谅他的屡次失误真是太善良了！天色快点儿黑下来，好让他有勇气吻她的手，向她倾吐心里话。

“我什么时候可以去跟你父亲说这事?”

“越快越好。”她说，希望他在她不得不开口要求之前停止对她的戒指施加压力。

他跳了起来，有一刻她认为他会不顾身份乱蹦乱跳。他热情洋溢地低头看着她，他那整个纯洁的心灵都在眼睛里流露无遗。以前从没有人像这样看过她，而且以后再也不会有另一个男人这样看她，可那奇怪的隔膜使得她认为他看上去像头牛犊。

“我现在就去找你父亲，”他说，整个脸上都洋溢着笑，“我不能再等了。你会原谅我吗——亲爱的?”这亲热的称呼叫起来很艰难，可既然已经叫出了一次，他就高兴地又重复了一遍。

“好吧，”她说，“我在这儿等着，这儿真是个凉爽的好地方。”

他穿过草坪，消失在房子拐角处，飒飒作响的橡树下只剩下她一个人。男人们骑在马背上川流不息地从马厩里出来，黑奴们也骑着马紧紧地跟着各自的主人。芒罗家的男孩子们挥舞着帽子疾驰而过，芳汀家和卡尔佛特家的小伙子呼喊着沿着大路奔去。塔尔顿四兄弟驰过她身旁的草坪，布伦特大声叫道：“妈妈打算给我们马了！咦——啊——嘿！”乱草飞扬，他们远去了，又留下了她独自一人。

白房子在她面前耸立着，它仿佛带着庄严的冷漠在离她远去。现在它再也不会成为她的房子了。阿希礼永远不会把她当作他的新娘，携她跨过这道门槛了。哦，阿希礼，阿希礼！我都做了些什么？在她内心深处，在受伤的自尊和冷酷的现实表层下，某种东西尖锐地刺痛着。一种成熟的感情产生了，比她的虚荣心和任性的自私更为强烈。她爱阿希礼，她知道她爱他，她从来没有感受如此强烈过，在她看见查尔斯消失在拐角处的沙砾小道的那一瞬间。

第七章

两个星期内斯佳丽就嫁为人妻，不出两个多月她成了寡妇。当初她如此匆忙，如此轻率就套上的婚姻枷锁，很快就解脱了。可她再也尝不到婚前那种无忧无虑的自由滋味了。婚姻之后不久就开始了孀居生活，可令她沮丧的是，为人母的岁月紧接着也来临了。

在以后的岁月里，当她想起1861年4月那段日子时，斯佳丽从来没有确切地记起过各种细节。时间和事件重叠在一起，像梦魇一样没有现实，也没有理由。直到她临终的那一天，她记忆中关于那些日子仍然只是些空白点。尤其模糊不清的是她接受查尔斯和她的婚礼之间那段时间。两个星期！太短了，若是在和平时期，在那么短的时间内完成订婚都是不可能的。接着应该有一年或至少六个月的常规性间隔。可是南方当时为战争而发狂，所有事情都像是被一股神秘的风裹挟着似的，咆哮着疾速进展，旧时岁月那种慢腾腾的作风远去了。艾伦绞着手指，建议推迟一段时间，好让斯佳丽仔细想想这件事，从长计议。可对她的祈求，斯佳丽总是沉着脸，装聋作哑。她要结婚！还要快点儿。在两星期之内。

得知阿希礼的婚礼已从秋天移至五月一日，战争一旦需要支援他就可以随营队离开，斯佳丽把自己婚礼的日期定在他婚礼的前一天。艾伦一再反对，可查尔斯用新近学来的能言善辩反复请求，因为他急着出发去南卡莱罗纳参加韦德·汉普顿的军团，而且杰拉尔德站在两个年轻人这一边。他为战争的热浪激动着，也很高兴斯佳丽结了一门这么好的亲事，他有什么理由在战争就要爆发的时候，做两个年轻恋人的绊脚石？艾伦心乱如麻，最后像全郡其他母亲那样屈服了。她们悠闲的世界已被搅得乱七八糟，她们的祈求、祷告和建议丝毫抵挡不住这股席卷而来的巨大力量。

南方沉醉于热情和激动中。人人都知道一场战斗就会结束战争，每个年轻小伙子都急切地想在战争结束之前登记入伍——急切地要在赴弗吉尼亚打北方佬以前和心爱的姑娘成婚。该郡有好几打战争婚礼，几乎没有时间来为分别悲痛，因为人人都那么忙碌，那么激动，来不及郑重地思考，也来不及流泪。女士们在做制服、织袜子、绕绷带，男士们进行操练和射击。满载士兵的火车每天都经过琼斯博罗往北向亚特兰大和弗吉尼亚开去。有些分队的士兵穿着华丽的军服，有猩红的，有浅蓝的，还有社会民团连队所穿的绿色的；一些小队伍穿着土布军装，戴着浣熊皮帽；另外一些队伍，没穿制服，只穿着绒面呢外衣和细亚麻布衬衣；都是训练不熟，装备欠缺，激动得发狂，大声喊叫着，仿佛是去参加野宴的傻小子。郡里的男孩子看到这些男人便都陷入恐慌中，生怕战争在他们到达弗吉尼亚前就宣告结束，因此为营队离开而做的准备工作就加速进行。

在这片忙乱之中，斯佳丽婚礼的准备工作进展着，她几乎还没反应过来，就穿上了艾伦的结婚礼服，披上了面纱，挽着父亲的胳膊走下塔拉宽阔的楼梯，去面对一幢挤满宾客的屋子。后来像是从梦中一样她记起来了，千百只蜡烛在墙壁上闪耀，她母亲的脸，慈爱而略带困惑，嘴唇翕动着为女儿的幸福做无声的祈祷，杰拉尔德由于喝了白兰地而满脸通红，很得意自己的女儿嫁到了一个既有钱又有名望的世家——而阿希礼，站在楼梯底层，梅兰妮挽着他的胳膊。

她看见他脸上的表情时，就想道："这不可能是真的。一定不是真的。这是一场噩梦。我会醒过来，发现这一切只是一场噩梦。现在我不能想它，否则我会在所有这些人面前尖叫起来。现在我不能想它。我以后再想，等我能承受得了的时候再想——等我看不见他眼睛的时候再想。"

一切都像梦一样，走过微笑着的人群组成的通道，查尔斯赤红的脸和结结巴巴的嗓音，她的回答，都是那么令人吃惊的清晰，又都那么冷漠。接下来的祝贺、亲吻、祝酒以及跳舞——一切，一切都像是梦一样。甚至阿希礼亲吻她脸颊的感觉和梅兰妮温柔的耳语，"这下，我们真正成了亲姑嫂了"都是那么不真实。甚至由于查尔斯那个感情丰富的胖姑妈，贝蒂帕特·哈密尔顿小姐晕过去而引起的一片骚动，都带有梦的性质。

可是当跳舞和祝酒最终结束，夜幕降临，当所有能够挤进塔拉和监工房子里的亚特兰大客人已经倒在床上、沙发上、地铺上进入梦乡，所有的邻里乡亲都回家休息，为第二天在十二橡树举行的婚礼养足精神，这时如梦似幻的恍惚状态在现实面前像水晶似破裂了。现实是满脸通红的查尔斯穿着睡衣从她的更衣室出来，躲避着高高拉起的被角上面她向他投来的惊恐的目光。

当然，她知道结过婚的人应该同床共枕，可在此之前她从来没有想过这事儿。这事儿对她的父母来说很自然，可她从来没把这事跟自己联系起来。自从那次烤肉宴以来她此刻第一次意识到她给自己带来了什么，一想到这个她并不愿嫁给他的陌生男孩要跟她同床，她的心痛苦万分，后悔自己粗率的行动，痛惜自己永远失去了阿希礼，这太让她难以忍受了。当他犹疑不决地靠近床边时，她嘶哑地小声说道。

“你要是敢靠近我，我就尖叫。我会的！我会——扯住嗓子尖叫！离我远点儿！你敢碰我！”

于是查尔斯·哈密尔顿在角落的扶手椅上度过了自己的新婚之夜，并不那么不快乐，因为他理解，或者说他自以为理解，他的新娘子的羞怯和娇嫩。他愿意等待，等到她的恐惧消失的时候，只是——只是——他叹了一口气，辗转着想摆出一个最舒服的姿势，因为他很快就要离开家乡去打仗了。

她自己的婚礼像噩梦似的，而阿希礼的婚礼则更糟。斯佳丽穿着苹果绿的“二朝”服（新娘第二日所穿的服饰），站在十二橡树的客厅里，千百只烛光摇曳不定，被昨晚那批宾客推搡着，看着梅兰妮·哈密尔顿那相貌平平的小脸蛋上闪耀着美丽的光彩，因为她成了梅兰妮·威尔克斯。现在，阿希礼永远地离她而去了。她的阿希礼。不，现在已经不是她的阿希礼了。他是否曾经属于过她？所有一切都在她脑海里搅成一团，她的脑子疲倦而迷惑。他说过他爱她，可是是什么东西把他们分开了？她要是能想起来就好了。她嫁给了查尔斯就堵住了郡里人爱搬弄是非的嘴巴，可现在想来那又有什么要紧？曾经它是那么重要，可现在看起来它一点也重要了。只有阿希礼是最要紧的。现在他离她而去了，她也嫁给了她不仅不爱而且很是瞧不起的男人。

哦，她多么后悔这一切啊。她经常听人们说割自己的鼻子，给人家好脸色，可在此之前她总认为那只不过是一句比喻。现在她确切地明白了这句话的含义。她强烈地渴望摆脱查尔斯，安全地返回塔拉，重新做个未婚姑娘，心里也清楚，这一切只能怪自己。艾伦想方设法劝阻过她，可她不听。

因此在阿希礼婚礼那个晚上她迷迷糊糊地跳舞，无意识地说话，微笑着，心却在无礼地思忖人们为什么那么愚蠢，还以为她是个快乐的新娘，一点儿也看不出来她的心都碎了。哦，感谢上帝，他们不可能看出来的！

那天晚上，嬷嬷服侍她卸了妆离开后，查尔斯羞答答地从更衣室里出来，不知道他是否还要在马鬃椅上度过第二个夜晚，这时她突然泪如泉涌。她哭啊哭直哭到查尔斯爬上床，躺在她身边竭力安慰她，她一句话不说只管哭得眼泪再也流不出来了，最后躺在他的肩头安静地啜泣。

如果不是因为战争，新婚夫妇将有一周的时间在郡里四处拜访，人们还要在新人出发去萨拉托加或白硫黄泉度蜜月之前举办舞会和烤肉宴为他们庆祝。如果不是因为战争，斯佳丽可以穿上她的三朝服、四朝服、五朝服去芳汀家、卡尔佛特家和塔尔顿家参加为她举办的宴会。可现在没有宴会，也没有蜜月旅行。婚礼后一星期，查尔斯就离家投奔韦德·汉普顿上校，两星期后，阿希礼随营队也出发了，留给全郡的只有黯然伤神。

在那两个星期内，斯佳丽从没单独见过阿希礼，从没跟他单独说过一句话。甚至在离别的痛苦时刻，他在去赶火车的路上顺便在塔拉停了一下，她也没能单独与他谈一谈。梅兰妮，戴着兜帽，披着披肩，一副安详的新少奶奶的气派，挽着他的胳膊，塔拉庄园里所有的黑人和白人，都出来目送阿希礼奔赴战场。

梅兰妮说："你该吻一吻斯佳丽，阿希礼。她现在是我的嫂嫂了。"阿希礼弯下腰，用冰冷的唇挨了挨她的脸颊，他的脸拉得长长的，绷得紧紧的。斯佳丽从那一吻中几乎没得到什么乐趣，因为心里生气梅兰妮促使他这么做。临别时梅兰妮紧紧地拥抱她，让她几乎喘不过气来。

"你会来亚特兰大看我和贝蒂姑妈，对吗？哦，亲爱的，我们多么希望你能去！我们要和查利的太太增进了解。"

接下来的五个星期，查尔斯从南卡莱罗纳寄来了许多羞涩、狂热、充满爱意的情书，诉说他的爱、战争结束后他对未来的计划以及他对司令官韦德·汉普顿的崇敬。第七个星期，汉普顿上校亲自发来一封电报，然后是一封信，一封亲切、庄严的慰问信。查尔斯死了。上校本来早就写信回来了，可查尔斯以为他的病无伤大雅，不想让家里人担心。不幸的小伙子，不仅被自以为已赢得的爱情欺骗了，而且也被他崇高的理想和在战场上立功的雄心壮志欺骗了。他甚至还没有接近北方佬，就在南卡莱罗纳的兵营中染上麻疹，并发肺炎，不光彩地离开了人世。

到了产期，查尔斯的儿子诞生了，由于那时正流行以父亲的司令官的名字为男孩子命名，所以为他取名韦德·汉普顿·哈密尔德。斯佳丽在得知自己怀孕后曾绝望地哭泣过，希望自己不如死去。可她在妊娠期间很少有不舒服的感觉，分娩时也没遭多少罪，恢复得又那么快，以至于嬷嬷私下告诉她这未免太不寻常——有身份的夫人们理应承受更多的痛苦。她不喜欢这孩子，尽管她尽可能掩盖这个事实。她并不想要他，她拒绝他的到来，现在他躺在那儿，仿佛不可能属于她，不是她生命的一部分似的。

虽然韦德出世后她在极短的时间内体力就得到了恢复，可精神上却懒洋洋病恹恹的。她情绪低落，尽管种植园中所有的人都努力帮她振作起来。艾伦愁眉苦脸四处奔波，杰拉尔德比平常更能喝酒了，还从琼斯博罗为她带来许多对她毫无用处的礼物。甚至连老芳汀医生也不得不承认他无能为力，他用硫黄、蜜糖和药草配制的强身剂并不能使她恢复精神。他私下告诉艾伦，斯佳丽是因为伤心才时而烦躁不安，时而没精打采的。可斯佳丽要是愿意开口的话，她可以告诉他们她的毛病根本不是这么回事，而是比这复杂得多。她没有告诉他们是因为真的做了妈妈的极端厌烦和困惑不解，尤其是因为阿希礼的离去才使她看上去如此愁苦不堪。

她的厌烦十分严重，又无时不在。自从营队开拔去打仗以后，郡里取消了所有的娱乐和社交活动。所有有趣的小伙子都走了——塔尔顿四兄弟、卡尔佛特两兄弟、芳汀家、芒罗家的男孩子们，以及每个从琼斯博罗、费耶特维尔和洛夫乔伊来的年轻可爱的小伙子。只有年老的男人、残疾人和妇女们留下了，他们靠编织、缝纫、种更多的棉花和稻谷、为军队养更多的猪羊牛群来打发日子。从来都看不到一个真正的男人，除了苏伦的中年情人弗兰克·肯尼迪率领的军需部队每月骑马来征收一次补给品。军需部队里的男人并不怎么让人激动，而且一看见弗兰克那怯生生的巴结样，她就恼火，连礼貌地对待他都很不容易做到。要是他和苏伦早日确定下婚事就好了！

即使军需队更有趣一些，对她的情形也不会有多大帮助。她是个寡妇，她的心已经死了。至少人人都认为她的心死了，都希望她行动上也该循规蹈矩。这让她气恼，因为尽管她努力回忆，她想不起关于查尔斯的什么事，只记得她告诉他愿意嫁给他时，他脸上那副垂死牛犊般的表情。而且即使这个画面也是很模糊的。可她是个寡妇，她不得不处处检点自己的行为。未婚少女的快乐已与她无缘。她不得不做出端庄和冷漠的样子。有一次艾伦看见弗兰克的副官在花园里陪斯佳丽荡秋千，还逗得她尖叫大笑，就长篇大论地强调了这一点。怀着深深的忧虑，艾伦告诉她一个寡妇是多么容易招惹闲话。寡妇的行为必须比做太太要加倍谨慎。

“只有上帝知道，”斯佳丽一边顺从地听着母亲温柔的声音，一边想着，“做太太根本就没有一点儿乐趣。那么做寡妇还不就像死人似的。”

寡妇必须穿令人讨厌的黑衣裙，甚至连点缀的流苏都没有，不能带花，不能扎锻带，不能镶花边，甚至除了黑玛瑙的丧服胸针和用死者头发编成的项圈以外，不能戴首饰。从软帽上垂下来的黑纱必须长及膝盖，只有经过三年的守寡期以后才可以缩短至肩头。寡妇永远不能畅快地谈天或放声大笑。即使笑的时候，也必须是悲伤、凄凉的笑。而且最可怕的是，和绅士们在一起时，她们决不能表现出任何感兴趣的样子。如果有一位男士缺乏教养对她表现出兴趣，那她必须庄重而恰当地提起自己死去的丈夫来吓退他。“哦，是的，”斯佳丽凄凉地想道，“有些寡妇最终还是再嫁了，可那时她们已经又老又丑了。只有上帝知道她们是怎么在众目睽睽之下再嫁的。而通常情况下她们所嫁的都是拥有一个大农场和一打孩子的老鳏夫。”

结婚已经够糟糕的了，又成了寡妇——哦，这下生命算是永远完结了！人们是多么愚蠢，还谈论说虽然查尔斯去了，可小韦德·汉普顿就是她最大的安慰！他们还说这下她有了活下去的指望了，真是愚蠢透顶！人人都说查尔斯给她留下这爱情的结晶是多么美好的事。她自然没有纠正他们的想法。可他们的想法与她的心思大相径庭。她对韦德没什么兴趣，有时甚至想不起来他真是她的亲骨肉。

每天早晨醒来，在朦朦胧胧的一刻，她又成了斯佳丽·奥哈拉，太阳照耀着窗外的木兰花丛，模仿鸟在歌唱，煎熏肉的香味飘进她鼻孔。她重新回到无忧无虑青春洋溢的时代。接着她听见了饥饿的啼哭声，总是——那一刻她总是震惊地想道：“怎么，这屋里还有个婴儿呢！”然后她想起来那是她的孩子。一切都那么让人迷惑不解。

还有阿希礼！哦，最重要的是阿希礼！她平生第一次开始恨塔拉，恨那条沿着山坡通向小溪的长长的红土路，恨那片长着嫩绿棉花苗的红土地。每一寸土地，每一棵小树，每一道溪流，每一条小径和马道都让她想起他来。他已属于另一个女人，而且他已经去打仗了，可他灵魂仍然徘徊在暮色中的小径上，仍然在凉亭的暗影下眨巴着昏昏欲睡的灰眼睛朝她微笑。她只要听到从十二橡树通往这儿的河岸上响起马蹄声，就会温柔地想起——阿希礼！

她曾经爱过十二橡树，可现在她恨它。她恨它，可仍然喜欢到那儿去，她可以听见约翰·威尔克斯和姑娘们谈论他——听他们读他从弗吉尼亚写来的信。信上的话让她伤心，可她又不忍不听。她不喜欢脖子僵直的英迪亚和傻乎乎爱絮叨的霍妮，她知道她们同样不喜欢她，可她不能与她们保持距离。每次从十二橡树回来，她都闷闷不乐地躺在床上，拒绝爬起来吃晚饭。

她拒绝吃东西引起了艾伦和嬷嬷空前的恐慌。嬷嬷送来一盘盘令人垂涎欲滴的美味，劝说道她现在是寡妇了，可以想吃多少就吃多少，可斯佳丽没一点儿食欲。

当芳汀大夫郑重地告诉艾伦，伤心经常导致体质衰弱，女人往往会慢慢憔悴至命归黄泉时，艾伦的脸色苍白了，因为这正是压在她心头的顾虑。

“没有什么补救方法了吗，医生?”

“改变一下环境对她是最有效的方法。”医生说，极力想摆脱这个难缠的病人。

于是斯佳丽带着孩子，毫不热情地先去拜访她的奥哈拉亲戚和萨凡纳的罗彼拉德亲戚，然后去查尔斯顿艾伦的两个姐姐，波林和尤拉莉家。可她一个月后就返回了塔拉，比艾伦预期得要早得多，也不解释为什么这么快就回来，萨凡纳的亲戚对她很好，可吉姆斯、安德鲁和他们的妻子都上了年纪，喜欢安静地坐在一起谈论斯佳丽一点儿也不感兴趣的从前的事。罗彼拉德家情形也是如此，查尔斯顿真是个糟糕的城市，斯佳丽这样想道。

波林姨妈和她丈夫，一个矮个儿老头，客气而冷漠，像是生活在远古时代的人，一副心不在焉的神情，他们住在河边一个种植园里，比塔拉要偏僻得多。最近的邻居也有二十英里远，通往那儿的阴暗道路穿过寂静的丛林，林子里长满柏树、橡树，还有一片片沼泽。橡树树干上的灰色青苔飘舞使斯佳丽惊恐万分，总是让她想起父亲所讲的在灰蒙蒙的雾气中四处游荡的爱尔兰鬼魂。白天除了编织没什么可做的，晚上听凯里姨父大声朗读布尔沃·利顿先生的传世著作。

尤拉莉姨妈隐居在查尔斯顿炮台附近一个四周筑着高墙的花园大院里，生活也没有多大趣味。

斯佳丽习惯了蜿蜒延伸的红色山丘那宽阔的视野，在这儿觉得像是进了监狱。这儿的社交活动比波林姨妈那儿多，可斯佳丽不喜欢那些客人的架子、传统和太看重门第的风尚。她非常清楚他们都认为她是一对不门当户对的父母的孩子，心里奇怪一个罗彼拉德家的姑娘怎么会嫁给一个初来乍到的爱尔兰男人。斯佳丽感觉到尤拉莉姨妈在背后替她辩解。这激起了她的怒火，她和父亲一样不看重门第。她为杰拉尔德骄傲，他所得到的一切不是别人恩赐的，而是凭自己精明的爱尔兰头脑拼下的。

查尔斯顿的人们竟然把萨姆特要塞打仗的事归功于他们！上帝啊，他们可曾意识到即使他们不愚蠢透顶地点燃战争的导火线，另外一些傻瓜也会这么做的?习惯了佐治亚州高地一带人爽朗的声音，低地一带拖长的平板音调影响了她的情绪。她想要是再听见他们把“巴掌”说成“巴儿掌”，把“屋子”说成“窝儿”，把“不会”说成“不儿会”，把“爸和妈”说成“爸啊和妈啊”，她就要尖叫起来。在一次正式拜访中，她实在不堪忍受那些腔调，就故意学起杰拉尔德的爱尔兰土腔来，使得她姨妈狼狈不堪。然后她就返回塔拉。忍受回忆阿希礼之苦总比听查尔斯顿口音要好受得多。

艾伦日夜操劳，使得塔拉取得双倍的好收成来支援南部邦联，看到大女儿从查尔斯顿回来，又瘦又苍白，而且话语尖刻，不禁大吃一惊。她自己也饱尝了心碎的滋味，一夜又一夜她躺在鼾声如雷的杰拉尔德身边，努力思考能减轻斯佳丽愁苦的方法。查尔斯的姑冯贝蒂帕特·哈密尔顿小姐已写过好几封信来，央求她说服斯佳丽去亚特兰大长住，现在艾伦第一次郑重地考虑这个建议。

她和梅兰妮单独住在一幢大房子里，“没有男人的保护”，贝蒂帕特小姐写道，“现在亲爱的查利也去了。当然，我还有个哥哥亨利，可他不跟我们住在一起。可能斯佳丽跟你说起过亨利。我在信上不便多讲。梅兰妮和我都觉得如果斯佳丽和我们在一起，日子就会轻松自在多了。三个孤独的女人总比两个强。而且亲爱的斯佳丽也许可以找到一些减轻悲痛的方法，像梅兰妮那样，在这儿的医院看护我们年轻的勇士——当然，梅兰妮和我都十分想见见亲爱的宝贝……”

于是斯佳丽的衣箱再次装满丧服，带着韦德·汉普顿和使女普里西，出发去亚特兰大，脑子里装满了艾伦和嬷嬷灌给她的行为规范。杰拉尔德给了她一百元南部邦联钞票。她并不十分想去亚特兰大。她认为贝蒂姑妈是个愚蠢透顶的老妇人，而且一想到要和阿希礼的妻子同住一个屋檐下，她就感到厌恶。可住在郡里，常常触景生情也是万万不行的，生活该来些变化了。

第八章

1862 年 5 月的那个早晨，当火车载着斯佳丽向北行驶时，她心想亚特兰大不会像查尔斯顿和萨凡纳那么乏味吧，尽管她不喜欢贝蒂帕特小姐和梅兰妮，可自从战争爆发前一年冬天她去过那儿以来，情况究竟怎么样了，她真想去看看。

亚特兰大总是比其他任何城镇更能引起她的兴趣，因为小时候杰拉尔德就告诉她亚特兰大和她同龄。她长大一点后发现杰拉尔德夸大了事实，这是他的习惯，他觉得稍做夸张可增加故事的精彩度。而亚特兰大只比她大九岁，与她所听说过的任何城镇相比都要年轻得多。萨凡纳和查尔斯顿已有了历史悠久的尊严，前者在第二个世纪里平稳前进，而后者已进入第三个世纪，在她年轻的眼睛看来它们总像是年老的祖母坐在太阳下安详地扇着扇子。可亚特兰大与她同时代，具有青春的粗野，又像她自己那样冲动和任性。

杰拉尔德告诉她的故事是基于她和亚特兰大在同一年命名这一事实。在斯佳丽出世前的九年中，这座城镇先是被称为特米诺斯，后来又叫作马撒斯维尔，直到斯佳丽出生那一年才改名为亚特兰大。

杰拉尔德最初移民至北佐治亚州时，亚特兰大根本不存在，就连村庄的影子都没有，这里只是茫茫荒漠。可到了第二年，1836 年，州里批准修建一条通往西部的铁路，经过柴拉基人新近割让的一片土地。这条计划修建的铁路终点在田纳西州和西部，这一点很清晰明确，可它在佐治亚州的起点却总是确定不下来，直到一年以后，一个工程师在红土中立起一根桩子，标示这条铁路线的南端，这样就有了最初称作特米诺斯的亚特兰大。

那时候北佐治亚州没有铁路，其他地方也几乎没有。然而在杰拉尔德娶艾伦之前的那几年中，在塔拉以北二十五英里处的一个小小的居民点慢慢发展成一个村庄，铁路线也逐渐向北推进。于是兴建铁路的时代正式开始了。第二条铁路从奥古斯塔老城向西延伸，穿过本州，与通往田纳西州的新铁路衔接。第三条铁路从萨凡纳老城开始，起先通到佐治亚州的心脏梅肯，接着向北穿过杰拉尔德所在的郡直通亚特兰大，与另外两条铁路会合，使萨凡纳的港口有一条通往西部的干道。从年轻的亚特兰大这一枢纽点又筑起第四条铁路，朝西南延伸至蒙哥马利和宾比尔。

亚特兰大随铁路的诞生而诞生，随铁路的发展而发展。四条铁路线竣工后，亚特兰大与西部、南部、海岸，经过奥古斯塔与北部和东部连接起来。它成了东西南北航行的十字路口。小小的村庄一下子充满了生机。

在稍稍长于斯佳丽十七岁的生命历程中，亚特兰大已从一根埋在地上的树桩发展成一个有万余人口的繁荣小城，成了全州注意力的焦点。那些古老安静的城市总是带着老母鸡竟然孵出小鸭子来的那种感觉看待这座新兴的热闹小镇。为什么这个地方与佐治亚州其余的城镇如此不同？为什么它发展得那么快？他们想，毕竟，它并没有什么过人之处——无非是有几条铁路和一群闯劲十足的人。

定居在这座依次命名为特米诺斯、马撒斯维尔、亚特兰大的城市里的是一群闯劲十足的人。精力充沛、不知疲倦的人们从佐治亚州较老的地区和更遥远的其他州涌进这座以铁路枢纽为核心往四周发展的小城镇。他们热情洋溢地来了。他们在车站附近五条泥泞的红土路交叉口附近建立起店铺。他们在白厅街、华盛顿街、在沿着高坡上伸的无数代穿鹿皮软靴的印第安人踩成的所谓桃树小道上，建成了精美的住宅，他们为这个地方自豪，为它的壮大而自豪，也为自己能使它壮大而自豪。让那些老城镇随便称呼亚特兰大吧。亚特兰大不在乎。

斯佳丽总是喜欢亚特兰大，那些理由恰恰是让萨凡纳、奥古斯塔和梅肯轻视它的地方。像她一样，这个城市是佐治亚州新与旧的混合体，旧的一方与意志坚定、充满活力的新的一方发生冲突时常常屈居第二位。而且，还有些个人因素，她很高兴这座城市与她同岁——至少在命名上——与她同一年命名。

头一天晚上还风雨交加，可斯佳丽到达亚特兰大的时候，暖暖的太阳挂在头顶，勇敢地努力想晒干被雨水冲出弯弯曲曲的红泥水槽的街道。车站四周的露天广场上，稀软的土地已被进进出出川流不息的车辆搅成了一个大泥潭，到处可见车辆陷进深深的车辙里。络绎不绝的军车和救护车赶到列车边装卸给养和伤员。千辛万苦地挤进挤出，使泥泞和混乱更加严重。车夫咒骂着，骡子颠簸着前进，泥浆飞溅到几码以外。

斯佳丽站在火车的低台阶上，苍白美丽的躯体裹在黑色的丧服中，黑绉面纱几乎飘拂到脚跟。她犹豫着，不愿弄脏鞋子和衣服，在喧闹纷乱的车马、火车和单座车中四处搜寻贝蒂帕特小姐。人群中没有那位脸颊粉红的妇人，可正当斯佳丽焦急地寻找着时，一个瘦瘦的老黑人，灰色的头发纠结缠绕着，一副庄重威严的神气，穿过泥沼朝她走来，手里拿着帽子。

“你就是斯佳丽小姐吧？我叫彼得，是贝蒂小姐的车夫。别踩在烂泥里，”当斯佳丽提起裙子准备跨下台阶时，他严厉地命令道，“你跟贝蒂小姐一样，像个孩子似的不怕把脚弄湿。让我来背你。”

虽然他外表看上去年老体弱，却很轻易地就把斯佳丽驮了起来，看见普里西站在火车的平台上，手里抱着孩子，他停了下来：“那小姑娘是你带来的侍女？斯佳丽小姐，她年纪太小了，怎么能带好查尔斯先生的独生子！可我们以后再谈这事。你这个小丫头，跟着我，可别把小宝宝摔着。”

斯佳丽顺从地由他驮着向马车走去，听凭彼得任意批评她和普里西。他们踏着泥沼前行，普里西啪哒啪哒踩着烂泥跟在身后，斯佳丽忽然想起查尔斯曾说过的关于彼得大叔的话。

“他跟父亲经历了整个墨西哥战争，父亲受伤时，由他护理——事实上，他救了父亲的命。我和梅兰妮可以说是由彼得大叔一手带大的，因为父母过世的时候，我们尚很年幼。那时候贝蒂姑妈和她哥哥亨利伯伯闹翻了，于是她就搬来和我们住在一起并照料我们。她是个最不顶用的人——简直就像个没长大的孩子，彼得大叔就是以那种方式对待她的。她什么事都拿不定主意，于是彼得替她拿主意，料理生活。当我十五岁的时候，是他决定增加我的零用钱，他坚持认为我应该去哈佛大学修高年级课程，而亨利伯伯那时已想让我念大学取得学位。是他决定梅兰妮到几岁才可以绾起头发，参加宴会。他告诉贝蒂姑妈哪一天天气太冷或雨太大，她不能出去拜访，什么时候她应该戴上披巾……他是我曾见过的最聪明的老黑人，而且是最忠心最有奉献精神的。唯一的麻烦是他控制着我们三个人，从肉体到精神，而且他自己也很清楚这一点。"

当彼得爬上车夫座拿起马鞭时，查尔斯的话得到了证实。

"贝蒂小姐身体不太舒服，所以没来接你。她害怕你会怪罪她，可我跟她说，她和梅兰妮小姐不该让新衣服溅上泥点儿，我会跟你讲个情的。斯佳丽小姐，你最好抱着孩子。那个小丫头差点儿把宝宝摔着。"

斯佳丽看着普里西，叹了叹气。普里西并不是最合适的保姆。她不久前还是个瘦得皮包骨头、穿着短裙、盘着小辫的黑丫头，新近穿上了印花布长裙，戴上了浆硬的白头巾，这件事真让她飘飘然。要不是战局危急，塔拉忙于筹措军需，使得艾伦不可能腾出人手让嬷嬷或迪西，甚或罗莎和蒂娜来服侍斯佳丽和孩子，那么普里西绝不会这么早就担此重任。普里西在此之前从没到过十二橡树或塔拉一英里之外的地方，这次坐火车旅行，包括升任保姆几乎超过了她那小黑脑袋所能承受的限度。从琼斯博罗到亚特兰大二十英里的旅程使她那么激动，以至于斯佳丽不得不一路抱着孩子。现在，看到那么多的高楼大厦，看到熙熙攘攘的人群，普里西就不知所措了。她坐在马车里，扭来扭去，指指点点，蹦蹦跳跳，弄得可怜的小宝宝号啕大哭。

斯佳丽多么想念老嬷嬷那肥硕的手臂。嬷嬷只要把手放在孩子身上，他立刻就不哭了。可嬷嬷在塔拉，斯佳丽一点儿办法也没有。她从普里西手中接过小韦德并没有用。他在她怀里像在普里西怀里一样大声地啼哭。而且，他还要拉她帽子的缎带，毫无疑问，也会弄皱她的衣服。于是她假装没有听见彼得大叔的建议。

"也许我总有一天会学会带孩子，"她烦躁地想道，马车颠簸着驶出车站周围的泥沼，"可我永远不会喜欢和他们玩耍。"韦德的脸由于哭喊而胀得发紫，她没好气地喝道："把你口袋里的糖奶嘴给他，普里西。只要能让他闭上嘴巴，什么东西都成。我知道他是饿了，可现在我一点儿法子也没有。"

普里西拿出那天早上嬷嬷装到她口袋里的糖奶嘴，孩子的哭声止住了，又恢复了安静。新的景色也映入她眼中，斯佳丽的情绪开始稍稍高涨了点儿。当彼得大叔终于将马车赶出烂泥地，驶上桃树大街时，她数个月来第一次感觉到一丝兴趣。这城市发展得多快啊！她最后一次来这儿距今还不到一年，想不到她记忆中那个小小的亚特兰大居然发生了如此大的变化。

在过去的一年中，她深陷于自己的苦恼中，一提到战争就厌烦，她不知道从战争打响的那一刻开始，亚特兰大已经在变了。那条在和平时期使小城成为商业贸易中心的铁路现在又使该城成了战争时期的战略要地。因为离战线很远，该城及其铁路就成了南部邦联两支大军的联结点，这两支大军就是弗吉尼亚大军、田纳西州和西部大军。亚特兰大同时又把供应军需的较远南部地区与两支大军连接起来。现在，应战争的需要，亚特兰大已变成一个制造业中心，一个医疗基地，以及军队从田野里收集食品和补给的南方主要的供应站之一。

斯佳丽环顾着这座她记忆中那么美好的小城。它已经不复存在了。她现在看到的城市像一个婴儿一夜之间长成了一个忙碌的、四处扩张的巨人。

亚特兰大像蜂房似的嗡嗡响着，自豪地意识到自己对南部邦联的重要性，夜以继日地工作着，想把一片农业区转变成工业区。战前马里兰州以南的地区只有少得可怜的几个棉花厂、毛纺厂、兵工厂和机械厂——这是所有南方人都引以为傲的事实。南方生产出了政治家、士兵、种植园主、医生、律师和诗人，可南方真的没有工程师和技师。让北方佬去干这些下等职业吧。可现在，邦联的港口被北方佬的炮艇封锁了，只有一些零星货物才能从欧洲穿越封锁线偷偷运进来，因此南方就拼命想自己生产军用物资。北方可以向全世界呼吁补给和军源，成千上万的爱尔兰人和德国人涌进联邦军队，被北方所提供的军饷所吸引。而南方只能靠自己。

在亚特兰大，有几家机械厂在沉闷地生产制造军用物资的机器——沉闷地，因为南方几乎没有可以仿造的机器，几乎每个轮盘和齿轮都得按照从英国越过封锁线运来的图纸制造。现在亚特兰大的街道上满是陌生的面孔，一年前，本地人哪怕听见西部人的口音都要竖起耳朵听一听，现在连听见欧洲人的外国口音也毫不在意了，这些欧洲人偷越封锁线来制造机器，为南部邦联生产军火。这些都是技术熟练的工人，要是没有他们，邦联很难制造出手枪、步枪、大炮和火药。

工厂日夜忙碌着，把军用物资源源不断地沿铁路干线输送到两条战线上，几乎可以摸得到城市心脏的跳动。火车无休止地咆哮着开进开出。新盖工厂的煤灰撒落在白色的房子上。到了晚上，市民们入睡以后很久，火炉仍在燃烧，铁锤还在咚咚直响。一年前的空地现在变成了工厂，生产出马具、马鞍和靴子，军工厂制造出步枪和大炮，轧钢厂和铸造厂生产铁轨和货运车厢，以弥补被北方佬摧毁的损失。形形色色的工厂生产出靴刺、马嚼子、带扣、帐篷、纽扣、手枪和剑。铸造厂已感觉到缺乏钢铁，因为只有极少或几乎没有什么原料能偷越封锁线运进来，亚拉巴马的铁矿由于矿工们都上了前线而陷于瘫痪状态。亚特兰大城里没有了铁栅栏、铁凉亭和铁大门，甚至连铁铸像都没有了，因为它们通通都被投进轧钢厂的熔铁炉里了。

这里，沿着桃树街和附近的街道是五花八门的军事部门的总部，每个办公室前都蜂拥着穿制服的男人，有军需部、通讯部、军邮部、铁道运输部、宪兵司令部。郊外是军马补给站，马群和骡子群在一个个大围栏内团团转，沿小街一带都是医院。根据彼得大叔告诉她的情况，她觉得亚特兰大一定是个充满伤员的城市，因为有不计其数的综合医院、传染病院和康复医院。每天火车一到五角场边就卸下更多的病员和伤员。

那座小城消失了，这座快速壮大的城市的面貌由于干劲无穷、忙碌不堪而充满生机。看到如此忙碌的景象让斯佳丽几乎喘不过气来，可她喜欢这样，她过惯了悠闲安静的日子，觉得这里的一切很新鲜。这地方有一种令人兴奋的气氛让她振作。仿佛她真的感觉到了这座城市的心脏与她自己的心脏同时有节奏地快速跳动着。

当他们慢慢地驶过城内主要街道上的泥水坑时，她怀着极大的兴趣看着新建筑和新面孔。人行道上挤满了穿制服的男人，佩戴着标志不同兵种不同级别不同的肩章，窄窄的街道挤满了各种车辆——马车、单座车、救护车、带篷的军用货车，骡子在车辙间挣扎前进时，粗俗的马车夫恶声咒骂着；穿着灰色军装的信使在街上横冲直撞，弄得泥浆四溅，在各总部之间传递命令和电讯；康复期的伤员拄着拐杖蹒跚地走着，往往两肘各由一位细心的女士搀着；练兵场上传来鼓声、号声和命令声，那是在把新招募来的人训练成士兵；斯佳丽第一眼看见北方佬的制服，心就提到了嗓子眼儿，彼得大叔用马鞭指了指一群垂头丧气的穿蓝军服的人，被枪头上了刺刀的南部邦联士兵押送兵站，再送往集中营去。

“哦，”斯佳丽想，自从那天野宴以来第一次经历到真正喜悦的感觉，“我会喜欢上这儿的！它是那么生动，那么令人激动！”

这座城市甚至比她意识到的更加生动，因为那儿有几十家新开的酒吧；妓女随军队涌进城里，妓院里女人花团锦簇，令教徒们大惊失色。每一个旅店、寄宿舍和私人住宅都挤满了来亚特兰大医院探望受伤亲人的人。每星期都有宴会、舞会和集市，战争婚礼不计其数，休假期间的新郎穿着漂亮的灰军装，缀着金穗带，新娘穿着偷越封锁线运来的华丽服饰，新人从刀剑交叉的礼堂通道上走向神坛，用偷越封锁线运来的香槟酒祝贺，然后是挥泪告别。晚上，绿荫大道上传来舞步的声响，客厅里叮叮当当的钢琴声伴着女高音和做客士兵的嗓音，唱着《军号吹起停战号》和《你的信来了，可是来晚了》——哀怨的民歌使那些从不知什么是真正的忧伤的眼睛滴下激动的泪水。

当他们穿过泥沼，沿街道向前行进时，斯佳丽一个接一个地提问题，彼得一一回答了她，还用马鞭指指这儿指指那儿，骄傲地展示自己的学问。

“那是兵工厂。是的，他们在那儿制造大炮什么的。不，那不是商店，是封锁线办事处。哦，斯佳丽小姐，你知道什么是封锁线办事处吗？那是给外国人住的地方。他们来买我们邦联的棉花，装上船从查尔斯顿和威尔明顿出口，再把火药装上船，运来给我们。不，我不知道他们是哪国人。贝蒂小姐说他们是英国人，可没人能听懂他们说的话。是啊，这儿的煤烟真多，甚至把贝蒂小姐的皮窗帘都毁了。这烟是从铸造厂和轧钢厂飘出来的。厂里到了晚上声音可吵啦！谁也睡不着觉。不，小姐，我不能停下车让你四处看看。我答应过贝蒂小姐把你直接迎到家里……斯佳丽小姐，快回个礼。梅里韦瑟太太和艾尔辛太太在向你点头致意呢。”

斯佳丽隐约记得这两个从亚特兰大赶往塔拉参加她婚礼的妇人，也想起来她们俩是贝蒂姑妈最好的朋友，于是她赶紧转身向彼得大叔指点的方向点头回礼。那两位妇人正坐在绸缎店外面的一辆马车里。店老板和两个伙计站在人行道上，怀里抱着几匹棉布让她们挑拣。梅里韦瑟太太个子高大健壮，胸衣太紧以至于胸脯高高突起像船头似的，她那铁灰色的头发靠一绺卷曲的假刘海装饰着，假刘海是神气的褐色，与她自己的头发很不相配。她的脸圆嘟嘟的，浓妆艳抹，带有天生的精明和惯于颐指气使的神气。艾尔辛太太年轻一些，是个瘦弱的女人，曾经是个美人儿，现在风韵犹存，还带点儿孤芳自赏的神气。

这两位太太加上怀特太太，是亚特兰大的三大支柱。她们掌管着各人所属的教会，包括教堂牧师、唱诗班和教区居民，她们组织义卖，主持缝纫会内的事务，做舞会和野餐会的监护人，她们知道谁和谁般配，谁和谁不般配，谁偷偷喝酒，什么时候谁就要生孩子了，等等。她们对佐治亚、南卡莱罗纳和弗吉尼亚这三个州重要人物的家谱都了如指掌，别州的人们她们就不去操心了，因为她们认为，除这三个州以外，其他州从来就没出过什么知名人物。她们知道什么样的行为得体，什么样的行为不得体，而且总要把自己的观点公之于众——梅里韦瑟太太扯着嗓子喊，艾尔辛太太慢条斯理，怀特太太则是痛苦地悄悄耳语，以表明她是多么痛恨说出这类事。这三个妇人互不喜欢，互不信任，像罗马的前三位执政官一样，而她们的紧密联盟也可能是出于同样的原因。

“我跟贝蒂说过了，非得让你去我的医院帮忙，”梅里韦瑟太太大声喊道，满面笑容，“你可不能答应米德太太或怀特太太！”

“我不会的。”斯佳丽说，不明白梅里韦瑟太太在说些什么，不过因为受人欢迎，有人需要而感到一股暖流。“我希望很快就能再次与你见面。”

马车继续前进了一段，然后停下来一会儿让两个胳膊上挎着绷带篮子的妇人小心翼翼地踩着垫脚石穿过泥泞的街道。就在这时，斯佳丽被站在人行道上穿着鲜艳衣裙的身影吸引住了目光——那衣服颜色太艳了，简直不适合在大街上穿——披着流苏拖到脚跟的佩斯利披肩。回过头，她看见一个高大漂亮的女人，脸上带着旁若无人的神态，一大堆红色的头发，红得让人难以置信。这是她第一次见到真的“在头发上加过工”的女人，她看着她，着了迷。

“彼得大叔，那是谁？”她小声问道。

“我不认识。”

“你一定认识的。我敢断定。她是谁？”

“她的名叫贝尔·沃特林。”彼得大叔说，下唇开始噘起来。

斯佳丽立即抓住他没有在她名字后加“小姐”或“夫人”这样一个事实。

“她是谁？”

“斯佳丽小姐，”他阴沉地说，用鞭子抽了一下受惊的马，“贝蒂小姐不喜欢你问一些与你无关的问题。她们是这个城市里没有价值的贱货，犯不着去谈论她们。”

“天哪！”斯佳丽想，她因受责备而沉默了，“那一定是个坏女人！”

她以前从没见过坏女人，所以就扭过头盯着她看，直到她消失在人群中。

现在商店和战时新建筑渐渐远去了，中间还留下许多空地。最后商业区落在了后面，居民区映入了眼帘。斯佳丽像遇见老朋友似的，一一辨认出来：莱登家的屋子，庄严而气派；邦内尔家的房子，有着精巧的白栏杆和绿色的百叶窗；麦克卢尔家是用红砖砌得严严实实的佐治亚式建筑，后面是矮黄杨树篱笆。现在他们的马车慢下来了，因为门廊上、花园里、人行道上都有夫人们向她打招呼。有些她稍微认识，有些只是模糊记得，可她们中的大多数她根本就不认识。贝蒂帕特肯定四处散播了她要到来的消息。小韦德不得不时不时地被举起来，好让那些踩着烂泥走近他们马车的女人们看清他。她们都向她吵嚷着要她加入她们的编织会、缝纫会和医务会，不要加入别人的，她只好时左时右地信口答应她们。

他们经过一幢格式凌乱有绿色护墙板的房子时，一个守在屋前台阶上的小黑奴喊道，“快，她来了。”接着米德大夫和太太以及十三岁的小菲尔出现了，大声跟她打招呼。斯佳丽想起来他们也参加过她的婚礼。米德太太登上她家的停车台，伸长脖子看小宝宝，医生却不顾泥泞，走到马车旁。他身材高大瘦削，蓄着铁灰色的翘胡子，他的衣服挂在他瘦弱的躯干上，仿佛是被暴风刮上去似的。亚特兰大人把他看作是所有力量的源泉，是所有智慧的源泉，这并不奇怪，他已赢得了大家的信任。除了他说起话来深奥难解，态度有点儿自负以外，也称得上是本城里一个和善的先生。

医生握了握斯佳丽的手，捅了一下韦德的肚子，称赞了他一番，然后就说贝蒂姑妈已经发誓保证斯佳丽除了米德太太的医护队和卷绷带会以外绝不加入其他医护队或卷绷带会。

“哦，亲爱的，可我已经答应了一千位太太的要求!”斯佳丽说。

“一定是梅里韦瑟太太，我敢打赌!”米德太太气恼地嚷道，“讨厌的女人!我相信她每列火车都接!”

“我答应是因为我一点儿也不知道是怎么回事，”斯佳丽承认道，“究竟什么叫作医护队?”

医生和他的太太看上去都为她的无知稍稍吃了一惊。

“可是，当然，你一直待在乡下不知道这些事。”米德太太帮她辩解道，“我们建立了护理时间长短不一的医护队。我们护理男人，帮助医生，制作绷带和衣服，等男人们身体康复可以离开医院时，我们就把他们带回家里来调养，直到他们能够重返军队。而且我们还照料一些贫困伤员的妻子和家人——是的，比贫困更糟糕。米德大夫所在的慈善医院就是我的医护队工作的地方，人人都说他很了不起，而且——”。

“好了，好了，米德太太，”医生欢喜地说，“不要在人们面前吹捧我。你不让我加入军队，我能做得已经够少的啦。”

“我不让你去?”她气愤地喊道，“我？是全城的人不让你去，你知道的。哦，斯佳丽，当人们听说他要作为军医去弗吉尼亚时，所有的太太夫人们都在请愿书上签名央求他留在这儿。当然，这城里没有他简直不行。”

“好了，好了，米德太太，”医生说，明显地因受到赞扬而心里舒畅，“也许有一个小伙子在前线，目前已经足够了。”

“我明年就去打仗，”小菲尔叫道，激动地蹦蹦跳跳，“做个小鼓手。我现在正在学习怎样打鼓。你想听听吗？我这就跑去拿我的鼓。”

“不，现在不行，”米德太太边说，边把他拉到自己跟前，脸上突然现出一种紧张神情，“明年不行，亲爱的。后年也许还可以。”

“可是到那时战争就结束了，”他不情愿地叫道，从母亲身边挣脱开，“而且您答应过我的!”

在他头顶，父母的目光相遇了，斯佳丽看见了他们的表情。达西·米德已经去了弗吉尼亚，他们要把留下来的小儿子抓得牢牢的。

彼得大叔清了清喉咙。

“我离家的时候，贝蒂小姐身体不大舒服，我们快点回去吧。要不她会晕过去的。”

“再见，今天下午我就去拜访你们，”米德太太大声说，“你替我告诉贝蒂，你要是不加入我的医护队，她的身体状况会更加恶化。”

马车沿着泥泞的道路向前滑行，斯佳丽靠在靠垫上笑了。现在她感觉比这几个月以来好多了。亚特兰大的拥挤、匆忙，以及它那充满活力的潜在的激昂，都是多么令人愉快、令人振奋，比查尔斯顿城外寂寞的农场要好得多，那儿只有鳄鱼的吼声才能打破夜的寂静；比隐在高墙后面的花园里梦想的查尔斯顿城区要好得多；比宽阔的街道旁种植着棕榈树，泥泞的小河环城而流的萨凡纳也好得多。是的，甚至暂时比塔拉还好，尽管塔拉是那么可爱。

这个城市有一些令人振奋的东西，那狭窄而泥泞的街道夹在连绵起伏的红色山丘之间，有一些天然和粗鲁的东西正迎合了她骨子里纯真粗犷的品性，尽管妈妈和嬷嬷教给了她良好的遮掩内心的外表修养。她忽然觉得这儿才是她应生活其间的地方，不是在那乏味而幽静的老城市，也不是在那黄水河畔的平原地区。

现在离居民区越来越远了，斜身探头的斯佳丽看见了贝蒂帕特小姐家的红砖墙和石板屋顶。它几乎是最靠城北的房子。在它后面，桃树路在巨大的树荫下窄窄地蜿蜒前伸，直通向望不到尽头的茂盛安静的森林。整齐的木板条栅栏新近粉刷成白色，栅栏围着的前院开着星星点点的本季最后一批黄水仙。屋前台阶上站着两位黑衣妇人，她们身后是一个高大的黄皮肤妇人，双手拢在围裙里，张大嘴笑着，露出了雪白的牙齿。肥胖的贝蒂帕特小姐激动地跺着小脚，一只手按着丰满的胸部，以使扑扑乱跳的心脏安静下来。斯佳丽看见梅兰妮站在贝蒂姑妈身旁，就油然而生一股厌恶，她意识到在亚特兰大最煞风景的就是这个穿黑丧服的弱小人物，她那蓬松的黑卷发梳得光光的，心形脸上漾着可爱的欢迎和幸福的微笑。

当一个南方人不厌其烦打点行装，旅行二十英里去做客时，这个旅行的期限几乎不会少于一个月，一般情况下还会更长。南方人做客和做东道主同样热心，亲戚之间互相走动，度过圣诞节，一直待到七月份没有什么不正常的。新婚夫妇在例行的蜜月旅行过程中，常常会在一些处得好的亲戚朋友家里逗留到第二个孩子出世。年老的姨妈姑妈叔叔舅舅们去吃星期日午餐，常常会待上好几年，直到寿终正寝。客人来访不成问题，因为房子宽敞，仆人众多，多几张嘴巴吃饭在那片富饶的土地上是微不足道的小事。不同年龄不同性别的人都爱做客：度蜜月的新婚夫妇，炫耀新生婴儿的年轻妈妈，休养的病人，失去亲人的人，父母急切将之拖出危险的不般配的婚姻关系的姑娘们，还有那些到了危险的年龄还没有订婚的姑娘，父母希望在别处亲戚的监护下会结成一门好姻缘。客人为节奏缓慢的南方人的生活增添了激动和丰富多彩，所以他们总是受欢迎的。

所以斯佳丽来到亚特兰大，根本没想过要待多久。如果她这次旅行像在查尔斯顿和萨凡纳一样乏味，那她一个月内就返回家。如果她在这儿住得愉快，那她会一直住下去。可是她一到，贝蒂姑妈和梅兰妮就展开一场斗争，竭力说服她永远跟她们住在一起。她们提出了每一种可能的论点。她们想让她留下是为她自己考虑，因为她们爱她。她们很孤独，住在偌大的房子里晚上常常会害怕，而她是那么勇敢，可以给她们以勇气。她那么有魅力，可以使她们在悲痛中振作起来。既然查尔斯死了，那么，她和她的儿子就应该和他的亲戚住在一起。另外，依照查尔斯的遗嘱，这房子的一半现在已属于她了。最后，南部邦联需要每一双手来缝纫、编织、绕绷带以及服侍伤员。

查尔斯的伯伯亨利·哈密尔顿在车站附近的亚特兰大旅馆里过着独身生活，他也严肃地跟斯佳丽谈起这个话题。亨利伯伯是个矮小、大肚皮、脾气暴躁的老绅士，脸庞呈粉红色，一头蓬乱的银色长发，对女人的胆怯和忧郁最缺乏耐心。正是因为后面所说的原因他很少跟他的妹妹贝蒂帕特小姐谈话。从孩提时代起，他们的脾气就截然相反，后来两人更加疏远，是缘于他反对她教育查尔斯的方式——“把一个军人的儿子弄成了个娘娘腔”！多年以前，他狠狠地侮辱了她，所以现在贝蒂小姐除了充满警惕地小声说几句外从来不提他，而且总是那么讳莫如深，外人甚至会把这个诚实的老律师看作至少是个刽子手。那次侮辱发生在贝蒂小姐想从自己的财产中支取五百法郎的那一天，他是她的财产保管人，而她想把这笔钱投资到一个并不存在的金矿上。他不允许她这么做，而且还严厉地谴责她，说她比六月的硬壳虫多不了多少头脑，还说他在她身边待上五分钟就会烦躁不堪。从那天开始，她只是在彼得大叔催她去他的办公室支取家庭开支所需费用时才正式地去看看他，每月一次。每次短暂地拜访之后，贝蒂总是躺在床上，流着眼泪，闻着嗅盐，直到天黑。梅兰妮和查尔斯跟他们的伯伯相处得很好，因此就经常提出把她从这种折磨中解脱出来，可贝蒂总是紧紧地抿着孩子气的嘴巴拒绝了。亨利是她的家人，必须忍受他。从这件事上，查尔斯和梅兰妮只能推测她在这时不时的刺激中得到了极度的快乐，这是她寄人篱下的生活中仅有的刺激。

亨利伯伯很快喜欢上了斯佳丽，因为，他说，他能看出来尽管她有些愚蠢的装腔作势的行为，可她还有一些头脑。他不仅是贝蒂和梅兰妮的财产保管人，而且也是查尔斯留给斯佳丽的财产的保管人。这给斯佳丽一个惊喜，她现在成了一个富有的少妇，因为查尔斯不仅留给她贝蒂姑妈的房子的一半，还留给她农田和城里的不动产，而且车站附近沿铁路线的店铺和仓库也是她所继承的遗产的一部分。自从战争爆发后，这些店铺和仓库的价值已增加了一倍。亨利伯伯正是在向她报她的财产的账目时，提出了让她永远住在亚特兰大这件事的。

"当韦德·哈密尔顿长大时，就会成为一个富有的青年。"他说，"依照亚特兰大发展的趋势，二十年后他的财产将会增长十倍，这个孩子应该在他的财产所在的地方成长，这才是合理的，这样他才能学会照管它——是的，也包括照管贝蒂和梅兰妮的财产。不久他就会成为哈密尔顿家族唯一的男人，因为我不可能永远活着。"

至于彼得大叔，他认为斯佳丽当然应该留下来。查尔斯唯一的儿子在他照料不到的地方长大，这对他来说是难以想象的。对于所有这些争论，斯佳丽都微笑着，可什么也不说，她不愿在弄清自己是否会喜欢亚特兰大，怎样和夫家的人相处之前就做出承诺，她也知道，还必须说服杰拉尔德和艾伦。而且，尽管她远离塔拉，可她十分想念它，想念那红色的土地，想念那嫩绿的棉花苗，还有黄昏时温柔的寂静。她第一次模糊地意识到杰拉尔德说热爱土地是她与生俱来的品质这句话的意义。

于是有人问起她将要住多久，她都得体地躲避着，只做出一个模糊的回答，悄悄地溜入了安静的桃树街尽头那幢红砖屋子里。

跟查尔斯的亲戚住在一起，看看他出生的屋子，斯佳丽现在才对这个在如此短暂的时间内就让她成为妻子、寡妇和母亲的男孩子多了一些了解。至于查尔斯为什么那么羞涩，那么单纯，那么理想主义，答案是显而易见的。即使查尔斯遗传了一些他父亲，那个士兵的坚强、无畏、暴躁的品质，也被童年时他成长于其中的女性氛围所抹杀。他把全身心奉献给孩子气的贝蒂，跟梅兰妮的关系比跟弟兄们的关系更亲密，而且这两个女人既温柔又单纯，人世间简直难找。

贝蒂帕特姑妈六十年前曾取教名萨拉·简·哈密尔顿，可是自从很久以前溺爱她的父亲给她取了这个乳名，因为她那双小脚总是轻盈地无休止地踢踏着，再也没有人喊过她其他什么。第二次更名后的几年里，她身上发生了许多变化，使得这个昵称不合适了。从前那个到处飞跑的女孩，现在空剩一双小脚，与体重极不相称，而且还爱没有目标地自得其乐地唠叨。她肥胖，脸颊粉红，头发银白，总是被太紧的花边胸衣绷得有点儿喘不过气来。她那裹在太小的鞋子里的小脚甚至走不了一个街区的长度。她的心脏遇到任何激动的事情就七上八下，她毫不害羞地放任它，在任何气恼的情况下都会晕倒。人人都知道她的昏厥多半是故意装出来以显示自己的大家闺秀风范，可他们喜爱她，绝不会这样说出来。人人都喜爱她，像娇惯孩子一样娇惯她，不愿跟她严肃相处——每个人都这样，除了她哥哥亨利。

她喜欢闲聊胜于喜欢世界上其他任何事情，甚至比喜欢美味佳肴更甚，她几小时地侃着别人的事情，善良而毫无恶意。她记不住人名、日期和地点，常常把亚特兰大一出戏里的演员和另一出戏里的演员混淆，这没有哄骗住什么人，因为没人会愚蠢到拿她说的话当真。没有人曾经告诉过她什么真正骇人听闻或丑陋的事情，因为即使她已经六十岁了，可她的老处女身份还必须受到保护，她的朋友们都善意地串通一气，始终把她看作受保护、受宠爱的老孩子。

梅兰妮许多地方像她姑妈，像她一样害羞，像她一样突然脸红，像她一样端庄，可是她确实有见识——“在某种程度上，我得承认这一点。”斯佳丽不情愿地想。像贝蒂姑妈一样，梅兰妮有一张需要保护的孩子气的脸，除了单纯和善良、真诚和慈爱什么也不知道，她永远不会看到冷酷和邪恶，即使看到它们也分辨不出来。因为她总是那么快乐，她想让周围的每一个人都快乐，或者，至少对自己感到满意。正因为这样，她总是看到每个人身上最好的品质，然后好心地对这些品质加以评论。没有哪个仆人会愚笨得令她从其身上找不到些忠诚和善良的优点，没有哪个姑娘会丑陋得、惹人讨厌得令她不能发现其身上的优美姿态和高尚品格，没有哪个男人会无用得、乏味得让她只看他的现状，而看不到他变好的种种可能性。

因为这些自发而真诚地出自宽容心胸的品质，人人都围到她身边，因为谁都不能抗拒这样一个人的魅力，她发现了别人身上甚至他们自己做梦都想不到的令人钦佩的品质。她比城里其他任何人都拥有更多的女朋友和男朋友，尽管她几乎没有情人，因为她缺乏那种抓住男人心思的任性和自私。

梅兰妮所做的一切只不过是所有南方姑娘被教导去做的——让她们身边的人们感到自在和满意。正是这种快乐的女性的共谋使得南方社会如此令人心旷神怡。女人们知道在一片男人感到称心，不受触犯，能安全地保持住虚荣的土地上，女人们也可能在此快乐地生活。于是，从出生到死亡，女人都竭力使男人满意自己。心满意足的男人才会回报她们以殷勤和宠爱。事实上，男人甘愿为女士们奉献世界上任何东西，除了容许女人有见识之外。斯佳丽与梅兰妮施展的是同样的魅力，可她是经过精心研究做到的，有高度的技巧。这两个姑娘之间的不同建立在这样的事实上，梅兰妮说出善良的奉承话目的是为了让人们快乐，即使只是暂时的快乐，而斯佳丽要不是为了达到自己的目的绝不会那样做。

从这两个他最热爱的人身上，查尔斯没有接受过任何坚强的影响，没学到任何严厉或现实的东西，他在其中长大成人的家像小鸟的巢一样柔软。与塔拉相比，这儿太安静、太老式、太文雅。对斯佳丽而言，这屋子迫切需要白兰地、烟草和望加锡油的气味，需要嘶哑的声音和偶尔的咒骂，需要猎枪，需要威士忌，需要马鞍和缰绳，还需要蜷缩于脚旁的猎犬。她思念背着艾伦在塔拉总是能听到的争吵的声音——嬷嬷和波克争吵，罗莎和蒂娜拌嘴，她自己刻薄地和苏伦争吵，杰拉尔德恐吓的咆哮。难怪查尔斯是个娘娘腔，原来他来自这样一个家庭。这儿，激动永远不会侵入，声音永远不会提高，人人都和善地服从着别人的观点，最后，厨房里那个灰白头发的黑独裁者就得势了。斯佳丽希望逃离嬷嬷的监督后可以自在一些，放任一下，可她发现令她悲哀的是彼得大叔对于女子行为举止上的标准甚至比嬷嬷的标准更为严格，尤其是针对查尔斯少爷的遗孀更为严格。

在这样的家庭环境里，斯佳丽恢复了自我，在她还没有意识到之前，她的精神已经正常了。她只有十七岁，拥有头等的健康和精力，而且查尔斯的亲朋好友都竭力逗她开心。如果他们不能毫无差错地做到这一点，那也怪不得他们，因为没有人能替她摆脱掉当阿希礼的名字被提起时她内心掠过的刺痛。而梅兰妮那么爱提起它！可梅兰妮和贝蒂总是不知疲倦地计划着减轻她们以为她正在遭受的悲痛的方式。为了让她分散注意力，她们把自己的痛苦抛到了后边。她们不厌其烦地关心着她的食物、她午休的钟点和乘马车兜风的钟点。她们不仅钦佩她过人的精力，她高涨的热情，她的身材，她的小手小脚，她白色的皮肤，而且她们经常那样说，还抚摸她，拥抱她，亲吻她，以强调她们怜爱的话语。

斯佳丽不在乎这种呵护，可她为这些恭维话陶醉。在塔拉从来没有人向她说过这么多动听的话。事实上，嬷嬷把时间全花费在挫伤她的傲气上。小韦德不再是个恼人的东西，这个家里的黑人和白人，还有邻居们都宠爱他，关于他应该坐在谁的膝盖上这个问题的争论永无休止。甚至在他最讨人厌地尖声啼哭时，梅兰妮都认为他是可爱的，也那样说了，还加上一句，“哦，你这个可爱的小宝宝！我多么希望你是我的！”

有时，斯佳丽发现要掩饰她的感情十分困难，因为她仍然认为贝蒂姑妈是最愚蠢的老妇人，她那迷迷糊糊和爱空想的样子刺激得她简直难以忍受。她对梅兰妮的厌恶之情源于妒忌，并且随着日子的流逝逐日递增。有时她不得不突然离开屋子，当梅兰妮满含骄傲和喜爱说起阿希礼或大声朗读他的信件时。可是，总体上说，生活以这种情形下可能有的幸福快乐前进着，亚特兰太远比萨凡纳、查尔斯顿和塔拉有趣，它展示出那么多陌生的战争时期才有的景象，她都来不及思考或忧郁。可有时候，当她熄灭蜡烛，把头深陷进枕头里时，就会叹着气想道："要是阿希礼没有结婚该多好！要是我不必去那个讨厌的医院做护理该有多好！哦，要是我能拥有几个情人该多好！"

她立刻厌倦了护理工作，可她不能逃脱这项职责，因为她同时加入了米德太太的医护队和梅里韦瑟太太的医护队。这意味着一周内有四个早上，她得把头发盘成一个髻，从脖子到脚裹着热烘烘的围裙，待在闷热恶臭的医院里。亚特兰大的每个妇女，无论年老的还是年轻的都在做护理，而且以一种斯佳丽认为绝不亚于狂热的热情做着。她们认为她当然应该为她们自己的爱国热忱而激动，要是知道她对战争的兴趣这么微弱她们准会大吃一惊。除了阿希礼可能阵亡这一无时不在的痛苦之外，战争一点儿也引不起她的兴趣，她之所以做护理工作只是因为她不知道如何才能摆脱它。

当然，护理工作没有任何浪漫可言。对她而言，那意味着呻吟、胡话、死亡和难闻的气味。医院挤满了肮脏的、胡子拉碴的、长满虱子的男人，浑身散发出让人恶心的气味，而且他们身上的伤口那么恐怖，那么可怕，甚至会让一个基督徒呕吐。

医院里那坏疽的恶臭，在她还远远没有走到门前就冲进她的鼻孔里，一种让人恶心的气味沾在她的手上，她的头发上，甚至在睡梦里也抓住她不放。苍蝇、蚊子和蠓虫成群地在头顶盘旋，嗡嗡地歌唱着，把伤员们折磨得又是咒骂又是微弱地啜泣；斯佳丽一面搔着被蚊子咬过的痒处，一面摇着棕榈扇，直到肩膀发痛，她真巴不得所有的伤员都死掉。

可是梅兰妮好像不在乎这些气味、伤口，斯佳丽认为这对于一个最胆小、最羞怯的女人而言简直是太奇怪了。有时候，米德大夫切除伤兵的腐肉，梅兰妮端着盆子和手术器械，看上去十分苍白。有一次，在这样的手术之后，斯佳丽发现她在小更衣室里悄悄呕吐，又把呕吐的东西包在一块手帕里。然而，只要她出现在伤员们能够看到她的地方，她就显得温和、仁慈、乐观，医院里的男人们都称她为慈悲天使。斯佳丽也会喜欢那样的称呼，可是那包括触摸爬满虱子的伤兵，把手指伸进昏迷病人的喉咙看他们是否被吞咽进去的烟草块哽住了，包扎断肢，还要从腐烂的肉里把蛆虫拣出来。不，她不喜欢护理工作！

如果允许她对这些康复的男人施展魅力，可能护理工作还是可以忍受的，因为这些伤员中有许多很有吸引力而且出身很好，可由于她的寡妇身份，她不能这么做。城里的年轻小姐们不允许做护理，因为害怕她们看见不适于处女眼睛的景象，她们专门负责照看康复伤员。既没有婚姻的约束，也非寡妇，她们向康复伤员展开大规模攻势，甚至最没有吸引力的姑娘也毫不困难地订了婚，斯佳丽看着这一切，伤心极了。

除了跟重病重伤的男人接触之外，斯佳丽所处的完全是一个女性的世界，这让她厌烦，因为她既不喜欢也不信任自己的同性，而且更糟糕的是，总是被她们所烦扰，可是一周内有三个下午她得去参加梅兰妮的朋友们组织的缝纫会和卷绷带队。所有认识查尔斯的姑娘们在这些聚会中都对她很友好，很和善，尤其是范妮·艾尔辛和梅贝尔·梅里韦瑟，城里两位富孀的女儿。可是她们对她很恭敬，仿佛她已经老了，青春不在了，她们无休止地谈论着跳舞和情人，使得她既妒忌她们的快乐，又痛恨自己的寡妇身份把她从这些活动中阻隔了出来。为什么，她有范妮和梅贝尔三倍的吸引力！哦，生活是多么不公平！每个人都认为她的心处于悲痛中，这是多么不公平，事实上根本不是这样的！她的心在弗吉尼亚，跟阿希礼在一起！可是，尽管有如此种种不愉快之处，亚特兰大仍然让她觉得快乐。随着一周又一周岁月流逝，她的做客期限不断延长。

第九章

那个仲夏的早上，斯佳丽坐在卧室窗前闷闷不乐地看着载满姑娘、士兵和陪护的马车和大车兴高采烈地驶出桃树街，去林地采集青枝绿叶，来装饰当天晚上要为医院福利举办的义卖会。红土大路上影影绰绰，纷纷而过的马蹄扬起一阵阵红雾般的尘埃。有辆大车走在最前面，载着四个粗壮的黑人，他们手里拿着斧子准备砍常青树，并把藤蔓扯下来，这辆大车后面高高地堆放着盖有餐巾的大篮子，橡树条编成的午餐篮子以及十几个西瓜。两个带五弦琴和口琴的黑人共同奏起一曲热烈的《假如你想过好时光，快快加入骑兵队》。他们后面滚滚而来的是大队人马：姑娘们穿着凉快的花布衣裙，披着轻纱，戴着帽子和手套以保护皮肤，头顶还撑着小小的阳伞；年纪大一些的太太们在笑声和马车与马车之间的戏谑声中安详地微笑着；从医院出来的康复伤员夹在肥胖的陪护和苗条的姑娘中间，听凭她们放肆地挑逗和嘲笑；军官们懒洋洋地骑在马背上在马车旁边移动着——车轮辚辚，马刺叮当，金色穗带闪闪发光，小阳伞前后碰撞，扇子舞动，黑人歌唱。人人都乘车马走出桃树街去采青枝绿叶，去野餐和吃西瓜了。“所有的人，”斯佳丽愁眉不展地想，“只有我除外。”

经过她窗下时，他们都挥着手跟她打招呼，她竭力想高兴地回应，可是很难做到，心底里升起一股隐隐的刺痛，慢慢地上升到喉咙，在那儿形成哽咽，很快就会化作泪水。除她以外所有的人都去野餐了。而且除她以外所有的人都将参加今晚的义卖会和舞会。除了她、贝蒂帕特、梅兰妮和城里其他几个正在服丧的不幸之人，其余的人都会去。不过，梅兰妮和贝蒂帕特好像并不在乎。她们从没有想去参加。可斯佳丽想去。而且她十分想去。

这简直不公平。为义卖会做准备时她付出的劳动是城里其他任何姑娘的两倍。她织袜子、婴儿帽、毛毯、头巾、花边，给瓷器发缸和胡子杯着色。她还绣过半打沙发套，上面绣着南部邦联的旗帜。（旗子上的星星有点儿倾斜，真的，有几个几乎绣成圆的了，还有几个突出了六个甚至七个小尖，可效果还是蛮好的。）昨天她还在兵工厂里一间满是尘土的旧仓房里，给沿墙摆放的货摊罩上一层黄色、红色或绿色的薄棉布，一直忙到筋疲力尽为止。在女子医护队的监督下，这项工作艰苦而毫无乐趣。在梅里韦瑟太太、艾尔辛太太和怀特太太身边永远都没有什么乐趣可言，她们把她当黑奴似的支使得团团转。而且还得听她们吹嘘自己的女儿多受爱慕。最糟糕的是，她在帮贝蒂帕特和厨娘为抽签售卖制作千层饼时竟然在手指上烫出了两个泡。

曾经像个田间劳作者那样辛苦，可是现在，玩乐就要开始的时候，她却不得不有礼貌地引退。她拥有一个过世的丈夫和躺在隔壁牙牙学语的孩子，所以就得脱离一切快活事儿，哦，简直太不公平了。仅仅一年前，她还在跳舞，穿鲜艳的衣服，而不是这身黑丧服，实际上还答应了三个小伙子的求婚。她现在只有十七岁，脚板里还留有许多舞没跳呢。哦，这太不平！生活正从她身旁溜过，沿着炎炎夏日的林荫大道溜过——生活随着灰制服，叮当的马刺，印花衣服和五弦琴的琴声从她眼前过去了，她竭力忍着不朝那些她熟识的男士微笑和过于热情地招手，她曾在医院护理过他们，然而要掩藏住酒窝儿太困难了，强做出内心悲痛的样子也太难了——事实上它并不悲痛哪。

她又点头又招手的动作突然停止了，因为这时贝蒂帕特进来了，像通常爬完楼梯那样气喘吁吁的，她不由分说将斯佳丽从窗口拖开了。

“你脑瓜失灵了吗？亲爱的，居然在把头伸出卧室窗户朝男人招手。我说，斯佳丽，我很震惊！你妈妈看到这会怎么说呢？”

“得了，他们并不知道这是我的卧室。”

“可他们可能猜到这是你的卧室，那同样是很糟糕的。亲爱的，你不能再做那样的事了。人人都会议论你，说你轻浮——而且不管怎么说，梅里韦瑟太太知道这是你的卧室。”

“我想她会告诉所有的小伙子，这个老东西。”

“亲爱的，别这么说！多丽·梅里韦瑟是我最好的朋友。”

“得了，她还是个老东西——哦，对不起，姑妈，不要哭！我忘了这是我的卧室窗户。我不会再那样做了——我——我只是想看着他们经过，我希望我在跟他们一块儿走。”

“亲爱的?!”

“是的，我是这样想的。我厌倦了坐在家里。”

“斯佳丽，答应我别再说那样的话了，人们会说闲话的。他们会说你对可怜的查利缺乏应有的尊重——”

“哦，姑妈，不要哭！”

“哦，现在我把你也惹哭了，”贝蒂帕特满意地抽泣着，一面将手伸进裙子口袋掏手帕。

心头那点儿难以忍受的痛苦终于冲上了斯佳丽的喉咙，她哇的一声大声哭了——不是像贝蒂帕特想的那样，为了可怜的查利，而是因为车轮最后的响声和最后的笑声已远去了，听不见了。梅兰妮悉悉窣窣地从她的房间冲进来，忧虑地皱着眉头，蹙着前额，手里拿着刷子，平常整齐的黑头发，没有套发网，一蓬蓬小卷发波浪似的披散在脸旁。

“亲爱的！出了什么事？”

“查利！”贝蒂帕特抽噎着，完全陷入她那悲痛的快感中，把头埋在梅兰妮的肩膀上。

“哦，”梅兰妮说，她的嘴唇因提到她哥哥的名字而颤抖着，“勇敢些，亲爱的。不要哭。哦，斯佳丽！”

斯佳丽已扑倒在床上，扯着喉咙大哭，哭她逝去的青春，哭那已抛她而去的青春的欢乐，满含着孩子气的沮丧和绝望地哭着，原来她一哭就可以得到她想得到的任何东西，可现在她知道，泪水再也帮不了她。她把头埋在枕头里，一面哭，一面蹬着装饰着流苏的床罩。

“我不如死了算了！”她任性地哭喊道。在如此悲痛的景象面前，贝蒂帕特那易流的眼泪止住了，梅兰妮奔到床边安慰她的嫂嫂。

“亲爱的，别哭了！努力想想查利是多么爱你，还为你留下了那么个慰藉！努力想想你那可爱的宝宝。”

因被人误解的气恼夹杂着被剥夺了种种快乐的凄凉感使斯佳丽窒息得说不出话来。这样也万幸，因为假如她能说出话来，她肯定会像杰拉尔德那样快人快语把实情全都嚷嚷出来。梅兰妮拍着她的肩膀，贝蒂帕特艰难地踮起脚尖穿过屋子想把窗帘拉下来。

“别放窗帘！”斯佳丽大声喊道，从枕头里抬起又红又肿的脸。“我还没死，你用不着放下窗帘——虽然我希望死了才好。哦，走开吧，让我单独待一会儿！”她重新把脸埋进枕头。两个站着的人儿小声嘀咕了一会儿，就踮着脚尖出去了。她听见她们下楼梯时梅兰妮小声对贝蒂帕特说：“贝蒂姑妈，我希望你别在她面前提起查尔斯。你知道这总是影响她的情绪。可怜的东西，她的表情那么怪，我知道她一直在努力忍着不哭。我们绝不能再增加她的痛苦了。”

斯佳丽带着无可发泄的怒火踢着床罩，努力想找出些足够难听的话来说。

“活见鬼！”最后她大声喊了出来，感觉轻松了一些。梅兰妮怎么会愿意待在家里？从来没有什么乐趣，还为她哥哥戴着孝，可她只有十八岁呀。梅兰妮似乎不知道，或者说不在乎，生活随着叮当叮当的马刺声从她身边飞驰而过了。

“可她是那样一个傻瓜，”斯佳丽想道，一面敲打着枕头，“她永远都不会像我一样招人喜欢，所以她不会失去那些我所失去的东西，而且——而且她已经得到了阿希礼，可我——我谁也没得到！”想到这个新的愁苦，她又重新号啕大哭起来。

她闷闷不乐地在屋子里一直待到下午，看见野餐归来的大车上高高地堆着松枝、藤蔓和凤尾草也没能让她高兴起来。每个人看上去都既疲惫又快乐，他们再次向她挥手致意，她只是无精打采地回了礼。生活是毫无希望可言的，当然也不值得活下去。

救星在她毫无期待的时候来临了，饭后午休期间，梅里韦瑟太太和艾尔辛太太来访了。这样的时刻会有来访者，梅兰妮、斯佳丽和贝蒂帕特姑妈都很吃惊，她们连忙起身，扣上胸衣，梳梳头发，下楼来到客厅。

“邦内尔太太的孩子们出麻疹了。”梅里韦瑟太太唐突地说道，明显地表示出允许这样的事发生应该由邦内尔太太个人负责任。

“而且麦克卢尔家的姑娘们被叫到弗尼吉尼亚去了。”艾尔辛太太用她那有气无力的声音说道，没精打采地扇着扇子，仿佛无论这事还是其他任何事情都不太重要似的。“达拉斯·麦克卢尔受伤了。”

“多可怕啊！”三个主人异口同声道。“可怜的达拉斯他——”

“不。只是子弹穿过了肩膀，”梅里韦瑟太太简短地说，“可是它发生在一个糟得不可能再糟的时候。姑娘们去北方将他带回家来。可是，天哪，我们没时间坐在这儿闲谈了。我们必须赶紧回军械库，筹备义卖会的事。贝蒂，我们需要你和梅兰妮今天晚上去代替邦内尔太太和麦克卢尔家几个姑娘的职位。”

“哦，多丽，可是，我们不能去。”

“不要跟我说‘不能’，贝蒂帕特·哈密尔顿。”梅里韦瑟太太神气地说。“我们需要你去监视那些管茶点的黑人。本来那是邦内尔太替麦克卢尔家几个姑娘照管摊位。”

“哦，我们真的不能——可怜的查利过世才仅仅一个——”

“我了解你的感受，可是没有什么牺牲比为伟大事业牺牲更伟大的了。”艾尔辛太太息事宁人地用软软的音调插进来说道。

“哦，我们很乐意去帮忙，可是——你为什么不找些温柔可爱的姑娘们去照管摊位呢？”

梅里韦瑟太太从鼻子里哼了一声。

“我不知道这些天年轻人们都怎么了。她们没有责任感。所有还没有去照管摊位的姑娘们都能找出一大堆让你无懈可击的借口。哦，她们骗不了我！她们只是不想被妨碍了勾引军官们，就是这样。她们唯恐站在柜台后面显示不出来自己的新衣服。我希望那个偷越封锁线的——他叫什么？”

“巴特勒船长。”艾尔辛太太补充道。

“我希望他运来更多的医疗补给，少运些带裙箍的裙子和花边，今天我要是必须看一件衣服，那我就不得不先看看二十套他走私进来的衣服。巴特勒船长——我听到这个名字就恶心。好了，贝蒂我没时间跟你争论，你必须来。人人都会理解的。无论如何你待在后屋里没人会看到你，而且梅兰妮也不会惹人注目。可怜的麦克卢尔家的姑娘们的摊位在过道尽头，并不十分吸引人，所以没有人会注意到你。”

“我想我们应该去的，”斯佳丽说，努力掩饰自己的好奇，使面孔保持真诚和单纯，“这是我们能为医院所做的最起码的事。”

这两个来访的夫人甚至谁也没有提到她的名字，她们转过身犀利地看着她。即使是在走投无路的时候，她们也没有想过让一个守寡不足一年的人出现在社交场合。斯佳丽睁大眼睛，以孩子气的表情承受着她们的注视。

“我想我们应该去帮忙，把这事办成功，我们都应该去。我想我应该和梅兰妮一块儿去照看摊位，因为——我认为我们两个人在那儿总比一个人看上去会好一些。你不这样认为吗，梅兰妮?”

“这?”梅兰妮无助地开口说。居丧期间出现在社交场合，这种事她前所未闻，她对这个主意不知所措。

“斯佳丽说得对。”看到她们有让步的迹象，梅里韦瑟太太说。她站起身，整了整裙箍：“你们两个——你们三个必须来。现在，贝蒂，不要再说你那些借口了。想一想医院多么需要钱买新担架和药品。而且我相信查利一定会高兴你为他为之牺牲的事业做贡献。”

“那好吧，”贝蒂帕特说，在比她强大的人面前她总是那么楚楚可怜，“如果你觉得人们会理解的话。”

“太好了！太好了！简直让人难以置信!”斯佳丽拘谨地溜进麦克卢尔家几个姑娘用粉红色和黄色布围起来的摊位时，心底里暗暗欢呼着。她真的参加宴会了！经过一年的幽居岁月，经过披黑纱和沉默寡言的岁月，几乎闷得发疯，这下真的参加宴会了，而且是亚特兰大前所未有的盛大宴会。她可以看见许多人，许多灯光，可以听到音乐，可以为自己物色可爱的花边、褶边和衣服，那是闻名遐迩的巴特勒船长最近偷越封锁线运来的。

她坐在摊位柜台后面的一个小凳子上，四处打量着长长的大厅，就在今天下午之前，它还是个空无一物、丑陋不堪的操练厅。夫人们肯定费了好大的劲儿才把它装饰成现在这副美丽的样子！它看上去可爱极了。她想，今天晚上亚特兰大所有的蜡烛和烛台一定都集中在这大厅里了，银烛台伸展着十二只手臂，瓷烛台底座刻着可爱的小雕像，古老的铜烛台站得笔直，很是庄严，上面插着不同形状、不同颜色的各种蜡烛，散发出月桂花的芳香，有的放在沿大厅排列的枪架上，有的放在鲜花装饰成的长桌上，有的放在摊位柜台上，甚至放在打开窗户的窗台上，在那儿，夏季温暖的气流刚好吹得它们摇曳不定。

大厅中央是巨大而丑陋的吊灯，由几根生锈的铁链从天花板上垂下来，被因温度高而已经枯萎的常春藤和野葡萄藤一装饰，完全变了个样儿。墙壁上铺排着松枝，散发出清香的气味，使陪护们和老太太们将要就座的屋角变成了漂亮的凉亭。长长的、优雅的常春藤、葡萄藤、牛尾藤挂得到处都是，有的绕成环状挂在四壁上、窗户上，有的绕成扇形挂在五颜六色的货摊上。在这一片绿色中，到处飘扬着南部邦联的旗帜和彩旗，红蓝两色的底子上闪烁着明亮的星星。

为音乐家搭起的平台尤其具有艺术性。它完全被青枝绿叶和星旗遮挡住了。斯佳丽知道城里所有的盆栽和桶栽花卉都聚在那儿：有锦紫苏、天竺葵、绣球花、夹竹桃、秋海棠——甚至还有艾尔辛太太那四盆珍贵的橡胶树，它们被荣幸地摆在四个角落里。

乐台对面的大厅另一头，女士们都黯然失色了。这面墙上挂着戴维斯总统和佐治亚州自己的“小亚力克”——南部邦联的副总统史蒂文森的巨幅画像。画像上面是面巨大的旗帜，下面，长长的一排桌子上摆着从城里的花园里掠夺来的战利品；凤尾草，一排一排红色、白色和黄色的玫瑰，傲然挺立的剑兰，大堆五颜六色的旱金莲，又高又直的蜀葵在花丛中伸出深紫和奶黄的花冠。在它们中间，蜡烛像祭坛上圣火一样燃烧。那两张面孔俯视着这里的景象，这两个掌握军政大权的人物的面孔截然不同：戴维斯脸颊平平、目光冷漠，薄薄的高傲的嘴唇紧紧抿着；史蒂文森那张除了疾病和痛苦什么也不知道的脸上深深地嵌着一双熠熠闪光的黑眼睛，他曾用幽默和激情超越了苦难——两张脸都受到深深的爱戴。

负责整个义卖会的委员会里的几位年老的夫人，像鼓风而行的船只那样煞有介事地悉悉窣窣地进来了，匆匆把迟到的少妇和咯咯傻笑的少女赶进她们各自的摊位，然后穿过屋门进入后面放置茶点的房间。贝蒂姑妈气喘吁吁地跟在后面。

乐师们登上了乐台，黑黑的，咧嘴笑着，扁平的脸颊上闪着汗珠，开始郑重其事地调提琴的音，又拉又拨地。老利维，梅里韦瑟太太的车夫，自从亚特兰大还是叫马萨斯维尔那时候起，就为每一场义卖会、舞会和婚礼指挥乐队，现在他敲着琴弓以引起注意。除了筹备义卖会的夫人们以外，还几乎没有人来，可所有的眼睛都移向他。接着，小提琴、低音提琴、手风琴、班卓琴和指节骨一同奏响了一曲和缓的《洛雷娜》小调——节奏太慢不适宜做舞曲，舞会将在各个摊位卖空货物之后开始。当华尔兹那温柔的旋律传到她耳边时，斯佳丽觉得自己的心跳加速了：

“岁月轻轻流逝，洛雷娜！

白雪再度覆盖草原。

太阳远在天边，洛雷娜……”

一——二，一——二——三，倾斜——摇摆——三，转身——二——三。多么美妙的华尔兹！她轻轻地伸出双手，闭上眼睛，随着那熟悉的哀伤节奏扭摆着。这凄凉的调子和洛雷娜逝去的爱情中有某种东西与她自己的激动混合在一起，使她的喉咙一阵哽咽。

接着，仿佛是被华尔兹音乐唤醒了似的，从下面月色朦胧的街上飘来阵阵声响，马蹄的嘚嘚声，车轮的滚动声，温暖柔美的空气中的笑声。黑奴们因抢夺拴马的地方而争吵的声音提高了。楼梯上一片混乱，无忧无虑的笑声，姑娘们清脆的声音中杂着陪护低沉的话语，姑娘们认出了那天下午才刚刚分手的朋友时轻快的招呼声和因高兴而尖叫的声音。

刹那间，大厅活过来了。这儿挤满了人——姑娘们穿着花蝴蝶似的鲜艳衣服，裙摆撑得大大的，镶花边宽松长裤从裙摆下面露了出来；小小的浑圆的雪白的肩头裸露着，胸衣的荷叶花边上面隐隐地显出柔软娇小的胸廓；花边披巾随意地挂在胳膊上；洒金彩绘扇子、鹅毛扇、孔雀毛扇用细丝绒带子吊在手腕上；有的姑娘黑发梳得光溜溜的，在耳边挽了个沉甸甸的发髻，把脑袋压得神气活现地朝后仰着；有的姑娘耳根垂着的金耳环随着堆在脖子后面的金色发髻晃荡着。花边、丝绸、穗带和丝带，全都是偷越封锁线运来的，因此更显珍贵，穿在身上越发骄傲，她们格外自豪地炫耀这些服饰，以示对北方佬的侮辱。

并不是城里所有的鲜花都拿来奉献给了南部邦联的两位首脑。最小、最香的花朵都装饰在这些姑娘们身上。有的把茶香玫瑰夹在粉红色的耳朵后面，有的把茉莉和玫瑰花蕾编成小花环别在波浪形的披肩长发上，有的庄重地把鲜花插在缎带上，这些花过不了今夜就会在灰制服的胸前口袋找到自己的位置，作为纪念品被珍藏。

人群中有许多穿制服的人——那么多斯佳丽认识的男士都穿着制服，她曾在医院的病床上、过道上和训练场上遇到过他们。他们的军服十分华丽，钉着闪闪发光的纽扣，袖口领口镶着耀眼的金穗带，裤子上根据兵种不同而缀着红色、黄色或蓝色的条子，把灰色衬托得漂亮极了。猩红和金色的绶带前后飘拂着，军刀闪着寒光，不时与闪闪发亮的靴子相撞，马刺叮当作响。

当这些男人向朋友们挥手致意，打招呼，深深地弯腰吻老妇人们的手时，斯佳丽心头涌上一股自豪，多么帅气的男士啊，她想着。他们看上去都那么年轻，尽管长着黄胡子、黑络腮胡子和褐色胡子，那么帅气，那么玩世不恭，尽管胳膊上吊着绷带，太阳晒黑的脸上扎着耀眼的白绷带。他们中有些人拄着拐杖，姑娘们小心翼翼地放慢步子以配合他们一瘸一拐的步履，她们有多骄傲呀！军人中有一位服饰特别花哨，使姑娘们鲜艳的服饰黯然失色，站在人群中就像一只热带鸟——他是路易斯安那州的义勇兵，穿着蓝白相间的宽松条纹裤，奶白色的绑腿，紧身小红夹克，一个又黑又小的猴子似的男人，咧开嘴笑着，一只手臂用黑丝带吊着。他是梅贝尔·梅里韦瑟特别的情人勒内·皮卡德。整个医院里的人一定都来了，至少能走路的都来了。所有休假和病假的人，所有邮电部门和铁路部门的人，这儿和梅肯之间所有医院和军需部门的人，一定都出动了。太太小姐们将会多么高兴啊！今晚医院应该能筹到一大笔钱了。

下面街道上传来一阵鼓声，一阵脚步声，还有车夫的喝彩声。一声号响，一个低沉的嗓音大声喊解散。不一会儿，自卫队和民团的士兵穿着鲜艳的制服震动着窄窄的楼梯，拥进屋子来，鞠躬，敬礼，握手。自卫队里有些小伙子很骄傲能在战争中做贡献，自己对自己许诺说明年这时他们将在弗吉尼亚，假如战争能持续到那时候的话；白胡子的老头们，巴望自己年轻点儿，穿着表明儿子在前线的制服自豪地在队伍中行进。民团里有许多中年男子和一些更老的男子，可是也有一些正当军龄的人并不像比他们年长或年幼的人那么意气风发。人们已经开始窃窃私语，互相询问他们为什么没有跟着李将军。

他们竟然都挤进了会厅！几分钟前还那么空旷的地方，现在被挤满了。弥漫着夏夜的香粉味、花露水味、发油味，以及正在燃烧的月桂蜡烛的气味，各种鲜花的香味，许多只脚踩在旧操练场的地板上扬起微微的灰尘。嘈杂的人声几乎使人什么都听不到，似乎感染到了这场合的兴奋和激动，老利维中途停止《洛雷娜》，忽然叩击琴弓，拼命一拉，乐队开始演奏《美丽的蓝旗》。

成百个声音加进来，唱着，喊着，像欢呼似的。自卫队的号手爬上乐台，正好在大合唱开始时跟上节拍，那高亢清越的号声超越了合唱的歌声，这曲子震撼人心，使得人们两条光膀子都起了鸡皮疙瘩，一股深深的凄凉感袭遍全身。

“万岁！万岁！为了南部邦联的权利，万岁！为了一星闪耀的蓝旗，万岁！”

他们开始唱起第二段，斯佳丽随大家一起唱着，这时，她听见梅兰妮那高亢甜美的女高音在她身后响起，清澈，真实，像银号一样震撼人心。回过头，她看见梅兰妮站在那里，双手交叉合在胸前，闭着眼睛，泪珠从眼角淌下来。音乐结束的时候，她对斯佳丽古怪地微笑着，拿手帕擦着眼泪，脸上现出抱歉的神情。

“我太高兴了，”她小声说，“我为这些士兵骄傲，竟然忍不住掉泪了。”

有一刻，她的眼里闪耀着深情的、近乎狂热的光芒，照亮了她那相貌平庸的小脸蛋，使它看上去那么美丽。

歌曲结束的时候，所有女士都浮现出这种神情，红嘟嘟或皱巴巴的脸上淌着自豪的泪水，嘴角挂着笑意，眼睛里闪烁着深情和狂热，她们回头看着自己的亲人，温柔的心里充满了慈爱，母亲看着儿子，妻子看着丈夫。她们都因为那种看不见的美丽而美丽，即使是最没有姿色的女人也因此而高尚、美丽起来，只要她被安全地保护着，深情地爱着，只要她一千倍地奉还那份爱。

她们爱自己的男人，信任他们，直到生命的最后一息也相信他们。灾难怎么会降临到她们头上，只要那穿灰军装的亲人屹立在自己和北方佬之间。从世界诞生的那一天起，哪曾出现过像他们这样的男人，如此英勇，如此无畏，如此神圣，如此温柔？除了摧毁一切的胜利以外还有什么东西能降临到他们那如此合法和正义的事业上？她们热爱那事业像热爱自己的亲人一样，她们用双手和全心为它服务，谈论它，思考它，梦想它——为了这个事业，在必要的时候她们愿意牺牲自己的亲人，忍受失去他们的悲痛，像男人扛起战旗一样骄傲，一样自豪。

在她们心里，这是奉献和骄傲的高潮，是南部邦联的高潮，因为最后的胜利已握在手中。斯图沃尔·杰克逊在峡谷的胜利，在里士满一带经过七天战斗大败北方佬，这些都清楚地显示了这一点。拥有像李将军和杰克逊将军这样的领导人，还会有什么闪失吗？再打一次胜仗，北方佬就会跪在他们膝前乞求和平，男人们就会骑马归来。这里将是一片亲吻和欢笑。再打一次胜仗，战争就结束了！

当然，这儿还有空着的椅子和永远见不到父亲的婴儿，孤独的弗吉尼亚河边和田纳西寂静的群山中又会多许多无名者墓，可是为了这样一项事业，这些代价算什么？女士们的丝绸衣裙、茶叶和糖很难买到，可那是不值一谈的小事。另外，那些勇敢的偷越封锁线的人在北方佬哭丧着脸的鼻子底下运来这些非常物品，使得她们得到这些东西而加倍地激动。用不了多久，拉斐尔·萨姆斯和邦联的海军就会袭击北方佬的炮艇，那时港口就会畅通了。英格兰人已跑来帮助南部邦联，以赢得这场战争，因为英国的纱厂迫切需要南方的棉花。自然而然，英国的贵族同情邦联，因为贵族总是与贵族相通的，坚决与像北方佬那样的拜金主义者作对。

因此，女士们抖着沙沙作响的丝绸裙子，欢笑着，内心洋溢着自豪凝视着自己的亲人，她们知道在危险和死亡面前争夺来的爱加倍的甜蜜，因为伴随它而来的还有一种陌生的激动。

斯佳丽最初看到这人群时，她的心怦怦直跳，是因为参加宴会而产生的不寻常的兴奋，可是当她不大理解地看见周围那些面孔上的神情时，她的高兴开始消逝。在场的每一位女士都充满了一种她未曾感觉到的激情。这让她困惑而沮丧。无论如何，这大厅看上去并没有那么可爱，姑娘们也没有那么迷人，为伟大事业奉献的炽热忠诚仍然在每张面孔上闪耀着光芒，仿佛——得了，太傻了！

她的直觉突然一闪，她不由吃惊地张大了嘴巴，她意识到她没有跟这些女人分享她们那强烈的自豪，她们那牺牲自己的愿望以及她们为伟大事业所怀有的一切感情。“不——不！我不再想这样的事了！它们是错误的——是有罪的。”她知道这事业对她来说根本没什么意义，而且她厌烦听别人谈论它，眼里还带着狂热的神色。这事业似乎并没有让她安全。战争似乎并非什么神圣的事情，只会惹人厌而已，它无情地杀死男人，劳民伤财，还使得奢侈品难以购得。她知道她厌烦了无休无止地编织，无休无止地绕绷带和扯麻布，弄得手指甲粗糙不堪。而且，哦。她太讨厌医院了！疲倦了、厌烦了、腻味了那让人恶心的腐臭气味，那无休止的呻吟，被濒危病人那凹陷的脸上的表情吓怕了。

当这些亵渎的、叛逆的思想穿过自己的脑海时，她偷偷地环顾四周，生怕有人会看出来这些念头清清楚楚地写在她脸上。哦，她怎么就不会像别的女人那样感觉！她们全心全意地、忠诚地为这项事业做贡献。她们确实在意说过的每一句话和做过的每一件事。假若有人会怀疑她——不，谁也不可能知道！她必须继续装出对伟大事业充满热忱和骄傲的样子，尽管她并没有这样觉得，装出一副邦联军官遗孀的样子，勇敢地承受着自己的悲痛，她的心悲伤欲绝，觉得只要能帮助事业取得胜利自己丈夫的死算不得什么。

哦，为什么她这么与众不同，与这些充满爱心的女人相去甚远？她永远也不会像她们那样无私地热爱什么事或什么人。这是一种多么孤独的感觉啊——在此之前她从来不曾孤独过，无论是肉体上还是精神上。起初她努力想压住这些念头，可她本性中那忠诚于自己的品质不允许她这么做。因此，当义卖会继续进行时，当她和梅兰妮招呼着走到她们摊位前的顾客时，她的思维紧张地工作着，竭力为自己辩解——这是一项她很少觉得困难的任务。

别的女人谈爱国主义和伟大事业，是多么愚蠢和歇斯底里，男人们谈起至关重要的话题和州权几乎同样糟糕。她，斯佳丽·奥哈拉·哈密尔顿，独有爱尔兰人良好的冷静的头脑。她不会用伟大事业来愚弄自己，可她也不会愚蠢到承认自己的真实感情。她很冷静，足以应付这种场面，谁也不会看出来她的想法是怎样的。义卖会上的人要是知道事实上她在想什么，会有多吃惊啊！要是她突然爬上乐台宣布这场战争应该结束，人人都该回家照看棉花，重新会有宴会、有情人和许许多多淡绿色的裙子，那么她们会有多震惊啊！

有一会儿，她的自我辩解使她振作起精神来，可她环顾大厅，仍然觉得厌恶。麦克卢尔家姑娘们的摊位像梅里韦瑟太太所说的那样毫不起眼，有很长一段时间都没有人走近她们这个角落，斯佳丽百无聊赖只好满含妒意地看着欢快的人群。梅兰妮觉察到她情绪低落，可只认为那是因为想念查利，所以并不想打扰她、跟她说话。她只顾忙着把摊位上的货物摆放得更吸引人些，斯佳丽闷闷不乐地坐在那儿，四处环顾着大厅，甚至戴维斯先生和史蒂文森先生画像下面的花环都让她气恼。

“它看上去像个祭坛。”她不屑一顾地想道，“在这些人看来，那两个人物简直比得上圣父和圣子了！”忽然，她为自己的无礼感到害怕，就赶紧开始画十字以示忏悔，及时地住了口。

“不过，这是真的。”她同自己的良心争辩着，“人人都把他们当神似的供着，可他们什么也不是，只不过是两个普通的男人，也许还算得上是相貌毫无吸引力的男人。”

当然，史蒂文森先生没法补救自己的长相，因为他终生残疾，可戴维斯先生——她抬起头看着那张浮雕般光洁而自豪的脸。正是他那一撮山羊胡子最让她气恼。男人应该要么刮光胡子，要么蓄上髭须，或者长上满脸络腮胡也行。

“那撮小小的胡子仿佛就是他能够做的最出色的事。”她想道，她没有看见他脸上那将担负新国家重任的冷静坚毅的神情。

不，她现在一点儿也不快乐，起先她还为能处于人群中而高兴，快活。现在，仅仅站在这儿是不够的。她出席了义卖会，可并没有成为其中的一部分。没有人注意到她，她是这儿唯一一个没有情人的少妇。而她过去从来都享受着作为舞台焦点的滋味。这不公平！她只有十七岁，她一只脚踢踏着地板，很想跳舞和旋转。她只有十七岁，可她却有一个躺在奥克兰公墓里的丈夫和躺在贝蒂帕特姑妈家摇篮里的孩子，每个人都认为她应该满足于现状。她有雪白的胸脯和纤细的小腰，还有一双比在场任何一个姑娘都纤巧的小脚，尽管它们都很要紧，她却宁愿躺在查尔斯身边，墓碑上刻着“查尔斯的爱妻”。

她不是一个可以跳舞和调情的姑娘，也不是一位可以与其他太太们坐在一起批评那些跳舞和调情的姑娘们的妻子。而且她作为寡妇又那么年轻。寡妇应该是年老的——太老太老，老得不想跳舞，不想调情，不想被人羡慕。哦，这太不公平了。让她规规矩矩地坐在这儿，表现出寡妇的庄重和威严，可她只有十七岁。这太不公平了，让她压低嗓门说话，当男人走向她的摊位时还得端庄地垂下眼睑，漂亮男子走过来也得这样。

亚特兰大每一个姑娘都有三层男人围着打转。即使是最没有姿色的姑娘都被捧得像个美人儿似的——而且，哦，最糟糕的是，她们竟然穿着如此，如此漂亮的衣服！

她像只乌鸦似的坐在那儿，一身黑衣袖子长到手腕，纽扣一直扣到下巴底下，没有一点儿花边或饰带，除了艾伦给她的那枚黑玛瑙胸针以外，没有任何珠宝首饰，眼睁睁地看着那些俗不可耐的姑娘吊在漂亮男士的臂上。所有的一切都是因为查尔斯·哈密尔顿得了那场麻疹。他并非光荣地死在战场上，所以她没什么可夸耀的。

她不怀好意地将两肘支在柜台上看着人群。嬷嬷经常告诫她不要这样做，因为会使肘部扭歪变皱的。它们扭歪了又有什么关系？也许她永远也没有机会显露它们了。她羡慕地看着翩翩来去的花蝴蝶似的姑娘们：有的穿奶油色波纹绸衣，戴蔷薇花蕾发箍；有的穿粉红缎子裙子，上面打着十八道镶着黑天鹅绒带的荷叶边；有的穿浅蓝色绸衣，后面拖着十码长的带波浪形花边的裙裾，裸露着胸口，簪着诱人的鲜花。梅贝尔·梅里韦瑟挽着义勇兵的胳膊朝相邻的摊位走去，穿着果绿色的薄纱裙子，裙摆那么宽，把腰肢衬托得纤细极了。衣服上镶满了精致的奶白色花边，那是新近才从查尔斯顿穿越封锁线运来的，梅贝尔为此大肆炫耀，仿佛穿越封锁线的不是大名鼎鼎的巴特勒船长，而是她似的。

"我要是穿上那件衣服，该有多漂亮啊！"斯佳丽想道，心里涌出一股妒忌。"她的腰粗得跟奶牛似的。那种绿色只配我穿，它会使我的眼睛看上去——那些女人为什么竭力要穿那种颜色？她的肤色看起来绿得跟干酪似的。试想一下，我再也没有机会穿那种颜色的衣服了，只要我还没走过服丧期。不，只要我还没有重新结婚。那么我就必须穿老气横秋的深灰色、褐色和淡紫色的衣服。"

有一小会儿她想起了一切不公平的事，玩乐，穿可爱衣服，跳舞。调情的时光是多么短暂啊！只有几年，太短太短的几年！然后你结婚了，穿上颜色灰暗的衣服。有了孩子，毁了你的腰线，在舞会上和其他稳重的少妇坐在角落里，只能和你的丈夫或总是踩你脚的老绅士一起跳舞。如果你不这样做，别的少妇就会对你评头论足，然后你的名声毁了，你的家庭也蒙受了耻辱。花费你整个少女时代来学习如何吸引人，勾引男人，然后仅仅将这知识运用了一两年，这是多么可怕的浪费。当她想起在艾伦和嬷嬷手下所受的训练时，她知道那是彻底的，良好的，因为它总是能收到良好的效果。这里有一些规矩可以遵循，只要你照它们去做，成功决不会辜负你的努力。

和老妇人在一起，你要尽量显得温柔、诚实和头脑简单，因为老妇人都很严厉，她们总是像猫似的满怀嫉妒地审视姑娘，时刻准备着扑过来，只要你眉梢眼角稍有不检点的话。与老绅士在一起，一个女孩子要活泼可爱，甚至带点儿挑逗，可是千万不要过火，这样老傻瓜的虚荣心就会得到满足。这使得他们觉得精力充沛和年轻，他们会掐你的脸蛋，说你是个小妖精。而且，当然，在这种场合，你总要满脸通红，否则他们就会不顾礼仪放肆地拧你，还会告诉他们的儿子你很轻浮。

与年轻姑娘和少妇在一起，你要在嘴巴上涂上蜜糖，每次见到她们都亲吻她们，即使一天碰见十次也得如此。你要把手放在她们的腰上，还要忍受她们这样对待你，无论你有多么讨厌这样做。你要一直羡慕她们的衣服，孩子，开她们的情人和出色的丈夫的玩笑，谦虚地咯咯地笑，说自己跟她们相比根本没什么魅力可言。而且，最重要的是，你永远不能说出你对每件事的真实看法，不能超越她们已经发表过的意见。

别人的丈夫你要避得远远的，即使他们是你抛弃的情人。无论他们多么讨人喜欢。如果你太迷人了，吸引了年轻的丈夫，他们的太太就会说你轻浮，你就有了个坏名声，永远也不会找到情人了。

可是跟年轻的单身汉在一起——啊哈，那就是另一回事了！你可以温柔地嘲笑他们，当他们奔过来问你为什么发笑时，你可以拒绝告诉他们，而且笑得更欢，让他们无头苍蝇似的围着你转，竭力想找出答案。你可以用眼神许诺几件激动人心的事，这会使男人设法想跟你独处。当你们单独在一起时，他竭力想吻你，你要做出一副被深深地伤害而倍感生气的样子。你可以要求他们为自己小狗似的行为道歉，然后大度地原谅他，逗得他缠在你身边第二次想吻你。有时，但不是经常，你可以让他吻你。（艾伦和嬷嬷并没有教她这个，可她自己发现这一点很有效。）接着你哭了，说你不知道自己到底是怎么回事，说他再也不会尊重你了。他不得不替你擦干眼泪，一般情况下还会求婚，向你表明他是多么尊重你。再然后——哦，对单身汉可做的事太多太多了，这些她全知道，比如斜着眼睛瞟人，以扇子掩面似笑非笑，扭动腰肢让裙子窸窣作响，眼泪，笑声，调情，还有温柔的同情。哦，所有这些花招她从来就没有失败过——除了阿希礼之外。

不，学来所有这些聪明的花招，运用了那么短的时间就永远搁置一边，这是不对的。要是永远不结婚，一直穿着可爱的淡绿色裙子，永远被漂亮男人追求着，那该有多好啊！可是，如果你这种状态持续太久，就会变成像英迪亚·威尔克斯那样的老处女，人人都会以那种可恨的沾沾自喜的方式说你是“可怜的东西”。不，毕竟结婚更好一些，让你保持了自尊，尽管你永远也不会得到更多的乐趣。

哦，生活真是一团麻！她为什么那么傻，谁也不嫁，偏偏嫁给了查尔斯，把自己的一生早在十六岁时就断送了。

她的愤怒和绝望被打断了，人群开始向后退至墙根，太太小姐们小心翼翼地抓着裙环，以免它们被粗心的人碰撞得掀起来，不合适地露出里面的衬裤。斯佳丽踮起脚尖，越过人群，看见民团长官登上乐台。他大声喊着口令，半队人员立刻排得整整齐齐。接着他们敏捷地进行了几分钟操练．前额渗出了汗珠，观众鼓着掌欢呼着。斯佳丽跟别人一起尽义务地拍着手，当士兵们解散后拥向五味酒和柠檬汁的摊位时，她转向梅兰妮，觉得她要尽可能快地装出关心伟大事业的样子来。

“他们看上去帅极了，是吗?”她说。

“他们中的大多数要是穿上灰制服，并且开往弗吉尼亚，那会更神气呢。”梅兰妮说，没有费神降低自己的声音。

几位民团队员骄傲的母亲就站在近旁，听到了这句话。吉南太太的脸一阵红一阵白的，因为她那二十五岁的儿子威利就是民团队员。

从梅兰妮口中说出这样的话比从其他任何人口中说出来都更让斯佳丽吃惊。

“什么，梅兰妮!”

“你知道事实就是这样，斯佳丽。我不是指小男孩和老先生。可是民团里有许多人能扛得起枪，这时候他们应该做的事就是上前线打敌人。”

“可是——可是——”斯佳丽开口说，她以前从没想过这个问题，“必须有些人留在家里，以便——”威利·吉南为他留在亚特兰大找的借口是怎么说的：“有些人必须留在家里保卫本州不受侵犯。”

“没有人侵犯我们，也不会有人来侵犯。”梅兰妮冷静地说，扫了那群民团队员一眼，“让自己不受侵犯的最佳方式就是开往弗吉尼亚，在那儿打北方佬。至于所有这些言论，说什么民团留在这儿可防止黑人造反——得了，这是我曾听到过的最愚蠢的事。我们的人为什么要造反？那只是一个借口。我敢打赌我们可以在一个月内打败北方佬，只要南部诸州所有的民团都开往弗吉尼亚。就是这么回事!”

“什么，梅兰妮!”斯佳丽吃惊地又喊了一句。

梅兰妮那温柔的眼睛气愤地闪动着：“我的丈夫不害怕打仗，你的丈夫也不害怕。我宁愿他们两个都战死在沙场上，也不愿让他们待在家里，待在这儿——哦，亲爱的，我很抱歉。我是多么鲁莽和残忍啊!”

她恳求似的摸摸斯佳丽的手臂，斯佳丽瞪着她。可她想的不是查尔斯的死，而是阿希礼。试想一下，难道他也会死？这时米德大夫朝她们的摊位走来，她赶紧转过身，机械地微笑着。

“很好，姑娘们，”他向她们招呼道，“你们来了真是太好了。我知道今晚让你们出来肯定要做出很大的牺牲。可这都是为了伟大的事业。我来告诉你们一个秘密。今天晚上我有一个为医院筹集到更多钱的让人吃惊的方法，可是我恐怕某些太太小姐会吓坏的。”

他停下来，抚着灰山羊胡子嘻嘻笑着。

“哦，是什么？快告诉我们!”

“我又想了想，还是让你们也猜一猜吧。不过你们姑娘们一定要站在我这边，如果教会里的人想因此而把我赶出城去的话。然而，这都是为了医院。你们会明白的。诸如此类的事以前从没有人做过。”

说罢，他神气地向角落里一群陪护走去，正当这两个姑娘交头接耳讨论这秘密的可能是什么时，两位老绅士冲向摊位，大声说他们想买十米梭织花边。好了，毕竟，老先生总比根本没有先生会好得多，斯佳丽一面想着，一面量着花边，庄重地忍受他们摸她的下巴。两个老风流买好后又走向柠檬汁摊位，别的顾客随即来到了柜台前，代替了他们的位置。她们的摊位前不如别的摊位顾客多，那些摊位上响着梅贝尔·梅里韦瑟嘻嘻哈哈的笑声，范妮·艾尔辛咯咯的傻笑声，怀特家的姑娘们的妙语连珠，把顾客都招徕了去。梅兰妮向男人出售些无用的东西，他们不可能派上用场，而她又像店主似的安静和从容，斯佳丽只好跟着梅兰妮行事。

除了她们的摊位外，其他任何一个柜台前都挤着一群人，姑娘们叽叽喳喳，男人们掏钱购物。有几个人走到她们跟前，说他们如何跟阿希礼一起上大学，他是个多么出色的士兵，或者以尊敬的口吻说起查尔斯，说他的死给亚特兰大带来了多么重大的损失等诸如此类的话。

接着，乐队奏起了热烈欢快的《约翰尼·布克，快来帮帮这黑鬼吧!》，斯佳丽想她就要尖叫了。她想跳舞。她想跳舞。她目光穿过地板，跟着音乐节奏踢踏着脚，她的绿眼睛充满渴望地闪耀着，几乎要喷出火来了。地板的尽头，有一个新来的男人，站在门口，看见了这双绿眼睛，认出了她，紧紧地注视着她那愠怒倔强的脸上两只微斜的眼睛。他看出了任何男人都能读懂的挑逗神情，就自顾自地咧嘴笑了。

他穿着黑呢绒衣服，高高的个子，站在几个军官跟前跟塔似的，宽肩膀，但往下逐渐变窄形成小细腰，小得可笑的脚上穿着锃亮的靴子。他那纯黑的衣服，镶着褶皱的精致衬衫，笔挺的裤子，显得和他的面容和体态很不相称，因为他修饰得像个花花公子，一套纨绔子弟式的衣服穿在一个强壮的、懒散的优雅中隐隐露出危险性的人身上。他的头发漆黑，黑髭须修剪得短而整齐，与身旁那些髭髯时髦而张扬的骑兵相比，他看上去就像是个外国人。他看上去就是一个无耻的酒色之徒。他显得非常自负，给人以讨厌的傲慢无礼的感觉，而且他凝望斯佳丽时，那双放肆的眼睛有一种不怀好意的神色，直到斯佳丽终于感觉到了他的注视而望向他为止。

在她脑海深处，记忆的铃铛拉响了，可此刻她想不起来他是谁。然而他是数个月来对她流露出兴趣的第一个男人，她向他抛了一个灿烂的笑容。他朝她鞠躬致意时她微微地屈膝回礼，然后他挺直身子，开始朝她走来，他的步态像印第安人一样敏捷，她惊恐地用手捂住了嘴，因为她知道他是谁了。

当他挤过人群走过来的时候，她大吃一惊，像瘫痪了似的呆立不动。接着，她盲目地转过身，全力以赴想逃进点心室里去，可她的裙子被货摊上的一枚钉子挂住了。她拼命想挣脱开，撕破它，一瞬间，他来到了她身旁。

“请允许我帮你的忙。”他说着弯下腰解开裙子的荷叶边，“我几乎不敢希望你能想起我是谁，奥哈拉小姐。”

他的声音听起来很悦耳，是绅士的那种柔和徐缓的嗓音，洪亮而又带着查尔斯顿人那种平稳的慢吞吞的特征。

她用哀求的眼光抬头看着他，因为想起他们上一次会面，脸羞得通红，又遇上了她曾见过的最黑的一双眼睛，幸灾乐祸地眨巴着。世界上所有的人都没有这个人出现在这儿更让人可恨，他曾目睹了她与阿希礼之间那一幕，她至今想起来仍像是一场噩梦。这个讨厌的恶棍，他毁了多少姑娘，正派人家都不愿意接待他；这个卑鄙的男人，他曾说过她不是一个淑女。

听到他的声音，梅兰妮转过身来，平生第一次，斯佳丽为梅兰妮的存在而感谢上帝。

“哦——这——这不是瑞特先生吗？”梅兰妮一边微笑着说，一边伸出手来，“我遇见过你——”

“在宣布你订婚的幸福的日子里，”他停下来，弯腰吻她的手，“你能认出我来真是太好了。”

“你大老远从查尔斯顿来，有什么事吗？巴特勒先生？”

“是为了一宗烦琐的生意，威尔克斯太太。从今往后我要经常在你们这座城市出出进进了。我发现我不能只把货物运进来，还得看着它们卖出去。”

“运进来——”梅兰妮开口说，她的眉头皱了起来，接着她突然绽开了一个欢快的笑容。“怎么，你——你一定就是闻名遐迩的巴特勒船长了，我们经常听人说起你——穿越封锁线的人。哦，这儿每个姑娘都穿着你运进来的衣服。斯佳丽，你不感到激动吗——你怎么了，亲爱的？你要晕倒了吗？赶紧坐下。”

斯佳丽一屁股坐到板凳上，她的呼吸那么急促，真害怕自己的胸衣会绷破。哦，将要发生多么可怕的事啊！她从没想过会重新遇到这个男人，他从柜台上拾起她的黑扇子，关心地为她扇着，太关心了，他的脸很严肃可他的眼睛仍然不住地眨巴着。

“这里真是太热了，”他说，“难怪奥哈拉小姐要晕倒了，我可以带你到窗口去吗？”

“不。”斯佳丽很粗鲁地说，令梅兰妮大吃一惊。

“她不再是奥哈拉小姐了。”梅兰妮说道，“她是哈密尔顿太太，现在是我的嫂嫂了。”梅兰妮爱怜地看了她一眼。斯佳丽觉得自己看到巴特勒船长海盗般黝黑的脸上的表情就要喘不过气来了。

“我相信那对两位迷人的太太来说是一个巨大的收获。”他微微地鞠了躬，说道。所有的男人都说那样的话，可这话从他嘴里说出来让人觉得他的意思恰恰相反。

“我相信你们的丈夫今天晚上都在这儿吧，在这个快乐的场合？能跟他们重叙友情真是一件乐事啊。”

“我丈夫在弗吉尼亚，”梅兰妮骄傲地昂了昂头，说道，“可是查尔斯——”她的嗓子哽住了。

“他死在军营里了。”斯佳丽干脆地说，几乎咬牙切齿。这个畜生他永远也不走开了吗？梅兰妮震惊地盯着她。船长做了一个责怪自己的手势。

“我亲爱的两位太太——都怪我！你们千万要原谅我。但是请允许一个陌生人安慰一句：为祖国牺牲的人将得到永生。”

梅兰妮眼里闪着泪花朝他微笑着，而斯佳丽却觉得愤怒和无可奈何在撕扯她的心。他又说了一句得体的话，任何绅士在这种情况下都会那样说，可他一点儿也不真诚。他是在嘲讽她。他知道她从没爱过查尔斯。梅兰妮真是个大大的傻瓜，竟然看不透他。哦，上帝保佑，不要让别的任何人看透他，她这样想着突然觉得害怕了。他会不会把他所知道的说出去？当然他不是个上等人，当一个人不算上等人时，他们会做出什么样的事来简直难以断定。对于他们没有什么判断标准。她抬眼望着他，他的嘴角充满同情地向下撇着，即使当他摇着扇子的时候也如此。他表情中某种东西激怒了她的精神，使她的力量在一阵厌恶中恢复了。她鲁莽地从他手中夺过了扇子。

“我很好，”她尖刻地说，“用不着把我的头发扇乱。”

“斯佳丽，亲爱的！巴特勒船长，你一定要原谅她。她——她一听人提起可怜的查利的名字就控制不住自己——而且，也许，毕竟我们今天晚上不该来这儿。我们还在服丧，你瞧，这对她真是个刺激——所有这些欢乐以及音乐，可怜的孩子。”

“我非常理解。”他假装严肃地说道。可是当他转过身，探询地望向梅兰妮那温柔而充满忧虑的眼睛深处时，他的表情变了，勉强的尊敬和温和浮上了他的黑脸庞，“我想你是个勇敢的小妇人，威尔克斯太太。”

“没有一句话是说我的！”斯佳丽气恼地想。这时梅兰妮困惑地笑着回答道：“哪里，不，巴特勒船长！医院护理队不得不让我们来照看这个摊位，因为在最后的时刻——一个枕头套？这儿有个上面绣着旗子的，很可爱。”

她回头招呼三个走到她柜台前的骑兵。有一会儿，梅兰妮心里想巴特勒船长是个多好的人啊。随后她又希望在她的裙子和放置在柜台外面的痰盂之间除了薄棉布还有更实在的东西，因为那些身上沾着琥珀色烟草油的骑兵的目标并不像他们射长马枪那么准确无误。然后她就忘了那个船长和斯佳丽，因为这时有更多的顾客朝她涌来。

斯佳丽静静地坐在凳子上，自顾自地扇着扇子，不敢抬头看，一心希望巴特勒船长回到他应该待的轮船的甲板上去。

“你丈夫去世很久了吗？”

“哦，是的，很久了。差不多一年了。”

“啊，我确信已经千古了。”

斯佳丽不太明白千古是什么意思，可他的声音里确实有一种引诱人的性质，所以她什么都没说。

“你结婚的时间长吗？原谅我问这样的问题，可我有那么长一段时间远离这个地区。”

“两个月。”斯佳丽不乐意地回答。

“真是一场悲剧啊，”他那平静的声音继续说道。

“哦，他真该死，”她愤怒地想，“如果他是世界上其他任何我可以轻而易举地玩得团团转的男人，该有多好。可是他了解阿希礼，也知道我不爱查利。我的双手被束缚住了。”她一句话也不说，仍然低头扇着手中的扇子。

“这是你第一次在社交场合出现吧？”

“我知道这看上去很奇怪，”她迅速解释道，“可是照看这个摊位的麦克卢尔家的几个姑娘被叫走了，没有别人来代替她们，所以梅兰妮和我就——”

“为了伟大的事业，什么牺牲都值得。”

怎么回事，这话艾尔辛太太也说过，可她说这句话的时候听上去不是这种感觉。激烈的言辞涌上了嘴边，可她竭力忍住了。毕竟，她来这儿，不是为了伟大的事业，而是因为她厌倦了坐在屋里。

“我总在想，”他若有所思地说，“这种悼念制度，让女人穿着丧服披着黑纱度过余生，不准她们享受任何正常的乐趣，就如同印度的妇殉夫葬一样野蛮。”

“妇殉夫葬？”

他笑了，她为自己的无知而满脸通红。她痛恨别人说些她所不知道的词语。

“在印度，一个男人死后应该被火化，而不是土葬，他的妻子总是爬上柴火堆，和他一起被烧掉。”

“多可怕啊！他们为什么要那样做？警察局对此难道无动于衷吗？”

“当然不管。一个妻子如果不烧掉自己就是社会的背叛者。所有的上等少妇都会议论她，说她的行为不符合一个有教养的夫人的要求——就像那些坐在角落里的上等太太议论你一样，如果你穿着红裙子出现在今晚的宴会上，还带头跳苏格兰舞的话。我个人认为，妇殉夫葬比我们像是活埋寡妇的冠冕堂皇的南方习俗更为仁慈。”

“你怎么敢说我被活埋了！”

“女人们把捆绑自己的铁链抓得多牢啊！你认为印度的风俗野蛮——可是如果邦联不需要你，今晚你有勇气来这儿吗？”

争论这样的问题总是令斯佳丽困惑。他的话让她加倍困惑，因为她模糊地觉得他的话中不无正确的成分。可现在是反驳他的时候了。

“当然，我不会来。要不那会——嗯，不尊重——那会表明好像我不爱——”

他的眼睛等着她说下去，眼神中含着嘲讽，她说不下去了。他知道她不爱查尔斯，他不会让她装模作样地说些好听的话。被迫去对付一个不是绅士的男人是多么烦恼，多么烦恼的事啊。绅士总是做出相信女士的话的样子，即使他知道她在撒谎。那是南方的骑士精神。绅士总是服从规矩，说得体的话，让女士的生活更自在。可这个男人好像并不在乎什么规矩，而且明显地很喜欢谈论别人从不谈论的话题。

“我在屏息等待着。”

“我想你太可恶了。”她无助地说，垂下了眼睑。

他趴在柜台上，嘴巴凑到她耳边，活像一个雅典娜殿堂上的舞台偶尔出现的小丑那样，惟妙惟肖地嘶嘶说道：“别害怕，美人儿！你那见不得人的秘密我会守口如瓶！”

“哦，”她气急败坏地小声说，“你怎么能说出这样的话来！”

“我只是想让你的神经放松。你想让我说什么？‘嫁给我吧，漂亮的宝贝儿，否则我会公开一切’？”

她不情愿地与他的眼光相遇了，看见它们像小男孩的眼睛一样淘气。她突然笑了。毕竟，这个局面是愚蠢可笑的。他也笑了，声音那么大，角落里有几个陪护朝他们这边张望着。看到查尔斯·哈密尔顿的遗孀和一个陌生人相处得这么快乐，她们不屑地将头凑在一起嘀咕起来。

米德大夫登上乐台时，下面响起一阵低沉的鼓声，许多人发出“嘘”的声音，他伸出手示意大家安静。

“我们必须向这些迷人的女士们致以最真诚的谢意，她们的爱国热忱和辛勤努力使得这次义卖会不仅取得了经济上的成功，”他顿了顿又说，“而且把这个简陋的大厅装饰成可爱的凉亭，装饰成一个供我身边所看到的迷人姑娘玩乐的花园。”

每个人都赞成地鼓着掌。

“女士们尽了她们的全力，不仅付出了时间，而且双手付出了劳动，使货摊上这些美丽的商品加倍的可爱，因为它们出自我们迷人的南方妇女的手。”

更多的人赞成地喊叫着，瑞特一直懒洋洋地斜倚在斯佳丽一旁的柜台上，这时他小声说：“一只自以为是的山羊，他不是吗？”

斯佳丽起初害怕，继而吃惊他怎么能对亚特兰大最受爱戴的市民如此无礼，她责备地瞪着他。可是大夫下巴上那一小撮胡子飘拂飞舞着，看上去确实像山羊，她好不容易才没有笑出声。

“可是仅仅这些还不够。医护队的好太太们用她们冷静的双手抚平了病人的伤痛，从死神手中救活了为了我们的壮丽事业而光荣负伤的勇士，她们知道我们的需要。我在这里不一一列举了。我们必须有更多的钱用来去英国买药品，今天晚上跟我们在一起的还有一位成功地穿越封锁线的大无畏的船长，他愿意再跑一趟，为我们带来急需的药物。他就是瑞特船长！”

偷越封锁线的冒险家尽管感到意外，还是优雅地鞠了一躬——太优雅了，斯佳丽想，一面竭力分析这事。看上去好像他瞧不起在场的每一个人，所以才过于彬彬有礼。他鞠躬时人群爆发出热烈的掌声，角落里的太太小姐们都伸长了脖子。原来就是可怜的查尔斯·哈密尔顿的遗孀正在勾引的男人！查尔斯过世还不到一年哪！

“我们需要更多的黄金，我现在请求你们拿出黄金，”大夫继续说下去，“我请求大家做出牺牲，这点牺牲跟我们穿灰军装的勇士比起来，简直微不足道，渺小得可笑。女士们，我想要你们的首饰。是我想要吗？不，是南部邦联想要，邦联迫切地需要珠宝，我知道谁也不会拖后腿。你们可爱的手腕上闪闪发亮的宝石多美啊！我们爱国妇女酥胸前挂着的金饰针多美啊！可是牺牲比所有这些宝石和黄金更加美丽！”

“金的拿去熔化，宝石卖掉，钱用来买药和其他医疗器械。女士们，将会有两位负着伤的勇士从你们中间走过，手里提着篮子，请——”可他后面的话淹没在一片暴风骤雨般的掌声和欢呼声中。

斯佳丽第一个念头就是深深地庆幸自己在居丧期间禁止佩带贵重的耳环和粗笨的金链子，这还是外婆罗彼拉德传下来的规矩，还有上了黑釉的金手镯和石榴石胸针。她看见小个子义勇兵没有受伤的那只胳膊上挎着一只橡木条篮子，正在大厅内她这一边的人群中挨个儿募捐，妇女们，无论年老的还是年轻的，都笑着迫不及待地把手镯褪下，从穿过的耳洞里卸下耳环，装着叫痛，互相帮忙解开项链搭扣，取下别针。不时响起金属相碰撞的声音和“等等——等等！我还没有解下来呢。哦，好了！”这样的喊声。梅贝尔·梅里韦瑟正在从肘弯上褪她的鸳鸯手镯。范妮·艾尔辛，一面喊着“妈妈，我可以捐吗？”一面从发髻上取下一支祖传的镶有珍珠的重金发卡。每一件捐献物丢到篮子里时，人们都鼓掌欢呼。

现在咧嘴直笑的小个儿男人来到她们的摊位前，篮子沉甸甸地挂在臂上，经过瑞特身边时一只漂亮的纯金烟盒被漫不经心地丢进篮子。当他走近斯佳丽，把篮子放在柜台上时，她摇了摇头，连连摆手示意自己没什么东西可捐。作为在场唯一一个没什么东西可捐的人真是太尴尬了。这时她看见了她那宽大的结婚戒指正熠熠闪光。

有一刻，她很迷惑，竭力想忆起查尔斯的脸——忆起他把戒指套上她手指时的表情是怎样的。可是记忆模糊了，每次回忆起他，她就会感到一阵懊恼，记忆也随之模糊。查尔斯——就是因为他，她的青春才被断送了，变成了个老太婆。

她攥住戒指，猛地一拧，谁知卸不下来。义勇兵朝梅兰妮走去了。

“等一下！”斯佳丽喊道，“我有东西要捐！”戒指脱下来了，她正要将它投进盛满项链、手表、戒指、别针和手镯的篮子时，与瑞特的目光相撞了。他的嘴巴抿成一个轻微的笑意。她挑战似的把戒指丢进篮子里的首饰堆上。

“哦，亲爱的！”梅兰妮小声说着，抓住她的胳膊，眼中闪耀着慈爱和自豪。“你真勇敢，勇敢的姑娘！等一下——请等一下，皮卡德中尉！我也有东西要捐!”

她说动手拔她自己的结婚戒指，斯佳丽知道，自从阿希礼将它套上她的手指后，她再也没有让它离开过那个指头。也唯有斯佳丽知道这枚戒指对她来说是多么珍贵。把它卸下来费了好大的劲，有短暂的一刻，她紧紧将它握在自己的小手掌里。接着它被轻轻地放在了首饰堆上。两个姑娘站着目送那义勇兵朝角落里那群年长的夫人走去，斯佳丽的表情是反抗，梅兰妮的表情比哭还让人难过。这两种表情都没有逃过站在她们身边的那个男人的眼睛。

“要不是你勇敢地那么做，我永远也不会有那样的勇气。”梅兰妮一只手搂着斯佳丽的腰，说道，还轻轻捏了她一下。有一会儿斯佳丽简直想把她推开，扯着嗓子喊一声“上帝啊!”，就像杰拉尔德被激怒时那样，可她遇上了瑞特的眼睛，赶紧努力挤出一个苦笑。梅兰妮总是误解她的动机，这真让人恼火——不过也许比让她怀疑真相更加可取。

“多美好的行为!”瑞特轻轻地说，“正是像你们这样的牺牲鼓起了穿灰军装的勇敢小伙子们的士气。”

激烈的话语冲到嘴边，她费了好大劲才没说出口。他所说的话中总带有些嘲讽。她从心底里讨厌这个斜倚在柜台上的男人。可他身上有一种令人激动的东西，温暖，充满活力，惊心动魄。她本性中所有的爱尔兰性格促使她向他的黑眼睛挑战。她决定把这个人的气焰压下去一两分。他知道她的秘密，这是他的优势，很难超越，所以她无论如何得改变这种状况，使他处于劣势地位。她竭力忍住冲动不要明确地告诉他她是怎么看待他的。蜜糖总是比醋更能抓住苍蝇，嬷嬷总是这么说，她就要抓住并降伏这只苍蝇，这样他就再也不能将她玩弄于股掌之间了。

“谢谢你，”她温柔地说，故意误解他的嘲弄，“来自像巴特勒船长这么闻名的男士的赞扬真是让人太高兴了。”

他仰起头放肆地大笑。这简直是嚎叫，斯佳丽气愤地想道，她的脸又红了。

“你为什么不说出你真正想说的话?”他压低声音问道，在交头接耳和激动不安的人群中只有她能听得到。“你为什么不说我是该死的，不是个上等人，说我必须从这儿滚蛋，否则你就会让某个穿灰军装的小伙子将我轰出去?”

她本想尖刻地回敬一句，话到舌尖，又英勇地忍住了，只说道：“怎么了，巴特勒船长！你说到哪儿去了！好像人人都不知道你有多出名，多勇敢，还是个——是个——

“我对你很失望。”他说。

“失望?”

“是的。当我们第一次见面时我就对自己说我终于遇上了一个不仅漂亮而且有勇气的姑娘。可现在我明白了你只是漂亮而已。”

“你的意思是说我是个胆小鬼?”她像只竖起羽毛的母鸡似的。

“正是如此。你没有勇气说出你真正想说的话。我第一次遇见你,就想:一百万个姑娘里只有这么一个。她不像其余那些小傻瓜,相信嬷嬷告诉她们的每一句话并照此行事,无论自己的感受如何。掩藏起自己的情感、渴望以及听过许多温柔的话后微微的心动。我想:奥哈拉小姐的精神很难得。她知道她想要什么,不在乎说出自己心里所想的——或者摔花瓶。”

“哦,”她怒火中烧地说,“我就要说出我想说的话了。要是你还有点儿修养的话,你就不会到这儿来跟我说话。你明知道我永远也不想看你第二眼了!可见你不是个上等人!你只是个没教养的下流畜生!你以为因为你的小破船可以超越北方佬,你就有权来这儿嘲弄勇敢的男士们和为了伟大事业敢于牺牲一切的女士们——”

“打住,打住——”他咧嘴笑着乞求道,“你开头说得挺不错,说出了你心里想的话,可是不要开口跟我谈什么伟大事业。我厌倦了听这个,而且我敢打赌你也一样——,”

“什么,你怎么——”她立刻就觉得自己失去了控制,赶紧住了口,心里很为自己又跌进了他所设的圈套而气恼。

“你看见我之前我站在门口打量你,”他说,“也打量其余的姑娘们。她们的脸看上去都像是照一个模子做出来的。而你的脸却不是。你的面孔很容易让人读懂。你的心思完全不在你手中的活上,我敢打赌你根本没在想什么伟大事业或医院。你想跳舞,想玩个痛快,而你又不能,这一切全写在脸上。因此,你简直都要发疯了。告诉我真话,我说得对吗?”

“我跟你没什么可说的了,巴特勒船长,”她尽可能严肃地说,努力想把已丢掉了的面子挽回来一些,“仅仅因为自己是个‘伟大的偷越封锁线的冒险家’吗?那也没有赐予你侮辱妇女的权利。”

“伟大的偷越封锁线的冒险家!真是开玩笑。请你在将我抛入黑暗之前再多给我一点你那宝贵的时间。我不想让这么一个迷人的小爱国者对于我为南部邦联大业所做的贡献一无所知。”

“我一点儿也不想听你吹牛。”

“穿越封锁线对我来说是一宗生意,我能从中赚到钱。当我从中得不到经济利益时，我就会洗手不干。你怎么看待这事儿?”

“我认为你是个唯利是图的无赖——就像北方佬一样。”

“准确地说，”他咧开嘴笑道，“北方佬帮助我赚钱。这不，上个月我把船直接开到纽约港。装上了一船货物。”

“什么！”斯佳丽喊道，禁不住极大的兴趣和激动，“他们难道不轰你吗?”

“我可怜的小天真！当然不喽。北方也有许多坚定的爱国者，他们并不反对把货物卖给南部邦联来赚钱。我把船开进纽约，从北方佬的工厂买货，当然是私下交易，然后我就远远地离开。如果有什么危险出现，我就去拿骚①，那儿同样也有北方的爱国者，他们已为我运去了火药、炮弹和裙环。那要比去英国进货便利得多。有时候，把货运到查尔斯顿或威尔明顿会有点儿困难——可你肯定想不到一点点黄金的威力会有多大。”

“哦，我知道北方佬很卑鄙，可是不知道——”

“为什么要对北方佬那么苛刻呢? 他们只是卖点儿东西，赚点儿正当的钱。再过一百年也没有关系。结果还是一样的。他们知道南部邦联最终会被打败，所以，他们为什么不该靠此大赚一笔呢?”

“打败——我们?”

“当然。”

“请你走开吧——否则我有必要叫我的马车来，带我回家以摆脱掉你。”

“一个激进的小叛徒。”他说，突然又咧嘴笑了。他鞠了个躬，悠闲地走开了，留下她因为发不出的怒火和气恼胸脯一起一伏的。失望在她体内燃烧着，使得她不能正确地分析，就像一个孩子看到幻影破灭那么失望。他怎么敢以偷越封锁线为荣！他怎么敢说南部邦联会被击败！他说出这样的话来真该被枪毙——像枪毙叛徒那样。她环顾大厅，看着那些熟悉的面孔，对成功那么自信，那么勇敢，那么富于奉献精神，不知怎么的，一股寒流袭入她心底。被击败? 这些人——什么，当然不会！这个念头是不可能的，也是不忠诚的。

“你们两个在悄悄说些什么啊?”梅兰妮转向斯佳丽问道，这时她的顾客已打发掉了，“我看到梅里韦瑟太太一直在盯着你看，亲爱的，你知道她多么爱饶舌。”

“哦，他这人真可恶——一个没有教养的家伙，”斯佳丽说，“至于梅里韦瑟老太太，她去说好了。我厌恶了装得像个九十岁的老太婆，好讨她的欢心。”

---

① 拿骚（Nassau），巴哈马首都，位于新普罗维登斯岛北岸，距美国的迈阿密城只有290千米。

“怎么了，斯佳丽！”梅兰妮惊骇地叫道。

“嘘——嘘，”斯佳丽说，“米德大夫就要再一次讲话了。”

人群再一次安静下来，大夫提高嗓音，首先向慷慨捐献首饰的太太小姐们表示感谢。

“现在，女士们和先生们，我将提一个惊人的建议——一个将让某些人震惊的新举措，可我恳求你们记住，这里所做的一切都是为了医院，为了躺在医院里的我们的孩子的利益。”

人人都向前挤着，竭力猜想这位不动声色的大夫将会提出一个什么让人震惊的建议。

“舞会就要开始了，第一曲当然是苏格兰舞，接着是华尔兹，然后是波卡舞、苏格兰轮舞和玛祖卡舞，这些舞的前奏将是一小段苏格兰舞。我知道关于苏格兰舞的领舞总会有一场小小的竞争，因此——”大夫擦了擦额头，向角落里怪怪地瞥了一眼，他太太正坐在那群陪护中间，“先生们，如果你想选择某位女士和你一同领跳苏格兰舞，那你必须为她开个价。我将作为拍卖人，所得款项都归医院。”

扇子停在了半空，一阵激动的嗡嗡声席卷了大厅。陪护们所坐的角落一片沸腾，米德太太想支持丈夫，可她内心确实不赞成这个行动，因此十分尴尬。艾尔辛太太、梅里韦瑟太太和怀特太太因为气愤而涨红了脸。可是突然，自队卫的士兵们欢呼起来，其他穿制服的宾客也加入了进来。年轻的姑娘们拍着手激动地蹦跳着。

“你不认为这——这——有点儿像拍卖黑奴？”梅兰妮小声说，不敢相信地盯着严阵以待的大夫，在此之前，米德大夫在她眼里一直是个完美的人。

斯佳丽一句话也没说，可她的眼睛闪着光，她的心却隐隐作痛。她要不是寡妇就好了。假如她重新回到斯佳丽·奥哈拉的时代，穿着果绿色的裙子，暗绿的丝绒飘带从胸前垂下来，黑发上别着晚香玉——那么她就会领跳这场苏格兰舞。是的，确实如此，将会有一打男人争着要她，争着向大夫出钱。哦，被迫坐在这儿当壁花，这违背了她的意愿，眼睁睁地看着范妮或梅贝尔领跳第一场苏格兰舞，做亚特兰大的美人儿！

在一片混乱中响起了小个子义勇兵的声音，他那克里奥尔口音十分明显：“我愿意——出二十美元请梅贝尔·梅里韦瑟小姐跳舞。”

梅贝尔满面通红地伏在范妮的肩膀上，两个姑娘互相将头埋在对方的脖子里咯咯痴笑，这时其他声音开始喊其他的名字，又捐献一笔钱。米德大夫重新露出了笑容，完全忽视了来自角落里女士医护队的愤怒的低语。

起初梅里韦瑟太太还大声断言她的梅贝尔绝不会参与这样的活动，可是当梅贝尔的名字被喊得最频繁，价钱也上升到七十五美元时，她的抗议开始弱下来。斯佳丽把两肘支在柜台上，几乎是瞪着激动欢笑的人群在乐台四周拥挤着，手里捏着满把的南部邦联纸币。

这下她们都要去跳舞了——除了她和老太太们。现在人人都会玩个痛快了，除了她。她看见瑞特就站在大夫眼皮底下，她还没来得及换一下面部表情，他看见了她，一边的嘴角耷拉下来，一只眉毛翘了上去。她急忙仰了仰下巴，目光从他身上移开，这时她突然听见自己的名字被叫到了——一口明显的查尔斯顿口音，压倒了所有喊其他名字的声音。

“查尔斯·哈密尔顿太太——一百五十美元——金币。”

人群骤然安静了，既为提到的数目，也为提到的名字。斯佳丽大吃一惊，简直不能动弹了。她仍然坐在那儿，手捧着下巴，眼睛因为吃惊瞪得大大的。人人都回过头看着她。她看见大夫从乐台上俯下身子，对瑞特小声说着什么。可能告诉他她在服丧，不可能出现在舞场上。她看见瑞特懒洋洋地耸了耸肩膀。

“另挑一位美人儿，行吗？”大夫问道。

“不，”瑞特清晰地说，眼睛漫不经心地扫视着人群，“哈密尔顿太太。”

“我跟你说了这是不可能的，”大夫急躁地说，“哈密尔顿太太不会愿意——”

斯佳丽听见一个声音响起来，起先她没有意识到这正是她自己的声音。

“是的，我愿意！”

她跳起脚，心跳那么激烈，她都害怕自己承受不了，为成为人们注意力的焦点而激动，为成为在场的姑娘中最受瞩目的人而激动，最重要的是为了能够重新跳舞而激动。

“哦，我不在乎！我不在乎他们会说什么！”她小声嘀咕着，一股狂喜淹没了她。她昂起头冲出了货摊，像打敲板似的脚跟嘚嘚地踏着，啪的一声把黑绸扇子全部展开。有一瞬间，她看见了梅兰妮那不敢置信的面孔，陪护们脸上的表情，姑娘们烦躁不安，士兵们热情的赞赏。

然后她就站在了地板中央，瑞特穿过人群大步朝她走来，脸上仍然带着那种嘲弄的笑容。可是她不在乎——即使他是亚伯拉罕·林肯本人她也不在乎！她又可以跳舞了。她要领跳苏格兰舞了。她朝他低低地行了个屈膝礼，粲然一笑，他一只手按在有衬衣褶皱的胸前鞠了个躬。惊骇万分的米德大夫迅速醒悟过来，大声喊道：“选好自己的舞伴，开始跳苏格兰舞！”

于是乐队骤然奏起了最好的苏格兰舞曲《迪克西》。

“你怎么敢让我那么引人注目，巴特勒船长？”

“可是，我亲爱的哈密尔顿太太，你看上去那么明显地想引人注目！”

“你怎么能当着所有人的面喊我的名字？”

“那你可以拒绝啊。”

“可是——我把这归之于为了伟大事业——我——听见你出那么多金币时我没有想到我自己。别笑了，每个人都在盯着我们看。”

“无论如何他们都会看我们的。不要试图拿什么伟大事业来糊弄我。你想跳舞，我给了你这样一个机会。这段进行曲是苏格兰舞的最后一种舞步，对吗？”

“是的——说真的，我现在必须停下来。重新坐回座位。”

“怎么？我踩了你的脚吗？”

“没有——可是他们会议论我的。”

“你真的很在乎——从心底里在乎？”

“这——”

“你并没有做错什么，对吗？为什么不能跟我一起跳华尔兹？”

“可是如果妈妈她——”

“仍然被嬷嬷的围裙带捆绑着。”

“哦，你真是太可恶了，总是把美德说得好像很愚蠢。”

“不过美德是很愚蠢。你在乎是否被人们议论吗？”

“不——可是——得了。我们不谈这个了。感谢上帝，华尔兹开始了，苏格兰舞总是让我喘不过气来。”

“不要回避我的问题。你有没有在乎过其他女人的话？”

“哦，如果你想逼我说实话——没有！可是一个姑娘总是被认为应该在意。今天晚上，虽然我不在乎。”

“好样的！现在你开始为自己考虑，而不是让别人为你考虑。这是精明的开头。”

“哦，可是——”

“当你受到的议论像我一样多的时候，你就会明白那是多么微不足道。试想一下，查尔斯顿竟然没有一户人家肯接纳我。即使我为我们正义而神圣的事业做出了贡献也无济于事。”

“多可怕啊！”

“哦，一点儿也不可怕。在你失掉名声之前，你永远也不会明白它是个什么样的负担，而真正的自由又是什么。”

“你说这话真无耻！”

“无耻但是真实。如果你有足够的勇气——或者是金钱——名声对你就算不了什么了。”

“金钱不是万能的。”

“肯定有人跟你说过这句话。你自己永远不会想出这样的陈词滥调。那它买不来什么呢？”

“哦，这个，我不太清楚——无论怎样，它买不来幸福和爱情。”

“一般情况下它能买到。当它买不到的时候，它可以买些最好的替代物。”

“那么你有很多钱吗，巴特勒船长？”

“多么缺乏教养的问题，哈密尔顿太太！我很吃惊。可是，当然。对于一个在很年轻的时候就被剥夺了继承权，身无分文的青年男子而言，我已经做得非常好了。我相信自己会在跑封锁线这桩生意上净赚一百万。”

“哦，不！”

“哦，是的！大多数人好像不明白当一个文明毁灭的时候和它兴起的时候一样能够赚到大笔的钱。”

“这是什么意思？”

“你的家庭，我的家庭以及今晚在场的每一个人都曾在从野蛮向文明的转变过程中发了迹。这叫帝国的创建。在帝国创建时可以赚大钱。可是，在帝国毁灭的时候可以赚更大的钱。”

“你所说的是什么帝国？”

“就是我们生活于其中的帝国——南方——邦联——棉花王国——它就在我们的脚下渐渐崩溃。只是大多数傻瓜都看不到这一点，不会利用崩溃所带来的有利局面。我正是从这场毁灭中发财致富的。”

“那么你真的认为我们会被打败吗？”

“是的。为什么要做鸵鸟呢？”

“哦，天哪。谈论这样的话题让我厌烦。你不会说些有趣的事吗，巴特勒船长？”

“假如我说你的眼睛像一只金鱼缸，满盛着最清澈的碧水，当金鱼就像现在这样游到水面上时，你就迷人得要命，这能让你高兴吗？”

“哦，我不喜欢你这么说……这音乐多美妙啊，不是吗？哦，我要是能把华尔兹永远跳下去该有多好！过去我不知道我如此想念它！”

“你是我曾搂过的最漂亮的舞伴。”

“巴特勒船长，你千万不能把我抱得那么紧。大家都在看着呢。”

“如果没有人在看，你会在意吗?”

“巴特勒船长，你忘了自己是谁了。”

“一刻也没有。怀里搂着你，我怎么能呢? ……这是什么调子? 是支新曲子吗?”

“是的。很神奇，对吗? 是我们从北方佬那儿弄过来的。”

“名字叫什么?”

“《当这场残酷的战争结束时》。”

“歌词是什么? 唱给我听听。”

最亲爱的人，还记得我们
上次相见的情形吗?
你跪在我脚下跟我说
你多么爱我，
唤，你穿着灰色的制服站在我面前
是多么自豪啊，
你发誓永远不背叛我
和祖国。
悲伤，孤独，流泪，叹息
又有何益!
唯有祈祷残酷的战争结束的时候
你我重相聚!

“当然，本来应该是‘蓝色制服’不过我们改成了‘灰色’……哦，你的华尔兹跳得可真棒，巴特勒船长。大多数高个男人都跳不好，这你知道。试想一下还得过多少年我才能再次跳舞。”

“只消几分钟就行了。下一曲苏格兰舞我还要邀请你——还有下下一曲，再下一曲。”

“哦，不，我不能再跳了! 你千万别请我! 我的名声会被毁掉的。”

“它已经像块破布了，所以再跳一场又何妨? 我跟你跳过五六场以后或许还会给别的男孩子一个机会，可我必须跟你跳最后一场。”

“哦，好吧。我知道我疯了，可我不在乎。我一点儿也不在乎别人会说什么。我太厌倦了坐在家里，我要跳啊跳啊……”

“而且也不想穿黑衣服了？我讨厌丧服。”

“哦，我不能脱下丧服——巴特勒船长，你别把我搂得那么紧。你再这样，我就要生你的气了。”

“你生气时看上去很可爱。我要搂得更紧——嗯——看看你会不会真的生气。你不知道那天在十二橡树你生气和摔东西的样子有多迷人。”

“哦，请——你难道不能忘了那件事？”

“不，那是我最有价值的记忆之一——一位娇生惯养的南方美人儿，大发爱尔兰脾气——你很有爱尔兰气质。这你知道。”

“哦，天哪，音乐结束了，贝蒂帕特姑妈从后面的房间走出来了。我知道一定是梅里韦瑟太太告诉了她。哦，看在上帝的份上，我们赶快到窗口去，看着窗外。现在我不想让她抓到我。她的眼睁得像碟子一样大。”

第十章

第二天早上吃蛋饼的时候，贝蒂帕特眼泪汪汪，梅兰妮默不作声，斯佳丽一副不服气的样子。

“我不在乎是否被他们议论。我敢打赌我为医院募到的钱比任何一个姑娘都多——比我们卖掉所有旧货所得的钱也多。”

“哦，亲爱的，钱有多重要?”贝蒂帕特哭着说，一边绞着双手，“我真不敢相信自己的眼睛，可怜的查利过世还不到一年……那个可恶的巴特勒船长，让你那么引人注目，他是个十分、十分可怕的人，斯佳丽。怀特太太的表姐科尔曼太太的丈夫是查尔斯顿人，她告诉了我他的故事。他是一个名门望族的败家子——哦，巴特勒家族怎么会出了他这么个败类？他在查尔斯顿不受欢迎，名声最坏，还有一件事是跟一个姑娘——那事简直太糟糕了，科尔曼太太都不知道是怎么回事——”

“哦，我不相信他有那么坏，”梅兰妮温和地说，“他好像是个很完美的上等人，而且你们想想他多么勇敢啊，竟敢穿越封锁线——”

“他并不勇敢，”斯佳丽邪恶地说，一下子把一瓶糖浆都倒在了自己的蛋饼上，“他那么做只是为了钱。他这么跟我说的。他并不关心南部邦联的任何事，而且他说我们会被打败的。不过他的舞跳得很棒。”

她的听众吓得一声不吭。

“我厌倦了坐在家，我再也不想继续下去了。如果他们都为了昨晚的事议论我，那我的名声反正已经毁了，他们再说什么也没什么关系了。”

她自己都没有意识到这是瑞特的观点。它来得那么直截了当，跟她心里所想的正相吻合。

“哦！要是你母亲听说了会说什么呢？她会对我产生什么看法呢？”

一想到艾伦听到女儿的荒唐行为惊慌失措的样子，斯佳丽就觉得不寒而栗。可是一想到塔拉距亚特兰大有二十五英里远，她的心又落了地。贝蒂帕特小姐当然不会告诉艾伦。那样会使她这个监护人处于不利地位。那么，要是贝蒂帕特不走漏风声的话，她就是安全的。

“我想——”贝蒂帕特说道，“是的，我想最好给亨利写封信说说这事——尽管我恨他——可他是我们唯一的男性亲戚，让他去责问巴特勒船长——哦，天哪，要是查利还活着就好了——你必须永远，永远也不再搭理那个男人，斯佳丽。”

梅兰妮一直静静地坐着，双手放在膝头，盘子里的蛋饼都凉了。她站起身，走到斯佳丽身后，把双手放在她脖子上。

“亲爱的，”她说，“你不要难过。我能理解，昨天晚上你所做的是一件勇敢的事，将会给医院带来很大的帮助。如果有人敢说你一句坏话，我就会对付他们……贝蒂姑妈，别哭了。这对斯佳丽也够艰难的了，什么地方也不能去。她还只是个孩子。”她的手指抚弄着斯佳丽的黑发，“如果我们时不时出去参加些宴会，也许对我们都有好处。也许我们一直都太自私了，守在这儿咀嚼悲伤。战争时期不同于其他时期。我一想起城里远离家乡的所有士兵，晚上没有什么朋友可以拜访——还有医院里那些伤口恢复得可以下床、但还不能返回军队的士兵们——反正，我们是太自私了。这个时刻我们应该在家里收养三个正在康复的伤兵，像其余人家所做的那样，并且每个周末都邀请几个士兵来家里吃饭。现在，斯佳丽，别烦恼了。人们理解了以后就不会议论你了。我们知道你爱查利。”

斯佳丽其实一点儿也不烦恼，梅兰妮放在她头发上的柔软小手让她气恼。她真想把头扭开，说“哦，瞎扯！”因为温馨的记忆仍然在她脑海中，昨天晚上，自卫队、民团和从医院里来的士兵都争着跟她跳舞。在全世界所有的人中，她唯独不想让梅兰妮来维护自己。她可以保护得了自己，谢谢你，如果那些老东西们想饶舌的话——算了，没有那些老家伙，她仍然会过得很好。世界上有那么多优秀军官可以调情，何必为老太太们所说的话自寻烦恼呢。

贝蒂帕特听到梅兰妮一番劝说，抹着眼泪，这时普里西拿着一封厚厚的信走进来。

“是给你的，梅兰妮小姐。一个黑人小男孩送来的。”

“给我的?”梅兰妮说着，一边满腹狐疑地撕开信封。

斯佳丽正在自顾自地吃蛋饼，所以什么也没注意到，直到她听见梅兰妮突然放声大哭才抬起头，她看见贝蒂帕特姑妈用手捂住了胸口。

“阿希礼死了!”贝蒂帕特尖叫了一声，头往后一仰，两臂无力地垂下了。

“哦，天哪!”斯佳丽哭喊道，浑身的血液顿时变得冰凉。

“不是的！不是的!”梅兰妮大声说，“快！她的嗅盐，斯佳丽！那儿，那儿，亲爱的，你觉得好点儿了吗？深呼吸。不，那不是阿希礼的信。我让你们受惊吓了，真抱歉。我哭是因为我太高兴了。”她突然张开紧握的手掌，把手心里的什么东西递到唇边亲吻着。“我太高兴了。”她说着又泪如泉涌。

斯佳丽迅速瞥了一眼，看见那是一枚宽大的金戒指。

“读来听听，”梅兰妮指了指地板上的信，说道，“哦，他是个多么温柔，多么善良的人啊。”

斯佳丽困惑不解地捡起唯一的一张信纸，上面用黑墨水粗体字写道：“南部邦联也许需要男儿们生命的热血，可它还不需要女人淌在心里的血。另外，亲爱的夫人，我佩服你的勇气所以赎回了这枚戒指，你千万不要以为你的牺牲白费了，因为这枚戒指是以十倍于它的价值赎回来的。瑞特船长。”梅兰妮把戒指套在手指上，深情地看着它。

“我跟你们说过他是位绅士，不是吗?”她说着转向贝蒂帕特，她淌满泪水的脸上闪着灿烂的笑容，“除了高尚体贴的绅士以外没有人会想到我有多伤心——我要把金链子捐去，以代替我的戒指。贝蒂帕特姑妈，你一定要给他写个便条，邀请他周末来吃饭．我好当面谢谢他。”

在这场激动中，好像别人谁也没想到巴特勒船长并没有把斯佳丽的戒指一并赎回。可是她想到了，十分愤怒。而且她知道并不是巴特勒船长的高尚品格促使他做出如此豪爽的事情来，而是他想被邀请到贝蒂帕特家里来，并且很清楚怎样才能如愿以偿。

“听说你最近的行为我感到万分不安。”艾伦在信的开头这样说，斯佳丽坐在桌旁皱起眉头读着它。坏消息当然传播得很快。她过去在查尔斯顿和萨凡纳经常听说亚特兰大人比南方其他任何地方的人都爱管别人的闲事，现在她相信了。义卖会是星期一晚上举办的，今天才星期四。是哪个老东西这么自告奋勇写信告诉了艾伦？有一刻她怀疑是贝蒂帕特，可她很快抛弃了这个想法。可怜的贝蒂帕特由于害怕因斯佳丽的荒唐行为而受到责备，两只脚正在那双小三号的鞋子里瑟瑟发抖，她绝不会向艾伦检举自己是个不称职的监护人的。可能是梅里韦瑟太太。

“我真难以置信你竟能如此忘乎所以，忘了你的修养。我可以宽恕你在服丧期出现在公开场合的不当行为，也理解你为了医院的一片热忱。可是去跳舞，跟一个巴特勒船长那样的男人！我经常听人说起他（有谁不是呢?）。波林上星期才给我写过信，说他是个坏名声的男人，甚至查尔斯顿他自己的家人也不愿意接纳他，当然除了他那伤透了心的母亲以外。他是个十足的坏蛋，会利用你的年轻和无知，让你引人注目，当众让你和你的家庭出丑。贝蒂帕特小姐怎么能如此忽略她对你的职责?”

斯佳丽看着桌子那头的姑妈。老妇人已认出了艾伦的笔迹，她那扁扁的小嘴巴惊恐地紧紧抿着，像一个孩子害怕受到责备，想以眼泪来逃避似的。

“一想到你这么快就忘了教养，我的心都碎了。我原想立即把你召回来，可那会让你父亲起疑心。星期五他将去亚特兰大和巴特勒船长会面，然后接你回家。我恐怕他不顾我的请求会对你很严厉。我希望并祈祷只是因为年轻和缺乏思考才使你做出如此荒唐的行为。没有人比我更想为伟大事业做贡献了，我希望自己的女儿也这样想，可遗憾的是——”

还有很多这样的字眼，可斯佳丽没有读完它。平生第一次，她彻底感到害怕了。现在她没有觉得满不在乎或目中无人。她觉得自己像个犯了错误的年幼小孩，就像十岁那年在饭桌上朝苏伦掷了一块抹上黄油的饼干一样。试想一下，她那温柔的母亲这么严厉地责备了她，还有父亲就要来城里和巴特勒船长面谈。她知道问题严重了。杰拉尔德要对她严厉了。她知道这次可不能坐在他膝盖上撒娇以逃脱惩罚了。

“不是——不是什么坏消息吧?”贝蒂帕特颤抖着问道。

“爸爸明天要来，他会像鸭子抓住六月的小爬虫那样教训我的。”斯佳丽忧伤地回答。

“普里西，快找我的嗅盐。”贝蒂帕特烦躁不安地说，从吃了一半的餐桌旁推开椅子，“我——我觉得快要晕倒了。”

“嗅盐在你的衣袋里。”普里西说，她一直在斯佳丽身后磨蹭，欣赏这精彩的场面。杰拉尔德先生发起脾气来总是很有趣，只要不是发在她头上。贝蒂帕特从裙袋里摸出嗅盐瓶，放到鼻子前。

“你们必须都站在我身旁，别把我和他单独留下，一分钟也不行。”斯佳丽哭着说，“他很喜欢你们俩，只要你们跟我在一起，他就不会朝我大发脾气了。”

“我办不到。”贝蒂帕特说着站起身来，“我——我觉得不舒服，得赶紧躺下，明天一天我都要躺着。你们千万要向他转达我的歉意。”

“胆小鬼！”斯佳丽愤怒地瞪着她，心里想道。

梅兰妮出来支持她，尽管一想到要面对火爆脾气的奥哈拉先生就已吓得面色苍白：“我会——我会帮你解释，说你那么做都是为了医院。他肯定能理解。”

“不，他不会的。”斯佳丽说，“而且，哦，如果像妈妈威胁的那样必须让我这样不光彩地返回塔拉，那我还不如死了好。”

“哦，你不能回家，”贝蒂帕特哭着说，泪如泉涌，“如果你那样做，我就不得不——是的，不得不请亨利和我们住在一起，你知道我跟亨利是处不到一块儿的。晚上只跟梅兰妮待在这房子里我总是很紧张，城里有那么多陌生男人。你那么勇敢，只要你在，这儿没有一个男人我也不在乎！”

“哦，他不能带你回塔拉！”梅兰妮说，看上去好像立刻就要哭出来了似的，“现在这是你的家了。没有你我们怎么能过下去?”

“要是你知道我心里是怎么看待你的话，就会为我走开而高兴了。”斯佳丽怀有敌意地想，希望是其他什么人而不是梅兰妮来帮她消除杰拉尔德的怒气。受你十分厌恶的人保护真是一件让人头疼的事。

“也许我们应该取消对巴特勒船长的邀请——”贝蒂帕特开口道。

“哦，我们不能这么做！那简直无礼之至！”梅兰妮焦急地大声说。

“扶我上床。我要病了。”贝蒂帕特呻吟着，“哦，斯佳丽，你怎么能给我闯下这样的祸啊?”

第二天下午杰拉尔德到达时贝蒂帕特因病躺在床上。她从紧闭的屋门后面好几次传话表示歉意，留下两个心惊胆战的姑娘在晚饭桌上张罗。杰拉尔德虽然吻了斯佳丽，赞许地拧了拧梅兰妮的脸蛋，还称她作“梅兰妮姑娘”，可他不祥地一言不发。斯佳丽心里很难受，觉得还不如他大喊大叫地咒骂一通来得痛快。梅兰妮坚守诺言，像影子似的寸步不离斯佳丽，而杰拉尔德又是一位那么讲究的绅士，不好意思在她面前责备自己的女儿。斯佳丽不得不承认梅兰妮把事情处理得很好，好像她压根儿就不知道有什么过错似的，而且一开始吃晚饭就巧妙地使杰拉尔德打开了话匣子。

“我想知道郡里所有的事，”梅兰妮喜洋洋地说，“英迪亚和霍妮都不爱写信，我知道你了解那儿发生的每一件事。还得跟我们说说乔·芳汀的婚礼。”

杰拉尔德听到这些奉承话很是受用，于是就说那场婚礼很冷清，“不像你们两个姑娘的婚礼那么热闹。”因为乔只有几天的假期。芒罗家的小姑娘萨丽看上去非常可爱。不，他想不起来她穿的是什么衣服可他确实听说她没有“二朝”服。

“竟然没有‘二朝’服！”两个姑娘失声叫道，很是震惊。

“是的，因为她根本就没有什么‘二朝’。”杰拉尔德一面解释一面径自哈哈大笑，没有意识到这些话可能不适合讲给女士们听。听见他的笑声，斯佳丽的精神振作起来，她心里十分感激梅兰妮的机智。

“乔第二天就返回了弗吉尼亚，”杰拉尔德迅速补充道，“婚礼过后没有四处拜访，也没有举行舞会。塔尔顿孪生兄弟都在家。”

“我们听说了。他们康复了没有？”。

“他们的伤势并不严重。斯图兰特膝盖受伤，布伦特肩膀上中了一颗来福枪弹。他俩的英勇行为已经载在官方的战报上了，你们看到没有？”

“没有！快告诉我们！”

“他俩都很轻率。我相信他们体内一定有爱尔兰血统。”杰拉尔德得意地说。

“我不记得他们都做了什么，不过布伦特现在已经是中尉了。”

斯佳丽听说他们的功勋，感到很高兴，仿佛这功绩也有她的一份似的。一个男人一旦做过她的情人，她就永远坚信他属于她，他的所有光荣事迹都为她增添了荣耀。

“我还有一条消息，你俩肯定都爱听。”杰拉尔德说，“人们都说斯图兰特又要到十二橡树求婚了。”

“是霍妮还是英迪亚？”梅兰妮急切地问，这时斯佳丽几乎是气恼地瞪大了眼睛。

“哦，当然是英迪亚小姐。要不是我家这个丫头一直朝他挤眉弄眼，她不早就抓住他了吗？”

“哦。”梅兰妮说，为杰拉尔德的口无遮拦感到有点儿窘迫。

“这还不算，小布伦特现在也常到塔拉来纠缠了！”

斯佳丽说不出话来。她的情人这么负心，简直是对她的侮辱。特别是当她回想起她告诉双胞胎兄弟自己就要与查尔斯结婚时，他们有多疯狂。斯图兰特甚至威胁说他要用枪射死查尔斯或斯佳丽或他自己，抑或三个人同归于尽。那时候真是太让人激动了。

“是为了苏伦吗?”梅兰妮问道，绽出一个欣慰的微笑，“可我一直以为肯尼迪先生——”

“哦，他?”杰拉尔德说，“弗兰克·肯尼迪仍然是模棱两可，害怕自己的影子，他要再不说明白我就去问他的意图到底是什么了。不，是我的小女儿。”

“卡洛琳?”

“她还是个孩子!”斯佳丽尖刻地说，终于能指挥动自己的舌头了。

“小姐，她只比你结婚的时候小一岁。”杰拉尔德反驳道，“你难道嫉妒你的旧情人追求你的亲妹妹?”

梅兰妮脸红了，不习惯这种直白的谈话方式，便示意彼得把红薯饼端上来。她苦思冥想想找出一个话题，既不涉及私人生活，又可以使奥哈拉先生分散注意力，忘记此行的目的。她什么也想不出来，可是杰拉尔德一旦打开话匣子，只要有一个听众，就可以滔滔不绝地说下去。他谈到军需部门所要的东西逐月增加，简直像土匪一样，谈到杰斐逊·戴维斯既奸诈又愚蠢，还谈到爱尔兰人的无耻，为了几个赏钱就投奔北方佬。

酒摆上桌时，两个姑娘站起身想离开他，杰拉尔德从紧皱的眉头下严厉地瞪了女儿一眼，要求她单独留下来几分钟。斯佳丽绝望地看了梅兰妮一眼，梅兰妮无奈地绞着手中的手帕走了出去，轻轻地把门拉上了。

“现在怎么样，小姐!”杰拉尔德给自己斟了一杯葡萄酒，咆哮道，“瞧你干的好事!你是想在新寡时就拼命再抓住一个丈夫吗?”

“别那么大声儿，爸爸，用人们——”

“他们已经知道了，肯定的，而且人人都知道了我们的丢脸事儿。你那可怜的妈妈已经为此卧病在床，我也抬不起头来。太丢人了。不，孩子，这次你别想用眼泪来打动我。”他迅速说道，当斯佳丽眨巴着眼皮，嘴巴噘了起来时，他的声音里带了些惊慌，“我了解你。你就是在你丈夫的灵床前也会跟别人调情的。别哭了。算了，今天晚上我不多说什么了，因为我还得去见见巴特勒船长，是他毁了我女儿的名声。不过早上——现在，别哭了。这对你一点儿益处也没有，一点儿也没有。这次我很坚决，明天就把你带回塔拉，免得你再给我们全家丢脸。不要哭了，宝贝。瞧瞧我给你带来了什么!难道不是一件可爱的礼物吗?看呀，看!你怎么能给我惹来这么大的麻烦，让我大老远地赶来这儿，你不知道我现在很忙吗?别哭了!”

梅兰妮和贝蒂帕特几小时前就睡了，可斯佳丽却清醒地躺在温暖的黑暗中。

她的心沉重而又恐惧。在生活刚刚重新开始时就离开亚特兰大返回塔拉面对艾伦！她宁死也不愿面对母亲。这一刻她希望自己死了，那么人人都会难过，后悔自己太可恨了。她在热烘烘的枕头上辗转反侧直到一个声音从静悄悄的街道上传进她的耳膜。那是一种既奇怪又熟悉的声音，虽然很模糊很微弱。她溜下床来到窗前。绿树成荫的街道在朦胧的星光下一片幽暗。那响声近了，是车轮的辘辘声、马蹄的嘚嘚声和人声。突然她咧嘴笑了，听见带有浓重的爱尔兰土腔和醉意的声音传来，高声唱着《低靠背车上的假腿人》，这个她熟悉。今天不是琼斯博罗的审判日，可是杰拉尔德却带着看完审判的样子回来了。

她看见一辆双轮轻便马车的黑影停在房子前，几个模糊的人影下了车。有人跟他在一起。两个人影停在大门口，她听见门闩咔嗒一声，随即，杰拉尔德的声音清晰地传来。

“现在我要给你唱《写给罗伯特·艾米特的挽歌》。这首歌你该知道吧，我的小伙子。让我教你唱吧。”

“我很乐意学，”他的同伴回答道，那慢吞吞的平淡的声音中隐含着笑意，“但不是现在，奥哈拉先生。”

“哦，天哪，原来是那个可恨的家伙巴特勒！”斯佳丽想道，起先很愤怒。接着她放下心来。至少他们没有互相朝对方射子弹。他们一定是关系很好了，所以才会在这个时候这副样子一块儿回家来。

“我想唱，你就得听，否则我开枪打死你这个奥兰治人。”

“不是奥兰治人——是查尔斯顿人。”

“那也没什么了不起的。甚至更糟。我有两个小姨子就住在查尔斯顿，我知道的。”

“他是打算让所有的邻居都听见吗？”斯佳丽惊惶失措地想道，伸手去拿晨衣。可她能做什么？总不能在深夜这个时候跑下楼梯从大街上把她父亲拖回来吧。

没有更进一步的预示，杰拉尔德靠在大门上，昂起头咆哮着大声开始唱《写给罗伯特·艾米特的挽歌》。斯佳丽双肘支在窗槛上听着，不乐意地咧了咧嘴。这本来是一首美丽的曲子，可惜她父亲唱歌光走调。这是她最喜爱的歌曲之一，有一会儿，她伴唱着那哀伤的歌词的开头两句：

“她远离她年轻的英雄长眠的地方，
恋人们围绕着她叹息。”

歌声仍在继续，她听见贝蒂帕特和梅兰妮的房间里有了动静。可怜的人儿，她们肯定会难过的。她们不习惯像杰拉尔德这样血气方刚的异性。歌曲唱完后，两个人影搂成一团，沿着小径走上台阶。门上响起了轻轻的敲门声。

“我看我必须下去，”斯佳丽想道，“毕竟他是我父亲，可怜的贝蒂是死也不肯下去的。”而且，她不想让用人们看见杰拉尔德这副样子。如果彼得竭力想让他躺在床上，他也许会胡搅蛮缠。只有波克知道该怎么对付他。

她用披肩紧紧裹住脖子，点着床头的蜡烛，急忙沿着黑暗的楼梯下到前厅。把蜡烛插在烛台上，她打开门，在摇曳的烛光中，她看见瑞特毫不气恼地扶着她那矮小、健壮的父亲。《写给罗伯特·艾米特的挽歌》显然是杰拉尔德的天鹅之歌，因为他已经老老实实地倒在同伴的臂弯里了。他的帽子不见了，他那长长的卷发乱成白马鬃似的一团，他的领结歪到一只耳朵下，衬衫胸口上满是酒迹和污渍。

“我相信他就是你父亲吧?”巴特勒船长说，黝黑的脸上双眼带着有趣的神情。他一眼就看出她衣冠不整，仿佛一直看到了她的晨褛里面。

“把他带进来。”她简短地说，为自己衣冠不整尴尬，为杰拉尔德把她抛入这种让这个男人嗤笑的境地而愤怒。

瑞特向前推着杰拉尔德：“我可以帮你把他扶上楼吗?你扶不动他。他很重的。”

他提出这么放肆的建议把她吓得张大了嘴巴。试想一下如果巴特勒船长上楼去，蜷缩在床上的贝蒂帕特和梅兰妮会怎么想!

“看在上帝的份上，不用了!放在这儿，放在客厅的沙发上。”

“你是说妇殉夫葬?”

“拜托你说话文明点儿。这儿。现在扶他躺下。”

“我可以为他脱鞋吗?”

“不。以前他都是穿着鞋睡觉。”

她简直想咬掉自己的舌头，又说漏了嘴，因为他跨过杰拉尔德的双腿时轻轻地笑了。

“现在，请你走吧。”

他走出屋子，走到昏暗的穿堂，拾起刚才扔到门槛上的帽子。

“星期日午餐时再会。”他说完走了出去，悄无声息地关上了身后的门。

斯佳丽五点半就起床了，在用人们从后院进来准备早饭以前，溜下楼梯来到安静的楼下客厅里。杰拉尔德醒着躺在沙发上，双手捧着圆圆的脑袋，仿佛想用两掌将它挤碎似的。她进来时他偷偷地抬起头来。移动眼睛的疼痛那么剧烈，简直让他受不了，他禁不住呻吟起来。

“哎哟哟!”

“你的行为妙极了，爸爸。”她愤怒地小声开口说道，“在那个时候回家，还唱歌吵醒了所有的邻居。”

“我唱歌了?”

“唱了！你唱《写给罗伯特·艾米特的挽歌》，唱得四壁都起回音呢。”

“我什么也记不起来了。”

“邻居们到死也不会忘记的，还有贝蒂帕特和梅兰妮。”

“老天啊!”杰拉尔德呻吟着说，伸出舌头厚重地舔了舔干裂的嘴唇，“游戏一开始我就把什么都忘了。”

“游戏?”

“那个花花公子巴特勒吹嘘说他是最好的玩牌高手——”

“你输了多少?”

“什么呀，自然是我赢了。喝一两杯有助于我赢牌。”

“瞧瞧您的钱包。”

仿佛每一个动作都很痛苦似的，杰拉尔德从上衣口袋掏出钱包打开来。钱包是空的，他可怜巴巴地困惑不解地瞪着它。

“五百美元，”他说，“这钱是用来从走私商那儿为奥哈拉太太买东西的，现在留下来的甚至都不够回塔拉。”

当她生气地看着空空如也的钱包时，一个念头在斯佳丽脑海中形成了，并迅速成熟。

“在这个城市里我抬不起头来了。”她开口说，“您让我们都丢尽了脸面。”

“住嘴，丫头。你看不见我的脑袋都快炸裂了吗?”

“醉醺醺地跟一个像巴特勒船长那样的男人一块回家来，扯着喉咙唱歌，人人都能听见，而且还输掉了所有的钱。”

“那个家伙牌术太高明了，简直不像个绅士。他——”

“妈妈要是听说了会怎么说呢?”

他突然露出痛苦的表情，抬起头来。

“你一个字也不要告诉你母亲，她会难过的，知道吗?”

斯佳丽一声不吭，但撇了撇嘴角。

“现在想一想她会受到怎样的伤害，她是那么柔弱。”

“那么想一想，爸爸，就在昨晚上您还说过我让全家丢了脸！我，只是用我舞姿为士兵们募钱而已。哦，我真想哭。”

“好了，不要哭，”杰拉尔德乞求道，“我可怜的脑瓜再也忍受不了啦，它现在就要炸开了，真的。”

“您还说过我——”

“行了，行了，住嘴吧，别说了，不要为你可怜的父亲所说的话而伤心，他没什么别的意思，而且什么也不懂！真的，你是一个心地善良的好姑娘，我确信。”

“还想把我带回家，叫我丢人现眼。”

“啊，亲爱的，我不会那样做的。只是逗逗你而已。你不要跟你母亲提那笔钱，好吗？家里的开支已经让她焦头烂额了。”

“不，”斯佳丽坦率地说，“我不会说的，只要你让我待在这儿，只要你告诉妈妈除了一群老东西在饶舌以外什么事也没有。”

杰拉尔德悲哀地看着自己的女儿。

“这简直是敲诈。”

“昨天晚上简直是丑闻。”

“好了，”他讨好地说，“我们忘记这一切吧，你认为像贝蒂帕特小姐这样可爱的妇人家里会不会备着白兰地？解酒还得靠酒啊——”

斯佳丽转过身踮着脚尖穿过静悄悄的大厅进餐室拿白兰地，她和梅兰妮私下把装白兰地的瓶子叫作“治晕酒瓶”，因为贝蒂帕特总得抿上一口，当她激烈的心跳让她犯晕时——或者好像要晕时。成功写在她脸上，对于自己如此不孝地对待杰拉尔德丝毫不觉得羞愧。现在即使还有多嘴多舌的人再给艾伦写信，她也可以从谎言中得到宽慰了。现在她可以待在亚特兰大了。现在她几乎可以高兴做什么就做什么，贝蒂帕特是个弱女子，她尽可以为所欲为。她打开酒柜，把酒瓶和酒杯抱在胸前站了一会儿。

她仿佛看见自己在水声潺潺的桃树溪畔野餐，在石头山举行烤肉野宴的情形，还有招待会，舞会，坐马车兜风以及星期日晚上在小店吃晚餐。她将会在那儿，成为其核心，成为一群男人围绕的中心。男人们那么容易就陷入爱河，只要你在医院里为他们稍稍做点儿什么就行了。现在她不那么反感医院了。男人们生病的时候很容易动情。他们会落入一个聪明姑娘的手心，就像在塔拉，当树木被轻轻摇动时，熟透的桃子就会掉下来一样。

她拿着那瓶提神的液体返回父亲身边，感谢上帝，著名的奥哈拉家族的头脑没能抵挡住昨夜的搏斗，突然她想道瑞特是否与这事儿有关呢。

第十一章

接下来那个星期的一天下午，斯佳丽疲惫而愤怒地从医院回到家里。站了一整个上午她累了，而且当她为一个手臂受伤的伤员套衣服时，梅里韦瑟太太严厉地批评她不该坐到士兵的床上，这让她十分恼火。贝蒂姑妈和梅兰妮已戴上最好的帽子，和韦德、普里西一块儿站在门廊里，准备到亲朋好友家进行每周一次的拜访。斯佳丽表示不愿奉陪，然后就上楼来到自己房间里。

马车车轮最后的声音消失后，她知道这个家已经很安全地在她们的视野之外了，她悄悄溜到梅兰妮房间门口，扭动钥匙。这是一间整洁的小闺房，安静而温暖地沐浴在下午四点斜照的阳光里。除了几块地毯外，光滑的地板上空空荡荡，雪白的四壁只有一个角落被梅兰妮作为神龛装饰了起来。

这儿，在一面南部邦联的旗帜下面，悬挂着梅兰妮的父亲在墨西哥战争中用过的那把金柄军刀，也是查尔斯出去打仗时佩带过的。查尔斯的肩带和插手枪的腰带也挂在那儿，枪袋里还插着他的左轮手枪。在军刀和手枪之间是查尔斯本人的一张银版相片，他身穿笔挺的灰军装英姿飒爽地站着，一双褐色的大眼睛神采奕奕，嘴唇上还挂着一丝羞怯的笑。

斯佳丽一眼也没看那照片，便毫不迟疑地奔到那张小巧的床前，把手伸向床头柜上的一个四方黄檀木信匣。她从匣子里取出一叠用蓝丝带扎着的信件，那是阿希礼亲手写给梅兰妮的。最上边的那封是当天上午才收到的，她打开了这封。

起初斯佳丽偷看这些信时，还感到良心上很不安，也生怕被发觉，以至于金身抖得几乎打不开信封。可后来干的次数多了，那本来就不怎么在乎的荣誉感以及怕被人发现的顾虑也就渐渐消失了。偶尔，她也会心一沉，想道："要是妈妈知道了，她会怎么说呢?"她知道艾伦宁可她死也不愿她做出如此卑鄙的事来。起初，这种念头困扰着斯佳丽，因为她仍然想在各个方面都学母亲的样，受人尊敬。但是偷看这些信的欲望太强烈了，她只得将艾伦的想法抛到了脑后。这些天她变得习惯将不快的想法抛开。她学会了说，"现在我不想这个或那个令人烦恼的事了。我明天再想。"一般情况下，等到明天到来的时候，那些麻烦要么根本就没想起来，要么由于推迟而显得不那么棘手了。所以，偷看阿希礼的信件这件事也就不再是她良心上的负担了。

梅兰妮对于这些信总是很慷慨，将其中的某些段落大声朗读给贝蒂姑妈和斯佳丽听，但是她没有读出来的那部分让斯佳丽放心不下，并促使她去偷看。她必须弄清楚自从结婚以来阿希礼是否已对他的妻子产生了爱意。她必须弄清楚他是否是在假装爱她。他有没有给她写些温柔亲昵的话？他表达了怎样的感情，又是以怎样热烈的方式表达的？

她小心翼翼地展开信纸。

阿希礼娟秀匀称的字迹跃入她的眼帘，开头的称呼是“我亲爱的妻子”，斯佳丽松了一口气。他还没有称梅兰妮“亲爱的”或“心肝儿”。

“我亲爱的妻子，你写信来说你很忧虑，唯恐我向你隐瞒了真实思想，而且你问我这些天来占据我脑海的是什么——”

“天哪！”斯佳丽想道，感到一阵愧疚，“‘隐瞒他的真实想法’，难道梅兰妮已读透了他的心思？还有我的心思？她是不是怀疑我和他——”

她双手因害怕颤抖着，把信凑得更近些，可当她读到第二段时，就松了一口气。

“亲爱的妻子，假如我对你隐瞒了什么，那是因为我不想让你的肩膀上压上任何负担。可是我什么事也瞒不过你，因为你太了解我了。不要为我担心害怕。我没有受伤，也没有生病。我吃得很饱，偶然还有床可睡。一个士兵不能有更多的要求了。不过，梅兰妮，沉重的思绪压在我心头，我将向你敞开心扉。

“这些夏夜我眼睁睁地躺在那儿，营队其他人早已入睡，我抬头看着星星，一遍又一遍地想，‘你为什么会在这儿，阿希礼·威尔克斯？你在为什么而战？’

“当然不是为了名誉和光荣。战争是一宗肮脏的交易，而我不喜欢肮脏。我不是士兵，没有想冒险到炮口里去寻求虚幻的名声。但是，现在我已经在这儿打仗了——我只是个天生的好学乡绅而已。因为，梅兰妮，军号不能激起我的热血，战鼓也不能推动我的脚步，我清楚地看到我们已经被骗了，被我们狂妄的南方人的自私欺骗了，相信我们中一个人就能打倒一打北方佬，相信棉花王国将会统治整个世界。也被那些我们尊敬和崇拜的高高在上的人的空谈、花言巧语、偏见和仇恨欺骗了——棉花王国，奴隶制，州权，该死的北方佬。

“因此当我躺在毯子上，抬头望着星空，自问‘你为什么而战？’时，我想起了州权、棉花、黑奴和我们生来就憎恨的北方佬，我知道这些都不是我之所以要打仗的原因。相反，我看见了十二橡树，想起月光怎样从那些白柱子中间斜照过来，山茱萸花在月光下飘然若仙地盛开着，茂密的蔷薇藤爬满前廊，使得即使是在炎热的中午，那儿也荫凉一片。我还看见妈妈在那儿做针线活，就像我小时候那样。我听见黑奴黄昏时越过田野回家来。筋疲力尽，唱着小曲儿，准备吃晚饭，我听见吊桶下井打水时辘轳吱吱嘎嘎的响声。从大路到河边，中间是一片宽阔的棉田，黄昏时夜雾从低洼处升起，渐渐笼罩了周围的一切。这就是我为什么会在这儿，我不爱什么牺牲、苦难和荣耀，也不恨任何人。也许那就是所谓的爱国之心，就是爱国爱家。可是，梅兰妮，问题还有更深一层的意义。因为，梅兰妮，我所命名的这些东西只是我冒着生命危险寻求的那个目标的象征，是我所热爱的那种生活的象征。因为我在为逝去的岁月而战，为我那么热爱的生活方式而战，可我害怕，它已永远地消失了，无论死亡可能如何降临。因为，无论胜败与否，我们都输了。

“如果我们打赢了这场战争，拥有了梦想中的棉花王国，我们仍然输了，因为我们将变成一个截然不同的民族，古老安静的生活方式将会远去。全世界都挤在我们的门口要棉花，我们可以开出自己的价格。于是，我害怕，我们会变得像北方佬那样，热衷于赚钱活动，贪得无厌，唯利是图，这些正是现在我们所鄙视的。如果我们输了，梅兰妮，如果我们输了！

“我不害怕危险、被俘、受伤，甚至当死亡不可避免时我也不会畏惧，可我害怕战争一旦结束，我们再也回不到旧时光。我属于那些旧时光。我不属于这个疯狂厮杀的现在，我害怕自己不能适应任何未来，尽管我也会尽力。你也不会，亲爱的，因为你和我是同一血统。我不知道将来会带给我们什么，可它绝不会像过去那样美。我躺着，看着身旁熟睡的小伙子们，心里想塔尔顿孪生兄弟，阿历克斯和肯德是否也在想同样的问题。我想他们是否知道他们在为之战斗的伟大事业在战火燃起的那一刻就已经输了，因为我们的事业事实上就是我们自己的生活方式，而它已经离我们而去了。不过我想他们不会想这些东西，他们太懒了。

“当我向你求婚的时候，我没有为我们考虑到这一点。我曾想生活会在十二橡树以它惯常的方式前行，和平、轻松、一成不变。我们是相似的，梅兰妮，同样热爱安静的环境，我曾看到我们面前是一条长长的风平浪静的岁月河流，我们在其中读书、听音乐、梦想。可是没想到会像今天这样！从来没想到！没想到我们会碰到这种局面，这种旧的生活方式的毁灭，这种血腥的屠杀和仇恨！梅兰妮，无论什么也不如它重要——州权也好，奴隶也好，棉花也好，什么也抵不上正发生和将要发生在我们身上的灾难，因为，如果北方佬打垮了我们，前景将是不堪设想的。而且，我亲爱的，他们迟早会打败我们的。

“我真不该写这些话。我甚至想都不该想。可你问我心底里在想些什么，它在想失败的恐惧。你还记得那年烤肉野宴吗？在我们宣布订婚那天，一个叫巴特勒的查尔斯顿人所说的一番关于南方人无知的话几乎引起了一场打斗。你还记得塔尔顿孪生兄弟想一枪打死他，因为他说我们几乎没有钢铁铸造厂和加工厂，没有纺织厂和轮船，也没有兵工厂和机器制造厂？你还记得他说北方佬的舰队将把我们封锁得严严实实，使得我们的棉花运不出去？他是对的。我们用革命战争时代的毛瑟枪和北方佬的新式来复枪对打，而且用不了多久封锁就会愈来愈紧。甚至连医疗补给都溜不进来。我们应当重视像巴特勒那样见多识广的人，而不是感觉良好的本州人——还善于夸夸其谈。他实际上就是说，南方除了棉花和傲慢没有什么打仗的本钱。我们的棉花一文不值，剩下的只有被他称作傲慢的东西了。可我敢说傲慢与勇气简直不可比。假如——”

但是斯佳丽没读完它就叠起了信纸，把它塞进信封。她厌倦得一点儿也不想读下去了。另外，信的语调隐隐地让她沮丧，竟然愚蠢地谈什么失败。毕竟，她不是要从梅兰妮的这些信件中了解阿希礼那令人费解而又枯燥无味的思想。这些思想，过去他坐在塔拉的长廊上也跟她讲过了不知多少次了。

她想知道的只是他是否给他妻子写了些情意绵绵的信。他远远没有。她看了信匣里的每一封信，哪一封上也没有什么哥哥不能对妹妹说的话。它们充满感情，幽默而又随意，可绝不是情书。斯佳丽自己曾收到过那么多热烈的情书，一眼就能看出来那种感情的调子。可这些信中没有那种调子。像往常她偷看完这些信时一样，一种称心如意的感觉包围了她，因为她确信阿希礼仍旧爱着她。她总是轻蔑地想梅兰妮为什么就不明白阿希礼只把她当作朋友来爱。梅兰妮在她丈夫的信里显然没发现任何漏洞，可梅兰妮从没有得到其他男人的求爱信，可以拿来与阿希礼的信相比较。

“他竟写出这样糊涂的信！”斯佳丽想道，“要是我的丈夫给我写这种无聊的废话，看我怎么教训他！怎么，连查利所写的都比这些好。”

她揭开那些信的边缘，看了看日期，记住了内容。其中没发现像达西·米德写给父母或可怜的达拉斯·麦克卢尔写给他的老姐妹费思小姐和霍普小姐的信中那内容。米德家和麦克卢尔家的人总是在左邻右舍间骄傲地朗读这些信，斯佳丽曾时常感到一种秘密的羞愧，梅兰妮从来没有收到阿希礼这样的信，可以在缝纫会里大声朗读。

仿佛给梅兰妮写信时，阿希礼竭力忽视战争，并设法在他们俩周围画一个没有时间性的魔圈，把自从萨姆特要塞事件以来所发生的一切都统统排除在外。仿佛他甚至是在设想根本就没战争这回事。他写到他和梅兰妮所读过的书，所唱过的歌，他们所认识的老朋友和他在旅游中所到过的地方。这些信中都流露出一种想回到十二橡树的渴望心情，他一页又一页地写狩猎，写秋天朦胧的星光下在幽静的林中小道上骑马漫游，写烤肉野宴和炸鱼宴，写万籁无声的月夜和那幢古老的住宅宁静的美。

她想起她刚才在信中读到的他的话："没想到会像今天这样！从来没想到！"它们仿佛是当他面对他不能面对而又不得不面对的事物时发出的呼叫。让她困惑的是，既然他不害怕受伤和死亡，那他害怕什么呢？她那从不善于分析的头脑与这个复杂的念头斗争着。

"战争让他不安，他——他不喜欢让他不安的东西……我，比如……他爱我，但他害怕娶我，因为——因为害怕我会打乱他的思维方式和生活方式。不，这并不是他真正害怕的。阿希礼不是胆小鬼。他受到了战报的表扬，斯隆上校还特地给梅兰妮写来一封信，说他带队冲锋表现得多么英勇。一旦他下定决心做什么，没有人能比他更勇敢，更坚定，可是——他活在自己的头脑里，而不是外部的世界中，他极不愿意走出来面对现实，而且——哦，我不知道那是什么！如果我几年前就理解了这件事，我知道他肯定已经娶了我。"

她把信贴在胸口好一会儿，满怀渴望地想着阿希礼。她对他的感情从第一次迷恋上他那天起就从来没有改变过。她十四岁那一天，站在塔拉的长廊上，看见阿希礼面带笑容骑马走来，金色的头发在霞光中闪闪发亮，让她激动得说不出话来。她的爱情仍然是一个年轻姑娘对自己不能理解的男人的仰慕，这个男人具有她所不具备但又崇拜的所有品质。他仍然是一个年轻姑娘关于完美无缺的骑士的梦想，她的梦想除了获得他的爱情外没有更多的要求，除了希望得到一个吻以外没有更多的内容。

读过这些信后，她确信他爱她，斯佳丽，虽然他娶了梅兰妮，那几乎真是她渴望得到的一切。她仍然那么年轻，那么纯洁无瑕。要不是查尔斯那拙劣的动作和局促不安的亲昵拨动了她内心深处情欲的浪潮，她对阿希礼的梦想绝不会终结在一个吻上。可是偶尔那几个月夜和查尔斯单独相处并没有触动她的感情，也没有使她走向成熟。查尔斯没有激起任何可能是情欲的思绪，或者温存，或者肉体和精神的真正结合。

情欲对她只意味着屈从男性那不可理解的狂热，那是女性分享不到乐趣的一种痛苦而尴尬的举动，它将不可避免地导致更加痛苦的分娩程序。婚姻应该是这样子的，她一点儿也不觉得吃惊。艾伦在婚前就暗示过婚姻是女人必须满怀庄严和坚决忍受的事情，她孀居以来别的少妇的窃窃私语也证实了这一点。斯佳丽很高兴自己已摆脱了情欲和婚姻。

她摆脱了婚姻，可并没有摆脱爱情，因为她对阿希礼的爱情是与众不同的，它与情欲或婚姻无关，那是神圣的，绝美的。这种感情在她漫长的被迫沉寂的日子里稳稳地滋长着，不时地记忆和希望又促进了它的增长。

她叹了口气，仔细用缎带重新捆扎好信件，心里第一千次地想阿希礼身上究竟是什么东西让她百思不得其解。她竭力把这事归结到一些令人满意的答案上，然而，像通常那样，这答案躲避了她那简单的头脑。她把信放回匣子里，合上了盖子。接着她皱起了眉头，因为她的思绪回到她刚才读到的信的最后。他提到了巴特勒船长。阿希礼居然对那个流氓一年前所说的话还印象深刻，多么奇怪！无可否认，巴特勒船长是个流氓，尽管他舞跳得很美妙。除了流氓没有人会在义卖会上那样说南部邦联。

她穿过房间来到镜子前，得意地梳着她那光滑的头发。像往常那样，一看到自己雪白的肌肤和向上斜挑的绿眼睛，她的情绪又高涨了，微笑着以显露出自己的酒窝。接着她就把巴特勒船长抛到了九霄云外，快乐地欣赏着自己的倩影，想着阿希札以前是多么喜欢她的酒窝。至于爱着另一个女人的丈夫，偷看那女人的信件，并没有引起她良心的谴责，因而也就不会妨碍她欣赏自己的青春魅力和再次确信阿希礼对她的爱。

她打开门，心情愉快地走下昏暗的螺旋楼梯。走到半路她开始唱起《当这场残酷的战争结束时》。

第十二章

战争仍在继续，大多数都很成功，不过人们已经不再说“再打一场胜仗战争就会结束”这样的话了，就像他们停止说北方佬是胆小鬼一样。北方佬远远不是胆小鬼，仅仅一场胜利绝不会打垮他们，现在这一点对所有的人都很明显。然而，在摩根将军和福霍斯特将军的指挥下，南部邦联军队在田纳西州的几次胜仗，以及第二次布尔溪战役的胜利，都是狠狠揍了北方佬的明证，还是可以得意一番的。虽然这些胜利都付出了重大代价。亚特兰大的医院和各家各户挤满了伤员和病号，越来越多的妇女穿着丧服出现了。奥克兰公墓里士兵的坟墓每天都在一排排地延伸。

南部邦联的货币已惊人地贬值，食品和衣物的价格也相应上涨。物资供销部门征收的食品税已高到使亚特兰大居民的饮食也开始受累了。白面极贵又很难买到，因此普遍以玉米面包代替饼干、面包卷和蛋糕。肉店里几乎不卖牛肉，连羊肉都很少，而羊肉的价钱又贵得只有富裕人家才买得起。不过，仍然有充裕的猪肉、鸡肉和蔬菜。

北方佬对南部邦联港口的封锁加强了，诸如茶叶、咖啡、丝绸、鲸骨裙箍、香水、时尚杂志和书籍之类的奢侈品稀少而又珍贵。甚至最廉价的棉制品的价格也在飞涨，以致太太小姐们只得遗憾地穿着旧衣服度过另一个季节。尘封多年的织布机现在从阁楼上被取了下来，几乎每一家的客厅里都能见到家织的布匹。每个人，包括士兵、市民、女人、孩子和黑奴，都开始穿上布衣裳。作为南部邦联军服颜色的灰色几乎已消失，取而代之的是胡桃色的家织布。

医院为缺乏奎宁、甘汞、吗啡、哥罗仿和碘酒而忧虑。用过的纱布和棉布绷带现在那么宝贵，都舍不得抛弃，在医院护理的每位太太都要带上几篓血污的绷带回家，洗净熨过之后再带来用在其他患者身上。

可是对斯佳丽而言，她刚从孀居的茧子里钻出来，战争所意味的只是一段愉快而激动的时间。甚至食品和衣物的匮乏都没能激怒她，她为自己再次活在这世界上而高兴得忘乎所以了。

她一想起去年那沉闷的生活，日子一日一日地过去，没有一丝波澜和变化，就觉得现在生活的步伐仿佛令人难以置信地加快了。每天早晨开始的都是一个新的激动人心的日子，她会遇到陌生男人，他们会请求来拜访她，告诉她她是多么可爱，会表示愿意为她而战斗，也许还会说愿意为她去死。她可以，事实上也是，用身体的最后一息爱阿希礼，可这并不妨碍她招惹其他男人向她求婚。

当前正在继续的战争给了后方人们一个不拘常规地进行社交活动的机会，这让老人们大为吃惊：母亲们发现陌生男人在拜访自己的女儿，他们没有带介绍信来，出身血统也不得而知。让她们惊恐的是，母亲们发现女儿竟然同这些男人手拉手。在举行婚礼之前从没吻过丈夫的梅里韦瑟太太无意中看见梅贝尔亲吻小个子义勇兵雷内·皮卡德时几乎不敢相信自己的眼睛，而当梅贝尔拒绝为此感到羞愧时，她的惊恐更加剧了。甚至雷内立刻就向梅贝尔求婚的事实也没能让事态改观。梅里韦瑟太太觉得南方正走向彻底的道德崩溃，而且也常常如此说。别的母亲也衷心赞同她的意见，并把责任归咎于战争。

可是渴望在一周或一个月内献出生命的男人是不耐烦等待一年才去要求叫一位姑娘的小名的，当然是冠以“小姐”称号的。他们也不会履行战前规定的那种冗长的正式求婚礼节。他们总是在三四个月之内就提出订婚的要求。至于姑娘们，她们本来很清楚上等人家的女孩子一般要拒绝男方三次，而如今却在第一次求婚时就急忙答应了。

这种不正常的状况使得战争对斯佳丽而言更有趣味。除了繁忙的护理工作和令人厌倦的卷绷带之外，她不在乎战争是否会永远持续下去。事实上，现在她能镇静地忍受医院了，因为那是一个绝妙的让人快乐的狩猎场。无助的伤兵在她的魅力面前弃械投降了。为他们换绷带、洗脸、拍打枕头以及扇扇子，这样他们就爱上了她。哦，经过去年那黯淡的一年这真是天堂般的日子哪！

斯佳丽重新回到她和查尔斯结婚以前的状态，仿佛她从来就没有嫁给他，从来没有为他的死感到震惊，也没有生过韦德。战争、婚姻、生育一点儿也没有触及她内心深处便过去了，她一点儿也没变。她有个孩子，可他在红砖屋里被别人好好地看护着，她几乎把他忘了。在她的脑海和心中，她再次成了斯佳丽·奥哈拉，全郡的大美人儿。她的思想和行动仍跟过去一样，不过她活动的场地已大大地拓宽了。不在乎贝蒂姑妈朋友们的指责，她像婚前一样为所欲为——参加宴会，跳舞，跟士兵们一块儿骑马，调情，做她少女时代所做过的一切事情，除了停止穿丧服以外。她知道这是一件小事，可是贝蒂帕特和梅兰妮是绝不会同意的。就像她曾经是个迷人的姑娘一样，现在她是位迷人的寡妇，只要别人不干涉，她就很快乐，只要不使她为难，她就乐于助人，而且她对自己的美貌和讨人喜欢颇为得意。

现在她在几星期前很凄惨的地方快活着，为她的情人快活，为他们对她魅力的恭维快活，在面临阿希礼娶了梅兰妮的处境和危险中尽可能地快活着。但是不管怎么说阿希礼远在他乡，比忍受他属于别人容易得多。在亚特兰大和弗吉尼亚之间相隔几千里，有时他好像属于自己就像属于梅兰妮一样。

因此 1862 年的秋天就这样匆匆地过去了，护理、跳舞、坐马车和绕绷带占据了所有的时间，她甚至回塔拉都没住多长时间。那些待在塔拉的日子令人失望，因为她几乎没有机会同母亲安静地长谈，在亚特兰大时她一直渴望这样。没有时间坐在艾伦身边，看她做针线活，当她裙裾窸窣时闻她身上淡淡的柠檬香囊发出的气味，感受她温柔的手指漫不经心地抚过自己的脸颊。

艾伦现在消瘦而满腹忧虑，从早晨开始到整个庄园早已熟睡，她马不停蹄地奔忙着。南部邦联的军需品要求逐月递增，她的任务便是设法让塔拉农场多产。甚至杰拉尔德也忙碌了，这是多少年以来第一次，因为他找不到监工来顶替乔纳斯·威尔克森的位置，只得亲自骑马到田里来回巡视。由于艾伦忙得只顾得上在道晚安时吻她一下，杰拉尔德又整天泡在田野里。斯佳丽发现塔拉令人厌倦。连她那两个妹妹都在忙于各自的事情。苏伦现在和弗兰克·肯尼迪已达到“相互默契”，并以一种斯佳丽几乎难以忍受的情意唱着《当这场残酷的战争结束时》，卡洛琳一直沉浸于对布伦特·塔尔顿的迷恋中，也不能陪伴斯佳丽或给她带来什么乐趣。

虽然斯佳丽总是满心欢愉地回塔拉的家，可是当贝蒂和梅兰妮写信来央求她返回时，她从来都不觉得难过。在这种时候，艾伦总是唉声叹气，为长女和唯一的外孙要离她而去这个念头而悲伤。

“可是我一定很自私，在亚特兰大需要你做护理的时候把你留在这儿，”她说，“只是——只是，我亲爱的，好像在你离开我之前，再也没有时间跟你谈心，再也没有时间重新感受你是我的小女孩了。”

“我永远是你的小女孩。”斯佳丽会一边这样说，一边把头埋在艾伦胸前，内心深感负疚。她没有告诉母亲是跳舞和情人把她拖回了亚特兰大，而不是什么为南部邦联服务。这些日子以来她对母亲隐瞒了许多事情。可是，最主要的是，她保守了瑞特经常光顾贝蒂帕特姑妈家这一秘密。

义卖会之后的那几个月内，瑞特只要在城里就来造访，带斯佳丽乘他的马车外出，陪她参加舞会和义卖会，等在医院外面送她回家。她不再害怕他会泄露她的秘密了，可在她脑海深处总是潜藏着一个不安的记忆，即他看见了她那最丢人的事，知道了关于阿希礼的真相。正是因为这一点，他惹恼她时，她才堵住了自己的舌头。而他经常惹恼她。

他三十五岁左右，比她曾经有过的任何一个情人都年长，她能驾驭跟自己年龄相当的情人，可对于他，她却像个无助的孩子似的难以掌握和控制。他看上去总好像对什么事都见怪不怪，反而觉得很好玩似的，即使他把她气得说不出话来时，她也觉得自己比世界上其他任何事情都更加让他觉得好玩。她在他的巧妙引逗下往往会勃然大怒，因为从表面上看她虽然继承了艾伦的悦人外貌，骨子里却承袭了杰拉尔德那爱尔兰人脾气。以前，除了在艾伦面前之外，她从来都不会费心控制自己的脾气。现在由于害怕他那得意的咧嘴一笑不得不咽回要说的话，真是太痛苦了。要是他也能发起脾气来，她就不会觉得处于如此的劣势了。

她几乎每次跟他斗嘴都没有占到便宜，事后总是说他这个人不可理喻，修养极差，不是个上等人，她再也不跟他打交道了。可是，他一返回亚特兰大，就假装来造访贝蒂姑妈，以过分的殷勤送给斯佳丽一盒他从拿骚为她带来的糖果。或者在音乐会上抢先坐在她身边的座位上，或者在舞会上紧挨着她。她总是被他那厚脸皮的殷勤逗得欢笑着，忽略了他过去的失礼行为，直到第二件事发生。

尽管他有这么多恼人的品质，她还是开始变得渴望他的拜访了。他身上有一种让人激动的东西，她分辨不出来，这种东西不同于她所认识的任何一个男人。他高大俊美的体魄中有一种让人窒息的东西，这使得他每次进入房间都像有一种肉体的冲击波突然袭来，他那对黑眼睛中闪着嘲讽和傲慢的神情，似乎在向她挑战，让她下决心把他降服。

“看上去好像我爱上了他似的！”她困惑地想道，“可是我没有，我只是不能理解而已。”

然而这种兴奋感持续了下来。他来造访时，彻底的男性刚强之气使得贝蒂姑妈那女性化的温文尔雅的家显得狭小、苍白，还有点儿迂腐。斯佳丽不是这个家庭里唯一一个对他的到来反应古怪而勉强的人，因为他使得贝蒂姑妈也手忙脚乱，不知所措了。

虽然贝蒂知道艾伦不赞成他拜访自己的女儿，也知道查尔斯顿上流社会对他的排斥不容忽视，可她再也不能拒绝他那详尽的恭维和殷勤，就像苍蝇经不起蜜缸的引诱一样。而且，他经常从拿骚为她带些小礼物，告诉她这是他专门为她挑选的，又冒着生命危险偷越封锁线带进来——无非是些别针、丝织线、发夹之类的小玩意儿。现在几乎不可能买到这些小奢侈品了——女士们都戴着手工制作的木质发夹，用布包橡子儿当扣子——贝蒂缺乏拒绝它们的精神力量。另外，她对意外盼包裹有一种孩子气的喜爱，忍不住想打开他的礼物。第一次打开后，她觉得自己再也不能拒绝它们了。然后，接受了他的礼品，她就缺乏足够的勇气来告诉他拜访三位独居的没有男性保护者的女士对他的名声不大好。当瑞特在屋里时贝蒂姑妈总是觉得她需要个男性保护者。

“我不知道他究竟是怎么回事，”她会无奈地叹口气说道，“不过——嗯，我认为他是个有吸引力的好男人，如果我可以这样感觉的话——嗯，在他内心深处，他尊重妇女。”

自从结婚戒指被赎回以后，梅兰妮就觉得瑞特是位文雅而精细的上等人，她为这样的评论感到震惊。他一向对她很礼貌，可她跟他在一起总有点儿怯生生的，多半是因为她跟任何一位不是从小就认识的男士在一起都会感到羞涩。她悄悄地为他难过，要是他知道了这种感觉肯定会大吃一惊。她确信某些风流史的伤痛已毁了他的生活，让他变得生硬尖刻，而且她觉得他所需要的是一个好女人的爱情。在她受庇护的一生中，从没见过邪恶，几乎不相信它的存在，当人们悄悄议论瑞特和查尔斯顿那个姑娘的风流韵事时，她感到震惊而难以置信。谣传并没有使得她把矛头对准他，相反她以更亲切的态度对待他，因为她觉得这是人家待他的不公道，并为他愤愤不平。

斯佳丽默默地同意了贝蒂姑妈的话。她也觉得可能除了梅兰妮以外，他从没尊重过任何一个女人。每次他的眼睛上下打量她时，她都觉得自己像是一丝不挂似的。这并不是因为他曾说过什么。这样的话她就可以拿激烈的言辞回敬他了。可恶的是他黝黑的脸上那双令人讨厌的肆无忌惮的眼睛仿佛所有的女人都是他的财产，他可以任意享受。只有跟梅兰妮在一起时，他才没有这种表情。他看着梅兰妮时从来没有那种品评的冷漠表情，眼中也没有嘲讽意味；他跟她说话时声音中有一种特殊的调子，客气、尊敬、渴望为她效劳。

“我不明白你为什么对她比对我还好。”一天下午斯佳丽单独跟他在一起时不耐烦地说道，这时梅兰妮和贝蒂都去午休了。

有一个钟点的光景，她看着瑞特手里拿着梅兰妮正在缩卷准备纺织的那团毛线，注意到了当梅兰妮长篇大论地自豪地说起阿希礼和他的晋升时他那又呆板又高深莫测的表情。斯佳丽知道瑞特对阿希礼没有什么太高的评价，而且一点儿也不在乎他新近当上上校这一事实。可他仍然做出得体的回答，并喃喃地说了一些赞许阿希礼英勇的应酬话。

“可我只要一提到阿希礼的名字，”她曾愤愤不平地想道，“他就会扬起眉毛，露出那种让人讨厌的洞悉一切的笑容!”

“我比她可爱得多，”她继续说，“我不明白你为什么对她比对我好。”

“我可以奢望你是在吃醋吗?”

“哦，别妄想了!”

“又一个希望破灭了。如果说我对威尔克斯太太‘更好’，那是因为她值得如此。她是我所认识的极少数几个善良、真诚、无私的人中的一个。不过也许你没注意到她的这些品质。而且，尽管她很年轻，可她是我有幸结识的最伟大的女性之一。”

“你的意思是说我不是个伟大的女性?”

“我想我们在初次相见的场合就达成一致，你根本不是个上等女人。”

“哦，你简直太可恨，太粗鲁了，居然又提起那事！你怎么能凭那点儿孩子似的脾气就说我的坏话呢？那已经是很久以前的事了，从那以后我长大了，要不是你时不时地反复唠叨和暗示，我压根儿会忘掉它的。”

"我不认为那是耍小孩子脾气，而且我也不相信你变了。现在的你跟那时候一样，要是稍不如意仍会摔花瓶。不过现在你总是能称心惬意。因此就没什么必要打碎小古董了。"

"哦，你是个——我真恨不得自己是个男人！我会让你滚出去，而且——"

"而且把我宰了以消你心头之恨。我可以在五十码以外打中一个银币。最好还是紧握你自己的武器吧——酒瓶呀，花瓶呀，以及诸如此类的东西。"

"你简直是个流氓。"

"你巴望我为此而怒发冲冠吗？很抱歉让你失望了。喊我真实的绰号并不能使我生气。我的确是个流氓，为什么不呢？这是个自由的国度，如果一位男士愿意，他可以做个流氓。只有像你这样的伪君子，我亲爱的太太，心肠黑却竭力掩饰，一听别人叫你的真名就会暴跳如雷。"

她在他沉静的微笑和慢条斯理的话语面前手足无措，因为她以前从没遇到过如此难对付的人。她的武器诸如蔑视、冷酷和谩骂现在都派不上用场了，因为无论她说什么也羞辱不了他。依她的经验，骗子最坚决要维护的是他的诚实，懦夫最坚决要维护的是他的勇敢，粗俗之人要维护的是他的绅士风范，痞子要维护的是他的荣誉。可瑞特不同。他什么都承认，一笑置之，还怂恿她继续说下去。

这几个月他来来往往，来前不打招呼，去时也不说再见。斯佳丽从来都不知道是什么生意把他带来亚特兰大，因为其他偷越封锁线的商人很少大老远地从海岸线跑来。他们将货卸在威尔明顿或查尔斯顿，同一群群从南方各地聚集到这儿来购买从封锁线那边运来的商品的商人接头。一想到他长途跋涉来看自己她就会高兴，可甚至她那超常的虚荣心也拒绝相信这一点，假如他曾向她示过爱，对簇拥在她身边的男人表现出嫉妒，甚至抓住她的手乞讨一张照片或一方手帕做纪念，那她就会成功地断定他为她的魅力倾倒了。可他仍然那么令人恼怒地不像个恋爱的样子。最糟糕的是，他仿佛看透了她想让他拜倒在她膝下的一切花招。

无论何时他来到城里，都会在女性中引起一阵骚动。不仅是因为他周围有一股穿越封锁线的冒险家的浪漫气息，还因为有一种危险和遭禁的刺激成分。他的名声那么坏！每次亚特兰大的少妇们聚在一起闲谈，他的名声都会更坏，这只能使得他对年轻的姑娘们更具诱惑力。因为她们大多数都很无知，只听说过他"对女人很轻浮"——而事实上一个男人怎样才算是"轻浮"她们一点儿也不知道。她们也曾听人们小声说姑娘家跟他在一起会不安全。拥有如此的名声，奇怪的是自从他第一次在亚特兰大出现就从没有吻过哪个未婚姑娘的手。不过那只会使他加倍地神秘，加倍地让人激动。

除了军队英雄之外，他是亚特兰大人议论最多的人物，人人都详尽地知道他因酗酒和“风流韵事”被西点军校开除。关于那个被他连累的查尔斯顿姑娘和被他杀死的她的那位兄弟，已经是家喻户晓了。人们还从查尔斯顿的朋友的信中了解到，他的父亲，一位声名显赫的老绅士，具有钢铁般的意志，性格耿直，在他二十岁那年将身无分文的他赶出了家门，而且把他的名字从家族谱上也划掉了。之后在1849年的淘金浪潮中他流浪到加利福尼亚，后又来到南美洲和古巴，他在这些地域的活动据说都不怎么光彩。为女人闹纠纷、决斗、向中美洲的革命者们贩运枪支，最糟糕的是，像亚特兰大人听说的那样，把职业赌博囊括到自己的生涯中来。

佐治亚州几乎每个家庭都有男性成员或亲戚参加赌博，因而失去了钱财、房屋、土地和奴隶，使全家人痛苦不堪。可那是不一样的。一个男人可以因赌博而破产，仍不失为一个上等人，可一个职业赌徒除了被社会遗弃以外什么也不是。

要不是因为战争所造成的混乱局面，以及他为南部邦联政府所做的贡献，瑞特永远也不会被亚特兰大接受。可现在，即使是最古板矜持的人也觉得出于爱国之心，自己理应放宽肚量。心肠软一些的，则以为巴特勒家族的这只黑绵羊已痛改前非，正在将功赎过。因此太太小姐们感到有责任通融一些，何况他来往穿梭于封锁线上是那么英勇无畏。现在人人都知道南部邦联的命运就像寄托在前线士兵身上一样，也寄托在偷越封锁线的船只逃避北方佬舰队的技巧上。

有谣传说，巴特勒船长是南方最出色的舵手之一，又说他行动起来是不顾一切和泰然自若的。他生长在查尔斯顿，熟悉海港附近卡罗来纳沿岸的每一条小港小湾，每一块沙滩岩石，同时对威尔明顿周围的水域也了如指掌。他从没损失过一只小船，甚至从来不曾被迫抛弃过一次货。当战争爆发时，他从默默无闻中突然冒了出来，用手头的钱买了一条小小的快艇，而现在，封锁线货物的利润已增长到二十倍，他也拥有四条船了。他高薪雇用了很好的驾驶员，他们趁夜色载着棉花偷偷离开查尔斯顿和威尔明顿，向拿骚、英国和加拿大驶去。英国的棉纺厂正在停工待产，工人在挨饿，因此每个骗过了北方佬舰队的封锁线商人都可以在利物浦随心所欲地出高价。瑞特的几条船在为南部邦联政府运出棉花和运进南方迫切需要的战争物资两方面都特别幸运。因此，亚特兰大的女士们对于这么勇敢的一个男子，都觉得可以宽恕并且把他以前的过失不放在心上。

他身材魁梧，在他面前走过的人都不免要回头看看。他随心所欲地花钱，骑一匹野性黑公马，衣着也很时髦讲究。这最后一点就足以引人注目了，因为现在一般士兵的军服都是又脏又破，老百姓即使穿上最好的衣服也看得出是精心修补过的。斯佳丽觉得还从没见过像他身上穿的这么雅致的淡米色方格花呢裤子。至于他的那些背心，则都是十分漂亮的货色，特别是那件白纹绸上面绣有小小的粉红蔷薇花蕾的，更是精美无比。这样的衣着配上潇洒的风度，倒显得非常大方，而不徒见华丽了。

只要他着意显示自己的魅力，很少有女人能够抵挡得住，结果连梅里韦瑟太太也不得不为之动容，并邀请他星期日到家里来吃饭了。

原来梅贝尔·梅里韦瑟已经快要和那小个儿义勇兵结婚了，日期就定在他下次休假里，她现在一想起这事就哭鼻子，因为她决心要穿白缎子的结婚礼服，可现在整个南部邦联都买不到白缎子。她想去借一套，也没地方可借，因为几年来所有的缎子都拿去改作军旗了。梅里韦瑟太太是爱国的，她屡次劝说女儿，说在南部邦联做新娘，最正当的结婚礼服应该是用土布做的，结果没用。梅贝尔一定要缎子。她说她为了正义，尽可以没有发夹，没有纽扣，没有好鞋，甚至没有糖果，没有茶，都无所谓，至于缎子衣服，是非要不可的。

瑞特从梅兰妮那儿听说这件事后，就从英国带了几十码闪亮雪白的缎子回来，还有一条精美的网状面纱，作为结婚礼物送给她。他这礼送得很巧妙，以致她们不好意思跟他提付钱的事儿，至于梅贝尔，快乐得甚至要吻他几下。梅里韦瑟太太知道这礼物送得太重——而且又是衣服——照理是不该收的，可她经不住瑞特满口的花言巧语，说是我们的勇敢英雄娶新娘，无论怎样好的穿戴都不会过分。于是梅里韦瑟太太便邀请他到家里来吃饭，觉得这一邀请便是给他一个莫大的面子，比付钱还他的礼品还要有意思些。

他不仅给梅贝尔送来了缎子，而且还对这件礼品的样式提出了宝贵的建议。在巴黎，这个季节的裙圈比较宽大，裙裾却短一些。边缘已不用绉边，而是打些扇形的折叠，把下面镶有带子的衬裙露出来。他还说巴黎街上已经看不见宽腿裤了，想来已经“过时”了。后来梅里韦瑟太太告诉艾尔辛太太，说她幸亏没有鼓励他再说下去，否则恐怕他连巴黎女人穿什么样的内裤都要如实说出来了。

假如他不是那样有男子汉气概，那么他的这种善于描述衣、帽和头饰的本领会被当作最精明的女性特征让人记住的。女士们每次向他提关于流行服装款式和发型问题时，连她们自己都觉得有点儿古怪，不过他倒不以为然。她们与时髦世界完全隔绝了，就像那些遇难后流落在荒岛上的水手，因为很难看到偷越封锁线运进来的时装杂志。她们不见得知道，法国的女士们可能在剃头发和戴浣熊皮帽子了，于是瑞特的那些关于华丽衣服的记忆便成了《格迭氏妇女手册》的代用品。他能留意妇女最烦琐的那些细节，而且每次出国旅行之后都会为一群妇女所包围，告诉她们今年的帽子时兴小而高的样子，几乎遮盖了大部分头顶，不过已不用花朵而是用羽毛做装饰，告诉她们法兰西皇后的晚妆已不在脑后绾发髻，改为斜盘在头顶上，把两耳全露在外边，同时晚礼服的领口又流行低领，低得吓人，等等。

这几个月以来，他已成了亚特兰大最出名、最浪漫的人物，大家对他以前的声名狼藉似乎都忘记了，即使新近微有谣传，说他不仅跑封锁线，还做粮食投机，大家似乎也不在意了。至于那些不喜欢他的人，就说他每次来亚特兰大，粮食价格就会涨五美元。不过，尽管这种谣言在散布，他在亚特兰大的地位照旧可以维持下去，只要他自己愿意维持。谁知过了几天，他忽然发了怪脾气，觉得不愿意再跟这帮酸溜溜的爱国市民敷衍下去，便立刻摘下假面具，露出真面目来。

这种真面目显出来之后，他就仿佛对南方的每个人、每件事都抱着一种轻蔑态度，特别是对于南部邦联，而且他丝毫也不掩饰这种轻蔑。从此以后，亚特兰大人先是对他疑惑，继而对他冷淡，最后就禁不住勃然大怒了。还没有进入1863年，人们对他的礼貌就已非常勉强，太太们则一见他出现在宴会上，就赶紧把自己的女儿拖到身边来。

他这时的态度，似乎不仅要对亚特兰大人的赤胆忠心横加蔑视，而且存心要极力糟蹋自己的名声。有时人们确实出于好意，当面恭维他，说他跑封锁线多么多么勇敢，他偏要老实不客气地回答那人，说他碰到危险一向是非常害怕的，就跟前线的勇士一样。那人一听这话就觉得十分懊恼，因为南部邦联的士兵在前线，人人都知道他们是无所畏惧的。他提到前线的士兵，总把他们叫作“我们的勇士”，或者是“我们穿灰色军服的英雄”，可那语气中一直带着极端的侮辱。有时一些厚脸皮的姑娘想要奉承他，向他当面致谢，说他是为她们而战斗的英雄之一，他便对她们鞠一个躬，回答说事实上并非如此，因为他只要能拿到同样数目的钱，对北方佬的女人也同样可以效劳。

自从斯佳丽在义卖会上跟他第一次会见时起，他跟她说话一直就这样子，现在是对每个人说话都冷嘲热讽了。要是有人赞美他替南部邦联服务，他就回敬说跑封锁线不过是他的一桩生意罢了。有时他看见旁边有与政府订契约的商人，就会瞟他们一眼，说他如果做这种契约生意也能弄到这么多钱，那他决不再到封锁线上去冒那么大的险，也要找些劣质布，甚至掺杂的糖、发霉的面和腐烂的皮革之类的东西，去跟南部邦联交易。

他的大多数言论都是无可置辩的，因而更加激起了人们的反感。这些跟政府订契约的商人确实早已受到指责。前线也一直有人来信抗议，说皮鞋一个礼拜就会穿破，火药点不着，缰绳一拉就断，肉是腐烂变质的，面粉里又满是虫子。不过亚特兰大人有一种方法来替这种情形辩护，以为这些腐败的商人都是来自亚巴拉马、弗吉尼亚或田纳西州的，至于他们佐治亚州的商人，绝不会如此的。因为他们知道佐治亚州跟政府订契约的商人都来自本州第一流的门第。他们最先捐钱办医院，捐钱赡养阵亡士兵的遗孤。他们最先为《迪克西》欢呼，为喋血沙场立下壮志，向公众演说起来总是那么慷慨激昂。难道这样的人物会做这种不道德的事情？那时对投机商的愤恨尚未形成高潮，所以瑞特诬蔑他们，只能证明自己的无赖而已。

他不仅侮辱那些位居高官的人和前线的将士，就是对于一般自高自大的市民，也常常加以冷嘲热讽，使他们无地自容。他看见他们那么自负，那么虚伪，那么自诩着爱国主义，就觉得忍无可忍，一定要去刺痛他们，就像一个小孩子看见一个气球，禁不住要拿针刺它一下一样。而且他的讽刺技巧非常高妙，表面上像是满口的恭维，实际上已使他们那夸夸其谈、言过其实并且多少有点儿荒谬可笑的丑态毕露了。

至于斯佳丽，即使是在亚特兰大人对他还很友好的几个月里，对他也没产生过什么幻想。她早就知道他那么花言巧语，那么巴结奉承，都是口是心非的。她也知道他之所以要装作一个勇敢的爱国的封锁线冒险家，只不过是觉得好玩罢了。有时候，她觉得他很像自己从小就在一起玩的那帮乡下孩子：很像塔尔顿家那对爱开玩笑的双胞胎，很像芳汀家那几个喜欢恶作剧的小顽童，又像卡尔佛特家那几个会整夜苦思冥想如何骗人的好兄弟。可是仔细一比较，他又跟他们不大相同，因为瑞特那看似玩笑的外表下，怀着恶意，几乎是阴险的恶意。

虽然她完全明白他确实毫无诚意，却又巴不得他一直装扮那个封锁线冒险家的角色。因为他具备这种身份，自己跟他接近起来，就可以比较冠冕堂皇一些。所以当他把这假面具突然揭掉，而且跟亚特兰大人对他的一片好意公然作对时，她自然也觉得十分懊恼。她之所以懊恼，一是因为她觉得他这些举动实在有点儿傻气，二是因为人们对他的指责竟有些落到她自己身上来了。

瑞特与亚特兰大人士最后绝交是在艾尔辛太太为康复伤员举行的一次银元音乐会上发生的。那天下午，艾尔辛太太家里挤满了客人，有请假回来的士兵，有来自各个医院的伤兵，有自卫队和民团的队员，还有许多太太、寡妇和小姐。屋子里的每一张椅子上都坐满了，甚至那长长的螺旋形楼梯也挤满了宾客。艾尔辛家的管家手里捧着一只镂花玻璃缸站在门口收取来宾捐献的银元，已经倒过两次了。仅凭这一点就足以看出这件事办得大有成果，因为现在一元银元抵得上南部邦联的纸币六十元呢。

姑娘们自觉有一技之长的，都唱了歌，弹了琴，演话剧的还获得了满堂喝彩。斯佳丽这次总算尽了兴，因为她不仅跟梅兰妮合唱了一曲动人的《花朵沾满露水的时候》，又独唱了一曲轻快的《女士啊，请别管斯蒂芬!》，而且她还被众人选出来在最后一场话剧里扮演了“南部邦联的精神”。

在这场话剧里，她穿一件白粗棉布的希腊长袍，束着一条红蓝条纹的带子，一只手擎着一面星条旗，另一只手里拿着查尔斯和他父亲传下来的那把金柄指挥刀，把它赐给跪在脚下的亚拉巴人凯里·阿什伯恩队长。

演完以后，她不由得瞥了瑞特一眼，看他对她刚才扮演的姿势是否赏识。谁知他正在那里跟几个人辩论，恐怕一眼也没有朝她看过，这让她气愤得几乎发狂。同时斯佳丽从他周围那些人的脸色看得出来，他们对他所说的话似乎十分愤慨。

她也朝他们那边走去，这时人群的声浪渐渐静下来，于是民团军需部威利·吉南的声音清清楚楚地传来：“那么，先生，你认为我们的英雄为之而死的伟大事业是不神圣的吗?”

“假如你是被火车轧死了，那么你的死不会使铁路公司变得神圣，不是吗?”瑞特问道。他的声音听起来仿佛他正虚心地希望大家指教他似的。

“先生，”威利声音颤抖着说，“如果我们不是在这个屋顶下——”

“我连想都不敢想将要发生什么事，”瑞特说，“因为，当然，你的勇敢是众所周知的。”

威利脸涨得通红。谈话就此停止了。人人都觉得很尴尬。威利身体强壮而健康，又正是服兵役的年龄，然而他现在并不在前线。当然，他是他母亲的独生子，毕竟，民团里也得留些人来保护本州。可是当瑞特说到勇敢这个词时，那些康复期的军官里有几个人吃吃地暗笑了。

“哦，他为什么不闭上这张嘴!”斯佳丽愤然想道，“整个宴会都被他一个人给毁了!”

米德大夫的眉头皱了起来。

“对于你，没有什么事是神圣的，年轻人，”他说，用他演说时惯用的那种声调，“可对于我们南方爱国的女士们和先生们，有许多事情是神圣的。而且我们必须争取国土的自由，必须为自己争取州权，必须——”

瑞特露出一副无精打采的神情，他的声音含着一种懒懒的、几乎是厌倦的调子。

“所有的战争都是神圣的，”他说，“对那些不得不战的人来说。如果发动战争的人不使它们显得神圣，谁还会傻乎乎地去打仗呢?但是，无论演说家们把肯去拼命的傻瓜讲得如何天花乱坠，无论他们给战争加上一个多么高尚的目的，战争却只能有一个理由。那就是钱。一切战争实际上都是钱的争夺。但是明白这个道理的人太少了。大多数人的耳朵都被号声、鼓声以及那些稳坐家中的演说家们的巧妙辞令塞满了。这种巧妙辞令往往凝结成一个个响亮的口号，有时是‘从异教徒手中救出基督的坟墓!’有时是‘打倒教皇!’有时是‘自由!’有时是‘棉花、奴隶和州权!”

“这跟教皇到底有什么关系呢?”斯佳丽想，“跟基督的坟墓又有何关系?”可当她正要向那愤怒的人群走去时，便看见瑞特毕恭毕敬地鞠了一躬，转身朝门口走去了。她正打算去追他，艾尔辛太太揪住了她的衣襟。

“由他去吧!”她用一种非常清晰的声音说，因为那时屋里已经一片死寂，“由他去吧。他是卖国贼，投机家！他是一条毒蛇，我们真不该把它抱在怀里这么久!”这话是存心说给瑞特听的，因此他手里拿着帽子，在穿堂里站了一会儿。等艾尔辛太太说完了才回头朝房间瞥了一眼。最后他朝艾尔辛太太平坦的胸部瞪了一眼，突然咧嘴笑了笑，鞠了个躬，出去了。

后来梅里韦瑟太太乘贝蒂姑妈的马车回家，四个人刚一坐定，她马上就开口了。

“这下，贝蒂帕特·哈密尔顿！我想你该满意了吧!”

“满意什么?”贝蒂惴惴不安地嚷道。

“那个叫巴特勒的家伙的行为，你们一直都庇护着他。”

贝蒂帕特被她这一闷棍击昏了，竟忘了梅里韦瑟太太自己也招待过瑞特好几次。斯佳丽和梅兰妮都没有忘记，可梅里韦瑟太太是长辈，她们不便出面替贝蒂姑妈反驳她。只得勉强低眉敛首忍耐着。

“他把我们都侮辱尽了，连南部邦联也没能幸免，”梅里韦瑟太太说道，她那结实的胸口不住地激烈起伏，使得那些亮晶晶的镶片也不住地闪烁起来，“居然敢说我们是为钱而战！居然说我们的领袖是在对我们撒谎！这种人真该坐牢。是的，决不能饶恕他。我要跟米德大夫商量一下。要是我们梅里韦瑟先生在世的话，一定不会放过他的！现在，贝蒂·哈密尔顿，你听我说。从今往后你再也不能让这个无赖进你家的门了!”

“哦。”贝蒂被她教训了一通，一句话也说不出来，恨不得死了才好。她看了看斯佳丽和梅兰妮，分明是向她们求援，可她俩低着头不吭气，所以她只好看了看前面彼得大叔那笔直的背影。她知道彼得大叔一定每句话都听到了，希望他回过头来帮帮她的忙，以前他常常这样做。她希望他会说，“行了，多丽小姐，你就饶了贝蒂小姐吧。”不料彼得大叔也毫无动静。他打心眼里不喜欢瑞特，可怜的贝蒂知道这一点。她叹了口气说道：“好吧，多丽，如果你觉得——’

“我的确这么想，”梅里韦瑟太太坚决地答道，“我真不敢想象，你究竟怎么回事，居然把他请到家里去。从今以后，亚特兰大没有一户规矩人家会欢迎他了。拿出点儿胆量来，别让他到你家去。”

她锐利地扫了两位姑娘一眼。“我希望你们两个也记住我的话，”她继续说道，“因为你们也有一部分责任，对他那么友好。礼貌而坚决地告诉他，他本人以及他那套不忠不义的话分明是你们家不欢迎的。”

到这个时候，斯佳丽心里已沸腾了，仿佛一匹马，一经马笼头上有陌生的粗手来触摸，就马上要蹦起来似的。但是她不敢开口。她怕梅里韦瑟太太给她母亲写信再告她一状。

“你这老水牛！”她心里想道，脸已气得绯红，“我恨不得把你这丑态形容给你自己听！”

“我活了这么大把年纪了，想不到居然会听见有人对我们的伟大事业说出如此不忠不义的话来，”梅里韦瑟太太继续说，这时她是出于正义的愤怒了，“无论谁，敢说我们的伟大事业是不正当、不神圣的，都该被绞死！从今往后。我再也不想听到你们两个提起他——上帝保佑，梅兰妮，你怎么啦？”

梅兰妮面色苍白，眼睛睁得跟铜铃似的。

“我会再跟他说话的，”她低声说，“我不会对他无礼的。我不禁止他到我们家来。”

梅里韦瑟太太从肺里喷出一口气来，仿佛她被一个锤子突然戳破了似的。贝蒂姑妈的胖嘴巴一下子蹦开了，彼得大叔也回过头来瞪大了眼睛。

“唉，为什么我刚才没胆量说这话呢？”斯佳丽又妒忌又钦佩地想道，“这小兔子怎么一下子发起狠来，竟敢跟老太太斗嘴？”

梅兰妮的手在发抖，可她很快又继续说下去，仿佛怕耽搁一下，自己的勇气就会消失似的。

“我不能因为他说的话就对他无礼，因为——他把这样的话公然讲出来是粗鲁了点儿——太欠考虑——不过那是——那也是阿希礼所想的。我决不能禁止一个跟我丈夫抱同样意见的人进我家的门。这是不公正的。”

梅里韦瑟太太这才回过神来，于是她又进攻了。

“梅兰妮·威尔克斯，我一辈子也没听见过这样的谎话！威尔克斯家族从来就没出过懦夫——”

“我没说阿希礼是懦夫，”梅兰妮说，眼睛开始闪烁出光彩，“我是说他所想的和巴特勒船长所想的一样，只是他用不同的话表达了出来。他不会跑到音乐会上来散布这些思想。可他曾写信跟我谈到过这事儿。”

斯佳丽听到这句话，不由得良心被刺了一下，她知道梅兰妮所说的信大概就是她偷看过的，她竭力回想阿希礼都写了些什么，但是大多数信，她看过之后马上就忘记了。总之，这样的信怎么能对别人讲呢？梅兰妮肯定是一时昏了头了。

“阿希礼写信给我，说他不该跟北方佬打仗。他还说我们是被那些心存偏见的政治家和演说家出卖了。”梅兰妮迅速说道，“他说世界上没有什么东西抵得上这场战争所造成的牺牲。他说这场战争绝不能造就光荣——只能造就悲惨和肮脏。”

“哦！那封信，”斯佳丽想道，“他的意思是那样的吗？”

“我不信，”梅里韦瑟太太坚决地说，“你误解了他的意思。”

“我从来都不会误解阿希礼，”梅兰妮平静地回答，虽然她的嘴唇在发抖，“我非常了解他。他的意思和巴特勒船长完全相同，只是他没有以粗鲁的方式说出来罢了。”

“你应该为自己感到羞耻，怎么能拿阿希礼·威尔克斯这样的好人跟像巴特勒船长这样的流氓做比较！我猜想，你也认为伟大事业一文不值吧！”

“我——我不知道我的想法是什么，”梅兰妮踌躇着说，这时她的一腔怒火已经消散，却有一种惊惶擒住了她，她害怕自己现在的态度太轻率了，“我——我愿为伟大事业而死，阿希礼也一样。可是——我的意思是——我的意思是，思想这件事让他们男人去做吧，因为他们比女人聪明得多。”

“我从没听说过这样的话，”梅里韦瑟太太嗤之以鼻，“停下，彼得大叔。你已驶过我家了。”

彼得大叔专心致志地听着背后的谈话，已经驶过了梅里韦瑟太太的屋子，他把马车倒了回来。梅里韦瑟太太下了车，她帽子上的飘带像暴风雨里的船帆一样飞舞着。

“你们会后悔的。”她说。

彼得大叔策马开步。

“你们两位年轻的小姐真不应该哪，贝蒂小姐已气晕了。”他责备道。

“我没有晕。”贝蒂吃惊地回答，因为比这再小些的刺激也常常会使她晕过去的，“梅兰妮，亲爱的，我知道你这么做都是为了替我出气，真的，我很高兴看到有人压了多丽一下。她太骄傲了。你怎么会有勇气的？可是想一想你究竟该不该那样说阿希礼?”

“可那是真的,”梅兰妮回答,她开始嘤嘤地哭起来,“他那样想,我并不因此而羞愧。他认为战争全然是错误的,可他仍愿意去打仗,去为它而死,这比参加自己认为正当的战争更加需要勇气。”

“天哪,梅兰妮小姐,别在桃树大街上哭。”彼得大叔一面咕哝着,一面加快了速度,“别人会说坏话的。等回到家里再哭吧。”

斯佳丽什么也没说。梅兰妮一只手插到她掌中,求她给一点安慰,她连捏都不捏一下。当初她偷看阿希礼的信只有一个目的——从那里面找出他仍旧爱她的保证。现在梅兰妮给那信里的话加上一种新的意义,那些话斯佳丽的眼几乎就没看见。这使她吃惊地意识到,像阿希礼那样一个完美无缺的人竟会跟瑞特那样的无赖抱着相同的意见。她想:“他们两个都看穿了战争的真相,可阿希礼愿意为它而死,瑞特却不愿意。我认为这显示了瑞特的高明。”她顿了一下,为自己对阿希礼产生这样的念头而大吃一惊,“他们俩都看到了同样让人不快的真相,可瑞特喜欢透过现象看本质,并且把这真相说出来以激怒众人——而阿希礼几乎不敢去面对它。”

这真是让人迷惑啊。

第十三章

由于梅里韦瑟太太的督促,米德大夫果然采取行动了,方式是写一封信到报纸上去发表,信上并没有提瑞特的名字,意思却十分明了。报纸的编辑觉得这信里含有戏剧的意味,竟把它发表在第二版上,使人看起来颇觉新鲜,因为那报纸的第一、二版向来是被广告占去的,那些广告又不外乎是买卖或租赁奴隶、骡子、犁头、棺材、房子等,甚至暗病的治疗,出售堕胎药和春药等。

大夫的这封信是一个愤怒声讨队的先声,从此这样的呼声便源源不断,顿时传遍了整个南方,有骂投机家的,有骂囤积家的,也有骂包办政府生意的商人的。查尔斯顿港被北方炮艇严密封锁以后,威尔明顿就成了封锁线商人汇聚的港口，同时也成了万恶之源。一般投机商都带了大量现钱来，将整船的货物卸下，囤积着以待高价。而且他们所期待的高价位是立时就会实现的，因为必需品一天比一天稀少，物价自然逐日飞涨。一般市民除非不买东西，否则就得听任投机家宰割。至于贫民和中等生活的人，生活一日比一日艰难了。物价不断上涨，而南部邦联的纸币却不断下跌，纸币跌得越厉害，人们就越发热心地收集奢侈品。封锁线商人本来受政府委托专进必需品，只能把奢侈品当作附带生意，现在奢侈品价格日高，他们的船里反而把政府急需的东西排除干净了。人们唯恐物价再涨，币值再跌，所以手里有几个现钱，统统都拿去换作奢侈品。

更糟糕的是，从威尔明顿到里士满只有一条铁路，因为运输紧张，成千上万桶面粉，成千上万箱咸肉，都积在车站旁边听凭腐烂变质，而封锁线商人的酒类、丝织品和咖啡之类，一旦在威尔明顿卸下，照例只消两天就可以运到里士满。

以前只在暗中传布的谣言，现在都在公开议论了，都说瑞特不仅跑自己的四条船，每次运进的货都卖了前所未闻的高价，而且还收买别人船上的货，囤积起来以待高价。还说他是某一个组织的带头人，该组织有一百万元以上的资产，以威尔明顿为大本营，专收各码头由封锁线运进的物品。又说他们在威尔明顿和里士满有几十处仓库，都塞满了食物和衣料，等着价格高涨再出售。这时候士兵和市民们都已同样感到了切肤的痛苦，因而对他及其他投机商们的抱怨日益加剧。

“现在南部邦联海中事务公司的封锁线中也有许多勇敢爱国的人，”大夫在信的最后写道，“这些无私的人冒着生命危险和财产危险，来继续保持南部邦联的寿命。因而凡是有一点儿国家观念的南方人，都不吝惜给他们一些金钱上的报酬，以慰藉他们的冒险。他们是无私的上等人，我们尊敬他们。对于这些人，我没什么可说的。”

“可是有其他一些败类，他们披着封锁线商人的外衣，来谋取个人的私利，现在前线的将士们正因缺乏奎宁而死，这些人却运进来绸缎和蕾丝，我们的英雄正因缺乏吗啡而忍痛挣扎，他们偏用船只运来茶叶和啤酒，我不得不替那些为正义而战的人们呐喊申冤。这些毒蛇正在吸取罗伯特·李将军部下的血——就连封锁线商人这名义也被他们污蔑尽了。我们的勇士在前线赤脚作战，这些败类却穿着锃亮的靴子，这让我们怎么能够忍受得了呢？我们的士兵都围着篝火在发抖，啃着腐烂发霉的肉，这些败类却喝着香槟，吃着肉饼，这叫我们怎么能够容忍呢？我向南部邦联每一个正义者呼吁，把他们驱逐出去！”

亚特兰大人读了这封信，都知道这是公平正直的审判，作为正义的南部邦联公民，他们赶紧起来驱逐瑞特。

1862年秋曾招待过他的那些家庭，到了1863年，他就只能进得了贝蒂帕特小姐一家的门了。而且，除了梅兰妮之外，他可能在那儿也不会受到欢迎。无论何时他来到本城，贝蒂姑妈就装病。她非常清楚自己要允许他来拜访她的朋友们会说什么，可她又缺乏勇气来告诉他他不受欢迎。每次他来到亚特兰大，她就鼓起腮帮对两个姑娘宣言，她要到门口去等他，禁止他进来。而每次他来的时候，手里拿着一个小包裹，满口说着恭维她迷人和漂亮的奉承话，她就又气馁了。

“我真不知道该怎么办，”她常常这么咕哝，“他只消看我一眼我——我就怕得要命，什么话都说不出口了。他的名声太坏了，你们想想看他会不会揍我——或者——或者——哦，天哪，要是查利还活着就好了！斯佳丽，你必须告诉他别再来了——以委婉的方式告诉他。哦，天！我确信是你鼓励的他，全城的人都在议论纷纷。要是你母亲知道，她会怎么责备我呢？梅兰妮，你绝不能对他那么好了。冷漠些，疏远些，他会理解的。哦，梅兰妮，你觉得我是不是最好给亨利写个字条，让他去跟巴特勒船长谈谈？”

“不，我不会的，”梅兰妮说，“我也不会对他无礼。我想人们现在这样对待巴特勒船长简直是丢了脑筋了。我坚信他不会像米德大夫和梅里韦瑟太太所说的那样做过那么多坏事。他决不会把粮食囤积起来不让饥饿的人吃。甚至，他还给我一百美元来帮助孤儿呢。我坚信他跟我们一样正义，一样爱国，只不过他太骄傲了，不会保护自己。你们也知道，他们男人愤怒起来的时候是非常执拗的。”

贝蒂姑妈对男人一无所知，无论是他们的愤怒还是别的什么，所以她只能无助地挥舞着自己的小胖手。至于斯佳丽，她早就知道梅兰妮那种把人人都看作好人的脾气是没法儿改变的。梅兰妮是个傻瓜，但是谁都拿她没办法。

斯佳丽知道瑞特不爱国，虽然她宁死也不会说出来，她才不在乎呢。他从拿骚为她带来的小礼物，和太太可以堂皇接受的小玩意儿是她最关心的。现在奢侈品这么昂贵，如果她禁止他进门，那么这些针线、糖果、发夹之类的东西她到哪儿去找呢？不，她很容易地把责任推到贝蒂姑妈身上，因为她是一家之主，又是监护人和道德上的仲裁者。斯佳丽知道全城的人都在议论瑞特的来访，还议论她；但她也知道在亚特兰大人的眼中，梅兰妮·威尔克斯绝不会有错，只要梅兰妮为瑞特辩护，那么他的拜访就不会有失体面。

然而，如果瑞特能放弃他的邪说，生活就会愉快得多。她跟他一同在桃树街上散步的时候，也就不会有遭受被人侧目而视的尴尬了。

“即使你这么想，可为什么非得说出来呢？”她责怪道，“你要是高兴尽管去想好了，但是闭紧你的嘴巴，一切都会好得多。”

"那是你的办法，不是吗？我的绿眼睛的伪善者。斯佳丽，斯佳丽！我希望从你这里得到更多的勇气。我知道爱尔兰人想到什么就说什么，只有魔鬼才会吞吞吐吐有话不敢说。告诉我真话，你有时候有话说不出来时是不是憋得几乎都要爆炸了？"

"嗯——是的，"斯佳丽不情愿地承认，"有时候听到别人一天到晚地在那儿谈伟大事业，我就厌烦得不得了。可是上帝，瑞特，如果我承认了就没人会搭理我了，而且没有哪个男孩子愿意跟我跳舞了！"

"哦，是的，一个人是非得有人跳舞的，不管付出怎样的代价。好吧，我很佩服你的自制力，这一点我可比不上你。我也不能拿一段风流史和爱国主义的外衣将自己掩饰起来，无论这对于我有多大的便利。现在的傻瓜爱国者已经够多了，现在他们把手头的每一分钱都拿到封锁线上去冒险，将来战争结束了，人人都会变成穷光蛋。他们不需要我加入他们的行列，也不需要我去给他们的爱国史增光，那张穷光蛋的名单也无须我凑数。这些荣誉的光环让他们去戴吧。他们值得戴——这是我难得说出的一句至诚的话——而且，不出一两年，那些愿意戴光环的人就都可以实现梦想了。"

"我觉得你这人太顽皮了，你明知道英国和法国马上就要来帮我们这边的忙了，为什么还说这样的话——"

"怎么，斯佳丽！你一定是读过报纸了吧！我为你感到惊讶。别再看那玩意儿了。它会把女人的脑瓜搅糊涂的。你若想知道真消息，不到一个月前我就在英国，让我来告诉你吧。英国永远也不会来援助南部邦联。英国从来不曾帮过落水狗。这就是英国之所以为英国的原因。而且现在坐在英国宝座上的那位胖嘟嘟的荷兰女人，她敬畏的是上帝，并不赞成奴隶制。她宁愿不要我们的棉花，听凭那些纱厂工人饿死，也绝不会为我们的奴隶制助一臂之力。至于法国，那位拿破仑的孱弱的模仿者正忙着在墨西哥建立法人区，才不肯费心来管我们呢。事实上，他欢迎这场战争，因为这使得我们忙碌不堪顾不上把他的军队从墨西哥赶出去……不，斯佳丽，这种外来援助的观念是报纸创造出来维持我们的士气的。总之，南部邦联的命运是注定的了。它如今就像一头骆驼，已经消耗到它的驼峰了，而即使是最大的驼峰也并非消耗不尽的。我现在已决定再跑六个月的封锁线，以后就洗手不干了。因为六个月以后，这就太冒险了。我把船卖给那些傻乎乎的英国人，他们自以为这生意能做下去。不过无论卖不卖得掉，我都无须担心。我已赚足了钱，已兑换成金币存在英国的银行里。这纸币对我来说一文不值。"

他每次发表议论，听上去都很有道理。就像刚才这番话，别人听了也许会认为是卖国贼言论，可对斯佳丽来说，句句都是常识，句句都是真理。她明知这是极端错误的，知道自己应该感到震惊和愤怒。尽管事实上她既不震惊也不愤怒，但她会装出震惊和愤怒的样子，因为这会让她觉得更让人尊敬，更富有女人味。

“我想米德大夫信上说你的话是很对的，巴特勒船长。为你赎罪的唯一方法就是你把几条船卖了之后马上去参军。你是西点军校出身，而且——”

“你说起话来像是牧师在做招兵演讲。但是要是我不愿意为自己赎罪呢？我为什么要为这个抛弃我的制度战斗，并且维持它？我会从眼看它崩溃的过程中得到乐趣。”

“我从没听说过什么制度。”她不以为然地说。

“是吗？可你也是这个制度的一部分，像我一样，而且我敢打赌，你不一定比我更喜欢这个制度。哦，我为什么会成为巴特勒家族的败类？就是因为这个原因，而不是别的——我不曾也不能符合查尔斯顿的标准。查尔斯顿就是南方的象征，只是更强烈化而已。我想知道你明白厌烦是什么吗？许许多多事情因为人家一向都这么做，我们便不得不做。因为同样的理由，许多无害的事都不能做。许多毫无意义的事把我搅得烦透了。没有娶那个年轻女子，你可能已听说过她了，那只是最后的缘由。我为什么要娶一个乏味的傻瓜，就因为一次意外事故阻碍了我在天黑以前把她送回家？为什么要允许她那眼如铜铃的哥哥朝我射击并杀死我，而这是在我的枪法又很准的情况下？假如我是个上等人，当然，我该让他打死我，那就替我们巴特勒家族的名声抹去了污点。可是——我想活下去。这样我活下来了，而且过得很愉快……我一想起我哥哥，住在查尔斯顿那群神圣的母牛中间，而且对她们尊敬之至，想起了他那肥猪一样的太太，他那圣塞西利亚舞会以及他那无休无止的稻田——于是我知道了挣脱这种制度的报酬了。斯佳丽，我们南方的生活方式跟中古时代的封建制度一样陈旧。奇怪的是，它居然能够维持这么久。它必须崩溃，而且现在已经开始崩溃了。那么你以为我听了米德大夫的一番演说，就会相信我们的伟大事业是正当神圣的吗？你以为我受这鼓励的一番鼓动，就会端起长柄毛瑟枪，跑到弗吉尼亚去替南方政府流血牺牲吗？你认为我是个什么样的大傻瓜呀？去吻那责打我的木棒，这绝不是我会干的事。南方与我现在是债务两讫了。南方曾将我抛弃，让我饥寒交迫。我没有饿死，我从南方的临死阵痛中赚够了钱，已足以报偿我所丧失的生活权利。”

“我想你真是卑鄙龌龊，唯利是图。”斯佳丽说，但她的话非常机械。他刚才所说的一番话对她不过是耳旁风，因为凡是不关自己的话，她总是这样。但是她也觉得其中一部分颇有道理。在上流社会里，有那么多愚蠢的事情，不得不装出一副悲伤的样子，尽管她并不悲伤。她在义卖会上跳了几支舞就把那些人惊吓得不得了。有时她的所作所为只要跟别的年轻女人的行为稍有不同，人们就会凶巴巴地皱起眉头来。可是，无论这些传统多么让她懊恼，现在听见他如此加以攻击，仍然觉得不堪入耳。她在旧的体制中生活得太久了，一听到有人道出了自己的心声心中难免惴惴不安。

“唯利是图？不，我只是有远见而已。虽然有远见也许只是唯利是图的一个同义词。至少，不像我一样有远见的人们都会这么称呼它。1861 年，任何一个忠心的南部邦联人，只要手里有一千块现钱，就能做我所做的事，可惜的是他们中很少有唯利是图的！萨姆特要塞刚攻下来时，各港口还没有封锁，我就以极低的价格购进几千包棉花，运到英国。现在这些棉花仍然堆在利物浦的仓库里。我始终不把它们卖掉。我要等到英国纱厂非要棉花不可的时候再出售，那我就可以随意开价了。到那时，我就是卖到一美元一磅也不足为奇了。”

“你等大象在树林里做窝的时候，再卖一美元一磅吧！”

“我相信我会卖到那价钱。棉花已经七十二美分一磅了。战争结束的时候，我就会成为一个富翁。斯佳丽，因为我有远见——请原谅，应该说是唯利是图。我曾跟你说过，有两次赚大钱的机会，一个是在文明的创建中，另一个是在该文明的崩溃中。创建时赚钱比较慢，而崩溃时就比较快了。记住我的话。也许有一天它们对你会有益处。”

“我非常重视好的忠告，”斯佳丽说，语气尽量满含嘲讽，“可是我不需要你的忠告。你认为我爸爸是个穷光蛋吗？他的钱已经够我花的了，何况我还有查尔斯的遗产。”

“我想当初法兰西的贵族没有爬进囚车以前，都跟你的想法一样。”

有时瑞特给斯佳丽指出，她一面参加所有的社交活动，一面又穿着黑色的丧服，这实在不相称。他喜欢鲜艳的色彩，斯佳丽的丧服和从帽子拖到脚踝的黑纱使他感到既好玩又不快。可她仍然不肯脱去丧服和黑纱，她知道如果自己不再等几年再换上色彩鲜艳的衣服，全城的人肯定会议论得更加厉害。而且，她该怎么向母亲解释呢？

瑞特坦白地说这黑纱使她看上去跟母牛似的，黑衣服又使她看上去老了十岁。这话使得她赶紧扑到镜子前，看自己是否真的像二十八岁而不是十八岁。

“我想你应该更骄傲些，不要打扮得跟梅里韦瑟太太似的，”他激她道，“而且也用不着披着黑纱来装悲伤，因为你本来并不悲伤。我敢跟你打赌。要是你去掉那帽子和面纱，不出两个月我就可以给你弄来一顶巴黎时兴的帽子。”

“真的，不，不要再增加他们的话柄了。”斯佳丽说，生气他提到查尔斯。瑞特正打算到威尔明顿去，从那儿再到国外游一圈，于是就咧嘴笑了笑，离开了。

几个礼拜后一个明媚的夏日早晨，他手里提着一只包装精美的帽盒子再次出现了，发现只有斯佳丽一个人在屋里，他打开盒子。里面用纸层层裹住的是一顶非常精致的女帽，斯佳丽一看见，便大叫一声，“哦，多漂亮啊！”一面伸手去拿。像这样的新服饰已好久没见过了，更不要说是摸了，它仿佛是她曾见过的最可爱的帽子。它是用深绿色细丝绒做成的，镶着淡绿色的水绸边。两条带子在下巴儿底下打个结，像她的手掌一样宽，也是淡绿色的。那卷着的帽檐上面还插着一支十分骄傲的鸵羽。

“戴上吧。”瑞特笑着说。

她快速走过房间来到镜子前，很快将它戴在头上，将两鬓的头发掠到后边，以便露出耳环，然后系好带子。

“我看上去怎么样？”她喊道，旋转着让他看最美的姿势，摇摇头使鸵羽舞动着。可她不用看他的眼睛来证实就知道自己漂亮极了。她戴上这顶帽子越发俏皮了，而且那绿色绲边映得她的眼睛像翡翠一般熠熠闪亮。

“哦，瑞特，这帽子是谁的？我要买下来。我愿意拿出所有的钱来。”

“它是你的了。”他说，“除了你谁能配得上这种层次的绿色？你不认为我把你眼睛的颜色记得很准吗？”

“你真的是替我选的吗？”

“是的，盒子上还有‘和平路’几个法文字呢，如果这对你来说有意义的话。”这对她并没有什么意义，她只顾对着镜子里的自己笑。在这一刻，什么都不重要了，她只知道自己两年来第一次戴上这样美的帽子，看上去真是美极了。戴着这顶帽子，她还有什么事干不成！但是接着，她的笑容消失了。

“你难道不喜欢它？”

“哦，它是一个梦，不过——哦，这么可爱的绿色，要是拿黑纱罩起来，再把鸵羽也染成黑色，那真是太可恨了。”

他立刻走到她身边，很快解下她下巴下的带子。刹那间那帽子又回到帽盒里去了。

“你干什么呀？你说过它是我的。”

“可是我并不是给你拿去改作丧帽的。既然不合你的胃口，我去送给其他哪个绿眼睛的漂亮女人去。”

“哦，你不能！失去它我会死的！哦，瑞特，请你别当真！让我拥有它吧。”

“把它变成像你其他的那些帽子一样可怕？不。”

她紧紧抓住盒子不放。这件可爱的礼物使她看上去那么年轻，怎么能送给别的姑娘？哦，绝不！有一刻她想起了贝蒂和梅兰妮的惊恐，想起了艾伦，她会说什么呢，于是她发抖了。可是虚荣心比这些更强烈。

“我不会改的。我答应你。现在可以让我拥有它了吧。”

他带着一丝嘲讽的微笑将帽盒给了她，看着她重新戴上，对着镜子修饰起来。

“多少钱呀？”她突然问道，脸拉了下来，“我只有五十美元，可下个月——”

“买它花了将近两千美元，南部邦联的纸币。”他看着她那凄苦的神情，咧嘴笑了笑，说道。

“哦，天哪——假如我现在给你那五十美元，以后当我有——”

“我并不想要你为它付钱，”他说，“它是我送你的礼物。”

斯佳丽的嘴突然张大了。在接受男人的礼物时，界线可要划得既严谨又分明啊。

“糖果和鲜花，亲爱的，”艾伦不止一次说过，“或者可能是一本诗集，一本纪念册，一小瓶花露水，只有这些东西是女人可以接受的。凡是贵重的礼物，即使是未婚夫送的，也绝不能收，例如首饰、衣服、手套、丝巾之类的。如果你收下了，男人们就会觉得你不是个上等女人，因此对你就更加放肆了。”

“哦，上帝啊！”斯佳丽看了看镜中自己漂亮的影子，又看了看瑞特那极不易看穿的表情，心里暗暗地想道，“要我不收下这份礼物，我实在说不出口来。这帽子简直太可爱了。我宁愿——宁愿他对我放肆一下，只要不过分地放肆就行。”想到这儿，她不由大吃了一惊，脸上立刻泛起了红晕。

“我——我会把那五十元钱给你的——”

“你要是那样的话，我就把它扔到阴沟里去。或者再去买东西来引诱你的灵魂。我知道你的灵魂只消一点点东西就会被我引诱的。”

她勉强笑了笑，而镜子里那个绿帽檐底下的笑影立刻使她下定了决心。

“你打算对我怎么样呢？”

“我要拿好东西来勾引你，直到你的贞操再不能维持，可以听凭我玩弄。”他说。“男人的东西只有糖果和花你可以收，亲爱的。”他又模拟着一般母亲的口气，以致她不由得吃吃笑起来。

“你真是一个黑心肝的活鬼，瑞特，你明知道这顶帽子太漂亮了，我是没办法拒绝的。”

他的眼睛一面恭维她的美，一面却在讥笑她。

“你不妨骗一骗贝蒂小姐，说丝绒跟绸子的样子都是你自己给的，图样也是你自己打的，我还要了你五十块钱。”

“不。我要说一百块钱，等她去对别人说去，让她们羡慕去，都要说我多么多么阔绰。可是，瑞特，以后你再不要拿这么贵重的东西送我了。我知道你很好心，可是我实在不能再收你什么东西了。”

“真的吗？可是等我高兴的时候，以及我觉得有什么东西可以增加你的美的时候，我还是要送的。不过我要警告你，我并不是好心。我是拿帽子、镯子一类东西来引诱你，来引你到陷阱里去的。你要牢牢记着，我无论做什么事情都有缘故，我给人家的东西一直都盼望人家的报酬。我是什么都要代价的。”

他的黑眼睛搜索着她的面孔，一直搜索到她的嘴唇。斯佳丽低着头，浑身充满着激动。现在他要放肆起来了，不出艾伦的预料。他要跟她亲吻了，或是尝试跟她亲吻了，到底怎样，她一时也分不清楚。她如果拒绝呢，他就马上要将那帽子一把抓了去，去拿给别的女人。反之，若是她让他规规矩矩地亲一下呢，以后他抱着再亲的希望，别的好东西就会源源而来了。男人家对于亲几个嘴，总是看得非常重的，天才晓得是什么缘故。有很多人亲了一次嘴之后，竟会立刻爱上那个女孩子，或者因为女孩子调皮，亲了一次之后就不肯让他们再亲，竟会演出许多话剧来。倘若瑞特真的爱上她，并且承认了他的爱，求她亲一个嘴或是笑一笑，那事情就有了劲儿了。是的，就让他来亲吧。

但是他并没有表示要来吻她的意思。她从她的浓眼睫毛底下乜了他一眼，并且含糊地给他一个鼓励。

“你说你是什么都要代价的，是不是？现在你盼望我给你什么代价呢？”

“这等等看。”

“如果你以为我要因为这顶帽子就会跟你结婚，那我是不会的。”她厚着脸皮说，一面将头一扭，扭得那帽上的鸵羽蹦蹦跳跳起来。

他那小髭须下面的白牙齿露了露。

“太太，你太高估你自己了。我并不想跟你结婚，也不想跟任何人结婚。我是一个不结婚的人。”

“真的吗！”她一面喊着，一面不由得倒退了几步，以为现在他一定要放肆起来了，“我连跟你接吻都不愿意呢。”

“哦，怪不得你那张嘴鼓得那么好玩了。”

“哦！’她喊道，因为她已经瞥见了自己的影子，果然两片红嘴唇正做着一个接吻的姿势。“哦！”她接连喊着，气急败坏，恼羞成怒，“你真是一个最最可怕的人，我从来没有见过第二个像你这样的人，就是从此以后再也看不到你我也不会有丝毫的遗憾!”

“你如果真的那么想，就踩破那帽子吧。啊，我看你是气恼极了，这也难怪。那斯佳丽，你把帽子踩破得了，就算你把我这人跟我的东西都看得一文不值了。”

“你敢碰它一下!”她一面说着，一面双手牢牢抓住了帽檐，往后倒退了几步。他追上前去，轻轻笑着，捏住了她的双手。

“哦，斯佳丽，你简直是个小孩子，你把我的心都弄痛了，”他说，“好吧，我就来吻你一下吧，我看你在盼望着呢。”说着，他就随随便便地俯下身子，将小胡子在她面颊上轻轻擦了一下，“现在，你是不是觉得要打我一个耳光呢?”

她努着嘴唇，抬起头看着他的眼睛，看见他那黑眼珠深处含着一种觉得非常好玩的神情，便不禁嗤的一声笑出来。她想这人真是顽皮极了，恶作剧极了！如果他不想和她结婚，并且不想和她接吻，那他想要什么呢？如果他并不是爱她，那么又为什么常常来找她，常常送东西给她呢?

“如果你这样觉得，那就好了，”他说，“斯佳丽，你要知道，我对你是一种威胁，你如果有一点意识的话，就该叫我滚蛋——如果你能够的话。因为我这人是很不容易摆脱的。但是我对你的影响实在很坏。”

“是吗?”

“你难道看不出来吗？自从我在义卖会上第一次见到你的时候起，你的行为就很骇人听闻了，这大部分都该归咎于我。谁鼓励你去跳舞的呢？谁强迫你承认自己也觉得我们这光荣的伟大事业并不光荣也不神圣呢？谁怂恿你承认自己也觉得这些为伟大事业而战的人都是傻瓜呢？谁帮助你给那些老太太们提供了许多谈论的资料呢？最后，谁引诱你接受了一个上等女人不该接受的礼物呢?”

“你太高估你自己了，巴特勒船长。我所做的事情不见得就坏到这样，而且我做这些事情也不是靠你帮忙的。”

“这我就不信了，”他说这话时，面容突然变得安静而阴郁，“按理说，你应该心里一直悲伤，像一个查尔斯·哈密尔顿的遗孀，同时在那些伤兵里面，也应该是以规矩出名的。然而事实上——”

但是她并没有听他说话，因为她又在那里对着镜子顾影自怜，并且心里正在打算，今天下午就要戴着这顶帽子到医院里去，还要到调养期的军官那里送花去。

他最后所说的几句话，确实句句都是实话，可是她一点儿都没有想到。她没有想到瑞特曾经替她打开寡妇的狱门，将她解放出去，使她仍混进那些未结婚女子里面去做她们的皇后。她也没有想到自己所以远远撇开艾伦的教训，确是由于他的影响。因为她的变化是逐渐发生的，今天挣脱了一种习惯，过几天再挣脱了一种习惯，彼此之间似乎并没有什么联系，也没有一件跟瑞特发生联系。其实呢，她因受了瑞特的影响，已经把她母亲给她的种种关于礼节的严厉教训多数抛到九霄云外了，已经把一个上等女人所应做的艰难功课都置之脑后了。

但是她现在只看见那一顶帽子跟她非常合适，只知道它并不要一个大价钱，只知道瑞特一定是爱她的，无论他自己承认不承认。而且她一定得想出个办法来使他承认。

第二天，斯佳丽站在镜子面前，手里拿着一柄梳子，嘴里衔着满嘴的发夹，尝试梳着一种新式的头髻，这种头髻是梅贝尔新近到里士满去看丈夫的时候学回来的，据说现在都市里非常流行。它的名字叫作"猫儿鼠儿小耗子"，梳起来很不容易。梳时先把头发打中间分开，左右各成逐渐减小的三叠，最大的一叠居顶上，叫作"猫儿"。"猫儿"和"鼠儿"都还不难梳，至于"小耗子"就不好弄了，你拿夹子夹住它，它一直都要溜开去。但是她下决心要梳成功，因为这天晚上瑞特要来吃晚饭，他看见她衣服上、头发上有点新花样，一直都会注意和称赞的。

当她正在满头大汗地跟那茂密而顽强的头发奋斗的时候，她听见楼下穿堂里响起一阵轻轻的跑步声，知道梅兰妮已从医院里回来了。随即她又听见梅兰妮两步并作一步地飞跑上楼梯，不由吓得停住手，心想一定出了什么事儿了，因为梅兰妮走路向来不会这么急的。她走到门口，开了门，便看见梅兰妮满脸绯红，惊慌失措地跑进房来，活像一个做错了事情的小孩子。

她脸上淌着眼泪，帽子倒挂在背后，裙箍儿猛烈震荡着。她手里不知抓着一件什么东西，一阵廉价香水的气味被她带进屋里来。

"哦，斯佳丽！"她一面喊着，一面关了门，坐到斯佳丽的床上，"姑妈回来了吗？哦，还没有？谢天谢地！斯佳丽，把我羞死了！我差不多要晕过去了，斯佳丽，彼得大叔口口声声说要告诉姑妈呢！"

"告诉什么呀？"

"告诉我跟那个——那个也不知是小姐还是太太的话——"梅兰妮拿手帕扇着自己的热脸，"哦，就是那个叫贝尔·沃特林的红头发女人！"

"什么？梅兰妮！"斯佳丽嚷道，她吓得眼睛只会发愣了。

贝尔·沃特林就是她到亚特兰大的第一天在街上看见的那个红头发女人，现在她在这里，已经大大出名了。因为亚特兰大自从成了士兵云集的所在，便有许多妓女跟着他们的足迹而来，其中要算这贝尔首屈一指，就因她长着那么一头火焰一般的头发，身上穿的衣服又一直是非常华丽而时髦的。向来在桃树街上跟其他规矩的地方都难得看见她的踪迹，偶或看见她在街上走，凡是规矩人家的女人都要急忙避开她。现在梅兰妮竟会跟她讲起话来。这就怪不得彼得大叔要火了。

“要是让贝蒂姑妈知道的话，那我就宁可死了！你明白的，她若是知道这桩事，就一定会马上哭起来，马上会到处去告诉人，那我就没有脸面见人了，”梅兰妮呜咽道，“而且这并不是我的过错。我——我实在硬不起心肠来避开她，这是对不起人的。斯佳丽，我——我实在可怜她呢。你想我应不应该可怜她呢？”

但是斯佳丽并不关心这桩事情的伦理方面。她也跟大多数天真烂漫的好人家女子一样，对于娼妓这东西发生了深刻的好奇心。

“她要跟你讲什么呢？她的话讲得怎么样？”

“哦，她的语法错得很厉害，不过我看得出她是极力想学好的，这可怜的东西。刚才我从医院里出来，彼得大叔没有驾马车来接我，因而我就决定走路回家。我走到埃莫森家大院的时候，谁知她正躲在篱笆背后等我呢。哦，我的天，幸亏他们埃莫森家的人都到梅肯去了！那时她就说：‘请你，威尔克斯太太，跟我说几句话吧。’我也不知道她怎么会知道我的名字的。那时候我原应该赶快跑开去，可是——可是斯佳丽，她那副神气太可怜了——那是一种哀求的神气。而且她穿着黑衣裳，戴着黑帽子，脸上没有搽脂粉，若不是头上长着红头发，简直是跟规矩人家的女人没有两样的。我还没有回答，她就又说道：‘我本不应该跟你来说的，可是我曾经想跟艾尔辛太太那只老母孔雀去说，她竟把我赶出了医院。’”

“她真的把她叫作老母孔雀吗？”斯佳丽说着，觉得很有趣，笑起来了。

“哦，你不要笑。这没有什么好笑的。谁能料这个小姐——哦，这个女人，原来是想给医院帮一点忙呢——你意想得到吗？她自愿每天早晨到那里去做看护，这当然把艾尔辛太太几乎吓死了，就立刻把她赶出了医院。以后她又说：‘我也希望能做一点事。难道我不跟你们一样也是一个南部邦联人吗？’斯佳丽，我听见这话真是感动极了。你知道，她想给伟大的事业出力，这难道不是好事吗？你觉得我做得对不对？”

“啊呀，我的天，梅兰妮，谁管你对不对呢？她还说什么来着？”

“她又说，她对到医院里去做事的这些女人一直都留心看过，只觉得我——我脸上很和气。因而她拦住我说话了。她说她有一点钱，要我替她拿去用到医院里，但是千万不要说出是哪里来的。她说如果艾尔辛太太知道这是什么样的钱，就一定不会允许的。什么样的钱呢！那是我一想起来就要晕过去的！那时我心乱得很，急于要离开她，只对她说：‘哦，好的，你真是好人。’或是诸如此类的痴话，她就微笑着说：‘你真是一个基督教徒。’一面便把这条龌龊的手帕塞进我手里来了。嗨，你闻到这股香气了吗？”

梅兰妮拿出一条男人的手帕来，非常龌龊，但是带着浓烈的香气，里面包着一些硬币，打了一个结。

“她还在那里向我道谢，并且说以后每礼拜都要拿一点钱给我，谁知这时候彼得大叔已经把马车赶到面前，看见我了！”梅兰妮说到这里，不禁泪流满面，将头倒在枕头上，“他一看见是谁跟我在一起，他——斯佳丽，他竟对我吼起来了！我这一生一世从来没有人对我吼过。他说，‘你赶快上车来！’当然，我就上车了，于是他一路教训我，不容我分辩一句，还口口声声说一定要告诉贝蒂姑妈。斯佳丽，你替我下楼去求求他不要告诉姑妈吧。也许他会听你的话。姑妈是连我看这种人一眼都要气死的。可以不可以？”

“好的，我去。不过我们先来看看这里面有多少钱。我觉得很重呢。”

她解开了那个结，于是一大把金币滚到床上来。

“斯佳丽，有五十块钱！而且都是金的！”梅兰妮数了一数，就吓得喊了起来，“你说说看，到底应该不应该拿这种——嗯，拿这样挣来的钱——嗯——用在那些士兵身上呢？你想上帝会不会谅解她的一片好心，便不管这钱龌龊不龌龊呢？我想起了医院里需要这么多东西——”

但是斯佳丽并没有听见她的话。她正看着那条龌龊的手帕，心里充满着羞辱和愤怒。原来那条手帕的一角绣着“R. K. B.”，而现在她的上格抽屉里也放着跟这一模一样的一条手帕，那是瑞特昨天刚刚借给她包花蒂儿的，她预备他今天来吃晚饭的时候还给他的。

由此看来，瑞特是跟那龌龊的沃特林有了来往，并且还拿钱给她用。这就是她这预备捐给医院的钱的来源。怪不得都是金的了。但是瑞特一面跟婊子往来，一面居然又敢跟规矩人家的女人亲近！而且她还相信他是爱她的呢！现在从这件事看起来，他一点儿也不爱她。

对于坏女人和涉及坏女人的一切，她向来都觉得神秘，都反感。她又知道男人爱护这种坏女人的目的，没有哪个女人应该提及——即使提及，也只能用一种间接的说法和巧妙的言辞悄悄地说。她向来以为只有极粗俗的男人才会去接近这种女人。从前她对于规矩人家遇到的规矩男人——或者与之一起跳舞的男人——总以为他们绝不会做这种事。现在发现了这个新事实，就替她的思想开辟出一个新天地来，不觉使得她不寒而栗。也许所有的男人都是这样的！那么一般做妻子的岂不人人都受他们侮辱吗？总之，男人都是恶浊的，而瑞特更甚！

想到这儿，她就准备等他来时，将这手帕向他脸上掷去，然后让他滚出去，从此再也不理会他。但是，不，她当然不能这么做。她决不能让他看出自己知道有这女人的存在，更不能对他露出自己知道他跟这女人有来往。否则，她就不像一个上等女人了。

“哦，”她愤然地想道，“我若不是一个上等女人，对于这个恶棍还有什么话说不出来呢！”

于是，她将那手帕团在手中，下楼到厨房里去找彼得大叔。走过火炉时，她随手将那手帕扔到火里，憋着一肚子怒火看着它烧掉。

第十四章

1863 年的夏天到了，每个南方人心里的希望又高涨起来。无论经历怎样的磨难，怎样的艰苦，无论粮食投机家们怎样剥削，诸如此类的灾祸怎样层出不穷，也无论死亡和疾病怎样在每一户人家都打上了烙印，南方人却又在那里说“再一场胜仗就可以结束战争了”，而且比去年夏天说得更起劲，更有把握。因为虽然他们已经逐渐证明北方佬是个不易打碎的硬壳果，但是这硬壳果终于快要打碎了。

1862 年的圣诞节，亚特兰大人过得很快乐，整个南方都过得很快乐。南部邦联部队在弗瑞特瑞克斯堡打了一个空前的大胜仗，北军的死伤竟数以千计。在圣诞休假的那几天，南方普遍地在欢庆，欢庆着这潮头的转移。那个灰色的军队现在成了当令的战士了，那些将领们已经显出了他们的英雄气概，等明年春天再一次进攻，北军就可以永远被击溃了。

春天到了，战斗重新开始。五月到了，南部邦联部队又在查斯劳斯维尔打了一个大胜仗，于是南方欢声雷动。

本州最近的形势是，有一支北方的骑兵队冲进佐治亚州来，结果又变成南军的一次胜利。人们还在欢笑，还在互相拍着肩膀说：“是啊，先生！咱们有福勒斯老将军在，他们不如趁早滚蛋吧！”原来在四月底，北军的斯得雷上校带了一千八百名骑兵突然袭入了佐治亚州，目的是攫取亚特兰大以北六十多英里的罗马。他们非常有野心，想先截断亚特兰大和田纳西之间一条生死攸关的铁路，然后向南攻入亚特兰大，以便毁坏集中在那里的一切工厂和战争供应品。

这一下打击分量不轻，若没有福勒斯老将，南方就吃了大亏。当时他手下只有敌人的三分之一的兵力——但是没有一个不奋勇当先！——因而等不到敌人到达罗马，就把他们截住了，之后经过几日几夜的苦战，终于将敌军全军俘获！

这消息差不多是跟查斯劳斯维尔胜利的消息同时传到亚特兰大，一时间亚特兰大欢歌笑语震天动地。因为查斯劳斯维尔的胜利也许意义比较大，但是斯得雷的袭击队竟然会全军做俘虏，那就足以见得他们北军的可笑了。

“是啊，先生，他们跟咱们的福勒斯老将军还是少玩点儿花招为妙。”每个亚特兰大人都这么欢欣鼓舞地说。

这时南部邦联命运的潮头高到极点了，旺到极点了，南方已经举国若狂了。当然，葛兰特所带的一支北军自五月中旬以来一直都在围攻维克斯堡。当然，斯图沃尔·杰克逊在查斯劳斯维尔是受了致命伤，南方也丧失了一员大将。自从高布将军捐躯在腓特烈堡，佐治亚州又减少了一个头等人才。然而像弗瑞特瑞克斯堡和查斯劳斯维尔那样的大败仗，北方佬是再也吃不消了。他们不久就非得投降不可，那么这场残酷的战争也就完结了。

直到七月初，先是传闻李将军已经进兵到宾夕法尼亚，不久这传闻被证实。李将军果然打进敌人的境界了！李将军果然前进了！这就是这场战争的最后一役了！

整个亚特兰大都兴奋得跟发了疯似的，人人都咬牙切齿地要报复。现在战争已经进入北方佬自己的国境，他们总可以认识这场战争的意义了。他们的肥田要被没收了，牛马要被劫夺了，房屋要被焚毁了，老的少的都要被拖进牢狱了，女人孩子都要被赶出去饿死了——这就是这场战争对于他们的意义。

当初密苏里、肯塔基、田纳西、弗吉尼亚等失陷时，北军在那里的行动是多么残酷，人人都知道的。他们在这些占领地里造成的种种恐怖，就是极小的儿童都能够历历叙述，而且一提起来就觉十分愤恨。现在亚特兰大已经充满着从田纳西东部来的难民，因而那边所经历的种种苦痛，可以从那些难民口里听到极可靠的消息。在他们那一带，拥护南部邦联的人居于少数，因而他们受战争的祸害最惨，大凡边界诸州都是这样的命运，闹得邻居相互告发，弟兄相残，什么情况都有。这些难民嚷嚷得最厉害，他们恨不得宾夕法尼亚化作一片火海，连平日心肠最软的老太太此刻脸上也浮起了幸灾乐祸的表情。

谁知不久就有消息传到，说李将军已经下令，禁止部下侵犯私人的财产，如有抢劫事情，一律处以死刑，并须偿还所劫的物品——这一来，李将军可就得全靠他素日的威望来勉强保住民心了。到了那么一个富饶的州里，还不许士兵跑进满登登的仓库里去捞它一把？李将军的脑子里在打些什么主意呀？难道看不见我们的战士都饿成了这样，而且要鞋没鞋，要衣没衣，又没有马骑！

达西·米德匆匆写了封信给大夫，整个亚特兰大在七月头上收到的第一手消息也总共只有这样一封信，所以这封信就被人辗转传阅，人们也愈看愈气愤。

“爸，你能设法替我弄一双鞋子来吗？我已经光了两个月的脚了，而且并没有得到鞋子的希望。若是我的脚没有这么大，我也可以跟别人一样，从北方佬的死尸身上脱一双下来，可是我始终找不到一个北方佬的脚有我这么大。你如果弄到一双，千万不要交邮局寄来。路上有人要偷的，而且我也不能够怪他。不如叫斐尔坐火车来一趟，把鞋子亲自带来。以后我们要到哪里去，过几天再写信给你。现在我还不知道，只知道要往北去。现在我们在马里兰，大家都说我们要向宾夕法尼亚前进了……

“爸，我想我们应该让北方佬尝尝他们自己的苦药了，但是我们的将军说，不，至于我个人，我是恨不得把北方佬的房子一把火烧掉，就是枪毙也甘心。爸，今天我们经过一片极大的稻田，我从来没有见过这么大的。我们南方也从来没有这种稻子。不瞒你说，我们经过那里的时候，的确做了一点小小的抢劫，因为我们肚子实在太饿，而且知道将军决不会晓得。不过那些青稻子并没有给我们什么好处。有些兄弟早已害了痢疾，吃了这东西拉得更厉害了。这毛病苦得很哪，即使只剩一条腿跑路也没有这么苦。爸，你想法替我弄一双鞋子来吧。我现在做队长了，做队长的人即使没有新衣服、新肩章，鞋子总得穿的。”

但是大家关心的只是军队确实已经进入宾夕法尼亚这个消息。再一个胜仗就可以结束战争了，到时候达西·米德要什么鞋子都有，而且所有的孩子们都将回家来，大家又会过上幸福团圆的生活了。米德太太设想着儿子回来再不出门的情形，不由得一双眼睛都湿润了。

谁知到了七月三日，从北方来的电报突然沉默了，这一沉默一直延长到四日中午才有些陆陆续续的消息传到亚特兰大各处的大本营里来。据闻宾夕法尼亚境内曾经有过剧烈的战斗，而附近葛底斯堡小市镇的一仗尤其猛烈，因为那里是李将军所有军队集中的地方。但是这消息一时不能确定，而且来得也晚，因为仗是在敌人境内打的，这消息却是先由马里兰传出来，又在里士满搁了搁，然后才传到亚特兰大。

在消息未能证实期间，人人心里都慢慢起了一种恐惧。因为天下事情最难忍受的，莫过于不明事情的真相。凡是在前线有儿子的人家，都在热情地祈祷，巴不得他们的儿子没有开进宾夕法尼亚，至于那些明知自己的儿子跟达西·米德在同一个连里的，只好咬紧牙关，硬说他们的儿子能够参加这场大战役便是莫大的荣誉。

贝蒂家里那三个女人一听见这个消息，脸上便都露出无可掩饰的恐惧，因为阿希礼和达西在同一个连。

到了五日，坏消息传到了，但不是从北方来的，而是从西方来的。维克斯堡已经陷落了，是经过一场长久而残酷的围攻才陷落的，同时密西西比河全部流域，从圣路易斯直到新奥尔良，实际都已在敌人的掌握中。南部邦联已被截为两段了。这一噩耗，若在往常，已经大可使亚特兰大人惊惶而痛哭。但是现在，他们并不把维克斯堡的陷落放在心上。他们的目光都凝视着李将军身上了，他们以为李将军已在东边攻入宾夕法尼亚，这维克斯堡的陷落就没有什么了不得了。因为费城、纽约、华盛顿，不都在东边吗？东边一失，北方就要成麻痹状态，这是可以跟密西西比河之败相抵而有余的。

时间慢慢地前移，灾祸的黑影就在城市上空弥漫开来，使得天空的烈日也仿佛昏沉暗淡，直到人们抬起头，才惊觉并无阴云，仍旧碧空万里。到处都见女人交头接耳地聚集着，有的在屋廊上，有的在人行道上，有的甚至在街心，说着没有消息便是好消息，勉强互相安慰着，勉强装作不怕的样子。然而惊人的谣言陆续传来了，像只惊飞的蝙蝠在那沉寂的街道上往来投掷，说是李将军已经阵亡，仗是一败涂地了，同时大批死伤人员的名单也寄到了。大家虽还不肯马上就相信，但是左邻右舍都已经恐怖万状，争先恐后地奔到各报馆里、各大本营里去打听消息，不管什么消息，就是坏的消息也要了。

霎时便有成群结队的人聚在车站，等着开到的火车带来消息，此外电报局门前，各大本营门前，各报馆门前，也都拥挤着大群的人。这些人群越来越庞大，但都肃然无声。都不说话。偶尔听见一两个老头子颤抖的声音向里面的人问消息，里面的回答总是："北方的电报还没有通，只知道那边是在打。"因此，群众中依然寂静，并不因此而骚动。群众的外圈上都是妇女，有步行来的，有坐马车来的，越来越多，天气热，人又挤，加上那许多只脚掀起地上的灰土，闷得大家气都喘不过来。那些妇女们也都不说话，但是她们苍白的脸上那种默默哀求的神情，其实比号哭的声音更叫人难受。

亚特兰大城里没有一家人没有人在前线，或是儿子，或是兄弟，或是父亲，或是爱人，或是丈夫。现在这些人家都在那里等消息，等着自己家里人死了的消息。但是他们只期待死讯。他们不期待败讯。败的观念在他们脑海中早已排除掉了。也许就在这一刻，他们的家人已经在前线牺牲，尸体正躺在被太阳灼热的宾夕法尼亚山头上。也许就在这一刻，南方的行列正像禾稻遇到风雹一般倒下了，但是他们为之而战的那个伟大事业是永远不会倒的。也许他们成千上万地死了，但是立刻就有一批新的穿灰军服的人涌出来接替他们。究竟这些新的人是从哪儿来的，他们不知道。他们只知道天上有一个正直无私的上帝，只知道他们的李将军是神奇的，只知道弗吉尼亚的军队是不可征服的。

斯佳丽、梅兰妮、贝蒂帕特小姐，是坐了自己的马车去的，现在停在日报馆的门前，各人手里都擎着阳伞。斯佳丽的手抖得非常厉害，以致那柄阳伞晃荡得跟筛箩一般，贝蒂激动得不住地吸溜鼻子，活像一只野兔儿，唯有梅兰妮像石头雕成似的，只把一双黑眼睛睁得越来越大。她们在那里足足两个钟头了，她只开过一次口，那是当她把一瓶鼻烟从口袋里取出来递给她姑妈的时候，她平时对姑妈说话从来不这么莽撞的。

"你拿着吧，姑妈，要晕的时候你自己闻。实话告诉你，你今天反正是要晕的，不如叫彼得大叔先送你回去吧，我是决不会走的——非等听到消息不可。而且她，我也决不让斯佳丽离开我。"

斯佳丽本就没有要走的意思，因为她决不肯让别人先得到阿希礼的消息。哪怕是贝蒂小姐了，她也决不离开这里。她只想着阿希礼现在在打仗，或许死了，而现在这个报馆，就是唯一能够得到他的真实消息的地方。

她向四周围看了看，看见她的一些朋友和邻居也来了，米德太太也在那里，歪戴着一顶帽子，一只臂膀挽着她那十五岁的小儿子斐尔；麦克卢尔家的几个姊妹也在那里，正在不停地舔着上嘴唇，企图将它拉长出来盖住那儿颗龅牙；艾尔辛太太也在那里，身板挺得像一个斯巴达的母亲，但是仍旧藏匿不了内心的激动，因为她那几根灰白头发不住地颤抖；范泥·艾尔辛也在那里，脸色苍白得跟鬼似的。范妮不见得是替她兄弟休担心。那么前线还有哪一个算得上她真正的情人，值得她这样害怕呢？梅里韦瑟太太坐在马车里，正拍着梅贝尔的手。梅贝尔肚子已经很大了，拼命拿围巾遮也遮不掉，何必跑出来丢人现眼？她何必如此挂念呢？谁也没有听说过路易斯安那的队伍开进了宾夕法尼亚去。现在她那小义勇兵大概是平平安安地待在里士满吧。

忽然外圈起了一点骚动，原来瑞特骑着一匹马，正向贝蒂姑妈的马车而来，那些不坐车的人只好给他让开一条路。斯佳丽一看见他，心里便想：这个人胆子真大，他这么一个健壮威猛的男士，身上却没有穿军服，这儿的群众随时都可能将他撕成碎片。当他走近时，她觉得自己第一个就要将他撕碎。他居然敢骑着这么好的马，穿着这么亮的鞋，这么漂亮的麻纱衣服，吃得这么健康而光泽，还要衔着这么贵重的雪茄，而阿希礼跟前线其他的男子，现在都正光着脚，熬着炎热，饿着肚子，并且闹着种种疾病呢！

当他慢慢地从人群中挤过的时候，便有许多愤恨的眼光向他身上抛来。老头子们都在胡子底下咕哝起来，梅里韦瑟太太胆子最大，便从马车上微微抬起身子，清清楚楚地喊了一声："投机家！"她那语调之间，使得人人都会感觉得到这名称所含的无限恶毒。他却理都不理，只向梅兰妮和贝蒂姑妈抬了抬帽子，就靠到斯佳丽身边，对她说道："你想这会儿米德大夫会不会再来发表那种胜利的演说呢？"

斯佳丽的神经本来就已经等得有些紧张，现在听他这么说，便像一头怒猫似的朝着他，激烈的话已经涌到唇边了，但是他做了个手势，止住了它。

"我是来向你们几位报告的，"他高声说道，"刚才我到过大本营，知道第一批死伤名单已经到了。"

他说完这话，左边那堆听见这话的人群里就响起了一阵嗡嗡声，随即有一大批人骚动起来，预备从白厅街赶到大本营去。

"你们不必去，"他从马鞍上抬起身来摆了摆手说，"名单已经送到两个报馆里来印了。你们在这里等着吧！"

"啊，巴特勒船长，"梅兰妮含着眼泪对他说，"谢谢你特地跑来告诉我们！要到什么时候贴出来呢？"

"马上就要出来了，太太。交到报馆里已有半个钟头了。专管这事的军官一定要等印齐才发，他怕群众要挤坏报馆呢。哦！瞧！"

报馆的侧边窗开了，一只手伸出来，手里拿着一叠长条的单子，上面印着密密麻麻的名字，油墨还没有干。人群一拥而上，有抢到全张的，也有只抓到半张的，到手的就往后退了出来，预备到清静些的地方去看，那些在后面没能挤上前的，口里不住地喊着："让我过去啊！"

"你拉住缰绳。"瑞特一面跳下马，一面将缰绳扔给彼得大叔。随后他甩开膀子，从人群中挤出一条路，朝窗口移去。一会儿他就回来了，手里拿着五六张传单。他把其中的一张递给梅兰妮，其余的散给旁边几部马车里的人，就是麦克卢尔家的几位小姐，米德太太，梅里韦瑟太太和艾尔辛太太。

“快，梅兰妮！”斯佳丽提心吊胆地喊道，可梅兰妮的两手发抖，抖得简直无法看了，她着急得差不多要发疯了。

“你拿去看吧。”梅兰妮才说出口，斯佳丽就一把抓了过来。先从 w 看起。w 在哪儿呢？哦，在这儿，在下面，已经被揉得一塌糊涂了。“怀特，”她声音颤抖地念道，“威尔肯斯……威恩……泽布伦……哦，梅兰妮，他不在里面！他不在里面！哦，你怎么了，姑妈，梅兰妮，把嗅盐瓶捡起来！把她扶起来！梅兰妮。”

梅兰妮快乐得当众哭起来，一面扶住贝蒂姑妈那拨浪鼓似的头，将嗅盐凑到她鼻子底下。斯佳丽也在那一边撑着那胖老太婆心里高兴得暗暗歌唱。阿希礼还活着。他甚至都没有受伤。这是上帝赦免他的。上帝多好啊！

她突然听见低低的呜咽声，转过头，看见范妮·艾尔辛正把头伏在她母亲的胸口上，那张单子落在车轮下面，艾尔辛太太把女儿搂在怀里，两片薄嘴唇发抖，随即听见她对车夫吩咐道：“回去，快。”斯佳丽掠了一眼手中的单子。休·艾尔辛的名字并不在里边。那么范妮必定有一个情人在前线，现在他死了。当艾尔辛家的马车出去时，群众在一种同情的静默中让出一条路，随后便是麦克卢尔家的小马车。车是费思小姐自己把缰的，她的脸跟一块岩石似的，但是不知怎么的，这回她的牙齿居然不露了。霍普小姐带着一脸的死色，坐在她姐姐旁边，牢牢抓住她的衣角。此时她们简直跟老太婆一样了。她们的兄弟达拉斯是她们最最爱的，而且她们的亲属只剩下这么一个人。现在达拉斯也完了。

“梅兰妮！梅兰妮！”梅贝尔乐不可支地喊道，“雷内平安！阿希礼也平安！啊。谢谢上帝！”这时她肩上的围巾已经落下来，她的大肚子可以明明白白地看出来，但是她跟梅里韦瑟太太都不去管它了。“啊，雷内太太！雷内——”她的声音突然变了，“梅兰妮，你看！——米德太太！达西没有——”

米德太太正把眼睛看着自己的膝盖，人家叫她的名字，她也没有抬起头，但是坐在她旁边的小斐尔脸上的表情是可以看得清清楚楚的。

“喂，母亲，母亲。”他无可奈何地叫着。米德太太抬起头，正遇上梅兰妮的眼睛。

“他现在用不着鞋子了。”她说。

“哦，亲爱的！”梅兰妮一面哭起来叫着，一面将贝蒂姑妈丢到斯佳丽怀里，急忙跳下马车，奔到米德太太车上去。

“母亲，你还有我呢，”斐尔极力想安慰他的母亲，“只要你肯让我去，我会去杀尽北方佬——”

米德太太一把抓住他的臂膀，仿佛再也不肯放松似的，嘴里用一种哽咽得不能出口的声音喊出一个字来——“不!”

“你赶快住嘴，斐尔·米德!”梅兰妮一面跨上马车，坐到米德太太旁边，将她搂在怀里，一面低声对他说，“你想你再出去送死，就算孝顺你母亲了吗?我从来没有听见过这种傻话。快赶车，送我们回家去!”

斐尔转身拿起缰绳，梅兰妮转过身朝着斯佳丽。

“你把姑妈送到家，马上就到米德太太家里来。巴特勒船长，你可以送个信给米德大夫吗?他在医院里。”

说完，马车就打那逐渐散开的人群里出发了。人群中的妇女，有的乐得哭起来，但是大多数都因受到沉重的打击，就像突然痴呆了似的。斯佳丽重新低下头，将手里的单子又看了一遍，看有没有熟人的名字。因为现在阿希礼平安了，她就有心思去想别人了。啊，这单子多长啊!亚特兰大缴的捐税已经不轻了，整个佐治亚州缴的当然更重了。

“我的天!”卡乐佛特·瑞福德，中尉。”瑞福!她突然记起好久之前有一天，她曾跟瑞福一同逃走过，但是到晚上仍旧赶回家，因为肚子饿了。而且怕天黑。

“芳汀——约瑟夫·K，士兵。”就是那个坏脾气的小约瑟!萨莉刚刚生完孩子还没有复原呢!

“芒罗——拉菲特，队长。”拉菲特是跟凯瑟琳·卡尔佛特订婚了的。可怜的凯瑟琳!她遇到了双重损失，一个兄弟和一个爱人。但是萨莉的损失更大——一个兄弟跟一个丈夫。

哦，这太可怕了。她几乎不敢再往下念。贝蒂姑妈正在她肩膀上抽泣，叹气，斯佳丽就老实不客气地将她一把推在马车的一角，然后继续往下念。

不会吧，不会吧——她一看姓塔尔顿的有三个名字，心里觉得很诧异。也许——也许是排字人太匆忙，排重复了一个了。但是不。三个名字明明不重复。“塔尔顿·布伦特，中尉。”“塔尔顿·斯图兰特，伍长。塔尔顿·托马斯，士兵。”还有一个博伊德，是开战第一年就死了的，现在不知葬在弗吉尼亚的什么地方。那么塔尔顿家兄弟四个一个不剩了。汤姆和那对懒洋洋的长腿双胞胎最爱闲磕牙，闹起恶作剧来简直匪夷所思，博伊德风度翩翩像个舞蹈教师，可一条舌头刺起人来却又厉害得像只马蜂。

她念不下去了。她那些从小在一起游戏、跳舞、调笑，乃至于亲过嘴的朋友们，究竟那张单子上还有多少，她不忍再知道了。她只想哭，她觉得喉咙口仿佛有一只铁爪子在抓，要想个法子把它松一松。

“我替你伤心，斯佳丽，”瑞特说，她抬起头来看了看他，她已经忘记他在那里了，“你的朋友多吗？”

她点了点头，过了半天才说出口来：“郡里差不多每户人家都有——还有——还有塔尔顿家三兄弟全都在里面。”

他的面孔很平静，几乎是阴郁的，他的眼睛里并没有嘲讽。

“但是还没有完呢，”他说，“这不过是第一张单子，而且是不完全的。明天还会有一张更长的单子。”他放低了声音，不让近旁那些马车里的人听见，“斯佳丽，李将军一定吃了败仗。我在大本营里听见的，他已经退回马里兰来了。”

她对他抬起一双惊惶的眼睛，但是她的恐惧并非因为李将军吃了败仗。明天还有更长的死亡名单呢！明天。她并不会想到明天，她一看见现在这张单上没有阿希礼的名字，就已高兴得什么都忘记了。明天。是的，也许就在现在这一刻他已经死了，但要等到明天才知道，或者等明天以后的一个礼拜才知道。

“哦，瑞特，我们为什么要打仗呢？当初北方佬要是肯拿出几个钱来赎黑奴——或者我们一个钱不要就让他们拿了去，那不是比现在要好得多吗？”

“其实并不是为了黑奴。斯佳丽。黑奴不过是个借口罢了。战争总是要有的，就因为男人爱战争。女人不会爱战争，男人却爱——甚至比爱女人还要甚。”

他嘴上又照旧装起那种微笑来，脸上的严肃消失了。他抬了抬他的阔边巴拿马帽子。

“再见。我要去找米德大夫了。他儿子的死讯要我去报告，这事不免有点挖苦人。不过暂时他不会觉得，但到日后，他想起一个投机家去报告一个英雄的死讯，大概是要深深怀恨的。”

斯佳丽将贝蒂姑妈扶倒在床上，留下普里西和厨娘服侍她，自己就出门到米德家去了。米德太太跟斐尔在楼上，等着她丈夫回来，梅兰妮坐在客厅里，跟一群吊唁的邻居低声谈着话。她手里拿着针线和剪刀，正把艾尔辛太太借给米德太太的一件衣裳改做丧服。屋子里充满了一种土制黑染料的刺鼻气味，因为厨房里那个啜泣的厨娘，正把米德太太所有的衣裳放在一口大锅里搅拌着。

“她现在怎么样？”斯佳丽轻轻地问。

“一滴眼泪都没有，”梅兰妮说，“女人哭不出来的时候是可怕的。我真不懂他们男人怎么能够憋住不哭。我想是由于他们比女人强壮、比女人勇敢。她说她要亲自到宾夕法尼亚去带他回来。米德大夫是离不开医院的。”

“这太可怕了！为什么斐尔不能去呢？”

“她怕他不在她面前就要去加入军队。你知道的，他个头不小，人家会以为他已经十六岁了。”

邻居们一个一个地溜走了，她们知道米德大夫回来一定有一番伤心，都怕在这里等他，最后就只剩下斯佳丽和梅兰妮两个，在客厅里做着针线。梅兰妮样子很平静心里却很悲伤，眼泪不住地滴到手中的布上。分明她并不是替阿希礼忧愁，分明她不是在想战争仍旧进行着，阿希礼随时都有死的可能。斯佳丽听了瑞特一番话，心里便又充满了恐慌，现在她迟疑不决，是把这话对梅兰妮说出来，叫她替自己分忧呢，还是藏在自己肚里不说。最后她决定不说。因为倘若让梅兰妮看出自己替阿希礼过度焦急，到底是不像话的。今天早晨她的举动神情都已太露骨，还亏得别人没有看出来，连梅兰妮和贝蒂都没看出来。

经过一段时间静默的缝纫，她们听见外面有声音了，从窗帘缝里看见米德大夫正从马上下来。他的肩膀佝偻着，他的头低垂着，以致一撮灰色的胡子像一把扇子似的散在胸膛上。他慢慢走进屋子，放下帽子和皮包，默默地吻了两个姑娘的脸颊打招呼。然后，他疲乏地走上楼梯。一会儿，斐尔下来了，只见他长手长脚的，像是不知所措的样子。两个姑娘看了看他，示意他到客厅里去坐，但是他走到前面走廊上，在第一步台阶上坐下来，将头埋在两个手掌里。

梅兰妮叹了一口气。

“他快要发狂了，因为他们不让他去打北方佬。他只有十五岁呀！哦，斯佳丽，要有这么一个儿子该多么有意思啊！”

“养大了送给人去杀吗?”斯佳丽想起了达西，便这么回答。

“有儿子送给人去杀，总比没有的好，”梅兰妮说着又哽咽起来，“这是你不懂的，斯佳丽，因为你已经有了小韦德，可是我——哦，斯佳丽，我真想要一个孩子！你总以为我不该公然说出这种话来，但这是真话，而且孩子是每个女人都想要的，这你知道。”

斯佳丽好容易才忍住了嗤鼻。

“假使上帝的意思是要把阿希礼——把阿希礼拿去的话，我想我能忍受得了，尽管他死了我宁愿也不活了。可上帝会给我承受的勇气的。可我受不了他死了我却没有——没有他的孩子，没有留下一个慰藉。哦，斯佳丽，你真幸运！你虽然失去了查利，终究还有他的儿子在。可假如阿希礼走了，我却什么都没有。斯佳丽，请你饶恕我，我有时候真的妒忌你——”

“妒忌——我?”斯佳丽不胜羞惭地喊道。

“因为你有儿子，我没有。我有时甚至把韦德当作是我的，因为没有儿子真是可怕得很呢。”

“胡说八道!”斯佳丽放下了心说。她很快瞥了一眼那个红着脸在做针线活的细弱身躯。她觉得梅兰妮也许真的想要孩子，但是她那身体确实不配养孩子。她的身高不过是个十二岁的女孩子，她的臀部也窄得同女孩儿一样，她的胸部像板壁一样平。斯佳丽一想起梅兰妮养孩子，便觉得十分难堪。因为由这事儿连带引起的观念很多，都是斯佳丽所不堪设想的。假使梅兰妮真的跟阿希礼养出一个孩子来，这孩子便仿佛是从斯佳丽自己身上挖出去似的。

“我刚才讲韦德的话，请你原谅。你知道我实在太爱他了。你不会生我的气吧?”

“别说傻话了，”斯佳丽简洁地说，“你到走廊上去劝劝斐尔吧。他在那儿哭呢。”

第十五章

自从葛底斯堡一战吃了败仗以后，部队元气大伤，师老兵疲——大军被迫退到弗吉尼亚。就在拉皮丹河畔安营过冬，快到圣诞节时，阿希礼回家来休假了。斯佳丽跟他一别两年有余，如今乍一见他，那心情之激动连她自己也吃了一惊。当初她站在十二棵橡树的客厅里看他跟梅兰妮成婚时，心里按不住对他的恋慕之情，只觉得撕心裂肺，再也莫过于此了。可是现在她才明白，自己当年的那种感情，其实也不过像个宠坏了的孩子得不到所要的玩具而已。如今尝过了长年累月的相思滋味，她的感情才真是如火如炽，况且一直强自压在心头，不得一吐为快，所以其势越发如火上加油了。

阿希礼·威尔克斯身上褪色的军装打着补丁，一头金发被炎热的烈日晒得好似漂白了的亚麻丝，这跟她战前疯狂爱恋着的那个随和懒散的小伙子是完全不同的两个人了。如今的他，比以前更动人心魄了。以前他是白皙皮肤、细挑身材，如今却变得形容清癯，色如古铜，再配上嘴边那两大撇金黄色的骑兵式小胡子，就十足是个地道的军人形象了。

他军装虽旧，却军容整齐，手枪套在破了的枪套里，伤痕累累的刀鞘跟长筒靴磕磕碰碰显得十分气派，生了锈的马刺还隐隐约约闪着亮光——他阿希礼·威尔克斯，如今是南部邦联陆军的堂堂少校了。他发号施令已经养成了习惯，这就在眉宇之间形成了一种不太显眼的威严而又自信的神气，嘴边也开始出现了冷酷的皱纹。肩膀还是端得方方正正，眼睛里依然闪射出两道冷静明亮的光芒，不过看上去却有了个新的异样的特点。他原先是懒洋洋、闲散惯了的，如今却像一只觅食的猫那么机灵，那种全神贯注的警觉劲儿，就像浑身的神经永远如琴弦般根根紧绷着似的。他的眼神里含着疲劳和困惑，秀气的脸上紧包着一张晒得黑黑的皮——总之还是她心坎儿上的那个俊俏的阿希礼，然而已经大大不同于往日了。

本来是打算到塔拉庄园去过圣诞节的，可是阿希礼的电报一到，她就说什么也不肯离开亚特兰大了，艾伦很不高兴，还自己出面叫她，却也没能使她动心。其实，阿希礼如果是去十二棵橡树度假的话，她也就早早到塔拉，好设法接近他了。但是阿希礼事先写信到家里，要家里人都到亚特兰大去跟他相会，威尔克斯先生和霍妮、英迪亚姐妹俩都已早早来到了城里。跟他阔别了两年有余，难道为了要回娘家，就可以放过这个相见的机会？她一听他的声音心跳都会加快，难道可以不听？他的眼神里必然流露出对她的怀念，难道可以不看？不行！母亲虽好，也不能为了她就牺牲这一切。

阿希礼是圣诞节前四天到家的，跟他一起来的还有几个同郡的男孩子，也是回来休假的，葛底斯堡战役以后，他们的伙伴令人悲哀地不断减员。这次同来的人中间有凯德·卡尔佛特，身体瘦消憔悴，还不住地咳嗽，有芒罗家两弟兄，他们从1861年以来第一次休假，显得特别兴奋，还有芳汀家的汤尼和阿历克斯，他们总是喝得烂醉如泥，吵闹不休。他们要转车回家，得在站上等两个小时，在这期间，要让芳汀两兄弟彼此不打架，或者甚至不要跟车站上素不相识的人打架，他们这伙人中得有几位头脑清醒的人使点外交手腕才行。因此，阿希礼索性把他们全都带到贝蒂帕特姑妈家里来了。

"你大概以为他们俩在弗吉尼亚已经打够了，"凯德恨恨说，注视着那像竖起羽毛好斗的公鸡的一对，为的是谁该抢先去亲吻那心神不定而又受宠若惊的贝蒂姑妈，"才不呢。从我们到达里士满的那一刻起，他们醉得就没有清醒过，还老是要打架。宪兵曾抓过他们，要不是阿希礼会说话，他们只好在监牢里过圣诞节了。"

可是他的话斯佳丽连一个字也没听进去，因为她得以重新和阿希礼坐在同一间屋子里，正沉浸在狂喜之中。在这两年之中，她怎么会觉得别的男人美好、英俊，叫她高兴？既然阿希礼还在世上活着，她怎么能容忍别的男人向她求爱？他终于又回来了，和她只隔着客厅里的一块地毯，坐在长沙发上，梅兰妮坐在他一边。英迪亚坐在另一边，霍妮靠在他的肩膀上，斯佳丽每朝他看一眼，总要竭力控制自己，不让快乐的眼泪流淌下来。她要是能够坐在他的身边，挽着他的手臂，那该有多美！她多么想每隔几分钟就去拍拍他的袖子，好知道他确实在她身旁，她多么想握住他的手，用他的手帕来擦掉她欢乐的眼泪。可是这一切梅兰妮都做了，毫不害臊地做了。梅兰妮心里实在高兴，竟顾不上害臊，也顾不上拘谨了，她倚在丈夫的臂膀上，用她的目光，她的微笑和她的泪水，公然表达对他的爱情。斯佳丽对此情景，因为心里快乐，便不觉得憎恨，因为心里高兴，便不觉得妒忌。阿希礼毕竟回家来了！

她不时地举起手来，抚摸着脸上被他吻过的地方，回味他的吻带给她的震撼，她微笑地看着他。当然，他第一个吻的不是她。梅兰妮语无伦次地哭喊着，一下子扑到他的怀里，紧搂住他仿佛再也不放手似的。然后，英迪亚和霍妮拥抱他，几乎是把他从梅兰妮怀里抢过来的。接着，他尊重而热情地拥抱亲吻了他父亲，以示父子之间的那种强烈而又温和的感情。再接下来便是贝蒂姑妈，老太太兴奋得不停地挪动她那双不相称的小脚。最后他才转向斯佳丽，这时的斯佳丽正被一帮小伙子团团围住，都在自作多情地想亲吻她，他说了声："哦，斯佳丽！你可真迷人！"便在她脸上亲了一下。

被他这么一亲，斯佳丽本打算要说的欢迎词便不翼而飞。直到几小时后，她才回想起来他没有亲吻她的嘴唇。于是她便痴痴地想，如果刚才是他们俩单独在一起，他会不会俯下他高大的身躯，搂着她让她踮起脚尖，长时间地亲吻他的嘴唇。因为这样想让她觉得很开心，她便认为他一定会的。好在还有一个星期的时间，足够做任何事了！她一定得想方设法与他独处，对他说："你还记得从前我们常常在林中的秘密小径上骑马的事吗？还记得那个迷人的夜晚，我们坐在我家门前的台阶上，你念那首诗的时候，月光是多么皎洁吗？"（我的天！那首诗的名字叫什么来着？）"你还记得那次我扭伤了脚，你在傍晚时抱我回家的情景吗？"

哦，"你还记得吗"可以引出很多很多的事情，有许多美好的回忆可以把他带到往日他们俩像孩子一样无忧无虑地在郡里游逛的日子，有好多事可以使他回想起在梅兰妮·哈密尔顿闯入他们生活以前的许多日子。在他们谈话的时候，她也许能从他的目光中看出旧情复燃的迹象，看出除了他与梅兰妮的夫妻情分外，他仍然钟情于自己，其热烈程度不亚于那天烤肉宴上他吐露的真情。她并没有想一想，如果阿希礼明白地向她示爱的话，那她该怎么办呢？反正只要晓得他爱她就够了……是的，她可以等待，她可以由着梅兰妮快快活活地搂着他的肩膀去哭。总会有轮到她的时候。毕竟，像梅兰妮那样的一个女孩子怎么会懂得什么叫爱情呢？

“亲爱的，你简直像个流浪汉了。”梅兰妮在他第一次回家团圆的激动过去之后对阿希礼说，“谁给你打的补丁？为什么用蓝布补？”

“我觉得我这样子还挺不错的呢，”阿希礼打量着自己说，“你把我跟那边那些衣衫褴褛的人相比，就会觉得我的好多了。我这衣服是摩西补的，我看他补得还挺不错的，你想想，他在战前可连针线都没有摸过。讲到蓝补丁，我们就是这样的处境，要么身上的裤子任其七穿八孔，要么去弄一件北方佬的军装来，剪几块凑合着补一补——你瞧，这实在是没有办法啊。至于说我像个流浪汉，你还应该谢天谢地呢，你的丈夫总算不是光着脚回来的。就在上星期，我原来的那双靴子破得连底儿都脱了，我差点儿只好脚上裹着麻袋回来，幸好打死了两个北方佬的侦察兵。其中一个的靴子正好适合我。”

他把那双长长的腿伸出来给他们欣赏：一双高筒靴上面伤痕累累。

“另一个侦察兵的靴子不合我的脚，”凯德说，“比我的尺码小两号，现在我的脚卡得好痛。不过我总算能体体面面地回家了。”

“只怪你这个混蛋太自私，不肯把靴子给我们兄弟穿，”汤尼说，“我们芳汀家的贵族派的小脚穿它正合适。见鬼，穿了这种粗皮靴我真不好意思回家去见母亲。要是在打仗以前，这样的靴子她连家里的黑奴也不让穿的。”

“别担心，”阿历克斯说，眼睛看着凯德的靴子，“待会儿到了火车上，我们就从他脚上剥下来。见母亲我倒无所谓，可该死的——我是说我不想叫迪米特·芒罗看见我的脚趾头露在外面。”

“什么话呢，这双靴子是我的，明明我先说的嘛。”汤尼顿时把脸一沉。梅兰妮生怕那著名的方汀家兄弟又吵架，连忙插进来调解，总把他们劝住了。

“我本来留了一大把胡子，想给你们几个姑娘看看，”阿希礼说着，遗憾地在脸上摸了摸，脸上有剃刀划破的口子，还没有完全愈合，“我那胡子很漂亮，依我说，杰布·斯图兰特和内森·贝德福德·福勒斯的胡子也比不上我的。可我们到了里士满的时候，这两个无赖，”他指了指方汀家两兄弟，“因为他们想刮胡子，就非得要我也刮掉不可。他们硬把我按倒就刮，我的脑袋居然没有连同胡子一块被割下来，真是个奇迹。多亏埃文和凯德出来干涉，我的这两撇小胡子才算保留下来。”

“你别听他发酒疯，威尔克斯太太！你还应该谢谢我呢。要不然你见了他管保就认不得他了，不许他进门，”阿历克斯说，“因为他向宪兵说情，没把我们关进监牢，为了表示感谢，我们才帮他把胡子刮了的。只要你说一声，我们马上就给你把他的小胡子也一块儿刮掉。”

“哦，不用了，谢谢你们!”梅兰妮急忙说道，害怕地一把抓住阿希礼，因为那两个皮肤黝黑的小个子兄弟看样子是什么事都干得出来的，“我觉得他现在的样子挺不错。”

“这就叫作爱情。”两兄弟庄重地彼此点点头说。

阿希礼冒着寒风，用贝蒂姑妈的马车刚把这几位老朋友送往车站，梅兰妮便拉住了斯佳丽的胳膊。

“你看他身上的军装吓人不?我给他做的那件上衣准能让他很惊喜。哦，可惜我没有足够的布料再给他做条裤子。”

一提到送件上衣给阿希礼，就触到了斯佳丽的痛处，因为她心里巴望梅兰妮别送，这件圣诞礼物要是能由自己来送，该有多好啊。做军装的灰色布料如今比红宝石还珍贵，阿希礼身上穿的也是普通的土布。连白胡桃色的土布眼下也很罕见，许多士兵就把缴获到的北方佬军装用胡桃壳做成的染料染成了深褐色穿在身上。不过梅兰妮算是碰到了难得的好运，弄到点灰色的绒面呢，刚好够做一件上装——尽管短了点儿，但毕竟是件上装。原来她在医院里曾经看护过一位查尔斯顿的临死的伤兵，她剪下他一绺头发，连同他口袋里仅有的钱寄给他的母亲，附带还捎去了一封信安慰她，信上只字未提他临死前所受的痛苦。后来那伤兵的母亲和梅兰妮通起信来，当对方得知梅兰妮的丈夫在前线时，便把她原先为儿子买的这块灰色的衣料连同那些铜纽扣，一起寄给了梅兰妮。那衣料质地很好，又厚实，又暖和，还稍有光泽，不用说肯定是从封锁线那边买来的，而且价钱一定很贵。现在梅兰妮已把它交给裁缝，而且催促他务必在圣诞节上午以前完工。斯佳丽很想不遗余力地把这套军装的其余部分配齐，可在亚特兰大根本弄不到任何面料。

她也为阿希礼准备了圣诞礼物，但是与梅兰妮的熠熠生辉的上衣一比，就不免黯然失色。那是个法兰绒“小针线包”，里面有一整包瑞特从拿骚带给她的珍贵的缝衣针，有她自己的三块麻纱手绢，也是瑞特特地带给她的，还有两卷线和一把小剪刀。可是她想送给他一点更贴身的东西，如手套、衬衫、帽子之类像是妻子送给丈夫的东西。哦，对了，我一定得送顶帽子给他。阿希礼头上的那顶小小的平顶军帽看起来很可笑。斯佳丽向来都讨厌它。倘若斯图沃尔·杰克逊不喜欢垂边毡帽，却偏偏要戴一顶平顶军便帽，那也不见得就能使这种帽子显得气派些。可惜亚特兰大现在只有极粗劣的羊毛帽子可买，那比小家子气的军帽更不堪入目。

想起帽子，就想起瑞特。他的帽子可真多，夏天有宽边的巴马拿帽，正式场合有大礼帽，打猎有打猎帽，软边呢帽更是各色齐备，有棕黄的，有黑呢的，有蓝呢的。他要那么多帽子有什么用呢？可是她心爱的人阿希礼在下雨天骑马时只得让雨水从军便帽后面滴进他的衣领里。

“我一定要瑞特把那顶新的黑毡帽给我，”她暗自拿定主意，“我要在帽子上镶一条灰色的缎带，把阿希礼的花环缝在上面，那它看起来一定很漂亮。”

她犹豫了一下，心想：要不提出些理由，这帽子恐怕很难得手。她可决不能对瑞特说她打算把帽子送给阿希礼。那样的话他一定会眉毛一扬，满脸不快，她只要一提阿希礼的名字他总是这样满脸不快，于是，帽子也十有八九不肯给了。对，还是编一个令人怜悯的故事，就说医院里有个伤兵想要这么顶帽子，反正瑞特也绝不会想到去查个明白。

整个下午，她都在想方设法跟阿希礼单独在一起，哪怕几分钟也行，可是梅兰妮与他寸步不离，英迪亚和霍妮两人，她们不长睫毛的浅色眼睛熠熠生辉，此刻也时刻追随在他的左右。就连约翰·威尔克斯，一幅为儿子骄傲的神气，却捞不到机会跟他低声聊聊。

晚饭的情况也一样，大家问了他许多关于打仗的事。打仗！谁管他打仗不打仗？斯佳丽觉得阿希礼似乎对这个话题也兴趣不大。他说了许多，常常是连说带笑，整个饭桌上的谈话几乎完全由他一个人支配，她过去从来没有见他这样做过，可是他没有发表自己的见解。他只是讲讲笑话，说说朋友们的趣事，还高高兴兴地谈军队里的一些临时措施，以减轻饥饿和在雨中长途行军的苦恼，他还详细地描述了从葛底斯堡撤退下来的途中，李将军骑马从他们身旁经过时，看了看他们说：“各位，你们是佐治亚的队伍吗？哦，没有你们佐治亚人我的仗是没法打的！”

在斯佳丽看来，阿希礼之所以这样热烈地谈个不休，目的是使他们顾不上提出他所不愿回答的问题。在老父亲困惑的目光的久久注视下，阿希礼终于把眼睛垂了下去，斯佳丽看在眼里，内心暗暗有点儿焦急，猜不透阿希礼心里究竟有什么隐情。不过她这种心情不一会儿就消失了，因为今天她充满了与他独处的喜悦的幸福和强烈的欲望。

她心中的喜悦一直持续到围坐在炉火边聊天的每一个人都打哈欠时为止，于是威尔克斯先生带着两个姑娘回旅馆去了。他们走后，彼得大叔用灯照着阿希礼、梅兰妮、贝蒂帕特和她四人上楼，此时她情绪开始沮丧。当他们到了楼上，在穿堂里站住时，斯佳丽一团兴致败了个精光，在这以前她还觉得阿希礼是属于她的，只属于她，既使一个下午始终没有机会跟他说句悄悄话，可是现在，她说了声晚安，她看见梅兰妮突然脸颊绯红，身子开始颤抖起来。她的眼睛看着地毯，虽然好像在克服某种令人害怕的感情，却掩饰不住那副又害羞又幸福的神态。阿希札一开房门，梅兰妮头也不抬，就飞也似的朝里一钻。阿希礼匆匆道了声晚安，看也没看斯佳丽一眼。

房门在他们身后关上了，斯佳丽留在门外发呆，心里感到一阵凄凉。这一下阿希礼可就不再属于她了。他属于梅兰妮了。梅兰妮只要还在人世，她就可以跟阿希礼双双进房，把门一关——把他俩以外的一切全都关在门外。

现在阿希礼又要走了，又要回弗吉尼亚去了。又要冒着雨雪长途跋涉了，又要回去忍受一切艰难困苦，回去以他满头金发的漂亮的脑袋和他精力充沛的消瘦身躯去冒险，就像脚下的一只蚂蚁一样，随时可能被人一脚踩死。那一星期的许多幸福时刻，散发出梦境般的美丽光芒，在匆忙中过去了。

那一星期过得真快，像做了一场梦，一场飘溢着松枝和圣诞树芳香的梦，一场只看见细烛荧荧，银丝闪闪的梦，一场只觉得心儿狂跳，时光如飞的梦。在那令人透不过气来的一个星期间，斯佳丽怀着亦喜亦忧的心情，把每一分钟所经历的一些小事，都保留在记忆里，以便他走后慢慢地回味，在今后漫长的岁月中，她在空闲的时候，可以细细咀嚼，从中得到一些慰藉——跳舞、唱歌、欢笑，她对阿希礼那样的体贴入微，只要觉察到他需要什么，就赶快帮他拿来，看见他微笑就报以微笑，在他说话的时候就静静地听着，目光一刻也不离开他的身上，以便把他的每根线条，眉毛的一扬和嘴角的一动都牢记在心里——因为，一个星期匆匆就过去了。可战争却永远不会终止。

此刻阿希礼正在楼上同梅兰妮道别，斯佳丽坐在客厅里的长沙发上，把准备好的临别赠礼捧在怀里在楼下等他，心中暗暗祈祷他能一个人下来以便她能有机会与他单独相处片刻。她竖起耳朵，但什么声音也没有，屋子里静得连自己的呼吸声都似乎很响。贝蒂帕特姑妈正在卧室里伏在枕头上哭泣。因为半个小时以前阿希礼已经向她辞行过了。梅兰妮的房门紧闭，听不到说话声也听不到哭泣声，斯佳丽觉得阿希礼已经在梅兰妮的房间里待了好几个钟头了，他跟妻子在房间里告别的每一分钟，斯佳丽心里都恨恨不已，因为时间过得太快，他剩下的时间已经太少太少了。

她想起了一这星期以来一直搁在心里想跟他说的话。但是那些话始终找不到机会说，而且很可能再也没机会说了。

有些是琐细小事，比如，“阿希礼，你会处处小心的，是吗?”“请不要把你的脚弄湿了，那样你会很容易感冒的。”“别忘了在胸口衬衫里垫一张报纸。那样可以挡风的。”可是还有别的话要说，别的更重要的，还有些更重要的话要听他说，或者，如果他不说，她希望能从他的眼神里看出来。

有这么多的话要说，现在却没有时间！剩下的仅有的几分钟也可能因为梅兰妮要送他到大门口，送他到马车上，从而被剥夺掉。她为什么不在过去的一星期里找个机会呢？可是，梅兰妮一直守着他，寸步不离，爱慕的眼神老是关注着他，家里来访的亲戚朋友也始终没有间断过，所以阿希礼从早到晚就没有身边无人的时候。到了晚上，房间一关，阿希礼就又和梅兰妮待在一起。在这整整一个星期里，他的目光，他的言谈，对斯佳丽就像对一个亲妹妹或者对一个终身好友一样，别的什么也没有。她在没有弄清楚他是不是还爱着她以前，决不能让他就此离去。只要他还爱她，即使他一去不返，她也可以珍藏起他这份悄悄的爱而终老了。

不知过了多久，才听到楼上卧室里有他的脚步声以及房门打开又关上的声音。她听见他下楼来了。是一个人！感谢上帝！想必梅兰妮经受不起那离别之痛，留在房里暗自伤心。她总算有和他单独相处的几分钟宝贵的时间了。

他慢慢地走下楼梯，马刺叮当作响，她还听见军刀撞击高筒靴发出的声音。他走进客厅时目光忧郁。他想强作笑颜，可是脸色苍白，好像一个因内伤而出血过多的人一样。斯佳丽见他进来，便赶紧站起，心里觉得他真是她见过的最英俊的军人，心里充满了自豪感。他的枪套和腰带擦得雪亮，银马刺和刺刀闪闪发光，这都是彼得大叔的功劳。他的新上衣不大合身，裁缝只顾赶时间，有几道缝做歪了。而且那打了补丁的破土布裤子以及那伤痕累累的鞋子也不大配。不过在斯佳丽看来，即使他真的披着银制的甲胄，也不会像现在这样光彩夺目。

“阿希礼，”她突然央求道，“我送你上车好吗？”

“请别送了。爸爸和妹妹都要去车站。再说，我宁愿在这里和你话别，也不愿看你在车站上哆嗦。我们有许多值得回忆的东西。”

她立刻放弃了原来的打算，英迪亚和霍妮对她素来没有好感，有她们两人在车站送行，她也没机会跟阿希礼私下谈话。

“那我就不去了，”她说，“瞧，阿希礼，我还有一件礼物送给你。”

现在正是给他的时候，她略带羞涩地把包打开。这是一条黄色的长腰带，是拿厚实的中国丝绸做的，镶着密密的流苏。几个月前，瑞特从哈瓦那带来一块黄披肩送给她，上面绣了大红大蓝的花鸟，花里胡哨的。她就利用这一星期的时间，耐心地把上面绣的花鸟全都拆去，然后把这块缎子方披肩剪开，缝接起来，拼成了一条腰带。

“太美了，斯佳丽！是你自己做的？那我一定要珍惜它。给我系上，亲爱的。兄弟们看见我这奇妙的新上衣和腰带，管保看得眼都要红了。”

她把漂亮的腰带绕在他的细腰上，套在皮带外，打了个同心结。梅兰妮虽说给了他一件新上衣，可这腰带却是她的礼物，她心里暗暗算计：这是自己的一番心意，让他带着出征，好睹物思人。她退后一步，得意地把他上下打量，觉得即使杰布·斯图兰特将军围了腰带，插了羽毛风头十足，也比不上她的骑士漂亮。

“太美了，”他摸着边上的流苏，重复了一遍，“可是我看得出来，你这是拆了一件衣服或围巾改做的。你不该这样做，斯佳丽。现在漂亮的东西是不容易弄到的。”

“哦，阿希礼，我——”

她本想说：“我连我的心都可以剪开来让你围在身上，只要你愿意。”但后来还是改口说，“为了你我什么都愿意干！”

“真的吗？”他问道，脸上黯然的神色顿时消散了许多，“那么，斯佳丽，我就请你替我做件事，如果你能答应，我身在前方也就可以安心多了。”

“什么事呀？”她高兴地问道，随时准备承诺他任何事。

“斯佳丽，请你替我照顾梅兰妮，好吗？”

“照顾梅兰妮？”

她的心一沉，只感到一阵痛苦的失望。她期望着去应承一件美好瑰丽的请求，谁知竟然如此！她不由得勃然大怒。此时此刻是她单独和阿希礼在一起的时刻。可是，尽管梅兰妮不在，他们之间仍笼罩着她那暗淡的影子。他怎么能在他们依依话别时提她的名字呢？他又怎能向斯佳丽提出这样的请求呢？

阿希礼没有看出她脸上失望的神情。像往常一样，他的目光透过她，看到她之外别的东西上去了，而根本没看她这个人。

“是的，请你多留意她，多照顾她。她身体很虚弱，自己却没意识到。她要做看护，也要做缝纫，迟早会把自己耗尽的。她脾气随和又胆小怕事。在这世上，除了贝蒂帕特姑妈，亨利伯伯和你之外，她没有别的亲人了，在梅肯虽然有伯尔家，但他们却是隔了三代的表亲。至于贝蒂姑妈——斯佳丽，你是知道的，像个小孩子一样。亨利伯伯又老了。梅兰妮很喜欢你，不仅仅因为你是查利的妻子，还因为——哦，因为她喜欢你本人，像爱姐妹一样爱你。斯佳丽，只要我想起如果我被杀害了，她没有人去投靠会发生些什么事，我就做噩梦。你能答应我吗？’

斯佳丽被那几个不吉利的字“如果我被杀害了”吓坏了，以至于没有听到他最后那句请求。

她每天都看伤亡名单，心都提到嗓子眼了，她明白如果他出了什么事，世界末日就到了。但是她内心一直、一直很坚信即便邦联军队全军覆灭，阿希礼也能幸免于难。但他现在却说出这么可怕的字眼来！她出了一身鸡皮疙瘩，恐惧笼罩着她，这种由于迷信而引起的恐惧是不能用理智克服的。她的爱尔兰血统足以使她相信人的预感，特别是关于死亡的预感。她从阿希礼那双灰色的大眼睛里看出了深深的悲哀，她只能将此解释为阿希礼已经感到死神冰凉的手搭在他肩上，并听到了阿希礼的哀号。

“你不该这么说！更不该这么想。说那死字会遭霉运的！哦，快做个祷告，快！”

“你帮我祷告吧，再点上几支蜡烛。”听见她那惊恐不安的语气，他不由地笑了笑。

但她不能回答，因为此时她已被眼前浮现的画面震住了：阿希礼已死在千里之外，躺在弗吉尼亚的雪地里。他继续和她说着话，声音有些特别，是一种伤感的、听天由命的语气，这就使她越发害怕，刚才的气恼和失望竟都忘在脑后了。

“我就是为了这个缘故才求你帮忙的，斯佳丽。我不知道将来我们大家会发生什么事。但是当末日来临时，我会离这儿很远，即使我还活着，也是远在天边，无法照料梅兰妮。”

“末——末日？”

“战争的结束——就是世界的末日。”

“但是，阿希礼，你不会觉得北方佬会打败我们吧？整个礼拜你们都在谈论李将军有多么强大——

“整个礼拜我都在撒谎，跟所有回来度假的人一样。不到万不得已时，我怎能让梅兰妮和贝蒂姑妈担惊受怕呢？是的，斯佳丽，我认为北方佬会打败我们。葛底斯堡就是失败的开始。后方的家乡父老还不知实情，不知我们的处境，可是——斯佳丽，我们有些弟兄现在还光着脚走在弗吉尼亚厚厚的积雪上。当我看到他们那可怜的冻伤的脚，用破布和旧袜子包着，看到他们每走一步就留下一个个血印，再看看自己脚上完好的靴子——哦，我觉得我真应该把靴子送人，和他们一样光着脚。”

“哦，阿希礼，答应我，别把靴子送人！”

“眼前我们的情况是这样，再看北方佬那边——对比之下我明白一切就要结束了。斯佳丽，北方佬花钱从欧洲招兵买马，数目成千上万！我们最近抓到的俘虏大多连英语都不会说。他们中有德国人、波兰人以及说盖尔语的野蛮的爱尔兰人。但我们的人死一个却少一个，没法替补。我们的靴子烂了，也没有新的补充。我们被封锁了，斯佳丽。我们不可能敌得过全世界。”

她狂乱地想到：“让整个邦联化为灰烬吧。让整个世界毁灭吧，可是你却不能死！你要是死了，我可怎么活！”

“斯佳丽，我希望你不会把我刚才说的告诉别人。我不想让别人担惊受怕。就是你，我亲爱的，我原本也不想说这些让你受惊，但为了让你去照顾梅兰妮，我不得不解释清楚。她很脆弱单薄，而你却健康坚强，斯佳丽。如果我有个三长两短的，知道你俩在一起，我也就放心了。你会答应的，是吗？”

“哦，是的！”她哭喊着说，因为就在那时，她看到死神就在阿希礼身边，她觉着她愿意答应任何事情。“阿希礼，阿希礼！我不能让你走！我实在没有勇气这么做！”“你必须勇敢面对，”他说时声音起了微妙的变化，响亮，却更深沉了，语速很快，仿佛受内心的焦急驱使着，“你一定要勇敢些。否则我又怎么能受得了？”

她在他脸上迅速扫了一眼，心里很喜悦，心想他的意思是不是说离开她使他心碎，就像她也心碎了一样。他的脸跟他告别梅兰妮下楼来时一样拉得长长的，但她从他眼睛里读不出什么来。他俯下身来，把她的脸捧在手里，在她额上轻轻地吻了一下。

“斯佳丽！斯佳丽！你是又美丽又坚强又善良。你真美，不仅是你甜甜的脸蛋长得美，亲爱的，而是一切都美，从外形到内心，还有你的灵魂，美得无可挑剔。”“哦，阿希礼。”她幸福地低声喊道，听了他的话又被他吻了——这下她感到非常激动。“除了你再没有别人——”

“我总觉得我可能比大多数人都了解你，我能看到你那深藏着的美好的品质，而别人太粗心，没有细心留意，所以发现不了。”

他的话打住了，他的手从她脸上放了下来，但他的眼睛仍紧紧地盯着她的眼睛。她等候片刻，屏住呼吸等他继续说下去，她踮起脚尖想听他说出那三个奇妙的字。但是她还是没听到。她狂乱地在他脸上搜寻着，她的嘴唇哆嗦着，因为她已明白他的话说完了。

第二次希望的破灭，使她的心再也忍受不了，她孩子气地“哦！”了一声，赌气坐了下来，满眼的泪水刺痛了眼睛。然后她听到窗外的车道上一阵不祥的响动，使她清楚地意识到阿希礼动身的时刻到了。这比一个异教徒听见卡隆渡船的桨声心里更难受。彼得大叔裹着条被子，已把马车赶出来了，要送阿希礼去火车站。

阿希礼轻轻说了声“再见”，便从桌上拿起斯佳丽从瑞特那里骗来的宽檐帽，走进黑暗的前廊。他的手放在门把手上，回头望了她好大一会儿，面带绝望的神色，仿佛要把她的脸庞和身体上的每一个细节都带走。她透过满眼的泪水凝望着他的脸，喉咙里一阵阵绞痛，她知道他要走了，远离她的照料，远离这座安全舒适的房子，远离她的生活，她可能永远都见不到他了，她却始终没听到她渴望听到的那三个字。时光如流水，现在为时已晚。她踉踉跄跄跑出客厅，奔进走廊，一把抓住他腰带的一端。

“吻我，”她低声道，“和我吻别吧。”

他的双臂轻轻搂着她，低头俯向她的脸。他的嘴唇刚碰到她的，她的双臂就紧紧地搂住了他的脖子。刹那间，他把她的身子紧紧地贴着自己的身体。接着，斯佳丽感到他全身的肌肉猛地一紧。紧接着他很快把帽子丢在地上，一伸手，就把她的胳膊从他脖子上挪开了。

“不，斯佳丽，别这样。”他低声说，用力握住她交叉的手腕，直到握得生疼。

“我爱你，”斯佳丽哽咽着说。“我一直爱着你。我从没爱过别人。我和查利结婚是为了——为了气气你。哦，阿希礼，我真心爱你，为了靠近你，我宁愿一步一步走到弗吉尼亚！我愿意给你做饭，给你擦靴子，给你喂马——阿希礼，说你爱我！我会靠这句话度过余生！”

他突然弯腰去捡帽子，这时斯佳丽又瞥了瞥他的脸。这是一张她见过的最不快活的脸，那漠然的神情已经消失。写在他脸上的是他对她的爱以及得知她爱他时的喜悦，然而与这两种表情相混杂的还有羞愧和绝望。

“再见了。”他声音嘶哑地说道。

“吱嘎”一声，门开了，一阵寒风刮进屋子，吹得窗帘乱摆。斯佳丽瑟瑟发抖，目送他朝马车走去，军刀在冬日无力的阳光下闪闪发光，腰带上的流苏轻快地迎风飘荡着。

第十六章

1864年的一月和二月，在冷风凄雨和抑郁忧伤的气氛中过去了，葛底斯堡和威克斯堡的相继失利，使得南方的中部战线崩溃了。经过艰苦的战斗后，整个田纳西州现在几乎全掌握在北军手中。可是尽管屡遭失利，南方的士气并没有垮。确实，高涨热情的希望已被生死决斗的决心所代替，但人们仍然看到了希望，看到了乌云下银色的镶边。理由之一就是在去年九月份，当北军在取得佐治亚州的胜利后想乘胜追击田纳西州时被南军坚决地击退了。

这一仗是在佐治亚州的最西北角奇克莫加打的，是开战以来佐治亚州土地上第一场硬仗。北军在拿下奇卡毛加之后，随即穿越山口侵入佐治亚州，结果遭到了重创，被击退了。

在奇克莫加一战中，亚特兰大和它的铁路线为南方的胜利做了很大贡献。朗斯特里特将军的部队当时就是从弗吉尼亚的铁路线出发，途经亚特兰大，然后北上田纳西，迅速到达作战地点的。数百英里的铁路线上，所有客货运输一律让位，东南一带所有能用得上的车皮，全部集中起来参加了大运兵。

亚特兰大人看着一辆辆火车接连不断地驶过本城，无论是客车、货车还是平板车，全都装满了高声呼喊的士兵。他们一路上没吃没睡，没有马匹，没有救护车，没有给养，然而他们没顾上休息，下了火车就投入了战斗。终于北方佬被赶出佐治亚州，退回田纳西了。

这是开战以来的空前胜利，亚特兰大人一想道是本地的铁路促成了这些胜利就感到自豪，内心里也有一种自我满足。

南方本来要用来自奇克莫加的喜讯来振奋士气，以度过整个冬天。现在没人否认北军士兵很善战，而且，他们终于有了能干的将军。格兰特是个屠夫，他为了胜利从不在乎他损失了多少人，他要的只是胜利。谢里登是让南方军队闻风丧胆的猛将。还有一叫谢尔曼的，越来越多地被人提起。他是在田纳西和西部的几次战役中声名鹊起的，他以果断和残忍著称。

当然，他们中没人能与李将军相比。南方人对李将军及其部队的信任丝毫不减。夺取最后胜利的信心也没动摇过。但是这场战争打得太长了。有那么多人牺牲，那么多人受伤，那么多人终身残疾，还有那么多的寡妇和孤儿。而且前面还有一场硬仗要打，这就意味着还要有更多的人牺牲，更多的人受伤，还要有更多的寡妇和孤儿。

更糟的是，老百姓已经开始对那些当权人士们不信任了。许多报纸已公开指责戴维斯总统本人及他的作战方式。邦联内阁内部意见分歧，戴维斯总统和他的将军们也发生争执。货币急剧贬值。军衣军鞋奇缺，军火和药品就更缺了。铁路上需要新的火车车厢来更换旧的，被北军毁坏的铁轨也急需更换。前线的将军疾呼要派生力军，而能补充的兵源越来越少。最糟的是，有些州的州长，包括佐治亚州的州长布朗在内，拒绝向州外派送本州的兵源和武器。州部队里有成千上万的壮丁，正是前线部队急需的，可是无论政府怎么向他们求援，都无济于事。

随着货币又一次贬值，物价再次飞涨。牛肉、猪肉和黄油卖三十五元一磅，面粉一千四百元一桶，苏打一百元一磅，茶叶五百元一磅。保暖的衣服在能买到时已涨到亚特兰大人买不起的地步，妇女们只好用破布在旧衣服里加层村里，并在夹层中塞些报纸挡风。鞋子每双二百元到八百元不等，要看是用“纸板”还是用真皮做的。女人们现在穿的是用旧羊毛围巾或剪开的地毯做的绑腿式的靴子。鞋底是木头做的。

事实是北方佬已置南方于围困之中，而许多人还没意识到这一点。北方佬的炮舰已把港口的网绳收紧，只有极少数的船只能做漏网之鱼。

南方人向来是靠卖了棉花再去买别的他们不生产的东西，而如今却不能卖也不能买。杰拉尔德·奥哈拉已有三年生产的棉花堆放在塔拉轧棉房旁边的棚子里，可这对他没一点好处。在利物浦这能带来十五万元的收入，但现在根本不可能运到利物浦去。杰拉尔德已从一个富人沦落为要为妻儿老小和黑奴如何过冬而操心的普通人。

整个南方，几乎所有的棉花种植园都陷入此种困境。随着封锁线越来越紧。南方用来换钱的棉花根本到不了英国的市场，往年卖棉花的钱买的日用品也买不来。农业的南方与工业化的北方交战以来，发现自己现在缺太多东西，这些都是南方人在和平时期从来想不到的。

这是投机商们的大好机会，而这种利用机会大发横财的人大有人在。在粮食和服饰日益紧缺而价格日益高涨时，公众反对投机商的呼声越来越高也越来越凶。1864 年初，无论哪份报纸，都能看到措辞犀利的社论，斥责贪婪如兀鹰和吸血水蛭的投机商，并呼吁政府严厉打击。政府也尽了最大努力，但无济于事。因为政府被很多事所困扰。

人们最痛恨的非瑞特莫属。他在封锁线变得过于危险时把船卖了，如今公开做起粮食投机的买卖来了。有关他的传闻从里士满和威明顿传到亚特兰大，使以往招待过他的人们羞愧难当。

尽管亚特兰大经受着种种磨难，它的一万人口却在战争期间增加了一倍。海上的封锁反而给它增加了威望。因为自古以来，南方的海港城市无论在商业还是其他方面都占有主宰地位。而现在港口被封锁，许多港口城市或被占领或被包围。南方要谋求自救之道。如果南方要赢得胜利，内地便变得举足轻重，而亚特兰大就成了重中之重。亚特兰大人和邦联其他居民一样，尝尽困苦、疾病和死亡的滋味；但亚特兰大作为一个城市，却在战争中得大于失。它作为邦联的心脏，仍强劲有力地搏动着，铁路线犹如它的动脉，源源不断地输送着士兵、军火和给养。

斯佳丽穿着破烂的衣服和打补丁的鞋子，要在以往她最难以接受，而现在她并不在意，因为她看重的唯一一个人并不在眼前，看不到她这副模样。这两个月她快活多了，好些年没这么高兴过了。当她搂着阿希礼时不是感觉到他的心跳了吗？她在他脸上看到的那种绝望的神情，不是比任何语言都能说明一切吗？他是爱她的。现在她对此深信不疑，这使她心情愉快，甚至对梅兰妮也友善起来。她倒有点可怜梅兰妮，同时又对她的盲目无知嗤之以鼻。

“等战争结束了！”她想，“等战争结束了——那时……”

有时她又感到一丝恐惧：“那时怎么样？”但她马上就抛开了这个想法。等战争结束时，一切事情总会解决的。如果阿希礼爱的是她，他当然不能再和梅兰妮生活下去了。

但话又说回来，离婚是不可能的：艾伦和杰拉尔德是忠实的天主教徒，他们是不会允许她和一个离异的男人结婚的。那意味着脱离教堂！斯佳丽再三考虑后下了决心：如果要在教堂与阿希礼之间做出选择的话，她宁愿选择阿希礼。可是，哦，这必然会惹来闲话！离婚的人不仅为宗教所不容，社会也排斥他们。没人肯接纳离了婚的人。然而为了阿希礼，她能勇敢面对。她愿意为了阿希礼而牺牲一切。

无论如何，等战争结束后，一切都会见分晓。如果阿希礼深深爱着她，他会想出办法的。她会让他想出办法来的。日子一天天过去，斯佳丽也更坚信阿希礼对她的忠心，也更确信当北方佬被打败时，他会做出令人满意的安排。虽然他曾经说过北方佬“会”打败他们。斯佳丽认为那简直就是胡说。他说这些时心烦意乱，疲惫到了极点。北方佬是输是赢，她不大在乎，要紧的是战争早日结束，阿希礼可以早日回家。

随后，当人们被雨夹雪关在屋子里时，那可怕的打击降临了。梅兰妮的双眼闪着喜悦的光辉，她微微晗首，带着羞涩的自豪，告诉斯佳丽她快要有孩子了。

“米德大夫说预产期在八月底或九月初，”她说，“我本来以为——可我直到今天才确定。哦，斯佳丽，真是太好了，我一直很羡慕你有韦德，也想要个孩子。我很害怕我可能不会有孩子，但是亲爱的，我想要一打！”

斯佳丽正在梳理头发，准备睡觉，听到梅兰妮的话不由得呆住了，拿着梳子的手愣在半空中。

“上帝呀！”她喊了一声，但一时还没愣过神来。然后她脑中突然闪现出梅兰妮紧闭着的门，心里顿如刀绞般难受，仿佛阿希礼是她的丈夫，对她做了什么不忠的事似的。孩子，阿希礼的孩子。哦，怎么会呢？阿希礼爱的是她而不是梅兰妮呀！

“我知道你很惊讶，”梅兰妮紧接着絮叨着，“哦，这简直太好了，斯佳丽，我不知道该怎么写信告诉阿希礼！如果我直截了当告诉他挺不好意思的，倒不如——不如——对了，什么都不告诉他，让他慢慢发现好了，你知道——”

“天哪！”斯佳丽叫道，几乎哭了出来，她丢掉梳子，用手撑住大理石梳妆台台面。

“亲爱的，别这样！这么为我难过，你知道有了孩子并没那么糟糕。你自己也这么说过。这么为我难过你真好，但你不必为我焦虑。不错，米德大夫说我是——是，”梅兰妮脸红了，“产门小了点，但我可能不会有什么麻烦——斯佳丽，在你发现怀上韦德的时候，是写信告诉查利还是告诉你妈妈或者告诉奥哈拉先生？哦，索爱的，我要是有个母亲该多好！我简直不知道该如何——”

“别说了！”斯佳丽猛喝一声。“别说了！”

“哦，斯佳丽，我真蠢！真对不起。我看所有幸福的人大概都是自私的。我忘了查利，只是一时疏忽——”

“别说了！”斯佳丽又喊了一声，她竭力克制自己的表情不让内心的情感流露出来。千万、千万不能让梅兰妮看出破绽，对她的感受起任何疑心。

梅兰妮是个极其乖巧的女人，马上意识到自己的残酷，不由得泪水盈眶。她怎么能让斯佳丽想起那段可怕的日子呢？想起小韦德是在可怜的查利去世后几个月才出生的呢？她怎么能这么迷糊？

“我帮你宽衣吧，我最亲爱的，”她低声下气地说道，“我来给你揉揉头吧。”

“你别管我，”斯佳丽板着一副石头样的脸说，梅兰妮自责地哭着跑出房间，斯佳丽却躺在床上，没有流泪，只有受伤的自尊心、幻灭的理想及妒忌。

她觉着自己不能再跟一个怀上阿希礼的孩子的女人住在同一个屋子里，她觉得应该回到家乡塔拉，那才是她的家。如果她再见到梅兰妮，她不知该如何掩饰自己的表情而不被她看出来。第二天早上一起床，她就下定决心，一吃完早饭就立即打点行装。但是就在她们坐定，斯佳丽闷闷不乐，沉默不语，贝蒂帕特迷惑不解，梅兰妮满面愁容之时，来了一封电报。

这是阿希礼的贴身奴仆莫斯发给梅兰妮的电报。

“我到处找遍了，就是没找到。我是否应该回来？”

没人明白这封电报意味着什么，三个女人互相对视着，惊恐得睁大了双眼，斯佳丽则把所有回家的念头抛于脑后。她们没吃完早饭，就驱车去给阿希礼的上校拍电报，可是刚走进邮局，上校的电报就来了。

“威尔克斯少校于三日前侦敌失踪，深感抱歉。待查明后当续电奉闻。”

从电报局回家，这一路可怕极了，贝蒂帕特姑妈掩着一条手帕号啕大哭，梅兰妮笔挺地坐着，脸色苍白，斯佳丽则精神恍惚，身子倒在马车的一角。一到家，斯佳丽便一口气跑到楼上的房间里，从桌上抓起念珠，跪在床前想要祈祷。但是怎么也想不起祈祷文。她感觉到一种深不可测的恐惧，仿佛上帝因为她有罪孽，已经扭过脸去不理她了。她爱上了一个已结婚的人，想从他妻子那里把他夺过去，所以上帝杀了他，算是惩罚她。她想祈祷，但是她不能抬起眼睛来望天。她想哭，但是眼泪不肯出来。眼泪似乎在她胸腔里泛滥，在她胸口底下燃烧，但是始终都不肯流出来。她的门忽然开了。梅兰妮走了进来。她的面孔像是用白纸剪成的一个鸡心，衬在一圈漆黑的头发上，她的眼睛睁得大大的，像一个吃惊的孩子迷失在黑暗里。

“斯佳丽，”她伸出手来说，“你必须饶恕我昨天所说的话，因为——因为我现在遭受的一切。啊，斯佳丽，我知道我亲爱的阿希礼死了！”

不知怎么回事，她已经在斯佳丽的臂膀里了，她的小胸口带着呜咽在起伏，又不知怎么回事，她们已经一同躺在床上了，互相紧紧地搂抱着，斯佳丽也在哭。面孔贴着梅兰妮的面孔，彼此拿眼泪润湿着对方的面颊。她觉得哭着时固然伤心，但是哭不出来时更加伤心。她想“阿希礼是死了——死了，是因为她爱他把他杀死了！”于是她抽泣得更厉害，不知怎么的，梅兰妮见她哭了，心里觉得宽慰了些，所以把她搂得更紧了。

“至少，”她低语道，“至少——我已得到了他的孩子。”

“我呢，”斯佳丽心里想，这时她伤心至极，已经没有妒忌的余地了，“我什么都没有得到——什么都没有——什么都没有，除了他跟我话别时脸上的表情。”

第一批报告是“失踪——已死者”，同时伤亡单上也出现了。梅兰妮已经拍了十几次电报给斯隆上校，最后才接到一封信，信里充满同情，说明阿希礼带了一个小骑兵队出去侦敌，一去就没有回来。莫斯一闻此讯，悲痛得几乎发狂，曾经冒着生命危险去寻找阿希礼的尸体，但是找不到。梅兰妮现在倒非常平静，立刻电汇给莫斯点钱，叫他回家来。

直至伤亡单上出现了“失踪——被俘者”的时候，这悲惨的一家人才开始出现快乐和希望。梅兰妮一天到晚待在电报局里，谁拖她也不回来，并且每一班火车到站她都去迎接，希望得到什么消息。其实她现在已经病了，怀孕的症状已使她感到种种不舒服。但她始终不肯服从米德大夫的命令，不肯待在床上。一种热烈的精力占据了她，决不让她安静。夜里，斯佳丽上床半天了，还听见她在隔壁房间的哭泣。

有一天下午，是瑞特搀扶着她回家来的，惊恐万状的彼得大叔赶着马车。原来那天她在电报局门口晕过去了，瑞特刚好经过那里，看见许多人围着她，才把她护送回家来的。他一直将她抱到楼上的卧室，家里人见状，急忙飞奔着去找枕头，找被子，找威士忌酒，他将她放在床上，让她靠着枕头。

“威尔克斯太太，”他突如其来地问道，“你是要生孩子了吧，是不是？”

假如当时梅兰妮没有晕得那么厉害，没有心痛得那么厉害，她突然听见这么一句问话，一定会羞得不知怎么办才好。因为她对于自己怀孕这桩事，即使跟女朋友们提起来也要觉得难为情的，至于米德大夫每次来看，她简直是大大受罪了。谁知现在这个问题竟从男人口里问出来，而且这个男人偏偏又是瑞特，那她要羞愧到怎样的程度，简直是不可思议的。但是她当时软弱无力地独自躺在床上只能点了点头。而她这一下点头后，情形就立刻缓和下来，因为她看见瑞特的神气是非常好心，非常关切的。

“那么你就该当心些。你这么一天到晚在外面跑，一直这么干着急，对你不会有什么好处，对孩子也许还会有害处。你如果容许我，我可以利用华盛顿那边的关系，去打听威尔克斯先生的下落。他如果做了俘虏，他们北军的报告单上一定会有他的名字，如果不——唉，事情确定不下来是再难过也没有用的。但是你必须允许我。你要自己当心些，否则，我对天发誓，我就什么都不管了。”

“啊，你真是太好了，”梅兰妮哭喊道，“别人怎么会把你说得那么可怕呢？”然后，她想起自己太没能耐，又骇异自己竟跟一个男人谈起怀孕的事，便开始虚弱地哭起来。这时斯佳丽拿着一条法兰绒包着一块热砖飞奔上楼来，正看见瑞特在拍她的手。

瑞特说话算话，果真马上着手去打听阿希礼的下落。谁都不知道他走的什么路数。也没有人敢去问他，唯恐他老实不客气地承认自己跟北方佬儿有亲密的来往，事情会很尴尬的。后来只有一个月工夫，他就得到了消息，家里人听见这消息，先是一阵狂喜，随即就变成了焦虑。

原来阿希礼并没有死！不过他受了伤，做了俘虏，据报告上看起来，他现在在罗克岛上，就是伊里诺斯州的一个俘虏营里。当大家感到第一阵快乐的时候，心里都没有掺杂其他念头，只有阿希礼还活着这一个观念。但等到理智渐渐恢复，大家便都面面相觑起来，口里同声喊出“罗克岛!”那语气跟喊“地狱里”丝毫无二。因为南方人里凡有亲戚朋友在罗克岛做俘虏的，一听见这三个字就不寒而栗，犹如北方人听见安德森维尔的名字便要毛骨悚然一样。

当时林肯不肯跟南军交换俘虏，用意是加重南部对北军俘虏给养和看守的负担，因此佐治亚州的安德森维尔已积聚了蓝服兵士几千人。这时南部邦联自己的粮食已经非常缺少，至于病兵、伤兵所需的药品和绷带，简直没有了。他们还哪有富余的东西可以分给俘虏呢？即使有，当然也不能优过自己士兵在前线所吃的，就是肥猪肉、干豆之类，北方俘虏吃不惯这种东西，就同苍蝇一般大批大批地死了，有时每日竟要死到上百人。这消息传到北方，燃起了他们的怒火，便用更恶毒的待遇来报复，而以岩石岛上为最甚。食物之少是不必说的，睡觉是三个人共用一条毯子，又加上天花、肺炎、伤寒等病症不断袭来，致使那儿简直成了一个人间地狱。这里的俘虏，足有四分之三是不能生还的。

而如今，阿希礼就待在那么可怕的地方！阿希礼虽然还活着，却受了伤，而且是在罗克岛。当他被送到那里的时候，伊里诺斯地上的雪一定已经很厚了。自从瑞特得知他的消息，现在又已经过了好些日子，他会不会因伤重而死去呢？或者出天花牺牲了呢？或者正害着肺炎在那里昏迷得不省人事，而身上却没有毯子盖呢？

“哦，巴特勒船长，究竟还有没有别的办法——你能不能运用你的势力将他交换过来呢？”梅兰妮嚷着问道。

“林肯先生本来是仁慈而公正的，他对于比克斯白夫人的五个孩子还会挂着大颗的眼泪哭呢，但是对于安德森维尔那几千濒死的北军，却没有眼泪可洒了，”瑞特撇着一张嘴说，“他现在不管了，随他们去死好了。命令已经下来了。不交换。不过——我刚才忘记对你说了，威尔克斯太太，你们威尔克斯先生本是有机会可以出来的，但是他拒绝了。”

“哦，不会有这种事的！”梅兰妮不相信地大声喊道。

“是真的。因为现在北方正在招募边防军，预备去打印第安人，并且决定在南军的俘虏里面招募。俘虏里面如有人肯宣誓投降，到边防军里去入伍，那么服务两年之后就可以获释送到西边去。威尔克斯先生拒绝了。”

“哦，他怎么能拒绝呢?”斯佳丽立刻喊起来，“他为什么不假意宣了誓，等骗出了监牢就设法逃回家来呢?”

梅兰妮怒容满面地瞪了斯佳丽一眼。

“怎么，你怎么能说他会做这种事？他若是宣誓投降，便是出卖了南部邦联，若是宣了誓又逃回来，那就又出卖了他自己的誓言！我如果听见他做这样的事，那我宁可他死在罗克岛上。他在牢狱里死了，我倒可以自豪的。如果他像你说的那样。那我就永远不见他的面。当然他是拒绝的。”

直到斯佳丽送瑞特到门口的时候，她才愤然问道：“假如是你的话，你会不会先宣了誓保住性命，然后再设法逃回来呢?”

“当然喽。”瑞特说时髭须底下露出雪白的牙齿。

“那阿希礼为什么不这样做呢?”

“因为他是一个上等人。”瑞特说，而在“上等人”这个很冠冕堂皇的名词里，斯佳丽却听出了无限的怀疑和轻蔑，于是她觉得非常吃惊。

第十七章

1864 年的五月到了——一个花圃里的花朵都枯萎了的干燥的五月——谢尔曼将军的北军又冲入佐治亚州，地点是道尔屯附近，在亚特兰大西北一百英里。据谣传，佐治亚州跟田纳西的边界附近将有一场大战了。现在北军正在集合，预备来攻打大西部和亚特兰大之间的铁路，去年秋天南军之所以获得了奇克莫加的胜仗，就是全靠这条铁路运输的。

但是这个消息传到亚特兰大，亚特兰大人大部分都安谧如常，并不怎么惊扰。他们以为现在北军集中的地点，离开奇克莫加战场东南还有几英里路。去年北军企图从这里通过山峡，已经一度被击退，此次再来还是会被击退的。

当时这部分南军的主帅是乔·约翰斯顿，亚特兰大人——乃至全部佐治亚州人——都知道本州的地位对于南部邦联的胜败至为重要，他们的老乔将军决不会容许北军留在境内很久的。现在敌军还在道尔屯之北，老乔将军如果要维持本州的机构不受侵扰，就决不会让他们侵过道尔屯以南来。因为佐治亚州目前是整个南方的粮仓，同时也是南部邦联的机器厂和贮藏室。军队所用的火药和军械都是这里制造的，大部分棉织物和毛织物也是这里制造的。亚特兰大与道尔屯之间的罗马，是大炮铸造厂和其他许多工业的所在地，伊托华和阿拉通拿则里士满以南最大的铁工厂。至于亚特兰大，不但有许多工厂可以制造手枪、鞍鞯、帐篷、军火，并且有南方最大的熔铁厂、铁道材料工厂以及大医院。而且亚特兰大又是四条铁路的汇合点，这些铁路和整个南部邦联的命运是密切相关的。

因此，虽然有这不利的谣传，却没有一个人特别着急。道尔屯终究还离得很远，还在田纳西前线呢。田纳西已经打了三年仗了，人们听惯了那边战事的消息，都把那边想象成一个遥远的战场，仿佛像弗吉尼亚和密西西比河一样遥远。何况有老乔将军在那里担任指挥，他们是大可放心的，因为自从斯图沃尔·杰克逊将军死后，现在李将军之下，没有一个将领能比老乔将军更伟大了。

亚特兰大市民的这种观点，米德大夫便是一个完全的代表，所以有一天晚上坐在贝蒂姑妈家的走廊上，他就叫大家不要害怕，因为约翰斯顿将军现在驻守山区，跟铜墙铁壁一般坚固。他这番话在听众心中引起的情绪各不相同，因为那一群人虽然一同坐在昏暗之中静静地看着初出的萤虫飞舞，心里却各自装着一腔沉重的心事。米德太太挽着斐尔的胳膊，自然巴不得大夫所说的话是对的。因为这仗如果越打越近，恐怕斐尔也不能不去。他今年满十六岁了，已经编入本州自卫队，到了自卫队出动的时候，他就无法回避了。范妮·艾尔辛呢，她是从葛底斯堡一役以来就已脸色苍白、眼眶深陷了，现在听见米德大夫的话，心里又浮起一幅凄惨的画面——仿佛看见达拉斯·麦克卢尔中尉僵卧在一辆牛车上，在大雨淋漓中从马里兰撤退下来，这幅画面已在她脑海中盘旋数月了。

凯里·阿什伯恩队长也是米德大夫的听众之一，他的那只已经残废的胳膊重新疼痛起来，又因为近日对斯佳丽的追求忽然陷入了僵局，颇觉得心灰意懒。这一僵局是从阿希礼·威尔克斯被俘的消息传来之后就形成的，但是他做梦也想不到这两件事之间会有什么关系。斯佳丽和梅兰妮，当然都在想阿希礼，这是她们凡不遇到紧迫的事情或是有趣的谈话使她们分心的时候照例如此的。但是她俩的想法迥然不同。斯佳丽想得非常惨苦而悲哀，她想他一定死了，否则他一定会来信的。梅兰妮则时时企图压服心中的恐惧，现在她对自己说："他决没有死。我知道——他死了，我一定会感觉到的。"瑞特懒洋洋地躺在黑影中，没精打采地交叉着两条套着雪亮长靴的长腿，他那黝黑的面孔毫无表情。小韦德安适地睡在他怀里，小手里拿着一片剔得干干净净的如意骨。每次瑞特来的时候，斯佳丽总要让韦德睡得很晚，因为那羞怯的孩子偏偏喜欢他，而瑞特也很奇怪，好像也喜欢韦德。平常斯佳丽有那孩子在面前，心里总觉得烦恼，但是瑞特一把他抱在怀里，他就变得很乖。至于贝蒂姑妈，她正在不住地打嗝，因为那天晚饭他们吃的一只公鸡已经很老很老了。

贝蒂姑妈家里本来养着公鸡母鸡各一只，母鸡早宰掉吃了，公鸡也大有龙钟老态。这几天，它在空鸡场上一直垂头丧气，连啼叫的精神都没有了，因而那天早晨起来，贝蒂姑妈就决定把它宰了。直到彼得大叔将鸡杀了，贝蒂姑妈忽然受到一阵良心的刺激，想起自己的多数朋友好几个礼拜都没有尝到鸡味了，她家不应该关起门来单独享受，于是提议请几个客人来同吃。梅兰妮听见这提议，心里大不以为然，因为她已有五个月的身孕，已经好几个礼拜没有出门见客了。但是贝蒂姑妈这次非常坚决。她说关门独吃终究不太像话，又说梅兰妮若是把腰圈儿扎得高些，别人就不大会看出来，而且她的胸口本来是平的。

"哦，不过姑妈，我实在不愿见客，现在阿希礼——"

"阿希礼现在又没有——又没有去世，"贝蒂姑妈说，她的声音颤抖着，因为她心里以为阿希礼一定是死了，"他现在跟你一样活着，而且你见见客人也有好处。并且我要把菲妮·艾尔辛也请来。艾尔辛太太曾经托过我，叫我设法安慰安慰她，劝她见见客——"

"哦，不过姑妈，这事太残酷了，可怜的达拉斯死了才几天，不能这么强迫她的——"

"哦，梅兰妮，你要再跟我辩下去，我就要气哭了。我是你姑妈，什么事情都知道。我要请客。"

于是贝蒂姑妈居然请客了，谁知到了最后一分钟，忽然来了一个不速之客。这便是瑞特，他刚刚做了次神秘的旅行回来，正当烤鸡之香弥漫满屋的时候，他敲门了，开了门，只见他腋下夹着一大箱糖果，满口甜言蜜语地恭维着走了进来。还有什么办法呢？只得留下他了，虽然明知米德大夫夫妇和范妮都要大大地不高兴了，范妮现在敌视任何不穿军服的男子。走在大街上，米德和艾尔辛两家可能都不会跟他说话。但在人家家里却又不同，不能不对他客气些。而且他现在得到梅兰妮的保护，地位也稳固些了。因为自从他替梅兰妮探听阿希礼的消息以后，梅兰妮就公然宣布，说只要她活在世界上，她家就不会拒绝他，无论别人怎样说他的坏话。

贝蒂姑妈看见瑞特的脾气特别好，便放下心来。瑞特一心在对付范妮，对她用尽同情的敬意，逗得范妮居然对他笑了笑，所以那顿饭吃得非常开心。而且那晚的宴席也是一等的。凯里带来了一点茶叶，那是他到安得孙维尔去的路上从一个北方俘虏的烟荷包里搜出来的，每个客人都品尝了一杯，可惜略带点儿烟味儿。那只雄鸡虽然老，大家总算都分到一块在嘴里嚼嚼，作料是玉米粉和洋葱，此外是一碗干豆，很多饭，还有一碗卤，不过那卤像水一样稀，因为没有面粉，调不稠。点心是山薯饺子，继之以瑞特带来的糖果，最后瑞特拿出真正的哈瓦那雪茄来，还给男客们倒上了黑葡萄酒，大家就以为不亚于卢克兰府里的宴席了。

直到男客们也加入到前廊的女客里面去，谈话就转移到了战争上。因为现在这些日子，人们的谈话转来转去就要转到战争上去，或是拿战争开端，或是拿战争结束——有时谈得很悲伤，但常常谈得很高兴，总之没有谁能离开战争这个题目。有的谈战争艳事，有的谈战争婚礼，有的谈医院里战场上谁人死亡，有的谈战斗和行军时的种种逸事，甚至谁豪勇，谁懦怯，种种幽默，种种悲凄，种种苦楚，种种希望。而始终不竭的便是希望。坚决的希望，不因去年夏天屡次失败而动摇的希望。后来阿什伯恩队长告诉大家，说他曾经去请愿，要从亚特兰大调到多尔顿去，而且得到允许，那些女客便都用眼光亲吻他那残废的胳膊，并且说他是不能去的，因为他若去了，亚特兰大的女人就没有人照顾了。

年轻的凯里听了这话，心里不由得飘飘然，因为这些话从米德太太、梅兰妮、贝蒂姑妈和范妮这样的上等女人的嘴里说出来，的确使他受宠若惊，但是他只希望斯佳丽的话能够心口如一。

这时米德大夫也开口了，他一面用臂膀搂着凯里的肩膀，一面对那些女人刚才说的话似乎不太满意："怎么，他马上就会回来的。只消一次小小的接触，那些北方佬儿就得滚回田纳西去。而且到那里以后，福勒斯将军会对付他们的。你们太太们大可不必担心北方佬会来，因为约翰斯顿将军的军队驻守在山上，简直像铜墙铁壁一样。是的，像铜墙铁壁一样。"他觉得这句成语很有趣，因而又重复了一遍。"谢尔曼无论如何打不过来。他无论如何打不退我们老乔将军。"

女人们都微笑着表示赞成，因为米德大夫这种轻飘飘的话，是被她们当作无可置辩的真理。她们以为男人的见识总比女人高，所以如果米德大夫说约翰斯顿将军是铜墙铁壁，那么约翰斯顿将军肯定就是铜墙铁壁了。这时只有瑞特一个人开口说话。从散席到现在，他一直都沉默着，只把那睡着的孩子抱在怀中，静静地听他们战争长战争短地谈论着。

“我听见外边谣传说，谢尔曼的援军到了，他现在有十万多人了呢。”

米德大夫的回答很简单。因为他一看见这个他从心底里厌恶的人要和他同席，心里早已老大不舒服，只为顾着贝蒂帕特小姐的面子，又因自己也是在她家做客，才把肚里的感情硬压着不露出来。

“嗯，先生？”大夫满脸不高兴地回答。

“我刚才听见阿什伯恩队长说，约翰斯顿将军部下有四万人，还连回来的逃兵都算在内，据说这些逃兵是因为上次打了一个胜仗才回来的呢。”

“先生，”米德太太愤愤地说，“南部邦联的军队里是没有逃兵的。”

“哦，对不起，”瑞特谦恭之中带着讥讽的语气说，“我说的是那些请了例假回来一时忘记归队的，以及那些医治好了六个月还留在家里做着平常业务或是耕着春田的。”

说着他眼睛里闪出光来，气得米德太太拼命咬着自己的嘴唇。斯佳丽见状，几乎禁不住吃吃笑起来，因为瑞特一箭射中米德太太的要害了。当时确实有好几百这样的逃兵躲在烂泥地里和深山里，被宪兵查到了，怎么拖他们也拖不回去。他们口口声声都在说，这是“富人们的战争，穷人们只能去送死”，现在他们打够了，不想再打了。但是还有比这数目更多的人，虽然也列在逃兵名册上，却实在没有一去不复返的意思。这些人大都是等了三年也等不到一次例假的，而在等待的期间，家里已经接二连三地来了诉苦信，写的总不外是“我们饥饿”“今年田里没有人耕作，一点儿收成也没有。我们快要饿死了”或者“军需队把小猪也捉了去，你好几个月没寄钱回来了。我们靠吃干豆生活”之类的话。

一封封家信汇成了一个不断扩展的大合唱：“我们在挨饿，你的妻子，你的孩子，你的父母，都在挨饿。战争什么时候才能结束？你什么时候才能回来？我们在挨饿，挨饿。”由于部队人员锐减，请假得不到批准，这些士兵就自动回家去耕田、种稻、修屋、筑墙。那些上级军官虽明白这种情形，却无法加以禁止，直到前方吃紧，需人更多的时候，只得以前的事一概免究为条件，叫他们重新回去。而这种士兵回家料理了一番，看看家里又有三四个月可以支撑的时候，照例是肯回去的。这样渐渐地成了习惯，所谓“耕作例假”已经不作逃亡一例，但事实上同样削弱了军队的战斗力。

米德大夫急忙来填补这个不舒适的停顿，他的声音冷冰冰的：“巴特勒船长，你得知道两边人数的相差向来是无关紧要的。一个南部邦联的士兵可以抵得过一打北方佬。”

女人们都点点头。这是人人都知道的。

“这话在战争开始的时候是正确的，”瑞特说，“或许到现在也仍旧可以正确，如果南部邦联的士兵枪里有子弹，脚上有鞋子，胃里有食物的话。你认为对不对，阿什伯恩队长?”

他的声音仍旧很温和，却充满了虚伪的客气。凯里的神气很不高兴，因为他也很不喜欢瑞特。他很愿意帮大夫说句话，但是他不能说谎。他这次所以不顾残废的胳膊，自愿调到前线去，理由就是他知道局势的严重了，这是一般市民都还没有明白的。除他之外，还有别的许多人，有的镶着木腿，有的瞎了一只眼睛，有的炸去了指头，有的剩一条胳膊，都悄悄地脱离了各种军需队，或是丢开医院里的任务，甚至邮局和铁路的职务，而回到他们原先所属的部队去了。他们知道老乔将军需要每个人回去。

当时凯里没有开口，米德大夫却已发脾气大吼起来：“我们的人向来是赤脚打的，空肚打的，却已打了许多胜仗了。以后他们还是这样打，还是要打胜！我告诉你，约翰斯顿将军是打不退的！那边的山峡自古以来就非常险要，敌人绝对攻打不破。你就想一想——想一想塞摩比利吧！”

塞摩比利？斯佳丽想了半天也想不出这个名词的意义来。

“但是当初塞摩比利不是打到最后一个个人都死光了吗，大夫?”瑞特问时嘴上勉强忍住了笑。

“你是不是要侮辱人，年轻人?”

“大夫！请你原谅！你误解我的意思了！我不过是请教你。我对于古史的记忆实在很差。”

“如果必要的话，我们军队也一定要死到最后一个人才会让敌人深入佐治亚州，”大夫反驳道，“但是绝对没有这个必要。我们只消一次接触，就可以把他们赶出佐治亚州去。”

贝蒂帕特姑妈怕他们越闹越厉害，急忙站了起来，要斯佳丽给大家弹一曲钢琴，唱一支歌。她早知道请瑞特来吃饭是要闹事的。以前一向都如此。至于瑞特到底怎样会惹起事来，她却不明白。她心里总觉得奇怪，斯佳丽把他看成怎样一个人了呢？为什么连亲爱的梅兰妮也要袒护他呢？

斯佳丽依着贝蒂姑妈的话走进客厅里去了，走廊上留下静默，一个搏动着对于瑞特愤恨的静默。为什么约翰斯顿将军和他部下的不可能征服性还能有人相信呢？在这时候，信念便是一种神圣的义务。谁要是没有爱国心，甚至于没有信念，那他至少也得闭着口不说才是。

斯佳丽先弹了几段，随即她的声音从客厅里飘了出来，凄婉动人，唱的是一支流行的歌曲：

在那白粉墙的病房里，
躺着些已死的和将死的——
都被刺刀子弹伤残了的躯体——
有一天抬进一个人儿的知己。
一个人儿的知己！那么年轻，那么勇敢！
不久就要在一堆土里深埋——
看他脸色凄惶白如纸——
却依旧闪耀着青春的光辉。

此后斯佳丽用颤抖的哀音唱出下节的“他那金黄卷发上光辉摇曳”一句时，范妮急忙抬起半个身子，用虚弱的声音阻止道：“你唱个别的吧！”

于是钢琴声戛然中止，斯佳丽心里不胜吃惊而羞愧。随即她又唱起《灰外衣》刚唱开头一段，她突然记起这个调儿也是非常凄惨的，便又停住了。于是钢琴声又归于沉默，因为她一时想不起来该唱什么。她所能记起的歌都是有关死亡、离别和伤感的。

瑞特急忙站了起来，将怀中的韦德交给范妮，自己走进客厅里去。

“弹一曲《肯塔基的老家》吧。”他提议道，斯佳丽便欣然弹唱起来。瑞特也把他自己的低音和了进去，直至唱到第二节，走廊上的听众才觉得呼吸得比较顺畅，其实，这首歌也并不见得怎样令人兴奋：

再有几天，这沉沉重担便可以卸肩！
然而这担儿的分量依然不减！
再有几天，我们就可上路返家园！
回到肯塔基的老家去高枕安眠！

直到目前为止，米德大夫的预言总算是对的。离开百英里路外多尔顿以北的山顶，约翰斯顿确实驻守得如铜墙铁壁一般。他立脚得非常牢固，抵抗得非常猛烈，终至北军不得不退回去另作商量了。他们看着不能直接冲破那条灰色的战线，便趁着夜色的掩护，想迂回穿过山峡，去袭击约翰斯顿的后方，在多尔顿以南十五英里的瑞萨卡截断铁路。

南部邦联军一听铁路有截断之虞，当即跳出了壕沟，星夜赶赴瑞萨卡去抢救。所以当北军从山头冲下的时候，南军早已严阵以待了，障碍物也做好了，炮也架好了，刺刀也上起来了，跟多尔顿的阵线一样巩固。

多尔顿的伤兵运到，报告了老乔将军退到瑞萨卡的消息，亚特兰大人便不免有点惊慌失措。就像夏天久晴之后，西北角上忽然浮起了一朵乌云，不久就要有狂风暴雨似的。这位将军在想什么，怎么让北方佬深入佐治亚州十八英里来呢？那几座山本来是天然的堡垒，正如米德大夫所说的。老乔将军为什么不在那里扼守呢？

约翰斯顿在瑞萨卡拼命抵抗，又把北军击退了，但是谢尔曼用着同样的包抄运动，将他的大队列成一个迂回渡过奥斯坦纳拉河，再向南军后方的铁路袭击。于是那灰色的阵线又奉命连夜退却，直退到瑞萨卡以南六英里的一个小镇卡尔洪，先掘下壕沟等待。直至北军打到，经过一番猛烈的接触，居然又给打了回去。这时南军经过两度连夜的退却，没有睡眠，没有饮食，已经疲乏不堪，都倚在枪杆上祈祷休息。然而他们终不得休息，谢尔曼仍旧将军队列成一大曲线步步地逼近，致使南军为保持后方的铁路起见，不得不作一度的退却。

现在南军是在睡梦里行军，已经疲倦得不能思考了。即使偶尔有思考，也是完全信任老乔将军的思考。他们知道自己是在退却，但是他们相信自己并没有被打败。他们只晓得自己人不够，不能击破北军的包抄运动。如果北军来跟他们做正面冲突，他们一定能够击败他们的，因为从前没有一次不如此。至于这次退却的终点在哪里，他们并不知道。他们相信老乔将军是有计划的，那就用不着他们费心了。而且这接连的两次退却他都调度得法，自己丧失的人并不多，敌方被斩获的数量却可观得很。他们只失掉一辆兵车，四支枪。他们也没有丧失背后的铁路。谢尔曼虽然用尽了正面攻击、骑兵冲击、两翼包抄等种种方法，终于不曾碰着一下铁路线。

铁路仍旧在他们手里，那细细的两条铁轨仍旧安然无恙地从那阳光照耀的山谷一直迤逦到亚特兰大。人们躺下来睡了，睡的地方可以隐约看见铁轨在星光下闪耀。人们躺下来死了，临死的最后一眼也看见那亮晶晶的铁轨反映着酷烈的阳光。

当他们退下山谷的时候，他们的前头有一大队难民先跑着。那里面有农民，有山民，有富的，有穷的，有黑人，有白人，有妇孺，有年老的，有濒死的，有残废的，有受伤的，有临产的，或乘火车，或步行，或骑马，或以马车、货车满载着箱笼什物，塞满了到亚特兰大的那条大路。这些难民在退却的军队前头约莫五英里路，到瑞萨卡停一停，到卡尔洪停一停，到金氏屯停一停，一路巴望着听见北军被击退的消息，便可以中途折回去。然而那条路上再也没有折回的踪迹。所以那灰色军队所过之处，大厦都是空的，庄园都没有人，矮屋的门都是直开的。偶尔可以看见一两个孤单的妇人，还有几个吃惊的奴隶，他们看见军队开过去，都到路旁来欢迎，将一桶桶的井水拿给他们喝，替他们裹伤，将他们死的埋葬在自家坟地里。但是一路上这样的遭遇非常难得，大部分地方都是一片荒凉，不见人迹，只见被废弃的田禾让骄阳在那里烤炙。

卡尔洪又受包抄，约翰斯顿只得退到阿达尔斯维尔，在那里经过一度猛烈的接触，然后退到凯斯维尔，然后退到卡脱尔斯维尔之南。于是敌人已从多尔顿深入五十五英里了。直至过卡脱尔斯维尔再十五英里的新希望教堂，南军掘起了壕沟，决计在那里做坚决的抵抗。随即那蓝色的阵线猛扑上来了，其势犹如一条狠毒的长蛇，盘曲起猛然一击，时或受了伤突然缩回去，但第二下包管还是要击来。当时在新希望教堂一连打了十一日，北军的每次猛扑都被血淋淋地打了回去。然后约翰斯顿又被包抄了，这时阵线已渐形零落，他不得不再作数英里的退却。

这一战役南部邦联军死伤无数。伤兵都从铁路上运到亚特兰大，致使亚特兰大人吃惊不小。自从奇克莫加一役以来，亚特兰大从来没有见过这么多的伤兵。医院里塞满了，连各店家的地板上，栈房里的棉花堆上，都挤满了伤兵。乃至每个旅馆，每一个公寓，每一家私人住宅，也都分配到了。贝蒂姑妈家里也派到几个，她便竭力抗议，说梅兰妮快要生产，受了惊吓怕要闹起小产来的，但她的抗议一点没有效果，伤兵终于侵入了。梅兰妮奈何不了，只得把腰围再束得高些，借以掩饰她那日见膨胀的肚子。自从伤兵来了后，家里便不断地要做饭，要搬动，要替他们洗涤，换绷带，夜里又要被他们的呻吟声闹得睡不着。最后。这个城市实在挤不下了，这才不得不将后来的伤兵运到梅肯和奥古斯塔的医院去。

这些伤兵带来了互相矛盾的消息，同时急剧增长的难民又如潮水般拥进这早已十分拥挤的城市，亚特兰大沸腾了。地平线上的那块小云朵已迅速扩大成一片阴沉的大雨云，并且那雨云之中似乎有一股冷飕飕的寒风正吹出来。

这时人们对于自己的军队不可征服的信念，虽然还没发生动摇，但是至少市民已对约翰斯顿将军失去了信任。新希望教堂离亚特兰大只有三十五英里了！将军在三周之内竟让北军打得后退了六十五英里！他为什么要一味地撤退，而不把北方佬阻挡住呢？他真是个傻瓜，简直比傻瓜还要傻瓜。那些安坐在亚特兰大的民团和自卫队的人员坚持说他们都能应付得了这种局面，并在桌布上画出地图来证明自己的话。这时约翰斯顿将军仍在逐步退却，阵线也越来越薄弱，他不得不请求布朗州长，让这些后方的勇士去显一显身手，但是本州部队仍然理所当然地感到安全。毕竟，戴维斯总统来请求时，州长都拒绝了。他为什么应该答应约翰斯顿将军？

退了又打！打了又退！七十英里的路程，二十五天的日子，南部邦联军几乎每天都在打。现在新希望教堂已经被灰色军队撇在身后了，他们只带去了一片模糊的记忆。酷热、尘埃、饥饿、疲倦、红泥路上的蹒跚、红泥地里的颠簸、退却、掘壕、进攻——退却、掘壕、进攻。新希望教堂已经成了一个逝去的梦魇，还有大姗蒂，他们曾在那儿像鬼怪一样掉转头来和北方佬打了一仗。北方佬虽被打得遍地都是蓝色的尸体，但是援兵却源源不断；那条险恶的蓝色曲线一直向南部邦联军延伸，向铁路延伸——向亚特兰大延伸！

从大姗蒂开始，这支疲倦的队伍又退到玛丽塔镇附近的肯尼萨山。在这儿，他们展开了一条绵延十英里的弧形阵线。他们在山麓挖起了壕沟，在险峰绝顶上架设了排炮。由于骡子已经爬不上去了，只得靠人力汗流浃背地运上去。这个消息被拥进亚特兰大的邮差们和伤兵们证实了，惊恐不安的亚特兰大人便又松一口气。他们认为肯尼萨山上有了这样的防御，敌军无论如何也攻打不下来。同时附近的派因山和劳斯特山也是这样，也修筑了防御工事。北方佬肯定撼不动老乔将军的部队，他们也很难包抄，因为山顶上的炮火，是四面八方几英里路外都能打到的。于是亚特兰大又高枕无忧了，可是——

可是肯尼萨山离亚特兰大只有二十二英里！

肯尼萨山第一批伤兵运到亚特兰大的那天，梅里韦瑟太太的马车早晨七点钟就到了贝蒂姑妈家，她家的黑人利维大叔传话到楼上，叫斯佳丽立即穿好衣服到医院去。范妮·艾尔辛和邦内尔家的姑娘们也是刚刚从睡梦里被叫起来的，现在正坐在马车后座打呵欠，艾尔辛家的嬷嬷在前面赶车的座位上不住地咕哝，膝头放着一篓新浆洗的绷带。斯佳丽不情愿地匆匆爬了起来，由于头天晚上在自卫队的宴会上跳舞跳了一通宵，她现在两腿还发酸呢。当普里西帮她把身上那件又旧又破的看护服系上扣子时，她暗暗诅咒那个不怕辛苦的梅里韦瑟太太，诅咒伤兵，甚至诅咒整个南部邦联。她匆匆咽下几口玉米粥，一点加咖啡的干薯片，便跟随那几个姑娘去了。

她对这样的看护厌倦透了。她今天一定要告诉梅里韦瑟太太，说艾伦已写信来让她回家小住。可这又有什么用呢，因为这位可敬的梅里韦瑟太太正卷起袖子，粗壮的腰身上系着大围裙在忙活呢，听她这么一说，就会严厉地看她一眼，说道："别再让我听这些蠢话了，斯佳丽·哈密尔顿。今天我就给你妈妈写信，告诉她我们是多么需要你，我相信她一定能理解，会让你待在这儿的。现在，穿上你的围裙到米德大夫那里去。他需要人帮他扎绷带。"

"哦，天哪，"斯佳丽沮丧地想道，"这就是问题所在。母亲会让我待在这儿，可是我宁死也不想再闻这些臭气了！我真巴不得自己是位老太太，那就可以折磨年轻人，而不是被折磨——并且让像梅里韦瑟太太这样的老狐狸滚得远远的！"

是的，她厌倦了医院，厌倦了那里的臭气、虱子，那些痛苦的模样和肮脏的身体。如果说做看护可以有新鲜感，有浪漫感，那是一年以前的事了。而且现在退下来的这些伤兵，都不如从前的伤兵漂亮。他们对她一点儿都不感兴趣，并且除了"战争进行得怎么样了？老乔将军现在在干什么？老乔将军真是个精明人。"之类的话以外，说不出别的什么。她不觉得老乔将军有什么了不起。他所做的一切就是让北方佬向佐治亚州前进了八十英里。不，他们这群人一点儿也没有吸引力。而且，许多伤兵已濒临死亡，很快就会悄无声息地死掉，因为他们在抵达亚特兰大之前就患了血毒症、坏疽、伤寒症和肺炎，现在已经无力抵抗这些疾病了。

天气很热，苍蝇成群结队地从敞开的窗户涌进来，那些又肥又懒的苍蝇比病痛更能摧残伤员的意志。一阵阵臭气，一阵阵呻吟，从四面包围了她。她手里托着盘子跟在米德大夫身后四处奔忙，刚洗过的衣服已被汗水浸透了。

哦，真受罪，站在医生旁边眼睁睁地看他用明晃晃的刀割腐烂的肉，还要竭力忍住别吐出来！而且，手术室里正在切胳膊割腿，得咬着牙听那凄惨的嚎叫！有些人在周围一片尖叫声中眼巴巴地等着医生，苍白的面容紧张兮兮，医生来了只能这样对他们说："很抱歉，我的孩子，可是那只手必须切掉。是的，是的，我知道；可是你瞧，看见那些红血丝了吗？必须赶快切掉它。"

现在哥罗仿少得可怜，只能用于最严重的手术，鸦片也极珍贵，只预备给那些将死的人用，以减轻他们的痛苦，而不是帮活人减轻疼痛。奎宁和碘酒一点儿也没有了。是的，斯佳丽厌烦了这一切，就在那天早晨，她希望自己像梅兰妮一样，可以用临产的理由来请假。现在做看护工作的要请假，只有这个理由才能获准。

到中午的时候，她脱下围裙，从医院里溜了出来，这时梅里韦瑟太太正在忙着替一个不识字的伤兵写信。斯佳丽觉得她再也忍受不下去了。这简直是让她受罪，而且她知道，中午的火车又会运来一批伤兵，那样就要一直忙到半夜了——可能还吃不上东西。

她快步穿过两条马路，来到桃树街，在紧束的胸衣所允许的范围内拼命呼吸新鲜空气。她站在拐角处，不明确接下来该做什么，不好意思回贝蒂姑妈家，但又下定决心决不回医院去，这时，瑞特驾车经过。

“你看起来像个捡破烂的孩子。”他一面说，一面将她从头到脚打量了一番，她身上穿着一件修补过的浅紫色印花布衣裳，已被汗水浸透了，还有一些护理伤员时留下的污渍。斯佳丽既尴尬又气恼，简直要发疯了。他为什么总是那么在意女人的衣服？为什么他那么粗鲁，竟然评论她眼下不整洁的衣着呢？

“我不想听你说废话。你下车来扶我上去，带我到一个没人看得见的地方。即使他们绞了我我也不回医院去了！天哪，我又没有发起战争，我不明白我有什么理由应该被工作折磨得半死，而且——”

“一个我们神圣事业的叛逆者！”

“得了，乌鸦笑话猪黑。你扶我上去。我不在乎你上哪儿去。现在你带着我兜风吧。”

他从马车上跳下来，她突然想到看见一个完整的人是多好啊，不缺眼睛，不少手脚，没有因疼痛而面色苍白，也没有因疟疾浑身蜡黄，他看上去健康而又保养良好。他还穿得那么整齐。他的上衣和裤子是同种料子做成的，很合身，而不是松松垮垮地挂在身上，或者紧紧地绷在身上，几乎行动不得。而且它们是崭新的，不是破烂不堪地露出脏兮兮的皮肉和毛茸茸的腿。他看上去仿佛对世界上的事毫不关心，单是这种态度目前就足以让人吃惊了，别的男士都满面焦虑，阴沉而又神思恍惚。他那褐色的面孔很温和，他的嘴唇红红的，像女人的嘴巴一样轮廓鲜明，他扶她上马车时，漫不经心地微笑着，动人极了。

当他上车坐到她身边时，他那魁梧身躯的肌肉在剪裁合体的衣服里弹动着，像往常那样，他那巨大的人体魅力像电流一样击中了她。她看到他那强壮的肩膀隔着一层薄布鼓出来，充满诱惑，让人不安而又害怕。他的身体仿佛就像他那敏锐的思想一样坚韧而强壮。他仿佛具有一种潜藏不露的威力，静时像一头猛豹懒洋洋地躺在阳光下，动时像一头猛豹忽然跳起来向你冲击。

“你这个小骗子，”他一边说，一边吆喝马向前赶，“你跟那些士兵跳了一晚上舞，给他们送玫瑰花和丝带，跟他们说你愿为伟大的事业而献身，而一旦让你替几个伤兵扎绷带，捉个虱子，你就赶紧逃跑了。”

“你就不能说点儿别的，再将马车赶快点？要是碰巧梅里韦瑟爷爷从店里出来看见了我，一定会告诉老太太的——我是说梅里韦瑟太太。”

他抽了雌马一鞭子，它便快跑起来，穿过五角场，越过横贯城市的铁路。运伤兵的火车已经到达，抬担架的人正在炎热的太阳下紧张地忙碌着，将伤兵装上救护车和带篷的货车。斯佳丽看见这情形良心上丝毫未受刺激，只感到大大的庆幸，幸亏自己逃出来了。

“我只是厌倦了那个破医院，”她说，整了整裙子，将领下的帽带系紧，“每天都有越来越多的伤兵运进来。这都怪约翰斯顿将军。要是他在多尔顿挡住北方佬，那他们就——”

“可是他确实挡住了北方佬，你这无知的孩子。而且如果他坚守在那里，谢尔曼就会从两面夹击，割断他与两翼的联系。那样他就会失去铁路，而铁路正是约翰斯顿为之战斗的目标。”

“哦，得了，”斯佳丽说，她对战略战术根本一窍不通，“无论如何是他的错。他应该想办法才对，而且我觉得他应该被撤掉。他为什么不硬打下去而是不断地退却呢？”

“你就像其他每个人一样，大呼‘杀了他的头’，因为他不能干不可能的事。在多尔顿时他是救世主，现在到了肯尼萨山，他就成了叛徒犹大了，前后不过六个礼拜。是的，要是他再把北方佬打退二十英里，就又成了耶稣。我的孩子，谢尔曼的兵力是约翰斯顿的两倍，他们用两个人来对付我们一个人。而且约翰斯顿连一个人都牺牲不起，他迫切需要援兵，可他得到了什么？‘布朗州长的宝贝儿’，他们有什么用！”

“民团真的要调去吗？还有自卫队，也去吗？我没听说过。你怎么知道的？”

“已经有这样的谣言在四处传播了。是随今天早上从费耶特维尔开来的火车上传来的。民兵和自卫队都要调去支援约翰斯顿将军。是的，布朗州长的宝贝儿们最终也要去闻炮火味了，而且我猜他们绝大多数都会感到十分吃惊。当然，他们从来没想去目睹战斗。州长答应过他们不必去的。这下，原来那是个善意的玩笑，他们以为自己入了保险，因为州长甚至都拒绝了戴维斯总统要把他们调去弗吉尼亚的要求。说是他们需要留下来保卫本州。谁曾想战火会烧到自家后院，他们真的不得不去保卫本州？”

“哦，你怎么还能笑出来，你这个残忍的家伙！想想自卫队里那些老先生和小男孩！怎么，小斐尔·米德也得去，还有梅里韦瑟爷爷，亨利·哈密尔顿伯伯。”

“我不是说那些小男孩和墨西哥战争的老兵。我是说威利·吉南那样喜欢穿漂亮制服，喜欢挥舞刀枪的年轻勇士们——”

“还有你自己！”

“亲爱的，这可损害了我一根毫毛！我没穿制服，也没挥舞刀枪，南部邦联的命运跟我一点儿关系都没有。而且，即使我在自卫队或是其他任何部队，也不会被抓住。我在西点军校所学的军事知识足够我安度余生了……得了，我希望老乔福星高照。雷将军不能帮他什么忙了，因为北方佬在弗吉尼亚把他搅得忙碌不堪。所以佐治亚州的军队是约翰斯顿可以得到的唯一援兵。他是比较值得增援的，因为他是个伟大的军事家。他总能抢在北方佬前面占据地盘。可是他要想保住铁路，就只能一退再退；记住我的话，一旦北方佬将他赶出山区，来到附近的平地上，那他就只好任人宰割了。"

"这里附近?"斯佳丽喊道，"你知道得很清楚，北方佬永远都不会打到这儿来!"

"肯尼萨离这儿只有二十二英里，而且我敢跟你打赌——"

"瑞特，瞧，瞧那街道上！瞧那群人！他们不是士兵。究竟是……？怎么，他们是黑人!"

只见街上扬起一阵红尘，红尘中传来许多脚步踩踏的声音，以及一百多个黑奴乱七八糟地唱赞美诗的声音。瑞特将马车停在路旁，斯佳丽好奇地看着那些汗流浃背的黑人，他们扛着铁锹锄，由一位军官和一小队佩着工程团肩章的士兵带领着。

"到底是什么……?"她又问了一句。

然后她看见队伍前列有一个嘴里唱着歌的黑大汉，身高足有六英尺半，浑身黑得像乌木，走起路来像猛兽似的，露出一口白森森的牙齿，正领着大家唱《走啊，摩西》。她相信除了塔拉农场的工头大萨姆以外，世界上再没有哪个黑人有这么高的个头和这么嘹亮的嗓子了。可是大萨姆在这儿干什么，离家那么远，尤其是现在农场里没有多余的人手，他又是杰拉尔德的得力助手?

她正从座位上站起身子想看得更仔细些。那黑大汉看见了她，认出她，他那张黑脸庞便高兴地绽开了笑容。他停住脚，丢了铁锹朝她奔来，一面对他身边的黑奴叫道："天哪！是斯佳丽小姐！你，利格！使徒！先知！这是咱们的斯佳丽小姐!"

人群里一阵混乱。大家不知道是怎么回事，都停下来，咧开嘴笑着，大萨姆身后跟着三个大个子黑奴，穿过马路跑到马车跟前，那个不知所措的军官也大喊着紧跟在他们后面。

"归队，你们这几个家伙！回去，我告诉你们，否则我——怎么，是哈密尔顿太太呀。早上好，太太，还有你，先生。你们为什么要煽动队伍骚动叛乱呀?天知道，今天一上午我已经被这些小伙子折腾得够呛了。"

"哦，兰德尔队长，别责怪他们！他们是我们家的人，这是大萨姆，我们的工头，还有从塔拉来的利格、使徒和先知。当然，他们得跟我说说话。你们怎么样，小伙子？”

她一一同他们握手，她那白皙娇小的手消失在他们那大黑手掌里，四个黑奴都为这相逢高兴得手舞足蹈，而且很骄傲地向同伙炫耀自己有这么一位漂亮的小姐。

“你们大老远从塔拉来这儿做什么？你们一定是逃出来的，我敢打赌。你们不怕巡逻队逮住你们吗？”

他们都以为斯佳丽在开玩笑，便乐得大叫起来。

“逃出来的？”大萨姆回答道，“不，我们不是逃出来的，斯佳丽小姐。他们在塔拉挑了我们四个个儿最大，最有力气的。”他的白牙齿得意地露了出来，“他们特别挑了我，因为我唱得好。是的，斯佳丽小姐，是弗兰克·肯尼迪先生过来挑选的。”

“可是，为什么呀，大萨姆？”

“哎呀，斯佳丽小姐！你没听说过？我们是去挖地道的，等北方佬打来了，好让白人躲进去。”

兰德尔队长和马车里的人听见这种对地道的解释，都忍不住笑了起来。

“当然，杰拉尔德先生听说要把我选去，差点儿晕倒，他说没有我，那地方他侍弄不下去，可是艾伦小姐说：‘带他去吧，肯尼迪先生，南部邦联比我们更需要大萨姆。’她还给了我一块钱，告诉我要听白人的话。这样我们就来了。”

“兰德尔队长，这一切到底是怎么回事？”

“哦。很简单。我们必须多筑几英里壕沟，使亚特兰大的防御更牢固些，而将军又不能从前线调出人员来。所以我们就从乡下挑了些最健壮的劳力来做这项工作。”

“可是——”

一股冷冷的恐惧开始在斯佳丽胸腔里搏动。多筑几英里壕沟！他们为什么要多筑？去年一年内，亚特兰大四周离市中心约一英里处，已筑起了一连串带有大炮掩体的巨大堡垒。这些堡垒和壕沟相连，一英里一英里地已经把整个城市都包围了。还要多筑几英里！

“可是——我们已经有了很好的防御工事，为什么还要修筑呢？我们连已经有的还用不上呢。将军肯定不会让——”

“我们现在的防御线离市区只有一英里，”兰德尔队长简短地说，“那太近了，不够舒服——或者说，不够安全。新的防御线将会离市区更远一些。你瞧，再一次撤退可能使得我们的士兵进入亚特兰大了。”

他立刻就后悔自己不该说出最后那句话，因为她的眼睛恐惧得瞪大了。

“不过，当然，不会再撤退了，”他赶紧加上一句，“肯尼萨山四周的防线是攻不破的。我们的炮台设在山顶，密密麻麻的，控制着下面的各条大路，北方佬不可能接近的。”

可是斯佳丽看见他在瑞特懒洋洋的注视下垂下了眼睑，她很害怕。她想起了瑞特的话：“一旦北方佬将他赶出山区，来到附近的平地上，那他就只好任人宰割了。”

“哦，队长，你认为——”

“怎么，当然不会！别再担心了。老乔将军只是相信凡事预防着保险而已。这是我们要多挖壕沟的唯一理由……可是，我现在必须出发了。跟你交谈很愉快……向你的主人告别吧，小伙子们，让我们继续前进。”

“再见，小伙子们。记住，你们要是病了、受伤了或是有什么麻烦，一定要告诉我。我就住在桃树街上，就在市区的尽头。差不多是最后一幢房子。等一下——”她伸手到提包里摸索起来。“哦，天哪，我一分钱也没带。瑞特，先借给我一点儿钱。来，大萨姆，给你和小伙子们买点儿烟草。好好地照兰德尔队长的吩咐干活。”

队列重新整好了，开始继续行进，路上又掀起一股红尘，大萨姆又开始唱起来。

“去吧，摩西！到埃及去！去见法老，使你可以将我的百姓领出来！”

“瑞特，兰德尔队长是在骗我，就像所有的男士那样——竭力想向我们女人隐瞒事实，免得我们害怕、发晕。他是不是在撒谎？哦，瑞特，要是没什么危险。他们为什么要挖新壕沟？而且军队里那么缺少人手，使得他们不得不动用黑人？”

瑞特吆喝了一声马。

“军队里人手缺得很。要不为什么要将自卫队调去？至于壕沟，是这样的，防御工事是预备在围城时派上用场的。将军准备在这儿做最后的抵抗。”

“围城！哦，把马掉过头去。我要回家，回塔拉的家，立刻。”

“你怎么了？”

“围城！上帝啊，围城！我听说过围城！爸爸，也许是爸爸的爸爸曾经历过围城，爸爸告诉我——”

“哪一次围城？”

“就是德罗赫达那次，克伦威尔打败了爱尔兰人，他们没东西可吃，爸爸说他们饿着肚子，死在大街上，最后他们吃猫，吃老鼠，甚至吃蟑螂。而且他说在他们投降之前，还发生过人吃人的事呢，虽然，我从来都不知道该不该信他的话。而且克伦威尔占领该城后，所有的妇女都被——围城！天哪！”

“你是我曾见过的最最无知的年轻人。德罗赫达围城事件发生在十六世纪，那时奥哈拉先生不可能活在世上。另外谢尔曼又不是克伦威尔。”

“虽然不是，但是他更坏！他们说——”

“至于爱尔兰人在围城期间所吃的美味佳肴——依我个人看来，近来旅馆供应的那些东西，还不如肥肥胖胖的老鼠好吃呢。我想我不得不返回里士满去。那儿有好吃的食物，只要你付得起钱。”他的眼睛嘲讽地盯着她那恐惧的脸。

她很恼恨自己表现出了慌张，便嚷道：“我不明白你为什么在这儿待了这么长时间！你心里只想着享乐，想着吃和——和那种事。”

“我知道再没有比吃更美妙的打发时间的方法了，还有，嗯——那种事，”他说，“至于为什么我待在这儿——是这样的，我看过许多关于围城的书，被困的城市以及诸如此类的故事，可是我从来没有目睹过。所以我觉得应该留下来一饱眼福。我不会受到伤害，因为我是非战斗人员，另外我需要积累点儿经验。永远别错过积累经验的机会，斯佳丽。它们能丰富人的思想。”

“我的思想已经够丰富的了。”

“也许你对这点知道得很清楚，不过我应该说——这话就不太客气了。也许我留在这儿是为了等围城的时候好救护你。我还从来没有救过落难的女子呢。那也将是一个新的经验。”

她知道他是在奚落她，可是她感到他的话中有一股严肃。她摇了摇头。

“我不需要你的救护。我会照顾自己的，多谢了。”

“别这么说，斯佳丽！如果你喜欢，可以那样想，但千万千万别对男士说出来。北方佬的姑娘们就容易犯这种毛病。她们本来是很有魅力的，可她们总是跟你说会自己照顾自己，多谢之类的话。一般情况下她们说的是实话，上帝会帮助她们。所以男人们就让她们去自己照顾自己了。”

“你这话是怎么说的，”她冷冷地说，因为再没有比跟北方佬姑娘做比较更侮辱人的事了，“我相信你关于围城的那番话是骗人的。你知道北方佬永远都打不进亚特兰大来的。”

“我敢跟你打赌，在本月之内他们就会打到这儿。我愿拿一盒糖果作赌注——”他的黑眼睛移到她的嘴唇上，“赌一个吻。”

北方佬入侵的恐惧一刹那间抓住了她的心，可是一听见“吻”这个词，她立即忘了恐惧。这是一片熟悉的阵地，远远比军事策略有趣。她好不容易才忍住了就要涌出来的笑意。自从那天他送给她一顶绿帽子以来，瑞特再没有进一步可以被解释为一个爱人应有的举动。他从来都不会让人牵着鼻子走，任凭她怎样诱惑，可现在她这边没做任何暗示，他就谈到了接吻上。

“我不在乎这种私人谈话，”她冷漠地说，还成功地皱了一下眉头，“而且，我宁可去吻一头猪。”

“人的口味不同，倒也不必计较，我常常听人说爱尔兰人跟猪有一种特别的感情——事实上，还会让猪睡在床下面。不过，斯佳丽，你迫切地需要接吻。这就是你的毛病所在。你所有的追求者都对你过于尊敬了，虽然只有上帝才知道这是为什么，或者他们太害怕你，以至于不能真正满足你的要求。结果是养成了你这种让人难以忍受的盛气凌人。你应该被人吻，被那个知道如何才能满足你的人吻。”

谈话没有朝她所希望的方向进展。她跟他在一起，总是达不到自己的目的。他们每次谈话都是一次决斗，而她总是输家。

“那么我猜你觉得你就是那个合适的人选吧?”她带着讥讽的语气说，强压住了心头的怒火。

“哦，是的，如果我肯费心去做的话，”他漫不经心地说，“她们都说我吻得很好。”

“哦，”她开口说道，为他对自己魅力的轻视而恼怒，“怎么，你……”但是她的眼睛突然迷乱地垂下了。他微笑着，可他那双黑眼睛深处有一点微光在闪烁，倏忽便逝去了，像一簇小小的火焰似的。

“当然，你可能想不明白，我为什么在送你帽子的那天轻轻地吻过你之后，就再也没有尝试着去吻你——”

“我从没有——”

“那么你就不是个好姑娘了，斯佳丽，听你说出这样的话，我很难过。当男人不努力去吻她们时，所有真正的好姑娘都想知道为什么。她们知道自己不应该渴望被男人吻，也知道如果男人那样做时必须装作受侮辱的样子，可实际上一样，她们希望男人会试着……得了，亲爱的，把心收回来吧。总有一天我会吻你，你也会喜欢被我吻的。但不是现在，所以我请求你不要太着急。”

她知道他是在奚落自己，可是像往常那样，他的奚落让她发疯。他所说的话总是十有八九都是对的。好哇，这就暴露了他自己。只要他敢来对她放肆，她就会使出点儿颜色给他看。

“你能不能发发慈悲将马掉过头去，巴特勒船长？我想回医院去。”

“你是真的想回去吗，我的慈悲小天使？难道我的谈话都不如那些虱子和烂肉能讨你的欢心？好吧，你这双甘愿奉献的手既然要为我们伟大的事业而劳动，我又怎么好意思阻拦呢。”他掉转马头，他们开始朝五角场返回。

“至于我为什么不采取进一步举动，”他嬉皮笑脸地接着说，仿佛她没有提示过谈话已告结束似的，“我在等你再长大点儿。你瞧，我现在吻你没多大趣味，我在享乐方面向来都是很自私的。我绝不会无聊到去亲小孩子。”

说完他忍住了笑，因为他用眼角瞥见她的胸脯已因无声的愤怒而气得一鼓一鼓的。

“而且，”他轻轻地继续说道，“我还要等你对那个可敬的阿希礼·威尔克斯的记忆淡化一些。”

一提到阿希礼的名字，她心里突然涌起一股刺痛，热泪几乎要夺眶而出。淡化？对阿希礼的记忆永远都不会淡化，就算他死了一千年也不会淡化。她一想起阿希礼浑身是伤地躺在遥远的北方佬监狱里，没有毯子盖，没有爱他的人握住他的手，她就对坐在身边这一个衣食无忧、慢吞吞的声调下掩藏着讥讽的人充满了愤恨。

她气得说不出话来，他们默默地向前驶了一段。

“现在，我非常理解你和阿希礼之间的一切，”瑞特又开口说道，“自从在十二橡树目睹你出演了那出不雅观的一幕后，我就一直睁大眼睛捕捉到了许多事情。是哪些事呢？哦，我看出你对他仍旧怀着一种女学生式的浪漫热情，他也尽他那高尚性格所能容忍的程度回应着你。而且威尔克斯太太对此一无所知，在你们俩之间，你一直在跟她玩花招。我十分理解这一切，只有一件事还不能满足我的好奇心。那个高尚的阿希礼可曾冒着玷污他那灵魂的危险吻过你？”

无声的沉默和转开去的头便是给他的答复。

“啊，那么，他是吻过你喽。我猜那是在他请例假回来的时候吧。那样的话，即使他死了，你也会在心底珍藏那一吻的。不过，我确信你会忘掉这些，而且等你忘了他的吻时，我将——”

她气急败坏地转过头来。

“你——滚到一边去，”她恶狠狠地说，一双绿眼睛充满怒火，“赶快让我下车，否则我就跳下去。而且我再也不想搭理你了。”

他将马车停下来，还没等他下车扶她，她就跳了下去。她的裙环勾住了车轮，一时五角场上的人都瞥见了她的衬裙和衬裤。然后瑞特探过身来迅速把它解开了。她一声不吭就拂袖而去，连头也没回，他轻轻地笑了一下，驱车继续向前。

第十八章

自从战争开始以来，亚特兰大第一次听见了战斗的声音。每天早晨，当城市苏醒的喧闹声还未响起之前，肯尼萨山上的炮声就隐隐地从远处传来，低沉而不清晰。很容易被误认为是夏天的雷声。偶尔声音很大，就是在正午车马喧嚣的时候也听得见。人们竭力不去听它，竭力谈笑风生，竭力专心致志于自己的事务，仿佛北方佬不在二十二英里以外的地方，可是耳朵总是被那炮声搅扰着。城市呈现出忧心忡忡的面貌，因为无论手中在忙什么，人们都在听着。听着，他们的心一天要惊跳一百次。炮声是不是更响了？还是他们听错了？这次约翰斯顿将军能抵抗得住他们吗？能不能呢？

恐慌只剩一层薄纸掩饰了。从撤退开始到现在人们的神经一天比一天紧张，现在开始接近极限了。没有人说害怕。这个话题是个禁区，可是对将军的大声指责正说明了人们神经紧张。公众的情感达到了沸点。谢尔曼就在亚特兰大的大门口。再一次撤退南部邦联军就可能退到城里来了。

给我们一个不撤退的将军！给我们一个能守能战的人！

当遥远的炮声在耳边轰响时，民团，“布朗州长的宝贝儿”，还有自卫队开出了亚特兰大，去防守约翰斯顿将军背后查塔霍奇河上的桥梁和渡口。那天天气灰暗阴沉，当他们经过五角场走出美立塔大道时，下起了细雨。全城的人都出来送行，他们紧挨着站在桃树街两旁的店铺檐下，拼命为他们喝彩。

斯佳丽和梅贝尔·梅里韦瑟·皮卡德经允许离开医院来送行，因为亨利·哈密尔顿伯伯和梅里韦瑟爷爷是自卫队成员，她们和米德太太一起挤在人群中，踮起脚尖要看个明白。斯佳丽虽然像一般南方人一样只相信战事中最令人高兴和放心的消息，可是看到这些混杂不齐的队伍走过时，她的心凉了。毫无疑问，前方的战事很紧张，否则怎么会将这些老人和孩子也召去！当然，这里面也有一些年富力强的，他们穿着在社会上很吃得开的民团的鲜艳制服，头上插着羽毛，腰上荡着飘带。可是老人和孩子那么多，一看到他们，她的心就充满了难过和恐惧。有的灰白胡子的老头比她父亲还老，在细雨中极力配合着军乐的节奏踉跄前行。梅里韦瑟爷爷肩上披着梅里韦瑟太太最好的方格围巾挡雨，他走第一排，一面走，一面咧开嘴朝她们致意。她们挥舞着手帕跟他喊再见；可是梅贝尔抓住斯佳丽的胳膊，小声说："哦，可怜的老爷爷！一阵狂风暴雨就会要了他的命！他的腰痛——"

亨利·哈密尔顿伯伯走在梅里韦瑟爷爷后边一排，他那黑长大衣的领子一直竖到耳根，皮带上挂着两支墨西哥战争时用的手枪，手里提着一只小绒线口袋。他旁边行走的是他的贴身黑奴，年纪几乎和亨利伯伯一样大，手里撑着一把雨伞，把两人一同遮着。和这些老者并肩而行的是小伙子，他们看上去都不满十六岁。许多人都是从学校跑出来参加了军队，偶尔可见几个小伙子穿着民团的见习制服，头上戴着灰色的紧头帽，上面的黑羽毛及交叉着系在身上的白帆布带子被雨水淋得湿漉漉的。斐尔·米德也在其中，自豪地佩戴着其兄的手枪和马刀，神气地将帽子歪戴着。米德太太挤出一丝笑容，挥着手，直到他走过去了，她便将头靠在斯佳丽肩上，仿佛全身的力气一下子都耗尽了。

许多人根本就没有武装，因为南部邦联既没有枪支也没有弹药可以发给他们。这些人希望从杀死和被俘的北方佬手上缴到枪来武装自己。许多人靴筒里插着长弯刀，手里拿着带铁尖头的粗棒子，叫作"布朗枪"。那些幸运一些的则弄到老式的毛瑟枪，斜挎在肩上，腰上挂着装火药的牛角。

约翰斯顿在撤退中已损失了近万兵力。他需要一万多名新兵，"那么这，"斯佳丽害怕地想道，"就是他所得到的！"

炮兵队隆隆地驶过，激起的泥点溅到了围观者身上，她忽然瞥见一个黑奴骑着骡子走在一门大炮旁。他表情严肃，很年轻，斯佳丽一看见他便叫出声来："是莫斯！阿希礼的莫斯！他在这儿干什么？"她挤出人群来到路边喊道："莫斯！停一下！"

小伙子看见她便勒住缰绳，高兴地笑着，准备跳下马来。一个骑马跟在他身后浑身湿透的中士喝道："好好待在骡子上，小子，否则我毙了你！我们得准时赶到山上。"

莫斯不知所措地看看中士又看看斯佳丽，她趟着泥水奔到行进的大炮前，抓住了莫斯的马镫带。

"哦，等一下，中士！别下来，莫斯。你究竟在这儿干什么？"

"斯佳丽小姐，我又要去打仗了。上次是随阿希礼先生，这次是随约翰先生。”

“威尔克斯先生!”斯佳丽惊呆了。威尔克斯先生快七十岁了。“他在哪儿?”

“在后面最后一门大炮旁，斯佳丽小姐。在后面呢!”

“对不起了，太太。快点儿走，小子!”

斯佳丽在齐踝深的泥水里站了一会儿，炮车摇摇晃晃地从她身旁驶过。

“哦，不!”她想道，“不可能。他太老了。而且他并不比阿希礼更喜欢战争!”她朝路边退了几步，注意看着走过的每一张面孔。当最后一门大炮和弹药车隆隆地驶过来时，她看见了他，他瘦削的身子挺得直直的，长长的白发贴在脖子上，从容不迫地骑在一匹草莓色的小雌马上，那马仿佛一个穿着绫罗绸缎的贵妇一样一步一步战战兢兢地涉过那些泥洼。怎么——那马是内利！塔尔顿太太的内利！贝特丽丝·塔尔顿的心肝宝贝！

威尔克斯先生看见站在泥泞中的斯佳丽，便勒住缰绳，笑眯眯地下了马，朝她走来。

“我本来就希望能见到你呢，斯佳丽。你家人让我带许多口信给你。可是没时间细说了。我们今天早上才奉命集合，他们立即就赶我们上路了，你瞧见了。”

“哦，威尔克斯先生，”她绝望地拉着他的手大声喊着，“别去了！为什么你非得去?”

“啊，那么你是觉得我太老了!”他笑了，那是阿希礼的笑容重现于一个老者的脸上，“也许行进起来我太老了，可骑马和射击我一点儿也不逊色。塔尔顿太太真是好心肠，把她的内利借给我骑，这样我就有了一匹好马。我希望内利不会有什么闪失，因为要是她有个什么不测，我就永远无脸回家见塔尔顿太太了。内利是她留下来的最后一匹马了。”现在他乐呵呵地笑了，扫除了她恐惧，“你父母亲和几个妹妹都挺好，他们让我转达对你的爱意。今天你父亲差点儿和我一起来了!”

“哦，爸爸不会的!”斯佳丽紧张地喊道，“爸爸不会的！他不会去打仗的，对吗?”

“是的，他不会去，可是他很想去。当然，他膝盖受过伤，走不了远路，不过他一直坚持要跟我们骑马来。你母亲同意了，但是要先试试跳篱笆，因为，她说，军队上有许多艰难险阻要骑马越过的。你父亲以为那很容易，可是——你能相信吗？他的马一靠近篱笆便死死站住，你父亲从它头上越过去摔到了地上！真是个奇迹，他没有摔断脖子！你知道他的倔脾气。他马上跳起来又试了一次。嗨，斯佳丽，他在奥哈拉太太面前连摔了三次，波克坚持要他上床休息。他一直不服气，赌咒说是你母亲‘在马耳朵里念过咒语’。他实在是吃不消艰苦的差事了，斯佳丽。你不必为此感到惭愧。毕竟，得有人留在家里为军队种田。”

斯佳丽并不因此而感到惭愧，反而放下了一颗悬着的心。

“我已经把英迪亚和霍妮送到梅肯跟伯尔家的姑娘们一块儿住，奥哈拉先生现在不仅要忙塔拉的事情，还得照顾十二橡树……我得走了，亲爱的。让我吻一下你的脸吧。”

斯佳丽仰起脸让他吻，喉咙里一阵哽咽。她很喜欢威尔克斯先生。从前有一段时间，她还希望做他的儿媳呢。

“事实上，你还得把这个吻捎给贝蒂帕特，这一个捎给梅兰妮，”他说着又轻轻地吻了两下，“梅兰妮还好吗？”

“挺好的。”

“啊！”他的眼睛望着她，可是像阿希礼一样，那怅然若失的灰眼睛穿过她看到另一个世界去了，“我要是能看见我的孙子就好了。再见吧，亲爱的。”

他跳上内利，缓缓地离开了，帽子还拿在手里，满头银发让雨淋着。斯佳丽还没领会到他最后一句话的含义，便回到梅贝尔和米德太太身边去了。接着，出于迷信的恐惧她在胸前画了个十字，暗暗祈祷着。他说到了死，就像阿希礼那样，可现在阿希礼——不，谁也不能说死！说死是冒犯天意的。三个人默默动身回医院去，斯佳丽一边走一边暗暗祈祷：“上帝，不要怪罪他。他和阿希礼，都不要怪罪！”

从多尔顿退到肯尼萨山是五月初到六月中旬之间的事，在炎热多雨的六月，谢尔曼并不能将南部邦联军赶下那峻峭而又滑溜的山坡，于是希望又抬起头来。大家又高兴了，把约翰斯顿将军也说得比从前好了。从多雨的六月到更多雨的七月。南部邦联军在那些居高临下的壕沟里死守苦战，叫谢尔曼不敢越雷池一步。这时亚特兰大人欣喜若狂，被希望冲昏了头脑。好啊！好啊！我们把他们挡住了！这欢欣鼓舞之情像瘟疫般传染开来，到处是庆祝会和舞会。凡是前线有人回到城里来过夜，人们总要设宴款待他们，接着就是舞会，而每次参加的女士都是男士的十倍，她们崇拜他们，抢着跟他们跳舞。

亚特兰大挤满了游客、难民、医院里伤兵的家属和在山上作战的士兵们的妻子和母亲，她们希望待在亲人身边，万一受伤了可以照顾。另外还有一群群年轻貌美的姑娘从乡下涌来，因为乡下只剩下不满十六岁或六十岁以上的男士了。贝蒂姑妈很不喜欢这些人，因为她认为她们到亚特兰大来没有别的理由，只是为了找丈夫，这种不顾羞耻的行为让她纳闷世界究竟要变成什么样子。斯佳丽也不喜欢她们。她并不是怕那些十六七岁的姑娘带来的竞争，尽管她们那娇嫩的脸蛋和妩媚的笑容常常使人忘了她们那翻新了不止一次的衣服和修补过的鞋子。她自己的衣服比她们大多数的衣服都漂亮，而且也新得多，这得感谢瑞特最后一次跑船时为她带来的布料，毕竟，她十九岁了，而且一天天长大，男人却总是要追逐年轻而又傻气的小狐狸精。

一个带着孩子的寡妇跟这些漂亮小妖精竞争，肯定是处于劣势了，她想。可是这些日子以来，她的寡妇身份和母亲身份压在她心上的重担比从前轻得多。白天在医院做护理，晚上参加宴会，中间她几乎没见过韦德。有时她真的忘了自己还有个孩子。

在温暖而潮湿的夏夜，亚特兰大家家户户的门都对保卫城市的士兵们开放着。从华盛顿街到桃树街家家灯火通明，招待那些从前线的壕沟回来的浑身泥泞的战士，悠扬的琴声，跳舞的步声和欢乐的笑声在夜空上飘扬。人们围着钢琴放声高歌《你的信来了，可是太晚了》，衣衫褴褛的士兵深情地注视着躲在羽毛扇后面痴笑的姑娘们，乞求她们不要错失良机。其实那些姑娘只要能办到谁也不会等待。在全城一片欢腾时，她们争先恐后涌入了结婚的浪潮。在约翰斯顿将军把敌人堵在肯尼萨山的一个月内，无数对青年男女结成了眷属，新娘们从朋友那里匆匆借来华丽的服饰，把自己打扮得娇滴滴的，新郎们也全副武装，军刀磕碰着修补过的膝盖。那么多的激动，那么多的宴会，那么多的喜悦！啊哈！约翰斯顿将北方佬堵在二十二英里以外了！

是的，肯尼萨山周围的防线是攻不破的。经过二十五天的奋战，甚至谢尔曼将军也意识到了这一点，因为他手下伤亡惨重。于是他不再正面攻击，却将队伍列成一个大圆弧，竭力想冲入南部邦联军和亚特兰大之间。这个战略又奏效了。约翰斯顿不得不放弃山区去保护后方。在这次战役中他损失了三分之一的兵力，其余三分之二只得在大雨里疲惫不堪地向查塔霍奇河退却。南部邦联军不指望再得到援兵了，北军则已把田纳西以南直至战线的铁路都掌握在自己手中，每天谢尔曼都能得到援军和给养。因此灰色军队只好穿过泥泞的田野向亚特兰大撤退。

丧失了这一原本以为牢不可破的阵地，一股新恐惧浪潮席卷了亚特兰大。在二十五天尽兴欢乐的日子里，人人都确信这不可能发生。可现在，它发生了！不过可确信的是将军会将北方佬堵截在河对岸。虽然只有上帝知道那河已离市区够近了，只有七英里远！

但是谢尔曼从北边渡河向他们包抄过来，疲惫的灰色阵线不得不慌忙渡过浑浊的河水将自己重新置于侵略者和亚特兰大之间。他们匆匆在城北的桃树溪流域挖掘了散兵壕。亚特兰大已陷入愤怒和恐惧之中。

打了又撤！打了又撤！每次撤退都使得北方佬更靠近城市。桃树溪离市区只有五英里远！将军到底在想什么？

“给我们一个能坚守善战的将军！”的呼声甚至已涌入里士满。里士满人知道一旦亚特兰大失陷，战争就败了，而且军队渡过查塔霍奇河后，约翰斯顿将军就会被撤掉总指挥之职。他手下的一个军长胡德将军将会接管他的职位，这时亚特兰大人才松了一口气。胡德不会撤退的。他才不像那个身材高大，眼睛闪光，胡子飘拂的肯塔基人呢！他有猛犬的名声。他会将北方佬从桃树溪赶回去，是的，将他们打得穿越查塔霍奇河，一步一步退回到多尔顿去。可是军队高呼着：“还回我们的老乔！”因为从多尔顿至此的一路征途上他们一直跟着老乔，而且他们知道横亘在军队面前的种种艰难险阻，而市民们却不知道。

谢尔曼没有等胡德准备好反击。在撤换指挥的第二天，北方佬迅速进攻并占领了位于亚特兰大以北六英里的小镇迪凯特，切断了那里的铁路线。这条铁路连接着亚特兰大和奥古斯塔、查尔斯顿、威尔明顿、弗吉尼亚。谢尔曼给了南部邦联军一个致命的打击。到了行动的时候了！亚特兰大高呼着要行动！

于是，在七月的一个酷热的下午，亚特兰大实现了自己的愿望。胡德将军不仅仅是坚守和攻打。他在桃树溪向北方佬发起了猛烈的进攻，他命令手下从壕沟里跳出来向谢尔曼那人数超过自己两倍的蓝色阵线扑去。

人人都胆战心惊地祈祷胡德的进攻可以将北方佬打退，人人都聆听着大炮的轰鸣声和几千挺机枪的扫射声，虽然，这些枪炮声距市中心有五英里远，可是那么响亮，仿佛就在邻街。他们听见了排炮的轰鸣声，看见烟雾像一团团低垂的白云似的在树梢盘旋，可是一连打了好几个小时，谁也不知道战事究竟如何。

一直到近黄昏时才传来了第一个消息，可又不确切，自相矛盾，让人害怕，因为带来消息的是刚一开战便受了伤的士兵。这些伤兵开始不断地涌进来，有独自来的，有成群结队来的，轻伤的搀扶着那些又瘸又拐的。很快他们便形成一股络绎不绝的人流痛苦地涌向城里的医院，他们的脸被火药、灰尘和汗水涂得像黑人一样黑。他们的伤口没有包扎，血凝固了，苍蝇在伤口四周飞舞。

贝蒂姑妈家是从城北蹒跚而来的伤兵涌入的第一户人家，然后，一个接一个，他们来到大门口，倒在草地上，呻吟着：

“水！”

在那个炎热的下午，贝蒂姑妈和她的全家，无论黑人还是白人，都提着一桶桶水和一篓篓绷带站在太阳底下，一勺勺喂伤兵喝水，替伤兵包扎伤口，直到绷带用完为止，甚至破被单和毛巾都用光了。贝蒂姑妈彻底忘了看见流血她总是会晕倒，她直忙得那双小脚在太小的鞋子里肿得再也支持不住她的身体。甚至梅兰妮也忘了羞耻，挺着大肚子和普里西、厨娘、斯佳丽一块儿热火朝天地忙碌着，她的脸像伤兵一样紧张。最后当她晕倒时，没有地方躺，只得躺在餐桌上，因为屋子里所有的床、椅子和沙发上都挤满了伤兵。

在忙乱中被遗忘的小韦德一个人蹲在前廊的栏杆后，像只关在笼里受惊的野兔似的伸出脑袋窥看着草地，他的双眼恐惧地睁得大大的，吮着大拇指打着嗝儿。斯佳丽一看见他便厉声喊道："到后院玩去，韦德·哈密尔顿！"可是他对眼前疯狂的场面太害怕太困惑，以至于都不会服从妈妈的吩咐了。

草地上横七竖八躺满了人，有的太疲倦了，不能再走一步，有的受了伤虚弱得动弹不得。彼得大叔将这些人装上马车运到医院，跑了一趟又一趟，直累得那匹马大汗淋漓。米德太太和梅里韦瑟太太把她们的马车派来，她们自己也帮着运送，马车的弹簧被伤兵压得吱吱乱响。

接着，在漫长而燥热的夏日黄昏里，救护车连绵不断地从战场开来，还有军需部门的货车，上面盖着溅满泥点的帆布。后面是农场用车、大车，甚至还有被医疗队征用的私人马车。它们从贝蒂姑妈房前经过，在坑坑洼洼的大路上颠簸，车上满载着伤兵和垂死的人，鲜血不断地滴进红色的泥泞里。一看见提着水桶拿着勺子的妇人，驾车的人便停下来，随即便响成一片呻吟声：

"水！"

斯佳丽捧着伤兵颤抖的头，使他们干裂的嘴唇可以喝上水，又把整桶水浇在那些满是灰尘且发烧的身体和张开的伤口上，使伤者可以享受短暂的舒服。她踮着脚尖把勺子递给救护车司机，每到一个司机跟前她都问道："有什么消息没有？有什么消息没有？"心都提到了嗓子眼儿。

所有的回答都是："还没有确切的消息，太太。一时还说不准。"

天黑了，仍然很闷热。空气一点儿不流动，黑人手里燃烧的松枝使空气更热。灰尘塞满了斯佳丽的鼻孔，并使她的嘴唇发干。她那淡紫色的印花布衣服，早上还是干净的，这时已布满了血迹、污秽和汗渍。哦，这就是阿希礼所写的战争不是光荣而是肮脏和苦难这句话的含义了。

由于疲倦，整个景象都蒙上一层不真实的、梦魇般的色彩。这不可能是真的——倘若是真的，那这个世界是疯了。如若不是，她怎么会站在贝蒂姑妈家安静的前院，在播曳的灯光下往这些垂死的年轻男人身上浇水？因为他们中有许多都是她的追求者，他们一看见她都竭力想挤出一丝笑容。在黑暗的尘土飞扬的大路上被源源不断地运来的人中，有许多是她十分熟悉的，那么多人在她眼前奄奄一息，成群的蚊子在他们血污的脸上叮咬着，她曾跟这些人跳过舞，大笑过，曾为他们弹钢琴、唱歌，跟他们调情，抚慰过甚至稍稍爱过他们。

她在一辆堆满伤兵的牛车的底层发现了凯里·阿什伯恩，他头上中弹，几乎活不成了。可是她不能把他抬下来，那样会碰到其他六个伤兵，她只好让他去医院。后来，她听说他还没见到医生便死了，被埋在了什么地方，谁也说不清楚。那个月许多人被埋葬了，就在奥克兰公墓匆匆挖个坑完事。梅兰妮为没能剪下凯里的一绺头发寄给他在亚伯拉罕的母亲而深感遗憾。

炎热的夜渐渐深了，她们的背酸疼不已，膝盖因劳累而发抖，斯佳丽和贝蒂姑妈一个挨一个大喊着问："有什么消息没有？有什么消息没有？"

又挨过漫长的几个小时，她们得到了答案，这个答案使得她们脸色苍白地面面相觑。

"我们正在后退。""我们不得不后退。""他们的人数比我们多好几千呢。""北方佬在迪凯特附近截断了威勒的骑兵队。我们得去支援他们。""我们的士兵很快就会退到城里来了。"

斯佳丽和贝蒂抓住彼此的手臂支撑身体。

"难道——难道北方佬就要来了？"

"是的，他们就要打来了，不过他们不会深入的，太太。""别害怕，小姐，他们不会占领亚特兰大的。""不会的，夫人，我们在城市周围布有一百万英里的防御线。'"我亲耳听见老乔将军说：'我会永远守住亚特兰大。'""可是我们现在不归老乔将军管。我们归——""闭嘴，蠢货！你想吓唬太太们吗？北方佬永远不会占领这儿的，太太。你们太太们为什么不去梅肯或别的什么安全些的地方？你们在那儿没亲戚吗？""北方佬不会占领亚特兰大，可是他们在这儿攻打的时候对太太们仍然是不太有利的。""怕是要用大炮猛轰呢。"

第二天下着闷热的大雨，败兵成千上万地涌进亚特兰大，经过七十六天苦战和撤退，他们又饥又累，筋疲力尽，他们的马饿得跟稻草扎得一般，他们的大炮和弹药箱都已经七零八落，用绳子和皮带勉强捆绑着。但是他们的秩序并不紊乱，看不出一点儿溃逃的样子。他们队列整齐地行进，虽然衣衫褴褛，仍然意气风发地将那破碎的红战旗高擎着。他们在老乔将军的率领下已学会了撤退，知道撤退与进攻一样都是一项伟大的战略部署。当这支胡子拉碴、破衣烂衫的军队高唱着《马里兰！我的马里兰！》经过桃树街时，全城的人都出来为他们喝彩。无论成功与失败，他们都是他们的勇士。

州民团不久前才开出去，去时都穿着崭新的制服，现在已跟那些久战的士兵没什么分别了，也是满身污秽，憔悴不堪。他们眼神里有一种新的内容。三年来抱歉、解释他们为什么不上前线，现在已被他们抛在了身后。他们已将后方的安逸换成了前方的辛劳。甚至他们中有许多人已将苟且偷生换成了无情的死亡。他们成了老兵，服役短暂的老兵，可跟久经沙场的老兵是一样的。他们从人群中找出老朋友的面孔，骄傲而强硬地跟他们对视着。现在他们能昂起头来了。

自卫队的老人和孩子走来了，那些灰白胡子的老者累得几乎抬不起脚来，男孩子们因过早地面对成人的灾难而疲惫不堪。斯佳丽看见了斐尔·米德，几乎认不出他来，他的脸被火药和污秽弄得乌黑，辛劳和疲乏使他神情紧张。亨利伯伯一瘸一拐地走过来，没有帽子，头淋着雨，一块破油布被他挖个洞套在头上。梅里韦瑟爷爷坐在一辆炮车上，光脚上裹着破布条。可是无论怎样搜寻，她都没看见约翰·威尔克斯的影子。

约翰斯顿的老兵仍然迈着三年来不知疲倦的、轻快自如的步伐走过，对漂亮的姑娘咧咧嘴，挥挥手，对没穿制服的男人抛去粗鲁的冷嘲热讽。他们要开到那些环城的战壕里去——这些战壕不是仓促挖成的浅沟，都是齐胸深，还用沙袋和尖头桩防护着。它们绵延不断地环绕着城市，每隔一段距离有个切口，上面耸立着红土墩，等待着战士来进驻。

人群为部队欢呼，就像胜利时为他们欢呼一样。人人心里都害怕，但是，既然他们知道真相，既然最坏的情形已经发生，既然战火已烧到自家的前院，整个城市就变了样。现在没有惊慌，没有狂热。无论心里怎么想脸上绝不表现出来。每个人看上去都兴高采烈，尽管这兴高采烈很勉强。每个人都竭力向部队展示勇敢、自信的面孔。每个人都重复着老乔将军被撤离之前曾说过的话：“我会永远守住亚特兰大。”

既然胡德不得已撤退了，相当一部分市民和士兵都希望老乔将军回来，可是他们不说出来，只从老乔的话中获得勇气：

“我会永远守住亚特兰大！”

约翰斯顿将军的战略胡德一概不用。他攻打了北方佬的东边，又攻打北方佬的西边。谢尔曼像个摔跤家正在对手身上寻找新的攻击点似的绕着城探视，而胡德不留在壕沟里等着北方佬来打。他勇敢地走出去和他们交战，猛烈地扑上前去。在短短的几天内，亚特兰大之战和伊兹拉教堂之战打响了，这两次战役规模宏大，使得桃树溪之战与之相比只是一次小小的接触罢了。

但是北方佬仍然不断地反扑。他们已遭受了惨重的损失，可他们能承受得起。他们的大炮一直向亚特兰大猛轰，炸死住户里的人，掀掉屋顶，在街上炸出巨大的弹坑。城里的居民尽量躲到地窖、地洞和沿铁道临时开掘的浅隧道里。亚特兰大被围困了。

胡德将军继任以来的十一天内，损失的兵力几乎和约翰斯顿在进了又退、退了又进的七十四天内损失的兵力相当，亚特兰大现在三面受敌。

亚特兰大通往田纳西的铁路现在全线掌握在谢尔曼手中。他的军队跨越铁路来到城东，他还切断了西南方向通往亚拉巴马的铁路线。只有向南通往梅肯和萨凡纳的一条铁路还开通着。城内拥满了士兵，挤满了伤兵，塞满了难民，单有这一条铁路显然不能解决这座危城的各种迫切需要。可是，只要这条铁路能守住，亚特兰大也就能保住。

斯佳丽意识到这条铁路变得多么重要，不免十分恐惧，谢尔曼为得到它将会发起多么猛烈的进攻，胡德为保卫它又将进行怎样的殊死搏斗。因为这是一条贯穿全州，穿过琼斯博罗的铁路。而塔拉离琼斯博罗只有五英里！跟亚特兰大这座尖叫的人间地狱比起来，塔位仿佛是世外桃源，可是塔拉离琼斯博罗只有五英里！

亚特兰大战役打响那天，斯佳丽和许多太太小姐们坐在店铺的平顶上，手里打着小洋伞，观看战斗进行。可是当炮弹第一次落在大街上时，她们纷纷躲进地窖，从那天晚上开始，大批妇女、儿童和老人离开了城市。他们的目的地是梅肯，乘当天晚上的火车离开的人中有许多自从约翰斯顿沦陷至今已逃过五六次难。他们的行李比来亚特兰大时轻了好多。他们大多数人只拎着一个手提包和一顿用手帕包着的简单的午餐。间或可见惊慌失措的仆人手里拿着银水壶和刀叉，以及第一次出逃时抢救下来的一两张祖宗肖像。

梅里韦瑟太太和艾尔辛太太不愿离开这儿。医院或别的什么工作需要她们留下来，她们骄傲地说自己一点儿都不害怕，说没有哪个北方佬敢把她们赶出家门。可是梅贝尔和她的孩子，还有范妮·艾尔辛却去了梅肯。米德太太自结婚以来第一次不听米德大夫的话，平静地拒绝按大夫的要求乘火车逃往安全的地方。她说，大夫需要她。而且，斐尔就在某个壕沟里作战，她想留在他身边，以防万一……

但是怀特太太走了，斯佳丽周围许多太太都走了。贝蒂姑妈是第一个对老乔的撤退策略提出反对的，现在也加入第一批收拾行装的人中。她说她的神经虚弱，不能忍受噪音。她恐怕自己一听见炮声就晕了过去，来不及躲进地窖。不，她不害怕。她那张娃娃嘴想抿出勇敢的线条，却失败了。她得去梅肯和她的老表姐伯尔太太一块儿住，她还要姑娘们跟她一块儿去。

斯佳丽不想去梅肯。尽管她被炮声吓得不轻，她也宁愿待在亚特兰大而不去梅肯，因为她非常痛恨伯尔老太太。几年前，伯尔太太曾说她“轻浮”，因为在威尔克斯家的一次宴会上，她瞧见斯佳丽吻她的儿子威廉。“不，”她对贝蒂姑妈说，“我要回塔拉老家去，梅兰妮可以跟你一起去梅肯。”

一听这话，梅兰妮开始惊恐万状、撕心裂肺地大哭。贝蒂姑妈赶紧派人去请米德大夫，梅兰妮一把抓住斯佳丽的手，乞求道：

“亲爱的，别去塔拉，别丢下我！没有你我会多么孤独。哦，斯佳丽，生孩子时要是你不在身边我会死的！是的——是的，我知道我还有贝蒂姑妈，她对我很好。可是毕竟她从未生过孩子，而且她有时会弄得我神经紧张，简直要尖叫。别丢下我，亲爱的。你对我来说就是亲姐妹，而且，”她淡淡一笑，“你答应过阿希礼照顾我的。他跟我说过他嘱咐过你。”

斯佳丽疑惑地瞪着她。她对这个女人已厌恶得几乎不能掩饰，可梅兰妮为什么会如此爱她？梅兰妮怎么那么蠢，竟猜不到自己爱着阿希礼这个秘密？几个月来，她已无数次泄露了自己等待阿希礼的消息时的焦急。可是梅兰妮什么也没看出来，对于自己喜爱的人，梅兰妮只能看到对方的好处……是的，她曾答应过阿希礼照顾梅兰妮。“哦，阿希礼！阿希礼！你一定是死了，死了好几个月了！而现在对你的承诺要兑现了，并捆住了我的手脚！”

“好吧，”她简短地说，“我是答应过他，我不会违背自己的诺言。可是我不想去梅肯和那个伯尔老太太一块儿住。在五分钟之内我就会挖掉她的双眼。我要回塔拉去，你可以跟我一块儿。妈妈会很高兴你去的。”

“哦，我乐意那样！你母亲那么温柔可亲。可是你知道生孩子时姑妈要是不在我身边，她会死的，而且我知道她不会去塔拉。那儿离战火太近了，姑妈想待在安全的地方。”

米德大夫接到贝蒂姑妈十万火急的召请气喘吁吁地赶来了，本以为至少会看见梅兰妮小产呢，现在看到这种情形很是生气，还埋怨了几句。问明事情的原委后，他三言两语解决了争执，丝毫不留辩解的余地。

“你是不能去梅肯的，梅兰妮小姐。如果你要出门，我概不负责。火车很拥挤，时间也不确定，如果火车需要用来运伤兵、部队和军需品时，乘客随时都有可能被赶下火车待在树林子里。以你的状况——”

“可如果我和斯佳丽一起去塔拉的话——”

“我说过我不允许你移动。去塔拉的火车就是去梅肯的那一趟，情形是一样的。况且谁也说不准北方佬现在在哪儿，可到处都有他们的踪迹。你们的火车甚至可能被俘获。即使你们安全抵达琼斯博罗，到塔拉还有五英里崎岖不平的路得坐马车。像你这样纤弱的女人是不能走这段路的。而且，自从老芳汀大夫参军后，那里没有一个医生。”

“可是那儿有接生婆呢——”

“我说的是医生，”他粗鲁地回答，一面下意识地打量着她那瘦小的身子，“我不允许你移动。那样会很危险。你不会想把孩子生在火车上或是马车里吧?”

这几句直率的话使得几位太太尴尬地羞红了脸，不作声了。

“你必须待在这儿，我可以照顾得到，而且你必须躺到床上去。千万不要在楼梯上跑上跑下，往地窖里钻。不，即使炮声就在窗口响起也不行。毕竟，这儿不会有太大危险。我们马上就会打退北方佬……现在，贝蒂小姐，你只管去梅肯，把两位年轻太太留下。”

“没有人监护她们?”她惊愕地喊道。

“她们是少妇了，”大夫烦躁地说，“米德太太跟这儿只隔两户人家。看梅兰妮这副样子，她们无论如何也不会接待男客的。上帝啊，贝蒂小姐！这是战争时期。现在我们顾不上什么礼节了。我们必须替梅兰妮小姐着想。”

他踱出房间来到前廊上，等斯佳丽出来。

“我将跟你开诚布公地谈一谈，斯佳丽小姐。”他捋着灰白胡子开始说道，“你看上去是个通情达理的年轻夫人，所以不要对我红脸。我不想再听什么梅兰妮小姐被移动的话。我怀疑她是否经得起折腾。她生产起来是很困难的，即使在最好的情形下——你知道她的臀部非常窄，到时可能需要手术，所以我不想让那些无知的黑人接生婆来插手。像她那样的女人永远都不应该生孩子，可是——无论如何，你打点好贝蒂小姐的行装，让她去梅肯。她那么胆小会吓着梅兰妮小姐的，那样不会有什么好处。现在，小姐，”他严厉地盯着她，“我也不想听什么你要回家的话。你得和梅兰妮小姐待在这儿，直到小宝宝生下来。你不会害怕的，对吗?”

“不，我不害怕!”斯佳丽假装勇敢地撒谎。

“真是个勇敢的姑娘。米德太太会为你提供一切你所需要的帮助，如果贝蒂小姐想把仆人带在身边，我会派老贝特西来为你们做饭。用不了多久的。五周之内孩子就会出世，但是头胎是很难断定的，况且大炮一直在轰鸣。她随时都可能生的。”

于是贝蒂帕特姑妈泪流满面地去了梅肯，带走了彼得大叔和厨娘。她突然发了爱国心，将马和马车捐给了医院，立即又懊悔起来，哭得更凶了。斯佳丽、梅兰妮、小韦德和普里西被孤单地留下来了，这幢房子更加安静了，虽然大炮轰鸣声仍在继续。

第十九章

在围城的开头几天，北方佬对城市的防御线到处轰炸，斯佳丽被震耳欲聋的炮声吓得只能双手掩耳，无助地蜷成一团，随时准备一命呜呼。她一听见炮弹的呼啸声就冲到梅兰妮的房间，躺在她身边，两个人搂成一团，尖叫着“哦！哦!”把头使劲往枕头里钻。普里西和韦德跑到地窖里，蹲在蛛网密集的黑暗中，普里西扯着嗓子尖叫，韦德抽噎着，还一个劲儿打嗝。

死神在头顶呼啸，又被羽绒枕头捂得喘不过气来，斯佳丽便在心底诅咒梅兰妮连累得她不能躲到楼下安全的地方。可是大夫不允许梅兰妮走动，斯佳丽只好陪着她。她一方面害怕自己被炸成碎片，另一方面又害怕梅兰妮的孩子随时会降生。无论什么时候，这个念头一钻进她的脑海，她便会浑身冒汗。要是梅兰妮快生了，她该做什么？她知道自己宁愿让梅兰妮死也不愿跑到大街上去找医生，炮弹正像四月的雨一般向下落呢。而且她知道普里西宁可被打死也不敢冒险出门。婴儿要降生时她该做什么？

一天晚上她和普里西为梅兰妮准备晚餐时小声讨论起这些事，不料，令人吃惊的是，普里西消除了她的恐惧。

“斯佳丽小姐，梅兰妮小姐要生的时候，即使找不到医生，你也不必担心。我会对付。接生的事我全懂。我妈不就是接生婆吗？她不是也想把我培养成接生婆的吗？您把这事儿交给我好了。”

斯佳丽一知道跟前有双经验丰富的手，呼吸顺畅多了，但是她仍然巴不得快点儿渡过这个难关。她急切地想躲开这些轰炸的大炮，急切地想回到塔拉那安静的家中，每天晚上她都祈祷婴儿明天降生，这样她就完成了自己的诺言，可以离开亚特兰大了。塔拉是那么安全，仿佛离所有这些苦难都那么遥远。

斯佳丽热切地思念家乡和母亲，她平生从未思念过什么。要是在艾伦身边她就不会害怕了，无论发生什么事。听过一天的呼啸声和轰鸣声后，每天晚上她上床前都下定决心第二天早上告诉梅兰妮她再也忍受不了亚特兰大了，多一天也不行，她得回家去，梅兰妮得到米德太太家。可是，她躺在枕头上时，眼前总会浮现出她最后一次见到阿希礼时他脸上的表情，心里虽然十分痛苦嘴角却带着笑意对她说："你会照顾梅兰妮的，对吗？你是那么坚强……答应我。"她答应了。阿希礼躺在什么地方，已经死了。无论他在哪儿，他都看着她，监督她履行诺言。无论他是生是死，她都不能辜负他，无论得付出多大代价。于是她一天又一天地拖延着。

艾伦写来好几封信请她回家去，在给艾伦的回信中，她对围城的危险轻描淡写，解释了梅兰妮临产，答应一等孩子出世便回去。艾伦对于亲戚家的感情向来深厚，无论是本家还是亲家，所以回信勉强同意她留下，但要求立即把韦德和普里西送回去。这个建议正合了普里西的意，现在她一听见突如其来的声响，就吓得两排牙齿不住地打架。她一天大半时间都蹲在地窖里，幸亏米德太太家的老贝特西陪着斯佳丽和梅兰妮，否则俩人早就吓得半死了。

斯佳丽跟母亲一样想把韦德送出亚特兰大，不仅仅是为了孩子的安全，也因为他持续不断的恐惧让她心烦。韦德一听见炮声便吓得说不出话来，甚至当炮声停下来时他还抓住斯佳丽的裙子，哭都不敢哭。晚上他害怕上床，害怕黑暗，害怕睡着，怕北方佬冲进来抓住他，晚上他那神经质的嘤嘤哭泣声刺激着斯佳丽的神经，让她实在难以忍受。其实她跟他一样害怕，可是每时每刻都被他那紧张得变了形的脸提醒着，这让她生气。是的，塔拉是韦德该去的地方。普里西应该带他去那儿，梅兰妮快生的时候再立即召她回来。

可是还没等斯佳丽将这两个人送上回家的旅程，就传来消息说北方佬已转而南下，两军在亚特兰大和琼斯博罗之间的铁路沿线接触。假如北方佬俘获韦德和普里西所乘的列车——斯佳丽和梅兰妮一想到这儿脸就唰地白了，因为人人都知道北方佬对无助的孩子比对妇女更加惨无人道。这样她就不敢送他回家了，他留在亚特兰大，像个受了惊吓的安静的小鬼跟在妈妈身后东奔西走，紧紧地抓住她的裙角，一刻也不敢放松。

围城现在正是酷热的七月，阴郁沉寂的夜晚之后便是炮声隆隆的白昼，城市已开始习惯这种状态。仿佛最糟的情形已发生了，他们没什么可害怕的了。他们曾经害怕围城，现在他们的城市真的被围了，毕竟，还不是太糟。生活可以而且确实差不多和从前一样。他们明知自己坐在火山口上，可只要火山不爆发，他们就不会采取行动。所以现在何必忧虑？或许它永远都不会爆发呢。只消看看胡德将军怎样将北方佬堵在了城外！看看骑兵队怎样把守住了通往梅肯的铁路线！谢尔曼永远都占领不了它！

不过，尽管人们在纷纷降落的炮弹和愈来愈短缺的粮食面前装若无其事，尽管他们鄙视就在半英里之外的北方佬，尽管他们对战壕里那支衣衫褴褛的灰色军队深信不疑，内心却六神无主，不知道明天会发生什么意外。焦虑、烦心、忧愁、饥饿和升了又降、降了又升的希望的折磨已把那层表皮磨得越来越薄了。

斯佳丽渐渐从朋友勇敢的脸上和自然的有效调节中获得了勇气，既然无法改变，就只有忍受了。事实上，她一听见炮声仍然会跳起来，可她不再尖叫着跑到梅兰妮房间将头埋进枕头里。现在她能吸一口气轻描淡写地说："这个好像离咱挺近的，不是吗？"

她的恐惧减轻还有一个原因，就是生活呈现出梦境般的面貌，这个梦太可怕，不敢让人相信是真的。她，斯佳丽·奥哈拉不可能处于这样的危难中，每时每刻都有遭死的危险。原本安静的生活不可能在这么短时间内就变得面目全非。

这是不真实的，绝对不真实，早晨的天空原本一碧无云，现在大炮的浓烟却像乌云似的挂在城市上空，那温暖的中午原本弥漫着忍冬和蔷薇的香气，现在这气味却是那么可怕，夹杂着刺鼻的火药味。炮弹呼啸着砸在街上，像世界末日来临了似的，四散的弹片飞出好几百米远，仿佛要把人和动物炸成碎片。

从前那安静慵懒的午休，现在不能有了，因为虽然炮声有时会停歇，可桃树街永远都人声嘈杂——炮车、救护车隆隆而过，从前线退下来的伤兵踉踉跄跄涌进城来，急行军的部队奉命从城外某处战壕赶去支援另一处情况吃紧的工事，通信兵在大街上横冲直撞，要赶到司令部去，仿佛南部邦联的命运就系在他们身上似的。

酷热的夜晚会带来某种程度的安静，但这安静含着阴险的意味。当夜晚寂静时，就太过寂静了——仿佛青蛙、蝈蝈和睡眼惺忪的模仿鸟都吓得不敢提高声音像往常那样进行夏夜的合唱了。时不时地，这寂静被最后防线中哒－哒－哒的毛瑟枪声尖利地撕破。

常常在深夜，灯熄了，梅兰妮睡着了，死一般的寂静笼罩住城市时，斯佳丽清醒地躺在床上，总会听见前大门的门闩咔嗒一声，接着前门就响起了轻而急的敲击声。

往往会看见面目全非的士兵站在黑暗的前廊上，黑暗中许多不同的声音对她嚷嚷。有时这些黑影中会传来一个文雅的声音："太太，很抱歉吵醒了你，能不能让我和我的马喝点儿水？"有时是模糊不清的乡下口音，有时是南方草原上的鼻腔音，有时是沿海一带拖长的音调，这种声音揪住了她的心，让她想起艾伦的腔调。

“小姐，我本打算将我这个伙伴送到医院去，可是看样子他一步也走不动了。你能让他进来吗？”

“太太，我什么都能吃。你要是有玉米饼的话，就让我尝点儿吧。”

“太太，原谅我冒昧闯进来——可是，我能不能在你家前廊上躺一夜？我看见了蔷薇，闻到了忍冬的香味，就跟我家里的一样，所以我斗胆——”

不，这些夜晚不是真的！这是噩梦，这些男人是噩梦的一部分，他们没有形没有脸，只有疲惫的声音穿过温暖的黑暗朝她倾诉。喂水，提供食物，在前廊放上枕头，包扎伤口，抱住垂死伤兵肮脏的头颅。不，这不可能发生在她身上！

在七月的一个深夜，亨利·哈密尔顿伯伯敲响了门。亨利伯伯现在没有拿雨伞和提包，大肚皮也瘪了。他那又红又胖的脸上的皮肤松弛下垂，像猛犬脖子上的赘肉似的，他那又白又长的头发脏兮兮的。他几乎光着脚，身上爬满虱子，而且饥肠辘辘，可是他的精神仍然没变。

他嘴里说：“真是一场愚蠢的战争，让我这样的老傻瓜去扛枪作战。”可姑娘们从话里听出来亨利伯伯是很乐意这样的。他像年轻人一样有用，他正做着年轻人的工作。而且他可以和年轻人打成一片，可梅里韦瑟爷爷就做不到这一点，他骄傲地告诉她们。梅里韦瑟爷爷的腰痛严重折磨着他，队长想将他开掉。可是他不想回家。他坦白地说他自愿挨队长的训也不愿回去受儿媳妇的虐待，她不允许他嚼烟草，而且每天都要他洗胡子。

亨利伯伯待的时间很短，因为他只有四个小时例假，其中来回路上就得花费两个小时。

“姑娘们，往后得有好长一段时间我不能来看你们了，”他坐在梅兰妮房里，斯佳丽给他端了一盆凉水，他一面津津有味地搓着一双起泡的脚，一面说，“我们团明天早上就要开走了。”

“去哪儿？”梅兰妮惊恐地抓住他的手臂问道。

“别把手放在我身上，”亨利伯伯烦躁地说，“我身上爬满了虱子。战争要是没有虱子和痢疾就和野餐一样了。我要开到哪儿去？嗯，还没人告诉我，不过我知道得很清楚。我们向南，朝琼斯博罗进军，明天早上就出发，除非我完全弄错了。”

“哦，为什么要朝琼斯博罗进军？”

“因为那儿将要打一场大仗，小姐。如果可能的话，北方佬想占领那儿的铁路线。要是他们成功了，亚特兰大就完蛋了！”

“哦，亨利伯伯，你认为他们能占领得了吗？”

“咳，姑娘们！不会的！我在那儿他们怎么能得逞？”亨利伯伯对她们惊恐的脸咧嘴笑了笑，接着又严肃起来：“姑娘们，就要打一场艰苦的大仗了。我们非得取胜。当然，你知道，北方佬已占领了除通往梅肯以外的所有铁路，可他们想得到的并不止这些。也许你们姑娘们不晓得，他们还占领了除麦克多诺路以外的每一条公路、车道和小径。亚特兰大已被装在一只口袋中，这口袋的绳索就在琼斯博罗。如果北方佬能占领那儿的铁路，就会拉紧绳索，使我们成为瓮中之鳖，然后将我们一网打尽。因此，我们决不能让他们占领那条铁路……我可能得去好长时间，姑娘们。我来就是为了跟你们大家告别，也看看斯佳丽是否真的跟你在一起，梅兰妮。”

“当然，她陪在我身边，”梅兰妮亲昵地说，“别为我们担心，亨利伯伯，要自己照顾好自己。”

亨利伯伯在破地毯上擦了擦湿脚，呻吟着套上他的破鞋子。

“我得走了，”他说，“我还要赶五英里路呢。斯佳丽，你给我装些午餐带上。有什么装什么。”

他跟梅兰妮吻别后，下楼来到厨房，斯佳丽正拿一块餐巾包一块玉米饼和几个苹果。

“亨利伯伯——局势——局势真的那么严重吗？”

“严重？咳，上帝，是的！别糊涂了，我们退到了最后一道壕沟。”

“你认为他们会不会打到塔拉？”

“怎么——”亨利伯伯开口说，为她这种只关心个人安危不顾国家大局的妇人之见而气愤。接着，看见她那惊恐苦恼的表情，便放软了语气。

“他们当然打不到塔拉。塔拉离铁路有五英里远，而北方佬想要的只是铁路。你怎么这么糊涂呀，小姐。”他突然转移话题道，“今天晚上我大老远跑来可不只是来跟你们告别。我给梅兰妮带来了坏消息，可是我一见到她又说不出口了。所以我想把这事留给你来处理。”

“是不是阿希礼——你不会听到什么消息了吧——那他——死了？”

“哎呀，我半个身子埋在战壕的稀泥里怎么能听到阿希礼的消息呢？”老先生暴躁地反问，“不。是关于他父亲的事。约翰·威尔克斯死了。”

斯佳丽一屁股跌坐在椅子上，手里的午餐包了一半。

“我是来告诉梅兰妮的——可我没法跟她说。你一定得告诉她。还有这些东西，也交给她。”

他从口袋掏出一只沉甸甸的金表，表上挂着几枚印章，一张威尔克斯太太的小型头像，还有两粒粗大的袖扣。一看见这块她曾无数次在约翰·威尔克斯手腕上见过的金表，斯佳丽才忽然明白阿希礼的父亲真的死了。她震惊得既不会哭也不会说话。亨利伯伯局促地咳嗽了几声，他不敢看她，生怕她的泪水会惹自己伤心。

“他很勇敢，斯佳丽。这样跟梅兰妮说。让她写信告诉他的两个女儿。他一生都是个好战士。一枚炮弹击中了他。恰好落在他和他的马身上。炸碎了马的——是我一枪打死了那马，可怜的畜生。它是一匹极好的雌马。你最好再给塔尔顿太太写封信告知此事。她把那马当宝贝呢。孩子，把我的午餐包好。我非得走了。还有。亲爱的，别为我担心。一个老年人做着年轻人的工作，天下还有比这更好的死法吗?”

“哦，他不该死的！他甚至都不该去打仗。他应该好好活着看他的孙子慢慢长大，然后平静地老死在床上。哦，他为什么要去战场？他不主张分裂，他痛恨战争，而且——”

“我们许多人都是这么想的，可又能怎样呢?”亨利伯伯粗鲁地擤擤鼻子，“你以为我这么一大把年纪还愿意去给北方佬做枪靶子？可是在这种关头，作为一位绅士，我没有别的选择。跟我吻别吧，孩子，别为我担心。我会安全地从战场上回来的。”

斯佳丽吻了他，听见他下了楼梯走进黑暗中去，听见前大门的门闩咔嗒一声关住了。她站在那儿看着手中的纪念物发了一会儿呆。然后她上楼去告诉梅兰妮。

六月底传来了不受欢迎的消息，是亨利伯伯预言过的，北方佬又转到南边进攻琼斯博罗了。他们在城南四英里处截断了铁路，但是旋即被南部邦联的骑兵队击退；同时工程队也在烈日之下大汗淋漓地修复路轨。

斯佳丽焦急得几乎发狂。她提心吊胆地等了三天。然后收到杰拉尔德的信才放下心来。敌人还没有到达塔拉。他们已听到了战斗声但还没见到北方佬。

杰拉尔德的信中关于北方佬在铁路线上被击退一事，写得有声有色，使人难免以为这一大功都是他本人单枪匹马立下的。他用三页纸描写军队的英勇，在信末才简短地提到卡洛琳病了。奥哈拉太太说是伤寒。她病得不重，斯佳丽不必为她担心，现在她也不必回家了，即使铁路上安全了也不必回去。奥哈拉太太现在很庆幸围城开始时斯佳丽和韦德没有回塔拉。奥哈拉太太说斯佳丽务必去教堂为卡洛琳的康复祈祷。

斯佳丽看到最后一句话时，良心深深地受到打击，因为她已好几个月没去教堂了。起初她也觉得这样的疏忽是莫大的罪孽，可如今远离教堂倒不如从前那么负疚了。不过她仍然依母亲的吩咐到自己房里跪着匆匆念了一段《玫瑰经》。念完站起身时她并没有像以前祈祷完那样觉得舒服。因为好久以来她都觉得上帝已经不关注她，不关注南部邦联，不关注整个南方了，尽管每天成百万的人都在向他祷告。

那天晚上她坐在前廊上，把杰拉尔德的信贴在胸口，她可以时不时地摸到它，使塔拉和艾伦离自己近些。客厅窗台上的灯在树影婆娑的走廊上投下一束奇异的金色暗影，攀缘的蔷薇和忍冬在她周围形成一堵芳香四溢的围墙。夜出奇的静。太阳下山以后甚至听不见来复枪的噼啪声，世界仿佛离自己很远。斯佳丽孤独地坐在椅子上前后摇晃着，自从听到从塔拉来的消息后她一直很苦恼。希望有人，任何人，哪怕是梅里韦瑟太太来陪着她。可是梅里韦瑟太太在医院值夜班，米德太太在家款待斐尔，他刚从前线回来，梅兰妮已经睡着了。就是不速之客也是没有希望的。因为上一礼拜，来访者已一个不见了，因为每个能走路的男人都在战壕作战，或者到琼斯博罗附近的乡下追踪北方佬去了。

她很少像现在这样孤单，她不喜欢这样。当她独自一人时，她不得不思索，而这些天来，想法都不那么让人愉快。像别的任何人一样，她已养成了回忆过去、怀念死者的习惯。

今晚，亚特兰大如此安静，她可以闭上眼设想自己又回到塔拉那田野的寂静之中，仿佛生活一点儿没变，也根本不会变似的。可是她知道乡下的生活再也不会跟从前一样了。她想起了塔尔顿家四兄弟，红头发的双胞胎，汤姆和博伊德，一阵辛酸涌上喉头。怎么，斯图兰特或布伦特中的一个差点儿成了自己的丈夫呢。可现在，当战争结束后，她回到塔拉去生活时，再也听不到他们跑上林荫道时兴高采烈的招呼了。还有瑞福德·卡尔佛特，他的舞跳得最棒，如今，却再也不能选她作他的舞伴了。还有芒罗家的男孩子，还有小乔·芳汀，还有——

“哦，还有阿希礼!”她马上双手抱头哽咽起来，“我永远也受不了这世界上没有了你!”

这时她忽然听见前大门上咔嗒一响，连忙抬起头来用手抹了抹眼泪。站起身一看，原来是瑞特手里拿顶宽边巴拿马帽，从石径上慢慢走来。自从那天在五角场上她不顾一切地从他马车上跳下来之后，她再也没有见到他。那天她气恼之下还说她永远也不搭理他了。但现在她很高兴有人来跟自己说话，以便把她的注意力从阿希礼身上引开，将往事撇在脑后。瑞特显然已忘记了当时的不愉快，或者可能是装作不记得了，因为他上了最后一步台阶，便坐在她脚边，只字不提上次的冲突。

“你没有到梅肯去呀！我听说贝蒂小姐避难去了，以为你也走了。刚才我看见屋里有灯光，便特地进来看看。你为什么不走呢？”

“因为要陪伴梅兰妮。你知道的，她——嗯，她现在不能去避难。”

“嗨，”她从灯光下看见他皱起了眉头，“你是说威尔克斯太太还在这里？我从来没听说过这样的荒唐事。以她现在的状况，留在这儿很危险的。”

斯佳丽不吭声，觉得很难为情，因为她是不该跟男人谈论梅兰妮的状况的。还有，瑞特居然知道梅兰妮的危险。一个独身男子懂得这种事，多不体面啊。

“你一点儿也没考虑到我也有危险吗？真是太不仗义了。”她尖酸地说道。

他的眼睛觉得好玩似的闪了闪。

“要是北方佬来了，我随时都可以保护你的。”

“我不知道这算不算一句恭维话。”她用怀疑的语气说。

“当然不算。”他回答，“男人随便说几句话，你就要以为人家是在恭维你，你这种脾气什么时候才能改呢？”

“等我死了再改。”她说着，微微一笑，心想：就算你瑞特不来恭维我，这世界上来恭维我的男人多着呢。

“虚荣心，虚荣心，”他说，“至少，在这一点上你是坦白的。”

他打开烟盒，取出一支上等雪茄，先放在鼻子前闻了闻，然后用火柴点亮了。他双手抱膝靠在一根柱子上，静静地吸烟。斯佳丽又在椅子上摇起来，黑暗的夜温暖而寂静，将他们团团包围。筑巢在蔷薇和忍冬花丛里的模仿鸟偶尔从梦里醒过来，唱一曲羞怯清丽的小调。然后，仿佛经过审慎的考虑似的，又完全静默了。突然，瑞特在走廊的黑影里低沉而柔和地笑出声来。

“你居然跟威尔克斯太太一起留下来了！我一生也没见过如此奇怪的局面！”

“我认为一点儿也不奇怪。”斯佳丽不安地回答，立即警惕起来。

“一点儿也不奇怪？那么你看问题太不客观了。很久以来，我的印象是你很难容忍威尔克斯太太。你一直都觉得她又傻又蠢。她的爱国心也让你厌恶。你从不放弃任何挖苦她的机会，而现在你却这么无私，在战火纷飞的局势下，陪她留在这里，我自然会觉得奇怪了。告诉我，你为什么要这样做？”

“因为她是查利的妹妹——而且跟我就好似亲姐妹一样。”斯佳丽竭力装出一副严肃的样子，脸上却不由热辣辣的。

“不如说因为她是阿希礼·威尔克斯的遗孀。”

斯佳丽忽地站起来，极力压抑着心中的怒火。

“你上次对我的放肆行为，我本来可以饶恕，可现在不能了。今天要不是我觉得烦闷，绝不会让你到这走廊上来，而且——”

“请坐下来消消气吧，”他的口气有点儿变了。他伸出手拉着她的胳膊，把她按到椅子上：“你为什么烦？”

“哦，我今天收到塔拉的信。北方佬离我家已不远了，我的小妹妹又得了伤寒，所以——所以——所以即使我现在能如愿回去，母亲也不会同意的，因为怕我染上伤寒。哎，我是多么想回家啊！”

“嗯，你不要因此而烦闷，”他口气更委婉地说道，“即使北方佬来了，你在亚特兰大也比在塔拉安全。北方佬不会伤害你的，伤寒病却会。”

“北方佬不会伤害我！你怎么能说这种骗人的话？”

“我亲爱的孩子，北方佬并不是魔鬼，他们并不像你想象的那样，头上没有角，脚上也没有蹄。他们跟南方人差不多——只是礼仪上要差一些，当然，口音也很难听。”

“怎么，北方佬不是会——”

“强奸你？我想不会的。虽然，当然，他们想那样做。”

“你要再说这样的粗鲁话，我就要进屋去。”她大声喊道，庆幸阴影遮掩了她那羞红的脸。

“坦诚点儿。那不正是你所想的吗？”

“哦，当然不是！”

“哦，事实上是的！不必因为我读懂你的心思而发狂。那是我们南方所有有教养的正经女人的想法。她们一直在担心这事儿。我敢打赌，甚至像梅里韦瑟太太那样的老太婆……”

斯佳丽暗暗抽了一口气，记起近来这些度日如年的日子里，少妇们三三两两地无论在哪儿相聚，都会小声议论这样的事情在哪儿哪儿发生了。一般是在弗吉尼亚、田纳西或路易斯安那，总是离家乡很远。北方佬强奸妇女，用刺刀戳穿孩子的肚子，焚烧里面还有老人的房屋。人人都知道这些事是真的，只不过没有在街头巷尾大声嚷嚷罢了。要是瑞特还有一点儿礼貌的话就该知道这些都是真的，就不该谈论这些。而且这也不是什么可笑的事。

她听见他在轻轻地笑。有时候他真是讨厌。事实上，他大多数时候都很讨厌。一个男人要是知道女人真正在想什么，谈论什么，那就太可怕了。这会使得一个姑娘觉得自己像被剥光了衣服似的。而且没有哪个男人会从正经女人那儿学会这种事情。她很气恼他读懂了自己的心思。她喜欢相信自己对男人保留一份神秘感，可是她知道瑞特把她看得像玻璃一样透明。

“说起这种事，”他接着说，“你屋子里有没有保护人或监护人？那令人尊敬的梅里韦瑟太太或米德太太？她们总是盯着我，仿佛知道我来这儿有什么不良企图似的。”

“米德太太经常在晚上过来，”斯佳丽回答道，很高兴改变了话题，“但今晚她不会来了。她的儿子斐尔在家。”

“真幸运，”他轻轻说，“发现你独自在家！”

他声音中有某种东西让她的心欢快地越跳越快，她感到自己的脸红了。她经常从男人的声音中听出那种调子，因而知道那是爱的宣言的预告。哦，太有趣了！他要是说出他爱她，她就可以大大戏弄他一番，并且将他三年以来对她的种种冷嘲热讽一起结算。她要牵着他的鼻孔走，甚至连那天他目睹自己扇阿希礼耳光的奇耻大辱也要借此机会洗雪。然后，她要温柔地告诉他，她只能做他的妹妹，随后便胜利撤退。她预想到这儿，便神经质地笑起来。

“别傻笑。”他一边说一边抓住她的手，翻过来，把嘴唇印上了她的掌心。一接触到他那温热的唇，一股电流从她身上涌出来，使她浑身震颤起来。他的唇移到她的手腕上，她知道他一定能感到她的脉搏加速跳动，因为她的心跳也加速了，于是使劲想抽回手。她没料到会这样——这糊里糊涂温暖的感情潮流使得她想伸手抚摸他的头发，想让他的嘴唇压在自己唇上。

她并不爱他，她困惑地告诉自己。她爱的是阿希礼。可是如何解释这使自己双手颤抖、胸口发冷的感情？

他轻轻地笑了。

“别缩回去！我不会伤害你的！”

“伤害我？我不怕你，瑞特，也不怕任何男人！”她嚷道，很气恼自己的声音像双手一样发抖。

“一种让人尊敬的情绪，可是小声点儿。威尔克斯太太会听见的。请不要激动。”听上去好像他对她发火感到很高兴似的。

“斯佳丽，你喜欢我，对吗？”

这正和她预料的一样。

“嗯，有时候喜欢，”她谨慎地回答，“当你举止不像个流氓的时候。”

他又笑了，把她的一只手掌贴在自己宽阔的脸颊上。

“我想你喜欢我就是因为我是个流氓。在你受庇护的生活中从来不曾见过的地地道道的流氓，所以我的与众不同对你具有一种出奇的魅力。”

这不是她所期望的话，她竭力想抽回手，却没有成功。

“你说得不对！我喜欢好人——喜欢那种可以靠得住的上等人。”

“你的意思是你可以欺侮的男人。这只是定义不同。不过没关系。”

他又吻了吻她的掌心，当即她脖子后的皮肤又激动得发了麻。

“可是你喜欢我。你可曾爱过我，斯佳丽？”

“哈！”她得意地想道，“这下我抓住他了！”她带着傻乎乎的冷漠回答道：“真的没有。这就是说——除非你好好修正一下自己的行为举止。”

“我没打算修正它们。那么你就不爱我了？这正是我所希望的。因为虽然我很喜欢你却并不爱你，而对你来说再遭受一次不能如愿以偿的爱情真是太悲惨了，是吗，亲爱的？我可以称你为‘亲爱的’吗，哈密尔顿太太？无论你喜欢与否，我都将称你为‘亲爱的’，那么，这是没有关系的，可礼貌是一定要讲的。”

“你不爱我？”

“不，真的。你希望我爱你吗？”

“别那么狂妄！”

“你这么希望来着！啊哈，毁了你的希望！我应该爱你，因为你不仅有魅力，而且在许多没用的事上表现出很大的本事。可是有魅力又能干，且像你一样没用的夫人太多了。不，我不爱你。可是我非常喜欢你——因为你的良心有弹性，因为你很少费心掩饰自己的自私，因为你身上精明的实用主义本性，这最后一点恐怕是你从某位不太遥远的爱尔兰农民祖先那儿遗传来的吧。”

农民！怎么，他在侮辱自己！她气得说不出话来。

“别打断我，”他紧抓住她的手，央求道，“我喜欢你，因为我身上也有这些相同的品质，这就是所谓的惺惺相惜。我知道你仍然珍藏着对那位道貌岸然而又木头脑瓜的威尔克斯先生的记忆，也许他已在坟墓里躺了半年之久了。可是你必须在心里也为我留下一席之地。斯佳丽，别再挣扎了！我在向你发表宣言呢。自从第一次在十二橡树的大厅里看到你以来，我就一直想得到你，那会儿你正在迷惑可怜的查尔斯·哈密尔顿。我想得到你甚于想得到其他任何女人——我等你的时间比等其他任何女人都长。”

听到最后这句话，她吃惊得连气都透不过来了。尽管他多次侮辱过她，可他爱她，仅仅因为太执拗不想坦白地说出来，因为害怕她笑话。好哇，她马上就要给他点儿厉害瞧瞧。

“你在向我求婚吗?”

他松开她的手，放声大笑，惊得她直往椅背上退缩。

“天哪，不！我没跟你说过我是个不结婚的男人?”

“可是——可是——什么——”,

他站起身来，一手放在胸前，朝她滑稽地鞠了一躬。

“亲爱的，”他平静地说，“我敬重你的聪明才智，事先不敢来勾引，请你做我的情妇吧。”

情妇!

她在心里喊出这个字来，仿佛自己又受到了莫大的侮辱。可是骤然听见的一刹那，她并没有觉得受辱。她只感到一阵狂怒，他居然把她看成个傻瓜。他以为她是个傻瓜，以为只要给她提这样一个建议而不是她所期望的求婚就可以打发了她。愤怒、羞辱、失望交织在一起，将她的心搅成一团乱麻，容不得她从道德立场上寻找一个责备他的理由，便让最先涌到唇边的话破口而出：

“情妇！除了一群小崽子我还能得到什么?”

当她意识到自己所说的话时立即懊悔得半天合不上嘴。他笑得差点儿背过气去，她目瞪口呆地用手帕捂着自己的嘴。

“这就是我为什么要喜欢你了！你是我所认识的唯一一位诚实的女人，只有你肯从事情的实际方面去想，而不是拿罪恶和道德之类的词语来掩饰。换成另外的女人，肯定会先晕过去，然后叫我滚蛋。”

斯佳丽猛地站起来，脸上羞得通红。她怎么能说出那样的话来！她，艾伦的女儿，受艾伦的教育长大，怎么能坐在那儿听他讲这些下流话，然后又说出这么无耻的回答？她本应尖叫。她本应晕倒。她本应一声不吭冷漠地扭头便走，离开走廊。现在一切都晚了！

“我现在就叫你滚，”她喊道，不在乎梅兰妮或米德家的人，或者过路的人是否会听见，“滚出去！你怎么敢对我说这些话！我又没做过什么鼓励你——使得你以为……滚蛋，别再在这儿出现。这次我是说真的。永远也别再来拿些无用的小玩意儿，诸如丝带、别针什么的来哄骗我，指望我原谅你。我——我会告诉我父亲，他会杀了你。”

他拿起帽子，鞠了一躬，她在灯光下看见他髭须下边的白牙齿因为微笑露在外面。他一点儿也不羞愧，而且对她所说的话忍俊不禁，还饶有兴味地看着她。

哦，他太可恨了！她扭转身朝屋子跑去。她抓住门柄想砰的一声把门关上，但是钩门的钩子对她来说太重。她折腾了半天，累得气喘吁吁的。

“要我帮忙吗?”他问。

她觉得再多待一分钟自己的一根血管就会爆裂，她一口气冲上楼去。奔到楼梯顶时．她听见他客客气气地为她关上了门。

第二十章

到了酷热而喧闹的八月底，轰炸声突然停了。降临在城市的安静让人吃惊。左邻右舍在街上相遇时便面面相觑，不确定会发生什么事，心中忐忑不安。咆哮之后的寂静并没有让紧张的神经松弛，反而，如果可能的话，使神经更加紧张了。没人知道北方佬的炮队为什么突然安静了；自己的军队也没有消息，只晓得他们已大批地从环城战壕里撤退下来，赶到南方去保卫铁路了。没人知道战事在哪儿，不知道终究有没有战事，如果有的话，进行得怎么样了。

这几天惟一的消息便靠人们口口相传了。缺乏纸，缺乏墨水，缺乏人力，围城开始后报纸已停刊，没有根据的谣言不知从什么地方传来，迅速便席卷了全城。现在，在这焦急的沉寂里，成群结队的人涌到胡德将军的各大军营去探求情报，也有成群结队的人涌到电报局、火车站，希望得到消息，好消息，因为人人都希望谢尔曼大炮的安静意味着北方佬正全军撤退，南部邦联军把他们追到通往多尔顿的大路上了。可是没有消息。电讯线路寂然无声，没有火车从剩下的唯一一条铁路上自南方驶来，邮信服务也断了。

尘土飞扬而又闷热的秋天悄悄溜来了，使这突然沉默的城市为之窒息，使人们疲倦而焦急的心越发烦躁。斯佳丽因听不到来自塔拉的消息，急得快要发疯了，可仍努力保持一副勇敢的模样。自从围城以来，她仿佛一直生活在隆隆的炮声中，直到出现这一片不祥的寂静。而且，从围城到现在只有三十天。三十天围城的日子！这座城市被红土壕沟团团围着，单调的轰炸声从来没停过，络绎不绝的救护车和牛车淌着鲜血从尘土飞扬的街道穿过，朝医院奔去，过度劳作的掩埋队把几乎还有余温的尸体一具具拖出来，像滚木头似的滚入无数排浅坑。只有三十天！

北方佬从多尔顿移到南方只有四个月！只有四个月！斯佳丽想道，回头看那遥远的岁月，仿佛发生在上辈子。哦，不！当然不止是四个月，而是一辈子。

四个月前！怎么，四个月前，多尔顿、瑞萨卡、肯尼萨山对她仅仅意味着铁路沿线的几个地名。现在它们却成了战地——自从约翰斯顿朝亚特兰大撤退以来一次次徒劳的浴血奋战的战地。现在，桃树溪、迪凯特、伊兹拉教堂和尤托伊溪不再是游览胜地的美名。它们曾经是宁静的乡村，有许多殷勤的朋友，在浅溪畔软草如茵的地方，她曾跟漂亮的军官一起野餐。可现在这些名字也意味着战地，她曾坐过的柔软绿草地被重炮车的轮子辗得七零八落，被短兵相接时士兵们拼杀的脚步践踏得凌乱不堪，被那些在痛苦中挣扎翻滚的垂死者压平了……慵懒的小溪现在比佐治亚红土所赋予它的红色更红了。他们都说北方佬过后，桃树溪成了一片猩红色。桃树溪、迪凯特、伊兹拉教堂、尤托伊溪，再也不是过去的地名了。而是朋友们被埋葬的一堆堆坟墓，未掩埋的尸体在杂乱的灌木丛和茂密的树林里腐烂，这四处地名现在成了亚特兰大的四条边线，谢尔曼竭力想将他的部队强开进来，胡德的部下则顽强地将他打回去。

后来，从南方来的消息传入紧张的亚特兰大，却是令人吃惊的消息，尤其对斯佳丽而言。谢尔曼将军重新进攻城市的第四边线，攻击琼斯博罗的铁路线。现在北方佬大量集中在城市的第四边线，那可不是零敲碎打的小股兵力或骑兵队，而是浩浩荡荡的北军武装。而且成千上万的南部邦联军纷纷从紧临城市的防线被抽去，准备迎头痛击敌人。这就是突然沉寂的原因。

“为什么要打琼斯博罗?”斯佳丽想道，一想到战火离塔拉那么近便惊慌得不得了，“为什么他们总是要打琼斯博罗？他们就不能从别的什么地方进攻铁路吗?”

一个星期没有收到塔拉的信了，杰拉尔德写来的最后一封短笺加剧了她的恐惧。卡洛琳病情恶化，已病得非常非常厉害。现在大概还得过许多天才能收到信件，才能知晓卡洛琳是死是活。哦，要是她在围城开始时就回家去该多好，管她什么梅兰妮不梅兰妮的！

琼斯博罗在打仗——这就是亚特兰大所知道的，至于战况如何谁也不晓得，种种荒谬的谣传把人搅得晕头转向。最后一个传令兵从琼斯博罗来，带来确信，说是北方佬被击退了。可是他们蹿入琼斯博罗，烧了车站，切断了电讯线路，在撤退前拆去三英里长的路轨。工程队发疯似的工作着，修复铁路，可是得花不少时间，因为北方佬将枕木拆去后堆积起来，把铁轨放在上面，然后放火烧，等铁轨烧红了，便将它们盘在电线杆上，盘成螺旋形，像庞大的螺丝锥似的。现在这种日子，换铁轨是很不容易的，换任何铁制品都不容易。

不，北方佬还没有打到塔拉。这是那个为胡德将军送快报的传令兵告诉斯佳丽的。战斗过后他在琼斯博罗遇到杰拉尔德，他正好要去亚特兰大，杰拉尔德便央他为斯佳丽捎封信。

可是爸爸在琼斯博罗干什么？年轻的传令兵回答时显得很不安。原来杰拉尔德想物色一个战地医生和他一块儿去塔拉。

当她站在前廊的阳光下，感谢小伙子的不辞劳苦时，斯佳丽感到自己双膝发软。卡洛琳一定是快死了，要不怎么会连艾伦的医疗技术都治不了她的病，非得杰拉尔德去找医生！当传令兵扬起红尘走远之后，斯佳丽颤抖着手指撕开杰拉尔德的信。现在南部邦联的纸张极其欠缺，所以杰拉尔德的信就写在她上次写给他的信的字行中。所以读起来很困难。

“亲爱的女儿，你的母亲和两个妹妹都得了伤寒。她们病得很重，可我们还得抱有希望。你母亲躺下的时候就要我给你写信，要你无论如何都不要回家来，免得使你和韦德也染上病。她问候你，并盼你为她祈祷。”

“为她祈祷！”斯佳丽飞奔上楼梯，冲进自己的房间，跪在床前以从未有过的虔诚祈祷着。此刻她没有念正式的《玫瑰经》，只是一遍一遍重复着同一句话：“圣母玛丽亚，别让她死！你要是不让她死，我一定做个好人！请你不要让她死！”

第二个星期斯佳丽像只受伤的野兽在屋子里走来走去，等待着消息，一听见门口有马蹄声便奔出去，晚上只要有士兵敲门她就冲下黑暗的楼梯，可是没有塔拉的消息。她和家之间仿佛隔着千山万水而不是二十五英里的尘土大道。

邮政服务仍处于瘫痪状况，没人知道南部邦联的军队在哪儿，北方佬又打到了什么地方。没人知道什么，除了成千上万的士兵散布在亚特兰大和琼斯博罗之间，有灰制服的也有蓝制服的。一周内没有塔拉一丁点儿消息。

斯佳丽在亚特兰大的医院里见多了伤寒，知道一星期对这种致命的疾病意味着什么。艾伦病了，也许快死了，这儿，斯佳丽无助地待在亚特兰大，陪伴一个孕妇，在她和家之间，驻扎着两支大军。艾伦病了——也许快死了。可是艾伦不可能生病的！她从来不生病。这个念头令人难以置信，它动摇了斯佳丽生活中安全的底基。别的任何人都可以生病，可艾伦永远不可以。艾伦照顾病人，使他们重新康复。她不可能生病。斯佳丽想回家去。她想塔拉，就像一个孩子被吓坏了，迫切地想回到所知道的唯一一个避难所。

家！那所占地很广的白色宅院，白色的窗帘随风飘拂，三叶草茂盛的草坪上蜜蜂在忙碌，黑人小男孩坐在门前台阶上嘘着鸭子和火鸡，不让它们靠近花圃，静谧的红土地，绵延数里的棉田在阳光下一片雪白！家！

要是围城开始，别人都逃难的时候她也回家去该有多好！她可以将梅兰妮安安全全地带在身边，度过几周闲暇日子。

“哦，该死的梅兰妮！”她第一千次想道，“她为什么不跟贝蒂姑妈去梅肯？那才是她该待的地方，跟她的亲戚在一起，而不是跟我。我跟她没有一点儿血缘关系。她为什么总是牢牢地缠着我？要是她去了梅肯，我就回家去和母亲待在一块儿了。就是现在——就是现在，我也有机会不顾北方佬的危险回家去，要不是因为她腹中的婴儿的话。也许胡德将军会派人护送我呢。他是个好人，胡德将军，我知道我可以要他给我一名护兵和一面令旗，让我通过防线。可是我还得等婴儿出世！……哦，母亲！母亲！不要死！……这个婴儿怎么还不出生？明天我要去见米德大夫，问他是否有什么办法使婴儿快点儿降生，那我就可以回家了——如果我能得到一名护兵的话。米德大夫说她可能会难产。天哪！假如她死了！梅兰妮死了。梅兰妮死了。那么阿希礼——不，我不能这样想，这太不好了。可是阿希礼——不，我不能想这个，因为无论如何，也许他已经死了。可是他让我承诺照顾她。不过——要是我不照顾她，她死了，而阿希礼还活着——不，我不能想这个。这是罪孽的。我答应过上帝会做一个好人，只要他不让母亲死。哦，要是婴儿早点儿出世就好了。要是我能离开这儿——回家——或者去其他任何地方，只要不是这儿就好了。”

斯佳丽现在痛恨这座死寂的城市，从前她是热爱它的。亚特兰大不再是那个她曾热爱过的喧闹繁华之地。它就像一个瘟疫盛行的恐怖地带，那么安静，围城的轰炸声停止后一片可怕的寂静。前段时间人们还能从嘈杂和被炸毁的危险中找到一种刺激。但随之而来的安静中只有恐惧。城市仿佛弥漫着恐惧、怀疑和回忆的气氛。人们脸上表情痛苦，斯佳丽所见的几个士兵都是一副筋疲力尽的神情，仿佛赛跑者冲刺到最后几步时那么勉强。

转眼到了八月的最后一天，传来确信的谣言，说是自从亚特兰大开战以来最激烈的战斗打响了。就在南边什么地方。亚特兰大人不再竭力装笑或开玩笑，只是静静地等待战事转机的消息。现在人人都知道了士兵们早在两周前已知道的消息——亚特兰大已处在最后一道防线上，如果梅肯的铁路陷落，亚特兰大也会陷落。

九月的第一个早晨，斯佳丽被一种令人窒息的恐惧感惊醒了，头天晚上她把这种恐惧带到枕头上去了。当时她迷迷糊糊地想道：“昨天晚上我上床时在担心些什么？哦。是的，战斗。昨天在什么地方有一场战斗！哦，谁胜了呢?”她急忙坐起来，揉了揉眼睛，她那焦虑的心重新背上了昨天的重负。

即使是在大清早，空气已经很闷热，预示着将会有一个晴空万里、赤日炎炎的中午。门外的大路静悄悄的。没有马车驶过。没有军队用杂乱的脚步扬起红色尘土。邻居家的厨房里没有传来黑奴懒洋洋的声音，没有准备早餐的欢快响声，因为所有附近的邻居，除了米德太太和梅里韦瑟太太以外，全都逃到梅肯去了。而她也听不见她们两家的动静。在街道更远一头的市区也一样安静，许多店铺和机关都关了门，钉上了木板，因为它们的主人正攥着枪在乡下什么地方打仗呢。

今天早晨呈现在她面前的寂静，跟过去一星期通常在早晨遇到的那种静谧相比，显得更为神秘可怖。她匆匆起床，没有像往常那样赖一会儿，打打哈欠，伸伸懒腰，而是来到窗前，希望能见到邻居们的面孔，或者令人鼓舞的景象。可是大路上空荡荡的。她只看到树上的叶子依然翠绿，但却蒙上一层厚厚的红尘，显得干巴巴的，前院的花草因无人管理已枯萎得不成样子。

当她站在窗前向外眺望时，忽然听见远处传来什么声响，隐约而低沉，像暴风雨之前的雷声似的。

“雨，”起初她这样想道，随之她那在乡间养成的思维习惯补充道，“我们当然需要它。”可是，过了一小会儿：“雨？不！不是雨！是大炮!”

她倚在窗棂上，心突突猛跳，两只耳朵竖起来听着远处的声音，竭力想辨认出来它来自何方。可是模糊的雷声那么遥远，一时判断不出来。“主啊，让它从美立塔来吧!”她祈祷，“或者从迪凯特，或者从桃树溪来。可是千万不要从南方来！不要从南方来!”她紧紧抓住窗棂，侧耳倾听，远处的响声似乎响亮了些。而且正是从南方传来的。

炮轰南方！而南方是琼斯博罗和塔拉——还有艾伦。

也许现在，眼下，北方佬就在塔拉！她又听了听，可是耳朵里的脉搏声掩盖住了远处的炮声。不，他们还没到琼斯博罗。要是他们到了那么远的地方，炮声应该更模糊，更微弱才对。可是他们至少就在离琼斯博罗十英里的大路上，也许就在拉甫拉迪那个小小的自然村附近。可是琼斯博罗离拉甫拉迪几乎不足十英里。

炮轰南方，也许是敲起了亚特兰大的丧钟。可是对正担忧着母亲安危的斯佳丽而言，南方的战事只意味着战火就在塔拉附近。她在房间里走来走去，搓着手，第一次具体而明确地意识到灰色军队就要被打败了。谢尔曼的千万大军逼近塔拉使她充分意识到战局的可怕，那绝不是围城的枪声击碎窗玻璃，也不是缺吃缺穿的苦难或一列一列躺着的垂死者。谢尔曼的军队离塔拉只有几英里！而且即使北方佬被打败，他们也会沿大路退到塔拉。而杰拉尔德不可能带着三位重病在身的女士逃难。

哦，要是现在她在那儿，北方佬也许就不会怎么样了。她光着脚，披着睡衣在屋子里踱来踱去，越走越觉得情况不妙。她真想飞回家去。真想待在艾伦身边。

楼下厨房里传来普里西准备早餐的瓷器碰撞声，可是没听见米德太太的女佣贝塔西的声音。普里西尖利而忧伤的声音在那儿唱："累人的重担再熬几天……"这歌让斯佳丽难受，那悲伤的含义叫她害怕，她只好披上一条围巾，穿过大厅来到楼梯口大声喊道："别唱了，普里西!"

一声沉闷的"是的，小姐"从楼下传来，她深吸了一口气，突然为自己感到羞愧。

"贝塔西呢?"

"我不知道。她没过来。"

斯佳丽来到梅兰妮门前，打开一条缝，朝阳光明媚的屋里望了望。梅兰妮穿着睡衣躺在床上，眼睛闭着，眼圈乌黑，她那心形脸浮肿着，纤细的身体扭曲痉挛。斯佳丽恶意地希望阿希礼看到她现在这副样子。她看上去比她所见过的任何孕妇都难看。这时，梅兰妮的眼睁开了，脸上浮现出一个温柔甜蜜的微笑。

"进来吧，"她一边邀请一边艰难地转过身来，"太阳一升起来我就醒了，一直在想，斯佳丽，我想问你点儿事。"

她走进屋子坐到阳光普照的床上。

梅兰妮伸出手轻轻握住斯佳丽的一只手。

"亲爱的，"她说，"听到炮声我很难过。它是朝着琼斯博罗的，对吗?"

斯佳丽"嗯"了一声，梅兰妮一提起这事，她的心又开始狂跳。

"我知道你有多担心。我知道上星期你一听说你母亲病了就可以回家去，要不是为了我的话。是吗?"

"是的。"斯佳丽不客气地说。

"斯佳丽，亲爱的。你对我太好了。比亲姐妹还要温柔，还要勇敢。因此我爱你。我很不安，自己一直在拖累你。"

斯佳丽瞪大眼睛。她爱她，真的?傻瓜!

"还有，斯佳丽，我躺在床上想了想，现在我向你提出一个重大请求。"她的手握紧了，"如果我死了，你愿意照顾我的孩子吗?"

梅兰妮眼睛睁得大大的，急切地望着她。

"你愿意吗?"

斯佳丽抽回了手，因为恐惧淹没了她。恐惧使得她说话的声音也变粗了。

“哦，别傻了，梅兰妮。你不会死的。每个女人生头胎的时候都以为自己要死了。我知道我自己就是。”

“不，你没有。你从来不曾害怕过什么。你这么说只是为了给我鼓劲。我不怕死，可我那么怕丢下孩子，如果阿希礼——斯佳丽，答应我，要是我死了，照顾好我的孩子。那么我就不会怕了。贝蒂帕特姑妈老了，抚养不了孩子，霍妮和英迪亚虽然很好，可是——我想要你抚养我的孩子。答应我，斯佳丽。如果是个男孩，就把他养成阿希礼的样子，如果是个姑娘——亲爱的，我希望她长大后像你。”

“真见鬼！”斯佳丽从床上跳起来喊道，“难道事情还不够糟糕，你非得在这儿谈论死亡吗？”

“很抱歉，亲爱的。可是答应我吧。我想今天就要生了。我确信一定是今天。请答应我。”

“哦，好吧，我答应你。”斯佳丽说着，困惑不解地低头看着她。

难道梅兰妮这么傻，就看不出来自己喜欢阿希礼？或者她什么都知道，觉得由于那种爱，自己肯定会照顾好阿希礼的孩子？斯佳丽有一股强烈的冲动，想大声质问梅兰妮，可是当梅兰妮拿起她的手贴在自己脸颊上时，她说不出口来。梅兰妮眼里又恢复了平静。

“你为什么确信是今天呢，梅兰妮？”

“从黎明开始我就感到疼痛了——不过不太严重。”

“真的？那你怎么不喊我？我会派普里西去叫米德大夫。”

“不，先别那样做，斯佳丽。你知道他有多忙，他们大家都多忙。只需捎话给他，就说今天说不定哪会儿我们会需要他。派人去米德太太家，告诉她，要她过来陪着我。她知道该什么时候去叫他。”

“哦，别再那么无私了。你知道你和医院里的人一样迫切地需要医生。我立刻就派人去找他。”

“不，请不要那样做。有时候生孩子得用一整天，我不能让大夫在这儿坐好几个小时，而那些可怜的小伙子是多么需要他。只把米德太太叫来就行了。她会知道的。”

“哦，好吧。”斯佳丽说。

第二十一章

给梅兰妮送去早餐后，斯佳丽支使普里西去叫米德太太，自己坐下来和韦德一块儿吃早饭。可是她没有胃口。她一面担心梅兰妮临产，神经莫名其妙地紧张，一面又下意识地听着炮声，几乎吃不下什么。她的心脏跳得很奇怪，有规律地跳几分钟，然后便猛烈而迅速地狂跳，使得胃都隐隐作痛。一口玉米粥咽下去，便会像一块胶似的堵在喉咙，而那种代替咖啡的烤玉米和田芋粉的混合饮料也从没像今天这么难喝过。既没有糖，也没有奶酪，吃在嘴里苦得像胆汁，尽管放了所谓“长效糖剂”的高粱饴糖也好不到哪儿去。她咽了一口便把杯子推到一边。即使不为别的原因，她也痛恨北方佬，因为他们使得她再也喝不上加糖加奶酪的真正的咖啡了。

韦德比平常更加安静，没有像往常每天早晨那样吵着不吃他不喜欢的玉米粥。斯佳丽一勺勺喂着他，他默不作声地吃着，和着开水无声地咽下去。他那温顺的棕色眼睛一刻不停地追着她，又大又圆，像银币一样，眼中带着孩子气的困惑，仿佛她自己内心的恐惧传染给了他似的。他吃完饭后，斯佳丽让他去后院玩，目送他蹒跚着穿过凌乱的草地朝他的游戏室走去，心中感到一阵宽慰。

她站起身，犹豫不决地站在楼梯脚。她应该上楼去陪梅兰妮，将她的注意力从即将到来的苦难上转移开，可是她没有这种从容的心绪。一年三百六十五天，梅兰妮为什么偏偏挑今天来生孩子！偏偏挑今天来谈论死亡！

她坐在最底一层台阶上，竭力使自己镇静，重新想起昨天的战况进展如何，今天又打得怎么样了。多奇怪呀，战火就在离自己几英里的地方，可你却对它一无所知！多奇怪呀，这被遗弃的城郊与桃树溪大战那几日相比是多么安静！贝蒂姑妈的房子是亚特兰大最北部的几幢住宅之一，遥远的南边某个地方在打仗，这儿没有加速前进的救援兵，没有救护车，没有松松垮垮的伤兵队伍从前线开回来。她想也许城市南端也有这种情形，便庆幸自己不在那儿。要是除了米德家和梅里韦瑟家以外，其余人家也留下来别去逃难该有多好！她感到那么孤单而凄凉。她真希望彼得大叔跟自己在一起，那他就可以去司令部打探消息。要不是因为梅兰妮，她眼下就要跑去打听消息了，可是她不能离开，直到米德太太来了才行。米德太太，她为什么还不来？普里西又上哪儿去了？

她站起来，走出屋子来到前廊上，焦急地等着她们，可是米德家的房子在街上一个隐蔽的拐角处，她一个人影也没见到。过了很长时间，普里西出现了，一个人，慢慢悠悠仿佛她有一整天时间可以消磨似的，提着裙摆左右晃着，还回头观察自己的影子有多美。

"你就像正月的糖浆一样黏糊。"普里西推开大门时斯佳丽呵斥道，"米德太太怎么说的？她还有多久才会过来？"

"她不在家。"普里西说。

"她去哪儿了？什么时候会回来？"

"是这样的，小姐，"普里西答道，故意拖长音调来强调她带来的消息的重要性，"她家厨娘说米德太太一大早就接到信儿说小斐尔少爷受伤了，米德太太乘坐她家的马车和老塔尔伯特、贝塔西一块儿去接少爷回家。厨娘还说少爷伤得很重，米德太太大概不会到我们这儿来了。"

斯佳丽瞪着她，真想上前搡她一把。黑奴们总是以传播坏消息为荣。

"好了，别像个傻子似的站在那儿。去梅里韦瑟太太家，请她过来或者让她派她家的奶妈来。现在，快点儿去。"

"她们也不在家，斯佳丽小姐。刚才我回来时碰见她家奶妈，还聊了一会儿天。她们都出去了。门锁着。我猜她们是去医院了。"

"怪不得你用了这么长时间！我让你去哪儿你就直奔哪儿，别再停下来和谁'聊天'了。去——"

她停下来搜肠刮肚地思索。朋友中还有谁留在城里，可以帮上忙？对，艾尔辛太太。当然，这些天艾尔辛太太一点儿也不喜欢她，可是她一直喜欢梅兰妮。

"去艾尔辛太太家，详细地解释事情的原委，请她到这儿来。而且，普里西，听我说。梅兰妮小姐的孩子就要降生了，现在她随时都可能需要你。你立刻就出发，快去快回。"

"是，小姐。"普里西说着转过身，慢腾腾地像蜗牛似的朝车道上走去。

"快点儿，你这个懒骨头！"

"是，小姐。"

普里西总算加快了步子，斯佳丽回到屋里来。在上楼去看梅兰妮之前她又犹豫了。她必须向她解释米德太太不能来的原因，而斐尔·米德受重伤的消息肯定会让她伤心。算了，她就撒个谎吧。

她走进梅兰妮房间，看见早餐一口未动。梅兰妮侧身躺着，脸色苍白。

“米德太太正在医院忙活，”斯佳丽说，“不过艾尔辛太太一会儿就来了。你觉得不舒服吗?”

“不是太严重，”梅兰妮说谎道，“斯佳丽，你生韦德时用了多长时间?”

“不到一会儿工夫。”斯佳丽故意装作兴致勃勃地回答，“当时我在院子里。几乎没时间回到屋里去。嬷嬷说那样很不体面——就像个黑人。”

“我希望自己也像个黑人似的。”梅兰妮说着，勉强挤出一丝笑，却突然凝固了，疼痛使她的脸扭曲了。

斯佳丽低头看着她那狭窄的臀部，明知她的希望不可能实现，却安慰道:”咳，也没什么大不了的。”

“哎，我知道没什么大不了。可我恐怕自己是个小懦夫。那——那艾尔辛太太就要来了吗?”

“是的，就要来了。”斯佳丽说道，“我下楼去端点儿清水，用海绵给你擦擦。今天太热了。”

她尽量拖延打水的时间，隔两分钟就跑到前大门看普里西是否回来。没有普里西的影子，她只好回到楼上，用海绵擦洗梅兰妮汗涔涔的身体，又拿梳子理顺她那又黑又长的头发。

一个小时过去了，她听见街上传来黑奴的脚步声，从窗户看出去，果然是普里西慢悠悠地回来了，像刚才那样扭扭捏捏，摇头晃脑，矫揉造作，仿佛有一大批观众正津津有味地欣赏着她似的。

“总有一天，我要扇这个小妖精一巴掌。”斯佳丽咬牙切齿地想道，一面急忙下楼迎上前去。

“艾尔辛太太去医院了。她家厨娘说今天早上新到了一火车伤兵。厨娘正在熬汤，要给医院送去。她还说——”

“别管她还说了什么，”斯佳丽心一沉，打断了她的话，“换一条干净的围裙，我要你到医院去。我写张条子你送给米德大夫，要是他不在，就给琼斯大夫或别的哪个大夫。这次你要是不快去快回，我就活剥了你的皮。”

“是，小姐。”

“还有，随便向哪位绅士打探打探战况消息。要是他们不知道，就去车站问运伤员进来的工程队。问他们是否打到琼斯博罗或附近的什么地方了。”

“老天爷，斯佳丽小姐!”普里西黝黑的脸上突然罩上一层恐惧，“北方佬打到塔拉了，是吗？”

“我不知道。我正要你去打探消息呢。”

“老天爷，斯佳丽小姐！他们会怎样对待我妈妈呀？”

普里西突然大声嚎起来，这声音越发增加了斯佳丽的不安。

“别嚎了！梅兰妮小姐会听见的。现在去换围裙，快点儿。”

普里西被迫加快了步伐，急忙朝后边的屋子奔去，斯佳丽在杰拉尔德写给她的最后一封信的空白处匆匆写了几句话——家里只剩下这一小片纸了。她正要把信叠起来，好使她的便条露在最上边，突然看见杰拉尔德的字迹：“你母亲——伤寒——无论如何——回家——”她差点儿流出眼泪。要不是为了梅兰妮，她立即就动身回家，立马就走，即使得步行。

普里西小跑着走了，手里攥着便条，斯佳丽回到楼上，竭力想找个可信的理由解释艾尔辛太太为什么不能来。可是梅兰妮什么也没问。她平躺着，面容平静而温柔，看到这情形斯佳丽也暂时安了心。

她坐下来努力想说些无关紧要的事，可是对塔拉的牵挂以及北方佬可能得逞的念头无情地折磨着她。她想到艾伦奄奄一息，北方佬冲进亚特兰大，焚烧一切，杀光所有的人。自始至终，远处沉闷的雷声一刻也没停歇，冲击着她的耳膜，引起她一阵又一阵恐惧。后来，她一句话也说不出来了，只是瞪着窗外炎热而寂静的街道。梅兰妮也一声不吭，不过时不时她那平静的面孔就会疼得痉挛。

每次疼痛过后，她都说：“还不是很严重，真的。”斯佳丽知道她在撒谎。她宁愿她大声尖叫也不愿她默默承受。她知道应该为梅兰妮难过，可无论如何也挤不出一丝同情。她自己的苦痛已揉碎了她的心。有一次她狠狠盯着那张扭曲的脸，不明白世界上那么多人，为什么偏偏她留在这儿，在这个特殊的时刻陪着梅兰妮——她和她没有任何相通之处，她痛恨她，她巴不得看着她死。也许，她的愿望就要实现了，等不到明天就实现了。一想到这儿，她不由打了个冷战。希望别人死是不吉利的，跟诅咒别人一样不吉利。嬷嬷常说，诅咒常会应验到诅咒者自己身上去。她赶紧祈祷梅兰妮不要死，并且马上跟她亲热地说起话来，几乎不明白自己都在说些什么。最后，梅兰妮用一只滚烫的手搂住了她的腰。

“别再费心找话说了，亲爱的。我知道你有多担心。我给你带来这么多麻烦，真是过意不去。”

斯佳丽这才沉默下来，可是她没法静静地坐着。要是医生和普里西都不能及时赶来，她该怎么办？她走到窗前朝下面的街道上望去，又走回来重新坐下，接着又站起来到房间另一头的窗前向外眺望。

一个小时过去了，又一个小时过去了。已经中午了，太阳高挂着，热得不得了，尘封的树叶一动不动。现在梅兰妮的疼痛加剧了。她的长发被汗水浸透了，睡衣湿湿地贴在身上。斯佳丽静静地用海绵为她擦着脸，可是恐惧噬咬着她。上帝啊，要是医生还没来，婴儿就降生了可怎么办！她该怎么做？她对接生一窍不通。这正是几个星期以来她一直害怕的事情。她本来指望要是找不来医生的话，就由普里西来对付。普里西对接生有一套。她说过不止一次。可是普里西到哪儿去了？她为什么还不回来？医生为什么还不来？她再次来到窗前眺望。她又凝神听了听，突然怀疑是自己产生了幻觉，还是远处的炮声真的远去了。要是炮声真的远去了，那就意味着战火离琼斯博罗更近了，还意味着——

最后她终于看见普里西快跑着从街那头过来，她从窗户上伸出头去。普里西抬头看见了她，张口便要喊起来。她那小黑脸上分明写着惊慌和恐惧，她要是说出什么坏消息来一定会吓着梅兰妮，斯佳丽急忙将食指竖在唇上，离开窗户。

“我去换凉些的水来。”她一边说一边低头看着梅兰妮那眼圈深陷的黑眼睛，勉强笑了笑。然后急忙走出房间，小心翼翼地关上身后的门。

普里西坐在大厅的最底一层台阶上喘气。

“他们打到琼斯博罗了，斯佳丽小姐！他们说咱们的军队就要被打败了。哦，天哪，斯佳丽小姐！我妈妈和波克会发生什么事呀？哦，天哪，斯佳丽小姐！要是北方佬打到这儿来，我们该怎么办呢？哦，天哪——”

斯佳丽赶紧捂住她的嘴。

“看在上帝的份上，快闭嘴！”

是的，要是北方佬来了她们该怎么办——塔拉该怎么办？她坚决把这个念头抛到脑后，着力解决眼下更为迫切的问题。要是再想这些事情，她就要像普里西一样尖叫哭嚎了。

“米德大夫呢？他什么时候来？”

“哦，我没找到他，斯佳丽小姐。”

“什么！”

“是的小姐，他不在医院。梅里韦瑟太太和艾尔辛太太也不在医院。有人告诉我医生在车站，在照顾刚刚从琼斯博罗退下来的伤兵，可是斯佳丽小姐，我不敢到车棚去——那里都是些快死的人。我一向怕见死人——”

“那其他的医生呢？”

“斯佳丽小姐，天哪，他们连您的条子都不肯看。他们在医院里忙得快要发疯了。有个医生对我说：‘滚开，别在这儿打扰我们，谈什么生孩子的事儿，我们这儿好多人都快死了。去找个女人给你帮忙吧。’后来我又照您的吩咐去打听消息，他们都说‘在琼斯博罗打’，我就——”

“你说米德大夫在车站?”

“是的，小姐。他——”

“现在，好好听我说。我要去找米德大夫，我要你坐在梅兰妮小姐身边，她要你做什么你就做什么。你要是敢向她透一点儿风，说战事打到哪儿了，我就把你卖到南方去。你也不要告诉她其他医生不肯来。听见没有?”

“是，小姐。”

“擦干眼泪，端一盆净水上楼去。用海绵为她擦拭。跟她说我去找米德大夫了。”

“她就要生了吗，斯佳丽小姐?”

“我不知道。恐怕是的，可我不知道。你应该知道的。上楼去。”

斯佳丽从搁板上拿起她的宽边草帽，扣在头上。她在镜子前照了照，机械地把乱发拢好，可她并没有看清她自己的影子。一股恐惧的寒流从心底发出向外渗透，直至掠头发的手指也变得冰冷，虽然身体的其他部位仍然热气腾腾的。她匆匆走出屋子来到炎热的太阳底下。天出奇的热，在桃树街上急行了一会儿，她的太阳穴便胀得要炸开似的。从远处的街道上传来忽高忽低嘈杂的人声。到她看见莱顿家的房子时，已开始气喘吁吁，因为她的胸衣系得太紧了，但她并没有放慢脚步。喧闹声更清晰了。

从莱顿家到五角场的街道上，一片熙熙攘攘，像刚刚捅开的蚂蚁穴似的。黑奴在街上来回奔走，脸上惊慌失措；走廊上，白人孩子坐在那儿哭，没人管。街上挤满了运载伤兵的马车和救护车，还有许多堆着高高的行李和家具的私家马车。骑马的男人从两边小街上蹿出来沿桃树街朝胡德的司令部奔去。在邦内尔家门前，老阿莫斯站在那儿拉住马车，他眨巴着眼睛朝斯佳丽打招呼。

“您还没走呀，斯佳丽小姐？我们现在就要走了。老小姐正在收拾行李。”

“走？去哪儿?”

“天知道，小姐。总该有个地方吧。北方佬就要来了!”

她急忙往前赶，甚至忘了说再见。北方佬就要来了！走到威斯礼教堂时，她停下来缓口气，让心跳平息下来。要是她不让自己静一静，一定会晕过去的。她抓住一根电线杆支撑着站在那儿，这时，只见一个骑马的军官从五角场疾驰而来，她冲动地跑到街心朝他挥手。

“哦，停一下！请停一下!”

他急忙勒住缰绳，勒得太突然，以致马竖起前腿往后倒退了好几步。他脸上满是疲劳和迫切，可他仍然摘下了灰色破帽。

“太太?”

“告诉我，是真的吗？北方佬就要来了吗?”

“恐怕是这样。”

“你知道是这样?”

“是的，太太。我知道是这样。半小时前从琼斯博罗的战场上传来一封给司令部的电报。”

“在琼斯博罗打？你确信吗?”

“我确信。没必要说美丽的谎言，太太。电报是哈迪将军发来的，上面写着：‘我已失败，正全线撤退。’”

“哦，上帝!”

黑脸庞的疲惫男人没有感情地低头看着她。他重新拉住缰绳，戴上帽子。

“哦，先生，请稍等片刻。我们该怎么办?”

“太太，我没法儿说。军队很快就要撤离亚特兰大。”

“撤走，把我们丢给北方佬?”

“恐怕是这样。”

那匹马经主人一刺像踩了弹簧似的疾驰而去，只留下斯佳丽站在街心，厚重的红尘淹到她的脚踝。

北方佬就要来了。军队要撤走了。北方佬就要来了。她该怎么办？她该往哪儿跑？不，她不能跑。梅兰妮还躺在床上盼着孩子出世呢。哦，为什么女人要生孩子？要不是因为梅兰妮，她可以带韦德和普里西藏到树林子里，北方佬永远也找不到她们。可是她不能带梅兰妮去树林子。不，现在不能。哦，她要是早点儿将孩子生下来就好了，甚至昨天也行，也许她们就可以弄辆救护车将她带走，藏在什么地方。可现在，她必须找到米德大夫，让他跟她一起回家。也许他有办法让孩子早点儿出生。

她提起裙子沿街道跑起来，脚步的节奏是“北方佬来了！北方佬来了!”五角场拥挤着许多盲目地东奔西走的人，跟满载伤兵的大车、救护车、牛车、马车碰撞着。人群中一片咆哮声像怒涛般扑面而来。

她突然看见一幕不协调的奇异景象。一群群妇女肩上扛着火腿沿铁路走来。小孩子紧跟在她们身后，头上顶着整桶的糖浆。稍大点儿的孩子拖着整袋整袋的玉米和马铃薯。一个老头用手推车推着一袋面粉艰难地前行。男人，女人和孩子，无论黑人或白人，都神情紧张地匆匆走着，拖着一包包、一袋袋、一箱箱食品——比她一年所见的食物都多得多。人群忽然让出一条路来，让一辆歪歪斜斜的马车通过，马车上是斯文脆弱的艾尔辛太太，一手握缰绳，一手拿鞭子，站在前面踏板上。她脸色苍白，没戴帽子，银灰的长发披在后背上，像复仇似的抽打着马。马车后座上是她家的老嬷嬷麦丽丝，一只手抓着一块肥咸肉，另一只手和两只脚都拼命护着四周高高堆起的箱子和口袋。一只装干豆的袋子破了，干豆撒得满街都是。斯佳丽朝她大声呼喊，可人流的嘈杂声将她的声音淹没了，马车发疯似的踉跄而去。

她一时不能理解这一切究竟意味着什么，接着想起来军需部门的仓库就在铁路沿线上，她明白了军队已把军需物资尽量分给了百姓，免得落入北方佬的手。她从人群中挤出，绕过五角场空地上那些狂热汹涌的人流，尽快穿过一条短街，朝火车站奔去。在一大排救护车和团团尘雾中，她看见医生和抬担架的人正在忙着搬运伤兵。谢天谢地，她马上就能找到米德大夫了。她绕过亚特兰大宾馆，整个车站和路轨呈现在她面前，她猛地站住，吓坏了。

在烈日底下，肩并肩，头对脚地躺了好几百伤员，有的在路轨旁，有的在月台上，有的在大车篷底下，连绵不断地一直延伸开去。有的静静地直僵僵地躺着，可大多数都在酷日下痉挛着，呻吟着。到处都是成群结队的苍蝇，在伤兵脸上嗡嗡地爬着，到处都是血污的绷带，耳朵里尽是呻吟声，以及抬担架的人抬起他们时疼痛的尖叫声。汗味、血腥味、肮脏身体的臭味，顺着热风一阵阵袭来，使得斯佳丽差点儿呕吐出来。救护队的医务人员在躺着的伤员中间忙碌地跑来跑去，常常踩在挤得太紧的伤员身上，那些被踩的人只能迟钝地翻翻眼睛，等着轮到搬自己。

她后退了几步，用手捂住嘴，觉得自己要吐了。她不能再往前走了。她在医院里见过伤兵，桃树溪战役之后在贝蒂姑妈家的草坪上也见过伤兵，可从来都不像这个样子。从来都不像这些在刺目的阳光下肮脏而又浑身血污的躯体。这是充满痛苦、恶臭和呻吟的地狱，快——快——快！北方佬要来了！北方佬就要来了！

她耸起肩膀朝人堆里走去，一面在不断走动的人群中寻找米德大夫。可她没办法找到他，因为她是一不小心就会踩到可怜的伤兵身上。她提起裙子，艰难地在伤兵中择路而行，朝一群正在指挥抬担架工人的人走去。

当她穿过伤兵群时，无数双灼热的手抓住她的裙角呻吟着："太太——水！太太，请拿点儿水来！看在上帝的份上，给点儿水吧！"

她推开那些抓裙子的手，汗水从脸上淌下来。要是踩住哪个人，她就要尖叫起来晕过去了。她跨过死尸，跨过那些眼睛已失去光泽、双手仍抓着肚子上同伤口粘在一起的军服的人，跨过那些胡子被血浸得硬邦邦的人，他们破碎的下巴仿佛在喊着："水！水！"

要是再找不到米德大夫，她就真的要尖叫了。她朝车棚下的一群人望去，扯着嗓子喊道："米德大夫！米德大夫在那儿吗？"

人群中有个男人走出来，朝她看了看。正是米德大夫。他没穿外套，袖子一直卷到肩膀。他的衬衣和裤子像屠夫一样红，甚至铁灰色的胡子梢也沾着血。他脸上写满了疲倦、愤怒和怜悯。脸上灰灰的满是尘土，汗水顺着脸颊往下淌。可他招呼她的声音却平静而坚决。

"感谢上帝，你来了。我正需要人手呢。"

她困惑不解地瞪了他一会儿，连忙把裙子放下。裙边落在一位伤兵肮脏的脸上，他赶紧别过头去免得被憋住。大夫这是什么意思？救护车扬起的灰尘扑到她脸上。干燥的沙土几乎使她窒息，同时腐肉的气味像臭水似的灌到她鼻子里来。

"快，孩子！过来。"

她提起裙子尽快穿过一排排躯体朝他走去。她一只手抓住他的胳膊，感到它因为疲倦而颤抖，可他脸上没有一丝虚弱。

"哦，大夫！"她喊道，"你必须跟我走。梅兰妮就快要生了。"

他看着她，仿佛没听见她的话似的。一个伤兵用水壶垫在头底下躺在她脚旁，听见她的话，仿佛觉得有趣似的咧了咧嘴。

"他们能对付得了。"他高兴地说。

她看也没看脚下的人，只摇着大夫的胳膊。

"是梅兰妮。孩子。大夫，你非得去不可。她——已经——"没时间难为情，可是当着几百个陌生男人的面要说出那些话来仍然很困难。

"她痛得越来越厉害了。请你去看看，大夫！"

"孩子？天哪！"大夫咆哮道，脸上突然布满了仇恨和愤怒，那愤怒既不是朝她也不是朝别人，而是朝一个可以发生此类事件的世界，"你疯了吗？我不能丢下这些人。他们生命垂危，好几百人哪。我不能为了一个见鬼的孩子而丢下他们。随便找个女人帮你的忙吧。找我老婆去。"

她张开嘴想告诉他为什么米德太太不能去，然后赶紧闭上嘴。他还不知道自己的儿子受了伤！她不知道要是他知道自己的儿子受了伤还会不会待在这儿，可是直觉告诉她，即使斐尔危在旦夕他仍会坚守自己的岗位，去帮助大多数人而不是一个人。

“不，你非得去一趟，大夫。你知道你也说过她会难产的——”真的是她，斯佳丽，站在这座酷热和呻吟的地狱里扯着喉咙说这些可怕的粗话吗？“你要是不去，她会死的！”

他粗鲁地甩掉她的手，仿佛没听见她在说什么，也不明白她在说什么似的。

“死？是的，他们都会死——所有这些人。没有绷带，没有药膏，没有奎宁，没有麻醉剂。哦，上帝，赐点儿吗啡吧！只要一点点给情况最糟的人用上。只要一点点麻醉剂就好。该死的北方佬！天杀的北方佬！”

“让他们下地狱吧，大夫！”地下的人说，牙齿露在胡子外面。

斯佳丽开始摇晃，眼里充满了恐惧的泪水。大夫不跟她一块儿回去。梅兰妮会死的，她原本就希望她死。大夫不跟她一块儿回去。

“看在上帝的份上，大夫！求你了！”

米德大夫咬了咬嘴唇，脸上重新恢复了冷漠，腮帮子也鼓得硬硬的。

“孩子，我尽量努力。我不能答应你。可是我会尽力。等我们把这些人安顿好。北方佬就要来了，军队又要撤出本城。我不知道他们会怎么对付这些伤员。没有火车。梅肯线已经被封了……可是我会尽力。现在走开吧。别打扰我。生孩子没什么大不了的。只要把脐带打个结……”

这时有个勤务兵拽了拽他的胳膊，他就转过身去朝他吩咐着什么，一边指指这个指指那个。脚下那个男人抬头同情地望着斯佳丽。她转身离开，因为大夫已经把她忘了。

她匆匆择路穿过受伤的士兵回桃树街。大夫不来了。她必须自己对付这件事。感谢上帝，普里西深谙接生之道。她的头热得疼痛欲裂，她能感到紧身胸衣被汗水浸透了贴在身上。她的思想麻木了，两条腿也麻木了，就像她做噩梦时想跑又跑不动那么麻木。她觉得回家的路是这么漫长，仿佛没有尽头似的。

然后，“北方佬要来了！”这个念头又重新在她脑海中鼓动。她的心开始跳，四肢也有了新的生命。她匆匆挤进五角场的人群，现在挤得更加厉害了，两边人行道上已水泄不通，她只得从街心走。一列列长长的队伍正风尘仆仆，精疲力竭地走过。仿佛有成千上万人似的，胡子拉碴，脏兮兮，枪斜挂在肩上，迈着行军的步伐前进。炮车驶来了，赶车的拿着长长的鞭子拼命抽打骡子。盖着破帆布的军需车在凌乱的车辙中摇晃着。骑兵队不断掀起一团团令人窒息的尘土，仿佛也没有个尽头。以前她从未见过这么多士兵聚在一起。撤退！撤退！军队要撤走了。

急行的队列将她推到了拥挤的人行道上，她闻到了廉价威士忌的气味。在迪凯特街附近的人群中有些衣着俗艳、涂脂抹粉的女人，仿佛是节假日在街上游玩似的。她们大都喝醉了，而那些用胳膊搂着她们的士兵喝得更醉。她瞥见一头火红的卷发，看见那个妖精贝尔·沃特林，听见她醉酒的浪笑声，她正紧贴在一个独臂士兵身上，那士兵东倒西歪，嘻嘻哈哈地怪笑着。

她左推右躲地穿过人群，她好不容易才到了五角场附近的一个街口，人群不那么挤了，她挽起裙子又开始跑。跑到威斯礼教堂时，她已上气不接下气，头晕，胃也恶心。她的胸衣把肋骨切成了两半。她在教堂门口的台阶上坐下来，把头埋在掌心，直到呼吸轻松了些。她要是能做一下深呼吸，把气吸到肚子里就好了。她的心要是停止冲撞、轰鸣、急跳那该有多好。在这个鬼地方要是能有个可以帮忙的人该有多好。

怎么，她一生中从未遇到过一件必须由自己独自承担的事情。总是有人替她安排一切，照顾她，保护她，宠爱她。真难以相信如今她竟处于这样的困境。没有一个朋友，没有一个乡邻来帮她。过去总是有那么多朋友、邻居和甘愿做她的奴隶的能干的帮手。现在，在最迫切需要人手的时刻，却没有一个人。真难以相信，她竟然会如此孤单，如此恐惧，如此远离家园。

家！要是在家就好了，管什么北方佬不北方佬的。家，尽管艾伦病倒了。她想念艾伦慈祥的面容，想念嬷嬷粗壮的双臂搂着她的感觉。

她晕头转向地站起来，又开始往前走。当她看见自家的房子时，只见韦德正扳住大门晃荡。他一见她，就皱着脸开始哭，一面举起一只脏兮兮的碰伤的手指。

“疼！”他抽泣着，“疼！”

“闭嘴！闭嘴！闭嘴！不然我扇你耳光。上后院玩泥饽饽去，待在那儿别出来。”

“韦德。”他一面抽泣，一面将受伤的指头噙在嘴里。

“我才不管呢。上后院去，而且——”

她抬头看见普里西从楼上窗口探出身子，脸上写满了恐惧和焦虑，可是一看见女主人，恐惧和焦虑便一扫而光。斯佳丽示意她下来，然后便走进屋子。客厅里多凉快啊！她摘下草帽抛在桌子上，抬起胳膊擦了擦汗湿的前额。她听见楼上的门开了，随即飘来了低低的呻吟声，凄惨极了，显然是发自痛苦的深渊。普里西三步并作一步从楼上下来了。

“大夫来了没有？”

“没有。他不能来。”

“老天，斯佳丽小姐！梅兰妮小姐疼得更厉害了！”

“大夫不能来了。没人会来。必须由你来接生，我做你的助手。”

普里西张大嘴巴，舌头无声地翻卷着。她斜睨着斯佳丽，脚擦着地板，扭动着瘦弱的身子。

“别做出这副傻样儿了!”斯佳丽嚷道，为她愚蠢的表情怒不可遏，“怎么了?”

普里西急忙向楼梯退缩。

“看在上帝的分上，斯佳丽小姐——”恐惧和羞愧盛满她那对骨碌碌转动的眼睛。

“怎么了?”

“看在上帝分上，斯佳丽小姐！我们非得找个医生不可。我——我——斯佳丽小姐，我对接生一窍不通。妈妈接生的时候从不让我在跟前。”

斯佳丽大吃一惊，肺都要气炸了。普里西预备从她身边溜过去，却被斯佳丽一把抓住了。

“你这个黑鬼——你这是什么意思?你说过你对生孩子的事儿熟悉得很。到底怎么样?跟我说实话!”她摇晃着她，直摇得那黑脑袋瓜子像醉鬼似的摆来摆去。

“我说的是谎话，斯佳丽小姐！我也不明白自己为什么要撒这样的谎。我只偷看过一次生孩子，后来还被我妈骂了一顿。”

斯佳丽怒视着她，普里西吓得直往后缩，设法想溜走。她的头脑一时接受不了这个事实，可一旦真的意识到普里西并不比她更熟悉接生，怒火便忽地蹿了上来。她平生从未打过奴隶，可现在她用疲惫的胳膊尽全力扇了那张黑脸一巴掌。普里西扯着喉咙尖叫，恐惧多于疼痛，同时扭着跳着想挣脱斯佳丽的手掌。

她的尖叫声，使楼上传来的呻吟声消失了，接着梅兰妮虚弱而颤抖的声音叫道：“斯佳丽?是你吗?请你上来!快!”

斯佳丽松开普里西，这姑娘便坐在楼梯上哭起来。斯佳丽仍站在原地，抬起头，凝神听了一会儿，低低的呻吟声又响起来。她站在那儿，仿佛千斤重担压在肩头，压得她很难挪步。

她努力回忆生韦德时嬷嬷和艾伦是怎么做的，可是产前阵痛使她昏迷了过去，一切都迷迷糊糊的。她只能想起几件事来，便威严地吩咐普里西赶紧去做。“把炉火生起来，再烧一壶开水。把能找到的毛巾统统拿来，还有那团细绳子。再给我一把剪刀。别跟我说你找不到。快去准备这些东西。快点儿。”

她把普里西从地上提起来，把她推向厨房。然后她耸了耸肩膀上楼去。要告诉梅兰妮由她和普里西来为她接生，真是不好开口呀。

第二十二章

再不会有哪个下午比这个下午更漫长了，而且再不会比它更热，再不会有这么多苍蝇。它们围着梅兰妮嗡嗡打转，尽管斯佳丽手中的扇子一刻也没停。摇宽大的棕榈叶扇子使她胳膊疼痛。她的努力好像都白搭了，因为她要是扇走了梅兰妮汗涔涔的脸上的苍蝇，它们却又爬到她那又湿又冷的脚和腿上去了，使得她虚弱地抖动着想摆脱它们，一边喊道："快！我的脚！"

房间里半明半暗，因为斯佳丽拉下窗帘，以挡住热气和强光。星星点点的阳光从窗帘的缝隙和边缘漏进来。屋里热得像蒸笼，斯佳丽汗湿的衣服一刻也没干过，而且随着时间的流逝越来越湿，越来越黏。普里西也汗流浃背地缩在角落里，浑身酸臭。斯佳丽要不是害怕一不留意她便会消失得无影无踪，早就把她赶出去了。梅兰妮躺在床上，身下的床单已被汗水浸得乌黑，还有斯佳丽洒水时溅上的点点水迹。她不停地抽搐，一会儿朝这边，一会儿朝那边，一会儿朝左，一会儿朝右，一会儿又翻转过来。

有时她竭力想坐起来，却又倒下，开始辗转反侧。起初，她拼命忍着不喊出来，咬得嘴唇都快流血了，斯佳丽神经紧张得像那绷紧的嘴唇似的，便粗声粗气地说："梅兰妮，看在上帝的份上，别逞能了。如果想喊就喊出来吧。除了我俩没人会听得见。"

下午过去了，无论梅兰妮想不想逞能，她却一直在呻吟，有时还会尖叫。她尖叫时，斯佳丽便双手抱头，捂着耳朵，蜷着身子，恨不得自己死了才好。没有比手足无措地目睹如此的苦痛更令人不堪的事了。没有比困在这儿等一个久久不能出世的婴儿更让人痛苦的事了。等，而且这时候她知道北方佬已确实抵达五角场了。

她真后悔原来少妇们小声议论生孩子的话题时，她没有多留意。要是她留意就好了！要是她对这种事多投入点儿兴趣，这会儿就会明白梅兰妮是不是得用很长时间才能生下来。她隐约记得贝蒂姑妈讲过一个朋友的事，说是整整苦战了两天，也没能生下孩子，大人也一命呜呼了。假若梅兰妮也用两天时间，那可怎么办！可梅兰妮是那么娇弱，她绝对忍受不了两天的剧痛。要是孩子不赶快出世，她马上就会死的。那么要是阿希礼还活着，她该如何去面对他，告诉他梅兰妮死了——答应过照顾她之后？

起先梅兰妮疼得厉害的时候就握住斯佳丽的手，她使劲捏，差点儿把骨头都捏碎了。一个小时后，斯佳丽的手就又青又肿，几乎动弹不得。她只得拿两条毛巾打个结系在床腿上，让梅兰妮双手抓住打结的那头。梅兰妮紧紧抓住它，仿佛那是条生命线似的，时而拽紧，时而松开，时而撕扯。整个下午，她都像只被困的野兽不停地叫喊。偶尔她会放下毛巾，有气无力地搓着双手，双眼痛苦地睁得大大的，朝上望着斯佳丽。

“跟我说话。请跟我说话。”她低声说，这时斯佳丽便聊点儿什么，直到梅兰妮又抓住毛巾的结开始辗转反侧。

昏暗的屋子充满了燥热、痛苦和嗡嗡叫的苍蝇，时间就这样一点点地慢慢逝去，斯佳丽几乎想不起来早上的事了。她觉得自己仿佛一生都待在这间热气腾腾，汗味刺鼻的黑屋子里。每次梅兰妮尖叫时她也想跟着尖叫，只有拼命咬住嘴唇才能控制住自己，并驱走歇斯底里发作的念头。

有一次，韦德踮着脚尖爬上楼梯站在门外抽泣。

“韦德饿！”斯佳丽朝他走去，可是梅兰妮低声说：“别离开我。求你了。你在我身边我才挺得住。”

于是斯佳丽便打发普里西下楼把早饭剩下的玉米粥热热喂他。至于她自己，她觉得经过这样一个下午，她永远也吃不下什么东西了。

壁炉上的钟停了，她无法判断时间，可是当房间里的热气消退了，星星点点的亮光变暗时，她拉开了窗帘。她吃惊地发现已经黄昏了，太阳像个猩红的火球远远挂在西天。不知为什么，她原以为酷热难耐的中午永远没有个尽头呢。

她急切地想知道市区的情形。军队是不是已全部撤走？北方佬来了没有？南部邦联军居然不战而退了？接着她的心往下一沉，痛苦地想起南部邦联军数量何其少，而谢尔曼手下的兵又何其多，而且他们还吃得那么好。谢尔曼！这个撒旦本身的名字却不让她怎么害怕。可是现在没时间想这个，梅兰妮想喝水，还得在她头上敷块冷毛巾，给她扇扇子，把爬在她脸上的苍蝇赶走。

黄昏来临了，普里西像个黑色幽灵似的点亮灯，梅兰妮越发虚弱了。她开始一遍一遍呼唤阿希礼，仿佛神智昏迷了，直到这单调的呼唤激起斯佳丽一股强烈的愿望，恨不得用枕头捂住她的嘴。也许大夫迟早会来。他要是快点儿来就好了！希望又抬头了，她回头吩咐普里西赶快跑步去米德家，看看大夫是否在家，或者米德太太也行。

“他要是不在家，你就问问米德太太或厨娘该怎么做。并请求她们过来!”

普里西啪哒啪哒去了，斯佳丽目送她匆匆走上大街，她做梦都没想到这个没用的孩子居然会跑得那么快。过了很长时间，她回来了，一个人。

“大夫一整天都不在家。也许他随那些大兵走了。斯佳丽小姐，斐尔少爷已经完了。”

“死了?”

“是的，小姐，”普里西骄傲地说，自以为消息重大，“是塔尔伯特，他们家的车夫告诉我的。他被打中了——”

“别再关心那些了。”

“我没见到米德太太。厨娘说米德太太在给斐尔少爷洗身子，怕北方佬来了来不及下葬。厨娘还说要是梅兰妮小姐疼得太厉害，就在她床下放把刀子，那样就会把疼痛一切两半了。”

斯佳丽正想为这条有用的信息再扇她一耳光，这时，梅兰妮睁开肿胀的眼睛，小声说:“亲爱的——北方佬要来了吗?”

“没有，”斯佳丽坚决地说，“普里西在说谎。”

“是的，小姐，我是在撒谎。”普里西连声附和。

“他们是要来了……”梅兰妮没有上当，她把头埋在枕头里小声说道。声音闷闷地传出来。

“我可怜的孩子。我可怜的孩子。”然后，过了很长时间她又说道:“哦，斯佳丽，你不必待在这儿。你快去照顾韦德吧。”

梅兰妮所说的正是斯佳丽所想的，可是听她说出来却不由得又羞又怒，仿佛这内心的怯懦就明明白白地写在脸上似的。

“别傻了。我不怕。你知道我不会离开你的。”

“你真是太好了。我快要死了。”她又开始呻吟起来。

斯佳丽慢慢走下黑暗的楼梯，像个老太太似的摸摸索索地扶住栏杆，免得跌倒。她的双腿沉重不堪，由于紧张和劳累而发抖，浑身又黏又湿的汗也使她不由打了个寒战。她虚弱地摸到前廊，坐在顶层台阶上。她背靠着廊柱，用抖抖索索的手把紧身胸衣的扣子一直解到半胸。夜正沉浸在温暖柔软的黑暗里，她像头牛似的呆呆地凝望着它。

一切都过去了。梅兰妮没死，那个小男婴像只小猫儿似的哭喊着在普里西手中接受了出生洗礼。梅兰妮睡着了。经过那样一个痛苦、惨叫、无知的接生者，那样一个伤害多于帮忙的梦魇，她怎么还能睡得着？她为什么不死？斯佳丽知道她自己要是经受这番折磨，必死无疑。可是，当一切结束的时候，梅兰妮甚至虚弱地小声说了声“谢谢”，声音小得她只能弯腰凑近她才听得清。接着，她便睡着了。她怎么能睡得着呢？斯佳丽忘了自己生过韦德后也睡着了。她什么都忘了。她的脑海一片空白，世界也是一片空白，在这无休无止的一天之前从未有过什么生活，在此之后也不会有——只有闷热、沉重的夜，只有她那疲倦粗重的呼吸声，只有从腋窝到腰、从臂弯到膝盖的黏湿冰冷的汗水。

她听见自己的呼吸从均匀转为痉挛的呜咽，可她的眼中没有泪，只是热辣辣的，仿佛永远也不会再有泪水似的。她慢慢地、费力地抬起身子，将沉重的裙子一直掀到大腿以上。又冷又湿又黏，夜风吹在身上的感觉真好。她呆呆地想，贝蒂姑妈要是看见她裙子撩起，露着衬裤斜躺在前廊上，不知会说些什么，可她不在乎。她什么都不在乎。时间凝固了。这会儿可能刚过黄昏，也可能已经半夜了。她不知道，也不在乎。

她听见楼上走来走去的脚步声，想道，“可能是该死的普里西吧。”一股睡意向她袭来，她闭上了眼睛。过了很长时间她睁开眼，看见普里西正在身边兴高采烈地嘟囔着。

“我们做得好极了，斯佳丽小姐。我想妈妈的水平也不过这样了。”

斯佳丽从阴影里盯着她，累得不会笑也不会骂，不会数落普里西的过错了——她对自己并不具备的经验的吹嘘，她的恐惧，她那笨手笨脚的忙乱，紧急关头她的手足无措，拿错了剪刀，把盆里的水溅到床上，甚至失手让新生的婴儿掉到地上。现在她却在吹自己有多好。

北方佬还要解放这些黑奴！那么，北方佬一定受他们欢迎喽。

她静静地靠在廊柱上，普里西明白了她的心思，赶紧踮起脚尖溜进前廊的阴影中去了。过了很长时间她的呼吸才平静下来，思绪也稳定了，斯佳丽听见大路上传来隐约的人声，许多纷乱杂沓的脚步从北边奔来。士兵！她慢慢站起来，放下裙子，虽然她知道黑暗中谁也看不清她。当他们来到门前，无以数计的黑影正要飘过去时，她喊住他们。

“哦，请等一下！”

一个黑影离开队列来到大门前。

“你们要走了吗？丢下我们不管了吗？”

那黑影好像脱掉了帽子，平静的声音从黑暗中传来。

“是的，太太。我们正在撤退。我们是最后一批从防御工事中退下来的，就在离这儿大约一英里的北边。”

“你们——军队真的在撤退?”

“是的，太太。你瞧，北方佬就要来了。”

北方佬就要来了！她都忘了这个。她的喉头突然发紧，一句话也说不出来了。那黑影走了，跟其余的黑影融在了一起，脚步声消失在黑夜里。“北方佬就要来了！北方佬就要来了！”他们行进的节奏这样说，她那突然狂跳不止的心脏也在这样说。北方佬就要来了！

“北方佬要来了!”普里西尖叫着，缩着身子向她靠，“哦，斯佳丽小姐，他们会杀光我们的！他们会用刺刀捅进我们的肚子！他们会——”

“哦，闭嘴!”不用听这些话用发抖的声音说出来，单是想想就够可怕的了。新的恐惧淹没了她。她该怎么办？她该怎么逃？她可以向谁求助？每个朋友都辜负了她。

突然，她想到了瑞特，镇静立即压服了恐惧。今天早上她忙得像只没头小鸡四处乱窜时怎么就没有想到他呢？她恨他，可是他强壮，精明，又不怕北方佬。他还在城里。当然，她生他的气，上次见面他说了那么多让她无法原谅的话。可是在这样的时期她可以不去计较那些事情。而且，他还有一辆马车和一匹马。哦，她以前怎么没想到他！他可以把他们都带出这个鬼地方，带到远离北方佬的某个地方，无论哪儿都行。

她回头十分迫切地问普里西。

“你知道巴特勒船长住哪儿——是亚特兰大宾馆吗?”

“是的，小姐，不过——”

“嗯，现在你就去那儿告诉他我需要他帮忙，跑得越快越好。我想让他带着马和马车，如果能弄到救护车更好，快点儿到这儿来。告诉他梅兰妮生孩子了。告诉他我想让他把我们从这儿带走。现在就去。快!”

她直挺挺地坐下来，推了普里西一把，以加快她的速度。

“老天爷，斯佳丽小姐！我可不敢独自在夜晚乱跑！要是北方佬抓住我可怎么办?”

“你要是跑快些就能追上那队士兵，他们不会让北方佬抓你的。快去!”

“我害怕！要是巴特勒船长不在宾馆呢?”

“那就问问他去哪儿了。你连这点儿勇气都没有吗？要是他不在宾馆，你就去迪凯特街的酒吧打听他的下落。然后去贝尔·沃特林家。非得找到他。你这个傻瓜，你难道不明白，要是你不赶快去找到他，北方佬就真的要把咱们都抓去了?”

“斯佳丽小姐。我妈要是知道我到酒吧或婊子家里去，会用棉花秆抽我的。”

斯佳丽忽地站了起来。

“好吧，你要是还不去我就揍你。你不会站在大街上喊他吗?或者问别人他有没有在里面。快去。”

普里西仍然磨磨蹭蹭，一边用脚擦地一边噘嘴，斯佳丽又推了她一把，差点儿使她从台阶上跌下去。

“你非得去不可，否则我就把你卖掉。那你就再也见不着你妈或任何熟人了，我将把你卖去当奴隶。快去!”

“老天爷，斯佳丽小姐——”

可是在主人坚定有力的手掌的推动下，她开始下台阶。前门咔嗒一声，斯佳丽喊道：“快跑，你这个蠢货!”

她听见普里西啪哒啪哒小跑着去了，不一会儿，脚步声便消逝在柔软的土路上。

第二十三章

普里西走后，斯佳丽疲惫地走进楼下大厅点亮了灯。屋子里很热，仿佛四壁将正午的热气都吸收进来似的。她不像方才那么麻木了，胃也开始咕咕叫。她想起自己除了昨晚上吃过一口玉米粥，到现在还滴水未进呢，于是她提着灯走进厨房。炉火灭了，可屋里仍然很热。她在长柄锅里找到半片干硬的玉米饼，一边狼吞虎咽地啃着，一边四处打量寻吃的。盆里还剩点儿玉米粥，她等不及盛进盘子，便用大勺子舀着喝。玉米粥很淡，本该加盐的，可她饿极了，懒得去找盐。喝了四勺子，房间里实在热得受不了，她便一手提灯，一手抓着块玉米饼来到穿堂里。

知道自己应该上楼去坐在梅兰妮身边。要是有什么不测的话，梅兰妮虚弱得连喊的劲儿都没有。可是一想到要回到那间她度过梦魇般的数小时的屋子，她便觉得不耐烦。即使梅兰妮要死了，她也不愿再回那儿去。她再也不想见到那间屋子。她把灯搁在窗户边的烛台上，又来到前廊。这儿凉快多了，尽管夜晚仍罩在柔软的温暖中。她在灯光投在台阶上的光圈中坐下来，继续啃玉米饼。

吃完玉米饼，气力恢复了一些，随着气力恢复，恐惧也随之而来。她听见远处的街道上传来嘈杂的声音，可她不清楚这意味着什么。她无法辨别，只听见一股巨大的声音时起时落。她身体前倾，凝神细听，很快她便因为紧张而腰酸背痛。她现在只渴望听见马蹄声，看见瑞特那心不在焉的自信的眼睛嘲笑她的恐惧。瑞特会带他们离开这儿，到别的什么地方去。她不知道会去哪儿，也不在乎。

正当她坐在那儿竖起耳朵听市区的声音时，一片微弱的亮光在树梢升起。她迷惑了。她看着那火光越来越亮。黑暗的天空被映成粉红色，然后是暗红色，突然就卷到了树梢上，她看见一条巨大的火舌忽地一蹿而起，直冲天宇。她跳起来，心又开始怦怦地狂跳。

北方佬已经来了！她知道他们已经来了，正在焚烧这座城市。那火焰好像是在距市中心不远的东边。她满腹恐惧，眼看着那火焰越升越高，刹那间形成一片火红的海洋。肯定是一整条街都着起来了。一阵微热的风从那边吹来，带来一股烟火味。

她冲上楼梯，来到自己房里，打开窗户以便看得更清楚些。天空呈现出一片可怖的殷红色，巨大的黑色烟团盘旋上升，挂在火焰上空。现在烟火味更浓了。她心乱如麻，想着很快大火就会蔓延到桃树街上，烧到这所屋子，很快北方佬就会冲进来，她该往哪儿逃，她该怎么办。地狱里所有的鬼怪都在她耳边咆哮，她的大脑在极度的恐惧和慌乱中不停地打转，她只得紧紧抓住窗棂支持住身体。

“我必须想一想，”她一遍遍自言自语，“我必须想一想。”

可是思绪躲避着她，像只受惊的小鸟从她心头掠过。她站在那儿抓着窗棂，耳边震耳欲聋的爆炸声轰鸣着，比她听过的任何炮声都刺耳。天空被巨大的火苗撕裂了。又是一串爆炸声。大地颤动着，她头顶的窗玻璃震碎了，碎片在她周围洒了一地。

世界成了一片轰鸣、火焰和颤动的地狱，震耳欲聋的爆炸声接踵而至。一簇簇火星蹿上天空，然后又慢悠悠、懒洋洋地穿过血红的烟云落下。她仿佛听见隔壁屋里传来微弱的呼唤声，可她懒得去管。现在她没工夫为梅兰妮着想了。除了那像所看见的火焰一样迅速流遍全身血脉的恐惧以外，她没工夫想别的了。她是个孩子，她被吓坏了，她想将头埋在母亲的膝盖上，避开眼前这副景象。她要是在家就好了！在家和妈妈在一起就好了！

透过神经颤抖的声音，她又听见另一种响声，那是恐惧的脚步三步并作一步奔上楼梯的声音，同时听见一个人像迷途的羔羊似的叫嚷着。普里西冲进屋子，扑到斯佳丽身边，猛地抓住她的胳膊仿佛要把它捏成碎片似的。

“北方佬——”斯佳丽喊道。

“不，小姐，是咱们自己人！”普里西上气不接下气地喊着，指甲深深地嵌进斯佳丽臂上，“他们在放火烧铁厂和军需部门的仓库，老天爷，斯佳丽小姐，他们把七十大车的炮弹和火药也一齐烧了，耶稣呀，咱们都要被烧掉了！”

普里西又开始尖利地嚎叫，把斯佳丽掐得又痛又恼地喊了一声，并甩掉她的手。

北方佬还没来！还有时间逃跑！她把全身的力气重新积聚起来。

“我要是不控制住自己，”她想，“那我就会像只猫似的嚎起来了！”看见普里西那惊恐的样子，她反倒镇静了。她抓住普里西的肩膀，使劲摇晃。

“别管那些乱七八糟的事了，说正经的吧。北方佬还没来呢，你这个傻瓜！你看见巴特勒船长没有？他怎么说的？他会来吗？”

普里西不再哭了，可牙齿仍在打战。

“是的，小姐，我最终找到了他。在酒吧里，像你告诉我的那样。他——”

“别管在哪儿找到他的。他会来吗？你有没有告诉他带着他的马来！”

“天爷，斯佳丽小姐，他说咱们的军队把他的马和马车拉去当救护车用了。”

“上帝啊！”

“可是他会来的——”

“他怎么说？”

普里西的喘息定了，稍微镇静了些，可一双眼睛仍然骨碌碌转着。

“小姐，就像你告诉我的那样，我在酒吧里找到了他。我站在外边一喊他就出来了。他诧异地看着我，我正要跟他说，这时大兵把迪凯特街那头的一家店铺拆倒并放起火来，他就说，来吧，便抓住我的手跑到五角场，然后才问：‘什么事？快讲。’我就说是你说的，要巴特勒船长赶快带上他的马匹马车来咱家。梅兰妮小姐生了个孩子，你急着想出城。他说：‘她打算到哪儿去？’我说：‘我不知道，先生，可你一定得去，北方佬就要来了，你得陪她一起走。’于是他便笑着说他的马被大兵拉走了。”

斯佳丽的心情沉重起来，最后的希望破灭了。她真傻，怎么就没想到撤退的军队会把留在城里的所有车辆和马匹都带走？一时她震惊得几乎听不见普里西在说什么，可是她竭力振作起来，接着听下去。

“后来他说：‘告诉斯佳丽小姐，让她放心。我去军队替她偷一匹马回来，要是还有剩余的马匹的话。’他又说：‘我以前就偷过好多次马。告诉她，哪怕丢了性命我也要为她偷来马。’然后他笑着说：‘赶快回去吧。’我还没动呢，就听见轰隆一声炸起来了！我吓坏了，这时他便对我说别怕，是咱们自己人在炸火药，免得落到北方佬手中——”

她长长地舒了一口气。要是有办法弄到马，瑞特会弄到的。瑞特是个精明人。他要是能把他们带出这片混乱，她就原谅他的一切过失。逃跑！而且跟瑞特在一起她就不会害怕了。瑞特会保护她们的。感谢上帝，幸亏有瑞特！安全在望了，她便着眼于实际。

“把韦德叫醒，给他穿上衣服，为我们大家每人包几件衣服，放进小箱子里。别告诉梅兰妮小姐我们要逃走了。现在还不能让她知道。用两条厚毛巾将婴儿包好，再把他的衣服包起来。”

普里西仍然抓着裙子，除了翻白眼几乎没有什么表情。斯佳丽推了她一把，她的手松开了。

“快去。”她喊道，普里西像只兔子似的跑开了。

斯佳丽知道自己应该进去安慰梅兰妮，让她不要害怕，她知道梅兰妮一定被持续不断的爆炸声和冲天的火光吓昏了。这一切都仿佛是世界末日似的。

可她就是无法将自己带进那间屋子。她跑到楼下想把贝蒂帕特小姐逃往梅肯时留下的瓷器和小银器收拾起来。可她一进餐厅，双手便哆嗦不止，甚至把那银器丁零当啷地撒了一地。她碰到什么摔什么。匆忙中她还在破地毯上滑了一下，扑通一声便摔倒了，可是立即又爬起来，甚至都没有意识到疼痛。她能听见普里西像头野兽似的在楼上奔来奔去，这声音让她发疯，因为她自己也在无头苍蝇似的乱窜。

她第十二次跑到前廊去看有没有动静，不过这次她没再跑回去打包。她坐了下来。简直不可能再去打包了。除了坐在这儿心急火燎地等瑞特外，她什么事都做不成。仿佛等了有好几个小时。终于，她听见大路尽头传来没有上油的车轴发出的吱嘎声，还有隐隐约约慢吞吞的马蹄的嘚嘚声。他怎么不快点儿？他为什么不让马跑起来？

声音越来越近了，她忽地跳起来，喊瑞特的名字。她模模糊糊地看见他从一辆小货车上跳下来，听见大门咔嗒一声，他朝她走来了。终于看清他了，灯光静静地洒在他身上。他的衣服笔挺，仿佛正要去参加舞会似的，剪裁得体的白色亚麻布外套和裤子，镶边的灰色水绸背心，衬衫胸口上打着皱褶。宽宽的巴拿马帽歪戴在头上，裤腰带上插着两支象牙柄的长筒决斗火枪。外衣口袋里塞满了沉甸甸的子弹。

他像个野人似的从石径上大踏步走来，漂亮的脑袋挺得像个异教徒王子。这个晚上的危险让斯佳丽恐惧，对他却成了一种兴奋剂。他那黝黑的脸上有种勉强掩饰住的残暴无情，要是她神智清楚的时候看见它，不知会吓成什么样子呢。

他的黑眼睛一眨一眨的，仿佛对整个事情都觉得有趣，仿佛那震天的响声和冲天的火光只是用来吓唬小孩似的。他一走上台阶，她便摇摇晃晃地迎上前去，脸色苍白，一对绿眼睛里冒着火。

“晚上好，”他一面脱帽潇洒地行了一礼，一面拖长了音调说道，“今天真是个好天气。听说你想做一次旅行。”

“你要是再开玩笑，我就不理你了。”她用颤抖的声音说。

“别告诉我你害怕!”他装作吃惊的样子，以那样一种方式笑着，她真恨不得将他从陡峭的台阶上推下去。

“是的，我害怕！我怕得要死，要是你还有上帝给予一头山羊的意识，你也会害怕的。不过我们没时间闲聊了。我们必须离开这儿。”

“愿意为你效劳，夫人。可是你打算往哪儿去呢？我到这儿来是出于好奇心，只是想看看你到底想往哪儿去。你不能向东向西向南或向北。北方佬已把这儿包围了。只有一条路可以出城，北方佬还没有占据那条路，因为我们的军队正沿此路撤退。而且它不会长久开通的。史蒂文·李将军的骑兵队正在拉甫拉迪打后卫，使这条路开通，直到军队撤退完毕。要是你跟着军队沿麦克多诺路走，他们就会抢去你的马，这匹马虽然不怎么样，却是费了很大周折才偷来的。你到底想去哪儿?”

她浑身发抖地站在那儿听他说，却几乎没听见什么。可是，听他这么一问，她突然知道自己要去哪儿了，知道在这悲惨的一整天她一直都清楚要去哪儿。只有一个地方。

“我要回家，”她说。

“家？你的意思是说回塔拉?”

“是的，是的！回塔拉！哦，瑞特，我们得快点儿!”

他看着她，仿佛她疯了似的。

“塔拉？我的老天，斯佳丽！你不知道他们成天在琼斯博罗打吗？从拉甫拉迪到琼斯博罗的街道上，前后十英里的道路上战火不断，这你不知道？到现在为止，北方佬可能已遍布塔拉，遍布全郡了。没有人知道他们在哪儿，可他们就在邻近一带。你不可能回家！你不可能从北方佬的军队中穿过去！”

“我要回家！”她哭喊，“我要！我要！”

“我的小傻瓜，”他的声音急切而粗鲁，“你不能走那条路。即使你遇不到北方佬，树林里也到处都是双方军队的散兵游勇。而我们许多士兵还在从琼斯博罗撤退。他们会抢走你的马，就像北方佬一样快。你唯一的选择便是跟着军队沿麦克多诺路走，但愿在黑夜中他们看不见你。你不能回塔拉。即使你到了那儿，可能你会发现它已被焚毁。我不让你回去。这简直是发疯。”

“我要回家！”她喊道，声音提升成了尖叫，“我要回家！你不能阻止我！我要回家！我想妈妈！你要是阻拦我，我就把你杀了！我要回家！”

恐惧和歇斯底里的眼泪从她脸上流下来，在长时间的紧张压抑下，她终于崩溃了。她用拳头捶着他的胸脯再次尖叫：“我要！我要！哪怕是一步一步地走回去我也要回家！”

突然，他将她搂在了怀中，她泪湿的面颊贴在他浆过的衬衫褶皱上，她的双手仍然捶打着他。他用手轻柔地抚着她散乱的发丝，声音也温柔了。那么温柔，那么安静，没有一点儿嘲讽，那一点儿也不像是瑞特的声音，而是一个善良健壮的陌生人，他身上混杂着白兰地、烟草和马的气息，一种让人安心的气息，因为这使她想起了杰拉尔德。

“好了，好了，亲爱的，”他温柔地说，“别哭。你可以回家，我勇敢的小姑娘。你可以回家的。别哭了。”

她感到什么东西在触着她的头发。模糊地想也许是他的嘴唇，心中微觉骚动。他那么温柔，那么让人感到安慰，她真想永远躺在他怀里。有这样一对强壮的臂膀搂着自己，肯定不会再受到什么伤害了。

他从口袋里掏出一块手帕为她拭泪。

“现在，像个孩子那样擤擤你的鼻子，”他命令道，眼中露出一丝笑意，“然后告诉我该怎么办。我们必须火速行动。”

她听话地擤了擤鼻涕，仍然在发抖，可是她想不起来该告诉他做些什么。看见她嘴唇哆嗦着，抬起眼无助地看着他，他便自作主张了。

“威尔克斯太太刚生过孩子？要她移动是很危险的——何况是在那辆摇摇晃晃的货车里颠簸二十五英里。我们最后将她留给米德太太。”

“米德家没人。我不能丢下她不管。”

“很好。让她也上车。那个头脑简单的小姑娘呢？”

“在楼上收拾行李。”

“行李？坐这辆货车你不能带什么行李。它太小了，盛下你们几个已经很勉强了，就这轮子还随时都有可能爆破呢，还敢加什么行李。喊她一声，让她把屋里最小的一床羽绒被拿来铺在货车里。”

斯佳丽仍然没动。他牢牢抓住她的胳膊，于是他身上的活力仿佛流到了她身上。她要是能像他那么冷静和细心就好了！他把她往大厅里推，可她仍然站在那儿无助地望着他。他的嘴唇嘲讽地撇了撇：“这就是那个曾向我吹嘘既不怕上帝也不怕男人的英勇小女人吗？”

他突然放声大笑，放开她的胳膊。她被刺痛了，恨恨地瞪着他。

“我不害怕。”她说。

“是的，你害怕。只消一分钟你就要晕过去了，我身边可没带嗅盐。”

她无可奈何地跺着脚，因为她想不起来该做什么——然后一声不吭提起灯开始上楼。他紧跟在她身后，她能听见他自顾自地轻笑声。这笑声促使她挺直了腰板。她走进韦德的小房间，看见他正抓住普里西的胳膊坐在那儿，衣服穿了半截，静静地打嗝。普里西在抽泣。韦德床上的鸭绒被很小，她命令普里西把它拿下楼去垫在货车里。普里西放下孩子照办。韦德跟着她下楼去了，他对眼前的事情很感兴趣，暂时忘记了打嗝。

“过来。”斯佳丽一边说一边转到梅兰妮门前，瑞特跟在她身后，帽子拿在手里。

梅兰妮静静地躺着，被子一直拉到颌下。她脸色惨白，可那双深陷而又布满黑圈的眼睛却很安详。看见瑞特进入自己的卧室她没有表现出丝毫惊讶，却仿佛是理所当然似的。她竭力想挤出一丝虚弱的笑意，可那笑容还没绽上嘴角便凝固了。

“我们要回家了，回塔拉，”斯佳丽快速解释道，“北方佬就要来了。瑞特会带我们走的。这是唯一的办法，梅兰妮。”

梅兰妮虚弱地、竭力地点了点头，又朝孩子做了个手势。斯佳丽抱起孩子，用一条厚毛巾匆匆为他包裹。瑞特走到床前。

“我尽量不弄疼你，”他平静地说，一面将她两边的被头掖紧，“看看能不能将两条手臂攀住我的脖子。”

梅兰妮试了试，两条胳膊却又无力地耷拉下来。他弯下腰，一条胳膊伸进她肩下，另一条穿过她的膝弯，将她轻轻地抱了起来。她没有哭喊，可斯佳丽看见她咬着嘴唇，脸色越发苍白。斯佳丽把灯举高点儿为瑞特照明，一边朝门外走去，这时梅兰妮虚弱地朝墙上做了个手势。

“那是什么?”瑞特轻轻问道。

“请,”梅兰妮低声说，一面努力指着，“查尔斯。”

瑞特低头看着她，以为她神志昏迷了，可是斯佳丽明白了她的意思，十分气愤。她知道梅兰妮是想要墙上查尔斯那张挂在指挥刀和枪袋下面的相片。

“请,”梅兰妮又低声说道，“那把刀。”

“哦，好吧。”斯佳丽说道，为瑞特举着灯让他小心翼翼地下了楼梯后，她返回来卸下指挥刀和枪袋。抱着小孩提着灯，再掂上这两样物什，样子一定很奇怪。就像梅兰妮，自己虚弱得要死，北方佬又在身后追着，却还怀念着查尔斯的遗物。

她取下相片时，瞥了查尔斯一眼。他那棕色的大眼睛盯着她，一时间她便站在那儿好奇地看着这张照片。这个男人曾是她的丈夫，在她身边睡了好几个晚上，还给她留下了个眼睛像他一样是温柔的棕色的孩子。而她几乎已将他忘了。

孩子在她怀中挥着小拳头，小猫似的叫着，她低头看着他。她第一次意识到这是阿希礼的孩子，便突然用尽剩余的全部力量希望这是她的孩子，她和阿希礼的。

普里西连蹦带跳地上楼来了，斯佳丽把孩子递给她。她们急急忙忙下楼，灯光在墙上投下摇曳的影子。在大厅里，斯佳丽看见一顶帽子，便匆匆扣在头上，在下巴下打了个结。这是梅兰妮的黑丧帽，不适合斯佳丽的头形，可是她怎么也想不起来把自己的帽子放哪儿去了。

她走出屋子，走下台阶，手里提着灯，竭力不让那军刀碰到自己腿上。梅兰妮笔直地躺在货车后厢里，旁边是韦德和毛巾裹着的婴儿。普里西爬上车把婴儿抱在怀里。

货车很小，四周的挡板也很低。车轮朝里歪着，仿佛一动便会散架似的。她瞥了马一眼，心便沉下去了。那马又瘦又小，没精打采地站着，头几乎耷拉到两条前腿中间去了。马背上伤痕累累，呼吸也病恹恹的。

“这匹马不怎么样，是吗?”瑞特咧了咧嘴，说道，“它看上去好像快死了似的。可这是我能找到的最好的马。改天我再详细告诉你我是从哪儿，又怎么偷到它的，还有我怎么差点儿被打死。除了我对你的忠心没有什么可以让我冒着生命危险去做偷马贼——而且是这样一匹马的偷马贼。让我扶你上来。”

他从她手里接过灯放在地上。马车前座只是横跨在两旁挡板上的一块窄木板。瑞特一把将斯佳丽抱起来放在木板上。做一个像瑞特这样强壮的男人该有多好啊，她一边这样想，一边拢了拢宽大的裙摆。瑞特坐在身边，她就什么都不怕了，无论是大火、爆炸声还是北方佬。

他跳上车坐在她旁边，拿起了缰绳。

“哦，等等！”她喊道，“我忘记锁前大门了。”

他顿时哈哈大笑起来，一边用缰绳击打马背。

“你笑什么？”

“笑你——想把北方佬锁在门外。”他说，马开始不情愿地慢慢向前走。放在路边的灯仍然亮着，在四周投下一圈黄晕，随着他们的远去，那黄晕越来越小了。

出了桃树街，瑞特将马慢慢向西拐，驶上一条崎岖小道，货车便开始猛烈地颠簸起来，把梅兰妮颠得不断闷声呻吟。他们头顶是枝杈交错的黑压压的树木，影影绰绰的屋子静静地竖在道旁，白色的篱笆墙像墓地里排列的碑石似的隐隐地泛着光。狭窄的街道像条幽暗的隧道，可是透过头顶枝繁叶茂的屏障，可以看到星星点点火红的天光，映照着一个又一个黑影幽灵似的一路飘过。烟味越来越浓了，灼热的风从市中心挟来一片喧嚣声——哭叫声，重型军车迟钝的隆隆声和部队行进的坚定脚步声。这时瑞特扯着缰绳让马拐上另一条街道，空气中又传来一阵震耳欲聋的爆炸声，一条火舌卷着一股浓烟从西边冲上天空。

“肯定是最后一列军车了，”瑞特镇静地说，“他们为什么不今天早上运出去，这群傻瓜！那时时间很充足呢。现在可苦了我们。我本想绕过市中心，避开大火和凯特街上那群醉鬼，绕到西南角去，那样没什么危险。可是我们必须在什么地方穿过美立塔街，要是我没猜错的话，那爆炸声就来自美立塔街附近。”

“我们——我们必须得从火里冲过去吗？”斯佳丽颤抖着问。

“若是赶得快还来得及。”瑞特说着从货车上跳下去，消失在一所院落的黑暗中。返回来时手里拿着一根小树枝，残忍地抽在伤痕累累的马背上。马开始踉踉跄跄地小跑起来，气喘吁吁地，十分吃力，马车便颠着向前奔，把里面的人像簸麦子似的翻来翻去。婴儿哭了，普里西和韦德也因为头不断地撞住挡板而哭喊。可是梅兰妮没有发出一丝儿响声。

快到美立塔街时，树影稀疏了，高高的火光从建筑物顶呼啸着蹿上来，把街道和两边的屋子映得如同白昼一样亮，一阵阵浓烟四处飘荡，像是波涛汹涌的海面上漂浮着无数只将沉的帆船。

斯佳丽牙齿格格地打战，太害怕了，反而连自己都意识不到。她冷得发抖，尽管火焰几乎烧到他们的脸。这是地狱，她就在其中。要是她能控制住自己那对发抖的膝盖，她就会跳下去尖叫着沿原路跑回，仍回到贝蒂帕特小姐家里去躲起来。她靠紧瑞特，用颤抖的手指抓住他的胳膊，抬头望着他，想听他说几句话，想让他安慰几句，想让他鼓励几句。沐浴在地狱般的红光里，他那黑暗的侧影就像古钱币上的人头一样，美丽，残忍，而又颓废。觉察到她的触碰，他便转过头看着她，他眼中的光像大火一样可怕。在斯佳丽看来，他脸上充满兴奋和轻蔑，仿佛从眼前的局势中得到了巨大的乐趣，仿佛对即将展现在他们面前的地狱很欢迎似的。

“这儿，”他说着，将一只手放在腰带上的长筒枪上，“要是有人，无论黑人还是白人，凑近货车，企图来抓这匹马，你就开枪，以后再讲道理。可是看在上帝分上，千万别一时激动打在这匹马身上。”

“我——我有枪。”她低声说着，一面抓住裙兜里的武器，不敢确信当死神逼近的时候，她会不会吓得扣不动扳机。

“你有枪？从哪儿来的？”

“是查尔斯的。”

“查尔斯？”

“是的，查尔斯——我丈夫。”

“你是否曾真正拥有过丈夫，我亲爱的？”他轻轻笑着低声说道。

要是他放严肃点儿就好了！要是他把马赶快点儿就好了！

“那你认为我的孩子是从哪儿来的？”她气愤地喊道。

“哦，那还有别的办法嘛，不一定要丈夫——”

“你能不能闭嘴，赶紧赶路？”

但是他突然拉住缰绳，快到美立塔街了，马车在一家还没烧到的仓库阴影里停了下来。

“快！”她脑海中只有这一个字眼。快！快！

“有士兵。”他说。

在两旁燃烧的建筑物中，一个小分队迈着行军的步伐疲惫不堪地沿着美立塔街走来，枪胡乱挂在肩上，头耷拉着，累得怎么也走不快，累得顾不上管左右两旁的火星和浓烟将他们包围。他们都衣衫褴褛，军官和士兵之间没什么区别，除了偶尔会看到有的破军帽上别着花环状的帽徽。许多人都赤着脚，不时会看见用肮脏的绷带缠裹的脑袋或臂膀。他们走过去了，既不左顾也不右盼，那么安静，要不是整齐的行军脚步声，简直让人怀疑这是一群鬼怪呢。

“好好看看他们，”瑞特嘲讽的声音响起来，“那么你就可以对你的孙子说你亲眼见过光辉事业的后卫军撤退的情形。”

她忽然恨起他来，恨得忘记了恐惧，恐惧和这痛恨相比，是那么微不足道。她知道自己以及货车后厢那几个人的安全全得靠他，也只有靠他，可她恨他，因为他嘲笑这些衣衫褴褛的士兵。她想起死去的查尔斯，想起也许已经死了的阿希礼，想起所有那些正躺在浅浅的坟坑里腐烂的快乐青年，可她忘了自己也曾认为他们是傻瓜。她说不出话来，但她狠狠盯着他的双眼中充满了憎恨和嫌恶。

最后一名士兵走了过来，那是后排的一个小低个儿，他的枪拖住地，摇摇晃晃地，不时停下来瞪着前面的士兵，脏兮兮的脸由于疲倦而木呆呆的，看上去就像个梦游者。他就跟斯佳丽一般矮小，几乎和他的枪杆一般高，灰蒙蒙的脸上还没长胡须。最多有十六岁，斯佳丽不合时宜地想道，一定是从自卫队来的，或者是从学校逃出来的学生。

正当她看得出神时，这个男孩的膝盖慢慢弯下去，倒在了尘土中。两个男人一声不吭从最后一列走出来，回到男孩身边。其中一个黑胡子的瘦高个儿，静静地把自己的枪和男孩的枪一并递给另一个人，接着弯下腰轻而易举地将男孩扛在肩上，看上去像是这方面的老手。他慢慢行进在撤退的队伍后面，双肩因背负男孩而弯着，而那男孩虽然虚弱，却像被大人耍弄的小孩被激怒了似的尖叫着："放下我，你这该死的东西！放下我！我能走！"

黑胡子男人什么也不说，继续往前走，拐过一个弯便不见了。

瑞特静静地坐在那里，手里的缰绳放松了，他目送着他们，黝黑的脸上现出一种阴郁的神色。这时身边突然传来一片房屋的倒塌声，斯佳丽看见一股火苗从旁边一座仓库的屋顶升起，他们就停在这座仓库的阴影里。接着战旗般的火苗便蹿上天空。浓烟呛住了她的鼻孔，普里西和韦德开始咳嗽。婴儿也在轻轻地打喷嚏。

"哦，看在上帝的份上，瑞特！你疯了吗？快走呀！快！"

瑞特没有回应，只用小树条狠狠抽了马一下，那马便跳起来向前走，用自己最快的速度载着他们穿过了美立塔街。他们面前是一条火的隧道，两旁的建筑物都在燃烧，这就是通往铁路的那条又短又窄的街。他们进了这条隧道。火光以十二倍于太阳的炫目光亮刺着他们的眼睛，灼人的热气炙烤着他们的皮肤，劈劈啪啪的巨大声浪冲击着他们的耳膜，仿佛他们要在这火海中煎熬一个世纪似的，然后才突然回到半明半暗的夜色中。

他们匆匆驶过大街，越过铁路线，瑞特机械地挥着鞭子。他的面容严肃而又心不在焉，仿佛忘记了自己身在何方。他宽阔的肩膀向前倾着，下巴翘起来，似乎在想什么不开心的事。大火的热气使得他汗流满面，可是他并不去擦。

他们驶上了一条小街，又一条小街，然后从一条窄窄的小街拐上另一条小街，直到斯佳丽完全丧失了辨别力，咆哮的火海已被抛在了身后。瑞特仍然不说话。他只是时不时地抽一下马。天空的红光现在消退了些，路上越来越暗，斯佳丽很害怕，很想听他说点儿什么，无论什么都行，哪怕是嘲笑、侮辱、伤人自尊的话也好。可是他一声不吭。

无论他吭不吭声，她都因为他在身边而感谢上帝。有个男人在身边真好，可以靠着他，感受他双臂的力量，知道他站在自己和未知的困境之间，即使他只是坐在那儿瞪着眼睛一声不吭。

“哦，瑞特，”她抓住他的胳膊低声说道，“要是没有你，我们可该怎么办呢？我真高兴你没有去参军！”

他转过头瞟了她一眼，那眼神吓得她松开手向后缩了缩。现在他眼中没有嘲讽了，而是赤裸裸的，其中含有愤怒和类似困惑的东西。他嘴角撇了撇又回过头去。很长时间他们都静静地坐着，没有人打破这沉默，除了婴儿微弱的啼哭声和普里西的嘤嘤啜泣声。她再也无法忍受那啜泣声了，便转过身子狠狠拧了普里西一把，她着实尖叫了几声便吓得不再吭声了。

最后，瑞特将车拐过一个弯，不一会儿就来到一条较为宽阔平坦的路上。建筑物模糊的轮廓越来越远了，道路两旁是墙壁似的树木。

“现在我们已经出了城，”瑞特简短地说，一边勒住缰绳，“这就是通往拉甫拉迪的主干道。”

“快走吧。别停下来！”

“让马休息一会儿，”然后他转过身，慢慢问她道，“斯佳丽，你仍然打算去做傻事吗？”

“什么傻事？”

“你仍然打算回塔拉去吗？这简直是自杀。史蒂文·李的骑兵队和北方佬的军队就在你和塔拉之间。”

哦，天哪！难道他不打算送她回家，在她好不容易才熬过这可怕的一天之后？

“哦，是的！是的！瑞特，请你快点儿赶路吧。这马不累。”

“稍等一下。你不能顺这条路去琼斯博罗。你不能沿着铁路线走。从拉甫拉迪往南，他们成天都在那一带打。你知道有没有其他什么路，小货车道或小路，可以不经过拉甫拉迪或琼斯博罗？”

“哦，知道，”斯佳丽简短地喊道，“只要我们能赶到拉甫拉迪附近，我知道有一条货车道从琼斯博罗的主干道岔开去，蜿蜒好几英里呢。爸爸和我过去常骑马走那条道。它一直通到麦金托什家的田产附近，那儿距塔拉只有一英里。”

“很好。也许你能顺利通过拉甫拉迪。史蒂文·李将军下午在那儿掩护撤退。也许北方佬还没到那儿。也许你可以穿过那儿，假如史蒂文·李的手下不抢你的马的话。”

“我——我能穿过吗？”

“是的，你能。”他的语气加重了。

“可是瑞特——你——你不带我们了？”

“不带了。我就在这儿和你分别。”

她愕然地四下看了看，看看背后那死灰的天空，两旁那些黑黝黝的树木像监狱的高墙似的包围着他们，又看看货车后厢里那几个心惊胆战的身影——最后又看着他。她是不是疯了？她是不是没听清楚？

现在他咧着嘴笑了。在微弱的光线里她只能看见他那雪白的牙齿和眼神中惯有的嘲讽。

“离开我们？你——你要去哪儿？”

“我要去参军，亲爱的姑娘。”

她既气又恼地松了一口气。为什么到这个时候了他还开玩笑？瑞特去参军！毕竟他曾说过那些被战鼓声和讲演家的大话骗去参军送死的人都是傻瓜——真正精明的人应该去赚钱！

“哦，你再这样吓唬我，我就把你掐死！我们继续赶路吧。”

“亲爱的，我没跟你开玩笑。我很伤心，斯佳丽，你居然不赏识我这英勇牺牲的精神。你的忠诚哪里去了，你对我们光辉事业的热忱哪里去了？现在你有机会对我说光荣凯旋或裹尸而归之类的话了。可是，说快点儿，因为我还想在离开赴战场之前做一次勇敢的讲演呢。”

他那慢吞吞的声音在斯佳丽听来满是嘲讽。他在讥笑她，不知为什么，她知道他也在讥笑他自己。他在说什么？忠诚，凯旋，勇敢的讲演？他说这些不可能是真的。真不敢相信他会说出如此轻率的话，把她抛在这黑暗的大路上，身边还带着一个奄奄一息的女人，一个新生的婴儿，一个愚蠢的黑人小姑娘和一个惊恐万状的小孩，让她独自领着他们穿过数英里的战场、散兵游勇、北方佬、大火，还有，鬼才知道还有什么。

六岁那年，有一次从树上摔下来，肚子先着地。她仍然能想起那一刻恢复呼吸前的难受劲儿。现在，她看着瑞特，内心的感觉就跟那时一模一样，喘不上气儿，震惊，恶心。

“瑞特，你在开玩笑！”

她抓住他的胳膊，感到恐惧的泪水扑簌簌落在自己腕上。他举起她的手，漫不经心地吻了吻。

“你总是这么自私，对不对，我亲爱的？只想着你自己那宝贵的安全，却不为光荣的南部邦联着想。想一想我在最后的时刻出现，会给我们的军队带来怎样的鼓舞啊。”他的声音中含着恶意的温柔。

“哦，瑞特，”她哭道，“你怎么能这样对待我？你为什么要离开我？”

“为什么？”他开心地笑道，“也许是因为我们所有南方人心中都潜藏的那种叛逆心理苏醒了。也许——也许是因为我感到羞愧。谁知道呢？”

“羞愧？你应该羞愧死的。把我孤零零地丢在这儿，无依无靠——”

“亲爱的斯佳丽！你不是无依无靠。像你这样自私和意志坚定的人永远都不会无依无靠的。要是北方佬能抓住你，那真是上帝保佑了。”

他从马车上跳下去，她正震惊而又困惑地望着他，这时他转到她的跟前来。

“下来。”他命令道。

她瞪着他。他粗暴地伸出手，把她从货车上抱下来，放在自己身边。随即又紧紧拉着她，把她拖到离货车好几码远的地方。她觉得鞋子里的尘土和碎石子硌着她的脚。寂静炎热的夜晚像梦似的包裹着她。

“我不要求你理解或者原谅我。即使你这样做，我也不会在乎，因为我永远都无法理解或原谅自己的这种白痴行为。我为自己恼火，身上竟然还残存了这么多堂·吉诃德精神。可是我们公正的南方大地需要每一个男人冲锋陷阵。我们勇敢的布朗市长不是曾这样说过吗？没关系。我要去打仗了。”他突然哈哈大笑，尖利而狂野，在黑暗的树林子中引起了回声。

“‘我是那么爱你，亲爱的，比爱伟大事业更甚。’这难道不是绝妙的讲演吗？在这一刻，这是我能想起来的最贴切的话了。因为我爱你，斯佳丽，尽管上个月的那个晚上我曾在前廊上对你说过那样的话。”

他那慢吞吞的音调含着安慰，他那温暖强壮的双手放在她裸露的肩上。“我爱你，斯佳丽，因为我们两人那么相像，我们都是叛徒，都是自私自利的坏蛋，亲爱的。只要我们自己安全、舒适，才不管这世界是不是被砸了个稀烂。”

他的声音在黑暗中继续，她听见他在说，却不明白是什么意思。她的脑瓜正在竭力接受他要丢下她、让她独自面对北方佬这一残酷的事实。她在心里说：“他要离开我了。他要离开我了。”可是却激不起什么感情。

他的手臂搂住了她的腰和肩，她感到他那强壮的肌肉紧贴着自己，他上衣的扣子压在她胸前。一股让人困惑让人恐惧的温暖浪潮淹没了她，使她忘记了时间、地点和周围的一切。她觉得自己像个破布娃娃一样瘫软了，虚弱而又无助，他那有力的双臂支持着自己，真惬意。

“对于我上个月所说过的话，你还没有想改变看法吗？没有什么东西能比危险和死亡更能激励人的了。请发点儿爱国心吧，斯佳丽。想想你该怎样欢送一个去送死的战士，并为他留下美好的回忆。”

现在他吻住了她，小髭须扎着她的嘴巴，炙热的唇慢慢吻着她，那么从容，仿佛他还有一整夜的时间似的。查尔斯从没有这样吻过她。塔尔顿四兄弟和卡尔佛特家男孩子们的吻也从来没有像这样让她忽冷忽热，浑身发抖。他把她的身体压得后仰，从喉咙一直吻到她那锁着胸衣的宝石扣处。

“亲爱的，”他低声说，“亲爱的。”

她瞥见黑暗中货车那朦胧的影子，听见韦德颤抖的尖叫声。

“妈妈！韦德怕！”

冷静的理智猛然回到她恍惚的脑海中，她想起了一时忘记了的事情——她也觉得害怕，瑞特要离开她，丢下她不管了，这个该死的畜生。而且更可恨的是，他居然敢站在大路上说这些下流话来侮辱她。愤怒和痛恨一并袭来，她挺直脊梁猛地从他怀中挣脱了。

“哦，你这个畜生！”她一面喊，一面努力想找出更恶毒的话来骂他，用杰拉尔德骂林肯先生和麦金托什家以及倔骡子的话来骂他，可是一时想不起来。“你这个下流坯子，懦夫，可恶的臭东西！”由于想不起来更恶毒的话，她便伸出胳膊用尽全身的力气扇了他一耳光。他往后倒了一步，手抚着脸。

“哦。”他平静地说，一时他们都站在黑暗中面面相觑。斯佳丽能听见他那沉重的呼吸声，她自己也像跑完长跑似的气喘吁吁：“他们说对了！大家都说对了！你不是个上等人！”“我亲爱的姑娘，”他说，“这话还不够呢！”

她知道他在笑，这刺痛了她。

“滚蛋！快滚！我叫你快滚开。我再也不想见到你了。我希望一发炮弹落在你身上。我希望将你炸得粉身碎骨。我——”

“不必说下去了。我明白你的意思。当我为国捐躯以后，希望你能受到良心的谴责。”

她听见他转过身朝货车走去时仍然笑着。她看见他站在车旁，听见他在说话，他的声音变了，像他通常跟梅兰妮说话时那样客气而尊敬。

“威尔克斯太太？”

普里西战战兢兢地从车厢里回答。

“老天爷，巴特勒船长！梅兰妮小姐晕过去了。”

“她没死吧？她还有气吗？”

“是的，她还有气。”

“那么她晕过去反倒好些。要是她醒着，我怀疑她能否忍受这一路颠簸之苦。好好照顾她，普里西。这是一张钞票，给你。以后做事别再傻头傻脑的了。”

“好的。谢谢你，先生。”

“再见，斯佳丽。”

她知道他转过身来看着自己，可她没有理他。憎恨堵住了她的喉咙。他的脚踩在碎石路上，过了一会儿，她看见他那宽阔的身影消失在黑暗中。他走了。开始她还能听见他的脚步声，后来那声音也消失了。她慢慢回到货车旁，膝盖不住地发抖。

他为什么要走，为什么要走向黑暗，走向战争，走向那已经失败的伟大事业，走向一个疯狂的世界？他为什么要走？瑞特爱的是女人和美酒的乐趣，好食物和软床的舒适，上等衣料和皮革的感觉，他恨南部邦联，嘲笑为它而战的傻瓜。现在他踩着雪亮的靴子踏上了苦难的道路，那儿满是饥饿、无休无止的行军、受伤、疲惫，还有心碎，就好像有一群恶狼在后面嚎叫追赶。这条路的尽头是死亡。他没必要去送死。他平安，富有，安逸。可是他走了，把她孤零零地丢在伸手不见五指的黑夜里，北方佬的军队矗在她和家之间。

现在她想起来所有可以骂他的恶毒话，可是太晚了。她将头靠在马脖子上，放声大哭。

第二十四章

早晨明亮的太阳光透过树枝射下来，将斯佳丽惊醒了。由于她晚上蜷缩着睡着了，现在浑身僵硬，她一时想不起来自己在哪儿。太阳光使她眩目，身底下的车板硬硬地硌着身体，腿上沉甸甸地压着什么。她想坐起来，这才发现压在腿上的重物是韦德，他把头枕着她的膝盖睡着了。梅兰妮的光脚几乎伸到她脸上，在货车座位下面，普里西像只黑猫似的蜷成一团，婴儿夹在她和韦德中间。

接着她什么都想起来了。她立即坐起来朝四周环顾了一圈。感谢上帝，没看到北方佬！他们隐藏的地方晚上没被发现。现在她完全清醒了，瑞特的脚步声消失后噩梦般的旅程，无休无止的夜，漆黑的路上满是碎石子和深深浅浅的车辙，他们一路颠簸着向前行，有好几次车子滑进了两旁的深沟，她和普里西拼了吃奶的劲才将车轮从沟里推出来。她想起自己一听见有大兵过来便赶紧将不听话的马赶进田野或树林子里，不知有多少次了，也不知道来的是自己人还是敌人——也想起自己提心吊胆，生怕一声咳嗽，一个喷嚏或韦德的一个嗝儿，就会暴露他们，把大兵引过来。

哦，那漆黑的路上，人们幽灵似的飘过去，没有一点儿声息，只有踩在柔软尘土上的沉闷脚步声，马笼头轻微的咔嚓声以及皮革绷紧的吱嘎声！而且，哦，还有那可怕的一刻，马累得不肯走，而骑兵和轻炮兵正在黑暗中从他们屏息待着的地方经过，离得那么近，她一伸手就能摸到他们，她甚至都闻到了士兵身上的汗臭味！

最后，她们终于到了拉甫拉迪附近，远处有星星点点的营火，是史蒂文·李的最后一拨后卫队在等待撤退的命令。她在田野里绕了个大圈子，足足有一英里才将那些营火抛在了身后。接着她在黑暗中迷了路，找不到那条她十分熟悉的小货车道，她都急哭了。最后终于找到了，马却跪了下去不肯再走，不肯再站起来，任凭她和普里西怎样拉缰绳，就是不动。

于是她只得解下马，让它休息，同时自己也疲惫不堪，便爬到后车厢伸展酸痛的双腿。她模糊记得蒙眬入睡之前听见梅兰妮微弱的声音抱歉地恳求道：“斯佳丽，我可以喝点儿水吗?”

她说：“没水了。”大约这话还没说出口她便睡着了。

现在是早上了，整个世界安静而肃穆，周围一片绿油油，披着金黄的阳光。四周没有大兵。她又渴又饿，口干舌燥，浑身酸痛，满腹狐疑地想道，她，斯佳丽·奥哈拉，生来只能在亚麻布被子和柔软的鸭绒床上才能睡着，昨天晚上竟像个农奴似的在硬板上睡了一宿。

在阳光下眨了眨眼，她便将目光移到梅兰妮身上，她吓得倒吸了一口气。梅兰妮直挺挺地躺着，脸色苍白，斯佳丽想她一定是死了。她看上去是死了。她看上去像个死去的老太太，备受折磨的脸上耷拉着几绺蓬乱纠结的黑发。接着斯佳丽看见她的胸口还随着呼吸一起一伏的，这才松了一口气，知道梅兰妮已挺过昨天晚上了。

斯佳丽用手罩着眼睛朝四周望了望。他们显然是在一户人家前院的树木下度过了一宿，因为一条碎石车道在眼前铺开，一直蜿蜒到林荫大道旁。

“怎么，这原来是玛劳瑞家呀!”她这样想着，一颗心便高兴得怦怦跳起来，因为想到会有朋友来帮忙了。

可是农场上下一片死寂。草坪上的花草灌木遭到马蹄、车轮、人脚的反复践踏已破败不堪，连地上的泥土都被掘得乱七八糟。她朝屋子望去，哪里还是她十分熟悉的那幢有白色围墙的古老住宅，她只看到一片长方形的焦黑大理石基石，两个熏黑的砖砌烟囱穿过树木的枯枝败叶高高耸立着。

她不由打了个寒噤，长长地吸了一口气。会不会塔拉也是这样，被夷为平地，一片死寂?

“现在我不能想这个，”她急忙告诉自己，“我不能让自己想这个。否则我要害怕了。”可是尽管如此，她的心跳加速了，每跳一下都仿佛在说：“回家！快!回家！快!”

他们必须继续上路朝家赶。可是首先他们必须找点儿食物和水来，尤其是水。她把普里西摇醒。普里西骨碌着眼睛四下看了看。

“老天爷，斯佳丽小姐，我以为除了进到天堂自己再也不会睁开眼睛了呢。”

“你离那儿还有好长一段路呢。”斯佳丽一面说，一面竭力把散乱的头发拢到脑后。她脸上满是灰尘，身上也被汗水浸透了。她觉得自己又脏又乱又黏，几乎可以闻到酸臭气了。她的衣服因为睡觉时没有脱而乱成一团，皱巴巴的，她平生从未像现在这样觉得如此疲倦和酸痛过。浑身的肌肉仿佛不是自己的了，经过昨晚的折腾而疼痛难忍，每动一下都钻心地痛。

她低头看着梅兰妮，后者的黑眼睛睁开了。那是一双病人的眼睛，有着发烧的光亮，眼圈布满了黑晕。她张开干裂的嘴唇，虚弱地发出声来：“水。”

“起来，普里西，”斯佳丽命令道，“我们去井边打点儿水来。”

“可是，斯佳丽小姐！那里边也许有鬼呢。也许有人死在了里面?”

“如果你再不从货车上下来的话，我就让你变成鬼。”斯佳丽一边说，一边跛着脚从货车上跳下来，她已经没有心思跟普里西争吵了。

接着她想到了那匹马。上帝啊！试想一下，要是它在晚上死了可该怎么办?她把它解开的时候，它看上去仿佛马上就会死去。她急忙绕过马车，看见它正侧卧在那儿。要是它死了，她将会诅咒上帝，然后也会死去。《圣经》上说有人就做过那样的事。先是诅咒上帝，然后就死了。她十分理解那人的感受。可这马活下来了——喘着粗气，虚弱的眼睛半闭着，但却活着。而且，水对它也会有帮助的。

普里西老大不情愿地哼哼唧唧地从货车上爬下来，跟着斯佳丽走上林荫道。

在被烧毁的地基后面一排粉刷成白色的奴隶屋静静地竖在树底下。在奴隶屋和烧焦的基石之间，她们找到了水井，水井顶篷还在那儿，吊桶深深地垂在井中。她们一起将绳子绞上来，一桶清凉澄澈的水从黑暗的井底打上来了，斯佳丽用手捧着送到唇边咂咂有声地开怀痛饮，把水洒了一身。

她一直喝，直到普里西说“我也很渴，斯佳丽小姐”时，她才想起其他人的需要。

“解开绳索，将桶提到货车旁，让他们喝点儿。剩下的喂马。难道你不认为梅兰妮小姐应该喂小孩奶了？他会饿坏的。”

“上帝啊，斯佳丽小姐，梅兰妮小姐没有奶水——以后也不会有的。”

“你怎么知道的？”

“我见过好多像她那样的人。”

“别再跟我吹牛皮了。昨天你还对养小孩的事一窍不通呢。现在快去。我去努力找点儿吃的。”

斯佳丽的寻找是徒劳的，直到在果园里发现了一些苹果。士兵们在她之前光顾了此地，树上什么也没有。她在地上发现的那些几乎都腐烂了。她把最好的塞进裙子里，穿过松软的土地往回走，不断有小石子钻到她鞋子里。昨天晚上她怎么就没想起来把长筒靴穿上？怎么没有带上她的太阳帽？怎么没有带些吃的东西？她简直像个傻瓜。可是。当然，她以为瑞特会照料她们的。

瑞特！她往地上吐了一口唾沫，因为这个名字太可恶了。她多么恨他啊！他是多么可恶！而且她还站在大路边让他吻自己——甚至差点儿喜欢这个吻了。昨晚上她一定是疯了。他是多么可恶啊！

她返回来后，给每人分了苹果，把其余的丢进货车后厢。现在马已站起来了，不过水好像并没有使它显得更精神。白天它看上去远比头天晚上糟糕。它臀部的两块骨头像老牛似的竖着，肋骨就像洗衣板一般，背上伤痕累累。她将它套上车时几乎不敢碰它。她将马套套上它的嘴时，才发现它的牙几乎掉光了。像群山一样苍老！瑞特既然是偷马，那他为什么不偷一匹好的？

她攀上座位，用树枝抽了它一下。它哼了一声开始前行，可它走得那么慢，拐上大路了，她晓得自己毫不费力都会走得比马快。哦，要是没有梅兰妮、韦德、小婴儿和普里西来搅和该有多好啊！她会很快就能走到家的！那么，她将跑回去，一步一步奔向塔拉和母亲。

她们现在离家不超过十五英里，不过以这匹老马的行进速度得走上整整一天，因为她还得不时停下让它休息一会儿。一整天！她看看阳光照耀下的红土路，大炮轮子和救护车驶过后留下了深深的车辙。还得好几个小时她才能知道塔拉是否还挺立着，艾伦是否还在那儿。还得好几个小时她才能结束这九月灼热阳光下的旅行。

她扭头看了看梅兰妮，后者躺在那儿，眼睛在阳光下紧闭着，她解开帽带，将帽子扔给普里西。

“把这盖在她脸上。这样阳光就不会灼伤她的眼睛了。”接着当灼热直射在她一无保护的头上时，她想道：“等不到天黑我就会被晒得像珍珠鸡蛋一样满脸雀斑。”

她生平从未不戴帽子或面罩在太阳底下待过，从来没有不戴手套保护她那娇嫩小手上的白皮肤而握住缰绳。然而现在，她驾着一辆由老马拉着的破马车暴露在阳光下，脏兮兮，汗涔涔，饥肠辘辘，无力去做任何事情，除了蜗牛似的行进在这片荒凉的土地上。就在几个星期以前她还处在安乐窝中！就在前不久她和其余所有的人都以为亚特兰大永远都不会陷落，佐治亚州永远都不会被践踏。可是这块四个月前在西北部出现的阴云已掀起了一场空前的风暴，接着带着尖利的呼啸席卷了她的世界，把她推出了受庇护的生活，将她抛入这沉寂荒凉的绝境中。

塔拉还在吗？它是否已随那股席卷佐治亚州的狂风而去了？

她用鞭子抽了马一下，竭力让它跑快点儿，可那歪歪扭扭的车轮却将他们左颠右簸，像喝醉了酒似的。

空气中弥漫着死亡的气味。在夕阳的映照下，每一片熟悉的田野和树林都是翠绿的，寂静的，这不祥的安静使得斯佳丽不由得心生恐惧。他们所经过的每一幢弹痕累累、空无一人的房子，每一根像哨兵似的矗立在烧毁的废墟上的烟囱，都使她越发恐惧。从昨天晚上到现在，他们还没见过一个活人或牲畜呢。死人和死马，是的，还有死骡子躺在路边，肿胀腐烂，爬满了苍蝇，可是没有什么活物。没有远处牛的低哞声，没有鸟儿的歌唱声，没有风吹树林的哗哗声。只有马儿那疲惫不堪的脚步声和梅兰妮的孩子微弱的啼哭声。

乡村躺在某种可怕的魔法中。或者更糟糕，斯佳丽不寒而栗地想，就像熟悉而又亲爱的妈妈的面孔在经历了死亡的痛苦之后终于变得美丽而安详。她感到那曾经熟悉的树林里满是鬼怪。在琼斯博罗附近的战役中牺牲的成千上万的鬼魂。他们就在这阴森森的树林里，在傍晚的斜阳透过静止的树叶射来不祥余晖的地方，有朋友也有敌人，都用被鲜血和红尘蒙蔽的双眼——用呆滞可怕的目光窥视着破车里的她。

“妈妈！妈妈！”她默念着。要是她能见到艾伦该有多好！要是上帝创造一个奇迹，塔拉仍然在那儿该有多好！那她就会驶过林荫大道，进到屋子里，看见妈妈那慈祥、温柔的面孔，再一次感受那能替她驱除恐惧的绵软的双手，抓住艾伦的裙子，把脸埋入其中。妈妈会知道该怎么做。她不会让梅兰妮和小婴儿死去的。她用自己那平静的“好了！好了！”就能驱走所有的恐惧和恶魔。可是妈妈病了。也许就要离开人世了。

斯佳丽又用鞭子抽了疲惫不堪的马一下。他们必须走快点儿！他们已经在这条永无尽头的大道上跋涉了漫长而炎热的一整天。很快夜幕就会降临，他们就得孤独地待在这片死寂的荒凉中。她把马缰勒得更紧，狠狠地抽着马背，也顾不得自己的胳膊每动一下都会火烧火燎地痛。

要是她能触到塔拉和艾伦那慈祥的手臂该有多好，她将卸下那副对她稚嫩的肩头而言过于沉重的负担——垂死的妇人，嗷嗷待哺的婴儿，她自己那饥饿的小儿子，充满恐惧的黑奴，所有的人都渴望从她身上获得力量和指引，都想从她那挺直的后背上读出她并不曾拥有的勇气和力量，这种力量早已失败了。

筋疲力尽的马对鞭打和勒紧的缰绳毫无反应，只是慢吞吞地拖着四条腿蹒跚着向前走，有时绊住小石子就会左右摇晃，仿佛随时准备着跌倒。不过，当夜幕降临的时候，他们终于进入了漫长旅行的最后一个阶段。他们的马车驶出小路，拐上了中心大道。距塔拉只有一英里了！

面前有一堆野橘树的篱笆，这就是麦克托什家地盘的起点。往前走了一小段，斯佳丽在橡树林荫道前勒住了缰绳，这条林荫道从大路一直通向老安格斯·麦金托什家的房子。斯佳丽透过越来越浓的暮色朝两排古树的尽头望去。一切都是黑暗的，正屋和棚屋里都没有一丝灯光。她在黑暗中使劲睁大眼睛才模糊分辨出一副一天下来已十分熟悉的景象——两支高大的烟囱像两只巨大的墓碑矗立在被毁的二楼上空，没有灯光的破窗户像盲人呆滞的眼睛似的嵌在墙上。

“喂！”她大喊，拼尽了全身的力气，“喂！”

普西里吓得紧紧抓住她，斯佳丽扭过头看见了她那骨碌碌转动的眼睛。

“别喊了，斯佳丽小姐！请别再喊了！”她小声说，声音颤抖，“谁知道什么东西会来回答你呢！”

“上帝啊！”斯佳丽想，身心不禁一颤，“上帝啊！她说对了。也许会有什么从那儿窜出来呢！”

她勒了勒缰绳，催马快点儿走。看见麦克托什家的房子使她保留了最后一点儿微弱的希望。它已经被烧毁了，像这一天她所经过的所有种植园一样。塔拉就在距此半英里的地方，在同一条大道上，恰恰就在军队经过的大路旁。塔拉也被毁了！她将只能看到黑乎乎的砖瓦，星光穿过没有顶的屋子泄在墙上，艾伦和杰拉尔德去了，妹妹们去了，嬷嬷去了，黑奴们去了，上帝知道他们去了哪儿，这种可怕的寂静笼罩了一切。

她为什么会这么傻，背叛所有正常的感情，拖着梅兰妮和她的孩子？他们不如死在亚特兰大，也比在烈日下和颠簸的马车上拖延到现在，然后死在塔拉安静的废墟上好得多。

可是阿希礼托她照顾梅兰妮。“照顾她。”哦，那个美丽的令人心碎的日子，他在永远离去之前和她吻别！“你会照顾她的，是吗？答应我！”她答应了。她为什么要用这个诺言将自己束缚住？现在阿希礼死了，这诺言又加倍了束缚力。即使在这样筋疲力尽的时刻她也恨梅兰妮，恨她的孩子越来越微弱的小猫似的啼哭声。可她许过诺言，现在他们是她的了，就像普里西和韦德一样是她的了，只要她一息尚存就得为他们拼搏奋斗。她本可以将他们留在亚特兰大，把梅兰妮送到医院，再也不管了。可是她要是那样做了，就永远无法面对阿希礼，不管是在今生还是在来世，告诉他她将他的妻儿留给陌生人等死去了。

哦，阿希礼！今天晚上，当她带着他的妻儿在这条阴森的路上挣扎前行时，他在哪儿？他还活着吗？他躺在罗克岛监狱可曾想过她？或者他几个月前就死了，正跟其余成千上万的南部邦联兵一起躺在长长的战壕里腐烂？

突然身后的矮灌木丛里响了一声，斯佳丽全身的神经差点儿绷裂。普里西大声尖叫起来，卧倒在车厢里，将孩子压在身下。梅兰妮无力地挪了挪身子，伸手摸孩子，韦德吓得闭上眼睛缩成一团，哭都不敢哭。接着他们身边的树丛被重蹄踩得劈劈啪啪响，一阵低沉的哞哞声传进他们的耳朵。

“只是一头奶牛罢了，”斯佳丽说着，声音因恐惧而粗哑，“别那么傻了，普里西。你压住了孩子，又吓坏了梅兰妮小姐和韦德。”

“那是鬼。”普里西一边抽泣，一边将头伏在马车挡板上扭来扭去。

斯佳丽恼怒地转过身，举起方才当马鞭用的树枝在普里西脊背上抽了一下。她已经害怕得有气无力了，更无法忍受别人的虚弱。

“坐起来，你这个傻瓜，”她说，“趁我还没有将这树条抽断。”

普里西嘤嘤哭着抬起头，从货车里偷偷往外看了看，见果真是头红白相间的奶牛站在那儿睁大恐惧的眼睛可怜巴巴地看着他们。它又张开嘴，哞地叫了一声，仿佛很痛似的。

“它受伤了吗？听起来叫声不像是正常的奶牛。”

“我听起来像是它的奶子胀得痛，”普里西说着，已恢复了一些镇定，“它大概是麦金托什家的，北方佬来的时候，黑人将它赶到树林子里藏起来了。”

“我们把它带走，”斯佳丽迅速做出决定，“我们得让婴儿喝上牛奶。”

“我们怎么能将奶牛带在身边，斯佳丽小姐？我们可不能带着奶牛走。好久没挤奶的牛一点儿用处都没有。它的奶子都快胀破了。怪不得它要叫呢。”

“既然你懂得那么多，就脱下你的衬裙，撕成条，结起来，将它绑在货车后面。”

“斯佳丽小姐，你知道我有一个月没穿衬裙了，就是有，也不会脱下来让牛穿。而且我从来没弄过牛。我见了牛害怕。”

斯佳丽放下缰绳，拉起自己的裙子。下面那条镶花边的衬裙是她所拥有的最后一条漂亮的衬裙了——而且完整。她解下系在腰里的带子把衬裙脱下来，双手揉搓着这柔软的亚麻布裙子。这亚麻布和花边是瑞特最后一次偷越封锁线时从拿骚为她带来的，她整整用了一个星期的工夫才做成。现在她决断地抓着裙边撕扯着，放在嘴里咬着，直到最终将它咬开一条缝，撕下一长条来。她狠命咬，使劲扯，直到衬裙变成一堆布条摆在眼前。她把这些布条打结接成长条，直累得起泡的双手上渗出血来，颤抖不已。

“用这个系住牛角。”她命令道。可普里西退缩不前。

“我害怕牛，斯佳丽小姐。我从没跟牛打过交道。我不是种地养牛的黑奴。我是干家务活的黑奴。”

“你是个愚蠢的黑奴，我爸平生所做的最大的错事便是买下你，”斯佳丽慢吞吞地说道，已经累得没劲儿生气了，“倘若我的胳膊还有一点点力气的话，我就用手中这鞭子狠狠地抽你。”

“嗯，”她想道，“我刚才说了‘黑奴’这个词，妈妈听了肯定会不高兴的。”

普里西惊恐地转动着眼睛，看看女主人板着的面孔，再看看哞哞哀叫的奶牛。似乎斯佳丽是这两者中不怎么危险的那个，于是普里西抓住马车挡板，仍然呆立原处不动。

斯佳丽恼怒地从座位上爬下来，每动一下全身的肌肉都钻心地疼。并不是普里西一个人怕牛。斯佳丽一直都怕这些动物，即使最温顺的奶牛向她表示亲近她也害怕，可是现在没时间向小的恐惧妥协了，因为还有许许多多巨大的困难正重重地压在她头顶。幸亏这奶牛还算温顺。它曾忍着痛苦寻求人类的帮助，所以当她把用衬裙结成的绳子的一端系上它的角时，它没有反抗。她把布绳的另一端拴在马车后，用她那麻木的手指尽可能系紧。然后她开始朝驾驶座返回，一阵深深的疲惫席卷而来，她顿时头晕眼花，摇晃不定，赶紧抓住马车挡板才没有跌倒。

梅兰妮睁开眼看见斯佳丽站在身边，便低声问道："亲爱的——我们到家了吗？"

家！一听这话斯佳丽顿时热泪盈眶。家。梅兰妮不知道他们没有家了，不知道他们正孤零零地处在荒无人烟之地。

"还没有，"她说，由于喉咙哽咽，声音很小，"不过我们很快就会到家的。刚才我发现了一头奶牛，这样你和婴儿就可以喝上牛奶了。"

"可怜的孩子。"梅兰妮一边低声呢喃，一边虚弱地伸出手去搂孩子，却没有够着。

斯佳丽用尽全身的力气才爬上马车，然后拿起缰绳。马耷拉着脑袋站在那儿，就是不走。斯佳丽狠心地用鞭子抽它。她希望上帝能原谅她伤害一只疲惫不堪的动物。要是上帝不原谅她，她会难过的。毕竟，塔拉就在眼前了，只要再走四分之一英里，马就尽可以随心所欲地倒在车辕里休息了。

它终于慢腾腾地挪动了步子，马车吱吱嘎嘎地朝前晃，奶牛跟在后面走一步哀叫一声。那畜生痛苦的叫声刺激着斯佳丽的神经，她真想停下来把它解开。如果塔拉已无一人尚存，这畜生对他们还有什么用？她不会挤奶，即使她会，这畜生也可能踢无论哪个碰它乳房的人呢。可是她有了这头奶牛，最好还是留下来。如今这世界上她拥有的东西已微乎其微了。

最后当他们到达一个斜坡脚下时，斯佳丽的眼睛湿润了，山坡顶便是塔拉了！接着她的心又往下一沉。这匹跛脚马绝不会翻越这座山。以前这斜坡对她算不了什么，那么平坦，那么舒缓，她常常跨着她那匹快脚母马飞驰而过。现在它看上去仿佛比最后一次看到时陡峭得多，陡峭得令人难以置信。这匹负重的马无论如何也跨越不了。

她疲惫不堪地下了车，拉住马的笼头。

"下来，普里西，"她吩咐道，"把韦德也抱下来。或者背他走或者让他自己走。把婴儿放在梅兰妮小姐身边。"

韦德开始一边哭一边咕咕哝哝地哼唧，斯佳丽只能听出来他在说："黑——黑——韦德怕！"

"斯佳丽小姐，我走不动。我脚上起了泡，鞋子也烂了，而且韦德和我也不是太重——"

"下来！否则我就把你拖下来！那样的话，我就把你独个儿丢在这黑漆漆的地方。快，下来！"

普里西一边呻吟一边觑着道路两旁紧挨着他们的黑黝黝的树林——这些树木

仿佛要伸出手抓住她似的，只要她离开马车的庇护。不过，她还是把婴儿放到梅兰妮身边，战战兢兢地爬下马车，然后又伸出胳膊将韦德抱下来。小男孩啜泣着，颤抖着，紧紧依偎着自己的保姆。

“让他闭上嘴！我受不了这个，”斯佳丽一边说一边抓住笼头将马勉强拉着往前走，“做个小小男子汉吧，韦德，别再哭了，否则我就过去抽你耳光。”

上帝为什么要制造孩子呢，她胡乱想着，脚在漆黑的路上扭得生疼——他们都是些无用的、哭哭啼啼的小孽障，总是要人照顾，总是碍手碍脚。她已心力交瘁，无心去同情受惊的孩子，他正走在普里西身边，牵着她的手，抽噎着，啪哒啪哒地往前挪——她只深深厌倦怎么会生下他来，只深深地懊悔当初怎么能嫁给查尔斯·哈密尔顿。

“斯佳丽小姐，”普里西抓住女主人的胳膊小声说，“我们别去塔拉了。他们都不在了。他们都走了。也许已经死了——妈妈和其他所有的人。”

她自己思想的回音激怒了她，斯佳丽甩开抓着自己的普里西。

“把韦德的手给我。你可以坐下来，一直待在这儿。”

“不，小姐！不，小姐！”

“那就闭上你的嘴！”

马走得更慢了！马嘴里流出的白沫淌到了斯佳丽手上。她脑海中涌出一首她曾和瑞特一起唱过的歌——她只能想起其中的几句：

“累人的重担再熬几天——”

“再多走几步就行了，”她的大脑一遍又一遍默念着，“只消多走几步便可卸去这重担了。”

他们登上了坡顶，眼前呈现出塔拉的橡树林，漆黑的天空下耸立着一大片高大的阴影。斯佳丽急忙看周围是否有灯光。没有。

“他们都走了！”她在心里说，胸口仿佛压了一块冰冷的铅似的，“不在那儿了！”

她掉转马头，拐上车道，雪松在他们头顶上交错缠绕，将他们置于半夜的黑暗中。穿过长长的黑暗通道，她眯起眼睛使劲往前看——难道她真的看见了？是不是她那疲劳的眼睛在跟她开玩笑？——塔拉的白砖墙隐约可见。家！家！可亲的白墙壁，飘着窗帘的窗户，宽宽的走廊——难道他们都在她眼前的那一片阴影中？或许黑暗仁慈地将如同麦金托什家一样的惨象给遮掩了？

林荫道仿佛有几英里长似的，马在她的费力牵动下走得越来越慢。她的双眼急切地在黑暗中搜索。屋顶好像还是完整的。怎么可能——怎么可能——不，这是不可能的。无论什么也阻止不了战争，包括塔拉，这座仿佛能屹立五百年的种植园。战争不可能让塔拉免于一劫。

接着那朦胧的轮廓成形了。她使劲拉马，想走得快些。白墙壁确实在黑暗中清晰可见。没有被烟火熏黑。塔拉逃过了劫难！家！她抛下马笼头，跑完最后几步路，急切地俯身向前冲，仿佛要用双臂抱住那白墙似的。接着她看见一个模糊的身影从黑暗的前廊闪现了出来，站在台阶顶上。塔拉并不是荒无人烟。有人在家！

惊喜的叫声冲上了喉咙，又堵在了那儿。屋子这么黑这么静，那人影既不动也不跟她打招呼。出什么事了？哪儿不对劲儿了？塔拉完好无损地耸立着，却笼罩着一片与整个破碎的乡村一样的寂静。接着那人影动了。慢慢地，僵硬地走下了台阶。

“爸爸？”她嘎声叫着，真疑心这是不是他，“是我——斯佳丽。我回来了。”

杰拉尔德拖着他那僵硬的双腿朝她迈来，像个梦游者似的一声不吭。他走近她，神情恍惚地看着她，仿佛她是梦境的一部分似的。他伸出手扶住她的肩膀。斯佳丽感觉到他的手在发抖，仿佛刚从噩梦中醒来，回到似是而非的现实中来。

“女儿，”他费力地说，“女儿。”

接着又一言不发了。

“怎么——他竟成了个老头了！”斯佳丽想道。

杰拉尔德的双肩耷拉着。她看不清他的脸，却能看出他已没有了活力，那种属于杰拉尔德的无休无止的活力，他那双盯着她看的双眼又惊又恐，跟小韦德眼中的神情一模一样。他只是个小老头，已经垮了。

如今，对未知事物的恐惧揪住了她的心，仿佛它们从黑暗中猝不及防地向她扑来，她只是站在那儿盯着他，万千疑问涌到嘴边又堵住了。

货车上又传来微弱的啼哭声，杰拉尔德仿佛在竭力让自己清醒。

“是梅兰妮和她的孩子，”斯佳丽急忙低声说道，“她病得很厉害——所以我把她带回家来。”

杰拉尔德的双手从她臂上滑下来，挺了挺脊梁骨。当他慢慢地朝货车走去时，塔拉的老主人欢迎客人的姿态蓦然重现，杰拉尔德的声音仿佛从模糊的记忆中飘来。

“梅兰妮姑娘！”

梅兰妮模糊不清地咕哝了一声。

梅兰妮姑娘，这就是你的家。十二橡树被烧了。你必须和我们住在一起。”想起梅兰妮这一天所遭受的痛苦，斯佳丽赶紧行动起来。她又回到现实中来，必须让梅兰妮和她的小婴儿躺上柔软的床，还要为她做些早该做的琐碎事情。

“必须把她抱下来。她不能走路。”

一阵脚步声传来，接着一个黑影从穿堂的门洞里走了出来。波克从台阶上奔下来。

“斯佳丽小姐！斯佳丽小姐！”他喊道。

斯佳丽一把抓住他的胳膊。波克，塔拉的一部分和台柱子，就跟那些红砖和冰冷的廊檐一样亲切啊！她感到他的泪水流到了她的手上，他一边笨拙地拍着她，一边哭道：“你回来我真高兴！真——”

普里西的泪水夺眶而出，断断续续地哭喊着：“波克！波克，亲爱的！”小韦德被大人们的脆弱激励了，便也啜泣着说：“韦德渴！”

斯佳丽开始向大家发号施令。

“梅兰妮小姐在马车里，还有她的小婴儿。波克，你得小心翼翼地将她背到楼上，放在后面客房里。普里西，抱着孩子，带韦德进屋去，再让韦德喝点儿水。嬷嬷在吗，波克？告诉她我需要她。”

听见她这种命令的语气，波克赶紧走到马车旁，在后厢里摸索。当他半拉半拖地将梅兰妮从躺了十几个小时的羽绒被中抱起来时，她呻吟了一声。接着她便躺在波克强壮的臂弯中了，她的头像孩子似的耷拉在他肩上。普里西一手抱婴儿，一手拖着韦德。跟在他们后面上了宽阔的台阶，消失在黑暗的穿堂中。

斯佳丽急切地用流血的手指抓住父亲的手。

“她们都好吗，爸爸？”

“两个姑娘正在康复。”

接着便是沉默，在这沉默中一个用言语难以表达的可怕念头形成了，她不能，不能将这念头说出口。她一口一口地将它咽下去，突然喉咙里一阵干燥，仿佛两侧喉壁要黏到一起似的。也许这就是塔拉之所以如此静寂的答案？仿佛识破了她的想法似的。杰拉尔德开口说话了。

“你妈妈——”他说了一半停下了。

“我——妈妈？”

“你妈妈昨天去世了。”

斯佳丽紧紧抓着父亲的手臂，在宽敞黑暗的穿堂里摸索着向前走，尽管穿堂很黑，她却像熟悉自己的心一样熟悉它。她绕过高靠背椅，空枪架和那只带突出瓜脚的旧餐具柜，她觉得自己是在本能的驱使下朝屋后那间艾伦总是坐在那儿无休无止地算账的办公室走去。妈妈应该还坐在写字台前，她一进屋，妈妈就会抬起头，手里握着笔杆，温文尔雅地站起身迎接她这疲惫的女儿，裙环窸窣作响。艾伦不可能死，尽管爸爸像只鹦鹉似的一遍又一遍重复自己唯一会说的一句话："她昨天去世了——她昨天去世了——她昨天去世了。"

奇怪的是她现在一点儿感觉都没有，只觉得疲惫像沉重的铁链似的锁住了她的手足，同时饥饿使得她双膝发抖。她以后再想母亲的事。现在她必须将母亲从脑子里撇开，否则她就会像杰拉尔德那样愚蠢地跌倒，或者像韦德那样单调地哭泣。

韦德从宽阔的楼梯上下来，朝他们走来，像只寒冷的动物扑向火堆似的急忙凑到斯佳丽跟前。

"灯呢？"她问道，"屋子怎么这么黑，波克？去拿蜡烛。"

"他们抢走了所有的蜡烛，斯佳丽小姐，只剩下一根还得留着以便晚上找东西用，就那也已经快完了。嬷嬷看护卡洛琳小姐和苏伦小姐时，是拿破布放在一碟油里点着当灯用呢。"

"把剩下的那截蜡烛拿来，"她吩咐道，"把它送到妈妈的——妈妈的办公室。"

波克朝餐厅走去，斯佳丽摸索着进了那间漆黑的小房间，一屁股坐到沙发上。她父亲的手臂仍然插在她臂弯里，无助地，乞求地，信任地，就像个幼童和衰弱的老者似的。

"他是个老头了，一个疲倦的老头。"她又想道，一边迷糊地想自己为什么不在乎这一点呢。

波克高举着插在盒子里的一半蜡烛进来了，屋子有了飘曳的烛光。黑暗的屋子立即活了起来：他们所坐的老沙发，顶端几乎高达天花板的写字台前面是母亲的雕花椅，放文件的方格架里仍然塞满了母亲笔迹娟秀的各种纸卷，还有那破旧的地毯——一切的一切都是老样子，只是艾伦不在了，她身上那淡淡的柠檬香味和丹凤眼中那温柔的神情都不在了。斯佳丽心底一阵隐痛，就像神经受到深深的伤害而麻木，正挣扎着要恢复知觉似的。现在她千万不能让它们苏醒；她面前的漫漫人生路上使它们疼痛的事情还多着呢。但是，现在不能！求你了，上帝，现在不能！

她注视着杰拉尔德那灰突突的面孔，平生第一次发现他没有刮胡子，他那曾经红润的脸上布满了银白的短须。波克将蜡烛插上烛台后来到她身边。斯佳丽觉得倘若他是一条狗的话，一定会用嘴拱着她的裙兜，渴望她轻柔地抚摸他的头。

“波克，家里还剩下多少黑奴？”

“斯佳丽小姐，那些没良心的黑人都跑了，有的是跟北方佬走了，有的是——”

“还剩下多少？”

“还剩下我和嬷嬷，斯佳丽小姐。她整天都在看护两位小姐。还有迪西，她现在在陪伴两位姑娘。就我们三个，斯佳丽小姐。”

曾经拥有成百黑奴的庄园如今只剩下“我们三个”了。斯佳丽竭力抬起头来，尽管脖子酸痛难忍。她知道自己的声音必须保持镇静。让她吃惊的是，话语从她嘴里冷漠自然地流出来，仿佛从来不曾有过战争，仿佛她手一挥就能招来十个家用奴仆似的。

“波克，我很饿。有什么吃的没有？”

“没有，小姐。他们把东西都抢光了。”

“他们把马放进了园子里。”

“甚至那一堆堆小山似的甜马铃薯也没有了？”

一种类似快乐微笑的表情绽上了他的厚嘴唇。

“斯佳丽小姐，我忘了那些甜薯了。我想它们还在那儿。他们北方佬从来没见过甜薯，还以为那是树根呢——”

“月亮马上就升起来了。你去挖点儿烤熟了给我们吃。没有玉米粉了？没有干豆了？也没有鸡了？”

“没有，没有，小姐。鸡他们都吃完了，吃不完的吊在马鞍上带走了。”

他们——他们——他们——难道“他们”所做的坏事永无尽头吗？难道焚烧残杀还不够？难道他们非得让一群无依无助的妇女儿童和黑奴待在荒凉的乡下挨饿？

“斯佳丽小姐，嬷嬷在房子下面埋了些苹果。今天我们还吃过呢。”

“在挖甜薯之前先拿几个苹果来。还有，波克——我——我觉得有点儿晕。酒窖里还有没有酒，或者黑梅酒也行？”

“哦，斯佳丽小姐，他们第一个去的地方就是酒窖呢。”

一阵由饥饿、失眠、疲倦和迎头打击混合而成的恶心向她袭来，她赶紧抓住雕着玫瑰花的沙发扶手。

“没酒了。”她呆呆地说着，一面想起酒窖里过去所陈列的一排又一排没有尽头的酒坛子。突然，她又想起了什么。

“波克，还有玉米做的威士忌呢，爸爸用一只橡木桶装起来埋在葡萄架下，还在吗?”

那黑脸庞上又闪现出一丝笑容，那是快乐和佩服的笑。

“斯佳丽小姐，你的记性可真好！我都把它给忘了。不过，斯佳丽小姐，那威士忌不是太好。它埋在地下才一年左右，而且太太小姐们喝威士忌可没什么好处。”

黑奴们是多么愚蠢！无论什么事你不告诉他们他们就永远想不起来。就这北方佬还要解放他们呢。

“对我这位太太和爸爸来说，威士忌是再好不过了。快去，波克，把它挖上来，给我们拿两个杯子，一点儿薄荷，一点儿糖，我要调一杯薄荷酒。”

他脸上现出了责备的神气。

“斯佳丽小姐，你知道塔拉已很长时间没见过糖了。他们的马吃光了所有的薄荷，玻璃杯也给他们都打碎了。”

“他要是再说一次‘他们’，我就要尖叫了。我受不了这个。”她想道，然后大声说：“好了，快去拿威士忌，快点儿。我们就喝纯威士忌好了。”他刚转身，她又补充遭：“等一下，波克。有许多事要做，但是我好像一时想不起来了……哦，是的，我带回家一匹马和一头奶牛，那牛急着等挤奶，把马从车上卸下来，给它喂点儿水。去告诉嬷嬷让她去照顾那头奶牛。跟她说，无论如何她得侍弄好这头奶牛。梅兰妮小姐的孩子要是吃不上东西的话就会死的，而且——”

“梅兰妮小姐她——没有——”他谨慎地中断了问话。

“梅兰妮小姐没有奶水。”上帝啊，妈妈要是听见她说这话一定会晕倒！

“那么，斯佳丽小姐，可以让迪西喂养梅兰妮小姐的孩子。迪西刚生过孩子，她的奶水够喂两个孩子的。”

“你又有了个孩子，波克?”

孩子，孩子，孩子。上帝为什么要造出这么多孩子来？可是，不，不是上帝造出来的，而是愚蠢的人类造就了他们。

“是的，小姐，——一个大胖黑小子。他——”

“去告诉迪西离开两位小姐。我会照料她们的。让她去看护梅兰妮小姐的孩子，而且帮梅兰妮小姐做些力所能及的活。让嬷嬷去侍弄那头奶牛，再将那匹可怜的马拴到马厩里去。”

“没有马厩了，斯佳丽小姐。他们把它劈掉当柴烧了。”

“别再告诉我‘他们’都做了些什么。告诉迪西让她去照顾那母子俩。还有你，波克，快去挖威士忌和马铃薯。”

“可是，斯佳丽小姐，我没有灯怎么挖呢？”

“难道你不会点根柴火照明？”

“我们没有柴火——他们——”

“去干活吧……我不管那么多。去挖那些东西，而且要快点儿。现在，赶快去。”

一听到她的声音粗起来，波克赶紧掉头出去了，屋里只剩下斯佳丽和杰拉尔德两个人。她轻轻地拍了拍他的腿。她发现那腿上的肌肉已失去过去骑马时的弹性，瘪得跟枯柴似的。她必须做点儿什么把他从麻木中拖回来——可是她问不成妈妈了。还得过些时日她才能习惯这种局面。

“他们为什么不烧了塔拉？”

杰拉尔德瞪着她，仿佛没听见她的话似的，她只得重复了一遍。

“为什么——”他没头没脑地回答，“他们用这房子做司令部。”

“北方佬——住过这屋子？”

她突然觉得这些洁白的墙壁被玷污了。这房子，因为艾伦住在里面而显得神圣，居然被那些——那些——住过了。

“是这样的，女儿。他们来塔拉之前，我看见了河对岸十二橡树的浓烟。可是霍妮小姐、英迪亚小姐和一些黑奴都逃到梅肯去了，所以我们并不担心她们。可是我们不能去梅肯。你两个妹妹病得厉害——还有你妈妈——我们走不成。我们的黑奴跑了——我不知道他们跑到哪儿去了。他们偷走了马车和骡子。嬷嬷、迪西和波克——他们没跑。你两个妹妹——还有你妈妈——我们搬不动她们。”

“是的，是的。”不能让他说起妈妈。无论说点儿别的什么都行。甚至说谢尔曼将军本人曾用过这间屋子，妈妈的办公室，做他的司令部。别的无论什么都行。

“北方佬朝琼斯博罗挺进，去截断铁路线。他们渡过河一直打到这儿来了——有成千上万兵力呀——还有大炮和马——好几千呢。我在前廊遇上了他们。”

“哦，勇敢的杰拉尔德！”斯佳丽想道，她的心膨胀起来——杰拉尔德在塔拉的台阶上遇上敌人，仿佛是一支军队跟在他后面而不是站在他面前。

“他们要我离开，说要烧了这地方。我就说他们要烧就连我一起烧算了。我们跑不了——两个姑娘——你妈妈——都在——”

“接着呢？”他非得一直提到艾伦吗？

“我告诉他们屋子里有病人，是伤寒症，动一动就会死的。他们可以连同我们一起烧掉。无论如何我不想离开——离开塔拉——”

他的声音越来越小，渐渐沉默了，一面有意无意地环顾着四壁，斯佳丽明白了。杰拉尔德背后拥挤着无数爱尔兰祖先，他们都守着几亩薄田，宁愿为它战斗而死也不愿离开他们曾住过，耕耘过，爱过，生育过的家园。

“我说他们可以连同三位垂死的女人一起烧掉这房子。可是我们不离开。那年轻的长官是——是个绅士。”

“一个北方佬绅士？您怎么了，爸爸！”

“是个绅士，他跳上马走了，很快又带了一位上尉军医回来了，那军医看了看两个姑娘——又看了看你妈妈。”

“您让该死的北方佬进了她们的房间？”

“他有鸦片，我们没有。他救了你两个妹妹。苏伦已经在出血。他那么善良，知道该怎么做。他向他们报告说她们确实——病了——他们就没有烧这房子。他们住了进来，有一位将军还有他的手下，全都挤了进来。他们占据了所有的房间，病房除外。这些士兵——”

他又停了下来，仿佛累得说不下去似的。他那满是胡须的下巴沉重而松弛地垂在胸前 。使了使劲，他接着往下说。

“他们在房子周围安营扎寨，棉花田，稻田，到处都是。牧场上一片蓝军服的海洋。那天晚上燃起了上千堆营火。他们拆掉篱笆当柴烧，用来做饭，还有仓房、马厩和熏腊间，全都拆了。他们杀了牛、猪和鸡——还有我的火鸡。”杰拉尔德的宝贝火鸡，它们就这样完了。“他们抢东西，甚至抢了字画——还有一部分家具和瓷器——”

“银器呢？”

“波克和嬷嬷在银器上做了些手脚——把它放到井里——可是现在我想不起来了。”杰拉尔德的声音烦躁起来，“接着他们从这儿开始打——从塔拉开始——四周一片嘈杂，人们或骑马或走路四处奔逃。后来，琼斯博罗传来了大炮声——那声音听上去像是打雷——甚至你两个妹妹都听见了，她们重病在身，仍然一遍一遍地重复：‘爸爸，别让那雷声再响了。’”

“那么——那么妈妈呢？她知不知道北方佬住在这房子里？”

“她——什么都不知道。”

“感谢上帝。”斯佳丽说。妈妈没有目睹这一切。妈妈从来不知道，从来没听见敌人在楼下的房间里活动，没听见琼斯博罗的炮声，不晓得这一片属于她心灵一部分的土地正在北方佬的铁蹄下被践踏。

“我一直在楼上和你妈妈及两个妹妹待在一起，所以几乎没见着他们。我时常见到那个年轻的军医。他是个善良的人，太善良了，斯佳丽。他白天忙完伤兵的活后便上来看看她们，甚至还留了些药品。他们临走的时候，他告诉我，你两个妹妹会康复的，可是你妈妈——她太虚弱了，他说——虚弱得无力承受这一切。他说她已耗尽了所有的精力……”

接下来便是沉默，斯佳丽仿佛看见过去的岁月里她妈妈那一成不变的身影，她是塔拉力量的支柱。看护，工作，别人在休息和吃饭时她仍然在不吃不睡地忙碌着。

“然后，然后他们就开拔了。然后，他们就开拔了。”

他沉默了好长时间，接着抓住她的手。

“真高兴你回到家中。”他简单地说。

后穿堂响起一阵刮擦的声音。可怜的波克，四十年来每每进屋前都要不厌其烦地弄干净他的鞋子，甚至在这种时刻也没忘记老规矩。他进来了，小心翼翼地提着两只葫芦，一股浓烈的酒香先他一步飘了进来。

“我溅出去了好些，斯佳丽小姐。把酒倒进这小口葫芦里很不容易的。”

“这就很好了，波克，谢谢你。”她从波克手里接过湿淋淋的长柄葫芦，强烈的酒味刺激得她皱了皱鼻子。

“喝点儿吧，爸爸。”她一边说一边将手中的酒葫芦递到他手里，又从波克手里接过第二个酒葫芦。杰拉尔德像个听话的孩子似的举起葫芦啧啧作响地喝了起来。她把水葫芦递给他，可是他摇了摇头。

她从他手里拿过威士忌递到唇边时，看见他的目光追随着自己，隐隐约约露出不赞成的神气。

“我知道上等女人是不喝酒的，”她简短地说，“可是今天，我不做上等女人了，爸爸，而且今天晚上还有活要干呢。”

她托起酒葫芦，深深地吸了一口气便大口喝起来。灼热的液体从喉咙口流进胃里，呛得她流出眼泪来。她又吸了一口气，再次举起葫芦。

“凯蒂·斯佳丽，”杰拉尔德说，自从回来到现在她第一次听见他用命令的口气说话，“你已经喝得够多了。你不了解烈性酒，它们会让你醉的。”

“醉？”她古怪地笑了一下，“醉？我还真希望自己喝醉呢。醉了就可以忘记所有这一切。”

她又喝了起来，一股暖流缓缓流入她的血管，继而涌遍她全身，直到指头尖都发热了。这是一种多么惬意的感觉啊，这温和的火！它仿佛熔化了她那颗冰封的心，身体重新恢复了力量。看见杰拉尔德那困惑伤心的面孔，她又拍了拍他的膝盖，努力挤出一丝他喜欢的笑容来。

“它怎么能够让我醉呢，爸爸？我是您的女儿。难道我没有遗传到克林顿郡最冷静的头脑吗？”

看到她疲倦的笑容，他几乎微笑了。威士忌也鼓起了他的兴致。她把酒葫芦递还给他。

“现在您再喝几口，然后我带您上楼去休息。”

她赶紧止住话头。怎么，这是她同韦德讲话的方式——她不该这样跟父亲说话。这是不够尊重的。可是他在等她说下去。

“是的，扶您上床休息。”她轻轻地补充道，“再喝点儿——或者把葫芦里的酒都喝掉也行，然后带您去睡觉。您需要休息，凯蒂·斯佳丽在这儿，所以您什么都不用操心。喝吧。”

他听话地继续喝起来，然后她挽着他的胳膊将他从椅子上拉起来。

“波克……”

波克一手拿着葫芦，一手挽着杰拉尔德的手臂。斯佳丽拿起闪亮的蜡烛，三人慢慢走进黑乎乎的门厅，走上螺旋梯，一直走向杰拉尔德的房间。

苏伦和卡洛琳睡在一张床上，两人在说梦话，房间里有股极难闻的味道，这来自一碟猎油里燃着的破布条，它是房间里唯一照亮的灯。斯佳丽打开房门时，几乎要被一股难闻的气味熏晕了，窗户紧闭着，屋里的空气中充斥着病房里的气味、药味和猪油的恶臭味。大夫可能会说，病房里的新鲜空气是致命的，但她若要在这里待一会儿的话，就必须呼吸新鲜空气，否则会把她闷死。她打开了三扇窗，风吹进来，空气中带着橡树叶和泥土的清香，然而要驱散在这紧闭的屋子中陈积了好几个星期的令人恶心的臭味，这些新鲜空气是微不足道的。

卡洛琳和苏伦躺在一张很高的四条腿的大床上，这是她们在幸福快乐的日子里常在一起说悄悄话的地方，然而现在她们却面色憔悴，苍白，时梦时醒，醒时就睁大眼睛说胡话。在角落里有一张法国拿破仑时代的小床，床头、床尾都有雕饰，这是艾伦从萨凡纳带回来的。她病倒时就躺在这儿。

斯佳丽坐在两个妹妹旁边，木然地盯着她们。空腹中的威士忌起了作用，对她搞起了恶作剧，有时她觉得她的妹妹们离她很远，看起来很小，她们断断续续的声音在她听来就像昆虫的嗡嗡声。有时，她又觉得她们变得很大，以闪电般的速度向她扑来。她太累了，累到了极点。如果能躺下来，她能一连睡他个好几天。

如果她能躺下来睡一觉，醒来时感到艾伦轻轻摇她的胳膊，并说：“太晚了，斯佳丽。你不该这么懒。”但是这再也不可能了。如果艾伦还活着，或有个比她大的人，聪明又精力充沛，一个她能求他（她）帮忙的人该有多好！她可以把头放在他（她）膝盖上，可以把重担卸到他（她）的肩膀上，那该有多好！

门轻轻地开了，迪西走了进来，怀里抱着梅兰妮的孩子，手里拿着装威士忌的葫芦。隔着烟雾缭绕摇摆不定的灯光，她看上去比斯佳丽上次见她时更瘦了，印第安血统在她脸上更明显了。她的高颧骨更加高耸，鹰钩鼻更尖，古铜色的皮肤更有光泽。她那褪色的印花布外衣敞开着，直到腰际，露出赤褐色的巨大乳房。梅兰妮的婴儿被她紧紧地抱着，他那苍白的小嘴贪婪地吸吮着暗褐色的乳头，小拳头紧抓着柔软的胸脯，就像一只小猫咪在它妈妈温暖的毛皮间一样。

斯佳丽摇摇晃晃地站起身，一只手放在迪西的手臂上。

“迪西，你留下来真好。”

“我怎么能跟那些没用的黑人一起走呢，斯佳丽小姐？您的父亲那么好心把我和小普里西买下来，您的母亲也那么好。”

“坐下吧，迪西。看来，小宝宝能吃下奶了？梅兰妮小姐怎么样了？”

“小宝宝没什么事儿，就是饿，反正我的奶喂一个小宝宝足够用。梅兰妮小姐也不要紧。她不会死的，斯佳丽小姐。您不必焦虑。这样的情况我见多了，许多白人、黑人都像她这样。她太累了，也很紧张，恐怕小宝宝有什么事。我已经使她安下心来，给了她一些葫芦里剩的酒，她现在已睡着了。”

那么这玉米威士忌已被全家享用过了！斯佳丽歇斯底里地想到，或许她最好也给小韦德喝一口，看能不能止住他打嗝儿——梅兰妮不会死了。当阿希礼回家时——如果他能回家的话……不，她情愿迟些时候再想这些。要想的事多着呢——以后！太多事情要弄清楚——要做出决定。如果她能把这些无限期地往后推该有多好！突然，一阵咯咯吱吱的响声和一阵有节奏的“咔嗒，咔嗒”声打破了寂静，使她吃了一惊。

“那是嬷嬷在打水好给两个小姐擦身子。她们经常洗澡。”迪西解释道，顺手把葫芦夹在桌上的药瓶和玻璃杯中间。

斯佳丽忽然笑出声来。井辘轳的响声与她早期的记忆紧密相连，如果现在这都能吓她一跳，那她的神经真是不堪一击了。迪西愣愣地看着斯佳丽笑，面不改色，但斯佳丽感觉到迪西理解她的心情。她又坐回椅子里。她真想脱掉她的紧身胸衣，卡脖子的领子和仍然灌满沙石的便鞋，她的脚已磨出泡来了。

随着绳子的绞起，井辘轳发出悠然的吱嘎声，每一声都把吊桶提高些。很快她就和嬷嬷在一起了——艾伦的嬷嬷，也是她的嬷嬷。她默默地坐着，什么都不关心，小宝宝已吃饱了奶，但由于找不到那个可亲的乳头，嘤嘤地哭起来。迪西也默不作声，又把乳头送回到小宝宝嘴里，轻轻拍着他让他静下来，而斯佳丽却在聆听嬷嬷慢慢穿过后院的脚步声。黑夜多么寂静！最轻微的声音在她听来都轰轰作响。

当嬷嬷笨重的身体向门口移动时，楼上的厅堂似乎也在摇晃。接着，嬷嬷进屋了，肩膀被两个沉重的吊桶压着垂了下来，她和蔼可亲的脸上有一种难以名状的悲哀，好像猴子哀愁时的表情。

一看到斯佳丽，她眼睛一亮，放下吊桶时露出一排闪亮的白牙，斯佳丽跑过去，把头放在她那宽阔松软的胸前，这胸脯曾抚慰过许多脑袋，有白的也有黑的。这儿总还有一些固定的东西，斯佳丽想，一些往日生活中没变的东西。但嬷嬷的头句话就打破了她的幻想。

“我的孩子回家了！哦，斯佳丽小姐，现在艾伦小姐已埋入地底下了，我们该怎么办呢？哦，斯佳丽小姐，我还不如死在艾伦小姐身边的好！离开了艾伦小姐，这日子可该怎么过？现在什么都没有了，只有苦难和悲惨的生活。只有累人的重担，宝贝，只有累人的重担。”

斯佳丽把头紧紧贴在嬷嬷胸前，两个词引起她的注意，“累人的重担”。这不就是整个下午老是乏味地呈现在她眼前的几个字吗？这两个字让她直想呕吐。现在她怀着一颗沉重的心情把这首歌的其他部分也记起来了：“累人的重担再熬几天！

尽管重担永不变轻！

再熬几天我们便可蹒跚回家——”

“尽管重担永不变轻”——她疲惫的脑海中呈现出这句话来。她的重担永不变轻吗？难道返回家乡塔拉并不意味着苦难的结束，而只意味着更多的重担？她从嬷嬷怀里抽出手来举手拍了拍那张布满皱纹的黑脸。

“宝贝，你的手怎么成了这样！”嬷嬷握住她的两只小手，看着这双手上的水泡和血块，惊愕中含着责怪，“斯佳丽小姐，是不是名门闺秀，只看她的手便知——我给你说了多少遍了！看你的脸也晒黑了！”

可怜的嬷嬷，仍然严格要求那琐碎的小事，即使战争和死亡从她头上擦边而过！停会儿她可能会说年轻小姐们如果手上有泡和长有雀斑大部分都找不到丈夫。于是斯佳丽先发制人换了话题。

“嬷嬷，我想让你说说我的母亲。我不能忍受听爸爸谈起她。”

嬷嬷开始流泪，她弯腰把吊桶提起来。她默不作声地把桶提到床前，掀开被单，开始帮苏伦和卡洛琳脱下睡衣。斯佳丽在微弱昏暗的灯光下朝两个妹妹仔细看去，只见卡洛琳穿着一件干净但却破烂的睡袍，苏伦则裹在一件旧晨衣里，那是正经的亚麻布料子，镶有不少爱尔兰蕾丝。嬷嬷无声地边流着泪，边给两个瘦弱的女孩擦身子，用的是一个旧围裙上的一块零头布。

“斯佳丽小姐，这都怪斯兰特瑞一家，正是那些没用、混账、下流的穷白佬斯兰特瑞一家害死了艾伦小姐。我一再嘱咐她给那些没用的家伙做事没什么好处，但艾伦小姐一向乐于助人，心肠又软，从来不会拒绝需要她帮忙的任何人。”

“斯兰特瑞一家？”斯佳丽问道，她感到很迷惑，“这关他们什么事？”

“她们得的就是这种该死的病。”嬷嬷边说边用手中的破布片指了指两个裸露的姑娘，破布上滴下来的水把她们的床单淋湿了。“起初是埃米，斯兰特瑞太太的女儿病倒了，她急忙把艾伦小姐叫去帮忙，她出事时总是这样。她为什么不自己照顾女儿？艾伦小姐本来就很忙，但她还是去帮着照顾埃米了。斯佳丽小姐，艾伦小姐自己的身体也不怎么好，她好长时间身体都不好，又没有足够的东西吃，地里长的全被军需部门偷走了。艾伦小姐吃的跟一只鸟吃的差不多。我也说了一回又一回，叫她别理那些穷白佬，但她不听我的。这下可好，在埃米就要好起来时，卡洛琳小姐病倒了，就是这种病。是啊，伤寒一路飞过来，抓住了卡洛琳小姐，后来苏伦小姐也病倒了。因此艾伦小姐又得照料她们。”

“大路上一直在打仗，北方佬跨过河到了对岸，而我们不知道会有什么事发生在我们身上，黑人每天晚上都有逃跑的，我都快疯了。而艾伦小姐仍旧很冷静。只是她很担心两个姑娘的病，而我们弄不到药，什么也弄不到。一天晚上，在我们给两位姑娘擦了十来次身子以后，她说：‘嬷嬷，如果灵魂能卖的话，我愿意把我的灵魂卖了换几块冰放到我两个女儿的额头上。’

“她不让杰拉尔德先生进来，也不让露莎和蒂娜进来，任何人都不能进来，除了我，因为我得过伤寒。后来她也染上了这种病，斯佳丽小姐，我立刻就看出她没救了。”

嬷嬷直起腰来，撩起围裙擦了擦她夺眶而出的眼泪。

“她的病很快就恶化了，斯佳丽小姐，就连那位好心的北方大夫对她的病也无可奈何。她完全失去了知觉。我叫她的名字，和她说话，可她连她的嬷嬷也认不出来了。”

“她有没有——她有没有提到过我——叫我的名字？”

“没有，宝贝。她以为她又回到了萨凡纳。她没叫任何人的名字。”

迪西挪了挪身子，把睡着的小宝宝放在她的大腿上。

“不对，她叫过的。她叫过一个人的名字。”

“闭上你的嘴，你这个印第安黑女人！”嬷嬷扭过头去恶狠狠地对迪西说。

“别这样，嬷嬷！她叫谁的名字，迪西？是不是爸爸？”

“不，不是你爸。是在烧棉花的那天夜里——”

“棉花烧了——快告诉我怎么回事！”

“是的，烧了，那些士兵把大堆棉花从仓库里卷出来，扔到后院，然后高喊，‘这是佐治亚州最大的火堆’说着就把它点着了。”

三年收获、储藏的棉花——十五万美元，就这么一把火给烧了！

“火光把天都照亮了——我们担心房子也会烧起来，当时屋子里亮得能把一根针从地板上捡起来。当火光映进窗户时，好像把艾伦小姐惊醒了，她立即从床上坐起来，一声一声地大喊：‘菲利普！菲利普！’我以前从未听过这个名字，可就是这个名字，艾伦小姐喊的就是他。”

嬷嬷站在那儿直直地瞪着迪西，而斯佳丽把脸埋在自己手中。菲利普——他是谁，他是母亲的什么人？她临死前竟会喊他的名字？

从亚特兰大到塔拉的长路走完了，这条路的尽头原本是艾伦的怀抱，现在却是一堵没有门窗的墙。斯佳丽再也不能像个孩子在父亲的屋檐下安然入睡，在母亲爱的保护下，就像裹着鸭绒被一样又软又暖。现在她没有了安乐窝，没有了可以求助的避难所。任何拐弯和转向都不能避免她走进这个死胡同，她不能把重担卸到任何人肩上。她的父亲老了，又被这个打击击晕了，她的两个妹妹病了，梅兰妮身体虚弱，孩子们无助，黑奴们用天真忠诚的目光仰视她，围着她转，认为艾伦的女儿会像艾伦通常做的那样护着他们。

透过窗户，升起的月亮发出微弱的光亮，塔拉庄园伸展在她面前，黑奴们逃离了，田地荒芜了，仓库毁掉了，它就像一个在她眼底下流血的躯体一样，就像她自己的躯体在慢慢地流血。这就是路的尽头，步履蹒跚的老人，病人，饥饿的人，拽着她的衣裙的无助的手。在这条路的尽头，一无所有——只有斯佳丽·奥哈拉·哈密尔顿，一个十九岁的、带着小孩的寡妇。

面对所有这些，她又能做些什么？贝蒂姑妈和伯尔一家会把梅兰妮和她的孩子接到梅肯去的。如果两个姑娘康复了，艾伦的家人必须接收她们，不管他们愿意不愿意。而她自己和杰拉尔德可以求助于吉姆斯和安德鲁伯伯。

她看着在她面前翻来覆去的两个瘦弱的身躯，她们躺的床单被淌下来的水弄湿了，颜色发暗。她不喜欢苏伦。她现在突然清楚地明白了这一点。她从来没有喜欢过苏伦。她也不特别喜欢卡洛琳——她对任何瘦弱的人都没有好感。但是她们与她有血缘关系，同是塔拉庄园的一部分。不，她不能忍受让她们作为穷亲戚去姨妈家过活。奥哈拉家的人去做人家的穷亲戚，靠人家的施舍和宽容过活！不，绝对不行！

没有办法逃离这个死胡同吗？她疲惫的脑子转得太慢了。她吃力地举起双手扶住头，好像这空气是水，阻止她的胳膊向上抬。她把葫芦从玻璃杯和瓶子间拿出来，往葫芦里看了看。葫芦底还剩了点威士忌，在昏暗的灯光下，她说不清楚还剩多少。她感到奇怪的是，威士忌刺鼻的气味这次并未刺激她的鼻孔。她慢慢地喝着，而这次胃里没感到有灼热感，只觉得暖暖的。

她放下空葫芦，环顾四周。这一切都是梦，这烟雾缭绕的房间，两个皮包骨头的妹妹，肥胖的嬷嬷蹲在床边，迪西铜像般站在那儿一动不动，以及伏在她暗褐色胸脯前的睡着的粉红色的小生命——这一切全是梦，她会从中醒来的，那时她会闻到厨房里传出熏肉的味道，听到黑人们放声大笑和大车吱吱嘎嘎地向前移动，而艾伦那温柔又坚定的手在摇她起床。

然后，她发现她在自己屋里，睡在自己的床上，微弱的月光穿过黑暗照进来，嬷嬷和迪西在给她脱衣服。折磨人的紧身胸衣不再紧勒着她的腰，她可以深深地呼吸，静静地深入心肺。她感到她的长袜被轻轻脱掉，嬷嬷一边给她洗起了泡的脚，一边轻声说着些听不太清的安心话。水真凉爽，在这柔软的床上睡一觉真舒服，像自己儿时一样！她叹了口气，全身放松，过了一会儿，或许是一年抑或是一秒。她发现屋里只有她一个人，月光透过窗户照在床上，比先前明亮了许多。

她不知道自己醉了，醉于极度疲劳和威士忌，她只知道她离开她疲惫的身体，在它上空飘浮，那儿没有痛苦，没有疲惫，她的大脑以一种无情的睿智来观察事物。

她换了双眼睛看待事物，因为在她回塔拉的路上，她已把自己的少女时代抛于脑后了。她不再是一团可塑的泥土，对每一次新的经历都产生印迹。这团泥土已经变硬，这似乎发生在持续如千年之久的某个模糊日子中的某一时刻。今晚是她被人当小孩一样照料的最后一晚。她现在已是一名妇人，青春不再。

不，她不能，也不愿求助于杰拉尔德和艾伦的家人。奥哈拉家族的人不接受怜悯。奥哈拉家族自己照顾自己。她的重担自己挑，这重担就是让足够坚强的肩膀负担它们的。她由上往下看，并不惊讶地想到她的肩膀现在强壮到能负担任何重任，因为她已挺过了最难熬的时期。她不能抛弃塔拉庄园，她属于这片红土地远胜于这片土地属于她。她深深扎根于这血红色的土壤，像棉花一样吸取养分，长大成人。她宁愿留在塔拉庄园，养护它，养活她的父亲和妹妹，梅兰妮和阿希礼的孩子，还有黑人们。明天——对，就明天！明天她要把牛轭套在自己脖子上。明天将有许多事要做。先到十二橡树庄园和麦金托什庄园去，看看那荒废的花园里有没有剩下什么东西，到河边沼泽地看能否找到迷路的猪和鸡，再带着艾伦的珠宝去一趟琼斯博罗和洛夫乔伊——那儿总有人愿意变卖东西换点吃的。明天——明天——她的脑子像该上发条的钟表一样走得越来越慢，但她考虑问题仍很清晰明了。

突然间，她们家族的传奇故事像水晶球一样清楚，这些是她在儿时听过的，听得有点烦了，腻了，但也大部分听懂了。杰拉尔德白手起家创建了塔拉庄园；艾伦从某种神秘的伤痛中振作起来；外祖父罗彼拉德在拿破仑王国颠覆后幸存下来，在佐治亚肥沃的海滩边重振家业；曾外祖父普鲁汉姆曾在海地的蔽日丛林中建立过一个小王国，后又丢了，在萨凡纳赢得了声誉。斯佳丽家族中曾有人为解放爱尔兰而参加爱尔兰自愿军奋勇而战，后被绞死，奥哈拉家族中有人为本应属于他们的领地而战斗到最后，直至死在伯恩河畔。

这些人都经过严重的不幸，但他们都没被压倒。帝国的覆灭、造反奴隶手中的大刀、战争、叛乱、剥夺公权、没收财产，这一切都没把他们压垮。厄运可能会折其颈，但却不能挫其意志。他们从不抱怨而是奋起而战。他们死的时候已被耗尽血汗，但他们从不屈服。所有那些祖先的影子似乎在这个月光普洒的屋子里静静地走动，斯佳丽血管里流淌着他们的血。斯佳丽看见他们并不惊讶，这些亲人们遭遇了残酷的命运，但却能改变命运，使它变成最好的。塔拉庄园就是她的命运，她的战斗就从这儿开始，她必须征服它。

她半睡半醒地翻了个身，一片慢慢移动的黑暗遮住了她的思想。他们真的在那儿吗，给她悄声无语的鼓励？或者这只是她的一个梦？

“不管你们在还是不在，”她昏昏欲睡地咕哝着，“晚安——谢谢你们。”

第二十五章

第二天早上，由于头天的长途跋涉和车上的颠簸，斯佳丽醒来后感到身上又酸又硬，稍一动就浑身疼痛。她的脸被晒成深红色，手掌上的泡还很疼。她舌苔很重，嗓子干得像是被火烤了一般，似乎多少水都不能解渴。她感到头脑发胀，甚至连转转眼球都很难受。一阵反胃让她想起怀孕初期的感觉，这种感觉使她一看到早饭桌上冒热气的甜薯就想吐，甚至连闻都不能闻。杰拉尔德本来可以告诉她，这只是她昨天晚上头一回喝烈酒后的正常反应，但他并没有注意到这一切。

他坐在首位，俨然一个白发苍苍的老者，褪了色的眼睛紧盯着门口，头微微颤抖，似乎在听艾伦衣裙的声音，在闻柠檬香囊的气味。

斯佳丽坐下时，杰拉尔德喃喃地说："我们等等奥哈拉太太吧。她迟到了。"她抬起很痛的头，惊诧地难以置信地看了看他，然后碰到嬷嬷哀求的目光，她此刻正站在父亲椅子后面。她摇摇晃晃地站起身，手按在喉咙处，在清晨阳光下俯视她的父亲。他目光呆滞地瞥了她一眼，此时她看到他的手在抖，他的脑袋也有点颤抖。

只到此刻，她才意识到她曾经多么依赖杰拉尔德发号指令，告诉她该怎么做，而现在——怎么回事，昨晚他还挺好的。虽然不像他平时那么爱说话和精力充沛，但至少他讲了一串连贯的事情，而现在——现在，他甚至记不起艾伦已经过世。北方佬的入侵和艾伦的死这双重打击使他神经错乱了。斯佳丽正要开口，但嬷嬷使劲地摇头并撩起围裙来擦她红红的眼睛。

"哦，爸爸会神经错乱吗?"斯佳丽想道，她本来就肿胀的脑袋更痛，更紧张了，像要爆破了似的，"不，不。他只是被这一切打晕了。他大概是病了。他会好的。他一定会好的。他如果好不了我可该怎么办?——我现在不去想它。我现在不愿想他、母亲或任何糟糕的事情。不，直到我能忍受的时候再去想。现在有许多别的事情要想——想这些事情才有用——我不必去想那些我无能为力的事情了!"

她什么都没吃就离开了餐厅，来到后门廊，发现光着脚的波克穿着他最好的仆从制服所剩的破烂，坐在台阶上剥花生。斯佳丽的脑袋里像有锤子在锤打般疼痛，明亮的阳光刺痛了她的眼睛。要保持直立都需要很大的自控力，因此她说话尽量简短，抛开她母亲一直教她对待黑人应用的一般礼貌。

她开始粗鲁地问问题，果断地发号施令，波克困惑地皱了皱眉头。艾伦小姐从来不用这样的口气跟人说话，即使在他们偷小鸡和西瓜的时候也不这样。她又问了关于田地、花园、牲畜的一些情况，她的绿眼睛露出亮亮的冷光，波克在她眼里从没见过这种目光。

"是的，小姐，那匹马死了，躺在我拴它的地方，鼻子伸在被它打翻的水桶里。不，那头奶牛没死。您知道吗?它昨晚生了一头牛犊。怪不得它老是叫个不停。"

"你们的普里西会是个很好的接生婆，"斯佳丽讥讽道，"她说它一直叫是因为它需要挤奶了。"

"斯佳丽小姐，普里西学的不是给牛接生。"波克很得体地说，"反正我不跟上帝争论什么，这牛犊会长成一头好奶牛，将有很多黄油牛奶给小姐们吃，那个北方佬医生说她们需要这些。”

“好了，说下去。还有别的牲畜吗?”

“没了。只有一头母猪和一窝猪仔。北方佬来那天我们把它们赶到泥塘里去了，天知道我们该上哪儿去找。那头母猪很胆小。”

“我们要把它们找回来，你和普里西现在就去找。”

波克很惊讶也很气愤。

“斯佳丽小姐，那是种地的黑人干的。我们是干家务的。”

斯佳丽眼球后有一对小火钳在往外喷着火。

“你们两个去找母猪——否则就从这儿滚出去，像那些种地的黑人一样。”波克受了伤害，眼泪在眼里打转转。天哪，如果艾伦小姐在该多好啊！她待人友善和蔼，懂得种地黑人与家务黑人的职责有很大差别。

“滚，斯佳丽小姐？您让我滚到哪儿去，斯佳丽小姐?”

“我不知道我也不在乎。但塔拉庄园的任何人如果不愿干活，可以去投奔北方佬。你可以把这话告诉其他人。”

“是，小姐。”

“现在告诉我玉米和棉花的情况，波克。”

“玉米？天哪，斯佳丽小姐，他们在玉米地里放马，没被马吃掉和毁掉的也被他们带走了。他们的大炮和车队从棉花地里过，棉花也全毁了，只有河尽头的几亩没被他们发现。可那儿的棉花不值得下功夫去整，因为那儿至多只有三包棉花。”

三包。斯佳丽想到塔拉庄园往年收获棉花的数量，头痛得更加厉害。三包棉花。这比往常无能的斯兰特瑞家收的棉花还少得多。更糟的是，还要交税。虽然邦联政府允许以棉花代缴税，但三包棉花连缴税都不够。这不是小事，对她和邦联政府来说，种地的黑人都逃跑了，根本没人摘棉花才是最严重的。

“好吧，这事我也不去想它，”她自言自语道，“反正交税不是女人的事。这种事应由爸爸来管，但是爸爸——现在也不要想他。邦联政府要税简直是空想。我们现在需要的是弄些吃的。”

“波克，你们中有人去过十二橡树或麦金托什家的地盘吗？看看菜园里有没有剩下点蔬菜水果什么的。”

“没有，小姐！我们没有离开过塔拉庄园。北方佬会把我们抓走的。”

“我会派迪西去麦金托什家一趟。或许她能找点东西回来。我愿意去十二橡树。”

“跟谁一起去，孩子？”

“我自己去。嬷嬷必须守在两个姑娘身边，杰拉尔德先生又不能——”

波克急得叫出声来，这惹恼了斯佳丽。十二橡树可能会有北方佬和不老实的黑人。她不能一个人去。

“够了，波克。告诉迪西立即出发。你和普里西去找那头母猪和小猪仔。”她简短地说完，扭头就走。

嬷嬷的旧遮阳帽，虽已褪色但还算干净，还挂在后门廊的钩子上，斯佳丽把它戴在头上，恍如隔世般记起瑞特曾从巴黎买给她的那顶插有绿色卷曲羽毛的帽子。她拾起一个巨大的用橡树皮编的篮子，开始下楼，每走一步，头部就被震一下，好像她的脊椎骨要从头盖骨上裂开似的。

通往河边的路是红的，在被毁的棉田间被烤得火烫火烫。没有树投下一片绿荫，阳光透过嬷嬷的遮阳帽直射下来，好像它是用网眼轻纱做的，而不是用厚实的棉布做的，灰尘浮在空气中，钻入她的鼻子和嘴，直到她感到嘴里干得一说话口腔黏膜就会破的地步。马拖着大炮走过的地方留下了深深的印痕，红土沟两边也被轧出了深深的裂口。棉花被砍掉了，被践踏了，因为狭窄的路要让炮队通过，骑兵和步兵只好走在绿色的棉地里，把棉苗踩到土里去了。路上和田地里到处散落着扣环和挽具等零件，被马蹄踩扁的水壶和车轱辘，纽扣，蓝色军帽，破袜子，血衣碎布，反正行进的军队中能丢下的东西这儿都有。

她经过一片雪松林和围着她家祖坟的矮砖墙，尽量不去想那三个埋着她三个小弟弟的小土堆和这三个土堆旁边的一座新坟。哦，艾伦——她拖着沉重的脚步走下小土丘，经过一堆灰烬和一支短烟囱，那儿原是斯兰特瑞一家的房子所在地。这时她疯狂地想，怎么不让这一家全化为灰烬呢。如果不是为了斯兰特瑞家——如果不是为了那个卑鄙下流的埃米，那个曾和她们家的监工生过一个野种的妇人——艾伦本不会死。

一颗尖尖的石子扎破了她脚上的水泡痛得她直叫。她来这儿干什么？斯佳丽·奥哈拉，郡里的大美人，塔拉庄园的骄傲，几乎光脚走在这坎坷不平的路上是为了什么？她那双小脚是用来跳舞，而不是跋行的，她那双小巧玲珑的鞋应从她闪亮的绸裙下偶一露头，而不应接纳卵石和灰尘。她生来就是被人疼爱和受人照顾的，而现在却衣着破烂，虚弱不堪，为饥饿所驱，竟来邻地的菜园里找食物。

长长的山腰下是条河，纠结在一起的树枝垂在水面，这儿多么清凉，多么寂静啊！她在堤岸上坐下，脱去鞋袜，把一双灼烫的脚浸入凉爽的水中。要是整天都坐在这儿该多好啊，远离塔拉庄园一双双无助的眼睛，只有沙沙的树叶声和涓涓的流水声打破这儿的寂静。但她还是不情愿地穿上了鞋袜，在树荫下沿着像海绵般松软的沙岸走去。北方佬把桥烧了，但她知道在下游一百码左右有几根木头横跨在窄小的水流之上。斯佳丽小心翼翼地过了河，还要继续走半英里的上坡路，才能到达十二橡树。

那十二棵橡树在印第安时代就已耸立在那儿了，但树叶已被大火烤黄，树枝被火烤黑了。在它们围成的圈中，约翰·威尔克斯的房子变成一堆废墟，这座富丽堂皇的房子曾以它的白色圆柱显示了它的庄严，像是给小山戴了一顶王冠。原来的地窖已变为一个深坑，发黑的石头地基和两支大烟囱标志着它的遗址。一根长长的圆柱，一半被烧焦了，倒在草坪上，把茉莉花丛都压烂了。

斯佳丽坐在这根圆柱上，为所看到的景象难过，以至于走不下去了。这种荒凉的景色侵入她的心肺的程度是她见所未见，闻所未闻的。威尔克斯的骄傲化作她脚下的灰烬。这座房子曾友好、礼貌地欢迎过她，她也曾立志想成为这儿的女主人。她曾来这儿跳舞、赴宴、调情，她曾在这儿满怀妒意和颇受伤害的心情看着梅兰妮向阿希礼微笑。也是在这儿，在凉爽的树荫下，当她告诉查尔斯·哈密尔顿愿意嫁给他时，他欣喜若狂，紧紧握住了她的手。

“哦，阿希礼，”她想，“我希望你已死去！我怎么也不忍心让你看到这些景象。”

阿希礼是在这儿迎娶他的新娘的，但他的子孙再也不能在这儿成亲了。这座她曾如此喜爱并渴望主宰的房子，再也不会有男婚女嫁和添丁进口了。这座房子已死去，对斯佳丽来说，仿佛威尔克斯全家人都已化为了灰烬。

“现在我不去想它了。我快受不了了。迟些时候我再去考虑它。”她大声说，然后把目光移向了别处。

斯佳丽跛着脚在废墟里转了一大圈，路过威尔克斯家的姑娘们曾非常钟情的玫瑰花床，穿过后院，经过熏肉房、牲口棚和鸡窝的残迹。菜园子的栅栏已被拆除，曾有秩序排列的整齐的蔬菜遭到跟塔拉菜园同样的命运。松软的泥土被马蹄和沉重的车轮糟蹋得伤痕累累。蔬菜都被轧进泥土里去了。她在此一无所获。

她又走回院子里，顺着小路走向那排沉寂的下房，边走边喊，“有人吗?”但没人回答。连声狗叫都没有。很明显，威尔克斯家的黑奴已逃散或跟随了北方佬。她知道每个奴仆都有自己的菜地，她走到那儿时，希望哪一小块菜地能够幸免于难。

她的搜寻终于有了结果，她太累了，以至于看到这些蔬菜竟然高兴不起来，萝卜和卷心菜由于久旱缺水而枯萎了，蔓生的腰果和蚕豆虽已枯黄但还可以食用。她在菜畦上坐下来，用哆哆嗦嗦的手挖土刨菜，慢慢把菜篮装满了。今晚塔拉庄园可以改善生活了，尽管没有肋条肉和菜一起煮汤。或许可以拿迪西用来照亮的猪油来调味。她必须记住告诉迪西用松枝照亮，省下猪油来烧菜。

在紧靠一所小屋的后台阶，她发现了短短一行萝卜，立刻感到饥饿难忍。此刻她的空腹需要的就是一根带辣味的萝卜。几乎等不到用裙子把泥擦干净。她一口就咬下半个，匆匆咽了下去。这萝卜又老又硬，辣得她眼泪都快流出来了。那团东西则一咽下，她那空了许久的胃立刻翻江倒海，她趴在松软的土地上，有气无力地呕吐起来。

从小屋里传出的黑人的气味使她更加恶心，她无力遏制这种感觉，因此吐得一塌糊涂，直至她感到树木和小屋在围着她旋转。

过了好大一会儿，她有气无力地趴在那儿，泥土像羽绒枕头一样又松软又舒服，她大脑疲惫，思绪混乱。她，斯佳丽·奥哈拉，躺在废墟中间一所黑人小屋后，又是恶心，又是乏力，挪不动了，世界上没人知道也没人关心。即使有人知道也不在乎，因为每个人自己都有太多的麻烦，哪还顾得上她。而这一切偏偏发生在她，斯佳丽·奥哈拉身上，她可是连丢在地上的袜子都不拣的，连系鞋绳都是别人代劳——有个头痛脑热马上有人照顾，所有人都迎合她，娇纵她，任她发脾气。

她趴在地上，无力击退回忆和焦虑，它们就像群兀鹫一样在她头顶盘旋，等着享受一具尸体。她再也没力气说："妈妈、爸爸和阿希礼及所有这些废墟我以后再想——是的，到我能忍受时再想。"她现在受不了，但不管她情愿不情愿，她一直在想着这些事。思绪仍在头顶盘旋，时不时俯冲下来把尖嘴利爪扎入她的脑海。不知过了多长时间，她还静静地趴着，脸埋在土中，太阳灼烤着她，她想起许多往事和死去的人，想起一去不复返的生活方式——展望未来，一片黑暗。

她终于站起来了，又看了一眼十二橡树的黑色废墟，她高高地仰起头，一种将青春、美貌与内在柔情糅合在一起的特定气韵永远从她脸上消失了。过去的她已经过去了。那种闲散奢华的生活已逝去，永远不复返。当斯佳丽把篮子挎在自己胳膊上时，已为自己设定了今后的生活蓝图。

没有回头路，只能往前走。

五十年内，整个南方会有许多女人带着悲伤的眼神回顾往昔，那逝去的年华和死去的男人，唤醒那些徒增伤感的回忆，带着苦痛的自豪忍受贫穷的煎熬，因为她们拥有这些回忆。但是斯佳丽决不回首往事。

她凝视着烧黑的石头，十二橡树庄园最后一次以它曾经的富足和自豪展示在斯佳丽眼前，那曾代表着一个阶层和一种生活方式。然后她沿原路返回塔拉庄园，沉重的菜篮深深勒入她的肉里。

饥饿又在折磨她空空的胃，她大声说："上帝为我作证，上帝为我作证，北方佬不会把我击垮。我要挺过这一关，等这一切过去我就再不会挨饿。不，我的亲人也不再挨饿。即使我不得不去偷，去杀人——上帝为我作证，我再也不忍饥挨饿了。"接下来的日子里，塔拉庄园是那么寂静，与世隔绝，就像《鲁滨孙漂流记》中的荒岛。几英里之外就是外界，但似乎几千英里的惊涛骇浪把塔拉庄园与琼斯博罗、费耶特维尔、洛夫乔伊隔开了，甚至把它与邻接的庄园隔开了。那匹老马死了，他们通向外界的唯一交通方式也没了，要走过累人的红土地，他们既没有精力，也没有时间。

在那些累弯腰的日子里，要为食物拼命地干活，还要马不停蹄地照顾三个生病的女孩，斯佳丽发现自己有时侧耳倾听，寻找那些熟悉的声音——下房里黑人小孩子的尖笑声，从田里往家赶的马车吱吱嘎嘎声，杰拉尔德骑的马奔驰在田野上的嘶鸣声，马车驶进庭院的轱辘声和邻居为了打发下午时间快乐的谈笑声。但她一无所获。大路依然很凄凉，从来没有扬起的红尘宣告宾客来临。在绵延的绿色山脉和红土地中，塔拉庄园就像汪洋大海中的一座荒岛。

世界上有些地方，人们在他们自己屋檐下安居乐业。有些地方的姑娘们穿着三度翻新的衣裙快乐地与人调情，唱着《当这场残酷的战争结束时》，就像斯佳丽几个星期前那样。有些地方战争正在进行，大炮轰隆，城镇在燃烧，男人们躺在散发着恶臭味的医院里，伤口在腐烂。有些地方，军人们光着脚板，穿着脏烂的土布制服在行军，他们作战，睡觉，挨饿，当希望破灭时，身心疲惫，更为困乏。而有些地方，在佐治亚州的山上，北方佬穿着统一的蓝色军服，粮草充足，兵强马壮。

塔拉之外有战争，有整个世界。但是在这种植园中，战争和世界都不存在，只有在极度疲惫时，这些回忆才乘机回到人们脑中，此时人们必须努力把它赶走。在全空和半空的肚子的需求前，世界变得很渺小，生活已归结为两个相关的概念：食物和如何获取食物。

食物！食物！为什么肚子的记忆力比脑子强？斯佳丽能够忘却悲伤但不能忘却饥饿，每天早晨她半梦半醒的时候，在记忆把战争和饥饿带给她之前，她蜷缩在床上，期待着闻到煎熏肉和烤面包卷的香味。每天早上，她就这么使劲闻，以期真的闻到那香味，接着她就醒了。

饭桌上有苹果、红薯、花生和牛奶，但就是这些最简单的食物也不够多。一天三顿看着这些食物，她的思绪禁不住回到以前的日子，想起那时候的饭食，烛光闪烁的桌子和香味四溢的饭菜。

那时他们多么不珍惜这些食物啊，多么奢侈浪费！面包卷，玉米松饼，小点心和鸡蛋饼，每样都滴着黄油，这是每餐都有的。餐桌的一端是火腿，另一端是炸鸡，炖白菜漂浮在呈现虹彩的油汤里，蚕豆在颜色鲜亮的花瓷盘里堆成小山，还有炸南瓜，焖秋葵，稠得可以切块的胡萝卜奶酪酱。甜点有三种，因此每个人都可以随意选择：巧克力千层蛋糕，香草杏仁果冻，奶油蛋糕。关于这些美味佳肴的回忆让她泪如泉涌，而死亡和战争都不能让她流泪，同时，想起这些美味，她那饥饿的空胃就会恶心难忍。嬷嬷曾一直为她的食欲小而忧虑，而今这个十九岁的姑娘，由于从未像现在这样马不停蹄地劳累，她的食欲大增，是以前的四倍！

在塔拉庄园，她的食欲还不是唯一的麻烦，因为她到处可见饥饿的面孔，黑的，白的。很快，苏伦和卡洛琳由于身体复原而胃口大增。小韦德已经开始乏味地抱怨："韦德不喜欢吃红薯。韦德饿。"

别人也有怨言：

"斯佳丽小姐，我喂不了两个孩子了，除非我能多吃点东西。"

"斯佳丽小姐，要是吃不饱，我就没劲儿劈柴。"

"我可爱的人，我都快饿扁了。"

"女儿，我们必须老吃红薯吗？"

只有梅兰妮不抱怨，她的脸越来越消瘦，越来越苍白，就是在睡梦中她都会痛苦地抽搐。

"我不饿，斯佳丽。把我那份牛奶给迪西吧。她需要用它喂小宝宝。病人永远不会感到饿。"

梅兰妮那柔韧的胆识而不是嘟嘟囔囔的抱怨激怒了斯佳丽。她可以——而且确实——用尖锐讽刺的语调大声呵斥那些抱怨的人，但是在梅兰妮的大公无私面前，她毫无办法，由此怒火大增。杰拉尔德，黑人们和韦德都贴近梅兰妮，因为即使她疾病缠身，但仍很善良体贴，富有同情心，而这两者斯佳丽在这些日子里都不具备。

尤其是韦德，整天待在梅兰妮的屋子里。韦德身上似乎有什么不对劲，但斯佳丽没时间去弄个究竟。嬷嬷说小男孩可能肚子里有虫，她听嬷嬷的话，喂了韦德一些艾伦一向用来给黑人小孩治虫的药和树皮熬的混合汁。但喝了药，韦德的脸色更苍白了。这些日子里，斯佳丽几乎不把韦德当个人看。他只是又一个包袱，一张要吃饭的嘴。等到有一天这种紧急局势过去后，她将陪韦德玩，给他讲故事，教他 A、B、C。但现在她没时间，也没这个心思。而且在她最烦心劳累时，韦德好像碍手碍脚的，所以她经常对他没有好声气。

当她厉声呵斥韦德时，小男孩的眼睛因害怕而睁得浑圆，而斯佳丽一看他这个样子就生气，因为他在害怕时总表现出一副头脑简单的样子。斯佳丽没有意识到，这个小男孩生活在可怕的景象中，连大人都没法理解。恐惧伴随着韦德，侵入他的灵魂，使他害怕得晚上常尖叫着醒来。任何出乎意料的响动或大声跟他说话都会让他发抖，因为在他脑子里，响声和生硬的语气是和北方佬分不开的，他怕北方佬胜过怕普里西用来吓唬他的鬼怪。

在围攻亚特兰大的枪炮声打响之前，他过着幸福、安定、宁静的生活。即使斯佳丽不大注意他，他仍受着宠爱，听着亲切的话语，直到那天晚上他被人从酣梦中推醒，发现火光满天，爆炸声震耳欲聋。在那天晚上及随后的日子里，他第一次挨了母亲的打，第一次听到她提高嗓门大声跟他说话。那种在桃树街令人愉快的砖房里的生活，他只知道这种生活，从那天晚上开始消失了，他也永远找不回来了。在从亚特兰大逃亡的路程中，他只知道北方佬在后面追他，直到现在他还提心吊胆的，生怕北方佬会把他抓住，剁成肉酱。每当斯佳丽对他粗声粗气说话时，他就心惊肉跳，他那童稚的模糊记忆中立刻重现他母亲第一次打骂他时的恐怖情景。现在，北方佬和他母亲发怒的声音纠结在一起，使他难以忘却，所以他很怕他母亲。

斯佳丽不由得注意到小家伙开始躲避她，这让她偶尔在忙不完的事儿中偷闲想起时，不免有些烦恼。这甚至比他整天围着她的裙子转更糟，更使她动怒的是他的避难所竟是梅兰妮的病床，他在那儿静静地玩梅兰妮教他的游戏或听梅兰妮讲故事。韦德仰慕她的“姑姑”，因为她有温柔的声音，脸上总挂着微笑，不对他说“别闹，韦德，你让我头疼”或“别在这儿碍手碍脚的，韦德，看在上帝的份上”！

斯佳丽既没时间，也没那个冲动去宠他爱他，但她妒忌梅兰妮那么对他。有一天当她发现韦德在梅兰妮床上倒立并倒在梅兰妮身上时，她扇了他一耳光。

“你不知道在姑姑生病时最好别摇她吗？现在马上给我出去，到院子里玩，再也别到这儿来。”

可是梅兰妮伸出她瘦弱的手，把放声大哭的韦德又拉回自己身边。

“好啦，好啦，韦德，你并不是有意想晃我，对不对？他并不烦我，斯佳丽。让他待在我这儿吧。让我来照顾他。在我病好之前，我只能做这些，而你又太忙了，没空管他。”

“别傻了，梅兰妮，”斯佳丽唐突地说，“你的身体恢复得不是你想象得那么好。而且，让韦德摔倒在你肚子上对你也没什么好处。好吧，韦德，如果我再看到你在姑姑床上闹腾，看我怎么收拾你。别再抽鼻子。你老爱抽鼻子。学着做个男子汉。”

韦德抽泣着跑到楼下去了。梅兰妮咬着嘴唇，泪水盈眶。嬷嬷站在客厅，看到了这一切，面露怒色，呼吸紧促。但这些天谁也不敢和斯佳丽顶嘴。他们都怕她那张利嘴，害怕那个在她躯体覆盖下的陌生的斯佳丽。

现在斯佳丽统管塔拉庄园，像别的突然握住大权的人一样，她骨子里那种恃强凌弱的本性全暴露出来了。这并不是说她本性就不善良。这全因为她被吓坏了，又不自信，所以才那么严厉，唯恐别人得知她不胜任而不服气她的权威。此外，把别人呼来喝去，知道他们怕她，会让她感到愉快。斯佳丽发现这些能放松她那过分紧张的神经。她并非对自己个性的转变毫无觉察。有时候，她粗鲁地发号施令时，波克会噘出下嘴唇，嬷嬷会嘟囔：“这些天有些人威风起来了。”斯佳丽也纳闷，她的优雅气质跑哪儿去了。所有礼节、温文尔雅的气质——这些艾伦从小就开始灌输给她的习惯，如今消失得这么快，好像秋天的第一缕凉风吹下的树叶一样。

艾伦不止一次说过：“在地位比你差的人尤其是黑人面前，说话要坚定且柔和。”但如果她柔和地对黑人讲话，他们就会整天坐在厨房里聊天，聊那些家务黑奴不用干田里活时的好日子。

“关爱照顾好你的妹妹，对病人要友善，”艾伦曾说过，“对处于悲伤困苦中的人们要体贴入微。”

但她现在无法爱她的两个妹妹。她们只是她肩上沉重的负担。要说照顾她们，她没给她们洗澡吗？没给她们梳头、喂饭吗？甚至每天走上好几英里去给她们找蔬菜吃。她没在学挤牛奶吗？尽管那头挺吓人的牲口晃着它的两只角时，她的心都提到了嗓子眼。要说怜爱，那纯粹是浪费时间。如果她对她们好得过了头，她们可能在床上躺更长时间，她希望她们尽快站起来，这样就多了四只手帮她干活。

她们康复得很慢，瘦骨嶙峋、虚弱地躺于病榻上。她们还没意识到这个世界已起了变化。北方佬入侵，黑人逃散和母亲病逝。这三件难以置信的事件让她们无法接受。有时她们想她们肯定是病得精神错乱了，这些事情根本就没有发生。当然斯佳丽变成这样也不可能是真的。当斯佳丽倚在她们的床角上，给她们讲她们康复后她希望她们干活的计划，她们看着她就像看一个小妖怪。她们理解不了家里再也没有一百个家奴干活，更理解不了奥哈拉的小姐要去做体力活。

“可是，姐姐，”卡洛琳说，她那稚气的脸蛋竟吓成了灰色，“我不能劈柴！这会把我的手弄坏的！”

“看看我的手，”斯佳丽脸上带着一丝可怕的微笑，说着就把她那双布满血泡、老茧的双手摊在了卡洛琳面前。

“你对小孩和我这样说话很让人讨厌！”苏伦叫了起来，“我想你在撒谎来吓唬我们。如果妈妈在这儿，她才不允许你这么对我们说话呢！劈柴，真是的！”

苏伦虚弱地憎恶地看了她的大姐一眼，她确信斯佳丽跟她们说这些是故意跟她们过不去。苏伦差点儿死去，她失去了母亲，她感到孤独、害怕，渴望别人宠爱她、多关心她。相反，斯佳丽每天打量着床角，估算着她们康复的程度，她那双绿眼睛里发出令人憎恶的光，还一边告诉她们要铺床，做饭，担水，还有劈柴。她说起这些话来好像还挺得意，挺自在似的。

斯佳丽确实乐意这么做。她对黑人恃强凌弱，伤害妹妹的感情，不仅仅因为她太焦虑，太劳累，又找不到别的办法，还因为这么做能让她出出气，母亲给她讲的那一套生活哲理在她身上不起作用。

母亲教给她的一切如今已毫无价值，斯佳丽很伤心，很困惑。她没有想到这是因为艾伦没能预见到她女儿的社会文明已溃然解体，也没能预见到她苦心培养女儿以使她们得到的社会地位已不复存在。她也没想到：当艾伦教她温柔、典雅、高尚、善良、谦虚、真诚时，艾伦展望的是祥和安宁的未来，就像她自己一生过着的风平浪静的生活一样。艾伦还说过，如果女人记住了这些，生活亏待不了她们。

斯佳丽绝望地想：“不，不，不，她教给我的对我一点儿用处都没有！现在善良对我有什么好处？温柔又有什么价值？还不如当时教我像黑人一样犁地、摘棉花。哦，妈妈，您错了！”

她没有停下来去想想艾伦那个井然有序的世界已消失不见，一个残酷的世界取而代之，那时的是非标准、价值观念均已改变。她只看到，或者说她以为她看到她母亲的错，于是便易旗换帜，来适应这个新世界，这个她毫无准备的世界。

只有她对塔拉庄园的感情未变。每当她极度疲惫地从田里回家，看到这座散落在乡间的白色房子，她的心总是享受着爱的甜蜜和回家的喜悦。每当她眺望窗外绿色的牧场、红色的田野和高高的丛林，一种美的感觉充满她的心肺。在斯佳丽改变时，只有对这片土地的爱没变，她仰慕这片土地，爱那绵延起伏的山坡，爱那鲜红的土壤，它有血红、石榴红、砖红、朱砂红等各种色彩，上面会奇迹般地长出绿油油的草丛，白色的茸毛如星星般点缀。世上再也没有什么地方有这样的土地。

当她眺望塔拉庄园时，她在一定程度上理解了战争为什么会爆发。瑞特说男人打仗是为了钱，这说法不对。不，他们是为这片犁耕松软的土地而战，为长着浓密绿草的牧场而战，为缓缓流淌的河流和木兰花丛中的白色房屋而战。这些才是唯一值得为之战斗的东西。这红色的土地是他们的，将来是他们的子孙后代的，这片红色土地能为他们的子孙养育出棉花来。

现在，她只剩下被践踏的塔拉庄园了，母亲和阿希礼已离她而去，杰拉尔德经过这次磨难变成了痴呆，金钱，黑奴，安全和地位一夜间消失殆尽。恍如隔世般，她记起了她与父亲的一段关于土地的谈话，她纳闷为何她那时那么幼稚，那么无知，竟听不懂父亲说的什么意思，他说，世界上唯一值得为之战斗的东西就是土地。

“因为它是世界上唯一永存的东西……对于每一个生长在这片土地上并流着爱尔兰血的人而言，这片土地就像是他们的母亲……这是唯一值得为之劳作，为之战斗，为之牺牲的东西。”

是的，塔拉庄园是值得为之战斗的，为此，她毫不犹豫地就参加了战斗。谁也别想从她手里夺走塔拉庄园。谁也别想迫使她和她的亲人靠亲戚的施舍过活。她要保住塔拉庄园，就算她要把每个人的脊背都累断也在所不惜。

第二十六章

斯佳丽从亚特兰大回到塔拉庄园已有两周了，她脚上最大的泡已开始溃烂，肿得连鞋都穿不上，只能勉强蹒跚着走路。她看着脚趾上发炎的伤口感到绝望。如果她的伤口跟士兵一样生了坏疽，在远离医生的情况下，她会不会死？虽然现在生活很苦，但她还不想死。如果她死了谁来掌管塔拉庄园？

在她刚回到家时，她曾希望杰拉尔德的精神恢复，重振家园，但两个星期以来，她的希望破灭了。她现在明白，不管她喜欢与否，她都要用她那双缺乏经验的手掌管塔拉庄园和这里所有的人。杰拉尔德仍像做梦一样坐在那儿一动不动，被吓得精神恍惚，而且那么脆弱。斯佳丽向他求教，他唯一的答案就是："你认为怎么办好就怎么办吧，女儿。"或更糟的回答："和你妈商量吧，小姑娘。"

他再也不会有什么改变了，斯佳丽认识到了真相并不动声色地接受了这个事实——直到他死，杰拉尔德都会一直等着艾伦，倾听着艾伦的声音。他置身于阴阳两界模糊的边界线上，那儿的时间是停滞的，艾伦老是在隔壁屋里。艾伦一死，把他生存的动力带走了，随之而去的还有他坚定的自信，鲁莽和不知疲倦的精力。杰拉尔德·奥哈拉一生狂风呼啸的好戏是演给艾伦看的。现在帷幕永远落下，灯光昏暗模糊，观众突然间消失了，这位茫然的老演员站在他空空的舞台上不知所措，等着别人给他提示。

那天早上家里静悄悄的，因为除了斯佳丽、韦德、三个有病的姑娘和两个婴儿，所有人都去池塘找那头母猪去了。甚至杰拉尔德的精神也好了点儿，一只手挽着波克的胳膊，另一只手拿着一圈绳，在犁过的田地里蹒跚而行。苏伦和卡洛琳哭过一阵后睡着了，她们想起艾伦时，每天都会哭至少两次，眼泪从她们凹陷的脸颊上淌下来。那天，梅兰妮头一回让人扶起来靠在竖起的枕头上，盖着一条补过的床单躺在两个婴儿中间，一手搂着长着亚麻色毛发的脑袋，另一只手同样温柔地搂着迪西的孩子，长着鬈发的黑脑袋。韦德坐在床角边，听她讲童话故事。

对斯佳丽来说，塔拉庄园的寂静让她难以忍受，因为这让她回想起她从亚特兰大回家途中那漫长的一天所经过的荒凉的村落中死一样的寂静。那头母牛和那头小牛犊也好几个小时没叫一声了。窗外没有鸟儿叽叽喳喳的鸣声，就连世代筑巢于木兰树叶丛中的爱吵闹的模仿鸟那天也不唱歌儿了。斯佳丽搬了把矮椅子在自己卧室里靠窗坐下，裙子撩在膝盖上，双手托着下巴放在窗台上，举目隙望前面的车道、草坪和大路那边空旷的牧野。她身边的地板上有一桶井水，她不时地把她起满血泡的双足放进去泡一泡，冰凉又刺痛的感觉使她的脸都扭曲了。

愁绪涌上心头，她把脸埋入胳膊中。就在她最需要力气的时候，她的脚趾溃烂发炎了。那群笨蛋永远也逮不住那头母猪。他们花了整整一礼拜才把小猪仔一个个抓回来，现在两个礼拜过去了，那头母猪仍是自由身。斯佳丽相信，要是她现在在池塘和他们一起捉那头老母猪，她只要把裙子束到膝盖以上，拿绳圈一套，肯定眨眼间的工夫就能捉住它。

但即使母猪被捉住，又该怎么办呢？把母猪和猪仔都吃掉？生活还要继续，饭还是要吃。冬天即要来临，那时候将没有食物，就连邻家菜园里剩下的可怜的果蔬也将消耗殆尽。必须贮存干豌豆、高粱、面粉、大米，还有——还有——哦，还有许多许多东西。明年开春播种的玉米和棉花的种子还没着落，新衣服也要添置一些。这些让她上哪儿弄去？她又拿什么来付账？

她曾私下里翻过杰拉尔德的口袋和钱盒，她只找到几沓邦联债券和三千元邦联钞票。这些钱仅够他们全家饱餐一顿，她讥讽地想到，现在邦联钞票几乎一文不值。但是就算她有钱，又能找到食物，她怎么把它们运回塔拉的家呢？上帝为什么让那匹老马死去？就是瑞特偷来的这头可怜的牲口对他们也很重要。哦，过去那些常在路那边的牧场上蹈蹄的骡子毛色光滑，那些英俊的拉车的马，她骑的那头小母马，两个妹妹的小马驹，杰拉尔德的大雄马，在草地上飞奔，马蹄撕破了草皮——哦，要有其中一匹该多好，即使是一匹最倔强的骡子也行！

但是，没有关系——等她的脚痊愈后，她会步行去琼斯博罗。这将是她一生中曾步行走过的最长的距离，但她愿意去。就算北方佬把整个城镇都烧了，她一定能在附近找到人，这人可能会告诉她哪儿能找到食物。她眼前浮现出韦德那张饿瘦的脸。他总是一遍又一遍地说，他不喜欢吃红薯，想吃一只鸡腿和一些米饭及卤肉汁。

灿烂阳光普照下的前院突然间阴云密布，透过泪帘树木变得模糊起来。斯佳丽把头埋在臂弯里，竭力遏制自己不去哭。现在哭是最没用的。当一个你想得到他关爱的男人站在你面前时，哭才最管用。当她伏在窗台上，使劲紧闭眼睛想把眼泪逼回去时，她被一阵马蹄声吓了一跳。上两周以来，她白天黑夜经常想象的就是这种声音，就如同她想象自己听见了艾伦的衣裙发出窸窸窣窣的声音。她的心怦怦直跳，和过去这种时刻相同，然后她严肃地对自己说："别傻想了。"

但是马蹄声渐渐慢了下来，那种真实自然的声音令人吃惊，接着院子里石径上就响起有节奏的嘚嘚声。有一匹马过来了——是塔尔顿家的，还是芳汀家的！她迅速抬头一看，是个北方佬骑兵。

她下意识地躲到了窗帘后面，她着了魔一样隔着窗帘偷看，吓得大气都不敢出。

他无精打采地坐在马鞍上，那是一个长相粗鲁，身材粗壮的男子，一团乱蓬蓬的黑胡子散乱在没扣扣子的蓝夹克衫上。一双离得很近的小眼睛，被阳光刺得眯成一条缝，镇静地从他紧紧的蓝军帽檐下打量着这座房子。他从马上慢慢下来，把缰绳扔过拴马桩的时候，斯佳丽又恢复了均匀的呼吸，只是胃里好像突然遭到了疼痛的一击。一个北方佬，一个背上挎着长枪的北方佬！而这屋里只有她自己带着三个有病的姑娘、一个孩儿和两个婴儿！

北方佬懒洋洋地走过来，手放在枪套上，小而圆的眼睛左顾右盼。这时她脑海中浮现出万花筒般杂乱的画面，贝蒂帕特姑妈所讲的故事中，没人保护的妇人遭人袭击，被切断喉咙，房屋在死去的妇女头上燃烧，孩子们由于哭叫而被刺刀刺死，这些不能用言语表达的恐怖情景都与“北方佬”有关。

斯佳丽恐惧之余第一个冲动就是藏在贮藏室，爬在床底下，从后从楼梯跑下去，边跑边叫向池塘方向逃，无论如何逃离他就行。然后她听见北方佬谨慎的脚步声向台阶迈进，随后又蹑手蹑脚地走进前厅，她明白自己逃跑的路线被切断了。她吓得手脚冰凉，动弹不了，只听见他一步一步地逼近，脚步声越来越大，由于没发现一个人，他越来越大胆。现在他进了餐厅，一会儿他就会走进厨房。

一想到厨房，斯佳丽就怒火中烧，好像在她心口上插了一把刀，在盛怒之下，恐惧消失得无影无踪。厨房！那儿的灶台上一口锅里正煮着苹果，另一口锅里炖着杂烩菜——这些菜是从十二橡树和麦金托什家的花园里好不容易找到的，这两锅正好是用来给九个饥饿的人充饥的，虽然两个人吃都吃不饱。斯佳丽已有几个小时控制自己的食欲，等他们回来一块儿吃，现在想到这个北方佬要把他们可怜的饭食吃掉，气得她浑身发抖。

他们这群混蛋！他们像蝗虫一样从天而降，让塔拉庄园的人们慢慢地挨饿，现在又回来要连这点可怜的食物都偷走。她的胃在痛苦地蠕动。上帝保证，但愿这个北方佬不会再偷什么东西！

她脱掉破旧的鞋，啪哒着光脚丫子敏捷地走到抽屉前，连那个溃烂的脚趾也没感到痛。她轻轻地打开最上面的抽屉，抓起一把她从亚特兰大带回来的沉甸甸的手枪，这是查尔斯生前佩戴的手枪，但从未开过火。她从他挂在墙上的军刀下面的皮夹子里摸出一颗子弹。她把它装入枪膛，手一点儿没发抖。她迅速而又悄悄地跑进楼上大厅里，然后一只手抓住楼梯扶手，另一只握着手枪的手藏在裙子中间紧贴着大腿，迅速下了楼。

“谁在那儿?”一个鼻音喊道，斯佳丽不得不停在楼梯中间，血在耳朵里砰砰乱跳，声音大得她几乎没听见北方佬说什么。“别动，否则我要开枪了！”那个声音道。

那个人紧张地半蹲半站在门口，一只手握着手枪，另一只手里拿着一只花梨木针线盒，里面有金顶针，金把手的剪子和一块小小的镶金金刚石。斯佳丽感到从脚跟凉到膝盖，由于愤怒涨红了脸。艾伦的针线盒在他手里。她想喊：“放下！放下，你这肮脏的——”但是她喊不出来。她只能透过栏杆瞪着那人，看着他的神情由紧张僵硬转为半带蔑视，半带讨好的微笑。

“这么说这屋里还有人，”他说，把枪又放回枪套，走进大厅，站在斯佳丽的直下方，“就你一个人吗，小姑娘?”

她闪电般地把手枪举过栏杆瞄准那惊恐万分的大胡子脸。他还来不及摸腰带，斯佳丽就扣响了扳机。手枪的后坐力使她摇摇晃晃，爆炸的轰鸣声还在耳朵里作响，一缕硝烟直冲她的鼻孔。那个男人咚的一声倒在地上，半个身子伸向餐厅，震得家具都在颤动。针线盒从他手中掉下来，里面的东西散落在他身旁。斯佳丽几乎无意识地走下楼梯，站在他身边，俯视着那人胡子以上的残缺不全的脸，鼻子已变成一个血洞，呆滞的眼睛被火药烧焦了。她正看着，两股鲜血流淌在锃亮的地板上，一股从他脸上淌出，另一股从他的后脑勺流出。

是的，他死了。毫无疑问！她杀死了一个男人。

硝烟慢慢缭绕着升上屋顶，两股鲜红的血在她脚边蔓延开来。她站在那儿，时间仿佛静止了，在炎夏上午的寂静中，每个不相干的声音和气味，包括她那像鼓点一样急速搏动的心跳声，玉兰叶子发出的轻微的沙沙声，远处池塘里一只鸟的哀鸣和窗外的花香好像都比往常增强了几倍。

她杀了一个男人，而以前在狩猎场上她从不参加杀生活动，她甚至不能忍受屠刀下猪的惨叫声和兔子陷入罗网的尖叫声。这是凶杀！她迟钝地想道。我杀了人。哦，这不可能发生在我身上！她的眼光碰到地板上那只手指粗短，长满汗毛的手，这只手离那个针线盒很近。突然间，她又抖起了精神，同时产生了一种冷酷的残忍的快感。她真想用脚跟在那家伙原先鼻子部位的伤口上碾几下，感到他温热的鲜血蹭到她的光脚板上，从而获得快感。她这一枪为塔拉庄园报了仇——也为艾伦报了仇。

从楼上厅堂里传来匆忙的跌跌撞撞的脚步声，停顿一下后又有了很多脚步声，但已成了拖曳的虚弱的脚步，中间夹杂着金属的撞击声。斯佳丽又恢复了对时间和现实的感觉，她抬头一看，梅兰妮站在楼梯顶端，只穿着一件给她当睡衣的破旧的宽松衣衫，她瘦弱的胳膊抓着查尔斯的军刀奋拉着。梅兰妮发现了楼下发生的一切——一具穿蓝色军服的尸体倒在血泊中，艾伦的针线盒在他身边，斯佳丽光着脚，脸色灰白，拿着一杆长枪。

她的目光在沉默中与斯佳丽的目光相遇。她平素温柔的脸上呈现出一股不同寻常的骄傲，带着一种赞许的狂喜的微笑，正如斯佳丽自己狂乱激动的心情一样。

“为什么——为什么——她竟喜欢我！她理解我的感受！”斯佳丽在那漫长的时刻中想，“如果换了是她，她也会像我这么做的！”

斯佳丽激动地看着这个弱不禁风的女子，她对这女子不曾有过任何感情，反而有点讨厌和蔑视。而现在，她把对阿希礼妻子的敌意压了下去，随之而起的是欣赏和认同的感情。在心态平和，思维清晰的那一刻，她从梅兰妮柔和的声音和柔顺的眼神背后看到了她坚忍的意志和不屈的斗志，还觉察到在梅兰妮文静的性格中那旗帜和军号般冲锋陷阵的勇气。

“斯佳丽！斯佳丽！”苏伦和卡洛琳惊恐又虚弱的尖叫声从她们关着的门里传来，韦德也叫起来，“姑姑！姑姑！”梅兰妮敏捷地把手放在嘴上，示意斯佳丽别说话，然后把军刀放在楼梯顶上，痛苦地走到楼上，打开了病房的门。

“别害怕，胆小鬼！”传来了她取笑的愉快的声音，“你们的大姐在试着擦掉查尔斯手枪上的锈迹时，一不小心走了火，差点儿把她吓死！”“好了，韦德·哈密尔顿，妈妈刚刚用你亲爱的爸爸的手枪放了一枪！等你长大些了，她也会让你放的。”

“真是个镇静的说谎者！”斯佳丽赞许地想，“我都不能那么快就想出来。但是为什么要撒谎呢？他们应该知道我做了什么。”

她又俯视了那具尸体一眼，在恐惧与愤怒慢慢消失后，她现在感到极度的厌恶，她的双膝也因此开始发抖。梅兰妮又拖着身子走到楼梯顶端，开始下楼，她的牙齿咬着苍白的下嘴唇。

“回床上去，你这样会害了自己！”斯佳丽叫道，但梅兰妮已拖着半裸的身子痛苦地下楼走到厅堂里。

“斯佳丽，”她小声说，“我们必须得把他拖出去埋掉。也许他还有同伙，要是他们发现了他在这儿——”她靠着斯佳丽的臂膀站稳了。

“他一定是独个儿来的，”斯佳丽说，“我在楼上窗口没看见有其他人。他肯定是个离队的。

“就算只有他一个人，也不能让任何人知道这件事。黑人们会谈论这件事，北方佬知道了就会来抓你。斯佳丽，我们必须赶在他们从池塘回来之前把这家伙埋掉。”

梅兰妮激昂紧迫的声音使斯佳丽立即开动脑筋，苦思冥想起来。

“我俩一个人拽一条腿拖着他走。”梅兰妮坚定地说。

虽不太情愿，斯佳丽对梅兰妮的欣赏还是更进一筹。

“你连只猫也拖不动。我来拖他，”她生硬地说，“你回床上休息去。你会害了自己的。不许你帮我，否则我自己把你扛到楼上去。”

梅兰妮苍白的脸上绽出一缕会心的微笑：“你太好了，斯佳丽。”她说着轻轻用嘴唇在斯佳丽脸颊上擦了一下。斯佳丽惊讶之余还没回过味来，梅兰妮又说：“如果你能把他拖出去，我愿意把——把这儿擦干净，赶在他们回来之前。对了，斯佳丽——”

“什么事?”

“你认为翻一翻他的背包算不算不道德?他可能带有吃的。”

“我不认为不道德,”斯佳丽说,边为自己没想到这些而懊恼,“你翻他的背包,我来翻他的口袋。”

她强忍厌恶俯下身来,解开了所有的扣子,开始逐一搜索他的口袋。

“我的天啊。”她小声惊呼道,一边掏出用破布裹着的一只鼓鼓的皮夹子。“梅兰妮——梅兰妮,我想,这里装满了钱!”

梅兰妮什么都没说,猛地坐在地板上,斜靠着墙。

“你看吧,”她颤颤地说,“我感到有点累。”

斯佳丽撕开破布,双手颤抖着打开了皮夹子。

“看,梅兰妮——快看!”

梅兰妮抬头一看,眼睛睁得老大。皮夹子里装着许多钞票,美利坚合众国的绿色钞票中夹杂着邦联钞票,在这堆钞票中间,闪闪发亮的是一枚十美元和两枚五美元的金币。

“这会儿别数钱,”梅兰妮看见斯佳丽开始数钱赶忙说,“我们没时间了——”

“你知道吗,梅兰妮?这些钱意味着我们有吃的了。”

“知道,知道,亲爱的。我知道,但我们现在没有时间。你看看他其他的口袋,我看看他的背包。”

斯佳丽不乐意地放下钱夹。她眼前展开一片光明的前景——真正的钱,北方佬的马,食物!毕竟有上帝,他赐予了我们这些东西,即使他赐予的方式有些奇怪。她蹲下来,凝视着皮夹子傻笑。食物!梅兰妮从她手中把钱夹夺了过去。“快点!”她说。

裤袋里除了一支蜡烛头,一把大折刀,一块嚼烟和一根细绳外别无他物。梅兰妮从背包里取出一小包咖啡,她闻了闻,好像这是最香的香水,还有一块压缩饼干,然后,她的脸色变了。她发现了一个嵌着小女孩画像的珍珠金框架,一枚石榴石胸针,两只很宽厚的金镯系着细细的金链子,一只金顶针,一只婴儿用的小银杯,一把绣花用的金剪子,一只独粒钻戒和一对带梨形钻坠的耳环。即使她们不在行的眼光也能看出每颗钻石都超过一克拉重。

“他是个贼!”梅兰妮小声说,边往后退,想离这具静悄悄的尸体远一点儿。“斯佳丽,这些肯定全是他偷的!”

“肯定是。”斯佳丽说,“他来这儿也是想再偷走点什么东西。”

“你杀死他我真高兴。”梅兰妮说,她那双柔和的眼睛变得严肃起来,“现在赶快，亲爱的，把他从这儿弄出去。”

斯佳丽弯下腰，双手抓住死人的脚，用力拖拽。这时候斯佳丽才突然感到他是这么重而她自己太瘦弱了！如果她搬不动他该怎么办？她转了个身背对着那具尸体，每只胳膊夹了一只脚，重心前倾。尸体动了，她又拽了一下。刚才在激动兴奋中忘了疼痛的那只脚，现在像针刺一样痛，她只有咬紧牙关忍住疼痛把重量移到脚后跟上。她又拖又拽，额头上汗如雨下，把他拖到了厅堂，一路留下一道红色的印迹。

“如果他的血染红了院子，我们就掩盖不了。”她气喘吁吁地说，“把你的衬衣给我，梅兰妮，我把他的头包上。”

梅兰妮苍白的脸唰一下红了。

“别傻了！我不会看你的，”斯佳丽说，“我要是穿着衬裙或衬裤，我会脱下来派上用场的。”

梅兰妮靠在墙上，缩成一团，把那件亚麻布破衬衣从头上脱下，默默地递给斯佳丽，尽量用双臂遮掩着自己的身体。

“感谢上帝，我没那么谨慎。”斯佳丽心想，边用旧衬衣把那个血肉模糊的脑袋包了起来，与其说她看到不如说她感到了梅兰妮那尴尬的窘态。

斯佳丽跛着脚连拖带拽，把尸体从厅堂拖到门廊，停下来用手背擦了擦额头上的汗，回头瞥见梅兰妮靠墙坐在地上，曲起瘦弱的双膝护着裸露的胸部。斯佳丽恼火地想，梅兰妮这时候还感到难为情，真够傻的。就是这种中规中矩的行为方式让斯佳丽看不起她。想到这儿斯佳丽感到惭愧。毕竟——毕竟，梅兰妮在产后不久从床上爬起来，拿着一件对她来说太重的武器过来援助她。这需要勇气，斯佳丽承认她不具备这种勇气，在亚特兰大陷落那个可怕的夜晚，以及长途跋涉逃回家的征途中，梅兰妮都曾表现了这种坚如钢韧如丝的勇气。这正是威尔克斯家族的人都具备的勇气，斯佳丽虽不能理解，却给予了略带嫉妒的敬意。

“回床上去，”她侧着肩膀说，“再不回去你会死掉的。等我埋了他，我会把这儿擦干净的。”

“我会用一块破抹布擦净的。”梅兰妮小声说，一脸病态地看着地板上的一摊血。

“好吧，害死你自己我才不管呢！在我干完之前如果有人回来，让他们待在屋子里，告诉他们那匹马不知道是从哪儿走过来的。”

梅兰妮坐在上午的阳光里瑟瑟发抖，当听到死人脑袋从台阶上一阶一阶地被拖下时，她捂住耳朵不愿听到那令人恶心的咚咚声。

没有人问马是从哪儿来的。很明显，它是从前不久的战场上失散的马，他们都很高兴能有一匹马。那个北方佬被埋在葡萄棚下斯佳丽挖成的浅坑里。支撑粗藤茂叶的柱子已经腐烂，那天晚上斯佳丽用切菜刀砍它们直到柱子倒下，交叉错结的藤蔓乱蓬蓬地盖住了那座坟墓。在整修家园的时候，这儿也属于整修范围，但斯佳丽从来不提，即使黑人明白是为什么，他们也保持沉默。

在她极度疲倦难以入睡时，并没有鬼魂从那个浅浅的坟墓中爬出来骚扰她。每想到这件事，她既不感到害怕，也没感到良心不安。她不知为什么会这样，因为她知道仅在一个月前她是绝对做不出来的。年轻漂亮的哈密尔顿太太，笑靥迷人，耳环叮当，娇娇嫩嫩居然把一个男人的脸打得稀巴烂，然后把他埋入匆匆挖就的坑里！想到那些过去的熟人知道这件事时惊愕的表情。斯佳丽露出一丝狞笑。

“我不再想它了。”她下了决心，“事情已经过去，如果我不杀他，我才是傻子呢。我想——我想自从我回到家以来我一定变了一些，否则我做不出这事。”

虽然她并不是有意识地这么想，但每当她碰到不愉快或棘手的难题时，这种潜伏在她意识中的观点就会作用，给她以力量：“杀人我都干过，所以这件事我能做。”

其实，她发生的变化比她想象的更大。当她趴在十二橡树黑奴的菜地里时，她的心就形成了一层坚硬的外壳，而今慢慢地越变越厚。

既然有了马，她就可以去看看邻居家都发生了什么事。自从她回家以来，她曾千万次绝望地想：“郡里只剩下我们一家了吗？别的人都被烧死了？抑或是他们逃到了梅肯？”十二橡树庄园、麦金托什庄园和斯兰特瑞小屋的一片废墟栩栩如生地浮现在她眼前，她几乎害怕知道事实真相。但是，知道发生了最坏的事总比乱猜疑强。她决定骑马先去一趟芳汀家，并不是因为他们是最近的邻居，而是因为老芳汀大夫可能在家。梅兰妮需要一位医生。她恢复得并不怎么好，斯佳丽怕见到那张苍白病弱的脸。

所以，在她的脚伤愈合到能穿上鞋的头一天，她就骑上了北方佬的马。一只脚蹬在放短的马镫上，另一条腿蜷缩在前鞍上，就像坐在马鞍上一样，她穿过田地向含羞草庄园出发，做好看到它被烧掉的思想准备。

让她惊讶和高兴的是，她看到了褪色的黄泥墙好端端地耸立在含羞草的树丛之间，和以往没什么两样。当三个芳汀家的妇人从房子里出来欢迎她，又是亲吻，又是欢呼时，一股暖流涌上斯佳丽心头，她几乎热泪盈眶。

但是当初次相见热烈的问候过后，她们都涌入餐厅坐下来时，斯佳丽感到一阵凄凉。北方佬没来含羞草庄园是因为它远离大路。所以芳汀一家还有牲口和粮食，但含羞草庄园被一种与塔拉庄园一样的寂静笼罩着，那种寂静遍及乡村田野。除了四名干家务的女奴外，所有的奴隶听说北方佬要来都吓得逃走了。家里没有男人，只有萨莉的小儿子，乔，一个刚离尿布的小孩，可以算作一个男人。宽阔的房子里只有七十多岁的祖母，那个年过半百却仍被称为少奶奶的儿媳以及刚满二十岁的萨莉。她们远离邻居，没人保护，但是即使她们害怕也不在脸上表露出来。斯佳丽想，那可能是因为萨莉和少奶奶太怕这脆弱如瓷器但却不屈不挠的老祖母，以至于声音里不敢显出一丝不安。斯佳丽自己也怕这个老妇人，因为她以前领教过老太太尖锐的目光和伶俐的口齿。

她们三人虽无血缘关系而且年龄悬殊，但是相似的精神和经历却把她们紧紧连接在一起。她们三个都穿着自家染的丧服，都显得悲伤忧虑，虽然她们并没有郁郁不乐和怨天尤人，但从她们的笑容和好客的言语背后能看出她们内心的苦痛。因为她们的奴隶跑了，钱不值钱了，萨莉的丈夫，乔已死于葛底斯堡，少奶奶也因小芳汀大夫在维克斯堡死于痢疾而成了寡妇。另外两个男孩，阿历克斯和汤尼，不知在弗吉尼亚的什么地方，没人知晓他们的死活；而老芳汀大夫随着威勒的骑兵部队开到别处去了。

“那个老糊涂都七十三岁了，还硬装年轻，他身上到处是风湿症，像猪身上的跳蚤一样多。”祖母说道，她显然为自己的丈夫感到自豪，但神采飞扬的眼神与尖锐的词句并不相符。

“你们有没有听到亚特兰大那边的消息？”等大家坐定之后，斯佳丽问道，“我们都快被埋到塔拉庄园里了。”

“孩子，可不能这么说。”老太太说，照她习惯的那样把住了谈话的主动权，“我们和你们的情况一样。我们什么也不知道，只知道谢尔曼最终拿下了那个城市。”

“还是被他拿下了。那么他现在在干吗？哪儿还在打仗？”

“我们三个孤苦伶仃的妇道人家远离县城，好几个星期没收到一封信或一份报纸了，我们怎么会知道战争的事儿呢？”老太太尖酸地说，“我们的一个黑奴和别人家的黑奴聊过，别人家的黑奴见过一个曾去过琼斯博罗的黑奴，除此之外，我们什么也没听说。他们说北方佬现在正居住在亚特兰大，养精蓄锐。但这是真是假，你我都拿不准。他们并非不需要休息，因为我们上次打得够他们受的。”

“这些日子你一直都在塔拉庄园而我们都不知道！”少奶奶插话说，“哦，都怪我没骑马过去看看你们！但几乎所有的黑奴都跑了，我有太多的事要做，离不开。可是我应该找时间去一趟。我也太不像个邻居了。可是，我们当然也想到过北方佬把塔拉庄园烧了，就像十二橡树庄园和麦金托什庄园一样，而你的家人都逃到了梅肯。我们从没想到你会在家，斯佳丽。”

“对啊，奥哈拉先生的黑奴路过这儿时，吓得眼珠子都快掉出来了，还告诉我们北方佬要把塔拉庄园烧掉，我们能怎么想？”老太太插了一句。

“我们能看到——”萨莉开始说道。

“请让我说完，”老太太立即截住她说，“那些黑人还说，北方佬在塔拉庄园安营扎寨，你的家人打算逃往梅肯。然后那天晚上我们看见塔拉庄园上空火光冲天，持续了好几个小时，把我们那些愚蠢的黑奴吓得都逃走了。是什么烧了？”

“我们所有的棉花——价值十五万美元。”斯佳丽心痛地说。

“谢天谢地，不是你们的房子。”老太太说着，把下巴放在拐杖上，“棉花什么时候都能种，但你却种不了房子。顺便问问，你们开始摘棉花了没有？”

“没有，”斯佳丽说，“而且现在大部分棉花都被毁了。剩下的顶多有三包棉花，在河边低谷里，远得很，再说收了又有什么用？我们所有干地里活的黑奴都跑了，没人摘。”

“我的天啊，‘我们所有干地里活的奴隶都跑了，没人摘’！”老太太模仿着，并讥讽地看了斯佳丽一眼，“小姐，你这双可爱的手出什么毛病了，还有你妹妹的呢？”

“我摘棉花？”斯佳丽吃惊地叫了起来，好像老太太在说什么令人讨厌的罪行，“像一个干地里活的黑奴？像个穷白佬？像斯兰特瑞家的女人一样吗？”

“穷白佬，真是的！看，这一代真是娇气，真是个富家千金！我给你说，小姐，当我还是个小姑娘时，我父亲倾家荡产，我并不耻于凭自己的双手诚实地劳动，直到父亲挣到了足够的钱买一些黑奴回来干活。我锄过地，摘过棉花，如果有必要，我还可以干。好像还真有必要。穷白佬，真是的！”

“哦，可是，芳汀妈妈，”她的儿媳说，边向两个姑娘投去恳切的眼光，要她们帮她给老太太消消气，“那是很久以前的事了，那是完全不同的生活方式，如今时代变了。”

“世上只要还需要诚实的劳动，时代就没变，”目光尖锐的老太太说道，拒绝别人的劝解，“斯佳丽，听你刚才的话，好像劳动使好人变成了穷白佬似的，我真为你母亲感到惭愧！‘当亚当刨地，夏娃纺织——’”

为了转换话题，斯佳丽忙问：“塔尔顿一家和卡尔佛特一家怎么样了？他们的房子也被烧了吗？他们已经逃到梅肯了吗？”

“北方佬从没去过塔尔顿庄园。他们离大路很远，和我们一样。但北方佬去了卡尔佛特庄园，偷走了所有的牲畜和家禽，还让所有的黑奴跟他们跑了——”萨莉开始发话了。

老太太又打断了她。

“嗬！他们给所有的黑人少妇许诺有丝绸衣服和金耳环戴——这就是北方佬的作为。凯瑟琳·卡尔佛特说，有些北方佬骑兵离开时，他们背后马鞍上还坐着愚蠢的黑女人。看吧，她们得到的将是不白不黑的孩子，而且我认为北方佬的血并不能改良这个种族。”

“哦，芳汀妈妈！”

“别拉着一张惊讶的脸，简。我们都结过婚了，不是吗？而且，上帝作证，我们曾在此之前看到过黑白混血儿。”

“他们为什么不烧卡尔佛特家的房子？”

“那幢房子保留了下来是因为第二位卡尔佛特太太和她的北方佬监工希尔顿南腔北调的口音。”老太太说，她老是称那位前家庭教师为第二位卡尔佛特太太，尽管第一位卡尔佛特太太已经去世二十年了。

“我们是坚决支持邦联的，”老太太从尖细的鼻子中发出声来模仿他们的声调，“凯瑟琳说，他们俩对天发誓说整个卡尔佛特家族都是北方佬。而实际上卡尔佛特先生死于荒野之中！瑞福德在葛底斯堡，凯德在弗吉尼亚随军作战！凯瑟琳感到很耻辱，她说她宁愿房子被烧了。她说如果凯德回家听到这些，肯定气得要命。可是，这就是娶个北方佬女人做老婆的后果——没有自尊，无须体面，总是想着他们自己……斯佳丽，他们怎么没有烧掉塔拉庄园？”

斯佳丽停了一会儿才回答。她知道下一个问题就是：“你们家里的人都好吗？你那亲爱的母亲怎么样？”她知道她不能告诉她们艾伦死了。她清楚如果她那么说，甚至只要她在这些富有同情心的妇女面前想到这些，她都会哭得死去活来。但是她不能哭。她回到家后还没有真正哭过，她知道一旦打开泪的闸门，她那大丈夫般的勇气将消失。可是她也知道，看着友好的脸迷惑地看着她，如果她还保留艾伦的死讯，芳汀一家永远不会原谅她。尤其是老太太，她对郡里的人大多看不上眼，只有艾伦是她用瘦骨嶙峋的手肯定赞扬过的。

“没事，说吧，”老太太说，眼光锐利地看着她，“你不知道吗，小姐？”

“哦，你看，我也是那一仗打完后才回的家，”她急忙答道，“那时北方佬已经走了。爸爸告诉我——他没让他们烧房子，因为苏伦和卡洛琳害了严重的伤寒，不能移动。”

“这是我头一回听说北方佬干体面事，”老太太说，好像她听到任何关于侵略者的好话都感到后悔似的，“那么两位姑娘现在怎么样？”

“哦，她们好些了，好多了，只是还很虚弱。”斯佳丽回答。然后，眼看她害怕听到的问题就要由老太太提出来，她赶紧换了个话题。

“我——我想你们能不能借给我们点吃的？北方佬像一群蝗虫一样将我们打劫得精光。不过，如果你们也很紧张的话，只要实话实说，然后——”

“让波克赶辆马车来，凡是我们有的，米、肉、火腿、鸡，都分一半给你们。”老太太说着，飞快地看了斯佳丽一眼。

“哦，太多了！真的，我——”

“什么都别说了！我不想听。否则要邻居有什么用？”

“你们真是太好了，我不能——不过我必须走了。家里的人该为我担心了。”

老太太突然站了起来，拉住了斯佳丽的胳膊。

“你们两个待在这儿，”她下了命令，边推着斯佳丽向后门廊走去，“我有点私事想问这孩子。扶我下楼，斯佳丽。”

少奶奶和萨莉道了别并许诺会很快去拜访斯佳丽。当老太太向斯佳丽说那些话时，她们充满好奇，但是如果老太太不说，她们也不会问的。“老太太真不好对付。”少奶奶悄声对萨莉说，当她们继续做针线活时。

斯佳丽一只手放在马头上，站在那儿满腔愁绪。

“现在，”老太太说，凝视着她的脸，“塔拉庄园到底出什么事了？你有什么事瞒着我们？”

斯佳丽抬起头，看着那双敏锐的眼睛，她知道她该说出真相了，不能流泪。没人敢在芳汀祖母面前哭泣，除非得到她明确的允许。

“妈妈死了。”斯佳丽直截了当地说。

拉住她胳膊的那只手抓得更紧了，抓得她痛起来，那昏黄的眼睛上起皱的眼皮眨个不停。

“是北方佬杀了她？”

“她死于伤寒，就在我到家的前一天死的。”

“别想它了。”老太太严肃地说，斯佳丽看到她有些哽咽，“那你爸呢？”

“爸爸他——他已不是他自己了。”

“什么意思？快说，他病了？”

“这个打击——他太奇怪了——他不是——”

“别给我说他不是他自己。你是不是说他精神失常了？”

听到事实这么坦然地说出来，真是一种解脱。老太太真好，没露出一丝同情，因为同情会让她哭的。

“是的，”斯佳丽沉闷地说，“他精神失常了。他总是精神恍惚，有时他好像回忆不起母亲已经死了。哦，老太太，我真的忍受不了看着他坐在那儿等她，很有耐心，而他的耐心一向比个孩子都差。可是要是他记起来艾伦已去世，那就更糟。经常会有这种情形，他坐在那儿静静地侧耳倾听母亲的动静，然后突然跳起来，跌跌撞撞地跑出房间，直往墓地走去。当他满脸泪水，步履蹒跚地回来时，他会一遍又一遍地说：‘斯佳丽，奥哈拉太太死了。你的母亲死了。’直到我尖叫起来，就像我又一次第一次听见这个消息一样。有的时候，深夜之中听见他叫母亲的名字，我就下床到他床边告诉他，母亲在楼下下房照顾一个生病的仆人。他听了就很烦躁，因为母亲总是照顾别人把自己累得筋疲力尽。让他回去睡觉真难。他跟个孩子一样。哦，我本希望芳汀大夫会在这儿呢！我知道他能给爸看病！梅兰妮也需要医生。她产后恢复得很不理想——”

“梅兰妮——孩子？她和你住在一起？”

“是的。”

“梅兰妮和你怎么会住在一起？她怎么不跟梅肯的姑妈和亲戚住在一起呢？我从来都认为你不太喜欢她，小姐，虽然她是查尔斯的妹妹。现在，告诉我这是怎么回事？”

“说来话长，老太太。你是否想回到屋里坐下来听？”

“我可以站着，”祖母简捷地说，“如果你在其他人面前讲你的故事，她们会大惊小怪，弄得你很难受。现在，我们在这儿说吧。”

斯佳丽从遭围攻和梅兰妮怀孕开始讲，有些犹豫，但当她的故事在老太太锐利的一眼不眨的目光下一一展开时，她已经找到有力量和带有恐怖气息的词语来表达，一切又在她脑海中重现：婴儿诞生那天令人厌恶的闷热的气候，逃亡过程和瑞特的撒手不管。她讲到那个漆黑的夜晚，不知敌友的营地的火光在远处闪烁，太阳升起时她看到的是孤零零的烟囱，是死人、死马横尸于大路上，是饥饿，是荒凉，以及对塔拉庄园是否也付之一炬的恐惧。

“我以为只要我能到家见到妈妈，她会安排一切，我就能放下累人的重担了。回家的路上，我以为我已遇到了最糟糕的事情，但当我得知妈妈死了时，我才明白什么是最糟糕的。”

她垂下眼睑看着地面，等待老太太发话。沉默了好长时间。她都怀疑老太太是否能体会她正陷入绝望的境界。最后，苍老的声音响起，而且她的语气是亲切的，比以往斯佳丽听到她跟别人说话的语气要亲切多。

“孩子，一个女人遇到她面前发生的最糟糕的事情本身就很糟糕，因为在这最坏的形势过去后，她将不再真正惧怕任何事情。一个女人要是什么都不怕也很糟糕。你以为我不理解你告诉我的情况——不理解你是从何种情形下过来的吗？不，我非常理解你。我像你这么大时正赶上克里克部落的叛乱，就在米姆斯要塞大屠杀之后——对，”她用一种回忆的口吻说道，“就像你这么大，因为那正是五十年以前的事了。我设法钻进灌木丛中躲了起来，我躺在那儿。看到我们的房子在燃烧。印第安人在剥我的兄弟姐妹的头皮。而我却只能躺在那儿，不住地祈祷上帝保佑别让火光暴露了我藏身的地方。他们又把我的母亲拖出来，在离我仅有二十英尺的地方把她杀了。也扒了她的头皮。另一个印度安人又走回她的身旁，用短斧劈她的头盖骨。我——我是母亲的宝贝女儿，我躺在那儿，看到了一切。第二天早上，我出发去了最近的村落，它有三十英里远。我用了三天才到那儿，穿过沼泽地和印第安人的部落，后来他们以为我疯了……就在那儿我遇到了芳汀大夫。他照顾我……啊，对了，正如我所说，那是五十年前的事了，打那以后我再也没害怕过任何事，任何人。因为我知道最糟糕的事我已经经历过了。正是这种不知道害怕的性格给我带来了许多麻烦，让我失去了许多幸福。上帝要求我们女人温顺、胆怯，如果一个女人什么都不怕就有点不正常……斯佳丽，你要永远保留一些让你害怕的东西——就像保留一些东西让你爱一样……”

她的声音低了下去，静静地站在那儿，回顾着半个世纪前的那个曾让她害怕过的日子。斯佳丽不耐烦地移动着身体。她本以为老奶奶理解了她，或许会给她指条解决困难的路。但是像许多老年人一样，她讲的事情都是发生在大家没出生之前，都是大家不感兴趣的事情。斯佳丽希望自己没有信赖过她。

“好了，回家吧，孩子，要不然他们会担心你的，”她突然说道，“今天下午让波克赶辆马车来……别以为你能卸下重担。因为你不能。我知道。”

那年，印第安的夏天缠绵到十一月，而对塔拉庄园的人来说，暖和的日子都是光明的。黑暗已经过去。他们现在有了马，可以骑马而不用走路。他们早餐有煎鸡蛋，晚餐有煎火腿，改善单调的红薯、花生和苹果干的食谱，有一回过节时，他们还有烤鸡吃。那头老母猪最终被逮住了，现在正和它的一群小猪仔在屋子下面的猪圈里呼噜呼噜地撒欢。有时，它们的嚎叫声太大，屋子里的人讲话都听不见，但这声音听起来很舒服。这意味着在冬日来临，宰猪时日来到时，白人有新鲜的猪肉，黑人有猪下水；这意味着整个冬天都有食物了。

斯佳丽对芳汀一家的拜访，使她精神振奋，比她意识到的还要好。她得知她还有邻居，还有些世交的朋友和老邻居幸存了下来，这消除了她回到塔拉庄园头几礼拜的那种可怕的失落感和孤独感。芳汀一家和塔尔顿一家，由于种植园不在北军行军的路边，他们都非常慷慨地把他们所剩无几的食物拿出来与塔拉庄园的人分享。这是郡里的传统，那就是邻里之间互相帮助，而且他们拒绝收斯佳丽一分钱，告诉她如果是她，也会那么做的。等到明年塔拉庄园也有了收成，可以再用实物还他们。

现在斯佳丽有了供一家人吃的食物，有一匹马，有从北方佬逃兵身上搜出的钱和珠宝，现在最大的需要是新衣服。她很清楚如果打发波克去南边买衣服是很冒险的事，马可能会被北方佬或南部邦联军队捕获。不过至少，她有买衣服的钱，有此行所需的一匹马和马车，也有可能波克会既完成任务又不被抓获。是的，最坏的局面已经过去。

每天早上起床后，斯佳丽为淡蓝色的天空和暖洋洋的太阳而感谢上帝，因为好天气每拖延一天，穿保暖衣服的必要时刻也要随之推迟。而且每个暖和的日子多一天，空房里堆着的棉花就会更多一些，现在庄园里只有这间空屋子可以储存东西。地里的棉花比斯佳丽和波克估计的要多，可能有四包，而且仓库很快就要满了。

斯佳丽本不打算自己动手摘棉花，虽然挨了芳汀祖母犀利的训斥。她，奥哈拉家的大小姐，如今塔拉庄园的女主人，在田里干活是不可思议的。那会把她跟蓬头垢面的斯兰特瑞太太和埃米放在一个层次。她原来打算让黑人干地里活，而她和三个康复中的姑娘做家务活，但她却遇到了比她自己更强烈的等级观念。波克、嬷嬷和普里西听说要在地里干活时都大声喊叫。他们一再声明，他们是干家务的黑奴，而不是干地里活的，尤其是嬷嬷，强烈地宣布她从未干过地里活。她生于罗彼拉德的大宅院里，而不是偏房里，长于老太太的卧房里，一向睡在床角边的草垫上。只有迪西一言不发，眼睛眨都不眨一下地看着普里西，使她坐立不安。

斯佳丽根本不听他们的抗议，把他们都赶到棉田里。但是嬷嬷和波克干活太慢，带着悲伤，所以斯佳丽又让她回厨房做饭，让波克带着罗网去林子里捕野兔和负鼠，带着鱼钩去河边钓鱼。摘棉花让波克有失体面，而狩猎和钓鱼却不会使他难堪。

斯佳丽接着劝说她的妹妹们和梅兰妮下地干活，但她们干得也不好。梅兰妮干活干净利索，但是在灼热的阳光下站一个小时，就一声不吭地晕倒了，不得不卧床休息一周。苏伦闷闷不乐，哭哭啼啼，假装也晕倒了，但是当斯佳丽将一葫芦水泼在她脸上时，她就像一只发怒的猫一样尖叫着恢复了知觉。最后她索性不干了。

“我不愿像个黑人一样在地里干活！你不能强迫我。如果我的那些朋友听说了该怎么办？如果——如果肯尼迪先生知道了该怎么办？哦，如果妈妈知道了这些——”

“你又一次提到妈妈，苏伦·奥哈拉，再说我会扇你耳刮子，”斯佳丽呵斥道，“母亲在世时比这儿任何一位黑人都辛苦，尊贵的小姐！”

“她不是！至少，她不干田里活。你不能强迫我。我要去向爸爸告你，他不会逼我干活！”

“你敢把我俩的纠纷去烦爸！”斯佳丽喊道，对妹妹的气愤和对杰拉尔德的担心困扰着她。

“我来帮你干，姐姐。”卡洛琳乖顺地插话说道，“我会把我和苏的活干完的。她还没完全康复，不应该在太阳下晒。”

斯佳丽感激地说：“谢谢你，甜心宝贝。”但同时却不无焦虑地看着她的小妹妹。卡洛琳一直是脸色粉红白嫩，像果园里被春风吹落的花团一般，如今粉红已不见，但在她沉思的表情中仍能流露出甜甜的花团般气质。当她苏醒过来，发现艾伦已经去世，斯佳丽变为一名泼妇，世界已经改变，每一天都有干不完的活，她变得沉默寡言，神情恍惚。卡洛琳生性柔弱，无法使自己适应这一系列变化。她甚至不能理解发生的事情，像个梦游症者一样在塔拉庄园走来走去，叫她干什么她就干什么。她看起来和实质上都很脆弱，但是她心甘情愿地干活，顺从、热心。当她不在干斯佳丽安排的活时，她手里就常拿着念珠，嘴唇不停地动，为母亲和布伦特·塔尔顿祈祷。斯佳丽并未想到布伦特的死对卡洛琳的影响那么严重，以至于伤痛难愈。对斯佳丽来说，卡洛琳还是个孩子，太小了，还不懂爱情。

斯佳丽站在棉田里被太阳晒着，无休止的弯腰使她的背疼痛欲裂，一双手被干燥的棉桃磨粗了。她想，如果她有个妹妹，既有苏伦的精力又有卡洛琳的温顺该多好！因为卡洛琳摘棉花勤谨又认真。但当她工作一个小时后，很明显就能看出，身体尚未恢复到可以工作的是她，而不是苏伦。所以斯佳丽把卡洛琳也送回了房间。

现在，只有迪西和普里西与斯佳丽还忙于长长的棉田中。普里西摘得又懒又慢，时断时续，抱怨她的脚疼、背疼、肚子疼，全身无力，直到她母亲拔起一束棉花秆，抽得她直叫。此后她干得稍好了些，与她母亲小心地保持距离。

迪西干活不知疲倦，默默无言，像一台机器一样，而斯佳丽却累得背疼，肩膀由于背着棉花袋把皮勒破了，她心里想：“原来花大钱买下迪西可真值得。”

“迪西，”斯佳丽说，“当好日子又回来时，我不会忘记你所做的一切。你真棒。”

这个古铜色皮肤的胖妇人不像别的黑人一样，听了主人的赞扬便咧着嘴笑或不安地扭动身体。她扭过脸，面无表情，不卑不亢地对斯佳丽说：“谢谢小姐。不过杰拉尔德先生和艾伦小姐对我很好，杰拉尔德先生为了不让我难过，把我的普里西也买了过来，我这辈子都不会忘。我有印第安血统，而印第安人从不忘记对他好的人。我为普里西感到抱歉。她粗鲁不懂事。跟她爸一样是个完完全全的黑人。她爸就是大大咧咧的。”

尽管斯佳丽在希望别人帮忙时遇到许多问题，尽管干体力活使她疲惫不堪，但随着棉花一点点由田间运至仓库，她的精神也渐渐愉悦起来。棉花有某种令人安心的功效。塔拉庄园就是靠棉花发财的，甚至整个南方都是靠棉花发财的，而斯佳丽是地道的南方人，这足以使她相信塔拉庄园和南方会再次靠棉花振作起来。

当然，她积攒的这点棉花远远不够用，但也小有用处，卖了可以换些邦联钞票，这能帮她省下北方佬钱夹里的绿钞票和金币，直到他们不得不花的时候。明年春天：她要尽力想办法让邦联政府把被征用的大萨姆和其他田间劳力送回来，如果邦联政府不放，她就用北方佬的钱从邻居家雇些田间劳力来。明年春天她要播种，播种……她站直了疲惫的腰身，放眼望着秋田，似乎看见明年田间的农作物一亩连着一亩，绿油油的，气势喜人。

明年春天！或许明年春天战争就结束了，好日子又回来了。不管南部邦联是胜是败，日子都会好过一些。什么都比经常遭到两方面军队的袭击要强。战争结束后，种植园靠诚实劳动过活。哦，但愿战争快点结束！那样，人们就可以放心地播种，放心地收获了！

现在有了希望。战争不会永远持续下去。她有了点儿棉花，她有食物，她有一匹马，她有数额不大但很珍贵的一笔钱。是的，最坏的局面已经过去！

第二十七章

十一月中旬的一天中午，大家都围坐在餐桌旁，吃着最后一点嬷嬷用玉米面和黑莓干加高粱糖浆做的点心。空气中有一丝寒意，今年的第一丝寒意。波克站在斯佳丽椅子后，高兴地搓着双手问道："是不是到杀猪的时候了，斯佳丽小姐?"

"你已闻到猪下水的味道了，是不是?"斯佳丽笑道，"是的，我也闻到了新鲜的猪肉味，如果这样的天气保持几天的话，我们就——"

梅兰妮的汤勺还在嘴边，忽然打断了斯佳丽的话。

"听，亲爱的！有人来了！"

"有人在叫。"波克不安地说。

秋天寒冷干燥的空气中清楚地传来像受惊吓的心跳一样的马蹄声，还有个女人的声音，尖声叫道，"斯佳丽！斯佳丽！"

大家互相对视了一会儿，就惊叫着跳起来，把椅子推开。尽管由于恐惧，声音变得颤颤的，大家还是听出来那是萨莉·芳汀的声音，一小时前她在去琼斯博罗路过这里时还进来闲聊了片刻。现在，当大家一哄而出，挤到前门时，看见萨莉骑着一匹大汗淋漓的马，如风般飞奔，头发散在背后，帽子靠丝带挂着。她并不勒缰绳，只是一边疯狂地朝他们奔过来，一边挥舞着胳膊指着背后她来的那个方向。

"北方佬来了！我看见他们了！就在大路上！北方佬——"

就在马要冲上台阶的一瞬间，为了改变方向，她野蛮地一勒缰绳，一下把马嘴剖开。那马急转身，纵身三次跳过路边的草坪，接着萨莉像在狩猎场上一样，策马跃过四英尺高的围栏。他们只听见沉重的马蹄声穿过后院，穿过黑人偏房的小道，因此可以知道她直奔含羞草庄园去了。

有好大一会儿，他们愣愣地站在那儿，苏伦和卡洛琳握住彼此的手，开始抽泣。小韦德呆站在那儿，不住地哆嗦，哭不出来。他离开亚特兰大后一直恐惧的事情又发生了。北方佬来了，来抓他。

“北方佬？”杰拉尔德含糊地说，“北方佬不是已经来过这儿了吗？”

“圣母玛利亚！”斯佳丽尖叫道，她的目光遇到了梅兰妮惊恐的目光。短短一瞬间，那些可怕的记忆重现眼前，逃离亚特兰大前夜的恐惧，已成废墟的房屋散落于田园，所有关于奸淫烧杀的景象一一再现。她又一次看到北方佬士兵时，他手里拿着艾伦的针线盒站在厅堂里。她想：“我要死了。我要死在这儿了。我以为我们已挺过来了。我要死了。我再也不能忍受了。”

然后，她的目光落在装好马鞍，拴着的马身上，本来波克要骑着它去塔尔顿庄园办件事的。她的马！她唯一的一匹马！北方佬会把这匹马连同母牛和牛犊一起带走。还有老母猪和它的猪仔——哦，养老母猪和那些敏捷的小猪不知花了多少力气和时间！北方佬会把芳汀家给他们的一只公鸡，几只下蛋的母鸡和几只鸭子都带走。还有贮藏室里的苹果和红薯。还有面粉、大米和干豌豆。还有他们钱夹里的钱。北方佬会带走所有东西，让他们忍饥挨饿。

“不能让他们拿走！”她大声叫喊，他们都吓了一跳，转过身来看着她，担心她的脑子由于打击出了什么毛病，“我不想挨饿！他们不能拿走这些东西！”

“什么，斯佳丽？怎么了？”

“那匹马！那头牛！那群猪！他们不能拿走，我不能让他们拿走！”

她迅速转过身，面向挤在门口的四个黑人，他们个个面如土色。

“沼泽地。”她快速说。

“什么沼泽地？”

“河边的沼泽地，你们这些笨蛋！把猪赶到沼泽地去。你们全去。快点。波克，你和普里西到地窖里把猪赶出来。苏伦，你和卡洛琳拿着篮子，尽量装满，去林子里。嬷嬷，把银器重新藏到井里去。波克！波克，听我说，别那样站在那儿！把爸带上。别问我去哪儿！哪儿都行！和波克一起走，爸，这才是好爸爸。”

就是在极为狂乱的情况下，斯佳丽仍能想到杰拉尔德看到蓝色军装时，会产生什么后果。她停下来，拧着双手，韦德由于恐惧紧紧地抓着梅兰妮的裙摆，低声啜泣，这更加使斯佳丽感到恐慌。

“我该做什么，斯佳丽？”梅兰妮的语气在哭泣声和疾行声中显得很镇静。虽然她脸色像纸一样苍白，整个身体不住地颤抖，但异常镇定的声音稳住了斯佳丽的情绪，提醒大家都在看着她，等着她发布命令。

她还没说完，梅兰妮一把甩开韦德拉着裙摆的手，下了前阶，向那匹马跑去，边跑边撩起她那宽宽的裙摆。斯佳丽瞥见两条纤细的腿，裙摆和衬裙快速地摆动。梅兰妮已经上了马，她的脚因离马蹬很远而在那里晃荡。她抓起缰绳，脚跟在马腹部一夹，然后又突然勒住缰绳，她的脸由于害怕而扭曲。

“我的孩子！”她叫道，“哦，我的孩子！北方佬会杀了他！快把他给我！”

她的手抓住前鞍准备从马上滑下来。这时斯佳丽喝住了她。

“快走！快走！把牛赶走！我会照顾孩子的！快走，听见没有！你想我会让他们抓住阿希礼的孩子？快走！”

梅兰妮绝望地向后看了看，但还是用脚后跟夹住马腹，随着石子路上的一阵马蹄声，她已沿着车道奔向牧场。

斯佳丽心想：“我从未想到梅兰妮·哈密尔顿能骑马！”接着她跑进了房间。韦德跟在她屁股后面，抽泣着，努力想抓住她那飞扬着的裙摆。当她一跃跨了三个台阶时，见苏伦和卡洛琳胳膊上挎着橡树皮编的篮子正往贮藏室跑，波克用劲拉着杰拉尔德的胳膊，把他往后院拖。杰拉尔德嘟嘟哝哝地抱怨，挣扎着不肯走，像个小孩。

后院传来嬷嬷尖锐的嗓音“你，普里西！你爬到地窖里把小猪递给我，你明知道我块头大爬不进去。迪西你来叫这个粗鲁的丫头——”

“我本以为把猪留在地窖里是个好主意，没人能偷走他们，”斯佳丽想着，跑进她的屋里，“为什么，哦，为什么我不在沼泽地给它们垒个窝呢？”她拉开最上层的抽屉，在衣物中乱翻乱找，直到手里拿到了北方佬的钱包。她迅速地从针线盒里找出她藏在里面的独粒宝石和钻石耳环，然后把它们塞进了钱夹。但是钱夹藏哪儿呢？床垫里？烟囱里？扔到井里？放在怀里？不，放怀里不行！钱夹会从她的紧身胸衣里露出个边儿来，如果北方佬看见了，他们会剥光了她搜身。

“如果他们那样，我宁愿去死！”她绝望地想。

楼底下乱成一团，脚步声，哭泣声混在了一起。在这一团糟的情况下，她倒希望悔拉妮在她身边，梅兰妮那镇定的声音，她打死北方佬那天勇敢的表现，会让斯佳丽好受些。梅兰妮一个能顶他们三个。梅兰妮——梅兰妮说过什么？哦，对了，是宝宝！

把钱夹紧握在胸前，斯佳丽跑过厅堂，到了另一间屋子里，小博在摇篮里睡觉。她把孩子抱起来，他醒了，睡眼蒙眬地流着口水，挥舞着小拳头。

她听见苏伦在喊：“快点，卡洛琳！快点！我们已拿够了。哦，姐姐，快点！”后院传来猪仔的尖叫声和母猪愤怒的呼噜声。斯佳丽跑到窗前，只见嬷嬷胳膊底下各夹一只小猪，急匆匆地穿过棉花田。她身后，波克也一边夹一只小猪，还推着杰拉尔德。杰拉尔德在田垄中踉踉跄跄地走着，不时挥着他的拐杖。

斯佳丽从窗户中探身出来大喊：“把母猪带上，迪西！叫普里西把它赶出来。

你可以赶着它赶过棉田。”

迪西抬头看了看，她古铜色的脸上愁云密布。她的围裙里装满了银餐具。她指了指地窖。

“母猪咬了普里西，把她堵在了地窖里。”

“这母猪真够可以的。”斯佳丽想。她匆忙回到她的房间，匆匆收罗起藏起来的从北方佬身上搜出来的镯子、胸针、袖珍肖像、银杯等东西。但是往哪儿藏呢？一手抱着宝宝，一手拿着这些东西，真不方便。她把宝宝放在了床上。

一离开她的怀抱，宝宝便哭起来，这时斯佳丽想出了个点子。再好的地方哪有藏到宝宝尿布里安全？她迅速把他翻过来，把他的衣服掀起来，把钱夹塞到尿布下面，紧挨着他的屁股。这么一折腾他哭得更响了，斯佳丽赶忙把三角形的尿布裹在他乱踢跳的腿中间。

“现在，”她想，深吸了一口气，“现在去沼泽地！”

她一手抱着大哭大叫的宝宝，一手紧握着那些珠宝，跑到楼下过道里。突然，她疾行的脚步停了下来，一阵恐惧使她双膝发软。这房子怎么这么静！多可怕的静！他们难道全都走了，只剩下她自己？没有人等她？她并没有要他们扔下她一个人不管。这种日子一个单身女人在北方佬要来的时候什么都能发生——听到一阵轻微的响动吓得她跳了起来，她猛地一转身，看见被她遗忘的儿子抓着栏杆，双眼充满了恐惧。他想说话，但是嗓子发不出音来。

“起来，韦德·哈密尔顿，”她立即命令道，“起来走，妈妈现在不能抱你。”

他向她跑去，像只受惊的小动物，抓住她宽宽的裙子，把脸藏到了裙摆里。斯佳丽能感觉到他的小手隔着裙子努力想抱住她的腿。她开始下楼，但韦德拽着的手让她举步维艰，于是她凶巴巴地说：“松开我，韦德！松开，自己走！”但那孩子却拽得更紧。

当她走到平台上，整个底层跳跃在她眼前。每一件熟悉亲切的家具似乎都在低声说：“再见！再见！”她的喉咙哽咽了。艾伦曾经辛苦劳作的小办公室的门开着，她可以瞥见旧写字台的一角。餐厅里桌椅凌乱，没吃完的食物仍盛在盘子里。地板上破旧的地毯是艾伦自染自织的。那儿还有一张罗彼拉德外婆的旧画像，胸脯半裸，头发高高盘起，鼻线勾勒得很深，使整个面孔带着一丝永久的有良好教养的讥笑。这里所有的东西都是她早期记忆的一部分，所有的一切都深深扎根于她心底：“再见！再见，斯佳丽·奥哈拉！”

北方佬会把这一切烧光的——一切！

这是她看家的最后一眼，除非藏在树林或沼泽地里时还可能会再看见自己的家，烟囱裹着浓烟，屋顶在烈火中倒塌。

“我不能离你而去，”斯佳丽心想，由于害怕牙齿打起架来，“我不能离开你。爸也不愿离开你。他曾告诉他们要烧房子除非先把他烧了。那么，他们要烧你就先烧死我吧，至死我也不离开你。我所剩下的只有你了。”

下定决心后，她的恐惧消失了大半，胸中仅剩下一种凝固的感情，似乎所有的希望和恐惧都凝结了。她站在那儿，听见从林荫道上传来许多马蹄声，军刀在刀鞘里振动的声音，缰绳和嚼子发生的咣当声，以及一声严肃的命令“下马!”斯佳丽敏捷地弯腰面向身边的儿子，她的声调紧迫而又异常的温柔。

“松手，韦德，宝贝！你快跑下楼梯，穿过后院往沼泽地去。嬷嬷和梅兰妮姑姑都那儿。快跑，亲爱的，别害怕。”

随着她的声调的改变，小男孩抬头看了看，斯佳丽看了他一眼，不由得被他的眼神吓了一跳，他活像一只罗网里的幼兔。

“哦，圣母玛丽亚!”她祈祷上苍，“千万别让他抽搐！别——别在北方佬面前抽搐。不能让他们知道我们害怕。”然后，当孩子抓她的裙子更紧时，她清楚地说：“做个小男子汉，韦德。他们只是一帮该死的北方佬罢了。”

接着，她下了楼梯，去迎接他们。

谢尔曼的军队正从亚特兰大穿越佐治亚州向海边进军。他们身后，亚特兰大成了冒烟的废墟，因为蓝军践踏过后放了把火把它烧了。他们前面，是三百英里实际上未设防的土地，因为部队里只剩下州民团的残余力量以及老人和少年组成的自卫队。

这里是肥沃的土地，星星般点缀着的种植园，老人、儿童、妇女和黑人在此藏身。在一带八十英里宽的地域里，北方佬们抢光烧光。有数以百计的家园付之一炬，数以百计的家园回荡着他们的脚步声。但是，对斯佳丽来说，看到蓝军涌进前厅，不是一件全郡范围内的事，而完全是个人的，是属于针对她及她的家人的恶意行动。

她站在楼梯脚下，怀里抱着小婴儿，韦德紧靠着她，脑袋藏在她裙子里，这时北军已一窝蜂似的拥进房屋，粗鲁无礼地打她身边经过，径直上楼去，有的把家具拖到前廊，用刺刀和匕首乱戳乱捅，探探里面有没有藏着值钱的东西。上楼的则撕破床垫和羽绒被褥，空中飞满了羽毛，纷纷扬扬飘落在她头上。斯佳丽站在那儿，无能为力地看着他们肆意破坏，又偷又抢，无处发泄的愤怒挤走了她心中仅剩的一点恐惧。

为首的中士是个罗圈腿、灰头发的小个子男人，腮帮子里正嚼着一大团烟草。他抢在手下的人之前站在她面前，往地板上和她裙子上乱吐，简短地发话：

“把你手上的东西给我，太太。”

她忘了手中还有要藏起来的那些珠宝饰物。于是冷笑着扔到地板上，她希望自己的神态不逊色于外婆罗彼拉德画像上的表情，随之而来的贪婪的哄抢使她产生快感。

“麻烦你把那个戒指和那对耳环给我。”

斯佳丽把宝宝在腋下夹紧些，使他的脸朝下，脸憋得通红使劲哭，先摘下那杰拉尔德送给艾伦的订婚礼物石榴耳环，然后，拽下那只镶着一只蓝宝石的戒指，这是查尔斯送给她的订婚戒指。

“别扔，递给我，”中士说道，伸出了双手，“他们那些杂种已捞得够多了。你还有什么东西?”他的目光犀利地在她胸口扫来扫去。

一时间斯佳丽感到天旋地转，似乎已感到有双粗糙的手伸进她的胸脯，摸索着想解开她的上衣。

“就这些了，不过我想，剥光你们的俘虏大概是你们的惯例吧。”

“哦，我可以采纳你的话。”中士很有礼貌地说，转身要走时又吐了一口唾沫。斯佳丽扶正宝宝，努力让他安静下来，用一只手按在藏钱夹的尿布上，感谢上帝，梅兰妮有个宝宝，还是个带裹布的宝宝。

她可以听见楼上沉重的靴子践踏声，家具在地板上拖来拖去的吱嘎声，瓷器和镜子的碎裂声，找不到贵重物品时的咒骂声。院子里传来高声叫喊：“截住它们！别让它们跑了!”接着传来鸡鸭鹅咯咯嘎嘎的一片惊叫声。当她听到痛苦的尖叫声随着一声枪响戛然而止时，她知道那头母猪死了，顿时一阵悲痛深入心肺。该死的普里西！她早已逃跑了，扔下母猪不管。但愿猪仔们安全！但愿家人全都安全到达沼泽地！但是没办法确定。

她静静地站在厅堂里，而她周围的士兵们却喧喧嚷嚷，又喊又骂。韦德由于害怕，手紧紧抓着斯佳丽的裙子。她能感到韦德的身体在抖，但她无法安慰他。她对那些北方佬也说不出一句话，既不求饶，也不表示反抗和愤怒。她只能感谢上帝她的膝盖还有力量支撑她的身体，她的脖颈还能支撑高昂的头。但是当一群胡子拉碴的男人，载着各色各样偷来的物品笨重地下楼梯，尤其是看见查尔斯的军刀被一个人拿着时，她叫了起来。

那把军刀属于韦德所有。他的父亲和祖父都曾用过，而且斯佳丽在小韦德最近这次过生日时已赠送给他了。他们还举行了一个庄重的仪式，梅兰妮当时哭了，为自豪和伤心的记忆哭了，吻了小韦德，告诉他长大后必须做个勇敢的将士，继承父亲和祖父的遗风。韦德十分引以为豪，常爬到桌子上去，摸那把挂在墙上的军刀。看到那些憎恶的手把自己的财宝拿走她还可以忍受，但是看到她的儿子引以为豪的东西被拿走却不可容忍。韦德听见她的叫喊也从裙子保护之下探出头来看了一眼，在突发的哭泣声中找到了勇气和说话的能力。他伸出一只手，喊道：

“我的！”

“你不能拿走那个！”斯佳丽迅速说，也伸出了一只手。

“我不能，嘿？”拿着军刀的小兵说着，无耻地冲她咧着嘴笑，“当然，我能！这是把叛军刀。”

“它——它不是，这是墨西哥战争中用过的军刀。你不能拿走，这是我儿子的。这是他祖父赠给他的军刀！哦，上尉，”她叫道，转向中士，“请让他还给我吧！”这位中士很高兴自己的荣升，走上前来。

“让我看看那把军刀，巴布。”他说。

这位小骑兵不情愿地递给了他，“有个金的刀柄。”他说。

中士拿在手中，转了几下，举起刀柄对着阳光，读上面刻着的字。

“‘赠予威廉·R·哈密尔顿上校。’”他辨认着，“‘全体军官赠。为英勇而赠。于1847年，布埃纳维斯塔。’”

“呵，太太，”他说，“我当时也在布埃纳维斯塔。”

“是吗？”斯佳丽冷冷地说。

“真的！那是场激烈的战斗，我给你说。在这场战争中我还没见到那么激烈的场面。这把军刀真是这小孩儿爷爷的吗？”

“是的。”

“好吧，是他的了。”中士说，大概已对他手帕里包着的珠宝首饰很满足了吧。

“可是它有个金柄。”小骑兵仍坚持道。

“我们要给她留点念着我们的东西。”中士咧嘴笑道。

斯佳丽拿过这把军刀，甚至没说声“谢谢你。”为什么要她感谢这些把她自己的财产还给她的贼？她拿着军刀靠在自己胸前，这时小骑兵还在与中士争吵不休。

“妈的，我会给这些该死的叛军留点纪念的。”这名骑兵在中士发火叫他滚到地狱里去，不许顶嘴时，愤愤不平道。小个子兵到后院破坏去了，斯佳丽这才松了口气。他们没说要烧房子。他们没叫她离开，好让他们点火。可能是——可能是——那些兵纷纷从楼上和门外涌进厅堂。

“找到些什么?”中士发问道。

“一头猪和几只鸡、鸭。”

“一些玉米、红薯和豌豆。我们刚才看见的那个骑马的野猫一定是来报信的，一定是。”

“十足的保罗·里维尔，嗯?”

“算了吧，这儿没什么东西，中士。你来吃别人吃剩的。我们快点赶在整个郡都知道以前行动。”

“你在熏肉房下搜了没?他们一般会把东西埋在那儿。”

“这儿没有熏肉房。”

“你在黑人偏房里搜了吗?”

“除了棉花什么也没有。我们一把火烧了。”

刹那间，斯佳丽似乎又站在了烈日下摘棉花，似乎又感到背上剧烈的疼痛，还有磨破皮的肩膀的痛楚。一切努力化为泡影，棉花又被付之一炬。

“你们东西不多，是吗，太太?”

“你们的军队以前就曾来过。”斯佳丽冷冷地说。

“那是事实，九月份我们到过这附近。”一个士兵说，把玩着手中的东西。“我刚才忘了。”

斯佳丽看到他手中拿的是艾伦的金顶针。过去她常见艾伦做针线活时它在闪闪发光!看到它，许多痛苦的回忆涌上心头，曾经戴着它的那双手多么纤细。现在是一只结满老茧又很脏的手拿着它，很快，它就会北上，最终戴在某个北方佬妇女的手上，这个女人会为戴着偷来的东西而引以为豪。艾伦的顶针!

斯佳丽低下头，不让敌军看见她哭了，眼泪慢慢滴落在宝宝头上。透过泪眼，她看见北方佬们都向门外走，听见中士用很大很粗的嗓音下命令。他们要走了，塔拉庄园安全了，但由于关于艾伦的痛苦回忆困扰着她，她高兴不起来。当北方佬们沿着林荫道远去，每个人都载满了偷来的东西，衣物、毯子、画像、母鸡和鸭子、母猪。她站在那儿，突然感到虚弱无力，军刀的铿锵声和马蹄声并没给她带来任何精神放松。

接着，她闻到了焦煳味，于是转过身去，精神松弛下来后大感虚弱，顾不上棉花了。透过餐厅开着的窗户，可以看到烟从黑人小屋里徐徐飘出。棉花完了。税钱和用来保证他们度过严冬的部分钱也随之泡汤了。除了无奈地看着，她于事无补。她曾见过棉花着火，知道扑灭这种火有多难，就是有许多男人也不容易。感谢上帝，下房离正房很远!感谢上帝，今天没风，不能把火星刮到塔拉庄园的屋顶上！

突然，她扭转身体，像一条短毛猎犬一样一动不动地瞪着一双恐怖的眼睛，穿过厅堂，沿着走廊投向厨房。厨房里有烟冒出来！

她把宝宝放在厅堂和厨房中间的一个地方。又在某个地方用脱了韦德紧抓着的手，把他甩到了墙角。她冲进浓烟滚滚的厨房，又摇摇晃晃退了回来，被呛得咳嗽，眼睛被烟刺激得不停地流泪。她用裙子掩住鼻子再次冲了进去。

房间因只有一小扇窗透光，所以很暗，加上浓烟，她什么也看不见，但她能听见火苗嗞嗞声和噼啪声。她用一只手扇开浓烟，一边眯着眼朝里看，只见厨房地板上一条细小的火线向墙边蜿蜒伸去。有人把在火灶里烧着的木柴扒出来撒了一地，干燥的松木立刻被火吞没了，像喷水般吐出火苗。

她冲回餐厅，从地板上抓了条破毯子，冲撞中弄翻了两把椅子。

“我绝对扑灭不了——永远不能，不能！哦，天哪，要有个人帮我该多好啊！塔拉庄园完了——完了！哦，上帝啊！这就是那小坏蛋说的要给我留点纪念以记住他！哦，我真该让他拿走那把军刀！”

经过过道时，她发现她的儿子抱着军刀躺在角落里。他的眼睛闭着，脸上呈现出呆滞的可怕的平静。

“我的天啊！他死了！他们把他吓死了！”她痛苦地想道，但她并未停下，而是打韦德身边过去，直奔厨房门旁的一桶饮用水。

她把毯子一端浸入水中，深吸一口气，又一次冲进了浓烟滚滚的房间，并把身后的门关上了。在无尽长的时间里，她摇摇晃晃不停地咳嗽，使劲用毯子扑打着眼前的火焰。有两次她的长裙着火了，她都用手拍灭了。她闻到了头发烧焦的难闻的气味，因为头发从发夹中散落下来披在了肩上。火焰不停地从她背后窜起，向过道的墙角延伸，像条凶猛的蛇一般蜿蜒跳跃前进，斯佳丽备感疲劳，她知道这下没希望了。

门突然开了，扑进来的气流将火扇得更旺。紧接着门砰的一声关上了，斯佳丽透过浓烟的漩涡，模模糊糊地看见梅兰妮在跺脚以踩灭火焰，用一种又黑又重的东西扑打着火焰。她看见梅兰妮摇摇晃晃，不住地咳嗽，在闪电般的一瞬间，瞥见她苍白的脸，眯着眼睛抵御浓烟，看见她娇小的身体随着地毯的上下舞动而来回扭曲。仿佛又过了一段无穷长的时间，她们并肩战斗，拼命挥舞着地毯，斯佳丽看得出一条火线正在缩短。突然，梅兰妮转过身面向她，大叫一声，用尽全力在她双肩上击了一下。斯佳丽在浓烟的漩涡和黑暗中倒了下去。

当斯佳丽睁开双眼时，发现自己躺在后门廊下，她的头很舒服地枕在梅兰妮的大腿上，下午的阳光照在她的脸上。她的双手、脸、双肩由于烧伤，剧痛难忍。烟还从偏房里往外冒，黑人住的小屋笼罩在一团黑烟中，棉花烧焦的味道很刺鼻。斯佳丽看见一缕烟从厨房里飘出来，立即疯了似的要站起来。

但她被按住了，传来梅兰妮镇静的嗓音："好好躺着，亲爱的。火已经灭了。"

她静静地躺了一会儿，闭着眼睛，放松地叹息，听见宝宝咂着嘴咯咯地笑，韦德站在旁边打着饱嗝。那么韦德没死，谢天谢地！斯佳丽睁开双眼，仰视着梅兰妮的脸。她的鬈发烧焦了，脸熏黑了，但是她的眼睛闪烁着光芒，而且她还在微笑。

"你像个黑人。"斯佳丽喃喃地说，虚弱地把头又埋入那个松软的"枕头"。

"你倒像个技艺团的排尾。"梅兰妮平和地回敬了一句。

"你为什么要打我一下？"

"因为，我亲爱的，你的后背着火了，我没想到你竟会晕倒，尽管你今天遇到的事足以致你于死地……我把牲畜在林子里安顿好后就马上回来了。想到只有你和宝宝在，我都快急死了。那——那些北方佬伤害你了吗？"

"如果你指的是强奸，那倒没有。"斯佳丽说，当她试图坐起来时，发出痛苦的呻吟。虽然梅兰妮的大腿很软，但躺在门廊上远远谈不上舒服。"可是他们偷走了所有的东西，所有的。我们什么都没了——哦，有什么好高兴的？"

"我们没有失去对方，我们的孩子毛发未伤，而且我们还有一座房子。"梅兰妮说着，她的声调轻松活泼，"现在所有人期望的就是这些了……天哪，宝宝尿湿了！我想北方佬大概把他的尿布也偷走了。他——斯佳丽，他的尿布里到底有些什么？"

她突然惊恐地把手伸到宝宝屁股底下，随之掏出个钱夹。她看着它，似乎从未见过似的，接着哈哈大笑，那一阵又一阵的笑声不带任何歇斯底里的成分。

"这种办法也只有你才能想起来。"她叫道，同时双臂搂着斯佳丽的脖子，连连吻她，"你是我见过的最灵巧机智的姐妹！"

斯佳丽任由她拥抱，因为她太累了，无法挣扎，因为梅兰妮的赞扬给她带来精神安慰，还因为在黑暗的浓烟密布的厨房里，自己对这位小姑子产生了深深的敬意和更亲切的友情。

"这点我可以肯定，"斯佳丽不情愿地想，"她总是在你最需要她的时候刚好出现。"

第二十八章

随着寒霜的出现，严冬来临。刺骨的寒风从门缝里钻进来，把松动的窗框拨得叮叮当当一个劲儿地响。仅剩的几片树叶也从光秃秃的树上落了下来，只有寒松还披着绿装容，寒森森地面对灰白的天空。坑坑洼洼的红土大道冻得如燧石般坚硬，整个佐治亚州饥饿成风。

斯佳丽痛苦地回想着她与芳汀祖母之间的对话。两个月前的那天下午，现在想来像是几年前发生的事了，她曾对老太太说她已经遭遇到可能会发生在她身上的最坏的事，当时这倒是肺腑之言。现在看来那话简直是女学生的夸张表达。在谢尔曼的军队第二次来塔拉庄园之前，她还小有丰富的食物和不算少的钱，她有比自己运气好得多的邻居，还有足以帮她度过严冬的棉花。现在棉花没了，食物没了，钱对她也没用，因为没有食物可买，邻居的境况反不如她了。她至少还有一头母牛和一头牛犊，几只猪仔和一匹马，而邻居们除了能藏在林子里的，埋在地下的，已一无所有。

塔尔顿家的费尔希尔庄园已被烧光，塔尔顿太太和四个女儿只得在监工的房子里度日。洛夫乔伊附近芒罗家的房子也已化为灰烬。含羞草庄园的木结构偏房也被烧了，只剩下坚实的泥墙构成的主房，这还是由于芳汀家的妇人们和他们的奴隶用地毯被子疯狂扑救才幸免于难。卡尔佛特家的房子这次又逃过劫难，靠的是北方佬监工希尔顿的调和，但他们那儿的牲畜、家禽一只未剩，连一穗玉米都未留下。

在塔拉庄园及整个郡，食物是头等难题。大多数家庭除了剩存的红薯、花生和林子里猎获的野味外一无所有。每户家庭都把仅存的一点分给没他们幸运的朋友，正如他们在富足日子里的一贯作风。但很快便没什么可分的了。

在塔拉庄园，如果波克运气好的话，他们就吃兔子、负鼠和鲇鱼。其他日子便靠少量的牛奶，一些山胡桃、烤橡子和烤红薯来打发。他们老是感到饿。而斯佳丽总感到无论向哪边转身，总能看到伸出的手，乞求的目光。他们的样子快让她发疯了，因为她也与他们一样饿。

她吩咐把小牛杀了，因为它要喝掉那么多珍贵的牛奶，那天晚上每个人都吃了很多新鲜小牛肉，结果每个人都闹病。她知道她应该杀只猪仔，可她尽量往后推迟，希望把猪仔养大。它们都太小了。如果现在把它们杀了，能吃到的肉很少，可如果再养一段时间，肉就会多得多。每晚她都与梅兰妮争辩要不要让波克骑马拿着绿票子去换点食物回来。但是马可能会被捕获，钱也可能被抢走，这种担心使她们灰心。她们不知道北方佬现在在哪儿。也许在千里之外，也许就在河对岸。一次，斯佳丽决定孤注一掷，自己骑马去找食物，但是由于对北方佬的恐惧，全家人一齐歇斯底里地哭嚎，她不得不放弃计划。波克为找食物跑得很远，有时彻夜不归，斯佳丽也不问他去哪儿了。有时，他带着猎物回来，有时带着几穗玉米，一包干豆。有一次他带回家一只公鸡，他说是在林子里发现的。全家人吃得津津有味，却有一种内疚感，因为大家都明白这是波克偷的，就跟他偷来干豆和玉米一样。此后不久的一天晚上，大家都睡着很久以后，波克敲开了斯佳丽的房门，局促不安地给斯佳丽看他被子弹打伤的腿。在她给他绑绷带的时候，他尴尬地解释说，他在想溜进费耶特维尔的一家鸡棚时被人发现了。斯佳丽没问是谁家的鸡棚，只是温和地拍了拍波克的肩膀，热泪盈眶。黑人有时很气人，还又笨又懒，但他们却有金钱买不来的忠心，他们有着和白人是一家人的感情，因此为了保证桌上有食物而不惜冒生命之险。

换到别的时日，波克的小偷小摸可是件很严重的事，或许会挨鞭子。换到别的时日，斯佳丽迫于压力最少应严厉斥责他一顿。“什么时候都要记住，亲爱的，”艾伦说过，“上帝托你照管，你就要对黑人的健康和德行负责。你必须认识到他们就像孩子，应像看管孩子一样看管他们，而你自己也必须给他们树立个好榜样。”

然而现在，斯佳丽把这番劝告置于脑后。她不再为自己鼓励盗窃而深感良心不安，即使这些被盗者的境况还不如她。其实，这件事的道德标准在她心中无足轻重。她没有惩罚或斥责波克，只是为他被射伤而感到遗憾。

“你必须多加小心，波克。我们不想失去你。我们没了你该怎么办？你一直非常优秀，非常忠心，等我们又有了钱，我要给你买块很大的金表，在上面刻一句《圣经》上的话：‘给优秀的、忠心的奴仆。’”

听到这些夸奖，波克咧嘴笑了，并轻轻地揉了一下那条缠着绷带的腿。

“你这么说太好了，斯佳丽小姐。你认为我们什么时候能有钱？”

“我不知道，波克，但我想过一段时间会有的。”她弯下腰瞥了他一眼，那视而不见的眼神露出很深的苦痛，波克不安地蠕动着身体，“有一天，战争结束了，我会有很多钱，我将永远不再挨饿受冻。我们谁也不再挨饿受冻。我们将穿着好看的衣服，每天都有炸鸡吃——”

这时她顿住了。在塔拉庄园，在她制定的规则中最严的一条就是不准谈论他们过去吃过的美味食物或他们现在想吃什么，如果他们有机会吃到的话，这条她向来严厉地加以执行。

就在斯佳丽还呆在那儿没有目标地凝视着时，波克溜出了房间。在过去的时光里，现在活着的和已死去的，都过着丰富多彩的生活，充满了许多纷繁复杂的问题。那时要想方设法赢得阿希礼的爱情，还要让那一打求爱者围着她转，使他们不幸福。还要把不规矩的行为瞒过长辈，对充满妒意的女孩或加以蔑视或加以安慰，她还要选不同款式的衣服和不同质地的衣料，要做各种不同的发型，还有，哦，还有许多许多其他的事情要决定！可是现在生活却令人惊讶的简单。现在生活的全部内容就是找到足够的果腹食物，足够的御寒衣物及头顶的房屋不致漏得太厉害。

这些天来，斯佳丽天天做噩梦，这些梦将萦绕在她心头好多年。梦的内容一直是一样的，连细节都不变，但梦的可怕性却一次比一次强，到后来甚至醒着的时候都在担心晚上又要做噩梦。她头一回做这个梦那天发生的事，她记得非常清楚。

寒雨下了好几天，屋里寒冷潮湿。壁炉里的木柴太潮，冒烟多，发热少。从早餐时起，除了牛奶别无他物，因为红薯已吃光，波克的猎捕又一无所获。明天必须宰一头猪仔，否则他们就没吃的了。全家人都盯着她看，那黑的白的，紧张又饥饿的脸，无声地要她提供食物。她将不得不冒着失去马的危险打发波克外出买东西。更糟糕的是，韦德病了，嗓子红肿疼痛，发高烧，但时此时此刻既无医生又无药。

为照顾儿子又累又饿，斯佳丽把韦德交给梅兰妮照看，自己躺到床上小睡片刻。她的脚冰凉，所以蜷缩着，辗转反侧，心头被恐惧和绝望压得难以入睡。她一次又一次地想：“我该怎么办？我该上哪儿求助去？世上再没人能帮我了吗？”世上的安乐盛世上哪儿去了？为什么没有个强壮又聪明的人把重担从她肩上卸下来呢？她生来不是挑重担的料，也不知道如何去挑。随后她就不安稳地睡了一会儿。

她置身于荒僻的他乡，浓雾缭绕，伸手不见五指。脚下的泥土晃动不已。这是一片鬼怪出没的土地，恐怖的寂静，她迷路了，在黑夜中像个孩子一样迷失了方向。她胆战心惊。她感到很冷很饿，对于藏在周围迷雾中的东西非常害怕，可想喊又喊不出来。从雾中伸出来的手抓住了她的裙子，把她向脚下晃动的地层下面拖去，那里有一只只静静的，残忍的，幽灵的手。然后，她知道在她周围的晦暗深处有一处避难所，在那里可以得到帮助，得到庇护，得到温暖。但是在哪儿呢？在那一只只手抓住她把她拖到流沙罩之前，她能到达那儿吗？

突然，她奔跑起来，穿过迷雾，像疯了一样边跑边哭边喊，挥舞着双臂乱抓，可是抓到的只有空气和湿雾。避难所在哪儿？那地方老是躲着她，但是它就在附近，藏在某个地方，她要是能到那儿该多好！如果她能到那儿，她就安全了！但是恐惧使她腿软，饥饿使她眩晕。她发出绝望的呼喊声，接着醒了过来，发现梅兰妮焦急地看着她，是梅兰妮晃醒了她。

这个梦一次又一次骚扰她，不论什么时候只要她空着肚子躺下就会做这个梦，而空肚子的时候是够多的。她吓得不敢睡觉，尽管她像发烧说胡话一样对自己说："没事儿，不就是个梦吗，没什么好怕的。梦见雾也没什么好怕的。什么事都没有——"但是想到要掉进那个迷雾缭绕的他乡还是很吓人，所以她开始和梅兰妮一起睡，当她痛苦地呻吟，身体扭动，就说明她又做噩梦了，梅兰妮此时会弄醒她。

在这种精神压力下，她变得苍白清瘦，脸上可爱的圆润消失了，剩下两块突出的颧骨，使她那双眼睛特别地绿，看起来像只饿猫。

"白天就够像噩梦的，还要晚上遭罪。"她绝望地想，开始把白天吃的省下来留到睡前吃。

圣诞前夕，弗兰克·肯尼迪带着一小队人马来到塔拉庄园，希望侥幸搜集点谷物和肉类给军队享用。他们衣着破烂，纪律涣散，骑着一群呻吟喘息的跛马，很显然这些马身体太差，不能用在前线作战。跟他们的马一样，除了弗兰克，这些男人个个伤残，不能作为作战力量，因而从前线退了下来，他们不是缺只胳膊就是少只眼，或关节僵硬不能屈伸。他们大部分穿着北方佬俘虏的蓝军衣，塔拉庄园的人猛一看吓了一跳，以为谢尔曼的军队又回来了呢。

他们在庄园过的夜，睡在客厅的地板上，能躺在丝绒地毯上对他们来说挺奢侈的，因为几个星期以来，他们一直露宿野外，睡的不是松针地就是硬土地。虽然他们胡子又长又脏，衣衫褴褛，但不失为有教养的团体，他们说话令人愉悦，还讲笑话，恭维话，非常乐于在这座大房子里度过圣诞前夜，因为可以围着可爱的女士，就如他们在很久以前习惯的那样。他们拒谈战争，而是胡诌一些骇人听闻的故事逗姑娘们笑，给这座光秃秃、空荡荡的房子带来一线光明，一些久违了的节日气氛。

“这就跟我们以前开家庭聚会一样，是不是?”苏伦愉快地向斯佳丽低语道。苏伦由于房子里来了她自己的求爱者而感到腾云驾雾，她的眼睛几乎没离开过弗兰克·肯尼迪。斯佳丽惊讶地发现苏伦几乎可以算得上漂亮，尽管自她生病以来一直很瘦弱。她的脸颊似抹了一团红霞，双目充满温情，顾盼生辉。

“她一定真的在乎他。”斯佳丽带着不屑一顾的心情想道，“我想如果苏伦有了自己的丈夫，会变得像个人样，即使她的丈夫是那个老于事故、斤斤计较的弗兰克。”

卡洛琳也精神了点，那天晚上她的眼里没有梦游的神情。她已经找到一个认识布伦特·塔尔顿的人，此人在布伦特被杀时和他在一起，因此在晚饭后她和那人私下谈了很久。

吃晚饭时，梅兰妮一改往日腼腆的性格，强迫自己活泼起来的样子着实使大家惊讶。她又是放声大笑，又是开玩笑，跟一名独眼士兵差点儿调起情来，这位士兵以极度的殷勤回报她的热情。斯佳丽知道梅兰妮在精神和体力两方面都做了极大的努力，因为她在任何男性面前都很难为情，非常痛苦。此外，她的身体还没有恢复。她坚持说自己强壮，甚至比迪西干的活还多，但斯佳丽清楚她还病着。当她抬东西时，脸色变得苍白，干一阵活后要突然坐下来，似乎她的腿不再能支撑她。但是今晚，她和苏伦与卡洛琳一样，尽可能地让士兵们享受圣诞前夜的愉快时光。只有斯佳丽不因来了客人而感到高兴。

嬷嬷准备了干豆、花生和炖苹果干端到他们面前，而他们也加上自己的烤玉米和肋条肉，称这是他们几个月来吃过的最丰盛的晚餐。斯佳丽看着他们吃，心里并不轻松。她不但心痛他们吃的食物，还忧虑不安，唯恐他们发现波克昨天杀的一头猪仔。它现在挂在贮藏室里，斯佳丽严厉地告诫家人，如果谁向客人透露风声，还把其他的猪仔藏在沼泽地里的消息传出去，她会把他的眼珠子挖出来。这些饥饿的男人一顿饭就能把那只小猪消灭掉，如果让他们知道还有活猪，他们会命令没收充军。她还很担心那头母牛和那匹马，后悔不如把他们藏在沼泽地而不是拴在牧野的草坡下。如果军需队把她的牲畜征走的话，塔拉庄园可能就度不过这个冬天了。没有别的办法可以代替它们。至于军队吃什么，她才不管呢。让军队自愚养活自己吧——如果他们能办到的话。让她养活全家人已经够难的了。

士兵从背包里拿出些“通卷条”作点心，这可是斯佳丽头一回见到邦联部队这种特殊的食品，尽管关于它的笑话和关于虱子的笑话一样多。这种食物呈烧黑了的螺旋状，像块木头。士兵们竭力劝她尝一口，当她真的吃了一口，她发现在烟熏黑的表层下是没放盐的玉米窝头。士兵们将他们的玉米面和了水，如果能弄到盐就加点盐，用推枪弹的通条卷了这种面团放在营火上烤这种东西。咬起来像冰糖，尝起来像锯末一样无味，斯佳丽只咬了一口就赶忙还给了他们，惹得一阵大笑。她与梅兰妮的目光相遇，她们从对方脸上都可以看出同样的想法……“如果仅靠这种东西维生，他们怎么能继续打仗?”

晚餐气氛很愉快，就连木呆呆坐在餐桌首位的杰拉尔德，也设法从他迷迷糊糊的思想中激发出待客之道来，还时不时微笑一下。男人们谈笑风生，女人们频频微笑，极力奉承——但是斯佳丽，突然转身想问弗兰克·肯尼迪关于贝蒂帕特小姐的消息时，看到了他脸上的一些表情，竟使她忘了要说什么。

他的视线离开苏伦，扫视这间屋子，目光落到杰拉尔德孩子气的呆滞的眼睛，落到没有地毯的地板上，落到裸露的不加装饰的壁炉台上，落到下陷的沙发上，及被北方佬刺破的垫子上，落到餐具架上方的破镜子上，落到墙上未褪色的痕迹上，在北方佬来之前那上面挂着画，落到餐具很少的餐桌上，落到姑娘们精心补缀但仍很破旧的衣服上，还有韦德身上穿的用面粉袋改成的苏格兰短裙上。

弗兰克回想起战前他所熟知的塔拉庄园，脸上露出痛苦的表情，一种疲惫的无处发泄的愤怒表情。他爱苏伦，喜欢她的姐妹，尊敬杰拉尔德，而且打心眼里喜欢这个庄园。自打谢尔曼扫荡过佐治亚州之后，弗兰克骑马在州内各地搜集军需时，见过许多骇人的景象，但没有塔拉庄园这么让他心痛的。他想为奥哈拉家族做些什么，尤其是为苏伦，但是他什么也帮不上。他下意识地满怀同情之心地拨着蓄着小胡子的脑袋，边发出啧啧声，此刻他与斯佳丽的目光相遇。他看到她眼里愤怒的火焰，知晓伤了她的自尊，于是连忙尴尬地垂下目光盯着自己的盘子。

姑娘急切地想知道新闻，自亚特兰大沦陷以来，已有四个月中断邮讯，目前关于北方佬在哪儿，邦联军队仗打得怎么样了，亚特兰大究竟发生了什么事，老朋友们还好吗，等等，这些事情，姑娘们一无所知。弗兰克由于工作的缘故，走遍这一带，他的消息像报纸一样及时，甚至比之尤胜，由于从梅肯到亚特兰大几乎所有的人都与弗兰克沾亲带故，因此他能提供一些有趣的个人新闻，而这些报纸上不会涉及。为了掩盖被斯佳丽看破心态的窘态，他赶紧开始系列新闻播报。他告诉大家，谢尔曼的军队拿下亚特兰大后，它又被邦联军队收复，但已毫无价值，因为谢尔曼的军队已把整个城市烧成灰烬。

“可是我以为亚特兰大是我逃离那天着的火，”斯佳丽失声喊道，很迷惑，“我以为是我们的人干的!”

“哦，不是，斯佳丽小姐!”弗兰克大吃一惊，连忙说道，“我们从来不焚烧我们自己人居住的城市！你看见的火是仓库和军需处的火，那是因为我们不愿让军需品被北军缴获，还有铸铁厂和弹药库。仅此而已。而当谢尔曼军队进驻城市时，房屋与店铺完好如初。他就把部队驻扎在那里。”

“但是老百姓怎么样了？他——他杀人了没？”

“杀了一些——但不是用子弹杀的。”那个独眼士兵冷冷地说，“他进驻亚特兰大后，便对市长说，城内所有的人都得离开，所有活着的人。然而有许多经受不了长途跋涉的老人，还有不能移动的病人，还有女士们——是的，女士们不该移动的。谢尔曼在一个从来没有见过的特大暴风雨的天气里强迫他们离开，成百上千的人被赶到拉甫拉迪附近的林子里，然后捎话给胡德将军要他来接他们。许多人因肺炎和不堪虐待而死。”

“哦，可是他为什么要这么做？他们对他构不成任何威胁。”梅兰妮叫道。

“他说，他要用城市养兵蓄马，”弗兰克说，“他的部队在那儿休养，直到十一月中旬他开拔，离开亚特兰大的时候，他在全城放火，把所有的东西都烧得精光。”

“哦，真的烧光了！”姑娘们惊慌地喊道。

难以想象她们熟悉的城市，那么热闹，有那么多老百姓，有那么多士兵，就这样毁掉了。所有林荫树下可爱的家园，所有的大店铺，豪华的旅馆——这些真的全毁了！梅兰妮似乎马上就要泪如雨下了，因为那是她的出生地，她的家就在那儿而不在别处。斯佳丽的心沉了下去，因为她爱这个地方仅次于爱塔拉庄园。

“嗯，差不多全都烧光了。”弗兰克被她们脸上的表情弄得很不安，赶忙补充道，他尽力装出高兴的样子，因为他不想看到心情难过的女士。这些女士总是也令他心情难过并感到无助。他没有勇气把最坏的消息告诉他们。让她们从他人那儿获悉吧。

他不能告诉她们军队收复亚特兰大时所见的景象：成亩成亩的废墟上耸立着烧黑的烟囱，各种烧了大半的家具和残砖剩瓦成堆地积在街道上，古树经不住大火已奄奄一息，烧焦的树枝在风中纷纷坠落。他记得这一幕惨象让他那么伤心恶心，记得邦联军看到城市的废墟时咬牙切齿的咒骂。他希望女士们永远不要听到公墓被洗劫一事，否则她们将永远不会忘记。查尔斯·哈密尔顿和梅兰妮的父母亲都埋葬在那儿。弗兰克看到公墓惨象后到现在还做噩梦。北方佬士兵为了找到死人陪葬的金银珠宝，竟捣开墓穴，挖开坟墓。他们抢劫死人，橇下棺材上的金质和银质的铭牌，银质的饰件和银质的把手。人的骨头和尸体被抛在劈开的棺木之间，躺在光天化日之下，惨不忍睹。

弗兰克也不能告诉他们狗和猫的遭遇。因为女士们向来很重视宠物。但是它们的主人被如此粗鲁地赶出亚特兰大之后，成千上万的动物无家可归，忍饥挨饿，弗兰克看到这种景象时震惊的程度不亚于墓地时的感受，因为弗兰克也很喜欢小猫、小狗。它们饱受惊吓，又冷又饿，像森林野兽般野蛮，强的攻击弱的，弱的等待更弱的死去好以之为食。而且，在废墟的上空，兀鹰以优美的姿态盘旋在冬日的天空，带着不祥之兆。

弗兰克在脑中搜寻一些能缓和气氛的消息以便让女士们轻松起来。

“有些房子保存了下来，”他说，“大块地皮上建的房屋远离其他房屋而未着火。教堂和共济会堂还在。还有少数几家店铺。但是商业区、铁路沿线一带及五角场一带——咳，女士们，那部分已夷为平地了。”

“那么，”斯佳丽心痛地大声喊道，“查利留给我的那个靠近铁路的仓库也化为乌有了，对不对?”

“如果是靠近铁路的，那就完了，不过——”突然间他笑了，他以前怎么就没想到这个呢？“高兴起来，女士们！你们的贝蒂姑妈的房子幸免于难，虽然有部分损坏，但整体上完好。”

“哦，它是怎么躲过大火的?”

“那是因为它是砖房，有个石板房顶，这可是亚特兰大唯一的一个，我想，就因为这个，它逃过了一场火灾。在北部它可能是最后一栋房子，那一带的火不算太猛。当然，驻扎在那儿的北方佬把它破坏得挺严重。他们甚至把护墙板和楼梯上的红木扶手拆下来烧火，可这都无所谓！房子外形完好。我上星期在梅肯见到贝蒂小姐时——”

“你见到她了？她好吗?”

“还好。还好。当我给她说房子还在时，她立即打定主意回家去。如果那个老黑奴彼得同意她回去的话。许多亚特兰大人已经回去了，因为他们待在梅肯深感不安。谢尔曼没有攻占梅肯，但每个人都担心威尔森的突击队会很快到达梅肯，他可比谢尔曼更坏。”

“不过如果房子没有了，他们回去不是很傻吗？他们住哪儿呢?”

“斯佳丽小姐，他们有的住在帐篷里，有的住在小木屋里，有的没毁掉的房子里，住着六七家人。而且他们打算重建家园。斯佳丽小姐，别说他们傻。你对亚特兰大人的了解不比我差。他们的心全在自己的城市上，正如查尔斯顿的人心思全在查尔斯顿上一样，不是北方佬和一场大火就能轻易把他们逼走的。亚特兰大人——请原谅，梅兰妮小姐——对于亚特兰大的感情像头骡子一样顽固。我不知道为什么，一直认为这个城市是善于钻营、不拘小节的地方。不过话说回来，我是个乡下人，我不喜欢任何城市。我还要告诉你，先回到亚特兰大的人是很精明的。后回来的人会找不到他们房屋上的一砖一瓦，因为所有的人都找遍整个城市搜集残砖碎瓦重建自己的房子。就在前天，我看见梅里韦瑟太太和梅贝尔小姐还有她们年老的黑女奴在往手推车里放砖瓦片。米德太太曾告诉我，她一直想建个小木屋，就等丈夫回来帮她。她还说她初到还叫马撒斯维尔的亚特兰大时，住的就是小木屋，现在即使没人住木屋她也不在乎。当然，她只是开开玩笑，但是我们可以了解他们目前的感受。”

“我想，他们很有勇气。”梅兰妮自豪地说，“你说是吗，斯佳丽？”

斯佳丽点点头，心中充满了一种不屈不挠的喜悦和对第二故乡的自豪感。正如弗兰克所说，那是个善于钻营、不拘小节的地方，这正是斯佳丽为什么会喜欢它的原因。它不像别的老资格的城市那样顽固老化，死气沉沉，而是活力四射，无所顾忌的。“我喜欢亚特兰大。”她心想，“北方佬和一场大火都别想让我放弃它。”

“如果贝蒂姑妈已回到了亚特兰大，我们最好也回去和她一块儿住，斯佳丽，”梅兰妮说，打断了斯佳丽思想的链条，“她会由于害怕孤独而死的。”

“现在，我怎么能离开这儿，梅兰妮？”斯佳丽愠怒地说，“如果你急着想回去，我也不会拦你。”

“哦，我不是那个意思，亲爱的，”梅兰妮连忙说，脸上窘得通红，“我怎么这么粗心大意！当然了，你不能离开塔拉庄园，而且——而且我想彼得大叔和厨娘会照顾姑妈的。”

“没什么会阻挡你走的。”斯佳丽简短地指出。

“你知道我不会离开你的，”梅兰妮答道，“而且我——我离开你会吓死的。”

“你自己看着办吧。此外，你休想让我回亚特兰大。他们还没建成几座房子，谢尔曼的军队就会回来，重新放把火烧掉。”

“他不会回去了。”弗兰克说道，尽管他努力保持正常，但脑袋还是垂了下来。

“他已经穿过佐治亚州到达海边。萨凡纳这礼拜被占领，他们说北方佬正向南卡罗来纳进军。”

“萨凡纳被占领了！”

“是的。唉，女士们，萨凡纳不得不沦陷。没有足够的士兵把守，尽管他们用上了所有能用上的男人——只要能拖动两条腿的就行。当北方佬进军米勒奇维尔时，他们征召了所有军校的学生，不管他们有多年少，甚至还打开了州监狱的大门用犯人扩充军队，你们知道这些吗？是的，先生，他们释放了所有愿意上前线的罪犯，还许诺要赦免他们，如果他们能活到战争结束之后的话。一想到那些年幼的学生和盗贼与杀人犯同站在队列里，我就浑身起鸡皮疙瘩。”

“他们把犯人放出来危害我们！”

“嗨，斯佳丽小姐，别紧张。他们离这儿远着呢，另外，他们正在转变为好士兵。我想做过贼并不意味着不能做个好士兵，对不对？”

“我认为很正确。”梅兰妮柔声说道。

“哦，我不那么认为。”斯佳丽直率地说，“在郡里转来转去的贼就够多的了，再加上北方佬和——”她及时打住了，但男人们还是笑了。

“再加上北方佬和我们军需队。”他们补充道，斯佳丽脸唰地红了。

“可是，胡德将军的部队上哪儿去了？梅兰妮赶快转移话题解围，“他肯定能守住萨凡纳的。”

“哎，梅兰妮小姐，”——弗兰克吃了一惊，随之带着责怪的语气说道——“胡德将军根本就不在那一带。他一直征战于田纳西州，努力想把北方佬的兵力吸引到佐治亚州以外。”

“他的神机妙算不是很灵验吗！”斯佳丽大声讽刺道，“他让该死的北方佬在我们的土地上通行无阻，却把我们交给一群学生、罪犯和自卫队来保护。”

“女儿，”杰拉尔德说道，站了起来，“你在说脏话，你妈妈听了会很伤心的。”

“他们就是该死的北方佬！”斯佳丽激动地说，“而且我还从来没想过用别的词来叫他们。”

一提到艾伦，所有的人都感到不舒心，谈话突然间顿住了。又是梅兰妮解了围 。

“你在梅肯时，有没有见过英迪亚和霍妮·威尔克斯？她们有没有——听到过关于阿希礼的消息？”

“哎，梅兰妮小姐，你知道如果我有阿希礼的消息，就会马上骑马从梅肯赶过来告诉你，”弗兰克嗔怪地说，“没有，她们没有任何消息，但是——唉，别为阿希礼担心了，梅兰妮小姐。我知道自你上次收到他的信以来已很久没他的消息了，但是你也别指望一个坐牢的人能给你捎出信来，是不是？他们的情况没有北方佬俘虏在我们这儿的情况差。毕竟，北方佬有足够的食物、药品和毯子。他们不像我们——自己吃的都不够，还能留给俘虏多少。”

“哦，北方佬的装备是很足，”梅兰妮叫道，悲愤之情溢于言表，“但是他们并不给俘虏。你知道他们不会的，肯尼迪先生。你刚才那么说是为了让我感到好受点。你明知道我们的小伙子在那儿冻得要死，又要挨饿，到死也没有药品和医生，很简单，就是因为北方佬对我们恨之入骨！哦，如果我能把所有的北方佬都从地球上铲除掉该多好！哦，我知道阿希礼正——”

“别说！”斯佳丽叫道，心都提到嗓子眼了。只要没人提到阿希礼死了，在她心中还有微弱的希望，那就是他还活着，但是她感到只要她听见那句话，阿希礼在她心中也就死掉了。

“哦，威尔克斯太太，别为你的丈夫担心，”独眼男人安慰道，“在第一次马纳萨斯战役后我被俘，后被换回来，那时我在牢里，他们给我吃最好吃的东西。有炸鸡和热酥饼——”

“我觉得你是个吹牛大王，”梅兰妮带着一丝淡淡的笑意说道，这是斯佳丽第一次看见她跟一个男人说笑，“你觉得呢？”

“我想也是。”独眼男人说完，拍着自己的腿大笑。

“如果各位都到客厅去，我就唱几首圣诞颂歌给大家听。”梅兰妮说，她很高兴地转换了话题，“钢琴是北方佬搬不走的一件东西。它的声调走样了吗，苏伦？”

“糟得很。”苏伦回答道，愉快地面带微笑向弗兰克招手示意跟她来。

可是当大家都离开房间时，弗兰克迟疑不前，拉了拉斯佳丽的袖口。

“我可以和你单独谈谈吗？”

在那可怕的一瞬间，她害怕他会问她牲口的事，于是给自己找了个很好的谎话。

当房屋静下来时，他们站在火炉旁，弗兰克在别人面前装出来的愉快神色消失了，斯佳丽现在看到的简直是一个老头。他的脸干燥、蜡黄，跟塔拉庄园草坪上被风吹来吹去的落叶的颜色差不多，他那姜黄色的颊须又稀又乱，还有几根白须。他茫然地抚着颊须，然后在讲话之前令人反感地清了清嗓子。

“我对你母亲的去世深感遗憾，斯佳丽小姐。”

“请不要再讲这个。”

“还有你爸——他变成现在这样是从——？”

“是的——他——他神志不清了，这些你都看见了。”

“他太重视她了。”

“哦，肯尼迪先生，请别谈——”

“对不起，斯佳丽小姐，”于是他紧张不安地在地上擦脚，“其实我本想和你父亲商量点事，可是现在我觉得没用了。”

“或许我可以帮你，肯尼迪先生。你知道——我现在是一家之主。”

“那好吧，我——”弗兰克刚开始说就又紧张地抚了抚他的胡子，“说实话——是这样，斯佳丽小姐，我原打算请求他把苏伦许配给我。”

“你是想告诉我，”斯佳丽惊诧地大声喊道，“你还没跟爸谈过苏伦的事？而你已追了她好几年了！”

他的脸唰地红了，不好意思地咧嘴笑了，看起来他是个腼腆害羞的男孩。

“嗨，我——我不知道她有没有接纳我。我比她大那么多，而且——有那么多长相帅气的小伙子围着塔拉庄园——”

“哼!”斯佳丽心想，“他们围的是我，才不是她呢!”

“而且我现在还不知道她是否已接纳我。我从没问过她，不过她肯定知道我是怎么想的。我——我想我应该征得奥哈拉先生的允许，并告诉他事实情况。斯佳丽小姐，我现在身无分文。我过去有很多钱，如果你不介意我提这些的话，可是现在，我的所有家当只有我的马和我身上穿的衣服。你知道在我报名参军的时候，我卖掉了我的大部分土地，我把所有的钱买了邦联债券，而你也清楚它们现在值多少，比它们的印刷成本还低。反正我连债券也没有了，因为在北方佬放火烧我妹妹的房子时，把它们一同烧掉了。我知道在我在身无分文时向苏伦小姐求婚是自取其辱，不过——咳，就是这样。我经常这么想：我们不知道战争的结果究竟如何。对我来说，很像世界末日。我们对任何事都不确定，而且——而且我认为如果我们订了婚对我，或许对她都是一种安慰。这是可以确定的事。在我能照顾她之前，我不会要她和我结婚的，斯佳丽小姐，我也不知道那要等到什么时候。如果真爱在你眼里还有点分量的话，你可以放心，苏伦小姐在此方面会很富足，即使在别的方面可能什么都没有。”

他最后几句话说得简洁又不失庄重，令斯佳丽也为之动容，甚至觉得很有趣。她无法理解会有人爱上苏伦。在她看来，她这个妹妹是头等自私的怪物，满腹牢骚，对她只能用一个词来描述：十足的怪物。

“啊，肯尼迪先生，”她和善地说，“很好。我相信我可以跟爸说。他一直很看重你，也一直期望你能娶苏伦。”

“他现在还这么认为?”弗兰克喊道，幸福之情溢于言表。

“肯定的。”斯佳丽答道，掩饰着不让自己笑出来，因为她想起杰拉尔德经常在吃晚餐时粗鲁地向坐在桌子那边的苏伦大声吼叫：“喂，小姐！你那个狂热的追求者还没提出那个问题吗？用不用我问问他的意向？”

“我应该今晚问问她，”他说，他的脸有些发颤，抓住斯佳丽的手紧紧地握了一下，“你太好了，斯佳丽小姐。”

“我会叫她来找你。”斯佳丽微笑着，开始向客厅走去。梅兰妮开始弹奏。钢琴跑音很严重，但是还有一些和弦很悦耳，梅兰妮正提高嗓门领着大家一起唱：“听，报信的天使在唱！”

斯佳丽停住脚步，听到这首古老的圣诞颂歌心里甜甜的，似乎战争不曾两次掠夺他们，她也不曾生活在一个遭大肆毁坏的乡郡，生活在饿死的边缘。突然她转身面向弗兰克。

“你说那对你来说就是世界末日，这话是什么意思？”

“坦白地跟你说吧，”他慢吞吞地说，“只是我不愿你把我说的传出去，把那些女士吓坏。战争打不长了。已没有新兵源来补缺，逃跑现象越来越严重——比军方愿意承认的更严重。你也知道，当士兵们知道家人都在挨饿时，再也待不住，所以就跑回家养家糊口。我不能责怪他们，但部队的力量被削弱了。在没有食物的情况下军队不能作战，况且根本就找不到食物。我很清楚这点，因为我的职责就是找食物。自打我们收复亚特兰大以来，我找遍了这一带，所得食物还喂不饱一只坚鸟。由此往南三百英里直到萨凡纳，也是这种情况。人们在挨饿，铁路被毁坏，枪支破旧不堪，弹药也要用完了，甚至没有皮革做鞋……所以，你知道，末日几乎已经来临。”

可是斯佳丽对邦联军队大势已去并不太重视，反而很在意粮食短缺问题。她一直打算打发波克套上马车，带上金币和美利坚合众国的钞票到乡下找寻些食物和衣料回来。可是如果弗兰克说的都是真的——

但是梅肯未曾沦陷。梅肯肯定有食物。等军需队走远后，马上叫波克去梅肯一趟，虽然那匹马很可能会被军需队征走。她必须冒一次险。

“好了，咱今晚别谈这些不愉快的事了，肯尼迪先生，”她说，“你去母亲的小办公室里坐坐，我这就叫苏伦过来找你，你可以——对了，你们可以说些私房话。”弗兰克满脸通红，微笑着走出了房间，斯佳丽目送他出去。

“他现在不能娶她可真遗憾！”她想，“否则就可以少一张嘴吃饭了。”

第二十九章

次年四月，重新率领他那些残兵败将的约翰斯顿将军在北卡罗来纳率部投降，到此战争结束。但是直至两个星期后，消息才传到塔拉庄园。在庄园，每个人都有干不完的活，出去闲逛和打听新闻是很浪费时间的，而且邻居们也与他们一样忙，他们很少互相走访，消息自然也就传得很慢。

当时春耕正值高潮，波克从梅肯买回来的棉花籽和菜籽正在下种。打那次远行后，波克简直成了无价之宝，很是自豪，因为他不仅平安回来，还带了满满一马车的衣物、种子、家禽、火腿、肋条肉和粗面粉回来。他一遍又一遍地讲述他那些险象环生的经历，如何走乡间小道、偏道，还有勉强过得去马的荒僻小径。他一共走了五个星期，此间斯佳丽坐卧难安。波克回来后她却没有斥责他，因为很庆幸他成功完成了任务，还很高兴他送还了一部分她给的钱。她十分清楚地猜测：波克之所以还剩那么多钱，是因为家禽和大部分肉都不是用钱买的。如果路边的鸡棚没人看管，或熏肉可以顺手牵羊，他还要花她的钱，他会以此为耻的。

既然有了食物，塔拉庄园的每个人就都忙于尽快恢复常规生活。每双手都在拼命地干，还是有干不完的活。去年棉花的枯杆必须拔除干净，今年好播种，那匹马还不习惯耕地，不情愿地拖着犁耙慢慢地往前走。菜园子要除草撒种子，烧焦的木头要砍掉，还要开始重修猪圈和北方佬随意烧掉的数英里长的栅栏。波克要每天去看两次为兔子设下的陷阱，还要去河边重换鱼饵。还要铺床，打扫地板，做饭洗碗，喂牲畜家禽，还要捡蛋，要给母牛挤奶，还要派个人把它放到沼泽地附近去吃草，以防被北方佬或弗兰克·肯尼迪的手下逮住。就连小韦德都有事做，每天早晨，他都一本正经地挎着篮子去捡细树枝和碎木片作引火用。

最早由战场上回到郡里的是芳汀家的兄弟俩，是他们带回了南军投降的消息。阿历克斯还穿着靴子，是步行回来的，而汤尼光着双脚，却骑着一头光背骡子。汤尼在他们家总是想方设法捞到好处。四年来，他们风吹日晒，历经风雨，比以前更黑，更瘦，也更结实。他们从战场上带回来的乱糟糟的大胡子越发让人认不出他们了。

他们在回含羞草庄园时路过这里，由于归心似箭，他们只停留了片刻，与姑娘们拥吻，并告诉她们投降的消息。一切都结束了，他们说，一切都完了，他们似乎既不关心，也不想多谈。他们只想知道含羞草庄园有没有被烧毁。从亚特兰大南归的路上，路过以前朋友家的庄园，只剩下一根接一根的烟囱，多得让他们不敢奢望含羞草庄园还能幸存。他们听到好消息后轻松地叹了口气，当斯佳丽告诉他们萨莉如何飞马报信，干净利落地跳过塔拉庄园的树篱时，他们拍着大腿，笑个不停。

"她是个有胆量的女孩，"汤尼说道，"只是太不幸了，她的乔被杀了。斯佳丽，你们这儿有嚼烟吗？"

"只有兔儿烟。爸把它装在玉米棒里抽。"

"我还没有沦落到那种地步。"汤尼说道，"不过，我可能会到那一步的。"

"迪米特·芒罗还好吗？"阿历克斯问道，急切而又很不好意思，斯佳丽模模糊糊地记得他对萨莉的小妹妹有意。

"嗯，还好。她现在和她的姑妈一起住在费耶特维尔。你要知道她们在洛夫乔伊的房子被烧了。她的其他家人都在梅肯。"

"他的意思是——迪米特是否已经嫁给自卫队里那位英勇的上校了？"汤尼嘲弄道，阿历克斯狠狠地瞪了他一眼。

"当然没嫁人。"斯佳丽说道，觉得挺有意思的。

"或许，她嫁人了会更好一些。"阿历克斯郁闷地说，"真该死——对不起，斯佳丽。可是，当一个男人的黑奴都自由了，牲口也跑了，口袋里还没有一分钱，他怎么能请求一个女孩嫁给他？"

"你知道迪米特不在乎这些。"斯佳丽说，她可以站在迪米特一边为她说好话，因为阿历克斯·芳汀从不是她自己的追求者。

"地狱失火——哎呀，我再次请你原谅。我要戒掉咒骂的毛病，否则祖母会痛打我一顿的。我不会求一个姑娘嫁给一个穷光蛋。她可能不在乎，可是我在乎。"

当斯佳丽跟芳汀哥俩在前门廊说话的时候，梅兰妮、苏伦和卡洛琳，一听到投降的消息，就悄悄地溜进了房间。小伙子们穿过塔拉庄园后的田地离开之后，斯佳丽一进房间便看见姑娘们在艾伦的小办公室里的沙发上哭作一团。一切都过去了，她们曾热爱过并寄予厚望的美丽梦想化为泡影，她们的朋友、爱人、丈夫为之牺牲，她们的家也陷入困境。她们原以为永不会失败的伟大事业却永远土崩瓦解了。

可是对斯佳丽来说，没什么可哭的。她一听到这个消息就想："谢天谢地！现在牛不会被偷了。马也安全了。我们可以把银器从地窖里拿出来，每个人都有刀、叉用了。我驾车绕城去找食物也不必担惊受怕了。"

多轻松啊！她再也不必一听见马蹄声就吓得心惊胆战。再也不会从黑夜里醒来，屏住呼吸听听院子里锤铁的叮当声，马蹄的嘚嘚声，还有想着北方佬严厉的命令声是真的还是在梦里。还有，最关键的就是塔拉安全了！她的噩梦再也变不成现实了。她再也不必站在自家草坪上，眼看心爱的家中浓烟滚滚，听到烈火咆哮，屋顶塌陷。

是的，伟大事业失败了，但是战争在斯佳丽看来很愚蠢，还是和平好。当邦联军旗顺着旗杆上升时，她从不激动；当"狄克西"唱起时，她从不感到肃然起敬。她并不是靠狂热的热情度过了灾难，熬过了令人恶心的看护工作，克服了这几个月来对围攻和饥饿的恐惧，虽然别人是靠狂热的热情才经受了这一切，觉得只要伟大事业繁荣昌盛就行。而今一切都过去了，都结束了，她并不打算为之哭泣。

全结束了！那个似乎永无尽头的战争，那个不请自来，不受欢迎的战争将她的一生截成两段，分界处如此分明，甚至难以忆起以前那种无忧无虑的生活。那个美丽动人的斯佳丽穿着她那柔软的摩洛哥绿舞鞋翩翩起舞，裙衫散发着薄荷的香味，如今回忆起来她竟无动于衷，疑惑那个女孩是不是自己。斯佳丽·奥哈拉，曾让全郡的小伙子都拜倒在她脚下，有一百名奴仆，塔拉庄园的财富是她的坚强后盾，宠爱她的父母千方百计迎合她的要求。娇生惯养，无忧无虑的斯佳丽除了关心阿希礼以外没什么不满意的事。

在这四年曲折的长路上，那个戴着香囊、穿着舞鞋的小姑娘的风采已荡然无存，只留下一个有着绿眼珠且目光尖锐的妇人，她精打细算，不乱花一分一厘，许多体力活她都干。经过这场灾难，她一无所有，除了脚下那片不可摧毁的红土地。

她站在厅堂，听着姑娘的呜咽声，心里很乱。

"我们要种更多的棉花，很多很多。我要打发波克明天再去买种子。现在北方佬不会再烧棉花了，我们的部队也不再需要棉花了。万能的上帝啊！今年秋天棉花价格应该暴涨了！"

她走入小办公室，对在沙发上哭泣的姑娘们不屑一顾，一屁股坐到写字台前，拿起一支羽毛笔计算剩下的钱能买多少棉花种子。

“战争结束了。”她想着，突然一阵狂喜涌上心头，她竟扔掉了羽毛笔。战争结束了，阿希礼——如果阿希礼还活着，他应该正往家赶！她不知道正在为南方失去的伟业而哀痛的梅兰妮，有没有想到阿希礼。

“很快，我们会收到一封信——不，不是信。我们收不到信。可是很快——哦，他会想办法让我们知道的！”

但是过了好几个星期，还是没有阿希礼的消息。南方的邮政仍处在不稳定状态，尤其是乡下，根本不通邮讯。时不时会有个过路人从亚特兰大捎来贝蒂姑妈的消息，她声泪俱下地要求姑娘们回去。可是从没有阿希礼的音讯。

南军投降之后，斯佳丽和苏伦之间经常因为马而争吵，积怨越来越深。就是因为北方佬的危险已不存在，苏伦想去走访邻居们。苏伦感到孤独难耐，怀念旧日里快乐的社交往来，因此很渴望拜访朋友，就算不为别的，只为使自己确信郡里的其他地方也如塔拉庄园一样糟糕。可是斯佳丽决不让步。马要干活，从林子里拉木桩，犁地，还要让波克骑着去找食物。星期天，马要在牧场上吃草休息。如果苏伦要走访，她可以步行去。

直到去年之前，苏伦从没走过一百码以上的路，所以这项提议令苏伦很不高兴。她只好待在家里，整天唠唠叨叨、哭哭啼啼，还动不动就说：“哦，要是妈妈在就好了。”光听到这些，斯佳丽给了她一个酝酿已久的耳光，打得很重，掴得她尖叫着倒在床上，引起了全家人的惊慌。从此之后，苏伦的抱怨少了，至少是在斯佳丽面前。

斯佳丽说要让马休息是真的，但只有一半是真的。另一半是这样的：在南军投降后的头一个月，她已经访遍全郡的朋友，旧日的朋友和旧时的庄园那副惨象使她的勇气大为动摇，尽管她不愿承认。

芳汀家日子过得最好，这多亏萨莉驾车东奔西走，但这种繁荣景象是与别的邻居家的景况相比较得出来的。芳汀祖母率领全家人灭火及拯救房子那天心脏病发作，至今仍未完全康复。老芳汀大夫截去一只胳膊，已慢慢痊愈。阿历克斯和汤尼开始用笨拙的双手学习犁地和锄地。斯佳丽去拜访时，他们从栅栏里探出身子和她握手，他们的黑眼睛里透着悲哀，他们在嘲笑斯佳丽那辆摇摇晃晃的破车时也在嘲笑他们自己。她向他们买玉米种子，他们答应了她的请求，随之开始讨论农场问题。他们有十二只鸡、两头牛、五头猪，还有他们从战场上带回来的骡子。刚有一头猪死了，他们担心失去其他几只。听到这两位从前从不严肃地考虑生活问题，再认真也不过是讨论哪条领带更时髦之类的话题，而今却一本正经地谈起猪的问题来，斯佳丽笑了，这次，她的笑也是辛酸的。

含羞草庄园的人都欢迎她来访，而且坚持送给她玉米种子，而不是卖给她。当斯佳丽把一张绿票子放在桌上时，直性子的芳汀一家全生气了，他们断然拒绝收钱。斯佳丽拿了玉米种，私下偷偷地把一美元塞到了萨莉手里。莎莉与她八个月前刚回塔拉庄园时所见的那个向她致意的女孩判若两人。那时她脸色苍白，神情哀伤，但却有一种内在的活力。现在活力消失了，好像南军的投降带走了她所有的希望。

“斯佳丽，”她攥着那张钞票，低声对斯佳丽说，“这一切究竟有什么价值？我们为什么要打仗？哦，我可怜的乔！哦，我可怜的孩子！”

“我不知道为什么打仗，我也不在乎，”斯佳丽说，“而且我还不感兴趣。我从来就不感兴趣。战争是男人的事，不关女人的事。我现在只关心棉花的好收成。收下这一美元给小乔买件衣服。他需要件新衣服。我可不打算掠夺你们的玉米，虽然阿历克斯和汤尼都那么礼貌。”

小伙子送她到大车旁，并扶她上去，尽管衣着破烂，却仍彬彬有礼，洋溢着芳汀式的快乐愉悦，但他们贫困的景象仍留在她眼里。驾车离开含羞草庄园时，她不寒而栗。她已厌倦了贫穷及被贫穷压迫的生活。要是能看到人们生活富足，不用为下顿饭打哪儿来而操心该多愉快呀！

凯德·卡尔佛特已回到松花庄园的家里，斯佳丽在幸福的日子里常在这里跳舞，现在当她踏上这座老房子的台阶时，她能从凯德脸上看出他已将不久于人世。他靠在安乐椅里晒太阳，膝盖上盖着一条大方巾，人变得很瘦，还不住地咳嗽。但一看到斯佳丽，他的脸色立即明朗了起来。他说，只是胸口有些积寒，还试图站起来迎接她。他说这病是因为睡觉时老淋雨的缘故，但很快就会好的，到那时家里会多双手干活。

凯瑟琳·卡尔佛特，听到声音就从房子里出来了，隔着她兄弟的头与斯佳丽的目光相遇，从她眼里斯佳丽看到了痛心的绝望。凯德自己可能不知道，可是凯瑟琳知道。松花庄园看着很荒凉，满目枯黄的杂草，田间的松苗已开始发芽，房顶开始下陷，整个庄园杂乱无章。凯瑟琳消瘦，神经紧张。

他们两个和他们的北方佬继母，他们的四个异母小妹，还有那个北方佬监工希尔顿，住在这个静寂的回声古怪的宅院里。斯佳丽向来讨厌希尔顿，就像不喜欢他们自己的监工乔纳斯·威尔克森一样。当希尔顿慢悠悠上前来以平等的身份跟她打招呼时，愈发让人讨厌。本来，他与威尔克森一样具有糅合着卑躬和无礼的本性，而现在，随着卡尔佛特先生和瑞福德战死沙场与凯德的病重，希尔顿抛弃了他本性中卑躬的成分。第二位卡尔佛特太太从不懂如何获得黑人奴仆的尊敬，所以也别期望她能得到一个白人监工的尊敬。

“希尔顿先生能与我们一起度过这些困难时期，真是个好人，”卡尔佛特太太紧张地说道，迅速地瞥了一眼她那默不作声的继女，“真是很友善。我猜你应该听说过谢尔曼在这儿时，他是如何两次保住了我们的房子。我很清楚，如果我们没有他真不知该怎么办，又没钱，凯德又——”

凯德的脸涨得通红，凯瑟琳长长的睫毛遮盖住她的眼睛，嘴巴紧闭着。斯佳丽知道这姐弟俩都欠着北方佬监工的人情，窝着一肚子火无处发泄。卡尔佛特太太好像快哭了。她不知为什么又犯错了。她老是做错事情。虽然她在佐治亚州住了整整二十年了，她还无法理解南方人的秉性。她从不知如何对她的两个继子女说话；而且不管她说什么，做什么，他们总是对她非常客气。她默默地发誓要带上自己的孩子回北方老家去，离开这些让人左右为难的倔脾气的南方人。

经过这几次拜访，斯佳丽再不想去拜访塔尔顿家了。他们家四个小伙子都牺牲了，房子被烧了，一家人窝在监工的小屋里，斯佳丽没有勇气去。可是苏伦和卡洛琳一再恳求，梅兰妮说不去拜访和欢迎从战场上归来的塔尔顿先生，乡里乡亲的实在不妥，所以她们在一个星期天一同前往。

这是最糟糕的一家。

马车驶进宅院的废墟时，她们看见贝特丽丝·塔尔顿穿着一身破骑装，胳膊底掖了根马鞭，坐在围场栅栏上，两眼怔怔地不知在看什么。她身旁坐着以前给她放马的罗圈腿的黑奴，他的神情和他的女主人一样忧郁。这个围场以前全是活蹦乱跳的马驹，温顺的良种母马，如今却空荡荡的，只剩下一头塔尔顿先生在南军投降后骑回来的骡子。

“我敢打赌，我那些宝贝都去世了，我真不知道该怎么活下去。”塔尔顿太太说着，从栅栏上爬了下来。陌生人可能以为她指的是那四个死去的儿子，可是塔拉庄园的姑娘们知道她说的是那些马儿。“我所有的漂亮马儿都死了。还有，哦，还有我可怜的内利！要是我还有内利该多好！可是只有一头该死的骡子。一头该死的骡子。”她重复道，愤怒地瞪着那头瘦骨嶙峋的牲畜，“在我那些纯正血统的宝贝的围场里养一头骡子，对它们真是一种耻辱。骡子是杂种，是反自然规律的，法律上应禁止喂养骡子。”

吉姆·塔尔顿长了一脸乱蓬蓬的胡子，让人都认不出来了，他从监工的屋子出来，迎接并拥吻姑娘们。他那四个红头发的女儿穿着打着补丁的衣服，从他身后一拥而出，几乎被一群黑狗和黄狗绊倒。这群狗听见陌生的声音跑到门口使劲地汪汪乱叫。这一家努力想让客人看到的欢快气氛让斯佳丽感到彻骨的悲凉，比含羞草庄园的哀伤或松花庄园的死亡气息更让人感到彻骨心寒。

塔尔顿一家坚持要姑娘们留下吃晚餐，说这些日子他们很少有客人，希望听到新的消息。斯佳丽并不想多逗留，因为这儿的气氛很压抑，可是梅兰妮和她的两个妹妹都渴望多留一会儿，所以她们就留下来吃了晚餐，很有节制地吃了点肋条肉和干豆。

主人为这些过于俭省的饭食自嘲自笑，塔尔顿家的姑娘们谈起补衣服的经验时咯咯地笑，好像她们在说什么可笑的笑话似的。梅兰妮接过话茬，兴致勃勃地讲在塔拉庄园如何磨炼自己轻视困难的例子，让斯佳丽感到意外。斯佳丽几乎说不出一句话来。没有了塔尔顿家的四个男孩子，屋子里格外冷清，他们要在，肯定懒洋洋地叼着烟打趣儿。可是如果斯佳丽都感到空荡荡的，那么在她们面前强颜欢笑的塔尔顿一家又该是怎样的感受？

卡洛琳吃饭时说话很少，但饭后她悄悄走到塔尔顿太太那边说了点什么。塔尔顿太太的脸色马上变了，强挤出来的笑容从她嘴角消失了，同时她用胳膊揽过了卡洛琳的细腰，她们走出了房间。而斯佳丽感到无法再在这屋里待上哪怕一分钟，因此就跟着她们出去了。她们沿着小径穿过花园，斯佳丽看见她们向墓地走去。唉，她现在总不能回到屋里去吧，那样有点不礼貌。可是，在贝特丽丝竭力表现坚强时，卡洛琳究竟为什么要拉塔尔顿太太去墓地呢？

在砖块垒起的围墙里，阴森森的雪松下有两块崭新的大理石碑——很新，因为还没有雨将红土溅上去。

“我们上星期弄到的。”塔尔顿太太自豪地说，“塔尔顿先生去梅肯买的，用大车拉了回来。

墓碑！它们要值多少钱啊！忽然间，斯佳丽对塔尔顿家没有她第一次看见时那么同情了。任何人在食物如此珍贵、如此不易获得的情况下把珍贵的钱浪费在墓碑上都不值得同情。而且每个墓碑上都刻了几行字。刻的字越多，花钱越多。他们全家肯定疯了！还有，把三个小伙子的尸体运回家也要花钱。他们没找到博伊德的尸体，一点踪迹都没有。

布伦特和斯图兰特两个坟墓之间的墓碑上刻着：“他们生前快乐友爱。死后仍不分开。”

另一个墓上刻着博伊德和汤姆的名字，另外有一行拉丁文，开头是“DIllceet——”可是斯佳丽看不懂，就因为在费耶特维尔女子学校读书时，碰到拉丁语课她总是想方设法逃课。

卡洛琳的眼睛发出奇异的光彩。

“我认为它很可爱。”她低声说，指着第一块墓碑。

卡洛琳当然认为它很可爱。任何伤感的东西都能让她激动不已。

“是的，”塔尔顿太太说，她的声音很柔和，“我们觉得那句话很恰当——他们几乎死于同一时间。斯图兰特先死，然后布伦特接过从斯图兰特手中落下的军旗。”

姑娘们回到塔拉庄园后，斯佳丽沉默了一阵子，想着她在各家的所见所闻，回想起郡里往日辉煌的景象，宾客来往频繁，宅院宽敞，财源滚滚，黑奴们在下房里忙碌，精心护理的棉田长势喜人。

“到明年，这些田里将长出许多小松树苗来。”她想着，望着环绕田野的树林，不禁打了个冷战，“没有黑奴，我们顶多只能保持温饱。没有黑奴，没人能经营大种植园，大量的田地根本不能耕种，树林将重新覆盖田地。谁也种不了多少棉花，我们该怎么办呢？乡下人该变成什么样子呢？城里人还好说，他们总有办法的。可是我们乡下人却要重回到一百多年前，像拓荒者那样住着小棚屋，种几亩田——仅能维持生存而已。

“不——”她恨恨地想，“塔拉庄园不会变成那样。就是让我自己去犁地也不要变成那样。整个这一带，整个州都可以退化为森林，可我不能让塔拉庄园变为森林。我决不会把钱浪费在墓碑上，决不会把时间浪费在悲悼战争上。我们还是可以渡过难关的。我知道如果男人没有死光，我们就能渡过难关。失去黑奴并不是最糟糕的。最糟糕的是失去男人，失去青壮年。”她又想起了塔尔顿家的四个小伙子和乔·芳汀，想到了瑞福德·卡尔佛特和芒罗兄弟，以及她从阵亡名单上看到的那些来自费耶特维尔和琼斯博罗的小伙子。“只要有足够的男人，我们就能想办法挺过去，不过——”

另一个念头让她猛地一震——若她想再婚该怎么办呢。当然，她不想再婚。一次婚姻已够她受的了。另外，她只想要阿希礼，可是他已经结婚了，如果他还活着的话。可是假设她真的想再婚，她会嫁给谁呢？

“梅兰妮，”她说，“南方的姑娘们该怎么办？”

“你指什么？”

“就是我刚说的。她们该怎么办？没有男人来娶她们。梅兰妮，所有的小伙子都死了，南方会有成千上万的姑娘到死都是老处女。”

“而且还不会有孩子。”梅兰妮又加了一句，对她来说这是最重要的事情。

很明显，这种想法对坐在马车后部的苏伦来说并不新鲜，因为她已开始哭了。自打圣诞节以后，她再也没有弗兰克·肯尼迪的消息了。她不知道这是不是因为中断邮讯而造成的，要不然就是他玩弄她的感情后又把她给忘了，又或是他在战争的最后几天被杀了！后者要比遗忘她好得多，因为至少对方亡于战火的爱情还很高尚，就像卡洛琳和英迪亚·威尔克斯的爱情一样，而一个遭遗弃的未婚妻则无此荣耀。

“哦，看在上帝的份上，别哭了！”斯佳丽说。

“哦，你说得好听，”苏伦呜咽着说，“因为你结过婚，还有个孩子，谁都知道有人想要你。可是看看我！你可真恶毒，在我面前说我是老处女，可我有什么办法。我觉得你太可恶了。”

“哦，住嘴！你知道我最讨厌整天哭哭啼啼的人。你很清楚那个黄胡子的老先生并没死，他会回来娶你的。他就是有点缺心眼儿。不过话说回来，我宁愿做老处女也不会嫁给他。”

马车后部沉默了一阵子，卡洛琳心不在焉地轻拍着苏伦，思绪却飞回了三年前，布伦特·塔尔顿陪她骑马走过的林间小道。她的双眼充满了自豪的神采。

“唉，”梅兰妮伤感地说，“南方没有我们那些好小伙子不知会变成什么样？他们要活着，南方又会是什么样？他们的勇气、精力和他们的智慧对我们都有用。斯佳丽，我们这些有孩子的，一定要把他们养大，接替那些去世的男人，做像他们一样勇敢的男子汉。”

“再也不会有像他们那样的男人了，”卡洛琳柔声说道，“没人能取代他们。”

接下来的路上，她们都没有说话。

此后不久的一天，凯瑟琳·卡尔佛特在太阳落山时来到塔拉庄园。她那装着鞍的骡子耷拉着耳朵，跛着腿，是斯佳丽见过的最可怜的牲畜，凯瑟琳和她骑的骡子一样无精打采。她身上穿的是印花麻布做的已褪了色的衣服，这种式样以前只有女佣才穿，太阳帽用一根细绳系在脖颈上。她骑到前廊上，却没有下马，正在看落日的斯佳丽和梅兰妮走下台阶迎接她。凯瑟琳的脸色与斯佳丽拜访他们时凯德的脸色一样苍白，不仅苍白，还很僵硬，很脆弱，似乎她一开口说话她的脸就会碎裂似的。可是她的背部直挺，跟她们点头致意时头也高高仰着。斯佳丽突然想起威尔克斯家举行烤肉宴那天，她和凯瑟琳一起低声议论瑞特的样子。凯瑟琳那天身着一袭蓝色蝉翼纱裙，腰带上别着一支芬芳的玫瑰，黑丝绒鞋的带子绕过她那纤细的脚踝，那时的凯瑟琳漂亮、光彩照人。而如今僵硬地坐在一头骡子上的她没有一点那时的影子。

“我不下来了，谢谢你们，”她说，“我来就是告诉你们我要结婚了。”

“凯茜，太好了。”

“什么时候?”

“明天,”凯瑟琳平静地答道，她的声音有点不对劲，使她们立即敛起了笑容，“我来告诉你们我明天就要结婚了，在琼斯博罗——还有，我不打算邀请你们前往。”

她们默默地品味这句话，仰脸看着她，很迷惑。接着梅兰妮发话了。

“那个人我们认识吗，亲爱的?”

“是的,”凯瑟琳简短地答道,“是希尔顿先生。”

“希尔顿先生?”

“对，希尔顿先生，我们的监工。”

斯佳丽甚至连声“哦!”都说不出来，而凯瑟琳突然俯视着梅兰妮，低沉粗野地说:“如果你哭，梅兰妮，我会受不了的。我宁愿死去!”

梅兰妮什么也没说，只是拍了拍她那只踩在脚蹬上的穿着自制的难看鞋子的脚。她的头垂得很低。

“你也别拍我了！这我也受不了。”

梅兰妮的手垂了下来，但是仍没有抬头。

“好了，我该走了。我只是来告诉你们。”那张苍白脆弱的面具又回来了，她拿起了缰绳。

“凯德怎么样了?”斯佳丽问，她茫然不知所措，只是很紧张地找词儿来打破尴尬的局面。

“他快要死了。”凯瑟琳简短地答道。她的音调似乎不带任何感情，“而且他会快乐平静地死，不用担心他死后谁会照顾我。你们看，我的继母和她的孩子要永远回到北方去了，就在明天。好了，我该走了。”

梅兰妮抬起头来与凯瑟琳僵硬的目光相遇。梅兰妮的眼睫毛上挂着明亮的泪珠，眼睛里流露出理解的神情，凯瑟琳脸上露出扭曲的笑容，就像一个勇敢的孩子努力不哭一样。这些把斯佳丽都搞糊涂了，她还在努力接受这个念头：就是凯瑟琳·卡尔佛特要嫁给监工了——凯瑟琳，一个富有的大种植园主的女儿，仅次于斯佳丽而在郡里拥有比其他女孩多得多的追求者。

凯瑟琳弯下腰，梅兰妮踮起脚尖。她们互相吻别。接着凯瑟琳狠狠地拉了拉缰绳，那匹老骡子开始走动了。

梅兰妮目送着她，眼泪唰唰地流下来。斯佳丽目瞪口呆，茫然不知所措。

“梅兰妮，她是不是疯了？你知道她不会爱上他的。”

“爱上他？唉，斯佳丽，压根儿就别想那种可怕的事儿！哦，可怜的凯瑟琳!

可怜的凯德!”

“乱弹琴!”斯佳丽喊道，并开始发火。让她生气的就是梅兰妮好像总是比她能抓住事情的本质。凯瑟琳的苦境在她看来固然骇人听闻，但并非灾难。当然，嫁给一个北方穷白佬并不是什么好办法，但毕竟一个女孩不能独自操持一个大庄园，得有个丈夫帮她管理。

“梅兰妮，这正应了我那天说的话。姑娘们没什么人可嫁，可是她们总得嫁人。”

“哦，她们并非非嫁人不可！终身不嫁也没什么可丢人的。看看贝蒂姑妈。哦，我宁愿凯瑟琳死去！我知道凯德也宁愿她死去。卡尔佛特家就这么完了。就想想她的——他们的孩子会是什么样吧。哦，斯佳丽，快让波克备马，你骑马追上她，让她和我们一起过!”

“老天啊!”斯佳丽叫道，为梅兰妮给塔拉庄园提出实实在在的建议大为震惊。斯佳丽当然不打算再养活一个人了。她本想说出来，但看到梅兰妮悲伤的神情，话到嘴边又咽了下去。

“她不会来的，梅兰妮。”她换了句话，“你知道她不会来的。她那么清高，会以为那是一种施舍。”

“说得对，说得对!”梅兰妮看着团团红雾消失在路的尽头，不仅又心绪烦乱。

“你已经与我们一起生活了好几个月，”斯佳丽冷冷地想，看着她的小姑子，“你从来想不到在这儿住是对你的一种施舍。我想你从不会这么想。你是经过战争而丝毫没变的人中的一个，你的思想、言行与战前别无二致，好像什么都没发生一样——好像我们家还很富有，有吃不完的东西，简直不知如何处置才好，再多的客人也无所谓。我想我下半辈子都得养着你了。可是我并不想再养个凯瑟琳。”

第三十章

和平到来之后的那个炎夏，塔拉庄园突然不再孤独了。连着几个月来，不断有衣着破烂、胡子拉碴、脚痛、肚子又饿的士兵，艰难地爬上塔拉庄园的红土坡，在前台阶的树荫下休息，希望得到食物和一晚上的留宿。他们都是回家的邦联士兵。铁路把约翰斯顿的残余部队从北卡罗来纳运至亚特兰大后，把他们扔在那儿不管，他们只得从亚特兰大开始像朝圣者一样的徒步旅行。约翰斯顿的部下走了一拨，弗吉尼亚疲惫的军队又来了，接着又是西线的部队，南往那或许已不存在的家园和不知是否已离散或去世的亲人。他们中绝大部分都是步行，少数幸运者骑着投降条款允许他们保留的病弱的马匹和骡子，这些皮包骨头的坐骑，连外行人都能看出绝对撑不到遥远的佛罗里达和南佐治亚。

回家！回家！士兵们心中只有这一个念头。一些哀伤又沉默寡言，另一些乐观、蔑视困难，但是唯一支撑他们的动力就是：他们要回家！极少有人为战败悲伤。他们把悲伤留给他们的女人和老父老母。他们曾经拼死战斗，已被打败，如今他们情愿在他们曾反对的那面军旗下平静地生活，艰苦劳作以维持生计。

回家！回家！他们不谈别的，不谈战斗和伤情，不谈坐监，也不谈未来。将来，他们会重述那些战斗，告诉自己的子子孙孙关于掠夺、突袭、骚扰，关于饥饿、急行军，还有负伤的情况，可是现在不行。有些人缺只胳膊或缺条腿或缺只眼，许多人负有伤疤，如果他们能活到七十岁的话，那些伤疤每逢阴雨天气就会隐隐作痛，但现在这些好像都是小事。将来，会有所不同的。

无论是年老的还是年轻的，善谈的还是沉默寡言的，富有的种植园主还是面黄肌瘦的穷白人，都随身携带着两样东西：虱子和痢疾。邦联士兵已经习惯了长虱子的状态，没把它当回事儿，就是在女士面前也会下意识地挠痒。至于痢疾——女士们巧妙地称之为“赤痢”——好像从士兵到将军无一幸免。四年来半饥半饱的生活，四年来极为粗糙的配粮，有时是生的，有时是半腐烂的，已在他们身上产生作用。每个停留在塔拉庄园的士兵，或刚害过病，或正在受痢疾的折磨。

“邦联全军没有一副肠子不坏的，”嬷嬷严肃地评述道，她正汗如雨下地在炉灶旁熬黑草莓的根，这是艾伦过去常用的治这类病的特效药，“我看哪，不是北方佬把我们的军队打败了，而是他们的肚子给闹腾的。一肚子汤汤水水，让他们怎么打仗！”

嬷嬷给每个人喂药，从不问关于器脏感觉怎么样这一类愚蠢的问题，而他们一个个痛苦地扭曲着脸乖乖地喝了下去，或许心里正想着遥远的地方另一张严厉的黑面孔和拿着药勺的无情的手。

在实行“隔离”这方面，嬷嬷同样很固执，身上长虱子的士兵绝不能进入塔拉庄园。她把他们赶到一片茂密的灌木丛后，让他们脱掉军服，给他们一盆水和强碱性肥皂洗澡，给他们毯子和被子裹着裸露的身体，而她用一口大锅把军服煮一煮。姑娘们强烈地反对，认为这样对待士兵让她们很没面子，但反对无效。嬷嬷回答说，如果在她们身上找到了虱子，那就更没面子。

当几乎每天都有士兵来时，嬷嬷反对他们进入卧室。她一直生怕有些虱子会逃过她的视线进入卧室。斯佳丽懒得跟她争吵，索性把铺有丝绒地毯的客厅当作集体宿舍。嬷嬷以同样大的嗓门抗议说，让士兵睡艾伦小姐的毯子是亵渎，而斯佳丽态度坚决。士兵们要有个睡觉的地方。投降后几个月来，厚实、柔软的地毯开始变旧，最终在粗心大意的士兵鞋跟磨过的、马靴刺蹭过的地方，露出了斑斑点点的经纬线。

她们向每位士兵打听阿希礼的消息。苏伦也总是趾高气扬地打听肯尼迪先生的消息。可是，他们都没听说过这两个人，他们也不愿谈及失踪的人。只要他们自己活着就够了，他们并不在意有成千上万不知名的坟墓，反正墓中人永远也回不了家了。

每次失望之后，家人都努力让梅兰妮鼓起勇气。当然，阿希礼没有死于监狱。如果真的死了，北方佬牧师会写有关通知的。当然了，他正在回家的路上，可是监狱太远了。天啊，坐火车都要几天几夜呢，要是阿希礼也像这些士兵一样步行的话……他为什么不写信呢？哦，亲爱的，你知道现在的邮讯情况——就连恢复的邮路还很不确定，很散漫。可是假如——假如他已死在回家的路上了。好了，梅兰妮，会有北方佬妇女愿写信告诉我们他的死讯的！……北方佬女人！咳！……梅兰妮，总会有一些好心肠的北方佬妇女的。哦，是的，有！上帝不会造出一个没有善良女人的国度！斯佳丽，你还记得在萨拉托加我们遇到过的一个心地善良的北方佬妇女吗——斯佳丽，给梅兰妮讲讲！

“善良个屁！”斯佳丽答道。“她问我养了几条狼狗对付我们的黑奴！我同意梅兰妮的看法。我从没见过一个善良的北方佬，不管男的还是女的。可是别哭了，梅兰妮！阿希礼会回来的。有很长的路要走，而且可能——可能他没鞋穿。”

然而一想到阿希礼光着脚，斯佳丽差点儿哭出来。别的士兵可以一身破烂，脚上裹着破袜子或地毯碎片，但阿希礼不能。他应该骑着高头大马，穿着完好的衣装，锃亮的靴子，帽子上插根羽毛。一想到阿希礼会沦落到这些士兵这种地步，斯佳丽就不堪忍受。

六月的一天下午，塔拉庄园全家人都聚集在后门廊上，焦急地看着波克切开这一季第一个半熟的西瓜，这时，听到前院车道上有马蹄声。普里西慢吞吞地走向前门，而余下的人都在激烈地争论把西瓜藏起来还是留到晚餐时招待客人，如果门前的拜访者是个士兵的话。

梅兰妮和卡洛琳低声说士兵客人应该有一份，而斯佳丽在苏伦和嬷嬷的支持下，示意波克赶快把瓜藏起来。

“别傻了，姑娘们！我们自己吃还不够，要是来两三个饥饿的士兵，我们谁都别想尝一尝了。”斯佳丽说。

正当波克手里拿着西瓜，举棋不定时，普里西大喊大叫起来。

“老天爷啊！斯佳丽小姐！梅兰妮小姐！快来！”

“是谁啊？”斯佳丽问道，同时从台阶上跳起来，穿过厅堂往外跑，梅兰妮紧随其后，其他人也跟了上来。

“阿希礼！”斯佳丽心想。“哦，可能是——”

“是彼得大叔！贝蒂帕特小姐的彼得大叔！”

她们都跑到前廊，只见贝蒂姑妈家那位高个子花白头发的彼得正从一匹长着耗子尾巴，铺着一方被褥当马鞍的马上爬下来。在他那张宽阔的黑脸上，惯常的庄重与见到好朋友时的喜悦互不相让，结果，他的眉毛皱成一团，而嘴却咧开了，活像一只开心的无牙的老猎狗。

所有人都跑下台阶向他问候，黑人白人都跟他握手，问一些问题，可是，梅兰妮的嗓门提得比谁都高。

“姑妈没病吧，是不是？”

“没病，她身体还好，感谢上帝，”彼得答道，先冲梅兰妮狠狠瞪了一眼，后又冲斯佳丽瞪了一眼，她俩马上感到羞愧，但不知为什么，“她身体还好，就是生你们两位大小姐的气，要是说实话，我也生你们的气!”

“为什么，彼得大叔！究竟——”

“你们不要给自己找借口。难道贝蒂小姐没给你们写信，一封接一封地催你们回家？可是你们回信总说老农场活儿太忙，回不去，可怜我看她每次收到信都哭，你们知道吗?”

“可是，彼得大叔——”

“你们怎能让贝蒂小姐一个人孤零零地待着，她一向胆小怕事。你们也很清楚，她从未一个人住过。打从梅肯回家后，白天黑夜她总是怕得发抖。她要我坦白地跟你们说，她实在不明白，为什么你们能在她需要你们的时候扔下她不管。”

“好了，住嘴!”嬷嬷不客气地说，因为她听到塔拉被称作“老农场”心里不舒服。一个在城市长大的黑人真无知，根本分不清“农场”和“种植园”的区别所在。“难道我们就不需要帮忙？难道我们这儿就不需要斯佳丽小姐和梅兰妮小姐？可能比你们还需要呢！贝蒂小姐为什么不找她的兄弟帮她呢?”

彼得大叔冲她恶狠狠地瞪了一眼。

“我们已经好几年不与亨利先生来往了，而且我们也太老了，重新开始不容易。”他又转向姑娘们，她们都极力克制自己的笑容，“你们两位年轻小姐应感到惭愧，把贝蒂小姐一个人扔在那里，要知道她一半的朋友都死了，另一半还待在梅肯，而亚特兰大满大街都是北方佬和自由了的没用的黑人。”

两位姑娘先是尽量拉长脸听着彼得大叔的痛斥，但一想到贝蒂姑妈竟然派彼得来责怪她们，并要带她们回亚特兰大，终于忍不住，大笑起来，以至于二人肩靠着肩以维持平衡。波克、迪西和嬷嬷看到蔑视塔拉庄园的贬损者没被当回事儿，自然是一阵哄笑。苏伦和卡洛琳吃吃地笑，就连杰拉尔德脸上也露出模糊的笑容。除了彼得，所有人都在笑，他的重心从一只脚挪到另一只脚，愤怒之火越来越大。“你自己又出什么差错了，黑鬼?”嬷嬷撇着嘴问道，“你是不是太老了，保护不了你家小姐了?”

彼得终于发作了。

“太老了！我太老了？不，我能像往常一样保护贝蒂小姐。我们逃难的时候，不就是我护送她去梅肯的吗？北方佬到了梅肯，她吓得时不时就昏过去了，不还是我在照顾她？在回亚特兰大的路上，不是我一直保护着她和她父亲留下来的银器吗?”彼得为自己辩护的时候挺直了腰板，“我不说保护的事。我要说别人会怎么看。”

“谁会怎么看?”

“我要说别人看到贝蒂小姐一个人住会怎么说，没出嫁的小姐一个人住会让别人说闲话的。”彼得接着说道，他的听者很明显能看出，在他心目中，贝蒂帕特仍是一个胖乎乎惹人喜爱的十六岁的小姑娘，必须避人流言，“我不想让别人批评她。不，太太……我也不想让她为了陪她而招房客住。我就是这么对她说的。‘只要你还有亲人在，我就不会答应。’我说。而现在她的亲人都不管她。贝蒂小姐还只是个孩子……”

听到这个，斯佳丽和梅兰妮笑得更响了，一屁股坐在了台阶上。最后，梅兰妮擦掉脸上笑出来的泪水：“可怜的彼得大叔！很抱歉我笑了。真的，也是真诚的。好了！原谅我吧。斯佳丽小姐和我现在不能回家。可能九月份棉花摘完了我就回去。难道姑妈大老远派你来就是要叫我们骑在这皮包骨头的背上回去?”

听她这一问，彼得的下巴忽然间垂了下来，他那布满皱纹的脸上露出内疚和惊恐的表情。他那一直噘出的下嘴唇立即回复原位，就像一只乌龟迅速把头缩回壳里一样。

“梅兰妮小姐，我真的老糊涂了，我一时间竟把她打发我来干的事给忘了，而且还是重要的事儿。我这儿有你的一封信。贝蒂小姐不相信邮政，也不信任任何人，就让我带来了——”

“一封信？给我的？谁写的?”

“嗯，是——贝蒂小姐曾对我说：‘你，彼得，你要慢慢对梅兰妮小姐说。’我这就说——”

梅兰妮从台阶上站起身来，双手捂在胸口处。

“阿希礼！阿希礼！他死了!”

“不是！不是!”彼得大喊道，他的声音越来越大，成了尖叫声，他的手在他破外套胸前的口袋里摸索，“他还活着！这是他的信。他正在回家的路上。他——老天爷呀，扶住他，嬷嬷！让我——”

“你别碰她，你这个老蠢货!”嬷嬷大吼道，一边挣扎着扶住梅兰妮瘫软的身体，不让她倒在地上，“你这个假惺惺的黑猴子！好生说！你，波克，抬着她的脚。卡洛琳小姐，扶牢她的头。我们把她放在客厅的沙发上。”除了斯佳丽，所有的人都大吵大嚷地围住昏过去的梅兰妮，每个人都警觉地叫着，纷纷跑进屋里，拿水拿枕头，一时间，只剩下斯佳丽和彼得大叔站在走廊上。斯佳丽像扎了根儿似的站在那儿，从她听到彼得的那句话跳起来后再也挪不了半寸脚步，她直勾勾盯着站在那儿有气无力地挥着那封信的老人。他那张又老又黑的脸很可怜，就像受了母亲责怪的孩子一样，他的尊严垮掉了。

斯佳丽有好大一会儿不能说也不能动，一个声音在她心头呼喊："他没死！他要回家了！"这个消息带来的既不是快乐也不是激动，而是一阵眩晕后的不能动弹。彼得大叔的声音似乎从遥远的地方传过来，既哀伤，又安慰。

"梅肯的威廉·伯尔先生是我们的亲戚，他把这封信捎给贝蒂小组。威廉先生和阿希礼先生关在一个牢房里。威廉先生有匹马，所以他回来得快。可是阿希礼先生得步行——"

斯佳丽一把从他手里把信抢过来。这是贝蒂小组的笔迹，是写给梅兰妮的，但这并没使她有丝毫的犹豫。她撕开后，贝蒂小姐附的字条就落在了地上。信封里有一张折叠的信，由于曾放在脏兮兮的口袋里，已弄得又脏又皱，纸边已磨烂。这封信出自阿希礼之手"佐治亚州，亚特兰大，或琼斯博罗，十二橡树庄园，乔治·阿希礼·威尔克斯太太收（烦萨兰·简·哈密尔顿小姐转）"。

斯佳丽双手哆哆嗦嗦地把信打开，读道：

"我亲爱的，我就要回到你的身边——"

她开始泪如泉涌，都读不下去了，她的心在膨胀，直到她感到承受不了内心的喜悦。她把信贴在胸口，快速跑到走廊台阶，跑过厅堂，穿过客厅，那儿，塔拉的全体居民正忙于照料失去知觉的梅兰妮，然后进入艾伦的办公室。她把门关紧，上了锁，扑在弹簧松弛的旧沙发上，又哭又笑，连连吻着那封信。

"我亲爱的，"她低声念着，"我就要回到你的身边。"

常识告诉他们，除非阿希礼长了翅膀，否则从伊利诺斯州到佐治亚，要走上几个星期甚至几个月时间，可是每当一名士兵走上塔拉庄园的林荫道，大家的心都止不住地狂跳不已。每个胡子拉碴、衣着破烂的人都可能是阿希礼。即使不是阿希礼，他可能也会有阿希礼的消息或一封贝蒂姑妈关于他的信。无论黑人，白人，每听到有脚步声都会冲到前廊。只要看到个穿军装的，都能让每个人从柴堆旁、牧场上或棉花地里飞似的跑出来。收到信后一个月，庄园的活儿乎停止不再进展。谁也不愿在阿希礼回来的时候不在家，尤其是斯佳丽。而且当她自己心不在焉时，也就无法要求别人尽职尽责。

可是几个星期过去了，阿希礼还没回来，也没他的消息，塔拉庄园又恢复了常态。盼望的心承受不了太多的思念。一种不安的恐惧爬到斯佳丽心头：在这漫长的路上阿希礼会不会出事了。罗克岛那么远，而他可能从监狱里放出来时太瘦弱。他身上又没钱，又要走过一片视南部邦联为敌的地域。要是她知道他在哪儿，就送钱给他，把所有的钱一分不剩地都给他，即使让全家挨饿，也要让他坐火车快点回家。

“我亲爱的，我就要回到你的身边。”

当她第一眼读到这些字感到时一阵狂喜，这些字仅代表着阿希礼要回到她身边了。而今，冷静的理智告诉她，他要回到的是梅兰妮身边，是这些天来唱着歌在屋子里走来走去的梅兰妮身边。偶尔，斯佳丽很痛苦地思忖，为什么梅兰妮在亚特兰大生孩子时不死去呢。那样，事情就完美了。那样只要隔上体面的一段时间，她就可以嫁给阿希礼并给小博做个好继母了。当产生这种念头时，她并不赶快祈祷上帝，告诉他她不是有意的。上帝再也吓不住她了。

士兵们到塔拉庄园来，有时一个人，有时成双结对，有时数十个，但他们总是饿着肚子的。斯佳丽绝望地想，来一群蝗虫倒还好些。她再次诅咒热情好客的传统，按这种盛行于物质丰富年代的风俗，来往过客无论高低贵贱，都要留宿一夜，供给食物，给马喂料，尽主人之能招待客人。她知道，富有的年代随风而逝，可家里其他人却不明白，士兵们也不明白，所以每个士兵都被当作盼望已久的客人来招待。

人流绵绵不断地经过这里，斯佳丽心肠硬了起来。他们吃掉塔拉庄园几个月的口粮，吃掉她在长长的菜畦间累弯腰种的蔬菜，吃掉她赶车走了老远才买回来的食物。弄到食物很难，北方佬钱夹里的钱也支持不了多久了。现在只剩几张绿票子和两枚金币了。她为什么要喂饱这么一大帮饥饿的男人？战争结束了。他们再也不用保护她免于危险了。因此，她给波克下命令，当家里有士兵时，应少摆点饭菜。这个命令一直执行到有一天她发现梅兰妮——她在生过小博之后一直很虚弱——想着法儿让波克在她盘子里少放点食物，把她的那份分给士兵们。

“你不能再这么做，梅兰妮，”她责怪道，“你自己还没好，要再不多吃点，你会卧床不起的，我们又得侍候你。让这些男人挨饿吧。他们忍受得了。他们已忍了四年了，再忍一段时间也无大碍。”

梅兰妮转过脸来看着她，斯佳丽头一回从她安详宁静的眼睛里看到这种不加掩饰的感情。

“哦，斯佳丽，别怪我了！让我这么做吧。你不知道这样做我会好受些。每次我把我那份分给可怜的士兵时，我都在想一定有女人也把她的一份给了我的阿希礼，好让他快快回到我身边！”

“我的阿希礼。”

“我亲爱的，我就要回到你的身边。”

斯佳丽扭过头去，无话可说。此后，梅兰妮注意到有客人时饭桌上的食物多了，尽管斯佳丽看他们每吃一口都极不愿意。

有时，士兵病得很重，不能继续前进，而且这种人还很多，斯佳丽极不乐意地将他们安置下来。每个病人都意味着又一张要喂饱的嘴。得有人侍候他，这就少了个劳力修栅栏、锄地、拔草、犁地。一天，一个嘴上刚开始长出黄色绒毛的男孩被一个前往费耶特维尔的士兵放在前廊上。他在路边发现男孩已不省人事，便用马驮着他，送到了最近的宅院，塔拉庄园。姑娘们认为，谢尔曼的部队逼近米勒奇维尔时，邦联召了一批军校学员入伍，这个男孩，可能就是其中之一，可是没人认识他，他也没再醒过来，他的口袋里也没任何线索。

一个长相英俊的男孩明显出身名门，或许在南方某个地方，有个女人正眺望大路，想着他在哪儿，他何时会回家，正如斯佳丽和梅兰妮望着每一位走过来的胡子拉碴的士兵的身影心里胡思乱想的一样。她们把那孩子埋在自家的坟地里，挨着三个奥哈拉家的男孩。当波克给坟墓填土时，梅兰妮尖声哭起来，下意识地想是不是会有陌生人也在同样对待她的丈夫阿希礼的尸体。

威尔·本廷是另一位士兵，像那个不知名的男孩一样不省人事，是伙伴用马鞍把他驮过来的。威尔·本廷患了严重的肺炎，当姑娘们把他安置在床上时，她们很担心他也会随坟地里那个男孩而去。

他面带疟疾患者那种病黄色，像是佐治亚州南部的穷苦人，头发是淡红色的，一双褪了色的蓝眼睛即使在神志不清时也那么温柔、顺和。一条腿膝盖以下被截掉了，装着一条做工粗糙的木腿。很明显他是个穷苦人，就像她们刚刚埋掉的那个男孩一眼就能看出是个种植园主的儿子一样。姑娘们是怎么看出来的，她们自己也不知道。当然，威尔并不比来塔拉庄园的许多上层绅士们更脏，发须更多，虱子更多，而且他在神志清不时说的话也不比塔尔顿家的孪生兄弟更不合语法。可是她们很本能地看出来了，就像她们能区分有良好血统的马和杂种马一样，他根本不属于她们这个阶层。但这一点并不妨碍她们想尽方法去救他。

由于在北方佬监牢里待了一年本就很消瘦，再加上拄着这只不合适的木腿长途跋涉，体力消耗太大，他已没精力与肺炎抗争，几天来他躺在床上痛苦地呻吟，时不时挣扎着想起以前战争的经过。他一次也未喊过母亲、妻子、姐妹或心上人，这种现象使卡洛琳很焦虑。

“一个男人应该有亲人的，”她说，“可他好像在这世上没一个亲人。”

他虽很瘦弱但也不失强壮，经过很好的护理后康复了。终于有一天，他那双淡蓝色的眼睛能看清周围的事物了，他的目光落到坐在他身旁念着玫瑰经文的卡洛琳身上，朝阳的光辉落在她的身上。

“我该不是在做梦吧，”他说，语调平直，“我希望没给你添太多麻烦，小姐。”

他的康复过程很漫长，他静静地躺在那儿望着窗外的木兰花，极少麻烦任何人。正因为他的平静及不让人感到尴尬的沉默，卡洛琳才喜欢他。她愿意在炎热漫长的下午坐在他身边为他扇扇子，一言不发。

那些天，卡洛琳很少说话，她那娇小的躯体像个幽灵一样在屋里晃来晃去，做一些她力所能及的事情。她总是在祈祷，每次斯佳丽不敲门就进入她的房间时，总看见她跪在自己的床边。看到这些，斯佳丽总是很生气，因为她觉得做祈祷的年代已经过去了。如果上帝真是如此惩罚他们，那说明上帝根本不听祈祷。宗教信仰对斯佳丽而言无非是一种交易。她向上帝保证行为举止得当，就为了换取关爱。按她的思考方式来讲，上帝时不时地违反交易规则，所以她现在觉得她什么也不欠上帝的了。而每当她看到卡洛琳跪在那儿，而不去睡午觉或做些缝补的活时，她觉得卡洛琳是在躲避她应肩负的那份重担。

一天下午，威尔坐在椅子上时，斯佳丽把这些说给他听了，而他平淡的语调吓了斯佳丽一跳：“随她去吧，斯佳丽小姐，那会使她得到安慰。”

“使她得到安慰?”

“是的，她为你们的父亲和他祈祷。”

“他是谁?”

他那双褪了色的蓝眼睛透过沙色的睫毛看着斯佳丽，一点儿不惊讶。似乎没有什么能使他感到奇怪或激动。或许他见过的意外太多了，再不会吃惊。斯佳丽不知道她妹妹想什么，对他来说这似乎并不奇怪。他认为很自然，就像卡洛琳发现与他这个陌生人交谈很惬意一样。

“她的男朋友，叫布伦特或什么的，被杀于葛底斯堡。”

“她的男朋友?”斯佳丽气急地问：“她的男朋友？什么都不是！他和他的兄弟曾是我的男朋友。”

“是的，这个她对我说过。似乎郡里大部分小伙子都是你的男朋友。可是，这没什么，你拒绝了他之后，他就成了她的男朋友，因为他最后一次休假时他们订了婚。卡洛琳说，他是她唯一在乎的男孩子，所以为他祈祷可以得到点儿安慰。”

“哼，乱弹琴！”斯佳丽说着，有一支妒忌之箭刺入胸膛。

斯佳丽好奇地打量着这个有瘦削肩膀的细长的人，他那淡红色的头发和一双镇定宁静的眼睛。她懒得发现的自己家的事情他却知道得一清二楚。那么这就是为什么卡洛琳像梦游似的，还老是祈祷的原因了。好了，她会忘了这些的。许多女孩子都会忘记已死去的心上人的，对，还有死去的丈夫。她自己无疑已把查尔斯忘了。她还听说亚特兰大有个女人在战争中曾三次沦为寡妇，但仍对男人感兴趣。她把这说给威尔听，可他却连连摇头。

“卡洛琳不是这种人。”他斩钉截铁地说。

跟威尔谈心很愉快，因为他很少开口说话，而且还是个善解人意的听众。她把理家遇到的问题都告诉他，比如，除草、锄地、播种，还有如何把猪喂胖，如何养奶牛，他都给她提出很好的建议，因为他在佐治亚州南部曾是个小农场主，还有两个黑奴。他知道他的两个黑奴现在都自由了，农场杂草丛生，松苗遍地。他的妹妹，他唯一的亲人，在几年前就随丈夫迁到了田纳西州，现在他孑然一身。然而，所有这些事情似乎不再烦他，除了他丢在弗吉尼亚的那条腿以外。

不可否认，当斯佳丽劳作了一天，听烦了黑奴的唠叨、苏伦的哭闹和杰拉尔德经常问艾伦去哪儿了之后，与威尔聊天，使她感到舒心。她跟威尔无话不谈，甚至对他讲了杀北方佬的事，他简洁地评论道：“干得好！”这使斯佳丽很是自豪。

最后，所有的家庭成员在遇到麻烦时都会到威尔房间倾诉——就连嬷嬷后来也去了！最初嬷嬷与他保持距离，因为他出身不好，只有两个奴隶。

当他能蹒跚着在屋里走动的时候，他便用手编织橡树皮篮子，修理被北方佬毁坏的家具。他还擅长削制木块，韦德总是跟在他旁边，因为他削木头玩具给韦德玩，这是小韦德唯一的玩具。有威尔在屋里，所有的人都可以放心地把韦德和两个小家伙丢给他，去忙自己手头的活计，因为他照顾孩子与嬷嬷一样在行，只有在哄一黑一白两个孩子别哭叫时，梅兰妮比他强。

“你们对我都太好了，斯佳丽小姐。”他说，“我一个陌生人与你们非亲非故，给你们带来这么多麻烦，让你们为我担心。如果你不嫌弃的话，我打算再待一阵子，帮你们干活，让我偿还你们给我的恩情吧，尽管我永远还不清，因为一个人的生命是无价的。”

就这样他留下了，渐渐地很自然地，塔拉庄园的大部分重担从斯佳丽肩上转移到威尔·本廷瘦骨嶙峋的肩膀上。

到了九月份，该摘棉花了。威尔·本廷坐在斯佳丽脚下的前台阶上，沐浴在早秋下午的阳光中。他那平直的声音缓缓地说着费耶特维尔的轧棉机索价太高的事。不过，那天他在费耶特维尔已获悉：他可以把马和大车供给轧棉机主人两个礼拜，以减少四分之一的费用。只有和斯佳丽商量之后，他才会做成此项交易。

斯佳丽看着这个嚼着根麦秆，斜靠在门柱上的瘦削的男人。毫无疑问，正如嬷嬷常说的那样，威尔是上帝赐予的，而斯佳丽时常想，这几个月要是没他，塔拉庄园该怎么度过。他从不多说话，从不浪费精力，从不对周围的人和事产生更深的好奇，不过他却对塔拉庄园每个人都了解。而且他肯做事。他默默地干活，很有耐心，也很有才能。虽然他只有一条腿，却比波克干活要快。他还能设法让波克干得更好，这在斯佳丽看来很不可思议。当母牛腹部绞痛时，当马害怪病躺倒，使人感觉它要永远离大家而去时，威尔整日整夜守着它们，终于救活了它们。他还是个精明的商人，斯佳丽很是佩服他这点，他能在大清早赶车带上几蒲式耳的苹果、红薯及其他蔬菜出去，而带回来的是种子、大量衣料、面粉和其他必需品，而这些东西斯佳丽知道自己是弄不来的，尽管她也是很棒的生意人。

威尔渐渐取得了作为这个家庭中的一员的资格，睡在杰拉尔德卧房隔壁更衣室的小帆布床上。他从不说要离开塔拉庄园，而斯佳丽也无心去问他，反而担心他会离开他们。有时，斯佳丽觉得如果他是别的任何一个人，就应有上进心，要回到自己家乡，即使他的家已不存在了。可是即使这样想，她还是热切地祈祷他会永远留在这儿。家里有个男人便利多了。

她还想到，如果卡洛琳有一点耗子脑瓜，都会看出威尔在乎她。如果威尔向她提出要娶卡洛琳的话，那斯佳丽会对他不胜感激。当然了，要在战前，威尔无疑不是合适的人选。他根本不属于种植园主阶层，尽管他也不是穷白人。他只是个普通的农户，一个小农场主，没受过良好的教育，易于发生语法错误，对奥哈拉家庭认为常规的上层人的礼节风度一无所知。其实，斯佳丽想过威尔能否称为上等人，结论是不能。梅兰妮激烈地为他辩护，说任何一个像威尔那样心地善良，处处为别人着想的人肯定出身良门。斯佳丽知道，如果艾伦得知自己的女儿嫁了这样一个人非晕过去不行，可是斯佳丽已被生活所迫离艾伦的教导太远，顾不得什么了。男人稀缺，女孩总得嫁人，塔拉庄园也得有个男人。而卡洛琳已越来越深地沉浸在她的经书中，离这个现实世界越来越远，她对威尔像对兄长一样温柔，把他看成如波克一样的熟人。

“如果卡洛琳对我曾为她做过的有丝毫感激之情的话，她会嫁给他，不让他离开这儿。”斯佳丽生气地想，“可是不会的，她一定会把时间消磨在怀念那个或许从未对她认真过的傻小子身上。”

就这样威尔留在了塔拉庄园，斯佳丽也不知道他图什么，只是发现他那种有条不紊、诚恳勤劳的态度让她感到既愉快又受益不少。他对神态恍惚的杰拉尔德很尊敬，但他认为斯佳丽才是真正的一家之主。

她赞同把马租出去，尽管这意味着全家暂时没有了任何交通工具。苏伦对此将尤为伤心。她最大的乐趣就是威尔赶车去办事时，和他一起去琼斯博罗和费耶特维尔，她从全家搜罗出最好的衣饰打扮自己，去拜访旧友，打听郡里一些传闻，重又感觉自己是塔拉庄园的奥哈拉小姐。苏伦从不放过任何溜出庄园的机会，在不认识她，不知道她也除草、铺床的人们面前摆摆架子。

“这位神气活现的小姐将有两个星期不能出去游荡了。”斯佳丽想，“我们又要忍受她的哭闹和牢骚了。”

梅兰妮也抱着宝宝凑到门廊上，在地上铺了条旧毯子，让小博在上面爬。自从收到阿希礼的信后，梅兰妮不是喜气洋洋、快乐地歌唱就是焦急地期盼。可是无论高兴还是忧郁，她都是那么苍白、那么瘦弱。她毫无怨言地干她那份活，但她身体状况一直不好。老芳汀大夫给她下的诊断结果是妇科病，并同意米德大夫的说法，即她不应再生孩子了。他坦言，再生育会要她的命。

“今天我在费耶特维尔时，”威尔说，“发现一件挺有趣儿的东西，我想女士们会感兴趣，就把它带回家了。”他从后裤兜里摸出一个印花布做的钱袋，这是卡洛琳绘、他做的，他还用树皮把它衬硬了。他从中掏出张邦联钞票。

“如果认为邦联钞票很有趣，威尔，我可不这么认为，”斯佳丽短促地说，因为一看到邦联钞票她就要气疯，“在爸的箱子里我们有三千元邦联钞票，嬷嬷老请求我给她糊阁楼墙上的洞，那样她就不会伤风感冒了。我想我会这么做，那样至少还有点用处。”

“‘专横傲慢的恺撒，死后化为泥土，’”梅兰妮说着，面带忧伤的微笑，“别那么做，斯佳丽。给韦德留着吧。有一天他会引以为豪的。”

“嗯，对于专横傲慢的恺撒我一无所知。”威尔耐心地说着，“可是我拿的这个上面写的话，跟你刚才留给韦德的话意思差不多，梅兰妮小姐。上面有一首诗，贴在钞票背面。我知道斯佳丽小姐不太喜欢诗，但我想她会对这个感兴趣的。”

他把钞票翻过来。背面粘着一张粗糙的棕黄色包装纸片，上面的字用自制的很淡的墨水写的。威尔清了清嗓子，慢慢地，略为费力地读了起来。

“题目是‘邦联钞票背面小诗一首’。”他说道。

在这世上它已毫无意义
无论到哪儿都等于零——
作为一个逝去的国家的象征
保留它，亲爱的朋友，给后人看。
留给对这段历史感兴趣的人们
使这段历史被人们传诵
有自由，爱国者的梦想
也有一个多难之邦颠覆的命运。

“哦，太美了！多感人啊！”梅兰妮大声说道，“斯佳丽，别把钞票给嬷嬷糊阁楼。这不仅是一张纸——正如诗里说的那样：‘是一个逝去的国家的象征！’”

“哦，梅兰妮，别多愁善感了！纸就是纸，我们还不够用，我也听烦了嬷嬷总是嘟哝阁楼裂缝多。我希望在韦德长大后，我能给他许多绿票子，而不是没用的邦联钞票。”

在她们争论时，威尔正用那张纸币逗小博爬过来，这时他仰起脸，用手遮住阳光，向车道上望去。

“有人来了，”他说，眼睛眯着以避开阳光，“又一个士兵。”

斯佳丽顺着他的目光看去，一副熟悉的景象，一个胡子拉碴的男人正穿过树荫下的小道慢慢走过来，身上穿着件灰蓝两色拼制的破烂军服，脑袋疲惫地垂着，双脚缓慢地拖曳而行。

“我以为我们不会再接待士兵了呢。”她说，“我希望这位不是太饿。”

“他肯定很饿。”威尔简短地说。

梅兰妮站起身来。

“我最好告诉迪西让她多准备一份餐具，”梅兰妮说，“还要警告嬷嬷别突然就要这位可怜的人脱下衣服，还——”

她突然不说话了，斯佳丽诧异地扭过头来看着她。梅兰妮瘦削的手放在脖子上，使劲抓住它，好像很疼一样。斯佳丽可以清楚地看见青筋在她苍白的皮肤下迅速地搏动，她的脸变得更加苍白，棕色的眼睛睁得老大。

“她快晕过去了。”斯佳丽心里想着，跳起来抓住了她的胳膊。

可是，刹那间，梅兰妮挣脱了她的胳膊，跑下台阶。她像只小鸟一样轻快地跃过石径，双臂伸开，褪了色的裙摆在她身后飞扬。斯佳丽这才明白过来，心头重重一击。她退后一步靠在一根廊柱上，这时那个人仰起满是金黄色胡须的脸，静静地站在那儿，看着这座房子，似乎他已累得不能再迈一步了。斯佳丽的心怦怦直跳，忽然又停住了。当梅兰妮语无伦次地喊着投入那个脏兮兮的士兵的怀抱，他的头垂下来偎着她时，斯佳丽的心又开始怦怦乱跳。一阵狂喜之下，斯佳丽向前跑了两步，被威尔用手拉着她的裙子拉住了。

“别捣乱。”他平静地说。

“放开我，你这个大傻瓜！放开我！那是阿希礼！”

他并不松开手。

“毕竟，他是她的丈夫，对不？”威尔镇定地问。斯佳丽这时心里既有喜悦，又有无处发泄的恼怒。她俯视着他，在他幽静深邃的眼睛里看出了理解和同情。

第三十一章

1866 年 1 月的一个寒冷的下午，斯佳丽坐在办公室里给贝蒂姑妈写信。这样的信她至少已经写了十封，说的总是她跟梅兰妮、阿希礼不能到亚特兰大去和她做伴的理由。她手里写着，心里却十分不耐烦，因为她知道贝蒂姑妈是不会把她的信看完的，她只看开头的几行，便会马上放下，重新写一封信来，仍旧说着“我自己住在这里很害怕”等等的话。

她的手冻得发木，只得放下笔搓一会儿手，她的脚用棉絮包垫着，也仍然冻得麻木了。她的鞋后跟已经磨穿了，只好用一片破地毯补在那儿。那片地毯使得她的脚不必和地面接触，使它们得到温暖。她想起那天早上威尔带着那匹马去琼斯博罗上蹄铁的事，心里觉得十分好笑——马掌坏了便有人给它换，人的鞋子坏了却只能光着脚了！

她重新拿起笔来想继续写，这时听见威尔从后门进来，便又放下了。她听见他的木腿橐橐地进了穿堂，直到办公室门口才停下。她等他进来，等了一会儿没动静，便喊了一声。他这才进来，一双耳朵冻得通红，淡红色的头发乱蓬蓬的，他站在那儿看着她，嘴角带着滑稽的微笑。

“斯佳丽小姐，”他问道，“现在家里总共还有多少钱？”

“你难道是想跟我结婚，所以才来盘问我的家底儿吗，威尔？”她用反诘的语气问他道。

“不，小姐。只是我想知道。”

她带着询问的神气蹬着他，她看出威尔的脸色并不十分严肃。他一向都不严肃，可她已经看出有什么事不对劲儿了。

“我还有十块金币，”她说，“那个北方佬的钱就剩这么点儿了。”

“哦，小姐，那是不够的。”

“什么不够？”

“不够纳税。”他说着蹲到炉火旁烘烤冻红的双手。

“纳税？”她重复道，“看在上帝的份上，威尔！我们已经纳过税了。”

“是的，小姐。可他们说你纳得还不够。这是今天我在琼斯博罗听说的。”

“可是，威尔，我不明白。你这话到底是什么意思？”

“斯佳丽小姐，我知道你心里烦，有些事可以不跟你说的我就不说了，可是这件事必须得对你明讲。他们说你应该补缴的税款还差得很远。他们把塔拉的税额定得特别高——比郡里其他任何地方都要高得多。”

“可是我们已经缴过一次了，他们总不会让我们再缴一次吧！”

“斯佳丽小姐，近来你不常去琼斯博罗，不过不去也好，那儿现在已经不是女人去的地方了。要是你多去几回，就会知道近来那儿有许多无赖汉、共和党和提包党人在活动，他们的行为举止简直会把你气得跳起来。另外还有许多刚被解放的黑人，他们趾高气扬地走在大街上，让我们白人简直无地自容，而且——”

“可这些人跟我们纳税有什么关系呢？”

“是这样，斯佳丽小姐。不知是哪个坏蛋把塔拉的税报得特别高，好像这儿每年都可收获千包棉花似的。我一听到这消息，就故意跑到那些酒吧里磨磨蹭蹭，希望能从人们的闲谈中听到一点儿真相。据我所听到的，好像有人看中了塔拉庄园，所以故意提高这里的税额。等你缴不起这笔款子，就可以由政府收去拍卖。而且人人都知道你肯定缴不起。至于是谁相中了塔拉，我还没有探听到。不过好像是那个跟凯瑟琳小姐结婚的叫什么希尔顿的，因为我跟他提起这事时，他只是奸笑。”

威尔说完话，坐到沙发上，揉着他那段残余的腿。由于天气十分寒冷，下边那半截木头又镶得不好，所以发痛。斯佳丽愣愣地看着他。他报告的这个消息对塔拉简直生死攸关，可他的态度仍是那么随随便便。政府要收去拍卖？那么大家都上哪儿去呢？把塔拉拿去成为别人的财产？不，太不可思议！

近来斯佳丽全心全意忙着塔拉的生产，因此一点儿都没有注意到外界的事情。家里现在已经有了威尔和阿希礼两个男人，对于琼斯博罗和费耶特维尔那边的事情由他们去对付，她可以一直待在庄园，不离开。有时吃过饭后，威尔跟阿希礼讨论起开始重建的情况，她也不愿意听，就像战前不愿意听父亲谈论战争一样。

不过刚才威尔提到无赖汉，这个她也听说过，是一帮加入共和党去谋利的南方败类。提包党人她也知道，就是那帮蝗虫似的扑到南方来吸血的北方浪人，他们的全部财产都在一个提包里。甚至那个所谓的自由人局，她也曾有过一些不愉快的经验。她也听说过新近被解放的黑奴如何骄傲的传闻。不过那些传闻她直到现在也不大相信，因为她自己没见过这样的黑人。

许多事情威尔和阿希礼相互串通瞒住了她。事实上现在重建时期的种种残酷，比战争期间还要严重，可是他们两个谈话时，总是故意避开那些可怕的情形不说。而且即使斯佳丽听见了，也是一个耳朵进一个耳朵出。

她曾听阿希礼说过南方被他们当作了征服地，还说那些征服者的主要政策就是要对南方人施行报复。可这种消息对斯佳丽来说没一点儿意义，她一直认为政治是男人的事。她还听威尔说，北方人无论如何是不会让南方人抬头了。斯佳丽却认为这是他们男人在瞎操心。对她而言，北方佬从来没有打过她，现在不见得就会打她。现在她只晓得工作最重要，管它北方佬政府怎么样呢。无论如何，战争已经结束了。

可斯佳丽不知道一切法律都已变过了，正当的工作不再能获得正当的报酬。现在佐治亚州实际上已经处在戒严法的支配之下。到处都是北方佬的驻军，自由人局掌握着一切权力，他们依照自己的便利制定所有的法规。

自由人局是由联邦政府组织的，目的是管理一切新被解放的黑奴，因此把各种植园里的黑奴成千上万地吸收到郡里或城市里。那些黑奴如果一时找不到工作，就由自由人局养活，并且教他们坏了良心，去报复从前的主人。现在本地的分局就是由杰拉尔德从前的监工乔纳斯·威尔克森负责的，凯瑟琳·卡尔佛特的丈夫希尔顿做他的副手。他们两个极力散布谣言，说南方人和民主党正在等待时机，要将所有的黑人重新收回去做奴隶，还说黑人要想避免这种命运，只有去请求自由人局和共和党的庇护。

威尔克森和希尔顿对黑人宣传说，黑人跟白人本来就没什么不同，不久以后黑人就可以和白人通婚了，而且不久后他们从前主人的土地就要拿出来平均分配，每个黑人都可以分到四十亩地，还有一匹骡子。另外，他们还用各种方法挑拨黑人的感情，宣传白人对他们是多么残酷。因此，这个向来以主仆感情融洽而闻名的地方，逐渐形成了一种彼此互相猜忌的氛围。

自由人局背后有北方佬的军队作后盾，因此被征服地居民的一切行为都要受军法的统治。无论谁只要碰一碰那个局里的人，就有立刻被拘捕的危险。学校里，医院里，都已施行了军法，甚至人们衣服上的纽扣，以及商品的买卖和交易都无一不受军法的支配。因此斯佳丽无论卖出什么又买进什么，威尔克森和希尔顿都有权加以干涉，并且还可以随意定价。

幸好斯佳丽自己很少跟这两个人接触，因为威尔劝她专心照管庄园的事务，对外的一切都由他去应付。他对人总是心平气和，所以许多麻烦事儿都让他轻易地解决了，完了之后他也不告诉斯佳丽。真的，威尔的外交手段对付一班提包党是太轻而易举了。可现在出了这么大一个问题，他就不敢擅自做主了。这笔税款数目太大，而且对塔拉来说是生死攸关，他不得不告诉斯佳丽，让她知道——并且立刻就让她知道。

她目光灼灼地瞪着他。

“哦，这些该死的北方佬！”她喊道，“他们榨干了我们，叫我们做了乞丐，难道还不满意，还要放些流氓来跟我们捣乱吗？”

战争已经结束了，和平已经宣布过了。可是北方佬还可以掠夺她，还可以叫她挨饿，还可以把她从自己的屋子里撵出去。她真蠢，这几个月来天天含辛茹苦，她以为只要熬到春天，就可渡过难关。威尔带来这一毁灭性的消息，使她一年来苦不堪言的劳动和生活好转的前景变得渺无希望，是她无法忍受的最后一击。

“哦，威尔我一直以为战争结束以后，就什么麻烦都不会有了！”

“不，小姐，”威尔抬起他那瘦削的面孔，看了她一眼，说，“我们的麻烦才刚刚开始。”

“他们究竟要我们缴多少税？”

“三百元。”

斯佳丽一听见这个数字，几乎惊呆了。三百元！现在对她来说这无异于三百万呀！

“怎么，”她惊慌地说，“怎么——怎么，就是说我们一定得想办法筹借三百块钱啦。”

“是的——可这有多难哪。”

“哦，不过，威尔！他们是不能把塔拉拿去卖的，因为——”

他那温和暗淡的眼睛里露出一种憎恨和愁苦的神情，这是斯佳丽从来没有看见过的。

“哦，他们不能？咳，他们是存心要卖掉塔拉的！斯佳丽小姐，你知道，现在我们南方简直变成地狱了。他们那些提包党人和无赖汉们，人人都可以参加选举，而我们民主党人绝大部分都不能选举。根据他们的规定，民主党人凡是在1865年征收册上税额超过三千元的，都没有权利选举。那么你的父亲，塔尔顿先生，麦克雷家和芳汀家的男孩子们，就都没有选举权了。他们还规定，凡是这次战争中当过少校以上军官的，也不能选举。斯佳丽小姐，我敢打赌，本州里这种军官比邦联的其他任何州都多。他们又规定凡在邦联政府里当过领导的，小至会证员，大至法官，都不能选举！所以简直是一网打尽了。事实上，战争以前有点儿身份，有点儿财产，有点儿声望的人，都被剥夺了选举权，而且即使是有选举权的人，还得先做那种表示向他们屈服的宣誓！

“哦，我倒是可以选举的，只要我肯去宣誓的话。因为我在1865年的征收册上并没有超过三千元的税额，我也没有当过少校，也不是什么有声望的人。可我不愿意对他们宣誓。简直不像话！要是那班北方佬行为正当，我早就会对他们效忠宣誓，现在我可不干。他们可以把我这个人收进联邦可收不了我的心哪！我宁愿一生没有举权，也不愿去干这种卑鄙龌龊的事——可是像希尔顿那样的家伙，他可以有选举权，还有像乔纳斯·威尔克森那样的流氓，像斯兰特瑞家那样的下流白人，像麦金托什家那样下贱的人，他们都能选举了。现在他们掌握着权力。即使他们要把你家的税额再增加十倍二十倍，你也拿他们没办法。现在，黑人把白人杀了都算不上是犯罪了，甚至——”

说到这儿他顿住了，他跟斯佳丽都想起了在洛夫乔伊附近一个孤身白种女人被黑人强奸的事……“现在黑人什么都敢做，就是因为有自由人局和军队端着枪给他们做后盾的缘故，至于我们，既然选举都没指望了，还能有什么办法啊。”

“选举！”她喊道，“上帝啊！我们的事儿跟选举有什么关系呀，威尔？我们现在是在讲税款……威尔，人人都知道塔拉是个多好的庄园，现在我们要筹这笔钱，只要拿塔拉做抵押就已经足够了。”

“斯佳丽小姐，你并不傻，可有时候说出的话来可真够傻的了。谁会有这么多钱可以借给你？而且除了那些提包党人以外，还有谁会想要你的塔拉？大家都有田地，大家的田地都自身难保。你是抵押不出去的。”

“我还有从那个北方佬身上搜出来的钻石耳环，可以拿去卖掉。”

“斯佳丽小姐，附近谁有钱买钻石耳环？大家连买肋条肉的钱都没有，还能买得起首饰？跟你说实话，现在你有十块金币，已经算得上是最富的人了。”

于是两个人都沉默了，这时斯佳丽心里的感觉就像是头在碰壁似的。她已经碰过了无数次壁，可从来都没有这次这么难。

“我们到底该怎么办呀，斯佳丽小姐？

“我不知道。”她茫然地说道，感到自己已不在乎了。这块石壁超出了她的忍耐限度，她突然觉得累了，累得腰都发酸了。她想，自己为什么要如此工作，如此奋斗，如此折磨自己呢？而且为什么每次奋斗的结果又总是失败呢？

“我也不知道该怎么办，”她说，“不过你千万别告诉爸爸，他会担心的。”

“我当然不会。”

“你还跟其他人讲过吗？”

“没有，我只来找你说的。”

是的，她心里想，无论谁有了什么坏消息，她总是先知道，她真的觉得好累。

“威尔克斯先生在哪儿？也许他会有办法。”威尔瞪了她一眼，就像阿希礼刚回家那天的样子，斯佳丽觉得他好像什么事儿都看透了。

“他现在在果园里劈木头，刚才我拴马时听见了他的斧声。不过他的钱未必会比我们的多。”

“可是我总可以去跟他商量一下吧？”她一面尖刻地说着，一面踢掉了脚上的棉絮，从椅子上站了起来。

威尔并不因她的这句话而生气，他仍旧倚着火炉烘着一双手：“你最好戴上围巾再出去，外面非常冷。”

可是她并没有戴围巾，因为围巾在楼上，她懒得去拿，而且她想跟阿希礼商量紧急问题的念头是那样迫切。

要是阿希礼一个人在那儿就好了！自从他回来以后，她从来都没有单独跟他说过一句话。全家人都绕在他周围，梅兰妮更是寸步都不离开他，而且还时不时地摸摸他的袖子，以证实他的确在她身边。几个月来，她以为阿希礼已经去世，所以心中的妒意已潜伏下去，现在看见那亲热的样子，心里又燃起了嫉妒的火焰。所以，现在她决心要跟阿希礼单独说说话儿。这次总不会有人阻止她跟他单独说话了吧。

她穿过果园时，潮湿的枯草冷冰冰地刺痛了她的脚。她听见了阿希礼劈木头的声音。他们的篱笆都被北方佬毁完了，现在正要修补，得把木头一条条劈成杆儿，实在是一件十分辛苦的工作。现在她觉得做什么事情都很辛苦，她感到厌倦、恼火、反感。如果阿希礼不是梅兰妮的丈夫而是她自己的丈夫，那该多好啊！要是这样，她就可以将头伏在他的肩膀上，跟他哭闹着撒娇，将一生的重担全托付给他，由他尽力承担。

她绕过一丛在寒风中摇摆着光秃秃的树枝的石榴树，便看见他倚着斧柄，用手背擦拭着额头。他身上穿的是一条破粗布裤子和一件杰拉尔德的衬衫，这件衬衫完好的时候只有法院开庭日和参加野宴时才穿，如今已经皱巴巴的，穿在新主人身上显然是太短了。他把上衣挂在树枝上，因为干这活太热了，她走过来时他正站在那儿休息。

看见阿希礼衣衫褴褛地掂着斧子，她的心中涌出一股怜爱与愤慨。她不忍看她的阿希礼衣着破烂、辛苦劳作的样子，他原本是多么温文尔雅又心地善良啊。他的手不是用来干活的，他的身体除了高档衣料外什么都配不上它。上帝的本意是让他坐在宽敞的屋子里，与兴高采烈的人们高谈阔论，弹钢琴，写一些听起来动听实际上并无多大意义的作品。

她可以忍受眼看自己的孩子穿着麻布缝制的衣服，姑娘们穿着脏兮兮的又旧又破的布衣，能够忍受威尔比任何田间劳动者都工作得更加辛苦，可是阿希礼不一样。他太优秀了，不适合做所有这一切。她太爱他了。她宁愿自己去劈木头，也不忍心看他这样。

“人们都说亚伯拉罕·林肯就是劈木头出身的。”她走近他时，他这样说道，“试想一下我将会爬到多高吧！”

她皱了皱眉头。对他们的艰辛他总是说一些诸如此类轻飘飘的话。那都是些对她而言极其严重的事情，有时她几乎要为他说出的话而生气。

她开门见山地告诉了他威尔带回来的消息，语言简明扼要，诉说完后她感到了一丝宽慰。他肯定会提出有帮助的建议。他什么也没说，只是看见她在发抖，便脱下自己的外套披在她肩上。

“那么，”最后她说道，“你难道不觉得我们必须从哪儿弄点儿钱来?”

“是的，”他说，“可是，从哪儿弄呢?”

“我在问你呢。”她回答，生气了。那种卸下重担的如释重负的感觉消失了。即使他帮不了忙，为什么就不能说些让人安慰的话，哪怕只一句“哦，我太抱歉了？”他笑了笑。

“从我回家到现在这几个月里，我只听说一个人真正有钱，那就是瑞特。”他说。

贝蒂帕特姑妈上周在给梅兰妮的信中说瑞特已乘坐马车回到亚特兰大，马车由两匹好马拉着，他还带回了满袋满袋的美钞。她还暗示他的钱来路不正。贝蒂姑妈有个理论，这个理论被亚特兰大普遍接受，那就是瑞特已成功地携带南部邦联金库里的数百万神秘巨款潜逃了。

“我们不要说他。”斯佳丽简短地说，“如果世界上有一个下流坯的话，那必是他无疑。我们大家下一步该怎么做呢？”

阿希礼放下斧头，往远处看去。他的眼睛仿佛穿越千里看到了一个她看不见的遥远国度。

“我所想的，”他说，“我所想的不仅仅是塔拉的我们将会怎么样，我还在想南方的每一个人将会怎么样。”

她真想大喊一句：“让南方的每一个人都去见鬼吧！我们该怎么办？”可是她保持沉默，因为疲惫感比任何时候都更加强烈地压倒了她。阿希礼根本就帮不了什么忙。

“最后将要发生的将是任何一个文明破碎时都曾发生过的一切。有头脑有勇气的人会渡过难关，反之则会被淘汰出局。至少亲眼看见一次戈特旦默朗①还是很有趣的，尽管不太舒服。”

“一次什么？”

“一次众神的黄昏。很不幸，我们南方人总是自以为是神。”

“看在上帝的份上，阿希礼·威尔克斯！别站在那儿跟我说些无意义的话了，现在是我们就要被淘汰出局的时刻啊！”

她那愤怒和疲倦仿佛多少穿透了他的意识，使它从游移中返回，他轻轻举起她的双手，看着手掌上面的老茧。

“这是我曾见过的最美丽的手，”他说，轻轻地吻了吻它们，“它们之所以美丽是因为它们强壮。每一块老茧都是一枚奖章，斯佳丽，每一个水泡都是对勇敢和无私的奖励。它们是为了我们大家才磨成这样的，你父亲，姑娘们，梅兰妮，

---

① Gtötterdämmercng 的音译，意为世界在诸神与巨人的斗争中毁灭。

孩子，黑奴们，还有我。亲爱的，我知道你在想什么。你在想：‘这儿站着个十足的傻瓜，在活人面临危险时却说些关于死去的众神的空话。’我说得对吗?”

她点了点头，希望他永远握住自己的手，可是他松开了。

“所以你来找我，希望我能帮你。那么我告诉你，我帮不上。”

他的眼睛痛苦地望向斧子和木头堆。

“我的家没有了，所有的钱都没有了，我很遗憾自己过去从没意识到拥有它。在这个世界上没有什么适合我做的事，因为我所属的世界已经没有了。我不能帮你，斯佳丽，除了尽可能学会做个蹩脚的农夫，而且那也不能为你留住塔拉。难道你不认为我也意识到了我们处境的凄惨，住在这儿靠你的救济生活——哦，是的，斯佳丽，你的救济。我永远也偿还不了你那颗善良的心为我和我的全家所做的一切。我一日比一日更明确地意识到这一点。每天我都更加清晰地明白我对降临在大家身上的一切是多么无能为力——每天我都逃避现实，这使得我更加难以面对新的现实。你理解我的意思吗?”

她点了点头。她并不十分明白他的意思，可她还是屏息听着他的话。这是他第一次跟她说起他仿佛离她很遥远时所想的东西。这让她激动，仿佛她已站立在一个新发现的边缘。

“这是一种不幸——不愿面对赤裸裸的现实。自从战争以来，生活对我来说从来就不真实，就像是映在帷幕上的影子戏一样。而且我宁愿如此。我不喜欢事物的轮廓过于尖锐，我喜欢它们稍微模糊些，有点儿朦胧。”

他停下来，微微一笑。冷风吹过他薄薄的衣衫，他微微颤抖了一下。

“换句话说，斯佳丽，我是个懦夫。”

他那些关于影子戏和模糊轮廓的话对她来说并没什么意义，可最后一句她懂。她知道那不是真的。他身上没有懦弱的因子。他那挺拔身体的每一根线条都诉说着他家世世代代的英勇和侠义，而且斯佳丽深知他在战争中的经历。

“不，不是那样的！一个懦夫会爬上葛底斯堡的大炮去鼓舞士兵吗？难道将军会亲笔为一个懦夫而给梅兰妮写来一封信吗？而且——”

“那不是勇气，”他疲倦地说，“打仗就跟香槟酒一样。它影响懦夫的头脑就跟影响英雄的头脑一样快。任何一个傻瓜在战场上都会勇敢的，否则就会被敌人杀了。我所说的是另一层意思。我所说的怯懦比初次听到炮声便冲上去还要糟糕得多。”

他说得很慢很困难，仿佛很痛苦，他得站在一边用悲哀的心看着他所说的话。要是任何别的男人说这些，斯佳丽一定会轻蔑地把这些武断之言当作假意谦虚或希图得到赞扬而不加理睬。可是阿希礼好像言符其实，他的眼神令她困惑——不是恐惧，不是歉意，而是对一种无法避免又势不可挡的压力的紧张。寒风扫过她潮湿的脚踝，她再次瑟瑟发抖了，可是她的发抖与其说来自寒风不如说来自他的话在她心底激起的恐惧。

“可是，阿希礼，你害怕什么?”

“哦，是一些难以名状的东西。用言语说出来听上去都非常愚蠢。最主要的是害怕生活会突然变得太真实，害怕从此与它切身相处，太切身与生活中一些简单琐事紧密相连。并不是说我在乎站在泥泞中劈柴，而是我在乎它所代表的意义。我在乎，非常在乎我所热爱的旧时岁月的美丽丧失掉。斯佳丽，战争以前的生活是美丽的。那时它富有魅力，像古希腊艺术一样圆满、完整而匀称。也许并不是对每个人而言都如此。现在我明白了。可是对我来说，生活在十二橡树，有一种真正的美丽。我属于那种生活。我是其中的一部分。而现在它远去了，在这种新的生活中我找不到自己的位置，所以我害怕。现在，我明白了过去的岁月是一场我观看的影子戏。我逃避一切不朦胧的东西，逃避过于真实、过于富有朝气的人物和环境。我拒绝它们的入侵。我也竭力想避开你，斯佳丽。你太富于活力，太真实，而我却怯懦得宁愿要影子和梦境。”

“可是——可是——梅兰妮呢?”

“梅兰妮是最温柔的梦，也是我梦想的一部分，要是没有战争的话，我就会无动于衷地看着生活流走，永远也不成为其中的一部分。这样度过我的一生，然后快乐地埋葬在十二橡树。可是战争一爆发，生活真实地冲击了我。第一次我去参加战斗——那是在布尔溪战役中，你记得的——我看见自己的伙伴被炸成碎片，听见垂死的马匹的哀号，看着敌人在我的射击下喷着鲜血倒地，领略到那种令人恶心的可怕感觉。不过，那都不是战争中最糟糕的事情，斯佳丽。关于战争，最糟糕的是我必须与之共同生活的人们。

“我一生都将自己从众人面前隐蔽。我小心谨慎地挑选我那寥寥无几的朋友。可是战争教会了我创造一个自己的世界，里面都是梦想中的人物。它教会我人实际上是什么样的，可它没教我该如何去跟他们相处。我害怕我永远也学不会。现在，我知道，为了养活我的妻儿，我必须在与我没有任何相通之处的人群之中艰难行进。你，斯佳丽，正抓住生活的双角，让它向你的意志妥协。可是在这个世界上，哪里还有我的立足之地？我告诉你我害怕。”

当他那低沉悦耳的声音继续凄凉地用一种她无法理解的感情诉说时，斯佳丽东叨一句西啄一句，竭力想从中找出点儿意思来。可这些话像鸟儿一样从她手中溜走了。某种东西在支配着他，以一种残酷的目标支配着他，可是她不懂得那是什么。

“斯佳丽，我不确切是在什么时候凄凉的现实使我苏醒过来，意识到我自己的影子戏已经结束了。也许是在布尔溪战役打响的最初五分钟内，那时我目睹自己杀死的第一个敌人扑倒在地。可是我知道它结束了，我不再是一个旁观者。不，我突然发现自己在帷幕上，成了一个演员，在手足无措地摆姿势，扮演角色。我那小小的内心世界没有了，被一些思想与我毫不相同的人们侵占了，他们的举止就像野蛮人一样陌生。他们用污秽的脚践踏我的世界，当情况糟糕得难以忍受时也没有为我留下一个栖身之所。当我在监狱中时，我想到：‘战争一结束，我就可以重新回到旧时的生活和旧时的梦境中去观看影子戏。’可是，斯佳丽，我没有能回去。现在我们所面临的一切比战争和监狱要糟糕得多——而且，对我而言，比死亡都糟……所以，你看，斯佳丽，我因为恐惧正在受着惩罚。”

“可是，阿希礼，”她开口说道，仿佛在一片令人困惑的泥淖中挣扎，“如果你害怕我们挨饿，为什么——为什么——哦，阿希礼，无论如何我们会挺过来的！我知道我们会！”

有一会儿，他那清澈的灰色大眼睛回到她身上，眼神中有一丝赞赏。然后，突然它们又变得茫然了，她的心往下一沉，她知道他并没有在想挨饿的事。他们总像是两个用不同语言交谈的人。可是她那么爱他，所以他一像现在这样退缩，就好像温暖的太阳骤然降落，使她陷入黄昏的寒露之中。她想扶住他的肩膀，把他拉向自己，让他明白她是鲜活的有血有肉的，而不是他所读过或梦见过的什么虚幻人物。从很久以前他刚从欧洲回来站在塔拉的前廊上朝她微笑的那一天开始，她所渴望的便是和他合二为一的感觉。

“饥饿是让人不快的，”他说，“我知道，因为我挨过饿，但我并不害怕它。我害怕面对新的生活，它没有那种已经失去了的我们旧日世界的悠闲的美感。”

斯佳丽沮丧地想，梅兰妮会懂得他的意思。梅兰妮和他总是谈论些诸如此类的愚蠢问题，比如诗歌、书籍、梦想、月光和星辰等等。他并不惧怕她所惧怕的事情，比如饥饿的煎熬，寒风的肆虐或被赶出塔拉。他在一些她从来都不知道也不能想象的恐惧面前发抖。上帝啊，在这个残破的世界上，除了饥饿、寒冷和失去家园还有什么可恐惧的？

她原来以为只要她认真倾听，她就会知道该如何回答阿希礼。

“哦！”她说，就像是一个孩子打开包装精美的礼品盒却发现里面是空的那样失望。听见她的语气，他仿佛表示歉意似的微微笑了一下。

“原谅我这样说话，斯佳丽。我不能使你明白，因为你不知道恐惧的意义。你有一颗勇猛的心，而又极缺乏想象力，我羡慕你的这两种品质。你永远都不会像我这样害怕面对现实，永远都不会想要逃离它们。”

“逃离！”

仿佛这是他说过的唯一一个可以理解的字眼。阿希礼像她一样厌倦了这种抗争，他想逃避。她的呼吸急促起来。

“哦，阿希礼，”她喊道，“你错了。我也想逃避。我太厌倦这一切了！”

他的眉毛不相信地耸了起来，她伸出一只手急切而热烈地抓住他胳膊。

“听我说，”她迅速说道，话语像连珠炮似的滚出来，“我厌倦了这一切，我告诉你。连骨头都厌倦了，我再也不想忍受下去了。我为了食物和钱财而抗争，我拔草、锄地、摘棉花，甚至犁地，直到我连一分钟也忍受不了。我跟你说，阿希礼，南方已经死了！它死了！北方佬和自由黑鬼以及提包党人已经占据了它，什么也没给我们留下。阿希礼，让我们远走高飞吧！”

他锐利地盯着她，低下头凝视着她的脸，她这时已羞得满脸通红了。

“是的，让我们远走高飞——把他们全抛下！我厌倦了为他们而辛苦劳作。有人会照料他们。总是有人会来照顾那些无法照顾自己的人。哦，阿希礼，我们走吧，就你和我两个人。我们可以去墨西哥——那儿的军队需要军官，我们在那儿会快乐的。我会为你而工作，阿希礼。我愿为你做任何事。你知道你并不爱梅兰妮——”

他脸上现出一副受了打击的神情，刚想开口说话，却被她那滔滔不绝的话堵住了。

“那天你跟我说你爱我甚于爱她——哦，你记得那一天！而且我知道你一点儿也没变！我能断定你没变！你刚才说她只不过是一个梦而已——哦，阿希礼，我们走吧！我会让你非常非常快乐。而且，”她恶狠狠地补充道，“梅兰妮不能——芳汀大夫说她不能再生孩子了，而我可以给你——”

他把她的肩膀抓得那么紧，把它们弄疼了，所以她停下来，几乎喘不上气来。

“我们应该忘记那天在十二橡树发生的事。”

“你以为我会忘吗？你自己忘得掉吗？你能诚实地说你不爱我吗？”

他深深地吸了一口气，快速答道：

“不。我不爱你。”

“你在撒谎。”

“就算是在撒谎吧，”阿希礼说，他的声音出奇的平静，“这也不是什么可以讨论的事。”

“你的意思是——”

“你以为我会把梅兰妮和孩子留下而独自离开吗，即使我恨他们？伤梅兰妮的心？把他俩留给朋友们去救济？斯佳丽，你疯了吗？你还有没有忠诚？你不能离开你父亲和姑娘们。他们是你的责任，就像梅兰妮和小博是我的责任一样，无论你疲倦与否，只要他们在，你就得养活他们。”

“我可以离开他们——我厌恶他们——厌倦他们——”

他朝她弯下腰，她的心一紧，以为他要将她搂在怀中。可是相反，他拍拍她的手臂像安慰孩子似的说道：

“我知道你厌烦了，疲倦了。所以你才这么说。你肩扛着三个男人才能扛得了的重担。可是我会帮你的——我不会总是这么笨拙吧——”

“你要帮我只有一个途径，”她沉闷地说，“那就是带我离开这里，在另一个地方我们重新开始，也许还有幸福的机会。这儿没什么可让我们留恋的了。”

“没什么留恋的，”他平静地说，“没什么——除了名誉。”

她怀着抑制不住的渴望看着他，仿佛第一次，她看见他那两道新月形的眼睫毛浓密得犹如熟透了的黄麦穗。他的头高傲地盘踞在裸露的脖子上，挺拔瘦长的身躯显示出高贵和尊严的气质，即使衣衫褴褛也掩盖不了。她的眼睛和他的相遇了，她眼中蓄满了期望，而他的眼睛却像灰色天空下的山中湖泊一样遥远。

她从他眼中看到自己的疯狂，梦想和期望全都破灭了。

伤心和疲惫席卷了她，她双手蒙脸哭出声来。他从来没看见过她哭。他从来没想到像她那么坚强的女人居然会有眼泪，一股柔情和悔恨从他胸中升起。他一把将她抱在怀中，亲切地抚慰着，把她的头紧紧贴向自己的心口，喃喃地说：“亲爱的！勇敢可爱的人儿——别哭了！你不能哭！”

在他的抚慰下，他感到怀中的她有了变化，他所抱的那个苗条的身躯中有一股疯狂和魔力，那仰视着他的绿眼睛中有一束热烈而温柔的光芒。刹那间，不再是冬天了。对阿希礼而言，春天又回来了，那个他已忘记了一半的充满绿色的沙沙声和喃喃声的柔和的春天，一个舒适的懒洋洋的春天，年轻时无忧无虑的那种渴望又在他体内涌动着。从那以后的悲苦岁月都远去了，他只看见递向他的两片唇是那么鲜红而颤抖着，他吻住了她。

她觉得耳膜里响起一种奇怪的轰鸣声，好像有许多海贝紧贴着他们，透过这声音她模糊地听见自己疾速的心跳声。她的身体仿佛要融化在他怀中，他们久久地站着，紧紧搂在一起，他如饥似渴地吻着他，仿佛永远也不会够似的。

当他突然将她松开时，她觉得自己简直站不稳，只好抓住篱笆支撑着。她抬起充满爱意和胜利的眼睛看着他。

“你爱我！你是爱我的！说呀——说！”

他的手仍然放在她肩上，她感觉到它们在发抖，她喜爱这种颤抖。她热情地靠向他，可是他却把她扶住，他看着她，所有的漠然都从眼中逃走了，却有一种绝望和挣扎的神情在折磨着他。

“不要！”他说，“不要这样！你再这样，我就要对你无礼了，就在这儿。”

她明朗而热情地笑了，她忘记了时间，忘记了地点，忘记了所有的一切，只记得他的嘴巴压着她的感觉。

突然他开始摇她，直摇得她的黑发拨散到肩头，仿佛怀着对她——和对他自己的满腔怒火摇着她。

“我们不能这样！”他说，“我告诉你我们不能这样！”

仿佛他要再摇一下，她的脖子就会扭断了。她的头发蒙住了眼睛，她被他的举动惊呆了。她挣脱开来，瞪着他。他的前额渗出细密的汗珠，他双拳紧握，似乎十分痛苦。他直直地看着她，一双灰眼睛仿佛要刺穿她似的。

“都是我的错——跟你们谁都无关，再也不会发生这样的事了，因为我打算带梅兰妮和孩子走。”

“走？”她悲痛地喊道，“哦，不！”

“是的，看在上帝的份上！你以为经历这些以后我还能待在这儿吗？要是这事再次发生的话——”

“可是，阿希礼，你不能走。你为什么要走？你爱我——”

“你想让我说出来？好吧，我说。我爱你。”

他忽然鲁莽地凑到她跟前，吓得她赶紧后退，靠在篱笆上。

“我爱你，爱你的勇气，你的顽强，你的热情和你那十足的冷酷。我爱你有多深？那么深以至于我刚才差点儿败坏了这所庇护我和我的家人的屋子的深情厚谊，差点儿忘记了我那世界上最好的妻子——甚至差点儿就在这泥地里对你放肆，就像个——”

她在一片混乱的思绪中挣扎，她心中有一股冰冷的刺痛，仿佛被冰刀戳穿了似的。她踌躇地说：“如果你那样觉得——而又没把我怎样——那么你是不爱我了。”

“我永远都不会使你明白。”

他们沉默无语，只是互相看着对方。忽然斯佳丽打了个寒战，仿佛从一次长途旅行中回来，她看见这儿仍然是冬天，田野空荡荡的，只留着残梗，因而更显凄凉，她觉得非常冷。她还看见阿希礼那副苍老冷漠的面孔，她那么熟悉的这张面孔也回来了，它也处于严冬之中，写满了伤痛和悔恨而愈发令人难过。她本想转过身离开他，回到屋子的庇护中去，可是她太累了，移不动步了。甚至谈话也觉得累。

“什么也没留下，”最后她说道，“什么也没为我留下。没什么可珍爱的了。没什么值得抗争的了。你走了，塔拉也会失去的。”

他盯着她看了好长时间，然后弯下腰从地上挖起一小块红土。

“可是，有些东西却留下了。”他说着，旧日的微笑又重现了，这笑容既像是在嘲弄他自己又像是在嘲弄她，“有些东西你爱它胜于爱我，虽然你还没有意识到。你还拥有塔拉。”

他拿起她柔软的手，把那块湿润的泥土塞到她手里，然后将她的手合拢。现在他的手上没什么热情了，她的也是。她看了一会儿手中的红土，那对她没有一点儿意义。她看着他，模糊地意识到他身上有一种精神，她那热情的双手无法将它撕裂，任何一双手都做不到。

即使杀了他，他也绝不会离开梅兰妮。即使他为斯佳丽煎熬到生命的最后一息，他也绝不会对她怎么样，他会挣扎着跟她保持一定的距离。她永远也不能刺穿那身铁甲。情谊，忠诚，名誉这些字眼对于他的意义远比她对于他的意义重大。

手中的红土冰冷，她又看了看它。

“是的，”她说，“我还拥有这个。”

起初，那些话好像没什么意义，泥土也就是红泥土而已。可是她突然想起了塔拉周围的红色海洋，觉得它是那么可爱，她为了保住它经过了多么艰苦的斗争——而且如果她想继续保住它的话还得进行无数次辛苦的抗争。她再次看着他，想知道那些炽热的情感都跑哪儿去了。她能够思考却不能感觉，无论对他还是对塔拉，都是如此，因为她所有的感情都被抽空了。

“你不用走，”她清晰地说道，“我不会让你们大家挨饿，只因为我一直都在全力争取你的爱。这样的事以后再也不会发生了。”

她掉转身，穿过高低不平的田野朝屋子走去，一边将头发在脖子后面挽成一个髻。阿希礼目送她离去，看见她边走边把两只瘦小的肩膀挺得直直的。这个姿势铭刻在他心中，比她所说过的任何一句话都更加让他难以忘怀。

（上册完）

下　册

“明天又是崭新的一天”成为了斯佳丽的人生信条。她不畏困难、面对现实的精神和勇气，正是小说畅销不衰的原因所在。

第三十二章

当她走到前台阶的时候，那块红泥土还抓在她手里。她有意从后门绕开，因为她知道嬷嬷在那里，怕她眼尖，看出自己的破绽。这时候，斯佳丽不只不愿见到嬷嬷，其他人也不愿碰到。她没心情看到任何人，尤其是同他们谈话。她自己并不感觉羞愧，也不感觉失望和凄苦，她只觉得两脚如灌铅，心里非常空虚。她拼命捏着手里的红土，把红土捏得从手缝里挤出来，同时，口中像鹦鹉一样反复念道："我还拥有这个。是的，我还拥有这个。"

确实，现在她除了拥有这片红土地，别的什么都没有。可在十五分钟前，她差一点像丢一条破布似的将这片红土弃掉呢。现在，她又觉得这片红土地十分可爱了，她自己也感觉诧异，刚才怎么那么不冷静，竟把它看得分文不值呢。如果阿希礼当时就应允她，她准会离开家庭和亲友跟他一起逃走，连头都不回一下，但是，即使在她心灵十分空虚的时刻，她知道要离开这片可爱的红丘陵、那些长年流水潺潺的溪谷和那一棵棵瘦削的黑松，准会把她的心都撕碎的。她会如饥如渴地缅怀这一切，直到她生命的最后一刻。在她的心里，塔拉庄园被连根挖走所留下的空间，即使是阿希礼也无法填补。阿希礼这人是多么明智呀！而且多么理解她呀！他只把一块红土放进她手中，就使她恢复了理智。

她走进穿堂，刚要关门，听见外面传来一阵马蹄声，便回头朝车道上望去。怎么这时候还有客人呢？这是她无法容忍的，因此她想躲进自己房中装头痛。

马车快到时，她大吃一惊，不禁站住了。那马车簇新，油漆雪亮，鞍辔也是新的，还镶着许多发亮的铜片。那么一定是个陌生人，因为她的熟人中没人有钱置办这么一辆崭新的装备齐全的马车。

她站在门口望着，冷飕飕的穿堂风吹刮着她潮湿的脚踝上的裙子。不一会儿，马车便在房子前面停了下来，乔纳斯·威尔克森下了车。斯佳丽看见她家从前的监工驾着那么漂亮的马车，身上又穿着那么光彩夺目的外套，便怔了一下，她简直不敢相信自己的眼睛了。威尔曾经告诉她说，威尔克森自从在自由人局里得到一份新差使以后，看上去阔极了。威尔说，他或许诈骗黑人，或许诈骗官府，或许两头都诈骗；他还把老百姓的棉花充公，硬说是南部邦联政府的棉花。在这种艰难的岁月里，他的钱肯定来得不正当。

现在，他先从精致的马车上下来，然后转身把一个女人从车上扶下来，那女人身上的衣着与斯佳丽以前的差不多。再仔细一看，颜色浓重得更显俗不可耐，尽管如此，她还是贪婪地将这人全身的打扮看个够。她有好长时间没有见过这么时髦的服装。唔！这么说今年裙边不时兴宽的了，她在上上下下打量着那件大红格裙子时想道。当她看到那件黑天鹅绒宽外套时，才知道如今竟流行这么短的上衣。瞧那顶帽子真够精巧啊！系带的软帽准是过时了，因为那顶帽子只是一件模样古怪的用红绒制作的扁玩意儿，它像一只硬邦邦的烙饼那样盖在这女人的头顶。帽子的缎带不像常见的软帽那样结在下巴下面，而是结在背后老大一束卷曲的流苏下边，那束流苏是打帽子的后面垂挂下来的，斯佳丽不禁发现那束流苏无论是在色调还是在质地上都跟那女人的头发不相配。

那女人下车后，先抬头打量了一下眼前的房子，斯佳丽一看她那抹着厚厚一层粉的兔儿脸，就感觉有点面熟。

“啊，是埃米·斯兰特瑞呀!”她惊异得大声喊了出来。

“是的，是我!”埃米边说，边傲慢地微笑了一下，昂着头踏上了台阶。

埃米·斯兰特瑞！那个龌龊的娼妇！她有个私生子，是艾伦给他洗的礼，她得伤寒病，又是艾伦替她看的。为了她，艾伦竟送了命！哪想到这穷白佬现在坐着漂亮马车，穿着漂亮衣服，这么趾高气扬地站在塔拉的台阶上向她示威！还嚣张得把这房子看得如自己的房子一样！一想到艾伦，斯佳丽原本空虚的胸腔里就盛满了猛烈的愤怒，仿佛疟疾的寒热突然袭来一样。

“不许你上台阶来，你这下流的婊子!”她大吼道，“你立刻离开这里！立刻滚出去!”

埃米顿时失去了威风，回头瞟着乔纳斯，乔纳斯当然生气了。但他只是皱了一下眉，勉强装出严肃的样子。

“你不能以这种口气跟我太太讲话。”他说。

“太太?”斯佳丽说着便哈哈大笑，笑声里含着比刀还锋利的蔑视，“你太太来得太及时了！可我的母亲已被你们害死了，你们再有私生子，谁来替你们做洗礼呢?”

埃米叫了一声“哦!”赶忙跳下台阶，准备逃回马车去，但是她的臂膀被乔纳斯抓住了。

“怎么，我们是来拜访的——是来看看老朋友呀!”他吼叫道，“当然，还有一点正事要同老朋友商量一下——”

“朋友?”斯佳丽的声音像是鞭子，“我们什么时候跟你们成朋友了?他们斯兰特瑞家全靠我们接济过日子，谁知好心不得好报，反害死了我母亲——至于你——你——我爸爸就是因为埃米的私生子才把你开除的，这你知道。朋友?你们赶快滚，免得我去叫本廷先生与威尔克斯先生出来。”

埃米一听这几句话，马上摔开她丈夫的手，飞奔向马车，并立即跳进车厢，这么一折腾，她雪亮的红帮漆皮靴子露了出来。

这时乔纳斯气得也不次于斯佳丽，把原本菜色的脸涨得像鸡冠一样红。

“你总是那么高傲，是吗?好吧。你的牢骚我也明白。我知道你穷得没有鞋子穿。我知道你父亲变成白痴了——”

“快滚!”

“哼!我看你这大脾气也快没处发了。你自己也快滚了。你连税款都付不出了。我这次来，计划是想与你商量以下，出一笔好价钱买你这所房子，因为埃米对这地方有感情。可现在你这么不识相，我就不会给你一分钱!等你这爱尔兰乡下人交不出税来，不得不把屋子卖掉的时候，就会知道这一带是谁的天下了。到那时我要把这地方统统买下来——连同房子家具；到那时我要搬到这里来住。”

斯佳丽这才明白乔纳斯·威尔克森和埃米来塔拉的意图——他们从前在这里受过气，现在存心用这种方法报复。于是，她气得每根神经都嗡嗡直响，与她拿手枪杀北方佬时的感受一样，只可惜手里没有拿枪。

“我宁愿将这房子一块一块地拆掉，烧掉，将这些耕地全撒上盐，也不会让你们两人跨进这门槛，”她喊道，“滚!给我滚开!”

乔纳斯直瞪着她，又张口说了些什么，便朝马车走去。他跨进马车，在哭哭啼啼的老婆身旁坐下，随即掉转了马头。他们赶车离开的当儿，斯佳丽情不自禁地想朝他们啐一口唾沫。她真的啐了!她知道这是极其平常的孩子气的举动，但她觉得啐一口心里会好过一点。她宁愿当着他们的面啐唾沫。

这对该死的黑人分子竟敢跑到这里来奚落她穷!这条狗哪里真会是到这里来买塔拉庄园的。他不过借口这桩事情带埃米到她面前来炫耀一番罢了。这班卑鄙的无赖汉，这班下流的穷白佬竟然口出狂言，想来住塔拉庄园!

然后，她蓦地感到恐惧起来，怒火便熄灭了。老天!他们会来住这儿的!她没法使他们不买塔拉庄园，她没法阻止他们来扣押所有的镜子、桌子和床，还有母亲那些亮晃晃的桃花心木和花梨木家具，这些家具虽然由于北方佬的蹂躏而伤痕斑斑，但对她来说每一件都是很珍贵的。还有那些罗彼拉德家族的银器。我决不让他们这么干，斯佳丽情绪激昂地想道。决不，我宁可放一把火把这地方全烧掉也不让他们拿去！凡是母亲的脚踩过的每一寸土地，埃米·斯兰特瑞的脚休想再踩上去！

她关上了门，背靠在门上面，心里觉得很害怕，甚至比那天谢尔曼士兵来抄家的时候还厉害。那天她所害怕的充其量是塔拉庄园要在她头顶上烧毁。但是现在的情形却更糟糕——这班下流的东西竟要来这儿住下，还会对他们那些下流的伙伴们夸口，说他们已把骄横的奥哈拉一家给撵走啦。他们说不定甚至会将那些个黑鬼带来在这里吃喝玩乐。威尔曾经给她讲过，乔纳斯是把黑人与白人一视同仁的，他同他们一起吃饭，请他们到家里来，甚至和他们一块坐马车游玩呢。

一想到塔拉庄园以后要受到这样的践踏，她的心又怦怦直跳，竟有点喘不上气来。她很想静下来，能够好好思考这个问题，以便想出一个解决的办法。可是，每当她想强迫自己静下来的时候，总会加深一层愤怒与害怕，后来她想，办法总是会有的，首先是向谁去借钱。钱这东西不会说没就没，肯定还会有人有钱。突然她想起阿希礼刚才笑着说的话：

"现在只有一个人有钱……那就是瑞特。"

瑞特！她赶忙走进客厅，顺手将门关上。客厅的窗帘本来就是拉上的，再加上又是冬季的黄昏，所以她一关上门，就被黑暗包围起来。躲在这里，没有人打扰，可以认真考虑一下解决办法。刚才想到的办法，其实是那么简单，自己怎么不早一点想起来呢？

"我要到瑞特那里弄钱。我要将钻石耳坠卖给他，或者拿耳坠去抵押，向他借钱，等我有钱的时候再还给他。"

想到这里，她感觉气也顺了，浑身也有力气了。有了钱，她就可以缴纳税款，然后去嘲笑乔纳斯·威尔克森了。可又一想，事情不会那么顺利就解决的。

"我并不只是今年需要缴款呀。明年，后年，也许一辈子都要缴下去。这次我把税款给了他们，以后他们会把税款逐渐加高，直到我缴不起而把我撵走为止。如果我的棉花有了好收成，他们会把税金提高到我一分不剩，或者将它全部没收，说这是南部邦联的棉花，也说不定。现在那帮流氓与北方佬串通一气了，他们想怎样就怎样。只要我还活着，我这一辈子都会担心他们用某种方式来整我。我这一辈子都得担惊受怕，拼命去弄钱，辛苦得要死，到头来却一场空，活儿白干了，棉花也都给抢走了……现在即使我借到这三百块钱也只是救一时着急。我希望一劳永逸地摆脱这个困境，这样我可以晚上安安稳稳地睡觉，免得今天愁明天，这月愁下月，今年愁明年。”

她的思想顺着这个思路发展下去。冷静地，有逻辑地思考，一个想法在她的脑海成熟。她想起了瑞特的面容，想起一口雪白的牙齿映在一张黝黑的面孔上，想起了一双嘲讽的黑眼睛打量着她。她又想起了亚特兰大那个酷热的夜晚，那时围攻即将结束，他坐在贝蒂姑妈家的长廊上，朦胧的夜色包围着他，一只手扶着她的肩膀，使她感到一阵暖流，又记得当时他说道：“我想得到你甚于想得到其他任何女人——而且，我等待你的时间也比等待其他任何女人都长。”

“我要和他结婚，”她冷静地想道，“那么我就再也不用为钱发愁了。”

哦，这是一个多么好的想法啊，比起登天的希望还要有趣——不用担心钱的事了，塔拉庄园可以保住了，一家人的衣食不用发愁了，从此她再也不用碰壁了！

她感觉自己一下子苍老了许多。下午的事情已经把她的精力耗尽：先是税的惊吓，再是阿希礼的事情，最后是对乔纳斯·威尔克森的愤怒。是的，现在她的情绪非常平静。如果她的情绪有一点不平静的话，那就是自己对刚才计划的抗议，因为她一直憎恨瑞特，超出了对任何人的憎恨。但现在却不能够了。现在她只有这么想，而她一向是很实际的。

“那天夜晚，他把我扔在半路的时候，我说过许多绝情的话，但我会让他忘记的。”她轻蔑地想道，仍然确信自己的魅力。“我在他身边时，一定要甜言蜜语，我要让他觉得我一直爱着他，让他知道那天晚上我是多么难过和害怕。哦，男人总是那么自命不凡，他们会相信所有恭维的话……我坚决不能让他猜测到我们处在怎样的困境中，坚决不能，除非到我得到他的时候。哦，他不会晓得的！如果他怀疑到我们是多么贫困，他就会知道我想要的是他的钱而不是他这个人。无论如何，他是没有办法知道的，因为甚至贝蒂姑妈都不知道这极糟的处境。而且等我嫁给他后，他就不得不帮我们。他不会让他太太的亲戚挨饿的。”

他的太太——瑞特太太。在她冷静的思考下潜藏着的某种反感情绪微微动了动，接着便凝固了。她想起了她跟查尔斯短暂的蜜月中那些令人尴尬而厌恶的情景，他那颤抖的双手，他的手足无措，他那令人费解的感情——还有韦德·汉普顿。

“现在我不能想这事。等我嫁给他以后再去费这个神吧……”

她嫁给他之后。记忆的铃铛拉响了。一股寒流袭遍她全身。她再次回忆起在贝蒂姑妈家长廊上的那个夜晚，回忆起她是怎么问他是否在向她求婚，忆起他是多么令人憎恨地大笑着道说：“亲爱的，我不是一个打算结婚的男人。”

假如他仍然是个不打算结婚的男人；假如他无视她的迷人和狡黠，拒绝娶她；假如——哦，可怕的想法！——假如他已经彻底将她忘记，正在追求其他女人。

“我想得到你甚于想得到其他任何女人……”

斯佳丽紧握双拳，指甲深深地陷到肉里：“如果他已经忘了我，我会让他想起来的。我要让他再次想得到我。”

而且，要是他不打算娶她可仍然想要她，那么也可以得到这笔钱。毕竟，他曾经乞求她做他的情人。

在灰暗的客厅中她同心中最牢固的三个束缚展开了决定性的斗争——想起了艾伦，想起了她的宗教信仰，想起了她对阿希礼的爱。她知道她头脑中的想法是母亲深恶痛绝的，即使她在遥远而温暖的天堂。她知道私通是不可饶恕的大罪。而且她知道，由于自己深爱着阿希礼，所以这个计划才加倍地像是在卖身。

可是所有这些斗争在她冷酷的思想和绝望的目标面前都让步了。艾伦已经死了，也许死亡会使她理解所有的一切。宗教用地狱之火禁止私通，可是如果教会知道她是为了挽救塔拉庄园，为了使全家免于挨饿才犯此重罪——算了，让教会去费神想这些吧。她不愿再想了。至少，现在不想了。还有阿希礼——阿希礼不要她。是的，他想要她。他那温暖的嘴唇吻着她的记忆告诉了她这一点。可是他永远也不会带她走。奇怪的是，跟阿希礼私奔好像并不是罪孽，可是跟瑞特——

在这冬日苍茫的暮色中，她那从亚特兰大陷落之夜开始的漫长旅途走到了尽头。她的双脚踏上征途时还是个被宠坏了的、自私而又不谙世故的姑娘，充满青春活力，热情洋溢，容易被生活迷惑。现在，站在旅途的终点，昔日的那个姑娘已荡然无存了。饥饿和艰苦的劳动，恐惧和无止境的疲惫，战争和重建的可怕已掠夺尽了所有的热情、青春和柔弱。在她生命的内核周围形成一层硬壳，一点一点，一层一层，这层硬壳在无穷尽的日月中不断加厚。

可是直到这一天为止，两个希望一直在支撑着她。她曾希望，等战争结束，生活又逐渐还原到原来的样子；她曾希望阿希礼归来能为生活带来一丝生机。现在两个希望都破灭了。看见乔纳斯·威尔克森出现在塔拉庄园的门前使她意识到，对她而言，对整个南方而言，战争永远没有尽头。最最激烈的斗争，最最残酷的报复，才刚刚开始。而阿希礼已经被自己的话禁锢起来，那是比牢房还要坚固的呀。

和平让她失望，阿希礼也让她失望，都是在同一天，仿佛那硬壳的最后一道裂缝弥合了，最外面的一层凝固了。她变成了芳汀祖母劝她要提防的那种女人，因为经历过了最险恶的事情，所以没有什么可害怕的了。生活也好，母亲也好，失去爱情也好，公众的指责也好，她统统不怕了。只有饥饿和她那关于饥饿的噩梦才会使她害怕。

一旦她最后硬着心肠挣脱了将她捆绑在旧日子和旧斯佳丽身上的所有束缚，立时感到一种如释重负的轻松和自由。她已经决定了，感谢上帝，她不害怕什么了。她已经没什么可失去的了，她的决心形成了。

如果她能说服瑞特娶她，一切都好说。可是如果她不能呢——那么，她同样能得到钱。有一小会儿她好奇地想情妇应该是什么样子。瑞特会不会坚持让她留在亚特兰大，就像人们传说他将那个叫沃特林的女人留在亚特兰大一样？要是他让她留在亚特兰大，那他就得付大价钱——足够抵得上她离开塔拉庄园所造成的损失。斯佳丽对男人生活的隐蔽面一无所知，也无法知道这个安排可以包括哪些内容，而且她想知道她是否会怀上孩子。很明显，那是非常可怕的。

“我现在不想它了，等以后再想，”她将这不愉快的念头推到了脑后，免得它动摇她的决心。今天晚上她要告诉家人，她打算去亚特兰大设法借点儿钱，必要时设法用农场做抵押。他们只需要知道这些，直到那可怕的一天，他们突然发现一切都变样了。

一想到即将开始的行动，她昂起头，挺起胸。这件事不会太简单，她知道。过去是瑞特讨她的欢心，她掌握着主动权。现在她是乞讨者，是无权讲什么条件的乞讨者。

“可是我不能以乞讨者的样子去见他。我要装扮得像个去赐福于他的女皇。他永远也不会知道的。”

她走到长长的穿衣镜前望着自己，她把头昂得高高的。她看见从那有裂缝的镀金镜框中映现出的是一个陌生人。仿佛一年来她第一次成了真正的她。每天早上她都在镜前匆匆照一眼，看脸是否干净，头发是否整齐，可她总是被别的事压迫着，从来没有真正看看自己。可这是一个陌生人！当然，这个瘦削的双颊凹陷的女人不可能是斯佳丽·奥哈拉！斯佳丽·奥哈拉有一张美丽、风骚、兴高采烈的脸。她现在死死瞪住的这张是一点儿也不美的脸，她一直铭记的魅力荡然无存。它苍白而疲惫，那双向上斜挑着的绿眼睛上的黑眉毛，在苍白皮肤的映衬下也像受惊小鸟的翅膀似的突然扬起。这张脸上有一种艰难和受伤的神情。

“我还不够美丽，怎么能得到他！”她这样想着，重新感到了绝望，“我太瘦了——哦，简直瘦得可怕！”

她拍拍自己的双颊，又急切地摸了摸锁骨，感到它们已透过紧身衣突出来了。她的乳房那么小，几乎跟梅兰妮的一样了。她必须在胸前塞点儿皱褶好使它们看上去丰满些，过去她一直看不起用这种方法来伪装的女孩子。皱褶！这唤醒了另一个念头。她的衣服。她低头看着自己的裙子，两手托着裙裾将折叠展开。瑞特喜欢衣着讲究而又时髦的女人。她十分怀念她居丧期满后第一次所穿的那件镶荷叶边的绿衣服，这件衣服总是和他送给她的带羽毛的绿软帽搭配着穿，她还记得他曾连声赞赏呢。她还怀着羡慕甚至妒忌的心情想起了埃米·斯兰特瑞那件红格裙子、那双红帮漆皮靴子和那顶烙饼式的宽边帽。这些东西都很俗气，可是却崭新且时髦，当然会引人注目。而且，哦，她多想引人注目啊！尤其是瑞特的注意。要是他看见她衣服破旧，就会知道塔拉庄园的境况很糟。但这是绝不能让他知道的。

她多傻啊，曾想着挺着自己那又细又瘦的脖颈，瞪着一双饿猫似的眼睛，穿着一身破衣烂衫去亚特兰大勾引他！如果她不能在自己最最美丽的时候，有最漂亮的衣服可穿的时候获得他的求婚的话，那么怎么敢奢望在自己又丑又衣衫褴褛的时候得到他的青睐？如果贝蒂小姐信上的话属实，那他现在一定比亚特兰大其他任何人都有钱，也许还可以任意挑选所有的美人儿，好的和坏的。"不过，"她冷静地想，"我拥有大多数美人儿所没有的东西——那就是已经下定的决心。要是我有一件漂亮点儿的衣服就好了——"

塔拉庄园没有一件漂亮衣服，塔拉庄园里的衣服没有一件没打过补丁或没被翻新两次。"就是这样，"她一边想一边无意识地低头看向地板。她看见了艾伦留下的草绿色丝绒地毯，经无数士兵睡过，现在已经斑斑点点，破旧得不像样了。这情形使她更加沮丧，使她意识到塔拉庄园就和她自己一样破烂。整个黑暗下来的屋子都让她沮丧，她走到窗前，举起窗棂，打开百叶窗，让落日的余晖淌进来。她关上窗户，将头靠在丝绒窗帘上，目光越过荒凉的田野朝墓地上的苍苍柏林望去。

草绿色的丝绒窗帘柔软地轻拂着她的脸，她像小猫似的愉快地把脸贴在上面摩擦着。突然，她像想起什么似的盯住了它。

过了一会儿，她从房间另一头拖过一张笨重的大理石桌面的桌子，桌腿下面生锈的脚轮抗议似的吱吱作响。她将桌子推到窗前，提起裙子爬上去，踮起脚尖去够那笨重的窗帘杆。好不容易才够着，她性急地用手一拉，竟把钉子拔出来了，窗帘、窗帘杆什么的，全都"咔嗒"一声掉到了地上。

好像变戏法似的，客厅的门开了，嬷嬷那张又大又黑的面孔出现在她面前，每一条皱纹都清清楚楚地写满了极大的好奇和深深的怀疑。她责备地看着斯佳丽，后者站在桌子上，裙子撩到膝盖上，正要从桌上跳下来。她脸上那激动和胜利的神情立即引起了嬷嬷的疑心。

“你动艾伦小姐的窗帘干什么?”她问道。

“你站在门外偷听什么?”斯佳丽反问道，一边轻捷地跳下来，将这块因年久尘封而越发厚重的窗帘叠好。

“我用不着在门外偷听，”嬷嬷一面反驳，一面双手叉腰，准备战斗，“艾伦小姐的窗帘碍你什么事了，犯得着你把杆子也拔出来，一股脑儿都拽下来吗?艾伦小姐生前那么爱惜它，我可不能让你糟践它。”

斯佳丽将绿眼睛移向嬷嬷，眼中充满了极度的欢乐，那是一双嬷嬷在过去美好的日子里再熟悉不过的顽劣小姑娘的眼睛。

“到阁楼上去把我那装服装纸样的盒子拿下来，嬷嬷，”她喊道，轻轻推了她一下，“我就要有一件新衣服了。”

嬷嬷那两百磅的身体无论到什么地方去都很困难，更不要说是上阁楼了。而且她刚才疑心的可怕事情已露出端倪，因此她很恼火。她迅速从斯佳丽手中夺过窗帘，把它紧贴在干瘪的胸脯上，仿佛那是一堆宝物似的。

“你不能用艾伦小姐的窗帘做新衣服，只要我还有一口气，就绝不允许你这么做。”

女主人脸上掠过嬷嬷习惯上称之为“执拗”的表情，顷刻之间就变成了令嬷嬷难以抵挡的微笑。但是这骗不了嬷嬷。她知道斯佳丽小姐是想用那个笑容说服她，可是在这件事上她绝不妥协。

“嬷嬷，别生气。我想去亚特兰大借钱，所以必须得有件新衣服。”

“你不需要做什么新衣服。别的太太小姐谁都没有新衣服。她们穿着旧衣服，并不见得有什么可丢人的。要是艾伦小姐的孩子们愿意，也可以穿旧衣服，这没什么可说的，人人都会像她穿着绸缎时一样敬重她。”

“ 那种倔强的表情又出现了。天哪，真有意思，怎么斯佳丽小姐越长越像杰拉尔德先生而不像艾伦小姐了呢?”

“得了，嬷嬷，你知道贝蒂姑妈写信来说，范妮·艾尔辛小姐这个礼拜六要结婚，我当然得去参加婚礼，所以我需要一件新衣服。”

“就穿你身上这件衣服，我看它就跟范妮小姐的结婚礼服一样漂亮。贝蒂信上不是说艾尔辛家也穷得厉害嘛。”

“可是我必须得有一件新衣服!嬷嬷，你不知道我们是多么需要钱。税款——”

“是的，我知道税款的事，可是——”

“你知道?”

“是的，上帝也给了我耳朵，难道我听不见？特别是威尔先生，他从来就不肯费心将门关上。”

那么嬷嬷一字不漏全听到了？斯佳丽不明白那么笨重的身躯动一下地板都要跟着摇晃，居然能在主人的驱使下神不知鬼不觉地偷听别人谈话。

“好了，既然你什么都听到了，我想你也听说了乔纳斯·威尔克森和那个埃米——”

“是的。”嬷嬷眼里流露出潜藏已久的怒火。

“那么，就别固执了，嬷嬷。难道你不明自我非得去亚特兰大一趟，去借点儿钱缴税款？我必须去弄点儿钱。我必须去!”她一只手握拳捶向另一只手。“看在上帝的份上，嬷嬷，他们会把我们大家都赶到大路上去，那时我们该到哪儿去？杀死我母亲的穷白佬埃米·斯兰特瑞就要入侵这所房子，就要睡妈妈所睡过的床上，这个时候，你难道要为了妈妈的窗帘这一丁点儿的小事来跟我争吵?”

嬷嬷像一头不安分的大象似的，将身体的重心从一只脚换到另一只脚上，她模糊地觉得自己就要被说服了。

“不，我绝不让那贱货进艾伦小姐的房间，也不让我们大家都被赶到马路上，可是——”她突然用责备的目光扫了斯佳丽一眼，“你准备穿上新衣服去向谁借钱呀?”

“这，”斯佳丽说，吃惊地后退了一步，“这是我自己的事。”

嬷嬷严厉地盯着她，就像斯佳丽小时候试图用说谎来掩饰自己的错误又被她识破时她所做的那样。她仿佛看透了她的心思，斯佳丽不情愿地垂下了眼帘，对自己的蓄意行为第一次感到羞愧。

“这么说你需要穿一身崭新的衣服去借钱。我觉得这事不大对头啊。而且你又不说这些钱是从哪儿来。”

“我什么都不用说，”斯佳丽气恼地说，“这是我自己的事。你打不打算把那窗帘给我，并且帮我做衣服?”

“好吧。”嬷嬷软绵绵地答道。这突如其来的妥协引起斯佳丽满腹狐疑。“我来帮你做，可以用帘子的缎子衬里做裙子，上面的花边可以拆下来镶衬裤边。”

她把丝绒窗帘递还给斯佳丽，脸上浮起一丝狡黠的笑。

“斯佳丽小姐，梅兰妮小姐是否和你一起去亚特兰大?”

“不，”斯佳丽尖锐地说，开始明白接下来要发生的事了，“我打算自个儿去。”

“这是你的想法，”嬷嬷坚决地说，“可是我要跟你一起去，让你穿上新裙子。是的，小姐，一路上我会寸步不离你左右。”

斯佳丽立即想象起她的亚特兰大之旅和她同瑞特谈话时，嬷嬷总会像一只巨大的黑色看家狗似的在背后虎视眈眈地监视着。她重新绽出笑容，一只手搭到嬷嬷臂上。

“亲爱的嬷嬷，你要跟我一块去，真是太好了，可是你不在这儿，这群人究竟该怎样生活呢？你知道塔拉庄园的里里外外都离不开你。”

“哼!”嬷嬷说，“别用甜言蜜语哄我了，斯佳丽小姐。从我给你换第一块尿布时起，我就了解你。我说过我要跟你一块儿去亚特兰大，我去定了。要是你一个人到遍地都是北方佬和自由黑人之类货色的城市去，艾伦小姐在坟墓里也会不放心的。”

“可是，我打算住在贝蒂帕特姑妈家。”斯佳丽拼命找借口。

“贝蒂帕特小姐是个好人，她自以为什么都明白，实际上并不是这样。”嬷嬷一边说一边转过身去，摆出一副严肃的样子，宣告谈话到此结束，她走进大厅里去了。地板开始摇晃，因为她在大喊：

“普里西，孩子！把梯子搭在阁楼上，把斯佳丽小姐装服装纸样的盒子拿下来，想办法找把剪刀，可别弄个通宵达旦也干不完啊。”

“真糟糕，”斯佳丽沮丧地想道，“这下我身后得跟着一只猎狗了。”

晚饭后收拾停当，斯佳丽和嬷嬷把服装纸样铺展在餐厅的桌子上，苏伦和卡洛琳则忙着拆窗帘上的缎子衬里，梅兰妮用一把干净的木梳刷着丝绒窗帘上的灰尘。杰拉尔德、威尔和阿希礼坐在屋子里边吸烟边笑眯眯地看着女眷们忙碌。一种愉快而兴奋的情绪从斯佳丽身上产生，现在大家伙儿全都传染上了，他们并不明白这是为什么。斯佳丽脸上泛着红色，眼中闪耀着明亮而坚定的光芒，她笑了很多次。她的笑声让大家高兴，因为他们已好几个月没听见她开心地笑了。这尤其使杰拉尔德高兴。他的眼睛不像平常那么模糊了，它们随着她轻盈的身影在屋子里四处飘荡，每当她走到他所能触及的范围内时，他就赞赏地拍拍她。姑娘们就像是在准备一场舞会一样激动，她们拆的拆，剪的剪，缝的缝，仿佛在为自个儿制作舞会服装似的。

斯佳丽就要去亚特兰大借钱，必要时得用塔拉庄园作抵押。可是究竟什么是抵押？斯佳丽说下一年的棉花一出手她们就能轻而易举地还清债务，还会留下结余呢，她说得那么肯定，他们没想会有什么问题。当他们问起谁会借给这笔钱时，她说：“不动声色的人能迷惑住爱管闲事的人。”她说得那么调皮，大家全都笑了，逗她说她有个百万富翁的朋友。

“一定是瑞特船长。”梅兰妮狡黠地说道。大家都为这个说法荒谬而哄堂大笑，都知道斯佳丽是多么恨他，每次提起他，都说“瑞特那个流氓”。

可是，斯佳丽听到这个没有笑，还有阿希礼，他本来笑了，可一看见嬷嬷迅速向斯佳丽投去警惕的一瞥，笑声便戛然止住了。

苏伦被当时的集体精神打动，慷慨地献出她那镶有爱尔兰花边的衣领，虽然有些旧，但仍然很漂亮，卡洛琳坚持要斯佳丽穿她的软底鞋去亚特兰大，因为那是塔拉庄园保存得最完好的鞋子。梅兰妮恳求嬷嬷给她留些丝绒碎料，好给她那顶磨损的软帽换个面，她又说那只老公鸡要不是迅速逃到沼泽地里去，它尾巴上那簇漂亮的古铜色和墨绿色羽毛就要跟身体分家了，这话引得大家捧腹大笑。

斯佳丽看着眼前飞舞的手指，听着他们的笑声，心中却隐藏着痛苦和屈辱。

“他们对于真正发生在我、他们自己，以及整个南方身上的事情浑然不觉。他们仍然不顾一切地在想，无论什么可怕的事情都不会真正发生在他们任何一个人头上，因为他们是谁啊，他们是奥哈拉家族、威尔克斯家族和哈密尔顿家族的人。甚至连黑奴们都这么想。哦，他们全都是傻瓜！他们永远都不会明白！他们仍然像过去那样生活和思考，什么都不能改变他们。梅兰妮能穿着破衣摘棉花，甚至帮我杀人，可是这并不能改变她。她仍然是那个羞怯的教养良好的威尔克斯太太，最完美的夫人！阿希礼能看透死亡和战争，能受伤，能躺在俘虏营中，回到家来居然若无其事，仍然跟从前拥有十二橡树庄园做后盾时一样，仍然是个十足的绅士。威尔就不同了。他知道事情真相是怎样的，可是他永远都没有什么可失去的。至于苏伦和卡洛琳——她们觉得这一切只是暂时的。她们没有改变自己去适应变化了的形势，因为她们认为这一切很快就会过去。她们以为上帝会为了她们的利益而创造出一个奇迹来。可上帝不会的。这儿将会发生的唯一奇迹便是我将要在瑞特身上创造出来的那个……他们不会改变。也许是他们不能改变。我是唯一一个变化了的——而且要不是迫不得已，我也不愿改变。”

最后嬷嬷把男士们赶出餐厅，关上门，这样才可以试穿。波克扶杰拉尔德上楼休息，阿希礼和威尔单独留在前厅的灯光下。他们沉默了一会儿，威尔像只安静的反刍动物似的咀嚼着烟草，可是他那温和的脸丝毫不平静。

“这次去亚特兰大，”最后他声音低沉地说道，“我不赞成。一点儿也不赞成。”

阿希礼迅速看了威尔一眼，然后又移开了目光，他什么也没说，心里却在想威尔是否也像自己一样心中萦绕着一个可怕的疑团。不过，那是不可能的。威尔并不知道那天下午在果园里发生的事情，不知道那件事是怎样将斯佳丽推上绝望的境地。威尔也没有注意到当瑞特的名字被提起时嬷嬷的脸色，另外，威尔也不知道瑞特的钱和坏名声。至少，阿希礼认为他不会知道这些事情，可是自从来到塔拉庄园以后，他已经意识到威尔就像嬷嬷一样，无须别人告诉就会知道一切，在事情未发生以前就能预料到。空气中有某种不祥之兆，阿希礼说不清楚究竟是什么，可他无力将斯佳丽解救出来。整个晚上她没看他一眼，她在他面前那兴致勃勃的样子实在让人害怕。撕扯着他的疑团是那么可怕，简直无法用言语来表达。他没有权利去问她这些怀疑是不是真的，那会侮辱她。他握紧了拳头。他根本无权过问她的事，今天下午他已永远地丧失了一切权利。他帮不了她。没有人能帮她。可是，他一想起嬷嬷，想起她剪裁丝绒窗帘时脸上那冷峻果断的神情，心中略略感到些振奋。嬷嬷会照顾斯佳丽的，无论斯佳丽希望不希望如此。

“这一切都是我造成的，”他绝望地想道，“是我把她逼到这一步的。”

他想起下午她转身离开他时挺直的脊梁和高昂的头。他的心又回到了她这边。一边为自己的无能而痛心，一边又因为钦佩她而黯然伤神。他知道在她的字典中没有勇敢这个词儿，知道如果对她说她是他所见过的最最勇敢的人，她一定会茫然地瞪大眼睛。他知道她不能理解他，他一想起她的英勇就会用许许多多美妙的字眼儿来形容她。他知道她正视生活，并以自己坚强的意志去克服生活中可能出现的困难，她从不承认失败，即使意识到失败已经不可避免，她也仍然会继续奋斗。

可是，四年来，他曾看到许多人拒绝承认失败，他们在战场上视死如归，因为他们是勇士。结果他们同样失败了。

他盯着阴暗大厅中的威尔，心里想道，他永远都不会懂得斯佳丽·奥哈拉披着她母亲的丝绒窗帘，头上顶着公鸡的尾羽，义无反顾地去征服世界这样的壮举。

第三十三章

当斯佳丽和嬷嬷第二天下午在亚特兰大步出火车站时，寒风凛冽，铅灰色的天空中乌云翻滚。自从这座城市被焚毁以后，车站还没有重建，她们就在高出乌黑的废墟好几码的灰烬烂泥中下了车，乌黑的废墟标志着大致方位。还和以前一样，斯佳丽四处张望，寻找彼得大叔和贝蒂姑妈的马车，因为在战争年代，她每次从塔拉庄园返回亚特兰大都会看见他们。接着她就嗤笑起自己的糊涂来。彼得当然不会来接她，因为她没告诉贝蒂姑妈自己要来，而且，记得老妇人曾在其中一封信上悲戚地说，彼得从梅肯"弄"来的那匹马已经死了。南方投降后她从梅肯返回亚特兰大还多亏了它呢。

她环顾车站四周那片车辙纵横、坑坑洼洼的空地，希望有朋友或熟人的马车停在那儿，可以让她们搭乘到贝蒂姑妈家里去，可是她一个都不认识，无论白人还是黑人。也许她的老朋友现在都没有马车了，如果贝蒂姑妈信上所说的情况属实的话。日子太艰辛，人都吃不饱，更别说喂养牲畜了。贝蒂的大多数朋友都跟她一样，出门得步行。

有几辆大车在火车旁边装货，还有几辆溅满泥污的四轮单坐马车，车上坐着健壮的车夫，可载人的车辆只有两辆，一辆是轿式的，另一辆是敞篷的，里面坐着一个衣着考究的妇人和一个北方佬军官。斯佳丽一看见那身制服便狠狠地吸了一口气，虽然贝蒂姑妈在信上说过亚特兰大已经有北军入驻，街上全是士兵，可一看见这些蓝制服仍然让她感到吃惊和害怕。要让人铭记战争已经结束，这个人既不会侮辱她，也不会追逐她抢劫她，真是太困难了。

车站周围空荡荡的景象使她想起1862年的那个清晨，她作为一个年轻的寡妇来到亚特兰大，身穿丧服，满怀厌倦。她记得这儿当时是多么拥挤，到处是大车，私人马车和救护车，车夫的谩骂声、叹息声以及人们的互相问候声震耳欲聋。她为战争年代轻松愉快的激动情景叹息，接着想到要一路走到贝蒂姑妈家里去，又叹了一口气。不过，她还有一线希望，也许走上桃树街后可能碰见她认识的人，可以搭个便车。

正当她四处张望时，一个皮肤呈马鞍色的中年黑人赶着一辆轿式马车驶到她跟前，从车厢里探出身来，问道："要车吗，夫人？两毛五分，去什么地方都行。"

嬷嬷恶狠狠地瞪了他一眼。

"雇马车！"她嘟哝道，"黑鬼，你知道我们是谁吗？"

嬷嬷是个乡下仆人，可她不总是个乡下仆人，她知道一个正经女人是不雇马车的——特别是这种轿车——除非有自家的男人陪着。即使有个黑人侍女在旁边在礼俗上也是讲究不过去的。她看见斯佳丽脸上露出心动的神色就瞪了她一眼。

"过来，斯佳丽小姐！一辆出租马车和一个刚放出来的黑奴！哼，真是绝妙的组合。""我才不是刚放出来的黑奴呢，"车夫愤愤地辩白，"我是塔尔伯特老小姐家的，这马车是她的，我赶车不过是为家中赚些钱罢了。"

"米勒奇维尔的苏珊娜·塔尔伯特小姐。我们的老东家打仗死了，我们就搬到了这里。"你认识她吗，斯佳丽小姐？"

"不认识，"斯佳丽遗憾地说，"我几乎不认识米勒奇维尔的人。"

"那我们就步行吧，"嬷嬷坚定地说，"一边去，黑鬼。"

她提起里面装着斯佳丽的新丝绒长裙、帽子和睡衣的帆布袋，把包着自己衣物的干净包袱夹在腋下，领着斯佳丽穿过满是煤渣和灰烬的湿地。斯佳丽没有因这事跟嬷嬷争执，尽管她很想乘马车，因为她不希望和嬷嬷闹什么不愉快。自从昨天下午嬷嬷抓住她打丝绒窗帘的主意时起，她的眼中一直流露出斯佳丽不喜欢的警惕和疑心。要想逃出她的监视是很困难的，不到绝对必要的时候她不想激起嬷嬷的好斗脾气。

当她们沿着狭窄的人行道朝桃树街走去时，一路上斯佳丽感到既惊恐又伤心，因为亚特兰大看上去那么荒凉，和她记忆中的大不一样了。她们经过亚特兰大宾馆的旧址，瑞特和亨利伯伯都在那儿住过，现在那高雅的建筑只剩下一个空架子和焦黑的残垣断壁。那毗连铁路长达四分之一英里、存放过大量军需品的库房还没有重建，长方形的屋脊在灰暗的天空下看上去格外凄凉。铁路两边因为没有了建筑物的墙壁，车库也已消失，所以显得空荡荡的，毫无遮掩。在这些废墟中，有一处是查尔斯留给她的产业，现在已辨认不出来了。亨利伯伯已替她缴了去年的税。她日后得还清这笔钱。这又是一件让人操心的事。

她们拐过弯来到了桃树街，她朝五角场望去，不禁惊叫了一声。尽管弗兰克曾经把这座城市被夷为平地的情形全跟她说了，可她绝没有想到会毁坏得如此彻底，在她的想象中，这座她非常喜爱的城市依然是满街华丽的建筑物。然而，现在她看见的桃树街光秃秃的，什么标志都没有了，它看上去如此陌生，仿佛她以前从未见过似的。战争时代她曾千百次乘马车穿过这条泥泞的大街；在围城的日子里，她曾缩着头、弓着腰在炮弹的呼啸声中沿着这条街胆战心惊地奔逃；撤退的那天，她曾深情地匆匆看了它最后一眼，现在它是如此陌生，她真想大哭一场。

尽管谢尔曼撤出这座燃烧的城市，南部邦联的军队回来之后的一年中已建了许多楼房，可是五角场周围一带仍然是空旷一片，一堆堆破砖烂瓦埋在杂乱无章的荒草垃圾中。有几座她依稀记得的建筑物残留着，但都没了屋顶，只剩下几堵墙突现在白日暗淡的光线中，没有玻璃的窗户张着大嘴，摇摇欲坠的烟囱孤零零地耸着。她也偶尔高兴地看见有熟悉的店铺，那是在炮火中幸存下来又修复了的，新砖那耀眼的红色与旧墙上的尘垢形成强烈对比。她从那些新店铺的门面和新办公楼的窗户上看到一些令人兴奋的旧相识的名字，可是绝大多数名字她都不熟悉，特别是写在许多小招牌上的医生、律师和棉花商的名字，尤其陌生。她曾经对亚特兰大的每一个人都那么熟悉，现在看见这么多陌生的名字让她泄气。不过，看到沿街许多新房子正在拔地而起，她又觉得高兴起来。

新盖的房子有好几十幢，有些还是三层的呢！到处都在兴建新房子，她沿着大街望去，竭力想使自己的思维适应新的亚特兰大。这时她听见一片欢快的锤声和锯声，看见脚手架高高地耸立着，人们背着砖头在爬梯子。她望着这条自己深爱着的街道，眼睛湿润了。

“他们焚烧你，”她想道，“他们将你夷为平地。可是他们没有摧垮你。他们不能摧垮你。你会重新站起来，像过去一样强大，一样生气勃勃！”

她沿着桃树街向前走，嬷嬷摇摇摆摆地跟在后面，她发现人行道上就像战事最紧张的时候一样拥挤，这复苏的城市周围仍然是那种仓皇喧扰的气氛。很久以前，她第一次来这儿拜访贝蒂姑妈时，这座城市曾使她激动得热血都要歌唱似的。如今就像当年一样也有那么多的车辆，只不过没有了运送伤员的救护车，它们在泥泞中挣扎着前行，还有许多马匹和骡子拴在店铺木棚前的马桩上。人行道上拥挤不堪，她看到的都是陌生的面孔，头顶上挂着的招牌也是陌生的，还有许多陌生的相貌粗鲁的男士和衣着俗气的妇女。街上黑压压的，到处都是游手好闲的黑人，有的斜靠着墙壁，有的坐在路边基石上，像儿童观看马戏团游行似的好奇地观看过往的车辆。

“释放出来的乡下黑鬼，”嬷嬷嗤之以鼻，“他们一辈子都没个体面样儿。还有那一脸的粗鲁相。”

说他们相貌粗鲁，斯佳丽同意，因为他们都无礼地盯着她，可她顾不上他们，又看见蓝制服重新让她吃了一惊。这座城市到处都是北方佬的士兵。骑在马背上的，步行的，坐在军车里的，闲荡的，从酒吧间里出出进进的。

“我永远都看不惯他们，”她一边这样想着一边握紧了拳头，“永远都不会!”她扭过头去：“嬷嬷，快点儿，我们得从这群人中穿过去。”

“等我踢开这些挡路的黑鬼再说，”嬷嬷大声回答，一面用提包猛撞那个故意在她面前磨蹭的黑人，使他不得不闪到一边去了，“我不喜欢这个城市，斯佳丽小姐。这儿北方佬和刚放出来的黑鬼太多了。”

“不拥挤的地方会好一些。我们一穿过五角场，情况就不会这么糟了。”

她们择路越过那些放置在迪凯特街泥泞里的滑溜溜的垫脚石，继续沿桃树街往前走，这儿行人比较稀疏。她们经过威斯礼教堂时，斯佳丽看了看它，放声大笑，唐突而冷酷，1864 年那一天她曾上气不接下气地来这儿找过米德大夫。嬷嬷一双敏锐的老眼紧紧地盯着她，目光中含着质询和怀疑，可她的好奇心没有得到满足。斯佳丽正在不屑一顾地回忆那天藏在她心底的恐惧。当时她被恐惧煎熬着，撕扯着，怕北方佬要来，怕小博降临人世。现在她不明白自己怎么会那么害怕，像孩子听到大声呵斥似的。她曾经是多么幼稚啊，居然以为北方佬、战火和失败是可能发生在她身上的最糟的事情！它们与艾伦的死、杰拉尔德的疯相比，与饥饿、寒冷和累断了腰的劳作相比，与全无保障的噩梦般的生存环境相比，是何其地微不足道。现在她勇敢地发现面对一支入侵的军队是多么容易，而面对已在威胁塔拉庄园的灾难却是多么困难！不，除了贫穷，她永远不会再害怕什么了。

桃树街驶来一辆轿式马车，斯佳丽急忙走到街沿边看是否认识车主，因为到贝蒂姑妈家还得穿过好几个路口呢。马车驶近时，她和嬷嬷赶紧探身朝前，斯佳丽堆出满脸笑容，这时窗口出现了一张女人的面孔，斯佳丽差点儿喊出声来——一头鲜艳的红头发，上面戴着上好的皮帽。斯佳丽不由倒退了一步，因为两人同时认出了对方。那是贝尔·沃特林，斯佳丽见是她厌恶地翕动着鼻孔，沃特林赶紧缩到车厢里去了。奇怪的是，贝尔是她所碰到的第一张熟面孔。

“她是谁?”嬷嬷满腹狐疑地问道，“她认识你，可是没跟你打招呼。我一辈子都没见过那种颜色的头发。即使塔尔顿家的红头发也不是这样子的。它看起来——哼！它看起来像是染过的!”

“是的。”斯佳丽简短地回答，加快了脚步。

“你认识这个染头发的女人？我刚才问你她是谁来着。”

“她是这座城市的坏女人，”斯佳丽言简意赅地说道，“而且我告诉你我不认识她，你不要再问了。”

“天哪！”嬷嬷吸了一口气，张大嘴巴用满怀好奇的目光望着那辆远去的马车。自从她随艾伦离开萨凡纳以后二十多年没见过名副其实的坏女人了，她真后悔刚才没把贝尔看得更清楚些。

“她穿得那么漂亮，坐那么好的马车，而且还有车夫，”她嘟哝道，“我不晓得上帝是怎么想的，让坏女人过好日子，像我们这样的好女人反而要挨饿，要打赤脚。”“上帝几年前就不为我们着想了，”斯佳丽恨恨地说，“也别跟我说什么母亲躺在坟墓里听我的话又要不安了。”

她想把自己看得比贝尔优越，比贝尔高尚，可是办不到。如果她的计划顺利，她可能会落到跟贝尔一样的境地，被同样一个男人养着。可是她丝毫也没有动摇自己的决心，尽管这事本质上使她难堪。“现在我不能想这事了。”她一边在心里说，一边加快了脚步。

她们经过米德家的旧址，那里仅剩下两层石阶，一条过道，过道尽头什么也没有。怀特家的旧址也成了一片空地，甚至基石和砖砌的烟囱都没有了，地上还留着它们被拆运走时留下的车辙。艾尔辛家的砖房还在，屋顶和二楼是新盖的。邦内尔家的屋子草草修补了一下，没有屋顶板，就用粗木板凑合着，使它看上去勉强还可以住人。可无论哪一家窗户后面或走廊上都没有一个人影，这让斯佳丽高兴。现在她不想跟任何人说话。

贝蒂姑妈家的新石板屋顶和红砖墙映入了眼帘，斯佳丽的心怦怦跳起来。感谢上帝，没把这屋子毁得不成样子！彼得大叔从前院走出来，胳膊上挎着篮子，当他看见斯佳丽和嬷嬷一路艰难地走来时，黝黑的脸上绽出一个开心而又不敢相信的笑容。

“我真想吻一下这个黑老头子，看到他我太高兴了。”斯佳丽快活地想着，一边大声喊道，“彼得，赶快去把姑妈的嗅盐瓶拿来！真的是我呀！”

当天晚上的餐桌上只有必不可少的玉米粥和干豆子，斯佳丽一边吃一边想道，等她有了钱以后绝不让这两样东西再在自己的餐桌上出现。而且无论付出多大代价，她都要让自己重新富起来，不仅仅限于塔拉庄园的税款所需要的数目。总有一天，她会赚到一大笔钱，哪怕为此要杀人放火也在所不惜。

在餐厅昏黄的灯光下，她问起贝蒂的经济状况，她希望出乎自己的意料之外，查尔斯的家庭会借给她一笔急需的钱。这话问得很直率，可是贝蒂正沉浸在终于有一个亲人可以跟自己说话的兴奋中，甚至没注意到这问题提得太唐突。她流着眼泪详详细细地诉说着自己的不幸。她还没弄清楚自己的农场、城里的财产和现金都跑哪儿去了，可是一切都没有了。至少，亨利大哥是这么跟她说的。他还说他无力再替她缴税款了。她现在就只剩下这幢住着的房子了，贝蒂没有停下来想一想这幢房子从来就不属于她，那是梅兰妮和斯佳丽的共同财产。亨利伯伯勉强帮她付了房税。他每月给她一点儿生活费，虽然用他的钱有伤自尊心，可她不得不如此。

“亨利大哥说他肩上的负担那么重，税金又那么高，真不知道该怎样维持下去，不过，当然了，他也许是在撒谎，手里还有很多钱，只是不想多给我罢了。”

斯佳丽知道亨利伯伯不是撒谎。他写给她的几封关于查尔斯的财产的信说明了这一点。这个老律师为了保住这幢房子和商业区的一个货栈，好让韦德和斯佳丽能在劫后残余中多少留下点儿东西已经尽了全力。斯佳丽知道他为了替她纳税，付出了极大的牺牲。

“当然，他不会有什么钱了，”斯佳丽闷闷不乐地想道，“那么，将他和贝蒂姑妈从我的名册上划掉。现在除了瑞特没有别人了。我只能去找他。我必须去找他。可是我现在不能想这事……我必须让她先提起瑞特，这样我就可以装作不经意地建议她邀请瑞特明天来做客。”

她笑着将贝蒂姑妈那胖乎乎的手握在自己手中。

“亲爱的姑妈，”她说道，“我们别再谈论钱这码子让人丧气的事了。我们把它忘了，说些高兴事儿吧。你得跟我说说我们那些老朋友的消息，梅里韦瑟太太和梅贝尔怎么样？我听说梅贝尔那个小个子克里奥人平安地回来了，还有艾尔辛家，米德大夫和米德太太都怎么样了？”

贝蒂帕特很高兴转变了话题，她那孩子似的脸不再流着泪抽搐了。她详尽地报告了老街坊们的情况，他们做什么，穿什么，吃什么，想什么等。她还用可怕的声调说在雷内·皮卡德从战场回来之前，梅里韦瑟太太和梅贝尔靠做馅饼卖给北方佬士兵来维持生活。试想一下！有时，梅里韦瑟家的后院会站两打北方佬，等着买馅饼。现在雷内回来了，他每天赶一辆旧大车去北方佬的军营向士兵们兜售蛋糕、馅饼和饼干。梅里韦瑟太太说等再多赚一点钱，她要在城里开个面包房。贝蒂并不想指责她，可毕竟——至于她自己，贝蒂说，她宁愿挨饿也不愿同北方佬做诸如此类的交易。她特别注意每次碰到北军士兵都要给对方一个轻蔑的脸色，并且尽可能走到街道另一边去，以此来表示侮辱，她说，尽管，在雨天这样做很不方便。斯佳丽总结出，对贝蒂帕特小姐来说，只要能表示对南部邦联的忠诚，无论什么样的牺牲，就算把鞋子弄得满是泥巴，也是无所谓的。

米德太太和米德大夫的房子在北方佬焚烧这座城市时化成了灰烬，他们既没有钱财也没有心思去重建，因为斐尔和达西都死了。米德太太说她再也不想要什么家了，既没有儿子又没有孙子，家还算什么家呀？他们非常孤独，于是搬到艾尔辛家去住，艾尔辛家已将屋子被毁的部分重修了。怀特太太和怀特先生也住在那儿，另外邦内尔太太也正打算搬去，如果她能顺利地将自己的房子出租给北方佬军官和他的家人的话。

“可是那么多人怎么挤得下呀？”斯佳丽喊道，“还有艾尔辛太太，范妮和休——”

“艾尔辛太太和范妮睡客厅，休住阁楼。”贝蒂解释道，她对所有朋友的家务安排都很熟悉，“亲爱的，我跟你讲这个真是太可恨了，可是——艾尔辛太太称他们为‘房客’，不过，”贝蒂压低了嗓子，“他们的确是寄宿者。艾尔辛太太正在经营一个家庭旅馆呢！你说可怕不可怕？”

“我认为这个做法太妙了，”斯佳丽简短地说，“我倒希望去年塔拉庄园也有一批‘房客’，而不是免费寄宿者。要是那样的话，也许我们现在就不会这么贫穷了。”

“斯佳丽，你怎么能说出这样的话来？你那可怜的母亲要是想到你利用塔拉庄园的情谊来赚钱，在坟墓里也不会安生的！当然了，艾尔辛太太也是被迫如此的，因为单靠她揽点儿针线活，范妮画画瓷器，休卖引火柴挣几个小钱，他们的生活无法维持下去。试想一下可怜的休竟然不得不去卖引火柴！他本来一心想当个出色的律师！眼看着我们的孩子落到这步田地，我就想哭！”

斯佳丽想起阳光炫目的天空下塔拉庄园那一行行棉花，想起自己弯腰摘棉花时腰背是多么酸痛。她记得自己那毫无经验、布满血泡的手扶住犁把时的感觉，因而觉得休·艾尔辛并没有什么特别值得同情的地方。贝蒂这个老愚妇是多么天真啊，尽管周围是一片废墟，她却仍然受到了庇护！

“如果他不喜欢卖引火柴，那他为什么不去当律师？难道现在亚特兰大不需要律师了？”

“哦，亲爱的，当然不是这样！现在律师的业务很繁忙呢。这些天几乎人人都在打官司。由于所有的一切都烧毁了，地界线也消失了，没人知道自己的田产从哪儿起又到哪儿止。可是你别指望能靠打官司赚钱，谁也没有钱付给你。所以休才坚持去卖引火柴的……哦，我差点儿忘了！我有没有在信上跟你提过？范妮·艾尔辛明天晚上举行婚礼，当然，你必须得参加，艾尔辛太太要是知道你来了，一定会十分乐意邀请你的。我希望你除了身上这件衣服外，还有别的衣服可穿。并不是说这身衣服不好看，可是，亲爱的——它看上去有点儿旧。哦，你有一件漂亮的衣服？我太高兴了，自从本城陷落以来这是我们亚特兰大第一个名副其实的婚礼。婚礼完毕后，还有蛋糕、酒，以及舞会，不过我很纳闷艾尔辛家怎么会承受得起，他们是那么穷。”

“范妮跟谁结婚？我想达拉斯·麦克卢尔在葛底斯堡阵亡后——”

“亲爱的，你不能指责范妮。谁也不能像你对可怜的查利那样对死人那么忠诚。让我想想。他叫什么名字来着？我总是记不住人名——反正是叫什么汤姆的。我跟他母亲很熟，我们一块儿在拉格兰奇女子学校读过书。她是拉格兰奇人，姓汤姆林森，她母亲是——让我想想……是珀金森还是帕金森？对，是帕金森！斯巴达人。门第很不错，可是也不过如此——嗯，我知道我不该这么说，可是我就是不明白范妮为什么要嫁给他这个人！”

“他酗酒呢，还是——”

“不，亲爱的。他的人品很好，不过，你明白的，他下身受了伤，一枚炮弹炸到他的两条腿上，使得——使得它们——使得它们，嗯，我痛恨用这个词语，使得他两腿岔开，合不拢。所以他走起路来姿势很难看——总之，看上去不大雅观。我不明白她为什么要嫁给他。”

“姑娘家总得找个人嫁出去才是。”

“其实她们不必这样的，”贝蒂皱着眉头说道，“我就觉得没什么必要。”

“别这样，亲爱的，我又不是说你！谁都知道你过去讨人喜欢，现在仍然如此！怎么，老法官卡尔顿过去不是常常向你抛媚眼吗？直到我——”

“哦，斯佳丽，快住嘴！那个老傻瓜。”贝蒂嗤嗤笑着，怒火全消了，“不过，毕竟，范妮那么讨人喜欢，本可以找个般配的，我不相信她会爱这个叫什么汤姆的。我不相信她已经走出了达拉斯·麦克卢尔死亡的阴影，不过，她不像你，亲爱的。你对可怜的查利至今忠贞不渝，尽管你本来有无数次再婚的机会。别人都说你是个没心肝的轻佻女子，我和梅兰妮却经常说起你对查利是多么忠诚。”

斯佳丽没理会这种不合时宜的恭维，巧妙地把贝蒂的话题从一个朋友引到另一个朋友，她心里一直急不可耐地想把谈话绕到瑞特身上。她才来这么短时间，绝不能直截了当地打听他的情况。那会引起这位老小姐的脑子往不该想的地方想。要是瑞特拒绝跟她结婚的话，有的是时间来激起贝蒂的疑心。

贝蒂姑妈一直喋喋不休，像个孩子似的很高兴有了个听众。她说，亚特兰大的局面很可怕，因为共和党人做了许多缺德事，而且这种坏局势没有尽头，其中最糟糕的是他们往黑人头脑里灌输思想的方式。

“亲爱的，他们想让黑人选举！你听说过比这更愚蠢的事吗？虽然——我不知道——反正我这样想，彼得大叔比其他任何共和党人都更有头脑，也更有教养，不过，当然，彼得大叔这样出身高贵的人才不想参加什么选举呢。可是光这个念头本身就把那些黑人给搞糊涂了，而且他们中有些人傲慢无礼得不得了。天黑后上街是很危险的，即使是在大白天，他们也敢将女士推进路旁的泥坑里。而且要是哪位绅士胆敢抗议，他们就逮捕他，然后——亲爱的，我有没有告诉你巴特勒船长坐牢的事？”

“瑞特？”

即使听到的是这么个令人吃惊的消息，斯佳丽也很高兴，因为贝蒂姑妈使她不必主动将他的名字引到谈话中来。

“是的，千真万确！”贝蒂兴奋得两颊绯红，她坐直身子，“他此刻就在监狱里，说是因为杀了一个黑奴，而且他们可能会判他绞刑！设想一下巴特勒船长将被绞死！”

斯佳丽听到这儿，倒吸了一口凉气，呆呆地瞪着眼前的老胖妇人，后者显然对自己的话所产生的效果十分满意。

“他们还没有找到证据，不过确实有人杀了那个侮辱白人妇女的黑鬼。北方佬非常气愤，因为最近有许多气势汹汹的黑人被杀死了。他们证实不了瑞特的罪行，可他们想杀一儆百，米德大夫是这样说的。他说要是他们真把他绞了，那算是北方佬曾做过的第一件好事，不过，我不知道……试想一下，巴特勒船长一星期前还在这儿，他送给我一只极其可爱的小鹌鹑做礼物，你刚才已见过它的。他还问起你，说在围城期间他将你得罪了，恐怕你永远不会原谅他。”

“他得蹲多长时间牢？”

“谁知道呢。也许一直到他被绞死吧，不过也可能他们找不到杀他的证据。不过反过来说，北方佬只要想绞死谁，才不会管他是否有罪呢。他们太气愤了——”贝蒂神秘地压低嗓音——“对三K党……你在乡下有没有听说过三K党？亲爱的，我敢说你一定不知道，阿希礼不会跟你们女孩子讲这事的。三K党人是不许谈这个的。他们晚上打扮成鬼怪，骑马四处游荡，教训那些偷钱的提包党人和盛气凌人的黑奴。有时他们只是吓唬吓唬他们，警告他们离开亚特兰大，不过要是那些提包党人和黑奴不听话的话，他们就用鞭子抽，而且——”贝蒂小声说——“有时会把他们杀了，扔到易被发现的地方，身上插一张三K党的名片……北方佬对此十分恼火，想杀个典型以示众人……不过，休·艾尔辛跟我说他并不认为北方佬会绞死巴特勒船长，因为北方佬以为他肯定知道那笔钱的下落，只是不肯说而已。他们正在想方设法让他说出来。”

“哪笔钱？”

“你不知道吗？我在信上没跟你说？亲爱的，你是被埋在塔拉庄园了，不是吗？巴特勒船长回来时，全城都轰动了，他驾着漂亮的马车，口袋里装满了钞票，而这时我们大家还都不知道下顿能不能吃上饭呢！这让大伙很气愤，一个总是对南部邦联出言不逊的投机家居然会有那么多钱，而我们大家却这么贫穷。人人都想知道他从哪儿赚这么多钱，可谁也没有勇气去问他——除了我，他只是笑着说：'反正是来路不正，你可以确信这一点。'你知道要从他嘴里掏出点儿正经话可不怎么容易。"

"可是，当然，他是靠偷越封锁线赚的钱——"

"当然不假，亲爱的，有一部分钱是这样来的。可是这点儿钱只是他实际拥有的财产数目中的沧海一粟罢了。包括北方佬在内的每个人都相信，他找到了南部邦联政府藏在某处的几百万金币呢。"

"几百万——金币？"

"是的，亲爱的，我们南部邦联的黄金都跑哪儿去了？被某些人拿走了，而巴特勒船长就是这些人中的一个。北方佬原本以为戴维斯总统离开里士满时带走了这笔钱，可是当他们抓到这个可怜的人时，他几乎身无分文。战争结束的时候，国库里几乎没什么钱，大家都认为是某些封锁线商人拿了这笔钱，而后对此缄默不语。"

"几百万——金币！可是怎么——"

"巴特勒船长不是为南部邦联政府运过好几千包棉花到英国和拿骚去卖吗？贝蒂得意扬扬地说道，"不仅仅是他自己的棉花，还有政府的棉花，对吗？你知道战争期间把棉花运到英国，想要多高的价就要多高！他是个为政府办事的自由经纪人，他将棉花卖掉，再用这笔钱买军火，然后把军火运进来给我们。嗯，当封锁线越来越紧缩时，他无法把军火运进来，这样，卖棉花的钱当然一分也没花在购买军火上，于是巴特勒船长和其他几个封锁线商人就把这一大笔钱存在了英国银行，只等着封锁线放松。你别跟我说他们把那笔钱以南部邦联的名义存入银行。他们用的是自己的名字，而且那钱还在那儿……自从投降以来，大家都在议论这件事，严厉谴责封锁线商人，北方佬因为杀黑人的事将巴特勒船长逮捕时，一定也听说了流言，因为他们已经在逼他说出那笔钱的下落了。你看看，这下我们南部邦联的钱都要归北方佬所有了——至少，北方佬是这么想的。不过，巴特勒船长说他什么都不知道……米德大夫说他们无论如何都应该把他绞死，仅仅绞死真是太便宜了这个窃贼和投机家——亲爱的，你看上去怎么怪怪的！你觉得不舒服吗？我说这些是不是让你生气？我知道他曾经是你的追求者之一，可是我以为你早就把他忘掉了。我个人从来就不喜欢他，因为他是那么个无赖——"

“他不是我的朋友，”斯佳丽吃力地说道，“围城期间我跟他吵了一架，那是你去了梅肯之后发生的事。他——他现在在哪儿？”

“就在公共广场旁边的消防站！”

“在消防站？”

贝蒂姑妈咯咯地笑起来。

“对，他就关在消防站。北方佬现在把那儿当作军事监狱了。北方佬在广场上的市政厅周围搭了许多木棚做营房，消防站就在这条街上，所以就把巴特勒船长关在那儿了。而且，斯佳丽，昨天我听到一件关于巴特勒船长的最有趣的事。你知道他一向都是那么衣冠楚楚——真正的花花公子——他们把他关在消防队，不让他洗澡，他每天都闹着要洗澡，最后他们把他从牢房带到广场上，那儿有一只饮马的水槽，全团的人都在里边洗澡，水从来没换过！他们告诉他他可以在那里边洗澡。他说，不，他宁愿保留自己南方人的污垢，也不愿沾上北方佬的污垢，还说——”

斯佳丽听着她兴致勃勃、喋喋不休的唠叨，可什么也没听见。她脑海中只有两个念头，一是瑞特比她预料的更加有钱，另一个就是他在监狱里。他在坐牢，而且可能被判绞刑这个事实使得事情的面目多少有点儿改变，实际上一切都较为明朗化了。她对于瑞特即将被绞死毫不关心。她迫切需要钱，急不可耐，哪还有心思去操心他的命运。而且，她同意米德大夫的一半意见，绞死他太便宜了他。无论哪个男人，半夜三更将一个女人丢在两支敌对的军队之间不管，说什么要去为已经失败了的伟大事业而战斗，都应该被绞死……如果在他坐牢期间她能设法嫁给他，那么等他上了绞刑架，那几百万金币就都会成为她的了。如果结不成婚，她也许可以先借他一笔钱，答应他等他出狱以后嫁给他，或者——哦，答应什么都行！他被绞死了，她的诺言就永远不用兑现了。

一想到在北方佬政府的好心干预下她又成为寡妇，她的想象力就丰富起来了。几百万金币！她可以修整塔拉，雇佣帮工，种植大片大片的棉花。她也可以穿漂亮衣服，想吃什么就吃什么，苏伦和卡洛琳也一样。韦德会有足够的营养品把他那瘦弱的身子吃胖，穿得暖暖和和的，再给他雇个家庭教师，让他日后上大学……再也不会光着脚长大成人，像穷苦人那样无知无识。还要给爸爸请个好医生，至于阿希礼——她为了阿希礼还有什么事不可以干呢？

贝蒂帕特姑妈的独角戏突然中断了，只听她探询道：“什么事，嬷嬷？”斯佳丽从梦中醒来，看见嬷嬷站在门口，两手藏在围裙底下，眼中流露出警惕的、仿佛洞悉一切的神色。她不知道嬷嬷在那儿站了多长时间，听到了多少，又看出了什么。也许她什么都知道了，从她那双老眼中的光辉可以判断出来这一点。

“斯佳丽小姐看上去很累。我想她最好该休息了。”

“我是累了，”斯佳丽说道，一边站起来，以孩子气的无助表情迎接嬷嬷的目光，“恐怕我也着凉了。贝蒂姑妈，明天我想待在床上，不陪你出去拜访亲友了，你不会介意吧？我什么时候都可以去拜访他们，而且，我很想参加明天晚上范妮的婚礼，如果感冒加重的话，可就去不成了。躺在床上休息一天便是给我最好的治疗了。”

嬷嬷摸了摸斯佳丽的手，又瞧了瞧她的脸色，表情变得焦灼起来。她当然看上去脸色不好。刚才她思潮起伏所引起的兴奋消退了，所以她脸色苍白，身子还发抖。

“你两手冰凉，亲爱的。快去躺下，我给你熬点儿黄樟茶喝喝，再烧块热砖来捂一捂，发发汗。”

“我多么大意呀！”胖老妇人嚷嚷着从椅子上站起来，拍拍斯佳丽的手臂。“我只管唠叨，根本没顾上你。宝贝儿，你明天一整天都要躺在床上休息，我们可以一块儿聊天——哦，亲爱的，不！我不能陪你了。我答应过邦内尔太太明天去她家。她患了流行性感冒，她家的厨子也病倒了。嬷嬷，我真高兴你在这儿。明天早上你得和我一块儿去，帮我的忙。”

嬷嬷催促斯佳丽爬上黑暗的楼梯，一面嘟哝着手太凉了，鞋子太单薄了等，斯佳丽看上去温顺而心满意足。要是她能进一步消除嬷嬷的疑心，让她明天早上走出这屋子，那一切都好办了，她就可以去北方佬的监狱探望瑞特。爬楼梯时，隐隐地听到打雷声，她站在熟悉的楼梯平台上，心想这雷声听上去多像是大炮的轰鸣啊。她不禁一颤。雷声对她而言永远意味着大炮和战争。

第三十四章

第二天早上，太阳忽隐忽现地照着，狂风席卷着乌黑的云团迅疾掠过，风吹得窗玻璃嘎嘎作响，在屋子周围隐隐地咆哮着。斯佳丽做了简短的感恩祷告，感谢头天晚上的雨已经停了，因为她一直躺在床上眼睁睁地听着雨声，知道这意味着自己的丝绒衣服和新帽子要被糟蹋了。现在偶尔瞥见太阳出来了，她的精神高涨起来。她在床上几乎躺不住了，几乎没法再装出困倦的样子，发出抱怨的声音，直到贝蒂姑妈、嬷嬷和彼得大叔走出屋门朝邦内尔太太家出发。最后，前门关闭了，屋子里除了厨娘在厨房里唱着小调外只剩她自个儿了，她从床上跳起来，把新衣服从衣橱挂钩上取下来。

经过一夜休息，她又觉得头脑清醒，精力充沛了，她还从自己内心深处那又冷又硬的核中汲取了勇气。眼看自己就要同一个男人——任何男人——在智力上进行一场无情的斗争，这使她倍受鼓舞，长期以来经历了无数次挫折，她懂得自己终于碰上了一个毫不含糊而她能凭自己的努力战胜的对手，想到这儿，她颇有扬扬自得之感。

没有人帮着穿衣服是很困难，可她最后还是完成了，然后戴上那顶装有华丽羽饰的帽子，她跑到贝蒂姑妈房间里，站在大穿衣镜前修饰了一番。她看上去多漂亮啊！帽子上的羽饰使她看上去精神抖擞，暗绿色的天鹅绒使她那双绿眼睛分外明亮，几乎成了翡翠色，而且衣服也是无与伦比的，看上去那么华贵、漂亮，而且那么优雅！重新穿上新衣服真是太妙了。看到自己这么美丽动人，她愉快极了，不禁俯身向前去亲吻镜子里的自己，但立即又嘲笑自己的傻气。她拿起艾伦的羊毛披肩围在身上，可它那暗淡了的老方格跟暗绿色的衣服极不协调，使她看上去有点寒酸。她打开贝蒂姑妈的衣橱，取下一件黑细布的斗篷披上，那是贝蒂礼拜天才舍得穿的薄秋装。她把从塔拉庄园带来的那副钻石耳环伶俐地穿进自己的耳朵眼，然后摇摇头观看效果。耳环发出令人满意的叮当声，她心想，跟瑞特在一起时她一定得记着不时地晃晃脑袋。摇耳环总是能够吸引住男人的，并且使姑娘看上去有一种天真活泼的神气。

遗憾的是，贝蒂姑妈除了自己手上戴的手套外，没有一双多余的！不戴手套哪还算得上真正的夫人，可是自从离开亚特兰大以后，斯佳丽就一直没戴过手套。几个月来塔拉繁重的劳作使她的双手粗糙不堪，远远不是那么可爱。哦，这是无法改变的。她可以套上贝蒂姑妈那小巧的豹皮暖手筒，将双手藏进去。斯佳丽觉得这下总算大功告成了。现在看着她这副样子，没有人会怀疑到贫穷和拮据正压在她肩头。

千万不能让瑞特起疑心，这是至关重要的。一定要叫他相信，是感情而不是别的什么动机促使她来看望他。

她踮着脚尖下了楼梯，又走出屋子，厨娘正在厨房里放声歌唱，毫无察觉。她快步走过贝克街，避开邻居们无时不在的眼光，然后在常春藤街一座烧毁了的房子前面的车台上坐下来，等着过往的马车或大车会捎她一程。太阳在匆匆飘浮的云层背后时隐时现，淡淡地照着大街，毫无暖意，寒风吹打着她长内裤的裤脚。天气比她预料的要冷得多，她用贝蒂姑妈的薄斗篷裹住自己，仍禁不住瑟瑟发抖。正当她准备步行穿过城市到北方佬的营地去时，一辆破旧的大车驶了过来。车上坐着一个老妇人，嘴唇上沾满了鼻烟渣，一张饱经风霜的脸藏在皱巴巴的太阳帽底下，赶着一头懒洋洋的老骡子。她正朝市政厅的方向去，她勉强同意让斯佳丽搭便车。不过，很显然她不喜欢斯佳丽的衣服、帽子以及暖手筒。

“她准以为我是个轻佻的女人，”斯佳丽想道，“也许她猜对了呢!”

最后到了市中心的广场上，市政厅那高大的白色屋顶隐约可见，她道了谢，从大车上下来，目送这个乡下女人驶去。她谨慎地环顾了一圈，确信没有人注意她，然后拍拍脸蛋使它看上去红润些，又咬咬嘴唇直到它们也有些红色。她整了整帽子，理了理头发，朝广场四周看了看。两层楼的红砖市政厅在这座城市的大火中幸存下来。不过，在灰蒙蒙的天空下，它看上去荒凉而又破败。在以它为中心的广场周围，全是一排又一排肮脏的、溅满泥浆的军队住的木棚。斯佳丽疑惑地看着那些北方佬的士兵，勇气稍稍跑掉了一些。在这座敌人的军营里她怎么才能找到瑞特呢?

她朝街对面的消防站望去，看见那几扇宽大的拱门紧闭着，并且加上了笨重的铁条，两个哨兵在屋子两旁来回走动。瑞特就在那里面。可是她该怎么对那些北方佬士兵说呢?他们又会对她说些什么?她挺直了脊梁。既然她曾经毫无畏惧地杀了一个北方佬，她就不必害怕跟另一个北方佬说说话。

她小心翼翼地踩着淤泥中的垫脚石一直朝前走，直到一个哨兵拦住了她，哨兵为了御寒，外套的扣子一直扣到下巴底下。

“怎么回事，太太?”他的话中带着陌生的中西部口音，不过很客气。

“我想看望那里面的一个人——他是个囚犯。”

“嗯，我不知道，”那哨兵说道，一边摸摸头，“他们对于探视的人管得很严，而且——”他停住了，严厉地盯着她的脸，“怎么，太太!你别哭!你到那边总部去问问军官们。我敢说他们会让你见他的。”

斯佳丽本来就没有哭的意思，这时便朝他笑了笑。他转身朝另一个慢慢踱着步子的哨兵道：“喂，比尔，过来一下。”

那个叫比尔的高大哨兵趟过泥泞朝他们走来，他紧紧地裹着一件蓝外套，可一脸令人厌恶的黑络腮胡子却露在外面。

“你把这位太太带到总部去。”

斯佳丽谢过他之后，跟在第二个哨兵身后。

“请当心，别让垫脚石扭伤了脚踝，”哨兵一边说一边扶着她的手臂，“你最好把裙子往上提点儿，免得沾上泥。”

这个络腮胡子说话也带有浓重的鼻音，可听上去很和气，让人愉快，他的手很有力，也很有礼貌。原来北方佬一点儿也不坏！

“今天的天气太冷了，可不适合太太们出门，”哨兵说道，“你走了很远的路吧？”

“哦，是的，从城市的另一端来。”她说，那和气的声音使她感到温暖。

“这样的天气，太太们真不该出来。”哨兵略带责备地说，“弄不好就会患上感冒。这就是哨兵指挥部，太太——你怎么了？”

“这——这就是你们的总部？”斯佳丽抬头看着这面向广场的可爱而熟识的屋子，差点儿叫出声来。战争期间她曾在这屋子里参加过多少次宴会啊。它曾是一个令人愉快的美丽地方，可是现在，一面大大的联邦旗帜在它上面高高飘扬。“你怎么了？”

“没什么——只是——只是——我认识过去住在这儿的人。”

“哦，那真是太不幸了。我想他们要是看到这所屋子，一定已经认不出来了，因为里面破损得不成样子了。现在，你自己进去吧，太太，去问问长官。”

她一路抚摸着破损的白栏杆走上楼梯，然后推开了前门。大厅里很暗，像地窖一样阴冷，一个冻得瑟瑟发抖的哨兵倚在紧闭的折叠门边。在和平岁月里，这儿曾是餐厅。

“我想见你们的长官。”她说。

他把门拉开，让她进去，她的心怦怦直跳，脸上因紧张和激动显得红扑扑的。房间里有一股闭塞沉闷的气息，混合着烟头、烟叶、皮革、发潮的毛料制服和肮脏的身体的气味。她看到掉了壁纸的光秃秃的墙壁，一排排蓝军服和皱巴巴的帽子挂在钉子上，一盆熊熊燃烧的炭火，堆满了文件的一张长桌旁坐着一群穿着有铜纽扣蓝制服的军官。

她吸了一口气，觉得自己能说出话来了。她一定不能让北方佬看出来她很害怕，她必须装出一副最可爱最天真无邪的样子。

“哪位是长官？”

“我是长官之一。”一个胖胖的男人说道，他的上衣没系扣子。

“我想见一个囚犯，瑞特船长。”

“又是巴特勒？他很讨人喜欢嘛，那个人。”这位长官一边笑道，一边从嘴里拿下雪茄烟，“你是他的亲戚吗，太太？”

“是的——是他的——他的妹妹。”

他又笑了。

“他的妹妹可真不少啊，其中的一个昨天还来过这儿。”

斯佳丽脸红了。想必是那些和瑞特有来往的贱货，可能还有那个叫沃特林的女人。这些北方佬以为她跟她们是一类人。这太让人难以忍受了。即使为了塔拉庄园她也不想再在这儿待哪怕一分钟，忍受这般侮辱。她转身来到门口，恼怒地去抓把手，这时另一个军官疾步来到她身边。他很年轻，胡子刮得干干净净，有一双愉快而又温和的眼睛。

“请稍等，大太。要不你先坐在炉火旁暖和暖和？我去看看能不能为你帮上忙。你叫什么名字？他拒绝见那个——昨天来探视的那个女人。”

她在椅子上坐下来，瞪了那个胖军官一眼，报上了自己的名字。那和气的年轻军官披上大衣出了门，其他人挪到桌子另一头，小声谈论着什么，还翻着文件。她满怀感激地把脚伸到火盆旁取暖，这时才发现脚已经冻僵了，她想如果事先在鞋后跟的洞里塞一块硬纸板就好了。过了一会儿，门外传来了低语声，她还听见瑞特的笑声。门开了，一股冷风挟着瑞特出现在门口，他没戴帽子，只随便披着一件长斗篷。他脏兮兮的，没有刮胡子，也没有系领结，但是尽管衣衫不整，他依然神采奕奕，一看到斯佳丽，他的黑眼睛里便闪耀出欣喜的光芒。

“斯佳丽!”

他将她的双手握在自己手里，像往常那样，他的手掌充满着热情、活力和兴奋。她还没弄明白怎么回事呢，他已经弯下腰吻了吻她的脸蛋，他那髭须扎得她痒痒的。当他感到她那受惊的身体正竭力想挣脱他的怀抱时，便搂住她的肩膀说道：“我亲爱的小妹妹!”接着便咧开嘴低头看着她，仿佛在欣赏她无力抗拒他的爱抚时的窘相。她只得对他这种强占便宜的手段报以笑容。他真是个流氓！监狱一点儿也没改变他的本性。

胖军官叼着雪茄烟对那个眼神愉快的年轻军官嘀咕着什么。

“简直太胡闹了。他应该待在消防站。你知道规矩的。”

“哦”，看在上帝的份上，亨利！这位太太在那车库里会冻僵的。”

“哦，好吧，好吧！这事你负责任。”

“我向你们保证，先生们，”瑞特转身对那些军官们说道，一只手仍然放在斯佳丽肩上，“我——妹妹没有给我带锯子和锉刀来帮我逃跑。”

他们都笑了，这时斯佳丽迅速环顾了一圈。天啊，她就当着六个北方佬军官的面跟瑞特谈话吗？他是个如此危险的囚犯，他们不让他走出监视的范围？看到她那焦急的眼光，那位和善的军官推开一扇门，对一见他进来便站起身来的两个士兵简短地低语了几句，他们便拿起枪，关上门，到大厅里去了。

“如果你们乐意的话，可以坐在值班室里谈，”年轻军官说，“但是不能关门。外边有人守着。”

“你瞧我是个多么危险的人物，斯佳丽。”瑞特说道，“谢谢你，长官。你真是太好了。”

他漫不经心地鞠了一躬，然后拉着斯佳丽的胳膊，让她站起来，又把她推进了那个肮脏的值班室。后来她再也想不起来那间屋子的样子，只记得它很小，很暗，很冷，破败的墙上贴着手写的文件，椅子上都铺着带牛毛的牛皮垫子。

瑞特一关上身后的门便快步奔到她跟前，朝她俯下身来。知道他想干什么，她迅速扭过头，却用眼梢朝他抛了一个媚笑。

“现在我可以真正地吻你了吗?”

“可以吻额头，像个好哥哥那样。”她一本正经地说。

“谢谢，不。我宁愿等下去，也许会有更好的事儿呢。”他的眼睛搜索着她的唇，憋在那儿停留了片刻，“不过你能来看我，真是太好了，斯佳丽！自从我被捕以来，你是第一个来探望的体面人，而且坐牢会使人珍惜朋友。你什么时候到城里来的?”

“昨天下午。”

“于是你今天早上就跑了出来？哦，亲爱的，你真是太好了。”他笑眯眯地低头看着他，脸上第一次露出了真诚，这是她以前从没在他脸上看见过的表情。斯佳丽激动得打心底里笑出来，然后垂下头，好像不好意思似的。

“当然，我立刻就跑出来了。贝蒂姑妈昨天晚上告诉了我关于你的事，我——我一晚上一直睡不着，都在想这太可怕了。瑞特，我太难过了!”

“怎么，斯佳丽!”

他的声音很温柔，但是声调有点儿发抖，她抬起头看着他那张黝黑的面孔，她看到上面没有她见惯了的那种怀疑和嘲弄的神色。在他的直视下，她心烦意乱地又垂下了眼帘。事情比她预料的还要顺利。

“能再次见到你，听你说这样的话，坐监也值得。当他们跟我说你的名字时，我真的不敢相信自己的耳朵。你瞧，我从来都没敢指望你原谅我那天晚上在拉甫拉迪附近的大路上出于爱国心所干出的蠢事。不过，我认为你这次来探望我就意味着已经原谅了我，对吗?”

她一想起那天晚上的事，就觉得怒火又蹿了上来，尽管过去了这么长时间，不过她强压住了愤怒，摇摇头，直到耳环叮当作响。

"不，我还没有原谅你呢。"她撅着嘴说道。

"又一个希望破灭了。我把自己交给了我的祖国，在富兰克林的雪地里赤脚作战，还得了一场你闻所未闻的痢疾作为对我的苦痛的回报。在这一切之后，又一个希望破灭了。"

"我不想听你那些——艰苦往事，"她说道，仍然撅着嘴，但却从眼梢朝他笑着，"我仍旧觉得你那天晚上太可恨了，我永远也不打算原谅你。在什么坏事情都可能发生的情况下，就那样把我一个人扔在那儿!"

"可是没有发生什么坏事儿呀。所以，你瞧，我对你的信任是正确的。我知道你会安全到家里，而且要是哪个北方佬胆敢阻拦你，上帝会惩罚他的!"

"瑞特，你到底为什么要去做那样的傻事——你明知我们就要失败了，却在最后的时刻报名参军？而且毕竟你亲口说过，只有白痴才肯去送死呢!"

"斯佳丽，饶了我吧！我一想起这事儿总是感到无比羞愧。"

"我很高兴你为自己对待我的方式而羞愧。"

"你误解了。我很遗憾地告诉你，关于把你丢在半路上那件事，丝毫也没有让我的良心不安。可是说到报名参军——我一想到穿着锃亮的皮靴和雪白的亚麻布制服去参军，仅仅配两支决斗手枪——还有在冰冷的雪地里长途跋涉——我的鞋子破了，我没有大衣可穿，也没有东西可吃……我不明白自己为什么没有逃跑。那的确是一种最单纯的狂热。可是这种狂热存在于每个人的血液中。南方人永远无法容忍伟大事业的失败；不过，千万别在乎我的这些理由。只要得到原谅就足够了。"

"我不会原谅你的。我觉得你是一只猎犬。"不过，她说最后这个字眼时的语气非常亲热，像说"亲爱的"似的。

"别骗人了。你已经原谅了我。年轻的太太不畏惧北方佬的哨兵来看望一个囚犯，仅仅是出于慈悲心肠吗？而且还全副武装，穿着丝绒衣服，戴着羽饰帽子，还有豹皮手筒呢。斯佳丽，你看上去太漂亮了！感谢上帝，你没有穿着破衣烂衫或者丧服来看我！我太讨厌女人穿着皱巴巴的旧衣服或者披着黑纱的模样了。你看上去就像个巴黎大街上的时髦女人。亲爱的，转一圈，让我好好看看你。"

他果然注意到了这身衣服。当然，他肯定会注意到这些的，谁让他是瑞特呢。她高兴地笑着，伸直手臂踮起脚尖轻盈地旋转起来，裙裾高高飘起，露出带饰边的裤脚。他的黑眼睛从头到脚细细端详着她那种赤裸裸的目光常常使她浑身起鸡皮疙瘩。

“你看上去非常富有，而且十分整洁，简直让人垂涎欲滴。要不是因为那群北方佬在外面——不过，亲爱的，你非常安全。坐下。我不会像上次看到你时那样占你的便宜。”他露出假装悔恨的表情抓抓自己的脸颊，“说实话，斯佳丽，你不觉得那天晚上你有点儿自私吗？想想我为你所做过的一切，冒着生命危险——偷了一匹马——而且是那样一匹马！然后奔去保卫我们光辉的伟大事业！我的付出得到了什么回报？一顿臭骂和狠狠抽在脸上的一个耳光。”

她坐下来。谈话没有朝她希望的方向进展。他第一眼看见她时仿佛很高兴，很高兴她能来看他。他表现得就像个体面人似的，而不是那个她所熟悉的坏蛋。

“你的付出总是得有回报吗？”

“怎么，当然了！我是个自私的怪物，你应该知道的，我总是渴望我的付出会得到回报。”

这话使她感到一股寒流穿过全身，不过她振作起精神，再次把耳环摇得叮当作响。

“哦，瑞特，你实际上并没有那么坏。你只是喜欢演戏罢了。”

“哎呀，你真的变了！”他笑着说道，“你怎么变成个基督徒了？我通过贝蒂帕特小姐了解了你的情况，可她丝毫没有暗示我你已经变得更具女性的温柔了。多告诉我一些你的事情，斯佳丽。自从我最后一次见过你以来，你都做了些什么？”

他的话激起了她心中那依然强烈的旧仇旧怨，她真想说几句刻薄话。但是相反，她笑了，露出深深的酒窝。他拉了把椅子坐到她身旁，她装作漫不经心地样子朝他那挪了挪，一只手轻轻搭在他手臂上。

“哦，我一直都挺好的，谢谢你，现在塔拉庄园的一切也都很好。当然，谢尔曼的军队刚劫掠过的那段时间，我们的生活很艰难，不过，他们毕竟没有烧房子，而且黑奴们把牲口赶到沼泽地，因此大部分都保住了。今年秋天的棉花收成也不错；有二十包呢。当然，塔拉庄园的能量远远不止这个数，可是我们现在劳力不够。爸爸说，我们明年肯定会比今年的收成好。不过，瑞特，现在乡下的生活太沉闷了！试想一下，既没有舞会，也没有野宴，人们所谈论的只有一件事，那就是艰苦的岁月！天哪，我真是烦透了！上星期我终于再也无法忍受下去了，于是爸爸说我应该出去旅行一趟，好好玩玩。这样我就来这儿先做几件衣服，然后我打算去查尔斯顿看望姨妈。又可以参加舞会了，真是太令人高兴了。”

“嗯，”她得意地想道，“我刚才那番话说得恰到好处！不是太富裕，当然也不穷。”

“你穿上舞裙漂亮极了，亲爱的，而且更糟的是你也知道这一点！我想你出来旅行的真正原因是因为你跟那些乡下情郎玩腻了，想到较远的地方寻找几个新鲜的吧？”

斯佳丽庆幸地想道，幸亏瑞特前几个月是在国外，最近才返回亚特兰大。否则，他绝不会说出这番蠢话来。她匆匆回顾了一下那些乡下情郎，衣着破旧的芳汀家小兄弟，穷困潦倒的芒罗家的小伙子，琼斯博罗和费耶特维尔的情郎也都忙着种地、劈柴、看护生病的老畜生，他们已经忘记了诸如舞会和谈情说爱之类的事情，仿佛这些从没存在过似的。但是她把这个记忆放到一边，故意咯咯地笑着，仿佛承认他的猜测是对的。

“哦，瞧你。”她略带辩驳地说。

“你是个没心肝的家伙，斯佳丽，不过，也许这正是你的魅力之一呢。”他以自己惯有的方式笑着，一个嘴角弯下来，可是她知道他是在赞赏她，“因为，当然，你知道你的魅力比法律所容许的要大得多。甚至我都感觉到了，尽管我这个人很麻木。我一直在想，究竟是你身上的哪一点，使我对你一直念念不忘，因为我见过许多比你更漂亮，当然比你更聪明，恐怕在品性上还比你更正直、更善良的女人。可是，无论如何我都忘不掉你。甚至投降后在法国和英国的那几个月，我见不到你，也听不到你的消息，尽管周旋在一群花枝招展的女人中间，可我总是想起你，想知道你在做什么。”

有一刻，她很恼火，他居然说别的女人比她更漂亮、更聪明、更善良，不过这点不快被满心的欢愉取代了，她很高兴他还记着她，记着她的魅力，那么他是没忘记喽！这样事情就好办多了。而且他行为举止那么得体，简直像个上等人面临这种情形时一样。现在，她得想办法让话题围着他自己，这样她才能表明自己也没有忘记他，然后——

她温柔地捏了捏他的胳膊，又露出了两个酒窝来。

“哦，瑞特，你怎么这么坏，戏弄我一个乡下姑娘！我很清楚，自从你那天晚上把我丢在那儿不管以后，就再也没有想起过我。你别跟我说什么当你簇拥在一群漂亮的英国姑娘和法国姑娘中时，仍然想着我。我大老远跑这儿来可不是听你跟我说傻话。我来——我来——是因为——”

“因为什么？”

“瑞特，我真替你担心！替你害怕！他们什么时候才肯放你离开这个可怕的地方？”

他迅速握住她那只手，又将它紧紧按在自己手臂上。

“很感激你为我担忧。没人告诉我什么时候才能出去。也许等到他们将绳索拉得更紧的时候吧。”

“绳索?”

“是的，我想我会在绳索被拉到末端的时候从这儿出去。”

“他们不会绞死你吧?”

“他们会的，只要能多找到一点不利于我的证据。”

“哦，瑞特!”她一只手按住心口哭了起来。

“你会难过吗？要是你很难过的话，我将会把你写进我的遗嘱。”

他的黑眼睛放肆地嘲弄地看着她，一边握紧了她的手。

他的遗嘱！她急忙垂下眼帘，唯恐露馅，可是晚了，因为他的眼睛一闪，突然充满了好奇。

“根据北方佬的意思，我早该立个遗嘱了。他们好像对我目前的经济状况很感兴趣。每天我都被提去被不同的人审问，问些愚蠢的问题。外面好像盛行一种谣传，说我偷走了南部邦联一批神秘的金币。”

“那么——是真的吗?”

“一个多有代表性的问题啊！你跟我一样清楚，南部邦联只有一台印刷机而没有造币厂。”

“那你的钱都是从哪儿来的？做投机生意吗？贝蒂帕特姑妈说——”

“你可真会盘问!”

他真该死！当然，他吞了那笔钱。她太激动了，简直无法再委婉地同他讲话。

“瑞特，你关在这儿，我很难过。难道你不认为自己有出去的机会吗?”

“我的格言是‘Nihiddesperanduw’。”

“那是什么意思?”

“就是‘也许’的意思，我迷人的小傻瓜。”

她扬起浓密的睫毛看了看他，随即又垂了下来。

“哦，你那么精明，绝不会让他们绞死你的！我知道你会想出聪明的办法击败他们，然后出去！等你真的——”

“那么将怎样?”他轻轻问道，靠她更近了。

“那么，我——”她装出一副不好意思的神态，脸红了。脸红并不困难，因为她的心像擂鼓似的，几乎喘不过气来，“瑞特，我很抱歉自己那天晚上对你所说的话——你知道的——就是在拉甫拉迪。我——哦，我是太害怕太伤心了，你那么——那么——”她低下头看见他棕色的双手紧紧握着自己的手，“那时——

那时我想自己永远，永远都不会原谅你！可是当贝蒂姑妈昨天告诉我，你——他们可能会绞死你——我就突然——突然——”她抬起头迅速瞥了他一眼，眼中的神情是心碎欲绝的，“哦，瑞特，他们要是把你绞死我也会死的！我忍受不了！你瞧，我——”由于她再也经受不住他眼中那炽烈的光芒，便又垂下眼帘。

“再过一会儿我就要哭了，”她既诧异又激动地暗暗思忖，“我能哭出来吗？那样是不是显得更自然些？”

他迅速说道：“天哪，斯佳丽，你该不是说你——”他双手紧握着她的手，几乎把她弄疼了。

她紧闭双眼想挤出几滴泪来，而且没忘记轻轻仰起脸，好使他能毫不费力地吻到自己。再过片刻他的唇就要压上自己的唇了，那两片结实而执着的，让自己浑身酥软的嘴唇仍然使她记忆犹新。可是他没有吻她。失望之情油然而生，她把眼睛睁开一条缝，冒险窥了他一眼。他黑黑的头颅埋在她手上，正当她看着他时，他举起她的一只手吻了吻，又举起另一只手按在自己脸上。本希望他会粗鲁些的，这温柔而又充满爱意的姿态让她吃了一惊。她想看清他脸上的表情，可是看不见，因为他的头低着。

她赶紧又垂下眼帘，以免他突然抬起头看见她脸上的表情。她知道那涌遍全身的胜利之情一定明白无误地写在自己眼里。过一会儿他就要向她求婚了——或者至少要说出他爱她，然后……正当她用眼梢的余光窥视着他时，他将她的手掌翻过来，掌心朝上，正要吻上去，突然，他急促地吸了一口气。她低下头看见了自己的手掌，一年来她第一次真正看清了自己的手掌，她不由得打了个寒噤。这是一只陌生人的手，而不是斯佳丽·奥哈拉那柔软、嫩白、带有小窝窝的纤纤玉手。这只手因劳作而粗糙不堪，因日晒而呈棕色，而且布满了斑点。指甲断裂得参差不齐，掌心结着厚重的老茧，大拇指上还留个没痊愈的血泡。上个月因热油溅上去，而留下的那个红色的伤疤是多么丑陋刺眼啊。她满怀恐惧地看着它，来不及多想便急忙握紧了拳头。

他仍然没有抬起头来，她仍然看不见他的脸，他毫不留情地把她的拳头掰开，凝视着它，接着把她的另一只手也拿起来，把双手合在一起，默默地捧着，俯视着。

“看着我”，他终于抬起头来说，但声音显得十分冷峻，“放下那副假装正经的样子吧。”

她极不情愿地看着他的眼睛，满脸反抗和烦乱的神色。他的黑眉毛扬起来，双目闪着奕奕的光辉。

“你就这样在塔拉庄园一直过得很好，是吗？种棉花赚了那么多钱，能够出外旅行来了。你用自己的双手在干什么——耕地？”

她企图把手挣脱出来，可是他拉住不放，一面用拇指抚摸着那些茧子。

“这哪是一位太太的手呀！”他说罢就把她的双手放到她的膝上。

“啊，住嘴！”她大声喊道，顿时觉得得到了解脱，可发泄自己的情感了，“我用自己的双手在干什么，谁管得着！”

“瞧我多么傻呀，”她懊恼地想，“我应该把贝蒂姑妈的手套借来或者偷到手呀！可惜我没发现自己的手那么难看。当然，他是会注意到的。此刻我实在按捺不住自己的性子，看来一切都完了。啊，怎么偏偏就在他马上就要表白的时刻发生这种事呀！”

“你的手我当然管不着。”瑞特冷冷地说，一面将身子挪回去，靠到椅背上，他的脸上似乎毫无表情。

看来他要变得难对付了。那么，如果还想从这一挫折中夺回胜利，即使她很不乐意，也得乖乖地忍受。也许，只要她甜言蜜语地和他说——

“我看你也太粗鲁了，把我这双手肆意说成那样，只不过上星期我没戴手套骑马，把手弄——”

“骑马，见鬼去吧！”他用平静的语调说，“你明明是用这双手在劳动。像个黑鬼一样在劳动，难道不是这样吗？为什么要骗我说塔拉庄园一切都好呢？”

“现在，瑞特——”

“我看还是说实话吧。你这次来到底要干什么？我差点被你虚情假意的媚态迷住了，还以为你真的关心我，替我着急呢。”

“啊，我就是为你着急呀！真的——”

“不，你不会。哪怕他们把我吊得比海曼还高，你也不会在乎的。这明明写在你的脸上，就像艰苦劳动写在你的手上一样。你是对我有所求，而且这需求非常急迫，才不得不装出这副样子。你干吗不开门见山把你的要求告诉我呢？那样你会有更多的机会得到满足，因为，如果说女人有什么品性让我赞赏的话，那就是坦率了。可你不是那样，你到这里来，像个妓女似的晃荡着叮叮响的耳坠子，撅着嘴，媚笑着，好像在讨好一位嫖客似的。”

讲最后几句话时并没有提高嗓门或用别的方式加重他的语气，但这些话对于斯佳丽仍然像鞭子一样噼啪作响，这使她失望地看到，引诱他向她求婚的愿望破灭了。要是他大发脾气，伤害她的虚荣心，或者斥责她，像别的男人那样，她还能够应付，然而他可怕的平静声调却把她吓蒙了，使她根本无从考虑下一步该怎么办。尽管他是个罪犯，北方佬就在隔壁，可她突然发现瑞特是个危险人物，谁也休想去冲撞他。

“我看我的记忆力出问题了。我本来应当记得你这个人和我一样，做任何事情都不会没有一个隐秘的动机。现在让我来猜猜，你到底葫芦里装的是什么药，哈密尔顿太太？你不会糊涂到认为我会向你求婚吧？”

她顿时脸涨得通红，说不出话来。

“我想你不该忘记我经常讲的那句话：我不是一个打算结婚的男人。”

她仍然一言不发，这时他忽然粗暴地问：

“你没有忘记吧？回答我。”

“没忘。”她无可奈何地说。

“斯佳丽，你可真是个赌徒！”他嘲讽地说，“你想碰碰运气，以为我蹲在监狱里，不能同女人亲近了，便会像鳟鱼咬饵似的把你一手抓过来。”

“可你正是这样做的呀，”斯佳丽愤愤地想道，“要不是因为我的这两只手——”

“好，现在我们已经基本谈清楚了，除了你的理由以外一切都明白了。现在看你敢不敢老实对我说究竟为什么要引诱我结婚。”

他转而用一种温和的，甚至是挑逗人的语调，这使她又有了勇气。也许还没有全完蛋呢。当然，她已经把结婚的希望给毁了，不过，即使在绝望中她也不无高兴之处。这个木然不动的男人身上有些叫她恐惧的地方，因此她现在觉得那种同他做夫妻的念头是可怕的。可是，如果她能聪明些，利用他的同情心和美好的回忆，她也许还能得到一笔借款的，可是她装出副稚气地想要和解的样子来。

“唔，瑞特，你能给我很大的帮胁——只要你为人温和一点就好了。”

“为人温和——这是我最乐意不过的了。”

“瑞特，讲点老交情，我要你帮个忙。”

“看来这位磨硬了手心的太太终于要谈谈自己的使命了。我担心你扮演的真正角色并不是‘探监’。你究竟要什么呢？钱吗？”

他问得这么直截了当，把她原先设想用委婉动情的迂回手法来诱导的计划一笔勾销了。

“大方一点吧，瑞特。”她娇声娇气地说，“我的确需要一笔钱。我要你借给我三百美元。”

“到底说真话了。谈的是爱情，要的是金钱。多么现实的女性呀！这钱要得很急吗？”

“唔，是——嗯，也不那么急，不过我要用。”

“三百美元。这是一笔大钱呢。你用它干什么？”

“交塔拉庄园的税金。”

“你原来是要借钱。好吧，既然你跟我讲生意经，我也就跟你讲生意经了。你给我什么作抵押呢？”

“什么——什么？”

“抵押。作为我的投资担保。我当然不能把这笔钱白白丢掉。”他的口气很圆滑，甚至有讨好的意思，可是她没在意，也许到头来一切都还蛮不错呢。

“什么——什么？”

“我可不喜欢耳环。”

“我愿意用塔拉庄园作抵押。”

“这时候我要个农场有什么用？”

“喏，你可以——你可以——那是个上好的种植园呢。你决不会吃亏的。我一定用明年的棉花来偿还你。”

“我倒觉得不怎么可靠。”他往椅背上一靠，把两只手插进衣袋里，“棉花价格正在一天天下跌呢。时世那么艰难，钱又那么紧。”

“啊，瑞特，你这不是逗我玩吗！你明明有几百万的家当！”

他瞧着她，眼里流露出一丝温暖而捉摸不定的恶意。

“看来一切都满顺利，你并不十分需要那笔钱。那好，我知道了心里也挺高兴。我总是盼望着老朋友们万事如意。”

“啊，瑞特，看在上帝的份上……”她开始着急起来，勇气和自制都消失了。

“请你把声音放小些。我想你不至于要让北方佬听到你的话吧。有没有人告诉过你，你真像一只猫——黑暗中的猫，眼睛尖锐得很呢！”

“瑞特，别这么说！我情愿把一切都告诉你，这笔钱我的确要得很急。我——我说一切顺利，那是在撒谎。一切都糟得不能再糟了。我爸已经——已经——精神恍惚了。自从我妈妈死后，他就变得古怪起来，对我没有任何帮助。他完全像个孩子。而且我们没有一个会干田间活的人去种棉花，可需要养活的人却很多，一共十三个。而且税金——高得很。瑞特，我把一切都告诉你，过去一年多，我们差点儿饿死。啊，你不知道！你也不可能知道！我们一直吃不饱，白天黑夜地挨饿，那滋味真可怕啊！而且我们没有御寒的衣裳，孩子们经常受冻，生病——”

“那你这身漂亮衣裳又是从哪儿弄到的？”

“这是用妈妈的窗帘改做的。”她答道，由于心里着急，编不出谎话来掩盖这桩有失体面的事了，“挨饿受冻我能忍受得住，可如今——如今那些提包党人把我们的税金提高了，而且必须马上交钱。但是除了一个五美元的金币，我什么钱也没有，我非得有钱来交那些税款不行！难道你还不明白？要是我交不出，我就会——我们就会失掉塔拉庄园，而我们是无论如何不能失掉它的！我决不会放它走！”

“你为什么不一开始就告诉我这些情况，却来折磨我这颗敏感的心——这颗常常一碰到美丽的女人就要变软的心呢？不，斯佳丽，不要哭。你除了这一招外什么手段都采用过了，可这一招我恐怕是经受不住的。当我发现原来你所需要的是我的钱而不是我这个有魅力的人时，失望和痛苦把我的感情都撕碎了。”

她想起每当他嘲讽别人时，总是说一些有关自己的大实话，于是她便急忙抬起头来看着他。难道他的感情真正被伤害了？他真有意于她吗？当他看她的手时，他是预备求婚的吗？或者他那时仅仅准备像以前一样提出那种可恶的要求呢？要是他真正有意于她，或许她还能使他温驯下来。可是他的黑眼睛紧盯她时不是用一种怜爱的神态，而是在轻轻地嬉笑呢。

“我不稀罕你的抵押品。我不是什么种植园王。你还有什么别的东西拿得出来吗？”

“好，他终于谈到正题上来了。该摊牌了！”她深深地吸了一口气，勇敢地迎着他的目光，她既然敢于冲出去抓那件她最害怕的东西，一切风情媚态便都不复存在了。

“我——我还有我自己。”

“是吗？”

她的下颚紧张得成了方形，她的眼睛变成了翡翠的颜色。

“你还记得围城期间在贝蒂姑妈家长廊上的那个夜晚，你说过——那时你说过你想得到我。”

他在椅子上漫不经心地向后一靠，瞧着她那紧张的脸，同时他自己的棕色脸庞上显出一种高深莫测的表情。有什么东西在他眼睛后闪烁，可是他一声不吭。

“你说过——你想得到我比想得到其他任何女人更强烈。如果你还想要我，你就能得到我了。瑞特，怎样我都愿意，你说好了，不过看在上帝的面上，你得给我开张支票！我说话算数，我发誓决不食言。如果你同意，我可以立个字据。”

他表情古怪，令人难以捉摸，因此当她迫不及待地接着说下去时也搞不清他究竟是欣赏自己还是在无可奈何地听着。她希望他能说点什么，无论说点什么都好啊！她觉得自己脸上发烧了。

“我得立即要这笔钱，瑞特。他们会把我们赶出家门，然后我爸的那个该死的监工就会来占领，并且——”

“别着急。你怎么会以为我还要你呢？你怎么会以为你值三百美元呢？大部分女人都不会要价那么高呀。”

她的脸顿时涨得通红，心里感到莫大的侮辱。

“你为什么要这样干？为什么不放弃那个农场，住到贝蒂帕特小姐家去呢？那幢房子有你一半嘛。”

“天啊！”她大声叫道，“难道你是傻瓜？我不能放弃塔拉庄园，它是我的家，我决不放弃。只要我还有一口气就决不！”

“爱尔兰人真是最不好对付的民族，”他边说边向后靠在椅子上躺平，把两只手从衣袋里抽出来，“他们对许多没意义的东西，譬如土地，看得那么重，其实这块地和那块地完全一样嘛。现在，斯佳丽，让我把这件事说个明白吧，你是到牢里来做交易的，我给你三百美元，你呢，就做我的情妇。”

“对。”

这个讨厌的字眼一经说出，她顿时便觉轻松多了，而且心中又重新燃起了希望。他说了“我给你”呢。那时他眼里闪耀着一丝残忍的光辉，仿佛有什么叫他大为高兴似的。

“不过，以前我厚着脸皮向你提出同样一个要求时，你却把我拒之于门外，而且还用许多非常恶毒的话骂我，并捎带声明你不愿意养‘一窝小崽子’。哦，亲爱的，我不是在揭疮疤。我只是想知道你的古怪心理。你不愿意为自己享乐做这种事，但为了不失掉塔拉庄园却愿意做。这就证明了我的观点，即一切所谓的品德都只不过是个代价问题罢了。”

“唔，瑞特，瞧你说的！要是你想侮辱我，你就继续说下去吧，不过得把钱给我。”

现在她平静了一些。出于本性，瑞特自然就尽可能地折磨她、侮辱她，对她以往的蔑视和最近蓄意要的手腕进行了解。好吧，她需要钱，什么都能忍受。为了塔拉庄园，这一切都是值得的。有一阵儿，她想象着在夏天里，午后的天空蓝湛湛的，她昏昏欲睡地躺在塔拉庄园草地上浓密的苜蓿花丛里，仰望飘浮的朵朵白云，吸着白色花丛中的缕缕清香，静听着蜜蜂愉快而忙碌地在耳旁嗡嗡不已。午后的寂静和远处那些从红土地里归来的大车的声音，更使人悠然神往。这一切完全值得付出代价！

她抬起头来。

“你能把钱给我吗?”

他那模样仿佛正自得其乐似的，但他说起话来语气带着残忍的意味。

“不，我不准备给。”他说。

这句话出人意料，一时间她的心绪又被搅乱了。

“我不能把钱给你，即使我想给也不行。我身上一分钱也没有，在亚特兰大一个美元也没有。是的，我有些钱，但不在这里。我也不打算告诉你钱有多少，在什么地方。可是如果我想开张支票，北方佬就会盯住我，像鸭子盯住一只无花果虫那样，那时我们谁也休想拿到它了。你明白了吗?”

她的脸色变得很难看，都发青了，那些斑点突然在她的鼻子两边显露出来，而那张扭歪的嘴和杰拉尔德被激怒得要杀人时一模一样，她猛地站起来，怪叫了一声，这使得隔壁房间里的嗡嗡声突然停止了。瑞特也迅猛得像头豹子，一下跳到她身边，用一只手狠狠捂住她的嘴，另一只手抱紧她的腰。她拼命挣扎着反抗他，想咬他的手，踢他的脚，尖叫着借以发泄她的愤怒、绝望和那被伤害了的自尊心。她弓着身子左右前后地扭动，想挣脱他那只铁一般的胳臂，她的心就要爆炸了，她那紧箍着的胸衣勒得她快要断气了。他那么紧，那么粗暴地将她抱住，使她痛苦不已，而那只捂在她嘴上的手已残忍地卡进了她的两颚之间。这时他那棕黑的脸已紧张得发白了，他的眼光严峻而炙热，他把她完全举了起来，将她高高地紧压在他的胸脯上，抱着她在椅子上坐下，任凭她继续挣扎。

“亲爱的，看在上帝的份上！住嘴！别再叫唤，别再嚷嚷了！否则，他们马上就会进来。快静一静，难道你要北方佬看见你这副模样吗?”

她已顾不得谁看见她怎样了，什么都不顾了，只是怒火万丈，一心要杀死他，不过这时她浑身感到一阵晕眩。他把她的嘴捂住，她都不能呼吸了；她的胸衣像一根迅速缩紧的铁带；两只紧抱着她的胳臂使怀着无可奈何的仇恨和愤怒的她浑身颤抖。随后他的声音渐渐减弱了，模糊了，他那张俯视着她的脸在一片令人作呕的迷雾中旋转起来，这片迷雾愈来愈浓，直到她再也看不见他——也看不见任何别的东西了。

当她慢慢扭动身子，渐渐恢复知觉时，她觉得浑身彻骨地疲倦、虚弱和困惑不解。如今她是躺在椅子上，帽子脱了，瑞特正在拍打她的手腕，一双黑亮的眼睛急切地察看着她的脸色。那个好心的年轻军官正将一杯白兰地灌进她嘴里，可是酒洒出来，流到脖子上去了。其他军官不知所措地在旁边走来走去，悄悄地议论并指手画脚。

“我想——我准是晕过去了。”她说完觉得自己的声音仿佛是从遥远的地方飘来的，便不由得害怕起来。

“把这杯酒喝下去吧。”瑞特说，端过酒杯送到她嘴边。这时她记起来了，但只能无力地瞪着他，因为她已疲倦得连发火的力气也没有了。

“请看在我的分上，喝吧。”

她喝了一口便呛得咳嗽起来，可是瑞特又把杯子送到她嘴边，这样她便又喝了一大口，那烈性液体立即从喉管里火辣辣地流下去了。

“我看她已经好些了，先生们，我十分感谢你们。”瑞特说，“她一明白我将要被处决，就受不了。”

穿蓝制服的军官们在地上擦着脚，显得很困惑，他们干咳了几声，清了清嗓子便出去了，只有那年轻军官还待在门口。

“还有什么事需要我做吗?”

“没有了，谢谢你。”

他走了出去，随手把门关上。

“再喝一点。”瑞特说。

“不喝了。”

“喝了吧。”

她又喝了一大口，热流开始向全身灌注，力气也缓缓地回到颤抖的双腿上。她推开酒杯，想站起来，可是他又把她按了回去。

“放开我吧，我要走了。”

“现在还不行，再等一会儿，你还会晕倒的。”

“我宁愿晕倒在路上也不愿跟你待在上一起。”

“反正都一样，我总不能让你晕倒在路上呀。”

“让我走，我恨你。”

听她这么一说，他脸上又露出一丝笑意。

“这话才像你说的。你一定感觉好些了。”

她静静地躺了一会儿，想借怒气来支撑自己，同时汲取一点力量，可是她太疲倦了，她已经疲倦得不想去恨谁，以至于对一切都不怎么在乎了。失败像铅块一般沉重地压着她。她孤注一掷，结果输了个精光！连自尊心也没有了。这是她最后一线希望的破灭，这是塔拉庄园的下场。是他们全体的下场，她仰靠在椅背上休息了好一会儿，闭着眼睛，凝听着身边瑞特沉重的呼吸，这时白兰地的热劲已逐渐渗透全身，带给她以温暖和一种虚假的力量。末了，她睁开眼睛，注视着他的面孔，怒气又油然而生。当她那双高挑的眉毛向下一落，显出一副攒眉蹙额的神气时，瑞特原先那种微笑又重新出现了。

“现在你好多了，从这眉头一皱的神态就看得出来。”

“当然，我完全好了。瑞特，你这人真可恨，如果说我见过流氓的话你就是个流氓！我一开口你就明明知道我要说什么，同时也早就决定不给我那笔钱，可是你还让我一直说下去，你本来可以不要我说的——”

“不要你说，白白放弃机会不听你说的整个故事吗？那太可惜了，我在这里太缺少可供消遣的玩意儿了。我还真的从没听过这么多令人满意的故事呢。”他忽然又像以往那样嘲讽地大笑起来。她一听这笑声便跳起来，抓起她的帽子。

他猛地抓住她的肩膀。

“现在不行，你感到完全好了，可以谈正经话了吗？”

“让我走！”

“我看你是完全好了。那么，请你告诉我，我是你火中唯一的一块铁吗？”他的眼光犀利而机警，审视着她脸上的每一丝变化。

“你这话是什么意思？”

“我是不是你要玩弄这把戏的唯一对象？”

“这跟你有什么关系呢？”

“比你所意识到的关系要大得多。你的钓丝上还有没有别的男人？告诉我！”

“没有。”

“这不可信。我不能想象你就没有五六个后备对象在那里。一定有人会站出来接受你这个有趣的提议。我对这一点很有把握，因此要给你一个小小的忠告。”

“我不需要你的忠告。”

“可我还是要给你。目前我能给你的大概也只有忠告了。听着，因为这是个好的忠告。当你想从一个男人身上得到什么的时候，可万万不要像对我这样直白地说出来，要装得巧妙一些，要带诱惑性一些，那样会产生更好的效果。你自己是懂得这一招的，并且很精通。但就在刚才，当你把你的——你借钱的抵押品提供给我时，你却显得像铁钉一样生硬。我曾经在距我二十步远的决斗手枪上方看见过像你这样的眼睛，那可不是令人舒服的景象，它们激不起男人胸中的热情。对付男人，那样可不行，亲爱的。看来你快要把早年受的训练忘得一干二净了。”

“我的行为用不着你来教训。”她说，一面疲惫地戴上帽子。她不明白他怎能在自己脖子上套着绞索和面对她的可怜处境时还这么开心地说笑。她甚至没有注意到他的两手捏着拳头插在衣袋里，似乎为自己的无能为力而忍受着沉重的压力。

“振作起来吧，”他说，一面看着她把帽带系好，“你可以来观看我的绞刑，这会使人舒服多了。那样一来，我们之间的旧账——包括这一次在内，就一笔勾销了。我还准备在遗嘱里提到你呢。”

“谢谢，不过他们也许迟迟不给你施绞刑，到时候再缴纳税金就晚了。”她说着突然发出一声与他针锋相对的狞笑，她的话的确也就是这个意思。

第三十五章

她从消防站出来的时候，天已下起雨来了，天空是一片暗淡的油灰色。广场上的士兵都已走进那些营房去躲雨，街上也空荡荡的没有人。她四下一看，看不见任何车辆，便知道回家去的漫漫长途又非步行不可了。

她拖着沉重的脚步走了一阵，白兰地的效力便渐渐地消失了。冷风吹得她瑟瑟发抖，雨点打在她脸上，冷得像针刺一般。贝蒂姑妈的那件斗篷很薄，不多会儿湿透了，黏糊糊地裹着她的身子。她知道她那套丝绒衣服也快淋坏了，她帽子上的几根羽毛都湿漉漉地耷拉着，就像在塔拉庄园潮湿的鸡棚里长在大公鸡尾巴上时一样。人行道上的铺路砖七零八落的，有时好长一段路上砖头干脆全都没了，走上去烂泥直没到脚踝，她的鞋像是让胶水给粘住了似的，后来甚至从脚上掉了下来。她每回弯下身去把鞋子重新穿上时，裙边都碰到泥浆。她压根儿没想绕过泥潭，而是让那沉重的衣裙在泥浆里拖过去。她能感觉到湿淋淋的衬裙和裤子裹在脚踝上怪冷的，可是她也顾不得这套刚才曾拿来进行赌博的衣服给弄得不像样了，她——心灰意冷，又沮丧又绝望。

她曾经对家里人说了那么些豪言壮语，现在哪里还有脸回到塔拉庄园去见他们？她怎么能对他们说，他们全都得上别处去？她想起那红色的田野，那高耸的松树，那黑沉沉的沼泽地，还有那一片雪杉的浓荫下埋着艾伦的寂静的墓地，这一切她怎么舍得离开呢？

她在滑溜的人行道上费力地走着，对瑞特的仇恨在心头燃烧。他真是个十足的流氓！她巴不得他们真的把他绞死，这样她就可以永远不必再见到他，因为他知道她受的耻辱，出的丑。只要他肯，他当然可以为她搞到那笔钱。哦，把他绞死还是便宜了他呢！谢天谢地，这会儿他见不到她。她全身衣服湿透了，头发披散着，牙齿冻得格格响，她现在的模样该多难看呀，他见了准会笑她！

她急忙赶路通过有黑人的地方，他们都回头咧开嘴放肆地讥笑她在烂泥里滑来滑去，有时还停下来喘着气把脱落的鞋子重新穿上。这班黑鬼，竟敢取笑塔拉庄园的斯佳丽·奥哈拉小姐，她恨不得拿鞭子把他们抽一顿，直抽得他们鲜血从背上淌下来。北方佬真该死，竟会想到要解放他们，让他们放肆地嘲笑白人！

她走到华盛顿街时，见那里的景象跟自己的心情一般凄凉。跟桃树街迥然不同，她看不到丝毫热闹欢快的场面。这一带许多曾经一度都是美观的建筑物，现在经过重新修整的寥寥无几。烧焦的屋脊和乌黑屹立的烟囱——现在被称为"谢尔曼的哨兵"随处可见，叫人看了心酸。屋前的小径杂草丛生，草坪上覆盖着茂密枯黄的野草，车台上还可以看到刻着她熟悉的名字，拴马柱上再也不会出现缰绳的绳结。凄风苦雨，秃树泥泞，荒凉岑寂，她的双脚已经湿透，回家的路程还是那么遥远！

她听见身后有马蹄的溅水声，尽量靠人行道的里侧走，让贝蒂帕特姑妈的斗篷少溅一点泥水。一辆单座马车缓缓地驶过来，她回头细看，假如赶车的是个白人，她也许可以搭便车回家。雨下得很大，马车到她附近时，她还是看不大清楚，却见赶车人正从那自挡水板一直拉到他下巴的油布上面盯视着。她跨到马路当中仔细一看，觉得有些面熟。那人疑惑地轻轻一声咳嗽，随即一个熟悉的声音又惊又喜地叫嚷起来："哎呀，这不会是斯佳丽小姐吧！"

"哦，肯尼迪先生！"她喊道，忙穿过马路，走到马车边，也顾不得把斗篷弄脏了，"想不到在这里看到你！我可一辈子也没这样高兴过！"

肯尼迪见她的说话非常真挚，高兴得脸都红起来。他忙向马车的另一侧吐了一口嚼烟草的口水，随即敏捷地跳下来。他亲热地跟她握手，撩起油布，搀她上车。

"斯佳丽小姐，你这么孤孤零零地跑到这种地方来做什么？你不晓得近来这里非常危险吗？而且你浑身都淋湿了。赶快，将这条毯子围在脚上吧。"

对她关怀备至，像只团团转的母鸡，她乐得享受一下。身边有个男人对她奉承、絮叨，哪怕斥责，总是件惬意的事，即使那男人只不过是婆婆妈妈的弗兰克·肯尼迪，像是个老处女式的男人。尤其是在受到瑞特的冷遇之后。而且，哦，在远离家乡的地方碰见一张熟悉的面孔，真是太好了！她注意到他穿得很好，马车也是新的，那匹马显得年轻膘壮，可是弗兰克好像比他的实际年龄老多了，比他和他的那伙人到塔拉时那个圣诞之夜又苍老许多。他很瘦，脸色憔悴，一双发黄多泪的眼睛深陷在面部松弛的皱纹里，他那把姜黄色的胡子显得比以前少了，上面沾着烟草汁，而且有点蓬乱，好像他在不断地搔它似的。然而，与斯佳丽到处见到的那些愁苦、忧虑而疲惫的面孔对比，他看起来还算是精神焕发、心情愉快的呢。

“看见你真高兴，”弗兰克热忱地说，“我不知道你在这里呢。上个礼拜我还碰到贝蒂帕特小姐，她并没有说起你要来。有没有人——嗯——塔拉庄园那边有人跟你同来吗？”

他是在想苏伦呢，这个老傻瓜！

“没有，”她一边把那膝毯拖上来紧紧包裹着身子，一边回答他，“我是自个儿来的。我也没有预先通知贝蒂姑妈。”

他对那马甩了一鞭，车子又向前碾动了。

“大家都好吗？”

“哦，是的，都没有什么。”

她必须得想点话来说，但是觉得无话可说。她由于刚才的惨败而心情沉重，她唯一想做的事是用这条暖和的毯子盖着躺下去，并对自己说：“我现在不去想塔拉庄园的事了，等以后心情好一些的时候再去考虑吧。”她只要想法找个话题让他往下说，一直说到家门口，这样她自己就只消每隔一会儿含含糊糊说声“真不错”或者“你真行”之类的话就可以了。

“肯尼迪先生，我真想不到会看见你。我也知道自己现在懒了，对于老朋友一向都疏远得很，但是我不知道你在亚特兰大呀。我记得有人说你在美里塔的。”

“我是到美里塔去做生意的，做过不少生意呢，”他说，“苏伦小姐没有告诉你我在亚特兰大定居了吗？她没有告诉你我开店的事吗？”

她隐隐约约记得苏伦是说起过这桩事的，但是她对于苏伦所说的任何事情都从来不在意。她只要晓得弗兰克现在还活着，晓得他将来会把苏伦这副担子挑过去，她就觉得足够了，别的事情一概不必知道了。

“不，她一个字都没有提起过，”她谎说道，“你现在开了一家店吗？你真能干！”

弗兰克听说苏伦没有宣布这消息，心里略觉不舒服，但是听见了斯佳丽的恭维，又高兴起来。

“是的，我总算弄起一家店来了，我自己觉得还不错。人家都说我是一个天生的商人呢。”说着，他自己呵呵地笑了一阵，这种笑声是斯佳丽向来觉得厌恶的。

“这老傻瓜真会自吹呢！”她想道。

“哦，肯尼迪先生，你是无论做什么事情都会成功的。不过你这家店是怎么弄起来的呢？去年圣诞节我见到你的时候，你还说身上一个钱都没有呢。”

弗兰克假咳了几声，抓了抓他的黄胡子，露出了一个十分羞涩的微笑。

“嗯，这事说来话长了，斯佳丽小姐。”

真是谢天谢地！她暗暗想道。也许他一说起来，就可以一直把她送到家里了。于是大声道：“你说吧！”

“你还记得上次我们到塔拉庄园来搜寻粮食吗？嗯，这事以后不久，我就去积极行动了。我的意思是说参加真正的战争，因为那时候我没有差使可当了。军需队已经没有多大的需要，斯佳丽小姐，因为我们实在搜寻不出粮食来，因而我想起一个身强力壮的人是应该到军队里去服务的，于是我就去加入骑兵队作战，直到肩膀上吃了一颗子弹。”

他表现出很自傲的样子，斯佳丽便说：“多么可怕啊！”

“哦，倒也没有什么，不过皮肉受了一点伤罢了。”他像满不在乎地说道，“受了伤之后，我被送到南方一所医院里，谁知我正要医好的时候，北方佬的突击队突然冲到那地方来了。咳，咳，那时候紧张极了！我们一点没有准备，仓促之间，凡是走得动的伤兵，都帮着把军需品和医院里的设备搬到车站运走。我们勉强装好一列车东西，北方佬就冲进城来，这时我们就赶快从城的另一头开出城外。咳，咳，我们坐在车顶上回头一瞧，那光景真凄惨，我们堆在铁路边的军用品，足有半英里路长，全被北方佬放火烧了。我们只是幸免于难。”

“啊呀，真可怕！”

“可不是吗？可怕啊。那时候我们的人已经回到亚特兰大，因而我们的火车就开到这里来了。嗯，斯佳丽小姐，后来不多时候，战争就停止了。那时医院里有许多瓷器、小床、席子、毯子，没有主儿来认领，看起来是北方佬丢下来的，也许是我们军队的投降条件之一吧。”

“嗯。”斯佳丽心不在焉地说道。这时她身上已经暖和起来，有点觉得瞌睡了。

“我到现在还不知道自己做得对不对。”他有点狐疑不决地说道，“不过我想起来，这些东西对于他们北方佬没有一点儿用处，他们大概本来预备烧掉的。至于我们的人，却是实实在在花钱买来的。所以照我想起来，它们应该仍旧归南部邦联或南部邦联人所有。你懂得我的意思吗？”

"嗯。"

"你同意我就高兴了，斯佳丽小姐。我也不知怎么的，这桩事情真使我良心上有点芥蒂。有许多人对我说：'你不要放在心上，弗兰克。'可是我始终不能释然。要是我自己觉得事情做错了，我就不能抬头了。你认为我做得对吗？"

"当然。"她说道，其实她对于这才傻瓜说的什么一点都不懂，只听得出他仿佛是在跟良心决斗，因而她觉得非常奇怪。她以为像弗兰克·肯尼迪这把年纪的人，应该很单纯，谁知他一直都这么神经过敏，这么婆婆妈妈。

"我听见你这么说高兴极了。我们投降之后，我身上一共只有十块银币，此外什么都没有。他们把我琼斯博罗的房子、店铺一齐毁掉了，你是知道的。那时我简直不知道怎么办才好。后来我在五角场一家老店基上搭起了一个棚子，就把那些医院用具搬到那里去卖了。那些床啊，瓷器啊，席子啊，正是人人用得着的东西，我又卖得便宜，因为我把它们当作别人的东西看，并不完全当自己的东西看，倒也赚了几个钱。然后我便去办些别的货来，我那家店就这样兴隆地开起来了。以后事情如果还顺利，我想是可以赚些钱的。"

斯佳丽听到"钱"这个字，立刻就把注意力拉到弗兰克身上去。

"你是说，你赚了钱了？"

他见他的话引起斯佳丽的兴趣，顿时热情洋溢。女人除了苏伦外都只是出于礼貌才勉强敷衍他一下，想不到像斯佳丽这样一个出名的美人居然会耐心听他说话，真叫他喜出望外。于是他放慢了马步，好让他们到家之前，他可以把他做生意的故事讲完。

"我不是百万富翁，斯佳丽小姐，跟我从前的财产相比，现在这一点钱简直微不足道。可是我今年总算也赚了一千块钱。当然，办新货、修店铺、付租金花了五百块，可是毕竟还净剩五百块。而且，因为生意肯定会兴旺，明年我应该可以净赚二千块钱。这笔钱我也一定能派上用场，因为，你听我说，我还有一桩事要办。"

斯佳丽听他谈到钱，兴致立刻高涨起来。她让浓密的睫毛遮住眼睛，把身子向他挪近了一些。

"你这话是什么意思，肯尼迪先生？"

他笑了笑，拿缰绳在马背上抽了一下。

"我跟你谈做生意的事，恐怕叫你厌烦了吧，斯佳丽小姐。像你这样的漂亮女人，是无须谈什么做生意的事的。"

这老傻瓜！

“哦，我晓得我对做生意的事一窍不通，可是你所说的我是多么感兴趣呀！你统统地说给我听，我不懂的地方，你就解释一下。”

“那好吧，我要办的另一桩事就是办一家锯木厂。”

“一家什么厂？”

“一家锯木头刨木头的工厂。我现在还没有把它买下来，可是我打算买。有个名叫约翰逊的人有这么个厂子，在桃树街那头，他急于要卖掉它，他眼下需要一笔现款，所以想卖给我，同时准备自己留下来替我经营，工资按周支付。这一带只剩下很少几家锯木厂，斯佳丽小姐，其余的都叫北方佬给毁了，现在谁要是有这么一家，谁就等于有了一座金矿，因为目前卖木材可以自己要价，要多少算多少呢。北方佬在这里烧掉了那么多的房子，如今人们住房困难，便发疯似的一个劲盖房。他们搞不到木料，或者供不应求，人们还在大量拥进亚特兰大，他们都是从乡下来的，因为没有黑人，已无法从事农业，还有就是那些北方佬和提包党人，他们也蜂拥而来，想把我们已经刮过的骨头刮得更干净一点。我告诉你，亚特兰大很快就会成为一个大城市，人们需要木料盖房子，所以我想尽快买下这家锯木厂——尽快，只要收到一部分赊欠户的账就动手买，到明年这时候，我手头便会松多了。我——我想你是知道我为什么这样急于要挣钱的，难道不是吗？”

他脸红了，又呵呵地笑起来，他是在想苏伦呢！斯佳丽只觉得讨厌。

她思量了一下，想向他借三百美元，但又觉得没意思，便打消了这个念头。他会感到难办的，他会支支吾吾，会找到借口，总之是不会借给她的。他辛辛苦苦挣了这点钱，到春天便可以同苏伦结婚了，可是如果钱做了别的用途，他就不得不推迟婚期。即使她设法得到他的同情和对未来家庭的责任感，让他答应借笔钱给她，她知道苏伦也决不会允许的。苏伦愈来愈明白她事实上已经成了老姑娘，她无论如何也不会容许别人再来推迟她的婚期了。

这个成天垂头丧气的姑娘，她身上究竟有什么妙处使得这个老傻瓜急于跟她结婚呢？苏伦不配有这么个心爱的丈夫，也不配做商店和锯木厂的老板娘。一旦她有点钱，她随即就会摆出令人作呕的架子而决不会为保卫塔拉庄园拿出一分钱来的。苏伦决不会的！她只会拿那笔钱去图自己的享受，也不管塔拉庄园是否因缴不起税金而丧失或者被烧得一干二净，只要她自己能穿上漂亮衣裳，同时捞得个“太太”的称号就行了。

斯佳丽想到苏伦快乐的未来和自己与塔拉庄园岌岌可危的命运，不禁怒火中烧，感到人生太不公平了。她赶忙从马车里向泥泞的街道望去，生怕弗兰克发现她脸上的表情。她想她快要失去拥有的一切了，而苏伦——突然之间，她心中萌生了一个决心。

苏伦不配享有弗兰克，以及他的商店和锯木厂！

苏伦不应当享有它们。斯佳丽要把它们据为己有。她想起塔拉庄园，也想起乔纳斯·威尔克森，他恶毒得像条响尾蛇，站在屋前台阶上，这时她抓住了命运之船沉没时上面飘浮着的最后一根稻草。瑞特叫她失望了，但上帝给她送来了弗兰克。

“可是，我能得到他吗?”她紧握拳头，茫然地向雨中凝望，“我能让他忘掉苏伦，立即向我求婚吗？既然我能够让瑞特也几乎向我求婚了，我想我是准能得到弗兰克的!”她侧过脸来，朝他浑身上下快速瞥了一眼。“他的确不怎么英俊，牙齿长得那么难看，呼吸中有股臭味，而且老得可以当我父亲了——”她这样冷冷地思忖着，“此外，他还有点神经质，胆小怕事，婆婆妈妈，这些我看是一个男人所能有的最糟糕的品性了。不过他至少是个一上等人，我想我可以凑合着与他生活，比跟瑞特过要好些。他当然更容易由我操纵。不管怎样，一个穷得像乞丐的人是没有权利挑选的。”

他是苏伦的未婚夫，这一点并没有让她感到良心上的不安，要知道，正是道德上的彻底破产促使她到亚特兰大来找瑞特的。事到如今，把她妹妹的情人据为己有便显得只是小事一桩，不值得为它伤脑筋了。

既然有了新的希望，她的腰杆便硬起来，也暂时忘却双脚又湿又冷的难受劲儿了。她眯着眼睛坚定地望着弗兰克，以致他颇觉惊异，她也赶忙把眼光移开，因为想到瑞特说过：“我曾经在决斗手枪上方看见过像你这样的眼睛……它们激不起男人胸中的热情。”

“怎么了，斯佳丽小姐？你觉得冷吗?”

“是呀，”她故作无奈地答道，“你不会介意——”她装作胆怯地支吾着，“要是我把手放进你的外套口袋里，你不介意吧？天这么冷，我的皮手筒又湿透了。”

“唔——唔——当然不会了！何况你连手套也没有带！咳，咳，看我这老糊涂，一路上只顾这么喋喋不休地闲聊，聊得都昏头昏脑了！也没想到你在挨冻，需要马上回去烧火呢！快，萨力！顺便说吧，斯佳丽小姐，我老是在谈自己的事，也忘了问你在这鬼天气跑到这一带来干什么?”

“我刚才到北方佬总部去了。”她不假思索地答道。

他听了大吃一惊，两道灰黄色的眉毛直竖起来。

“可是，斯佳丽小姐！那些大兵——唔——”

“圣母玛利亚，让我想出个上好的谎言来吧。”她急忙暗暗地祈祷，可万万不能让弗兰克疑心到她见过瑞特了。弗兰克认为瑞特是个最可耻的无赖，一个规矩女人跟他说话也是很不应该的。

“我去那儿——我去那儿看看是不是——是不是有什么军官要买我的针线活儿带回去送给他们的妻子，我的绣花手艺蛮不错呀。”

他惊恐得往座位上沉重地一靠，厌烦与困惑在他脑子里揪斗起来。

“你到北方佬那里去——可是斯佳丽小姐！你不应当去的，你看——你看……肯定是你父亲不知道的！一定的，贝蒂帕特小姐——”

“啊，要是你告诉贝蒂姑妈我就完了！”她真的焦急得哭起来了。要哭是容易的，因为此刻她身上又冷，心里又难受，可是哭的效果却惊人地显著。弗兰克感到很难为情又毫无办法，这样的困境即使是斯佳丽突然要把衣服脱下来也不过如此了。他的舌头好几次顶着牙齿发出啧啧的声音，念叨着“咳！咳！”同时做出无可奈何的手势。他心里忽然冒出个大胆的念头，想把她的头搂过来靠在自己肩上，抚慰她，拍拍她，可是他从来没有对任何女人这样做过，也不懂该怎样动手。斯佳丽·奥哈拉是一位漂亮得无以复加的年轻太太，正想把自己的针线活儿兜售给北方佬呢。他的心火烧火燎起来了。

她继续啜泣着，间或说一两句话，这便让弗兰克猜想塔拉庄园的情况一定很不好。奥哈拉先生处于“精神严重失常”的状态，家中又没有足够的粮食养活那么多人，所以她才跑到亚特兰大来想挣点钱维护自己和孩子的生活。弗兰克嗫嚅了片刻，突然发现她的头已经靠在他肩上了。他弄不明白它是怎样靠的，他确确实实没有挪动过她的头，但是她的头确实已经靠在他瘦削的肩上，斯佳丽已经软弱无力地靠在他的胸脯上嘤嘤地哭泣了，这对他来说可是一种又兴奋又新奇的感觉。他小心翼翼地拍着她的肩膀，起初还是怯生生的，后来发现她不反抗才变得胆大起来，拍得也更起劲。这是多么惹人怜爱而又温柔的小家伙呀。她居然尝试着凭自己的针线活挣钱，又显得多么勇敢而幼稚可笑。不过，同北方佬打交道——那就不应该了。

“我不会告诉贝蒂帕特小姐，可是你得答应我，斯佳丽小姐，你再也不要做这种事了，只要想想你是你父亲的女儿——”

她那翠绿色的眼睛无可奈何地搜寻他的目光。

“但是，肯尼迪先生，总得想办法呀，我得照顾我那可怜的孩子，要知道现在是谁也不来管我们了。”

“你是一个多么勇敢可爱的女人啊，”他绝不含糊地说，“不过我不想让你做这样的事，要不你的家庭会蒙羞的。”

“那么我该做什么好呢?”她那双泪盈盈的眼睛仰望着他，好像她认为他懂得一切，现在就等他的话来决定了。

“唔，眼下我也不太清楚。不过我会想办法的。”

“啊！我就知道你会的！你真能干——弗兰克。”

她以前从没称呼过他的名字，第一次这么叫他，他听得又高兴又惊讶。这可怜的姑娘大概是糊涂了，连自己说漏了嘴也没发觉。他对她感到十分亲切和满怀爱怜。要是他能替苏伦·奥哈拉的姐姐做点事情，他是非常乐意的。他掏出一条红色的大手帕递给她，她接过来擦了擦眼睛，然后对他嫣然一笑。

“你看我这个十足的小笨蛋，”她用抱歉的口吻说，“请不要见怪才好。”

“你才不是小笨蛋呢。你是个十分勇敢可爱的女人，竟想把一副过分沉重的担子挑在自己肩上。我怕的是贝蒂帕特小姐帮不上你。我听说她的大部分财产已经丧失，而亨利·哈密尔顿先生自己的状况也不太好。我但愿自己有个家可以接待你。不过，斯佳丽小姐，请你记住这句话，等到苏伦小姐和我结了婚，我们家里将经常为你保留一席之地，韦德·汉普顿也可以带来。”

现在是时候了！准是圣徒和天使们在保佑着她，终于给她带来了这么个天赐良机。她设法装成一幅吃惊和难过的样子，张开嘴像马上要说话似的，可是又吧嗒一声闭上了。

“到春天我就要当你妹夫了，别假装你还不知道。”他用一种神经质的快乐口气说到，紧接着，发现她眼里满是泪水，他又惊恐地问：“怎么了？苏伦小姐没有生病吧，难道她病了?”

“啊，没有！没有!”

“一定发生什么事了，你快告诉我。”

“啊，我不能！我不知道！我还以为她一定写信告诉你了呢——啊，真丢人!”

“斯佳丽小姐，怎么回事呀?”

“唔，弗兰克，这些话我本不该说的，不过我以为，当然喽，你知道——我以为她写了信给你——”

“写信给我说什么?”他焦急得哆嗦起来。

“唔，对一个像你这样的好人做这种事!”

“她做了什么事呀?”

“她真的没写信告诉你？啊，我猜想她是太难为情啦。她理应感到羞耻！啊，我偏偏有这么一个丢人的妹妹!”

到此时，弗兰克连提问题的勇气也没有了。他坐在那里呆呆地望着她，脸色发灰，手里的缰绳也放松了。

“她下个月就要和汤尼·芳汀结婚了。唔，我真抱歉，弗兰克，这件事要由我来告诉你，真不是滋味。她实在等得不耐烦了，生怕自己会当老姑娘。”

弗兰克搀扶着斯佳丽下车时，嬷嬷正站在屋前走廊上。她显然在那里站了好长时间了，因为她的破头巾已经淋湿，那件紧紧围在肩头的旧披肩上也有许多雨点。她那皱巴巴的黑脸上流露着气恼和忧虑的神色，嘴唇撅得比以往斯佳丽见过的都高。她匆忙地瞟了弗兰克一眼，等到发现是谁时才变了脸色——变得又愉快又惶惑，同时掺杂着一丝歉疚的意思。她蹒跚着向弗兰克走来，愉快地跟他打招呼。他同她握手时，她还咧开嘴行了个屈膝礼。

“能在这时看到家里人真叫人高兴啊。”她说，“你好呀，弗兰克先生？我的天，你这是阔起来啦！要是我知道斯佳丽小姐是跟你出去了，我也不会担这份心了，我知道她得有人照顾着，我一回来就发现她出门了，我就慌得像只没了头的鸟，心想她在这城里一个人乱跑，可大街上到处是刚放出来的流氓黑鬼呢。怎么，宝贝儿，你也不告诉我一声就出去了？而且你还在感冒呢！”

斯佳丽狡黠地向弗兰克眨眨眼睛，尽管刚听到的消息正使他苦恼不堪，他还是微微一笑，懂得她的意思是要保持沉默，叫他参与眼下那个好玩的密谋。

“你快去给我找几件干衣服来，嬷嬷，”她说，“再弄点热茶。”

“天哪，你的新衣裳全给糟践完了。”嬷嬷嘟哝着，“我得花时间把它烘干刷净，这样才能穿上去参加今天晚上的婚礼。”

她进屋去了，此刻斯佳丽紧挨着弗兰克悄悄说：“今天晚上来吃饭吧，我们太孤独了，然后我们一起去参加婚礼，你要当我们的护送人呀！还有，请不要在贝蒂姑妈面前说起——说起苏伦的事。那会使她十分伤心，况且，要是她知道我妹妹——，我也受不了呀。”

“唔，我不会！我不会！”弗兰克连忙说，他一想起这事就胆战心惊。

“今天你对我太好了，帮了我那么大的忙，现在我又勇敢起来了。”分手时她用力捏了捏他的手，同时对他暗送秋波。

此时，正好在门口等候着的嬷嬷丢给她一个捉摸不定的眼色，跟着她呼哧呼哧地到楼上卧室里去。她一声不响地帮斯佳丽脱下湿衣服，把它们挂在椅子上，然后推着她上了床。她端来一杯热茶和一块包在绒布里的热砖，然后俯身看着她，用一种斯佳丽听到过的近乎抱歉的口气说：“乖乖，你怎么不告诉自己的嬷嬷你到底在干什么呢？要不，我就不会这么老远跟着你到亚特兰大来了。我年纪大了，身子也胖，没法儿这样到处跑呀。”

“你这话是什么意思？”

“宝贝，你骗不了我，我对你了如指掌，我刚才看见了弗兰克先生的脸色，也看了你的脸色，我对你的心思就一清二楚了，我还听见你对他讲的悄悄话，关于苏伦小姐的。我要是早知道你是来找弗兰克先生，我就待在家里不出来了。”

“好吧，”斯佳丽简洁地说，一边在毯子底下蜷缩起来，明知要想不让嬷嬷闻到一点风声是白费力气，“你认为我是来找谁的？”

“孩子，我不知道，可是我昨天实在不愿意看你脸上的表情。我还记得贝蒂帕特小姐写信给梅兰妮小姐说过，那个流氓巴特勒有许多钱，而且我也忘不了我听到的那些话。不过弗兰克先生嘛，他是个上等人，虽然相貌不佳。”

斯佳丽严厉地瞥了她一眼，嬷嬷也毫不示弱地瞪了她一眼，意思是说一切她都知道。

“现在，你打算怎么样办？泄露给苏伦吗？”

“我要想一切办法帮助你，使得弗兰克先生更加高兴。”嬷嬷说，一面将斯佳丽颈边的被头塞严实些。

趁嬷嬷在房间里忙着收拾时，斯佳丽静静地躺了一会儿，她觉得目前可以放心了，她们之间已用不着再费口舌。嬷嬷也没要她加以说明，也没有责备她。嬷嬷已经明白，且一声不响了。斯佳丽发现嬷嬷是个比她自己更不会妥协的现实主义者，那双带斑点的警觉的老眼睛看人看事既深刻又清楚，有着如原始人和孩子般的直率，凡她心爱的事物碰到危险时，便能挺身而出，决不为良心所阻挠。斯佳丽是她的宝贝孩子，凡是这个宝贝孩子所想要的，即使属于别人所有，她也一定要帮助她得到。至于苏伦和弗兰克·肯尼迪的权利，她根本就不放在心上，最多只在暗中冷冷地笑笑罢了。如今斯佳丽遇到困难并正在尽最大努力去解决，何况斯佳丽还是艾伦小姐的孩子呢。嬷嬷振作精神去帮助她，毫不犹豫。

斯佳丽感觉到了无言的支持，而且脚头的那块热砖也使她暖和起来，于是刚才在马车上挨冻时已隐约闪耀的希望，此刻便成了熊熊大火。这大火燃遍她全身，使得她热血沸腾，心跳如鼓。在一种难以控制的激情之下她差点儿大笑起来。“我还没有被击倒呢。”她愉快地想。

“把镜子给我，嬷嬷。”她说。

“用毯子把肩膀盖上，不要露出来。”嬷嬷命令道，一面把手镜递过来，厚厚的嘴唇上漾着一丝微笑。

斯佳丽看着自己。

“我苍白得像个鬼了，”她说，“头发乱得像马尾巴似的。”

“你的确不那么精神。”

“唔……外面雨下得很大吗?”

“可不，在下倾盆大雨呢。”

“好吧，不管怎么样，你得给我上街跑一趟。”

“冒着这样大的雨，我可不去。”

“反正，要不你去，要不我自己去。”

“有什么急事要办吗？我看你这一整天也累得够呛了。”

“我要一瓶花露水。”斯佳丽边说边仔细打量着镜子里的自己，“你可以给我洗头发，然后用花露水涮一下。还得给我买瓶胶，好用来把头发抿得服帖些。”

“这种天气我不会给你洗头发，你也不必往头上洒什么香水，像个荡妇那样，只要我还有一口气，你就休想干这种事。”

“啊，不，我就是要嘛，快从我的钱包里拿出那个五美元的金币来，到街上去。还有——对了，嬷嬷，你顺便给我买盒胭脂带回来。”

“买盒什么?”嬷嬷疑惑地问她。

斯佳丽对嬷嬷的那双怀疑的眼睛故意不加理睬，因为你压根儿不知道还有什么办法可以把她吓住。

“你不要管，买胭脂就是了。”

“我可从来不买那种我不知道的东西。”

“好吧，那是胭脂，有什么可好奇的！是抹脸用的胭脂。别站在那里鼓着气像个蛤蟆似的。快去吧。”

“胭脂!”嬷嬷突然大嚷，“抹脸的胭脂！好哇，你不要以为我不能拿鞭子抽你！我这辈子还没碰到过这样叫人气愤的事！你是疯了！艾伦小姐此刻正在坟墓里伤心呢！把脸抹得像个——”

“你知道罗彼拉德外婆也涂脂抹粉的，而且——”

“是的，而且她只穿一条裙子，还洒点水让它贴在身上，让人家看出两条腿的线条来。你现在是不是也想这样？那是老小姐年轻时的风气，本来就叫人讨厌，如今时代变了，他们——”

“我的上帝!”斯佳丽大发脾气，把身上披着的衣服掀掉，叫嚷道，“你马上滚回塔拉庄园去。”

“你没法赶我回塔拉庄园，除非我自己想走。我是自由的，”嬷嬷也火了，“现在我偏不走，回床上躺下。你大概不想害肺炎吧？把胸衣穿上！穿上，亲爱的。对了，斯佳丽小姐，这样的天气你哪里也不能去。老天爷！你那样子真像你爸！快去上床躺下——我不会给你买胭脂！要是叫人家知道了，我还怎么见人！斯佳丽小姐，你看上去够漂亮的，用不着涂胭脂。那种东西只有坏女人才用。”

“可是她们涂搽后不是挺漂亮吗?”

“耶稣，你听她说的！孩子，不要说这种不像样的话！把湿袜子放下，亲爱的，我不能让你亲自去买那东西，艾伦小姐的鬼魂要来纠缠我的。躺到床上去，还是我去吧，说不定我能找到一家不认识我们的铺子。”

那天晚上在艾尔辛太太家里，范妮按既定程序举行婚礼。随后老利维率领众乐师奏起舞曲，斯佳丽满怀喜悦地向四周望了望。她终于又能参加舞会了，这使她非常兴奋；她受到大家的热烈欢迎也叫她心里高兴。她挽着弗兰克的臂膀，刚一走进屋子，就听见一片欢呼声，大家拥上前来，跟她亲吻，跟她握手，诉说他们多么想念她，要求她留下来，再也不要回塔拉庄园。男人们都颇具骑士风度，像是早已忘记当初她是怎样千方百计叫他们伤心绝望的。女孩子们对于她曾经施展魅力，把她们的情郎吸引过去的事，也不再耿耿于怀。甚至像梅里韦瑟太太、怀特太太、米德太太跟别的几位老一辈的女人，在战争的末期对她是非常冷淡的，此刻也不再计较她过去的轻浮行径。她们只想到她是贝蒂的侄女，查尔斯的遗孀，同样遭受过战败的苦痛。她们亲吻她，含着泪水轻声谈起她逝去的母亲，还详细地问及她父亲和两个妹妹的情况。大家都问起梅兰妮和阿希礼为什么不也回亚特兰大来。

斯佳丽尽管为大家的欢迎态度而高兴，但内心时时伴随着惴惴不安的感觉，始终无法排除，这便是她那件丝绒衣裳引起的。那件衣裳从膝部以下仍旧是湿的，而且边上还有泥污，虽然嬷嬷和厨娘曾经用滚水壶烫了又烫，刷了又刷，又提着在火炉前使劲抖了半天，也没有解决问题。斯佳丽怕有人看到她这副邋遢相，从而明白她原来只有这一件漂亮衣裳。她稍感欣慰的是和在场许多客人穿的衣裳相比，她的这件还算是顶漂亮的，那都是些旧衣裳，显然是仔细补过和烫过的。她的衣服尽管湿了，但至少是完整而簇新的——除了范妮那件白缎子结婚礼服，她这件实际上是晚会上上唯一的一件新衣裳了。

斯佳丽想起贝蒂姑妈告诉她的艾尔辛家的经济状况，不清楚他们从哪儿弄来这么多钱，竟买得起缎子衣服，以及晚会上的茶点、装饰和乐队等，这得花一大笔钱啊。钱或许是借来的，要不就是整个艾尔辛家的人都为这个奢侈的婚礼出了力。在斯佳丽看来，在这种困苦的时期举办这样的婚礼，就跟塔尔顿家为儿子立墓碑一样铺张浪费。她现在心里产生的愤怒和反感就跟那天她站在塔尔顿家的墓地上时一样。挥金如土的日子已经过去了，为什么这些人还要摆出往日的架势呢？

但是她耸了耸肩，挥去了瞬间的恼怒情绪。他们用的又不是她的钱，她又何苦为了别人的愚蠢行为而破坏今晚的兴致呢？

她发现自己对新郎很熟悉，他叫汤米·韦尔伯恩，来自斯巴达。1863 年他肩膀受伤的时候，她曾护理过他。他当时是一个六英尺高的英俊小伙子，为了参加骑兵团而放弃了医科大学的学业。现在他看上去像个小老头，臂部的伤使他变得佝偻了。他行走有点困难，正像贝蒂姑妈说的，走起路来叉着腿，样子十分丑陋。但是他好像对自己的相貌一无所知，或者说漫不经心，他的举止让人觉得他对任何人都一无所求。他已经完全放弃了学医的希望，现在他是一个包工头，管理正在建设一幢旅馆的爱尔兰建筑工人。斯佳丽很想知道凭他现在的条件怎么能应付如此繁重的工作，接着自嘲地意识到人到不得已的时候都能办到，便没有开口问。

汤米、休·艾尔辛和那个长相像猴子一样的小个儿雷内·皮卡德站着和她聊天，为了准备跳舞，椅子、家具正被移到墙角。自从在 1862 年斯佳丽见过他到现在，休没有变化。他仍然是那个瘦瘦的敏感小伙子，前额依然耷拉着那绺淡褐色的头发。斯佳丽还清楚地记得，他那双手细嫩而且干不了活儿。但是，雷内自从在那次休假时和梅贝尔·梅里韦瑟结婚以后，变化很大。他那双乌黑的眼珠中仍闪烁着高卢人的光芒，他的性格仍像克里奥人那样对生活充满了热情。但不管他笑得多么轻松，他脸上总露出战争初期所没有的艰难的神情。而且当年他身穿义勇军漂亮的军装时所呈现的那种既傲慢又优雅的神气也荡然无存。

“‘玫瑰似的双颊，翡翠似的双眸！’他边说边吻着斯佳丽的手，又对她脸上的粉恭维了一阵子，“就像你第一次在拍卖会上一样漂亮。你还记得吗？我怎么也忘不了你把你的结婚戒指丢进我篮子里的情景。哈，你那时可真勇敢！不过我从没想到你为了得到另一只戒指等了那么久！”

他的眼睛闪着调皮的光芒，还用肘子戳休的肋骨。

“我也从没想到你会推着一辆糕点车，雷内·皮卡德。”她说。他对自己低下的行为被当面提起非但一点也没有觉得不光彩，反而显得很高兴，还拍着休的脊背哈哈大笑起来。

“好了！”他叫道，“我的岳母，梅里韦瑟太太，是她让我干的，我是生平第一次干这种活儿！我雷内·皮卡德原本打算长大了养养比赛用的马或者是拉拉小提琴，如今我却推起了糕点车！不过我挺乐意干这一行！我岳母梅里韦瑟太太，她可以让一个男人干任何一件事，她本应该当将军的，那样我们就会打赢那场战争，是吧，汤米？”

“得了吧！”斯佳丽心里想道，“当年他们家拥有沿密西西比河十英里的土地和新奥尔良的一座大宅子，现在他却喜欢推糕点车！”

“如果我们的岳母当年也参军的话，我们只消一个星期就能将北方佬打垮。”汤米表示赞成他的观点，他边说边向刚刚成为他岳母的颀长而强壮的身影看去。“我们在战争中能坚持那么久的原因是我们身后的女人们不肯屈服。”

“她们决不屈服。”休更正道，脸上的笑容自豪却带有挖苦的味道。“今晚这儿的女人没有一个投降过，不管她们的男亲人们在阿波马托克斯干了什么。现在她们的日子比我们当时的日子难熬多了。至少我们当时可以用战斗来发泄一下。”

“她们用仇恨来出气，”汤米接着把话说完，“你说呢，斯佳丽？女人们看到她们的男人落到如今的地位，心里比我们还烦恼。休当年打算当法官，雷内想当小提琴家去欧洲演奏——”他急忙低下头躲避过雷内打向他的拳头，“原来我是打算当大夫的，但现在——”

“给我们时间嘛！”雷内喊道，“我能成为南方的糕点王子！而我的好休则成为燃料大王，而你，我的汤米老弟，会拥有一批爱尔兰奴隶而不是黑奴。多大的变化啊——真有趣！斯佳丽和梅兰妮小姐，你们想干什么？挤牛奶，摘棉花？”
“不，决不！”斯佳丽冷冷地说，她不明白雷内怎么就那么乐意过这种艰难的生活，“我们的黑奴做那事。”

“我听说梅兰妮小姐给她的孩子取名为‘博勒加尔’，你对她说，我雷内赞成。就仅除了‘耶稣’以外，再没有比这个更好的名字了。”

虽然他在笑，但提起这位路易斯安娜英雄的名字，他眼睛里闪烁着自豪的光芒。

“哦，还有‘罗伯特·爱德华·李’，”汤米评论说，“我绝没有贬低老博的声望，我打算给我的长子取名为‘鲍勃·李·韦尔伯恩’。”

雷内笑着耸了耸肩膀。

“我给你们讲个故事，一个真实的故事。你们就知道克里奥人是怎样看待我们勇敢的博勒加尔和你们的李将军的。在新奥尔良附近的一列火车上，李将军手下的一个弗吉尼亚人遇到了博勒加尔部队的一个克里奥人。那个弗吉尼亚人没完没了地说着李将军长李将军短，于是那个克里奥人显得很礼貌，皱皱额头，拼命在回忆什么，然后他笑了笑说：‘李将军！对，李将军！现在我知道了！他就是博勒加尔将军称赞的那个人！’”

出于礼貌，斯佳丽也附和着笑了笑，但是她觉得这个故事除了说明克里奥人像查尔斯顿人和萨凡纳人一样狂妄自大以外，一点意思也没有。而且，她一直认为阿希礼的儿子应该取父亲的名字。

调了一阵琴弦后，乐师们便奏起了《老丹塔克》的曲调。汤米转过身来对她说。

“你跳舞吗，斯佳丽？恕我不能跟你跳，但休和雷内——”

“不，谢谢，我仍在为我母亲服丧。”斯佳丽匆忙说，“我只坐坐。”

她朝弗兰克·肯尼迪瞟了一眼，把他从艾尔辛太太身边叫了回来。

“我想坐在那儿的凹室里，如果你能为我拿点点心来，我们可以好好地聊聊。”趁其他三个男子离开的时候她对弗兰克说。

当他匆匆去为她拿一杯酒和一些蛋糕的时候，斯佳丽便坐在客厅一端的凹室里，一边小心翼翼地把裙子拉好，把那些污斑都遮了起来。见到这么多人，听到音乐的激动已使得她把上午瑞特羞辱她的事忘得一干二净，明天，她会想起瑞特的所作所为，想起自己所蒙受的耻辱，她那时又会觉得痛苦。明天，她会考虑自己是否已给弗兰克受伤和惶恐的心留下了什么印象。但是今晚，她什么也不想。今晚她已是生气勃勃的，她所有的感官都充满了希望，眼睛也闪烁着光彩。

她从凹室望向宽敞的客厅，望着翩翩起舞的人群，回忆起战争期间她第一次来到亚特兰大时的情景，这间客厅那时是多么漂亮啊！那时脚下的硬地板像玻璃一样明亮，头顶上悬着大枝形吊灯，上面装饰着的成百块小巧玲珑的棱晶玻璃将吊灯上几十支蜡烛放出的光芒尽反射出来，就像钻石、火焰和蓝宝石发出的光辉一般，把客厅照得亮堂堂的。墙上的几幅前人的肖像，高雅而端庄，老成持重又殷勤好客地俯视着客人。几张花黎木沙发柔软而诱人，其中最大的一张就放在她坐着的凹室的一个受人尊重的方位。这个位置过去曾是斯佳丽最喜欢的。从这个位置可以看到漂亮的客厅和客厅对面的餐厅，那儿的椭圆形桃花心木餐桌可以围坐二十个人，二十张细腿的椅子庄重地靠墙放着，一口结实的餐具柜里摆放着沉重的银器，一些七支烛台，高脚酒杯，调味品瓶子，细颈盛水瓶和亮晶晶的小玻璃杯。在战争初始的那几年，斯佳丽经常坐在那个沙发上，旁边坐着一些潇洒的军官，听着小提琴和低音大提琴、手风琴和班卓琴奏出来的音乐，以及人们跳舞的脚在打了蜡的光滑地板上擦出的令人激动的沙沙声。

现在那盏大吊灯暗暗地悬在那儿，歪扭着，上面的棱晶玻璃大半都破碎了，就像是那些北军占领者把美丽的它们当作他们皮靴蹂躏的目标。现在，一盏油灯和几支蜡烛燃烧着，屋里的大半亮光还是来自于大壁炉熊熊燃着的炉火。在忽明忽暗的火光下，失去了光泽的旧地板千孔百疮，已到了无法收拾的地步；墙上褪了色的糊墙纸上的几个方块，证明那儿曾挂过肖像。天花板上的灰泥裂着大口，使人们想起在围城期间的那一天，一枚炮弹在房顶上爆炸，把部分的房顶和二楼都炸掉了。那沉甸甸的摆满了蛋糕和长颈玻璃的桃花心木餐桌仍在招待着客人，但桌子被刮擦过，而且几条折断了的桌腿看来都被粗糙地修理过。餐具柜、银餐具和细腿的椅子都不见了。客厅后面，挂在几扇拱形落地玻璃门上的暗黄色缎子门帷也不见了，只有几块洗得很干净、但显然打过补丁的花边窗帘挂在那儿。

在摆放她十分中意的弯背沙发的位置，摆放着一张极不舒服的硬长椅子。她尽量文雅地坐着，心里希望她的裙子仍可以让她跳舞。能够再跳舞真是太好了。但是，当然啦，在这僻静的凹室里，与气喘吁吁地跳苏格兰舞相比，她更能影响弗兰克，她可以心醉神迷地听他说话，怂恿他去发挥更大的傻劲。

不过音乐真的令人很舒服，她的便鞋很热切地合着老利维那只外撇的大脚的拍子，这时他正弹着刺耳的班卓琴，招呼着让大家跳舞。许多双脚擦得地板沙沙地响，两排人跳拢、后退、转身，还用手臂搭了个拱形门。

"老丹塔克烂醉如泥——"

(舞伴转身!)

"他掉进火堆，踢起柴块!"

(女士们，轻轻地蹦一下!)

在塔拉庄园度过无聊而劳累的几个月以后，又听到音乐声，跳舞的脚步声，看到许多熟悉友善的笑脸在微弱的灯光下欢笑着，大声说着当年的笑话和流行语，互相挖苦、嘲笑、戏弄，真令人高兴。这真像是死而复生，五年前的幸福时光又回到了身边。如果她能闭上眼睛，不去看那些用旧衣服改制成的裙子，不去看那些打补丁的皮靴和修补过的便鞋，如果她能不想起那些在苏格兰舞中缺席的男孩子的脸庞，她几乎可以认为什么都没有改变。但是，当她睁开眼来，看到老人们成群地围在长颈酒瓶旁，看到家庭主妇们沿墙并排站着聊天，手里连扇子都没有，看到那些摇摆着身子在跳舞的年轻人，她突然不寒而栗地觉得，一切都已变了样，就连眼前这些熟悉的身影都变成了鬼魂似的。

他们看上去都是老样子，但是他们又都变了，这是怎么回事？只是因为他们老了五岁吗？不，变化不仅仅是时光的流逝。他们的身上好像失去了什么，他们的世界好像失去了什么。五年前，有一种安全感轻轻地包裹着他们，他们自己都没有察觉到，他们就在这种安全感下生活。如今，这种安全感和往年的心醉神迷都消失了，往年的那种近在眼前的欢乐和兴奋，往年生活方式的魅力也随之消失了。

她知道自己也变了，但没有他们变得剧烈，对此她深感不解。她坐在那儿看着他们，感觉自己在他们中间很陌生，很孤立，就好像自己来自于另一个世界，说一种他们不理解的语言，而她也不理解他们的语言。后来，她明白了这种感觉跟她对阿希礼的感觉一样。跟他和他的同类人在一起时——这些人构成了她的世界的大多数——她感觉自己远离在她自己不能融入的某种东西之外。

他们的面容变化不大，他们的举止也一点没变，可是她觉得这些老朋友身上遗留下来的只有这两样东西了。他们身上那高贵的气质和豪放的风格并没有随着岁月的流逝而消失，这些他们至死都不会丧失；但是他们所遭受的无休无止、无法言喻的苦难却将伴着他们进坟墓。他们是一些谈吐文雅、性格强悍但却倍感疲劳的人，被打倒了却不认输，被摧毁了却屹然挺立；他们是被征服土地上的遭受镇压而无处求援的公民。他们眼睁睁地看着他们热爱的土地遭受敌人的蹂躏，流氓们在玩弄法律，自己往日的奴隶在威胁他们，他们的男人被剥夺公民权，女人们被侮辱。她们想到了地狱。

旧世界的一切除了旧的礼仪外全都变了。旧的习俗仍然存在，而且应该继续存在，因为这是留给他们的唯一的东西。他们紧紧抓住过去他们最熟悉、最喜爱的东西不放——从容不迫的仪态，待人随和而不拘礼节，最重要的是男人保护女人的天职。男人们恪守着培育他们成长起来的传统，他们彬彬有礼，温柔体贴，他们几乎已经营造了一种不使她们接触一切严酷的、不适宜让女性见到的东西的氛围。这真是荒唐极了，斯佳丽想到，因为在过去的五年时间里，连最与世隔绝的女子也什么都见识过了。她们照顾伤员，亲手为死者合拢眼睑，经过战争、烈火和劫掠，饱尝了恐惧、逃难和挨饿的痛苦。

然而，不管他们看到了什么，也不管他们已经干过或者以后还要干些什么卑贱的活儿，他们仍然是女士们和先生们，是被流放的高贵阶级——他们痛苦、超然，对什么都不感兴趣，但彼此之间仍然友善相处；他们犹如金刚石般刚强，但同时又像头顶上那盏破损的大吊灯上的水晶那样明亮而脆弱。过去的岁月已经一去不复返了，但这些人却依然如故，好像仍然生活在从前似的：魅力依旧、悠闲自得，绝不会像北方佬那样横冲直撞，抢夺钱物，他们抱定决心绝不与旧的生活方式脱离。

斯佳丽知道她也大大地改变了。否则，她是绝不可能干出自从她最后离开亚特兰大以来所干的一切事情的；否则，她现在也不会费尽心机地干着自己迫切要干的事。但是，在她和他们的刚强之间还存在着差别，她暂时还说不出这种差别是什么，也许是她没有不愿意干的事，而他们却有许多事是宁死不干的。也许是他们失去了希望却微笑着对待生活，彬彬有礼地朝生活鞠躬，然后从它前面走过去，而这些斯佳丽却做不到。

她不能忽视生活。她得生活下去，要让她用微笑来掩盖生活的严酷性，她会觉得太残酷，太充满敌意了。她的朋友们所表现出来的温柔、勇气和气节，斯佳丽认为一文不值。在他们身上，她只看到了一种愚蠢的傲气，他们看到了现实，却不愿去正视它们，只是一笑置之。

看着满脸通红的跳着苏格兰舞的舞者，她心里暗想，那些驱迫着她的事情是否也驱迫着他们？死亡的情人，残废的丈夫，挨饿的孩子，失去了的土地，住进了陌生人的心爱的家园。当然，这一切也驱使着他们！她对自己情况的了解略胜于对他们情况的了解。他们的损失也是她的损失，他们的贫穷也是她的贫穷，他们的问题也是她的问题。但是他们的反应却不同。她现在看到的屋里的这些脸不是真正的脸，而是假面具，绝不会掉下来的假面具。

但是，如果他们也像她一样吃尽了生活中的苦头——事实上确实如此——那么他们怎么能继续这样兴高采烈、无忧无虑呢？他们到底为什么要这样做？他们让她难以理解和恼火。她不可能像他们一样，她不可能对这满目疮痍的世界无动于衷。她像一支被追赶着的、跑得心都要迸裂的、拼命想在猎犬追来之前跑进洞穴的狐狸。

她突然憎恨起他们来，因为他们与她不同，因为他们用一种她永远无法学到手，而且永远不愿学到手的态度来承受损失。她憎恨他们——这些满面笑容、步履轻盈的陌生人，这些失去了东西还引以为荣的傲慢的傻瓜。这些女人的举止像贵妇人，而且她知道她们确实是，虽然说她们每天得干卑劣的粗活儿，而且还不知道下一件新衣服的来源。她们这些贵妇人啊！但是，尽管她自己穿着丝绒裙子，头上擦了花露水，尽管她出身高贵，而且曾经拥有过使她感到体面的财富，她却无法把自己当作贵妇人看待。她那淑女的斯文在塔拉庄园的红土上干粗活时已经一扫而光，她明白除非她拥有自己的马匹和马车，拥有热气腾腾的丰盛的菜肴，除非在塔拉庄园摘棉花的是黑皮肤的手而不是白皮肤的手，否则她再也不会觉得自己是贵妇人了。

“咳！”她想到这里愤怒地吸了口气，“差别就在这儿，她们虽穷，但她们依然觉得自己是贵妇人，而我却做不到。这些傻女人看起来还没意识到没有钱就做不了贵妇人。”

甚至在这瞬间的启示之下，她朦胧地意识到，她们虽然看起来很傻，但她们所抱定的态度是正确的。艾伦也会这么想的。这使她感到不安。她知道她应该和这些人一样，但是她办不到。她知道自己应该和她们一样虔诚地相信，天生的贵妇人即便是不名分文也还是贵妇人。可是现在她无法使自己相信这一点。

她这辈子常听人嘲笑那些北方佬，因为他们做上等人的依据是财富而不是所受的教养。不过，尽管这是一种谬论，这时她却认为即使他们在其他问题上全错了，但在这一点上他们是对的。要成为贵妇人需要钱。她知道艾伦要是听到自己的女儿说这种话，准会昏厥过去的。不管多么穷，艾伦都不会感到丢人的。真丢人！是的，斯佳丽是这么感觉的。她穷到一贫如洗，不顾脸面，去干黑人的活儿，这真丢人。

她愤愤地耸了耸肩。或许这些人是对的，她是错的，但是尽管如此，这些自负的傻瓜不像她那样朝前看，竭尽全力把失去的东西夺回来，甚至牺牲自己的尊严和名誉。在他们许多人看来，拼命挣钱是有失体面的事。这是个狂暴而艰难的时代，如果一个人想征服它们，就非得进行艰苦卓绝的斗争不可。斯佳丽知道，家庭的传统会强有力地阻止这些人中的许多人进行这种斗争——公认的以赚钱为目的的斗争。他们都认为纯粹地赚钱，甚至谈论钱都是俗不可耐的。当然，这也有例外。比如梅里韦瑟太太烘面包；雷内推车卖糕点；休·艾尔辛劈柴卖柴；汤米当包工头；还有，弗兰克雄心勃勃地开铺子。可是他们干的是哪个阶层的行当啊？种植园主们靠着几亩薄田清苦地过着日子，那些律师、大夫们回去干老本行，等着或许永远也不会来的当事人。还有其余的人，那些靠着收入过着悠闲的日子的人，他们会有什么结局呢？

然而，她不打算一辈子受穷。她不想干坐着，等待奇迹来帮助她。她要闯进生活中，努力争取她所能争取到的东西。她的父亲以一个贫穷的移民孩子起家，后来获得了塔拉庄园辽阔的土地。他办到的事，他的女儿也能。她和这些把赌注全押在一个不复存在的伟大事业上，还觉得心满意足，说自己为值得让人做出牺牲的伟大事业的失败而感到自豪的人不一样。他们从过去汲取勇气，她却从未来汲取勇气。目前，弗兰克·肯尼迪就是她的未来。至少，他有铺子和现钱。如果她能嫁给他的话，她就掌握了那些钱，塔拉庄园明年的开销就不用愁了。接下来——弗兰克必须买下那家锯木厂。她自己能看出这座城市正在飞速地重建，因为竞争对手这么少，不管是谁，只要做木材生意，准会发大财。

突然从她的脑海深处冒出了瑞特说过的他闯封锁线挣钱的话。当时她懒得去理解他们，但是现在这话的意思清楚极了，她不知道当年是不是自己太年轻而且脑子又笨，竟然没听懂他的那些话。

“无论是在建设文明时期还是在破坏文明时期，钱都是有得赚的。”

“现在就是他当时预见的破坏文明时期，”她想道，“他说对了，只要不怕苦地干活——或去抢夺，现在仍然可以赚大钱。”

她看见弗兰克拿着一杯黑樱桃酒，还托着一只放着小片蛋糕的盘子，穿过客厅朝她走来，脸上便堆上了笑容。她没有想到问问自己，为了塔拉庄园而嫁给弗兰克值不值得。她自己知道值得，所以她就没去多考虑这件事。

她边呷着酒，边微笑着抬头瞅着他，她知道自己红彤彤的脸颊比任何跳舞的人都诱人。她把裙子挪开一点让他坐下，懒洋洋地挥着手绢以便让他能闻到她的花露水。她以她的花露水而自豪，客厅里的女人没有人搽花露水，弗兰克也注意到了这一点。他突然鼓起勇气对她说，她像一朵鲜艳芬芳的玫瑰。

如果他不那么害羞就好了！他使她想起田野里的一只胆小的棕色小兔子。要是他有塔尔顿兄弟的豪爽和热情，或者甚至有瑞特的粗鲁和厚颜无耻，那该多好啊！不过，如果他有这些特征的话，他早就觉察到她那双频频眨动的媚眼后面隐藏着的走投无路的神情。事实上，他对女人不甚了解，所以对她的目的并没有起疑心。这算她幸运，但她并不因此而更加尊重他。

第三十六章

在弗兰克·肯尼迪旋风式的追求下，斯佳丽红着脸对他说，他的追求使她喘不过气来，她没法拒绝他的热情，两个星期之后，他们结了婚。

他不知道在这两个星期内，她夜夜在房里踱来踱去，为他对她的暗示和鼓励反应迟钝而咬牙切齿，心里还在祈祷苏伦千万不能在这个关键时刻给他写信，否则她的计划就泡汤了。多谢上帝，她的这个妹妹最懒得写信了，她很乐意收到信却非常讨厌写信。可是，这种可能性还是有的，确实有啊！漫漫长夜里，她在自己的卧室里冰凉的地板上踱来踱去，肩上裹着艾伦的那块褪了色的披肩，心里这么想道。弗兰克对威尔写给她的那封短信一无所知，信中提到乔纳斯·威尔克森去过塔拉庄园，结果发现她去了亚特兰大，便大吵大闹，后来被威尔和阿希礼赶了出去。威尔的信使她清楚地意识到——那笔额外税的付款期限更近了。看着日子一天天过去，她心急如焚，她恨不得自己用手抓住沙漏，不让沙粒在里边流动。

然而，她把自己的感情掩饰得如此绝妙，把自己的角色扮演得如此逼真，弗兰克竟没有丝毫怀疑，他只看到了表面的东西——查尔斯·哈密尔顿这位漂亮而又无依无靠的年轻遗孀，每天晚上在贝蒂帕特小姐的客厅里迎接他，屏住呼吸仰慕地听他谈论自己的店铺将来的营业计划，还谈起买下那家锯木厂他期望能赚多少钱。她温柔的神情和她炯炯的目光中流露出的莫大的兴趣，都好比在他信以为真的苏伦的变心造成的创伤上敷了一层药膏。他对苏伦的行为感到痛心和难过，他这个中年人的虚荣心，敏感而胆怯的虚荣心深深地受到了伤害，他知道自己对女人已没有吸引力。他不能给苏伦写信，谴责她的不忠诚；他很快便放弃了这个想法。但是跟斯佳丽念叨念叨苏伦的事对他倒是一种安慰。她没有说苏伦的一句坏话，她告诉他说，自己了解妹妹是如何对不起他，而一个欣赏他的女子，定会好好待他的。

年轻的哈密尔顿太太双颊通红，真是迷死人了，她想到自己的处境便忧郁地叹息，但一听到弗兰克为她解闷讲的笑话，又发出银铃般的快乐而甜蜜的笑声。她那件被嬷嬷收拾得十分干净的绿衣服把她苗条的身躯和纤细的腰肢衬托得完美无瑕，她的手帕和头发不时地飘出阵阵幽香，真令人销魂！这个娇滴滴的少妇，孤苦伶仃地生活在自己都不懂的乱世上，真是遗憾！没有丈夫，没有兄弟，也没有父亲来保护她。弗兰克认为这个世界对一个孤独女子来说太残酷了，在这一点上，斯佳丽暗暗地欣然同意。

弗兰克每天都来贝蒂家，因为这儿的气氛愉快而安适。嬷嬷每次开门时都满面笑容，她的笑容是专门留给贵客的；贝蒂用咖啡掺少量的白兰地款待他，每次还对他大加恭维；而斯佳丽则对他柔情万种。有时，他下午做生意时，会把斯佳丽带在他的马车里。他觉得和她一块儿乘车出去可真愉快，她一路上净问些傻乎乎的问题——“到底是女人。”他得意地对自己说。她对生意一无所知，问的问题也令他发笑，她也笑着对他说：“嗯，当然，你不能期望像我这样的傻女人能懂你们男人家的事。”

她使他第一次感觉到，他这个老光棍是老天爷造就的仪表堂堂的、专门以保护世上无依无靠的女人为天职的堂堂男子汉。

后来，他们终于站在一起结婚了，他握着她的小手，她的两弯乌黑的眼睫毛低垂着，投影在她微红的面颊上，这时他仍然不明白这一切到底是怎么回事儿。他只知道这是他生平干过的一件又浪漫又动人心弦的事。他，弗兰克·肯尼迪，居然迷倒了这么个大美人，使她投入自己的怀抱。他真有点儿得意忘形了。

在他们的婚礼上，没有朋友，也没有亲戚，就连证婚人也是临时从街上拉过来的。这是斯佳丽的意思，他只得听从她。他原本想从琼斯博罗请他的妹妹和妹夫来参加婚礼的。如果能在贝蒂小姐的客厅里，把朋友们请来举办酒会，大家喜气洋洋地向新娘祝酒，那该多好。但是，就连贝蒂小姐，斯佳丽都不愿请。

“就我们两个人吧，弗兰克，”她捏着他的肩膀恳求道，“就像私奔一样。我过去一直想跟人私奔呢！亲爱的，为了我！”

正是这些亲切的话，这些至今仍在他耳畔回响的话，加上她恳求他时淡绿色的眼珠周围涌出的一圈亮晶晶的眼泪，把他给打动了。不管怎样，男人总该迁就他的新娘子吧！何况是婚礼的事儿，女人本来对这类感情的事看得很重。

他在自己意识到这点以前便结了婚。

斯佳丽的甜言蜜语把弗兰克缠得晕头转向，虽然起先有点犹豫，但还是把那三百块钱给了她，这就意味着他立即买那家锯木厂的希望落空了。但他不能看着她的家人被人赶出去呀！看见她笑逐颜开，他的失望情绪便减弱了；后来，为了感激他的大度，斯佳丽对他表示了亲热，于是他的失望情绪便烟消云散了。弗兰克一生都没有女人对他如此感激过，所以他这三百块钱花得很值。

斯佳丽立即派嬷嬷去塔拉庄园做三件事：一是把钱交给威尔；二是宣布她的婚事；三是把韦德带到亚特兰大来。两天后，她就收到了威尔的一张简短的便条，她把它带在身边，越读越快活。在便条里，威尔告诉她税款已经缴了，乔纳斯·威尔克森听到这消息时“样子非常难看”，但到目前为止，他还没有进一步提出恐吓。最后威尔祝她幸福，那不过是句没什么特别意思的一本正经的简短的客套话。她知道威尔了解她所做的一切，也了解她为什么要这样做，所以他没做任何评论。“可是，阿希礼会怎么想呢？”她心里忐忑地想，“不久以前，在塔拉庄园，我还跟他说了那番话，现在他该把我当作什么样的人了呢”？

同时她又接到苏伦的一封错字连篇的信，在信里，她措辞激烈，破口大骂，信纸上还泪痕斑斑，信里恶毒的语言和对她性格的恰如其分的评价使她这辈子也不会忘记这封信和写信人。但是她正高兴于塔拉庄园安然无恙，至少目前没有危险，所以苏伦的那些话并没有使她不快。

现在她难以接受的一个事实是，她永久的家是在亚特兰大而不是在塔拉庄园。当她绞尽脑汁想弄到那笔钱缴税的时候，她心里除了塔拉庄园里及其倒霉的命运以外，心里再也容不进其他的事情了。即使在结婚的那一刻，她也没有意识到为了保全家园，她必须付出的代价竟是永远离开它。现在家园保全了，意识到这一点时，她却患起怎么也摆脱不掉的相思病来。但是事情已成定局。既然交易已经达成，她打算遵守诺言。她对弗兰克非常感激，而且对他怀有热烈的感情，因为他保全了塔拉庄园，同时她也暗下决心，决不能为跟他结婚而后悔。

亚特兰大的女人们对邻居家的事情了解得并不比自家的事情差多少，但兴趣却要浓得多。他们都知道弗兰克·肯尼迪跟苏伦·奥哈拉“私订终身”已经好几年了。事实上，他也曾羞答答地说他希望明年春天结婚。现在却宣布他已跟斯佳丽秘密地结了婚，难怪人们风言风语，纷纷猜测，还疑心重重。梅里韦瑟太太，如果可能的话从不让她的好奇心得不到满足，便不客气地当面去问弗兰克，他跟妹妹订了婚却跟姐姐结婚，到底是什么意思？后来据说她向艾尔辛太太说，她问了半天，他却只是一脸呆相地望着她。至于斯佳丽，即使是梅里韦瑟太太这样泼辣的女人也不敢去问她。这些日子，斯佳丽看上去非常温柔，非常妩媚，但她眼里流露出的得意扬扬的神色让人看了便讨厌。她还摆出挑衅的架势，没人敢去惹她。

她自己知道亚特兰大人都在谈论她，但她不介意。毕竟，跟一个男人结婚没有什么不道德的。塔拉庄园安全了，让人们谈论去吧！她要担心的事还多着呢。现在最重要的事情是怎么样委婉地让弗兰克意识到，他那家铺子应该多赚点儿钱。自从乔纳斯·威尔克森一番惊吓后，她天天提心吊胆，只有她和弗兰克攒多点钱她才能安心。即使没有什么意外的事发生，如果她要备足钱缴明年的税的话，弗兰克也需要多挣钱。此时，弗兰克说起的锯木厂的事让她放心不下。要是把那家锯木厂盘过来，弗兰克则可以赚大钱。现在木料价格这么高，开这么个厂子谁都会发财。现在使她发愁的是，弗兰克的钱缴了税就买不成锯木厂，买了锯木厂就缴不了税。因此，她下定决心，那家铺子非得多赚点儿钱，而且得尽快，这样他就可以赶在别人前面把锯木厂买下来。她看得出这笔买卖很合算。

如果她是一个男人的话，她就要把那家锯木厂盘过来，即使为了筹钱把那家店铺抵押掉也在所不惜。但是，当她在婚后第二天把这层意思暗示给弗兰克时，他只是笑了笑，对她说不要让她那可爱的小脑袋为生意的事情操心。他很奇怪她居然知道什么是抵押；所以，他刚开始觉得有点好笑，但这种好笑很快便消失了，取而代之的是新婚日子里的一种震惊的感觉。有一次，他不小心说有人欠他钱（他故意不说出他们的名字），现在还不起，他也不愿去催讨，毕竟他们都是体体面面的人，而且又是些老朋友。此后，弗兰克后悔不该跟她提起这事儿，因为她三番两次地问到此事。她每问起这事儿，总是显出一副十分可爱的样子，而且说自己只不过是好奇，想知道谁欠他钱，欠多少。弗兰克每次都搪塞过去，他总是不安地咳嗽着，摇着手不停地说些令人讨厌的取笑她那可爱的小脑袋的话。

他开始明白，这可爱的小脑袋是个“善于计算的脑袋”。事实上，在计算方面，她的脑袋比他自己的还要高明得多，这一发现使他局促不安。他非常吃惊的是，她能用心把一长串数字的和迅速算出来，而他自己却三位数以上就得用纸笔。她甚至对分数的计算也不觉得困难。在弗兰克看来，对一个女人来说，懂得分数和生意经一类的东西似乎有失体统，假如一个女人不幸生来就懂这种不合上等女人身份的玩意儿的话，他认为也应该表面上装作不懂。因此，在结婚以前，他最喜欢跟她谈生意上的事，而现在，他最讨厌跟她谈这些。以前他觉得她对这些事一窍不通。所以他乐意解释给她听。如今他看到她对此如此精通，便产生了一般男人对于女人的两重性所常怀有的那种愤怒心情；此外，还产生了一般男人发现女人颇有头脑后常有的那种失望情绪。

弗兰克究竟是在婚后什么时候发现斯佳丽跟他结婚是个骗局的，谁也不清楚。也许，他最初得知真相是在汤尼·芳汀——他的想象力显然无拘无束——来亚特兰大做生意那一次，也可能是他在琼斯博罗的妹妹来信说对他的婚姻颇感震惊，并直接地说是骗局。他肯定不是从苏伦那儿得到线索的，她从不给他写信，很自然他也不给她写信解释。既然已经结了婚，还有什么好解释的？使他苦恼的是苏伦永远不会了解真相，因此总认为他糊里糊涂地抛弃了她。或许所有的人都这么认为，都在指责他。他的处境确实很尴尬。他没办法为自己开脱，因为男人无法到处说自己为一个女人昏了头——而且绅士不能公开自己中了老婆的圈套，听信了她编造的谎言。

斯佳丽是他的妻子，她有权利要求丈夫对她忠诚。何况他无法相信她冷淡地和自己结婚，没有一点儿感情因素。他的男子汉的虚荣心不允许这种想法在他脑子里久留。有一种比较愉快的想法，那就是她突然爱上自己，为了得到他才说了谎的。但是这种想法实在令人难以相信。他知道自己对于一个小自己一半、长得漂亮、伶俐的女人来说没有多大吸引力，但弗兰克毕竟是上等人，他把自己的迷惑深埋在心底。斯佳丽是他的妻子，他不能问这种让人窘迫的问题去羞辱她，何况问了也无法挽回。

弗兰克也并不是特别想挽回，因为他们的婚姻表面上看起来还算美满。斯佳丽是个非常妩媚动人的女人，除了任性一点儿，他觉得她是十全十美的。婚后不久，弗兰克发现只要依着她，生活还是十分美满的——可要是不依着她——凡事只要依着她，她就高兴得像个孩子一样，从早到晚笑个不停，会说些愚蠢的笑话，还会坐在他膝头上，捋着他的胡子直到他发誓说他感觉自己年轻了二十岁。她会出人意料地温柔和体贴：他晚上回家的时候，她会把他的鞋烘在火炉上；她还会为他弄湿的脚和伤风感冒忙得不亦乐乎；她还记得他爱吃鸡肫，而且要在他咖啡里放三匙糖。总之，只要依着她，跟她在一起就会觉得生活既甜蜜又舒适。

婚后两个礼拜，弗兰克患了流行性感冒，米德大夫让他卧床养病。在战争的第一年里，他曾经患过肺炎，在医院里躺了两个多月，从此以后，他一直害怕再患上肺炎，所以现在他很乐意捂着三床被子发汗，每隔一小时喝下嬷嬷和贝蒂姑妈为他端来的热汤药。

这病一天天拖着，弗兰克越来越惦记铺子里的事情。现在一个伙计掌管着那铺子。他每晚都来家里报告一天的收支情况，但弗兰克不满意。他十分恼火，一直在等待这机会的斯佳丽，见这情形便伸出一支冰凉的手摸着弗兰克的额头说："现在，亲爱的，你真让我烦死了，如果你继续这样心神不定的话。那就让我去城里看看店里情况怎么样了。"

他稍稍表示了异议，但她却笑了笑，最后她去了。在婚后的三个礼拜里，她一直狂热地想要查看他的账本，看看他的财产情况。现在多亏他卧病在床，机会真是难得！

那铺子就在五角场附近，在那堵熏黑了的老墙映衬下，新盖的屋顶显得格外亮，人行道上的凉篷一直搭到了街沿，柱间的长铁条上拴着的几匹马和骡子，背上搭着破烂的毯子和被子，低着头任冷丝丝的细雨淋着。店堂很像琼斯博罗布拉德家的铺子，不同之处在于熊熊的炉火旁缺少了一群游手好闲的人一边消磨时光一边往沙箱里吐带烟草的口水。这铺子比琼斯博罗布拉德家的大，但暗得多。木凉篷把冬天的阳光几乎全挡住了，店里又暗又脏，几缕阳光从边墙高处几扇污斑点点的小窗透进来。地板上覆盖着沾着烂泥的木屑，到处都是灰尘和污垢。店堂前，一直耸到阴暗处的货架上存放着色彩鲜艳的布匹、瓷器、炊具等精巧的小玩意儿，还算整齐。可店堂后用板壁隔开的部分就杂乱不堪了。

这里没有铺地板，乱七八糟的各种货色堆放在硬地上。在半暗半明的光线中，她看见箱子和口袋里装着货物，有犁头、马笼头、马鞍和便宜的松木棺材；还有上至花黎木、桃花心木，下至橡胶木的各种旧家具，都黑乎乎地耸立在那里；颜色鲜艳但有点破旧的锦缎和光彩夺目的马鬃椅子与周围肮脏的背景很不协调。地上摆满了瓷夜壶、成套的碗具和大小瓷罐；很多高木箱靠墙放了一圈，黑咕隆咚看不清，她把灯径直照在上面，发现里面装满了种子、钉子、门闩和木工用具。

"我原以为像弗兰克这样一个挑剔的、老处女般的男子，东西会整齐得多。"她边用手帕擦着自己的脏手边想道，"这里真是个猪圈。这铺子是怎么开的，如果他把这些东西上的灰尘掸掸，把它们放在显眼的地方，卖起来肯定快。”

如果他的货物是这样的，他的账目就更不用说了。

“我要看看他的账本，”她想，拿起了灯，走到店堂的前面。那伙计威利不太情愿地把那本封面满是污垢的分类账本递给她。显然，虽然年轻，他和弗兰克的观点相同：女人不应管生意上的事。但是斯佳丽凶了他一句他便沉默不语了，而后又被打发出去吃午饭。他走了之后，她感觉好过一点儿，真气人，连他也反对她看账。她盘起一条腿坐在火炉边一张铺着破坐垫的椅子上，把账本放在膝盖上。此时正值午饭时间，街上空荡荡的。没有顾客光顾，铺子里只有她一个人。

她一页页地翻着账本，仔细地审看着那一行行的名字和数字，这些字都是弗兰克亲手用工整的字体写的，密密麻麻，难以辨认。当她发现弗兰克缺乏生意头脑的新证据时，尽管早就料到，还是皱起眉头。至少有五百元的欠账，还有几笔已经欠了好几个月了，她很熟悉那些债户的名字，其中有梅里韦瑟家和艾尔辛家。弗兰克无意间提到过有人欠账，但她一直以为数目很小。但这数目！

“如果他们还不起钱，为什么还不断买东西呢?”她恼怒地想，“而且如果他知道他们还不起，为什么还要不断地卖给他们东西呢？只要他催一下，许多人还是还得起的。艾尔辛家能给范妮买得起新缎子衣服，能办那么阔绰的婚礼，当然也能还得起账。只是弗兰克心太软了，人们都在利用这一点。这不，只要收起一半的账，他早就买下那家锯木厂，而且还可以有剩余为我缴税呢。”

她接着想道：“想一下弗兰克怎样经营那锯木厂吧！真是见鬼！如果他把铺子开得跟慈善机构似的，他怎么指望靠锯木厂赚钱？准会在一个月内让收税员没收去。哼，我开这家铺子肯定比他开得好啊！即使我对木材买卖一窍不通，可我经营锯木厂肯定比他干得好!”

一个女人做生意可以跟男人一样出色甚至更好，对斯佳丽来说这真是个令人震惊的念头，一种富有革命性的思想。因为在斯佳丽生长的那个环境，传统的观念是：男人是全能的，女人都是很笨的。当然，她也发现这个观点并不完全正确，但她头脑里仍然有一种有趣的想法。她从没把这种超常的想法说出来。她安静地坐在那里，腿上放着那本沉甸甸的账本，她的嘴惊讶地张着，想到在塔拉庄园那几个月贫困的日子里，她做着一个男人的工作而且做得很好。她从小就接受的教育是女人单独是干不成什么事情的，但她在威尔没来以前，在没有男人帮助的情况下，自己居然经营了塔拉庄园。“唔，唔，”她心里结结巴巴地说，“我认为没有男人的帮助，女人可以完成世上的任何事——除了生小孩，而且上帝知道，如果能办得到的话，任何神经正常的女人都不愿意生孩子。”

想到自己可以跟男人一样能干，她突然产生一种自豪感和一种迫切想证实这种想法的欲望，她想像男人一样为自己挣钱。这钱将是她自己的，她既用不着向别人要也用不着向任何人解释。

“我希望我自己有足够的钱买下那家锯木厂。”她叹了口气，大声说道，“我肯定会赚钱的。我连一个小木片也不会赊给别人。”

她又叹了口气，无论从什么地方她都弄不到钱，所以这个想法是不可能的。弗兰克仅需把欠他的钱收回来就能买下那工厂。这肯定是一个赚钱的好方法，而且他买下工厂以后，她一定会设法让他好好地经营，再不会跟开铺子时一样。

她从账本后面撕下一页，开始抄下欠了几个月以上债户的名字。一会儿到家后她就和弗兰克说这事。她要让弗兰克意识到，即使是老朋友，这些人也不能不还账，即使让他催账会使他尴尬。这或许会让弗兰克感到难过，因为他胆子很小，而且还喜欢朋友们恭维他。他脸皮很薄，让他去催账，他宁愿亏本也不干。

他可能会对她说，没人有钱还债。唔，那或许是真的。贫困对她来说已不是新闻。但是，几乎每个人都积蓄了一些银器或珠宝，或者手里握着一点房产什么的。弗兰克可以把它们当成现金收来嘛。

她可以想象得到，当她把这种想法说给弗兰克时，他准会唉声叹气，说竟然拿走朋友的珠宝和财产！“好吧，”她耸了耸肩，“随他唉声叹气去吧。我会告诉他，他可能会为了朋友永远地穷下去，可我不愿意。如果弗兰克不拿出勇气来，将会永远一事无成。他一定得干出点儿什么。他必须得赚钱，即使是我不得不在家掌权，逼着他这么干。”

她正忙着抄写，眉头使劲儿皱着，牙齿夹住了舌头，这时，一阵冷风吹开了前门。一个高个儿的男人，迈着轻松的印第安人的步子，走进这间邋遢的店铺。她抬头一看，原来是瑞特。

他穿着一套新衣服，外面罩着一件厚大衣，大衣上一顶漂亮的风兜翻在他厚实的肩膀上。当她的目光和他相遇时，他摘下那高高的礼帽，同时一只手按在胸前那件洁白无瑕的褶边衬衫上，朝她深深鞠躬。在他那张褐色的脸庞的衬托下，他那副雪白的牙齿闪着光，十分醒目；他那双眼睛大胆地瞅着她。

“我亲爱的肯尼迪太太，”他说着便向她走去，“我最亲爱的肯尼迪太太！”他说着便发出一阵快乐的笑声。

她先似看见一个鬼闯进她的店堂，大吃了一惊，然后她匆忙抽出那条被压着的腿，挺了挺腰，冷冷地看了他一眼。

“不行！你来这儿做什么？”

“我去拜访过贝蒂帕特小姐，了解到你结婚了，所以我匆忙来这儿恭喜你。”

她想起自己曾经受到的羞辱，不由得涨红了脸。

“我真不知道你怎么还有胆量来面对我！”她喊道。

“正好相反！你怎么还有胆量面对我？”

“哦，你这人真是最——”

“让我们休战好吗？”他开朗又兴奋地微笑着，这微笑隐藏着厚颜无耻，但他却没为自己的行为感到羞愧，也没有对她的行为加以谴责。于是她也忍不住笑了，但这是一种尴尬地苦笑。

“他们没有绞死你，真遗憾！”

“我恐怕别人跟你想的一样吧？好了，斯佳丽，别激动嘛。你没必要像吐了一根通卷条一样生硬。当然，我开了一个——小小的玩笑，你的气一定还没消。”

“你来这儿做什么？”

“哦，不，你一定会的。你故意做出一副怒气冲冲的样子，因为你认为这样才算恰当和有面子。我可以坐下吗？”

“不！”

他却轻快地坐在她旁边的一张椅子上，咧开嘴笑了。

“我听说，你甚至不愿等我两个礼拜，”他说着，嘲弄地叹了口气，“女人真是变化无常啊！”

她没有回答，他便继续说：“告诉我，斯佳丽，只有我们俩——两个顶熟、顶亲密的老朋友——等我从牢里出来，不是更明智吗？还是你觉得跟那老头儿弗兰克·肯尼迪结婚，比跟我偷情更有诱惑力？”

像往常一样，他的嘲讽惹得她满腔怒火，用大笑来表示对他的厚颜无耻的愤恨。

“不要胡说八道！”

“你能不能满足我的好奇心？有件事已困扰我好久了。你这样嫁给一个又一个没有爱情、甚至没有好感的男人，你这样做时没有女性的厌恶和娇弱者的恐惧吗？人们都说南方的女人很娇弱，该不是我听错了吧？”

“瑞特！”

“我自己有答案。我从小就有这么一个可爱的观念：女人是脆弱、温柔而敏感的，但我却一直认为女人有一种男人所不具备的刚强和忍耐的品性。但是依照欧洲人的礼仪，夫妻相爱而结合是一种极糟糕的结合形式，确实是很糟糕的品位。我向来认为在这点上欧洲人是正确的。为方便而结婚，为快乐而恋爱，你不认为这是一种颇为合理的制度吗？你跟欧洲人的见解比我想象的还要接近。”

斯佳丽真想痛快地朝他喝道：“我不是为了方便才结婚的!”但不幸的是，无论她怎样为自己的清白受损而抗议，瑞特都能把她制伏，这样做只能引出他更刺人的话来。

“你怎么没完没了？”她冷冷地说。她急于转换话题，便问道：“你是怎么从牢里逃出来的?”

“哦，那个嘛!”他装出一副漫不经心的姿态答道，“不麻烦，今天早上他们放我出来的。我巧妙地对一个在联邦政府参议院里地位很高的华盛顿朋友施行了一点讹诈手段，事情就解决了。这人是个好人——一个北方的坚定的爱国者，我过去常从他那儿给南部邦联买枪和有裙箍的裙子。我通过适当的方式让他知道我倒霉的处境后，他运用他的势力把我释放了。势力是万能的，斯佳丽。当你被捕的时候一定记住这句话。有势力便什么都能办到，一个人有没有罪不过是理论上的问题。”

“我敢发誓，你绝不是无辜的。”

“对，既然现在我自由了，我可以老实地说我确实有罪。我确实杀死了那个黑人。因为他欺侮一个上等女人，除此之外，我们南方的男子汉还能做什么呢?既然对你说了，索性就全招认了。我还曾因几句口角在一家酒吧里枪杀过一个北方佬骑兵。我并没有因此而受控告，大约某个可怜的家伙代我上了绞刑架。”

他这么轻松地谈论自己杀人的事，她不由得毛骨悚然。出于道德心，她真想痛骂他一顿，但是她突然记起埋在塔拉庄园葡萄架下的那个北方佬。他就像她踩死的一只蟑螂，始终没有引起她良心上的谴责。她自己也像瑞特一样有罪，怎么能审判瑞特呢?

“还有，既然已和盘而出，就告诉你吧，不过一定要保密，不要告诉贝蒂帕特小姐！我确实拥有那笔钱，此刻正平安地放在利物浦的一家银行里。”

“钱?”

“对，就是北方佬拼命查找的那笔钱。斯佳丽，那天我绝不是吝啬才不借给你钱。如果当时我给你开张支票，他们就有可能查到那笔钱的下落，那你准拿不到一分钱。什么都不做是我唯一的希望。我知道那笔钱十分安全，万一不幸这笔钱被他们查出来拿走了，那我就会一个个供出那些战争期间卖弹药武器给我的那些爱国的北方佬。这样，就出丑闻了。因为这批人中有现在在华盛顿身居要职的。事实上，我这次就是用恐吓的方法出狱的。我——”

“你是说——你确实有南部邦联政府的金子?”

“不，老天！不是全部！当时有大约五六十个人做这种封锁生意，他们也在拿骚、英国和加拿大存了好多钱。因为南部邦联政府没我们精明，所以他们非常讨厌我们这些人。我有近五十万元。你想想，斯佳丽，近五十万美元呢，如果你能控制住自己急躁的性子不跟别人匆匆结婚就好了！”

五十万美元，一想到这么多的钱，她的心就痛苦得像真得了病似的。他那几句挖苦的话，她连听都没听见。真让人难以相信，在这个苦难、贫穷的世界上还藏着这么多钱。这么多的钱，这么多的钱，别人却拿了去，轻易地拿了去，而且没有多大用处。而她只有一位生病的老丈夫和这家肮脏寒酸的小店，除此之外便是她对这个世界的仇恨。真不公平，像瑞特这样的流氓有这么多的钱，而她却两手空空地肩负着这样沉重的担子。她恨他——这个坐在那儿奚落她的花花公子。哼，她不愿去对他的聪明乖巧加以恭维，否则他就更得意了。她急于找出几句刻毒的话来讽刺他。

“我想你认为拿了南部邦联政府的钱是正当的吧！不，根本不。这是明偷的，这你是知道的。我决不会要这种昧良心的钱的。”

“啊呀！今天的葡萄真酸啊！”他大声喊道，边说边皱起了眉，“那么我究竟从谁那里偷的钱呢?”

她没吭声，拼命想着究竟从谁那里。说到底，他和弗兰克干的一样，只不过弗兰克干的规模小点儿罢了。

“我实话告诉你，”他继续说，“我这钱的一半是我正当赚来的，有一半是借助北方佬的帮助。他们自愿偷卖他们的合众国——因为他们卖的货有百分之百的利润。还有一部分是我在战争初期做棉花生意赚的，当时我低价买进棉花，后来在英国砂厂急需时，以便宜卖给他们。还有一部分是我投机食物赚来的。为什么让北方佬拿走我辛苦得来的成果呢？不过其余部分确实属于邦联政府。当时我设法把邦联政府的棉花偷偷送出封锁线，然后在利物浦以天价售出。我本出于好意，收买棉花，代卖货品。为了我可以取得好的信用，我奉命以我个人的名义把卖得的黄金存入英国银行里。你还记得后来封锁线吃紧，我找不到出入南方任何港口的船，所以那些钱便留在英国了。我当时能怎么办呢？难道像傻瓜一样把钱从银行取出来，设法运回威尔明顿吗？然后让北方佬都拿去吗？封锁线吃紧，难道是我的错吗？我们的伟大事业失败，难道是我的错吗？这钱属于邦联政府。可现在已没有邦联政府了——尽管有些人说这也说不准。我把钱交给谁呢？交给北方佬政府吗？我真是恨死那些说我是贼的人了。”

他从口袋里拿出一个皮烟匣，从里面抽出一支长雪茄，很赞赏地闻了闻，同时假装生气地看着她，好像等着她说话。

“该死的家伙，”她想道，“他总是比我先一步，他的观点总有毛病，但是我总挑不出来毛病究竟在哪里。

“你可以，”她庄严地说，“把这些钱分给需要它的人。邦联政府没有了。但还有许多邦联人民，而且，他们的家人都在挨饿呢。”

他的头向后一仰，粗鲁地大笑起来。

“你最妩媚动人、最荒唐可笑的时候就是每次像这样装出伪善时，”他非常高兴地嚷道，“斯佳丽，直说吧！你不会撒谎。你们爱尔兰人是世上最不善于撒谎的人了。好了，直说吧！你绝不关心我们可怜的邦联政府，更不关心邦联人民。除非我先让你拿到最大的部分，否则如果我提出把钱全送掉，你准会大声尖叫着反对的。”

“我不要你的钱。”她尽量装出一副冷漠而正经的神气开口说。

“哦，真的吗？你的手掌正发痒呢。如果我拿出钱的四分之一，你准会扑上去的。”

“如果你来这儿是为了侮辱我，嘲笑我的贫困的话，我不得不请你走了。”她边说边把沉重的账本从膝头移开，以便说话更有力些。他马上站起来，哈哈笑着弯腰把她推回到椅子上。

“你什么时候才能听到真话而不发火呢？你从不介意谈论别人的事实，可为什么不允许别人谈论你的实情呢？我不是在侮辱你。我认为占有欲是一种非常好的品行。”

她并不知道“占有欲”是什么意思，但听到他赞扬它，心里也就平和了一些。

“我不是来嘲笑你的贫困，而是来祝你健康长寿，婚姻美满的。顺便问一声，你妹妹苏伦怎样看待你的非法侵占？”

“我的什么？”

“你从她的鼻子底下抢走弗兰克。”

“我没有——”

“好吧，我们不咬文嚼字。她到底说了些什么？”

“她什么也没说，”斯佳丽说。他的眼睛转动着，里面流露出对她的谎言的指责。

“她多么大公无私啊！好吧，让我听听你贫困的状况吧。在你不久以前去牢里找过我以后，我当然有权利知道。弗兰克的钱没有你希望的那么多吗？”

他的粗鲁无法躲避。要么叫他走，要么只得忍受。可她现在不想叫他走。虽然他的话句句带刺，却都是实情。他知道她做过什么，而且知道她为什么那样做，但他好像并没有轻看她。他的问题虽然提得太直率让人不舒服，但似乎都体现了善意的关切。他是唯一一个她可以吐露实情的人。这真是一种安慰，因为她好长时间没有向人吐露自己的实情了。每次她向别人吐露她的心声，别人好像都很震惊。跟瑞特谈话就好比在穿着一双太紧的鞋子跳舞之后，换上一双旧鞋那样自在舒适。

"你还没弄到缴税的钱吗？塔拉庄园前的那条狼不会还在吧？"他说话的语气全变了。

她抬起头触到他的视线，看到他脸上的表情，这表情先让她感到震惊而惶惑，接着她便露出了近来难得出现的甜蜜而妩媚的笑容。瑞特这个大恶棍有时心肠却是很好的！现在她明白了，他来并不是为了戏弄她，而是来弄清楚她是否已搞到了那笔急需的钱。尽管他表面上装得不慌不忙，但她知道他一出狱就匆忙赶到这儿，如果她需要的话，他便借钱给她。他折磨她，羞辱她，即使她猜出了他的用意，他也决不承认。他这人真让人难以捉摸。他真的在意她却不愿承认吗？还是他有其他的用意？她想，或许是后者。但是谁知道呢？他有时会干出这类奇怪的事情。

"不，"她说，"门前已没有狼了。我——我搞到了钱。"

"但我保证是经过一番奋斗的。你是一直忍着到结婚的时候才开口的吧？"

被他一语道破实情，她忍不住想笑，但她拼命忍住，但还是露出了笑容。他又重新坐下，把他的腿伸得舒舒服服。

"好吧！说说你的贫困状况吧。弗兰克这家伙曾对你吹嘘过他的前途吗？他真该挨揍，如果他真这样欺骗过一个无依无靠的女子的话。来，斯佳丽，告诉我一切。你不该对我隐瞒什么。对你最糟的情况我都了解。"

"哦，瑞特，你是最坏的——嗯，我不知道该怎么说才好！不，他的确没有欺骗过我。但是——"她突然想一吐为快，"瑞特，如果弗兰克把别人欠他的账收起来，那么我就什么都不担心了。但是，瑞特，五十个人欠他钱而他也不催债。他的脸皮太薄了，他说一位绅士不会对另一个绅士那样做的。所以这些钱可能几个月后才能收回来，也许永远都收不回来。"

"嗯，那又怎样呢？难道你家里等着这些钱吃饭吗？"

"是的，但是——嗯，事实上是我自己现在要用点儿钱。"一想到锯木厂她的眼睛便发亮了。也许……

“干什么？还要付税吗？

“这跟你有什么关系？”

“有，因为你现在正打算向我借钱呢。哦，我十分了解你的心思。而且，我亲爱的肯尼迪太太，我愿意借给你——不需要你不久前提议的那可爱的担保品。当然。除非你坚持要给。”

“你这个最最粗鲁的——”

“根本不是。我只不过是让你放心罢了。我知道你正担心这一点呢。不是十分担心，但总有一点儿吧。我愿意借钱给你，但是我十分想知道你打算怎么用这笔钱。我相信我有这个权利。如果你想买几件漂亮衣服，或者一辆马车，那我很乐意借给你。但你如果是去给阿希礼·威尔克斯买裤子，那我恐怕不得不拒绝了。”她突然很恼怒，愤愤了半天才说出话来。

“阿希礼·威尔克斯从没问我要过一个子儿！他宁愿挨饿，也不问我要一个子儿！你根本不了解他这个人多么有尊严，多么有骨气！像你这种——当然不可能了解。”

“我们还是不要骂人了吧！你能想到的，我也可以，而且骂得一点儿也不比你差。别忘了我是通过贝蒂帕特小姐和你保持联系的，她这个老实人一碰到富有同情心的人就无话不谈了。我知道自从阿希礼从罗克岛回来以后，就一直待在塔拉庄园。我知道一定让你感到痛苦的是你甚至得容忍他带着妻子住在那儿。”

“阿希礼是——”

“啊，好，”瑞特大大咧咧地摆了摆手说，“阿希礼很高尚，不是我们常人所能理解的。但请别忘了，我是你们俩在十二橡树庄园那幕微妙剧的见证人。我可以看出，他自那以后一直没有改变。你也是。如果我没记错的话，他当时的角色不大光彩。我认为他现在的角色也好不到哪儿去。他为什么不带上家人出去找工作呢？为什么要赖在塔拉庄园生活呢？当然，这仅是我一时的想法，我不打算借钱给你维持塔拉庄园去供养他。在男人中，靠女人养活是非常丢人的。”

“你怎么敢这么说呢？他一直都像庄稼汉一样在那儿干活！”虽然她满腔怒火，但一想到阿希礼劈篱笆木的情景便觉得一阵心酸。

“我敢说他是个好手，尤其是施肥的时候，而且——”

“他是——”

“哦，对了，我知道。我们承认他确实在卖命地干，但我想象不出这能给你多大的帮助。他们威尔克斯家没人能干庄稼活儿——也干不成其他有用的事。这类人只是用来装饰的。哦，请别恼，别把我所说的关于这位有尊严、有骨气的阿希礼的粗话放在心上。真奇怪，像你这样一个意志坚强的女人，怎么就抱着那种错觉不放。你到底要多少钱？要钱做什么？”

她不作答，他便重复道：

“你要钱做什么？我看你能不能设法告诉我实情。那跟说谎话的效果是一样的。事实上会好一点儿，因为如果你对我撒谎，我肯定会发觉，想想那多尴尬呀！斯佳丽，除了假话，我对你什么都能忍受——你可以对我发脾气，可以恨我，可以对我施展任何恶毒的手段，但不要对我撒谎。好了，你到底要钱做什么？”

听到他这般攻击阿希礼，斯佳丽怒火中烧，恨不得啐他一脸唾沫，把他提出的愿意借钱的事当着他那副嘲弄的嘴脸一口回绝。有一会儿她差点儿这么做了。但是理智的冷手将她给挡住了。她勉强咽下这口气，拼命摆出一副高兴而庄重的神态。他把两条腿伸到火炉边，向椅背靠去。

“假如这世上还有一件事令我最感兴趣的话，”他说道，“那便是你面临原则问题和诸如金钱问题时所进行的思想斗争。我知道，实际问题在你心里会占上风，不过我一直在旁边看着你那较为高尚的本性是否有朝一日终于占了上风。当那天到来时，我一定收拾好行李永远离开亚特兰大。天下多的是高尚本性始终占上风的女人……嗯，还是言归正传吧。到底多少钱？干什么用？”

“我也不知道到底需要多少，”她悻悻地说，“但是我想买一家锯木厂——我认为我可以廉价买到它。我还需要两辆马车和两头骡子，而且是好的骡子，还要一匹马和一辆马车供我自己用。”

“一个锯木厂？”

“对，如果你借钱给我的话，我会给你一半的利息。”

“我要锯木厂干什么用？”

“赚钱！我们可以赚大把大把的钱。或者，我可以付给你利息——我们看看，多少才好呢？”

“算百分之五十吧。”

“百分之五十——哦，你在开玩笑！别笑，你这个坏蛋。我可是认真的。”

“我就是笑你的认真。除了我以外，恐怕谁也不知道你那可爱迷人的脸蛋后面的脑瓜里想的是什么。”

“嗯，谁在意？瑞特，听我说，看看这对你算不算是一桩好买卖。弗兰克跟我说，有人有一家锯木厂，工厂坐落在桃树街上，他想卖掉它。他急于用现金，所以愿低价出手。现在这一带没太多的锯木厂，大家又都在建造——嘿，我们可以天价卖木料。那个人愿意留在厂里替我们管理，挣工资。弗兰克告诉我这些。

如果钱够的话，弗兰克打算买下这家工厂。我猜想他原打算用我缴税的钱买这锯木厂的。”

“可怜的弗兰克！如果你将来告诉他你背着他已先买下了工厂，他会说什么呢？还有我借钱给你的事，你打算怎么跟他解释才不致妨碍你的名誉呢?”

斯佳丽一心想用锯木厂挣钱，所以这一切她想都没想过。

“嗯，我什么都不告诉他。”

“他一定知道你的钱不是从树林中捡来的。”

“那我就告诉他——对，我就说，我把钻石耳坠卖给你了。我原也打算把耳坠给你作抵——抵什么品的。”

“我不要你的耳坠。”

“我不要它们。我不喜欢它们。反正它们也不是我的。”

“那是谁的呢?”

斯佳丽立即想起了塔拉庄园那个静悄悄的炎热的正午，还有厅堂里摊开手脚躺着的那个穿蓝色军服的尸体。

“那是别人留给我的——那人已经死了。它们也算是我的东西了。你拿去吧。我不想要它们了。我宁愿把它们换成钱。”

“我的天啊!”瑞特不耐烦地叫嚷道，“除了钱外，你难道什么都不想了吗?”

“对，”她把那双绿眼珠转过来看着他，坦白地回答说，“假如你也曾经历过我的贫困，你会跟我一样。我发现钱是世界上最重要的东西，老天为证，我再也不想没钱了。”

她想起那火热的太阳，让人发晕的柔软红土，还有十二橡树庄园废墟后那臭气熏天的黑人窝棚，想起她心里曾不停地叨念着：“我不想再挨饿了，我不想再挨饿了。”

“总有一天我会有钱，很多很多的钱，那么我想吃什么都可以，而且我的餐桌上再也不会有玉米粥和干豆子了。我还要买漂亮的衣服，所有的衣服都是绸子做的——”

“所有的?”

“对，所有的。”她干脆地回答，对他的挖苦话也没觉得脸红，“我要攒足够的钱，这样北方佬永远无法拿走我的塔拉庄园。我要在塔拉庄园再造一栋新房和一个牲口棚，再买几头好骡子耕地，种很多很多的棉花，多得你从未见到过。韦德将永远不知道需要东西是什么滋味。永远！我要他拥有世上的任何东西。还有我的家人，他们将不再挨饿。我说到做到，每句都能。你不会理解的，你是这样一个自私自利的家伙。你从没被提包党人赶走过，你从没有受过冻，不曾穿过破衣服，也不曾为了不挨饿而拼死干活！”

他平静地说：“我曾在邦联军队待过几个月。说到挨饿，我不知道还有什么地方能够和那儿相比。”

“军队！啐！你从没摘过棉花，从没锄过玉米地里的草。你从来——不许嘲笑我！”

当她的声音变粗暴时，他的手又按住了她的手。

“我没有嘲笑你。我在笑你现在的模样跟你的实际相貌差别太大了。同时我记起了我第一次在威尔克斯家的烤肉宴上见到你的情景。你当时穿一件绿色的裙子，一双小小的绿鞋，踌躇满志地深陷在一群男人中间。我打赌你当时连一美元有多少分币都不知道。当时你唯一的一个念头便是诱惑阿希——”

她把手突然抽了回去。

“瑞特，如果我们还想待一会儿，你就不要再说阿希礼·威尔克斯。我们总因为他而争吵，因为你不可能了解他。”

“我想你对他了解得像书本里的知识一样，”瑞特坏坏地说，“不行，斯佳丽，如果我借钱给你，我就保留爱怎么讨论就怎么讨论阿希礼·威尔克斯的权利。我放弃收利息的权利，但不放弃那个权利。我还有许多关于这个年轻人的事想知道。”

“我不必跟你讨论他。”她直截了当地回答道。

“哦，不，你必须！你看，我拿着钱包呢。等将来有一天你有钱了，你可以有同样的权利去对待别人……你明明仍旧喜欢他——”

“没有。”

“哦，看你拼命为他辩护的样子，便再清楚不过了。你——”

“我无法忍受我的朋友受别人讽刺。”

“好吧，我们暂时先把他放在一边。他是不是仍然在意你？或者罗克岛的监禁已让他忘记了你？或者他终于意识到自己妻子的可贵之处？”

一提到梅兰妮，斯佳丽的呼吸便急促起来，几乎忍不住想把阿希礼只是为了顾全名誉才和梅兰妮待在一起的真相讲出来。她张了张嘴想说，但又闭上了。

“哦。那么威尔克斯太太的优点他还没意识到？他在牢里吃的那些苦也没有削弱他对你的热情吗？”

“我看没必要讨论这个话题。”

“我想讨论他。”瑞特说，他说话语调低沉，斯佳丽不明白为什么，但却觉得厌烦，“说真的，我一定会讨论下去，而且我期待你回答我。他现在仍然爱你?”

“哼，那又怎么样?”斯佳丽大声怒嚷道，“我不想跟你讨论他，因为你不了解他和他的那种爱。你所知道的唯一的爱便是——嗯，就是你用在那位姓沃特林的女人身上的那种。”

“哦，”瑞特轻声道，“原来我只有肉欲呀!”

“哼，你自己清楚，就是那样的。”

“现在我明白你为何不愿跟我谈论这事了。我肮脏的手和嘴唇会玷污他纯洁的爱吧!”

“嗯，对——基本上是这样的。”

“我对这种纯洁的爱倒是挺感兴趣的——”

“你不要这么下流，瑞特。如果你卑鄙地认为我们俩之间有什么不正当的关系——”

“啊，说真的，我从没这样想过。这也正是我感兴趣的事。你们之间为什么没有不正当的关系呢?”

“如果你认为阿希礼会——”

“啊，那么说是阿希礼努力维持这种纯洁的爱，而不是你。斯佳丽，说真的，你不该这么轻易地说出实情。”

看着他那张平静的高深莫测的脸，斯佳丽心里既困惑又生气。

“我们不谈这事儿了，你的钱我也不要了。你快滚!”

“哦，不，你一定想要得到我的钱，而且我们已经谈到这里了，为什么中止呢?既然你们之间没有什么，那么谈一下这段纯洁的情史肯定不伤风化吧?那么阿希礼爱的是你的心灵、你的灵魂和你高尚的品格吗?”

听了这话，斯佳丽心里特难受。当然，阿希礼爱的就是这些。也正因为这点她才觉得可以忍受；她知道只有阿希礼能够看到深藏在她身上的一些美好的东西，但受名誉所束缚，他只能远远地爱着她。但是，经瑞特这样一挑明，这种美好的东西就不那么美好了，何况瑞特把那挖苦的意味用装出来的平静的声调掩盖起来。

“这使我想起孩提时的梦想，认为这种纯洁的爱不可能存在于这个肮脏的世界上。”他继续说道，“这么说，阿希礼对你的爱跟肉体无关了?如果你很丑陋，没有白皙的皮肤，他还会照样爱你吗?假如你没有那双令男人为之倾倒的绿眼睛，他也会拥你入怀吗?假如你不会扭屁股，能令不满九十岁的任何男人为之神魂颠倒吗?还有你那嘴唇——哦，对了，我不该让我的肉欲插手。阿希礼对这一切都视而不见吗？还是他看到了，却不为之心动？”

斯佳丽忍不住想起那天跟阿希礼在果园里，他搂着她，双臂颤抖，他的嘴唇热辣辣地吻住她的嘴唇，好像再也不会放她走似的。想到这些她的脸便发红，这一切都逃不过瑞特的眼睛。

“那么，”他的声音里有一种近于恼怒的调子，“我知道了。他只是爱你的心灵。”

他怎么这么无耻地来玷污她一生唯一美好神圣的东西？他正在冷静而坚定地攻破她最后一道防线，他想知道的东西马上就要泄露了。

“是的，他的确是这样！”她一边压下关于阿希礼那两片嘴唇的记忆，一边大声嚷道。

“亲爱的，他甚至还不知道你有心灵呢。如果是你的心灵吸引了他，他就不用提防着你，把这种爱搞得那么——就说‘神圣’吧！他尽可以放下心来，因为一位体面的上等人可以爱慕一个女人的心灵，同时又忠实于自己的妻子。可现在他既看中了你的肉体，又要顾全他们威尔克斯家的门风，肯定很难吧。”

“你不要以你肮脏的心去评判别人！”

“哦，我从没否认自己想得到你的肉体，如果你说的是这个意思的话。但是，感谢上帝，我不会管什么名誉。只要可能，凡是我想要的东西，我就要。所以我既不用跟天使也不用跟魔鬼搏斗。你给阿希礼造了一个多么快乐的地狱啊！我几乎要为他难受了。”

“我——我给他造了个地狱？”

“是的，你！你对他是一个永远的诱惑，但像他们那个类型的大多数人一样，他宁愿要名誉也不要爱情。在我看来，现在这个可怜虫既没有名誉，也没有爱情的温暖！”

“他有爱！……我是说，他爱我！”

“是吗？那么你回答我这个问题，然后我们今天就到此为止，同时你可以拿到钱，即使你扔到阴沟里，我也不在意。”

瑞特站起来，把一支吸了一半的雪茄扔进痰盂。他的动作里有斯佳丽在亚特兰大沦陷那天见到过的异教徒的无所顾忌和被压抑着的力量，有点儿凶狠，也有点儿吓人。“如果他真的爱你，怎么会让你一个人独自来亚特兰大弄这笔税款呢？要是我，让自己心爱的女人干这种事，我宁愿——”

“他并不知道！他一点儿也不知道我——”

“你难道没想过他应该知道吗？”他说话的腔调里分明压抑着野性，“如果像你说的，他爱你，他就应该知道，在无可奈何的时候，你会干出什么事来。他应该把你杀死，也不该让你跑到这儿来——更不该来找我！真是天知道！”

“但是他不知道！”

“如果没有告诉他他就猜不到的话，那么他对你这个人和你可贵的思想便一无所知。”

他说得多不公平啊！仿佛阿希礼能读懂别人的心事！仿佛阿希礼要是知道，就能够阻止她！但是，她突然意识到阿希礼本来能够阻止她的。那天在果园里，如果他给她哪怕一点儿暗示，说情况总有一天会不同的，那么她就不会想到去瑞特那儿了。当她上火车时，阿希礼一句情意绵绵的话或者是一个临别爱抚的动作就能把她留住。但是，他当时只是在讲名誉。可是——瑞特说的对吗？阿希礼是不是本该看出她的心思？她急忙抛开这种不忠实的念头。当然，他不会怀疑的。阿希礼绝不会怀疑她做这么不道德的事。阿希礼的心太高尚了，不会想到这样的事。瑞特只不过是竭力破坏她的爱，他正竭力破坏她最珍爱的东西。将来有一天，她恶毒地想，等她的铺子站稳了脚跟，她的锯木厂办顺利了，她有钱了，她非让瑞特为她所受的痛苦和羞辱付出代价不可。

他站在她面前，饶有兴趣地低头看着她。那阵使他激动的情绪已经过去了。

“这一切跟你有什么关系？”她问道，“这是我和阿希礼的事，与你无关。”

他耸了耸肩。

“别的没什么，斯佳丽，我只是客观而深切地敬佩你的忍耐力罢了，同时，不愿看到你在精神上受过多的折磨。还有塔拉庄园，那是一个男人的工作。还有你生病的父亲，他再也不能帮助你了。除此之外，还有妹妹和那些黑人，现在还有一个丈夫的担子，可能还有贝蒂帕特小姐。即便没有阿希礼和他的家人，你的担子也已经太重了。”

“他没靠我。他帮我——”

“哎，天啊，”他不耐烦地说，“我们不谈这个了。他什么忙也帮不上。他现在靠你，将来靠他们或者其他人，直到老死。我个人讨厌以他为话题……你想要多少钱？”

她真想大骂他一顿。在他对她百般羞辱，诱使她把自己珍贵的东西说了出来，然后再践踏一番以后，难道他还认为她会要他的钱吗？

但那些话被挡住了，没说出来。如果现在能傲慢地拒绝他的借款，再让他立即滚出去，那就太痛快了！但这只是那些真正富有、真正有保障的人才拥有的奢侈。只要她还贫困，她就不得不忍受这样的局面，但是等她有了钱——哦，想到这一点，她便感到温暖！——等她有了钱，她决不忍受自己不喜欢的东西，决不失去自己所渴望的东西，甚至对不讨好她的人决不彬彬有礼。

“我一定让他们所有的人都去见鬼，”她想道，“而且瑞特是第一个!”想到这里，她心里便很高兴，她那双绿眼睛便发出了光芒，嘴角也泛起一丝微笑。瑞特也笑了。

“斯佳丽，你真是个可爱的人，”他说，“尤其在你想恶作剧的时候。如果你愿意的话，单为你那一对酒窝，我就愿意买一打骡子送给你，只要你想要。”

前门开了，那个伙计走了进来，用一根鹅毛管剔着牙。斯佳丽站了起来，裹上披肩，把帽带在下巴下面系紧。她已下定了决心。

“你今天下午忙吗？现在能不能和我一块儿出去一趟?”她问。

“去哪儿?”

“我要你赶车跟我一块儿去锯木厂。我答应过弗兰克不单独一个人赶车出城。”

“冒雨去锯木厂?”

“是的，我现在想在你改变主意以前买下那家锯木厂。”

他大声笑了起来，柜台后面的那个伙计吓了一跳，好奇地看着他。

“你忘了你已经结过婚了吗？你现在是肯尼迪太太，而我是一个连上等人家的客厅都进不去的人，你和我一块儿出城，让人看见了还了得，你难道不顾自己的名誉吗?”

“名誉，胡说！我要在你改变主意或弗兰克发觉以前买下那家锯木厂。快点，瑞特。这么小的雨算什么？快点吧!”

那家锯木厂，后来弗兰克每想到它就叹气，痛恨自己当初跟她提起它。糟糕的是她把她的耳坠卖给了巴特勒船长（偏偏是他），甚至不跟她的丈夫商量一下便买下了那家锯木厂，更糟糕的是到现在仍然不交给他管理。情况好像不妙呀！她好像不信任他和他的判断力。

跟他所认识的所有男人一样，弗兰克认为妻子总该听从丈夫高明的见识的指导，应该完全接受丈夫的看法而不该有自己的见解。他也会给大多数女人自主权。女人们是非常有趣的小东西，不时地迁就一下她们的小癖好也无碍大方。天性温和、态度文雅的他不会过分拒绝妻子的要求。他会乐意满足某个可爱的小东西的傻乎乎的主张，同时又满怀爱意地责怪她的愚蠢和奢侈。但是，斯佳丽现在盯上的东西太不可思议了。

比如说锯木厂吧！当她笑眯眯地回答他说，她打算亲自去管这家工厂时，他着实吃了一大惊。“我要自己经营木材生意。”她这样说。弗兰克永远也忘不了自己的吃惊程度。自己经营木材生意！真是不可想象。在亚特兰大没有女人做生意。事实上，弗兰克不曾听说过女人经商。就算现在有些女人因为日子艰难不得不去挣点儿钱贴补家用，她们也只是做些女人家的活儿——像梅里韦瑟太太那样烤饼，像艾尔辛太太和范妮那样画瓷器，缝衣服和收房客，或是像米德太太那样做教师，像邦内尔太太那样教音乐。这些太太小姐们也挣钱，可她们像一般女人那样，在家里挣钱。但是一个女人离开家庭的庇护，冒险进入男人的野蛮的世界，在生意场上和男人们交往、竞争，遭到侮辱和议论……更何况她没必要这样做，她的男人完全有能力养活她。

弗兰克希望她只是在说着玩，捉弄他而已（开这种玩笑也太没品位了），但是他不久便发现，她说到做到。她的确在经营那家锯木厂。她比他起得还早，然后赶车去桃树街，晚上常常等弗兰克关了店门，回到贝蒂姑妈家吃晚饭的时候，她才回来。她赶车几英里才到锯木厂，身边只有一个不大情愿的彼得大叔当保镖，而马车要经过的树林里全是新解放的黑奴和北方佬小流氓。因为弗兰克的时间都给铺子占去了，所以他不能陪她去，但是当他抗议时，她立即说道：“如果我不看住那个狡猾的约翰逊的话，他会偷我的木材，然后卖掉，把钱放进自己的钱包。要是我能找到一个可靠的人帮我管理这家锯木厂的话，那我就不用经常去了。这样我就可以待在城里卖木料了。”

待在城里卖木料！那是再糟糕不过的了。她经常从工厂里抽一天时间去卖木材。在那种日子里，弗兰克希望自己能躲进店堂漆黑的后房里，不见任何人。他的妻子居然在卖木材！

人们正风言风语地议论她，或许也在议论他，因为他竟然允许她干这种不是女人干的事。他在柜台上见到客人，听他们说：“我刚才见肯尼迪太太在……”他便觉得无地自容。每个人都不厌其烦地给他说她做的事。每个人都在议论建新旅馆的地方所发生的事。说斯佳丽赶车路过那儿，看见汤米·韦尔伯恩正在买另一个人的木材，便在一群粗里粗气的爱尔兰人打桩的地方下了车，直截了当地对汤米说他受骗了。她说自己的木材又便宜又好，为了证明这一点，她当场心算出一串数字，还当场给他一个估计数。她挤进那些粗俗的泥工中自报姓名已经够糟了，更糟的是她还在大庭广众之下显示她会算账。当时汤米便接受了她的报价而且订了货，但她并没有立即文雅地离开，却开始慢吞吞地和一个叫约翰尼·高莱佛的心狠手辣的低个子爱尔兰工头聊天，这人在亚特兰大名声很坏。这事在城里一连议论了好几个星期。

最重要的是她确实从锯木厂赚到了钱，没有男人会因为老婆干这种不适合女人干的事赚到钱而感到高兴。而且她也没有把钱或其中的一部分交给他用在铺子花。此外，她还告诉弗兰克，哪天塔拉庄园修整完工了，她打算收抵押品放债。

咳！咳！一想起这事儿，弗兰克便叹息不止。一般来说，女人应该对抵押放债是什么都不清楚的。

这些日子以来，斯佳丽满脑子打算，而在弗兰克看来，她的打算一个比一个更糟。现在她居然打算在她那块被谢尔曼军队烧掉的货栈上建一所房子来开酒馆。弗兰克虽不是一个戒酒主义者，但他强烈反对这个想法。建造酒馆出租是个名声不好又不吉利的行当，几乎跟租房子给人开妓院一样。为什么那不好，他不能给出解释，对他那种站不住脚的观点，她说道："胡说八道。"

"开酒馆是好生意，以前亨利伯伯这样说过。"她对他说，"他们总是按期交房租，而且你看，弗兰克，我可以用那些卖不出去的劣质木材建酒馆，然后收很高的租金。有了租金和锯木厂的盈利，还有放贷收回来的钱，我就可以再买几个锯木厂了。"

"宝贝，你不需再买锯木厂了！"弗兰克被吓得大声叫道，"你应该做的是把你得到的这个卖掉。它使你疲惫不堪，而且你也知道，雇那些解放了的黑人干活已够你烦的了——"

"解放了的黑人确实好摆弄。"斯佳丽表示赞同，但却对要她卖掉工厂的建议置之不理，"约翰逊先生说，每天早上他来上班时，总是不知道他手下的人是否能够到齐。现在你再也不能依靠这些黑人了。他们干一两天活儿就丢下不管了，直到他们把工资都花光，说不定哪个晚上全班工人就全跑光了。我越看奴隶解放这事儿，我就越觉得是罪过。那些黑奴简直被毁掉了。成千上万的人无事可做，我们工厂雇来的那些人既懒惰又不安分，毫无用处。如果你为了他们好，骂他们几声，那个自由人局就像老鹰扑小鸡似的扑向你，更不用提打他们了。"

"宝贝，你不能让约翰逊先生打那些——"

"当然不能，"她不耐烦地回敬道，"刚才我没有说吗？如果我打他们一下，北方佬会把我送进监狱的。"

"我打赌你爸爸一生没打过黑人一下。"弗兰克说。

"唔，有一次。一天他打了一天的猎回来，那个黑人马童没替他给那匹马刷洗。不过，弗兰克，那时情况不同。这些刚解放的黑鬼是另外一回事，用鞭子狠狠地揍他们一顿会对他们大有好处的。"

弗兰克不但对他妻子的观点和计划感到震惊，而且对她结婚几个月以来的变化感到惊奇。现在的她可不是当初结婚时那个温柔、妩媚、娇滴滴的女人了。在他追求她的那短促的时期内，他觉得他生平第一次见到一个对生活的反应充满女性魅力的女人：天真，羞怯，娇弱。现在她的一切反应全是男性化的。虽然她面颊红彤彤的，笑起来仍然露出两个十分迷人的小酒窝，但是她的谈吐举止都像一个男人。她的声音干脆果断，办事雷厉风行，没有一点儿女人的踌躇不决。她知道她想要什么，而且会像个男人那样用捷径去追求它，不像女人一样躲躲闪闪，转弯抹角。

并不是弗兰克以前没有见过泼辣的女人。像南方所有其他都市一样，亚特兰大也有一些没人敢惹的财主太太。比如，没有人比那位矮胖的梅里韦瑟太太威风，没有人比那位纤弱的艾尔辛太太专横，办起事来也没有人比那位满头银发、说话柔声柔气的怀特太太精明。但是这些太太，不管采取什么手段，在实施自己的主张时，总不失为女性的手段。不管她们对男人的意见是否照办，总还是装出尊重的样子。凡是男人说的话，出于礼貌，表面上她们还是接受的，这一点很关键。然而，斯佳丽除了自己的主张外，谁的话都不听，而且她做什么事都是用男性化的方式，所以惹得满城的人都对她议论纷纷。

“而且，”弗兰克苦恼地想到，“可能也在议论我呢，认为我让她如此不守女人的本分。”

此外，还有那个巴特勒的家伙。他经常来贝蒂姑妈家拜访，这真是莫大的耻辱。弗兰克一直讨厌这个人，甚至在战争以前一块儿做生意时就讨厌他。一想到当初是他自己把瑞特带到十二橡树庄园介绍给朋友们的，他就常常后悔。他之所以看不起瑞特的原因有二：一是他在战争期间做丧尽天良的投机生意，二是他逃避兵役。至于他在邦联军队里当过八个月兵这件事，只有斯佳丽一人知道，他曾假装害怕地恳求斯佳丽不要把他的“耻辱”告诉其他人。最让弗兰克看不起他的是，他吞掉邦联政府黄金一事，因为也曾面临同样问题的布洛克海军上将和其他一些人都把成千上万的金币交还给邦联国库了。然而，不管弗克喜欢与否，瑞特还是贝蒂家的常客。

表面上，他是来看望头脑简单的贝蒂小姐的，而且他还为此装腔作势呢。然而弗兰克一想到吸引他来的不是贝蒂小姐心里便感到不舒服。令弗兰克恼火的是，小韦德虽然很怕生，却偏偏喜欢瑞特，甚至还喊他“瑞特伯伯”。弗兰克忍不住想起，在战争期间，瑞特曾对斯佳丽大献殷勤，当时大家都在议论。他想，现在人们对他们的议论说不定会更难听。他的朋友虽然常常公然批评斯佳丽经营锯木厂的事，却没有人敢对他提这事。然而他不由得觉察到，请他和斯佳丽赴宴和跳舞的情况渐渐少了，人们到他们家拜访的次数也渐渐少了。斯佳丽不喜欢那些邻居，又因为她一天到晚忙锯木厂的事，没有工夫去拜访她谈得来的几户人家，所以近来客人渐少，可她并不在意。但是弗兰克却强烈地感觉到了。

弗兰克一生都在受这个想法的支配："邻居们会怎么说呢?"所以他无法招架妻子常常干出不顾礼仪的事所带来的冲击。他觉得所有的人都讨厌斯佳丽，也因为他让斯佳丽变得"不像女人"而瞧不起他。虽然在他看来她所做的许多事情都是丈夫所不允许的，但他要是去阻止，去争论，甚至批评几句，那么一场风暴就会很快到来。

"咳！咳!"他无助地想到，"她一发起疯来就没完没了，这种女人我以前从没见过!"

即使在过得最顺心的日子里，他的这个顽皮、多情、在家里走到哪儿唱到哪儿的妻子会刹那间完全变成另一个人。他只要对她说一句："宝贝儿，我要是你的话，我就不会——"就会引起一场轩然大波。

每次当她乌黑的眉毛在鼻梁上形成一个尖角时，弗兰克就会明显吓得发抖。她具有鞑靼人的脾性，发起怒来跟野猫一样，什么话都说，也不顾及给别人带来的伤害。每到这种场合，阴云笼罩着整个屋子，弗兰克就会早早地去店铺，并且待到很晚；贝蒂则为了图个太平匆忙躲进自己的房间；韦德和彼得大叔躲到马车屋里；厨娘则躲到厨房里，压低嗓音唱歌赞美上帝。只有嬷嬷一个人能忍受斯佳丽的脾气，因为她以前在杰拉尔德·奥哈拉手下工作过。而他也是脾气很坏。

斯佳丽并不是故意要发脾气的，因为她喜欢弗兰克，而且很感激他保住了塔拉庄园，她确实想给弗兰克当个好妻子。不过，他却经常用各种方法弄得她无法忍受，所以她才发作的。

她不能尊重一个听任女人摆布的男人，无论跟她还是跟其他人在一起，遇到不高兴的事情时他所表现出的胆怯、迟疑的态度令她难以忍受。但因为她有些金钱问题正在解决，所以完全可以不理会这些事，甚至还可以高高兴兴。但是使她经常发火的是许多事情证明弗兰克不是一个好的生意人，而且他也不想做一个好的生意人。

正如她所预料的一样，直到她拼命地催促他，他才肯去收那些未付清的账，而且收的时候满怀歉意。这就足以证明，除非她自己决意去赚钱，否则肯尼迪家永远富不起来。她知道，只要那家肮脏的小铺子能勉强混下去，弗兰克这辈子就满足了。他好像没有认识到，现在时局动乱，只有金钱才是免受肉体苦难的唯一保障，而他们那点儿少得可怜的资金根本不算是什么保障，所以赚钱非常重要。

或许弗兰克在战前的太平日子里能做一个成功的生意人，但现在时代变了，而弗兰克却还顽固地墨守成规，按老方式做事，真令人恼火。他完全缺乏那种在残酷的时代所需要的敢作敢为。而她本人正具备这点，并且要把它施展出来，不管弗兰克是否愿意。他们需要钱，而她正在挣钱，虽然挣钱是件辛苦的事情。在她看来，弗兰克至少能够做到不干涉她挣钱，因为她的计划已初见成效了。

由于没有经验，经营这家锯木厂对她来说并不容易，再加上现在竞争也激烈得多，所以晚上回家的时候，她总是非常疲倦、烦躁又担心。每当弗兰克清清嗓子带着歉意地说“宝贝儿，要是我是你的话，我决不会这么做”或“决不会那么做”之类的话，她都拼命忍住不发火，但她常常忍耐不住。如果他没有胆量出去挣钱，那为什么老对她挑剔呢？而且他唠叨的那些话都那么愚蠢！在这个年头，她像不像女人，又有多大分别呢？更何况，她那家不适合女人经营的锯木厂正赚来他们急需的钱，她，她的家，塔拉庄园，还有弗兰克，都在等钱用。

弗兰克需要休息和安静。那场他兢兢业业服役的战争，毁掉了他的健康，断送了他的钱财，并把他变成了一个老头。但他对这一切并不感到遗憾。经历过四年战争，他对生活只求和平和慈爱这两样东西了；只要求看到周围都是友善的面孔，听到朋友对他的称赞。不久，他发现家庭和睦是要有代价的，这个代价便是斯佳丽愿意做什么就做什么。就这样，由于他疲惫不堪，他就以她的条件换来了和睦。有时他在寒冷的傍晚归来，她打开大门笑脸相迎，在他的耳朵上、鼻子上或者其他什么地方乱吻一通，有时在深夜暖和的被窝里，她困倦地把头枕在他的肩膀上，这时他就觉得他付出的代价是完全值得的。只要凡事依着斯佳丽，家庭生活就能够很惬意。但是，他所获得的和睦是空虚的，只是一个外壳，因为他以在婚姻生活中所应该享受的一切做代价才换得了这种和睦。

“一个女人应该在自己的家庭和家人身上多花些心思，而不应该像男人那样在外面乱跑。”他想道，“那么，如果她有个孩子——”

一想到孩子，他便露出了笑容，从此他便常常想到孩子。斯佳丽曾公开地说她不想要孩子，但孩子是不会等人去请的呀。弗兰克知道，许多女人不想要孩子，那是因为她们愚蠢和恐惧罢了。如果斯佳丽有了孩子，她肯定会很爱孩子，并且会像其他女人一样心甘情愿地留在家里照看孩子。到那时她便会被迫把工厂卖掉，那么他的问题也就解决了。女人只有有了孩子才会真正快乐，弗兰克知道斯佳丽并不快乐。尽管他对女人一无所知，但他还不至于看不出来斯佳丽常常不开心。

有时他半夜醒来，会听见枕头上的轻声啜泣。他第一次感到床因她的哭泣而震动时，曾惊讶地问：“怎么了，宝贝儿？”而得到的却是一声激动的怒叱：“哦，别管我!”

不错，一个孩子会使她快乐，而且她就不会再分心去干与她无关的傻事了。有时候弗兰克不胜感慨地想道，自己像是逮住了一只热带鸟，羽毛鲜艳华丽，但是对他而言，一只鹪鹩就够了。其实，鹪鹩要好得多。

第三十七章

四月里一个下着大雨的晚上，汤尼·芳汀骑着那匹浑身是汗、累得半死的马从琼斯博罗来敲门，敲门声把弗兰克和斯佳丽从梦中惊醒，他们吓得心惊肉跳。于是在过去四个月来，斯佳丽第二次深深感到“重建”这两个字的确切含义；也更加深刻地领会到威尔所说的“我们的麻烦才刚刚开始呢”那句话的意思；而且认识到那天在塔拉庄园的果园里，寒风呼啸，阿希礼凄凉地对她说：“我们面临的情况比战争还严峻——比监狱还糟糕——比死亡还可怕。”这话确实千真万确。

她第一次面对“重建”是在她得知乔纳斯·威尔克森可以借助北方佬的势力把她撵出塔拉庄园的时候。但是，汤尼的到来使她更深切地了解到“重建”的可怕含义。汤尼冒着大雨趁着黑夜而来，几分钟后，便又重新摸黑永远地去了，然而在这短短的几分钟里，他给她掀起了一场恐怖的新景象的帷幕，使她绝望地感到这帷幕再也不会落下。

就在那个暴风雨的晚上，当敲门人急促地敲门时，她正紧裹着一件衣服，站在楼梯上望着楼下的穿堂。她刚刚看清汤尼那张满是愁容的脸，汤尼便急忙探身吹灭了弗兰克手里的蜡烛。她连忙摸黑下楼，抓住汤尼一只冰冷的手，听见他小声说：“有人在追我——我得去德克萨斯——我的马快死了——我快饿死了！阿希礼说他们会——不要点蜡！不要吵醒黑人……如果可能的话，我不想连累你们。”

拉下了厨房的百叶窗，又把窗帘都放了下来，他才让弗兰克点了一盏灯。他接着便匆匆忙忙地和弗兰克谈起话来，这会儿斯佳丽则四下奔忙着给他弄饭吃。

他没穿大衣，全身都湿透了。他没戴帽子，一头乌黑的头发都贴到了他那颗小脑袋上。当他喝下她拿给他的威士忌时，他那双忽闪着的小眼里流露出芳汀家的男孩子都有的那种兴奋，不过此刻却让人毛骨悚然。谢天谢地，因为贝蒂帕特姑妈正在楼上打鼾呢。要是让她看到这场景，她准会昏过去的。

“那个该死的畜生——这下又少了个无赖。”汤尼骂道，一边伸出杯子想再喝一杯，“我骑着马一直拼命地跑，如果我不赶快离开这儿，会被他们剥掉皮呢，不过这很值得。天啊！我得拼命地跑到德克萨斯州去躲起来。阿希礼跟我一起在琼斯博罗，他让我来找你们的。弗兰克，给我搞匹马和一些钱吧。我的马快死了——它一路拼命不停地跑——而且我也被闹昏了，没穿大衣，没戴帽子，两手空空地跑出家门。不过家里也没多少钱。”

他笑了起来，贪婪地吃着一盘冷玉米饼和冷大头菜叶，冷玉米饼上添着一层厚厚的白花花的奶油。

“你可以骑我的马。”弗兰克平静地说，“我只有十块钱，如果你能等到明天早上——”

“地狱着火了，我不能等！”汤尼加重语气但很高兴地说，“他们可能就在我后面。我动身的时候很匆忙。当时要不是阿希礼拖我出来，催我上马的话，我恐怕还像傻瓜一样待在那里，可能这时脖子已经跟脑袋分家了。阿希礼真是个好人。”

那么阿希礼跟这可怕的纠葛牵连在一起了。斯佳丽浑身变得冰凉，双手按住了喉咙。现在北方佬抓住阿希礼了吗？哎，为什么弗兰克不问清事情的真相呢？为什么他的反应这么冷漠，好像这是理所当然的事似的？她耸了耸肩想自己开口问。

“什么——”她开口道，“谁——”

“你父亲的监工——那个该死的——乔纳斯·威尔克森。”

“你把——他死了？”

“我的天，斯佳丽·奥哈拉！”汤尼不大高兴地说，“我一旦动手杀人，你不要认为我用刀背刮刮他就满意了。不，老天，我把他剁成了肉酱。”

“好，”弗兰克随意地说，“我从来没喜欢过那家伙。”

斯佳丽看了看他，这可不是她认识的那个柔顺的弗兰克——那个老是神经质地捋着胡子，可以任人欺侮的弗兰克。他的神气干脆、冷静，面对紧急情况，不说一句废话。他是个男子汉，汤尼也是一个男子汉，现在这种严酷的局面是应该由男人去对付的，没有女人的份儿。

“但是阿希礼——他也——”

“不，他想杀死他，但是我告诉他那是我的权利，因为萨莉是我的弟媳妇，最后他想通了。由于怕我输给威尔克森，他陪我去了琼斯博罗。但是我认为阿希礼老兄不会牵涉进来的。我希望不会。给玉米饼涂点儿果酱吧。再给我包点儿吃的东西。”

“你把情况给我全说了吧，要不然我可尖叫了。”

“如果你想叫喊就等我走了以后再叫喊。趁弗兰克在备马，我就告诉你吧。那个该死的——威尔克森制造的麻烦已经够多了。你知道他怎么在你的税款上搞鬼。这只是他干的卑鄙勾当之一。最可恶的是他挑动黑人闹事。我做梦也没想到竟会有这种叫我憎恨黑鬼的日子！这班该死的黑人，那些流氓的话他们句句相信，却把我们对他们的好处忘得干干净净。现在北方佬正讨论让黑人参加选举，却不让我们选举。现在，凡在邦联军队里服过役的人都被剥夺了选举权，全郡只有少数的民主党人没被剥夺选举权。假如黑人去选举，我们就完蛋了。真该死，这是我们的国家而不是北方佬的国家！天啊，斯佳丽，实在忍无可忍！再也不能忍受了！我们得做点儿什么，哪怕再打一场战争。不久，我们就会有黑人法官，黑人议员了——这帮来自于森林的黑皮兽——”

“请——快，告诉我！你们做了什么?”

“在你把这块玉米饼包起来之前，让我再吃一口。唔，后来到处都在说威尔克森的黑人平等什么的搞得过头了。呀，对了，整小时整小时，他给那些愚笨的黑人谈这些。他竟敢说什么——什么——”汤尼不由自主地结巴起来，“说黑人有权利与白人——”

“哦，汤尼，不会的!”

“天啊，真的。你听了反感，我不怪你。不过，地狱着火了，斯佳丽，这对你来说也不可能是新闻。他们一直在亚特兰大这儿到处宣传呢。”

“我——我不知道。”

“嗯，弗兰克瞒着你呢。不管怎样，自那以后我们想在夜里偷偷拜访威尔克森先生，并且照顾他一下，但是在我们还没能——你记得那个黑人尤斯蒂斯吗?他以前给我们家做过工头。”

“记得。”

“今天这个人跑到我家厨房门口，当时萨莉正在做饭——我不知道他对她说了些什么。现在我看我永远都不会知道了。不过，他说了些什么，接着我听到萨莉尖叫起来，我跑到厨房，看见那家伙在里面，醉得像条野狗——对不起，斯佳丽，我说漏了嘴。”

“接着说。”

“我开枪杀了他，趁母亲赶来照料萨莉的当儿，我跳上马去琼斯博罗找威尔克森了。这事应由他负责。要不是他，那个该死的黑人傻瓜决不会想到这事的。路上经过塔拉庄园，我遇见了阿希礼，当然，他和我一起去了。他说因为威尔克森对塔拉庄园所做的一切，这件事让他去干。但我说，不，这是我的事，因为萨莉是我死去的兄弟的妻子，他还是跟我去了，一路上还争论不休呢。当我们到了镇上，斯佳丽，天啊，你知道吗？我居然忘了带手枪。我把枪忘在马厩里了。我竟然昏了头忘——”

他停顿了一下，咬了一口那硬邦邦的玉米饼，斯佳丽在颤抖。芳汀家的人一发火就杀气腾腾，这在地方志上是出了名的。

“所以我不得不对他动刀了。我在酒吧里找到了他。他坐在一个角落里，阿希礼替我挡住其他人，我告诉他原因，然后便把刀捅进他的身体。哎，我还没意识到，事情便完了。”汤尼沉思着说，“我记得的第一件事便是阿希礼把我推上了马，让我来这里找你们。在紧要关头，阿希礼是好样的，他遇事头脑清醒。”

弗兰克走了进来，臂上搭着他的大衣，他把它递给汤尼。这是他唯一的一件厚大衣，但是斯佳丽没有抗议。她对这事完全像个局外人，因为这是纯属男人的事情。

“但是，汤尼——家里需要你。真的，如果你回去解释一下——”

“弗兰克，你娶了个傻瓜老婆，”汤尼一边使劲儿穿大衣，一边咧着嘴说，“她还以为不让黑人侮辱女人会得到北方佬的奖赏呢。是的，临时法庭和绞索便是奖赏。斯佳丽，亲我一下吧。弗兰克不会介意的。我或许永远也见不到你了。得克萨斯离这儿很远。我不敢写信，所以请告诉我家人说，直到这儿为止，我还是平安的。”

她让他亲了一下，然后两个男人冒雨穿过后院，站在后门廊里谈了一会儿。然后，她突然听到一阵马蹄溅水的声音，汤尼走了。她把门开了条缝，看见弗兰克正把一匹喘着粗气的跛马牵进马车房。她把门重新关上，坐下来，两腿发抖。

现在她懂得“重建”的意思了，她看得很清楚，仿佛自己的屋子被赤裸裸的、腰里围着遮盖布的野人包围了。这时，许多她近来不太注意的事情一齐涌了出来，有些谈话，她听见了，却并没有在意；有时男人们在商量什么，见她进屋便蓦地停止了；还有一些她当时认为无足轻重的事儿，而弗兰克多次警告她，不让她去锯木厂，因为旁边只有弱不禁风的彼得大叔保护她。现在这一切拼凑起来，构成一副恐怖的图画。

背后有北军的刺刀撑腰，那些黑人得法了。她很可能被他们杀死，被他们奸污，而且还可能事情不了了之。任何想为她报仇的人都会被北方佬绞死，而且不用法官和陪审团的审讯。对法律一窍不通，也不问实际情况，北方的军官便可以装模作样地开庭，把一个南方人绞死。

“我们能做什么呢？”她怀着无助的恐惧拧着双手想道，“像汤尼这样的好人，为了保护自己家里的女人不受侮辱，杀死了一个醉鬼和一个叛徒流氓，而我们只能看着他被那些魔鬼绞死却爱莫能助吗？”

“实在忍无可忍了！”汤尼这样喊过，他是对的。我们不能再忍受了。但是，他们这么无助，除了忍受别无选择。她全身发抖，她生平第一次看到有些人和事是她爱莫能助的，清楚地看到斯佳丽·奥哈拉惊吓无助是无所谓的。因为南方有成千上万个像她那样的女人惊吓无助。还有成千上万的男人，他们在阿波马托克斯放下了武器，现在又拿起武器，随时准备着用生命去保护妇女。

弗兰克脸上的某种表情跟汤尼脸上的一样，近来她也在亚特兰大其他男人脸上看到过这种神情，但她只是看到了而没有费心去分析。这种神情跟她见到的从战场上打败仗归来的男人的神情有天壤之别，那是疲惫、绝望的神情。那些男人除了想回家别的什么都不在乎。现在他们麻木的神经开始复苏，传统的精神又燃烧起来，他们又在关心事情了。他们满怀冷酷的痛楚关心周围的一切。像汤尼一样，他们也在想：“实在忍无可忍了！”

她曾见到一些南方男人，在战前说话柔声柔气，可在战争后期那些绝望的日子里变得无所顾忌和冷酷无情。但是，在刚刚隔着烛光相视的两个男人的脸上，有一种既使她受到鼓励又让她觉得害怕的非同寻常的东西——那是一种无法言传的怒火，一种势不可挡的决心。

她第一次觉得跟周围的人很亲密，觉得自己是其中的一员，与他们共同担忧，共同痛苦，共同决断。是的，实在忍无可忍了！怎么能不斗争就放弃南方这美丽的土地呢？怎么能忍心看到北方佬恣意蹂躏南方人热恋的故土呢？北方佬对南方人恨之入骨，恨不得把他们碾成碎末呢。怎么能把南方这宝贵的乡土交给那些沉醉在威士忌和解放中的无知的黑人呢？

她想到来去匆匆的汤尼便感到非常亲切，因为她想起了父亲当年离开爱尔兰时的往事。同样是在夜里，同样是在杀人后匆匆出走，虽然对于他和他的家人来说，那不能说是谋杀。在她的血液里有杰拉尔德的烈性子。她想起当她枪杀那个抢劫的北方佬时欣喜若狂的心情。他们大家都是烈性子，只不过是浅藏在他们的外表之下．一触即发。他们所有的人，她认识的所有男人，甚至包括睡眼惺忪的阿希礼和脾气焦躁的老弗兰克，都是这样的——身上隐藏着那种性格，一旦需要，便变得激烈，杀气腾腾，甚至瑞特这个流氓，尽管丧尽天良，也为一个黑人“欺侮一个上等女人”而把他杀死。

当弗兰克浑身湿淋淋地咳嗽着走进来时，她一下子站了起来。

“哦，弗兰克，这种日子还要过多久?”

“只要北方佬还恨我们，宝贝儿。”

“难道谁都没办法了吗?”

弗兰克用一只疲倦的手抹了一下湿淋淋的胡子。“我们正想法子呢。”

“是什么?”

“现在还没干出成绩，为什么谈它呢？想干出成绩可能要等几年。也许——也许南方永远就这样了。”

“哦，不!”

“宝贝儿，来睡吧。你一定很冷。你在发抖呢。”

“这一切什么时候才能结束呢?”

“当我们能够重新选举的时候，宝贝儿。当每一个为南方战斗过的人都能为一个南方人或民主党人投上一票的时候。”

“投上一票?”她绝望地喊道，“当黑人们都丧失了理智——北方佬毒害了他们，让他们和我们作对的时候，一张选票有什么用呢?”

弗兰克继续耐心地解释着，但选票可以克服困难这个观念，对她来说实在是太复杂了，她领会不了。她满怀感激地想到乔纳斯·威尔克森再也对塔拉庄园构不成威胁了；她想到了汤尼。

“哦，可怜的芳汀家!”她喊道，“只剩下阿历克斯了，在含羞草庄园，要干的活多着呢！为什么汤尼不聪明点儿——为什么不等到夜里没有人看见的时候下手呢？春耕的时候，看见他在帮家里犁地要比在德克萨斯见到他更好。”

弗兰克搂住了她。平时，他总是怯生生地搂着她，好像预感到她会不耐烦地甩开他似的，但是今天晚上，他眼睛里有一种深远的目光，他紧紧地搂住了她的腰。

“现在有许多比犁地更重要的事情，宝贝儿。其中一件便是给黑人点儿颜色看看，教训一下那些叛徒。只要像汤尼这样的好小伙还存在，我想我们就不必为南方过分担心。来睡觉吧。”

“但是，弗兰克——”

“只要我们团结在一起，寸土也不让给北方佬，总有一天我们会胜利的。宝贝儿，别让你那可爱的小脑袋为这种事情担心啦。你让男人们去担心吧。我们或许看不到这一天，但它会到来。等到北方佬发现他们甚至不能削弱我们的时候，他们就会感到疲惫不堪，到那时，我们就会有一个像样的世界居住和养育孩子了。”

斯佳丽想起了韦德和在她心里默默地埋藏了几天的那个秘密。她不想让自己的孩子生长在这样一个只有憎恨、不安、痛苦，潜藏着一触即发的暴力、贫穷、磨难的动荡的世界。她决不让自己的孩子知道这些。她要的是一个她可以朝前看并且知道前景安全的安定而有秩序的世界，在这个世界里，她的孩子只知道温柔、温暖、好的衣服和丰盛的食物。

弗兰克认为通过选举可以实现这样的世界。选举？这跟选举有什么关联呢？南方的好人再也不会有选举权了。这世上只有一样东西能够为命运可能带来的灾难提供可靠的保障——那就是钱。她疯狂地想，他们必须有钱，有足够防止灾难的钱。

猛然，她告诉他说自己怀孕了。

在汤尼逃走后的几个星期里，贝蒂姑妈的家一次次遭到北方佬士兵的搜查。他们事先不打招呼或警告，随时可以闯进屋子。他们拥进房间里，不时地问些问题，打开所有的壁橱，戳戳碍手的衣服，还朝床底下张望。军事当局听说有人建议汤尼来贝蒂小姐家，所以他们确信他一定还在那里或者是在附近的地方。

结果是贝蒂姑妈患上了彼得大叔称之为“神经过敏”的慢性病，时刻担心会有一个军官和一队士兵闯进屋里。弗兰克和斯佳丽都没有跟她提过汤尼的短暂拜访，所以即使她想，也不会泄露什么。她情绪紧张地辩解说，她这一生只在1862年圣诞节的时候见过一次汤尼·芳汀，这倒是真的。

“而且，”她气喘吁吁地主动配合北方佬士兵说道，“那会儿他正醉得不省人事呢。”

因为在怀孕初期，斯佳丽身体不适而且心情不好，所以，她一方面憎恨那些闯进她的私室，见了喜欢的小摆设就拿走的穿蓝军服的人，一方面又十分担心汤尼的事会牵连他们大家。现在监狱里关满了因为比这更加微不足道的原因而被抓进去的人。她知道只要他们抓住一点儿不利于他们的事实，不但她和弗兰克，就连无辜的贝蒂都会被关进牢里。

近一段时期，华盛顿一直有人鼓吹要没收所有的“遗产”，以偿还合众国的战争债务，这使斯佳丽处于提心吊胆的状态。再有，亚特兰大到处都在谣传，凡是触犯军法的财产都要被没收，这使斯佳丽更加忧心忡忡，生怕她和弗兰克不但要丧失自由，而且还要失去他们的房子、店铺和锯木厂。即使军事当局没有侵占他们的财产，如果她和弗兰克进了监牢，他们不在的时候，谁来照料他们的生意呢？这还不是等于断送了吗？

她恨汤尼给他们带来这样的麻烦。他怎么能够对朋友做出这样的事呢？阿希礼又怎么能把汤尼送到他们这儿来呢？她以后再也不帮任何人了，只要有可能招得北军黄蜂般地向她扑过来。是的，无论谁来求助，她都会给他吃闭门羹。当然，阿希礼除外。在汤尼短暂拜访后的几个星期，街上的任何响声都会把她从不安的睡梦中惊醒，她生怕可能是阿希礼因帮过汤尼而受到追捕，也要从这儿逃到得克萨斯州去。她不知道他目前怎么样，因为他们不敢写信到塔拉庄园，告诉他们汤尼夜访的事。他们的信也许会被北方佬截获，那么连庄园也会有麻烦了。但是，几个星期过去了，他们也没听到任何坏消息，于是才料定阿希礼没事了。最后，北方佬也不再骚扰他们了。

但是，即使这一欣慰的消息也没能使斯佳丽摆脱那种恐惧状态。这种恐惧开始于汤尼来敲门的那一刻，它比围城时期的枪林弹雨更让人胆战心惊，甚至比战争末期谢尔曼人更可怕。汤尼在狂风暴雨之夜的到来，使她真实地看到了她生活的不稳定性。

在1866年那个寒冷的春天，她环顾四周便意识到她和整个南方所面临的形势。她可以操尽心思，她可以比她的奴隶还努力地干活，她可以设法克服所有的困难，她可以凭借毅力解决她早年没有经历过的问题。但是，尽管她吃尽苦头，尽管她做出了很大的牺牲，尽管她足智多谋，她付出巨大的代价所换取的那点儿小小的成果随时都会被夺走。一旦这种事情发生，她没有法律上的权利，没有法律上的援救，有的只是汤尼咬牙切齿说起过的那种临时法庭和那些为所欲为的军事法庭。现在，只有黑人才有权控告和索赔。北方佬已经使南方屈服了，并且想永远让它屈服。南方好像被一个巨大的毒手颠覆了，南方以前的统治者比他们以前的奴隶更加无依无靠。

佐治亚州到处都有重兵驻守，亚特兰大的驻军数目更大。各个驻军城市的指挥官的权力都很大，甚至对老百姓有生杀之权。在使用这个权力时，他们能够以任何理由或者无缘无故地监禁市民，掠夺他们的财产，绞死他们，而且他们的确这么干了。他们制定了种种关于营业方法，支付佣人的工资，公众和私下场合的言论，报纸上的文章等问题的自相矛盾的章程，以此折磨和迫害老百姓。他们还规定什么时候，什么地方，怎么样倒垃圾，规定过去邦联政府的人的妻女可以唱什么歌，因此唱《迪克西》或者《美丽的蓝旗》之类的歌的罪名只比叛逆罪轻一点儿。他们还规定，不宣誓效忠，市民就不能去邮局取信，在有些情况下，新婚夫妇如果不先起那可恨的誓言，他们甚至就不允许他们领取结婚证。

报纸被封住了嘴，报纸上禁止刊登涉及抗议军事当局的残暴和腐败的言论；敢提出反对意见的个人则遭判刑监禁的压制。监狱里关满了有声望的市民，在那里他们没有早日审讯的希望。陪审制度和人身保护法实际上被废止了。民事法庭虽然仍勉强受理案件，却完全受军人支配，军人可以干涉法庭的判决，所以如果市民不幸被捕的话，性命实际操纵在军事当局手里。确实有很多人被捕。只要谁有一点儿煽动反政府的嫌疑，或被怀疑与三 K 党有关，或被黑人控告对他无礼，就足够被判入狱。不需人证物证，只要有人控告就足够了。而且有自由人局的怂恿，还怕没有黑人来控告吗?

现在黑人还没有选举权，但是北方政府已经决定他们应该选举，同时还决定他们在选举时应该对北方友好。想着这一点，黑人认为没有什么是他们不应享有的。无论黑人选择干什么，北军总为他们撑腰，而白人只要敢对黑人发一句牢骚，准保倒霉。

以前的黑奴现在都是天之骄子，有北方佬的帮助，那些最低下、最无知的人现在都出人头地了。他们之中那些看不起这种自由的较体面的阶层和白人主人同样受罪。成千名家仆，当初奴隶中的高层，现在仍留在旧主人家里，干着过去他们不能胜任的体力活儿。许多忠诚的干农活的奴隶拒绝享受这种新自由，但是一群群闹得最凶的“解放了的黑人败类”大部分也是来自一阶层。

在农奴制时代，在家里和院子里干活的奴隶是看不起这些低下的黑奴的。正像艾伦所做的那样，整个南方其他庄园的女主人也先让一群黑崽子接受一番训练，筛选后挑出其中最好的，让他们干比较体面的职位。那些被派到田里去干活的则是那些最不想学，最没能力学，最没干劲，最不诚实，最不可信任，最恶毒，最野蛮的黑奴。而如今，正是这个阶层，这个黑人社会中等级最低下的阶层，把南方闹得鸡犬不宁。

由于受自由人局那些无法无天的冒险家的帮助和北方对南方宗教般的狂热的憎恨所煽动，那些以前干农活的黑奴们突然就身居要职了。他们这些弱智的人的所作所为可想而知，就像把一群猴子或小孩放在许多宝贵的东西中间，这些东西的价值是他们不可理解的，那他们就无法无天了——或者是因为他们对破坏的一种反常的乐趣，或者是因为他们的愚昧。

在黑人中，包括智力最低下的黑人，也未尝没有可取之处，那就是他们一般并无恶意，即使在农奴制时代，被称为“低贱黑鬼”的人也为数极少。但是，作为一个阶层，他们思想像儿童，容易受人指挥，而且长期以来已养成了习惯，惯于听从命令。以前，他们的白人主人向他们发命令。现在，他们有了一批新主人，那就是自由人局和提包党人，而且他们的命令是：“你们和白人一样，所以像白人那样做吧。你们一旦可以投票给共和党时，就可以得到白人的财产了。现在就等于是你们的了。如果你们能够拿到，尽管拿去得了。”

受这些谎言的迷惑，自由成了一次没完没了的野餐，成了天天举行的宴会，成了游手好闲、盗窃、无法无天的狂欢节。乡下的黑人都涌入城里，所以没人在农村种庄稼了。亚特兰大挤满了黑人，但仍有成百上千的人进来，受新论调的教唆，他们都懒惰而危险。在城里，他们挤在肮脏的小屋里，天花、伤寒、肺痨在他们中间流行。以前当奴隶的时候，他们一生病就习惯于女主人照顾，现在，他们不知道怎样照顾自己和他们的病人。过去，照看老人和孩子，他们都依靠他们的主人，现在，对于无依无靠的人，他们没有一点儿责任感。而自由人局对政治要比给他们提供以前庄园主所给的那种帮助要热心得多。

被遗弃的黑人孩子像受惊吓的动物似的满城乱跑，直到好心肠的白人把他们带回厨房去养。许多乡下来的老年黑人，由于被他们的晚辈抛弃，待在喧闹的城市里感到失魂落魄，惊慌失措，他们坐在街沿石上，对过路的上等女人哀求道：“太太，行行好，替我给我费耶特郡的老主人写封信，说我在这儿。他会把我这个黑老头子领回去的。哎哟，老天爷，我受够这种自由了！”

见到黑人们蜂拥而来，自由人局才意识到自己以前的政策有误，便设法把他们送回到以前的主人那里。他们对黑人们说，如果他们愿意回去，他们则是以自由工人的身份回去的，有规定日工资的书面文书保证。于是，老年黑人便兴高采烈地回去了，这便加重了那些贫苦的种植园主的负担，但他们却不忍拒他们于门外。可那些年轻的黑人仍然留在亚特兰大。他们不想去干什么活儿了，什么地方也不想去。肚子饱饱的，干吗要干活呢？

如今，生平第一次，黑人们可以喝威士忌了，而且想喝多少就喝多少。过去，他们从来没喝过这东西，除了在圣诞节，给他们圣诞礼物的时候他们每人可以喝“一滴”。现在，他们不但有自由人局和提包党人的怂恿，还有威士忌在火上加油，所以他们必然横行霸道。人们的生命和财产都得不到保护。由于不受法律保护，白人们都惊慌失措。男人在街上会遭到喝醉了的黑人的侮辱；夜里，房子和仓库会着火，白天，马匹、牛和鸡会遭窃，各种犯罪行为都不断发生，但是作恶的人极少会受法律的制裁。

但是，这些侮辱和威胁与白种女人遭受的灾祸比起来，根本算不上什么，因为现在战争剥夺了大多数女人的男性保护，而且她们都住在边沿地区和荒凉的路边。针对这种对白种女人的大量暴行，加上无时无刻不为自己妻女的安全担心，南方男子的满腔仇火被激了起来，这便导致三K党在一夜间便诞生了。北方的报纸从未意识到导致它产生的悲剧原因，只是大声疾呼要镇压这个夜间活动的组织。北方当局要搜捕并绞死所有的三K党人，因为他们竟敢趁正常法律和社会秩序被入侵者推翻之际，把惩治罪犯的权力抓在了自己的手中。

于是，便出现了这样一幅触目惊心的画面，半个国家企图用刺刀把黑人统治强加于另外半个国家，而这些黑人从非洲丛林出来还不足一代呢。他们必须有选举权，而他们过去的主人则大多数被剥夺了选举权。必须要征服南方，而剥夺白人的选举权就是手段之一。以前替邦联打过仗的，在邦联政府里做过官的，或帮助和慰劳过邦联军队的大多数人，现在都不许选举，没有办法选举自己的公仆，必须完全受外来统治的控制。许多人清醒地想起了李将军的讲话和榜样，愿意宣誓，重新成为公民，忘记过去的一切。但是，北方佬偏偏不准许他们宣誓。而其他被准许宣誓的人，却因为不屑效忠于一个存心要他们屈服于残暴和羞辱的政府而坚决拒绝宣誓。

斯佳丽一遍又一遍地听到许多人说："如果他们的行为得体的话，我早在投降后就宣那个该死的誓了。我可以重新回到合众国。但是老天作证，我不可能对他们俯首帖耳！"

在这些令人焦虑的日夜里，斯佳丽一直处于提心吊胆之中。那些无法无天的黑人和北方佬士兵，时时刻刻都在脑海里威胁着她，还有财产要被没收的危险也时时伴随着她，甚至做梦也会想到，同时，她还恐惧有更可怕的事情要发生。一想到自己和自己的朋友，还有整个南方都处于无助的境地，她便非常沮丧，这就难怪她这段日子里会常常想起汤尼·芳汀情绪激动地说过的话：

"天啊，斯佳丽，实在忍无可忍了！再也不能忍受了！"

尽管经历了战争、大火和"重建"，亚特兰大又重新成为一个兴旺的城市。在许多方面，这个地方很像邦联政府初期的那个繁忙而年轻的城市。唯一的麻烦便是拥挤在街头的那些士兵换了一种军装，钱财掌握在另一批人手里，黑人们都生活得舒心惬意，而他们从前的主人却在挣扎、挨饿。

表面下隐藏的是痛苦和恐惧，但表面上，却是一座在废墟上重新建造起来的繁荣、繁忙的城市。无论处在怎么样的形势下，亚特兰大似乎一直是繁忙的。萨凡纳，查尔斯顿，奥古斯塔，里士满和新奥尔良是从来不会繁忙的。繁忙是缺乏教养、北方化的一种表现。但此时的亚特兰大却是空前绝后地繁忙。"外来人"

从不同的方向蜂拥而至，大街上从早到晚都吵吵嚷嚷，拥挤不堪。北方佬官太太和暴发的提包党人那闪闪发光的马车把泥水溅到本地人那破旧的马车上，外来有钱人的华丽而俗气的新房子拥挤在原有市民的庄重的住宅中。

战争确立了亚特兰大在南方事务中的重要地位，这个名不见经传的城镇现在已远近闻名了。那条当年谢尔曼为之奋战了整个夏天并且牺牲了几千士兵的铁路又重新给这个城市带来了生机。就像没有毁灭以前一样，亚特兰大又重新成为一个广阔的地区的活动中心，同时这座城市正在接受着如潮水般涌入的受欢迎的和不受欢迎的新市民。

入侵的提包党人把亚特兰大变成他们的大本营，在街上，他们和那些刚来到城里的南方旧家族的代表推推搡搡。他们乡下的旧宅在谢尔曼的军队进军时被烧掉，再加上没有奴隶帮他们摘棉花，所以他们在乡间无法生活，便都跑到亚特兰大来讨生活。每天都有许多来自田纳西和南、北卡罗来纳的新移民，因为那里的“重建”手段甚至比佐治亚州还厉害。许多当初受重金雇用在北军里服役的爱尔兰人和德国人，被遣散后便在亚特兰大定居了。还有北方佬驻军的家眷，经过四年的战争，对南方充满了好奇心，便也来到这儿，使它的人口激增。各种各样的冒险家也蜂拥而来寻求发财的机会，乡下的黑人仍然成百上千地进来。

整个城市在喧闹——像边远地区的村庄一样门户大开，丝毫不掩饰它的堕落和罪恶。酒馆整夜开放着，而且一条街上便有两三家，入夜以后街上到处都是醉汉，有黑人，也有白人，他们在墙壁和街沿之间跌跌撞撞。在那些没有灯火的小巷里和阴暗的街道上，歹徒、扒手、娼妓在鬼鬼祟祟地活动。赌场里闹哄哄的，几乎每夜都有打架和枪杀的事。正派的市民十分反感地发现亚特兰大那又大又兴旺的红灯区比战争期间更加兴旺了。整个晚上，刺耳的琴声在低垂的窗帘后面回响着，喧闹的歌声和笑声飘荡出来，还不时夹杂着尖叫声和枪声。这些房子里的妓女比战争年代的娼妓更无耻，竟然不知廉耻地从窗口探出身子向过路的行人打招呼。在星期天下午，红灯区的老鸨们驾驶着绣窗低垂的漂亮马车缓缓地驶过大街，马车里挤满了穿得花枝招展的姑娘们，她们不时地从低垂的帘幕后伸出头来呼吸一下新鲜空气。

贝尔·沃特林是这些老鸨中最有名气的一个。她自己开了一家新妓院，那是一栋二层楼的建筑物，这使邻近人家的房子看起来像破烂的兔子窝一样。楼下是一间长方形的酒吧，优雅地挂了许多油画，有一支黑人乐队每晚都在那里演奏。据说楼上都是罩着长毛绒的极华丽的家具，厚实的镂空窗帘和进口的镀金框镜子。这些都是为那十几个姑娘布置的，她们个个花枝招展，化过妆后要比其他院子里的姑娘文静。至少警察很少被叫到贝尔那儿去。

这家妓院已成为亚特兰大的主妇们悄悄谈论的话题，牧师们在讲道时也言语谨慎地指责它是罪恶的根源，让人唾弃，让人谴责。每个人都知道像贝尔这样的女人不可能自己挣那么多钱，能开起这么豪华的妓院，她肯定有一个靠山，而且是一个富翁。瑞特从来不隐瞒与她的关系，所以很显然，除了他，她的靠山不可能有第二个人。贝尔坐着那辆由一个神情怯懦的黑人驾着的马车外出时，人们偶尔从低垂的窗帘瞥见她，会看见她一副阔绰相。当她坐在精致的马车座上驶过时，沿街的小孩们会挣脱他们母亲的手，跑着去张望她，还兴奋地悄悄说："是她！是老贝尔！我看见她的红头发了！"

提包党人和战争投机商的豪华住宅正在兴建，它们有复折式的屋顶，有山墙，有塔楼，有五彩玻璃窗，还有宽敞的草地，把那些弹痕累累、由一些旧木头和烟火熏黑的砖头盖起的房子挤开了。每天晚上，这些新建的房子灯火辉煌，里面会随风飘出音乐和舞蹈的声音。身穿色彩鲜艳、烫得笔挺的绸缎衣服的女人在身穿晚礼服的男子的护卫下在长长的走廊上散步。香槟酒瓶塞被打开了，在铺着抽花台布的桌子上摆着七道菜的晚餐。酒浸的火腿，冻鸭肉，鹅肝酱，各个时节的珍鲜果品摆满了桌子。

而贫穷和饥饿的人却住在破旧的老房子里——而且由于他们天生的文质彬彬、无所畏惧的态度，使之显得更加沉痛；又因为他们表面上对于物质需要的漠视的傲态，使日子更加难过。许多人被迫从大厦迁移到寄宿舍，然后又从膳宿迁移到偏僻昏暗的小屋里去，这种不愉快的故事，米德大夫可以讲出许多。他有许多患有"心脏衰弱症"和"憔悴症"的女病人。他知道，而且她们也明白他知道，这是慢性饥饿病。他可以说出全家被肺痨传染的事情，也可以告诉你以前只有穷苦白人才患的癞痢病如今出现在亚特兰大最好的家庭里。还有刚出生的婴儿的细腿却患上了佝偻病，而他们的母亲却没办法喂养他们。以前这位老大夫会为他接生的每一个婴儿诚心地感谢上帝。现在，他觉得生命不是什么恩赐了。对小婴儿来说，这是一个苦难的世界，许多婴儿没活几个月便死了。

在豪华的大房子里，灯火通明，美酒佳肴，随着提琴奏出的乐曲，身着绫罗绸缎的人翩翩起舞，就在附近的角落里却是饥饿、受冻的人们。一边是专横冷酷的征服者，一边是忍受痛苦和满腔仇恨的被征服者。

第三十八章

斯佳丽目睹着这一切，白天就身处其中，晚上连做梦都是这一切情景，一直担心会发生什么事。她清楚因为汤尼的事，她和弗兰克已经上了北方佬的黑名单，灾难随时都会降临到他们头上。现在，她不能让这一切前功尽弃——特别是在这个时候，孩子就要出世，锯木厂开始盈利，塔拉庄园在秋天收棉花之前的支出都还要依靠她的钱。哦！假如她失去所有这一切，该怎么办？假如她不得不用她那可怜的微不足道的武器与这疯狂的世界搏斗，一切重新开始，该怎么办？她得用她那双红唇，那对绿眼睛和那精明而浅薄的头脑去跟北方佬和他们所代表的一切去搏斗。她现在已经精疲力竭，如果让她重新开始，她宁可一死了之。

在那个萧条的1866年的春天，她把全部精力都投入到那个锯木厂，使它赚钱。亚特兰大有的是钱，重建房屋的热潮给了她机会，她知道，只要不坐监狱，就能赚到钱。但是，她再三告诉自己要随和、谨慎，要忍气吞声、委曲求全，不要招惹任何人。不管黑人还是白人，她和所有人一样痛恨那些傲慢无礼的、刚刚被解放了的黑人，每次从旁边经过，听着他们说的下流话和尖笑声，她都会浑身起鸡皮疙瘩。但她从未蔑视过他们。她痛恨那些提包党人和无赖汉，他们轻而易举地成为暴发户，而她却拼命干活养家，尽管这样，她也从未说过一句指责的话。在亚特兰大，没有比她更痛恨北方佬的了，一看到蓝军装她就气得发抖，但即使是在家里她也绝对不提起。

“我决不做多嘴的傻瓜！”她冷静地想，让别人为那些消逝的日子心碎去吧，让别人对北方佬的统治，对失去选举权愤怒去吧，让别人为说出心里话而坐牢，为加入三K党而被处死吧。（哦，多么可怕的名字啊，斯佳丽觉得这个名字跟黑人一样让她感到恐怖。）让别的女人为她们的丈夫属于三K党而自豪吧。感谢上帝，弗兰克从未插手这些事！让别人为那些无可奈何的事烦恼、愤怒、计划去吧。与紧张的现在和无法预测的未来相比，过去算什么？与面包、房子、自由相比，选举权又算什么？我现在只求上帝能让我平安无事到六月！

只要到六月就行了！斯佳丽知道，到了六月，她就会被迫待在贝蒂姑妈的房子里，足不出户，直到孩子出世。人们已经开始评论她在这种情况下还抛头露面了，女人怀孕就不能再出门了。弗兰克和贝蒂已经在恳求她不要再出门，不要再丢自己和他们的脸，她也答应六月就停止工作。

只要到六月就行了！六月之前，她一定要使锯木厂经营稳定，这样她才能放心地离开。六月之前，她要攒够钱，使自己稍有保障以防不测。这么短的时间内要做的事太多，她希望每天再多出几个小时，好发狂似的挣钱，越多越好。

她不断地督促胆小的弗兰克，铺子的生意也稍有起色，那些旧账也收回来了一些。但她的希望却寄托在锯木厂上。亚特兰大像棵被砍倒的大树，如今重新长出更粗壮的树枝、更浓密的叶子来。建筑材料供不应求，木料、砖、石块的价格疯长，斯佳丽从早到晚在锯木厂忙个不停。

每天她花一部分时间在锯木厂过问每一件事，竭力防止她认为正在发生的偷盗事件。但大部分时间，她坐着马车在城里到处奔波，找那些建筑师、包工头和木匠们，甚至素不相识，只是听说可能会建房的人，便连哄带骗地让他们买她的木料。

很快，她就成为亚特兰大街上常见的人物，她坐在自己的马车上，一条膝毯盖到腰间，戴着手套的手放在膝头，旁边是一个神情严肃、但心里颇为不满的黑人老车夫。贝蒂姑妈给她做了一件绿色的小斗篷，用以掩盖她的身材，又做了一顶绿色的扁平帽子，与她的眼睛很相配，她出去招揽生意的时候，经常穿这套得体的服装。淡淡的胭脂和淡淡的幽香使她显得妩媚动人，只要她不从车上下来，谁也看不到她有身孕。而且她也不需要经常下车，只要她微微一笑或轻轻一招手，那些人就会跑到她的马车旁，还常常光着头淋着雨与她谈买卖。

她并不是唯一一个发现靠木材生意可以发财的人，但她并不害怕她的对手。她为自己的头脑灵敏而骄傲，知道与谁相比她都毫不逊色。她是杰拉尔德的女儿。父亲遗传给她的做生意的本能由于环境所迫而更加敏锐。

开始，其他的生意人都嘲笑她，笑声中含有善意的奚落，女人竟会做起生意来。但现在他们不笑了。每当她从他们身边驶过的时候，他们就会暗暗诅咒。作为一个女人，她常常能占到便宜，她经常装出一副无助动人的样子，使别人心软。她经常毫不费力地给人造成一种印象：一个勇敢但又害羞的上等女人，由于生活所逼，落入这种不如意的地步，要是没有人买她的木材，这个可怜的小女人就会饿死，但是当她这种女士风度不起作用时，她就会使出冷酷的生意手段，她可以为招揽一个顾客而降价赔本击败对手。只要她认为不会被发现，她就以次充好，她会不择手段地诋毁其他木材商；她会装出一副不情愿揭露别人的神情，叹着气对未来的主顾说，对手的木材卖的是高价，质量却不好，都是些节节疤疤的烂木头。

斯佳丽第一次撒谎的时候，感到既窘迫又内疚——窘迫的是她说谎竟然如此自如，内疚的是她忽然闪过一个念头：妈妈会怎么想？

对这样一个造谣说谎、不择手段的女儿，毫无疑问，艾伦会目瞪口呆，表示难以置信。她会说一些口气温和、言辞尖锐的话，会说对待邻居要体面、诚实、正直。突然，斯佳丽的脑海中出现母亲的面容，她有些畏惧。但是母亲的颜容很快被一股猛烈、贪婪、不顾一切地冲动抹去了，那种冲动产生于塔拉庄园那贫困交加的日子，更因现在的不稳定而加剧了。就这样，她像以前走过其他里程碑一样走过这个里程碑——一边叹息自己没有成为艾伦期望的那种人，一边耸耸肩重复着自己信赖的咒语：“这一切我以后再考虑吧。”

但是，从此之后她在做生意的时候不再去想艾伦，在与其他木材商打交道时，施展任何手段而不再有内疚的心情。她知道造他们的谣是很安全的，南方的绅士风度保护着她。南方的女士可以对南方的绅士造谣，但南方的绅士却不能对女士造谣，甚至不能说她是个造谣者。其他木材商只能在家里尽情发泄怒气，希望肯尼迪太太变成一位男士，哪怕五分钟也行。

迪凯特街上有个开木场的穷白人，他试图以斯佳丽的方法与她竞争，公开称她是个造谣者和骗子。结果情况更糟，因为大家都感到震惊，连一个穷白人都说出这样的话来侮辱一个出身高贵的女士，更何况这位女士正无可奈何地干着不适合她干的工作。斯佳丽开始时颇有耐心地忍受着他造的谣言，不久，便集中精力对付他和他的顾客。她压低价格，售出优质木材以证明她的诚实，虽然暗地里非常心痛，结果不久他就破了产。弗兰克吃惊地发现，她按自己出的价钱成功地把那个锯木厂接收了过来。

但是马上出现一个伤脑筋的问题——怎样找一个信得过的人来管理它。她不想再找像约翰逊先生那样的人了，因为她知道尽管她再三提防，约翰逊先生仍然背着她偷卖木料，但找一个合适的人也不是件难事，现在人都这么穷，街上不是到处都是那些曾经富有而现在失业的人吗？弗兰克几乎每天都要救济那些退伍受饿的士兵，贝蒂和厨娘每天都要包起一些食物送给骨瘦如柴的人们。

但不知为什么，斯佳丽不愿要这些人。“我不要这些战争后一年仍没事可干的人。”她想，“如果他们现在还没适应和平，那他们也一定不能适应我。而且，他们看起来这么猥琐，这么狼狈。我不愿找猥琐的人，我要找那些精明的有活力有干劲的人，像雷内、汤米·韦尔伯恩、凯尔斯·怀特或西蒙家的男孩那样的，他们没有刚刚投降后的南方士兵流露出的那种‘什么都不在乎’的神情，而是显得对任何事都很在乎。”

但结果却令她很吃惊，西蒙兄弟已合办了一个砖窑，凯尔斯·怀特出售一种他在母亲的厨房里配制的药物，这种药物专治黑人的卷发，只要用这种药涂上六次，保管把头发拉直。他们都拒绝了她的请求。她又找了十几个人，但结果一样。无可奈何中，她提出增加工资，但仍然被拒绝。梅里韦瑟太太的一个侄儿曾不客气地说，他虽然不很喜欢赶马车，但那是他自己的，他宁可自己干也不愿为斯佳丽干。

一天下午，斯佳丽把马车停在雷内·皮卡德的糕点车旁，与他打了个招呼，汤米·韦尔伯恩也在车上，他是搭他朋友的车回家的。

“喂，雷内，你为什么不来为我工作？管理锯木厂总比你赶这车要体面得多，我觉得你会感到丢人的。”

“我？我一点儿都不觉得丢人，”雷内咧着嘴笑道，“谁还顾得上体面？我过去一直很体面，一直到战争像解放黑奴一样把我解放了，我再也不用摆尊贵的架子。我现在像鸟儿一样自由！我喜欢我的糕点车，我喜欢我的骡子，我喜欢那些买我岳母馅饼的北方佬。斯佳丽，我会成为糕点王子的，这是我的命运！像拿破仑一样，我听凭命运的安排。”他戏剧性地挥了一下鞭子。

“但你父母把你养大并不是为了让你赶车的。汤米也是这样，并不是为了跟那些爱尔兰水泥工打交道。我那儿的活——”

“这么说你的父亲把你养大是为了开锯木厂了，”汤米撇了撇嘴说，“我可以想象小斯佳丽坐在她妈妈的膝上。背着她的功课，‘如果你的坏木头能卖好价钱，就不要卖好木头’。”

雷内大笑起来，他闪动着狡猾的目光在汤米的背上捶了一下。

“别这么无聊。”斯佳丽冷冷地说，她看不出汤米的话有什么可笑的地方，“当然，我并不是生来就为开锯木厂的。”

“我不是故意的。不管你是不是生来就为这锯本厂，但你现在确实开了，而且还不错。据我所知，我们没有一个人做了我们打算做的事，但我们依旧活着。如果因为生活不像自己期望的那样就放声大哭，那才是可怜的人，一个民族也是这样。斯佳丽，你为什么不找一个有胆识、有魅力的提包党人为你工作？这种人有的是，我肯定。”

“我不愿找提包党人，那些人什么都偷，只要不是烧红的，或者钉死的东西。

如果他们有身份的话，他们就会待在原地，而不是到这儿和我们抢东西。我要一个好人，出身好的人，精明，诚实，有干劲，而且——”

“你的要求不高，但你出的工钱找不到这样的人。你说的这种人，除非伤残，否则都已经找到活儿干了，或许那活对他们并不合适，但已经有事情做了。他们宁愿做自己的事也不愿为一个女人干。”

“他们愿意做这种低微的活，说明他们没有见识。”

“可能吧，但他们有骨气。”汤米庄重地说。

“骨气！骨气的味道好极了，如果再加上些酥皮的话。”斯佳丽尖刻地说。

俩人都笑了，不过有些勉强，斯佳丽突然感到他们联合起来反对她。汤米说的是事实，她想，脑海中闪过那些她找过的和准备去找的人。他们都很忙，忙着干活，忙得在战前的日子根本想象不到。他们可能没有做着他们想做的事或容易做的事，可能没有做着培养他们做的事，但他们确实是在做。现在日子艰难，不允许男人挑选。如果他们为实现不了的希望悲伤，为过去的日子伤感，那只有他们自己知道，没有人能看得出来。他们在打一场新的战争。他们重新关心起生活来，其迫切与强烈的程度，不亚于把他们的生活截然一分为二的战争之前。

“斯佳丽，”汤米尴尬地说，“在对你说了不礼貌的话之后，我真的不愿再求你。但我还是要求你，可能这对你也有好处。我的内弟，休·艾尔辛，现在靠卖引火柴为生，境况不好。现在除了北方佬之外，人们都自己出去捡引火柴。艾尔辛家日子过得非常艰苦。我自己在尽力干，但你知道，我要养活范妮，还有在斯巴达的母亲和两个守寡的姐姐要照顾。休很不错，是个好人，你知道他出身于好人家，人又诚实。”

“可是——嗯，休不够精明，不然他卖引火柴也会成功的。”

汤米耸了耸肩。

“你看问题真尖锐，斯佳丽，”他说，“但你仔细考虑一下休。你可以进一步挑出更多毛病。他虽然不够精明，但他的诚实、勤劳可以弥补这一缺点。”斯佳丽没有回答，她不想太粗鲁。不过，依她看来，没有其他任何品质可以弥补不够精明这一点。

在她徒劳无功地跑遍全城，并拒绝了纠缠不休的提包党人后，最后决定接受汤米的建议，去叫休·艾尔辛。战争中，休是个有勇有谋的军官，但他所有的机智似乎被两次重伤和四年战争消耗尽了。面对和平后的艰苦，他像个孩子似的束手无策。当他在街上卖引火柴的时候，神情就像个丧家犬似的，他根本就不是斯佳丽期望的人。

“他很蠢，”她想，“他根本就不知道如何做生意，我肯定他连二加二都算不清，而且我怀疑他能不能学会。但，至少，他很诚实，不会骗我。”

现在，诚实对斯佳丽来说根本没多大用处，但她越觉得对自己没用，就越觉得诚实对其他人是何等重要。

“可惜约翰尼·高莱佛已经在汤米·韦尔伯恩那个建筑工地上干活，”她想，“他正是我需要的。他既坚强又狡猾，如果诚实有好处时，他又会诚实。我了解他，他也了解我，如果我们合作，会很成功的。等到旅馆建成，我可能会把他弄到手，现在还只能将就着用休和约翰逊先生。如果我让休照管新厂，约翰逊先生照管老厂，我待在城里照管销售，锯木和运输由他们去办。在把约翰尼弄到手之前，我要冒约翰逊先生偷木头的危险。如果他不是贼多好，我可以用查尔斯留给我的地的一半建个木料场。如果弗兰克不大声向我诉苦，用另一半地开个酒馆多好！哼，等我弄到足够的钱，我一定开个酒馆，不管他生多大的气。如果弗兰克脸皮不那么薄多好。哦，天哪，如果我现在不生孩子多好！还有，哦，天哪，如果那些北方佬不来找我麻烦多好！如果——”

如果！如果！如果！生活中有太多的如果，没有肯定的事，没有安全感，总是担心会失去一切，会重新受冻挨饿。当然，弗兰克现在挣了一些钱，但经常感冒，经常接连几天地躺在床上。如果他成了废人怎么办？不，她不能对弗兰克指望太多。除了自己，她谁也靠不住。然而她挣的钱似乎少得可怜。哦，如果北方佬把她所有的一切都拿走，她该怎么办？如果！如果！如果！

她每个月的收入，一半寄回塔拉庄园给威尔，一部分还瑞特的债，剩余部分她自己存起来。没有其他守财奴比她更经常地数钱，没有一个比她更害怕把钱弄丢。她不肯把钱存入银行，因为银行可能倒闭，也可能被北方佬收走。所以，她尽可能地带在身边，藏在胸衣里，把钱分成一小叠一小叠藏在屋里各处——火炉松动的砖头下、垃圾袋里、《圣经》里。时间一星期一星期过去，她的脾气越来越坏，因为她多存一块钱，在灾难来临时就会多丢失一块钱。

弗兰克、贝蒂和仆人们都极其耐心地忍受着她的每次发作，把她的坏脾气归咎于她的身孕，却根本不知道原因。弗兰克知道凡事要迁就怀孕的女人，所以忍气吞声，不再想起她办工厂和外出的事。他为她的所作所为感到丢脸，但认为可以再容忍她一段时间。等孩子出世后，她就会重新变得像他求婚时那样温柔可爱。然而尽管他百般忍让安抚她，她依旧大发脾气，他常常觉得斯佳丽像是中了邪似的。

没有人知道她为什么像中了邪似的，怎么会变得像个疯子似的。其原因在于她要在不出门之前把所有事情安置得井井有条，要存足够的钱以防灾祸重新降临，要筑一道金钱大堤防备北方佬仇恨的潮水涌上来。近来金钱占据了她整个心灵，即使想到孩子，也只会怨恨孩子来得不是时候。

“死亡、纳税和生孩子，永远没有一个合适的时间!”

当初斯佳丽经营那家锯木厂的时候，亚特兰大的人就大为反感，随着时间的推移，大家觉得这个女人什么都能干得出来。她做生意时的精明已经骇人听闻，何况她母亲是罗彼拉德家的人。人们都知道她已经有身孕，却仍然天天招摇过市，这太不像话了。体面的白种女人和一些黑人一旦怀疑自己怀孕就不再出门，所以梅里韦瑟太太愤慨地对大家说，照斯佳丽现在的样子看，她还准备把孩子生在街上呢。

但是过去所有对她的指责，与现在城里流传的风言风语相比，简直不值一提。斯佳丽不但在跟北方佬做生意，而且她似乎十分乐意这么做!

梅里韦瑟太太和其他一些南方人也跟北方佬做生意，但这有区别，那就是他们不愿意这么做，而且也明显地显露出来了。但斯佳丽愿意，至少看起来乐意，反正一样糟。她确实在她们与那些北方佬官太太们家里喝茶！事实上，他和北方佬来往，就差没把他们邀请到家里去，而城里人猜，如果没有弗兰克和贝蒂姑妈的话，她会的。

斯佳丽知道城里人的议论，但她不在乎，也无暇在乎。她恨北方佬，同当年他们焚烧掉塔拉庄园时一样痛恨，但她把这仇恨掩藏起来。她知道，如果她要挣钱，就得从北方佬身上挣，而且她还知道，对他们微笑，说几句好话巴结他们，是为厂子拉生意的最好办法。

等有一天她有钱了，而且藏到北方佬找不到的地方，那她就会对他们实说她多么憎恨、蔑视和厌恶他们。那该是多么痛快呀！但在这之前，跟他们和平相处才是明智的办法，如果这就是伪善，那就让亚特兰大人淋漓尽致地嘲笑这种伪善吧。

她发现与北方佬军官交朋友就像用枪打地上的鸟儿一样容易。他们是这块充满敌意的土地上寂寞的流亡者，渴望与有教养的女性交往，但在城里，凡是体面人家的女子，路过时都对他们侧目而视，好像要朝他们吐唾沫似的。只有妓女和黑人女人才和气地与他们说话。尽管斯佳丽干那样的活，但她分明是个上等女人，而且出身名门，所以她那嫣然一笑，那绿眼睛闪烁的光芒都让他们心动。

斯佳丽常常坐在马车里与他们谈话，显露出那对酒窝，心里却产生极端的厌恶，甚至想当面诅咒。然而她克制住自己，她发现她可以随意摆布那些北方佬军官，如同与南方男子进行消遣一样容易。不同的是，这并不是消遣，而是可恶的生意。她扮演的是一个落魄的优雅的南方太太。她一副矜持的神态，把受她摆布的那些人拒之于恰当的距离之外，但她依然举止文雅，这使那些北方佬军官一想到肯尼迪太太，心里就暖暖的。

这种感觉对斯佳丽大有益处——这正是她要求的。驻地的许多军官因为不知道要在这儿驻扎多长时间，所以把妻子和家人都接来了，旅馆和寄宿宿舍都满员，所以他们建造小房屋；他们乐意向和气优雅的肯尼迪太太买木料，因为她对他们比城里任何别的人都客气，那些提包党人和无赖汉们盖华丽的住宅，也乐意到她这儿来谈生意，而不愿在以前的邦联军人那儿买，这些人彬彬有礼，但总是一本正经很冷淡，比直接骂他们还难受。

这样，因为她漂亮、迷人，有时又可怜兮兮的，所以那些北方佬都乐意光顾她的木料场和弗兰克的铺子，他们觉得应该帮助这个勇敢的小女人，显然她有一位窝囊的丈夫支持她。斯佳丽看着生意日渐红火，觉得用北方佬的钱可以使现在得到保障，有北方佬做朋友，将来也有靠山。

把与北方佬的关系保持在一定的水准上要比她想象的容易，因为这些人对南方女士有一种敬畏，但不久，斯佳丽就发现，他们的太太却很麻烦，这是她没有预料到的。与北方女人打交道，并不是她愿意的，如果能避开，她当然很乐意，但她不能，因为那些军官太太们非要见她不可。她们对南方和南方女人有一种好奇心，而斯佳丽给了她们满足好奇心的机会。亚特兰大城的其他女人与她们不相来往，在教堂也不打招呼，当斯佳丽为了生意去她们家里的时候，仿佛使她们的祈求得到了满足。常常当斯佳丽的车子停在北方佬家门前与男主人谈着屋顶和柱子的时候，这家的太太就会出来加入谈话，或执意邀请她进屋喝杯茶。不管她如何不乐意，她都不会拒绝，因为她希望有机会婉转地建议她们去弗兰克的铺子里买东西。不过很多次，她的自我控制能力，受到严峻的挑战，因为她们问的那些私人问题，也因为她们对南方所有的事物都摆出一副居高临下的态度。

因为北方女人把《汤姆叔叔的小屋》看作仅次于《圣经》的启示，所以她们很想知道南方家家都养的用以追逐黑人的猎犬。她们始终不相信斯佳丽说的这辈子只见过一条温顺可爱的小猎犬，而没有什么凶猛的猎犬。她们想知道庄园主给奴隶脸上烫记号的烙铁，想知道把农奴打死的鞭子，斯佳丽发现她们对黑奴同居情形表现出非常无聊的兴趣，特别是北方佬在亚特兰大驻扎之后，黑白混血儿的数量激增，她对此尤为厌恶。

听到这种无知偏激的话，亚特兰大的其他女人肯定都会气死，但斯佳丽设法克制住自己。之所以能克制住是因为她们激起她的，与其说是愤怒，不如说是鄙视。毕竟，他们是北方佬，他们能干什么好事。所以，她们对她的故土、她的同胞以及她们的道德的轻率的侮辱，她都嗤之以鼻，不屑一顾，直到另一件事发生，才使她怒不可遏，同时她也看清——如果她需要的话——南北之间的差异有多大，而填补这个差异又是多么艰难。

一天下午，她同彼得大叔赶着马车回家，经过一栋住着三家北方佬军官的房子，他们造房子的木料都是从斯佳丽那儿买的。她从旁边经过的时候，三家的女人都站在门口走道上招呼她停下。她们走过来同她打招呼，那腔调使她觉得除了这说话的口气之外，北方佬的其他事都可以原谅。

"肯尼迪太太，我正要找你，"一个从缅因州来的瘦长的女人说，"我想打听一些关于这座愚昧的城市的情况。"

斯佳丽鄙夷地将这对亚特兰大的侮辱咽了下去，勉强笑道："你要打听什么？"

"我的保姆。我的布丽奇特，回北方去了。她说她一天也不能在这群'黑鬼'中间待了。孩子们都要把我闹疯了！你能告诉我，怎样才能找到一个保姆吗？我不知道该去哪儿找。"

"这并不是什么难事啊，"斯佳丽笑了起来，"如果你能找一个刚从乡下来的黑人女人，而且还没有被自由人局教坏，那你就找到了一个最好的仆人。你只用站在家门口，要是有黑人女人走过就问，我肯定——"

那三个女人气得大叫起来。

"你以为我们会把孩子交给一个黑人吗？"那个来自缅因州的女人大叫，"我想找一个好的爱尔兰女孩。"

"恐怕你在这儿找不到爱尔兰女佣，"斯佳丽冷冷地回答，"从我个人来说，我从未见过白种佣人，我也不愿意雇用她们。"——她忍不住挖苦道——"我向你担保，这些黑人不吃人，而且很可靠。"

"天啊，不！我家不能容忍黑人。真是的！"

"我不会相信这些黑人的，更不能让她们照管孩子……"

斯佳丽想起了嬷嬷那双服侍过母亲、她和韦德而逐渐变得粗糙、骨节很大的慈祥的手，这些外乡人对黑皮肤的手知道些什么？它们是多么善于安慰和爱抚啊。她笑了起来。

"真奇怪，你们竟然这样对待他们，他们可是你们解放的。"

"天！不是我，亲爱的，"缅因女人笑道，"我在上个月从北方来之前，从未见过一个黑鬼，而且也不愿意再见。他们让我起鸡皮疙瘩。我不会信赖他们的……”

斯佳丽已经感觉到彼得大叔的呼吸急促起来，但却笔挺地坐在那儿盯着马耳朵。那个女人忽然大笑，并指着他给同伴看，她的注意力又集中到他那儿。

“你们看那个黑鬼，像只癞蛤蟆，”她咯咯地笑着，“我敢打赌他一定是你们家的老宝贝，对吗？你们南方人不懂怎么对待黑人，都把他们宠坏了。”

彼得咽了口气，额头皱纹更深了，但依旧盯着前方。他从未被白人称作“黑鬼”，倒有黑人这么叫，可没有一个白人这么叫，还被说成是不可信赖的“老宝贝”，他，彼得，可是哈密尔顿家多年来备受尊重的人！

斯佳丽感到，而不是看到，彼得由于自尊心受到伤害而下巴颤抖起来，自己也气得发疯。起先，她总是怀着鄙夷的态度听这些女人耻笑邦联军队，指责杰夫·戴维斯，指责南方人虐待、杀害黑奴。如果对她本人有利，她甚至能忍受别人侮辱她的贞洁和诚实，但现在听到她们对这个忠实的老黑人说了这些愚蠢的话，像火柴掉进火药堆似的，她一下子发怒了。有好一会儿，她盯着彼得皮带上的枪想去拔它，这些傲慢、愚蠢、专横的强盗，实在该杀。但她咬紧牙关，直到下颚上的肌肉都暴出来，她提醒自己，现在还不是时候，总有一天，她会对北方佬说出她想说的话。总有一天，是的。天哪，是的！但不是现在。

“彼得大叔是我们家里的人，”她颤抖着声音说，“再见。我们走吧，彼得。”

彼得突然抽了那匹马一下，马儿吓得向前蹦了起来，当马车颠簸着朝前走的时候，斯佳丽听到那个缅因女人迷惑不解地说：“她家里的人？不会是她的亲戚吧？他那么黑。”

“该死的！他们应该从地球上消失。如果我有了足够的钱，我一定朝她们脸上吐唾沫！一定——”

她瞥了彼得一眼，看见泪珠正从他脸上滚落，因为他受了侮辱，斯佳丽产生一种怜悯和悲伤，眼睛也疼痛起来，仿佛有人无情地虐待了一个孩子。这些女人伤了彼得大叔的心——就是彼得，在整个墨西哥战争中，一直跟随哈密尔顿老上校，就是彼得，在主人死时，把他抱在怀中，并抚养梅兰妮和查尔斯长大，服侍糊涂而且傻乎乎的贝蒂帕特，在她逃难的时候“护送”她，投降后“弄”了匹马，把她从梅肯一直护送回家。她们竟说黑人不可靠！

“彼得，”她一面抓住他瘦弱的胳膊，一面颤抖着声音说，“你怎么哭了，真丢人。别介意，她们不过是该死的北方佬而已！”

“她们当着我的面说，好像我是一头骡子，听不懂——好像是非洲人，听不出她们说什么。”彼得哼了一声，“她们叫我黑鬼，以前从没有白人这么叫过我，叫我‘老宝贝’，还说黑人不可信赖！说我不可靠！老上校死的时候对我说，‘彼得！好好照顾我的孩子，照看年轻的贝蒂帕特小姐，因为她的头脑简单得像个蚱蜢。’这些年我一直好生照看她——”

“除了光明天使加百列，没有人比你干得更好，”斯佳丽安慰他，“没有你，我们怎么能活到现在。”

“谢谢你这么说，小姐。我知道，你知道，但北方佬不知道，他们也不想知道，他们怎么跟我们掺和，斯佳丽小姐？他们不了解南方。”

斯佳丽没作声，因为刚才在那几个北方佬女人面前没有发作的火依然窝着。两个人不作声，赶车回家。彼得已经停止抽鼻子，他的下唇鼓起来，突出得让人吃惊。他已经不再伤心，却开始发怒生气。

斯佳丽心想：这些北方佬真怪！这些女人看到彼得大叔是黑人，就以为他没长耳朵，听不见，以为他不像她们那样具有感情，以为他不会伤心。她们不懂得应该耐心对待黑人，跟孩子一样，应该指导、表扬、疼爱乃至责备。她们不了解黑人，也不了解黑人与旧主人之间的感情，但是却发动战争把他们解放了，解放之后却又不愿与他们有任何关系。他们不喜欢黑人，不信任他们，不了解他们，却一直宣传南方人不懂如何与黑人相处。

居然说不能信任黑人！与白人相比，斯佳丽更信任黑人，当然更不用说北方佬了。他们具有忠诚、耐劳和仁爱的品质，不是困难所能破坏，也不是金钱所能买到的。她想起那几个忠心的仆人，在塔拉庄园遭到入侵时，他们本可以逃走，或参加军队过悠闲的生活，但他们留了下来。她想起迪西陪她在棉田里干苦活，波克冒险到邻家偷鸡给家人吃，嬷嬷跟她到亚特兰大，防止她做坏事。她想起邻家的仆人，忠心耿耿地厮守着他们的主人，男主人上前线后，又保护着女主人，在战乱中陪着她们去逃难，受了伤由他们护理，死了由他们埋葬，失去亲人由他们安慰，为了不挨饿，他们替主人去乞讨、去偷窃。直到现在，虽然自由人局许下了许多诺言，但他们依然不舍得走，而且比从前做奴隶时更辛苦。但北方佬不了解这一切，也永远不会了解他们。

“可是他们解放了你们。”她大声说。

“不，小姐！他们没有解放我。我不用这些白人来解放。”彼得生气地说，“我仍是贝蒂小姐家的人，我死了，她会把我葬在哈密尔顿的坟地里，那儿是我的归宿……要是贝蒂小姐听说你让那些北方佬欺侮我，她会发病的。”

“我并没有这样做呀！”斯佳丽吃惊地说。

“你就是这么做的，斯佳丽小姐，”彼得的下唇伸得更长了，“问题是，如果我们和北方佬没一点来往，他们就没法侮辱我。要是你不跟她们聊天，她们就不会把我当成骡子或非洲人。你刚才也没有帮我说一句话。”

“我帮过!”斯佳丽被责备得受不了了，“我不是对她们说，你是我们家里人吗?”

“那不算数，我本来就是，”彼得说，“斯佳丽小姐，你不做生意，不就跟北方佬不来往了吗？没有别的女士这样，贝蒂小姐就不理睬这些人。要是她听见刚才她们说我的话，她会生气的。”

彼得的这番批评要比弗兰克、贝蒂姑妈和邻居们的指责更让斯佳丽难受，听了这些话，她恨不得一把抓住这老黑人，使劲摇，一直到他闭上口。彼得说的是实话，但她不愿意听，特别是从自家黑奴口里说出来，在南方人看来，得不到自己奴仆的敬仰是件丢人的事。

“老宝贝!”彼得嘟囔道，“我想贝蒂小姐不会再让我给你赶车了。不会了，小姐!”

“贝蒂姑妈会让你照常给我赶车的，”她严厉地说，“别再让我听到你说这样的话了。”

“我脊背骨犯病了，”彼得黑着脸警告，“我的背这会儿疼得厉害，几乎直不起腰，我犯病的时候，贝蒂小姐不会让我赶车的……斯佳丽小姐，如果自己人都不赞成你，不管北方佬和穷白人怎么瞧得起你，对你也没有好处。”

一句话说中了斯佳丽现在的处境，她愤不作声。是的，那些征服者称赞她，她的家人和邻居却不。所有人议论的话，她都知道，现在连彼得都对她不满，不愿和她一起露面，这让她很受不了。

在这之前，她对大家的议论不当回事，甚至有些鄙视。但彼得的话让她燃起了愤怒的仇恨，逼着她采取防卫措施，她突然像恨北方佬一样恨她的邻居们。

“他们为什么要管我做什么?”她想，“他们准是认为我喜欢结交北方佬，喜欢像庄稼汉那样干活。他们这样做，使得我的工作更加困难了。管他们怎么想，我不在乎，我不会让自己在乎的，我才顾不上在乎呢。不过总有一天——总有一天——”

啊，总有一天！当她的世界重新安全了，她就会像艾伦那样，坐在那儿，交叉着双手，像贵妇人似的。她会受到服侍与保护，就像贵妇人，人人都会赞赏她。哦，等到她有钱了，那会是多么了不起呀，那时她会让自己变得和母亲一样，待人和气又温柔，也会想到别人和礼节。她不用再白天黑夜地担心，生活变得从容而平静。她会有时间陪着孩子玩耍，关心他们的功课。在漫长的温暖的下午，体面的女士们来访，她会在塔夫绸裙子的窸窣声、棕榈和扇子的扇动声中，用茶水和可口的蛋糕、三明治招待大家，闲聊打发时间。她会仁慈地对待那些不走运的人，拿东西去救济穷人，给病人送汤和果冻，用自己漂亮的马车去给那些不走运的人摆阔。她会像母亲一样，做一个真正的南方贵妇人。这样，每个人都会像喜爱艾伦那样喜爱她，人人都会说她非常慷慨而叫她“博爱太太”。

她从这些想法中获得乐趣，并没有因为意识到她没有真正要待人宽厚、仁慈而感到扫兴。她所要的只是具备这些品质而得到的那个好名声。不过她的脑袋像一张粗糙稀疏的网，无法区别出这细微的差别来。只要有一天，她有很多钱，人人都称赞她，这就足够了。

总有一天，但不是现在！现在，别人爱说她什么就去说吧。现在还不是当贵妇人的时候。

彼得的话果真应验了。贝蒂姑妈真的愤怒了，彼得的病痛也在一夜之间发作得不能再赶车了。从此，斯佳丽独自赶车，手掌上刚刚退去的茧子又长了出来。

春天就这样过去了，四月的冷雨变成了绿色五月的温馨。几个礼拜里，斯佳丽忙于工作，整日焦虑不安，身子也日趋臃肿，老朋友们对她越来越冷淡，家人对她越来越体贴，也越发担心，越发摸不着头脑，不知是什么在驱使她这么干。在这不安的拼命奋斗的日子里，只有一个人能依靠，只有一个人能理解她，那就是瑞特。很奇怪，他怎么以这种形象出现，他变得像水银一般，又邪恶得像刚从地狱中出来的魔鬼。但他确实给她同情，这是她从未从别人身上得到的，也从未期望从瑞特身上得到。

他经常神秘地离开亚特兰大去新奥尔良，他从未解释，但斯佳丽稍微有些妒忌地肯定，这跟某个女人——甚至一些女人——有关。在彼得大叔拒绝为她赶车之后，瑞特待在亚特兰大的时间越来越长。

他待在亚特兰大的时候，大部分时间在时代女郎酒馆的楼上赌钱，或是在贝尔·沃特林的酒馆和富有的北方佬和提包党人谈赚钱计划，这使城里人觉得他比那些北方佬更可恨。他现在不到贝蒂家拜访了，可能是尊重弗兰克和贝蒂的感情，因为在斯佳丽怀孕的情况下，如果有男士来访，他们会恼火的。但是他们几乎每天都会碰巧相遇，当她赶着马车经过僻静的桃树街到锯木厂时，他往往骑着马来到她的马车跟前，他勒住马和她聊一会儿，或者把他的马拴在她的马车背后，跳上车替她赶一会儿。尽管她不愿承认，近来她确实很容易累，所以当瑞特接过缰绳时，她总是暗暗感激。他总是在到达城里之前离开她，尽管这样，亚特兰大人都知道他们的相会。这给斯佳丽长长的违反礼节的清单上添加了新的内容。

她有时也怀疑这一次次相遇并不是偶然。几个礼拜过去了，城里黑人的行为愈来愈无法无天，他们会面的次数也越来越多。他为什么偏偏在她最丑的时候找她呢？即使以前他对她曾有过打算，现在也没有了，不过她还是开始怀疑这事儿。他有好几个月没再开玩笑提起他们在北军监牢里那尴尬的场面，也没有提到阿希礼和她对他的爱情，也不再说“打她主意”之类的粗话了。她觉得还是不要惹是生非，所以对他们的频频会面并不要求解释。最后，她得出结论：因为他除了赌钱之外无事可干，在这儿也没有好朋友，所以找她只为了和她做伴。

无论他怎么认为，她觉得他来做伴很受欢迎。他听她抱怨失去的顾客，收不回来的账，约翰逊先生对她的欺骗，而休又是多么不称职。他会为她的成功喝彩，而弗兰克只会宽容地笑笑，贝蒂会很吃惊地说“天啊！”她确信瑞特经常为她拉主顾，因为他和那些有钱的北方佬和提包党人关系密切，但他总是否认自己在帮她。她知道他是怎样的人，她并不信任他，但每次看到他骑着他的大黑马从弯弯的林荫道过来时，她总是很高兴。当他跳上马车，接过缰绳，对她说几句俏皮话时，尽管她心事重重，身体笨重，也立刻觉得自己又年轻漂亮而富有魅力了。她与他无话不说，也丝毫不用隐瞒她的真正动机和看法，倒是与弗兰克——甚至阿希礼说话时，她会感到难以启齿，如果她必须说实话的话。不过，当然了，和阿希礼说话，因为考虑到名誉问题，确实有许多话不能说，这导致对其他一些话也产生抑制作用。有瑞特这样一位朋友，真让她感到欣慰，何况他现在不知为什么，对她规规矩矩的。她感到莫大的欣慰，因为她近来太缺朋友了。

“瑞特，”在彼得大叔发出最后通牒后不久，斯佳丽怒气冲冲地问，“城里的人为什么待我这么苛刻？为什么这样议论我？在他们看来，我和提包党人不一定谁更坏呢！我一直做自己的事，从不做缺德的事，而且——”

“如果你没做，那是因为你没有机会，他们可能意识到了这一点。”

“哦，别胡说！我快被他们逼疯了，我只不过想挣些钱而已，再说——”

“你做的一切和其他女人不同，而且你成功了。我以前就对你说过，这是在任何社会中都不能原谅的。与众不同，就得倒霉！斯佳丽，你的锯木厂生意兴隆这件事对任何没有成功的男士来说都是一种侮辱。记住，一个有教养的女人应该待在家里，应该对这个忙碌而残酷的世界一无所知。”

“但我要是待在家里的话，我早已无家可归了。”

“按理说你应该彬彬有礼而且很自尊地在家挨饿。”

“哦，别胡闹了！但你看梅里韦瑟太太，她把饼卖给北方佬，这比开锯木厂更糟，还有艾尔辛太太，做针线活出租房屋，范妮给瓷器画画，画得那么蹩脚，谁都不想要，但大家为帮助她，还是买了，还有——”

“你没有找到要点，宝贝儿。她们都不成功，所以她们没有伤害南方男士们强烈的自尊心。他们仍可以说‘看这些可怜的人，她们多辛苦！我要让她们感到有人帮忙’。另外，你提到的这些女士们并不愿意工作，她们总让人觉得，这种繁重的活不应该由她们干，她们等着男人们来把她们肩头的担子卸下来。所以人们都可怜她们。但明显，你喜欢工作，而且不愿意男人来干涉你，所以没有人可怜你。为此，亚特兰大人永远不会饶恕你。因为他们喜欢可怜别人。”

“我希望你有时候说话正经一点儿。”

“你听说过一句东方谚语‘狗汪汪叫，商队照样前进’吗？让他们叫吧，斯佳丽。我想，没什么能阻挡你的。”

“可是，他们为什么要反对我挣钱呀？”

“斯佳丽，你不能什么都有，要么就像现在不守女人本分地去挣钱，到处受冷遇，要么拥有很多朋友，但是会很贫穷，能保持体面，你自己选择吧。”

“我不愿受穷，”她很快答道，“不过——这是个正确的选择，是吗？”

“如果你把钱看得很重的话。是的，在这个世界上，钱比什么都重要。”

“那么你只能选这条路了。不过这一选择，就像你所想要的大部分东西那样，附带着一种惩罚。这就是寂寞。”

这话使她沉默了一会儿。这话说的是事实。停下来仔细想想，她觉得自己确实有点儿孤独——缺乏女伴陪伴。战争期间，她感到烦闷的时候，还有艾伦那儿可以去。艾伦死后，还有梅兰妮，尽管除了在塔拉庄园干活之外，她与梅兰妮再无共同之处。现在，一个人都没有了，贝蒂姑妈除了那个小圈子之外一无所知。

“我想——我想，”她迟疑地说，“就与女人来说，我确实感到孤独。并不是因为工作，城里女人才不喜欢我。反正她们就是不喜欢我。除了母亲，没有女人真正喜欢我，包括我那两个妹妹。我不知道为什么，在战争以前，甚至在我嫁给查利以前，那些女士们对我所做的任何事似乎都不以为然——”

“你忘了威尔克斯太太，”瑞特说，眼中闪动着不怀好意的光芒，“她对你一直都很赞成，我敢说，除了杀人，她什么都支持你。”

斯佳丽冷冷地想：“杀人她也赞成。”她轻蔑地大笑起来。

“哦，梅兰妮！”她接着阴郁地说，“如果只有她一个人支持我的话，对我来说，并不是什么光彩事，因为她连一只珍珠鸡的头脑都没有，如果有的话——”

她有些窘迫地停了下来。

“如果她有的话，她就会意识到某些事情而不赞成你。”瑞特替她说完那句话，“唔，当然，你应该比我更清楚。”

“哦，你这该死的记性和无礼的态度！”

“我不会在意你的无理，还是回到刚才的问题上吧。你得下定决心。如果你想与众不同，那你就得孤独，不但你同辈的人疏远你，你的上一辈和下一辈的人都要疏远你。他们永远不了解你，无论你做什么事，他们都会很吃惊。但你的祖辈会为你骄傲地说：‘这是我家的子孙。’而你的孙辈会很敬佩地叹道：‘多么了不起的老奶奶呀！’而且会学你的样子。”

斯佳丽乐得大笑起来。

“有时候，你说话一针见血！我的外祖母罗彼拉德就是。我淘气的时候，嬷嬷总是这样吓唬我。我外祖母非常严厉，对自己和别人的举止要求都非常严格。但她结过三次婚，使她的情人们不知为此决斗了多少次，她爱搽胭脂，穿领口开得很低的衣服，而且——里边几乎不穿内衣。”

“你非常崇拜她，虽然你一向想学你的母亲！我的祖父就是一个海盗。”

“真的！就是逼着人蒙着眼睛走跳板的那种？”

“如果有利可图的话，我想他会的。总之，他弄了很多钱，足以使我的父亲成为富翁。不过我家人总是很小心地称他为‘船长’。在我出生之前，他在酒馆中与别人吵架，被人打死了。不用说，他的死让我们小辈们都松了一口气。这个老先生经常泡在酒里，喝醉的时候，常常忘了他是个退休的船长，而是回忆过去来吓唬我们。不过我十分钦佩他，我情愿学他而不愿学我的父亲，我父亲是一个和蔼可亲的老绅士，满脑子的做人之道——你知道结果怎样。我肯定你的儿女不会赞成你，就像艾尔辛太太和梅里韦瑟太太以及她们的儿女不赞成你一样。你的儿女会温柔、驯服，像所有艰苦奋斗过的人的孩子一样。更糟的是，像所有的母亲一样，你不会让他们再吃你吃过的苦。你错了。艰苦能造就一个人，也能毁掉一个人，所以你等着你的孙辈来赞赏你吧。”

“我想不出我们的孙辈是什么样！”

“你用‘我们’，是指你和我共同的孙子吗？嘿，肯尼迪太太！”

斯佳丽突然意识到自己的失言，脸一下子红了。她不单是为这句笑话感到羞愧，而且突然意识到自己的大肚子。他俩从未提起过这件事，和他在一起时，天再暖和，她也要把膝毯一直拉到腋下，以女性方式安慰自己，这样盖着，他就看不出来了，现在她突然因为自己怀孕而恼怒，也因为被他看出来而害羞。

“滚下车去，你这个头脑肮脏的畜生。”她说道，声音有点儿发抖。

“我不会下去的，”他平静地答道，“你到不了家，天就黑了，下一道泉水附近的帐篷和窝棚里，住着一群新来的黑人，听说很下流，你没有必要让那些易冲动的三 K 党人今晚穿夜行衣，骑着马到处跑。”

“你走！”她拉着缰绳，使劲喊道，她忽然感到一阵恶心。他勒住马，递给她两块干净的手帕，并很熟练地托住她的头伸出车外。傍晚的阳光从新抽出芽的树枝中斜照下来，像一片金黄与翠绿的漩涡，让人感到眩晕。眩晕过后，她把头埋在手里，出于羞辱而哭了起来。她不但当着男士的面呕吐——这本身就会让一个女人狼狈不堪——而且这样一来，她怀孕的事实便暴露无遗。她觉得自己再也无法面对他了。这种事没有碰到别人，却碰到这个向来不尊重女性的瑞特！她一边哭，一边等着瑞特说出几句她永远不能忘的粗鲁的打趣话。

“别傻了，”他平静地说，“如果你真是难为情而哭，那你真是个傻瓜。好啦，斯佳丽，别像个孩子。你应该清楚，我又不是瞎子，当然知道你怀孕了。”

她吃惊地“啊”了一声，便用手把脸捂得更紧了。“怀孕”这个词本身都够吓人了，弗兰克经常很窘迫地称之为“身子不方便”，杰拉尔德在不得不提到这类事时，习惯用“分娩”这种比较微妙的措辞，而太太小姐们则斯文地称之为“有喜了”。

“你要是认为我不知道，那你真孩子气，你一直用暖和的膝毯盖着自己，我当然知道，要不然，我一直——”

他突然停了下来，俩人都沉默了。他抓起缰绳，重新赶着马，继续平静地和他说话，当他慢条斯理的话语传到她耳畔时，红晕从她低垂的脸上慢慢褪去。

“斯佳丽，我没想到你会如此吃惊。我以为你是明白人，真让我失望。你的脑子中还有那种羞愧的念头吗？我想我不是个上等人，所以才对你提起这种事。我知道自己不是个上等人，因为我见到怀孕的女士，没有那种上等人应该有的窘态，我能够把她们当作正常人来对待，而不是去故意看天、看地、看周围的一切，却不去看那女子的腰部——然后偷偷地瞟一眼，我认为这样不好。我为什么要这样？我认为这是非常正常的。欧洲人就比我们明白多了。他们会向未来的母亲道喜。虽然我也不主张这样，但它仍比我们那种故意视而不见的态度要好得多。这是很正常的，女人应该为此而自豪，而不是像犯罪似的躲进房里去。”

“自豪！”她大叫，“自豪——呸！”

“难道你不觉得自豪吗？”

“哦，天哪，不！我——我讨厌孩子！”

“你是指——弗兰克的孩子？”

“不——不管是谁的孩子。”

话一出口，她便发现自己又说漏了嘴，懊悔了好一会儿，但他好像没有听见似的，继续从容地谈着话。

“我和你不同。我喜欢孩子。”

“你喜欢孩子？”她吃惊得忘记了羞涩，抬起头叫道，“你真会撒谎。”

“我喜欢孩子，喜欢幼小的孩子，直到他们开始长大，学会大人们的思维习惯，学会大人们的撒谎、欺骗、做丑恶事情的能力。这对你来说并不新鲜。你知道，我很喜欢韦德·汉普顿，虽然他不是个很理想的孩子。”

这倒是真的，斯佳丽突然诧异起来。他确实喜欢和韦德一起玩，还常常捎给他礼物。

“既然现在已经挑明了这个讨厌的问题，你也承认不久将生孩子，那么我就告诉你两周来我一直想对你说的事——两件事。第一件就是你一个人赶车很危险，你也清楚，大家跟你说了很多次了。如果你本人对遭奸污这件事不太在乎的话，你也要考虑一下后果。由于你的倔强，你可能会使城里爱打抱不平的人们替你报仇而吊死几个黑人。这样，北方佬就会追捕他们，说不定有人就会被绞死。你有没有想过，那些上等女人不喜欢你的原因之一就是你可能把她们的儿子或丈夫送上绞刑架。再说，如果三K党杀了太多的黑人，北方佬就会对亚特兰大实行高压政策。这样，谢尔曼的行为就显得太仁慈了。我说的都是事实，因为我和北方佬联系密切。说起来惭愧，他们把我当自己人，我亲耳听他们这么说过。他们决定铲除三K党，即使把全城烧光，把十岁以上的男子全部处死也在所不惜。这也会殃及你，斯佳丽，你会损失钱财。这火一旦烧起来，不知什么时候才会停下来。没收财产，增加税收，对可疑女人进行罚款——这些他们都提起过。三K党——”

“你认识三K党人吗？汤米·韦尔伯恩和休，还有——”

他不耐烦地耸了耸肩。

“我怎么会知道？我是个叛徒，无赖汉。我会知道吗？可我确实知道北方佬怀疑哪些人，而且他们只要稍稍出错，就等于被绞死了。我知道你不会为你的邻居上绞刑架而懊悔，但你会因为失去锯木厂而后悔的。看你脸上一副固执的模样，我就知道你不会相信，我的话等于白说了。所以我只能说，你把手枪带在身边——我在城里的时候，一定会设法来替你赶车的。”

“瑞特，你真的——真是为了保护我才——”

“是的，亲爱的，正是我经常夸耀的骑士精神促使我来保护你的。”他那双黑眼睛又开始闪烁出嘲弄的光芒，刚才的一本正经已消失无踪，“为什么呢？因为我深深地爱着你，肯尼迪太太。是的，我一直这样默默地渴望着你，一直远远地崇拜你；但我就像阿希礼先生一样是个体面人，所以一直掩藏着这种感情。现在你是弗兰克的妻子，名誉阻止我告诉你这一切。但就连威尔克斯先生的名誉有时也会出现裂痕，我的也是，所以就告诉你我隐藏的感情．而且我的——”

“哦，我的天，你住嘴！”斯佳丽打断他，像往常一样，她很恼火，自己被他弄得像个自负的傻瓜，而且她不愿意使阿希礼和他的名誉成为进一步交谈的话题。

“你想告诉我的另外一件事是什么？”

“怎么！我正把一颗热恋而憔悴的心展现给你的时候，你却换了话题！嗯，另外一件事是这样的。”他眼中嘲弄的光芒熄灭了，又呈现出平静的神态。

“我想给你的马做点什么。它的性子太烈，嘴像铁一样硬。赶起来挺费劲，不是吗？那么，它要是使性子脱缰乱跑，你就没法控制它，要是翻到沟里，你和孩子都会死的。你得替它换一副最重的嚼铁，要不然我去替你换一匹比较温和、嘴也比较嫩的马来。”

她抬头看着他那平静的毫无表情的脸，她的怒火一下子不知去向，就像刚才谈到她怀孕所引起的羞涩消失时一样。刚才在她恨不能去死的时候，他一片好心安慰她，现在对她的马也想得很周到。她心中暗生感激，她不明白，他为什么不能一直这样。

“这马确实不好赶，”她温柔地表示同意，“有时赶一天的车，晚上肩膀酸疼。你看怎么办好，就怎么办吧，瑞特。”

他的眼睛狡黠地闪动着。

“这话听起来很甜，很有女人味，肯尼迪太太。一点不像你平时的强横霸道。唔，只要恰当地对待你，你就会露出本色。”

斯佳丽双眉一皱，火气又上来了。

“这一次你非得滚下去，否则，我要拿鞭子抽你。我不知道自己为什么要容忍你——为什么要竭力对你客气。你这人不讲礼貌，没有道德，简直是个——下去，我说话算数。”

但是当他从车上下去，解开自己的马，站在暮色苍茫之中咧着嘴向她嬉笑时，她也不由得一边朝他咧咧咧嘴，一边赶着马车走了。

是的，他很粗鲁，很狡猾，和他打交道会很危险，你永远不知道在你毫无戒备时递给他的钝武器会在什么时候会变成锋利的刀子。但不管怎样，他总是使人兴奋——对，就像白兰地！这几个月来，斯佳丽已经知道白兰地的用处。当她傍晚淋得湿漉漉地回到家，因为赶车而浑身酸疼时，除了藏在嬷嬷那双处处留神的眼睛也没有发现的顶端抽屉的白兰地之外，她什么都不想。米德大夫没有想起来警告她，怀孕的妇女不该喝酒，因为他没有想到一个体面的女子会喝比葡萄酒还烈的酒。当然，除了婚礼上或伤风不起时喝一些香槟或甜烧酒。当然，也有些不幸的女人喜欢喝酒，使她们的家庭永远蒙受耻辱，比如那些精神失常的、离过婚的，或者像苏姗·B·安东尼小姐那样认为妇女应该有选举权的女人。尽管大夫对斯佳丽很不满意，但他也没怀疑她会喝酒。

斯佳丽发现饭前喝一点纯白兰地对她很有好处，她可以嚼一点咖啡或用花露水祛除酒味。为什么人们对女人喝酒有这么多愚蠢的看法，而男人可以随心所欲地喝得东倒西歪？有时候，弗兰克已经鼾声大作，而她还翻来覆去睡不着，为贫穷发愁，害怕北方佬，思念塔拉庄园，思念阿希礼，她觉得如果没有白兰地，她会疯的。当那舒服而熟悉的感觉进入她的血管，她的烦恼就会消退。三杯酒下肚后，她总是对自己说："这些事我明天再考虑，那时我会忍受的。"

可是有几夜，连白兰地也无法抑制她心中的痛楚，这是思念塔拉庄园而引起的痛楚，比失去锯木场还令人心碎的痛楚。亚特兰大充满着喧闹声，新建的楼房，陌生的面孔，挤满了马匹、车辆和人群的狭窄的街道，一切都让她感到窒息。她爱亚特兰大，但——哦，她怀念塔拉庄园的优雅与安宁，怀念红色的土地和黑沉沉的苍松！哦，她多希望回到塔拉庄园，不管那儿多么艰苦！靠近阿希礼，看见他，听见他说话，知道他还爱她就够了！梅兰妮每一封信都说大家都很好，威尔每次寄来的短笺中都要谈到棉花的耕种和长势，这一切都让她重生回家的愿望。

"六月我一定要回家。六月之后我在这儿就无事可干了，我要在家待几个月。"想到这里，她的心情激动起来。她果然在六月回家了，但不是像她原定的那样回家，因为六月初，威尔寄来的短笺中说杰拉尔德死了。

第三十九章

火车晚点了很长时间，斯佳丽在琼斯博罗下车的时候，深蓝的六月的暮色正笼罩在乡间。镇上还剩下的很少的几家铺子和房子射出暗淡的黄色灯光。大街上原来的房屋被炮弹轰掉或烧掉了，建筑物中间是一个个巨大的缺口。那些屋顶满是弹洞，或一半墙已经倒掉的房屋悄无声息地展现在她面前。几匹带鞍的马和几辆骡车拴在布拉德铺子的木凉篷外。那条红土路空荡荡得毫无生气，只有远处酒馆里传来的几声喊叫和醉汉们的笑声，飘浮在寂静的暮色中。

车站自从被战火毁掉后，一直没有重建，只是搭了个木棚，空无四壁。斯佳丽走进棚内，坐在一个显然用来当作椅子的空桶上。她的目光在街道上寻找着威尔·本廷。威尔应该来接她的，他应该知道，她一接到杰拉尔德去世的消息，会尽量赶第一班火车回来。

她走得太匆忙，只在手提包里塞了一件睡衣和一把牙刷，连换洗的内衣都没有带。她穿着从米德太太那儿借来的紧身黑衣服，感觉很不好，因为她没有时间赶制丧服。米德太太现在瘦了，而斯佳丽现在快要生孩子了，所以那件衣服格外让人不舒服。即使在杰拉尔德去世的时候，她也忘不了自己的外表，她低下头，厌恶地看着自己的身体。她的体形完全走样了，脸和脚浮肿。以前她不很关心自己的外貌，可现在，一小时后，她就要见到阿希礼了，所以她非常关心。即使在她心碎的时候，她一想到怀着另一个男人的孩子去和他见面，她不敢想下去。她爱他，他也爱着她，但这个多余的孩子成了她不忠于爱情的证据。不过，即使她不想让他看到自己不再苗条的腰身和不再轻快的步子，现在也已不能逃避了。

她不耐烦地跺着脚。威尔应该来接她的。当然，如果他不来的话，她可以到布拉德的铺子里去问问他的情况，或请人把她送回塔拉庄园。但她不想去，星期六晚上，没准儿，郡里一半以上的男人都在那儿，她不愿意穿着那件不合身的突出她怀孕身段的黑衣服抛头露面，让人看出她怀孕了。她不想听到关于杰拉尔德的善意的同情。她不需要同情。她怕一听到他的名字，她就会大哭。她不能哭！一哭就会像亚特兰大陷落那天晚上，瑞特把她扔在路上，那样停不下来，号啕大哭，哭得心都碎了，眼泪直落在马鬃上。

不，她不能哭，她感到嗓子里有什么东西堵住了，听到那个消息之后，她经常这样，但哭又有什么用，只会使她糊涂和软弱。哦，威尔、梅兰妮和两个姑娘为什么不告诉我杰拉尔德生病了？她会乘第一班火车来照顾他，如果需要，她会从亚特兰大给他找个医生。这些蠢货！没有她，他们什么都办不成吗？但她不能分身同时在两地呀，老天知道，为了他们她在亚特兰大尽了多大的力。

她在桶上扭来扭去，威尔还没有来。她的心情紧张、烦躁起来。他在哪儿？后来她听到背后铁轨上传来的脚步声，回头一看，是阿历克斯·芳汀，他正在穿越铁轨，向一辆大车走去，肩上扛着一袋燕麦。

“天哪！那不是你吗，斯佳丽？”他叫道，放下燕麦，跑来和她握手，那张黑黑的沉痛的脸上一下子显示出喜悦的神情，“看到你真高兴，我刚才看到威尔在那边铁匠铺里，给马钉掌。火车晚点了，他以为还有时间。我去叫他好吗？”

“好的，阿历克斯。”她说，尽管很悲伤，她还是微笑着，很高兴又见到郡里的老乡。

“啊——嗯——斯佳丽。”他神情不自然地说，“我为你父亲感到难过。”他仍然拉着她的手。

“谢谢你。”她回答，真希望他什么都没说。他的话使人清晰地记起杰拉尔德那张红脸膛和吼叫似的说话声音。

“斯佳丽，也许你可以感到一点安慰，我们这一带都以他为骄傲。”阿历克斯放开她的手，继续说，“他——嗯，我们认为他像士兵一样是为伟大事业而死的。”他这话是什么意思，她迷惑地想。一个士兵？有人开枪打死他了吗？他像汤尼那样和无赖汉开架了吗？但她不能再听下去了，否则她一定会大哭起来，但她不能哭，只能等到她安稳地坐在威尔的马车上，等到没有陌生人能看到她之后。威尔就像兄弟一样，不要紧的。

“阿历克斯，我不想说这事儿。”她简短地说。

“我一点都不怪你，斯佳丽。”阿历克斯说，他的脸由于生气而涨得通红。“她要是我的妹妹，我就——咳，斯佳丽，我从未对一个女人说过狠话，可是我认为苏伦应该被教训一顿。”

她想不通，他到底在说些什么？苏伦和这事有什么关系？

“我感到很遗憾，这儿的人都这么看她。威尔是唯一对她和颜悦色的人——当然，还有梅兰妮小姐，但她是圣人，不会说任何人的坏话，而且——”

“我说过了，我不想说这事儿！”她冷冷地说，但阿历克斯似乎并不觉得受冷淡，而且显示出他理解她的态度粗鲁，真恼人。她不愿从外人嘴里听到家人的坏消息，不想让人知道她对所发生的事一无所知。威尔怎么不详细告诉她到底出了什么事？

她希望阿历克斯不要紧盯着她，他觉察到她怀孕了，这让她很难堪。而阿历克斯在暮色中盯着她看时所想的是她的脸完全变了，不知自己刚才是怎么认出她来的。可能是因为她将生孩子了，这时候的女人看起来都不太好。而且，当然，她一定在怀念老奥哈拉，她曾是他的宝贝儿。可是，不，变化不止这些。她的脸色比上一次好，至少，她看起来像每天过去那种饿兽般能吃上三顿饱饭了，眼中那种困兽的目光已经消失了一半，过去恐惧、绝望的眼神变得严酸了，甚至在她微笑的时候，也显出一种命令、自信和坚决的神态。她肯定和老弗兰克过得很快活！是的，她变了。无疑，她仍然是个漂亮女人，可是她脸上的温柔甜美，以及她的媚态，这些他比上帝都更为熟悉的东西，却已荡然无存了。

算了，他们不是都变了吗？阿历克斯低头看了看自己身上破旧的衣服，脸上又显出那种沉痛的皱纹。有时候，他晚上睡不着，想妈妈什么时候才能得到一次治疗，可怜的乔遗留下来的孩子怎样才能得到受教育的机会，他怎样才能弄到钱买一匹骡子，他希望战争还没有结束，希望它永远持续下去。他们当时不知道是他们的运气，在军队里总是有吃的，即使是玉米面包，经常有人发号施令，绝对没有面对困难解决不了而产生的那种痛苦感觉——在军队中除了担心被杀之外，其余什么都不用操心。还有迪米特·芒罗，他想娶她，但他办不到，现在有这么多人指望他供养。他爱她那么久了，现在，红润从她脸上褪去，欢乐的神情也从她眼中消失。要是汤尼不逃到德克萨斯该多好！要是有另一个男人在场的话，一切都将不同。他那个可爱的、坏脾气的小弟弟，一文不名地流浪在西部什么地方。是的，他们都变了。为什么不变呢？他沉重地叹了口气。

“我还没向你们感谢呢，你和弗兰克帮了汤尼的忙。”他说，“是你帮助他逃走的，是不是？你们太好了，我打听到他在得克萨斯很安全，我不敢写信，也不敢问你——你和弗兰克借给他钱了吗？我来还——”

“阿历克斯，请别说了！以后再说好吗？”斯佳丽大叫起来。就这一次她没有把钱放在心上。

阿历克斯沉默了一会儿。

“我去找威尔。”他说，“明天我们会去参加葬礼。”

他扛着燕麦，转身走了。一辆摇摇晃晃的大车从街道旁出来，吱吱呀呀地朝他们驶来，威尔在座位上叫：“对不起，斯佳丽，我来晚了。”

威尔笨手笨脚地从大车上下来，弯下腰吻她的脸颊。他以前从没有吻过她，而且从不忘在她的名字后加“小姐”，尽管她有些吃惊，但还是感到很温暖，而且非常高兴。他很小心地扶着她上了大车。她低头看时，发现这正是她逃出亚特兰大时那辆陈旧的大车，这么长时间，还没有散架？威尔一定维修得很好。看见这辆车她有些懊恼，不禁想起那天晚上的事。即使她脚上穿不成皮鞋，或者贝蒂姑妈的饭桌上端不出饭菜来，她也要给塔拉庄园配置一辆新车，把这一辆烧了。

斯佳丽很感激威尔开始一直没有说话。他把那顶旧草帽扔在大车后座上，吆喝了一声马，就动身了。威尔还是那样，身材单薄，淡淡的头发，温和的眼睛，跟拉货的马一样好性子。

他们出了镇子，拐上通往塔拉庄园的路。天边还有一点淡粉的色彩；大朵大朵的白云被染上金色和绿色。宁静的暮色笼罩着他们，像祈祷时那样使人平静。她在想远离这新鲜的空气，这些新耕的土地，这可爱的夏夜，她是怎么熬过这几个月的。湿润的红土的气味闻起来那么好闻，那么熟悉，那么亲切，她想下来，抓一把土，忍冬的枝条缠绕着铺满了大路两边红色的沟，像往常雨后一样散发出一种芳香，是世界上最沁人心脾的。在烟囱里做窝的燕子会突然迅速从他们头上掠过，时不时，有一只野兔受到惊吓从路上跑过，白色的尾巴上下摆动，像个羽绒粉扑。她很高兴地看到棉花长得很好，他们穿行在耕地中间，红色的土地上生长着绿色的灌木。这一切多美啊！灰蒙蒙的雾，红色的土地，生长的棉花，斜坡上种着的绿油油的成排的庄稼，这些后面还有像一堵堵黑色的墙似的松树，她竟然在亚特兰大待了这么长时间！

“斯佳丽，在我们到家之前——在谈到奥哈拉先生之前——我要把一切事情都告诉你，我想你现在是一家之主，有一件事需要征求你的意见。”

“威尔，什么事？”

他把温和、严肃的眼光转向斯佳丽，盯了一会儿。

“我要你同意我和苏伦结婚。”

斯佳丽抓紧座位，她惊奇地差点儿从后面摔下去。跟苏伦结婚！自从她把弗兰克·肯尼迪夺走之后，她从未想过有人会跟苏伦结婚。谁会要苏伦？

“天哪，威尔！”

“那么，你就是不反对了？”

“反对？不，但是——威尔，你吓了我一跳！你要娶苏伦？威尔，我一直以为你喜欢卡洛琳。”

威尔一直盯着马，摆着缰绳。他的侧面没有移动，但她认为他叹了口气。

“我过去可能是这样。”他说。

“怎么，她不愿嫁给你？”

“我从未问过她。”

“哦，威尔，你真是个傻瓜，去向她求婚，她抵得上两个苏伦！”

“斯佳丽，你不知道塔拉庄园的许多事情。最近几个月，你不很关心我们。”

“我不关心，是不是？”她一下子火了，“你以为我在亚特兰大都在干什么？坐着马车去兜风？去参加舞会？我不是每个月都给你们钱吗？我不是已经付过税，修好房顶，买了新犁和骡子吗？我不是——”

“好了，别发火，别发脾气。”他沉着地打断她的话，“如果有人知道你干了多少活的话，那就是我，你干了两个人的活。”

她稍稍平静了一些，问：“那你这话是什么意思？”

“不错，你给我们房子住，给我们东西吃，我没有否认，但你并没有在意塔拉庄园的每个人心里是怎么想的。我不是在责怪你，斯佳丽。这不是你的作风，你从不对他人的想法感兴趣。但我要告诉你的是，我从未向卡洛琳小姐求过婚，因为我知道那没有用。她就像我的小妹妹，我猜她跟我说话比跟世界上其他任何人说话都坦率。但她忘不了那个死去的男孩，永远也忘不了。我不妨告诉你，她打算进查尔斯顿的修道院去。”

“你在开玩笑吗？”

“我知道我的话会让你大吃一惊，斯佳丽，我只想求你，不要跟她争论这件事，别数落她，也别嘲笑她，随她去吧，这是她想要的，她的心碎了。”

“见鬼！许许多多的人心都碎了，但他们并不逃到修道院去。看看我，我失去了丈夫。”

“但你的心没有碎。”威尔平静地说，然后从底板上捡起一根稻草放在嘴里咀嚼。这句话使斯佳丽哑口无言。像往常一样，一听到有人说出事实真相，不管那多么让人难受，诚实的本性都强迫她承认那是事实。她沉默了一会儿，试图让自己接受卡洛琳要做修女这个想法。

“答应我，你不要数落她。”

“哦，好的，我答应。”她带着一种既理解和又有一些惊奇的神情看着威尔。他爱着卡洛琳，现在还爱，而且站在她一边帮她说话，让她平静地进修道院。然而他要娶苏伦。

“喂，苏伦到底是怎么回事？你不喜欢她，对不对？”

“不，我确实有点喜欢她。”他说，拿着稻草，打量着，好像很有趣似的，

“斯佳丽，苏伦并不像你想象的那么坏。我相信，我们会相处得很好。苏伦唯一的烦恼是，她需要一个丈夫和几个孩子，那也是任何一个女人需要的。”

大车在满是车辙的大路上颠簸着，有一会儿，两个人都沉默了，但斯佳丽的脑子里却很忙。一定还有什么比表面显示的更深刻、更重要的事情，使这个性情温和的威尔要娶那个唠唠叨叨抱怨个不停的苏伦。

“你没有告诉我真正的原因，威尔。如果我是一家之主，我有权利知道。”

“没错，”威尔说，“我想你会理解的。我离不开塔拉庄园，斯佳丽，它是我的家，唯一的熟悉的家，我爱那儿的每一块石头。我在那儿工作，就好像那是我的庄园。你在那儿干过活，出过力，你就会爱上它。你明白我的意思吗？”

她明白他的意思，而且在心里产生一种亲切感，因为他所爱的也正是她最爱的东西。

“我估计是这样。你爸去世了，卡洛琳当修女以后，庄园只剩下我和苏伦，当然，我不和她结婚就无法待在塔拉庄园。你知道别人是怎样议论的。”

“可是——可是，威尔，还有梅兰妮和阿希礼——”

一听到阿希礼的名字，他转过身来，看着她，那双灰眼睛里看不出表情。她又有种感觉，成尔知道她和阿希礼的事，理解一切，而且，既不赞成也不反对。

“他们马上就要走了。”

“走？上哪儿？塔拉庄园是你的家，也是他们的家。”

“不，不是他们的家。这就是让阿希礼一直烦恼的事。这不是他的家，而且他觉得他干的活并不足以养活他自己。他也知道，他干庄稼活不行。天知道，他尽了最大的努力去干，但不是干活儿的料，你和我一样都很清楚。他要是劈柴的话，很可能把脚削掉；他犁地时和小博一样没法犁出一条笔直的犁沟；关于种庄稼的事，要是把他不懂的地方统统写出来，足足可以写一本书。那不是他的错，他生来就不是干这活儿的。他总是觉得一个男人靠女人的施舍住在塔拉庄园，而不能回报，心里很难受。”

“施舍？他从没有这样说过——”

“没有，他从没有说过什么。你了解阿希礼，但我可以肯定这一点。昨天晚上，为你爸守灵，我告诉他我向苏伦求婚，她也同意了。阿希礼说这样他就可以解脱了，因为他觉得现在待在塔拉庄园，实在不是滋味，但奥哈拉先生去世了，他和梅兰妮小姐不得不待在这儿避免别人拿我和苏伦说长道短。然后他告诉我他要离开塔拉庄园，出去找工作。”

“工作？什么工作？去哪儿找？”

“我不清楚他要去干什么，但是他说他要去北方。他有一个北方佬朋友在纽约，写信邀请他到一家银行工作。”

“哦，不!”斯佳丽歇斯底里地叫了起来，听到她的叫声，威尔又用那种表情看着她。

“也许他去北方，对大家来说是件好事儿。”

“不！不！我不这样想。”

她的脑子激动地转动着。阿希礼不能去北方！她可能永远也见不到他了。自从果园那个决定命运的场面之后，她已经几个月没有见过阿希礼，没有单独和他说话。但她没有一天不想他，没有一天不为他受到她的庇护而高兴。每一次捎给威尔一块钱，她都会很高兴，这又可以使阿希礼过得舒适些了。当然，阿希礼不是个好农民。斯佳丽骄傲地想，他生来是做高尚的事的。他生来是统治别人，住大房子，骑好马，读诗集和使唤黑人干活的。现在尽管没有大房子、好马、黑奴，连诗集也没有了，情况却还是一样。阿希礼生来就不是犁地和砍木头的。怪不得他要离开塔拉庄园。

但她不能让他离开佐治亚州。如果需要，她会逼着弗兰克辞掉现在站柜台的小伙子，给阿希礼在铺子里找个活干。但是不行——阿希礼决不该站在柜台后。也不该让威尔克斯家的人去做杂货商！哦，决不！一定还有其他的——咳，她的锯木厂！想到这儿，她微笑着舒了口气。可是他会接受她的建议吗？他会不会还认为是施舍？她要安排得让他觉得他是在帮她的忙。她要辞掉约翰逊先生，让阿希礼管理旧锯厂，休管理新厂。她要向阿希礼解释，弗兰克的身体多么不好，铺子的压力使他不能帮她太大的忙，她还要拿怀孕作为另一个理由。

她要让他觉得她眼下不能没有他的帮助，只要他愿意接受，她可以分给他锯木场的一半股权——她什么都愿意给，只要他在身边，只要他脸上还有欢乐的笑容，只要有机会发现他在不防备时流露出仍然爱她的神情。但是，她自己保证，决不再引逗他说出爱情的言辞，决不再惹得他抛弃那他看得比爱情更重要的愚蠢的面子。反正她需要巧妙地暗示她的新决定。否则他可能会拒绝，害怕再发生上一次的场面。

“我可以在亚特兰大给他找份工作。”她说。

“好的，那是你和阿希礼的事。”威尔又把那根稻草放进嘴里。“快跑，谢尔曼！斯佳丽，在我告诉你你爸的事之前，我还有一件事要求你。那就是求你别责怪苏伦。事儿已经发生了，你冲她发火，奥哈拉先生也不能活过来了。再说，她真的认为她可以把事情办好。”

“我正要问你这件事。苏伦怎么了？阿历克斯说了半天莫名其妙的话，还说她应该挨鞭打。她干什么了？”

“是的，人们都对她发火呢。下午我在琼斯博罗遇到的人，个个都发誓下次见到她非得把她的脑袋砍下来不可，不过他们的气会消的。好了，答应我别冲她发火，奥哈拉先生还躺在客厅，我不希望今晚有人争吵。”

“他不希望有人争吵！”斯佳丽生气地想，“好像塔拉庄园已经是他的了！”她想起了杰拉尔德长眠在客厅里，突然哭了起来，伤心地抽泣着。威尔用胳膊搂住她，让她靠近他感到舒服些，可什么话也不说。

他们慢慢地颠簸在越来越黑的大路上，她的头靠在威尔的肩上，帽子歪着，过去的两年里，她已经把杰拉尔德忘记了，这个有些迷糊的老先生盯着门，等待着一个永远不会回来的女人。她回忆起生气勃勃身体结实的老人，他那卷曲的白头发、欢乐的说话声、噔噔的皮鞋声、笨拙的笑话、慷慨的性格。回想起小的时候他好像是最了不起的人。爸爸骑着马跳篱笆的时候，总是把她放在鞍前面，当她淘气的时候，把她转过来，拍她，然后她叫他也叫，然后给她时间让她平静下来。她想起他从查尔斯顿和亚特兰大回来的时候，总是带很多礼物，却没有一件合适的。她含泪微笑着记起每逢琼斯博罗的开庭日，他总要到凌晨时分才回来，喝得酩酊大醉，跳过篱笆，还放开嗓门大喝《披上绿装》。接下来的几个早晨，看见艾伦的时候都非常害臊。现在好了，他和艾伦在一起了。

“你为什么不早点写信告诉我他病了？我会很快回来——”

“他根本没生病。喂，宝贝儿，给你手绢，我会告诉你这一切。”

她用他的大手绢擤了擤鼻子，因为她离开亚特兰大的时候甚至连块手帕都没带，然后又靠在威尔的臂弯里。威尔太好了！没有什么事让他心烦。

“斯佳丽，事情是这样的。你一直捎钱给我们，我和阿希礼付了税，买了骡子、种子和其他东西，还有猪和一些鸡。梅兰妮小姐养鸡养得真好，确实好。梅兰妮小姐是个好女人，真是个好女人。可是我们为塔拉庄园买了这些东西之后，钱就所剩无几了，所以没法买装饰品。但大家都没有抱怨，除了苏伦。

“梅兰妮小姐和卡洛琳小姐待在家里，穿着旧衣服，好像她们以此为荣似的，但是，斯佳丽，你是知道苏伦的，她一直都不习惯没有新衣服。每次带她去琼斯博罗或费耶特维尔，她因为没有新衣服而穿旧衣服感到难受，特别是那些提包党人的太太——女人总是喜欢穿得花枝招展地转悠。那些负责自由人局的该死的北方佬的太太们确实打扮得花枝招展！郡里的太太小姐们很骄傲地穿上最坏的衣服进城，表示她们对这样穿着毫不在乎，甚至以此为荣。但苏伦不是这样。她还想要一匹马和一辆四轮车，她说你有一辆。”

“那不是四轮马车，是辆旧轻便马车。”斯佳丽恼怒地说。

“算了，不管是什么。我想她始终对你和弗兰克·肯尼迪结婚这件事不能释怀。我在责备她的时候，心里也没数。你知道这是你对妹妹耍的一个不光彩的花招。”

斯佳丽从他肩膀上抬起头来，气得像一条响尾蛇，准备咬人。

“不光彩的花招？感谢你还记着这么文雅的词，威尔·本廷！他愿意挑我，我有什么办法？”

“你是个精明的姑娘，斯佳丽，我估计是你帮他挑上你的。姑娘们能办得到。不过我想你是引诱他这么干的。如果你愿意的话，你是非常吸引人的姑娘，但是，他是苏伦的情人。你上次去亚特兰大之前，她收到弗兰克的信，他对她情意很深，而且告诉她再挣一点钱就娶她。我知道，因为她给我看了信。”

斯佳丽一句话不说，她知道他说的是事实，她无话可说。在所有人当中，她没有想到会是威尔坐下来提起这件事。何况她从来没有为对弗兰克撒的谎而感到良心不安。如果一个姑娘连一个情人都守不住的话，那就该她失去。

“好了，威尔，别那么尖刻。”她说，“如果苏伦嫁给他，你以为她会为塔拉庄园或我们中的任何一个花一分钱吗？”

“我说过如果你愿意的话，就可能变得非常吸引人。”威尔转向她，平静地一笑，“不，我想我们看不到弗兰克的一分钱。但是还是这样，如果你想用‘只要结果正当可以不择手段’来为你辩解的话，那就与我无关，我能埋怨谁？但从那以后苏伦就像个马蜂似的。我倒不觉得她多爱老弗兰克，只是这件事伤了她的虚荣心。她一直说你有好衣服，有马车，而且住在亚特兰大，而她却困在塔拉庄园。你知道她确实喜欢串门、参加舞会、穿漂亮衣服。我并不责怪她，女人都是这样。

“嗯，大约一个月以前，我带她去琼斯博罗，让她随便转转，我去处理事务。我带她回家的时候，她像只耗子似的一声不吭，但我看得出她很兴奋，而且沉不住气了。我以为她发现有人有什么——以为她听到什么有趣的事儿，我并没有在意。有一个星期，她在家很兴奋，但并不多说什么。她去看凯瑟琳·卡尔佛特小姐——斯佳丽，你要是看见，你会哭的。可怜的姑娘，她嫁给了那个呆头呆脑的北方佬希尔顿，还不如死了好。你知道他把房子押出去并失去了它，他们不得不搬出去吗？”

“不，我不知道，我也不想知道，我想知道爸的事。”

"好，我马上就说到他。"威尔耐心地说，"她从那儿回来后，说我们对希尔顿估计错了。她叫他希尔顿先生，说他是个很精明的男人，我们都笑她。然后，下午她带你爸出去散步，好几次，我从地里回来的时候，看见她和他一起坐在墓地边的墙上，指手画脚地对他说着。但老先生只是很困惑地看着她，摇头。斯佳丽，你知道他什么样，他越来越糊涂。他几乎不知道他在哪儿，我们是谁。有一次，我看见她指着你母亲的坟，老先生在哭。她回来的时候，很高兴而且很兴奋，我就很凶地责备她：'苏伦小姐，你到底为什么要提到你母亲来折磨你那可怜的爸爸？大部分时候，他都没意识到她已经死了，而你却惹他。'她听了只是稍稍抬了一下头，笑着说：'别管我，有一天你会为我做的事高兴的。'梅兰妮小姐昨天晚上对我说苏伦告诉过她她的计划，但梅兰妮小姐没有当真。她说她没有告诉我们，因为她一想到那个主意就心烦。"

"什么主意？你能不能说点正经的？我们已经快到家了。我想知道爸的事。"

"我正在告诉你。"威尔说，"我们现在离家太近了，我想我们最好停下来直到讲完。"

他勒住缰绳，马停了下来，打了个响鼻。他们停在一道枝叶蔓生的山梅花树篱旁，那是麦金托什家产业的标志，斯佳丽从那黑沉沉的树下瞟去，只能看到高高的、幽灵似的烟囱依然耸立在残留的废墟上。她真希望威尔能换个地方停下来。

"好了，她的主意总的来说就是要北方佬赔偿他们烧掉的棉花、赶走的牲畜，以及他们拆掉的篱笆和棚子。"

"北方佬？"

"你没听说吗？北方佬政府同意赔偿南方支持合众国的人士的被毁财产。"

"我当然听说了，"斯佳丽说，"但那与我们有什么关系？"

"按苏伦的观点，关系大了。那天，我把她带到琼斯博罗，她碰到了麦金托什太太，她们闲聊的时候，苏伦见麦金托什太太穿着一身漂亮衣服，便忍不住问起她来。麦金托什太太摆出一副神气的样子，说她丈夫如何向联邦政府提出要求赔偿被损坏的财产，因为他是一个忠诚的合众国支持者，他从未以任何形式给南部邦联提供任何援助。"

"他们从未给任何人以任何帮助，"斯佳丽厉声说，"苏格兰一爱尔兰人！"

"这也许是真的。我不了解他们。反正政府给了他们，呃——我记不起到底是几千块钱，总数目很可观。苏伦动心了。整整一个星期，她都在考虑这件事，而且一句话也不对我们吐露，她知道我们会笑话她的。但她必须得有个人谈谈，所以她去凯瑟琳小姐家，那个该死的穷白佬希尔顿给她出了不少主意。他说你爸不是在这个国家出生的，没有打过仗，也没有儿子打仗，从未在南部邦联政府担任职务。他说他可以做伪证证明奥哈拉先生是忠诚的合众国支持者。他给她出了这么多花招，她一回家就开始做奥哈拉先生的工作。斯佳丽，我敢肯定，你爸有一大半时间根本不知道她在说什么。这正是她希望的，他去宣誓效忠，但一点都不知道。”

“爸爸宣誓效忠?”斯佳丽大叫。

“嗯，最近几个月他的脑子真的不好使了，我想这正合她的意。请你注意，我们任何人都没有怀疑过这件事。我们知道她在捣鼓什么事，但却不知道她利用你死去的妈妈责怪他，明明可以从北方佬那儿得到十五万美元的赔偿，却还让他的女儿们穿得破破烂烂。”

“十五万美元。”斯佳丽咕哝着，对宣誓的恐惧渐渐消失。

多大的一笔钱啊！只要在合众国政府的宣誓书上签个字就行了，只要承认是联邦政府的支持者，从未向敌人提供过帮助或慰问就行了。十五万美元！只要撒个谎就能得到！她不能责备苏伦。天哪！这就是阿历克斯要鞭打她的原因?郡里人就因为这要砍她吗?个个都是傻瓜。有那么多钱，她还有什么不能办成！郡里任何人还有什么不能办成！撒个小小的谎有什么关系?毕竟，从北方佬那儿弄来的钱是正当的，不管是怎么弄的。

“昨天中午我和阿希礼在劈木头的时候，苏伦没有对我们说一句话，赶着大车，拉着你爸去镇上了。梅兰妮小姐觉得要发生什么事，但她祈祷苏伦会改变主意，所以没有告诉我们。她根本没想到苏伦会这样干。

“今天，我听说了这一切。好个希尔顿，在无赖汉和共和党中间有此影响，只要他们做证奥哈拉先生是个合众国支持者，没有打过仗，并在推荐信上签字，苏伦就同意给他们一些钱——我不知道多少。你爸所做的就是在宣誓书上签字，然后宣誓书就会被送到华盛顿。

“他们匆匆念完誓言，他什么也没听懂，一切进展顺利，直到他签字时为止。这时候，老先生好像突然清醒了一样，摇了摇头。我想他不一定知道那是干什么，只是他不喜欢那样，因为苏伦老是惹他。解决了所有的麻烦后，竟遇到这个局面，她简直要急死了。她把他带出办公室，坐上大车在街上转悠，告诉他，你妈妈在坟墓里向他哭诉，他使她的孩子们受苦了。他们告诉我，你爸坐在大车里，哭得像个娃娃，就像往常听到你妈妈的名字时一样。镇上每个人都看见了他们，阿历克斯走上前看发生了什么事，但苏伦让他滚开，少管闲事，他生气地走了。

“我不知道她怎么想出的办法，下午的时候，她开了一瓶白兰地，并把奥哈拉先生带回办公室，开始给他灌酒。斯佳丽，塔拉庄园已经有一年时间没有烈酒了，只有一些迪西做的葡萄酒和黑莓酒，奥哈拉先生已经不习惯了。他真的喝醉了，苏伦和他争了几个小时，他终于同意签字，什么都可以签。他们拿出宣誓书，就在他拿起笔准备签字的时候，苏伦犯了个错误。她说：‘太好了，以后斯兰特瑞家和麦金托什家也不会在我们面前摆架子了！你知道，斯佳丽，斯兰特瑞家已经申请要求赔偿一大笔钱，因为北方佬烧了他们的小木屋，埃米的丈夫已经把它送到华盛顿了。’

“他们告诉我苏伦一说出那两个名字，你爸扭了扭身子，警惕地看着她。他不再迷糊，说：‘斯兰特瑞家和麦金托什家也签了这样的东西吗？’苏伦紧张得一会儿说是一会儿说不，结结巴巴的，他大声叫道：‘告诉我，那个该死的奥兰治党人和那个该死的穷白佬是不是也签了这东西？’那个希尔顿很圆滑地说：‘是的，先生，他们签了，而且得了一大笔钱，你也会有的。’

“接着老先生吼了一声，像只公牛似的。阿历克斯·芳汀说他在隔了一条街的酒馆里都听到了。接着他用一口爱尔兰土腔说：‘你以为塔拉庄园奥哈拉家的人会与该死的奥兰治党人和该死的穷白佬同流合污吗？’他把那张纸撕成两半扔在苏伦脸上，吼道：‘你不是我的女儿！’然后就飞快地冲出了办公室。

“阿历克斯说他看到你爸像公牛似的冲到街道上。他说，自从你妈去世后，老先生第一次恢复到原来的样子，他醉了，扯着嗓子骂个不停。阿历克斯说他从未听过那么精彩的话。阿历克斯的马停在外边，你爸招呼也没打就骑上马走了，身后扬起云雾似的灰尘，呛得人喘不过气儿。

“太阳快落山的时候，阿希礼和我坐在前阶上，望着大路，心里非常着急。梅兰妮小姐躺在楼上她的床上哭，什么也不说。接着，我们听到大路上传来马蹄声和人们的叫喊声，像人们猎狐狸时的叫嚷声，阿希礼说：‘真奇怪！声音听起来很像奥哈拉先生骑着马来看我们的样子，以前经常是这样的。’

“接着我们看见他骑着马从牧场尽头过来。他一定是跳过那儿的篱笆过来的。他箭一般地冲上山坡，扯着嗓子大喊，像是在这世界上完全无忧无虑。我不知道你爸还有一副好嗓子，他唱的歌是《低靠背车上的假腿人》，他用帽子打着马，马像疯了似的往前跑。跑到山顶的时候他也不收缰绳，我们看他想跳过牧场篱笆，都吓得要死，站起身，他喊道：‘瞧，艾伦！瞧，我这下子！’可那马走到篱笆跟前突然就不动了，它不想跳，这样你爸就从马背上摔了下来。他没受多大的苦。等我们赶过去，他已经没气了。我猜想是跌断了脖子。”

威尔停了一下，等她说话。可她什么也没说，于是他拉起缰绳。“走吧，谢尔曼。”他说，那马便起步朝家走去。

第四十章

那天晚上斯佳丽睡得很少。当黎明到来，太阳爬上东边山坡上的苍松时，她从凌乱不堪的床上爬起来，坐在靠窗的凳子上，用一条胳膊支着疲惫不堪的脑袋，穿过塔拉庄园的仓房和果园，朝棉花田望去。一切都崭新、安静、翠绿，看见棉花田使得她酸痛的心灵得到一些安慰和舒适。在阳光下，塔拉庄园看上去亲切可爱，井井有条，静谧安宁，尽管它的主人已长眠于此。那个矮矮的鸡栅栏用泥巴糊得严严实实以防老鼠，而且刷成了干干净净的白色，马厩也是如此。花园里种着一行行玉米、南瓜、豌豆和萝卜等，整整齐齐地，周围还用篱笆圈住。果园里的矮树都被清除出去，只有一片片蒲公英在一长排大树下摇曳。太阳照得那半藏在绿叶后面的苹果和桃子熠熠生辉。果园后面是一畦畦弯弯曲曲的棉花，在新一天金色天空的映衬下一片碧绿，安静祥和。一群鸡鸭正摇摇摆摆地朝田里进发，因为在新耕过的松软泥土底下可以找到新鲜的虫子和蚰蜒。

这一切都是威尔的功劳，斯佳丽心里充满了对他的感激钦佩之情。即使她对阿希礼的忠诚也不能使得她相信这一井然有序的景象是他的功劳，因为塔拉庄园的活儿不是一个有贵族气质的庄园主所能胜任的，必须有一个热爱这片土地的不知疲倦的“小农夫”才能打理。现在的塔拉庄园，只有两匹马，不像从前那样有成群结队的上好骡马，极目四望，满是一望无垠的棉田和玉米田。不过，现在所有的这部分还挺好的，等将来的日子好过了可以再开垦大片荒芜的土地，经过这休息期，它们也许会更肥沃呢。

威尔所做的绝不仅限于农场的几亩地。他制服了佐治亚州种植园主的两大敌人，那就是松树幼苗和多刺的黑莓。它们没能悄悄侵入花园、牧场、棉田、草地，也没有在门廊附近肆意滋生。全郡有无数的农场，却从未见过这种情形。

一想到塔拉庄园差点儿变成荒野，斯佳丽的心一阵后怕。多亏了她自己和威尔，他们做了一件多么了不起的事。他们共同抵制了北方佬和提包党人的侵犯，以及大自然的掠夺。而且，最让人欣慰的是，威尔曾告诉她说等秋天棉花一收，她就再也不用寄钱了——除非别的提包党人看上塔拉并课以重税。斯佳丽明白，要是没有她的帮助，威尔将很难渡过难关，可她仍然佩服他的独立。只要他站在雇佣的位置上，就不免要拿她的钱，可现在他就要成为她的妹夫，成为塔拉庄园的男主人，所以就得靠自己努力了。的确，威尔是上帝派来帮助她的。

波克头天晚上已掘好了坟墓，紧挨着艾伦的，他手里拿着铁锨站在一堆潮湿的红土后面等着封穴。斯佳丽站在他身后，站在一棵矮小松树的阴影中，六月早晨炎热的阳光洒在她身上，她极力想让眼睛避开面前这红土墓穴。吉姆·塔尔顿，小休·芒罗，阿历克斯·芳汀和麦克雷老头最小的孙子用两截橡木树椽抬着杰拉尔德的棺材从屋子里出来，歪歪斜斜地沿小径慢慢走过来。他们后边，隔着适当的距离，是一大群踌躇而行的邻居和朋友，他们衣衫褴褛，情无声息。当他们走上花园里洒满阳光的小道时，波克将头顶在铁锨柄上，失声痛哭；斯佳丽诧异地发现，几个月前她去亚特兰大的时候，他的头发还乌黑发亮，可现在已花白了。

她默默地感谢上帝，幸亏头天晚上已哭干了所有的泪水，此刻才能双眼干涸地挺立在这儿。她身后苏伦的哭声让她难以忍受，愤怒至极，她不得不握紧拳头才抑制住转过身抽她一耳光的冲动。苏伦是导致父亲死亡的起因，不管她是有意还是无意，她应该在友好的四邻面前控制自己的情绪。那天早上没有一个人搭理她，或给她以同情的一瞥。他们静静地吻了吻斯佳丽，握了握她的手，对卡洛琳，甚至对波克喃喃地说了些安慰的话，可对苏伦却视而不见，仿佛她根本不存在似的。

在他们看来，她所做的比杀死自己的父亲更糟糕。她竟然想使父亲背叛对南方的忠诚。在那个严厉而封闭的社会里，她这么做就仿佛背叛了所有人的荣誉。她打破了该郡在全世界面前的坚固防线。她试图想向北方佬政府要钱，这使得她变成了比北方佬士兵更可恨的像无赖汉和提包党人一样的人了。她，南部邦联古老而又神圣的家庭的一员，一个种植园主家庭的成员，已经站在了敌人的立场上，这种行为让全郡的每一户人家都蒙上了耻辱。

送葬的人一方面因为愤怒而激动，一方面因为悲痛而抑郁，其中三个人尤其如此——麦克雷老头，自从多年前杰拉尔德从萨凡纳来到这儿，他们就是最要好的伙伴；芳汀祖母，她爱他，因为他是艾伦的丈夫；还有塔尔顿太太，她对他比对其余任何邻居都亲近，因为，像她经常所说的那样，他是全郡唯一一个能识别公马和阉马的男人。

葬礼之前，在停放杰拉尔德灵柩的昏暗客厅里，看到这三个人怒容满面，阿希礼和威尔预感不妙，赶紧退到艾伦的办公室里商量对策。

“他们有人将对苏伦大加指责了。”威尔一面直截了当地说，一面将一根稻草咬成两段，“他们认为自己有理由说点儿什么。也许他们有这个权利。这轮不上我说。可是，阿希礼，无论他们是对是错，作为这个家里的男人，我们都得阻止他们这么做，否则将会很麻烦。谁也拿麦克雷老头没办法，因为他像柱子一样聋，听不见别人的劝阻。你也知道就是神仙也阻止不了芳汀祖母表达自己的思想。至于塔尔顿太太——你没有看见她每次看苏伦时都差点将眼珠子瞪掉？她已将耳朵抛到了脑后，而且几乎等不及了。要是他们说出什么话来，我们必须顶回去，现在塔拉庄园的麻烦事儿已经够多了，容不得左邻右舍再来添是非。”

阿希礼忧心忡忡地叹了口气。他比威尔更了解这些邻居的脾气，他记得战前邻里之间的争吵和开枪事件多半源于对着死去的街坊的棺材说几句话的本郡风俗。一般情况下，这些话往往都是赞美之词，可是不尽然，有时说话者的本意是出于对死者的尊敬，却被敏感的死者家属曲解了，几乎等不到棺材上填完最后一锨土，麻烦就来了。

因为没有牧师，就由阿希礼借助卡洛琳的祈祷书主持仪式，琼斯博罗和费耶特维尔的卫理会牧师和浸礼会牧师所提出的帮助都被婉言谢绝了。卡洛琳比两个姐姐都更信奉天主教。斯佳丽忽略了从亚特兰大带回一个牧师，这让她很伤心，不过稍稍可安心的是，有人提醒她，等到牧师来为威尔和苏伦主持婚礼时，可以到杰拉尔德坟上再祈祷一场。就是卡洛琳反对请邻近的新教牧师，而将此重任交给阿希礼，并在她的书上画出段落让他念。阿希礼斜靠在写字台上，知道他有责任阻止一场纷争，可他也清楚郡里这些人的火爆脾气，所以一时左右为难，不知如何是好。

“没办法，威尔，”他一面摸着头发，一面说道，“我既不能将芳汀祖母打翻在地，也不能将麦克雷老头打翻在地，又不能用手堵住塔尔顿太太的嘴。他们将要说的中心话题就是苏伦是个凶手，是个叛徒，要不是因为她，奥哈拉先生就不会死，等等。这个该死的朝死人讲话的风俗，真是野蛮。”

“看着，阿希礼，”威尔慢慢说道，“我不会让任何人指责苏伦的，无论他们本意如何。你把这事儿交给我吧。你一读完祷词就说，‘假如还有人想说点儿什么的话，’然后你就看向我，我会先发言的。”

可是，斯佳丽一点儿没想到葬礼后将会到来的麻烦，她一心看着抬棺人困难地抬着灵柩穿过窄窄的小门来到墓地。她沉重地想道，埋葬杰拉尔德就等于在埋葬她与过去那种快乐的、无忧无虑的岁月之间的最后一根纽带。

最后抬棺人终于将棺材放在墓穴旁，站在一边伸缩着疼痛的手指。阿希礼、梅兰妮和威尔依次走近，站在奥哈拉家三位小姐身后。附近的邻居能挤进来的都站在她们背后，其余的就站在砖墙外边。斯佳丽第一次真正看到他们，不仅为人群的规模而吃惊和感触。交通如此受限制，还来了这么多人。大概有五六十人吧，有些是从很远的地方赶来的，她纳闷他们怎么能及时得到消息又匆匆赶来。有从琼斯博罗、费耶特维尔和洛夫乔伊来的，一家老小还带着几个黑奴。有从河对岸远远跑来的小农场主，有从深林里赶来的穷苦人和零零落落从沼泽地带来的人们。这些男人都是瘦高个儿，留着长胡子，头上戴着浣熊皮帽，枪随随便便地挂在胳膊上，嘴里仍然嚼着烟草。他们的女人也来了，光脚陷进松软的红土里，下嘴唇沾满了鼻烟。她们太阳帽下的脸很憔悴，像得了疟疾似的，却干净得发光，刚熨过的印花布裙因为上过浆而微微闪亮。

附近的邻居全都到场了。芳汀祖母浑身干瘪，皱纹满面，脸色蜡黄，像只掉了毛的老鸟似的倚着拐杖站在那儿，她身后是莎莉·芒罗·芳汀和芳汀少奶奶。她们徒劳地小声祈求或拽着她的裙裾想使这位老太太坐在砖墙上。祖母的丈夫，老大夫没来。两个月前他过世了，因而生活中大部分明亮和乐趣都在她眼前消失了。凯瑟琳·卡尔佛特·希尔顿独自站着，她这样做是应该的，她丈夫是造成目前这种局面的元凶之一，她那宽大的太阳帽遮住了大半个低垂的面孔。斯佳丽吃惊地发现她的长裙子上布满油渍，双手污秽而满是雀斑。甚至指甲底下还有黑垢。现在凯瑟琳身上没有一点儿上等人的风度了，她看上去像个穷苦人，甚至比穷苦人更糟。她脸色苍白，无精打采，邋邋遢遢，懒懒散散。

“她很快就会吸鼻烟了，要是她尚且还没开始吸的话。”斯佳丽恐惧地想道，“上帝啊！竟然堕落至此了！”

她打了个寒噤，将目光从凯瑟琳身上移开，突然意识到上等人和穷白佬之间的界限原来这么狭窄。

“要不是勇于进取，我也这样儿了。”她这样想着，便感到一阵自豪，她和凯瑟琳在战争劫难后是站在同一起跑线上的——两手空空，所拥有的只是头脑里的思想。

“我做得还不差嘛。”她一边想一边抬起下巴笑了。

不过，她笑了一半便停住了，因为她看见塔尔顿太太那犀利的双眼正盯着自己。她哭得眼圈通红，责备地瞪了斯佳丽一眼后，她的目光又移到苏伦身上，恶狠狠地怒视着她，向她预示着该倒霉了。她和丈夫身后是塔尔顿家的四位姑娘，她们的红头发与这肃穆的场面很不协调，她们那棕红色眼睛看上去就跟伶俐的小动物一样，充满活力和危险。

当阿希礼手持卡洛琳那本破旧的祈祷书走上前时，人们并拢双脚，摘下帽子，双手合十，裙裾声也归于宁静。他站在那儿低头静默了一刻，阳光照在他金黄色的头发上。人群骤然安静下来，那么静，甚至风吹树叶的刺耳沙沙声都清晰可听，远处一只模仿鸟令人难以忍受的叫声凄厉而高亢。阿希礼开始读祷文，所有的人都垂下了头，他用洪亮的声音抑扬顿挫地读出那些简短而又庄严的语句。

“哦!”斯佳丽想道，喉咙一阵发紧，“他的声音多好听啊！要是非得有人为爸爸祈祷，我宁愿他是阿希礼。我宁可要他来做这个，也不想要什么牧师。我宁肯让爸爸在自己人而不是陌生人的祷告中下葬。”

当阿希礼念到卡洛琳为他画好的“灵魂在地狱受煎熬”这一段时，他果断地合上了祈祷书。只有卡洛琳注意到这个细节，她困惑地抬头看他，这时他已开始念《主祷文》了。阿希礼知道在场的人中有一半没听说过地狱，至于那些听说过的，他一旦在祈祷中暗示像奥哈拉先生那样的好人都没有直接升入天堂的话，对他们而言就是一种人身侮辱。因此，为了迎合公众的意见，他跳过了所有提到地狱的章节。人们全心全意跟他一起念《主祷文》，可等他开始念《万福玛丽亚》时，他们的声音逐渐令人尴尬地趋于安静。他们从来没听过这种祷文，当奥哈拉家的姑娘们、梅兰妮和塔拉的奴仆们齐声回答：“保佑我们，现在，直到我们死亡那一刻。阿门”时，他们暗地里面面相觑。

接着阿希礼抬起头犹豫不决地站了一会儿。邻居们的眼睛期待地望着他，同时换了个较为舒服的姿势准备听长篇大论。他们等着他继续主持仪式，因为他们谁也想不到他的天主教祈祷已宣告结束了。郡里的葬礼通常都很长。卫理会和浸礼会的牧师主持葬礼时没有固定的祷文，而是视实际情况临场发挥，一般情况下非说到所有的送葬人都泪流满面，女亲戚们都大放悲声为止。邻居们一定会感到震惊、伤心和愤怒，这些简短的祷文居然就是告别他们亲爱的朋友的尸体的所有仪式了，这一点阿希礼比谁都清楚。这件事将长期成为茶余饭后的谈资，郡里的人都会认为奥哈拉家的姑娘们没有向自己的父亲表示得体的尊重。

因此，他歉疚地迅速瞥了卡洛琳一眼，然后再次垂下头，开始努力回想十二橡树园埋葬奴隶时他经常读的那些圣公会葬词。

“我是复活和生命……无论何人……信我者必将永生。”

他还不能完全想起来，所以说得很慢，偶尔还会停下来静等词语从记忆中冒出来。不过这字斟句酌的背诵使得他的话更加让人印象深刻，刚刚还眼睛干干的送葬者现在纷纷开始掏手帕了。他们都是虔诚的卫理会和浸礼会教徒，以为这是天主教的葬仪，便立即改变了最初认为天主教祷词冷漠无情的观点。斯佳丽和苏伦一样毫无察觉，还认为这些祷词动听极了，舒服极了，只有梅兰妮和卡洛琳意识到一个全身心信奉天主教的爱尔兰人却正在以英国教堂的仪式来下葬。而卡洛琳被悲痛和阿希礼的背叛行为带来的伤害惊呆了，竟不能出来干预。

阿希礼念完祷词后，睁大他那双忧伤的灰眼睛在人群中扫视了一圈。停顿了一下，他的目光和威尔的目光相遇了，于是他说道，“在场的有哪位想说点儿什么吗?”

塔尔顿太太紧张地扭动着身子，可是还没等她做出行动，威尔便挤到前面，站在棺材前开始讲演。

“朋友们，”他用平淡苍白的声音开口说道，“也许你们认为我不自量力，居然第一个讲演——我一年前才认识奥哈拉先生，而你们大家已经和他熟识二十年或者更久。要是他再活个把月的话，我就有权称他爸爸了。”

人群中一阵骚动。他们良好的修养不允许自己窃窃私语，但他们纷纷转过身去瞪着卡洛琳那低垂的头。人人都知道他对她的一片痴情。威尔看到所有的目光都朝那个方向射去，便假装没注意到，继续讲下去。

“之所以这样说，是因为，等亚特兰大的牧师一来，我就要和苏伦小姐举行婚礼了，我想也许这可以使我有权第一个发言。”

威尔的后半截话被人群发出的一阵嗡嗡声淹没了，仿佛一群发怒的蜜蜂冲出窝似的。这嗡嗡声中既包含着愤怒，也包含着失望。人人都喜欢威尔，人人都因为他对塔拉所做的一切而尊敬他。人人都知道他情系卡洛琳，所以他要和方圆几里最差劲儿的姑娘结婚的消息，让他们颇为恼火。老好人威尔居然要娶那个卑鄙的、鬼鬼祟祟的小苏伦·奥哈拉!

空气一时很紧张。塔尔顿太太开始眨眼睛，嘴唇也无声地张了张。在这片寂静中，只有麦克雷老头在大声要孙子告诉他威尔刚才都说了些什么。威尔直面着所有的人，面孔仍然温和，但是他那浅蓝色的眼睛中有一种东西，使得他们不敢对他未来的妻子评说一个字。一时间，人们心中的天平不知该倾向于对威尔的诚心喜爱上，还是该倾向于对苏伦的鄙视上。最后威尔赢了。他继续讲下去，仿佛刚才的停顿是自然停顿似的。

“我跟你们大家不一样，不是在奥哈拉先生的鼎盛时期认识他的。我个人认为他是位讨人喜欢的老绅士，就是有点儿糊涂。但是我从你们大伙口中得知了他的过去。我想说的就是这个。他是个战斗的爱尔兰人和南方绅士，像土生土长的每一位南部邦联人一样忠诚。把这三种品性融合在一起，你找不到比他更合适的人了。我不可能再遇到像他这样的人了，因为曾经孕育了像他一样的男人的时代已经过去了。他生在外国，可我们今天在这儿埋葬的这个人却比我们每一位吊唁者都更像佐治亚人。他以我们的方式生活，他热爱我们的土地，而且你们得承认，他是为了我们的伟大事业而死的，跟士兵们一样。他曾是我们中的一员，有我们的优点和缺点，有我们的长处和短处。他有我们的优点是因为他一旦下定了决心，什么也阻挡不了他，他不害怕任何穿皮靴的畜生。来自外界的任何灾难都不能将他击垮。

“当英国政府想绞死他时，他毫不畏惧。他只是离开家，匆匆出走。他来到这个郡时贫困不堪，这同样没有吓住他。他投入工作并赚了钱。当初这一带是半荒漠，印第安人时常出没，他没有害怕。他在一片荒漠之中建成了一个大农场。然后战争来了，他的钱财开始流失，这时他不怕再次贫穷。当北方佬经过塔拉庄园，要烧死他、杀掉他时，他一点儿没怕，也没有屈服。他只是站稳脚跟，坚持自己的领地。这就是我为什么要说他有我们的优点。来自外界的任何灾难都不能将我们中的任何一个击垮。

“不过，他也有我们的短处，因为他能被来自内部的灾难击垮。我的意思是说，整个世界都无法做到的，他自己的心却能做到。当奥哈拉太太过世后，他的心就跟着死了，他被击垮了。我们看到在这儿踌躇徘徊的并不是本来的他。”

威尔顿了一下，他的双眼平静地环视了人群一圈。人们站在灼热的阳光下，仿佛钉到了地上似的，原本对苏伦的所有愤恨都抛到了脑后。威尔的眼睛在斯佳丽身上停留了一刻，眼角轻轻地抽动了一下，仿佛是在微笑着安慰她。斯佳丽正在努力克制涌上来的泪水，这时真的受到了安慰。威尔讲的都是实话，而不是大量地说些在另一个更好的世界里团聚之类的废话，让她的意志屈服于上帝。而斯佳丽向来能从实话中找到力量和欣慰。

“我希望大家不要因为他最后的失败而看轻他。你们大家，还有我，都喜欢他。我们都有同样的弱点和短处。任何行走的畜生都无法将我们击垮，能将他击垮的，不是北方佬，不是提包党人，不是艰苦的岁月，不是苛捐杂税，甚至也不是突然而至的饥饿。可是我们心底的那个弱点一旦蒙蔽了我们的双眼便会击垮我们。这个弱点的产生，不一定都像奥哈拉先生一样，是因为失去爱人。每个人身上的发条是不同的。我想说的就是这个——如果谁的发条绷断了，那他死了更好。如今，这世界上已没有他们的位置，所以死了会更快乐……这就是我为什么要说现在你们大家都大可不必为他悲伤的原因。悲伤的时候已经过去了，当谢尔曼的大军经过，他又失去奥哈拉太太的时候，既然他的身体已追随他的灵魂而去，我认为我们就没有理由要为他哀悼了，除非我们是过分地自私，我之所以说这些，是因为我爱他就像爱我的亲生父亲一样……不必再多说什么了，如果大伙儿不介意的话。他的家属已悲痛欲绝，未必听得进去，而且听进去对她们也没什么益处。”

威尔停下了，转身对着塔尔顿太太低声说道：“请你将斯佳丽搀回屋去，好吗，太太？让她在太阳底下站太久不太好。芳汀奶奶看上去也很疲乏，我这样说毫无不尊重之意。”

话头突然转移到自己身上，使得斯佳丽大吃一惊，所有的眼睛都盯着她，她一时羞红了脸。威尔为什么要对她已经很明显的大肚子加以宣扬呢？她又羞又怒地瞪了他一眼，可是威尔那不动声色的目光立即把她慑服了。

“请吧，”他仿佛在说，“我知道自己在做什么。”

他已经是这个家里的男人了，斯佳丽不想当众弄得不愉快，便无奈地转身朝塔尔顿太太走去。塔尔顿太太中了威尔的计，已将思绪从苏伦身上转移到一向感兴趣的生育问题上——无论是动物的还是人类的——于是她便挽住斯佳丽的胳膊。

“进屋去吧，心肝儿。”

她脸上现出一副和蔼的、感兴趣的表情，斯佳丽痛苦地由塔尔顿太太领着，穿过人群为她让出来的一条夹道朝屋子走去。当她穿过人群中时，听到一片同情的低语声，有不少人伸出手拍她以示安慰。走到芳汀祖母跟前时，这位老太太伸出皮包骨头的手对她说道：“把你的手臂伸给我，孩子，”然后又严厉地盯了莎莉和少奶奶一眼，“不，你们不要过来。我不需要你们。”

她们慢慢穿过人群，人群随即又合拢了，她们走上通往屋子的林荫道。塔尔顿太太塞在斯佳丽腋下的手搀得那样有劲，几乎每走一步都要将她凌空提起来了。

“哎，威尔为什么要这样做？”一走出人们听力的范围，斯佳丽便愤愤地嚷道，“他显然是在说：‘瞧她！她就要生小孩了！’”

“好啦，你难道不就是要生孩子了吗？”塔尔顿太太说道，“威尔做得对。你真是太傻了，像你这样的身子站在那样大的太阳下，弄不好会晕过去闹出小产来的。”

“威尔倒没有费心想到她要小产。”祖母说，一边气喘吁吁地穿过前院朝台阶走去。她脸上有一丝洞察一切的笑容：“威尔很精明。他不想让你和我，待在墓地旁，贝特丽丝。他怕我们会说什么，而且他知道这是支开我们的唯一办法……

还不仅如此。他不想让斯佳丽听见往灵柩上盖土的声音。他是对的。记着，斯佳丽，只要你没听到那种声音，那么死者对你来说就没有真正死去。可一旦你听见了……啊，那是这世界上最最可怕的末日的声音……扶我上台阶，孩子，你也搀我一把，贝特丽丝。斯佳丽并不需要拐杖和你的搀扶，我也没有像威尔说的那样疲乏……威尔知道你是你父亲的宝贝，他不想让情况对你来说更糟，本来已经够糟的了。他知道你两个妹妹都承受得住。苏伦羞愧难当，理应受到惩罚，而卡洛琳心中有上帝。可你没有什么赖以支撑的东西，是吗，孩子？”

“是的。”斯佳丽一边扶老太太上台阶，一边回答，心里微微诧异，这样苍老的声音居然说出了事情的真相，“我从来没有什么赖以支撑的东西——除了母亲。”

“可是当你失去她时，你发现自己能够独自承受，不是吗？而有些人却不能。你爸爸就是其中之一。威尔是对的。你不必伤心。没有了艾伦，他无法活下去，去到他该去的地方，他会更快乐的。就像我，假如追随老大夫而去肯定会比现在快乐。”

她这样说并无意于要获得同情，而身边这两位也没有向她表示同情。她简洁自然地诉说，仿佛她的丈夫还活着，就在琼斯博罗，只消一小会儿的行程就能回来跟她团聚。芳汀祖母年岁已高，她洞悉了世间一切，所以毫不畏惧死亡。

“可是——你也能够独自承受的。”斯佳丽说道。

老太太像小鸟一样愉快地扫了她一眼。

“是的，不过有时会觉得极不舒服。”

“看你，奶奶，”塔尔顿太太打断她的话，“你不该跟斯佳丽讲这些。她已经够难受了。她大老远回来，裙子这么紧，天气又热，再加上悲痛，这些已足够让她小产了，你又雪上加霜净说些悲痛伤心之类的话。”

“上帝啊！”斯佳丽气恼地喊道，“我不难受！我不是那些病恹恹地闹小产的傻瓜！”

“你永远都无法断定，”塔尔顿太太无所不知地说道，“我第一个孩子就小产了，因为我看见一头公牛触伤了我们家的一个黑奴——你还记得我那匹红母马内利吧？你很难见到那样健康的好马，可是它脾气暴躁，所以它怀孕时，我要一不小心，它就会——”

“贝特丽丝，住嘴，”芳汀祖母说道，“我敢打赌斯佳丽绝不会小产。我们就坐在前厅吧，这儿挺凉快的，通风。现在，贝特丽丝，你去给我们拿杯乳酪奶去，假如厨房有的话。或者去食品间找找，看有没有酒。我可以来上一杯。我俩要坐在这儿，一直到那些吊唁者来告别。”

“斯佳丽应该上床休息。”塔尔顿太太坚持道，一面从上到下打量着斯佳丽，脸上的神情仿佛对怀孕这类事情十分内行似的。

“快去吧。”祖母一边说，一这用拐杖推了她一下，塔尔顿太太只好朝厨房走去，漫不经心地将帽子丢在碗柜上，用双手理了理满头汗淋淋的红发。

斯佳丽靠在椅背上，解开紧身胸衣的上边两个扣子。前厅屋檐高，所以阴暗凉快，一股风从后面吹来，使得刚从太阳底下回来的她顿觉一阵凉爽。她从前厅望向客厅，杰拉尔德的灵柩曾停放在那里，她赶快将思绪移开，抬头看悬挂在壁炉上方的罗彼拉德外婆的画像。这幅画像已被北方佬的刺刀戳了好几个洞，可是那高耸的发髻，半裸的胸脯，那冷漠傲慢的神气，依旧活灵活现，像往常那样，斯佳丽一看到她又觉出一阵兴奋。

“我不知道对塔尔顿太太来说，失去孩子和马匹，哪一件更令她伤心。”芳汀祖母说道，“你知道，她从来没有多关心过吉姆和几个女儿。她就是威尔听说的那些人中的一个。她的发条绷断了。有时我纳闷她怎么就没走上你爸爸那条路呢。从没见她快乐过，除非马儿或人类在她面前生育，她那几个姑娘一个都没嫁人，看样子也不会在本郡找到丈夫了，这样她就没什么可操心的了。假如她不是心底里算得上上等女人的话，恐怕早已堕落了……威尔刚才说的要娶苏伦的话是不是真的?”

“是的。”斯佳丽直视着老太太的眼睛说道。天啊，她想起过去她对芳汀祖母怕得要死的情形！是的，从那以后她长大了，要是老太太来干涉塔拉庄园的内部事务，她会不客气地拒绝的。

“他本可以找个更好的。”祖母直率地说。

“真的?”斯佳丽傲慢地反问。

“别那么得意，小姐，”老太太尖刻地说道，“我并不是要打击你的宝贝妹妹，虽然我要是待在墓地的话也许已经那样做了。我的意思是方圆几里男人很稀缺，威尔可以娶到别的任何姑娘。有贝特丽丝的四个野猫，有芒罗家的姑娘，还有麦克雷——”

“他就要娶苏伦为妻了，就是这样。”

“能嫁给他，是她的运气。”

“能得到塔拉庄园，是他的运气。”

“你热爱这个地方，对吗?”

“对。”

“十分热爱，所以你不惜让妹妹嫁给一个不属于同一阶层的男人，为的只是这个男人能替你照顾塔拉庄园。”

“阶层?”斯佳丽为这句话吃了一惊，说道，“阶层？现在阶层又有什么要紧?一个姑娘只要能找到一个可以照顾自己的丈夫不就行了。”

“这个问题值得辩论，”老太太说，“有人会认为你说的是实话。有人却会说你打破了一重永远不能降低一寸的门槛。威尔当然不是一个有门第的人，而你们家的人却都是的。”

她那双锐利的老眼移到罗彼拉德外婆的画像上。

斯佳丽想起威尔，瘦瘦的，其貌不扬，温和，总是嚼着一根稻草，他的整个外表看上去毫无能耐，像大多数穷苦人家的子弟一样。他背后没有一长串富有、杰出、高贵的祖先。他的家族中第一个落足于佐治亚州的人或者是逃债来的，或者是个卖身的奴隶。威尔没念过大学。事实上，在深林里的四年学校生涯是他所受到的全部教育。他诚实、忠心、耐心、工作努力，可的确，他不是上等人。毫无疑问，站在罗彼拉德家族的立场上，苏伦确实正在走向堕落。

“那么你是同意威尔进入你们家喽?”

“是的。”斯佳丽狠狠地回答，听见老太太的话中带着非难的语气，真恨不得揍她一拳。

“你可以吻我了，”祖母出其不意地说道，她满面赞赏的笑容，“我从来没有像现在这么喜欢你，斯佳丽。你总是硬得像个山胡桃，自小就如此。我不喜欢硬性子的人，除我自己之外。不过我实在喜欢你处理问题的方式。你对于根本没有办法的事情，从不大惊小怪，即使是不愉快的事。你像个好猎人一样把自己的篱笆筑得干净利索。”

斯佳丽不知所措地笑着，听话地亲了亲凑到她跟前的皱巴巴的面颊。再次听到赞赏的话，真是让人愉快，即使她并不太明白这些话的意思。

“周围将会有不少人对你让苏伦嫁给一个穷苦人而说三道四——尽管人人都喜欢威尔。他们一面会说他是个好男人，一面又会说，奥哈拉家的姑娘嫁给比自己地位低下的人，真是太可怕了。不过，你不必为这些烦恼。”

“我从来不会为别人说什么而烦恼。”

“这我听说了，”这苍老的声音中含着一点儿醋意，“嗯，别在乎别人说什么。或许那将是一桩好姻缘。当然，威尔看上去总是像个穷苦人，婚姻未必能改善他的言行举止。而且，即使他赚了大钱，也不会为塔拉庄园增添任何光彩，像你父亲曾做过的那样。穷苦人没什么光彩可言。可是威尔具有上等人的心地。他有正确的本能。除了一个天生的绅士，没有人能像他那样准确地阻止了我们将事态弄大，就是刚才在墓地上。整个世界都击不垮我们，但是我们自己却能将自己击垮。因为过分强烈地渴望得到不可能得的东西——还有，记忆中珍藏了太多事情。是的，威尔会对苏伦好，会把塔拉庄园弄出个样子来的。”

“这么说你赞成我让他娶苏伦了？”

“天哪，不！”这苍老的声音虽然疲惫辛酸可是很有力，“赞成穷苦人与一个古老的家族联姻？哼！我会赞成将杂种马养成良种吗？哦，穷苦人诚实、善良、健康，可是——”

“可你刚才还说你认为那是一桩好姻缘呢！”斯佳丽迷惑不解地喊道。

“哦，我想对苏伦来说嫁给威尔是件好事——其实无论嫁给谁都行，因为她急着要个丈夫嘛。从别处她哪能找到合适的？而且你还能从哪儿找到一个像威尔那样治理塔拉庄园的能手？不过这并不意味着我比你更喜欢这种局面。”

“可是我喜欢。”斯佳丽一边想，一边努力领会老太太的意思，“我很高兴威尔就要娶她了。她怎么会想到我介意呢？她以为我当然应该介意。像她一样。”

她感到困惑，又有点儿羞愧，通常人们将自己的思想和动机强加到她身上并以为她也在分享时，她都会感到羞愧。

祖母慢慢摇着自己的棕榈扇子，继续轻快地说下去：“我并不比你更赞成这门婚事，不过我这人讲求实际，你也是。遇到不愉快而又不可避免的事情时，我觉得尖叫和抱怨毫无意义。生活中难免有起有落。我知道，因为我家和老大夫家比我们经历过更多的起起落落。要是说我们家的人有格言的话，那就是‘不要叫——面带微笑，等待时机。’我们就这样挨过了许多艰难困苦，面带微笑，等待时机，而且我们几乎已经成了渡过难关的行家了。我们不得不如此。我们总是押错赌注。跟胡格诺派一起逃出法国，跟保皇党人一起逃出英国，跟快活王子查理一起逃出苏格兰，后来被黑人赶出海地，现在又被北方佬欺凌。可是我们总是在短短的几年内重新出人头地。你知道这是为什么吗？”

她昂了昂头，斯佳丽心想她看上去活像一只自作聪明的老鹦鹉。

“不，我不知道，真的。”她彬彬有礼地回答。可是她厌烦透顶了，就像那天听祖母凭记忆讲述克里克部的叛乱时一样。

“嗯，这就是原因。我们向不可避免的事情低头。我们不是小麦，而是荞麦！当暴风雨来临时，小麦就会被吹倒，因为它太干燥，无法随风势而弯曲。可成熟的荞麦杆里有水分，可以弯曲。所以暴风雨一过，它又会像从前一样挺拔、强壮。我们不是硬脖子的种族。我们碰到暴风雨肆虐的时候很柔顺，因为我们知道柔顺的好处。当困难来临时，我们向不可避免的灾难低头，毫不抱怨，我们劳动，我们微笑，我们静等时机。对于比我们地位低下的人，我们与之保持交往，从他们身上获取尽可能多的利益。等我们足够强壮时，我们将他们踢开，骑在他们脖子上。这就是渡过难关的秘诀，孩子。”顿了一下，她又加了一句，“我将它传授给你了。”

老太太说罢咯咯地笑了，仿佛感到自己的话很有趣似的，尽管很恶毒。她看上去仿佛期待斯佳丽做些评论，可这些话好像并没有引起她的兴趣，她不知道该说什么。

“不，”老太太继续说下去，“我们的人被打倒后，仍会爬起来，而这一代有许多人却做不到这一点。瞧瞧凯瑟琳·卡尔佛特。你等着看她会堕落成什么吧。可怜的白人！比她所嫁的男人还要低贱。再看看麦克雷家，一贫如洗，无可奈何，不知道该做什么，不知道该怎么做。甚至都不想试一试。他们把时间花费在回忆过去的美好时光上。再看看——嗯，看看郡里除了我的阿历克斯、我的莎丽、你、吉姆·塔尔顿和他的几个女儿，以及其余几个人以外的每一个人。他们都堕落了，因为他们体内没有水分，因为他们没有重新站起来的勇气。这些人除了金钱和黑奴之外一无所有，现在这两样东西都没有了。等到下一代，他们就变成穷苦人了。”

“你忘了威尔克斯一家。”

“不，我没忘。我只是想出于礼貌不提他们，因为阿希礼作为客人待在这个屋檐下。不过既然你提到了他们的名字——看看他们！拿英迪亚来说吧，据我所听说的，她现在已经成了个干瘪的老姑娘，自从斯图·塔尔顿死后，她就让自己显出一副寡妇的神气，一点儿也没想努力忘掉他，再去重新找个男人。当然，她年龄大了，不过只要努努力总可以找个拖儿带女的鳏夫的。还有可怜的霍妮，总是一副极欲想要男人的傻样，见识却少得可怜。至于阿希礼，看看他的样子！”

“阿希礼是个很好的人。”斯佳丽气呼呼地说道。

“我没说他不是好人，可他像只四脚朝天的乌龟似的没一点儿办法。如果说威尔克斯家的人能渡过艰苦岁月的话，只能靠梅兰妮。而不是阿希礼。”

“梅兰妮！天啊，奶奶！你在说什么哪？我跟梅兰妮一起住了这么长时间，我知道她病恹恹的，还胆小如鼠，连对一只鹅呸一声的勇气都没有。”

“那么为什么要对一只鹅说呸呢？这对我来说简直就是浪费时间。也许她不敢对鹅说呸，但她敢对这个世界，敢对北方佬政府以及威胁到她深爱的阿希礼或她的宝贝儿子或她的高贵血统的任何人说呸。她跟你的或者我的生活方式不一样，斯佳丽。要是你母亲在世的话，她也会采取那样的方式。梅兰妮让我想起你母亲年轻的时候……也许她能帮威尔克斯家渡过难关。”

“哦，梅兰妮是个好心眼的小傻瓜。可是你对阿希礼太不公正了。他——”

“哦，算了吧！阿希礼生来是读书而不是干别的什么。那帮不了一个男人走出现在威胁着我们大家的苛捐杂税的难关。据我所知，他是全郡最差的扶犁手！你拿他和我的阿历克斯比比！战争前，阿历克斯是全世界最没用的花花公子，心里除了新衣服、酗酒、闹事、追不怎么样的女孩子之外没别的念头。可是你瞧瞧现在的他！他学会了种地，因为他不得不学。否则，他以及我们全家都得挨饿。现在他种出了全郡最棒的棉花——真的，小姐！甚至比塔拉庄园的棉花都要好——而且他还知道怎样养猪和鸭。哈！他是个好小伙子，尽管脾气很坏。他晓得如何等待时机，随着时代的变化，等所有这些重建的苦难过去之后，你将会看到我的阿历克斯像他的父亲和祖父一样成为一个富翁。可是阿希礼——”

斯佳丽听到轻蔑阿希礼的话，心里像针刺般难受。

“这一切在我听来全是废话。”她冷酷地说。

“算了，听上去确实如此，”祖母一边说，一边严厉地盯了她一眼，“因为自从去了亚特兰大以后，你自己就是沿着这条道路走的。哦，是的！我们听说了你的故事，尽管我们待在这闭塞的乡下。你也随着时代的变化变了。我们听说了你怎样同北方佬、穷白佬和新富起来的提包党人周旋，并从他们身上赚钱。据我所耳闻的一切，你对他们倒装得一本正经。得了，就这么干下去吧。我说，尽可能从他们身上刮钱，可是等赚得够多时，就一脚踢开他们，因为他们不再能为你效劳了。一定要那样做，并且做得适当，否则一旦下等人扯住了你的后襟就会毁掉你的。”

斯佳丽看着她，皱紧眉头努力思考这些话。她仍然不大理解这些话，心里仍然在为阿希礼被称作四脚朝天的乌龟而生气。

“我想你对阿希礼的看法是错误的。”她唐突地说道。

“斯佳丽，你还不够精明。”

“那是你的观点。”斯佳丽粗鲁地说，真想冲上去抽这老太婆一个耳光。

“哦，你在金钱上倒是十分精明的，那是男人式的精明。可是女人的聪明，你一点儿都不具备。你在看人这一点上，还欠缺聪明。”

斯佳丽的双眼几乎要喷出火来，她握紧了双拳，又松开了。

“我让你气得发疯了，对吗？”老太太笑着问道，“嗯，我的目的就在于此。”

“哦，你达到目的了，是吗？那么为什么呢，请问你？”

“我有十分充足的理由。”

芳汀奶奶靠在椅背上，斯佳丽突然觉得她看上去十分疲倦，而且难以置信地苍老。握着扇子的细小的、爪子似的双手像死人的手一样蜡黄。一个念头涌上来，斯佳丽心头的怒火便烟消云散。她靠过身去，将那只枯瘦的手握在自己掌中。

“你是个十分善良的老谎言家。”她说，“你说的这一番话都是无意的，只是想让我的思绪从爸爸的身上移开，对吗？”

“别拍我的马屁了！”老太太咕哝着，一面抽出自己手，“那是一部分原因，之所以说一部分，是因为我刚才跟你说的都是实情，只是你太愚蠢了，还没有意识到。”

不过她微微笑了笑，话中不再带刺。斯佳丽刚才因为她对阿希礼的诬蔑而生出的火气也熄灭了。知道祖母刚才说的都不当真，真是太好了。

“那也得谢谢你。你能跟我说话真是太好了——而且我很高兴在威尔和苏伦的事情上你能站在我这边，尽管——尽管其他许多人都不赞成。”

塔尔顿太太端着两杯乳酪奶朝前厅走来。她做什么家务活都不行，两杯牛奶都溅了出来。

“我在冷藏间里才找到的呢。”她说，“快点儿喝，因为那群人就要从墓地回来了。斯佳丽，你真的要让苏伦嫁给威尔吗？虽然他并不是配不上她，可是你知道他是个穷苦人，而且——”

斯佳丽的目光和芳汀祖母的相遇了。那双老眼里有一丝邪恶的光，她自己的眼里也有这种光。

第四十一章

当最后一位客人告完别，当最后的车轮声和马蹄声渐渐消失后，斯佳丽来到艾伦的办公室，取出一件金光闪闪的东西，头天晚上她把它藏在写字台的文件架上发黄的文件中了。听见波克在餐厅里一边忙着摆午餐桌，一边啜泣，她便将他喊进来。他走到她跟前，黝黑的脸上凄苦无助，就像是一条丢失了主人的猎犬。

“波克，”她严厉地说，“你要是再哭的话，我就——我就也哭了。你得马上止住。”

“是，小姐。我使劲想不哭，可我一使劲就会想起杰拉尔德老爷——”

“好了。别想了。我可以受得了其他任何人的泪水。却受不了你的。”她轻轻地打断他的话，“你明白吗？我受不了你的泪水是因为我知道你有多爱他。擤擤鼻子，波克。我有一件礼物要送给你。”

波克大声地擤着鼻子，眼里闪出一丝感兴趣的光芒，不过礼貌多于兴趣。

“还记得那天晚上你在人家鸡棚里被打伤吗？”

“天晓得，斯佳丽小姐！我从来没有——”

“得了，确实有这事，所以别再向我撒谎了。你还记得我跟你说过要送你一块表，为了你如此忠诚？”

“是的，我记得。我猜你早已忘记了。”

“不，我没忘，这就是。”

她伸手递给他一块大金表，上面刻着浮雕图案，还系着一条带许多挂件和印章的链子。

“天哪，斯佳丽小姐！”波克喊道，“这是杰拉尔德老爷的表！我无数次看见过他用这块表判断时间！”

“是的，这是爸爸的表，波克，我要把它送给你了。拿着。”

“哦，不！”波克恐惧地推辞着，“这是白人老爷用的表，是杰拉尔德老爷的。你怎么能说把它送给我呀，斯佳丽小姐？这表应该归小韦德·汉普顿所有。”

“它属于你。韦德·汉普顿为爸爸做过什么？在他生病衰弱的时候，他照顾过他吗？他为他洗过澡，更过衣，刮过胡子吗？当北方佬入侵的时候，他跟他并肩作战过吗？他为他偷窃过吗？别傻了，波克。要说有人有权得到这块表的话，这个人就是你，而且我知道爸爸也会同意的。拿着吧。”

她拿起那黑手，将表放在他的掌心。波克毕恭毕敬地盯着它看，慢慢地，脸上浮出了高兴的笑容。

“真是给我了吗，斯佳丽小姐？”

“是的，真的给你了。”

“太好了——谢谢你，小姐。”

“你愿意让我把它拿到亚特兰大去刻几个字吗？”

“刻字是什么意思？”波克的声音充满疑惑。

“就是在表壳背后写上几个字，比如——比如‘奥哈拉家赠波克——一个能干、忠心的仆人’。”

“不，小姐——谢谢，小姐。就别费心去刻字了。”波克后退一步，紧紧地握着表。

她嘴角上浮起一丝笑意。

“怎么了，波克？你难道不信任我，以为我不会再拿回来？”

“是的，小姐，我信任你——只是，嗯，你肯定会改变主意的。”

“我不会的。”

“得了，你肯定会卖掉它。我想它值不少钱呢。”

“你认为我会卖爸爸的表吗？”

“是的——如果你需要钱的话。”

“你说出这样的话来，真该挨揍，波克。我真想把那表要回来。”

“不，小姐，你不能！”波克悲痛欲绝的脸上浮现出这一天第一丝微微的笑容，“我知道你——斯佳丽小姐——”

“怎么，波克？”

“你对白人要是有对黑人的一半好，我想全世界的人都会对你更好些。”

“人们对我已经够不错了，”她说，“现在，去把阿希礼先生找来，告诉他我想在这儿见他，马上就去。”

阿希礼坐在艾伦的小写字椅上，长长的身子使那椅子显得既小又不经坐，斯佳丽向他提出把锯木厂的一半股权分给他。他的眼睛一刻也不敢朝她看，始终不发一言。他坐在那儿低头看着自己的手，慢慢地翻转手掌，先看看手心，再看看手背，仿佛以前从未见过它们似的。尽管活很重，他的双手仍然细长，柔嫩，保养极好，一点儿不像农人的手。

他低垂的头和沉默不语有点儿让她生气，她只得加倍努力地将锯木厂说得更加吸引人。她又使出平生的力气，摆出自己特有的种种娇媚姿态，可是没用，因为他根本就不抬眼。要是他能看她一眼就好了！她没有提起威尔已经告诉她阿希礼决定去北方的事，她说话的语气仿佛可以断定阿希礼一定会同意她的计划，决不会有什么障碍似的。他仍然一声不吭，最后她也没什么话可说了。他纤细的双肩意志坚决地挺着，这让她吃了一惊。他当然不应该拒绝！他究竟为什么要拒绝呢？

“阿希礼。”她又开口说道，不由顿住了。她无意于拿自己的身孕作为说服他的筹码，很不愿意让阿希礼看见她臃肿的丑态，可是现在一切游说都难以打动他，她只得决定拿身孕和无助作为最后的王牌。

“你非得去亚特兰大不可。我现在十分需要你的帮助，因为我无力照顾锯木厂。也许要过几个月我才能照看它，因为——你明白——嗯，因为……”

“求你了!”他粗鲁地说道，“上帝啊，斯佳丽!”

他站起身大步走到窗前，背对她站着，看着一群鸭子庄严地排成一溜儿从谷仓前的空场走过。

“难道这就是——这就是你不想看我的原因?”她大声问道，“我知道自己看上去——”

他猛地转过身来，一双灰眼睛和她的相遇了，眼中的神情吓得她赶紧用双手捂住喉咙。

“你的该死的样子!”他恶狠狠地说道，“你知道在我眼里你总是漂亮迷人的。”

一股幸福淹没了她，她的双眼立即涌满了泪水。

“你这样说真是太好了！因为我真害羞让你看见我——”

“你害羞?你为什么要害羞?应该是我害羞，事实上我确实如此。要不是因为我的愚蠢，你决不会陷入这种境地，决不会嫁给弗兰克。去年冬天我万万不该让你离开塔拉庄园。哦，我真是个傻瓜！我应该知道你——知道你很绝望，那么绝望，所以——我本应——我本应——”他的脸色变得很难看。

斯佳丽的心怦怦乱跳。他很后悔自己没跟她一起私奔!

“当时我至少应该跑到大路上，哪怕杀人打劫也要为你筹到税款，因为你把叫花子似的我们收留了呢。哦，我的整步棋都走错了!”

她的心失望地缩了回去，心中的快乐失去了大半，因为这些话并不是她希望听到的。

“无论如何我都会走的，”她疲倦地说，“我绝不会让你去做那样的事。而且不管怎么说，现在这一切都过去了。”

“是的，现在这一切都过去了，”他悲伤地慢慢说道，“你愿让我去做任何不影响名誉的事，而你却可以将自己出卖给一个你根本不爱的男人——还为他生孩子，因为这样我和我的全家才没有挨饿。你庇护了无能的我，真是太好了。”

他的话中带话，说明他内心的伤痛还没有愈合，仍在刺痛着他，斯佳丽眼中不由充满了羞愧。他很快看见了她的羞愧，于是脸色变得柔和起来。

“你不会认为我是在责备你吧?上帝啊，斯佳丽！不，你是我曾见过的最最勇敢的女人。我责备的是我自己。”

他又转过身去，望着窗外，背对着她的双肩在她看来已没有刚才那么坚挺了。斯佳丽默默地等了很长时间，希望阿希礼的情绪再回到说起她的美丽的时候，希望他再多说些对她弥足珍贵的话。她已经好长时间没跟他见面了，她一直靠回忆生活，直到回忆逐渐淡漠。她知道他仍然爱着自己。这事实很明显，他的每一根线条，每一丝伤痛，每一句自责的话，以及不愿她为弗兰克生孩子，这一切都说明了他爱她。她渴望他说出那句话，也渴望自己能说点什么来套出他那句话，可是她不敢。她记起去年冬天她在果园许下的诺言，她再也不向他投怀送抱了。她十分清楚，要想让阿希礼留在自己身边，就必须遵守诺言。她只要有一声渴望爱情的呼唤，只要有一个想投入他怀抱的表情，事情就永远了结了。阿希礼肯定会去纽约。但是绝不能让他走。

“哦，阿希礼，别再自责了！那怎么能是你的错呢？你到亚特兰大来帮帮我，好吗？”

“不。”

“可是，阿希礼，”她的声音开始因痛苦和失望而变了，“可是我得指望你了。我确实需要你的帮助。弗兰克帮不了我。他忙于铺子里的生意，你要是不去的话，我真不知道该去哪儿找个帮手！亚特兰大每个精明的人都在忙自己的生意，剩下的人又都难以胜任，而且——”

“没用的，斯佳丽。”

“你的意思是宁愿去纽约生活在北方佬中间，也不愿去亚特兰大？”

“谁告诉你的？”他转过身来面对着她，脸上微微露出气恼的神色。

“是威尔。”

“是的，我已决定去北方。战前跟我一块去旅游的老朋友已经在他父亲的银行里为我谋到了一个职位。这样更好些，斯佳丽。我对你没什么用处。我对于木材事务一无所知。”

“可是你对于银行事务更是一无所知，而且那要困难得多！更何况我知道我对于你的缺乏经验会比北方佬宽容得多！”

他退缩了一下，她知道自己说错了话。他又转过身去望着窗外。

“我并不想得到别人的宽容。我想靠自己的本领自立。到现在为止，我为自己的生活做过什么呢？我该自立了——否则就会由于自身的过错而堕落了。我已经靠你养活得太久了。”

“可是我分给你锯木厂的一半股权，阿希礼！你会靠自己的本领自立的，因为——你明白，那就是你自己的生意了。”

“还不都是一回事。我买不起那一半股权，只能当作礼物接受。我已经接受你的礼物太多了，斯佳丽——食物，住所，甚至还有我、梅兰妮和孩子的衣服。而我却没有回报你任何东西。”

“哦，你回报了的！威尔不可能——”

“现在我劈柴的本领倒是挺棒。”

“哦，阿希礼!”她绝望地喊道，听到他声音中的嘲讽语气不由得泪盈满眶。“我走后你都发生了些什么事？你的话听上去这么尖酸刻薄！你过去不是这个样子的。”

“发生了什么事？一件十分重大的事，斯佳丽。我一直在想。我相信自投降直到你离开这儿，我还从未真正想过呢。我那时处于麻木状态中，只要有东西吃，有床睡就满足了。可你去了亚特兰大以后，肩负起男人的重担，我才发现自己愧为男子汉——事实上，甚至连女人都不如。这样的念头很不好受，我不想再与这种念头相伴。别人并不比我拥有得更多，可大都走出了战争的阴影，瞧瞧他们现在。所以我要去纽约。”

“可是——我不明白！假如你是想要份工作，为什么一定要去纽约，而不愿去亚特兰大？而且我的锯木厂——”

“不，斯佳丽，这是我最后的机会了。我要去北方。假如我去亚特兰大为你工作的话，我就永远完了。”

“完了——完了——完了”这个词像死亡的钟声似的在她心底可怕的回响。她的双眼急忙去看他的，可那对清澈的灰眼睛睁得大大的，目光穿越她看着某种她无法看见也无法理解的命运。

“完了？你的意思是——你做了什么事情，亚特兰大的北方佬要惩治你吗？我的意思是，因为帮汤尼逃走，或者——或者——哦，阿希礼，你没有加入三K党，是吗?”

他那双凝视远方的眼睛迅速回到她身上，他短促地笑了一下，眼里却完全没有笑意。

“我忘了你总是照字面意思理解别人的话。不，我怕的不是北方佬。我的意思是，假如我去亚特兰大再次接受你的资助，我就埋葬了独立自主的任何希望。”

“哦，”她很快松了口气，“原来只是这样!”

“是的，”他又笑了笑，这笑容比刚才更冷淡，“只是这样。只是因为我的傲慢，我的自尊，还有，如果你愿意这么称呼它的话，我的不朽的灵魂。”

“可是，”她又把话折了回来，“你可以慢慢从我手里买下锯木厂，这样它就成你自己的了，然后——”

“斯佳丽，”他激烈地打断地的话，“我告诉你，不！还有别的理由。”

“什么理由？”

“你比世界上其他任何人都更加知道我的理由。”

“哦——那？可是——那不要紧的，”她急忙向他担保，“我向你许诺过的，你知道，就在去年冬天，在果园里，我会遵守诺言的，而且——”

“看来你比我自信。我不敢相信自己能遵守住这个诺言。我不应该说出来，可是我得让你明白。斯佳丽，我以后再不会谈起这个话题了。到此结束。等威尔和苏伦一结婚，我就去纽约。”

他的眼睛睁得大大的，布满阴云，与她对视了片刻，他急忙穿过房间朝门外走去。他的手扶住了门把手。斯佳丽恼怒地瞪着他。谈判结束了，她宣告失败。突然，这一整天的紧张和悲痛带来的虚弱，加上现在的失望，使得她的神经一下子支撑不住了，她大叫一声：“哦，阿希札！”便扑倒在破旧的沙发上，号啕大哭。

她听见他迟疑的脚步从门边拐回来，无奈的声音一直在她的头顶呼唤着。一阵急促的脚步声从厨房向前厅奔来，接着梅兰妮冲进来，她惊恐地睁大眼睛。“斯佳丽……是不是孩子？……”

斯佳丽将头埋在肮脏的沙发垫里，再次尖叫。

“阿希礼——他那么狠心！狠心透顶了——那么可恨！”

“哦，阿希礼，你对她做了什么？”梅兰妮跪在沙发前的地板上，将斯佳丽抱在怀里，“你刚才说什么了？你怎么能这样！你会影响她肚子里的孩子！哦，亲爱的，将头靠在梅兰妮肩上吧！到底怎么了？”

“阿希礼——他太——太可恨，太死心眼了！”

“阿希礼，我真为你感到惊讶！在这样的情形下让她如此伤心，而且奥哈拉先生才刚刚下葬呢！”

“你不要朝他发火！”斯佳丽突然从梅兰妮肩上抬起头来，语无伦次地喊道，一缕粗糙的黑发从发网里散了出来，满脸纵横着泪水，“他有权想干什么就干什么！”

“梅兰妮，”阿希礼脸色苍白地说道，“听我解释。斯佳丽好心为我在亚特兰大安排了个职位，让我当她其中一个工厂的经理——”

“经理！”斯佳丽愤愤地喊道，“我给他一半的股权，可他——”

“我告诉她我已安排好我们全家去北方，于是她就——”

“哦，”斯佳丽喊道，开始抽泣，“我一再告诉他我是多么需要他——告诉他我无论怎样都找不到经营锯木厂的合适人选——告诉他我就要生孩子了——可他拒绝了我！现在——现在，我只有卖掉锯木厂了，我知道卖不了好价钱，我得赔钱，我猜也许我们会挨饿，可他不在乎。他太狠心了！”

她重新将头埋在梅兰妮瘦削的肩上，她心里的悲痛减轻了一些，又看到一丝希望的曙光。她能感觉到在梅兰妮那颗忠诚的心里她可以找到助手，能感觉到当任何人，甚至是她深爱的丈夫将斯佳丽惹哭时她的愤怒。梅兰妮立即像只小鸽子似的飞到阿希礼面前，生平第一次责备他。

“阿希礼，你怎么能拒绝她呢？毕竟她为我们做过许多！你这么一来，显得我们多忘恩负义呀！现在她怀着孩子，那么无助——你真是太不仗义了！在我们需要帮助时，她帮了我们，现在她需要你的帮助时，你却拒绝了她！”

斯佳丽偷偷瞥了阿希礼一眼，看见他盯着梅兰妮，那愤怒的黑眼睛，脸上明明白白地写着诧异和踌躇。斯佳丽也对梅兰妮的激烈责备感到吃惊，因为她知道梅兰妮总是对丈夫百依百顺，把他的决定视作仅次于上帝的决定。

“梅兰妮……”他张嘴说道，然后又无奈地摆了摆手。

“阿希礼，你怎么还在犹豫？想想她为我们所做的一切——为我！要不是她。小博出生时我就死在亚特兰大了！她还——是的，她还杀了一个北方佬，保护了我们。这你知道吗？她为了我们杀了个人。在你和威尔回家之前，她像仆人一样辛勤劳作，以填饱我们的肚子。我一想起她亲自犁地和摘棉花，我就——亲爱的！”接着她低下头感情激烈地吻着斯佳丽乱蓬蓬的头发，“现在她第一次请我们为她做点儿什么——”

“你不必告诉我她为我们做了什么。”

“还有，阿希礼，再想想！如果答应了她，不仅能帮她，对我们还意味着可以住在亚特兰大，住在我们自己人中间，不必再和北方佬掺在一起！那儿有姑妈，亨利伯伯以及我们所有的朋友，小博可以有好多小伙伴，也可以去上学了。如果我们去北方的话，就不能让他进学校去和北方佬的孩子来往，而且他的班级上还有黑人小孩呢！我们不得不找个家庭教师，而我还不知道能不能付得起报酬——”

“梅兰妮，”阿希礼说，他的声音异常平静，“你真的十分想去亚特兰大吗？我们讨论去纽约时你从未这样说过。你从来没有表示过——”

“哦，可是当我们谈起去纽约时，我想在亚特兰大你没什么事情可做，而且，也轮不上我说什么，丈夫去哪儿，自己便跟到哪儿，这是做妻子的本分。可现在，斯佳丽如此需要我们，还有一个只有你才能胜任的职位，我们可以回家了！回家！”她紧紧地搂着斯佳丽，声音中满是喜悦，“我又可以看见五角场和桃树街了，还有——还有——哦，我多么想念那一切啊！也许我们可以有自己的一个小家呢，我不在乎它多小多破，只要——只要是我们自己的家就行！”

她眼中闪耀着热诚和幸福，阿希礼和斯佳丽都瞪着她，前者的表情是古怪的震惊，后者的表情是诧异掺杂着羞愧。她从来不曾想过梅兰妮如此思念亚特兰大，如此渴望回去，如此渴望拥有一个自己的家。她过去似乎挺乐意待在塔拉庄园的，现在知道她如此想家，斯佳丽感到很吃惊。

“哦，斯佳丽，你为我们计划好了这一切，真是太好了！你知道我有多么想家啊！”

像往常那样，当梅兰妮习惯性地将良好动机强加到她身上时，斯佳丽感到既羞惭又气恼，突然，她既不敢看梅兰妮的眼睛也不敢看阿希礼的眼睛了。

“我们可以有一所自己的小房子。你想过没有，我们结婚都五年了，还没有个自己的家呢！”

“你们可以和我们一起住在贝蒂姑妈家。那是你们的家，”斯佳丽喃喃地说道，一边抚弄着一只靠垫，眼睛只朝下看，以掩饰眼中得意的神色，她感到事情正朝着有利于自己的方向发展。

“不用，不过同样得谢谢你，亲爱的。要是我们也住进去的话，就太挤了。我们要自己找房子——哦，阿希礼，快答应下来！”

“斯佳丽，”阿希礼干巴巴地说道，“看着我。”

她吃了一惊，抬起头来，见他那双灰眼睛中充满了悲伤和疲惫的无可奈何。

“斯佳丽，我愿意去亚特兰大……我斗不过你们两个。”

他转身走了出去。斯佳丽心里的得意被渺茫的恐惧冲淡了好多。他说刚才那句话时眼中的神色，跟他说要是去亚特兰大他就永远完了的时候一模一样。

苏伦和威尔结婚后，卡洛琳去查尔斯顿进了修道院，阿希礼、梅兰妮和小博去了亚特兰大，把迪西带去做厨子和保姆。普里西和波克留在塔拉庄园，等到威尔找到合适的黑人帮他干田里的活后，他俩再去亚特兰大。

阿希礼为自己家找的小砖房位于常春藤街，就在贝蒂姑妈的房子后边，两家的后院连在一起，中间只隔着一道残缺不齐的、长过头的篱笆。梅兰妮之所以选中它，主要就是因为这个原因。她返回亚特兰大的第一天早晨，就又哭又笑地抱着斯佳丽和贝蒂姑妈说，她已经和自己的亲人离开太久了，所以住得再近也还嫌不够。

房子本来有两层，可顶层在围城时被炮弹炸毁了，投降后返回来的主人也没钱修补。他只得在剩下的一层上面盖了一个平屋顶，使得这座建筑显得矮胖，比例失调，活像小孩子用鞋盒做成的玩具房子。这房子地基高，盖在一个大地窖上，通往地窖的楼梯又长又弯，看上去滑稽可笑。可是这丑陋的外形却被两旁两株挺秀的古柏遮掩了大半，前面台阶两侧种着许多玉兰花，叶子上满是灰尘，白花却开得灿烂。草坪很宽阔，绿油油地铺着一层厚厚的三叶草，四周有凌乱的、无人修剪的篱笆围着，上面爬满了芬芳的忍冬花藤。草地上，这儿那儿杂乱地点缀着一丛丛从踩断的老梗上重新滋长出来的蔷薇，粉红色和白色的桃金娘争奇斗艳，仿佛头顶从未发生过战争，北方佬的铁骑从未践踏过它们的枝茎似的。

斯佳丽认为那是她所见过的最丑陋的房子，可是在梅兰妮看来，全盛时期的十二橡树园也不见得比这儿更美。这是她们的家，她、阿希礼和小博终于团聚在自己的屋檐下了。

英迪亚·威尔克斯从梅肯回来了，她和霍妮从1864年起就一直住在那儿，现在她来和哥哥一块儿住，挤在那所小小的房子里。可阿希礼和梅兰妮十分欢迎她。时代变迁了，钱又很少，可无论什么也改变不了南方人的生活规则，他们总是十分乐意为生活无着落而又未婚的女亲戚腾出地方住。

英迪亚说霍妮结婚了，嫁给一个比自己地位低下的人，一个定居于梅肯的来自密西西比州的西部人。他红脸膛，大嗓门，是个乐天派。英迪亚不赞成这门亲事，所以在妹夫家很不快活。听说阿希礼现在有了自己的家，她十分高兴，便摆脱那个让她不自在的环境，也免得看她妹妹那副让人痛心的样子：和一个不般配的男人待在一起，还那么傻头傻脑地快活。

家里其余的人私下都认为头脑简单、痴笑个不停的霍妮比预料中的结局要好得多，他们对于她居然抓住了一个男人，感到十分吃惊。她的丈夫也是个上等人，颇有点儿资产。可是在生于佐治亚州、受弗吉尼亚州传统教育长大的英迪亚看来，任何不是来自东海岸的人都是乡巴佬和野蛮人。也许霍妮的丈夫高兴她离开并不亚于她高兴离开他，因为这些天来和英迪亚住在一起着实不易。

现在她摆出一副十足的老处女的样子。她已经二十五岁了，看上去也确实如此。因此对她而言也没必要再努力做出吸引人的样子。她那双没有睫毛的灰眼睛毫不畏缩地直视着世界，薄薄的嘴唇总是抿得紧紧的。现在她一直摆出一副尊严和骄傲的神气。说也奇怪。这倒比她过去在十二橡树庄园时努力装出一副姑娘家的温柔可爱更加中看。她所处的地位几乎就跟寡妇一样。人人都知道要不是斯图兰特·塔尔顿在葛底斯堡遇难的话，一定会娶了她的，所以她受到一个虽未结婚，却得到了已有主的女人应得的尊敬。

常春藤街上那幢小宅的六个房间很快就摆上了一些廉价的松木和橡木家具，

都是从弗兰克的店里买的，因为阿希礼身无分文，只得欠账，所以他只买最便宜又必需的东西。这让喜欢阿希礼的弗兰克十分尴尬，也令斯佳丽十分痛苦。她和弗兰克都很乐意将店里最好的桃花心木和雕花的花黎木家具送给他们，却被威尔克斯家坚决谢绝了。他们的屋子空荡荡的，十分难看，斯佳丽真不想看到阿希礼住在这种没有地毯、没有窗帘的屋子里。可是他好像并没有注意到自己所处的环境，梅兰妮自结婚以来第一次有了自己的家，因而十分高兴，简直为这所房子感到自豪了。斯佳丽却认为，要是家里没有帷幕，没有地毯，没有窗帘，没有一定数量的椅子、茶杯和匙子，让朋友们见了就是莫大的耻辱。可是梅兰妮在尽地主之谊时，却仿佛自己家里也有丝绒窗帘和锦缎沙发似的。

尽管梅兰妮心里很快活，身体却一直不好。生小博时伤了身体，之后不久在塔拉庄园的辛苦劳作又消耗了她大部分体力。她瘦得很，那小小的骨头仿佛就要穿透苍白的皮肤了。从远处看，带孩子在后院散步的她就像个小姑娘，她的腰细得令人难以置信，几乎没什么线条。她没有胸脯，臀部就跟小博的一样平坦，她既不肯也没有窍门（斯佳丽是这样想的）在紧身胸衣里面缝上荷叶花边或者在束腰后部缝上衬垫，她瘦得太明显了。像她的身体一样，她的脸也过于清瘦，过于苍白，她那丝绒般的眉毛像蝴蝶的触须一样细细弯弯，衬着她那没有血色的皮肤，显得特别黑。在她那张小脸上，一双眼睛太大了，影响了美丽，眼睛下面的黑晕使之显得更大了，可是眼神儿却和她婚前少女时代时一模一样。战争、持续不断的灾难和辛苦劳作一点儿没有损伤那双清澈可爱的眼睛。那是一双快乐的、女人的眼，这样的女人无论四周如何风雨大作，都吹不皱她内心那一汪平静的湖水。

斯佳丽满怀嫉妒地看着她，心里纳闷，她是怎样保持住这种眼神的。她知道自己的眼睛有时会露出饿猫似的神情。瑞特有一次是怎么说梅兰妮的眼睛的——说它们带点儿傻气，像蜡烛似的？哦，是的，说它们就像淘气世界中的两道善良的光。是的，它们就像蜡烛一样，任何风都吹不灭，因为重新回到家，回到朋友们中间来而快乐地闪亮出两柱柔柔的光。

小房子里总是宾朋满座。梅兰妮从小就讨人喜欢，城里的人都涌来对她重新回家表示欢迎。人人都为这所房子带来了礼物，小古董，字画，一两支银匙，枕头套，餐巾，碎毡小地毯等，这些小物什都是他们从谢尔曼的手中保留下来的，十分珍贵，可现在他们都赌咒发誓说，这些东西对他们一点儿用处都没有。

一个曾跟她父亲一块儿参加过墨西哥战争的老头特地带了一些客人来看她，说是会会“老哈密尔顿上校可爱的女儿”。她母亲的老朋友围在她四周，因为梅兰妮一向对长辈十分恭敬，而现在的年轻人大都不讲礼数，所以老太太们十分喜欢她。她的同辈人，年轻的妻子、母亲和寡妇，喜爱她是因为她和她们经历了一样的苦痛，却没有变得怨天尤人，还总是同情地听她们诉说。年轻人也来了，他们时常来，仅仅因为可以在她屋里度过一段美好时光，还可以在那儿见到自己想见的朋友。

梅兰妮待人和蔼，又不爱出风头，所以很快她周围就形成了一个由亚特兰大优秀阶级的残余分子组成的集团，有老的也有少的，他们都贫穷，都为自己的家族自豪，都坚决地维护旧制度，仿佛被战争摧残得七零八落，被死亡吓得魂不附体，对变化的时代困惑不解的亚特兰大上流社会却在她身上发现了可以重建的坚强的核心。

梅兰妮虽然年轻，却具备这个保守的旧社会所珍视的种种美德，贫穷而又以贫穷自豪，不怨天尤人的勇气，乐观，友好，善良，最主要的是对一切老传统的忠诚。梅兰妮拒绝变化，甚至拒绝承认随着时代的变化人们应随之而变。在她家屋檐下，仿佛旧日时光又回来了，人人都心情舒畅，甚至觉得对提包党人和新富起来的共和党人的野蛮的生活态度和奢侈的生活方式更加轻蔑了。

他们一看见她那张年轻的面孔上对旧日时光的毫不动摇的忠诚，便会暂时忘记自己阶级里那些引起混乱、恐惧和心碎的叛徒，这种人很多。有些出身良门的男人，被贫穷折磨得绝望不堪，便投靠敌人，成为共和党人，或者接受征服者的职位，这样他们的家庭才不用靠救济过活。还有些当过兵的年轻人缺乏勇气去面对重新发财所必需的漫漫岁月，于是他们就学瑞特的样儿，与提包党人联手赚钱，策划种种见不得人的勾当。

所有的叛徒中最糟糕的要数亚特兰大一些最显赫的家族的女儿们。这些姑娘投降后才成年，对战争只保留着孩子气的记忆，缺乏上辈人那种惨痛的经验。她们没有痛失过丈夫，也没有痛失过爱人。她们对于过去的富有和荣耀几乎毫无记忆——而北方佬军官都英俊潇洒，服饰考究，还那么逍遥自在。他们举办那么富丽堂皇的舞会，骑那么矫健的马，对南方的姑娘又那么一腔崇拜！他们把她们当作皇后，小心翼翼地不去伤害她们那敏感的自尊心，说到底——为什么不跟他们结交呢？

他们比城里那些衣着破旧，神情严肃、辛勤工作、没时间游玩的小伙子们吸引人得多。所以有许多姑娘和北方佬军官私奔了，惹得亚特兰大好些人家伤心透顶。有许多兄弟在街上从自己的姐妹身边走过却不打招呼，许多父母再也不提起女儿的名字。想起这些悲惨的事情，那些奉“不投降”为座右铭的人就浑身出冷汗——但一看见梅兰妮那张温柔而又坚定的面孔，内心的恐惧便冰释了。像老太太们所说的，梅兰妮是全城的年轻姑娘应该学习的最完美的典范。而且，由于她并不卖弄自己的美德，年轻的姑娘们也不恨她。

梅兰妮从来不曾想到自己会成为一个新社会的领袖。她只是认为人们很好，来看她，想让她加入她们的小缝纫会、交谊舞俱乐部和音乐团体。亚特兰大人一向擅长音乐，喜爱好的乐曲，尽管南方的姐妹城市纷纷批评这座城市缺乏文化，现在随着日子越来越艰难，越来越紧张，这种对音乐的浓厚兴趣又卷土重来，而且势头越来越猛。他们在听音乐的时候，会比较容易忘记街上那些肆无忌惮的黑面孔和蓝军装的驻军。

当梅兰妮发现自己是一个新成立的周末晚间乐团的负责人时，她感到有点儿难为情。她不晓得自己如何能荣任这职务，除了她可以用钢琴给任何人伴奏，甚至连五音不全但喜欢唱二重唱的麦克雷家的几位小姐也不例外。

实际情况是这样的：梅兰妮巧妙地将妇女竖琴队，男子合唱队，女青年曼陀林吉他演奏会跟周末晚间乐团合并到一起，这样亚特兰大如今就有了值得听的音乐。事实上，许多人认为乐团演奏的《波希米亚女郎》比纽约和新奥尔良的专业乐队还要棒。在她将妇女竖琴队合并之后，梅里韦瑟太太就对米德太太和怀特太太说，她们必须让梅兰妮出任乐团负责人。如果她能跟竖琴队的人合得来，那就能和任何人合得来。梅里韦瑟太太如此断言道。她自己在卫理会教堂的唱诗班弹风琴，作为一个弹风琴的人，她对竖琴演奏者是颇为不屑一顾的。

梅兰妮同时还是阵亡将士公墓装修协会和南部邦联赈济孤寡缝纫协会的秘书。她这个新荣誉是在这两个团体一次激动人心的联合会议之后得到的。那次会议群情激愤，最后竟大打出手，切断了两个团体之间至死不渝的友谊纽带。会上提出这样一个问题，南部邦联军墓地旁边的北军墓地上的杂草是否要除去。北方佬的墓很不雅观，使得美化烈士陵墓的妇女们的努力前功尽弃。立即，压在胸中的怒火熊熊燃烧起来，两个团体形成对手，怒目而视。缝纫协会主张除去杂草，装修协会却激烈反对。

米德太太表达了后一团体的观点，她说："为北方佬的墓除草？只要给我两分钱，我就可以把所有的北方佬挖出来，抛到城里的垃圾堆上去!"

听到这斩钉截铁的话，两个团体就起哄了。每个太太都表述自己的观点，但谁也听不清谁的。这次聚会是在梅里韦瑟太太家的客厅里举行的，梅里韦瑟爷爷当时被轰到厨房里去了，事后他报道说那吵闹声听上去就像是富兰克林战争中的开炮声。

而且，他又补充道，那场面真是糟透了，他猜想置身于富兰克林战争中比待在太太们的会场上会更安全些。

不知怎么回事，梅兰妮居然挤到了激愤的人群中间，并使她那一贯柔和的声音在一片混乱中居然被听见了。她因为胆敢在一群愤怒的聚会者面前讲话而吓得心都提到了嗓子眼儿。她声音颤抖，却仍然坚持喊道："女士们！请静一下！"直到吵声慢慢静下来。

"我想说几句——我的意思是，我已经想了好长时间了——我们不仅要除去杂草，还应该种上鲜花——我——我不管你们是怎么想的，可是我每次去亲爱的查利墓上送花时，总是在近旁不知名的北方佬墓前也放上一些。它——它看上去太凄凉了！"

人群再次激动地嚷嚷起来，这一次，两个组织合为一体，说出的意见是一致的。

"给北方佬的坟墓送花！哦，梅兰妮，你怎么能这样做！……'是他们杀死了查利！""他们还差点儿杀死了你！……'怎么，小博出生时，险些被北方佬杀死呢！""他们企图将你们烧出塔拉庄园！"

梅兰妮抓住椅背支撑着自己，几乎在以前从未见识过的责备的压力下垮了。

"哦，女士们！"她乞求地喊道，"请听我说完！我知道在这件事上我无权说什么，因为我亲爱的人中除查利之外没有别的遇难者，而且感谢上帝，我还知道他躺在哪儿！可是今天在场的诸位中有好多人甚至不知道自己的儿子、丈夫或兄弟葬身何处，而且——"

她哽咽了，房间里一片死寂。

米德太太愤怒的眼睛忧郁了。战争结束后她曾长途跋涉去葛底斯堡找寻达西的尸体，可谁也无法告诉她他究竟埋在哪儿了。也许在敌区里某个匆忙挖成的战壕里。阿兰太太的嘴唇哆嗦了，她的丈夫和兄弟跟着倒霉的摩根进军俄亥俄，她得到他们的最后消息就是，北方佬的骑兵冲过来时，他们倒在了河边。她不晓得他们埋在哪儿。奥里森太太的儿子在北方的一个战俘营里，她却无法将他的尸体领回来，因为她是穷人里面最穷的。还有其他一些人读过伤亡名单上的"失踪——确信已死亡"字样，从这些文字中她们算是得到了亲眼送赴前线的亲人们的最后消息。她们都转身看着梅兰妮，眼神仿佛在说："你为什么要再次揭开这伤疤？这是永远难以愈合的伤痛啊——不知道他们葬身何处的伤痛。"

在一屋子的寂静中，梅兰妮的声音越来越有力。

"他们的坟墓就在北方佬国家的某个地方，正如北方佬的坟墓在这儿一样，而且，哦，要是知道某个北方佬女人说要将他们挖出来，再——这是多么可怕啊。”

米德太太发出低沉而可怕的叫声。

“可是如果知道哪个善良的北方佬女人——那该有多好，而且一定会有很多善良的北方佬女人的。我不在乎别人怎么说，她们不可能都是坏的！要是知道她们拔掉我们亲人坟上的草，为他们送上鲜花，那该有多好啊。即使他们是敌人，如果查利是死在了北方，我要是晓得有哪位——对我该是多大的安慰。我不在乎你们太太们怎样想我，”她的声音又颤抖起来，“我要从这两个团体中退出来，我要——我要除去我能见到的每个北方佬坟墓上的杂草，再种上鲜花——我——我看谁敢来阻挡我！”

说完最后一句话，梅兰妮的泪水夺眶而出，挣扎着朝门口走去。

梅里韦瑟爷爷一小时后安全地置身于时代女郎酒馆专为男人划定的活动区，他向亨利·哈密尔顿伯伯报道说，梅兰妮讲完这些话后，人人都哭着和她拥抱，结果这次聚会以皆大欢喜告终，梅兰妮理所当然地成了两个团体的秘书。

“她们就要去拔草了。糟糕的是多丽说：‘我很高兴帮忙，因为我没有别的事情可做。’我没什么要跟北方佬过不去的，我想梅兰妮小姐是对的，其余那些野猫夫人全都错了。不过亏得她想出这个主意，让我这个年纪，又患着腰痛，还得去拔草！”梅兰妮是孤儿院管理委员会的委员，她还为新成立的青年读书会征集图书。

甚至每月演出一次的话剧团体也力邀她加盟。她很胆小，不敢上台表演，可是她会做服装，在没有别的料子可选择时，她能用粗布缝成戏装。莎士比亚朗读会采纳了她的建议，除读些莎翁的作品外，还读些狄更斯和布尔沃·利顿的作品，而没有照一个青年建议的那样，读拜伦勋爵的诗，梅兰妮私下很害怕那个放荡不羁的青年会员。

夏末的夜晚，她那小小的、光线昏暗的屋子里总是挤满了客人。椅子永远都不够，有时太太们就坐在前廊的台阶上，男人们聚集在她们周围，有的坐在栏杆上，有的坐在板箱上，有的就坐在台阶下面的草地上。有时候斯佳丽看见客人们坐在草地上品茶——这是威尔克斯家唯一可以用来招待客人的东西——心里便纳闷，梅兰妮怎么能如此毫不知羞地将自己的贫穷袒示于众。

除非斯佳丽能够将贝蒂姑妈家装修成战前的样子，能够用美酒、冷饮、火腿和野味来招待客人，否则她绝不会请客人到家里来——尤其是显贵的客人，就像梅兰妮家里的那些。

佐治亚州的大英雄约翰·布·戈登将军不时带着全家出现在那儿。前南部邦联的诗人兼教士瑞安神父每次路过亚特兰大都必然要去拜访。他凭着机智吸引住了在场的各位，用不着别人再三请求，他就会背诵他的《李之剑》或者他那不朽的《被征服的旗帜》，每次都听得太太们啜泣不止。前南部邦联的副总统亚历克斯·史蒂芬，只要在城里，就来拜会，他在梅兰妮家的消息一传出，屋子里便会挤满客人，人们在这个虚弱的残疾人富于感召力的声音下能一连坐上好几个钟头。通常还会有十几个孩子在场，早过了正常的上床睡觉时间，便蜷在父母怀里打盹。哪家也不愿意让自家孩子错过良机，日后他们可以自豪地讲自己曾被伟大的副总统亲吻过，或者曾握过那只领导伟大事业的巨手。每个重要人物来到城里，都会找到威尔克斯家，并在那里度过良宵。这样，小小的平顶屋便拥挤不堪，英迪亚只得睡在小博那间育儿室的木板床上，迪西被指派翻过后院的篱笆到贝蒂姑妈的厨娘那儿去借早餐用的鸡蛋，可是梅兰妮依然得体地招待着他们，仿佛自己的家是酒店似的。

不，梅兰妮从来没有想到人们拥在她周围，就像拥住一面破旧但可敬爱的旗帜。所以，当米德大夫在她家度过一个愉快的夜晚，庄严地朗诵了《麦克贝斯》的片段，吻着她的手，用当年说起“我们光辉的伟大事业”时所用的语调发言时，她感到既吃惊又尴尬。

“我亲爱的梅兰妮小姐，能到你家来总是一种特殊的荣耀和快乐，因为你——以及像你一样的太太们——是我们大家的心脏，是我们所剩下的一切。他们掳去了我们男人的英气和年轻女人的欢笑。他们破坏了我们的健康，灭绝了我们的生活，扰乱了我们的习惯。他们摧毁了我们的富有，把我们打退回五十前年，在我们的孩子本应上学读书、我们老头本该晒着太阳打盹的年纪，却在我们肩头放置了如此的重担。可是我们会重建旧业，因为我们有像你之类的人的心可以依赖。而且只要我们拥有这样的心，北方佬把别的一切都掳去也无妨！”

斯佳丽的肚子越来越大，甚至贝蒂姑妈的大黑披肩也掩饰不住了，她和弗兰克有时会穿过后院的篱笆，到梅兰妮的走廊上参加夏夜的聚会。斯佳丽总是坐在灯光照不到的地方，藏在阴影里，这样，她不但不会引人注目，而且还可以不被人察觉地尽情欣赏阿希礼的脸。

只有阿希礼才能把她吸引到这屋子里来，因为所谈的话题让她厌倦。那些谈话差不多有一个固定的模式——首先，艰苦的岁月；其次，政治形势；然后，必不可少的，是战争。太太们抱怨物价高涨，然后问绅士们，他们是否认为好日子还会回来。而那些无所不知的绅士们总是说，是的，他们确实那样认为，只是个时间问题。

艰苦的岁月只是暂时的。太太们明知道绅士们是在撒谎，绅士们也明知道太太们晓得他们在撒谎。可是他们仍然有滋有味地说着谎话，太太们仍然假装相信他们的话。人人都知道艰苦的岁月永远无尽头了。

说完艰苦的岁月后，太太们就说起黑人如何愈来愈放肆，提包党人如何让人难以忍受，以及北方佬士兵在各个角落转悠的耻辱。太太们问绅士们认为北方佬重建佐治亚州的工作何时是个尽头，绅士们便保证说重建工作立即就会结束——也就是说，等到民主党人能重新参加选举时。太太们很识时务地不去问这到底要等到什么时候。谈完政治后，话题就转到战争上来。

无论何时何地，两个前南部邦联人相遇，所谈的话题不外乎一个，十几个或更多的前南部邦联人聚在一起，那么他们的谈话结果就是非重新开战不可了。而且他们的谈话里面，“若是”两个字总是占着最显著的部分。

“若是英国曾经承认了我们——‘若是杰夫·戴维斯在封锁加紧以前就把所有的棉花征集起来运到英国去，——”“若是朗斯特里特在葛底斯堡时曾经遵守命令——”“若是那次袭击中杰布·斯图兰特没有在马斯·鲍勃需要他的时候离开——”“若是我们不曾失去斯图沃尔·杰克逊将军——”“若是维克斯堡没有陷落——”“若是我们能再坚守一年——”而且总是“若是他们不曾让胡德代替约翰斯顿”或者“若是多尔顿一役的总指挥是胡德而非约翰斯顿——”

若是！若是！他们在寂静的黑夜中谈论——步兵、骑兵、炮兵，温柔的懒洋洋的语调被旧时的激情鼓动着，唤起生活处于顶峰时期的旧日记忆，在这冬季的凄凉夕阳中回首炎夏时的骄阳似火。

“他们别的什么也不谈，”斯佳丽想道，“除了战争什么也不谈。总是战争。他们除了战争再也谈不出别的什么了。不会的，直到他们老死。”

她环顾四周，看见小男孩们躺在父亲的臂弯里，喘着粗气，睁大眼睛，津津有味地听仲夏夜的故事。骑兵勇猛地冲锋，将战旗插在敌军的防御工地上。他们仿佛听见了战鼓声、号角声和起义者的呼声，仿佛看见脚部受伤的士兵们斜扛着破旗在雨中行进。

“这些孩子将来长大了也谈不出别的什么。他们会以为同北方佬战斗是精彩而又光荣的，然后瞎着眼瘸着腿回来——或者根本回不来。他们都乐意铭记那场战争，乐意谈论它。可我不，我甚至想都不愿去想它。要是可能的话，我愿将它忘得一干二净——哦，要是我能做到就好了！”

她听梅兰妮讲起塔拉庄园的往事时，常常会毛骨悚然。可是梅兰妮总爱把她说成一个女英雄，说她怎样敢于面对侵略者，硬是把查尔斯的军刀保存下来，还夸耀斯佳丽怎样扑灭了厨房里的大火。可是，斯佳丽对这些既不感到骄傲，也不感兴趣。她根本就不愿意回想这些往事。

“哦，他们为什么忘不掉？他们为什么不能向前看？我们真是傻透了，去打那场仗。而且我们忘记得越快，就越会过上好日子。”

可是谁也不愿忘记，仿佛除了她自己之外，没有一个人愿忘记，于是斯佳丽很高兴可以成功地对梅兰妮说，她一到场就会觉得难为情，即使是在夜晚。这个解释梅兰妮衷心理解，因为她对有关生育的一切事务都很敏感。梅兰妮十分想再生个孩子，可是芳汀大夫和米德大夫都说过，她要是再生的话会丢掉性命的。于是并不完全信服命运的她便将大半时间花费在斯佳丽身上，享受着并不是自己的怀孕的乐趣。而斯佳丽并不欢迎这个即将出世的孩子，对他的不期而至颇为气恼，所以在她看来，梅兰妮的这种态度简直是愚蠢到了极点。可是她又暗自感到高兴，两位大夫的结论使得阿希礼和他的妻子之间再不可能有任何真正的两性关系了。

现在斯佳丽能不时见到阿希礼，可是从来都有别人在场。他每天晚上从锯木厂回家的路上总是拐到斯佳丽这边来报告白天的工作，可是一般情况下弗兰克和贝蒂都在场，最糟糕的是，有时梅兰妮和英迪亚也在场。她只能问些生意上的问题，再提些建议，然后说：“你特意过来，真是太好了。晚安。”

要是她没有怀孕就好了！这儿有个天赐的良机，她每天早上可以和他一块骑马去锯木厂，途中有一片静谧的树林，远离熟人的目光，他们可以设想自己重新回到了战前那无忧无虑的乡下时光。

不，她绝不会设法让他说出一个“爱”字！她不会用任何方式提到的。她对自己发誓，绝不能再那么做了。可是，也许当他们再次单独相处时，他会揭去那层自从来到亚特兰大便一直戴着的不带私人感情的礼貌周到的面纱。也许他又会重新回到原来的自己，回到烧肉野宴前她所认识的阿希礼，那时候他们两人之间一个爱字也没说。即使他们成不了爱人，也可以重新成为朋友，她可以借他的友谊之光来温暖自己那颗孤独、冷漠的心。

“要是能早点儿生下这孩子，该有多好，”她焦急地想道，“那么我就可以每天和他一块儿骑马聊天了——”

不仅仅是渴望和他在一起的心情使得她对自己的即将分娩感到焦虑不安，束手无策，几个工厂也需要她。自从她退出积极的管理，交由休和阿希礼接管后，工厂一直在赔钱。

休尽管使出了浑身解数，仍然不见起色。他不擅长贸易，更不擅长当工头。

谁都能压他的价。只要哪个狡猾的商人说木材质量不好，值不了所喊的价，那么休就会认为作为一个绅士他所能做的就是向对方道歉，然后降价。当她听说他把一千英尺的地板卖了个贱价钱时，不禁气得号啕大哭。那本是厂里最上等的地板木料，他简直等于将它白白送掉了！而且，他还管不住自己的工人。黑人们坚持要每日结账，然后他们拿着工钱时不时地去喝个酩酊大醉，使得第二天早上无法返回工作。遇到这种情形，休便被迫去物色新工人，工厂只得推迟生产。被这些困难缠住，休便接连几天无法进城去卖木材。

眼看利润从休的指缝溜走，斯佳丽开始为自己的无能为力和他的愚蠢焦急不安。只要孩子一出世，她就可以返回工厂工作，她要开除休，雇别人来干。无论谁都可以比他做得更好，而且她再也不跟那些自由的黑人打交道了。要是都像他们这样吊儿郎当，怎么才能干好活？

“弗兰克，”一次她跟休为了走掉的工人大吵一番后，说道，“我差不多下定决心要雇犯人来做工了。前几天我跟汤米·韦尔伯恩的工头约翰尼·高莱佛谈过黑人工作效率太低的问题，他问我为什么不雇些犯人来。在我看来这主意不错，他说这种犯人工资极低，伙食也极廉价。他还说我可以任意要求他们干活，要他们干多少就干多少，自由人局不会来干涉。等约翰尼·高莱佛跟汤米的合约一到期，我就把他雇来运作休的工厂。他对手下的爱尔兰人都能管得那么好，更何况是犯人了。”

犯人！弗兰克哑口无言。雇用犯人，这是斯佳丽所提的荒唐建议中最恶劣的，甚至比她想建一个酒馆的动机更加恶劣。

至少，在弗兰克和他所活动的保守圈看来，这很恶劣。这种雇用犯人的新做法是由于战后州里的贫穷而形成的。因无力养活犯人，州里便将他们对外出租给需要大量劳动力的行业，比如修铁路，采伐树木。弗兰克和他那帮安静的教徒朋友尽管意识到这种做法的必要性，可仍然难免感到痛心。他们中的许多人甚至连奴隶制都不信，他们认为这比曾经的奴隶制更加恶劣。

而斯佳丽想雇用犯人！弗兰克知道，假如她那样做，他就再也无法抬起头了。这件事比她亲自占有并管理工厂恶劣得多，比她曾经做过的任何别的事情都恶劣得多。以前他反对斯佳丽的理由无非是：“人们会怎么说呢？”可这——这件事比对公众责备的恐惧更为严重。他认为这事是拿人体做交易，跟娼妓卖淫同属一个等级的罪恶，若是他同意她的做法，便要永远背上灵魂的十字架。

由于深信这件事的不妥，弗兰克便鼓足勇气阻止斯佳丽，言辞很是激烈，以至于她竟吃惊得不吭声了。最后，为了让他平息怒火，她便说她是说着玩的。她只是对休和自由黑人过于失望，所以一时冲动。而私下里，她仍然琢磨着这件事，心里真有几分渴望。犯人劳力会解决她最棘手的难题，可是如果弗兰克一直坚持下去呢——

她叹了一口气。假如两个工厂中有一个能赚钱，她也可以忍受得了。可是阿希礼把自己的工厂经营得比休强不到哪儿去。

起初斯佳丽很是震惊和失望，阿希礼居然没有立即管好厂子，并没有比她管理厂子时多赚一分钱。他那么精明，读过那么多书，根本没有理由解释他为什么没有干得出色并大赚一笔。可是他并不比休成功。他的缺乏经验，他的失误，他的极端欠缺生意判断力，以及他对需要当机立断的买卖的犹豫不决，都跟休一模一样。

斯佳丽的爱迅速为他找到了借口，她并不以同样的态度看待两个人。休是无可救药的愚蠢，而阿希礼只是还不深谙生意之道。可是她仍然不由自主地想到，阿希礼的头脑永远都无法做出迅速的决定，也不能像她那样准确地喊价。有时她纳闷他是否学会了区分底木和木板。而且由于他是个绅士，他自己是值得信任的，他便信任每一个来买木料的家伙，有好几次要不是她碰巧赶来，肯定会赔钱的。假若他喜欢某个人——可他仿佛喜欢的人很多！——那他就会赊账卖给他们，丝毫不去想一想他们银行的账户上是否还有钱。在这方面他和弗兰克一样差劲。

可是他一定能学会的！在他学习的过程中，她以母亲般的慈爱容忍着他的错误。每天晚上，当他疲惫而沮丧地来她家拜访时，她便不知疲倦地提出详尽而有益的建议。可尽管她热情地一再鼓励，他眼中仍然一片死灰。她不理解那眼神，她害怕那眼神。他变了，跟过去的他太不一样了。假如她能单独和他谈谈，或许可以找到原因。

这种局面使得她好几晚不能成寐。她担心阿希礼，既因为她知道他不开心，也因为她知道他的不开心并不能帮助他成为一个优秀的木材商。将她的工厂托付给两个像阿希礼和休这样没有生意头脑的男人，真是太糟糕了，看着她几个月来单枪匹马，努力工作，处心积虑所赢得的最佳客户被竞争对手们抢走，真是太让人伤心了。哦，要是她能返回去重新工作就好了！那她就手把手地教阿希礼，他肯定能学会的。约翰尼·高莱佛经营另一个工厂，她掌管销售，一切都会好起来的。至于休，他可以赶马车送货，要是他还乐意为她效劳的话。那是唯一他可以胜任的活。

当然，高莱佛看上去过于狡猾，尽管他很精明，可是——她还能找谁来帮忙呢？为什么其余那些既精明又诚实的人却不愿为她工作呢？只要她现在能找到一个这样的人代替休为她干活，她就不用操这么大的心了。可是——

汤米·韦尔伯恩尽管背部受伤，却是城里最忙的承包商，赚了大钱，人们都这么说。梅里韦瑟太太和雷内过上了好日子，现在已在闹市区开了一家面包房。雷内用真正法国人的勤俭操持着小店，梅里韦瑟爷爷兴高采烈地从他的烟囱角落逃出来，开始为雷内赶车送糕点了。西蒙家的男孩子忙着经营一家砖窑，工人一天三班倒。凯尔斯·怀特靠头发拉直机大赚其钱，因为他对黑人们说，假如头发有鬈曲，是不让参加共和党的投票选举的。

她所认识的那些精明的男青年都一样在忙着自己的事，有的做律师，有的做医生，有的做售货员。战后立即攫住他们的麻木已经完全消失了，他们都在忙于重建自己的财富，无暇帮她聚敛她的财富。无事可忙的却都是些和休——或者阿希礼一样的人。

又要忙生意，又要生孩子，真是忙上加忙啊！

“我再也不生孩子了，”她坚定地下决心，“我绝不能像别的女人那样一年生一个小孩。天啊，那就意味着一年中我要有六个月没法照顾工厂的生意！现在我才明自我受不了抛下它们不顾，甚至一天都受不了。我得告诉弗兰克我不想再要小孩了。”

弗兰克渴望拥有一个大家庭，可是她总会设法让他屈服的。她的决心已定。这是她最后一次生孩子。工厂远远比这重要。

第四十二章

斯佳丽生了个姑娘，是个秃头小家伙，丑陋得像只没毛的猴子，和弗兰克一样滑稽可笑。除了她父亲没有人能从她身上看到漂亮的影子，可邻居们都好心好意地说，但凡丑陋的婴儿日后必定会长成大美人。他们给她取名艾拉·劳瑞娜，“艾拉”取自她的外祖母艾伦，“劳瑞娜”是当时姑娘们最时髦的名字，正如罗伯特·李和斯图沃尔·杰克逊成了男孩子们普遍的名字，黑人小孩常常取名亚伯拉罕·林肯或解放一样。

这孩子出生的那个星期，亚特兰大人心惶惶，紧张兮兮，仿佛大难临头似的。一个黑人吹嘘说他强奸了一个白种女人，被抓了起来，可是还没等带上法庭就被三K党的人秘密绞死了。三K党人之所以这样做，是为了使那位尚未暴露姓名的受害者免于上法庭公开作证。她的父兄宁可打死她也不愿让她到大庭广众之下去丢丑，因此市民们觉得将这个黑人私下结果了不失为一个合情合理的解决办法，事实上，也是唯一可行的解决办法。可是军事当局却怒发冲冠。他们搞不懂为什么那个受害的姑娘会在意公开作证。

士兵们四处抓人，决心将三K党一网打尽，哪怕将每一个亚特兰大男人都推上法庭也在所不惜。黑人们既害怕又愤怒，扬言要烧掉白人的房子以示报复。谣言满天飞，说是北方佬一旦查出乱党，就要全部绞杀，又说黑人们已经预备一致起来暴动。城里的人关门闭户待在屋里，男人们不敢出去忙生意，生怕将老婆孩子丢在家中无人照顾。

斯佳丽精疲力竭地躺在床上，默默地感谢上帝，阿希礼那么有头脑，不会加入三K党，弗兰克太老太软弱，同样也不会。要是知道北方佬随时都会冲进来将他们抓走，那是多么可怕啊！现在的情况就够糟的了，三K党里那些没有头脑的年轻人怎么就不能暂时不添乱，不这样刺激北方佬呢？说不定那个女人根本就没被奸污。也许她只是被吓坏了，可为了她，许多男人可能会丧掉性命的。

气氛十分紧张，犹如看着一根导火线渐渐要烧到一大桶火药跟前似的，就在这种情形之下，斯佳丽的体力迅速恢复了。她那充沛的精力曾帮她在塔拉庄园渡过难关，现在又要发挥更大的作用，生下艾拉·劳瑞娜不到两个礼拜，她便能坐起来，很为自己的行动不便而恼火。不到三个礼拜，她便起来宣布自己必须去看看工厂。休和阿希礼整天都无所事事地待在家里，因为他们都不敢将家人扔下不管。

然而她遇到了打击。

因为局势很危险，初为人父正充满自豪的弗兰克便鼓起所有的勇气劝阻斯佳丽，不让她离开家门半步。她根本不在乎他的劝阻，她完全可以不管不顾地去忙自己的生意，可是弗兰克已经把她的马和车锁在马厩里，还吩咐除了他自己之外，谁也不能使用。更糟的是，斯佳丽卧床休养时，他和嬷嬷耐心仔细地搜索了她的房间，将她私藏的积蓄全搜了去。弗兰克以他自己的名义将这笔钱存到银行，这样一来，她现在连雇马车的钱都没有了。

斯佳丽既生弗兰克的气，也生嬷嬷的气，可是却不得不乞求他们，最后竟像个所求不遂的孩子似的哭闹了整整一上午。可是尽管她痛苦万分，却只能听到他们这样的话："好了，宝贝！你只是个生病的小姑娘！"或者"斯佳丽小姐，你如果一直这样哭下去，你的奶水就会变酸，孩子吃了会闹肚子的。”

斯佳丽怒火中烧，便穿过后院来到梅兰妮家，她扯着嗓子把肚里的愤恨一股脑儿发泄出来，声言她要一步一步走到工厂去，她要走遍亚特兰大城，告诉人们她嫁了个怎样的混蛋，她不想被别人看成是个头脑简单的顽皮孩子。她要弄支枪毙掉任何一个威胁她的人。她曾用枪打死过一个人，她很乐意，是的，很乐意再打死一个瞧瞧。她要——

梅兰妮这几天吓得连自家的前廊都不敢去，这时听见这些恐吓的话更是心惊胆战。

“哦，你千万别拿自己的性命开玩笑！你要是出了什么事，我也活不成了！哦，求求你——”

“我就要！我就要！我要一步一步——”

梅兰妮看着她，看出这不是一个产后仍然虚弱的女人的歇斯底里。她脸上那种决绝的、无所畏惧的表情，梅兰妮过去常常在杰拉尔德·奥哈拉脸上看到，他一旦下定决心，就是这副表情。她伸出胳膊，将斯佳丽紧紧搂在怀里。

“都怪我不像你这么坚强，使得这段时间阿希礼一直待在家里，其实他本该到工厂去的。哦，亲爱的！我真是罪孽深重！亲爱的，我去告诉阿希礼我一点儿都不害怕，我会过去跟你和贝蒂姑妈待在一起。他尽可以放心回去工作——”

甚至斯佳丽自己都不得不承认，阿希礼根本无法独自处理这种局面，于是她喊道：“你这样做没用的！阿希礼工作的时候时刻都牵挂着你，那究竟有什么益处？每个人都这么可恨！连彼得大叔都不愿陪我出去！可我不在乎！我要自个儿去。我要一步一步走过去，随便到哪儿找几个黑人来——”

“哦，不！你千万别那样干！那样你会出事的。听人说迪凯特街上的贫民区有许多为非作歹的黑鬼，而你又必须经过那儿。让我想想——亲爱的，答应我，你今天什么都不要做，容我想想法子。答应我，赶紧回家去，躺着休息休息。你看上去脸色很不好。答应我。”

斯佳丽发了一通脾气后，已筋疲力尽，做不成别的什么，便垂头丧气地答应了梅兰妮，回家后，家人企图与她和好的努力都被她高傲地拒绝了。

这天下午，一个陌生人一瘸一拐地穿过梅兰妮家的篱笆，走进了贝蒂姑妈的后院。很明显，他就是那类被嬷嬷和迪西称作“梅兰妮小姐从街上捡来让睡到她家地窖里的无业游民”之一。

梅兰妮那所房子有三间地下室，以前两间仆人住，一间作贮酒室。现在迪西住了一间，另外两间被一群衣衫褴褛、凄凄惨惨的流浪客占据了。除了梅兰妮外谁也不知道他们从哪儿来又将往何处去，谁也不知道她是打哪儿将他们召集来的。也许黑奴们说得对，她是从街上把这些人捡回来的。不过。一方面，伟大人物和近乎伟大的人物被吸引到她的小客厅，另一方面，不幸的人也可以到她的地窖里来，有的吃，有的睡，临走时还可以带上几袋干粮。地窖里住的常常都是从前南部邦联的士兵，他们粗鲁，没有文化，无家可归，没有亲人，于是便到处流浪，希望能找到一份工作。

常常有一些皮肤棕色、面容憔悴的乡下女人，带着一伙头发蓬乱、沉默寡言的孩子来这儿睡上一宿，这些女人因为战争而成了寡妇，被夺去了农场，便出来寻找失散和失踪了的亲人。有时候附近竟会令人吃惊地出现一些外国人，会说一点儿英语或者一点儿不会英语，他们是被编造出来的发财容易的谎言吸引到南方来的。甚至曾经有一个共和党人在那儿睡过。至少，嬷嬷坚持认为那是个共和党人，她说她能嗅出共和党人身上的味儿，如同马能嗅出响尾蛇的气味一样。可是谁也不相信嬷嬷的故事，因为梅兰妮的乐善好施总得有个限度吧。至少大家都是这么希望的。

“是的，”斯佳丽抱着孩子坐在侧廊，一面沐浴着十一月那惨淡的阳光，一面想道，“他是梅兰妮的一条瘸腿的狗。而且他是个真正的瘸子!”

那人一瘸一拐地穿过后院，像威尔·本廷一样，一条腿是木头的。他是个又瘦又高的老头，秃头，头皮红得发亮，很是肮脏，灰白的胡子长得可以塞到他的皮带里。从他那粗糙、满是皱纹的脸上判断，他有六十多岁了，可是他身上没有一点儿衰老的痕迹。他又瘦又难看，可是即使装着一条假腿，他走起路来还像蛇一样迅速。

他跨上台阶，朝她走来，他刚一开口，斯佳丽就发现他鼻音很重，带卷舌音，这在平原地带是很少见的，因而断定他是个土生土长的山里人。尽管他很脏，身上的衣服很破，却像大多数山里人一样，有一种沉默而骄傲的神气，绝不容许别人的轻蔑和愚弄。他的胡子上沾着零零星星的烟草渍，嘴里嚼着一大块烟草，使得他的脸看上去仿佛是歪的。他的鼻子又窄又高，他的眉毛浓密而弯曲，像女巫的鬈发。他的耳朵里长出长长的毛，使它们看上去仿佛是猞猁的耳朵。他的额头下有一个空的眼眶，一道伤疤从眼眶一直划到面颊，成一条对角线穿过他的长胡子。另一只眼睛是淡灰色的，小小的，很冷酷，一眨一眨的，闪出无情的光芒。他的腰带上赤裸裸地挂着一支沉重的手枪，一只破旧的皮靴口上露出一把猎刀的刀柄。

他冷冷地回看了斯佳丽一眼，从栏杆上吐过一口唾沫，这才开口说话。他那只独眼里有一种轻蔑，并不是针对她的，而是针对整个女性的。

“威尔克斯太太打发我来为你工作。”他简洁地说道。他说话的声音很刺耳，仿佛不习惯说话似的。他说得很慢，几乎可以说是很困难：“我叫阿奇。”

“很抱歉，我没有什么工作让你做，阿奇先生。”

“阿奇是我的教名。”

“请原谅。那你姓什么呢?”

他又吐了一口唾沫。“我想那是我私人的事。”他说，“叫我阿奇就行了。”

“我才不关心你姓什么呢！我这儿没你可干的活。”

“我想你有的。威尔克斯太太听说你要傻乎乎地单独外出乱跑，很不放心，便派我来为你赶车。”

“真的?”斯佳丽喊道，既为这个男人的粗鲁生气，也为梅兰妮的多管闲事恼火。

他那只怀着敌意的独眼与斯佳丽的眼睛相遇了。“是的，男人都在设法保护自家的女人，女人这时候就不该给他们添麻烦。如果你非出去不可的话，我就给你赶车。我恨黑鬼——还有北方佬。”

他把嘴里的烟草转到另一边，没等邀请，便径自坐在最高一层台阶上。“我没说我喜欢为女人驾车，可是威尔克斯太太有恩于我，让我睡她家的地窖，是她让我来为你驾车的。”

“可是——”斯佳丽不知所措地开口说道，随即又打住了话头瞧着他。过了一会儿她笑了。她不喜欢这个老家伙的样子，可是他的出现将会使问题简单化。有他在身边，她就可以去城里，赶车到工厂去，还可以拜访客户。跟他在一起没人会担心她的安全，而且他那副模样，也不足以引起人们的流言蜚语。

“那就这样定了，”她说，“如果我丈夫同意的话。”

跟阿奇私下交谈后，弗兰克不情愿地妥协了，他吩咐马房放了马和车。他本以为做了母亲，斯佳丽会有所改变，这下既伤心又失望，不过假如她执意要去她那该死的工厂，阿奇无疑是最好的跟班。

这种关系就这样建立了，起初亚特兰大人吃了一惊。阿奇和斯佳丽是极不协调的一对搭档，一个是又脏又丑的老头子，一条假腿耷拉在车挡板上，一个是穿戴整齐的漂亮少妇，双眉紧蹙，心不在焉。无论什么时候，无论在亚特兰大城内或郊外，都能见到他们的身影，他们几乎互不理睬，明显地互相厌恶，可是却被相互的需要紧紧联系在一起，他是为了赚钱，她是为了寻求保护。城里的太太们都说，至少，比同那个叫巴特勒的男人坐车四处晃悠要好得多。她们好奇也纳闷，这些日子瑞特到哪儿去了，三个月前他突然离开亚特兰大，没有一个人知道，甚至斯佳丽都不知道他去了哪儿。

阿奇是个沉默寡言的人，没人跟他说话他从不开口，而且回答别人的话也含含糊糊。每天早上他从梅兰妮家的地窖里出来，坐在贝蒂姑妈房前的台阶上，嚼着烟草，吐着唾沫，直到斯佳丽走出屋门，彼得大叔将马车拉出马房。彼得大叔畏惧他不亚于畏惧三 K 党或魔鬼，甚至走到他身边时都小心翼翼，战战兢兢的。他们知道，他恨黑人，因此很怕他。除了原来的手枪和猎刀以外，他又增加了一把手枪，他的威名在黑人中间广为传播。他从来都不用拔出手枪，甚至都不用将手放到皮带上。心理上的影响力已足够了。阿奇在周围时，黑人连笑一声都不敢。

有一次斯佳丽好奇地问他为什么憎恨黑人，让她吃惊的是，这次他居然回答了，因为一般情况下他回答所有的问题时都用“我想这是我私人的事”。

“我恨他们，就如同所有的山里人都恨他们一样。我们从来不喜欢他们，也从不曾养过他们。就是他们黑鬼引发了这场战争。也因为这个，我恨他们。”

“可是战争时你也打仗了。”

“我想那是男人的特权。我也恨北方佬，比恨黑鬼更甚。就像我憎恨爱饶舌的娘们儿一样。”

诸如此类露骨的粗鲁话使斯佳丽恼火得哑口无言，真恨不得辞退了他。可是没有他，她该怎么办？还能有别的什么办法可以让她获得如此的自由？他又粗鲁又肮脏，偶尔身上还有怪味儿，可是他尽职尽责。他将她送到工厂，再拉回来，送她去一家家拜访客户，在她谈生意和发命令时，他就一边吐唾沫，一边眺望远方。要是她从车上下来，他马上随她下来，紧紧跟在她身后。她要是跟粗鲁的工人、黑人或北方佬士兵打交道，他更是寸步不离她左右。

很快，亚特兰大人便习惯了看见斯佳丽和她的贴身保镖，正因为习惯了，太太们又开始为她的行动自由感到嫉妒。自从三 K 党绞死人以后，太太们便实际上被软禁了，甚至不能上街去购物，除非有半打左右的伙伴一块儿。但是她们向来爱交际，这下子坐不住了，便将面子抛到一边，开始向斯佳丽借阿奇当保镖。她什么时候不需要他，便大方地将他让给别的太太。

很快，阿奇成了亚特兰大的热门人物，太太们争相趁他有空时雇用他。几乎每天早上都有一个孩子或者黑奴在早饭时送来便条。上写诸如“要是今天下午您不用阿奇的话，能否借我一用。我想坐马车去公墓献花。”“我得去一趟女帽店。”“我想让阿奇带耐丽姑妈去兜兜风。”“我得去皮特斯街拜访朋友，可爷爷身体不舒服，没法陪我。能不能让阿奇——”之类的话。

他为所有的人赶车，姑娘、太太和寡妇，对她们统统表现出那种不以为然的轻蔑。很显然他不喜欢女人，除了梅兰妮之外，就像他不喜欢黑人和北方佬一样。起初女士们对他的粗鲁很震惊，渐渐地就习惯了，由于他沉默安静，只偶尔吐些嚼烟草的唾沫，她们便自然而然地把他看成如同他所赶的马一样的东西，完全忘记了他的存在。事实上，梅里韦瑟太太有一次将侄女生孩子的全部细节都对米德太太讲了一遍，甚至都没想起来阿奇就坐在马车前边的驾座上。

只有在当前的局势下才会出现这种情况。在战争前，他甚至都进不了太太们的厨房。她们会从后门递些食物给他，打发他走。可是现在，她们欢迎他，因为他能确保安全。虽然他粗鲁、没文化、肮脏，但却是女士们和重建时期的恐怖慌乱之间的屏障。他既不是朋友也不是仆人。他是雇来的保镖，在她们的男人白天去工作或晚上有事出去时保护她们的安全。

自从阿奇为她驾车以来，斯佳丽觉得弗兰克似乎晚上常常出去。他说是去铺子里盘点账目，因为现在的生意十分忙，他根本无暇在工作时间顾及账目的事。有时他说是去照顾生病的朋友。还有一个民主党人的组织，每星期三晚上集会，研究怎样重新获得选举权，弗兰克从来没缺过席。斯佳丽心想这个组织除了争论约翰·比·戈顿将军比其他各位将军功劳大，仅次于李将军外，还要把战争重打一遍。她当然看不到在恢复选举权上有什么进展。可弗兰克显然对这类聚会乐此不疲，因为他每天晚上都是熬到深夜才回来。

阿希礼也去照顾病人，也去参加民主党人的集会，而且他常常和弗兰克在同一个晚上出去。这些夜晚，阿奇护送贝蒂、斯佳丽、韦德和小艾拉穿过后院来到梅兰妮家，两家人在一起度过漫漫长夜。女人们做针线活，阿奇直挺挺地躺在客厅的沙发上打呼噜。每呼一声，他那灰白的胡子便跳一下。这沙发是这个家里最高档的家具，没人邀请他往上面躺，每当他躺在上面，将靴子掷在漂亮的软垫上时，几位女士便暗自叹息。可是谁也没勇气去阻止他。特别是当他说过“幸亏他容易入睡，否则几个女人像一群母鸡似的唠叨个不停简直会让他发疯”这句话之后。

斯佳丽有时很想知道阿奇从哪儿来，他来梅兰妮家的地窖住宿之前，生活是什么样子，可是她什么也没问。他那独眼的严厉的面孔将她的好奇心击得粉碎，她所知道的只是他的口音接近北方的山里人，他曾当过兵，就在投降前不久失去了一只眼睛和一条腿。直到一天阿奇大骂休·艾尔辛时，才暴露了自己的身世。

一天早上，阿奇将她送到休的工厂，那儿一片死气沉沉，黑人都跑了，休无精打采地坐在一棵大树下。他的手下那天早上没去上班，他也不知道该怎么做。

斯佳丽气急败坏，便毫不客气地朝休大光其火，因为她刚刚接到一份购买大批木材的订单——而且是急需。她使尽了浑身解数才争来定单，工厂却是一片死寂。

“送我去另一个工厂。”她吩咐阿奇，“是的，我知道得用很长时间，今天我们吃不成午餐了，可是我雇你来是做什么的？我必须得去让威尔克斯先生停下手头的活，先忙我手里的这批订货。说不定他那儿的工人也没开工呢。真是急死人了！我从来没见过像休·艾尔辛这样的蠢货！等约翰尼·高莱佛一把商店盖好，我就立即辞掉他。我干吗要在乎高莱佛曾在北方佬的军队里做过什么？他能干就行。我还从来没见过一个懒惰的爱尔兰人。我再也不雇用自由的黑人了。你指望不了他们。我要去把约翰尼·高莱佛找来，再雇些犯人。他会把他们看管好的。他会——”

阿奇转过头来看着她，眼露凶光，他一开口说话，那沙哑的嗓音里便带着冷酷的愤怒。

“你雇用犯人的那一天就是我离开你的日子。”他说。

斯佳丽吃了一惊：“天哪！为什么？”

“我对雇犯人的事不陌生。我称之为谋杀犯人。像买骡子似的买下他们。对待他们比对待骡子更为凶残。打他们，让他们挨饿，杀死他们。谁去管呢？州政府才不在乎呢。他们从中捞够了钱。那些雇用犯人的家伙就更不在乎了。他们所想的就是，喂他们最廉价最少的食物，却尽可能使其干出最大量的工作。咳，简直是地狱。我从来就瞧不起女人，现在更加瞧不起了。”

“这和你有什么关系吗？”

“是的。”阿奇直截了当地说，然后顿了一下，“我就是个犯人，坐了四十年的牢。”

斯佳丽倒抽了一口凉气，倚在靠垫上直往后缩。那么这就是阿奇这个哑谜的答案了，他不愿说出他的姓，他的出生地或他过去的任何经历。这就是他为什么说话困难，对世界怀着冷酷的憎恨的答案了。四十年！怎么——他肯定是个无期徒刑犯人，而无期徒刑——

“是因为——谋杀？”

“是的，”阿奇简短地回答，一边抖了抖缰绳，“杀了我老婆。”

斯佳丽吓得眼皮迅速眨了眨。

那大胡子底下的嘴巴似乎动了动，仿佛他在讥笑她的害怕：“我不会杀你的，太太，要是你害怕这个的话。杀女人只有一个理由。”

“你杀了自己的妻子！”

"她和我的兄弟通奸，他跑了。我毫不犹豫地杀了她。轻浮的女人就该杀。法律为这事将我抓进监狱是很不公正的。"

"可是——你是怎么出来的？是逃出来的吗？还是被赦免了？"

"你可以称之为赦免。"他那浓密的灰眉毛蹙到了一起，仿佛将词语努力连接在一起颇为困难似的。

"早在1864年谢尔曼打来的时候，我正在米勒奇维尔的监狱里，当时我在那儿已待了四十年了。有一天，典狱官把所有的犯人都召集在一起，说北方佬来了，要杀人放火。如今，要是说我恨谁比恨黑鬼或女人更甚的话，那就是北方佬。"

"为什么？难道你——你曾结识过北方佬吗？"

"没有。可是我听人说过他们。我听说他们专爱管别人的闲事。我痛恨爱管闲事的人。他们在佐治亚都干了些什么？放走了我们的黑奴，烧毁了我们的房子，杀掉了我们的牲口。嗯，那典狱官说，军队急需大量的士兵，无论我们中的谁，只要去参军，等战争结束后便恢复人身自由——如果那时我们还活着的话。可我们这些无期徒刑犯人——我们这些杀人犯，典狱官说，军队不需要我们。我们将被遣往别处的监狱。不过我跟典狱官说我跟大多数无期徒刑犯人不一样。我只是因为杀了我自己的老婆，而她又该杀，而且我想去打北方佬。那典狱官听我说得有理，便将我跟其余的犯人一起释放了。"

他停下来喘了口气。

"嘿，那事的确有趣。他们因为我杀人将我投进监狱，然后又塞给我一把枪将我放了出来，赦免我去杀更多的人。我又成了自由人，手中还握了一把枪，真是太高兴了。我们这些从米勒奇维尔放出来的人拼命地打仗和杀北方佬——我们中许多人也被杀了。我从来没听说过有人逃走。投降后，我们成了自由人。我失去了一条腿，一只眼睛。可我一点儿也不难过。"

"哦。"斯佳丽虚弱地说。

她依稀记得曾听说过当时为了挡住谢尔曼军队的疯狂进攻，米勒奇维尔放犯人的事。1864年的圣诞节上弗兰克提过这件事。他是怎么说来着？可是她关于那个时期的回忆太混乱了。她又感到了那些日子的疯狂恐惧，听见了围城的炮声，看见一列列马车血淋淋地从红土路上驶过，看见自卫队开向前方，有小小的军校学员和像斐尔·米德一样的孩子，还有像亨利伯伯和梅里韦瑟爷爷那样的老人。犯人们也开往前线去了，在南部邦联穷途末日的时候去送死，在风雪交加的田纳西的最后一战中受冻。

有一刹那她觉得这个老头很傻，去为一个剥夺了他四十年自由的政府而战斗。佐治亚州掠夺了他的青春和大半生岁月，只为了一个莫须有的罪名，结果他还为佐治亚州献出了一条腿和一只眼睛。战争刚打响时瑞特曾说过的那些尖刻的话语重又回到她的脑海，她想起他曾说过他永远都不会为一个放逐过他的社会而战。可是当战火烧来时，他毫不犹豫地去为这个社会而战，就像阿奇一样。在她看来，仿佛所有的南方男人，无论出身贵贱，都是十足的傻瓜，从不关心自己的性命，却看重一些毫无意义的豪言壮语。

她看着阿奇那双枯瘦的手，看着他那两支手枪和猎刀，恐惧又一次紧紧抓住了她。除了阿奇之外，还有多少杀人犯、暴徒、盗窃犯以南部邦联的名义被赦免了罪行？怎么，大街上任何一个陌生人都可能曾经是个杀人犯！要是弗兰克知道了阿奇的真实身份，那还了得。或者，如果贝蒂姑妈——她一定会被这事吓死的。至于梅兰妮——斯佳丽几乎希望自己能将阿奇的实情告诉梅兰妮，作为她捡些破烂货塞给朋友和亲戚应得的报应。

“我——很高兴你告诉我这么多。我——我不会跟别人说的。要是威尔克斯太太和别的太太们知道了这事肯定会吓一大跳的。”

“嘿。威尔克斯太太知道。她将我收留到她家地窖的那个晚上我就告诉了她实情。你想我怎么能向一个好心收留我的太太隐瞒实情呢?”

“上帝保佑我们吧!”斯佳丽喊了一句，吓愣了。

梅兰妮知道这人是个杀人犯，是个杀害妇女的凶手，可她并没有将他从自己家赶出去。她满怀信任地将自己的儿子、姑妈、嫂子和所有的朋友托付给他。而且那么胆小怯懦的她竟敢毫无畏惧地独自和他待在同一个屋檐下。

“威尔克斯太太作为一个女人，是十分明智的。她承认我的行为没有错。她说撒谎者会一辈子撒谎，偷盗者会一辈子偷盗，唯有杀人者一生不可能再去杀第二个人。而且她说，凡是为南部邦联奋力战斗过的人都洗刷掉了自己身上过去的劣迹。虽然我从来就不认为杀掉自己的老婆算什么劣迹……是的，威尔克斯太太作为女人，真是太明智了……所以我告诉你，你雇用犯人的那一天便是我离开你之日。”

斯佳丽没吱声，心里却想道：“你越早离开我越好。杀人犯!”

梅兰妮怎么能那样——那样——嗯，没有什么言语可以形容梅兰妮的这个行为，收留这个老犯人，却又不告诉朋友们一声。在军队服役便洗刷了过去的罪恶！梅兰妮将那和受洗礼混为一谈了！可梅兰妮本来对于有关南部邦联，有关老兵以及与之相关的一切事情都是极为糊涂的。斯佳丽在心里痛骂北方佬该死，一面又在对他们的声讨簿上加了一笔。就是他们造成了目前这种局面，使得一个女人非得找个杀人犯在身边保护自己。

斯佳丽和阿奇驾车在寒冷的暮色中回家时，看见许多上鞍子的马、轻便马车和大车拥在时代女郎酒馆门前。阿希礼骑在马背上，脸上是一副紧张而机警的神情；西蒙家的男孩子从他们的轻便马车里探出身子，煞有介事地做着手势；休·艾尔辛额前耷拉着一绺棕色头发，正在挥舞手臂。梅里韦瑟爷爷的糕点车停在人群中间，待走近一些，斯佳丽便看见汤米·韦尔伯恩和亨利·哈密尔顿伯伯跟他挤在一个座位上。

“我希望，”斯佳丽懊恼地想道，“亨利伯伯不要搭乘这样的破车回家。被人看见坐在这样的车上，他应该感到害臊。看上去仿佛他没有自己的马似的。他这样做只是为了每天晚上都能和梅里韦瑟爷爷一块儿到酒馆里来。”

当她走近人群时，立即感到气氛很紧张，她虽然不算敏感，却也忍不住将手按在心口上。

“哦。”她想，“我希望不是又有人被强奸了！要是三 K 党再绞死一个黑人，北方佬就要将我们统统消灭掉了！”她对阿奇道，“停车。可能出事了。”

“你不能将马车停在酒馆门口。”阿奇说。

“听我的。停车。晚上好，大家伙儿。阿希礼——亨利伯伯——出什么事了吗？你们看上去都那么——”

人群转过身来看着她，用手碰了碰帽子笑了，不过他们眼中分明写着难以抑制的激动。

“可以说没事，也可以说有事，”亨利伯伯嚷道，“看你怎么想了。在我看来，立法院没有别的办法。”

立法院？斯佳丽松了一口气。她对立法院毫无兴趣，感觉它所做的一切对自己几乎没什么影响。她原以为北方佬士兵又要来洗劫了，所以才感到害怕的。

“现在立法院怎么样了？”

“他们说什么也不肯批准那个修正案，”梅里韦瑟爷爷说道，声音里满含自豪，“这下够北方佬瞧的了。”

“见鬼，这会吃不了兜着走的——对不起，斯佳丽。”阿希礼说。

“哦，修正案？”斯佳丽问道，竭力装出聪明的样子。

她对政治一窍不通，很少浪费时间考虑政治问题。不久前有一个第十三次抑或是第十六次修正案通过了，可是通过了意味着什么，她却一无所知。男人们总是对这些事激动万分。她心里的不明白流露到脸上来，于是阿希礼笑了。

“是那个修正案让黑人参加选举的，你知道，”他解释道，“这个案子已上交到立法院，可立法院拒绝通过。”

“他们真是傻透顶了！你知道北方佬会逼我们就范的！”

“我刚才说吃不了兜着走就是这个意思。”阿希礼道。

“我为立法院骄傲，为他们的勇气骄傲！”亨利伯伯喊道，“如果我们不愿意，北方佬休想逼我们就范。”

“他们能够逼我们就范，也一定会逼我们就范的。”阿希礼的声音很平静，眼中却满是忧虑，“那会使得我们的日子更为难过。”

“哦，阿希礼！当然不会！形势不可能比现在更糟的！”

“是的，日子会更难过的，比现在更难过。试想一下，假如我们拥有一个黑人立法院呢？假如我们拥有一个黑人市长呢？假如我们的军法比现在更为苛刻严厉呢？”

斯佳丽听懂了一些，害怕得睁大了眼睛。

“我一直在拼命思索，怎样做才能最益于佐治亚州，最益于我们大家。”阿希礼的脸沉了下来，“最明智的办法是否就是像立法院那样就这事硬顶，激起北方对我们的仇恨，进而派整个北方佬军队来将黑人选举权强加于我们，我们究竟想不想这样？要么——就将我们的骄傲强吞到肚里，优雅地接受这个修正案，将这件事尽可能轻易地对付过去。结果都是一样的。我们无能为力。他们决心让我们吃毒药，我们只有从命。也许我们毫不反抗地吃下去倒会更好些。”

斯佳丽几乎没听见他的话，其中的含义一点儿也没领会。她知道阿希礼像往常一样，看问题是从两个方面出发的。她只看到其中的一个方面——如果这一巴掌扇到北方佬脸上，将会对她产生怎样的影响。

“你是不是转向激进派，想投共和党的票了，阿希礼？”梅里韦瑟爷爷毫不客气地讥讽道。

人群紧张得一片死寂。斯佳丽看见阿奇很快将手伸到枪上，然后又停住了。阿奇认为，而且经常说，梅里韦瑟爷爷是个爱吹牛的老废物，阿奇绝不能容忍他侮辱梅兰妮小姐的丈夫，即使梅兰妮小姐的丈夫说了一番蠢话。

阿希礼眼中的忧虑，刹那间消失得无影无踪，取而代之的是强烈的愤怒。可是他还没来得及开口，亨利伯伯就朝梅里韦瑟爷爷“开了火”。

“你——你胡说——对不起，斯佳丽——梅里韦瑟爷爷，你疯了，怎么能对阿希礼讲那样的话！”

“阿希礼自己会照顾自己，用不着你来护着他。”梅里韦瑟爷爷冷冷地说。“他说的话简直像是个无赖汉说的。接受，见鬼！请原谅，斯佳丽。”

“我不相信能脱离邦联，”阿希礼说道，声音因气愤而颤抖，“可是如果佐治亚州脱离了，我一定支持。我不相信战争，可我仍然打仗了。我不想把北方佬激怒，惹得他们比现在更疯狂。不过，如果立法院决定顶着干，我坚决站在立法院这一边。我——”

“阿奇，”亨利伯伯突然说道，“把斯佳丽小姐送回家去。她不该待在这种地方。政治无论如何不是女人的事，待一会儿还可能会骂起来呢。去吧，阿奇。晚安，斯佳丽。”

当他们沿桃树街驶去时，斯佳丽的心吓得怦怦乱跳。立法院做出的这个愚蠢行动可否对她的安全造成影响？会不会惹恼了北方佬，他们将她的工厂抢了去呢？

“唉，先生，”阿奇自言自语，“我听说过兔子吐猎狗唾沫的事，可直到今天才亲眼看见。他们立法院如果认为对他们——还有我们都有好处的话，尽可以高呼：‘杰夫·戴维斯万岁！南部邦联万岁！’那些喜欢黑鬼的北方佬是决心要让黑鬼们做我们的主人了。可是你还得佩服立法院那些人的勇气！”

“佩服他们？见鬼去吧！佩服他们？他们应该吃枪子儿！这么一来，北方佬就会像鸭子扑向小虫似的扑过来将我们吞掉。他们为什么不批——批——做他们应该做的任何事情，将北方佬安抚下来，而不是再次激怒他们？他们会迫使我们屈服的，即使现在我们不屈服，将来也总有一日会屈服的。”

阿奇冷冷地看了她一眼。

“不战而降？女人就跟山羊一样没有自尊心。”

斯佳丽雇了十个犯人，每个工厂五个，阿奇说到做到，马上就不干了。无论是梅兰妮的恳求还是弗兰克保证多付薪水都不能使得他重新拿起缰绳。他仍然心甘情愿地护送梅兰妮、贝蒂、英迪亚和她们的朋友在城里四处逛，却独独不护送斯佳丽。甚至如果斯佳丽和其他太太小姐们同乘一辆马车，这辆车他便不赶了。这情形很尴尬，这个老无赖居然对她有成见，而更尴尬的是，她的家人和朋友都支持这个老头的做法。

弗兰克劝她不要走这一步。阿希礼起初不肯用犯人工作，后来经不住斯佳丽又是哭又是哀求，并且许诺等工厂情形好些时一定雇用自由黑人，他终于不情愿地照办了。邻居们都公开表示反对，以至于弗兰克、贝蒂和梅兰妮觉得很难抬得起头，甚至彼得和嬷嬷都声称用犯人工作是不吉利的，肯定带不来什么好收益。人人都说利用别人的苦难和不幸大赚其钱是极不人道的。

“从前用奴隶干活时你们怎么不反对！”斯佳丽气愤地喊道。

唔，可那时不同。奴隶既不苦难也非不幸。黑奴们在奴隶制下远比在如今的自由制下生活舒服，她要是不信，只消看看自己周围的情形即可。可是，像往常一样，众人的反对越发坚定了斯佳丽的决心。她免去休在工厂的管理职务，让他去赶送货车，同时加快步伐敲定了雇请约翰尼·高莱佛的最后细节。

他似乎是她所知道的唯一一个赞成雇用犯人的人。他略略点了点他那青果头，说这是个精明的举措。斯佳丽看着这个小个子骑兵，见他两条罗圈腿稳稳地站在那儿，地主似的脸上表情严肃认真，心里想道："谁要借马给他骑，肯定是不顾惜自己的马肉了。我绝不让他走到我任何一匹马的十英尺距离以内来。"

可是信任地将一伙犯人交给他，她却一点儿也不心疼。

"那么我可以自由处置这伙人喽?"他问道，眼睛冷酷得像两只灰玛瑙。

"自由处置吧。我所要求的只是：让那座工厂运转起来，我需要木材时它能够提供，而且一点儿也不少。"

"我是你的人了。"约翰尼简短地说，"我马上去向韦尔伯恩先生辞职。"

见他爽快地应允了，斯佳丽大大松了一口气，精神立刻高涨起来。约翰尼真正成了她的手下。他强硬、冷酷、决不容许胡闹。弗兰克常常骂他是"唯利是图的爱尔兰流氓"，可正是因为这一点斯佳丽才雇请他。她知道，一个决心要达到某种目的的爱尔兰人便是值得重用的，无论他的人品怎样。而且她觉得自己跟约翰尼意气十分相投，同阶级的许多男人都不如他这样，因为约翰尼懂得钱的价值。

约翰尼接管厂子后第一个星期便事事都遂了斯佳丽的意，因为他用五个犯人所生产出来的木材比原先休用十个自由黑人生产的木材还要多。还不仅如此，他让斯佳丽得了更大的空闲，自从一年前来到亚特兰大以来，她还从未如此轻闲过，因为他不喜欢她出现在工厂，而且坦率地说出了此意。

"你专管你的销售，我专管我的出货。"他干脆地说，"犯人们待的地方，太太们是不该来的。倘若不曾有人对你说过这样的话，那么现在，我约翰尼·高莱佛跟你讲。我负责提供你所要的木材，对吗?好了，我不愿像威尔克斯先生那样每天被人纠缠。他需要纠缠。而我不。"

于是斯佳丽只得远离约翰尼所在的工厂，生怕自己去得太勤，惹他辞职，那就无可救药了。他说阿希礼需要纠缠，这话刺痛了她，因为这句话说的是实情，只是她不愿承认罢了。阿希礼现在用犯人工作并不比先前用自由劳动力时好多少，至于为什么，他自己也弄不清楚。而且，他仿佛觉得用犯人干活很耻辱似的，所以近来几乎不跟她搭腔。

斯佳丽为他身上所发生的变化担心。现在他那油光发亮的头上已出现了灰发，双肩总是疲劳地耷拉着。而且他很少有笑容。他不再是多年以前使她着迷的那个英俊的阿希礼了，他看上去仿佛被一种难以忍受的痛苦神秘地攫住，嘴角总带着一丝冷酷和紧张，这让她感到困惑，感到难受。她恨不得将他的头按在自己肩上，轻抚他的花白头发，大喊：“告诉我你在担心什么！我会对付的！我能替你办妥一切！”

可是他那一本正经的、疏远的神情使得她不得不跟他保持一定的距离。

第四十三章

十二月里难得有这么一天，太阳差不多和阳春时节一般暖和。贝蒂姑妈院里的橡树上仍然挂着干枯的红叶，渐渐枯萎的小草尚留一丝微弱的绿。斯佳丽抱着孩子走到侧廊上，坐在阳光照耀着的一张躺椅上。她穿了一身崭新的绿色薄长裙，镶着许多波浪形黑花边，戴一顶贝蒂姑妈为她做的抽花便帽。这两件服饰都和她十分相配，她知道这一点，所以很是高兴。经过了漫长的几个月臃肿丑陋的时日，重新漂亮起来的感觉真是太好了！

正当她坐在那儿一边哄宝宝一边低声哼唱时，忽然听见有马蹄声从后街传来，她好奇地从走廊上杂乱枯死的藤蔓上向外探望，就看见瑞特骑马朝她家来了。

他离开亚特兰大已有好几个月了，早在杰拉尔德刚刚过世时，那时离艾拉·劳瑞娜出生还远着呢。她曾想念过他，但是此刻她却想找个地方躲起来，避免跟他见面。事实上，一看见他那黝黑的面孔，她心里便油然而生愧疚慌乱之情。有一件事涉及阿希礼，一直横亘在她的良心上，她不想跟瑞特谈论这事，可是她知道他一定会强迫她谈论的，无论她多么不愿意。

他在大门口勒住马，轻盈地从马背上跳下来，她一边紧张地盯着他，一边想道：他看上去就跟韦德总是缠着她给他朗读的一本书上的插图一模一样。

“他就缺一对耳环和嘴里衔的一把短刀了。”她心想，“好吧，不管他是不是海盗，今天无论如何也不能让他将我的喉管割了。”

当他走上走道时，斯佳丽装出最甜蜜的笑容，跟他打招呼。幸亏她今天穿了件新裙子，戴了顶般配的帽子，看上去这么漂亮！他迅速打量了她一番，她知道他也认为她很漂亮。

“一个新生的婴儿！怎么，斯佳丽，这太让人惊讶了！”他一面笑着一面俯下身来将盖在艾拉·劳瑞娜丑陋小脸上的毯子撩开。

“别开玩笑了，”她红着脸说道，“近来可好，瑞特？你离开有一段日子了。”

“是有段日子了。让我抱抱这孩子，斯佳丽。哦，我晓得怎样抱小孩。我有很多奇怪的特长。唷，他当然长得像弗兰克喽。所有的地方都像，只是没有络腮胡子，不过以后会有的。”

“我希望她别长胡子。她是个姑娘。”

“姑娘？那更好。男孩总是太淘气。别再生男孩了，斯佳丽。”

她差点儿冲口而出说自己再也不想生孩子了，无论男孩还是女孩，不过她及时控制住了自己，笑了笑，竭力在脑海中搜索可谈的话题，以拖延时间，暂时不讨论她所害怕的那个问题。

“旅途愉快吗，瑞特？这次你都去了哪些地方？

“哦——古巴——新奥尔良——还有别的地方。哟，斯佳丽，你来抱她。她开始吐口水了，可我又没法掏手帕。她是个好宝宝，我确信，可是她把我的衬衫胸口给弄湿了。”

她将孩子重新抱在怀里，瑞特便懒洋洋地坐在栏杆上，一面从银烟盒里抽出一支烟。

“你总是去新奥尔良，”她说着稍稍噘了噘嘴，“可你从来都不告诉我你去那儿做什么。”

“我是个辛勤工作的人，斯佳丽，或许是我的生意需要我去那儿。”

“辛勤工作！你！”她不客气地笑了，“你一辈子没干过活儿，你太懒了。你所做的全部工作只是帮助提包党人盗窃，然后分得一半利润，或者贿赂北方佬军官，好让他们请你做军师来剥削我们这些纳税人。”

他仰起头哈哈大笑。

“你要是有足够的钱去贿赂北方佬的话，你也会这么做的，而且还巴不得呢。”

“你这话——”她有点儿恼怒。

“不过，也许有朝一日你赚足了钱，就会大规模地行贿呢。说不定你靠那些雇来的犯人会发大财呢。”

“哦，”她有点儿不安地说道，“你是怎么这么快就晓得这件事的？”

“我昨天晚上到达本城后在时代女郎酒馆度过良宵，在那儿听说了全城所有的新闻。那是个闲聊的好去处。比妇女们的缝纫会还要好。大家都跟我说你雇了一伙犯人，交给那个歹毒的小个子高莱佛管理，他几乎是往死里使他们。”

她有点儿恼怒了："这简直是胡说八道！再怎么说，我也不能让他累死人！"

"你？"

"对，我！你为什么提这事儿？"

"哦，对不起，肯尼迪太太！我知道你的动机是无可指责的。不过，约翰尼·高莱佛确实是我见到过的一个顶顶冷酷的恶棍。你得好好监视他，否则，等监察员检查起来，就够你麻烦的了。"

"你管你自己的事，我管我的。"她愤慨地说，"我不想再谈雇犯人的事。人家爱管这闲事真可恶。我雇犯人是我自己的事——你还没有告诉我你在新奥尔良干些什么。你老是往那儿跑，大家都说——"她住口了。她本来不想多啰嗦。

"他们都说什么了？"

"嗯——说你在那儿有个情人。说你就要结婚了。是吗？瑞特。"

她对此感到好奇已有很长一段时间，现在她直截了当地向他提出这问题。一想到瑞特要跟别人结婚，她便有那么一点儿奇怪的妒忌和痛苦感，可是为什么要妒忌，她自己也不明白。

他那毫无表情的眼睛忽然警觉起来，立刻紧紧盯住她的目光，直盯得她脸上悄悄泛起红晕。

"那对你很重要吗？"

"嗯，我只是不想失去你的友谊，"她故作轻松地说，努力装出不在意的样子，低下头用毯子把艾拉·劳瑞娜的头包严。

他突然笑了，很短促，然后说："看着我，斯佳丽。"

她不情愿地抬起头来，脸更红了。

"你可以告诉你那些好奇的朋友，只有当我无论如何得不到我想要的女人时，我才会结婚。不过我还从来没有想要一个女人想到非娶她不可的地步。"

这一下她可真是又心慌又发窘了，因为这话使她回想起亚特兰大被围的那天夜里，也就是在这走廊里，他跟她说过的话："我不是一个打算结婚的男人。"而且当时他还有意无意地暗示要她当他的情妇——她还回想起他关在牢里那天的可怕情景，不禁羞愧难当。他读懂了她的眼神，脸上慢慢绽开不怀好意的微笑。

"不过既然你问起这个问题，那我就满足你的好奇心。并不是有个情人吸引我去新奥尔良。而是一个孩子，一个小男孩。"

"一个小男孩？"这意想不到的话消除了她的窘迫。

"是的，我是他的法定监护人，对他负有责任。他在新奥尔良上学。我时不时去那儿看看他。”

“并且给他带些礼物?”怪不得，她想，他总是知道韦德喜欢什么样的礼物!

“是的。”他不情愿地简短回答道。

“嗯，我从来没听说过!他漂亮吗?”

“太漂亮了，这对他反而没有好处。”

“他乖吗?”

“不。他是个十足的捣蛋鬼。我真希望从来就没有这么个孩子。男孩子总是惹人讨厌。你还有什么想知道的吗?”

他像是忽然恼怒起来，眉头一片乌云，仿佛后悔完全不该跟她提起此事似的。

“好吧，如果你不想跟我多说，我也没什么要问了，”她高傲地说道，虽然她心里迫切地想再多知道一些，“可是我实在看不出你居然能当监护人。”她说着笑起来，希望能叫他心里发慌。

“你自然看不出我。你的眼光本来就是很短浅的。”

他不再说下去，默默地吸了一会儿雪茄。她想回敬他一句同样无礼的话，但想不出来。

“这件事你如果不在别人面前宣扬，我一定万分感谢。”他终于开口说，“不过我知道想叫女人闭上嘴巴，简直是不可能的事。”

“我能够保守秘密。”她说，觉得自尊心受到伤害。

“你能做到?打听朋友的隐私是挺有意思的。哟，别生气了，斯佳丽。对不起，我的口气稍稍有点儿硬了，不过，你罪有应得，偏偏要问人家不想说的事情。笑笑，在我提到一件不高兴的事情之前，咱们先高兴高兴。”

“哦，天哪!”她想，“这下他要提到阿希礼和锯木厂的事了!”于是她急忙挤出笑容，露出酒窝以分散他的心思，“你还去哪儿了，瑞特?你这段时间不会一直待在新奥尔良吧?”

“不，上个月我在查尔斯顿。我父亲去世了。”

“哦，真为你难过。”

“不必了。我确信他去世时并不难过，我也不为他的去世难过。”

“瑞特，怎么说话呢!”

“如果我不伤心而偏偏装出伤心的样子来，那不是更可怕吗?我们父子二人几乎没什么亲情可言。我简直记不起他老人家曾赞成过我什么。我太像他自己的父亲，而他是打心底里不赞成他的父亲。我慢慢长大成人。他对我的不赞成明显地变为不喜欢，我承认自己一点儿没有改变。我父亲要我做的事，希望我养成的习性，没有一样不使我感到厌烦。最后他把我撵出家门，不给我一分钱，也没教会我什么本领，除了一个查尔斯顿绅士、一个好枪手和一个出色的赌徒的身份。在他看来，我没有挨饿，反而巧妙地利用我玩扑克的本事，靠赌博过着豪华的生活，是对他个人的当众侮辱。他认为巴特勒家的人去当赌徒，是一种不可容忍的侮辱，我第一次回家，他不许我母亲见我。整个战争期间，我在查尔斯顿城外酿私酒，母亲只得撒谎隐瞒，溜出来看我。自然，这不会增加我对他的爱。”

“哦，这一切我以前都不知道！”

“他被人认为是一位旧式的绅士，那就是说，他无知无识、蠢头蠢脑、缺乏度量，除了像其他旧式绅士那样思考外，就没有任何别的思想方法了。人人都对他大为敬仰，因为他跟我断绝了关系，在他眼里，我已经不在人世了。‘假如你的右眼叫你跌倒，就把它挖出来扔掉。’我是他的右眼，他的长子，他狠狠地把我挖出来了。”

他微微笑了，眼光由于这有趣的回忆而变得冷酷。

“得了，我能宽恕这一切，可是我不能宽恕战争结束后他对我母亲和我妹妹的所作所为。他们确实穷得叮当响了。庄园里的房子已经被烧掉，肥沃的田地又变成沼泽地。城里的房子卖掉了付税款，他们住在两间给黑人住也不合适的房间里。我寄钱给母亲，可是父亲把钱退了回来——肮脏的钱，你瞧！——有几回，我到查尔斯顿去，偷偷地把钱留给妹妹。可父亲总是能发现，对她大发脾气，骂得她简直不想活下去，可怜的姑娘。钱呢？还是退给了我。我真不知道她们是怎么过日子的……是的，我知道。我弟弟尽可能地拿出钱来，可是他拿不出多少，他也不愿接受我的任何东西——投机家的钱是不吉利的钱，你瞧！还得靠她们的朋友救济。你的尤拉莉姨妈，她一直心地很好。她是母亲最好的朋友之一，你知道。她给她们衣服，还有——天哪！我母亲靠救济过日子！”

她看到过几回他的真面目，这是其中一回，他对他父亲的刻骨憎恨和为母亲感到的痛苦使他脸上流露出冷酷的神情。

“尤拉莉姨妈！可是，天啊，瑞特，除了我寄给她的东西以外，她也没有什么啊！”

“啊，原来她的钱是这么来的！亲爱的，你真没教养，怎么好在我面前说这话来羞辱我。我得把这钱还给你！”

“那再好不过。”斯佳丽说，她突然咧嘴而笑，瑞特也报之一笑。

“啊，斯佳丽，只要一想到钱，你的眼睛就会闪闪发光！你确信，你的血液里除了爱尔兰人的血液外，没有苏格兰人甚至犹太人的血液吗？”

“别那么可恶！我刚才不是故意用尤拉莉姨妈来羞辱你。说实话，她把我看成个活财神。她总是写信向我要钱，可是天晓得，我的担子已够重了，根本无力养活查尔斯顿的她的全家。你父亲是怎么死的？”

“慢慢饿死的，我想是这样——我也希望是这样。他罪有应得，他是想让母亲和罗斯玛丽和他一起饿死的。现在他死了，我就可以帮助她们了。我在炮台山给她们买了一栋房子，还给她们雇了仆人。当然，她们生怕让外人知道这些钱是我出的。”

“为什么？”

“我亲爱的，你一定知道查尔斯顿吧？你去过那儿。我家虽然很穷，可他们还有个面子在撑着。倘若让人知道她们用的是赌徒的钱，是投机家的钱，而且有些钱还和提包党有关，那么她们就无法保持家族的面子了。所以她们就对外宣称父亲生前投了一笔巨大的人寿保险——说父亲宁可穷得像叫花子，情愿挨饿，也按期付保险金，以便他死了以后，她们的生活有个保障。所以现在他在人们眼里，成了一个比以前还要了不起的旧式绅士……事实上，他是他的家庭的殉难者。他的所作所为，其实是要叫母亲和罗斯玛丽受苦受难，可是如今她们却生活得很舒服。他若是有知，在坟墓里也不得安宁，我希望他这样……只有一点，对他的死我很难受，因为他自己要死——而且很乐意死。”

“为什么？”

“哦，就在李将军投降的时候，他死了。你了解那种人。他从来不使自己适应时代的潮流，反而将时间花费在谈论过去的美好时光上。”

“瑞特，难道所有的老人都这样吗？”她想起了杰拉尔德，想起了威尔说他的那番话。

“天哪，不！你看看亨利伯伯和那老野猫梅里韦瑟先生，就以他们二人为例吧。他们随自卫队出征的时候，就开始了一种新的生活，依我看，从那以后他们显得更年轻，更有活力了。我今天早上还遇到梅里韦瑟老人，他赶着雷内的糕点车，和军队里赶车的一样，一边走，一边骂牲口。他对我说，自从他走出家门，媳妇的照顾加上赶车，他感到自己年轻了十岁。还有你的亨利伯伯，他在法庭内外和北方佬斗，保护寡妇和孤儿，对付提包党人，干得可起劲了——我估计他是不要钱的。要不是战争爆发了，他早就退休去治他的关节炎了。他们又年轻了，这是因为他们又有用了，而且感到人们需要他们。新的时代给老年人提供了机会，他们喜欢这个新时代。但是许多人，包括许多年轻人，与我父亲和你父亲一样。他们既不能适应，也不想适应，说到这里，我就要和你讨论一个不愉快的问题了。”

他突然把话题一转，使她不知怎么应付才好，她结结巴巴地说道：“什么——什么——”她的内心在呻吟：“哦，天哪！现在，要来了。我拿不准我能不能靠花言巧语平息一场风波。”

“我对你那么了解，原不该指望你会说真话，讲信誉或是公平地对待我。可是我真蠢，信任了你。”

“我不懂你这话是什么意思。”

“我想你懂。不管怎样，你看来挺心虚。刚才我从常春藤街一路骑马赶来看你，有人在树篱后面叫住我，原来是阿希礼·威尔克斯太太！当然，我停住马，跟她聊了起来。”

“真的?”

“是的，我们谈得很愉快。她告诉我，她一直想让我知道我在她心目中是多么勇敢，为南部邦联而战，而且是在生死攸关之时。”

“哦，大傻瓜！梅兰妮是个傻瓜。由于你那天晚上的英雄行为，她差点儿丧了命。”

“我想如果她真没命了，她会认为自己是光荣的。当我问她在亚特兰大干什么时，她竟对我的毫不知情而惊讶不已。她告诉我，他们现在住在这儿，是你出于好心让威尔克斯先生成了你的锯木厂的股东。”

“这又怎样?”斯佳丽简短地问道。

“我借给你钱用来买厂子时曾有一个条件，你也答应过的，那就是不能用来扶持阿希礼·威尔克斯。”

“你太霸道了。你的钱我已还清，工厂是我的，我想怎么处置它就怎么处置，不关你的事。”

“那你能否告诉我，你还我债的钱是从哪儿挣的?”

“当然是靠我卖木材挣的。”

“你是用我借你的钱才开张的。你就是这个意思。我的钱被用来养活阿希礼。你是个不讲信用的女人。倘若你还没还清我的债，我现在就可以从追债中得到极大的乐趣。如果你还不起，我就可以以公开拍卖的方式将你卖掉。”

他的口气很轻松，眼中却冒出怒火。

斯佳丽急忙把战火烧到敌方领土上。

“你为什么这么恨阿希礼？我相信你是在嫉妒他。”

她话一说出口，就恨不得咬自己的舌头，因为他把脑袋向后一仰，哈哈大笑，直笑得她羞愧得满脸通红。

“不讲信誉，还加上骄傲。”他说，“你永远也不会忘掉你是郡里的美人儿，是吗？你一直自以为是最逗人爱的、穿着皮靴的小姑娘，你遇到的男人个个都爱你爱得不得了。”

“我并不这么想！”她发火地嚷道，“可是我就是不明白你为什么这么恨阿希礼，这是唯一能想到的解释。”

“得了，想想别的吧，漂亮的美人儿，因为这个解释不对。至于恨阿希礼——我并不恨他，我也不喜欢他。事实上，我对他和他那样的人只有一种感情，那就是可怜。”

“可怜？”

“是的，还有点儿轻蔑。好吧，现在你尽可以像只雄火鸡那样，昂起头扑着翅膀，说我这样的恶棍一千个也抵不上他一个人，说我既不配轻蔑他也不配可怜他。等你平静下来以后，如果你感兴趣的话，我可以把我的意思跟你说个清楚。”

“嗯，我不。”

“可是我还得说，因为你认为我在妒忌的那种愉快的错觉叫我受不了。我可怜他。因为他本该死的，却至今未死。我轻视他，因为他的世界已经消亡，而他不知如何是好。”

他话里的意思听起来很熟悉。她好像曾听到过，只是记不起什么时候，在什么地方。她此刻正在盛怒之下，也没工夫细想。

“假如照你的意思行事，那么南方所有的规矩人都该死光了！”

“如果他们能够选择，我想阿希礼之流宁愿去死。死后在墓碑上整整齐齐地刻着‘一个为南方牺牲的邦联战士长眠于此’，或是‘Dulce eI decorunesL——’，或是其他任何流行的墓志铭。”

“我不明白为什么要这样！”

“除非是用一英尺大的字母写成的，而且放到你鼻子底下，否则你是什么也看不到的，对不对？要是他们死了的话，他们的烦恼就没有了，就不需要面对那些问题了，那些他们解决不了的问题。再说，他们的家族中数不清有多少代会为他感到骄傲。我听说过死去的人是快乐的。你认为阿希礼·威尔克斯快乐吗？”

“什么，当然——”她开口说，然后想起近来阿希礼眼中的神情，便又住了口。

“他快乐吗？休·艾尔辛快乐吗？米德大夫快乐吗？他比你父亲和我父亲更快乐吗？”

“嗯，也许没有他们快乐，因为他们全都失去了钱。”

他笑了。

“不是失去了他们的钱，我的宝贝。我告诉你，是失去了他们的世界——失去了他们在其中成长的世界。他们就像鱼儿离开了水，就像猫儿插上了翅膀。他们被教养成特定的人，做特定的事，担任特定的职位。当李将军到达阿波马托克斯时，那些人、事和职位都永远消失了。哦，斯佳丽，别那么傻了！阿希礼·威尔克斯还能干什么？他的家没有了，他的种植园用来抵税了，像他那样的上等人二十个能值一分钱。他能用他的头脑和双手工作吗？我敢打赌，自从他接管锯木厂以来，你已经赔了钱。”

“我没有！”

“真是太好了！哪个星期天晚上你有空，让我看看你的账本，好吗？”

“你可以见鬼去，用不着等到你有空。你现在就可以去，反正不关我的事。”

“好宝贝，我已经见过鬼了，可他是个乏味的家伙。我不想再去了，哪怕是为了你的缘故……当初你迫切需要钱时，就把我的钱拿去用了。关于钱应该怎么用，我们有过一个协议，可是你把协议给撕毁了。记住，我的骗子小宝贝，你总还有向我借钱的机会。你想要我以极低的利息借钱给你，让你再买几家木厂，几头骡子，再造几家酒馆。到那时你休想我借给你了。”

“需要钱时，我可以到银行去贷款，谢谢你。”她冷冷地说道，可是她的胸脯已经气得一起一伏的。

“是吗？那就试试吧。我在银行里拥有大量的股份呢。”

“真的？”

“是的，我对某些正当的企业是很感兴趣的。

“还有别的银行——”

“有很多。不过倘若我设法控制一下，你就休想从任何一家银行借到一分钱。如果你需要钱的话，你可以向放高利贷的提包党人借。”

“我很乐意去找他们。”

“等你弄清楚他们贷款的利率有多高，恐怕就不会那么乐意了。亲爱的，在商业界，不正当的交易是要受到处罚的。你对我本来是不该不讲信用的。”

“你是个规矩人，不是吗？那么有钱有势，却还要来捉弄像我和阿希利这样落难的人！”

“不要把你自己跟他归入同一类型。你并没有落难。他可真是落难了，而且再也爬不起来，除非他有个强有力的、保护他指导他一辈子的靠山。我可不打算用我的钱帮这种人的忙。”

“可是我落难的时候，你并不反对帮助我，而且——”

“当时你是个好样的冒险家，亲爱的，一个有趣的冒险家。为什么呢？因为你没有靠在你的男亲戚身上，为逝去的旧时光啜泣。你走出家，忙忙碌碌地奔波，现在你的财产牢固地扎根在从一个死人的钱包和南部邦联偷来的钱上。你已经够光荣了，杀过人，偷过别人的丈夫，试图私通，撒谎，做买卖不择手段，只要有空子可钻，就在账目上要那种经不起仔细检查的花招。这些事情件件叫人钦佩。这些事情表明你是个干劲足而且有决断力的人，在金钱方面是个好样的冒险家。帮助那些能够自助的人的确是一种乐趣。我借过一万块钱给那个信天主教的老梅里韦瑟太太，连借据也没有写。她从一篮饼开始，瞧瞧她现在吧！她有了一个雇了六七个人的面包房，老爷爷快活地赶着送货车，那个懒骨头，小个子克里奥人雷内勤奋地干活儿，而且干得挺乐意……或者说那个可怜虫汤米·韦尔伯恩，他只有半个身子，却干着两个人的活儿，而且干得那么好，或者说——好了，我不再说下去了，免得叫你厌烦。”

“你确实让我厌烦。你让我厌烦透顶了。”斯佳丽冷冷地说，希望激怒他，把他从阿希礼这个永远不幸的话题上引开。可他只是短促地笑了笑，拒绝接受挑战。

“像他们这样的人是值得帮助的，而阿希礼·威尔克斯——呸！在我们这样一个天翻地覆的世界上，他这样的人是无用的，是没有价值的。每逢这个世界底儿朝天的时候，首先消失的就是他这样的人。为什么不呢？他们没有资格继续生存下去，因为他们不会奋斗——不知道如何去奋斗。这不是世界的第一次颠覆，也不是最后一次。过去发生过，以后还会发生。一旦发生，人人都会失去一切，人人平等。然后白手起家，大家都重新开始。那就是说除了脑子好使和手有劲之外，别的什么也没有。但有些人，比如阿希礼，脑子既不好使，手也没有劲，或者说，虽然脑子好使手也有劲，却顾虑重重，不敢加以利用。就这样，他们沉了底，他们也应该沉底，这是自然规律，除掉这样的人，世界会更美好。但总有少数坚强的人能够挺过来，只要假以时日，他们就能够恢复到世界颠覆之前的状况。”

“你也过过穷日子！你刚才还说你父亲把你赶出家门时候，你身无分文！”斯佳丽气愤地说，“我觉得你该理解而且同情阿希礼才对！”

“我理解，”瑞特说，“但如果说我同情他，那就见鬼了。南方投降以后，阿希礼的财产比我被赶出家门的时候多得多。至少他有些朋友肯收留他，而我是个被社会唾弃的人。但是阿希礼又为自己做了些什么呢？”

“你要是拿他和你自己相比，你这个高傲自负的家伙，那为什么——感谢上帝，他和你不一样！他不愿意像你那样把两手弄脏，跟北方佬、提包党人和无赖汉们一块儿赚钱。他是谨慎而且正直的！”

“可是竟然谨慎、正直到接受一个女人的资助，花她的钱。”

“他不这样又怎么办呢？”

“我怎么说呢？我只知道我自己被赶出来的时候干了什么，现在又干了什么。我只知道另外有些男人干了什么。我们发现在旧文明的废墟上有机会可以利用，于是我们就充分利用这个机会，有的光明磊落，有的见不得人，现在我们还在尽可能利用这个机会。阿希礼之流在这个世界上也有同样的机会，他们却不加以利用。他们就是不精明，斯佳丽，只有精明的人才有资格活下去。”

斯佳丽几乎没听见他在说些什么，因为几分钟前，他刚开始所说的那几句取笑她的话似乎很熟悉，现在她确切地记起来了。她记得那是在塔拉庄园的果园里，冷风一阵阵吹来，阿希礼站在一大堆围栏木旁，眼睛远远地看着她。当时他说——说什么？他讲了一个可笑的外国名字，听起来像是亵渎神的话，他还谈起什么世界末日。当时她不明白他是什么意思，此刻似乎有些似懂非懂，而且还有一种懊丧、疲倦的感觉。

“怎么，阿希礼说——”

“说什么？”

“有一次在塔拉庄园，他说了一些关于——关于——众神的黄昏和世界末日之类的蠢话。”

“啊，戈特旦默朗！”瑞特的眼睛因感兴趣而发亮，“他还说了些什么？”

“哦，我记不太清楚。我不太留意。不过——是的——说什么弱者要被筛选掉，强者能生存下来。”

“啊，这么说他也懂。那只能使他更加难以忍受。他们中的大多数不知道也永远不会知道这道理。他们不明白过去美好的东西消失到哪里去了。他们只能骄傲而又无可奈何地默默忍受着。可是他明白。他明白他是要被筛选掉的。”

“哦，他不会！只要我活着，他就决不会被筛选掉。”

他平静地瞅着她，棕色的脸上丝毫没有表情。

“斯佳丽，你是怎么叫他同意到亚特兰大来接管工厂的？他曾竭力抵制过你吗？”

她马上想起杰拉尔德葬礼后她跟阿希礼之间的那个场面，可是她又把这记忆丢诸脑后。

“什么，当然没有，”她愤慨地答道，“我跟他解释说我需要他的帮助，因为我不信任那个帮我经管工厂的坏蛋，弗兰克工作太忙，帮不了我，而且我又要——喏，你瞧，我那时怀着艾拉·劳瑞娜。于是他便愉快地同意了。”

“运用做妈妈的权利是愉快的！原来你是这么说服他的。好吧，你现在已经把他摆在你要他处的位置上了，可怜的人，被你用欠你的情束缚着，好像你的那些囚犯被他们的铁链束缚着那样。我希望你们两位快活。不过，我在一开始讨论这件事情的时候说过，不管你多么不爱惜你的体面的太太身份，再要什么小小的鬼花招，却没法从我这儿弄到一分钱，两面三刀的太太。”

她既愤怒又失望，感到很痛苦。她已经盘算了一些日子了，计划再向瑞特借些钱，在城里商业区买一块地，兴办一个木料场。

“没有你的钱，我也行，”她嚷道，“我从约翰尼·高莱佛管的锯木厂里赚钱，赚得很多，现在我不雇用自由的黑人，我还把一些钱放出去，作抵押借款，我们的铺子还从跟黑人的交易里赚大量的现钱。”

“是的，这些我都听说了。你真聪明，会从走投无路者、孤儿寡妇和无知无识的人身上弄钱！你既然这样唯利是图，斯佳丽，为什么不从有钱有势的人而偏偏要从贫苦懦弱的人身上偷钱呢？自从出了罗宾汉以来，劫富济贫，一直被当作是一种美德。”

“因为，”斯佳丽简短地说，“从穷人身上偷钱——就像你所说的，要更容易，更可靠一些。”

他耸耸肩膀，默默地笑了。

“斯佳丽，你是一个很坦率的流氓！”

流氓！这话也能使她伤心，真有意思。她可不是流氓，她激动地对自己说，至少她并不想当流氓。她想当一个贵妇人。一时间，她的思绪回到几年前，看见母亲走来走去，层层的裙子沙沙作响，随身的香囊散发着清香，两只小手不知疲倦地为别人操劳，赢得了人们的爱戴、尊敬和怀念。她心里突然感到很难受。

“你要是存心折磨我，那没用，”她疲惫地说，“我知道我近来已放松应有的谨慎。也不像所受的教育要求的那样宽厚、和气。可是，瑞特，我也是没有办法呀。的确是没办法。不这样做又怎么办呢？那个北方佬闯进塔拉的时候，我要是手软一点儿，会怎么样呢？我和韦德，整个塔拉庄园，我们所有的人，会有什么结果呢？我当时是应该——不过现在我连想也不愿意想了，还有乔纳斯·威尔克森来抢占房子的时候，我要是宽宏、谨慎又会怎么样呢？我们大家现在住到哪里去呢？还有，我当时要是天真、顺从，而没有盯着弗兰克去解决那倒霉的债务问题，我们就会

——哦，算了。也许我是个流氓，瑞特，但我不会永远当流氓的。可是这些年来——甚至现在——不这样又怎么办呢？我有什么别的出路呢？我觉得仿佛是在风暴中划一只装载得很满的船，勉强保持在水面上已经很不容易了，我哪里还顾得上那些无关紧要的东西，那些弃之了并不可惜的东西，比如仪态端庄，以及——嗯，就是诸如此类的东西。我非常害怕船会沉下去，所以就把看起来最不重要的东西全扔掉了。”

“自尊、信誉、真理、德行，还有仁慈，”他声音柔和地说，“你做得对，斯佳丽。当船将沉没时，它们无足轻重。但是，看看你周围的朋友们。他们或者把船安全地划到岸边，使货物完好无损，或者宁愿仪容整齐地全船覆没。”“他们是一群大傻瓜。”她简短地说，“此一时彼一时。等我有了很多钱，我也会像你说的那样好好做人。我会做一个老实忠厚的人。到时候我就做得起老实人了。”

“现在你也做得起——但是你不愿意。落水的货物是难以打捞上来的，即使打捞上来，也往往损坏得面目全非。恐怕等你有能力把你扔掉的体面、纯洁与宽厚打捞上来的时候，你会发现他们已经在海里起了很大的变化，但我想并没有变得充实和新奇……”

他突然站起来，拿起帽子。

“你要走吗？”

“是的。你不想松口气吗？我把你留给你残余的那点儿良心吧。”

他停住脚，低下头看那孩子，伸出一个指头任她抓。

“我想弗兰克一定很骄傲吧？”

“哦，当然。”

“大概已经给这孩子做种种安排了吧？”

“哦，是的，你知道男人对自己的孩子总是那么痴的。”

“那么，你跟他说，”瑞特说着忽然停下来，脸上露出一种奇怪的表情，“就说他希望给他孩子的安排能够实现的话，他最好晚上经常待在家里，不要像现在那样经常外出。”

“你这话是什么意思？”

“就照我的话说吧。告诉他待在家里。”

“哦，你这该死的东西！暗示可怜的弗兰克会——”

“哦，天哪！瑞特放声大笑，“我的意思并不是说他在跟女人厮混！弗兰克！哦，天哪！”

他走下台阶，仍然在哈哈大笑。

第四十四章

三月里的一天下午，天气很冷，斯佳丽把膝毯往上拉了拉，掖在胳臂底下，这时她正赶车沿着迪凯特街到约翰尼·高莱佛的木材厂去。近来独自一人赶车外出是很危险的，这一点她知道，而且比过去任何时候都危险，因为现在对黑人完全失去了控制。正如阿希礼所说的那样，自从州议会拒绝批准那个修正案以来，可真吃不了兜着走了。州议会的断然拒绝，好像给了北方佬一记耳光，北方佬一怒之下要进行报复，而且来得很猛。北方佬为了达到把黑人选举权强加于佐治亚州这个目的，他们宣布佐治亚州发生了叛乱，要在这里实行最严厉的戒严。佐治亚州作为一个州已经被取消了，跟佛罗里达州和亚拉巴马州排在一起，编为“第三军事区”，受一位联邦将军管辖。

如果说在此以前生活不安全，人心不安，现在就更加如此了。前一年宣布的军事条令当时似乎很严厉，现在和波普将军宣布的条令一比就显得温和多了。面对着黑人统治的可能性，佐治亚州前景暗淡，没有一点儿希望，有不满情绪的佐治亚州人惴惴不安，处于痛苦之中。至于黑人，他们看到了并且念念不忘新近获得的重要地位，意识到有北方佬军队给他们撑腰打气，他们的暴行就愈演愈烈。谁也别想得到安全。

在这个混乱和可怕的时代里，斯佳丽感到害怕——虽然害怕，可是已经下定决心，她仍然独自来来去去，把弗兰克的手枪塞在轻便马车的垫子内。她默默地诅咒州议会给他们大伙儿招来了更重大的灾难。这么干到底有什么好处呢，这个勇敢透顶的立场，这个人人称之为英勇的姿态？它只是把事情闹得越发糟糕了。

她得驶过一条小路，那条小路穿过光秃秃的树林，往下通往小河尽头，贫民区就在那儿。每次驶近小路，她都催马加快速度。每次驶过这个由废弃了的军用帐篷和木板小屋组成的肮脏、破烂的地区，她总是感到不自在。这一带是亚特兰大市内和附近名声最坏的地方，因为住在这片污秽的土地上的是无家可归的黑人、黑人娼妓和零零落落地处于社会最底层的穷白人。谣传这儿是黑人和白人罪犯的避难所，北方士兵要通缉一个人，总是首先到这地方来搜查。开枪和捅刀子的事情在这儿是那么频繁，当局都很少费事去调查，通常让贫民区的居民们自己去解决他们那见不得人的勾当。树林深处，有一个酿造劣质威士忌的酿酒场，到了夜晚，小河尽头的那些小屋里就充满了醉汉们的嚷叫和诅咒。

甚至北方佬也承认这地方是个罪恶的深渊，应予铲除，然而他们并没有采取实际行动。亚特兰大和迪凯特的市民都怨声载道，因为这里是两地来往的必经之路。男人经过贫民区，都把手枪的枪套打开；正经的女人即使有男人保护，也不愿意打这里经过，因为这里经常有喝醉的黑人娼妓坐在路旁侮辱她们，并高喊种种不堪入耳的粗话。

只要有阿奇在身边，斯佳丽就不把这贫民区放在眼里，因为就连最放肆的黑人女人也不敢当着她的面笑一笑。可是自从她不得不自己驾车以来，已经出了很多次使人不愉快或令人伤脑筋的事。她每次驾车从那里经过，那些浪荡女人似乎都要出来捣乱。她没有办法，只好置之不理，自己生闷气。她也不敢把这些事给邻居或者家里人说。她从他们那里得不到一点安慰，因为邻居们会得意扬扬地说："啊，你还指望有什么好事吗?"家里人就会拼命劝说，竭力劝阻她出去。而她是绝对不可能就此不出去的。

谢天谢地，今天路边没有衣衫褴褛的女人！当她通过贫民区的那条小路时，她厌恶地看了一眼午后暗淡的斜阳下，趴在沟底的那片小房子。一阵凉风吹来，她闻到了烧木柴和没有打扫的露天厕所的混合气味。她捂住鼻子，熟练地把缰绳在马背上一抖，马儿加快了速度，拐到大路上。

她刚开始松一口气，突然吓得心跳到了喉咙口，因为一个身材巨大的黑人正默默无声地从一棵大橡树后面走出来。她吓了一大跳，可是还没有神志不清，一下子马被拉停，她手里握着弗兰克的手枪。

"你要干什么?"她吆喝，尽可能显出最严厉的神情。那个高大的黑人一下子躲到橡树后面去，回答的声音是害怕的。

"天哪，斯佳丽小姐，别开枪打大萨姆!"

大萨姆！她一时竟听不明白他的话。大萨姆，塔拉庄园从前的工头，她最后一次见他是在围城期间。究竟怎么回事……

"出来，让我看看你是否真是萨姆!"

他迟疑地从藏身处走出来，赤着脚，穿一条粗棉布裤，上身是一件合众国的蓝军装，套在他那粗大的骨架上，实在显得太短太紧了。她见果然是大萨姆，便把手枪放回枪套里，高兴地露出笑容。

“哦，萨姆！看见你真高兴！”

萨姆飞快地跑到马车跟前，眼睛里闪着喜悦，雪白的牙齿也在闪光，两只大黑手一把抓住斯佳丽伸出的手。他那瓜瓤红的舌头伸在外面，身子迅速地摆动，那模样就跟一头欢蹦乱跳的猛犬一样看了叫人发笑。

“老天爷呀，重新看到家里人可真是太好了！”他大声喊道，同时使劲地捏着她的手，捏得她觉得骨头都快断裂了，“你怎么也像个男人一样，带起枪来啦，斯佳丽小姐？”

“这些天坏人很多，萨姆，我不得不带着它。你到底在贫民区这乌七八糟的地方干什么？你可是个体面的黑人哪。你为什么不进城去找我？”

“老天，斯佳丽小姐。我不住在贫民区。我只是暂时待在这儿。给我白住，我也不会住在这个地方的。我这辈子从来没有看到过那么下流的黑人。我不知道你在亚特兰大。我原以为你在塔拉庄园哪。我打算一有机会，就回塔拉庄园的家里去。”

“自围城以来，你一直住在亚特兰大吗？”

“不，小姐！我到外地去过！”他松开了手，她痛苦地弯曲了几下手指，试试骨头有没有毛病，“还记得你最后看到我是在什么时候吗？”

斯佳丽记起来了，那一天很热，围攻还没有开始，她和瑞特坐在马车上，一伙黑人在大萨姆的带领下，一边唱着《去吧，摩西》，一边沿着那条尘土飞扬的街道向防御阵地走去。她点点头。

“嘿，我拼命干活儿，挖胸墙，装沙袋，直到南军撤出亚特兰大。那个叫我负责的上尉军官，他被杀死了，也没有人来告诉大萨姆该怎么办，所以我干脆低低地躺在树丛下。我想我会想办法回到塔拉庄园的家里去的，可是当时听说塔拉庄园那一带的房子都烧掉了。再说，我也没有办法回去，我怕巡逻队逮住我，因为我没有通行证。后来，北军进城了，一个北方军官，他是个上校，喜欢我，把我留下照顾他的马和皮靴。

“是的，小姐！我当然觉得神气喽，现在我跟波克一样是贴身的佣人了，而我原来却是在地里干活的嘛。我没有告诉那上校，我原来是干地里活儿的，而他——对了，斯佳丽小姐。北方佬个个啥也不懂！他看不出有什么不同！这样，我就跟他待在一起，谢尔曼将军去萨凡纳的时候，我也跟随上校去那儿了，天啊，斯佳丽小姐，我从来没有看到过在去萨凡纳的一路上看到的种种事情！到处是偷啊，烧啊——他们把塔拉庄园烧掉了吗，斯佳丽小姐？”

“他们放了火，不过我们扑灭了。”

“很好，听到这我很高兴。塔拉庄园是我的家，我打算回到那儿去。战争结束后，上校对我说：‘你，萨姆！你跟我回北方去。我会付给你高工资的。’跟所有的黑人一样，我希望在回家以前先尝尝所向往的自由的滋味，所以就跟上校到北方去了。是啊，小姐，我们去了华盛顿、纽约和上校住的波士顿。是啊，小姐，我是个出过远门的黑人！斯佳丽小姐，北方的街上马和马车多得没法数，你就是吓唬它们，也没法让它们停住！我老是害怕自己会被撞倒！”

“你喜欢北方吗，萨姆？”

萨姆摇着长满鬈发的头颅。

“也喜欢——也不喜欢。那个上校是个大好人，他了解黑人，可他太太就不一样了。他太太头一次见到我，称我‘先生’。她老这么叫我，我觉得很别扭。后来上校告诉她叫我‘萨姆’，她才叫我‘萨姆’的。可是所有的北方人，头一次见到我，都叫我‘奥哈拉先生’。他们还请我和他们坐在一起，好像我和他们是一样的。嗯，我从来没和白人坐在一起过，现在太老了，也学不会了。他们待我就像待自己人一样，斯佳丽小姐，可是他们心里并不喜欢我——他们不喜欢黑人。他们怕我，因为我块头大。他们还老问我猫狗怎么追我，我怎么挨打。可是天知道，斯佳丽小姐，我没有挨过打呀！你知道杰拉尔德老爷从来不让人打我这样一个值钱的黑人！

“我把这情况告诉他们，还对他们说艾伦小姐对待黑人多么好，我得肺炎的时候，她连觉也不睡，细心照料我一个星期，可他们都不相信。斯佳丽小姐，我想念艾伦小姐，想念塔拉庄园，后来我实在受不了，一天晚上就溜出来，上了一辆货车，一直坐到亚特兰大。你要是给我买张票，我马上就回塔拉庄园去。我回去看看艾伦小姐和杰拉尔德老爷。这自由我可是受够了。我愿意有个人安排我按时吃得饱饱的，告诉我干什么，不干什么，生了病还照顾我。我要是再得了肺炎怎么办？那北方佬的太太能照料我吗？不，小姐，她可以称我‘奥哈拉先生’，但是她不会照顾我的。可是艾伦小姐，我要是病了，她会照顾我的——斯佳丽小姐，你怎么了？”

“爸爸和母亲都死了，萨姆。”

“死了？斯佳丽小姐，你在开玩笑吧？你不应该这样对待我的！”

“不是开玩笑。是真的。母亲是在谢尔曼的军队开到塔拉庄园的时候死的，爸爸——他是去年六月去世的。唉，萨姆，别哭了。不要哭！你若是再哭，我也要哭了！萨姆，别哭！我实在受不了。现在咱们不谈这个了。以后有时间我再详细给你说……苏伦小姐在塔拉庄园，她嫁了一个非常好的丈夫，是威尔·本廷先生。卡洛琳小姐，她在一个——”斯佳丽没有说下去。她对这个哭哭啼啼的大汉，怎么能把修道院是什么地方说清楚呢，“她现在住在查尔斯顿。不过波克和普里西都在塔拉……来，萨姆，擦擦鼻子。你真想回家去？”

“是的，可这个家不像我想象的那样有艾伦小姐在——”

“萨姆，留在亚特兰大，给我干活儿怎么样？现在到处坏人这么多，我非常需要一个赶车的人。”

“是啊，小姐。你肯定是需要的。我一直想对你说，你一个人赶着车到处跑可不行啊，斯佳丽小姐。你不知道现在有些黑人有多么坏，特别是住在这贫民区的人。你这样可不安全。我在贫民区只待了两天，就听见他们议论你了。昨天你经过这里，那些下贱的黑女人冲着你大叫，当时我就认出你来了，可你的车跑得太快，我没追上，不过我让那些人掉了一层皮！真的。你没注意到她们今天就没出来吗？”

“我注意到了，这真得谢谢你，萨姆。怎么样，给我赶车好吗？”

“斯佳丽小姐，谢谢你的好意，不过我想我还是回塔拉庄园去吧。”

大萨姆低下头，他那露着的大拇脚指头在地上划来划去。不知为什么他有些紧张。

“嗯，为什么？我多给你工钱。你一定要留在我这里。”

那张傻乎乎的黑黑的大脸膛，和孩子的脸一样容易看出内心的感情，他抬头看了看斯佳丽，脸上露出惊惶的神情。他走到近处，靠在马车边上，悄悄地说：“斯佳丽小姐，我非离开亚特兰大不可。我一定要到塔拉庄园去，我一到那里，他们就找不着我了。我——我杀了一个人。”

“一个黑人？”

“不。一个白人。一个北方佬大兵。因此他们正在找我。所以我才待在贫民区。”

“事情是怎么发生的？”

“他喝醉了，朝我说了些难听的话，我受不了，就掐住了他的脖子——我并不想掐死他，斯佳丽小姐，可我的手特别有劲，一会儿工夫，他就死了。我吓坏了，不知怎么办才好，所以就躲到这里来了。昨天看见你从这里经过，我就说：‘老天保佑！是斯佳丽小姐！她照顾过我。她不会让北方佬把我抓走的。她一定会送我回塔拉庄园。’”

“你说他们在追捕你？他们知道是你干的？”

“是的，我这么大个子，他们不会弄错的。我想大概我是全亚特兰大最高的黑人了。昨天晚上他们已经到这里来找过我，不过，有一个黑人姑娘把我藏在树林里的一个洞里，他们走了我才出来。”

斯佳丽皱着眉头坐了一会儿，她一点儿也没有为萨姆杀了人而感到震惊或者伤心，而是因为不能用他赶车而感到失望。有像萨姆这样身材高大的黑人当保镖，不比阿奇差。嗯，她得想法把他平平安安地送到塔拉庄园去，当然不能让当局把他抓去。这个黑人很有用，把他绞死太可惜了。是啊，他是塔拉庄园用过的最好的工头了！斯佳丽根本没想到他已经自由了。在她心目中，他仍然是属于她的，和波克、嬷嬷、彼得、厨娘以及普里西一样。他仍然是“我们这个家庭中的一员”，因此必须受到保护。

“我今天晚上就送你回塔拉庄园，”最后她说，“萨姆，现在我还要往前面赶路，天黑以前我还要回到家里。你就在这里等我回来。你要去的地方，谁也别告诉，你要是有帽子，就戴上遮住脸。”

“我没有帽子。”

“嗯，这是两毛五分钱，你从这里的黑人那里买一顶帽子，然后到这里来等我。”

“好吧，小姐。”现在又有人告诉他该做什么了，他立即松了一口气，脸上也显得精神了。

斯佳丽一边赶路一边沉思。威尔肯定欢迎这样好的一个庄稼汉到塔拉庄园来，波克干地里活儿一直干得不大好，将来也不会干得好。有了萨姆，波克就可以到亚特兰大来，和迪西待在一起，这是父亲去世的时候她答应过的。

她赶到木材厂的时候，太阳已经快落了，没想到会在外面待到这么晚。约翰尼·高莱佛站在一所破房子的门廊上。这房子是这家小木材厂的厨房。还有一所石头房子，是睡觉的地方，房前有一根大木头，上面坐着四个犯人，这就是斯佳丽派给约翰尼的五个犯人之中的四个。他们穿的囚服，因为有汗，又脏又臭，他们拖着疲倦的脚步走动时，脚镣发出哗啦哗啦的响声，这几个人都带着消沉、绝望的表情。斯佳丽一眼就看出他们都很瘦，健康状况很差，可是就在不久以前，她把他们雇来的时候，他们都是挺结实的呀。斯佳丽下车时，这些人连眼皮也不抬，只有约翰尼转过脸来，还顺手把帽子摘下来，向斯佳丽打了个招呼。他那棕色的小脸盘儿硬得像核桃一样。

“我不喜欢这些人的样子，”她直截了当地说，“看上去，他们身体不好。还有一个在哪里?”

“他说他有病，”约翰尼爱理不理地说，“在里边躺着呢。”

“什么病？”

“多半是懒病。”

“我去看看他。”

“你别去。说不定他光着身子呢。我会照顾他的。他明天就上班。”

斯佳丽犹豫了一下，她看见一个犯人无力地抬起头来深恶痛绝地瞪了约翰尼一眼，然后看着地。

“你用鞭子抽他们吗？”

“对不起，肯尼迪太太，现在是谁在管这个厂子？你让我负责管这个厂。你说过我可以随意使唤他们。你没有什么可指责我的，对不对？我比艾尔辛先生出的木材多一倍，难道不是这样吗？”

“是的，的确是这样。”斯佳丽说，但她打了一个寒战，仿佛有一只鹅踩了她的坟。

她觉得这个地方和这些难看的房子有一种可怕的气氛，而过去休·艾尔辛经管的时候，根本就没有这种气氛。她还觉得这里有一种孤独、与世隔绝的味道，这也使她不寒而栗。这些犯人与外界离得那么远，什么联系也没有，任凭约翰尼·高莱佛摆布，他要是抽打他们，或用别的办法虐待他们，她是无从知道的。犯人不敢向她诉苦，他们怕她走了以后会受到更重更严厉的惩罚。

“他们看上去很瘦。你让他们吃饱了吗？天知道，我在伙食上花的钱足可以把他们喂得像猪一样肥。上个月，光面粉和猪肉我就花了三十块钱。晚饭你给他们吃什么？”

斯佳丽边说边走到厨房跟前，往里面看了看。有一个黑白混血的胖女人正在一只生了锈的旧炉子前做饭，一见斯佳丽，她轻轻地行了个礼，又接着搅她煮的黑眼豆。斯佳丽知道约翰尼·高莱佛和这个女人同居，但她觉得还是不理会这件事为好。她看见，除了豆子和玉米饼之外，没有准备别的可吃的东西。

“还有什么别的给这些人吃吗？”

“没有。”

“豆子里没搁点儿腌肉吗？”

“没有。”

“也没搁点儿咸肉吗？黑眼豆不搁咸肉可不好吃。吃了不长劲儿呀。为什么不搁点儿咸肉？”

“约翰尼先生说用不着搁咸肉。”

“你往里搁点儿咸肉吧。你们的东西都放在哪里?”

那黑女人惊恐的双眼朝放食品的小壁橱看了看。斯佳丽一下子把壁橱门打开，只见里面放着一桶打开的玉米面，一小口袋面粉，一磅咖啡，一点儿白糖，——加高粱饴，还有两只火腿。其中一只火腿放在架子上，是刚刚才做熟的，只切掉了一两片。斯佳丽气冲冲地回过头来看约翰尼·高莱佛，遇上了后者那双气呼呼的眼睛。

“我上星期派人送来的五袋白面到哪里去了?那一口袋糖和咖啡呢?我还派人选过五只火腿，十磅腊肉，还有那么多甘薯和爱尔兰土豆。这些东西都到哪里去了?就算你一天给他们做五顿饭吃，也不至于一个星期就全用光啊。你卖了!你一定是卖了，你这个贼!把我送来的好东西全卖了，把钱装进了自己的腰包，然后就给这些人吃干豆子和玉米饼。怪不得他们这么瘦呢。让开。”

她怒气冲冲地从他身旁走过，来到门廊上。

“你，最后那个——对，就是你!过来!”

那人站起来，吃力地向她走来，脚镣哗啦哗啦地直响，她看见他那光着的脚脖子磨得通红，甚至都磨破了。

“你最后一次吃火腿是什么时候?”

那人低头看着地。

“说呀!”

那人还是垂头丧气地站在那里不吭声。后来他终于抬起头来看了斯佳丽一眼，好像在恳求她，接着又把头低了下去。

“不敢说，是不是?那好吧，你到放食品的壁橱那里把架子上的火腿拿来，丽贝卡，把你的刀给他。拿过去和那几个人把它分了。丽贝卡，给这些人准备点儿饼干和咖啡。多给他们些高粱饴。马上动手，我要看着你拿给他们。”

“那是约翰尼先生的面粉和咖啡。”丽贝卡战战兢兢地咕哝。

“约翰尼先生的，真可笑!这么说，那火腿也是他自己的了。叫你怎么办，你就怎么办。快去。约翰尼·高莱佛，跟我到马车这里来一下。”

她大步穿过到处都是垃圾的院子，上了车，看见那些人一面撕火腿，一面拼命往嘴里塞，仿佛害怕会有人随时拿走似的。她看到这情景，稍微感到了一些安慰。“你是个少见的大流氓!”她气愤地对约翰尼喊道。这时约翰尼站在车轮旁，耷拉着眼皮，帽子推到了后脑勺上。“我送来的这些吃的。你如数还我钱吧。以后，吃的东西按天送。不按月送了。这样你就没法跟我捣鬼了。”

“以后我就不在这里了。”约翰尼·高莱佛说。

“你是说你要走!”

一时间，斯佳丽很想说：“滚就滚吧!”话到嘴边又停了，冷静一想，还得慎重些才好。约翰尼要是一走，她可怎么办呢？他比休出的木材多一倍呀。她手上正有一项大宗订货，数量之大，从未有过，而且还要得很急。她一定要把这批木材如期送到亚特兰大。约翰尼要是走了，她能找谁来接管这个厂呢？

“是的，我要走了。是你让我在这里全面负责的，你还说只要求我尽量多出木材。你并没有告诉我应该怎么样管这个厂，现在更不必多此一举了。我这木材是怎么搞出来的，这不关你的事。你不能责怪我不守信用，我为你赚了钱，挣了我那份薪水——有外快可捞，我也决不放过。可是你突然跑来插一杠子，管这，管那，当着众人的面让我威信扫地。你叫我以后怎么维持纪律呢？这些人，有时候打他们一顿有什么关系？这些懒骨头，打他们一顿还算便宜他们呢。他们吃不饱，他们的要求满足不了，这又有什么关系？他们不配有更好的待遇。咱们要么互不干涉，要么我今天晚上就走。”

他板着的小脸看上去比平时还坚硬，斯佳丽进退两难了。他要是今天晚上就走，她怎么办呢？她不可能整夜待在这里看着这些犯人啊!

斯佳丽这种进退两难的心情在她的眼神里流露出来，因为约翰尼的表情也悄悄地发生了变化，他的脸不像刚才绷得那么紧了。说话的语气也婉转了一些。

“天不早了，肯尼迪太太，你最好还是回家去吧。我们总不至于为了这么点儿小事就闹翻，是吗？这么着吧，你下个月扣我十块钱工资，这件事就算了结了。”

斯佳丽的眼睛不由得转向那帮可怜的人，他们还在那里拼命啃火腿，她还想到那个在透风的破房子里躺着的病人。她应该把约翰尼·高莱佛赶走。他是个贼，是个惨无人道的人。谁知道她不在的时候他是怎样对待这些犯人的。可是，另一方面，他很能干，她现在正需要他。他在为她赚钱哪。今后她一定要想办法让犯人吃上他们该吃的东西。

“我要扣你二十块工钱。”她狠狠地说，“明天早上我再要来跟你谈这件事。”她抓起缰绳，但她知道这件事不会再谈了。她知道这件事就算了结了，而且她知道约翰尼也清楚这一点。

斯佳丽赶着马车沿小路朝迪凯特街奔去。这时她的良心和她的赚钱欲望展开了激烈的斗争，她知道自己不该把那些人的性命交给那个铁石心肠的小个子，任凭他去处置。如果他造成其中一个犯人死亡，那么她也有推卸不掉的责任，因为她明知此人惨无人道，却还让他管他们。可是，另一方面——嗯，话又说回来，他们也不该犯罪呀。要是他们犯了法，被抓住了，受到不好的待遇就活该了。这多少让她有点儿安心，可是等她上了大路以后，犯人们那一张张无精打采的绝望的面孔又不断浮现在她的脑海里。

“哦，我以后再想他们。”她的决心一下，就把这个想法推进了她心中的木材库，把大门也关上了。

斯佳丽来到贫民区前面大路拐弯的地方时，太阳已经完全下去了，四周的树林黑黝黝的。太阳一落，刺骨的寒气笼罩着暮色中的大地，冷风吹过黑暗的树林，秃枝断裂，枯叶沙沙响。她从来没有这么晚一个人待在外面过，因此她很紧张，盼望赶快回到家里。

大萨姆连影子也没有，她只得停下来等他，不禁为他担心起来，他不在这里，是不是让北方佬抓去了？过了一会儿，她听见通往贫民区的小路上有脚步声传来，才松了一口气。她想，萨姆让她等这么久，一会儿非要好好训斥他一顿不可。

但是从大路拐弯的地方过来的不是萨姆。

来的是一个衣衫褴褛的大个子白人和一个小个子黑人，后者前胸后背都像个大猩猩。她赶紧抖动缰绳，抄起手枪。马刚刚起步，因那白人伸手一拦，便又突然停住了。

“太太，”他说，“能不能给我一个两毛五的硬币？我饿坏了。”

“闪开，”她回答，尽量保持声音镇定，“我没带钱。驾。”

那人手疾眼快，一把抓住了马笼头。

“抓住她！”他对那黑人喊道，“她的钱大概在胸口那儿！”

下面发生的事对斯佳丽来说像一场梦，一切都发生得那么快。她迅速抄起手枪，但她本能地觉得不能对那白人开枪，怕伤了马。那黑人脸上挂着淫荡的微笑，朝着马车跑来，她朝他开了枪。打中了没有，她根本不知道，不过紧接着她的手被人紧紧抓住，几乎把手腕都折断了，枪被抢走了。那黑人出现在她身旁，因为靠得近，连他身上的臭味儿她都闻见了，他想把她拉下车去。她用那只不能活动的手拼命挣扎，抓那人的脸，后来她觉得那人的大手摸到了她的喉咙，只听哧的一声，她的紧身胸衣从领口到腰全给撕开了。接着那黑人就在她胸口乱摸，她从来没感到这么害怕，这么厌恶过，便像发疯似的大喊大叫起来。

“堵住她的嘴！把她拉下来！”那白人喊道，于是那黑人便在斯佳丽脸上乱摸，摸到了她的嘴。她拼命咬了那人的手，接着又喊叫起来，这时她听见那白人的咒骂声。意识到漆黑的马路上还有第三个人。大萨姆朝这个黑人冲过来，他这才松开堵住她嘴的那只手，跳了下去。

“快跑，斯佳丽小姐！”萨姆喊道，一面还在与那个黑人交手。斯佳丽颤抖着，喊叫着，抓起缰绳和鞭子，一起抽在马背上。马立刻跑起来，她感到轮子底下压着什么软软的有弹性的东西。原来是那白人，萨姆把他打倒以后，他就躺在那里了。

她已吓得魂飞魄散，不停地抽打那匹马，马也跑得飞快，弄得马车又颠又摇晃。惊吓之中，她觉得后面有跑动的脚步声，她就连连对马吆喝，让它再跑快点儿。她要是再落到那个黑猩猩手里，就是死了，也不能再让他碰她一下。

一个声音在她身后喊："斯佳丽小姐！停下！"

她没敢让马放慢步子，先战战兢兢地回头一看，原来是大萨姆跟在后面奔跑，两条长腿快得像动力很大的活塞。她拉住缰绳，萨姆赶到跟前，纵身跳到车上，他巨大的身体将她挤到一边。汗水和血混在一起从他脸上往下淌，他上气不接下气地问：

"你伤着了没有？他们伤着你了没有？"

她紧张得一时说不出话来，只见萨姆的视线很快转到一边，朝别处看去，这时她才意识到自己的紧身胸衣已经撕到了腰，光光的胸脯和内衣都露在外面。她哆哆嗦嗦地把撕开的两边拉在一起，低下头哭起来。

"把缰绳给我。"萨姆说着，就把缰绳从她手里抢了过去，"好马．快跑啊！"

鞭子一响，那马一惊，接着就狂奔起来，差一点儿把车甩到沟里去。

"但愿我把那个黑鬼弄死了。不过我没有来得及看清楚。"他气喘吁吁地说，"他要是伤害了你，斯佳丽小姐，我就非回去把他弄死不可。"

"不要——不要——快走吧。"她呜咽着说。

第四十五章

当晚弗兰克把斯佳丽、贝蒂姑妈和两个孩子送到梅兰妮家里后就跟阿希礼外出了，斯佳丽又气又伤心。他怎么今天晚上居然还要去参加政治集会？政治集会！就在这个她受人袭击险遭不测的晚上！他真薄情，真自私。刚才萨姆送她哭着到家，她的胸衣被撕裂到腰际，弗兰克却表现得出奇的平静。听她哭诉事情的经过时，他甚至连一次也没有捋他的胡子。他只是好声好气地问道："宝贝儿，你受伤没有——只是吓坏了吧?”

她抽抽搭搭哭个不停，加上心里气恼，竟答不上话来，萨姆代她回答说她不过受了惊罢了。

“他们正扯她的衣裳时，我赶到了。”

“你真是好样的，萨姆，今天的事我绝对忘不了你。你如果有什么事需要我帮忙——”

“是的，你把我送到塔拉庄园去，越快越好。北方佬正在抓我。”

弗兰克也同样沉着地听着萨姆的叙述，什么也没有问。他的神情很像那夜汤尼来敲他们的门时所显示的那种神情，好像这是一件完全该由男人去处理的事情，是一件该用最少的语言和流露出最少的感情去处理的事情。

“你坐到马车上去。我会派彼得今夜把你送到拉甫拉迪，你可以躲到树林里，等到早晨再乘火车到琼斯博罗。这样安全些……我说，宝贝儿，别哭了。现在事情全都过去了，你确实没有受伤。贝蒂小姐，请你把嗅盐给我好吗?还有嬷嬷，给斯佳丽小姐倒杯酒来。”

斯佳丽忽又放声大哭，这一回大哭是因为愤怒。她本希望弗兰克看到她这般模样，会好言安慰她，会怒火中烧，会声称要为她报仇。她甚至宁可他对她大发雷霆，说他早就警告过她，迟早会出这样的事——而不是像现在这样漠不关心，把她遭到的危险，看得这么轻描淡写。他对她很温存，很亲切，然而却那么心不在焉，像是有什么重大的心事似的。

而那件重要的事情原来是一个小小的政治会议。

他要她换件衣服，做好准备，他要护送她到梅兰妮家去度过那个晚上。当时，她简直不能相信自己的耳朵。他应当知道她那场飞来横祸是多么叫人苦恼，应当知道她不想到梅兰妮家去度过一个晚上，而是迫切地需要躺在床上，盖上毯上，放松身子——还要一块烫砖使她的脚趾头有刺痛的感觉，一杯兑水热酒消除她的恐惧。他要是真的爱她的话，在这样一个夜晚，不管什么事情都没法强迫他从她身旁离开。他原该待在家里，握着她的手，一遍又一遍地告诉她，万一她有个三长两短，他不愿活下去。等他今晚回来，她单独跟他一起时，一定要对他这么说。

梅兰妮家的小客厅跟往常夜晚弗兰克和阿希礼出去后一样，宁静安详，女人们待在一起做针线活儿。熊熊的炉火使得房间里温暖而愉快。桌上的灯射出柔和的黄光，照着四个垂着的油光水滑的脑袋，四个脑袋都凑在她们的针线活儿上。四条裙子微微翻动，八只小巧的脚优雅地搁在低低的膝垫上。韦德、艾拉和小博平静的呼吸声从开着门的育儿室里传出来。阿奇坐在炉火旁的凳子上，背靠着壁炉，嘴里嚼着烟草，脸颊鼓着，他在使劲地削一根木头。这个肮脏的、头发和胡子都很长的老头同那几位衣着整洁、讲究的太太小姐形成的对照是那么鲜明，好像他是一条毛色灰白的、凶恶的看门狗，而她们是四只小猫咪。

梅兰妮那带有一丝火气的柔和声音一直说个没完，她在讲妇女竖琴演奏会最近闹别扭的事情。太太们对男子合唱队关于下一个演奏会的节目有不同的意见。那天下午，她们来找梅兰妮，宣布完全脱离乐团的意图。梅兰妮使出了她所有的外交手腕，才使她们推迟了这个决定。

斯佳丽过度紧张，恨不得嚷叫："啊，该死的妇女竖琴演奏会!"她想讲她自己的可怕遭遇。她迫不及待地想详详细细地叙述经过的情形，这样她就能通过使别人害怕来减轻自己的恐惧。她想讲述她当时是多么英勇，只是为了用她说话的声音使自己相信，自己确实曾临危不惧。可是每次她提起这个话题，梅兰妮总是巧妙地把话题转移到她不感兴趣的事情上。这简直叫斯佳丽心烦得难以忍受。她们跟弗兰克一样讨厌。

她刚逃脱那么可怕的一次遭遇，这些人怎么就能这样坦然，这样无动于衷?如果让她说一说，她会感到好受些，可她们连这样一个机会也不给她，真是缺乏起码的礼貌。

今天傍晚所发生的事对她的震撼，连她自己都不敢承认。一想起大路边树林阴影里那张窥视着她的邪恶黑脸，她就会吓得浑身颤抖。当她想起那只在她胸口乱摸的黑手，倘若萨姆不及时赶到，后果不堪设想时，她就低下头，紧紧地闭上双眼。她坐在和平安静的房间里做着针线，听着梅兰妮说话，时间愈长，她的神经愈紧张。她觉得它就像绷紧了的班卓琴弦似的，随时都有可能"啪"的一声断裂。

阿奇削木头的声音使她心烦，她向他皱起眉头。她忽然觉得奇怪，他今天居然坐在那儿削起木头来了。平时他担任守卫的晚上，总是直挺挺地躺在沙发上睡觉，胡子随着沉重的鼾声一起一伏。更奇怪的是，梅兰妮也好，英迪亚也好，听凭他把壁炉前的地毯上弄得满是木屑，却不叫他在地板上垫一张纸，好像她们都没注意到似的。

她正看着他的时候，阿奇忽然转身往炉火里吐了一口烟草汁，声音非常响，吓得英迪亚、梅兰妮和贝蒂三人都跳起来，像是听到炸弹爆炸似的。

"你用得着吐得那么响吗?"英迪亚大声嚷道，显然她的神经受到了惊扰。斯佳丽惊异地看了她一眼，因为英迪亚从来都是很能自我克制的。

阿奇直勾勾地望着英迪亚。

“我想确实用得着。”他冷冷地回答，接着又吐了一口。梅兰妮微微皱着眉头，瞟了英迪亚一眼。

“我一直很高兴，亲爱的爸爸不嚼烟草。”贝蒂开口说，梅兰妮的眉头皱得更紧了，她猛地向贝蒂转过身去，说出了以前斯佳丽从来没有听到过的尖刻话。

“哦，闭嘴，姑妈！你真不懂事。”

“哦，天哪！”贝蒂把针线活儿放在膝上，气得撅起了嘴，“真奇怪，我不知道今天晚上什么事情叫你们不舒服。你和英迪亚两个像发神经病似的心惊肉跳，脾气急躁。”

没人回答她。梅兰妮甚至没有为她的顶撞赔不是，而是又做起针线活儿来，下针比刚才重了一些。“你的针脚有一英寸长了。”贝蒂略带得意地说，“你不得不把它们都拆掉。你怎么啦?”

可梅兰妮仍然没有回答。

“她们是不是出了什么事?”斯佳丽想道，“是不是自己只顾自己心里害怕，没有留神到她们的事?”不错，梅兰妮虽然竭力使今天晚上看起来跟她们在一起度过的五十个晚上没有什么不同，可是由于今天傍晚的事使她们受了惊吓，气氛总不可能不有点儿异样。斯佳丽偷窥她们几个，正好碰到英迪亚的目光。英迪亚久久的一瞥是在打量她，冰冷的目光深处含有比憎恨更为强烈、比轻蔑更令人难堪的内容，这使斯佳丽很不安。

“她仿佛觉得我该为所发生的事受责备似的。”斯佳丽恼怒地想。

英迪亚把目光从她身上移到阿奇身上，她脸上对他的气愤全没有了，只是带着急切的询问神情。可他不看她的眼睛，相反，却看着斯佳丽，像英迪亚那样，眼光冷漠而严厉地瞪着她。

梅兰妮没有再提起话题，屋子里一片死寂。在这寂静中，斯佳丽听见了外面的风声。这个晚上突然变得极不愉快。现在，她开始感觉到空气中的紧张，她纳闷是不是整个晚上都这样——只是她太伤心了，没注意到。阿奇一脸警惕，仿佛等待着什么，他那双毛茸茸的像猞猁似的耳朵一直在留神倾听。梅兰妮和英迪亚现出一种好不容易才抑制住的不自在的神情，她们每次听到路上嘚嘚的马蹄声、光秃秃的树枝在呼啸的风中的吱吱嘎嘎声、枯叶在草坪上翻滚的沙沙声，就从针线活儿上抬起头来。壁炉中燃烧着的木头每次发出轻轻的毕剥声，她们都吓一跳，好像那是偷偷走近的脚步声。

出事了，可是斯佳丽拿不准是什么事。在发生什么事情，可是她不知道。她向贝蒂姑妈瞟了一眼，她那胖胖的、毫无心机的脸和噘起的嘴告诉她，那位老太太跟她一样一无所知。但阿奇、梅兰妮和英迪亚知道。在静默中她几乎能够感觉到梅兰妮和英迪亚的思绪就像关在笼子里的松鼠般在疯狂地扑腾。她们虽然装作若无其事的样子，可是她们知道有事，而且在等待着什么。她们内心的不安，很快感染了斯佳丽，使她也变得神经格外紧张起来。她的手指不听使唤，一不小心把针尖刺进了拇指，痛得轻轻地叫了一声，把大家吓了一跳。她紧捏针刺处，捏得指头上挤出一滴鲜红的血。

“我实在安不下心来缝纫，”她说着把手中缝补的东西扔到地上，“我太紧张了，简直要大声喊叫。我想回家睡觉去。这弗兰克是知道的，他真不该出去。他说啊，说啊，老说保护妇女，对付黑鬼和提包党人，现在需要他保护了，他在哪儿呢？在家里照顾我吗？不，根本就没有，他跟着一帮人东跑西窜去了，这帮人全是光会说——”

她愤怒的目光落在英迪亚的脸上，一下子住了口。英迪亚呼吸急促，她那双没有睫毛的灰眼睛紧紧地盯着斯佳丽的脸，眼神冷酷至极。

“英迪亚，你要是不太痛苦的话，”她挖苦道，“请告诉我，干吗整个黄昏你总是盯着我看，那我会非常感激的。我的脸变成绿色的了？”

“告诉你我并不会感到痛苦。我会高兴地这么干的。”英迪亚说，她的眼睛闪闪发亮，“我讨厌看到你贬低肯尼迪先生这样一位好人，你要是知道——”

“英迪亚！”梅兰妮提醒英迪亚，她的双手紧紧抓住她的针线活儿。

“我认为我对自己的丈夫比你更了解。”斯佳丽说，眼看要吵起来了。这是她第一回公开跟英迪亚吵架，她的劲儿上来了，神经也不紧张了。梅兰妮的目光截住了英迪亚的目光，英迪亚不甘心地闭上嘴。可是她马上又开了口，冷冰冰的声音里带着憎恨。

“你叫我恶心，斯佳丽·奥哈拉，竟然谈什么保护！你哪儿有一点儿想要受到保护的心思！你要是想要的话，就再怎么也不会像这几个月以来所干的那样抛头露面了，打扮得花枝招展地在这个城里转悠，在陌生男人面前卖弄自己，希望他们个个都喜欢你！你今天下午遇到的事情真是活该，要是世界上还有公道的话，你应该更倒霉才对。”

“哦，英迪亚，住嘴！”梅兰妮喊道。

“让她说，”斯佳丽嚷道，“我很想听。我一直知道她恨我，可她太虚伪。不愿意承认。要是她认为有哪个男人会爱上她的话，那她得脱光衣服在大街上从黎明走到黑夜。”

英迪亚受到这样的侮辱，气得一下子站了起来，瘦削的身子抖个不停。

“我是恨你，”她语调清晰却颤抖地说，“但不是虚伪阻止我开口。而是你不理解的原因，你既不懂礼貌，又缺乏教养，你哪里会明白。我是想如果我们大家不抱成一团，把个人恩怨放在一边，那就不可能战胜北方佬。可你——你——你却处处破坏正派人的威信，弄得一个好丈夫抬不起头来，让北方佬和那些无赖笑话我们，污蔑我们，说我们没有教养。北方佬不知道你压根儿就和我们不是一条心。他们呆头呆脑的，没意识到你这个人根本没什么教养。你到树林子里去乱窜，惹得那些黑人和下流白人对你下了手，以后他们就会对城里所有的正派女人下手的。你还给我们的男士带来了生命危险，因为他们不得不——”

“上帝啊，英迪亚！”梅兰妮喊道，斯佳丽虽然很恼怒，但看见梅兰妮用上帝的名义也是白搭，不免诧异，“你必须住嘴！她并不知道，她——你必须住嘴！你答应过的——”

“哦，姑娘们！”贝蒂帕特小姐颤抖着嘴唇恳求道。

“我不知道什么？”斯佳丽怒不可遏地站起身来。面对着横眉冷对的英迪亚和苦苦哀求的梅兰妮。

“一群珍珠鸡。”阿奇忽然说，声音满含轻蔑之意。没等谁来得及责备他，他那灰白色的脑袋敏捷地一扬，霍地站起身来。“有人来了。不是威尔克斯先生。不要叽叽喳喳。”

他的语气带有男性的威严，几个女人立即住嘴默默地站着，脸上的怒气迅速消失了，他一瘸一拐地走到门口。

“谁？”没等来人敲门，他就问道。

“巴特勒船长。让我进去。”

梅兰妮飞快地跑到门口，裙环猛烈地摆动着，裙边飘起来，长内裤从裤脚到膝部都露在裙子外面，她没等阿奇伸手抓到门把手，“砰”的一声就把门打开了。瑞特站在门口，一顶黑垂边软帽低低地遮住他的眼睛，狂风呼呼地把他的披风吹得紧裹在身上。他不像往常那么彬彬有礼。他既不脱帽，也不跟大家打招呼。他双眼只看着梅兰妮，劈头便问：“他们去哪儿了？快告诉我，否则会出人命的。”

斯佳丽和贝蒂既吃惊又困惑，不解地面面相觑，英迪亚像只老猫一样穿过房间跳到梅兰妮身边。

“什么也别告诉他。”她急急地嚷道，“他是间谍，是叛徒！”

瑞特甚至看都没看她一眼。

“快，威尔克斯太太！或许还来得及。”

梅兰妮似乎紧张得就要瘫倒了，只是盯着他的脸。

“究竟是怎么——”斯佳丽开口问。

“闭上你的嘴。”阿奇简短地命令道，“还有你，梅兰妮小姐。从这儿滚出去，你这个该死的叛徒。”

“不，阿奇，不！”梅兰妮喊道，她伸出一只颤抖的手挽住瑞特的胳膊，仿佛要保护他免受阿奇的伤害似的，“出了什么事？你是——你是怎么知道的？”

在瑞特黝黑的脸上，不耐烦同礼貌展开了搏斗。

“天哪，威尔克斯太太，他们从一开始就受到怀疑——只是他们一直太自作聪明了——直到今晚！我怎么知道的？今天晚上我跟两个喝醉的北方佬上尉玩牌，他们泄露出来的。北方佬知道今晚要出事，他们早有准备。这帮傻瓜进了圈套。”

一刹那，梅兰妮好像重重地挨了一拳似的，摇晃着身子，瑞特伸出一条胳膊挽住她的腰，让她站稳。

“别告诉他！他在引你进圈套！”英迪亚嚷道，瞪着瑞特，“你没听他说，他今晚还跟北方佬军官在一起吗？”

瑞特仍然没看她。他双眼紧紧地盯着梅兰妮那苍白的面孔。

“告诉我。他们去哪儿了？他们是不是有个聚会场所？”

斯佳丽尽管害怕和不理解，却在想她从来没有看到过比瑞特的脸更呆板、更没有表情的了，可是梅兰妮显然看到了别的，她终于信任了瑞特。她挺直她那小小的身子，摆脱扶着她的腰的那条胳膊，神态平静声音却颤抖地说：

“在往迪凯特去的大路上，贫民区附近。他们在老沙利文的庄园的地窖里集会——那个烧掉了一半的庄园。”

“谢谢你。我这就赶过去。北方佬要是来这儿，你们就一口咬定什么也不知道。”

他走得那么快，黑披风消失在黑夜中，他们简直拿不准他到底有没有来过，直到他们听到沙砾飞溅的声音，和马儿飞快地跑过所发出的疯狂的嘚嘚声。

“北方佬要来了？”贝蒂嚷道，她那双支撑着身体的小脚扭来扭去，最后瘫倒在沙发上，吓得哭都不敢哭。

“这一切都是怎么回事？他的话是什么意思？你要再不告诉我，我就要发疯了！”斯佳丽抓住梅兰妮拼命摇着，仿佛她一用力，就能把答话摇出来似的。

“什么意思？他的意思是说阿希礼和肯尼迪先生的性命，说不定就断送在你的手里！”英迪亚的话音虽带有恐惧和痛苦，但也含有胜利的意味，“别再摇梅兰妮了。她就要晕过去啦。”

“不，我没有。”梅兰妮低声说着，同时抓住了椅背。

“我的上帝，我的上帝！我不明白！杀死阿希礼？求求你们，谁告诉我——”

阿奇的声音像生了锈的铰链，一下子打断了斯佳丽的话。

“坐下，”他简短地命令道，“把针线拿起来。只当什么事也没有发生过。据我看，太阳落山以后北方佬说不定一直在监视这座房子。坐下，我说，做你们的针线。”

她们战战兢兢地服从了，贝蒂拿起针线，用发抖的手指捏着，两眼像孩子似的惊恐地睁大，看看这个，又看看那个，希望得到解释。

“阿希礼在哪儿？他出了什么事，梅兰妮？”斯佳丽喊道。

“你丈夫在哪儿？你难道对他不感兴趣吗？”英迪亚那双灰白色的眼睛里闪烁着疯狂的恶意，一面把她手中正在补缀的破毛巾揉拢又铺平。

“英迪亚，请不要说啦！”梅兰妮总算控制住了自己的声调，可是她苍白的脸孔和她痛苦的眼神说明她在竭力克制自己的感情，“斯佳丽，也许我们本该早跟你说，可是——可是——你今天下午已经受了一场惊吓，所以我们——所以弗兰克认为——而且你向来公开反对三 K 党——”

“三 K 党——”

起初，斯佳丽说出这个词仿佛以前从未听说过似的，不理解它的意思，接着：

“三 K 党！”她几乎是尖叫着说出来的，“阿希礼没有加入三 K 党！弗兰克也不可能是！哦，他答应过我的！”

“当然肯尼迪先生是三 K 党，阿希礼也是，我们认识的所有男人都是。”英迪亚喊道，“他们是男人，对吗？而且是白人，南方人。你应该为他感到骄傲，而不该让他总是偷偷摸摸地出去，仿佛那是什么羞耻事儿似的——”

“你们早就知道了，而我却不——”

“我们害怕这会让你难过。”梅兰妮难过地说。

“这么说，他们被认为去政治集会的时候，是上哪儿去了？哦，他答应过我的！这下好了，北方佬会来抢走我的锯木厂和铺子，把他关进监狱——哦，瑞特的话是什么意思？”

英迪亚和梅兰妮的眼光在极度的恐惧中相遇了。斯佳丽站起身来，把她的针线活儿撂在地上。

“你们要是不告诉我的话，我就到市区去查明情况。我看到一个人就问，直到我查清——”

“坐下，”阿奇说，眼睛盯着她，“我来告诉你。因为你今天下午出去闲逛，由于你自己的过错，惹出了麻烦，威尔克斯先生、肯尼迪先生和别的男人今夜出去，要是在那儿找到了那个黑鬼和那个白人的话，就把他们干掉，还要把那个贫民区整个儿消灭掉。要是那个无赖说的是真话，北方佬产生了怀疑，要不，就是不知怎样得到了风声，他们已经派出了部队，埋伏着等候他们。我们的人已经踩进了一个圈套。要是巴特勒说的不是真话，那么他是个奸细，他就要把他们的行踪报告北方佬，他们还是免不了被干掉。他要是确实去报告他们的行踪的话，那我就要干掉他，哪怕那是我这辈子最后一件事情。他们要是没有被干掉的话，就不得不逃离这一带，到得克萨斯州去，隐姓埋名，也许永远回不来了。这都是你的过错，你的两只手上沾着鲜血。”

梅兰妮看到斯佳丽的脸上渐渐流露出理解的表情，接着很快地理解变成了恐惧，于是在她自己的脸上，愤怒的表情驱散了害怕的神色。梅兰妮站起身来，把一只手放在斯佳丽的肩膀上。

“你再说这种话，就离开这所房子，阿奇，”她严肃地说，“这不是她的错。她只不过做了——做了她认为不得不做的事。我们的男人所做的也是他们认为非做不可的事。人们必须做他们应该做的事。人各有志，做法各不相同，我们不应该以——以自己的标准衡量别人。你和英迪亚怎么能够跟她说这样冷酷的话，你想她的丈夫和我的丈夫说不定——说不定——”

“听！”阿奇轻轻地打断了她的话，“坐下，太太。外面有马蹄声。”

梅兰妮坐下，捡起一件阿希礼的衬衫，低下头，竟不自觉地把衣服绉边扯成一根根带子。

马蹄声越来越响，逐渐接近门口，随即传来勒马的叮当声、拉扯皮带声和说话声。马蹄声在大门口停了，只听一个人大声发命令，接着脚步声穿过屋侧的院子走向后廊。她们觉得有一千只怀有敌意的眼睛从前面没有窗帘的窗子看着她们，吓得忙低头默默地做着手里的针线活儿。斯佳丽的心在胸膛里尖叫：“我杀了阿希礼！我杀了他！”在狂乱之中她竟没想到她可能还害死了弗兰克。此时她心中只能容纳一幅阿希礼的图像：倒在北方佬骑兵的脚下，漂亮的头发上沾着斑斑的血渍。

外面传来急促粗暴的敲门声，她看了梅兰妮一眼，见她那疲惫不堪的小脸上忽然换了一副表情，跟瑞特刚才的表情一样，丝毫不动声色，就像一个玩扑克的赌徒，手里拿着两张最小的两点牌却想吓唬人。

“阿奇，开门。”她平静地说。

阿奇把刀子悄悄地插进靴筒，解开他插在皮带上的手枪，一瘸一拐地走到门口，“砰”的一声把门打开。贝蒂看到门洞子里挤着一个北军上尉和一队士兵，轻轻地发出一声尖叫，仿佛一只老鼠感到捕鼠笼的门“啪”地关上了似的。不过，其他人什么也没有说。斯佳丽发现她认识那个军官，稍微松了一口气。他是汤姆·贾弗里上尉，瑞特的一个朋友。她卖过木料给他盖房子。她知道他是个有教养的人。既然他是个有教养的人，也许他不会拉她们去坐牢吧。他一眼就认出了她，脱掉帽子，鞠了一个躬，有点儿不好意思。

“晚上好，肯尼迪太太。你们哪位是威尔克斯太太?”

“我是威尔克斯太太。”梅兰妮一边回答，一边站起身来。尽管她个子小，却浑身庄严，“你们凭什么这样闯进来找我?”

上尉的眼睛很快环顾了房间一周，眼光在每个人的脸上逗留一下，接着很快从他们脸上转到桌子和帽架上，好像在找男人居住的迹象似的。

“对不起，我想跟威尔克斯先生和肯尼迪先生谈话。”

“他们不在。”梅兰妮说，柔和的声音里带着冷淡的意味。

“你能肯定吗?”

“你不能怀疑威克尔斯太太的话。”阿奇说，他的火气上来了。

“请原谅，威尔克斯太太。我没有一点儿不敬的意思。你要是向我保证的话，我就不搜查了。”

“我向你保证。不过，你要是高兴的话，尽管搜查。他们在肯尼迪先生的铺子里集会。”

“他们不在铺子里。他们今晚没有集会。”上尉严厉地回答，“我们等在外面，直到他们回来。”

他微微鞠了个躬，走出屋去，随手关上了门。屋子里的人透过风声听到一道严格的命令：“包围房子。每个窗口和门口都站一个。”一阵噔噔噔的脚步声。斯佳丽模模糊糊地看到每扇窗外都有长着胡子的脸在盯着她们看，好不容易才控制住自己，没有吓得跳起来。梅兰妮坐下，用一只并不颤抖的手拿起桌子上的一本书。那是一本破旧的《悲惨世界》，这部小说得到南部邦联士兵的喜爱。他们就着光阅读，还苦中作乐地管它叫“李的悲惨的部下”。她把书翻到当中，用清晰、单调的声音开始念。

“做针线活儿。”阿奇用粗嘎的声音轻轻地说。三个女人受到梅兰妮平静的声音的鼓舞，拿起针线活儿，垂下头去。

梅兰妮在外面监视的目光下到底读了多久，斯佳丽说不上来，只觉得仿佛过去了好几个时辰。梅兰妮读的书她连一个字也没有听进去。现在她除了想阿希礼外，也开始想起弗兰克来。他今晚态度那么镇静，原来是为了这个！可是他曾经答应过她不牵扯到三 K 党里去的。哦，这恰恰是她最最担心害怕的事！她去年一年的辛苦全都白费了。她的拼搏，她的恐惧，她在凄风苦雨中的勤劳，全都将化为乌有。谁能料到萎靡不振的老弗兰克竟会参加头脑发热的三 K 党人的活动呢？说不定就在此刻，他已经死了。如果他没有死，给北方佬逮住了，仍不免一死。阿希礼也同样如此！

她攥紧拳头，手掌心里掐出了四个鲜红的指甲印。阿希礼有被绞死的危险，梅兰妮怎么还能这样平静地继续念书？这时他说不定已经死了。可是她阅读悲惨故事时那柔和安详的话音使她镇静，使她不至于跳起来尖叫。

她回想起那晚汤尼·芳汀来到她家里的情景。当时他正遭追捕，精疲力竭，身无分文。倘若那天他没到她家里，没得到钱和马，那么他一定早就被绞死了。此时阿希礼和弗兰克如果还活着，他们的处境想必和汤尼那时一样，说不定更坏。现在家里被士兵包围了，他们若想回来拿钱拿衣服，就难逃被逮捕的厄运。说不定这条街上每户人家都有北方佬士兵看守着，不让他们找到帮忙的朋友。说不定他们此刻在黑夜里正往得克萨斯州狂逃而去呢。

可是瑞特——也许瑞特能及时赶到他们那里。瑞特口袋里老是揣着许多现钞。或许他会借钱给他们度过这一关。可是也很怪。瑞特怎么关心起阿希礼的安全来了？他肯定不喜欢他，而且公开声称瞧不起他。那为什么——可是这个谜，她暂时不想了，因为她又担心起阿希礼和弗兰克的安全来。

“哦，都怪我不好！”她悲痛不已，“英迪亚和阿奇没有说错。全是我的不是。可是我绝没料到他们两人竟那么傻，参加三 K 党！我也绝没料到真的会碰到今天下午的事！可我没别的办法。梅兰妮说得对。人必须去做他们该做的事。我得让锯木厂办下去！我得赚钱！可是现在看来我的一切全要毁了，而这些又是我自己造成的！”

梅兰妮读了很久后，声音开始发颤，渐渐拖长，终于停下来了。她的头转向窗口看着，好像窗外已没有北方佬在窥视她们。其余的人也都抬起头来，见她那倾听的姿势，便也凝神细听。

外面传来马蹄声和歌唱声，虽然门窗紧闭，风声又大，但还清晰可辨。唱的是一只最叫人讨厌的歌，是关于谢尔曼军队的《进军佐治亚》——唱歌的人正是瑞特。

他第一句还没唱完，便听见另外两个醉汉的声音在责骂他，激起他一连串的胡言乱语，几个人的声音搅在一起，分辨不清。这时只听到前面走廊里贾弗里上尉迅速地一声命令，马上就响起杂沓的脚步声。可是屋里的几个女人，在听到这些声响之前，就已吓得目瞪口呆，面面相觑。因为她们听出来那两个跟瑞特争吵的不是别人，正是阿希礼和休·艾尔辛。

前面小路上，声音越来越响了，有贾弗里上尉简短的讯问声，有休的夹杂着傻呵呵的笑声的尖叫，有瑞特深沉而满不在乎的声音，还有阿希礼古怪而又不真实的喊叫："到底怎么回事啊！到底怎么回事啊！"

"那不可能是阿希礼！"斯佳丽急切地想，"他从来不喝醉！还有瑞特——怎么，瑞特喝醉后会越来越安静——从来不这么嚷嚷的！"

梅兰妮站起来，阿奇也随她站起来。他们听到那个上尉尖厉的声音："这两个人被逮捕了。"阿奇的手紧紧地按在他的手枪柄上。

"别动，"梅兰妮神态坚决地低声说，"别动。让我来处理。"

她脸上的神情跟那天斯佳丽在塔拉庄园看到梅兰妮站在最高一级台阶上、看着那个北方佬的尸体时显出的神情一模一样，当时她手里拿着的那把沉重的军刀压得她那瘦削的手腕也抬不起来了——一个温和而腼腆的女人被环境所逼，鼓起勇气，现出母老虎般的谨慎和愤怒。她猛地将前门打开。

"扶他进来，巴特勒船长。"她用清晰的、咬牙切齿的、恶毒的声调喊叫，"我想你又把他灌醉了。扶他进来。"

那个北军上尉从黑暗、刮风的小路上说："对不起，威尔克斯太太，可是你丈夫和艾尔辛先生被捕了。"

"被捕？为什么？因为喝醉了酒？要是在亚特兰大凡是喝醉了的人都得被捕，那整个北方驻军就得永远待在监狱里了。还是扶他进来吧，巴特勒船长——要是你自己还能走得了路的话。"

斯佳丽的脑子转得不够快，对眼前发生的一切都不能理解。她知道瑞特和阿希礼并没有醉，也知道梅兰妮明白他们没醉。可这个平时温和、文静的梅兰妮，现在为什么当着北方佬的面像泼妇一样大喊大叫，非说他们两个人醉得走不了路呢？

外面传来一阵模模糊糊的争论声，夹杂着咒骂声。接着就听到摇摇晃晃上台阶的声音。阿希礼在门廊里出现了，他脸色苍白，耷拉着脑袋，光亮的头发乱作一团，他这个大个子从脖子到膝盖全裹在瑞特的黑披风里。休·艾尔辛和瑞特两个人站立不稳，却还在两边架着他，很明显，要是没他们架着，他就瘫在地上了。北方佬上尉跟在他们后面，看他脸上的神气，又是怀疑，又觉得有趣。他在门廊上站住了，他手下的人在他身后探头探脑，冷风也一个劲儿地往屋里刮。

斯佳丽感到害怕，困惑，瞟了梅兰妮一眼，目光又落到衰弱的阿希礼身上，然后她有点儿懂了。她差一点儿没叫出声来，"可他不可能是喝醉了！"她硬是把话憋了回去。她明白他们是在演戏，演一场生死攸关的戏。她知道她和贝蒂姑妈不是剧中人，可是其他几个人都是，他们像在演一出排练得很熟的戏，彼此配合默契。她虽然只是一知半解，但是已足够使她保持沉默了。"

"扶他坐上椅子。"梅兰妮气愤地嚷道，"现在，巴特勒船长，请你马上离开这屋子！你又把他弄成这样子，怎么还好意思到我这里来！"

两个男人搀着阿希礼坐在一张摇椅上，瑞特摇摇晃晃地一把抓住椅背才站直身子，以抱怨的口吻对那上尉说："我可是好心不得好报，不是吗？我怕他这样子会叫警察抓走，才送他回家，可他还大嚷大闹，还要抓我的脸！"

"还有你，休·艾尔辛，我真为你害臊！你那可怜的妈妈会怎么说？喝醉了，还跟——跟巴特勒船长那样和北方佬交朋友的无赖汉在一起！哦，威尔克斯先生，你怎么能做出这种事来？"

"梅兰妮，我醉得不怎么厉害。"阿希礼喃喃地说着，脸向下扑在桌子上，头埋在臂膀中间。

"阿奇，扶他进屋上床去睡——就跟往常一样。"梅兰妮吩咐道，"贝蒂姑妈，你快去帮他铺床吧，哦——唔，"她忽然放声大哭，"哦，他怎么能这样？他答应过我的！"阿奇已把胳膊伸到阿希礼的胳肢窝底下，贝蒂虽然早已吓得两腿发软，也站了起来，这时，上尉走过来拦住了他们。

"别抱他。他被捕了。中士！"

那个中士提着步枪，走进房间，瑞特显然为了要稳住自己的身子，把一只手放在那个上尉的胳膊上，好不容易才集中眼光。

"汤姆，你干吗要逮捕他？他醉得不算厉害嘛。我看到过他更醉的模样哩。"

"该死的喝醉酒，"上尉嚷着说，"他躺在沟里我也管不着。我不是警察。他和艾尔辛先生被捕是因为他们今晚共同参加三K党的一次对贫民区的袭击。一个黑人和一个白人被杀了。威尔克斯先生是头儿。"

"今晚？"瑞特开始哈哈大笑。他笑得那么厉害，终于坐在沙发上，双手捧着脑袋，"不可能是今晚，汤姆，"他缓过气来后说，"这两个人一直跟我在一起——从八点钟起，他们被认为在集会。"

"跟你在一起，瑞特？可是——"那个上尉的眉头皱了起来，他拿不准地望着打呼噜的阿希礼和他那哭哭啼啼的妻子，"可是——你刚才在哪儿？"

"我不愿说。"瑞特的那双机灵的醉眼很快地瞥了梅兰妮一眼。

"你还是说的好！"

"我们到走廊里去，到那里我再告诉你。"

“你现在就得说。”

“当着太太们的面，我不好说。是不是请太太们先出去一下——”

“我不干，”梅兰妮嚷道，一面气呼呼地用手帕抹眼泪，“我有权知道。我丈夫究竟在哪里？”

“在贝尔·沃特林的酒馆。”瑞特说，脸上显出难为情的样子，“他在那里，还有休，还有弗兰克·肯尼迪，还有米德大夫——一大帮人呢。在那里开了个宴会。一个很大的宴会。有香槟，有姑娘——”

“在——在贝尔·沃特林的酒馆那里？”

梅兰妮痛苦地喊道，声音大得都嘶哑了。大家吃了一惊，转过脸来看她。她用手捂着胸口，阿奇还没来得及扶她，她就晕倒了。接着就是一阵忙乱，阿奇把她从地上抱起来，英迪亚急忙到厨房去拿水，贝蒂和斯佳丽一面给她扇风，一面拍打她的手腕，休·艾尔辛则不停地喊：“你怎么全给抖出来了！你怎么全给抖出来了！”

“这下全城都会知道了。”瑞特恶狠狠地说，“我希望你满意了，汤姆。明天，亚特兰大没有一个妻子会跟她丈夫说话。”

“瑞特，我想不到——”尽管寒风穿过开着的门，吹到那个上尉的背上，他却在淌汗，“喂！你起誓他们刚才在——呃——在贝尔那儿？”

“见鬼，是的，”瑞特吼叫，“你要是不相信我的话，去问贝尔本人就是了。得了，让我把威尔克斯太太抱到她的房间去。把她交给我，阿奇。是的，我抱得动她。贝蒂小姐，掌着灯，走在前面。”

他从容地从阿奇的胳膊上接过梅兰妮软弱的身躯。

“你扶威尔克斯先生上床去，阿奇。过了今晚，我再也不愿看到他，或是碰到他的身子了。”

贝蒂的手哆嗦着，以至于那盏灯对房子的安全构成了威胁，但是她总算拿住了，迈着快步走在前面，向黑沉沉的卧房走去。阿奇哼了一声，把一条胳膊伸到阿希礼身下，把他扶了起来。

“可是——我得逮捕这些人啊！”

瑞特从幽暗的穿堂里转过身来。

“那就明天早上再来逮捕他们吧。他们这个样子，反正也跑不了——我从来不知道在赌场喝了酒会算犯法了。听我说，汤姆，有五十个证人能证明他们是在贝尔那里的。”

“你们南方人要想证明一个人是在他本来不在的地方，总是能够找到五十个证人的。”上尉阴沉地说，“艾尔辛先生，你跟我去一趟。总得有人给威尔克斯先生宣誓作保，我才能假释他——”

“我是威尔克斯先生的妹妹。我可以担保他听候传讯。”英迪亚冷冷地说，“现在你可以走了吧？这一晚你可把我们折腾得够呛。”

“我万分抱歉，”上尉尴尬地一鞠躬，“我只是希望他们能证明他们确实是在——呃——沃特林小姐——太太家里。你可不可以告诉你哥哥一声，他明天上午一定得去听候宪兵司令的问话？”

英迪亚冷冷地点点头，把手放在门把手上，默默地暗示他快点儿离开是很受欢迎的。上尉和中士退出，休·艾尔辛跟在后面，英迪亚随手把门“砰”地关上。她看也没看斯佳丽一眼，赶快走到各个窗口把窗帘放下。斯佳丽只觉得双膝发软，一把抓住阿希礼刚才坐过的椅子，才支撑住自己的身子。她低头往椅子上一瞧，椅背靠垫上有一块比巴掌略大的湿漉漉的黑斑。她觉得奇怪，伸手一摸，不觉大吃一惊，只见手上有黏糊糊的一块鲜红的血渍。

“英迪亚，”她轻声道，“英迪亚，阿希礼——他受伤了。”

“你这蠢货！你以为他真的喝醉了？”

英迪亚把最后一道窗帘放下，飞快地奔向卧室，斯佳丽紧跟在后面，她的心跳到了嗓子眼儿。瑞特高大的身躯挡在门口，斯佳丽从他肩膀上看过去，见阿希礼躺在床上，脸色苍白。梅兰妮虽然刚刚晕过，动作却出奇地敏捷，正拿着一把绣花剪剪开阿希礼身上浸透了血渍的衬衫。阿奇一手掌灯低低地给梅兰妮照着，另一只手的手指按着阿希礼的脉搏。

“他死了吗？”两个姑娘一起叫道。

“不，只是失血过多晕过去了。子弹射穿了他的肩膀。”瑞特说。

“你这个傻瓜，为什么要把他带到这儿来？”英迪亚大声说，“让我进去！让我过去！你为什么要把他带到这儿等着被捕？”

“他太虚弱了，没法去远处。没别的地方可带他去，威尔克斯小姐。另外——你难道愿意让他像汤尼·芳汀那样流落他乡吗？你愿意让其他邻居都化名逃到得克萨斯州去，一辈子不能再回来吗？我们也许有办法可以让他们逃脱，只要贝尔——”

“让我过去！”

“不，威尔克斯小姐。有件事情要请你去办。你得去请个大夫——不是米德大夫。他与此事有牵连，说不定这会儿正受北方佬审问呢。另外再找个大夫。夜里一个人出去，你害怕吗？”

“不,”英迪亚回答，她那灰白色的眼睛闪闪发光，“我不怕。”她说着就从客厅里的钩上取下梅兰妮的连帽披风。“我去找迪安老大夫。”她已经没有刚才那么激动了，而且还尽量装出很平静的样子，“对不起，我刚才叫你间谍，叫你傻瓜，我不了解情况。你这样帮助阿希礼，我非常感谢你——不过我还是看不起你。”

“我欣赏坦率——我为你的坦率向你表示感谢。”瑞特鞠了一个躬，嘴唇向下一撇，挤出一个有趣的微笑，“好吧，赶快去吧，要走小路。你回来时，要是看到附近有士兵的行迹，别走进这所房子。”

英迪亚痛苦地很快瞟了阿希礼一眼，裹上披风，利索地穿过大厅，走到后门口，然后静悄悄地走进黑夜。

斯佳丽睁大眼，从瑞特的肩膀上注意看着，看到阿希礼的眼睛睁开了，她的心又怦怦地跳了起来。梅兰妮从脸盆架上抓过一条折叠的毛巾，紧紧地按住他流血的肩膀，他对着她的脸软弱地、叫人放心地微笑了。斯佳丽感到瑞特那尖锐的、刺透人心的目光正盯着她，知道她脸上的表情明显地泄露了她的心情，但是她不在乎。阿希礼在流血，也许要死了，而她这个爱他的人害得他的肩膀被子弹穿了个窟窿。她想跑到床边，弯下身去，把他紧紧搂住，可是她的膝盖直打哆嗦，没法走进房间。她一只手捂住嘴，看着梅兰妮又拿起另一条毛巾按住他的肩膀，按得那么重，好像她能把他的鲜血重新压进他的身体似的。但是毛巾仿佛被魔法染红了。

一个人流了那么多的血怎么还能活着？可是，感谢上帝，他嘴唇边没有出现血泡沫——哦，那些带血的泡沫是死亡的前奏，对这些她曾一度是很熟悉的。当年桃树溪可怕的一役，好多伤兵死在贝蒂姑妈家的草地上，嘴角上都泛出过血泡沫。

“振作点儿，”瑞特说，语调生硬，略带嘲讽，“他不会死的。现在，你去拿灯照着威尔克斯太太。我要差阿奇办点儿事。”

阿奇透过灯光看着瑞特。

“我不听你的差遣，”他简短地说，一边把嘴里的烟草从脸颊的一边移到另一边。

“照他说的去做，”梅兰妮严厉地说，“而且要尽快。巴特勒船长的吩咐一切照办。斯佳丽，拿灯来。”

斯佳丽上前接过灯，两只手捧着，生怕它会从她手上掉下来。阿希礼的眼睛重新闭上。他敞开的胸口慢慢地升起来，又很快地瘪下去，鲜血从梅兰妮颤抖的指缝间渗出来。她迷迷糊糊地听见阿奇走到门口，瑞特低声很快地跟他说了几句话。她因为全神贯注于阿希礼，瑞特前半段的话她只听见：“骑我的马……拴在外面……拼命快跑。”

阿奇咕咕哝哝问了几个问题，斯佳丽听见瑞特回答说：“老沙利文庄园。那最大的烟囱上藏有几件长袍。把它们烧掉。”

“嗯。”阿奇咕噜一声。

“还有两个——两个男人在地窖里。把他们尽量好好地驮在马背上，带到贝尔家屋后的空地上——就是屋子跟铁轨之间的那块空地。千万小心。你若是被人发觉了，就要跟我们一起上绞刑架。把那两个人放在空地上，每人身旁放一支手枪——还是塞在他们手里吧。喏——把我的枪拿去。”

斯佳丽从房间的这头望过去，看到瑞特把手伸到他的晚礼服下面，掏出两把左轮手枪，阿奇接过手枪，插在他的腰带上。

“每把手枪开一枪。得布置得像一场明显的枪杀案。你懂吗?”

阿奇点点头，好像他完全懂得似的，接着他那只冷冰冰的独眼中不甘心地闪过一丝钦佩。但斯佳丽还是很不明白。过去这半个钟头对她来说全是一场噩梦，使她觉得今后什么也弄不清楚了。然而看到瑞特在这可怕的局面中似乎应付自如，她又感到一丝欣慰。

阿奇转身要走，又回过头来用他那只独眼以询问的神情盯着瑞特的脸。

“是他?”

“是的。”

阿奇哼了一下，朝地板上吐了口唾沫。

“倒霉。”他说着一瘸一拐地穿过大厅朝后门走去。

最后那场低声对话中有些什么在斯佳丽的心中引起了新的恐惧和怀疑，这恐惧的怀疑就像一股不断往上冒泡的冰凉的涌泉。等那股涌泉一冲出来——“弗兰克在哪儿?”她喊道。

瑞特迅速地穿过房间，来到床前，他那高大的身躯像只猫似的转来转去，毫无声息。

“一切都挺及时。”他说，短短一笑，“拿稳灯，斯佳丽。你不见得要烧掉威尔克斯先生吧。梅兰妮小姐——”

梅兰妮抬起头来，好像是个等待命令的好士兵，局面是那么紧张，她压根儿没有想到这是瑞特第一回用她的名字的爱称在称呼她，那个爱称只有亲戚和老朋友才用。

“请原谅，我的意思是，威尔克斯太太……”

“啊，巴特勒船长，别请我原谅！你要是管我叫‘梅兰妮’而不加上小姐的话，我会感到光荣！我觉得你好像是我的——亲哥哥，或者说——或者说堂哥哥。你的心肠多么好，人又多么聪明！我该怎么感谢你才好啊？”

“谢谢你，”瑞特说，有一刹那，他看上去似乎有点儿难为情，“我哪敢这么放肆，可是梅兰妮小姐，”他的声音里带着抱歉的调子，“对不起，我不得不说威尔克斯先生刚才是在贝尔·沃特林家。对不起，我把他和其他人牵连在这样一个——一个——可是我从这儿骑马出发的时候，我不得不匆匆地考虑，这是我想出的唯一办法。我知道我的话会被接受的，因为我在北方佬军官中有许多朋友。他们几乎把我当作他们的人，因为他们知道，我在这个城里的人们中间——我们不妨说是‘不受欢迎’吧。——你瞧，今天晚上早些时候，我在贝尔的酒吧里打扑克。有十几个北方佬可以证明这是事实。贝尔和她的那些姑娘都很愿意当着他们的面说谎话，就说威尔克斯先生和另外一些人——整个晚上都待在楼上。北方佬会相信她们的话。北方佬可也怪。他们以为做那种生意的女人——是不可能爱国和讲什么忠诚的。北方佬想要知道那些他们认为在集会的人的行踪，可是他们决不相信亚特兰大城里正派的上等女人的话，却偏偏相信——卖笑姑娘的话。我想凭着我这个无赖汉和十几个卖笑姑娘的证词，他们今天也许能躲过这一关。”

他说到最后那些话的时候，咧着嘴露出讥讽的微笑，可是当梅兰妮抬起头来看着他，脸上充满了感激的神情时，他的讥笑收敛了。

“巴特勒船长，你真机灵！哪怕你说今晚他们去过地狱，我也不在乎，只要能救他们！因为我知道，每一个有关的人都知道，我丈夫从来不到那么可怕的地方去！”

“这个——”瑞特尴尬地说，“事实上，他今晚去过贝尔那儿。”

梅兰妮冷冷地挺起了胸膛。

“你永远也不能使我相信这样一个谎言！”

“梅兰妮小姐！请听我解释！今天晚上当我赶到老沙利文庄园时，发现威尔克斯先生已经受了伤，跟他在一起的还有休·艾尔辛、米德大夫和梅里韦瑟老人——”

“不可能有那个老先生！”斯佳丽喊道。

“男人干起傻事来从不嫌老的。还有你的亨利伯伯——”

“哦，天哪！”贝蒂姑妈叫道。

“跟部队交火后，其余的人都奔逃了，这群人便去了沙利文庄园，而且把长袍都藏在了烟囱里，先来看一看威尔克斯先生的伤势如何。要不是他受伤，他们这会儿——全都——逃到得克萨斯州去了，可是他不能骑马走长路，他们不愿离开他。这就需要证明他们当时不在现场，而是在别的地方。因此，我就带他们走后门来到贝尔·沃特林家。”

“哦——我明白了。我刚才说话太冒失，请原谅，巴特勒船长。现在我明白是有必要带他们到那里的，不过——嗅，巴特勒船长，一定有人看见他们进去吧！”

“没人看见。我们走自用的后门进去的，这后门对着铁路。这门总是黑黑的，而且是锁着的。”

“那怎么——？”

“我有钥匙。”瑞特直截了当地说。这时，他和梅兰妮的眼光正好相遇。

等梅兰妮完全意识到这句话的含义时，她觉得很不好意思，手也不听使唤，让毛巾完全从伤口上滑了下来。

“我并不是有意追问——”她含含糊糊地说，苍白的小脸也红起来，连忙把毛巾挪回原处。

“我很抱歉不得不把这种事说给一位太太听。”

“这么说是真的了！”斯佳丽想着，心里感到一种奇特的痛楚，“那么他真的跟沃特林那个可怕的女人同居了！她的房子是属于他的！”

“我见到沃特林，向她解释了一下。我把今晚在外边的男人的名单交给她，请她跟她的姑娘们证明一下今晚他们全都在她那里。我们出来时，为了更惹人注目，沃特林叫两个她雇来维持秩序的亡命之徒把我们几个一面殴打，一面拖下楼，穿过酒吧间，扔到大街上，把我们当作吵架的醉汉处理。”

他咧嘴笑着回忆：“米德大夫装得不太像。到这种地方去，实在有失他的尊严，可是亨利伯伯和梅里韦瑟老人表演得精彩极了。假如少了这两位伟大的演员，这出戏一定大为逊色。他们似乎觉得挺有趣。不过由于梅里韦瑟老人演得过于认真，我怕亨利伯伯的一只眼睛被他打青了。他——”

后门猛地被推开，英迪亚进来了，后面跟着迪安大夫，他一头长长的白发乱蓬蓬的，披风下鼓着一只破皮包。他没和在场的人说话，只稍稍点点头，就立刻掀开阿希礼肩上的毛巾。

“部位太高，不可能伤着肺。”他说，“要是他的锁骨没有打碎的话，那就不严重。给我多拿些毛巾来，太太小姐们，还有棉花，你们要是有的话，再拿些白兰地。”

瑞特从斯佳丽的手中接过灯，摆在桌子上。梅兰妮和英迪亚听从大夫的吩咐，动作麻利地跑来跑去。

“你在这儿什么也干不成。到客厅里壁炉旁去吧。”他挽着她的胳膊，把她扶出房间。他的手和声音都现出一种他以前所没有的温柔情意。“你这一天真够呛，对不对?”

她让自己被扶到前房，尽管她站在壁炉前的小地毯上，人却开始打哆嗦。她胸中那股怀疑的涌泉这会儿冒的气泡越来越大了，已经不只是怀疑，几乎是确实无疑的事情了，可怕的确实无疑的事情。她抬起头，盯着瑞特那不动声色的脸，有一刹那，她说不出话来。接着：

“弗兰克刚才——在贝尔·沃特林那儿吗?”

“没有。”

瑞特的声音生硬了。

“阿奇把他送到贝尔家附近的空地上去了。他死了。子弹射穿了脑袋。”

第四十六章

那天夜里，听到三K党遭殃的消息，城北没有一户人家睡觉的，深夜，英迪亚·威尔克斯溜出自家的后院，悄悄地从厨房门溜进一户户人家，把瑞特的计划秘密通知他们，随即又消逝在黑暗中。她所到之处，留下了恐惧和失望中的希望。

从外面看，每所房子都是黑黑的，静悄悄的，人们都入睡了，但在房子里面，人们怀着激动的心情小声交谈，一直谈到天亮。不只是当天晚上参加袭击的人，三K党的每一个成员都准备出逃。在桃树街，几乎各家各户的马都备好了鞍，等在黑暗的马厩里，手枪都挂在了腰带上，食品装在口袋里，放到了马背上。之所以没有一齐出发，就是因为英迪亚悄悄地传来了消息：“巴特勒船长说不要往外跑。路上有人监视。他已经和沃特林那家伙安排好了——”在黑漆漆的屋子里，人们窃窃私语：“我为什么要相信那个该死的无赖汉巴特勒呢?这可能是个圈套!”接着是女人恳求的声音：“不要走!既然他救了阿希礼和休，他就能救每一个人。要是英迪亚和梅兰妮信任他——”于是，他们半信半疑地留了下来，因为没有别的出路可供他们选择。

在夜晚早些时候，士兵们敲了十几户人家的门。那些说不出或是不愿说出那晚他们到哪儿去过的人，都被逮捕带走了。不少人在监狱里过夜，其中有雷内·皮卡德、梅里韦瑟太太的一个侄儿、西蒙家的男孩子和安迪·邦内尔。他们参加了那次倒霉的袭击，但是在双方交火以后，跟别人分散了，他们骑着马拼命赶回家，还没听说瑞特的计划，就被捕了。幸亏他们在受到讯问的时候都说，那一夜他们去过哪儿是他们自己的事情，跟该死的北方佬毫不相干。他们被关起来，等到早晨再受审讯。梅里韦瑟老人和亨利伯伯却毫不害臊地说，他们是在贝尔·沃特林的妓院里过的夜，当贾弗里上尉恼火地指出，他们干这种事情年纪太大了时，他们竟想打他。

贾弗里上尉把贝尔·沃特林叫去问话，没等他开口，她便哇里哇啦先向他告状说，她的生意没法做了。天黑不多时，有一群醉鬼闯进她那里，又是吵嘴又是打架，把她屋里弄得一塌糊涂，连最好的镜子也打碎了，那些姑娘也被吓坏了，害得她只好关门停业。不过，如果贾弗里上尉想去喝一杯，她的酒吧还是开着的——贾弗里很清楚，他手下的人都在一旁看笑话，他自己又如坠云雾中，便声色俱厉地说他既不要年轻姑娘，也不要喝什么酒，只问贝尔知不知道这伙胡闹的顾客叫什么名字。贝尔当然是知道的。他们都是她的常客。他们每星期三晚上都来，自称是什么周三民主派，至于这是什么意思，她既不想知道，也不感兴趣。他们在楼上过道里打碎的镜子要是不赔，她就要跟他们没完没了。她那儿可是个体面的地方，而且——哦，他们的名字？贝尔一口气说出了十二个人名，都是被怀疑的对象，贾弗里上尉露出一脸苦笑。

“这些该死的叛逆分子比我们的秘密警察组织得都好。”他说，“明天早晨你和那些姑娘们都要到宪兵司令那里等候问话。”

“宪兵司令会不会让他们赔我的镜子？”

“别提你那些镜子了！去找瑞特，让他赔。这个地方不是他的吗？”天还没亮，城里过去属于过南部邦联的各家各户就什么都知道了。他们家里用的黑人，虽然没有人告诉他们，也什么都知道，他们是通过白人不懂得的秘密传递信息的途径知道的。人人都知道那次袭击的细节，弗兰克·肯尼迪和瘸腿的汤米·韦尔伯恩被杀，阿希礼在运走弗兰克的尸体时受了伤。

女人们本来恨透了斯佳丽，因为那场悲剧里有她的份儿，但是听说她的丈夫已经丧命，憎恨的情绪便有所缓和。尽管斯佳丽已经知道，却不能承认，连认尸那一点儿可怜的安慰也得不到。在晨光显露出那两具尸体，当局通知她以前，她得装作什么也不知道。弗兰克和汤米冰凉的手里拿着手枪，僵硬地躺在空地上的枯草丛中。北方佬会说他们是在一场共同的酒醉中，为了争夺贝尔妓院的一个姑娘而相互开枪打死对方的。最值得同情的是范妮·汤米的妻子，她刚生了孩子，可是没有人能在黑夜中溜到她那儿看她，去安慰她，因为一队北军包围着房子，等候汤米回来。另一队士兵守在贝蒂姑妈家周围，等着弗兰克。

不等到天明，消息传出说，当天军事当局要进行查询。城里人由于一晚没睡，加上心里焦急，一个个都显得睁不开眼的样子，他们知道，城里一些最杰出的公民的安危就系在三件事上——第一要看阿希礼·威尔克斯能不能直挺挺地站在军事委员会面前，除了由于早展醒来有点头痛之外，看不出任何受过伤的迹象；第二要看贝尔·沃特林肯不肯证实这些人整个晚上都是待在她那里的；第三要看瑞特肯不肯证实他一直跟他们在一起。

对于最后这两点，全城的人都惴惴不安。贝尔·沃特林！把自己男人的性命寄托在她身上！真让人受不了！过去有些太太们在街上看见贝尔走过来，就故意走到马路对面去，现在不知她是否记得这样的事，要是她还记得，那才真叫人害怕。男人们对于将自己的性命寄托在贝尔身上，倒不像太太们那样感到难为情，因为他们之中有许多人认为贝尔这个人并不坏。但是，他们感到难受的是，他们不得不把自己的性命和自由寄托在瑞特，一个投机商，一个无赖汉身上。贝尔和瑞特，一个是全城出名的浪荡女人，一个是全城最遭憎恨的人。而他们却不得不仰仗这两个人。

另外还有一种想法刺激他们产生无济于事的狂怒。那就是知道这回他们会受到北方佬和提包党人的耻笑。哦，那些人简直会笑破肚皮！十多个全城最优秀的公民原来是贝尔·沃特林赌场里的常客！其中两个人为了一个妓女而争风吃醋死于决斗，其余的酗酒闹事，连贝尔都忍受不了，被她撵出门外，还有几人因死不承认他们明明去过的地方而遭到逮捕。

亚特兰大人担心北方佬会嘲笑，这估计是正确的。他们在南方人的冷淡和轻致下苦恼得太久了，现在他们乐得发狂了。军官们叫醒他们的伙伴，原原本本地传播消息。丈夫们在天亮的时候推醒妻子，把凡是能体面地告诉女人的都告诉她们。那些女人急忙穿上衣服，敲开她们邻居的门，传播这个故事。北方的太太小姐们被这个故事陶醉了，笑得直淌眼泪。这就是你们南方的骑士风度和侠义精神！也许那些把头抬得那么高、对一切友好的表示都冷冰冰地拒绝的女人，不会再那么盛气凌人了，因为人人都知道她们的丈夫本该在政治集会的时候，却在那儿消磨时光。政治集会！得了吧，真可笑！

笑虽然笑了，她们还是对斯佳丽摊上这种悲惨的事而表示遗憾。毕竟斯佳丽是个正派女人，在亚特兰大，因为她丈夫不能或者说不愿好好地养活她，她非自己干活不可。虽然丈夫不好，可是又让可怜的斯佳丽发现他对她不忠，也实在太可怕了。还有，他的死和发现他不忠这两件事同时发生，因而就更加可怕。无论如何，有个不好的丈夫也比没有丈夫强啊，所以北方佬的太太们决心要对斯佳丽特别好。至于别的女人，米德太太·梅里韦瑟太太，艾尔辛太太，汤米·韦尔伯恩的寡妇，尤其是阿希礼·威尔克斯太太，今后再见到她们，是要当面耻笑她们的。好让她们也懂得一点儿礼貌。

在城北一带，亚特兰大的太太们当晚在漆黑的房间里悄悄谈论的，也是同一个话题。她们热切地对自己的丈夫说，对北方佬的耻笑，她们丝毫都不放在心上。可是内心里，她们宁可丈夫受笞刑，也不愿忍受北方佬的轻蔑，更何况她们丈夫的品行都是清清白白的，却又没法把她们丈夫的真相告诉别人。

米德大夫因为瑞特硬把他和另外一些人推入这种境地，冒犯了他的尊严，感到十分恼火，他对米德太太说，要不是怕牵连别人，他宁愿去自首，被他们绞死，也不愿意别人说他当时在贝尔那里。“这是对你的侮辱啊，米德太太，”他气呼呼地说。

“反正大家都知道你并没在那里，因为——因为——”

“北方佬不知道。我们要想保住性命，就得让他们相信这是事实。他们会耻笑。我一想到有人会信以为真，而且还要嘲笑，就气得受不了。而且这也是对你的侮辱，因为——亲爱的，我对你一向是忠诚的。”

“这我知道，”黑暗中，米德太太微笑了，悄悄地把一只瘦削的手放在大夫的手中，“不过，我情愿你的确在那儿，而不愿你的一根头发遭到危险。”

“米德太太，你知道你在说什么吗？”大夫嚷起来了，他万万没想到他的妻子变得那么现实，惊得愣住了。

“是的，我知道。我失去了达西，失去了斐尔，我只有你了，与其失去你，我倒不如让你永远在那个地方。”

“你昏了头了！你不知道自己在说些什么。”

“你这老傻瓜。”米德太太温柔地说着，把头靠在他的肩膀上。

米德大夫气还未消，用手抚摸着她的脸颊沉默片刻后又发作道：“还要接受巴特勒那家伙的恩惠！那真不如上绞刑架的好。不，就算是他救了我的命，也别想我会对他客气起来。他这人傲慢到了极点，一想起他那种无耻的投机行为，我的肺都要气炸了。叫我向一个从来不曾上前线打过仗的人感恩戴德——”

“梅兰妮说他在亚特兰大陷落后参过军。”

“那是瞎话。梅兰妮小姐相信任何一个信口雌黄的歹徒。我不明白的是他为什么要做这一切——卷入这场乱子中。我痛恨说这事儿，可是——嗯，一直有人在议论他和肯尼迪太太。去年，我经常看见他们一起骑马从外面回来。他一定是为了她才这么做的。”

“要是为了斯佳丽，那么他就不会插手了。他应该高兴看见弗兰克·肯尼迪被绞死。我想是因为梅兰妮——”

“米德太太，你不会是暗示他俩之间有什么吧？”

“哦，别傻了！可是自从战争期间他设法把阿希礼交换回来以后，她一直非常喜欢他。我必须替他说句话，他跟她在一起时，从来不那么色眯眯地笑。他是那么愉快，那么体谅人——真正像变了个人。从他跟梅兰妮在一起时的言行举止上，你可以看出如果他愿意，是可以成个规矩人的。所以，我认为他做这一切是为了——”她住嘴了，“大夫，你一定不喜欢我的看法。”

“关于这整件事情的任何看法我都不喜欢！”

“嗯，我想他之所以这么做，一部分是为了梅兰妮，大部分是因为他觉得这是跟我们大家开了一个巨大的玩笑。我们曾经那么恨他，而且公开表示出来，现在他让你们几个都处于进退两难的境地，要么承认你们在贝尔·沃特林家——要么说出真相被绞死。他知道我们都将受恩于他和他的——情妇，而我们是宁肯被绞死也不愿受恩于他们的。哦，我敢打赌，他一定感到很得意。”

大夫叹了气：“他带我们上那地方时，确实看上去很快活。”

“大夫，”米德太太犹豫不决，“那儿是什么样子？”

“你在说什么哪，米德太太？”

“她的屋子是什么样儿的？有没有雕花玻璃的大吊灯？有没有红长毛绒的窗帘和许多大镜子？还有那些姑娘——是不是都不穿衣服？”

“天哪！”大夫震惊地叫道。他绝没有想到一个贞洁的女人对她那些不贞的姐妹的好奇心竟然如此强烈。“你怎么能够问这么下流的问题？你变得不像你自己了。我得给你配点儿镇静剂。”

“我用不着镇静剂。我想知道。哦，亲爱的，这是我唯一的机会，让我知道坏女人的屋子是什么样子，你不告诉我，真是太小气了！”

“我什么也没注意。我向你保证，发现自己置身于那样一个地方我一下子就懵了，没注意到周围的环境。”大夫拘谨地说。他在无意中认清了他妻子的品德，这比他在那天黄昏所经历过的种种事情更使他心烦意乱。“现在。你如果不反对的话，我想要睡一会儿。”

“好吧，那就睡吧。”她回答，声调中带有失望。接下来，大夫脱靴子，她的声音在黑暗中重新带着愉快的调子响了起来。“我想多丽已经从梅里韦瑟老人那儿把一切都打听到了，她会告诉我的。”

“天哪，米德太太！你的意思是说，正经女人在一起会谈论这种事情？”

“哦，去睡吧。”米德太太说。

第二天，下雨夹雪，但是当冬天的黄昏渐渐逼近的时候。雪珠不下了，刮起了冷风。梅兰妮裹在披风中，莫名其妙地跟在一个陌生的黑人车夫后面，从她家前面的小路上走出来，被神秘地叫到一辆停在屋门前的门窗紧闭的马车前。她一走到马车旁，车门就打开了，她看到幽暗的车厢里坐着一个女人。

梅兰妮探身朝内看了看，问道：“是谁呀？不进屋去吗？天这么冷——”

“请上来跟我坐一会儿吧，威尔克斯太太。”车厢里传出一个稍稍有点儿熟悉的略带窘迫的声音。

“哦，你是——沃特林小姐——太太！”梅兰妮叫道，“我早想见你了！你得跟我进屋去。”

“我不能进去，威尔克斯太太。”贝尔·沃特林的声音听上去有声震惊，“你上来跟我坐一会儿吧。”

梅兰妮妮进了车厢，车夫在她身后关上车门。她坐在贝尔身边，伸出手来。

“我该怎么感谢你今天所做的一切！我们谁能报答得了你呢！”

“威尔克斯太太，今天早上你不该给我送来那个字条。不是我不乐意收到你的字条，可是会落到北方佬手中的。至于你要亲自登门向我表示谢意——怎么？威尔克斯太太，你一定是昏了头了！居然这么想！天一黑我就来这儿告诉你，你决不能产生这样的想法。怎么，我——怎么，你——那根本不合适。”

“去拜访和感谢一个救了我丈夫性命的好女人有什么不合适？”

“哦，别说了，威尔克斯太太！你知道我是什么意思！”

梅兰妮沉默了一会儿，被她话中的暗示窘住了。不管怎样，这个坐在黑沉沉的马车厢里、相貌漂亮、衣着大方的女人的模样跟她想象中的坏女人、妓院老鸨的模样和谈吐不一样。她的话听起来——嗯，有点儿粗俗和乡气，可是亲切而热心。“你今天在宪兵司令面前的表现可真了不起，沃特林太太！多亏你和另外一些——你的——姑娘，救了我们男人的命。”

“威尔克斯先生才真的了不起呢！我不知道他竟能挺住站着把事情经过说得头头是道，而且他的态度是那么冷静沉着。昨天晚上我见到他时，他确实在大出血。他现在不要紧吧，威尔克斯太太？”

“不要紧，谢谢你。大夫说只伤了皮肉，就是失血太多。今天上午他表现得挺像是由于白兰地给了他活力，否则恐怕他难以从头到尾支撑住而且一点儿也不露马脚。不过真正救他们的还是你，沃特林太太。你大发脾气和谈到被打碎的镜子时，你的话听起来多么——多么使人信服。”

“谢谢你，太太。可我——我想巴特勒船长干得也不赖。”贝尔说，声音中满含羞涩和骄傲。

“哦，他出色极了!”梅兰妮热烈地喊道，“北方佬简直没法不相信他的证词。在整件事上他表现得那么英明。我永远答谢不了他——还有你！你真是太好，太善良了!”

“衷心地谢谢你，威尔克斯太太。我很高兴那样做。我——我希望你不要见怪，我当时说威尔克斯先生常到我那儿去。你知道，他从来没——”

“是的，我知道，不，我一点儿也不怪你。我对你只是太感激了。”

“我敢断定，别的太太们不会感激我的，”贝尔突然恶狠狠地说，“我敢断定她们也不会感激巴特勒船长的。我敢断定，她们只有更恨他了。我敢断定你是唯一向我表示谢意的太太。我敢断定她们在街上看到我的时候，甚至不会正眼看我，可我不在乎。即使她们的丈夫全被绞死，我也不会放在心上。可是我的确关心威尔克斯先生。你知道，我一直忘不了战争期间你对我是多么好，替我把钱捐给医院。全城没有一位太太能像你一样对我这么好。别人对我好，我是忘不掉的。我想，要是威尔克斯先生被绞死的话，你就成了寡妇，还有一个孩子，而——他是个好孩子，我是说你的孩子，威尔克斯太太。我自己也有个孩子。所以我——”

“哦，你有个孩子？他在——在——”

“啊，不，太太！他不在亚特兰大。他从来没有到这儿来过。他在上学。他很小的时候，我就跟他分开了。我——嘿，不管怎样，巴特勒船长要我为那些男人撒谎的时候，我就要知道那些人是谁；我一听到其中的威尔克斯先生，我就不再犹豫了。我对我那些姑娘说：‘你们要是不特别说明整个晚上你们跟威尔克斯先生在一起的话，我就要把你们揍得死去活来。’”

“啊!”梅兰妮说，她听到贝尔随口说出她的“姑娘”，越发窘了，“啊，那是——呃——你的心眼儿好，还有——她们心眼儿也好。”

“为你干是应该的，”贝尔充满热情地说，“为别人，不管是谁，我才不干哩。要是只有肯尼迪太太的丈夫一个人的话，不管巴特勒船长怎么说，我一个手指头也不会动。”

“为什么？”

“是这样的，威尔克斯太太，干我这一行的人知道的事情很多。许多名门的太太小姐要是晓得我们对她们的事情知道得那么多，一定会感到惊奇和震惊的。她的行为太不好了，威尔克斯太太。她害死了她丈夫和那个好小伙子韦尔伯恩，简直就好像她亲手开枪把他们打死似的。她是这场乱子的罪魁祸首，独自神气活现地在亚特兰大来来往往，惹得黑鬼和穷白佬干坏事。唷，我的姑娘们也没有一个——”

“你不能说我嫂嫂的坏话!”

梅兰妮的声调格外生硬。

贝尔热切地把一只手放在梅兰妮臂上安慰她，随即双手赶紧缩了回去。

“请别对我这么冷淡，威尔克斯太太。我真是受不了，你刚才还对我那么和蔼可亲呢。我忘了你是那么喜欢她，我说了那样的话，感到很抱歉。可怜的肯尼迪先生死了，我也很难过。他是个好人。我常到他那里去买东西，他对我一向很客气。不过肯尼迪太太——嗯，她和你可不一样，威尔克斯太太。她是一个冷酷无情的女人，我没法不这样想……准备几时给肯尼迪先生出殡?”

“明天早晨。你错怪肯尼迪太太了。这时候，她正悲痛欲绝呢。”

“也许吧，”贝尔带着明显不相信的神情说，“好吧，我该走了。如果我在这儿待得太久，恐怕有人会认出我的马车，那对你没什么好处。还有，威尔克斯太太，如果你在街上看见我，你——你不必跟我说话。我会理解的。”

“跟你说话是我的荣幸。受恩于你也是我的荣幸。我希望——希望我们能再相会。”

“不，”贝尔说，“那不合适。晚安。”

第四十七章

斯佳丽坐在卧室里，一边吃着嬷嬷端来的晚饭，一边聆听着夜晚猛烈的风声。房子里静得吓人，比几小时以前，弗兰克在时还要静些。在那时，房间里还有踮着脚走路和低低的说话声，从前门传来轻轻的敲门声，还有邻居们轻轻地吊唁声，以及从琼斯博罗赶来参加葬礼的弗兰克的姐姐所偶尔发出的哭泣声。

可现在，房间里一片寂静。虽然斯佳丽房间的门开着，但听不到楼下有任何声音。自从弗兰克的尸体被运到家以后，韦德和艾拉一直住在梅兰妮家，所以她非常想听到韦德走路的脚步声和艾拉的那咯咯的笑声。厨房里面的人也不再争吵了，彼得、嬷嬷以及厨娘的争吵声都听不到了。为了尊重斯佳丽悲痛的心情，就连楼下图书室里的贝蒂姑妈，也不再摇动她那吱嘎作响的椅子了。

没有人过来打扰斯佳丽，人们都以为悲痛中的斯佳丽需要安静，可恰恰相反，她现在最讨厌的就是这种安静。要是她现在只有悲痛的话，她也许能够忍受，她以前也曾有过这样的痛苦。但是，除了弗兰克之死带给她的沉重的悲痛之情外，还有恐惧、悔恨及突然苏醒的良心的煎熬。在她的这一生中，她这是第一次为自己做过的事情感到后悔，并还有因迷信而引起的极大的恐惧。她不由自主地瞟了几眼她曾经与弗兰克一起睡过的那个床铺。

她已经杀死了弗兰克。她已经杀死了他，就像她用自己的手指扣动了扳机一样。他曾经要求她不要独自外出，但她并没有听他的话，最终他却由于她的固执而死去了。上帝将为此而惩罚她。但是，她的良心深处还有一件比害死弗兰克更为沉重和可怕的事。在她看到弗兰克躺在棺材里的面孔之前，这件事从没有使她感到烦恼。从弗兰克静止的面孔上，有一种无助和悲哀的表情，好像在指责她。在弗兰克全心爱着苏伦时，她却嫁给弗兰克，上帝将为此而惩罚她。她将要蜷坐在审判席上，将自己是如何欺骗他的事情一一向上帝供出来。

现在，对于她来说，要想用任何理由来为自己辩护，都是没有用的了，她不能说为了自己就要不择手段，也不能说因为多数人都要靠她谋生，她就可以不顾他和苏伦的权利和幸福。事实已经十分明显地摆在她的面前，再不由她这么强辩了。她嫁给了弗兰克时就没有感情，婚后对他也没有情义。最近半年之内，她本来应该使他更幸福，但事实却使他很不快乐。由于她没有好好地对待他，总是欺侮他、骂他，不仅对他大发脾气，还用非常尖刻的话来讽刺他，她还离间他的朋友，借经营工厂、建造酒馆及雇用犯人等举动来侮辱他，这一切都无法摆脱上帝对自己的惩罚。

她心里明白，她曾使他非常不快乐，而他却把这一切都放在肚子里忍着。她曾经做过的唯一使弗兰克感到十分幸福的事，那就是给他生下了小艾拉。而且她也明白，如果当时她要是能避免生艾拉的话，艾拉是决不会存活的。

想到这里，她不由得浑身颤抖起来，希望弗兰克仍然能够活着，让她从此就好好地待他，以便补偿以前的罪过。哦，上帝为什么要这样严厉地惩罚人呢！哦，为什么时间流逝得如此缓慢，房间里是这样的寂静呢！为什么大家让她一个人孤独地住在这里呢！

要是梅兰妮能来陪陪她就好了，这样也可以消除她的恐惧。但愿梅兰妮在家能好好地照看阿希礼。但在一转念之间，她把这种念头又打消了。贝蒂帕特来了很有可能把事情弄得更糟，因为她是诚心哀悼弗兰克的。与斯佳丽相比，弗兰克和她更志趣相投，而且她爱着弗兰克。弗兰克具有贝蒂帕特所需要的“家庭男人”所具有的优点，因为他带小礼物给她，又常来和她聊天，讲一些笑话和故事，傍晚时他们就谈些报纸及当天的一些见闻，她在这时就帮他缝补着袜子。贝蒂帕特特别关心他，专门给他做好饭菜。在他感冒时，曾精心地照料过他。现在她非常想念他，她一边轻轻地擦着红肿的眼睛，一边反复说道：“但愿他从来也没有与三 K 党人交往过！”

如果有人能过来安慰安慰她，消除她心中的恐惧、忧愁、不知所措、畏惧就好了。如果阿希礼……但她立即又打消了这个念头。正如她害死弗兰克那样，她几乎把阿希礼也给害死了。如果阿希礼明白事情的真相，她是如何为了和他结婚而欺骗弗兰克的，以及所采取的那些手段，他也就不会再爱她了。阿希礼为人非常正直、诚实和善良，看问题看得也是非常的准确和透彻。如果他知道整个事情的真相，他将原谅她。哦，是的，他会彻底谅解她的。但他再也不会喜欢她了。所以，决不能让他知道事情的真相，因为他必须像以前那样爱她。如果她一切力量的秘密来源，即他的爱也离她而去，她会怎样活下去呢？但是如果她能把自己的头靠在他的肩膀上，大哭一场，以减轻心中的内疚，那是一件多么宽慰的事啊！

在死一般的寂静的房子里，她更感到孤独可怕，她感到再也无法忍受了。她小心翼翼站起身来，将房门掩上一半，然后打开衣柜下的抽屉，从衬衣下面拿出一瓶酒来，那是她偷偷藏起来的，贝蒂姑妈用来提神的白兰地。她在灯光下看了一下，只剩下半瓶酒了。从昨天晚上开始喝的，没想到现在已经喝去这么多了。她往杯子里倒了一些酒，并一饮而尽。然后，她只得在瓶子中装满水，在天亮之前放回酒橱里去。在葬礼开始之前，抬棺材的人想喝酒，嬷嬷却没有找到酒瓶，以致嬷嬷、厨娘和彼得三人之间相互猜疑，厨房里的气氛紧张得吓人。

白兰地烧得她心中很是舒服。当心中烦闷的时候，再没有比它更好的东西了。事实上，白兰地一直都是好酒，比淡而无味的葡萄酒要好得多。对于一个女子来说，为什么只能喝葡萄酒，而不能喝烈酒呢？刚才在葬礼上，梅里韦瑟太太和米德太太已经明显地闻出了她身上的酒味，她也看到她们交换了一下胜利的眼神。多么可恶的老太婆！

她又倒了一杯酒，今天她即使喝醉些也无所谓，因为她马上就要上床睡觉，在嬷嬷替她宽衣之前，用香水漱漱口就行了。她很愿意喝得酩酊大醉，就像过去杰拉尔德在开庭日那样，她希望喝醉之后，就可以忘记弗兰克那张像是在控告她的死面孔了。

她很想知道，是否城里人都认为是自己杀死了他。刚才参加葬礼的人们对她的态度都很冷淡。只有与她有生意往来的，那些北方佬官员们的太太，还对她表示一些同情。哎！不管城里人对她有何议论，她现在只愁如何面对上帝，别人说些什么似乎对她来说都是无足轻重的。

想到这儿她又喝了杯酒，当火辣的白兰地流经咽喉时，她不停地发抖。现在她虽然感到非常舒服，但仍不能从心头消除对弗兰克的思念。男人是多么愚蠢啊，他们说喝酒可以忘记一切。除非她喝得完全失去知觉，否则弗兰克最后一次请求她不要独自外出时的面目表情将一直在她眼前呈现，充满了胆怯、责备和抱歉之情。

忽然，前门的门环“砰砰”地响了几声，使寂静的房子里响起了回音。她听见贝特姑妈蹒跚的脚步声，穿过厅堂去开门。接着是打招呼的声音，以及那些听不清楚的说话声，那是前来的邻居们，关于葬礼的事来商量一下，或者是送来一些牛奶冻。贝蒂将为这些而十分高兴，这样她就可以向过来吊唁的人们发泄一下了，也可以使她心情获得极大的安慰，让她忧伤的心情轻松一些。

对于来人是谁，她不知道，也不感兴趣。当一个男人响亮而拉长了的声音从贝蒂悲哀的低语声中传过来时，她听出了那是谁，心中充满了高兴和欣慰。那是瑞特，自从他把弗兰克之死的消息告诉她以后，她从没有见过他。现在她内心清楚地知道，他正是今晚能够帮助自己的那个人。

“我想她会来见我的。”瑞特的声音飘进了她的耳朵。

“可是她现在已经躺下了，并且也不再准备见任何人，巴特勒船长。可怜的孩子，她非常伤心。她——

“我认为她是愿意见我的，请你转告她，我明天就要离开，要过一段时间才能回来，我还有很重要的事要告诉她。”

“但是——”贝蒂帕特姑妈不安地说道。

斯佳丽急忙跑进大厅，觉得她的两腿有些不稳，心中很是惊奇，就把身体斜倚在栏杆上。

“瑞特，我马上就下来。”她喊道。

她看见贝蒂帕特姑妈仰起她那胖胖的面孔，在敏锐的目光中，流露出极大的惊异和不满之情。斯佳丽急忙跑回自己的房间，梳理了一下头发，她想：“我在自己丈夫的葬礼上，有这种举动是不适当的，全城的人都会对我有所非议。”她把黑色紧身上衣的扣子，从下而上扣到下巴的下方，又把贝蒂帕特姑妈的丧服领夹别在领口上。她弯着身子，照了照镜子，她想：“我看起来不太漂亮，脸色有些过于苍白，并颇有愁容。”想了一会，她伸手便要拿锁在盒子里的胭脂，但马上又决定不能涂胭脂。如果她下楼时，脸上搽有红色的胭脂，可怜的贝蒂帕特不知又会气恼成什么样子呢。她拿起盛有香水的瓶子，喝了一大口香水，小心翼翼地漱了漱口。然后把香水吐在污水桶里。

她轻轻地走下楼去，贝蒂帕特和瑞特他们仍在大厅里站着，因为贝蒂帕特正被斯佳丽要见瑞特的要求弄得心烦意乱，竟然忘了请瑞特坐下。瑞特穿了一套很得体的黑色服装，镶着边的亚麻衬衣还上过浆。他的举手投足完全是以一个老朋友的身份前来吊唁一位死去的亲人。事实上，过于做作反而使他的行为显得有些滑稽可笑，只不过贝蒂帕特姑妈还没能看出来罢了。因为使斯佳丽受到了打扰，他向她表示了歉意。在匆忙中离开亚特兰大城时，由于处理生意歇业的事情太忙，而没有前来参加弗兰克的葬礼，他对此也表示了一下歉意。

“他究竟为什么要来这儿呢？”斯佳丽心中暗想，“他所说的话莫非都是真的。”

“我本来也不想在这个时候来打搅你，但是有件生意上的事情，我必须马上得到你的同意。事情是肯尼迪先生在世时就和我准备——

“我还不知道你与肯尼迪先生还有生意方面的关系。”贝蒂帕特姑妈说道，似乎她对弗兰克有意瞒着她做了这种事情，而表示极为愤慨。

“肯尼迪先生是一位兴趣爱好很广泛的人。”瑞特很客气地说道，“我们到客厅里说话吧？”

“不行！”斯佳丽大声说道，并朝着关闭着的客厅门上望了一眼，好像是那副棺材仍然停放在里面。她是打算以后不再进那间房子了。贝蒂这一次竟然理解了她的这个暗示。

“那就到图书室里商量一下吧。我必须——我必须到楼上去补衣服。哎呀，我已经有一个星期没能顾得上补衣服了。我说——”

贝蒂姑妈上楼时，回过头来又看了一眼，目光中带着一种责备的表情，可是斯佳丽和瑞特都没有注意到这一点。他站在一旁，让斯佳丽进了图书室。

“你和弗兰克做的是什么生意？”她突然问道。

他走近她低声说：“没有什么生意。我只是想把贝蒂小姐打发走罢了。”他不再说话并靠在了她的身上，“斯佳丽，这样可不好。”

“什么不好？”

“香水。”

“我真不明白你的意思。”

“我相信你明白我这话中的意思。你喝了许多酒。”

“嗯，喝了又有什么？关你什么事？”

“要想人不知，除非已莫为。斯佳丽，不要一个人单独喝闷酒。别人总会知道这些，并会因此而毁掉你的名誉；另外，独自一个人喝闷酒，也不是什么好事。怎么样？亲爱的。”

他搀扶着她来在红木沙发边上，她默默地坐下了。

“我把门关上，好吗？”

她知道如果嬷嬷看见她关着房门与客人说话，便会非常生气，并接连几天地都要责备她的。但是如果嬷嬷听见他们这些关于喝酒的谈话，尤其是在白兰地瓶刚刚丢失的情况下，事情会变得更糟。她点了点头，瑞特便把折叠门关上了。他回来后就在她的身旁坐下来，用那双机警的黑眼睛仔细地看着她的面孔。他身上的那股活力，驱散了自己心中的悲痛，于是，房间里似乎又恢复了往日那种愉快的气息，灯光也好像变得更加温暖明亮了。

“怎么样？亲爱的。”

瑞特要是说起那种表示亲昵的可笑的话来，世界上没有一个人能比得上他，即使他在开玩笑时，也是如此，但是现在，他好像不是在开玩笑。她抬起那充满痛苦的双眼，望着他的脸，从他那毫无表情色彩、深不可测的脸上得到了一些安慰，她也不知道是为什么。虽然也知道他是个居心叵测的坏蛋，也可能正如他常说的那样，因为他们两个极为相似的缘故吧。有时她觉得在她所认识的人中，除了瑞特以外，和其他人都有些隔阂。

“你能告诉我吗？”他非常温柔地摸着她的手，“这不仅是因为弗兰克已离你而去的缘故吧？你要钱吗？”

“钱？天哪，不需要！哦，瑞特，我非常害怕。”

“斯佳丽，别犯傻了，你一生中从没有怕过什么。”

“哦，瑞特，我有点儿怕。”

她不停地用快于往日的语速说着这些话。她可以对瑞特毫不隐瞒。他本人就品德低劣，也没有资格对她做出什么评价。现在，世界上的人，有时哪怕是在拯救自己的灵魂，也不肯去说谎；宁愿饿死，也不愿意做一件丢人的事。而她现在所面对的，则是一个品行败坏、爱说谎话的无耻骗子，这是多么有趣啊！

“我怕我马上就会死的，就会进入地狱。”

如果他嘲笑她的话，她马上就会去死。但他没有嘲笑她。

“你的身体很好，况且地狱也根本就不可能存在。”

“哦，要是有地狱的话，瑞特！你也知道地狱是存在着的！”

“我知道是有，但它是在地球上，而不是在我们死后才能进去。斯佳丽，我们死后，什么也没有了。你现在就要快进地狱了呀。”

“哦，瑞特，你这样说是对神灵的亵渎。”

“不过，这话听起来却非常舒服。告诉我，你为什么要到地狱里去？”

他又开起玩笑来了，她从他那闪光的眼睛中，是可以看出这一点的，但她对此毫不介意。她感觉到他的手是那么温暖、有力，握住他的手让她有一种安全感。

“瑞特，我本不该嫁给弗兰克。那个婚姻是错误的。他是苏伦的情人，他爱的是她而不是我。可是我向他说了谎话，告诉他苏伦将嫁给汤尼·芳汀。哦，我当时怎么能做出这种事呢？”

“啊，原来如此，我也一直不了解这件事。”

“后来，我又使他非常苦恼。对于他不愿意做的事，我也逼着他去干，比如，对那些没钱可还的人，我还强迫他向那些人要账。而且当我经营锯木厂、开设酒馆、雇用犯人的时候，对他也是如此，使他羞得抬不起头来。我又害死了他，瑞特。说真的，确实是我害死了他！我不知道他是三K党。我从没有想到他竟然有那么大的勇气。但是我本来应该知道这些的。现在我把他杀死了。”

“‘用尽大海里的水能洗刷净我手上的鲜血吗？’”

“什么？”

“没什么，继续说。”

“继续说？就这些，还不够多吗？我嫁给他，不但没有让他生活得更加幸福，而且我还把他杀死了。哦，我的上帝！我不明白，自己竟然能做出这种事！我欺骗了他以后，才和他结婚。那时我做这些事的时候，觉得自己是对的，但我现在才明白，这是多么严重的错误。瑞特，这些事情看起来好像不是我做的。我对他的态度虽然非常卑鄙，但我并非真的是卑鄙小人。我所受的教养也并不是这样的。妈妈——”她停了下来，咽了一下口水。今天一整天，她都在尽力不去想艾伦，但她这时候，再也无法从脑海里把艾伦的形象除去了。

“我常猜想你的母亲，不知道她的模样怎样？我认为，你酷似你父亲。”

“母亲是——哦，瑞特，这是我第一次为她的死去而感到高兴，因为她再也没有办法见到我眼前的这种情形了。她不愿意把我培养成卑劣之人。她对每一个人都很仁慈、善良。她宁愿让我饿死，也不愿意让我干出这样的事情。所以我很想完全像她那样，但是事实上我一点儿都不像她。我从没有想过那事——另外，我还有许多事需要思考——不过我认为自己和她长得很像。我不想长得像父亲的样子。我爱父亲，可是，他没有一点儿思想。瑞特，有时候我也尽力要对人表示友好，并好好地对待弗兰克，但是每当我这样想的时候，我那可怕的梦魔都立刻会回来，以至于想冲出去乱碰乱撞，去搜刮别人的钱财，而不管那钱是否是属于我的。”

她说到这里，泪水已经在不知不觉中顺着脸孔流了下来。她紧紧地抓住他的手，以至于把她的指甲也刺入他的肉里。

“什么样的噩梦?”他的话语平静而又充满了安慰之情。

“哦——我忘了，你还不知道这件事呢。嗯，每当我准备要对人和善，并告诫自己，钱并不意味着一切，在夜里睡觉时，我就会在梦中回到了塔拉庄园，梦见母亲刚去世，以及北方佬刚刚经过塔拉庄园的情形。瑞特，你不可能想到，我一想到这些就浑身发冷。我好像又看到了那所有的东西，是怎样被烧毁的，到处都是死一般地寂静，没有任何吃的东西。哦，瑞特，我又梦到自己在挨饿。”

“接着说。”

“我自己在挨饿时，我的父亲、我的妹妹们以及那几个黑人，也就是所有的人都在挨饿。他们反复说‘我们正在挨饿，’我自己也是肚子空空的，深知挨饿的痛苦，心里就非常害怕。我在心里不停地念叨‘如果我离开这里，就再也不会挨饿了。’于是我的梦又转化成一片灰蒙蒙的迷雾，我不停地在雾中奔跑，跑得那么吃力，以至于我的心都要裂开了似的。好像有什么东西在追赶着我似的，弄得我喘不过气来。但是，我仍然认为只要到了那里，我就安全了。但我并不知道自己要到哪里去。醒来后，我常常吓得浑身冰凉，只害怕自己又要挨饿了。弗兰克说话时，总是喜欢转弯抹角的，而且行动缓慢，我几乎被他气疯了，忍不住就想发些脾气。我认为他在这方面是不会谅解我的，我也没有办法让他谅解我。我总是在想，有朝一日我们有了钱，不再为挨饿而担惊受怕的时候，我再与他言归于好。可是这一切来得太迟了，现在他已经死了。哦，那时，我好像做的事情都很正确似的，但所做过的事又都是大错特错。如果一切重新开始的话，我就会用一种完全不同的方式做这些事的。”

“不要再说这些了，”他说着，他把那双被紧握着的手抽了回去，从口袋里掏出一块干净的手帕，“擦擦脸。你就是哭死，也没有任何意义。”

她接过手帕，擦了擦潮湿的脸颊，心中才有了一丝安慰。她似乎是已经把一部分担子转移到他宽阔的肩头上去了。他看上去是如此能干、沉稳，以至于他那微微有些张开的嘴唇，也像是在安慰着她，并证明她的苦恼和困窘是无所谓的。

“现在感觉好点儿了吗？让我们把这件事情谈个彻底吧。你说要是重新开始的话，你就会改变自己的生活态度。但是你真能改变自己的处事方式吗？好好想一想，这有可能吗？”

“那么——”

“不对，你还会用同样的方式处事。你能有别的选择吗？”

“没有。”

“那么你为什么难过呢？”

“我实在是太卑鄙了，可现在他已经死了。”

“不过，即使他不死，你仍然也是很卑鄙的。依我个人的见解，你嫁给弗兰克后，就虐待他，并无意中送了他的命，对于这些，你却并没有真正地感到难过。你后悔的只是因为你害怕自己要进地狱，对吗？”

“哦，你说的这些话倒把我给弄糊涂了。”

“你的道德准则本来就非常糊涂。你现在的处境，就像是正在偷窃时，被当场抓获的一个小偷，不是为偷了东西而担心，而是非常担心自己会坐牢。”

“小偷——”

“哦，不要按字面意思去理解！换句话说，要是你没有这种愚蠢的想法的话，认为你自己要被上帝罚到燃烧着的地狱之火中备受煎熬，你就会认为摆脱了弗兰克，那是一件非常快乐的事。”

“哦，瑞特！”

“哦，你听我说！你现在是在这里忏悔，你也许会把真理当作冠冕堂皇的谎话。是否可以这样说，要是为了能得到三百块钱，你会不惜放弃比生命还要珍贵的宝贝吗？哦，那时，你的良心是否会感到难受呢？”

此刻，她脑子里的白兰地开始在发作，她的脑袋有点发晕了，可心里又有些满不在乎。对他撒谎有什么用呢？他几乎能看透她的内心似的。

“当时，我确实没有过多地去考虑到上帝——或者地狱。即使想到——好吧，我只是认为上帝会原谅我的。”

“对于你与弗兰克结婚的那些原因，你为什么不相信上帝会原谅你？”

“瑞特，既然你明明知道不存在上帝，你为什么还要谈论它？”

“可是目前更重要的是，为什么你相信上帝会惩罚你，而不肯谅解你呢？现在塔拉庄园仍是你的，而且那里也没有给提包党人占去，你感到后悔了吗？你现在也不是食不果腹、衣不蔽体的时候了，你会觉得后悔吗？”

“哦，不后悔!”

“是的，除了嫁给弗兰克，你当初还有其他想法吗?”

“没有。”

“他没有必要与你结婚，对吗？男人是自由的个体。他没有必要让你强迫着他，去做那些他本人所不愿意做的事情，对吗?”

“嗯——”

“斯佳丽，你为什么要为此而苦恼呢？即使一切重新开始，你还会向他撒谎，他也一定会与你结婚。你仍然要陷入困境，他必然会报复你的。如果他同苏伦结婚，也许她不会让他死去，可是她也许像你那样，更让他得不到幸福。不会再有什么新的花样。”

“可是，我也许能对他好一些。”

“如果你变成另外一个人的话，你也许会对他好一些。可是强者天生就是欺负弱者，弱者天生就必须承认自己是败将，你天生就是要欺负那些能受你欺负的人。弗兰克所犯的错误是他没有用马鞭子打你。斯佳丽，你确实让我感到惊讶，你现在才突然良心发现。像你这样的机会主义者，是不应该有良心的。”

“什么是机会——你在说什么?”

“一个专门利用时机的人。”

“那样做有什么错吗?”

“那样做，总是被人看不起的。尤其对那些有机会而不会利用的人更是如此。”

“哦，瑞特，你是在开玩笑。我还以为你对我好些了呢!”

“我现在就已经对你很好了，亲爱的，斯佳丽，这是你已经醉了的缘故罢。”

“你敢——”

“是的，我敢。你几乎要变成俗话中所说的一只‘哭皮袋’了，一碰就会大哭的。所以我还是换个话题，给你讲一些有趣的故事，让你高兴高兴。事实上，这就是我今天晚上到这里来的主要目的，在我离开之前，我会把这个故事告诉你的。”

“你要到哪里去?”

“去英国，并且，有可能还会在那里待上几个月。斯佳丽，忘掉你的良心。我不想再与你继续谈论良心的问题了。你想听听我讲的故事吗?”

“但是——”她刚想说些什么，又停了下来。喝下去的白兰地正在内心里慢慢地消除她的忧愁，耳听着瑞特那看似嘲讽，但却使人有所安慰的话语，使弗兰克暗淡的幽灵渐渐地退去。也许瑞特是正确的。我也许能够得到上帝的原谅。这时候，她已恢复起了足够的力量，在内心深处把自己的那些想法统统忘掉，并下定决心："我明天再去想这些事吧。"

"你要讲的是什么故事?"她吃力地问道，并用她的手帕擤了一下鼻子，又把散乱的头发理了理。

"我的故事是这样的，"他咧着嘴笑着答道，"在所见到过的女子中，我依然最想得到的是你。既然现在弗兰克已经死了，我想你听到这个消息，会关心这件事的。"

斯佳丽猛地把自己的双手从他那紧握着的手中拔了出来，一下子跳起身来："我——你是世界上最没有教养的男人，你竟然敢在这个特殊的时间里，跑到这儿说出这等丑话——我早就应该知道，你永远也不会有变化。弗兰克尸骨未寒！如果你还是个人的话——请你立刻出去——"

"请安静些，否则，贝蒂帕特小姐马上就会到这里来，"他说道，他并没有站起来，只是伸手抓住她的两只拳头，"恐怕你误解了我的意思。"

"误解了你的意思？我一切都没有误会。"她把手抽了回来，"请放开我，你马上给我滚蛋。我从没有听说过如此让人恶心的话。我——"

"别作声，"他说道，"我正请求你嫁给我，非要我向你跪下，你才能相信吗?"她气急败坏地说了声"哦，"然后又重重地坐在沙发上。

她张着嘴，目不转睛地望着他，想弄清楚是不是白兰地在心里捉弄她，同时也不由自主地想起他那句令人讨厌的话："亲爱的，我是一个不打算结婚的男人。"要么是他喝醉了，要么是他疯了。但他看起来不像是疯子，他看起来就像在谈论天气似的那样地心平气和，在他说话的口气中也并不觉得是特别地加重。

"我一直准备拥有你，斯佳丽，自从我在十二橡树庄园见到你又是扔花瓶又是咒骂，表明你不是淑女的那一天起。我就一直在想方设法得到你。但是当你和弗兰克挣了一小笔钱时，我知道你再也不会被强迫着，向我提出贷款担保物的建议了，所以我知道我必须要和你结婚。"

"瑞特，你是不是在开着一个卑鄙的玩笑呢?"

"我是真诚地与你说这件事，你却对我有疑心！斯佳丽，我所说的话不是在开玩笑，这是一次出于至诚的声明。我承认此时找你确实不太合适，但是对于我却有一个很好的借口，我是一个没有教养的人，并且我明天将要离开这里，在外地要待很长一段时间。我担心在我回来时，你可能又会嫁给一位有点钱的人了。于是我就想，为什么不让你看在我有些钱的面子上嫁给我呢？事实上，斯佳丽，我总不能这一辈子总是在你的那些候补丈夫中等着你。”

他说的也都是实话，那都是毋庸置疑的。当她被他的言谈感动了的时候，便感到有些口干舌燥。她一边咽着口水，一边向他的眼睛望去，希望能从那里面找出一些端倪。他的双眼充满了笑意，但在眼睛的深处，还有一种别的东西。这是她以前所从来也没有见到过的，那是一束不可分析的光辉。他从从容容、随随便便地坐着，但她却感觉到，他就像一只在注视着老鼠洞的猫似的，在机警地看着她。在他平静的神情底下，透露出了威力，使她有一种压抑的感觉！她有点害怕了，不由得往后退却了。

事实上，他正向她求婚，在做一件令人难以置信的事。她曾经有过这样的准备，如果他向她求婚的话，她会想方设法地折磨他。她也想到过，要是他能说出向她求婚的话，她就要打击打击他的气焰，让他感受一下她的威力，并将他玩弄个痛快。现在，他的有些话已经出口了，而她却没有想起往日的那些想法，因为他并没有屈服于她的威力。事实上，他还完全掌握着这个局势的主动权，而她却非常激动，就像第一次接受男人求爱的一个小女孩，满脸羞得通红，结结巴巴地说不上话来。

“我，我不会再结婚的。”

“哦，不，你需要结婚，你生下来就是要嫁给别人，为什么不嫁给我呢?”

“但是，瑞特，我——我不爱你。”

“这没问题，我记得，在你前两次惊险的婚姻过程中，爱并没占据主要地位。”

“哦，你怎么能这样说话呢？你清楚我是喜欢弗兰克的。”

他不再说话。

“我喜欢！我喜欢!”

“好吧，我们不要为此争论了。我离开这里后，你是否会再仔细考虑一下我的求婚?”

“瑞特，我不喜欢拖拖拉拉，我现在就告诉你。我很快就要回塔拉庄园的家中，英迪亚·威尔克斯在这里与贝蒂帕特姑妈做伴。我想回家待一些日子，并且，我——我从此再也不打算结婚了。”

“胡说，为什么?”

“哦，是的，请不要问我为什么了，我仅仅是不愿意再婚了。”

“但是，可怜的宝贝，你从来也没有过真正的婚姻，你怎么能知道你不想再结婚呢？我承认，你的运气一直很坏，两次婚姻，一次是出于怨恨，一次是为了钱。你是否考虑过为了快乐的生活而结婚呢？”

“快乐，别再痴人说梦。在婚姻中，是没有快乐可言的。”

“没有快乐？为什么会没有？”

她平静了一些，并在白兰地的作用下，她率直的性格又暴露出来了。

“对于男人们来说，婚姻是快乐的——尽管上帝知道这其中的原因，我从来不明白这都是为了什么。许多女人都认为结婚就是为了吃饭，为了做许许多多的工作，还要不得不容忍那些男人的粗鲁——并且每年都要生一个孩子。”

他大笑起来，声音这么大，在寂静中发出了回声。斯佳丽听见厨房的门被打开了。

“别吭声！嬷嬷的耳朵像山猫一样敏锐。在这时候——你还这样地大笑，真是太不像话了。别笑了。我刚才说的不是真话吗。快乐！真是胡说八道！”

“我说你运气不好，你自己刚才所说的话，替我证实了这一点。你第一次是嫁给了一个小孩子，第二次又嫁给了一个小老头。至于婚后，我敢打赌，你母亲一定告诉过你，做女人，必须容忍这些事情，因为这些都可以得到补偿，那就是做母亲的快乐。唉，这都是错误的。为什么不嫁给一个优秀的年轻人，他虽然声名狼藉，但却有办法对付女人？那才是快乐的。”

“你粗俗而又自负，我认为我们之间的这次谈话不但扯得太远，并且还非常低级趣味。”

“不过也十分有趣，不是吗？我敢打赌，你以前从来也没有，与任何一个男人讨论过婚姻关系，甚至包括查尔斯和弗兰克。”

她瞪目怒视着他。瑞特知道的太多了。她也为瑞特对女人了解得这么多而感到惊奇，这是很不体面的。

“不要皱眉。定个日子，斯佳丽。为了你的名誉，我并不是马上就要与你结婚。为了不引起别人的非议，我们可以等一段时间。顺便问一下，合乎礼仪的期间到底要多长时间呢？”

“我没有说要嫁给你。现在说这些事情本来就不合乎礼仪。”

“我已经告诉过你，我为什么要现在谈论这些事情。明天我就要离开。我的感情很热烈，也不想再束缚自己的感情。不过，也许我向你求婚有些太突然了。”

突然，让她大为吃惊的是，他竟从沙发上滑了下来，双膝跪在她的面前，一只手按住他的胸口，嘴里快速地朗诵道：

“亲爱的斯佳丽——我的意思是，我亲爱的肯尼迪太太，由于我再也抑制不住自己的感情，让你受到了惊吓，请你原谅我。在过去的那些日子里，我心里对你的友谊，已经发展成为一种更深刻的感情，一种更加美丽、纯洁和神圣的感情。这一切都不可能逃出你的注意。我敢把这种感情的名字告诉你，啊！它就是爱情，让我变得如此大胆！”

“快点儿起来！”她恳求道，“你看起来很像个傻子，要是嬷嬷看到你这样怎么办呢？”

“她看到我这样彬彬有礼，肯定会大吃一惊，并且还要有点难以相信。”瑞特说着，轻轻地站起身来，“斯佳丽，你不要以有关礼仪之类的话做借口，像个女学生一样来拒绝我。答应我，我回来后嫁给我。要不然，我就在上帝的面前发誓，我不去了。我就待在这儿，每天在你的窗下弹着吉他，放声高歌，直到你回心转意为止。为了保全你自己的名誉，就不得不嫁给我了。”

“瑞特，请理智一点儿，我不想嫁给任何人。”

“不嫁人？你并没有告诉我真正的理由是什么。你又不是个小女孩了，有些胆怯，那是什么原因呢？”

她突然想起了阿希礼，好像他就站在她的身边，可以清楚地看见他那闪闪发光的头发、懒洋洋的眼神、充满了庄严的神气，这与瑞特截然不同。他就是她不愿意再嫁人的真正原因。虽然她对瑞特并不反感，有时候还真的有些喜欢他。但是，她永远都是阿希礼的，而从没有属于过查尔斯或弗兰克，也绝不可能真正属于瑞特。她几乎所有做过的、追求过的以及所得到的一切，都属于阿希礼，都是因为爱他才去做的。她属于阿希礼和塔拉庄园。她过去也对查尔斯和弗兰克笑过，也和他们吻过，但那些也是属于阿希礼的，尽管他从来没有要求她去做什么，以后也决不再会对她有所要求了。在她的内心的深处，她希望为他而保全自己，尽管她知道他决不会再娶她了。

她一想到这些，她的脸色也随之改变，变得十分温柔。这是瑞特从没有见到过的。他望着她那微微翘起的绿眼睛，睁得大大的，并且还有些模糊不清，以及她嘴唇上那娇媚的曲线，猛然间，他不由得连呼吸都暂时停止了。他猛地咽了一下口水，充满激情地而又急不可待地咒骂了一句。

“斯佳丽·奥哈拉，你这个傻子！”

没等她回过神来，他就用他的双臂把她搂住了，就像很久很久以前，在回塔拉庄园的路途中，在那黑暗的路上，那么结实而又不容置疑地搂住她亲吻了起来。她又感觉到有一股让她无力反抗、四肢乏力的热流涌遍了全身。而她所想象中的阿希礼的面孔，却变得模糊并且慢慢地消失了。他把她的头倚在自己的胳膊上，亲吻着她，开始时很温柔，然后就慢慢地用劲，把她紧紧地搂住，好像他是晃动的世界上的唯一坚固的东西。他的嘴急切地把她那颤抖的双唇分开，将一阵狂暴的颤抖传递给她的神经，让她经历了一种从来也没有体会过的感觉。她觉得醉了，仿佛自己在不停打着转，并且在不知不觉中也吻着他。

“别这样——我要晕倒了！”她小声说道，并准备摆脱他。但他使劲把她的头按到他的肩膀上。她模模糊糊地看了他一眼，他的双眼睁得大大的，射出奇异的光芒，颤抖着的双臂使她心里感到有些害怕。

“我就是要把你弄晕，我要把你弄晕，你本来早就应该有这样的体会，但你所认识的那几个傻子，却从来没有这样吻过你——他们中有谁这样吻过你吗？你的宝贝查尔斯、弗兰克以及你的愚蠢的阿希礼——”

“请——”

“我说你的愚蠢的阿希礼。他们都是上等人——但他们对女人了解多少呢？他们了解你什么？我了解你。”

他又用自己的嘴吻着她的嘴唇，而她却毫不反抗地顺从了，她虚弱得连转过头的力气也没有了，她甚至也不想转过脸去，她的心在怦怦地跳动着，她在发抖，她完全被他的威力折服，虚弱得没有丝毫的力量可以反抗。他要做什么呢？他要是再不停止，她就要昏过去了。他要是能停下来就好了——要是他永远都不停止就好了。

“答应我！”他把自己的嘴唇放在她的嘴唇上，两眼紧紧地盯着她，显得特别大，似乎要充满了整个世界，“答应我，你这个混账，否则——”

“同意。”她连想都没有想，就低声说道。她说出的这句话，好像是被他的力量所迫，而并非出于她的自愿。但是这话一说出口，她的心里马上就平静下来了，头脑里也渐渐地停止旋转了，白兰地引起的头晕也减轻了。这时她本来就没有嫁给他的准备，但却做了嫁给他的承诺。她自己尽管不清楚为什么要这样做，但她并不为此担心。她在说“同意”二字时似乎非常自然，仿佛是在上帝的安排下做的，好像是神力在干预着她，为她解决一些问题。

听到她已经答应了他，他急急地吸了口气，并弯下腰来好像要再次吻她时，她就闭上眼睛，靠在他的肩膀上，等着他的亲吻时，他却把头又缩了回去，这使她感到有点失望。这种亲吻在她看来，确实是非常奇怪，但这里面也有让她高兴的事。

他静静地坐了一会，只把她的头倚在他的肩上，好像是在竭力让他的双臂停止颤抖。他稍微离她远一些，低头看着她。她睁开眼睛，却看到他脸上那种惊人的红光已经消失了。但是，她还是不敢面对他的眼睛，于是感觉到一阵困惑，又激动地垂下了自己的双眼。

当他说话时，声音已经非常平静。

“你说话算数吗？你不会收回自己的承诺吧？”

“不会的。”

“不会只是因为我——怎么说呢？——因为我的热情把你冲昏了头脑的缘故吧？”她没法回答，因为她不知道应该说什么，她也不敢面对他的眼睛。他用一只手托住她的下巴，仰起她的脸。

“我曾经告诉过你，除了谎话以外，我对其他一切都能够容忍。而现在我想知道，你刚才答应我的真正原因？”

她仍然一声不吭，但是她的心情已经恢复了平静，便闭上眼睛，只是在嘴角外勉强露出了一些笑容。

“看着我，是不是因为我的钱？”

“怎么啦，瑞特！你说的这是什么话！”

“抬起头来，不要想用甜言蜜语来欺骗我。我不是查尔斯，也不是弗兰克，更不是郡里那些傻小子，被你那闪动的睫毛所迷惑。说，是不是为了我的钱？”

“嗯，是的，这也是一部分原因。”

“一部分？”

他好像没有为此生气。他急促地喘了口气，竭力除去他眼神中，那种急切的渴望之情，她则由于害怕而并没有注意到他的这种神情。

“嗯”，她无奈何地嗫嚅道，“你也知道，钱确实是有用的，同时，上帝也明白弗兰克没有留下多少钱。不过，瑞特，你要知道，我们确实比以前强些。你也是我所见过的人中惟一的一位能忍受女人说真话的男人。而且你并不把我当成傻子，并希望我对你说谎话，有这样的人做自己的丈夫，是令人愉快的。嗯，我也喜欢你。”

“喜欢我？”

“是的，”她焦躁地说，“如果说，我在疯狂地爱着你，那就是在说谎，并且，你心里也清楚。”

“亲爱的，有时候，我认为你的实话有些太过头。你想过没有，即使是说谎，即使你说的不算数，对于你来说，难道你就不能说一句‘瑞特，我爱你’？”

对这话，她就更加糊涂了，不知道他的用意何在。他的表情看起来竟是那么奇怪，又是那么热切，好像是很伤心，并且还带着些讽刺。他从她的身上抽出手去，深深地插到裤兜里，他看见他在里面握起了拳头。

“即使我会失去一名丈夫，我也要说真话。”她在心里悻悻地想道，正像他平时奚落她时那样，她非常生气。

“瑞特，这是一句谎话，我们又何必要来这一套呢？正如我刚才所说的那样，我喜欢你，你也知道是出于什么原因。你曾经告诉过我，你并不喜欢我，但你我有许多共同之处。你的说法，我们两个都是一样的流氓。”

“哦，上帝！”他转过头来，自言自语道，“我掉入了自己设定的圈套里了！”

“你说什么？”

“没说什么，”他看了她一眼，笑了起来，但却不是愉快的笑声，“亲爱的，选个日子吧。”他又笑了起来，并俯下身去吻着她的双手。看到他的心情已经好多了，并且明显恢复以往的高兴神气，她也轻松起来，对着他笑了起来。

他抚摸着她的手，咧着嘴看着她。

“你读小说时，你曾经遇见过一个感情冷淡的妻子，终于会爱上自己的丈夫的奇怪情形吗？”

“你知道我是不看小说的，”她说道，并学着他那种讥讽的语气说道，“另外，你曾经说过，丈夫和妻子彼此相爱是最糟糕的事情。”

“我也曾经说过，上帝对许多罪恶都会做出惩罚的，”他突然反驳道，又站起身来，“不要诅咒。”

“你必须要听惯我的诅咒，并且也要学会诅咒。你必须适应我所有的坏毛病。这也会成为你喜欢我——并用你的小手来碰我的钱而必须要付出的部分代价。”

“哼，不要因为我没有说谎话来满足你的虚荣心，就要这样生气。你不爱我，对吗？你为什么非要得到我的爱呢？”

“是的，亲爱的，我不爱你，正如你也不爱我一样。并且即使我爱你，我也绝不会告诉你。希望上帝能够帮助那个曾经真心爱过你的人。亲爱的，你已经伤透了他的心，你是非常残酷的小宠物，你这样粗心和自负，甚至连你的爪子也不愿意收一下。”

他突然又把她从沙发上拉起来，亲吻了起来，但是这一次他的双唇与以前不同，因为他似乎不在乎自己是否要伤害她——又似乎是想伤害她，侮辱她，他的双唇向下移动，到她的喉部，最后压在她胸前那波纹绸衣服上，压得那么有力，时间是那么长久，以致他那呼出的热烘烘的气体，烫着了她的皮肤。她有些难为情了，勉强把双手挣扎出来，拼命地推开了。

“你不能这样！你怎敢这样！”

“你的心跳得像个小兔子，”他用带有嘲笑的口气说道，“我想，要是你真的喜欢我，那我就要痴心了，那是不应该跳得这样快的。不要再生气了罢。你总是装出这些处女的娇羞。你要我从英国给你带些什么东西回来？要戒指吗？你喜欢哪种类型的？”

他最后的那句话激起了她的兴趣，出于女人的本能，她也巴不得再和他吵闹一会儿。她犹豫了一会。

“哦——钻石戒指——瑞特，一定要买大的。”

“这样的话，你就可以在你的那些穷朋友面前炫耀说：‘看，我戴的是什么！’好吧，你要是戴着一枚大钻戒，就会让你的运气不好的那些朋友们自我安慰说，戴这样大的钻石是很俗的。”

他突然起身向门口走去，穿过了房间，她觉得有些莫名其妙，就紧跟着他，一直走近关闭着的门旁。

“怎么啦？你要到哪儿去？”

“到我房间里去收拾收拾行李。”

“哦，可是——”

“可是什么？”

“没什么，祝你一路顺风。”

“谢谢你。”

他打开房门来到大厅里。斯佳丽有点失望地跟在他的身后。她没有想到就这样收场了，难免有点失望。他穿上外套，拿起手套和帽子。

“我会给你写信的。如果你变了心，也要让我知道。”

“你不能——”

“怎么了？”他似乎有些不耐烦，急着要走。

“你不跟我吻别吗？”她低声说，唯恐被屋子里的人听见。

“一个晚上亲吻了这么多次，你还觉得不够多吗？”他反问道，咧着嘴冲她笑了笑，“你是一个庄重而又非常有教养的年轻女子——嗯，我告诉过你这是很快乐的，不是吗？”

“哦，你真是令人无法忍受！”她气愤地喊道，也不在乎是否能让嬷嬷听到，“你就是再也不回来了，我也不在乎。”

她回过身去，不耐烦地向楼梯走去，希望他能用那温暖的手，拉住她的胳膊，让她停下来。但是他打开了前门，放进来一阵冷风。

“我会回来的。”他说着，就走了出去，把她留在第一级楼梯上，看着那闭着的房门。

瑞特从英国带回来的戒指确实很大，大得让斯佳丽戴着它感到有些局促不安。她喜欢华丽而贵重的珠宝，但这次却有些不安，因为人人都认为这枚戒指太俗气。戒指的中心是一块四克拉的钻石。周围镶着大量的翡翠。戒指大得把整个指关节都给盖住了，好像连她的手也给压得下坠了似的。斯佳丽怀疑这枚戒指一定是瑞特的一个恶作剧，纯粹是找人定做的，以便使其尽可能地耀眼。

瑞特回到亚特兰大，把戒指戴到她的手指上，她也没有把她的这种想法告诉任何人，包括她的家人在内，因此当她宣布要订婚时，立即就引起各种各样的议论。自从“三K党事件”以来，除了北方佬和投机商以外，瑞特和斯佳丽是城里最不受欢迎的市民。早在斯佳丽不再为查尔斯穿丧服时，城里的人就开始议论她，开办锯木厂、怀孕后的毫无礼节地到处抛头露面，等等，诸如此类的不守妇道的事情，都使人们对她的不满加剧。当她惹得弗兰克和汤米的早死，并威胁到其余十几个男人的生命以后，她就激起了人们对她的公愤。

至于瑞特，早在战争中做投机生意时，就引起了全城人的怨恨，自从他与共和党人联手以来，更不得市民们的喜欢。而且非常奇怪的是，他挽救了亚特兰大的一些非常优秀男人生命的事实，却引起了亚特兰大女子的极端仇恨。

这并不在于她们是为自己的男人依旧活着而感到遗憾，而让她们非常憎恨的是，竟然是瑞特这种人救活了自己男人的生命，并且还用了如此羞于见人的阴谋诡计。数月以来，她们受到北方佬的嘲笑讥讽，心里深感痛苦。这些女人认为，如果瑞特真的是代表三K党人的利益，是在为其着想，他就应该设法用一些更为合适的方式来解决这个问题。她们说他故意把贝尔·沃特林牵连进来，目的是让城里那些有修养的人们置于难堪的处境。所以他既不能因为曾挽救了这些男人的生命而值得感谢，也不应该宽免他过去的罪恶。

这些十分善良的女人，受到了别人的恩情便会非常感激，在看到了别人的苦恼时便会表示出同情之心。但是她们形成了一些不成文的法典，对于那些稍微背叛她们的人，便表现出无情的一面。她们的法规非常简单，也就是要崇拜南部邦联，尊敬老士兵，忠实于旧制度，以贫穷为骄傲，对朋友要慷慨相助，对北方佬的仇恨要牢记心头。对于她们来说，斯佳丽和瑞特二人已经触犯了这一法规的每一条款。

被瑞特挽救了生命的男人们，出于对他的感激之情，也曾让他们的女人们保持沉默，但他们的力量是有限的。在他们宣布准备结婚之前，对于他们两个虽然十分厌恶，但人们仍然能用合乎习俗的方式来对待他们。而现在，即使那一点冷淡的礼节也不可能再维持下去了。他们订婚的消息传开后，对于那些始料不及的人们来说，就像一磅炸弹，震动了全城，颇具破坏性，就连最温和的妇女们也激烈地表达了自己的看法。弗兰克刚死一年，她就又结婚了，而且弗兰克又是她害死的！而她又嫁给了巴特勒那个自己拥有一家妓院的男人，正与北方佬和那些提包党人一起，干着各式各样见不得人的行径！简单说来，他们单个人还可以让人忍受，而他们两个无耻者的结合，确实是人们所无法忍受的，两个人都非常庸俗，令人厌恶，应该被赶出城外！

他们订婚之时，正是瑞特和提包党人以及无赖汉的关系正被城里的上层人士所最为讨厌的时候，也许亚特兰大人会对他们更宽容一些。当城里人听到他们订婚的消息后，城里人对北方佬以及其盟会的感情也达到了白热化的程度。因为恰在此时，佐治亚州对抗北方佬统治的最后一个堡垒刚刚被攻陷。四年以前，谢尔曼将军从多尔顿南下发动的长期战争，也达到了高潮，同时，佐治亚州受到的凌辱也达到了顶点。

三年的重建工作已经过去了，人们也都认为这三年也是极为恐怖的时期。在这以前，人们都以为情况已经坏到了极点。可是，现在佐治亚人才发现，重建工作的最艰难时期才只不过是刚刚开始。

三年来，联邦政府一直竭力把他们自己的理想和统治强加给佐治亚州。由于有军队执行他们的命令，也已经获得了极大的成功。不过新政权的支持力量只有军队。北方佬对佐治亚的统治并没有取得该州人们自己的同意。佐治亚州的领导人一直都在为本州的自治权而斗争着，要以他们自己的思想统治本州。他们一直在和各种使他们屈服的力量抗争，不同意把华盛顿发布的命令作为本州的法律。

从官方来说，佐治亚州的政府从来没有投降过，但是在战争中却没有取得任何成就，打的是一场永远失败的战争，这是一次不可能获胜的战争，不过至少能够把必须要办的事往后拖延着。在南方的许多州中，已出现了目不识丁的男人身居高官的现象，立法议会已控制在黑人和提包党人的手中了。但是在佐治亚州，由于其坚决抵抗，至今还没有堕落到这种地步。在三年中的大部分时间里，州议会还控制在白人或民主党人士的手中。由于北方佬的士兵遍布各地，本州的官员除了进行抗议和反抗活动外，基本上已无事可做。他们只拥有名义上的权力，不过，他们至少还让本州政府，掌握在佐治亚本地人的手中。眼下甚至连这最后一个堡垒也要失去了。

四年以前，约翰斯顿将军及其部下被迫从多尔顿到亚特兰大节节后退，同时，从 1865 年开始，佐治亚州的民主党人士也逐渐被击败。联邦政府处理州里的事务和州里的公民的性命的权力却稳步上升，越来越大。压力接连不断，越来越多的军管法令使文职官员变得越来越不起作用。最后，佐治亚州的地位变成一个军事管制区，不管州里的法律是不是允许，对黑人的投票已经奉命取消限制了。

在斯佳丽和瑞特宣布订婚前的一个星期，举行了一次关于州长的选举。南方民主党推选约翰·比·戈顿将军作为他们的候选人，他是最受爱戴的并享有最高荣誉的公民之一。他的对手是共和党人布洛克。选举持续了三天，当天没有完成。满载着黑人的列车从一个城镇涌入另一个城镇。并在沿途的每个选区都投了选票，当然，布洛克取得了胜利。

如果说佐治亚州被谢尔曼占领时，全州的人都已经十分愤恨了。那么，本州议会最终控制在提包党人、北方佬及黑人手中，在他们的心中所引起的仇恨程度，则是本州人所无法容忍的。愤怒的亚特兰大人和佐治亚人便开始骚动起来了。

而瑞特又是可恨的布洛克的朋友！

斯佳丽对于不是直接发生在她眼皮底下的事，从来都是不管不问的，对于选举一事，她也几乎毫无所知。瑞特也没有参加选举，他和北方佬的关系还像以前那样。不过他是一个无赖汉，又是布洛克的朋友，这个事实是存在的。所以，如果他们结了婚，斯佳丽也会变成提包党人。在亚特兰大人心中，对敌人营垒中的任何人，他们都是无法容忍的，对他们是毫无仁慈可言的。所以当他们订婚的消息传出后，城里的人就想起了他们两个人以往的所有丑事，而忘记了他们的好处。

斯佳丽知道她的事在全城引起了轰动，却没有意识到公众对他们反感的程度如何，直到梅里韦瑟太太在教友的逼迫下，竟为了自己的利益而转告她时，才知道这一切。

“因为你亲爱的妈妈已经去世了，而贝蒂小姐又是一个老姑娘，没有资格来——嗯，来与你谈论这件事。我觉得我必须警告你，斯佳丽，像巴特勒船长这种人，上等家庭的子女是不应该和他结婚的。他是一个——”

“他还设法救了梅里韦瑟爷爷和你侄儿的性命呢。”

梅里韦瑟太太更加生气了。一个小时前，她才与梅里韦瑟爷爷激烈地争吵过。老人评价说，尽管瑞特是一个无赖汉和流氓，但她如果对他没有一点儿感激之情的话，她肯定没把他这把老骨头放在心上。

“斯佳丽，他那样做，只是为了用卑鄙的手段来对付我们，是把我们在北方佬面前羞辱一番而已。”梅里韦瑟太太接着说，“你也和我一样，也知道那个人是个恶棍。他一直就是这样，现在更不值一提。显而易见，对于他这种人，体面的人家是不能容忍他的存在的。”

“不能吗？这倒奇怪了，梅里韦瑟太太。战争期间，他不是经常待在你的客厅里吗？他还送给梅贝尔白缎子结婚礼服，不是吗？我记错了吗？”

“战争期间的事情是完全不一样的，好人家与许多不善良人的交往是为了伟大事业，而且那也都是非常正当的交往。当然，对他这样一个既没有打过仗，又对打仗一事讥笑的人，你是不能嫁给他的，是不是呢？”

“他也在军队服过八个月的兵役，也参加了最后的一次战役，在富兰克林战斗过。当约翰斯顿将军投降时，他就与他在一起。”

“我从来也没有听说过这件事。”梅里韦瑟太太说道，她好像对此不相信，“只是他从来没有受过伤。”她得意地补充道。

“很多人都没有受伤。”

“每个人都受过伤，我没听说过谁没有受过伤。”

斯佳丽被激怒了。

“这样，我很难想象你所认识的人都是那么傻，既不知道下雨时躲进屋里去，也不知道要躲避枪林弹雨。现在，我要让你知道这件事，梅里韦瑟太太，你可以把它转告给那些操闲心的朋友们。我准备嫁给巴特勒船长，我不在乎他是否参加过北方佬一方的战争。”

当这位受人尊敬的已婚妇女走出屋子的时候，气得连头上的帽子都在抖动着。斯佳丽知道，现在这个对她不满的朋友，已经变成了自己公开的敌人。但是她并不在乎。梅里韦瑟太太无论说什么，做什么，对她都毫无伤害。除了嬷嬷以外，她不在乎任何人说的闲话。

贝蒂姑妈听说她订婚的消息后，竟昏了过去，斯佳丽已经硬着头皮挺了过去。阿希礼向她祝福时，看起来猛然间变老了，看她时还有意避着她的眼神。她看到这些，也毫不在乎。让她又可气又可笑的是，波林姨妈和尤拉莉姨妈听到这个消息后，也都吓了一跳，从查尔斯顿来信说，她们不同意这桩婚事。她们告诉她，这桩婚事不仅会毁了她的社会地位，还会危及她们的社会地位。当梅兰妮满脸担忧地对她说：“当然，巴特勒船长是个好人，大多数人都没有看出来，他挽救阿希礼时，心地善良，所用的办法又是非常巧妙，并且，他也为南部联邦打过仗。但是，斯佳丽，你难道不认为这样就下定决心，有些过于草率？”对此，斯佳丽甚至笑了起来。

是的，她不在乎别人说什么，除了嬷嬷以外。嬷嬷所说的话不仅让她非常生气，还给她造成了极大伤害。

“我已经亲眼看见你做的一大堆事情，要是艾伦小姐知道了，她会伤心的。这些事真让我伤透了脑筋。但是我万万没有料到，你会做出这种事来。竟要嫁给一个白种人的败类！对，我说他是败类！你不用告诉我，他也是出身上等家庭，无论他的出身如何，其结论都是一样。无论是上等家庭还是下等家庭，都会出现败类。他就是一个败类！是的，斯佳丽小姐，我眼看着你从霍妮小姐身旁把查尔斯先生给夺了过来，实际上你并不爱他。我还亲眼见你从你妹妹的手中抢走了弗兰克先生。你做了许多本不应该做的事情，我从来也没有说过你一句什么。比如你曾把劣质木材充当好的出售，你这样欺骗做木材生意。你独自一人在外面乱跑，招惹了一帮自由的黑人，最终送掉了弗兰克的性命。你还不许犯人们吃饱饭，我也从没有说过你一句。就连艾伦小姐在天堂里也对我说：‘嬷嬷，嬷嬷！你没有照看好我的孩子！我一直都对你采取宽容的态度，但是我今天说你了，斯佳丽小姐，我不同意你嫁给那个白人中的败类。只要我还活着，就不会答应这件事。”

“我想嫁给谁就嫁给谁。”斯佳丽冷冰冰地说，“我想你是否忘了你的身份，嬷嬷。”

“现在正是我说话的时候。我不告诉你这些话，谁又能这样告诉你呢?”

“嬷嬷，我已经仔细地考虑了这件事情，并且已经做出决定，你最适合做的事就是回塔拉庄园。我会给你一些钱，而且——”

嬷嬷站直了身子，摆出一副威严的面孔。

“斯佳丽小姐，我是自由的。你不可能让我到我不愿意去的地方。你要我回塔拉庄园，除非你跟我一起去。我不能丢下艾伦小姐的孩子不管，谁也不能让我离开。我也不会丢下艾伦小姐的外孙，让那位身为败类的继父抚养。我就住在这儿，并在这儿永远待下去！”

“我不会让你住在我家里去冲撞巴特勒船长。我要嫁给他，那就不要再多说了。”

“对于这件事，我还有话要说。”嬷嬷慢腾腾地反驳道，她那双模糊不清的眼中流露出战斗的光芒。

“不过，对艾伦小姐的亲骨肉，我本来不应该说这些话的。可是，斯佳丽小姐，你要听我的话。你只不过是一匹配有好马具的骡子罢了。你可以擦光骡子的蹄子，擦亮皮毛，在它的鞍辔上装上铜片，并把它套在华丽的马车上，但它毕竟还是那匹骡子，这瞒不了任何人。你正像一匹骡子。你可以穿上华丽的丝质衣服，你拥有锯木厂、店铺和金钱，你有一副良马的外表，但你仍然是一匹骡子，这也骗不了别人。巴特勒那家伙，他虽然出身于上等家庭，装扮得像一匹优良的赛马，也不过跟你一样，只是一匹配着马具的骡子罢了。”

嬷嬷用锐利的目光注视着她的女主人。斯佳丽却因受到了侮辱，气得浑身发抖，什么也说不出来。

“如果说你一定要嫁给他，那也就悉听尊便了。你执着的劲头，活像你的父亲。但是你要记住，斯佳丽小姐，我不能离开你。我会留在这儿看着你们的。”

没等斯佳丽答话，嬷嬷就转身离开了。她的语气像是在说：“等着瞧吧，我们后会有期!”她有一种不祥之兆。

当他们在新奥尔良度蜜月的时候，斯佳丽把嬷嬷的话告诉了瑞特。使她吃惊而又气愤的是，瑞特听了嬷嬷关于骡子配马具的话，竟然笑了起来。

“我从来没有听说如此简洁而又深刻的道理。”他说，“嬷嬷是个老精明鬼，这是我所认识的为数不多的人之一，我希望能得到她的尊敬和友善。但是，作为一匹骡子，我绝不可能得到她的尊敬和友善。在婚礼结束后，我以新郎的热情，送给她一枚十元的金币当作礼品，她甚至拒绝了。我从来就没有遇到过见钱不动心的人。不过她看着我的眼睛，对我表示了感谢。她说她不是一个自由的黑人，所以不需要我的钱。”

“她为什么要这样呢？为什么所有的人都像一群珍珠鸡似的嘀咕我？我同谁结婚，要结几次婚，那都是我自己的事情。我一直只管自己的事情。别人为什么不去管他们自己的事呢?”

“亲爱的，世界上的人什么都可以原谅，除了不原谅不管别人闲事的人。而你为什么要像一只被烫伤的小猫那样，尖叫个不停呢？你不是常说你不在乎别人对你的议论吗？你为什么不用实践来证明自己呢？你知道，你也常因为一些小事而常常遭到别人的非议，对于这种大事，你根本就不用指望能逃脱别人对你的批评，你与我这样的坏人结婚，也应该知道别人肯定会有所议论的。如果我的血统低贱，又是一个贫穷的坏蛋，人们还不至于如此疯狂。但我是一个有钱而又成功的坏蛋，人们当然就不会放过我!”

“我希望你能够在这个时候严肃点。”

“我是严肃认真的，对于虔诚的人来说，当那些没有诚意的人，像葱郁的月桂树一样茂盛的时候，总是非常生气的。不用生气，斯佳丽，你不是曾经告诉我，想得到大量金钱的主要理由，就是你可以让他们都去下地狱吗？你的机会终于来到了。”

“不过我想让下地狱的那个人就是你。”斯佳丽笑着说道。

“你现在还想让我下地狱吗?”

“嗯，不像过去那样想了。”

“只要你能感到幸福，无论什么时候让我下地狱都行。”

“这不能让我感到特别幸福。”斯佳丽说着，俯身亲吻了他一下。他的黑眼睛迅速扫视了一遍她的面孔，好像要在她眼里寻找些什么，但没有发现，就笑了起来。

“忘掉亚特兰大，忘掉那些可恶的老婆子。我把你带到新奥尔良去寻找快乐，我认为你一定会感到快乐的。”

第四十八章

她的确感到了快乐，自从战争开始以前的那个春天以来，她从来也没有如此快活过。新奥尔良是一个陌生而又富有魅力的地方，斯佳丽就像一个被赦免了的死刑犯一样，在这里尽情地享受着快乐，提包党人正在劫掠着这座城市，许多诚实的人们被赶出了自己的家园，正无家可归，衣食无着，并且还有一个黑人在那里做副州长。不过她所见到的是新奥尔良最繁华的地段，却是她以前从没有见到过的。她所遇见到的人，都好像有着用不完的钱，正在那里随心所欲地挥霍着，并且他们也毫无烦恼之事，瑞特给她介绍了那些穿着亮丽的很多漂亮女人，那娇嫩的双手，说明她们从来也没有参加过艰苦的劳动。这些女人整天都是笑嘻嘻的，从来不谈诸如艰辛的日子这一类愚蠢而又严肃的事情。至于她遇到的男人们——他们都是多么令人激动！他们与亚特兰大的男人完全不一样——而且他们都争着要和她跳舞，对她进行着极力地恭维，仿佛她是一位年轻的美人儿一样。

那些男人的表情与瑞特一样，粗犷而好动。他们的那双眼总是很机警，好像是在长期的危险环境中所形成的，而没有太多的顾忌。他们似乎没有过去，也没有将来。斯佳丽和他们谈话时，问及他们来新奥尔良以前都做些什么、住在哪里时，他们总是含糊着不肯对她说明，在她看来，这事就有些奇怪。因为在亚特兰大，每一个受人尊敬的新来者，都会迫不及待地出示证明自己身份、学历、经历等文件，自豪地讲述着家庭和家世，一直会说尽遍及整个南方的裙带关系。

但是，这些男人却都是沉默寡言型的，说起话来字斟句酌。有时候斯佳丽从紧挨着的房间里，也可能听到瑞特和他们在一起时的说笑声，以及所听到的只言片语，但她也不能听明白，那只不过是支离破碎的话语和奇怪的名词。比如处于封锁时期的古巴和拿骚，谈论淘金浪潮、权利侵犯、军火走私、议会破坏尼加拉和威廉·沃克及他在特鲁克西如何碰死在墙上等事。有一次，她突然进入房间后，谈话马上结束了。当时他们恰好谈论匡特里尔游击队成员的事，她听见了弗兰克和杰西·詹姆斯的名字。

不过，他们都举止得体，衣着漂亮入时，对她明显地客气。对斯佳丽来说，尽管他们都在及时尽情地享乐，也没有什么关系。她们都是瑞特的朋友，都拥有宽大的房子和漂亮的马车，并且能经常带着她和瑞特出去兜风，邀请他们吃晚餐，以他们的名誉举办舞会。所以斯佳丽非常喜欢他们。当她告诉瑞特这一切的时候，他被逗笑了。

“我想你会喜欢的。”他笑着说道。

“为什么不喜欢呢?”与平时一样，他一笑，她就会对他产生怀疑。

“他们是二等货、害群之马、坏蛋。他们都是冒险家和提包党人里的贵族。同你亲爱的丈夫一样，他们都是靠食品投机生意赚钱的，或者是靠与政府之间的那种不清不楚的来往，以及经不起调查的卑鄙手段。”

“我不信，你在开玩笑。他们都是最好不过的人……”

“城里最好的人都在挨饿，”瑞特说，“而且都已住在棚屋里面了，至于我是否能被棚屋中的人们接待，我也有些怀疑。你知道，亲爱的，战争期间，我在这里曾经有过一些不法行为，这些人们的记忆力又非常好！斯佳丽，你一直都让我感到高兴。你一直都在喜欢那种不应该喜欢的人和不应该喜欢的事。”

“他们都是你的朋友!”

“哦，不过我喜欢这群坏蛋而已。我在青少年时期，是作为一个赌客在船上度过的，所以我理解这种人。不过对他们的本性，我不是一个瞎子。而你——”他又笑了——“你没有认识别人的本领，区别不出来低贱与高尚的人。有时，我也认为，你所接触过的那些高尚女人，恐怕也只有你的母亲和梅兰妮小姐，但是她们似乎对于你，没有多大的影响。”

“梅兰妮！哎呀，她平常得像只旧鞋子，穿的衣服也总是不干不净，而且从来也都没有自己的主见!”

“不要太忌妒，我的太太，漂亮并不能代表女人的一切，高尚的女人也不是靠衣着。”

“哦，是吗？等着瞧吧，我要向你展示。现在我已经——我们已经有钱了，我将是你所见过的最伟大的女性!”

“我觉得很有趣，我就等着看你有何表现吧。”他说。

除了她遇见的那些朋友之外，让她更为激动的是瑞特给她做的那些衣服。衣服的颜色、质地、款式都是他亲自挑选的。裙环现在已经过时了，新款式的迷人之处是，把衣襟从前向后拉束在裙撑上面，而且裙撑上面缀有花环蝴蝶结和波状花边。她想起了战争期间的那种裙环，觉得这种新式裙环可以更为突出地层示出她的整个腹部的轮廓，让人有些难为情。再戴上一顶小巧的软帽，实际上，那根本就不能说是软帽，只不过是一件戴在一只眼睛上方的物件，绣以果实，饰以羽毛和丝带罢了！（从那些帽子的后面露出了浅黄色的直发花结，她买的那些加在上面的假卷发，也被瑞特给烧掉了，但愿他不曾那么傻！）还有由那些修女做成的精致的内衣！如此美丽，她拥有很多套！衬衣、衬裙还有睡衣，这些东西都是用最优质的亚麻布做成的，饰以华丽的刺绣和精细的褶边。还有瑞特给她买的缎子凉鞋！鞋跟有三英寸高，上面佩着闪闪发光的人造宝石扣环，以及整打的长筒丝袜，这一切都没有棉纱的。多么富有啊！

她又无所顾忌地给家里人买了一些礼物。给韦德买了一只毛茸茸的圣伯纳玩具狗，他一直渴望着能拥有一只；给小博买了只小波斯猫；给艾拉买了只珊瑚手镯；给贝蒂姑妈买了一条沉甸甸的、带有长石垂环的项链；给梅兰妮和阿希礼买了一套《莎士比亚全集》；给彼得大叔买了一身精美的制服，包括一顶车夫戴的丝质高帽子，上面还有一把刷子；给迪西和厨娘各买了一些外衣布料；给塔拉庄园的每个人都买了些贵重的礼物。

“可是，你给嬷嬷买的礼物是什么呢？”瑞特问道，一边看着撒乱在床上的那些礼物，一边把玩具狗和猫放到化妆间。

“亲爱的，她只不过是说些实话罢了，你为什么还要这样怨恨她呢？你应该给她捎些礼物的。否则你会伤了她的自尊心，她对你有这样的爱心太可贵了，你不该伤害它。”

“我一件礼物也不给她买，她不值一件礼物。”

“那么，就让我给她买一件吧。我记得嬷嬷总是说，当她升天堂的时候，想穿上一件塔夫绸的衬裙，要坚硬得可以立起来，要红褐色的，以便让上帝认为它是用天使的翅膀做成的，我要买一些红塔夫绸给嬷嬷，用来做精美的裙子。”

“她不会收你的礼品，她宁愿去死也不会穿的。”

“我相信。但我仍然要买些，不能随着她。”

新奥尔良的商店中物品非常丰富，与瑞特一起买东西，就像是进行一场令人兴奋的探险活动。与他一起进餐也像是在探险，而且比买东西更为刺激，因为无论对于什么，甚至怎样烹饪，他都非常在行。新奥尔良的葡萄酒、辣酒及香槟酒，对她来说都是很新鲜的，让她感到兴奋，她熟悉的只是自家酿的黑葡萄酒、野葡萄酒以及贝蒂姑妈醒神用的白兰地酒。不过，瑞特点的菜才是最好的！新奥尔良最好的东西就是食品。记起她在塔拉庄园时极端饥饿的那段日子，以及近一段时期的贫困时期，斯佳丽觉得，这些丰盛的食品，对她来说，怎样吃也不能吃够，例如秋葵荚浓汤、克里奥虾、酒泡鸽肉和奶油脆蚝饼、蘑菇牛胰和火鸡肝，以及用油纸和石灰精心烤制的鱼肉。她的胃口一直都很好，因为每当她想起在塔拉庄园时，永远都是吃着花生、干豆子和甜薯，她就想急不可耐地再饱餐一顿克里奥虾。

"你吃每一道菜都像再也没有了似的，"瑞特说道，"不要刮盘子，斯佳丽，厨房里面肯定还有。你只要喊一下侍者就行了。你如果一直是个好吃鬼，你就会像古巴女人那样肥胖，如果是那样的话我会与你离婚的。"

她只向他吐了吐舌头，又要了一份浇有很厚一层巧克力的原味蛋白饼。

可以随心所欲地花钱，而不必一分分地节省下来去纳税或者是买骡子，这是多么快活的生活啊！和他们交往的人又都是那么快乐、富有，而不像亚特兰大人那样贫穷而又摆阔气，这又是多么令人快活啊！穿着沙沙作响的锦缎礼服，展示着自己的腰肢、项颈、玉臂，直到大部分胸口也露出来，她知道那些男人都在赞赏着自己，这样的生活是多么开心啊！同样令人开心的是想吃什么就有什么，没有爱吹毛求疵的人说你缺少什么淑女风度，而且可以尽情地喝着香槟酒。她第一次喝醉第二天早上一觉醒来时，脑袋撕裂似的疼痛，让她可怕地想起头天晚上坐在篷马车里唱着《美丽的蓝旗》，经过新奥尔良的大街回到旅馆的情形，心里就非常沮丧。她从来没有见过一个微醉的贵妇人。至于酩酊大醉的女人，她唯一见过的一个，就是在亚特兰大失陷那天的沃特林。她是如此丢脸，她不知道如何面对瑞特。但瑞特认为这件事很有趣。对他来说，她做的每件事似乎都有趣，好像她是一只活蹦乱跳的小猫。

由于他长相非常英俊，所以和他一块外出，也是一件令人兴奋的事。不知为什么。她以前从来也没有仔细地看过他的长相。在亚特兰大时，人们一直都在注意他的缺点，从不谈论他的长相。在新奥尔良，她才发现女人们追逐着他的眼光，当他弯下腰吻着她们的手时，她们都激动得颤抖起来。由此可以得知别的女人也同样被她的丈夫吸引，而且还有可能在羡慕她。她突然觉得与丈夫在一起，被人羡慕着也是一件令人自豪的事情。

"啊，我们是多么漂亮的一对。"斯佳丽快乐地想着。

是的，正如瑞特所预言的那样，他们的婚姻充满了快乐，不但充满了快乐，而且她也学到了很多东西。这使她觉得奇怪，因为斯佳丽本来以为，一生中不可能再有多少可以让她爱的东西了。现在她就像孩子一样，每天都可能有新的发现。

首先，她意识到和瑞特结婚，跟以前的弗兰克、查尔斯结婚是完全不同的两件事。他们都很尊重她，怕她发脾气，他们都不得不向她求爱，她高兴的时候，也施舍给他们一些。她经常这样想，瑞特不怕她，也不太尊重她。他想干什么就可以干什么，她如果不喜欢，他就会笑话她。她虽然不爱他，但与他生活在一起却是件令人高兴的事，这是确定无疑的。最令人高兴的事情就是，即使在他发脾气时，有时候也非常冷酷，有时候则通过触怒别人而为自己取乐，但他似乎总是能克制住自己的感情，他一直都能驾驭住自己的感情。

“我想这是因为他不是真正爱我，”她思索着，对目前的状况非常满意，“我还真不希望他完全放纵自己的感情。”不过，她也认为有这种可能性，这也能挑起她的好奇心。

她原以为自己非常了解瑞特，现在与他生活在一起，她又发现了他的许多新脾气。她了解到他的声音一会儿像猫的皮毛一样柔软，一会儿又变得刚硬起来。他会十分真诚地讲一些他曾经到过的那些奇怪的地方，以及关于勇敢、荣誉、美德的爱情故事，还会再讲一些愤世嫉俗的下流故事。她知道，一个男人是不应该把这种故事告诉给自己妻子的。但是，这些故事又是非常有趣，这也适于她的一些劣性。他可以是一位充满热情而又体贴的爱人，但马上就会成为善于冷嘲热讽的魔王，让她大发像火药桶似的脾气，点上火并能欣赏到它的爆炸声。她明白他的恭维具有两面性，而且他所说的温柔的话语，也是令人怀疑的。事实上，在新奥尔良的两个星期里，除了认识到一些他的真实面貌外，她也了解到他的一切事情。

有一天早上，他打发走佣人后，亲自给她端来早餐盘，仿佛在喂着一个孩子似的，他从她手里拿过梳子，梳理着她那乌黑的头发，直梳得噼啪作响才肯作罢。有天早上，她曾被他从睡梦中弄醒，他扯去她的被子并搔她的脚心。有时候他又兴致勃勃地听她详细讲着一些生意上的事，还对她的精明强干点头赞许。在另一些时候，他又会称她是出售劣质货物的骗子，是拦路抢劫和敲诈勒索。他带着她去看戏，但让她生气的是，他会低声告诉她，上帝也许不太赞成这种娱乐活动。他带她去教堂时，小声地给她讲着一些下流的故事，然后却又责备她不该对这样的事情发笑。他鼓励她尖锐而又大胆地说出她自己的想法，她从他身上学会了说话尖刻而又具有讽刺意义的本领，并学会了喜欢把这些作为武器来战胜别人，可是她没能学会他用来缓和矛盾的幽默，也没有学会他嘲弄别人时那种自嘲的微笑。

他让她感到快乐，而她几乎忘记了如何才能更快乐。因为这些年以来，她的生活一直都很艰苦而悲惨。而他却知道如何取乐，并且还带她一起去取乐。不过他玩起来却不像个孩子。他是一个成年男人，无论他干什么，都让她想起这一点。女人们看到童心未泯的男人做出滑稽可笑的动作不免要发笑，而斯佳丽是不能凭着女人的优越感瞧不起瑞特，朝他发笑的。

无论什么时候想到这一点，总让她感到有些烦恼。要是能在瑞特面前，把他当作一个小孩子，那是多么令人愉快的啊。对于她以前所认识的那些男人，她完全能用“真是个孩子”这句话就可以把他们打发了。她的父亲，塔尔顿家爱恶作剧的孪生兄弟们，以及那些曾经追求过她的人，无一不是如此。事实上，除了阿希礼以外，还有查尔斯、弗兰克以及所有在战争期间曾经向她求爱的男人都是。只有阿希礼和瑞特，她是无法理解和支配得了的，因为他们两个都是成年男人，并且还缺少了孩子气。

她是不了解瑞特，尽管有时候，对于他的一些事情，也让她感到困惑不解，也不想费尽心机去了解他。有时候他在她不知道的时候，也曾偷偷地看着她。当她突然转过头来，看见他正看着自己的时候，就会发现，在他的眼中，充满了机警、急切而又有所期待的神情。

“你为什么这样盯着我?”有一次她恼怒地问道，“你真像一只守望着耗子洞的猫!”

于是他很快就换了一副面孔，他只是笑了笑。她也很快就会忘记了这种事。对于瑞特的任何事，她也不再感到困惑不安了。他反正是难以预料，她也就不想费心思去理会。除了想到阿希礼的时候，现在的这种生活过得也很愉快。

瑞特让她一直在忙碌着，让她没有时间去想阿希礼。白天，她几乎就从来也没有想起过阿希礼，夜晚，当她在舞会疲惫之至，或者在喝了大量的香槟酒而感到有些头重脚轻的时候，她才会想起阿希礼。每当她昏昏然地躺在瑞特的怀里，月光直泻在床上的时候，她就会想起他，如果紧紧地搂住她的是阿希礼，或者是阿希礼把她乌黑的头发挽到他的脸上，绕过他的脖子的话，那种生活该是多么幸福啊!

有一次，当她又想到这些事时，不知不觉地叹了一口气，把脸扭向了窗外。过了一会儿。她觉得脖子底下的那条胳膊像根铁块似的硬了起来，在寂静中，只听见瑞特说道：“希望上帝能把你那骗人的灵魂永远地打入地狱里!”

然后，也不管她是如何惊奇地抗议和反复地质问，他从床上爬起来，穿上衣服便走出了房间。第二天早上，正当她在房间里吃早餐时，他才回来，头发凌乱，喝得烂醉如泥，也不解释离开的原因，不满的情绪仍然很重。

斯佳丽什么也不过问，就像一位受到伤害的妻子，也对他非常冷淡。吃完早饭，在他充满血色的眼睛的注视中，她穿好衣服独自去商店买东西了。她回来时，他又离开了，直到晚饭的时间才回来。

吃饭时两个人都不说话，斯佳丽强压着自己的怒火，因为这是在新奥尔良的最后一顿晚饭了，她想津津有味地吃一顿小龙虾，可是他却瞪着眼看她，让她不能尽情地享用。她只吃了只大龙虾，喝了许多的香槟酒。也许出于这个原因，那天夜里，她又做起了噩梦，醒来时，浑身直冒冷汗，还不住地哭泣。在梦中，她又回到了塔拉庄园，那里一片荒凉，母亲也去世了，带走了她所有的精神支柱。她变成孤零零的一个人，无处可去，无所依靠。而且还有种可怕的东西在后面追赶着她，她一直在浓雾中飞快地跑着，心都快要跑裂了，她大声地哭喊着，在雾气的包围中，盲目地寻找着那个不可知的安全的地方。

她醒来时，瑞特正扑在她的身上看着她，他一句话也没有说，就把她搂到怀里，像搂个孩子似的把她抱得紧紧的，接触到他那坚实的肌肉，听着他在耳边小声地说着安慰话，让她感到很舒服，直到她停止了哭泣。

“哦，瑞特，我很冷、很饿，并且还很累，我找不到它了。我在雾中奔跑着，什么也找不到了。”

“亲爱的，你要找什么？”

“我不知道。我要是知道就好了。”

“做的是以前的旧梦吗？”

“哦，是的！”

他轻轻地把她放在床上，在黑暗中，摸索着点着了蜡烛。在烛光下，他的双眼充满了血色，他那布满了粗糙皱纹的面孔，像石头一样毫无表情。他身上的衬衣没有扣扣子，直到腰部都是敞着的，露出棕色的胸脯，长满了浓密的黑毛。斯佳丽仍然怕得发抖，她一想起他那坚实强壮的胸脯，就小声说：“瑞特，抱紧我。”

“亲爱的！”他说着，很快就抱着她，在一张大椅子上坐下，把她紧紧地搂在怀里摇摆着。

“哦，瑞特，挨饿太可怕了。”

“是的，吃了一顿七道菜的晚餐，还吃了一只大龙虾，再做挨饿的梦，肯定会让人害怕的。”他微笑着说，眼睛满是温柔。

“哦，瑞特，我一个劲儿跑呀，跑呀，四下寻找，就是发现不了要寻找的究竟是什么。那东西就一直隐藏在浓雾里。我知道只要找到它，我就能永远安全了，再也不会受冻挨饿了。”

“你要寻找的是一个人呢，还是一件物品?”

“我不知道。我从来没有考虑过它。瑞特，你认为我在梦中会不会是在找到一个安全的地方呢?”

“不能找到，”他为她整理着散乱的头发，说道，“我想你不会找到的。怎么能做这种梦。可是，我认为，如果你安全惯了、暖和惯了，有足够吃的东西后，你就不会再做这样的梦了。而且，斯佳丽，我敢保证你的安全。”

“瑞特，你太好了。”

“戴夫斯太太，谢谢你桌子上掉下来的食品屑。斯佳丽，每天早上醒来后，我都希望你能自言自语地说：‘我再也不会挨饿了，只要瑞特在这儿，只要美国政府能维持下去，再也不会有什么东西敢碰我了。’”

“美国政府?”她坐起来惊讶地问道，脸颊上依旧挂满了泪水。

“前南部邦联的那部分钱，现在已经从良了。我用其中的一大部分都买了政府公债。”

“上帝!”斯佳丽在他膝盖上坐直身，喊道，完全忘记了她刚才的恐惧，“你说这话的意思是，你已经把钱都贷给北方佬了?”

“利率较为公平。”

“即使百分之百的利率我也不管！你必须马上就把它们都卖出去。你怎么能让北方佬用你的钱!”

“那么我应该用它做些什么呢?”他笑着问道，他注意到她的眼睛已经不像刚才由于恐惧而睁得大大的了。

“啊——啊，你可以在五角场买地产呀。我敢打赌，你的钱可以把整个五角场都给买下来的。”

“谢谢你，我不想买五角场，现在提包党人的政府已经真正地控制了佐治亚，谁也说不清将来会发生什么事。这群老鹰从东、南、西、北俯冲向佐治亚，我没有能力与它们较量。你也知道，我要像一名优秀的无赖汉那样，与他们进行周旋，但并不信任他们。所以，我宁愿去买政府公债，也不会把钱投入房地产。你可以把公债藏起来，房地产是不可能轻易就藏起来的。”

“你认为——”她说道，一边想起了她的锯木厂和商店，她的脸都吓白了。

“我不知道这些事，不过不要如此害怕，斯佳丽。我们的那位新州长是我的一位好朋友。正因为现在的局势还不稳定，所以我不敢把钱投向房地产。”

他把她挪动到另一只膝盖上，身子向后靠着，摸到了一支雪茄，点上火。她坐在那里，一双光脚荡来荡去，望着他那棕色胸脯上跳动着的肌肉，便把自己的恐惧全忘记了。

“既然我们在谈论房地产，斯佳丽，”他说，“我要准备建一幢房子。你可以强迫弗兰克住进贝蒂小姐的房子里，但你对我没有任何威胁。我受不了她一天三次的发火，况且，我坚信，只要我住进哈密尔顿家神圣的房子里去，彼得大叔就会把我给干掉的。贝蒂小姐可以让英迪亚·威尔克斯小姐与她住在一起，这样就可以避开那个让人害怕的魔鬼了。在我们回到亚特兰大后，我们的房子完工之前，先住进国民旅馆的新婚套房里。在我们离开亚特兰大之前，我已经在桃树街出钱买了一大块地皮，在莱顿家附近。你知道那块地皮吗？”

“哦，瑞特，太好了！我确实想要拥有我自己的房子，一栋非常大的房子。”

“哦，我们终于在这件事上达成了共识。你认为用白灰泥涂墙并配有锻铁的房子怎么样呢？就像这些克里奥人住的房子一样。”

“哦，不行，瑞特。这些新奥尔良的房子，有的已经太过时了。我知道我应该要一个什么样子的房子。它应该是最新式的，因为我在一张照片上看到过它——让我想一想——在我正在看着的《哈帕》周刊的上面。要仿照瑞士别墅的样式去建造。”

“瑞士的什么？”

“别墅。”

“请用字母拼一下。”

她就拼了一遍。

“哦。”他捋了一下胡须说道。

“这种房子很可爱。复折式高高的房顶，顶上还带有尖尖的栅栏，两端各有一座用鲜艳的木头制成的尖塔。塔上安着带有红蓝两色玻璃的窗户，看起来确实太漂亮了。”

“走廊上的栏杆上的图案要锯齿形的吧？”

“是的。”

“走廊的檐头，垂有木制的像流苏一样的东西悬挂在上面吧？”

“是的。你一定在哪里见到过这种房子？”

“是见过——但不是在瑞士。瑞士人是一个非常聪明的种族，对建筑之美特别敏感。你真的想要那样的房子？”

“哦，是的！”

“我原以为你与我住在一起，会提高你的审美能力。你为什么不喜欢克里奥式的房子，或者殖民地时期那种带有六根白色圆柱的房子呢？”

“告诉你，我不想要那种样俗气而又过时的东西。将来我们的房间里的墙上，可以贴上红纸，并在所有的折叠门上都挂着红色的天鹅绒门帘。哦，还要放上许多胡桃木家具，铺着富丽堂皇的地毯。哦，瑞特，要让所有的见到我们房子的人都眼红。”

“有必要让所有的人都羡慕你吗？如果你喜欢让他们都眼红的话，那么就那样吧。可是，斯佳丽，你想到过没有，现在所有的人都非常穷，就你一个人这样奢侈地大肆布置房子，难道你不觉得这些都没趣吗？”

“我想那样，”她固执地说，“我想让那些曾对我态度恶劣的人心里难受。而且，我们还要举行盛大的招待会，让全城的人都后悔当初不该说我们那么多的坏话。”

“但是谁会来参加我们的招待会呢？”

“为什么，当然要把所有的人都请来。”

“我倒有些怀疑。这些老顽固们是宁死也不愿屈服的。”

“哦，瑞特，你为什么总是说这种话？只要你有钱，人们就会喜欢你的。”

“南方人可不是这样。投机者的钱要想进入上等人家的客厅，比骆驼过针眼还要难得多。而对于无赖汉——那就是你和我，亲爱的——如果我们不被吐唾沫就够幸运的了。但是如果你想试一试，我还是会支持你的，亲爱的。我相信，我会以极大的热情参与到你的活动中去的。现在我们正在谈论钱的话题，让我把这件事都告诉你。你所有想用在房子，以及用在衣着打扮上的钱，你都可以如数得到。如果你喜欢珠宝，你可以买，不过要我为你挑选。亲爱的，你的鉴赏能力实在有些差。包括你想买给韦德和艾拉的东西。假如威尔·本廷的棉花收成很好，我倒愿意帮助他们把棉花全部收进来，然后再卖出去，对于克莱顿郡的那头白象，你爱得是那样深。这样做足够公平了吧，不是吗？”

“当然，你是非常大方的。”

“不过你要仔细听清，一分钱也不能投资到你的商店，还有你的锯木厂上。”

“哦，”斯佳丽说着，脸就沉下来了。在整个蜜月的期间，她都一直在考虑，怎样才能向他提出要一千块钱的话题，她要扩大她的木材场，还需要再买五十英尺的土地。

“我一直认为，你的思想比较开明，对我所做的生意不会进行干涉和议论，而你现在的这种表现正好与其他人一样——也是害怕别人说我当家做主。”

“在巴特勒家中做主人，那你放心，人们决不会相信的，”瑞特拖长了声音说，“我不在乎那帮傻子们去说些什么。事实上，娶一个精明的妻子，对于我这个缺少教养的人来说，只会感到非常幸福。我想让你继续经营你的那个商店和几个工厂，那是你两个孩子的产业。当韦德他们长大成人的时候，对于继父对他的养护，他会认为是不合适的。那么，他会接管经营权。不过我的钱是不会投入到这些生意中去的。”

“为什么?”

“因为我不想去捐助阿希礼·威尔克斯。”

“你又提这事了?”

“不，但是你要问起原因，我只能这样说。还有一件事，你不能跟我玩做假账的游戏，说你的衣服要花多少多少钱，家里的开支需要多少钱，以便你可以从中得到一部分，用来给阿希礼买更多的骡子，或者是买一个锯木厂。我会核对你的开销账目，并且我也知道那些商品的价格。哦，不要以为自己受到了侮辱，对于此事，我不会放纵你的。事实上，任何与塔拉庄园或阿希礼有关的事情，我都不会放纵你的。我不介意塔拉庄园，但是我必须与阿希礼划清界限。你如今在我的驾驭之下，我可以把你的缰绳放得很松，亲爱的，可是你别忘了，我手中还拿着马笼头和马刺呢。”

第四十九章

艾尔辛太太仔细地听了听大厅里的声音，她听见梅兰妮的脚步声消失在厨房里，在那儿还响起了“砰砰”的盘子声及银质餐具的叮当声，可能正在准备食物，她转过身来，和正围坐在客厅里的太太们轻声地说着话，她们的膝盖上面都放着一个针线篮。

“就我个人来说，我决定现在以及将来再也不会去看望斯佳丽了。”她说道，脸上的神色比平时还要冷淡。

其余的南部邦联赈济孤寡缝纫协会的成员们，也急忙地放下手中的针线活，慢慢地将她们的摇椅靠在一起。所有的妇女早就想谈论瑞特和斯佳丽的婚事了，不过，因为梅兰妮在场，让他们都不便于再说些什么。前一天，他们刚从新奥尔良回来，现在在国民旅馆的新婚套房里住着。

“休对我说，我必须去看望他们，因为巴特勒船长曾经救了他的性命。”艾尔辛太太继续说道，“可怜的范妮也帮着他说话，她也说要去拜访他们。我对她说‘范妮，如果不是因为有斯佳丽，汤米现在还会活着，你去拜访他们，能对得起他吗?’可是范妮也糊糊涂涂地说道‘妈，我是去拜访巴特勒船长，而不是去拜访斯佳丽。他尽力救过汤米，即使失败了，那也不是他的过错。’”

“年轻人真荒唐!”梅里韦瑟太太说道，“真的去拜访他们!”当她想起自己曾劝说斯佳丽不要嫁给瑞特的事情时，斯佳丽对她的那种无礼的态度，她肥胖的胸部马上就气得直哆嗦。“我的梅贝尔同你的范妮一样傻。她也说要和雷内一块儿去拜访他们，因为巴特勒船长把雷内从绞刑架上救了下来。而我却说，如果不是斯佳丽暴露她自己的身份，雷内是不会出现危险的。并且，梅里韦瑟爷爷也准备去拜访他们，他说了一大堆糊涂话，他说，即使我不乐意，他还是要感激那个流氓。我敢发誓，自从梅里韦瑟爷爷进入沃特林那可恶的房子以来，他的行为也有些下流了。真的要去拜访他们！我肯定不去。斯佳丽嫁给了这种男人，不是自己在作践自己吗？在战争期间，他太坏了，作为一个投机者，他从我们的饥饿中赚得了钱财，而现在他又与无赖汉们及提包党人联手，而且还是——真的是——讨厌的坏蛋州长布洛克的朋友。真的去拜访他们了。”

邦内尔太太叹了口气。她是一位棕色皮肤的、又矮又胖的一个女人，长着一副很愉快的面容。

“多丽，他们只是出于礼貌去拜访一次。我认为不应该责备他们。我已经听说，那天夜晚所有出去过的男人，都打算去拜访他们，我也认为应该去一趟。也不用说什么大道理，对我来说，斯佳丽很难说是被她母亲养大的。在萨凡纳，我曾经和艾伦·罗彼拉德一块儿上过学，她是那儿最可爱的一个女孩，与我的关系非常要好。她要与她的堂兄菲力普·罗彼拉德结婚，她的父亲本来就不应该反对！这个男人真的不错——男孩子在外面找找女孩子，这有什么大不了的呢。可是艾伦却与那个奥哈拉老头私奔了，并生下斯佳丽这样的女儿。实际上，我只不过是出于对艾伦的纪念，才不得不去拜访他们一次。”

“简直是胡说八道!”梅里韦瑟太太极力表示愤慨，叫道，“基蒂·邦内尔，你准备去拜访一个在丈夫去世仅仅一年就出嫁的女人吗？这个女人——”

“并且还是她杀害了肯尼迪先生。”英迪亚插话说，她的话语冷酷而尖酸。不论什么时候，一想起斯佳丽，她总是想起斯图兰特·塔尔顿的事，让她表示出于礼貌而去看望他们，那是极为困难的。“而且我还认为，在肯尼迪先生被害死之前，我那时就怀疑她与巴特勒的关系有些暧昧。”

听到一个未嫁的女人这样提及此事，还没等这些太太们从她的话所引起的震惊中回过神来，梅兰妮已经站在门口了。她们谈得太投入了，以至于没有听到她那轻轻的脚步声，现在，她们面对着女主人，就像一群正在低声说话的女学生，突然被老师撞见一样。大家一见梅兰妮突然变了脸色，都充满了惊慌和忧虑。大家以前从来也没有见过梅兰妮生气到这种程度，她的脸由于极度的愤怒而涨得通红，善良的眼睛里在喷着怒火，鼻孔也在不停地颤动着。在场的太太们，谁也没有想到她会这样生气。她们都很喜欢她，但她们都认为这个最可爱最柔顺的年轻女子总是听长辈们的话，从来也不会发表她自己的见解。

“你怎敢这样，英迪亚?”她声音颤抖着低声问道，“你妒忌的用意何在呢?真是可耻之极。”

英迪亚也变了脸色，可是她的头却还是高高地抬着。

“我不会收回我说的话。”她简单地答道，不过她的内心却在进行着激烈的斗争。

“这是妒忌吗?”她又想起了斯图兰特·塔尔顿、霍妮和查尔斯，难道她妒忌斯佳丽就没有正当的理由吗?难道她没有正当的理由去恨她吗?尤其是现在，她怀疑斯佳丽是在设法让阿希礼陷入她的圈套里的时候。她想：“我有许多关于阿希礼和你那可爱的斯佳丽的事要告诉你。”英迪亚的内心里在做着两种抗争，她一方面想缄口不语，以保护阿希礼；另一方面，她还想把自己的怀疑都说出来，告诉梅兰妮及全世界的人们，让阿希礼得到解脱。这也可以迫使斯佳丽对阿希礼有所放松。只是现在还不是时候。只是怀疑，她还没有掌握足够的证据。

“我不会收回我的话。”她重复道。

“那么幸亏你现在不是在我家里住着。”梅兰妮用一种冰冷冷的声音说道。

英迪亚跳了起来，她那张蜡黄色的脸顿时变得通红。

“梅兰妮，你——我的嫂子——你不会因为那个放荡的女人而要与我吵架吧?”

“斯佳丽还是我的嫂嫂呢，”梅兰妮正面对她说道，两人的目光相遇时，好像素不相识似的，“而且她待我一直比我的亲姐妹还要亲。如果你已经忘记了她对我的关爱，我是不能忘掉的。当初，在整个围攻期间，她本可以回家，却留在这儿陪着我，当时就连贝蒂姑妈都逃到梅肯去了。在北方佬马上就要进入亚特兰大城的时候，她还在帮着我接生孩子，她本来可以把我留在这里的医院里，听凭北方佬的摆布，但她却不怕劳累，勇于挑起重担，在整个可怕的旅途中，一直把我和小博带回塔拉庄园；并且她还经常照看我，喂我饭吃，哪怕她自己已经是又饥又乏。因为我生病时，身体很虚弱，在塔拉庄园时，我有最好的床垫子。在走路时，我也能穿上一双很好的鞋子。英迪亚，你可以忘记她帮我做的那些事，但是我不能。当阿希礼回家时，身体有病、精神沮丧，没有家，口袋里也没有一分钱，她就像亲姐妹一样待他。当我们以为自己必须要离开佐治亚，为到北方去十分伤心的时候，斯佳丽这时就把据木厂让给阿希礼经营。而巴特勒船长救了阿希礼的命，也完全是出于好心。当然，阿希礼也没有对他提出任何要求！所以，我对斯佳丽和巴特勒船长是心存感激的。但是，你！英迪亚！你怎能忘记斯佳丽对我和阿希礼的那些关爱呢？你怎能那么看轻你哥哥的生命，去责备救过他生命的那个人呢？即使你双膝跪着对巴特勒船长和斯佳丽，也是理所当然的。"

"喂，梅兰妮，"现在已恢复了平静的梅里韦瑟太太，又开口说道，"你不该这样对英迪亚说这些话。"

"我也听到了你对斯佳丽的评论。"梅兰妮转向这位肥胖的太太喊道，她这时摆出了一副要与人决斗的架势，好像是刚打败了一个对手，又抽出剑，转身奔向另一个对手，"还有你，艾尔辛太太。我不在乎你的小心眼儿里对此是怎么想的，那都是你自己的事。可你在我的房子里，对她品头论足，并且让我也听到了，这就是我的事了。可是我觉得奇怪，我认为这种话怎么会从你们口中说出来，又是如何能说出口的呢？对于你们，你们的男人难道都是这样低贱，你们不希望他们现在活着，而情愿让他们死去吗？对于救了他们的人，对于冒着生命危险救了他们的人，你们难道一点儿都不感激吗？如果事实真相被揭穿的话，北方佬会容易地认为他是三 K 党的成员，他们可能早已被绞死了。可是他却为了你们的男人，不顾个人的生命安危，救活了你的公公，梅里韦瑟太太，还你的女婿、两个侄子。连同你的兄弟，邦内尔太太，还有你的儿子和女婿，艾尔辛太太，你们都是忘恩负义的人！我要让你们都向他表示歉意。"

艾尔辛太太站起身来，把做的活儿都放在篮子里，嘴巴闭得紧紧的。

"你怎么也这样没有教养，梅兰妮——不，我不会道歉的。英迪亚说得对。斯佳丽是一个轻佻而又放荡的女人，我不能忘记她在战争中的所作所为，我也不会忘记，她为了得到一小笔钱就成为一个可怜的白人败类——"

"你不能忘记"，梅兰妮插话道，她把两只小拳头紧握着插在腰上，"那个被斯佳丽开除的休，是因为他在经营锯木厂时，自己不精明造成的结果。"

"梅兰妮！"她们一起抱怨起来。

艾尔辛太太猛地抬起头，向门口走去。当她把手放在前门把手上时，她停住了，并转过身。

“梅兰妮，”她声音温柔地说，“亲爱的，这事确实让我伤心。我是你母亲最好的朋友，并且在你出世时，还是我帮着米德大夫，把你接出来的，我爱你就像爱我自己的孩子一样。如果这件事与你有所牵连，你再说这样的话，也是可以理解的。可是，像斯佳丽·奥哈拉这样的女人，你马上会受到她的报应，和对待我们一样——”

听着艾尔辛太太的话，梅兰妮的眼里开始涌出了泪水，这位老太太说完后，她的面孔绷起来了。

“我想把事情弄清楚。”她说，“如果你们中的哪位，如果不去看望斯佳丽，那也就没有必要再来这儿了。”

太太们都站起身来，屋子里顿时嗡嗡地响了起来，乱作一团。艾尔辛太太把针线篮扔到地板上，回到房间里去了，连她的假发也被震乱了。

“我不能接受！”她喊道，“我不能接受，你糊涂了，梅兰妮，我不用对这件事负责。你还是我的朋友，我也是你的朋友。我们之间绝不会发生这种事的。”

说着她哭了起来，不知怎的，梅兰妮也躺在她的怀里哭了起来，可是她一边哭泣，一边说，她说过的每句话都要算数的。又有几位太太也掉下了眼泪。梅里韦瑟太太竟拿着手帕放声大哭，并把艾尔辛太太和梅兰妮一起抱在怀里。贝蒂姑妈被吓呆了，她一直都在那里做一名旁观者，这时，突然倒在地板上了，她已经晕过几次了，这次是真的昏了过去。这时，屋里一片混乱，有哭的，有叫的，也有急忙跑去拿嗅盐和白兰地的，其中只有一个人有一副平静的面孔，眼中也没有泪水。在没人注意到她时，英迪亚·威尔克斯偷偷地溜走了。

几个小时后，梅里韦瑟爷爷在“时代女郎”酒馆里，碰到了亨利·哈密尔顿伯伯，把早上所发生的事情告诉了他，说这是从梅里韦瑟太太那里听到的。他津津有味地讲着这件事，他心里感到很高兴，别人竟然有勇气镇住他那令人生畏的儿媳。当然，他没有这种勇气。

“那么，这帮傻子们最终是怎么决定的呢？”亨利伯伯恼怒地问道。

“我也拿不准，”梅里韦瑟爷爷说，“不过我认为，可能是梅兰妮取胜了。我敢打赌她们都会去拜访他们的，至少是一次。人们都会看望你的侄媳妇的，亨利。”

“梅兰妮是个傻子，那些太太们想的到对。斯佳丽办事老练得很，我也不明白查尔斯为什么与她结婚，”亨利伯伯神情沮丧地说，“不过在某些方面，梅兰妮也是对的，出于礼貌，那些被巴特勒船长救活的那些男人的家属，也应该去拜访他们。我并不是反对巴特勒。那天晚上他救了我们，就说明他是一个好人。而斯佳丽却像是沾在我燕尾服上的苍蝇，让人讨厌。她是一个过于精明的女人，只为自己的利益着想。嗯，我要去拜访他们。不管是不是无赖汉，斯佳丽毕竟是我的侄媳妇。我打算今天下午就去拜访他们。”

“亨利，我也和你一块去，多丽要是听说我去过了，准会气得要上吊。等一下，让我再喝一杯。”

“不用了，让我们到巴特勒船长那里喝个痛快吧。我会向他要喜酒喝的，他家里一直都有好酒。”

瑞特说，他们要不是害怕梅兰妮采取过激的行动，他们根本就没有必要来的。斯佳丽不知道他怎么会知道这个消息，她也不去考虑它，认为这件事不值得考虑。她还不太相信，对于艾尔辛太太和梅里韦瑟太太这样的人，梅兰妮对她们能有那么大的影响力？对于他们的不再来访，她一点儿也不觉得懊恼。事实上，他们来与不来，是没有人会加以留意的，因为她的套房里一天到晚都挤满了另一类客人。当地的亚特兰大人称他们为“新居民”，他们这样称呼他们实在有些不太礼貌。

国民旅馆中住着许多这样的“新居民”，他们同瑞特和斯佳丽一样，一直在等待着建成自己的房子，他们都穿着华丽的衣服，很是富有，和瑞特在新奥尔良的朋友十分相似，衣着精美，花钱随便，不说自己的家世，都是共和党人，都在亚特兰大与本州政府有着生意上的往来。究竟是什么生意，斯佳丽不知道，也不想费心查问。

她要是去问瑞特，他就可以详细地告诉她他们做的都是些什么生意，就像老鹰对待就要死亡的动物一样，他们从远远的地方就闻到了死亡的气息，并被吸引到这里来，以便吞食它们。被佐治亚人民自己管理的政府已经僵死，不能自立了，于是外面的冒险家就蜂拥而至。

瑞特的那帮提包党人朋友和无赖汉朋友的妻子一群一群地赶来拜访，那些斯佳丽已经认识，以前曾向她买建造房屋木材的那些“新居民”也来拜访。瑞特既然同他们有生意上的往来，她就应该接待他们，而一经接待他们，她才发现他们原来是一帮生活得很愉快的人。他们都穿着漂亮的服装，并且也从不谈论那次战争，以及那些艰苦的时期，他们的谈话范围也只是有关时装、丑闻和惠斯特牌方面的新闻。斯佳丽以前从来不玩牌，所以现在玩起牌来非常高兴，并很快地成了一个玩牌高手。

只要她在旅馆里，她的套房里总会有一些惠斯特牌牌手陪她玩。但是这些天来，她不能经常待在她的套房里，因为她正忙着建造自己的新房子，已无法接待来访者。她也不介意是否有来访者，她想把自己所有的社交活动，都拖延到房子落成的那一天。到那时，她就可以以亚特兰大最大府邸的女主人的身份出现在世人面前，并且还可以成为全城最精彩娱乐活动的东道主。

那几天的日子过得又长又温暖，她亲眼看到了自己的红石头灰墙壁的房子被迅速建起来了，高出了桃树街上的任何一栋房子。她忘记了自己的商店和锯木厂，她把所有的时间都花费在工地上，与木工、石匠唠叨着，还要忍受着承包商的打扰。随着墙壁的建成，她自己看着实在是满意，心中暗想，等房子落成后，它将是全城最大最好的房子。与附近那幢买来用做布洛克州长官邸的、詹姆斯家的房子相比，她的房子更显得富丽堂皇。

州长的府邸在栏杆和屋檐上都雕有华丽的镂花锯拼成的图案，但是与斯佳丽房屋上复杂而迷人的涡卷形装饰相比，就有些相形见绌了。州长的府邸中有一间舞室，与斯佳丽房子中占用整个三楼的大型舞厅相比，那简直就是一张台球桌。事实上，斯佳丽房屋中的每一样东西，都要比州长的房子，以及城中任何房子中的东西都要多，比如圆顶多、楼塔多、角楼多、阳台多、避雷针也多，而彩色玻璃窗户就更多了。

房子的外面，通通有走廊围绕着，并且还都有一段楼梯。庭院宽阔、绿草如茵，到处布满了带有田园风味的长铁椅子，还有一座入时的铁凉亭，被称为纯粹哥特式的，斯佳丽确信，那是按照纯粹的哥特式图案建造而成的。还有两座大型铁塑像，一座是头雄鹿，另一座是一只猛犬，有什得兰矮种马那样大。对于韦德和艾拉两个人来说，新房子的面积之大，装饰之豪华，入时幽暗的色调，都令他们头晕目眩，只有这两座动物的金属塑像，让他们心里感到很高兴。

室内的装修都是按斯佳丽的愿望布置的，整间房子的地板上都铺着厚厚的红色地毯，门上是红色的天鹅绒门帘，漆得光亮的最新式黑色胡桃木家具，都是精雕细刻而成的，房子中央的坐垫是用极滑的马鬃做成的，太太要到上面坐的时候，一不小心，就会滑落下来。墙上到处都挂着镀金框架的大镜子。还到处挂有可照到全身的长穿衣镜，正如瑞特无意中所说的那样，它的数量几乎要与贝尔·沃特林房中的镜子一般多。在镜子中间，是嵌在沉重的框子里的钢板刻图画，有的竟八英尺长，都是斯佳丽特地从纽约订购的。墙上贴着深颜色的壁纸，高高的天花板，房间里的光线一直很暗，因为窗户上悬挂着深紫色的厚绒窗帘，挡住了室外的大部分太阳光。

房屋内外的所有东西，都让人们大吃一惊。斯佳丽踏着柔软的地毯，躺在厚厚的羽绒床垫上，又想起在塔拉庄园时，那冰凉的地板和麦秸充实的被褥套，心里感到十分得意。她认为这是自己所见到过的最漂亮，装饰也是最豪华的房子了，可是瑞特却说好像是在梦中一般。如果她觉得快活，就随她安排吧。

“即使一个完全不了解我们的陌生人，在见到了这栋房子后，也会得出一个结论，这是用不义之财建造而成的。”他说，“你知道，斯佳丽，常言道：‘斜路上来的钱，去路不正。’只有投机商人才有可能建造这类房子。”

可是，在斯佳丽的心里，却充满了骄傲和幸福的感觉，而且想的是搬进新居后，如何进行娱乐活动的计划。对于他对她的劝告，她也只是捏着他的耳朵，说：“瞧你说的，怎么能这么说呢？”

现在，她才明白，只要有可能，瑞特总是喜欢挑逗她，把她激怒起来才感到好玩。她要是把他的话当真，她就不得不和他吵架，她不想与他吵架，因为吵架的结果，总是以她的失败而告终。所以，对于他所说的话，她从来都听不进去。在她不得不听时，也只把他说的话当成是一句笑话而已。她也曾这样试验过一段时间。

在他们度蜜月时，以及待在国民旅馆的大部分时间内，他们在一起生活时都能和睦相处，可是当他们迁入新居后，在斯佳丽的周围聚集了一群新朋友时，他们便开始了激烈的争吵。他们的争吵也是一会儿就会结束。他们居住在一起的时间就较少，况且要和瑞特连续争执几乎是不可能的，她真发起脾气来，他总是能保持冷静的态度，一旦时机成熟，他才乘其不防地猛击她一下。总是她一个人在吵，瑞特并不与她争吵。他只是对她本人、她的所作所为、她的房子及她的新朋友，发表一些毫无意义的看法而已。以致他的建议，有时性质还十分严重，让她再也不能忽视，也不能当作玩笑。

例如，当她决定把“肯尼迪大商店”的招牌换去，改为更具有启发性的某个名字时，便让他再考虑一个名称，其中要把 Emporium（商场）一词包括进去。瑞特建议用 Caveat Emporium（概不退换），并让她相信这个名字最与她商店中所出售的货物类型联系上。她认为这个招牌能给人留下深刻印象，就跑了很远的路，才让人把这个店牌油漆好。后来遇到阿希礼·威尔克斯，当他向她解释了这个词的真正含义时，这才让她大怒，而瑞特却对她的发怒大笑了好一阵。

还有瑞特对待嬷嬷的方式。嬷嬷总认为瑞特是一匹配着马具的骡子，她的这种认识决不会有所改变。她对待瑞特的态度，也是既冷淡又不失礼貌。她总是叫他“巴特勒船长”，而不称他为“瑞特先生”。对于瑞特赠给她的那条红裙子，她甚至也没有道谢，并且也从来不穿那条裙子。她还尽可能地不让韦德和艾拉与瑞特接触，甚至不顾韦德很崇拜瑞特伯伯这一事实，显然，瑞特也很喜欢这个孩子。瑞特却既不解雇嬷嬷，也不克扣她的工钱或给她冷面孔。恰恰相反，瑞特对她特别尊敬，比对待斯佳丽新近认识的所有太太们还要尊敬得多。实际上，他对她的尊敬，也超过了他对待斯佳丽本人的态度。他要带韦德出去玩时，也总是要得到嬷嬷的同意，给艾拉买玩具时，也要和嬷嬷商量一下。而嬷嬷对他却并不礼貌。

斯佳丽认为瑞特作为一家之主，应该对嬷嬷威严一些，但瑞特只是笑了笑，说嬷嬷才是家中的真正主人。

有一次，瑞特冷静地对她说，从现在开始，在最近几年内，他很为她的将来担心，共和党的统治很快就要在佐治亚州失势，民主党人会卷土重来，他的这番话激怒了斯佳丽。

“当民主党拥有了自己的州长和立法议会的时候，你所有那些粗俗的共和党朋友，将会在政治的舞台上滚蛋的，还会被遣送回到他们所属的地方去，甚至会看大门或者去打扫厕所。那时，你就会孤身一人，既没有一个民主党的朋友，也没有一个共和党的朋友，嗯，不要考虑明天的事吧。”

斯佳丽笑了，而且笑得也有一定的道理。因为在那时，布洛克仍坐在州长的位置上，立法议会中有二十七名黑人议员，而佐治亚的数千名民主党选举人，都丧失了选举权。

“民主党人决不会卷土重来，他们所干的事情会更加激怒北方佬，这就会使他们回来后的日子拖得愈来愈远。他们所做的事，只不过是说说大话，或者在夜间做些三 K 党的工作而已。”

“他们会回来的，我理解南方人，也理解佐治亚人。他们都是一种坚强而又固执己见的人。即使再打一仗，只要他们能回来，他们也情愿再打一次仗的。如果需要的话，他们也会像北方佬那样，去花钱买黑人的选票。如果他们也需要像北方佬那样，宣布上万名死人也享有选举权，他们会把佐治亚州墓地中的每一具尸体，都叫起来编入选民名册。在我们的好朋友布洛克接任以来，事情还没变得如此糟糕，佐治亚人会把他赶下台去的。”

“瑞特，用不着对我说这样的废话！”斯佳丽喊道，“你这样说，就好像我看见民主党回来就不高兴似的！而且你也知道我并不是这样的！看见他们回来，我也会很高兴的。难道你认为我就愿意看到这些包围着我们的士兵吗？不要提醒我——难道你认为我喜欢吗？怎么啦，我也是一名佐治亚人！我喜欢看见民主党回来。可是他们不会回来的，再也不会回来的。即使他们回来了，又为什么能影响到我的那些朋友呢？他们还会拥有自己的金钱，不对吗?”

“就算他们能守住自己的这些钱财，可他们按现在的速度挥霍下去，他们中的任何一个人，究竟有没有能力把这些钱，保存到五年以上，还是令人怀疑的。他们的钱并没有给他们带来多大的收益，就像我的钱也没有给你带来任何收益一样。但是，可爱的小骡子，我可以确定的说，我的钱财不会让你变成一匹马，是吗?”

就为这最后的这句话，他们之间持续争吵了好几天。过了第四天，斯佳丽还是一副闷闷不乐的样子，显然，保持沉默就是想让瑞特道个歉，而瑞特则去了新奥尔良，不顾嬷嬷的反对，还带走了韦德，并且一直待到斯佳丽平息了怒火。然而因为他没有向她道歉，这种怒火一直留在她的心头。

当瑞特从新奥尔良回来时，态度冷淡而又彬彬有礼。斯佳丽尽可能咽下心中的怨气，把它置于脑后，准备日后有机会再发作。现在，在新房子建成之前，她不想有任何的不愉快事情的烦扰。她希望能过得快快活活，因为她正一心计划着，要在新房子中举行的首次舞会。这一定是一场盛大的晚会，有象征着胜利的棕榈叶和管弦乐队的演出，游廊周围挂着帆布，还准备了丰盛的酒菜，斯佳丽想起来就直流口水。她还邀请了她在亚特兰大曾经认识的所有老朋友，以及蜜月归来以后所认识的那些可爱的新朋友都来参加舞会。举办舞会的目的在很大程度上是要驱除瑞特带给她的痛苦，她感到很幸福，好多年了，她从来也没有筹备过这种招待会，也没有这样幸福过。

哦，有钱真快活！可以举办宴会而不必计较花费多少钱！可以买最昂贵的家具、衣服、食物而不必去考虑钱的多少！还可以寄一笔钱给住在查尔斯顿的波林姨妈和尤拉莉姨妈，以及在塔拉庄园的威尔，这是多么不可思议的事啊！哦，那些嫉妒自己的傻子们，竟说钱不能代表一切！瑞特的认识有多么错误啊，竟说钱没有给她带来任何东西！

斯佳丽向所有的新老朋友以及熟人都发了邀请卡，甚至包括许多她压根儿就不喜欢的那些人。就连到国民旅馆拜访她时，一直表现得很没有礼貌的梅里韦瑟太太、态度冷淡得毫无表情的艾尔辛太太，也在被邀请之列。斯佳丽还邀请了米德太太和怀特太太，尽管她也知道，自己不喜欢她们，而且也知道她们会有些难为情，因为在如此豪华的庆祝宴会上，她们也没有合适的衣服可穿。斯佳丽的那次迁入新居的宴会，被时人称为“社交大聚会”，如此盛大的晚会，居然有半招待会、半舞会的性质，这也是亚特兰大城从来也没有经历过的精彩事件。

那天晚上，房子里和遮着帆布的走廊上都挤满了客人，他们喝着香槟五味酒，吃着她的馅饼和奶油、牡蛎，伴随着管弦乐队的舞曲翩翩起舞，这一切都掩映在棕榈叶和橡胶树的围墙中。除了梅兰妮、阿希礼、贝蒂姑妈、亨利伯伯、米德大夫、米德太太，以及梅里韦瑟爷爷外，那些被瑞特称为“老自卫队队员”的老朋友们，一个人也没有来。

许多“老自卫队队员”，有的已经勉强决定要参加这次“社交大聚会”，有的因为梅兰妮的竭力相劝，已经接受了邀请，另外一些人是由于瑞特救活了他们，或者是他们亲人的生命而觉得欠了瑞特的人情也接受了邀请。可是，在宴会举行的前两天，州长布洛克已经被邀请的谣言在亚特兰大传开了。于是，那些老自卫队队员们，也都纷纷为不能接受斯佳丽的善意邀请而来信深表遗憾。到了那天晚上，当看见州长进入斯佳丽的房子时，那一小部分已经出席的老朋友们，也都一哄而散了。

对于这些人的轻慢态度，斯佳丽觉得十分扫兴，对于她来说，这次宴会是彻底给毁了。她精心设计得如此漂亮的“社交大聚会”，却没有来几个老朋友，甚至老对手也没有一个来参加这次奢侈的宴会！黎明时，当最后一个客人离开后，斯佳丽气得本想要大哭一场的，只是害怕瑞特又要大声说些嘲笑她的话，即使她什么也不说，她也能从他那闪光的黑眼睛中看到“我已经把这一切都告诉过你”的话，她也有些害怕。于是，她就装出一副毫不在意的样子，勉强咽下了这个苦果。

第二天早上，在梅兰妮面前，她才尽情地出了这口心中的怒气。

“你侮辱了我，梅兰妮·威尔克斯，而且你还让阿希礼，以及其他人侮辱我！你明白，如果你不拉他们，他们绝不会那么早就离开的。哦，当我！当我把州长布洛克带过来，要给你做个介绍时，你却像一只兔子似的跑了！”

“我不相信——我不能相信他真的会出席，”梅兰妮皱着眉头回答道，“即使每个人都说——”

“每个人？那么每个人都在背后叽叽喳喳胡乱议论我了，是吗?”斯佳丽愤怒地喊道，“你的意思是，如果你早知道州长会参加的话，你也绝不会来了，是不是?”

“是的，”梅兰妮盯着地板，低声说道，“亲爱的，我本来不应该参加的。”

“真是活见鬼！所以你就像其他人那样侮辱我！”

“哦，我的天！”梅兰妮真正着急起来，喊道，“我并没有伤害你的意思。亲爱的，你是我的姊妹，查尔斯的遗孀，所以我——”

她小心地拉住斯佳丽的胳膊，但是斯佳丽甩开了她，在她的内心里，有一种强烈的感觉，希望她能像杰拉尔德过去那样，发脾气时就大声地吼叫。但是，梅兰妮毫不畏缩，勇敢地去正视她的愤怒。况且，她一边看着斯佳丽气得发红的双眼，一边挺立起她那瘦弱的双肩，表现出一种威严的表情，这与她那满是孩子气的脸和身材都很不协调。

“你受到伤害，我为此而感到难过，亲爱的，可是我不能与州长布洛克，以及其他任何共和党人、无赖汉们见面。无论是在你的房子里或者是在别的地方，我都不想见到他们。是的，即使我不得不——不得不——”梅兰妮焦急地想找出一句最严重的话来表达自己的心态——“即使我不得不得罪他们，我也不怕。”

“你这不是批评我的朋友吗?”

“不是，亲爱的。他们只是你的朋友，而不是我的朋友。”

“你是不是批评我，竟把州长请到我家里来了?”

梅兰妮被她问得无话可答，但她还是毫不退缩地盯着斯佳丽的双眼。

“亲爱的，无论你做什么事，都有适当的理由，我爱你，信任你，我不应该批评你。不过，哦，斯佳丽!”突然，她急急地说出了一连串激烈的话来，声音虽然很低，但却非常强硬，“难道你忘记了这些人曾经是怎样对待我们的吗?你能忘记亲爱的查尔斯是怎么死的吗?阿希礼的健康因他们而毁，还有那被烧了的十二橡树庄园，你难道都忘了吗?哦，斯佳丽，你不能忘记你开枪射死的那个北方佬，他手里还拿着你母亲的针线盒！你不要忘记还有在塔拉庄园的谢尔曼的部队，他们是如何把我们的内衣也给拿走的！他们想把我们的房子烧为平地，并且也真的拿走了我父亲的刺刀！哦，斯佳丽，正是你所邀请的那些来参加宴会的这些人，他们把我们抢劫一空，折磨我们饿死！他们还煽动那些黑鬼来欺压我们，来掠夺我们，剥夺我们的选举权！我不能忘记！我也不会忘记！我也不肯让我的小博忘记，而且我还要教我的孙子们，去仇恨这些人，如果上帝让我活到那一天的话，我还要让我孙子的孙子也仇恨他们！斯佳丽，你为什么就忘记这一切呢?”

梅兰妮停下来，喘了口气，斯佳丽瞪着她，梅兰妮那种强烈而颤抖的音调，让她既感到有些吃惊，还有些生气。

“你认为我是个傻子吗?”她不耐烦地问道，“我当然记得这些！但是这些都已成为过去，梅兰妮。把事情变得好一些，这也是我们的责任，而我也正尽力这样做。如果我们能正确地对待他们，布洛克州长和共和党中一些比较友好的人还可以给我们提供很大的帮助。”

“共和党中根本就没有好人，”梅兰妮直截了当地说道，“而且我也不需要他们的帮助，我也不打算得到那些哪怕是最好的东西——如果他们是北方佬的东西。”

“我的天哪，梅兰妮，我们两个何必生那么大的气呢？”

“哦！”梅兰妮喊道，好像她的良心受到了打击，“我说的都是些什么呀！斯佳丽，我并没有要伤害你的感情，或者对你有所批评的意思。每个人的想法都是各不相同的，而且每个人也都有权利保留自己的意见。喂，亲爱的，我爱你，而且你也会依然爱我的，是不是？我不曾使你恨我吧，对吗？斯佳丽，如果有什么事在我们之间隔着，我确实也无法容忍，别忘了，我们曾经在一起生活！请你答应我，我们和好如初吧。”

“真是胡说八道，梅兰妮，你真有点儿小题大做！”斯佳丽还在心怀怨恨地说道，不过，当梅兰妮偷偷地把手伸向她的腰间时，这次，她再也没有把它推开。

“得啦，我们现在又和好如初了。”梅兰妮高兴地说道，不过她又轻轻地补充了一句，“我希望我们还像以前那样经常来往，亲爱的，共和党人和提包党人什么时候去你那里，你可要先告诉我一声，那时候我就待在家里面。”

“你来与不来，我都丝毫不感兴趣。”斯佳丽说着，戴上她的帽子，怒气冲冲地回家去了。梅兰妮脸上那种忧伤的表情让她那颗已经受伤的虚荣心得到了一些满足。

举办宴会后的几个星期里，斯佳丽一直都在尽力地保持着一副她对公众舆论漠不关心的虚假样子。除了梅兰妮、贝蒂、亨利伯伯和阿希礼以外，没有一个老朋友来拜访她，而且也没有人邀请她去参加他们举办的那些普普通通的娱乐活动，这真的使她感到困惑并有些伤心。他们不是已经同意与自己言归于好，自己也向他们表示对他们背后的议论、诽谤并不记在心上的吗？当然，他们也肯定知道她与他们一样，也不喜欢布洛克州长，而她对他的那种友好，不过是做做样子罢了。这群白痴！如果大家都能友好地对待共和党人，佐治亚州很快就会从现在的形势下解脱出来。

当时她并不知道，她的这种举动，把她与旧时代，与老朋友联系在一起的那根脆弱的纽带，一下子就给永远地割断了；即使在梅兰妮的影响下，也不能接上这根已经断裂的细若蛛丝的纽带。而梅兰妮虽然有些难为情，有些伤心，但她仍忠于斯佳丽，却没有去试着修复这根纽带。斯佳丽即使想重新回到原来的位置上去，回到老朋友中去，现在已经不存在回去的可能性了。全城反对她的面孔，就像花岗岩般的冷酷无情。他们对布洛克政权的仇恨，也把她包括在内了。这种仇恨不是正在燃烧着的火焰，而是冰冷而又无法平息的。斯佳丽已经与敌人祸福与共了。无论她的出身的家庭关系如何，她现在属于变节分子、黑人的支持者、叛徒、共和党和无赖汉的范畴了。

过了一段悲惨的时光之后，斯佳丽装作不在乎变成了真的不在乎了。斯佳丽绝不是一个为了某个异想天开的念头就一直烦恼的人，也不是因为一次活动的失败就长期沮丧的人。不久，梅里韦瑟、艾尔辛、怀特、邦内尔、米德及其家人，还有其他人对自己的评价，她也就不放在心上了。至少有梅兰妮带着阿希礼来拜访她，而阿希礼才是最重要的。而且那些参加了她的宴会的亚特兰大人，与那些心胸狭窄的老母鸡相比，他们更是志趣相投的朋友。无论什么时候，她想要家里宾客满座，她都能做到，与那些对她不满又非常拘谨的老傻瓜们相比，这些客人却更讨人喜欢，况且衣着也非常漂亮。

这些人都是新来亚特兰大的人，其中的一些人是瑞特的熟人，有些与他之间还有着那些神秘的生意往来，这些业务被瑞特称为“亲爱的、纯粹的生意”。有些是斯佳丽在国民旅馆中所结识的成对夫妻，还有一些布洛克州长任命的下属。

现在，与斯佳丽交往的那些与她志趣相投的朋友，可以说是一锅大杂烩。其中，盖特勒一家曾在十二个不同的州居住过，很显然，他们急忙搬家到另一个地方，都是因为他们的骗局已经被人识破；来自远方州的康宁顿一家同“自由人局”有关系，曾经以黑人太无知、需要他们加以保护为借口，赚取了一大笔金钱；迪尔是专门把“纸板”牌鞋子卖给南方邦联的商人，一直卖到战争的结束，他们不得不在欧洲度过；亨登在许多城市的警察局中都备过案，但是他竟然经常成为政府合同的成功投标人；卡拉汉以赌博为业，他现在还拿着州政府的资金，以建造根本就不存在的铁路为名，正骗取着更大的赌金；弗莱厄蒂曾经在1861年，以每磅一分钱的价格买下食盐，到1863年，食盐的价格涨到每磅五角钱，他从中赚了一大笔钱；而巴特曾经在战争期间，在北方的某一座大城市中，是一家妓院的老板，现在正忙于在投机家的团体的最上层，社交来往频繁。

这些人现在都成了斯佳丽的好朋友。不过，在参加她的大型招待会的人中，也有许多人出身于上等家庭的文明高尚之人。除了投机家中的上层人士外，由于亚特兰大的重建和不停扩张的商业活动的吸引下，北方的一些富人也纷纷来到这里。富有的北方佬把他们的子弟派到南方开拓新领地，而退伍后的一些北方佬军官，也在这座经过他们极为艰苦的战争才占领的城市中永远定居了。开始时，作为一个陌生城市中的外地人，他们都高兴地接受了富有而又好客的巴特勒太太的慷慨宴请，可是很快地，他们便退出了斯佳丽的那些朋友圈子。因为他们都是好人，只要与提包党人和提包党政权进行短时间的接触，他们就会与当地佐治亚人一样，也痛恨起他们来了。许多人成了民主党人士，比南方人还南方人。

另外，还有一些不适合于做斯佳丽的朋友的人也留了下来，因为他们在其他的地方不受欢迎。他们虽然想待在老自卫队队员家里那安静的客厅中，但是，老自卫队队员们一个也不愿意接待他们。其中还有一些人是北方的女教师，她们来到南方，是因为在她们的心中充满了要提高黑人地位的愿望。而一些无赖汉们，本来是出身正派的民主党人士，投降以后也变成了共和党。

与现实不相符的北方佬女教师和提包党，这两类人，哪一类人更受当地的居民痛恨，这也很难下结论。不过权衡比较一下，人们有可能更痛恨后者。对于北方佬女教师，他们那一句，“嘿，你还能指望这些热爱黑鬼的北方佬做些什么呢？当然，他们认为黑鬼与她们一样也是正派人！”就可以把她们打发走；但是对于那些只是为了个人的利益而变成共和党人的佐治亚人，就没有什么借口了。

“我们已经挨够了饿，你们也应该尝尝饥饿的滋味了！”这是老自卫队队员们的感受。许多前南部邦联的士兵，自己也清楚家中缺衣少食，那是出于对男人们的强烈的恐惧所造成的。对于他们以前的战友，为了让家人能够吃上饭，而不得不改变自己的政治身份，而被迫这样做也能够得到人们的理解。可是老自卫队队员中的妇女们，却不这样认为，对于社会上的权贵，她们实在是一支坚决而又不畏惧的力量。现在，在她们的心目中，南方邦联失败后，反而比在他们的统治时期显得更伟大、更可爱。现在，它是她们心目中的一座偶像。与它有关的任何事物都是神圣的。为此而献身的男人的坟墓、战场、破碎的旗帜、挂在客厅里交叉着的军刀、从前线来的褪了颜色的信，甚至还有那些老兵们。对于以前的敌人，她们这些女人决不会给予帮助、安慰或者宽恕，而现在，斯佳丽却变成敌人中的一员。

在这个为政治形势所迫而凑合在一起的大杂烩中间，有一个共同点，那就是他们都很富有。由于在战争以前，他们很多人从来也没有过二十五元钱，现在他们则开始挥霍狂欢，这是亚特兰大人以前所从来也没有见到过的。

在共和党人掌握政权后，整个亚特兰大城就进入挥霍浪费的时代，在文明的薄薄饰物下面，掩盖着的是些罪恶和肮脏的东西。贫富之间的差距从来没有这么明显。那些高层人物丝毫也不考虑那些贫民，除了黑人以外，他们必须拥有最好的，最好的学校、住宅、服饰和娱乐活动，因为他们是一支政治力量，而且每一个黑人在选举中都起着重要的作用。可是对于变得贫穷的亚特兰大人民，即使饿死在街上，所有新富的共和党人也是毫不在乎的。

在这庸俗的消费浪潮的顶峰时期，斯佳丽高兴地骑着马到处兜风，刚做了新娘，华丽的衣服上缀满了饰物，显得更是精力充沛，这是因为瑞特有钱做她坚强的后盾。这是一个对她很适合的时期，粗俗、无礼、打扮得过于艳丽而四处炫耀，到处都是这些过分打扮的女人，装修得过于奢侈的房子、太多的马匹、过于丰盛的食物以及肆意地喝着威士忌。有时候，斯佳丽也会重新思考她的那些新朋友，她也清楚，按照她母亲艾伦的标准，她们没有一个人符合淑女的标准。但是，自从她很久以前的一天，她站在的客厅中，决定做瑞特太太的那一刻起，她就已经多次违背了艾伦的标准，现在也常常感觉不到，良心上所受到的哪怕一点点谴责了。

严格说来，这些新朋友都不是淑女和绅士，不过，他们都像瑞特在新奥尔良的那些朋友一样，他们竟然也是这样有趣！比她以前在亚特兰大的那些温顺的、信仰上帝而并经常阅读莎士比亚的朋友要有趣多。而且，除了短暂的蜜月期以外，她很久以来都没有了欢乐，而且也不曾有过安全感。现在她感觉到安全了，她想跳舞，想玩乐，想放纵一下，想尽情享用美味和醇酒，想用丝绸和缎子装饰自己，想沉睡在柔软的羽绒被褥以及豪华的垫子中。现在她已经拥有了这些东西。在瑞特愉快的宽容下，从现在开始，她已经从孩提时代的约束中获得了自由，甚至是从当初饥饿的恐惧中获得了自由，她放纵自己享受那些自己以前曾经只能在梦中才能见到的那些奢侈的东西——做着她喜欢做的事，并要对那些不喜欢的人们说，“见鬼去吧”。

对于斯佳丽来说，已经出现了陶醉在快乐之中的感觉，这是所有靠她们的小聪明而获得成功的赌徒、骗子及彬彬有礼的女投机家所特有的感觉，她们的生活是对有序社会的肆意嘲弄。更确切地说，斯佳丽的所作所为都是随心所欲的，实际上，她很快便变得肆无忌惮地去侮辱别人了。

她不但无意识地经常在共和党人及无赖汉朋友面前，表现得很是傲慢，而且对其他任何阶层的人都是如此，与在本城居住的那些北方佬的家属相比，她更显得傲慢无礼。在所有从外地拥入亚特兰大的各种人中，斯佳丽拒绝接受的只有北方的军人，她经常毫不能容忍，甚至一反常态地对他们无礼之至。她自己也忘不了蓝色军服就意味着什么。不仅仅梅兰妮一个人，对于斯佳丽来说，蓝色制服和金色的纽扣永远意味着围攻的可怕、逃跑的恐怖、掠夺和焚烧，极度的贫穷以及在塔拉庄园时那所有折磨人的劳动。现在她富了，又有州长和显贵的共和党人做朋友，她感到自己很安全，可以肆意侮辱任何一个她所看到的那些穿着蓝军装的军人。

有一次，瑞特曾经不经意地给她指出，聚集在他们家里的男性客人，大多数都在不久前穿过相同的蓝色军装。斯佳丽却反驳道，除非穿上蓝色军装，任何一个北方佬就不像是北方佬了。对于她的话，瑞特耸了耸肩说道：“始终如一，你是一个宝贝。”

斯佳丽痛恨那些穿着笔挺蓝军服的人，这些人越是感到很难堪，她就越是尽情地慢待他们。那些军人的家属有些感到很为难，他们大多数人都是文静而受过良好的教养。他们在充满敌对情绪的地方，感到十分孤独，渴望回到他们在北方的家中。他们被迫拥护声名狼藉的人的统治，他们自己也为此感到有些丢脸。但是，与斯佳丽所结交的人相比，他们还属于非常优秀的一个阶层。自然，使这些军官的妻子们迷惑不解的是，生性活跃的巴特勒夫人，能把长着红头发的、十分粗俗的布丽奇特·弗莱厄蒂作为她的好朋友，对自己却是过分地不客气。

但是，就连被斯佳丽视为心腹的太太们，也不得不忍受她的傲慢。不过，她们乐意忍受她的傲慢。因为她们认为，斯佳丽不仅代表着财富和优雅，而且还是旧统治、名声、家族和传统的代表，这是她们非常渴望能得到的。不过这些新贵族的太太们不知道，斯佳丽的父亲，曾经是位大奴隶主，她的母亲出身于萨凡纳的罗彼拉德家族，她的丈夫是查尔斯顿的瑞特。但这些对她们来说已经足够了。她是她们通向旧社会的楔形阶梯，她们希望进入这个旧社会。但是，这个旧社会却看不起她们，也从不和她们来往，在教堂里碰面时，只不过冷冷地打一个招呼而已。事实上，斯佳丽不仅是她们进入旧社会的阶梯，对于刚刚从不显眼的地位爬上来的那些人来说，她本人就代表着旧社会。本身就很虚伪的太太们，对于斯佳丽的种种虚伪行径，她们都已经习惯了，根本就看不出来。她们以她自己的评价来看待她，并忍受她的许多行为，她的做作、她的脾气、她的傲慢，以及对她们的缺点所进行的批评。

这些女人都是刚刚从贫穷中爬出来的，对于自己也没有把握，因此就更想表现出优雅的太太风度，担心发脾气或者反驳别人的话，会被人认为不像太太。她们要不惜一切代价表现出太太所应有的风度，她们装出十分纤弱、谦虚和天真的样子。与她们交谈，人们也许会认为她们是一群缺少双腿、不具有一些自然的本能以及对邪恶世界的认知能力。谁也不会想到，红头发的布丽奇特·弗莱厄蒂，长着一身不怕太阳晒的白皮肤和一口娇滴滴的土腔，还会偷他父亲的积蓄来到美国纽约，在一家旅馆当了一名女服务；再看一下柔弱忧郁的西尔维亚（以前名为萨迪·贝尔）、康宁顿和玛米·巴特，没人会能想到，前者是在鲍厄里，她父亲的酒吧中长大的，而且在生意繁忙时，还要在酒吧中做女招待。至于后者，据说来自于她丈夫开办的一家妓院。不过，现在她们都成为应当受到保护的纤弱太太了。

这些男人虽然发了财，却很难适应新的生活方式，也许对陌生的上流文明，更缺乏耐性。在斯佳丽举行的宴会上，他们喝得烂醉如泥，因此每一次招待会后，经常会有一两个不速之客留在他们家里过夜。他们不像在斯佳丽少女时期所接触的男人那样喝酒。他们经常喝得头脑迟钝、不省人事，甚至丑态百出，猥亵下流。并且，不管她在显而易见的地方摆放着多少痰盂，第二天早上，地毯上仍然留下香烟汁的痕迹。

她从内心里瞧不起这些人，但是，她又喜欢他们。因为她喜欢他们，他们才占满了她的房子。又因为她看不起他们，所以他们惹恼了她的时候，她就要他们下地狱。不过他们都能忍受她的话。

他们甚至都拥护瑞特，虽然这不是一件轻而易举的事，因为瑞特看透了他们，他也知道这一点。甚至就在他自己的家中，瑞特也会毫不犹豫地揭他们的老底儿，并总是让他们无法回答。他不以自己的财富来源不正为耻辱，也装作他们也不会为自己的出身为羞耻。对于一些事情，人们都认为最好的方式，就是要置于默默无闻之中，只要有机会，瑞特却要经常批评它们。

谁也无法理解，有时候，瑞特一边喝着五味酒，一边友好地说："拉尔夫，如果我明智一点的话，我会像你那样，把金矿股票都卖给孤儿寡母，而不去偷越封线，那样做要更为保险。""嗯，比尔，我看见你新买了一对马。是不是又为了根本不存在的铁路，而卖出几千块钱的股票？好家伙，真是一桩好买卖！"或者是"祝贺你，阿莫斯，你马上就可以得到那个州的合同了。非常遗憾的是，你为了把它弄到手，而必须要大肆贿赂别人。"

太太们都感觉到他非常令人讨厌，粗俗得让人无法忍受。男人在背地里骂他是猪猡和杂种。与以前的本地人一样，新来的亚特兰大人也都不喜欢瑞特，而瑞特对他们，也像对待本地人一样，根本不想同他们和好。他依然我行我素，对别人对于他的看法，感到有些好笑，根本就瞧不起他们，也就不为其评论所动摇。他对人是如此彬彬有礼，以至于他的谦恭态度本身是对别人的公然侮辱。对于斯佳丽来说，瑞特仍然是个谜，不过对于这个谜，她不想再费脑筋解开了。她坚信，没有什么东西能让他高兴，或者将来会有什么东西，能让他感到高兴。他好像非常想要某种东西，却没有得到它，或者他从不想要什么东西，所以也就对任何事物都漠不关心。他嘲笑她的所作所为，却鼓励她挥霍浪费和傲慢无礼，嘲笑她的做作，却支付账单。

第五十章

瑞特对于斯佳丽的态度，甚至在他们最亲昵的时候，也绝不会始终保持那种镇静而又泰然自若的举止。但是斯佳丽也一直都感觉到，瑞特一直在旁边偷偷地观察她，她知道如果她猛然间转过头来，她就能吃惊地发现，他眼睛里有一种猜测、期待的目光。那总是一种可怕的，使她无法理解的，也无法忍耐的目光。

有时候，与他一起生活，使人感到非常舒畅，尽管他有一个特别的脾气，那就是决不允许任何人在他的面前说谎，或者是弄虚作假，或者是夸夸其谈。他听她讲述商店、锯木厂及酒馆的事，还有犯人和食物的采购，他也常给她提一些精明而又巧妙的建议。对于斯佳丽所喜爱的跳舞和宴会，瑞特一直都显得精力旺盛。他们偶尔吃罢晚饭，在独处的夜晚，在面前的桌子上摆着白兰地和咖啡，他就会讲述永远也说不完的粗俗故事，以便让她高兴。她发现，只要是她直截了当地提出来，他会给她任何想要的东西，回答她所提出的任何问题，但如果是想要拐弯抹角，用一些暗示，或者用女人所特有的手段来达到目的，那只会得到他的完全拒绝。他有一个让她十分难堪的习惯，那就是看穿她的诡计后，就在一旁嘲笑她。

他对她的那种虽然和蔼可亲但不太真诚，还经常对她很冷淡的做法，让斯佳丽经常思索一个问题，他为什么要娶她呢？不过对于这个问题，她并不是真的感到奇怪。男人们通常都是为了爱，或者为了家庭、孩子，或者是为了金钱而找一个女人结婚，不过她也清楚，他和她结婚并不是为了这些。他当然并不爱她。他把她那栋漂亮的房子，称之为令人十分讨厌的建筑，还说，他宁愿待在一所管理比较好的旅社里，也不愿意待在这个家里，并且他也从来都没有像查利或弗兰克那样，对是否要个孩子有什么暗示。有一次，当她和他做爱时，她问他为什么要与她结婚，他眼中闪动着挑逗的神情回答道：“亲爱的，我与你结婚，就是想把你当作宠物养着。”她简直给气坏了。

是的，他与她结婚，与一般男人通常与女人结婚的理由是完全不同的。他与她结婚，仅仅是因为他想得到她，而又没有别的办法可以得到。在向她求婚的那一天晚上，他已经承认了这一点。他曾经想得到她，正如他曾经想要贝尔·沃特林一样。这是一个让人不愉快的想法。事实上，这简直是对她的一个赤裸裸的侮辱。不过她对此不屑一顾，正如她对任何不愉快的事情都不屑一顾一样。他们之间已经达成了一种协议，对于协议中的自己这一方，她是挺满意的，她希望他也同样能够满意，不过他是否满意，对此她并不十分地放在心上。

但是，有一天下午，她因为消化不良而去看米德大夫时，她听说了一件令她不愉快的事情，她再也无法不屑一顾了。她的眼中也确实充满了怨恨。傍晚，她怒气冲冲地冲进卧室，告诉瑞特她就要生一个孩子了。

那时，他穿着睡袍，正懒洋洋地躺在雪茄的一片烟雾之中。她说话时，他的眼睛敏锐地看着她的脸，但是却没有说话，只是默默地看着她。他等她继续说下去的时候，也流露出一种很紧张的神情，她并没有注意到这些。愤怒和绝望已经使她不会再有什么别的办法了。“你知道，我再也不想要孩子了。我根本不想要孩子！我根本不想要孩子！每一次都是在我过得挺顺利时，就不得不生一个孩子。哦，不要坐在那里发笑！你也不见得就想要个孩子。哦，我的天哪！”

他一直在等着她说话，她所说的这些话，当然也不是他想要听到的。他的脸上好像麻木了，眼睛也变得毫无表情。

“嗯，为什么不拿去送给梅兰妮小姐呢？你不是告诉我她正想要一个孩子吗？”

“哦，我恨不得杀了你！我不想要孩子，我告诉过你，我就是不想要！”

“不要？继续说。”

“哦，我还有些事。我不像以前那些愚蠢的乡巴佬。现在，我知道，一个女人如果不想要孩子的话，可以不用养他们了！我还有事——”

他站起身来，一把抱住她的腰，脸上流露出很迫切而又有些害怕的表情。

“斯佳丽，你这个傻子，告诉我事情的真相！你不是在做什么鬼把戏吧？”

“没有，我不曾，不过我将要。我的腰部刚细下去，我正要过一段快乐的日子，并且——你以为，我还想把我的身材再次给毁掉吗？”

“你这是从哪儿来的鬼主意？这种事情是谁告诉你的？”

“玛米·巴特——她——”

“这种把戏连妓院的太太也都会玩，你知道吗？那个女人再不能进我的家门。别忘了，这是我的家，我是这里的主人。你以后再也不能同她说话了。”

“我想与她说话就照样与她说话，放开我。你为什么要在乎？”

“我不在乎你是否生一个孩子，或者是要生二十个孩子，可是如果你死了，我是在乎的。”

“死了？我？”

“是的，死。我想玛米·巴特没有告诉你，一个女人做这种事情，要承担多么大的风险。”

“没有，”斯佳丽不太情愿地说道，“她只是说这种办法挺好，可以解决燃眉之急。”

“我的上帝，我要杀了她！”瑞特喊道，气得他变了脸色。他低下头看了看泪流满面的斯佳丽，怒气才稍微平息了一些，不过脸色依然十分难看。突然，他把她抱起，坐在椅子上，紧紧地把她搂在怀里，好像是害怕她从怀里要逃掉似的。

“我的宝贝，听我说，我可不想让你为了生孩子而送掉你的这条小命，你听清楚了吗？仁慈的上帝啊，我和你一样，也不想要孩子，但是，我是能养得起的。我不想再听你的这些傻话了。而且如果你敢试一下——斯佳丽，我曾经亲眼看见过，有个女孩就是因为生孩子而死去了。她只是——嗯，她可是个不错的女人。这种死法可是不太舒服。我——”

“怎么啦，瑞特！”她喊道，他颤抖着的声音，不由得让她大吃一惊，她也忘记了自己的痛苦。她从来都没有见他这样动情过：“在哪儿——谁——”

“在新奥尔良——哦，几年前。我那时年轻，并且也很容易被感动。”突然，他低下头，把他的嘴唇埋在她的头发中，“你要把孩子生下来，斯佳丽，哪怕在以后的九个月里，我不得不把你吊在我的手腕上也行。”

她在他的膝盖上坐起身来，好奇地盯着他的面孔。在她的注视下，他的表情，好像变了魔术似的，突然间就变得平静而有些冷淡了。只见他的两道眉毛向上挑着，嘴角向下歪着。

“我对你，真的是如此重要吗？”她垂下了眼皮问道。

他对她像瞄准似的看了一眼，好像是在要估计一下，这个问题的背后含有多少调情的成分。他从她的神态中读出真正含意后，随口便回答道。

“嗯，你也知道，我在你身上倾注了大量的金钱，当然不愿意失去你。”

梅兰妮精疲力竭地走出了斯佳丽的卧室，斯佳丽生了个女孩，让她高兴地流出了眼泪。瑞特紧张地站在大厅里，周围到处都是雪茄烟头，精美的地毯上烧了很多洞。

“现在你可以进去了，巴特勒船长。”她有些害羞地说道。

瑞特快速经过她的身边，冲进了卧室，在韦德大夫关上门之前。她一眼就看见他，向嬷嬷膝盖上那个赤条条的婴儿俯下了身。梅兰妮坐在一把椅子上，无意中亲眼所见了如此亲昵的情形，不由得羞红了脸。

“啊！”她想，“这太好了！可怜的巴特勒船长，他一直是多么担心啊！在这段时间里，他没有喝过一滴酒！他是多么好啊！许多男人在他们的孩子出生后，都要喝得酩酊大醉。恐怕他也很想喝一杯了。我可以去提醒一下吗？不，这样显得我的脸皮也有些太厚了。”

她舒服地坐在椅子中。这些天来，她的背部一直疼痛，觉得像是要从腰部断成两截似的。哦，斯佳丽太幸运了，生孩子的时候，有巴特勒船长一直守候在门外！当初小博出生的那个可怕的日子里，要是阿希礼能与她在一起，那有多好。她所受的痛苦就会减轻一半。要是那个待在关着的门的后面的那个小女孩是她养的，而不是斯佳丽的就好了！“哦，我的心肠是多么坏啊！”她又转念自悔道，“斯佳丽对我可是太好了，而我却贪图她的婴儿。原谅我吧，上帝。我实际上并不想要斯佳丽的孩子，不过——不过我非常想要一个我自己的孩子！”

她把一个小垫子放在后背，便一心渴望起她自己的那个女儿。可是对于这个问题，米德大夫从没有改变过他的看法。她虽然愿意冒着生命的危险，再生一个孩子，可是阿希礼是决不会同意的。要是再有一个女儿该有多好啊。阿希礼将会多么爱她啊！

一个女儿！天啊！她惊慌地坐了起来：“我没有告诉巴特勒船长，那是一个女孩。而他当然是盼望着要一个男孩。哦，多么可怕啊！”

梅兰妮明白，对女人来说，无论是男孩或是女孩她都会喜欢的，但是对男人来说，尤其是对于巴特勒船长，这样固执己见的男人，生个女孩子一定是给他一个打击，那是给男人带来耻辱的事情啊。她自己唯一的孩子就是一个男孩，她是多么感谢上帝啊！她知道，假如她是那位可怕的巴特勒船长的妻子，她宁愿在生孩子时快乐地死去，也不愿意给他生一个女孩。

但是，嬷嬷咧着嘴笑着，从卧室里慢慢地走了出来，这使她的情绪轻松了许多。同时她也想知道，巴特勒船长到底是一个什么样的人。

“刚才我给婴儿洗了个澡。”嬷嬷说，“看见瑞特先生进了房间，我向他表示歉意地说：‘瑞特夫人生的是个女孩。’可是，梅兰妮小姐，你知道他说什么？他说：‘别说了，嬷嬷，谁想要一个男孩？要男孩子多没趣，只会给你多找麻烦。女孩子有多好玩啊！你即使给我一打男孩，我也不愿意把这个女孩子换给你。’说着，他想把孩子从我手里抢过去。也不在乎她还光着屁股。我拍了一下他的手腕，说道：‘规矩点，瑞特先生！我要等着，看你日后生了男孩，会高兴成什么样子。’他摇着头笑着说：“嬷嬷，你是个傻子，男孩子对谁都没有用。我本人不就是一个明证吗？'是的，梅兰妮小姐，从这件事上看来，这回他倒真像个上等人了。”嬷嬷善意地说完后。梅兰妮就感觉到，瑞特的行为已经彻底地改变了他在嬷嬷心中的形象。“我也许以前错怪了瑞特先生。对于我来说，今天过得真是太愉快了，梅兰妮小姐。我给罗彼德拉家三代的姑娘们包过尿布，今天过得可真愉快。”

“哦，是的，今天是个快乐的日子，嬷嬷！孩子出生的日子是最快乐的日子！”

今天，在他们家中，只有一个人过得不快乐。挨了训斥后，大半天也没人理会他，可怜的韦德无所事事地一直待在餐厅里。那天早上，嬷嬷突然把他弄醒，匆匆地帮他穿上衣服，让他带着艾拉去贝蒂姑妈家吃早饭。他得到的解释，就是他妈妈病了，而他玩耍的嘈杂声可能会让他妈妈听了更烦。贝蒂姑妈家里也乱作一团，因为斯佳丽生病的消息，使这位老太太也马上就病在床上了，正由厨娘照料着。早饭是彼得为孩子们弄的，勉强够吃。当早晨就要过去时，韦德开始在心里有些害怕。母亲要是死了怎么办呢？别的孩子有的已经死了母亲。他曾经看见过柩车从他们家里出来，并听到了小伙伴的呜咽声。如果妈妈真的死了呢？韦德虽然怕他的妈妈，但她非常爱他。一想起母亲正在被马鞍上插有羽毛的黑马拉的黑色柩车运出去，他那个小小的胸膛，就疼痛得使他几乎喘不过气来。

中午就要到了的时候，彼得在厨房里忙碌着，韦德从大门口溜走了，他放开那两条小短腿，匆忙地往家中跑去。瑞特伯伯、梅兰妮姑妈或者嬷嬷肯定会告诉他事情的真相。但是他没有看见瑞特伯伯和梅兰妮姑妈，嬷嬷和迪西在后楼梯处，上上下下地跑个不停，又是拿毛巾又是端盛着热水的盆子，却没有注意他就站在前厅里。楼上的房门被打开的时候，他偶尔也能听到了米德大夫的说话声。有一次他听到了母亲的呻吟声，他哭得直打嗝。他知道妈妈就要死了。在前厅窗台上，躺着一只正在晒着太阳的蜂蜜色的猫汤姆。为了得到一些安慰，他开始挑逗起它来。可是汤姆，这只刚满几岁的猫，被他的挑逗激怒了，摇动着尾巴低声地向他发起威来。

最后，嬷嬷从前楼梯上走了下来，她的围裙也变皱了，上面斑斑点点，头巾也歪了。一看见韦德，便满面怒容地瞪了他一眼。韦德一直都是靠嬷嬷给他撑腰，她一皱眉，使他吓得浑身发抖。

“从没有见过你这样不听话的孩子，”她说，“我不是已经把你送到贝蒂小姐家中去了吗？快回那儿去！”

“妈妈要——她要死了吗？”

“你真是一个调皮的孩子，我从没有见过你这样的孩子！死？我的上帝，不会死的！哎，男孩子真是麻烦。我不明白上帝为什么要让人们生男孩子。好啦，快从这里回去吧。”

但是韦德并没有走。他退到大厅的门帷后面，对她的话只是半信半疑。关于男孩子给人添麻烦的话刺伤了他，因为他一直都在努力做个好孩子。半小时后，梅兰妮姑妈匆匆地从楼梯上走下来时，她虽然面带微笑，但脸上却有些苍白，有些疲惫。一看见他躲在门帷后面，一脸的沮丧，就大吃一惊。平时，梅兰妮姑妈总把她的所有时间，都用和他在一起。她从来也不像他的妈妈那样，说：“现在不要打扰我。我正忙着”或者是“快走开，韦德，我忙着呢”的话。

可是今天早上她却说：“韦德，你太调皮了，为什么不在贝蒂姑妈家里待着？”

“母亲快要死了吗？”

“上帝啊，不会的，韦德！不要做一个傻孩子，”然后，又轻声对他说道，“米德大夫刚送给她一个可爱的小孩子，给你带来一个可以一块玩耍的可爱的小妹妹。如果你听话，今天晚上就可以看到她。好啦！快跑出去玩吧，不要弄出声响。”

韦德又偷偷地溜进静悄悄的餐厅。他本来就不稳定的小世界又开始动摇了。在这样一个阳光明媚的日子里，大人的行动却是如此小心，他这个满心烦恼的七岁小男孩，又能到哪里去呢？他坐在餐厅凹室的窗台上，他看到阳光下的盆子里种着一棵秋海棠，他便过去轻轻地咬了一小口，太辣了，把他辣得直冒眼泪，他哭了起来。妈妈可能快要死了，没有人注意到他，而且大家都在那里奔忙着，因为有了新婴儿——一个女婴儿。韦德不喜欢婴儿，更不喜欢女孩子。他最熟悉的小女孩只有艾拉，而到目前为止，她从没有做过一件能让他尊敬和有好感的事情。

好长一段时间后，米德大夫和瑞特伯伯从楼上走了下来，并在厅里中站住后，低声地说着什么。送走大夫后，关上了门。瑞特伯伯就快步冲进餐厅，从玻璃酒瓶中给自己倒了一杯酒。然后，他看见了韦德，韦德向后退缩着，心想，他又会说他是个调皮鬼，一定还会要他回到贝蒂姑妈的家里去。可是，恰恰相反，瑞特伯伯却在微笑着。韦德从来没有见他这样笑过，并且看起来还很愉快。他受到鼓舞，从窗台上跳下来向他跑去。

“你又有个小妹妹了，”瑞特紧紧地抱住他说道，“上帝啊，她是你所见过的一个最漂亮的婴儿！喂，你怎么哭了？”

“妈妈——”

“你妈妈正在吃丰盛的午餐，有鸡肉、大米、肉汤和咖啡。过一会儿，我们准备给她做些冰淇淋，如果你想要的话，可以吃两盘。而且我也让你看看你的小妹妹。”

由于韦德一下子放心，倒有些不自然了，他竭力想说些欢迎这个小妹妹，却没有做到。每个人都很喜欢这个小女孩。没人再爱他了，就连梅兰妮姑妈和瑞特伯伯也不关心他了。

“瑞特伯伯，”他开口问道，“人们都更喜欢小女孩，而不喜欢小男孩吗？”

瑞特放下了他的酒杯，仔细地地看着这张小脸，很快就明白了他的意思。

“不会的，我敢说，他们是不会的，”他很庄重地答道，好像是认真想过这件事事似的，“因为女孩子比男孩子麻烦事多，与不惹麻烦的男孩子相比，人们又要为麻烦大的孩子操心。”

“嬷嬷刚才说男孩子是很让人麻烦的。”

“嗯，嬷嬷心情不太好，她不是这个意思。”

“瑞特伯伯，你愿意要一个小男孩，而不是想要一个小女孩吗？”韦德心里充满希望，又问道。

“不是。”瑞特不假思索地答道，一看到这个小男孩那失望的面孔，又说道，“现在，我已经有了一个小男孩了，干吗还再要一个呢？”

“你有了，”韦德喊道，一听到这句话，他就张大了嘴巴，“在哪儿呢？”

“就在这儿，”瑞特说道，把这个男孩抱了起来，放在自己的膝盖上，“儿子，对我来说，有你这样一个男孩就够了。”

刹那间，知道自己还有人要，韦德为此而产生一种很强烈的既安全又幸福的感觉，他激动得又要哭了。他抽动着喉咙，迅速地把头靠在瑞特的马甲上。

“你就是我的小男孩，不是吗？”

“一个男孩能不能做两个男人的孩子？”韦德问道，他心中有两种感情在交战，他一方面要忠实于他那位从不认识的父亲，一方面他还要爱这个如此理解他的男人。

“是的，”瑞特坚定地说道，“正像你是你妈妈的儿子，也是梅兰妮姑妈的儿子一样。”

韦德仔细地理解着这句话。他明白了一些，笑了起来，并羞得在瑞特怀中扭着身子撒起娇来。

“你对小男孩们有时挺理解的，不是吗，瑞特伯伯？”

瑞特那棕黑色的脸上，又出现了平时那种粗糙的皱纹，他的嘴唇扭动着。

“是的，”他沉着脸说道，“我能理解小男孩们。”

刹那间，韦德突然又害怕了，并产生了一种嫉妒的感觉。瑞特伯伯想的不是他，一定是另外一个男孩。

“你没有别的小男孩吧？”

瑞特把他放在地上。

“我想喝杯酒了，你也喝一杯吧，韦德，这是你的第一杯酒，是对你妹妹的一个祝愿。”

“你没有别的——”韦德刚开始问，就看见瑞特伸手，拿出红葡萄酒瓶，他想起自己也能参加大人的这次庆祝活动了，便兴奋起来，也转变了他的注意力。

“哦，我不能喝酒，瑞特伯伯，我向梅兰妮姑妈发过誓。在大学毕业之前，我不会喝酒的。并且，我要是不喝酒的话，她将送给我一块手表。”

“那么，如果你愿意要的话，我就送给你一根表链——我现在正戴着的这一根。”瑞特说着，又笑了起来。“梅兰妮姑妈的话很正确。不过，她说的是烈性酒，而不是葡萄酒。你一定要像绅士一样，要学会喝葡萄酒，儿子，现在正是学喝酒的好时候。”

他熟练地拿起水瓶，把水加到红葡萄酒中，直到酒被冲成淡红色，然后才把杯子递给韦德。正在这时候，嬷嬷走进了餐厅。她换了件她最好的那件黑色礼服，她的围裙和头巾也都很干净，显得很干练。当她扭着屁股走着时，她的丝绸裙子也发出了低低的沙沙声。她脸上的烦恼不见了，她微笑着，几乎露出了那没有牙齿的牙床。

“对孩子的出生，要庆祝一下吧，瑞特先生。”她说。

韦德把酒杯放在了嘴唇边上停住了。他知道，嬷嬷不喜欢他的继父，除了喊他“巴特勒船长”以外，他从来也没有听见她称呼过别的。她对他的态度一直都是很严肃、冰冷的。而在这时，她竟高兴地微笑着，羞答答地走着，还称他为“瑞特先生！”今天怎么有些反常呢。

“我想你最好是喝朗姆酒，而不要喝葡萄酒。”瑞特说着，把手伸到酒厨中，拿出一个粗矮的酒瓶，“她是一个很漂亮的婴儿，是不是，嬷嬷？”

“是的。”嬷嬷回答道，一边喝着酒，一边咂着嘴唇。

“你曾经见过更漂亮的女孩吗？”

“嗯，斯佳丽小姐出生时，几乎和她一样漂亮了，但是，还有点比不上她。”

“再喝一杯吧，嬷嬷。嗯，嬷嬷，”他用很庄重的声音说道，眼睛里闪着亮光，“我怎么听见有沙沙声？”

“哦，瑞特先生，没有什么，是我的红色丝绸裙子。”嬷嬷咯咯地笑着，扭动着身矛，全身都晃动起来。

“是你的红丝绸裙子！我不相信。这种声音，就像一大堆干叶子的摩擦声，把你的裙子撩起来，让我看一下。”

“瑞特先生，你真坏！哎哟，上帝。”

嬷嬷轻轻地尖叫了一声，退出了有一码远，把裙子稍微撩起一点，露出了红色塔绸裙子的绉边。

“你好长时间都没有穿它了。”瑞特抱怨道，可他的黑眼睛，却露着笑意。

“是的，好长时间了。”

接着，瑞特都说了些什么，韦德也听不明白。

“不再是配着马鞍的骡子了吗?”

“瑞特先生，斯佳丽真不像话，竟然把这话也告诉你！你不会生我这个老黑奴的气吧！”

“不会的，我不会把它放在心上的，我只不过是说说而已。再来一杯，嬷嬷，把这一瓶都喝完了罢。干杯，韦德！给我们敬杯酒。”

“为妹妹干杯。”韦德喊道，一口气把酒喝完了。酒哽在喉咙里了，咳嗽着，还打着酒嗝，两个人都大笑起来，替他捶着背。

从他女儿出世的那一刻起，瑞特的行为让每个人都感到有些莫名其妙，他把许多约定俗成的观念都给推翻了。这些观念都是斯佳丽，以及城里的人都不愿意接受的。并且谁也不会想到。他的头胎是女孩，而不是个男孩，在这种让常人有些难为情的情形下，他还见人就要自赞一番，如此不知羞愧地，公开以自己做了父亲而感到自豪。

他做父亲的新奇感，一直都没有消失，这就让一些女人心中羡慕不已，她们的丈夫，在孩子还没有接受洗礼以前，在很长一段时间内，就不把孩子们放在心上了。而瑞特在街上随便见到一个人，都会向他们详细地介绍他的孩子，那让他自己惊奇的成长情况，连一点虚伪的开场白都没有。“我知道，人人都认为自己的孩子是最机灵的，不过——”他认为他的女儿是让人惊奇的，是别人家的孩子所无法比拟的，而且他也不在乎别人是否能理解这些话。当新来的奶妈，让孩子咂了一点胖猪肉，因而引起她的腹绞痛发作时，瑞特的行为，让那些养过孩子的父母亲们，发出了阵阵笑声。他急忙喊来米德大夫，还有另外两名医生。而他好不容易才克制住自己，没有用鞭子抽打那个倒霉的奶妈。那个奶妈被打发走了以后。许多奶妈在他家里待的时间最长的也不会超过一个星期。她们中间竟没有一个人，能满足瑞特所规定的严格要求。

同样，嬷嬷看着这些奶妈来回被解雇，有些不大乐意，因为她嫉妒这些陌生的黑人，而且也不知道为什么不把这个婴儿、韦德和艾拉，统统都交给她照料。嬷嬷实在有些老了，她还得了风湿病，她走起路来，也很缓慢。瑞特也不好意思把这些理由当面对她说。相反，他只是告诉她，他处于这种地位，不能只雇一个奶妈。这个理由看起来不算太好。他准备再雇两个人干一些辛苦而又令人讨厌的工作，让她当总管。因此，嬷嬷认为这样做也很好。可是，她告诉他，她不会让那些刚刚解放的、杂七杂八的黑女人来到她的育婴室。所以，瑞特就派人去塔拉庄园把普里西叫来。他也知道她有很多缺点，但是，她毕竟是一名经常在家服侍惯了的。另外，彼得大叔带来了他的一个侄女，名字叫卢。卢本来是贝蒂姑妈的表亲家的孩子。

在斯佳丽还不能下地走动的时候，她就看到瑞特把自己的全部注意力，都放在这个婴儿身上。当着来访者的面，他常常把这个婴儿夸个不停，这让斯佳丽难为情。对于一个男人来说，他爱自己的孩子，这完全是一件好事。她觉得，他这样来表达自己的爱心，是有些缺乏男子汉气概。他应该像别的男人那样，装出一副毫不在乎的样子，好像根本就不管孩子的事。

“我看你马上成傻子了。”她生气地说道，“我不明白你这是为什么。”

“不明白？嗯，你不会明白。原因是，无论如何，她都是第一个完全属于我的人。”

“她也属于我！”

“不，你另有两个孩子。她完全就是我的。”

“真奇怪！”斯佳丽说，“是我生的这个孩子，不是吗？此外，亲爱的，我也属于你。”

瑞特从孩子的黑脑袋上看着她，怪模怪样地笑了起来。

“你也是，亲爱的？”

这时，梅兰妮来了，他们的这场吵嘴也就结束了。这些天来，在他们之间经常发生这种快速而又激烈的吵嘴。斯佳丽咽下了这口怒气，看着梅兰妮接过孩子。孩子的名字，他们原来决定叫尤金妮亚·维多利亚的，可是那天下午，梅兰妮无意中给她取了一个名字，就不用这个名字了，就像“皮特·帕拉”的名字，完全取代了她的原名萨拉·简一样。

当时，瑞特正俯身在孩子的身上，说道：“她的眼睛可能会是浅绿色的。”

“实际上不是，”梅兰妮生气地喊道，忘记了斯佳丽的眼睛差不多也是那种颜色，“它是蓝色的，与奥哈拉先生的眼睛一样，蓝得像——蓝得像漂亮的蓝色旗子。”

“邦尼·布卢·巴特勒。”瑞特笑着说道，从她手中接过孩子，更加仔细地盯着那双小眼睛。所以，邦尼就成了她的名字，甚至连她的父母，也记不清她曾经用两个女皇的名字命过名。

第五十一章

当她能够重新外出的时候，斯佳丽让卢尽可能地把她的腰束紧。然后她用皮尺量了一下腰围。二十英寸！她大声咒骂起来。这就是生孩子给她的身材造成的结果！她竟和贝蒂姑妈及嬷嬷的腰一样粗了。

“再束紧一点，卢。看你能不能把它束到十八英寸半，否则，我那所有的衣服都穿不上去了。”

“把带子给崩断了，”卢说，“你的腰身确实有点粗，斯佳丽小姐，现在是一点办法也没有了。”

“还有一个办法，”斯佳丽说着，狠狠地把衣服的接缝处给撕开了，这样就可以使衣服增加了几英寸。“我再也不生孩子了。”

当然，邦尼长得很漂亮，让她很有面子，瑞特特别喜欢这个孩子，不过，她再也不想要孩子了。她不知道自己怎样才能达到这一目的，因为她不能像对付弗兰克那样，去对付瑞特，瑞特不怕她。不生孩子可能有些困难，因为瑞特对待邦尼这样好，说不定下一年，他又想要一个男孩子。尽管他曾经说过，他要把她给他所生的男孩子都给溺死。嗯，她不想给他生男孩，也不想给他生女孩。对于任何女人来说，有三个孩子就足够了。

当卢把撕开的衣服缝好、熨平，并帮斯佳丽穿上，扣上纽扣后，她才上了辆马车，斯佳丽坐车向锯木厂去了。她在路上很是高兴，也忘记了她的腰身，因为她马上就要在锯木厂见到阿希礼了，要与他核对一下账目。而且，如果运气好的话，她也许能单独见到他。自从邦尼出生前的很长时间里，她都没有见到他。当她怀孕已经非常明显的时候，她根本就不想见到他。她非常想与他天天接触，哪怕有别的人在场也好。当她待在家中时，她想着锯木厂生意方面的事，还有做木材生意的重要性。当然，现在她不必亲自去干活了。她可以轻而易举地卖掉木材厂，并把钱投资到韦德和艾拉身上。可是这将意味着她将再也见不到阿希礼了。要见面也只有在众目睽睽之下的正式社交场合，那样太不方便了。有阿希礼在一旁工作，那是她最大的快乐。

当她来到锯木厂时，她兴致勃勃地看着那垛得高高的一堆堆木材，许多老客户站在木材堆中和休·艾尔辛说着话。里面还有六队骡子和大车，黑人装卸工正在装车。"六队，"她得意地想道，"这一切都是我自己创立的！"

阿希礼走到小办公室的门口，见到她，那种心满意足的样子，使他的眼中闪烁着快乐的光芒。他把她从马车上扶下来，走进办公室，好像她是一名女皇似的。但是，当她核对木材厂的账目，并与约翰尼·高莱佛的账目进行比较时，她刚才的快乐劲一下子就消失了。阿希礼仅仅做到收支相抵，而约翰尼却挣了一大笔钱。看着这两本账，她强忍着没有说什么，不过阿希礼从她的脸色上也看了什么。

"斯佳丽，对不起。我想告诉你，我希望能去雇佣三个自由的黑人，不再使用这些犯人。我相信，这样一定能干得更好。"

"黑人，为什么，再给他们薪水，我们就会亏本了。而犯人却是没有劳动报酬的。既然约翰尼能用犯人挣这么多钱——"

阿希礼从她的肩头上望过去，向她看不到的地方望去，眼中的喜悦之情消失了。

"我不能像约翰尼·高莱佛那样使犯人们工作。我不忍心那样驱使这些人。"

"上帝啊！约翰尼真是创造了奇迹。阿希礼，你的心肠太软了。你应该让他们尽可能地多干活。约翰尼告诉我，无论什么时候，犯人不想做工作，就向你告病假，你就会给他一天的假。我的上帝，阿希礼！那样可没有钱可赚了。你只要揍他们几次，他们就会什么病也没有，只是别打断腿——"

"斯佳丽，斯佳丽，别再说了！我再也无法忍受，你竟能说出这样的话来。"阿希礼喊道，他又看着她，那种愤怒的样子，她不敢再说下去了，"难道你没有意识到，他们也是人——因为吃不饱，有些人确实病了，很让人可怜——哦，亲爱的，你一直都很和善，和他在一起，他让你如此残忍，我实在是没法忍受——"

"谁教坏了我？"

"我没有权利说，但我又不得不说。那就是你的——瑞特。他所接触到的东西，都要受到他的毒害。虽然你的性情暴躁，但是，你漂亮、大方、温柔。而和他结婚以后，他就开始毒害你了，与他接触后，你的心肠也变硬了，也变得很残忍了。”

“嗯，”斯佳丽深深地吸了口气，心中又惊又喜，阿希礼对她还是了解得这样深刻，依然认为她很可爱。感谢上帝，对于她过于残忍的做法，他认为应该去谴责瑞特。当然，瑞特与此毫无关系，这都是自己造的罪孽，不过，就是再给瑞特加上一个罪名，对他也带不来丝毫损害，反正他早就声名狼藉了。

“如果换一个别的任何一个男人，我都不会这样在乎他——可是，瑞特！他对你的所有影响，我都已经看到了。你在不知不觉中，已经被他扭曲了你的灵魂，使你也和他一样，也变得如此残忍。嗯，是的，我知道，我不该说这话——他救过我的命，我是应该感激他的，不过，我总是祈求上帝。救我的是别人吧，能不是他就好了！我没有权利告诉你这些——”

“哦，阿希礼，你有权利——其他任何人都没有！”

“我告诉你，我实在无法容忍，你那美好形象被他弄得如此粗俗，我知道，你的这种美丽和妩媚，应当配给一个——当我一想起他碰你时，我就——”

“他要吻我了！”斯佳丽惊喜地想道，“那就不是我的错了！”她扭动着身子，向前靠近时。他却突然向后退了几步，好像意识到自己说得太多了——说了他从不准备要说的话。

“我向你道歉，斯佳丽，我刚才好像说你丈夫不是一个上等人，而我本人所说的话，就已经证明了我不是一个上等人。谁都没有权利当着一位妻子的面，去批评她的丈夫。我没有任何理由，除非——除非——”他结结巴巴起来，脸也扭曲了。她屏住呼吸，等待着……

“我根本没有任何理由。”

在整个回家的路上，斯佳丽坐在马车里想入非非。根本没有理由，除非——除非他爱她！他一想到她竟躺在瑞特的怀里，就会激起他的愤怒，这是她所始料不及的。唉，她对此也是可以理解的。如果不了解他和梅兰妮之间的关系，不过和亲兄妹一样，她要是不知道这些，她的生活也许会是一种痛苦。他竟认为，是瑞特的拥抱，让她变得粗俗、残忍！唉，如果阿希礼那样想，那样也行，以后她就不要这些拥抱了吧。她想，如果自己的心灵是属于阿希礼的，虽然双方都与别人结了婚，那也是非常甜蜜而又浪漫的。想到这里，她感到很愉快。不再接受瑞特的拥抱后，也意味着她再也不会生孩子了。

等她回到家中，打发走马车夫以后，阿希礼的话，使她心中原有的喜悦之情又开始消失了，她必须面对现实，告诉瑞特她想单独居住，自己单居一室，这是很困难的。并且，她如果告诉了阿希礼，自己实现了他的愿望，已经不再和瑞特同床了。如果他不知道这件事，可以想象，做这样的牺牲还会有什么意义呢？谨慎与小心真是一个负担！但愿她与阿希礼说话时就像她与瑞特说话时，那样坦率就好了！不过，这也没关系。她会想法把这种事情向阿希礼暗示的。

她上了楼，打开育婴室的门，看到瑞特正坐在邦尼的小床旁，艾拉坐在他的膝盖上，韦德正向他展示着他自己口袋里的东西。瑞特喜欢孩子们，并把他们看得都很重要，真是太幸福了！有些继父对待前夫留下的孩子是非常坏的。

“我想与你谈谈。”她说着，就进了他们的卧室。既然她已下定决心不再生孩子了，而阿希礼对她的爱又给了她力量，现在，何不趁机把这个问题解决了呢？

“瑞特”，当他刚刚关上卧室的门后，她突然说道，“我已经决定，我再也不生孩子了。”

他听到她这出乎意料的话，顿时大吃一惊，但却没有表现出来只是懒洋洋地坐在一张椅子上，向后仰着。

“亲爱的，邦尼出生之前，我已经告诉过你，你生一个孩子或者生二十个孩子，对我都无所谓。”

就这样巧妙地回避了她的问题，他多么阴险啊，好像他根本不在乎，自己是否生孩子，以及孩子生出来后与他有多大的关系。

“我认为生三个孩子就足够了，我不想每年都要生一个孩子。”

“三个似乎是符合要求的数字。”

“你非常清楚——”她开口说道，觉得下面很不好意思说出口，羞得她两颊发红，“你明白我的意思吗？”

“我明白。你意识到了吗，如果你拒绝我的性权利，我是否与你离婚呢？”

“你真是太卑鄙了，”她喊道，事情没有按她所设想的那样发展，她感到心里烦恼，“如果你真有点骑士风度，你就会——你就会非常像——嗯，像阿希礼·威尔克斯。梅兰妮不能生孩子，他——”

“真是这个讨厌的上等人，阿希礼。”瑞特说道，他的眼中射出一道奇怪的光芒，“请继续说。”

斯佳丽咽住了，因为她的话讲完了，已经没有什么可说的了。现在她才明白，要想和平地解决这样一个重要的问题，尤其是对瑞特这样自私的人来说，她这个想法看起来是多么愚蠢啊。

“今天下午，你去木材厂办公室了，不是吗？”

“那与此事有什么关系?”

“你喜欢狗，不是吗，斯佳丽？你愿意让狗待在狗窝里，还是愿意让它待在马槽里?”

斯佳丽没有听懂他话中的意思，因为她正在恼怒之中，并感到很是失望。

他轻轻地站起身来，走到她的身旁，用手托起她的下巴，猛然抬起她的脸看着。

“你真是一个孩子！你已经与三个男人同居过了，仍然还不了解男人的本性。你以为他们都是过了更年期的老太太。”

他玩耍似的捏了一下她的下巴，收回了手。他又竖起两道黑黑的眉毛，俯下身子冷冷地看了她很久。

“斯佳丽，请听明白，如果你和你的床对我还有吸引力的话，无论是硬东西，还是软东西都不能让我离开，而且我任何难为情的事都能做得出来，也不会产生耻辱的感觉。我与你已经签订了一个协议——我是遵守协议的，而你却想违背它。亲爱的，让你的床上干净些吧。”

“你这是在说，”斯佳丽愤怒地喊道，“你不在乎——”

“你已经讨厌我了，不是吗？嗯，按理说，男人比女人容易厌倦的，保守你的贞洁吧。斯佳丽。我不会对此产生任何痛苦，没关系。”他耸了耸肩，咧着嘴笑了，“幸运的是，世界上到处都有床铺——而大多数床铺上又都睡着女人。”

“你这是说，你真的要——”

“我亲爱的，你太天真了！不过，也应该如此。奇怪的是，在这之前，已经有很长一段时间了，我从没有走过邪路。我从来也不会把忠贞当作一种美德。”

“每天晚上，我都要把门锁住！”

“何必自找麻烦呢？如果我想得到你，什么样的锁也挡不住我。”

他转过身，好像他们已经无话可说了，就离开了房间。斯佳丽听见，他又回到了育婴室，在那里，他受到了孩子们的热烈欢迎。她猛地坐在床上。她已经实现了自己的愿望，这是她和阿希礼都希望得到的结果。可是，这并没有使她感到快乐。她的心里感到很难受。一想到瑞特对这种事，对她是这样地不在乎，竟把她与别的床上的女人放在同一个水平级的时候，她就感到自己受到了屈辱。

她希望自己能想出一个很巧妙的办法，把这件事告诉阿希礼，她和瑞特实际上已经不再是夫妻关系了。不过，她知道她现在还不能这样做。现在，这件事似乎还是一团糟，她对此事毫无兴趣，她也没有再说什么。她又想起自己与瑞特一起躺在床上，和他长时间地说着一些有趣的悄悄话，看着他的雪茄烟在黑暗中发出的亮光，她很想念那种情景，当她从迷雾中奔跑着的梦中惊醒的时候，便会投入他那温暖的怀抱。

她突然感到很难受，就把头靠在椅子的扶手上，哭了起来。

第五十二章

当邦尼刚过一周岁生日的那天下午，外面下着雨。韦德闷闷不乐地待在起居室里，偶尔走到窗户前，把鼻子贴在滴水的玻璃上。他是一个细长身材、又高又瘦弱的男孩子，与他八岁的年龄有些不符，性格很文静，好像有些怕羞，除非别人主动与他说话，除此外他从不多说话。因为没有什么娱乐活动，他显得很无聊，而且也有些不安，而艾拉则一个人坐在角落玩她的洋娃娃。斯佳丽坐在写字台旁，自言自语地算着那一长栏账目。瑞特躺在地板上，在邦尼恰好够不到的地方，摇晃着他的手表链逗她。

韦德拿起来几本书，"砰"地扔在了地上，重重地叹了口气，斯佳丽烦恼地转向他。

"我的上帝啊，韦德！跑出去玩吧。"

"我不能出去，天上正下着雨。"

"是吗？我还真没注意，那就找点事做吧。别捣乱，我正烦着呢。去让波克套上马车，带你去找小博玩去。"

"他不在家，"韦德叹着气说，"他正参加乌拉尔·皮卡德的生日宴会。"

乌拉尔是梅贝尔和雷内·皮卡德的孩子——一个令人讨厌的小家伙，斯佳丽说他像人猿，不像个孩子。

"那么，你想找谁就去找谁吧。跑去找波克吧。"

"都不在家，"韦德答道，"大家都去参加宴会了。"

"都去了——除了我。"他说这句话，明显地含着另一层意思。但是，斯佳丽一心扑在账册上，根本就没有在意这句话的含义。

瑞特从地上坐了起来。说道："你为什么不去参加宴会呢？儿子。"

韦德慢慢地靠近他，在地板上拖着一只脚，露出了一脸不愉快的表情。

“没有邀请我，先生。”

瑞特把表让邦尼用手抓着，轻轻站起身来。

“放下这些讨厌的账目，斯佳丽，为什么没有邀请韦德去参加这次宴会?”

“看在上帝的份上，瑞特！现在不要打扰我。阿希礼已经把账目弄得一塌糊涂——哦，这次宴会？嗯，我认为，没有邀请韦德，也没什么大不了的，即使邀请他了，我也不让他去。不要忘了乌拉尔是梅里韦瑟太太的外孙子，而且梅里韦瑟不会邀请我们这些人的，她经常在她那神圣的客厅里邀请的是那些刚获得自由的黑人们。”

瑞特用眼睛老练地看着韦德的小脸，看到他有些畏畏缩缩的样子。

“过来，儿子，”瑞特说着，把他拉到自己的身边，“你想去参加这次宴会吗?”

“不，先生。”韦德勇敢地说道，可是他的眼睛却垂了下来。

“哦，告诉我，韦德，你会去参加乔·怀廷家，或者是弗兰克·邦内尔家的生日宴会，或者——嗯，所有你的小伙伴家的宴会吗?”

“不去，先生，许多宴会都没有邀请我。”

“韦德，你在撒谎!”斯佳丽转过身来喊道，“上一星期你参加了三次宴会。巴特家的宴会，吉特勒家的宴会和享登家的宴会。”

“你真是把配有马鞍的骡子都说到一块去了，”瑞特慢吞吞地说道，“你在这些宴会上过得快活吗？大声告诉我。”

“不，先生。”

“为什么?”

“我——我不知道，先生，嬷嬷——嬷嬷说他们是白人中的渣滓。”

“我现在就去剥了嬷嬷的皮!”斯佳丽喊着，跳了起来，“还有你，韦德，竟然这样说妈妈的朋友。”

“孩子说的是实情，嬷嬷说的也是实话，”瑞特说，“不过，当然，如果你在路上碰见真理，你也不可能马上就认出它来——不要烦恼，儿子。你如果不愿意去的话，你就不必再去参加这种宴会了。过来，”他从口袋里抽出一张钞票，“告诉波克，套上马车带你去商业区。给你自己买些糖果——大量的，吃得你的肚子疼。”

韦德高兴地笑了起来，他把钱放在自己的口袋里，又急切地望着妈妈，也想要她答应一声。可是她正皱着眉头，看着瑞特。瑞特从地板上抱起邦尼，摇晃着她，把她的小脸贴在自己的面颊上。她看不清他脸上的表情，可是他眼睛含着近乎害怕的东西——害怕和自责。

韦德被继父的慷慨鼓舞，羞怯地走到他的身边。

“瑞特伯伯，我能问你一件事吗？”

“当然可以，”他的表情有些焦虑却又像是心不在焉，他把邦尼的脑袋抱得更近了，“什么事，韦德？”

“瑞特伯伯，你——在战争中打仗了吗？”

瑞特顿时警觉起来，目光敏锐地望着他，不过他的声音还是很随便的。

“你为什么要问这件事，儿子？”

“嗯，乔·怀廷说你从来也没有打过仗，弗兰克·邦内尔也是这样说。”

“啊”，瑞特说道，“那么，你怎样告诉他们的呢？”

韦德看起来有些不太高兴。

“我——我说——我告诉他们，我不知道，”然后，他又匆忙接着说，“可是我不在乎，我打他们，你参加过战争吗，瑞特伯伯？”

“参加过，”瑞特突然激动地说道，“我参加过战争。在坦克队待了八个月的时间。我从洛夫乔伊一直打到田纳西州的富兰克林。当约翰斯顿投降时，我还是他的部下。”

韦德自豪地扭动着身子，而斯佳丽却笑了起来。

“我想，你应该为你的战争记录感到羞耻。”她说，“你难道不是告诉我要保密的吗？”

“嘘，”他呵斥她说，“你对这些感到满意吗？韦德？”

“哦，满意，先生！我知道你参加过战争，我知道你不像他们说的那样可怕。可是——你为什么不与别的小孩的父亲们在一起呢？”。

“因为别的小孩的父亲非常愚蠢，所以他们必须要去当兵。而我却是一名西点军校的军人，所以，我在炮兵中，在正规的炮兵部队中。韦德，不是自卫队。参加炮兵部队，可以增长许多见识，韦德。”

“我敢打赌，”韦德说道，他的面孔在发光，“你负过伤吗？瑞特伯伯？”

瑞特犹豫了。

“告诉他关于你得过痢疾的事。”斯佳丽讥笑道。

瑞特小心地把婴儿放在地板上，拉开自己裤带里他的衬衣和内衣。

“到这里来，韦德，我要让你看看我那时受伤的地方。”

韦德兴奋地走上前去，仔细地看着被瑞特的手指指着的地方。一道长长的隆起的刀痕，从他棕色的胸膛一直延伸肌肉发达的腹部。这是他在加利福尼亚金矿区时，打架时被刀子刺伤所留下的纪念，而韦德却不知道这些事。他沉重而又愉快地喘着粗气。

“我想你会像我父亲一样勇敢，瑞特伯伯。”

“差不多，不过还比不上，”瑞特说着，把衬衣塞进裤子里面，“现在，出去玩吧，把你的钱都花完，以后有谁说我没有参过军，你就狠狠地打他们。”

韦德愉快地蹦蹦跳跳地出去找波克了，而瑞特又重新抱起了婴儿。

“喂，为什么说那么多谎话，我勇敢的大兵小伙？”斯佳丽问道。

“一个男孩必须为他的父亲而感到骄傲——哪怕是他的继父。我不能让他在别的小杂种面前感到耻辱。那些孩子们可都是一帮残忍的小动物。”

“哦，简直在胡说八道！”

“我从来都没有注意过韦德对这些事有何感想。”瑞特慢慢地说，“我也从没有想到他心里竟是这样地难受。而且，我也不会让邦尼将来也成为这个样子。”

“什么样子？”

“难道你以为，我会让邦尼为她的父亲而感到耻辱吗？当她八九岁时，我不让她参加宴会吗？难道你以为我会让她像韦德那样，因为你和我的过错而丢脸吗？那又不是她的过错。”

“哦，孩子们之间的一个宴会你也看得那么重要！”

“有了小孩子们之间的聚会，才会成为年轻男女之间的首次社交。你以为我的女儿长大以后，要是亚特兰大的那些体面的事情，都把她排除在外，我会答应吗？我不敢把她送到北方去上学或者游玩，也就是因为这些事。如果在查尔斯顿、萨凡纳和新奥尔良，还不被人接受的话。我也不能因为她的母亲是个傻子，父亲是个无赖，以致南方那些体面的家庭都不愿娶她，就眼睁睁地看着她被迫嫁给一个北方佬或外国人。”

韦德已经折了回来，很关心而又不解地听着他们的谈话。

瑞特脸上的怒容消失了，他向这个小男孩转过身来。在与这个孩子交谈时，还像他平时那样，把他的话也看得很重要。

“是这样，韦德。邦尼可以嫁给小博，不过你要和谁结婚呢？”

“哦，我不想和谁结婚。”韦德自信地说，因为除了梅兰妮姑妈以外，从来也没有一个成年人，能像他这样从不批评自己，却还经常鼓励他，他就把自己想说的话都说了出来。“我要去上哈佛大学，并成为一名律师，就像我的父亲一样，然后，我还要像他那样，成为一名勇敢的士兵。”

“我希望梅兰妮能闭上她的嘴巴。”斯佳丽喊道，“韦德，你不能去哈佛上大学，那是一所北方佬的学校，我不让你去上北方佬的学校。你要去上肇加大学，等你毕业后，我要你替我经营商店。你父亲是一个勇敢的士兵——”

“嘘，”瑞特突然说道，他注意到当韦德一提起他那从不见过面的父亲时，眼里立即露出得意的神色，“你长大后，就要像你父亲那样，成为一个勇敢的人，韦德。尽力像他那样，因为他是一名英雄，而不能让别人告诉你他的不是。他娶了你的母亲，是不是？嗯，这就足以证明他是一个英雄了。而且我还要看着你上哈佛大学，并成为一名律师。现在，跑去告诉波克，让他带你到商业区吧。”

当韦德顺从地快步走出房门的时候，斯佳丽喊道：“谢谢你，让我管管我的孩子吧。”

“都让你管得一塌糊涂。无论韦德和艾拉有什么事，都让你给搅和坏了。而我再也不能让你用这种方法管教邦尼了。我要把邦尼养成一个小公主，而世上的每一个人都准备娶她。她可以到任何地方去。仁慈的上帝，难道你以为我要让她长大后，要与挤满这座房子的那些下流坯子来往吗？”

“对于你来说，他们是足够好的了——”

“对于你来说，这种人是太好了，亲爱的。可是对邦尼来说，并不是这样。难道你以为我会让她嫁给这帮和你在一起混日子的流氓吗？急求得利的爱尔兰人、北方佬、白人渣滓以及拎着包投机的暴发户——我的邦尼带有巴特勒血统和罗彼德拉血统——”

“奥哈拉家族——”

“奥哈拉家族也许在爱尔兰曾经是极有权势的，可是你的父亲只不过是一个精明，而又急功近利的爱尔兰人。而你也不是更好——不过，我也有缺点。我一生下来，就像一只从地狱来的蝙蝠，谁也不会在乎我所做的事。因为所有的事对我来说都无关紧要。不过邦尼对我是重要的。上帝啊，我怎么总是那么愚蠢啊！在查尔新顿，邦尼也不会被接受的，不管我母亲、你的尤拉莉姨妈及波林姨妈怎么做——除非我们快点想办法，这儿的人，显然是不会接受她的。”

“哦，瑞特，你总是把这些事看得太严重了，你也太滑稽了。用我们的钱——”

“你那该死的钱！用我们所有的钱，也不能买到我为她设想的一切。我宁愿邦尼被邀请到皮卡德家，或者是艾尔辛太太家那简陋房子中去吃干面包，也不愿意她成为一名共和党人的舞会之花。斯佳丽，你一直都是个傻子。几年前，你就应该在社会中，为你的孩子定定位——但是你没有这样做。你甚至不想自找麻烦，想保住你自己已经拥有的地位，现在希望改变这些，却为时已晚。你也太一心只想着赚钱了，也太喜欢威胁别人了。”

“我认为你这是小题大做。”斯佳丽冷冷地说道，哗哗地翻着账本，表示她们之间的讨论到此结束。

“现在只有威尔克斯太太是帮着我们的，而你却尽力地疏远她、侮辱她。哦，请你在我面前少说她贫穷，说她穿着不整洁的衣服。在亚特兰大这个地方，每一个真有价值的事，都是以她为灵魂和核心的。为了她，我也要特意感谢上帝。对于我们的那件事，她也会帮我们的忙。”

“那么，你要做些什么事呢?”

“什么事？我要同这座城市里的每一个人交朋友了，尤其是对老自卫队队员中的梅里韦瑟太太、艾尔辛太太、怀廷太太以及米德太太。哪怕要我在这些恨我的胖老猫面前爬行着，我也会心甘情愿地去做。对于她们的冷淡，我将顺从，并在他们面前要为自己的邪恶做着忏悔。我要捐助那些该死的慈善事业，并到那个该死的教堂去做礼拜。我要向人宣传我曾经为南方邦联所提供的服务；要是到了万不得已的时候，我还会参加他们那个该死的三 K 党——尽管仁慈的上帝，也不会主动把这么沉重的惩罚，全让我一个人承担，而且我也不得不提醒你这个傻瓜，我救了他们的性命，他们欠着我一笔人情。对于你，我的太太，要尽量克制住自己。我在前面奠基，请你不要在我背后拆我的墙角，对我正要巴结的人，你不要取消他们赎回抵押品的权力，或者出售给他们腐烂的木材，或者用其他方式侮辱他们。那个布洛克州长再也不能进我们的家门了，你听见了吗？就连你一直交往的那个道貌岸然的窃贼，也不能再进我们的家门了。你如果不经过我的同意而邀请他们到这里来，你就会发现自己处于多么尴尬的境地了。因为你家中没有了男主人。如果他们来到这座房子，我就去贝尔·沃特林的酒吧中消磨时间，如果谁要是问我，我就不客气地告诉他们，我不想同他们这些人再交往下去了。”

斯佳丽因为他的话而感到有些难受，可是她却马上笑了起来。

“这样说来，连赌鬼和投机家也会改邪归正，值得尊敬的了！嗯，你品德高尚的第二步就是最好要先卖掉贝尔·沃特林的房子。”

这只是斯佳丽的猜想而已，因为她也不清楚瑞特到底拥没拥有那座房子。他也突然笑了，好像看出了她的心情。

“谢谢你的建议。”

如果瑞特想让自己回到体面人那边去，他选择的时间是一个最艰难的时机。因为现在，投机家的统治已达到了顶峰，甚至可以说是空前绝后了，共和党人和无赖汉的名称受到了普遍的憎恨。并且，自从投降以后，瑞特一直与共和党人和无赖汉关系密切。

在1866年，亚特兰大人一直处于无助的状态，他们认为，没有什么事物比所受的严厉的军事管治更糟的事情了，可是，现在在布洛克的统治之下，他们才了解到了还有更坏的事情。而由于黑人的参与投票，共和党人和他们的盟友们，便牢固地确立了他们的统治地位，并且还看不起那些没有任何权利、但依然在抗争着的那一小部分人，对他们也很粗暴。

还有一个在黑人中间传开了的消息，在《圣经》中，只提到了两个政治团体，那些税吏和黑人就想参加一个完全由自己组织的团体，于是他们在匆忙中便加入了共和党。他们的新主人一次又一次地让他们投票，去选举那些可怜的白人和无赖汉们去充任要职。这些黑人在立法议会中，靠吃花生来打发大部分时间，他们的脚也不习惯穿鞋子，所以便伸进去又伸出来，只有这样，脚才会感到舒服。在他们中间，几乎没有人能够读书写字。他们都刚刚从棉花地或甘蔗地中走出来，但是他们有权利投票，决定税收、发行公债，还有可以给予他们自己以及北方的朋友巨大的金额开支。这些都是由于他们自己决定的。纳税人也明白，投票决定得到的作为公用的很大一部分钱，最后都会进入私人的腰包。他们在交税时也非常气愤。在这种税收制度下，整个州的经济发展变得很慢。

数量众多的公司的发起人、投机商、合同承包商，以及其他希望能从政府的过量开支中获取一定利益的人，已经把州议会给包围起来了，而且许多人无耻地为此富了起来。他们不费吹灰之力，就从州政府那里获得了大量的金钱，去修建那条根本就不会建造的铁路，去买实际上根本上就不存在汽车和机车，除了在筹办人思想中需要建立之外，根本就不会建立的公共建筑物。

发行上百万政府公债，其中大部分公债却是非法的、具有欺诈性的，但是它们照样被发行。州财政长官，是个共和党人，也是一个很诚实的人，他对这种非法发行，提出抗议并拒绝签字。可是，他自己以及其他一些想要纠正这种弊端的人，对这种正流行的潮流也是毫无办法。

州有铁路本来是州政府的一项固定资产，但是现在却变成了债务，而且这种债务已经累积到了上百万美元。它不再是一条铁路，它是一个巨大的无底的食槽，猪猡们可以在里面暴饮和打滚。铁路官员的任命，都是出于政治原因，根本就不考虑他们的铁路运营知识，官员的数目是所需人数的三倍。共和党人凭通行证免费乘车，要乘车的黑人，也可以免费乘车进行愉快的短暂旅游，到州里为同一个选举投票、再投票。

州有铁路的管理不善，让纳税人极为愤怒，因为铁路的收入是要用于公费学校的。可是铁路只有债务，却没有收入，公费学校也就不可能存在了。几乎没有人有钱送他们的孩子去上自费学校，又一代孩子在无知中长大了，又在他们中撒下了一些文盲的种子。

纳税人虽然对浪费、经营不善和贪污受贿现象非常生气，可是他们最痛恨的却是州长到了北方就把他们说得一无是处。在佐治亚人反对腐败的怒吼声中，州长急忙去了北方，在国会中讲述白人对待黑人的一系列暴行；佐治亚人准备再一次发动叛乱，在这个州需要更严厉的军事管治。可是，其实佐治亚人不想找黑人的麻烦，而且他们尽力避开那些麻烦事，没有人希望再发生一次战争，没人想要军事管治。所有佐治亚人想要的是不受外来势力的干涉，这样，整个州就可以休养生息了。但是在州长那闻名的“造谣工厂”的作用下，北方佬心目中只存在一个就要发生叛乱的州，需要用高压手段进行管治，于是就在他们身上用上了高压手段。

这帮控制着佐治亚人咽喉的人，可以纵情狂欢了，他们四处掠夺。而那些身居要职的人，以一副冷酷而又玩世不恭的态度，公然进行着盗窃活动，这让人一想起来就特别寒心。抗议和抵制都无济于事，因为州政府是由军队的力量来作后盾，进行扶植和支撑。

亚特兰大人不住地咒骂着布洛克、无赖汉及共和党人的名字，他们也咒骂每一个与他们有着联系的人名。他们都说，瑞特一直与他们有着密切的关系，一定也参与他们的那些勾当。可是现在，他改变了那种随波逐流的处世态度，开始努力地转过身，要逆流而上了。

瑞特的这种挽回人心的行动进行得如此缓慢而微妙，没有引起亚特兰大人的丝毫怀疑，因为他没有像豹子那样，在一夜之间，就把身上的斑点给改变了。他逐渐地躲避着他那些不太可靠的好朋友，在北方佬的军官中、无赖汉以及共和党人的阵营里，再也见不到他了。他参加了民主党的聚会，公然投民主党人的票，放弃了那种一掷千金的纸牌豪赌，而且在饮酒方面也有所节制。即使偶尔到贝尔·沃特林的房子里去，他也是偷偷地去，像大多数体面的城市男人一样，而不像以前那样，下午把他的马拴在大门口，好像这是在表示，他在家里似的。

有一次，圣公会教堂就要结束，教友们马上就要离开时，瑞特拉着韦德的手，踮着脚尖来到教堂，参加那次马上就要结束的礼拜。瑞特的出现使教友大吃一惊，而韦德的出现也让他们同样吃惊，因为这个小男孩一直被认为是信仰天主教的。至少，斯佳丽是一个天主教徒，或者她被认为是一名天主教徒。可是这么多年来，她从没有到教堂里来过，因为她已经不再信仰宗教了，正如她已经忘记了艾伦对她的所有教诲一样。人们都认为，她已经不再对她儿子进行宗教教育了。对于瑞特改正错误之事，他们都很重视，因为他把孩子带进了圣公会教堂，而没有带到天主教堂里去。

当瑞特不再多说话，并在他的黑眼睛里不再露出凶光时，他那严肃的态度也很具有吸引力。他决定要这样做，已经有好多年了，直到现在，他做到了这一点，他做出一副很庄重的神态，对他们很感兴趣的样子，并把他穿着的马甲，也换成素颜色的。从被他救过性命的那些人中，他要想获得他们的好感是不太困难的。很久以前，如果不是瑞特的所作所为，让他们觉得自己对他的感激之情好像根本就没有必要的话，那些人就一直想要表达一下自己对他的感激之情。现在，休·艾尔辛雷内、西蒙斯家的几个孩子、安迪·邦内尔，以及其他一些人发现，当他们提及自己还欠着他的人情时，他就露出一种愉快、不愿说出、有些难为情的样子。

"那算不了什么，"他果断地声明道，"如果你们也处于我的位置，你们也一样会那样做的。"

为了修理圣公会的教堂，他慷慨地捐了一笔款，他同时也给"光荣阵亡将士墓地美化协会"捐了一笔款，数目很大，但并不显眼。他捐这笔钱时，找到了艾尔辛太太，并很不好意思地请她要为他的捐赠保密。他很清楚，这样只会让她把消息传得更快。艾尔辛起初不愿意收他的钱——"投机家的钱，"不太干净——可是这个协会正特别需要钱。

"我不明白，在你们那些人当中，你为什么来捐款?"她唐突地问道。

瑞特心平气和地告诉她，他的这笔捐款是为了纪念自己以前的战友，他们都比他还要勇敢，但不幸的是，他们现在都躺在无名墓中了。艾尔辛太太这才低下她那富有贵族味的下巴。因为多丽·梅里韦瑟曾经告诉过她，斯佳丽说巴特勒船长曾经参过军。她当然不相信，始终都没有人能相信这件事。

"你参过军?你在哪个连——哪个团?"

瑞特告诉了她。

"哦，那是炮兵!我认识的人都是些骑兵或者是步兵。那么，这说明——"她有点不好意思，没有再说下去，以为他一定会很生气了。可是他只是向下看着，摸着他的手表链。

"我本来想去当步兵，"他说，对他的话好像一点也没有在意的样子，"可是，当他们知道我是一名西点军校的学生时——当时我没有毕业，艾尔辛太太，由于年轻时太荒唐的缘故——他们把我编入了炮兵队，正规的炮兵队伍，不是民兵团。在那最后的一次战役中，他们需要具有专业知识的人。你知道，伤亡那么惨重，大多数炮兵都阵亡了。我在炮兵部队非常孤独，我没有见到一个熟人。我相信，我在整个服役期间，也没有看见一位来自亚特兰大的人。”

“嗯!”艾尔辛太太说道，她有些糊涂了。如果他参过军，那么她就犯下了一个错误。她曾说过许多尖酸刻薄的话，说他是胆小鬼，想起自己曾说过的这些话，她感到心里很是内疚。“嗯，你为什么不把你曾经服役的事告诉别人呢？你好像为进过军队而感到有些羞耻似的。”

瑞特正视着她的眼睛，他的脸上一片茫然。

“艾尔辛太太，”他诚恳地说，“请相信我，我要这样说，这与我以前做过的或者日后要做的事情相比，我在南方邦联军队里的服役，是令我最引以为自豪的。我只是感觉——感觉——”

“嗯，你为什么要隐瞒这件事呢?”

“鉴于——鉴于我以前的那些行为，我不好意思提到这件事。”

艾尔辛太太把他的捐款以及与他的谈话，都详细地向梅里韦瑟太太做了汇报。

“多丽，我敢向你保证，他说他不好意思谈论此事，在他的眼里，竟然满含热泪！是的，满含热泪！我也几乎要流泪了。”

“真是胡说八道!”梅里韦瑟太太还是不相信，喊道，“我不相信他真的会流出泪水，我也不相信他参过军，并且我很快就能查明。他要是在那个炮兵部队的话，我马上就可以查明真相，那个炮兵部队的指挥官是我一个姑妈的女婿，我可以写信问他。”

她给卡尔顿上校写了封信，令她大吃一惊的是，在她收到的回信中，上校把瑞特夸得天花乱坠，说他是一个炮兵的天才、一个非常勇敢的战士、一个善于克制自己的上等人，并且还非常谦虚，要给他授予军职时，他竟不愿接受委任状。

“啊!”梅里韦瑟太太把这封信给艾尔辛太太看过后说，“真没有想到，我们说他是个流氓，根本就不是一名战士，也许我们冤枉他了。我们当时本来就应该相信斯佳丽和梅兰妮所说的话，他是在亚特兰大失陷的那天参军的。可是，他是一个无赖汉、是一个流氓，我还是很讨厌他!”

“不可能，”艾尔辛太太有些犹豫不决地说，“反正，我认为他并不怎么坏，一个曾经为南方邦联而战的人，不可能是坏蛋。只是斯佳丽太不是东西。你知道吗?多丽，我很相信他——有时，他为斯佳丽感到羞愧，只是因为他是一个上等人，而不好意思说出口罢了。”

“羞愧！呸！他们两个是同一块布上的料，你这个傻念头从何而来的?”

“这不是一个傻念头，”艾尔辛太太气愤地说，“昨天，下着大雨，他带着三个孩子，连同那个婴儿，你听明白了——坐着他的马车在桃树街来回跑着，他让我搭便车回家。我就问他：‘巴特勒船长，你疯了不是？在大雨天，让孩子们待在外面挨淋？为什么不带他们回家？’他却什么也不说，而只是看起来有些难为情，可是嬷嬷却大声说道：‘家中来了几个下流坯子，让孩子待在家里，还不如在外面挨雨淋更有利于身体健康！’”

“他说什么？”

“他能说什么？他只是皱着眉头，看了一眼嬷嬷，他们就过去了。你也知道，斯佳丽在昨天下午举行了一个盛大的惠斯特牌会，所有那些粗俗不堪的女人都在那儿。我想，他这是不想让那些女人亲吻他的孩子。”

“嗯。”梅里韦瑟太太有些动摇了，不过还是有些固执己见。不过一个星期，后她也转变了态度。

现在，瑞特在银行里设起了一张办公桌。银行职员也有些迷惑不解，不知道他要在这里干什么，只是他在银行中拥有很大的股份，他们也都不敢对他的到来提出什么异议。过了一段时间，他们就忘记自己曾经对他很反感，因为他很文静，态度很友好。并且他也确实懂得银行的一些投资业务。无论在哪种情形下，他整天坐在他的办公桌旁，给人留下很勤奋的形象，因为他想让别人知道自己也在努力工作，也和那些体面的城里人一样，不是坐在家里享清福。

梅里韦瑟太太想要扩大她的面包店，便以房子作抵押，想要从银行贷款两千元钱。但她却被拒绝了，因为她的那个店铺已经设了两个抵押。当她怒气冲冲从银行中出来时，瑞特拦住了她，在了解了她的苦楚之后，他有些抱歉地说：“这里面肯定有些认识上的错误，梅里韦瑟太太，还是一种很严重的错误。在这件事当中，你根本就不必那么麻烦还要设定抵押。只要你说一声，我会借给你钱的！一个太太能够像你这样发展自己的业务，本来就是世界上最好的保险对象。对你这样的人，银行是愿意借钱给你的。你现在就坐在我的椅子上，我替你办这件事。”

当他回来时，脸上带着亲切的微笑，他说正像他所想象的那样，确实存在着误会。银行已经预备两千元钱，她可以随时支取。对于她的房子——她在这里签个字就行了。

梅里韦瑟太太感到气愤，并有一种受到了侮辱的感觉，她不得不从一个她以前很讨厌的、也不信任的人那儿受到恩惠，她的感谢几乎也很勉强。

但是，他并没有注意到这一点。送她出门时，他说：“梅里韦瑟太太，我一直很敬重你的学识，你能告诉我一件事吗？”

她稍稍点一下头，轻得连她软帽上的羽毛几乎都没有动。

“梅贝尔小时候常吮大拇指吗？”

“什么？”

“我的邦尼常吸吮她的大拇指。我对此毫无办法。”

“你应该制止她，”梅尔韦瑟太太很有劲地说道，“这样做会弄坏她的嘴形的。”

“我知道！我知道！她长着一张漂亮的嘴巴，可是我不知道要怎么办才好。”

“对这个，斯佳丽应该知道，”梅里韦瑟太太不假思索地说道，“她已经生过两个孩子了。”

瑞特低下头，看着自己的鞋子，叹了口气。

“我曾经试着在她的指甲上涂上肥皂。”他避开她对斯佳丽的评论，说道。

“肥皂！哼！用肥皂根本就不行。我在梅贝尔的大拇指上涂了奎宁，我告诉你，巴特勒船长，她很快就不再吮大拇指了。”

“奎宁！我怎么就不会想到要用它！真是太感谢你了。梅里韦瑟太太。我一直在为此事担心。”

他冲着她笑了笑，分明带着十分感激她的意思。一时间，梅里韦瑟太太站在那儿，有点不知所措了。不过，当她向他说再见时，她也笑了。她还是不愿意对艾尔辛太太承认，她以前对这个人的判断有些失误，她只是说他是一个诚实的人，在他爱着自己的孩子这方面，这个人还是挺不错的。斯佳丽竟对邦尼这个漂亮的孩子不感兴趣，真是太遗憾了！全靠一个男人养活一个小女孩，真有点可怜呀！瑞特也很清楚，他用这种办法可以引起人们对自己的同情与好感，而且他也不在乎这样是否会有损斯佳丽的形象。

从孩子能够走路开始，他就经常带她出去玩，让她坐在马车上，或者把她放在自己马鞍的前面。每天下午，他从银行回家以后，就拉着她的手在桃树街里散步，他还和小女孩子一样小步走着，并且还能耐心地回答孩子所提出的各种问题。傍晚时分，人们在她家的前院或者门廊上，总是能看到邦尼这个可爱、漂亮的孩子，她乌黑的卷发、明亮的蓝眼睛，人们都忍不住要过去逗她几句。瑞特总站在一边，决不会过去打断他们，女儿能受到别人的注意，他也流露出做父亲的那种自豪和满足。

亚特兰大人虽然记忆力向来很好，并且还爱猜疑，有了成见还一时难于改变，艰难岁月，使他们对布洛克及与其联系的人都非常痛恨；不过邦尼却把斯佳丽和瑞特迷人之处都结合在她的身上，瑞特就把她作为一个小楔子，准备要钉入亚特兰大那冰冷的墙壁上去。

邦尼长得很快，并且越来越表现出她是杰拉尔德·奥哈拉的外孙女的一些特征。她的腿又粗又短、大大的爱尔兰人的蓝眼睛，方方的下巴。她很任性，颇具有杰拉尔德的急脾气，她也是尖叫着发脾气。不过，只要她的愿望能得到满足，她也就忘了发脾气。而且只要有父亲在她的身边，她的那些愿望，总是很快就能得到满足。他不顾嬷嬷和斯佳丽的反对，对她很是溺爱，因为除了一件事，就是害怕黑暗以外，她无论做什么事都能让父亲很高兴。

两岁以前，她总是愿意与韦艾、德拉一起睡在育婴室中。后来，不知为什么，只要嬷嬷端着灯，摇晃着离开房间，她就开始哭，并且一直要闹到后半夜，尖叫着闹啊，闹啊，不仅要把另外两个孩子闹醒，闹得全家人都感到惊慌。有一次，瑞特把米德大夫请过来后，他认为只不过是她做了噩梦而已，瑞特对大夫极为不满。其他人从她嘴里得到的只有一词，“黑暗”。

斯佳丽很容易被这个孩子激怒，主张打她一顿屁股得了。她不愿意迁就她，要是在育儿室中放一盏灯，这样就使韦德和艾拉无法睡觉了。瑞特心里也很担忧，不过他态度却很温和，仍想从自己女儿的嘴中得到更多的东西，他淡淡地说，如果要打屁股的话，他就要亲手打斯佳丽的屁股。

最后，也只有把邦尼从育婴室里搬到瑞特单独住的那个房间里，把她的小床放在他的大床旁边，桌子上整夜都亮着一盏带灯罩的灯。这个事情于是就传开了，又一次引起全城人的议论。一个小女孩要睡在她父亲的房间里，似乎有点不太好，虽然这个小女孩才只有两岁。从这些流言中，斯佳丽遭受着两方面的痛苦。第一，这无疑在说她与丈夫已经分居，这本身就意味着一个令全城人震惊的事情；第二，人们都认为，如果孩子害怕单独睡觉，应该与妈妈在一起睡觉才是。而斯佳丽也不能有所解释，房间里亮着灯她也没法入睡，而且瑞特也不同意让孩子跟着她睡。“她不尖叫你就不会醒来的，而且，你醒来后，就有可能要打她。”瑞特不太客气地说道。

瑞特把邦尼夜晚怕黑的事情看得那么重要让斯佳丽非常烦恼。她认为自己能够办好这件事，还会把孩子搬到育婴室里去。所有的孩子一开始都害怕黑暗，而唯一的办法，就是毫不迁就他们。而瑞特在这件事上却大唱反调，这是为她不让他进她的房间，而心存报复，让她在别人眼里看起来是个坏母亲。

自从她告诉他，自己再也不愿意生孩子的那天晚上起，他就再没有进过她的房间，甚至也没有摸过她房门上的门把手。从那以后，只是因为邦尼夜晚害怕，他才开始待在这家中。在此之前，他经常不在家中吃晚饭，有时候整夜都在外面待着，斯佳丽则躺在锁着门的房间里，在他不在家的夜晚，她也一直无法入睡，听着时钟的响声，一直到凌晨，她很想知道他住在哪儿。她还记得他说过的话，“别的地方也有床铺，亲爱的！”虽然这种想法让她心里很是难受，但她毫无办法。她要是去责备他，他马上就会与自己争吵起来，而他肯定要说她锁上房门的事，还有可能把阿希礼也与此事连在一起。是的，就让邦尼睡在他那个亮着灯的房间里，他的这种行为，不正是报复她的最卑鄙的手段吗？

她一直都没有认识到，他对孩子全心全意的爱，他深爱着邦尼的重要性。直到那一个可怕的夜晚，全家人都不会忘记的那个夜晚。

那一天，瑞特碰到了一个以前做封锁线生意的同行，他们两个有许多话要说。斯佳丽也不知道他们去哪儿喝酒聊天了，不过她想可能是在贝尔·沃特林的家中。下午，他竟然没有回家带邦尼去散步，也没有回家吃晚饭。整个下午，邦尼都焦急地从窗户里向外望着，急着要把一大堆已经弄死的甲虫和蟑螂让父亲看，最后，卢把还在哭闹的她放到了床上。

也许是卢忘了点灯，或者是灯油给烧干了。没有人知道发生了什么事，喝醉了的瑞特最后回到家时，家中正一片混乱。他在马厩里就听到了邦尼的尖叫声。她在黑暗中醒了过来，喊她的父亲，可是他不在。一种莫名的恐惧占据了她的心，她就哭了起来。斯佳丽和嬷嬷，用尽一切办法来哄她，点着灯也不能让她平静下来。瑞特三步并作一步地冲上楼来，他的脸色看起来像个死人一样发白。

当他最后把她抱在怀里时，从她那哭着的喘息声中，只能听出两个字：“黑暗”。他愤怒地转向斯佳丽和那些黑人。

“谁把灯熄灭了？谁把她单独留在黑暗之中了？普里西，我剥了你的皮，你——”

“我的上帝，瑞特先生，不是我！是卢！”

“看在上帝的份上，瑞特先生，我——”

“住嘴，你知道我的安排。上帝啊，我要——你们滚出去。再也不要回来。斯佳丽，给她们一些钱，在我下楼之前，把她们都给我打发走。现在，都滚出去！”

几个黑人都慌忙逃走了，倒霉的卢用围裙掩脸就哭。而斯佳丽呆呆地站在那儿，看见那个心爱的孩子在瑞特怀里安静了下来，而她在自己怀中，却一直都在可怜地尖叫着，她十分难过。她用小手搂着他的脖子，哽咽着对他说着那些吓着她的是什么东西，可是她——斯佳丽，却从来也没有从她口中听到一句连贯的话。

“它是这样坐在你的胸口上的吗，”瑞特温柔地说，“很大吗？”

“哦，是的！大极了，还长着爪子。”

“啊，还有爪子。嗯，好吧。我这一夜都不睡觉，就坐在这儿，如果它敢再来的话，我就打死它。”瑞特的话很具有吸引力和安慰性，所以邦尼的哭声也就渐渐地停止了。她不再哽咽了，只用一种只有瑞特才能听懂的语言，详细地描述着她在梦中见到的那个妖怪。斯佳丽看着瑞特，就像真有那种事似的在与女儿谈论时，不由得心中大怒。

“看在上帝的面上，瑞特——”

可是他摇了摇手，让她不要出声。当邦尼终于睡着了的时候，他才把她放在床上，给她盖好了毯子。

“我要剥了那个黑鬼的皮，”他很平静地说道，“不过你也是太不关心她了。你为什么不上楼来看一下，灯是否还亮着？”

“不要那么傻了，瑞特，”她小声说，“她这样都是你宠坏了她。许多孩子都害怕黑暗，最后也都好了。韦德开始也怕黑，不过我没有纵容他。如果你让她哭闹一两夜——’，

“让她哭闹！”斯佳丽以为他要打她了，“你要么是个傻子，要么是一个我从来也没有见过的，一个最没有人性的女人。”

“我不想让她长大以后，变得神经质又是个胆小鬼。”

“胆小？活见鬼！她身上就没有一个地方属于胆小鬼的！只不过你没有想象力罢了。当然你不能在意有想象力的人——尤其是一个孩子所受的痛苦。如果一个有爪有角的东西过来坐在你胸口上，你会告诉它把你带到地狱里去吗？你一定很害怕！请记住，太太，我见过你像一个被烫伤的猫，也是尖叫着醒过来的，因为你梦见自己在雾中奔跑。而且这只不过是发生在不久前的事。”

斯佳丽无话可说了。因为她不愿意再回想那个梦。而且，她还想起瑞特安慰她也和安慰邦尼的方式一样，这让她有点难为情。于是她赶紧转移话题。

“你一直都在迁就着她，并且——”

“而且我打算一直都这样迁就她。如果我这样做了，她就会把这种脾气慢慢地忘掉。”

“那么”斯佳丽酸溜溜地说，“如果你有意做她的奶妈，就应该改变一下，晚上就应该回家来，喝酒也要有所节制，不要再这样喝下去。”

“我可以早点回来，可是我仍要像一个经常弄虚作假的坏女人一样，还是要随心所欲地喝酒。”从那以后，他确实回来得很早，在邦尼上床睡觉以前，他就早来到家了。他坐在她的身旁，握着她的手直到她睡着为止。然后，他才踮着脚尖下楼，

把灯点得很明亮，半掩着门，以便她醒来害怕时，他可以听见她的叫声。他决定，再不能有让她害怕的事情发生。全家人都在密切关注着那盏亮着的灯，斯佳丽、嬷嬷、普里西和波克经常踮着脚尖上楼，看看那盏灯是否还亮着。

他回家时也是很清醒，不过这不是斯佳丽起的作用。因为几个月以来，他一直喝很多酒，但是却从没有真正喝醉过。有一天晚上，在他呼气时，威士忌的味道特别浓。他抱起邦尼，把她靠在肩上摇晃着问她："让你亲爱的爸爸亲一下吗？"

她皱着她那上翘的小鼻子，并赶紧从他怀中溜了下来。

"不，"她坦率地说，"难闻死了。"

"我怎么啦？"

"难闻的气味，阿希礼叔叔没有这种难闻的气味。"

"嗯，我该死，"他懊悔地说着，把她放到地板上，"我竟没有发现，在我自己的家里还有一个要戒酒的人。"

不过，自那以后，他把自己的酒量限定为晚饭后只喝一杯葡萄酒。邦尼只被允准喝杯中剩下的最后几滴，这样她就不认为葡萄酒的味难闻了。结果，他开始胖了，他面颊上那些粗糙的皱纹开始变浅并慢慢地消失了，他那双黑眼睛下面那又黑又粗的眼圈，也不那么明显了。由于邦尼喜欢坐在他的马鞍前，所以他在室外待的时间也较多，以致他那黝黑的脸上开始变得更黑，但却看起来更显得健康，他的笑声也多了，又跟那个在战争初期，曾轰动亚特兰大的那个大胆而又年轻的封锁线商人有点像了。

当他骑着马，马鞍上坐着那个小小的孩子时，以前从不喜欢他的人也开始对他微笑了。以前曾相信任何女人与他在一起都是不安全的那些人，在街上也可以停下来与他说话，他们都赞美邦尼。这就是那些严厉的老太太们所想象的，见他这个男人能那样关心孩子，也不可能坏到哪儿去。

第五十三章

阿希礼的生日到了，那天晚上，梅兰妮要给他举行一个出人意料的招待会①。除了阿希礼以外，每个人都知道了这个招待会，就连韦德和艾拉也知道了，并发誓为她保守秘密，这使得他们变得骄傲起来。亚特兰大的每一个上等人都被邀请到了，并且还都会来参加。戈登将军和他的全家也都很礼貌地接受了邀请。如果身体健康的话，斯蒂芬斯副总统也将出席。就连“南方邦联之海燕”的鲍勃图姆斯也在邀请之列。

那天早上，斯佳丽连同梅兰妮、英迪亚及贝蒂姑妈都在那所小房子里忙碌着，指挥着黑人把洗干净的窗帘挂起来，把银餐具擦亮、在地板上打上蜡、烧着菜、做着各种糕点。斯佳丽很长时间没见梅兰妮这样高兴过。

“你看，亲爱的，阿希礼很长时间没有举行过生日宴会了。自从——自从，在十二橡树庄园的烧肉野餐以后，你记得吗，那天是林肯先生召集志愿军的日子？唉，自从那次以后，他就没有再举行过生日宴会了。而他工作得又是如此卖力，当他晚上回来时，带着一身的疲劳，他确实从没想到，今天就是他的生日。吃过晚饭，当人们都纷纷赶来时，他难道不会大吃一惊吗?”

“草地上的那些灯笼怎么办呢？威尔克斯先生回家吃晚饭时，会看不到它们的。”阿奇急躁地问道。

整个早上，他都一直在那里坐着、看着他们做着准备工作，阿奇对此很感兴趣但却又不愿意去赞同它。他也从没有见过城里人举行大型宴会的情形，这里的一切都是新鲜的。他曾经毫不掩饰地批评了她们，请几个客人，女人们就要忙得像房子里着了火似的来来回回地跑着。不过他决不想离开这儿。那些灯笼是艾尔辛太太和范妮为今天的宴会而特意制作的，这对他特别有吸引力，因为他以前从来也没有见过如此“新奇的玩意儿”。这些灯笼现在都藏在地下室里的房间里，

① 不让本人知道，便请客吃饭，以便让他本人大吃一惊的茶话会——译者注

他已经在那里看个够了。

“上帝！我还真没想到这件事！”梅兰妮喊道，“阿奇，幸亏你提醒一下。上帝啊！该怎么办？我们必须把它们悬挂在灌木丛和树上，里面再放上小蜡烛，等客人快来时再点着。斯佳丽，趁我们吃晚饭时，你就让波克去做这件事吧。”

“威尔克斯太太，和其他女人相比，你还是比较聪明的，现在怎么这么糊涂呢。”阿奇说，“至于那个傻子波克，他是处理不了那些玩意的。他马上就会把它们烧掉。它们太漂亮了。”他赞同道，“趁你和威尔克斯先生正在吃饭。我替你们挂上吧。”

“哦，阿奇，你太好了！”梅兰妮用她那充满孩子气的眼睛看着他，表示对他的感激和依赖之情，“没有你，我真不知道该怎么办才好。你认为现在就可以把蜡烛放在里面吗？这样也可以省去一些麻烦了。”

“嗯，可以。”阿奇不假思索地说道，迈着沉重的步伐向地下室走去。

“请将不如激将。”当这个长着连鬓胡子的老头，迈着沉重的步伐走向楼梯时，梅兰妮咯咯地笑了起来，“我本来准备让阿奇自己去挂这些灯笼的，不过，你了解他的为人，如果你让他去做一件事，他是不会去做的。现在我们让他在下面待一会吧。那些黑人一见他就害怕，有他在紧紧地盯着他们时，他们谁也不愿意干活。”

“梅兰妮，根本就不能让这种老鬼待在屋子里。”斯佳丽生气地说道。她很讨厌阿奇，就像阿奇也讨厌她一样，他们两个几乎不说话。只有在梅兰妮家中，如果斯佳丽不在场的话，他才愿意在。即使是在梅兰妮家，他也用那种有所猜疑的、冷淡而又轻蔑的眼光瞪着她。“他会给你惹些麻烦的，请你记住我的话。”

“哦，只要你奉承他几句，并做出要依靠他的样子，他就对你没有任何恶意了，”梅兰妮说，“而且他非常忠实于阿希礼和小博，有他在旁边，我也会感到很安全。”

“你的意思是说，他对你也非常忠诚，梅兰妮，”英迪亚一面爱怜地盯着嫂子，一面说道，她那冷淡的脸上露出了一丝温暖的笑容，“我相信，自从他的妻子——呃——他的妻子死了以后，你是这个老恶棍爱上的第一个女人。我认为，他实际上倒喜欢有人来侮辱你，这样，他就可以把他们杀掉，以此来表现出他对你的忠心。”

“上帝啊！你怎么这样说，英迪亚！”梅兰妮红着脸说道，“你知道，他是把我当成呆子呢。”

“哦，我倒看不出这个臭农民的想法有什么要紧之处。”斯佳丽不太耐烦地说道。一想起阿奇批评她关于那些犯人的事，她就有些生气，“我现在必须走了。我还要回去吃饭，然后再到商店，给店员们发发工资，并且到木材厂去发车夫和休·艾尔辛的工资。”

“哦，你准备去木材厂吗？”梅兰妮问道，“在今天下午，或晚些时候，阿希礼要去木材厂看休。你能陪他一直在那儿待到五点钟吗？如果他回家早了，肯定会碰见我们正在做蛋糕或者什么别的东西，那么也就不会感到惊奇了。”

斯佳丽听了这些话心里暗自高兴，肚子里的怒气也消了。

“可以，我留住他。”她说。

当她说这话时，英迪亚那双没有睫毛的浅色眼睛，正敏锐地盯着她。“当我提起阿希礼时，她总是非常好奇地看着我。”斯佳丽心中暗想。

“好吧，你尽量让他留在那儿到五点钟以后，”梅兰妮说，“然后英迪亚再赶车把他给接回来……斯佳丽，你今晚一定要早一点来。我不想让你耽搁一分钟的招待会。”

当斯佳丽坐着马车回到家时，她心里有点闷闷不乐，心想：“她一分钟也不想让我耽搁招待会，是这样的吗？那么，她为什么不邀请我和她、英迪亚，还有贝蒂姑妈一起招待客人呢？”

一般地说，梅兰妮家的普通宴会斯佳丽是不会在乎是否由她来招待客人的。但是，这是梅兰妮举办过的最大的一次宴会，并且又是阿希礼的生日宴会，所以斯佳丽渴望站在阿希礼的一旁，与他在一起招待客人。不过她也知道自己为什么不被请去做招待。即使她不知道，瑞特也已经老实而又不客气地对她评价过了。

“当所有前南方邦联和民主党著名人士光临时，她能让一个无赖去接待客人吗？你的观点既可笑又有些糊涂。你被邀请去那里只是因为梅兰妮小姐对你太好的缘故。”

斯佳丽打扮得比平时要好多了，下午她就要到商店和木材厂去。她穿着一件深绿色的能自动变色的塔夫绸新外衣，这种衣服在一些光线的照射下，可以呈现出淡紫色，头上戴着一顶浅绿色的新软帽，周围都是深绿色的羽毛。如果瑞特让她的前额留下刘海和发卡，软帽就会更加好看。但是，他已经声明，要是她的前额留着刘海，他要把她整个头都剃光。而且这些天来，他的行为也是非常凶暴，他也许会真的干出那种事来。

那天下午天气特别好，有太阳但不算太热，明亮但并不感到刺眼。温暖的微风吹过桃树街上的树梢，沙沙作响，吹得斯佳丽软帽上的羽毛也在晃动。她那颗激动的心也在跳动着，就像她平时去会见阿希礼时那样。也许，她早早地给马车队的车夫们和休发了工资后，他们就马上回家，把她和阿希礼单独留在木材厂院子中间的，那个四方形小办公室中。这些天来，她单独见阿希礼的机会可实在是太少了。而梅兰妮竟让她把他留住，真是太好了！

当她到达那个商店里时，心情十分愉快，甚至连当天的营业情况如何都没有问就给威利和别的店员发工资了。那天是星期六，是一星期中商店里营业额最大的日子，因为这一天所有的农民都要进城买东西，但是她什么也没有过问。在去木材厂的路上，她停下来十多次，她要与穿戴华丽的投机家太太们打打招呼，她们穿的衣服都没有她华丽，她快乐地想到。她还碰见了许多男人，在街上的尘土中走过，他们都摘下帽子和她打着招呼，恭维她几句。这是一个风和日丽的下午，她心情十分愉快，看起来也很漂亮，而她就像在巡行似的。由于这些耽搁，她到达木材厂的时候，比她预计的时间要晚些，她看见休和车队的车夫们，正坐在一堆木头上等着她了。

“阿希礼在这儿吗？”

“在，正在办公室里，”休说道，看见她那双愉快的、闪着亮光的眼睛，他脸上的那种时常还有的忧虑消失了，“他正——我的意思是说，他正在查账。”

“哦，今天他不必查了，”她又压低了声音说，“梅兰妮打发我来这儿把他留住，直到她们为今晚的招待会准备好了，再让他回去。”

休笑了，因为他也要参加这次招待会，他喜欢参加宴会，他从斯佳丽今天下午的表情猜想，她也喜欢这次宴会。她给车夫们和休发了工资，就马上和他们分开，向办公室走去，她的这种举动，明显是表示自己不愿意让人陪着。阿希礼在门口接她，在午后阳光照射下，他的头发也在闪闪发亮，他的嘴上带着一个几近咧嘴的微笑。

“啊，斯佳丽，今天到了这个时候，你在闹市区都干什么了？为什么不在家中帮助梅兰妮准备那个令我惊奇的宴会呢？”

“什么，阿希礼·威尔克斯！”她气冲冲地喊道，“别人都以为你一点也不知道呢。如果你不感到惊奇，梅兰妮会很失望的。”

“哦，我不会泄露这个秘密的。我将成为亚特兰大最感到惊奇的男人。”阿希礼说道，他的眼里充满了爱意。

“那么，是谁这么卑鄙把这个也告诉你了？”

“实际上，梅兰妮请的那些客人都告诉我了。首先是戈登将军。他说凭他的经验，女人们要举行出其不意的宴会，往往要在男人们决定要在家擦洗枪支的那个晚上。然后，梅里韦瑟爷爷告诉我说，梅里韦瑟太太给他举行过一次惊奇的宴会，然而她自己却成了最感惊奇的人，因为爷爷一直在治疗风湿病，暗地里喝了一瓶威士忌，结果醉得竟没法下床了，还有——哦，每一个有过惊奇宴会的人都告诉过我。”

“多么卑鄙的家伙！”斯佳丽喊道，不过她笑了起来。

斯佳丽知道，阿希礼这种笑，看起来就像十二橡树庄园的老阿希礼。而且这些日子中，他很少有笑容。空气如此温和，太阳也是如此暖和，阿希礼的脸又是如此高兴，他的话也是如此地随意，使斯佳丽的心中充满了幸福，不由得心中乐不可支，直到激动得她的胸口好像有些疼痛了。因为太兴奋了，心中有一股高兴得好像被压抑着的潮流似的，突然地，她感觉自己又回到了十六岁的时代，那种愉快而又兴奋的感觉。她心中好像有一种疯狂的冲动，促使她想抓掉自己的软帽抛向空中，并要高呼“万岁”似的。然后她又想，如果她这样做的话，阿希礼将会大吃一惊。她这才突然笑了起来，笑得眼睛中都积出了泪水。他也笑了，头向后仰着，仿佛在尽情享受着笑的乐趣似的。他还以为她这样欢笑，是因为竟有些男人把梅兰妮的秘密给泄露了，是为这种好意的叛逆行动而发笑呢。

“进来，斯佳丽，我正在检查账本。”

她走进了那个小房间，下午阳光直射到那里面，她在一张办公桌前的一把椅子上坐了下来。阿希礼跟着她，也坐在粗糙的桌子的一角，他的两条长腿在随便摇晃着。

“哦，今天下午我们不要再傻乎乎地查账了，阿希礼！我才不想那件麻烦事。我一戴上新软帽时，似乎所有数字都自动从脑子里逃走了。”

“戴上如此漂亮的软帽，数字是会消失的，”他说，“你变得越来越漂亮了！”

他从桌子上溜下地，笑盈盈地握住她的双手，向两边展开，欣赏着她的衣裙。“你真美！我相信你永远不会变老的！”

抚摸着他的手，她就不由得想到，她那些一直希望能发生的事情就要发生了。整个令人激动的下午，她所希望的也就是能见到他那双温暖的眼睛，听听他关心自己的每一句话。自从在塔拉庄园的果园里那个令人不堪回首的日子以后，这是他们两个第一次单独待在一起，他们的手也是第一次非正式地接触，而且很长时间以来，她一直都在渴望着这种接触。并且现在——

抚摸着他的双手并没有使她产生多大的兴奋，这是多么奇怪啊！从前，一靠近他，她就激动得浑身颤抖。现在她只是感到了里面有种异样温暖的友情和满足，从他手中得到的不是那种狂热，而只是让她的心感到一种快乐和安静。这使她迷惑，这也使她感到有些不安。这仍然是她的阿希礼，仍然是她聪明出众的可爱的人，那么，为什么——

但是，她把心中的这种念头给打消了。他要是能与她在一起、握住她的双手、面带微笑、完全友好地、没有一点紧张和狂热，那也就足够了。当她一想到在他们之间那些还没来得及说明的事情时，竟激动成这个样子，似乎有点不可思议。他那双清澈、明亮的眼睛在盯着她，还是用她喜欢的那个样子在微笑着，那种微笑在他们之间，似乎除了幸福，就根本没有别的事情。现在，他们的眼睛之间可以说是心心相印了，没有一丝隔阂。她笑了。

“哦，阿希礼，我随着年龄的增长也变老了。”

“啊，这很明显！不过，斯佳丽，当你六十岁的时候，对我来说，仍然还是那种年轻的样子。我会永远记住，在我们最后那次烤肉宴的日子里，你的那个模样，你坐在橡树下，十来个男孩围在你的周围。我甚至能告诉你当时的穿着。你穿着白底绿色小花的衣服，披着花边白披肩，脚上穿的是绿色的小便鞋，还带着黑边，头上戴顶宽边草帽，带有长长的绿色飘带。我之所以一直牢记着你的衣着，是因为我在蹲监狱时，觉得无聊的时候，我就打开我的记忆，像翻动画册一样，看着记忆中的每一个细枝末节。”

说到这里，他突然停了下来，脸上那种急切的亮光也消失了。他轻轻地放下她的手，而她还在那里坐着，期待着，期待着他下面要说的话。

“自从那天以后，我们两个人都走了很长的一段路，不是吗？斯佳丽？我们走过了一段我们都没有想走的旅程。只是你走得又快又急，而我却走得又慢又有些勉强。”

他又在桌子旁坐下了，看着她，脸上又挂着一丝微笑。不过这不是刚才那种让她非常快乐的微笑，这时的微笑中含有一种凄楚了。

“是的，你快速地走，却偏要在你的车轮下把我给拖着。斯佳丽，有时候，我不由得地产生一种奇异的想法，如果没有你，我的生活会变成什么样子呢？”

斯佳丽一听到这里，就赶紧不假思索地为他辩护起来，因为她又想起了瑞特对于这个问题所说过的那些话。

“不过，我从没有为你做过什么，阿希礼，没有我，你还是那个样子。有一天，你能够成为一个有钱人，会成为一个你想象的那么伟大的人。”

“不，斯佳丽，我身上绝没有伟大的种子。我认为，如果没有你，我本人早就是悄无声息的人了——就像那位可怜的凯思琳·卡尔佛特，还有许多曾经和她一样的人一样，早已堕落下去了。”

“哦，阿希礼，不能这样说。你的话听起来太让人悲伤了。”

“不，我不是悲伤。我再也不会悲伤。一度——我曾经很悲伤，现在，我只是——”

他停了下来，她突然明白他正要说什么了。当他那明亮而又有些茫然的眼睛，从她面前掠过时，她第一次看懂了那里面，他是怎样想的。当爱的激情又在她心中开始跳动时，他的心的确对她紧闭着。现在，她们之间存在的是那种平静的友谊，她只能稍微地向他的心里走近一些，看得更清楚一些而已。他已经不再悲伤。在南方刚刚投降时，他一直都在悲伤，她请他来到亚特兰大时，他仍然很悲伤。现在，他也只有听天由命了。

“我不愿意听你这样说，阿希礼，”她愤然说道，“你的话听起来几乎要和瑞特一样了。他也总是谈论那些令人厌倦的所谓的‘适者生存’，直到我厌烦地大声抗议为止。”

阿希礼笑了。

“你静下来想过吗，斯佳丽，瑞特与我根本上一样吗？”

“哦，不是！你是非常可爱的，十分高尚的，而他——”她不想再说下去了，感到心里有些烦乱。

“不过我们都是一样。我们出身相同，所受到的教育方式也是一样，所思考的也是一样的事情。只是在人生道路的某个地方，我们两个转弯的地方不同罢了。我们的思想现在还是一样，只不过是反应不同而已。我们虽然也都知道这是一场失败的战斗，我还是愿意去参加那场失败的战斗，而他却不愿意。有时候，我也认为他这步走得很对，可是，又——”

“哦，阿希礼，你为什么总是把一个问题非要从两个方面看呢？”她问道，不过，她不像以前那样，不是用那种不耐烦的语气，“一个人从两个方面看问题，是不能达到自己的目的的。”

“这很对，不过——斯佳丽，我常想，你想达到一个什么目的呢？你知道，我决不想达到一个什么目的，我只想成为我自己。”

她想要达到什么目的？这是一个很愚蠢的问题。当然，它的目标就是钱和安全。然而——她的心里在想，她有钱，在这个不安全的世界里，她也能得到她所想要的安全，可是，现在，她考虑的是这个问题，钱和安全还远远不够。虽然钱和安全可以减少她的一些苦恼和对明天的忧虑，但却没有让她感到特别幸福。“如果我已经有了钱、安全还要再加上你，这才是我所要达到的目的了。”她这样想着，满怀渴望地望着他。但是她没有把这些话说出口，害怕这样会破坏了他们之间的那种默契，担心那样的话，他心灵的大门就会对她关闭。

“你只想成为你自己。”她有些烦恼地笑了起来，“我总是不能成为我自己，这也是我最大的烦恼！至于我要达到什么目标？嗯，我想我已经达到了。我想得到富有、安全和——”

“可是，斯佳丽，你想到没有？我却并不在乎我是否富有？”

没有，她从没有想到过有的人并不想富有。

“那么，你想要什么呢？”

“现在，我不知道。我曾经也很清楚，但是现在几乎全忘记了，我主要是不想让人干涉我自己的事，不想让我不喜欢的人打扰我，不想别人强迫我做我自己所不愿意做的事情。也许——我想回到永不会复返的那些过去的时光中去。整天萦绕在我耳边的，是对过去的那些日子和已崩溃了的世界的回忆。”

斯佳丽听了这些话，紧紧地抿着嘴唇。她并非是不知道他话中的含义。没有别的东西更能比他说话时的语调更能唤起她对往日的回忆了。她突然感到很伤心。但是，自从那一天，她一个人晕倒在十二橡树庄园的园子中起，她就说过：“我不会再去回顾过去。”从那以后，她便不再回忆过去了。

“我却喜欢未来的日子，”她说道，但是，当她说这些话时，却没有看他的眼睛，“现在，总会有令人兴奋的事情发生，比如宴会等诸如此类的事情。每件事都给现在的日子增添一道灿烂的光辉。过去的时光却过得非常乏味。”（她却心中暗想：“哦，在那些懒散的日子里，乡间的黄昏是多么温暖而又宁静啊！房子里那温柔的笑声是多么响亮啊！那时的生活是多么温暖，一点也不要担心明天所要发生的事，对那里的所有事物了解得是多么彻底啊！我又怎么能否定你所说的话呢？”）

“我更喜欢现在的日子。”她用一种颤抖地声音说道。他从桌子上溜了下来，好像不相信似的温和地笑了，用他的手托着她的下巴，把她的脸托起来，看着她的脸。

“啊，斯佳丽，你是多么会说谎啊！是的，现在的生活具有某种灿烂的光彩——有着某种光彩。但是毛病也在这儿。过去的那些日子虽然缺少灿烂的光彩，但是，那时有一种吸引力、一种美丽、一种节奏缓慢的魅力。”

她的思想被引到岔路上去了，她低下双眼。他说话的声音，他那触摸着自己的手，正将她那扇已经永远锁住了心灵的大门温柔地推开。在这扇门的背后，还存在着过去那些时光的美丽，在她心目中，涌现出了对那些过去时光的渴望。可是，她也明白，在那扇门的背后，无论她对那种旧时代的美丽有多么渴望，它也必须留在那儿了。

他那托着她下巴的手不由自主地垂了下来，他将她的手放在自己的手中轻轻地抚摸着。

“你记得吗?”他说——在她的心中一只警钟响了起来:“不能回顾过去!不能回顾过去!”

可是,她很快就把这个警告给抛弃了,一股幸福的暖流在心中涌起。她终于理解他了,他们的心终于息息相通了。在这个珍贵时刻,决不能再让它失去,不管结果会带来什么样的痛苦。

“你还记得吗?”他说,他的声音立即产生一种魔力,使得那个小办公室那光秃秃的墙壁马上消失了,过去了几年的岁月又倒流了过来,他们两个好像一起在那个早已逝去的春天里,在那条马路上骑马并行。他一边说着话,一边轻浮地抚摸着她的手。在他的声音里,充满了一种几乎已被忘记了的,那种古老歌曲所具有的忧伤的魅力。好像他们正在山茱萸树下,跨着马去塔尔顿家赴野宴,她还能听到马具发出的欢快的叮当声,好像听见了自己那无拘无束的笑声。看见阳光照射在阿希礼那闪着亮光的头发上,看见他坐在马背上那种豪情万丈的姿态。在他的声音中好像还有音乐,伴随着他们在那不复存在的白房子里跳舞,那是小提琴和班卓琴所发出的乐声。在凉凉的秋天,在月光下那黑暗的沼泽地里,远处传来了猎狗的嗥叫声和伏特加的气味,酒杯上还挂着圣诞节时用冬青编成的花环。无论是黑人还是白人,他们的脸上都带着微笑。而且老朋友也都成群结队地赶来了,好像这么多年中他们一直没有死似的。其中有长腿红发、爱恶剧的斯图兰特和布伦特两个孪生兄弟;有狂野如小马的汤和博伊德;有急性子黑眼睛的乔·方汀;有卡尔佛特家走路都无精打采的凯德和瑞福德兄弟;也有约翰·威尔克斯和喝过白兰地、正红着脸的杰拉尔德;还有正小声说着话的、有一股香味的艾伦。其中,最重要的是有安全感,一种明天还像今天这样快乐、幸福的感觉。他不再说什么了。他们两个人就这样含情脉脉地、静静地互相望着对方的眼睛,他们两个在享受着那已经失去了青春的快乐。

“现在,我知道为什么感到不快活了。”她黯然地想道,“我以前不知道。不知道自己为什么活得一点也不快活。可是——为什么呢,我们现在的交谈竟和老人间的谈话一样了。”想到这里,她不禁大吃一惊,又想道,“竟像是回顾五十年前的老人,不过我并不太老呀!只是因为这段时间,发生了这么多的事。世界变得也有点太快了,那些事似乎已经过去五十年。可是,我们还没有老!”

但是,当她再看阿希礼时,这才发现,他已不像年轻时那样光彩照人了。他只是低着头,正看着她的手,他仍旧抚摸着那只手,她发现他那曾经油光可鉴的金发有些已经变成灰白色，有些成银灰色，好像月光洒在宁静的水面上。不知为什么，她觉得一切都失去了美丽的光辉，先前的美景已经从她的心头消逝了，那些甜蜜而又有些忧伤的回忆，现在也苦得像胆汁一样了。

“我不该让他提醒我回顾过去，”她绝望地想到，“我说过我是不会回顾过去的，那样做太对了。回顾过去只会让人伤心。揪住你的心，让你除了回顾过去之外，无法再做别的事情。这就是阿希礼的错误之处。他再也无法展望未来了。他既不能看到现在，又害怕看将来，所以他就只好回顾过去。以前我对此也不理解，也不理解阿希礼。哦，阿希礼，我亲爱的人儿，你不该老是留恋往事！它能带来什么好处呢？我不该让你勾引我谈论那些旧事。当你回顾过去的那种幸福时，必然会产生对现实的痛苦、伤心和不满。”

她站起身来，而她的手依然被他握在手中。她必须回去了。她不能待在这儿回忆那些过去的日子，无法再看他现在那副疲惫、伤感而又有些苍白的面孔。

“从那以后，我们已经走过了一段漫长的路，阿希礼。”她尽力用一种平静的语气说道，并尽力稳定喉咙的颤抖，“当时我们曾经有过美好的想法，不是吗？”然后，她又激动地说，“哦，阿希礼，没有任何事情能像我们所预料的那样！”

“永远也不会的。”他说，“人生没有义务要符合我们的期望。我们就只能接受能够得到的东西，而且我们还要感谢生活，只要不把事情弄得更糟，也就足够了。”

她又想起从那以后，自己已经走过的那段漫长的道路，她的心由于太痛苦、疲惫而突然有些麻木了。在她的心中，充满了对斯佳丽·奥哈拉的回忆，她喜爱情人和漂亮的衣服，并希望能有一天自己也能像艾伦那样，成为一个很伟大的太太。

突然，她的眼睛里开始流出了眼泪，顺着脸颊慢慢地流了下来。她默默地站在那儿，看着他，就像一个受到了伤害而又不知所措的孩子一样。他什么也没有说，只是把她轻轻地抱在怀里，让她的头靠在他的肩膀上，倾斜着，让自己的脸颊贴在她的脸颊上。有他作为依靠，她感到自己十分轻松，她的双手搂住了他的身体。在他那舒适的怀里，她的眼泪马上就没有了。啊！让他拥抱着真是太好了，没有激情，也没有紧张，只是把他当作一个自己喜爱的朋友而已。只有阿希礼一个人，与她有着共同的回忆，共同的经历，只有他才知道她的开始和现在，并且还很理解她。

她听到了门外的脚步声，但是，她并没有在意，她还以为那是马车夫回家的声音。她站了一会儿，听着阿希礼的心在跳动着。突然，他用力挣脱了她，使她感到有些迷惑不解。她吃惊地望着他的脸，可是他并没有看她。他从她的肩膀上向门外望去。

她转过身一看，门口站着英迪亚，她脸色苍白，浅淡的眼睛里，露出一种愤怒的光芒，还有阿奇，这只凶狠的独眼应声虫，在他们的身后还站着艾尔辛太太。

她不知道自己是怎样走出那间办公室的，只记得阿希礼和阿奇在严肃地说着什么。她听见阿希礼一声吩咐，她立即快速离开了那个小办公室，而英迪亚和艾尔辛太太却站在门外，背向着她。羞耻和害怕使她很快回到了家中。在她的心目中，长着和主教一样胡子的阿奇，就像从《旧约全书》的书页中走出来的复仇天使的化身。

四月的黄昏，家里空荡荡、静悄悄的。仆人都去参加一个葬礼了，孩子们正在梅兰妮家的后花园里玩。梅兰妮——

梅兰妮！当斯佳丽爬上楼，到了卧室里时，一想起她，她就浑身发凉。梅兰妮一定会知道这件事情的。英迪亚已经说过她要告诉她。哦，这次英迪亚拿到了她的把柄，就会十分得意。只要能伤害斯佳丽，她就不会在乎是否有损阿希礼的名声，也不会在乎是否会让梅兰妮伤心。而且还有艾尔辛太太，即使她站在英迪亚和阿奇的后面什么也没有看到，她还是会照样谈论这件事的。到了吃晚饭时，这个消息就会传遍全城的。到明天吃早饭时，每一个人，甚至包括黑人在内，都会知道这件事的。在今天晚上的宴会中，女人们就会聚集在某一个角落里幸灾乐祸地小声议论着这件事。斯佳丽会从红极一时的位置上跌了下来！而且这件事还会被扩大化，根本就没有办法加以阻拦。她一直在阿希礼的怀中哭着，这是明摆着的事实，别人都会知道这件事的，没有办法阻拦。在天黑以前，人们就会到处乱说，她被当场捉奸，然而事实上，他们却是那么清白无辜，那纯属甜蜜的友情。斯佳丽想道："如果在那一次，他在圣诞节休假时，我向他吻别时被人当场捉住；如果那一次，在塔拉庄园的果园中，我乞求他与我一起私奔时被人捉住；哦，如果在我们真的是在做着那种负罪于人的事时，事情竟会变得如此糟糕！可是现在！现在！我只是作为一个好朋友，被他拥入了怀抱——"

可是，没有人会相信我。也不会有任何一个朋友来帮助她，没有任何一张嘴能替她分辩："我不是在做那种错事。"她把那些老朋友都得罪得太苦了，现在，她已经无法在他们中找到一位帮助自己的人。而她的那些新朋友只会默默地忍受着她的傲慢行为，还会趁机落井下石，会很高兴地辱骂她，说她下流无耻。是的，对于她的那些错事，人人都会相信的。他们还会为阿希礼感到遗憾，像他这样的好人，竟与这样肮脏的事情纠缠在一起了。通常情况下，他们只会责怪女人，而对男人的罪过却满不在乎。而这一回他们判断得很对，是她主动投入他的怀抱。

哦，如果她必须承受的话，可以忍受各种各样的中伤、诬蔑、暗中耻笑以及城中人的任何评论——但是，梅兰妮却是例外！哦，要是梅兰妮无法容忍的话！她不知道，自己为什么会在意梅兰妮知道了这件事，她应该怎么办呢？她实在有些害怕；而且，她以往所做过的那些错事又袭上心头，她知道这都是为什么了。当英迪亚告诉梅兰妮，阿希礼拥抱着斯佳丽时，梅兰妮会有什么表现呢？一想到这里，斯佳丽又开始掉下了伤心的眼泪。而且，当梅兰妮知道这事时，她应该采取什么行动呢？要想维护她的尊严，除了离开阿希礼，她又能干出什么别的事呢？那么，阿希礼和我之间应该怎么办呢？她胡思乱想着，泪水顺着脸颊直往下流。哦，阿希礼也会惭愧不已的，并且他还会怨恨自己给他带来的这种丑闻。当心中正害怕时，突然怔在那里不哭了。瑞特知道了这件事，他会怎么办呢？

也许他永远也不会知道。那句具有讽刺意义的古谚语说得好："妻子有外遇，丈夫最后知。"根本没有人会告诉他。谁敢把这个消息告诉瑞特，就需要有勇气，因为瑞特脾气暴躁，会先开枪，然后在问问题。上帝啊，但愿没有任何人敢如此大胆，不要告诉他！但是她又记起了阿奇在木材厂时的那张冷酷的表情，他那淡色的眼睛凶狠狠地，充满了对她以及所有女人的痛恨。阿奇既不怕上帝，也不怕人，他痛恨放荡的女人。他对女人的怨恨之情足够让他去杀死任何一个女人。而且他已经说过，他要告诉瑞特。他要告诉瑞特根本就不顾及阿希礼对他的劝阻，除非阿希礼把他杀了，阿奇一定会告诉瑞特的，因为他觉得这是他作为基督教徒的职责。

她脱下衣服，躺在床上，心中还在不停地旋转着。她要是能锁上房门，永远地躲在这个安全的地方，再也看不见别人，那有多好啊！今天晚上，瑞特也许不会发现真相。她可以说她头疼，不想去参加招待会了。到了明天早上，她也许能够找到某种借口，某种站得住脚的辩解。

"现在我不想它了，"她绝望地说道，把脸埋在枕头中间，"现在我不想它了。晚一会儿我能挺得住的时候再去想这件事。"

夜幕将临时，她听见仆人回来了。她觉得她们好像在来来回回地准备晚饭，他们都非常静。或者是她出于内心不安的某种感觉。嬷嬷来到门口敲了几下，斯佳丽说自己不想去吃晚饭就把她打发走了。时间在一点一点地流逝，终于，她听到瑞特上楼的声音，当他来到前厅时，她特别紧张，聚集了全身的力气，想要再见他一面。但是，他走进他自己的卧室。她轻松地吸了口气。他可能还没有听说。感谢上帝，他仍然尊重她那有些残酷的要求，再也不走进她的卧室了。因为他现在看到她，她的表情就会把自己给出卖的。她必须振作精神，去告诉他自己感到有些不舒服，不能参加招待会了。嗯，她还有足够的时间竭力让自己平静下来。可是，还会有时间吗？自从今天下午那个可怕的时刻起，她的生命似乎已经没有多少时间了。她听见瑞特在房间里来回走动了好长时间，只是偶尔与波克说些什么。她仍然没有勇气去喊他。在黑暗中她静静地躺在床上，浑身都在不停地颤抖着。

过了很长时间，他敲了敲门，她尽力地控制自己那颤抖着的声音说："进来。"

"我确实被邀请走进这个神圣的殿堂了吗？"他打开了房门问道。黑暗中，她无法看清他的表情，也听不出他话中的含义。他走了进来，关上了房门。

"你为参加招待而做好准备了吗？"

"对不起，我头疼。"她的声音听起来居然很自然，多奇怪啊！多亏上帝带来的黑暗！"我可能去不成了。你去吧，瑞特，替我向梅兰妮表示歉意。"

长时间的沉默之后，他在黑暗中慢吞吞地讽刺道："你这个骚货，居然是个没用的胆小鬼。"

他什么都知道了！她躺在床上浑身颤抖着，说不出话来。她听见他在黑暗中摸索着点亮了蜡烛，房间顿时亮了起来。他走到床前，低下头去看了看她。她看见他穿着晚礼服。

"起来，"他平静地说道，"我们要去参加招待会了，你必须要快点。"

"哦，瑞特，我不能去，你看——"

"我能看见。起来。"

"瑞特，阿奇竟敢——"

"阿奇很勇敢，阿奇是个非常勇敢的人。"

"你应该杀了他，因为他说谎——"

"我有个怪毛病，即不杀说实话的人。现在没有时间再争论下去了。起来。"

她坐起身来，把睡衣紧紧地裹在身上，用眼睛在他的脸上搜索着。他的脸色黑黑的，毫无表情。

"我不去，瑞特。在这次误会被弄清楚之前，我不能去。"

"如果你今天晚上不露面的话，只要你还活着，就再也无法在这个城里露面了。我可以容忍一个对自己不忠的妻子，但无法忍受一个胆小鬼。今天晚上你必须要去，即使每一个人，包括斯蒂芬副总统在内，都不理你；即使威尔克斯太太给我们下逐客令。”

“瑞特，你听我解释一下。”

“我不想听。没时间了。快穿上衣服。”

“英迪亚、艾尔辛太太和阿奇，他们误解了，而且他们都非常恨我。英迪亚非常恨我，为了让我难堪，她甚至连自己的哥哥的面子也不顾。你听我解释——”

“哦，我的圣母，”她痛苦地想，“他要是说‘你解释吧！’我能解释出来什么呢？我又能怎样解释呢？”

“他们已经把谣言四处传播开来了，今天晚上我说什么也不能去。”

“你要去，”他说，“即使我不得不拉着你的脖子，也要把你踢过去。”

当他把她从床上猛地拉了下来的时候，在他的眼中，露出一道冰冷的光。拿起她的胸托儿，向她扔去。

“穿上衣服。我给你束腰。哦，是的，束腰的事我也会。不用，我不用喊嬷嬷来帮助你，也不能让你把门锁上，像个胆小鬼似的躲在这里。”

“我不是胆小鬼，”她生气得喊了起来，忘了自己的刚才的恐惧，“我——”

“哦，别跟我讲你曾经打死过北方佬，也敢面对谢尔曼军队的英勇事迹了。你在其他方面一样是个胆小鬼。如果不是为了你自己，也要为邦尼着想，你今天一定要去。你怎么可以这样，把她的前程给毁了呢？快戴上你的胸托儿。”

她匆忙脱去睡衣，只穿着一件胸搭子站在那儿，一定很具有吸引力。只要他能看上一眼，看一下穿着内衣的她，是多么动人啊！也许他脸上的表情就会有所改变。毕竟，他已经好久好久没有看见过只穿内衣的她了。可是他并没有看她一眼。他正在衣橱里匆忙地找着她的衣服。他摸索着抽出了她的一件碧玉色的水绸衣服。它的领口开得很低，褶皱状的衣襟披在背后，形成一个很大的裙垫。在裙垫上还绣着一大束粉红色的天鹅绒玫瑰花。

“就穿这一件。”说着，他就把衣服扔到了床上，并向她走了过来，“今天晚上你一定不要穿得那么庄重，不要穿女管家们穿的那种鸽灰色衣服和淡紫色衣服。你想自欺欺人显然不行。再多涂一些胭脂。我相信那些被当场捉奸的法拉赛女人的脸上，一定不是这样苍白。转过身去。”

他两手抓住那条束紧腰身的带子猛地用力一拉，她大叫起来。他这种不怎么惜香怜玉的动作，让她害怕，又屈辱，并且还有点不知所措。

“有点痛了，是不是？”他突然笑了起来，她看不见他的表情，“很遗憾，这是在束腹，而不是在束着你的脖子。”

梅兰妮家中的每一个房间里都是灯火通明，他们从很远的街上就能听见音乐声。当他们在大门口停下来的时候，许多人都在尽情地欢笑着，那兴高采烈的声音从房中飘了出来。屋子里坐满了客人，走廊里也挤得满满的，许多人坐在院子中的长凳上，那里的灯光很是昏暗。

“我不能进去——我不能，”斯佳丽坐在马车中想道，她的心紧紧地缩成一团，“我不能去，我不愿意见到这些人。我要跳下去，我要逃跑了，我要跑到塔拉庄园的家中。这看起来像个什么样子？哦，我无法面对她们。我要逃走。”

瑞特好像是看出了她的心思，用他的一只手，紧紧地抓住她的胳膊，像被铁钳抓住一样，好像是一个毫不关心的陌生人，存心要给她留下一道伤痕似的。

“我从来不知道爱尔兰人也会是个胆小鬼。你经常自我吹嘘的胆量跑到哪儿去了？”

“瑞特，请你让我回家去解释吧。”

“你永远都会有时间去解释的。但是，在这个露天剧场上扮演一名殉道者，只不过是一个晚上的事。下来吧，亲爱的，让我看看那些狮子们是如何把你给吃掉的，下车。”

她不知道自己是怎样向梅兰妮家走去的。握着她的那条手臂，硬得像花岗石似的，既结实又坚固，这也传给她一些勇气。上帝啊，她有勇气去面对他们了。他们是什么人，只不过是一群妒忌她的乱叫乱抓的猫儿而已！她要向他们表示，她不在乎他们是怎么想的。只有梅兰妮——只有梅兰妮。

他们在走廊上走着，瑞特手中拿着他的帽子，向左右都鞠躬打招呼，他的声音淡淡的而又很温和。人们一看到他们进来，一切都静了下来，音乐也停止了。在她模糊的视野里，人们好像波涛汹涌的大海，一起向她涌了过来，然后又消退了，声音渐轻，愈来愈轻了。他们能把我吃了吗？嗯，见鬼去吧，随他们的便吧！她仰起脸，脸上又挂上了微笑，眼角也露出了皱纹。

还没等她转过身去向离门最近的那些人打个招呼，有一个人分开人群走了过来，接着出现一种奇异的寂静，紧紧地揪住了斯佳丽的心。穿过人群过来的是梅兰妮，她移动着一双小脚，急匆匆地来迎接还在门口的斯佳丽，抢在别人前面要与斯佳丽说话。她挺着窄窄的双肩，抿着薄薄的两片嘴唇，在她的视野中，好像除了斯佳丽再也没有别的客人了。她走到斯佳丽面前，伸出一只胳膊把她一把搂住。

“穿得是多么漂亮啊，亲爱的，”她的声音虽然低，却很清晰地说道，“你打扮得像个天使，英迪亚今天晚上不能来帮助我了，你和我一起接待客人吧。”

第五十四章

斯佳丽回到了她自己那安全的卧室后，也不脱下她的波纹绸衣、裙撑和玫瑰绣花衣服，就一骨碌倒在床上，静静地躺了一会儿，回想着自己在梅兰妮和阿希礼之间站着向客人们致欢迎辞的情形。多么可怕啊！她宁愿再次面对谢尔曼的军队，也不愿意再做这样的事情了，过了一会儿，她从床上爬了起来，不安地在地板上来回走动着，脱下了外衣。

又开始紧张了，她浑身发抖。发夹也从她手中掉了下，叮当一声掉到了地板上。当她想和以前那样梳理一下自己的头发时，那种习惯性的动作竟然会用梳子柄狠狠地在太阳穴上敲了一下。她踮着脚尖向门口走了十来次，想听听楼下有没有声音，可是楼下的大厅里静得像一个黑暗的深坑。

当宴会结束时，瑞特让她一个人坐上马车回家了。她像是一个被暂缓处决的犯人一样，心中暗暗感谢上帝。他没有回来。感谢上帝，他还没有回来。今天晚上，她有一种羞愧、恐惧的感觉，浑身在颤抖着，自己再也无法面对他了。可是，他在哪儿呢？大概在那个畜生那里。斯佳丽第一次为贝尔·沃特林这样一个人的存在而感到高兴。因为除了这个家以外，瑞特还可以在那个地方躲避一下，直到他那凶狠残暴的心情平静下来。她虽然知道让丈夫待在妓女的家中是很不应该的，可是她实在是别无他法了。哪怕是他死了，她也会很高兴的，这样就意味着，她今天晚上就可以看不到他了。

明天——嗯，明天又是新的一天。到了明天，她就可以想出一个很好的借口，想出某种好办法和瑞特对抗，甚至把罪名推到他的身上。一想到明天，在这个可怕的夜晚，她先前那剧烈的颤抖也就减轻了一些。明天，要面对阿希礼的面孔，他那颗被自己轧碎了的自尊心，以及他所受到的羞耻，也不会时刻铭记在心了——她的这种耻辱与他也没有多大的关系，他还在记恨自己吗？亲爱的、可敬的阿希礼，因为自己让他受到了羞耻？当然，他现在也会记恨她——可现在，梅兰妮已经救了他们两个，梅兰妮挺着她瘦瘦的双肩，挽着斯佳丽的胳膊，走在光亮的地板上，面对着那些充满了好奇又带有恶意的、在暗中敌视自己的人群，公开表示她对斯佳丽是多么的热爱和信任。在可怕的夜晚，她一直都让斯佳丽待在她自己的身边，多么机智地把这一件丑事给平息了，弄得人们对自己虽然有点冷淡、有点不知所措，不过还都很礼貌。

哦，最令自己感到耻辱的是，她竟然是躲在梅兰妮的身后，躲避那些怨恨她的、几乎要用闲言碎语把她撕成碎片的人们！在所有的人当中，竟然是梅兰妮的高度信任保护了她！

一想到这里，斯佳丽心里直打冷战。她应该喝杯酒，喝上几杯以后，她才有可能让自己躺下入睡。她在睡衣外面又披上一件外衣，匆匆忙忙地走出卧室，来到黑暗的大厅，她的无跟拖鞋在寂静之中发出啪哒啪哒的响声。在下楼的过程中，她向关着门的餐厅望了一眼，看见门底下的缝隙里透出一道光线。她不由得吓了一跳。那里的灯是否一直都亮着？刚才到家时，心里太烦，是没有注意到呢？还是瑞特已经回到家了呢？他也可能是从厨房门里悄悄地溜回家的。如果瑞特在家的话，她就应该踮着脚尖去睡觉了，不管她多么需要白兰地也不能去拿了。这样她就不用与他见面了。她只要在自己的房间里，锁上门后那儿就会安全了。

她正要俯身去脱掉拖鞋，以便她能悄悄地溜回去，餐厅的门却突然被打开了。瑞特背对着昏暗的烛光站在那儿，他看起来比平时更显得高大，就像一个可怕的、无脸的鬼影在那儿轻轻地摇晃着。

“请过来与我在一块吧，巴特勒太太。”他含糊不清地说。

他喝醉了。在以前，无论他喝多少酒，她也没有见过像今天的这个醉样子，她犹豫着站在那里，什么也没有说。他把手一挥，做了一个命令的手势。

“过来，该死的！”他粗鲁地说。

“他一定喝得酩酊大醉了。”她想，心在怦怦地直跳。通常，他喝得越多，举止就会越有礼貌，就更爱说一些讽刺、尖刻的话，不过，他总是保持一种拘于礼仪的态度——实在有些太拘泥于礼仪了。

“我不能让他知道我害怕见到他。”她想到这里，紧紧地抓住睡衣的领口，昂着头走下楼梯，脚上穿着的拖鞋，发出了咔嗒咔嗒的响声。

他闪在一旁，向她鞠了一躬，把她迎到里面，那种对她有些嘲弄的样子，让她不由得后退了几步。她见他也没有穿外衣，领带挂在已经解开的领子上，衬衫也开着，露出了胸前那浓密的一簇簇黑毛。他的头发很凌乱，细眯着的眼中布满了血丝。桌子上点着一支蜡烛，在昏暗的灯光下，他的影子投射到高高的天花板上，大大的餐具柜和饭柜，看起来就像是静静地蹲伏在那里的怪物。桌子上的银托盘中，放着酒瓶以及那个刻花玻璃的瓶盖，周围放着几只玻璃杯。

“坐下。”他简短地说道，并随着她走进厨房。

现在，她感觉到一种新的惧怕，似乎比刚才见面时还要厉害。他现在的言谈举止对自己就像对一个陌生人似的。这是她以前从来也没有见到过的，现在这个举止粗野的瑞特。无论任何时候，哪怕在亲昵的时候，他也一直是态度冷淡。即使在生气时，他也是这么和和气气，而又满口讽刺意味，而且越喝醉了越是这样。刚开始时，她对他这种淡然的态度感到有些气愤，她便尽力去打破这种冷淡的局面，不过，她很快就把它作为一个非常随便的事给接受了。从那以后，她一直都认为，他对一切事情都无所谓。他把人生中的每一件事物，包括自己在内，都始终用一种玩笑的态度来看待。但是，在这里，当她隔着桌子面对着他的时候，她知道，他把这种事情看得太认真了，终于，他对这件事看得很在意了，而且是非常在意了。

“即使我不识相地待在家里，你也应该在临睡前喝上一杯酒。”他说道，“我替你倒上吗?”

“我不想喝酒，”她有些拘谨地说道，“我听见响声才下来——”

“你什么也没有听见。如果你知道我在家的话，你就不会下来了。我坐在这儿，听见你在楼上不停地来回走动。你肯定很想喝酒。来喝吧。”

“我不——”

他拿起酒瓶，泼溅着，倒了一满杯。

“喝吧。”他说，把酒杯推到她的手里，“你浑身发抖。哦，不要再装模作样了，我知道你暗地里喝酒，我也知道你能喝多少。有一段时间，我一直打算告诉你，用不着这么虚伪，如果你愿意喝酒，就公开喝吧。你以为你喜欢喝白兰地我会怪罪你吗?”

她接过湿漉漉的酒杯，心里默默地咒骂着他。他像读一本书似的把她已经看透了。他总是一眼就能把她看穿。在世界上，她喜欢在他面前把自己的想法给掩藏起来。

“我说，喝下去。”

她举起酒杯，手腕也不用动，手臂突然一挥，杯中之物就一口下肚，就像杰拉尔德在喝纯威士忌时那样。她忘记想一想这个动作是多么老练，让他看起来，有多么不合适。瑞特看到了她的这个姿势，不由得撇了撇嘴。

“坐下来，让我们愉快地开个家庭式的讨论会，说说刚刚参加过的那个绝妙的招待会吧。”

“你已经喝醉了，”她冷冷地说，“我也要上去睡觉了。”

“我是有些醉了，今天晚上，我准备更醉一些。不过，你不要去睡觉了——你不应该去睡觉。坐下。”

他仍然用的是那种习惯性的冷静的声音，并拖长了语调，但是在他的话语中，她可以感觉到，含有一股将要爆发出来的凶暴，这种凶暴就像用鞭子正在残酷地抽打着她一样。她犹豫着站起身来，他却在她的身边，用他的手紧握着她的胳膊，只是轻轻地扭了一下，她就感到十分疼痛，小声喊了一声，就慌忙坐下了。现在，她有点担心，比她生命中的任何时候都要害怕。当他斜着身子靠近她的时候，她看见他的脸又黑又红，眼睛里闪着一种可怕的光。在他眼睛的深处，有某种她不认识、也不能理解的东西，这种东西比愤怒时还要深沉，比痛苦时还要强烈，他逼视她的那双眼睛，就像两块正在燃烧着的焦炭一样。他低着头看了她好长一会儿，以致她再也不敢正视那含有蔑视的目光，只得将头低垂了下去。然后，他在她对面的一张桌子上坐下，并且又给自己倒了一杯酒。她在心里急急地想道，要努力在心里筑起一道防线。但是一直到他开口讲话时，她还不知道自己应该说什么才好，因为她无法确切地知道，他准备给她戴上个什么样的罪名。

他慢慢地喝着酒，并透过玻璃杯望着她，她又绷紧了神经，并尽力不让自己发抖。在这一段时间内，他的面部表情并没有发生什么变化，不过他最终笑了起来，他的眼睛仍然盯着她，听到他的笑声，她不由得又浑身颤抖了起来。

“今天晚上，演的是一场滑稽剧，不对吗？”

她什么也没有说，只是在拖鞋中竭力地缩着脚趾头，以便止住自己的颤抖。

“一幕很快活的喜剧，所有的角色一个也不缺。一个淫妇被人捉了奸，村里人聚集起来想用石头砸死这个女人，而这个淫妇的丈夫却是个正人君子，还在那里竭力维护她的面子，这个淫妇仗着自己基督教徒的精神，进入了会场，用她那——向纯洁的名誉的外衣，来掩盖这种丑事。而那个奸夫——”

“请你不要——”

“我要，我今天晚上就要这样。这个喜剧有点太可笑了。那个奸夫像个该死的呆子，希望能找条地缝钻进去死了也罢。感觉如何，亲爱的，而那个你一直厌恶的女人，却站在你的身边竭力地替你掩饰你的罪过？坐下吧。”

她坐下了。

“你不会因为她这样做就会喜欢她，我想，你想知道她是否知道你和阿希礼所做的那种事——是否想知道，如果她知道那种事为什么还要这样做——她这样做是否只是为了顾全她自己的面子？而且你还会认为她这样做，只不过是个傻子，哪怕她这样救了你。可是——”

“我不想听——”

“不，你非常想听。而我告诉你这件事，只是为了减轻你的担忧。梅兰妮小姐是个傻子，但不是你所想象的那种。很显然，已经有人把那种事告诉了她，但是她不相信。即使她亲眼见到了，她也不会相信。因为她的心是正大光明的，所以她也就无法想象自己所喜爱的人会做那种可耻的行为。我不知道阿希礼·威尔克斯是怎样撒的谎——可是不管他说得多么拙劣，她都会相信，因为她爱阿希礼，并且她也爱你。我敢肯定，我不明白她为什么要爱你，不过她确实爱你，这是你的烦恼之一。”

“如果你不是太醉，说话不带有侮辱性的话，我会给你解释每一个事情，”斯佳丽稍稍恢复了一点尊严，就说道，“可是现在——”

“我对你的解释不感兴趣。我比你还要明白事情的真相。上帝啊，你再从那个椅子上站起来试试——”

“而且我发现比今天晚上的喜剧更可笑的事是：一方面，由于我过去的罪过，品质贞洁的你一直拒绝与我享受同床的快乐；而另一方面，在你的心中又一直对阿希礼充满了性欲。‘你心中的性欲’这个措辞很好，不是吗？那本书中有许多措辞很好的句子，不是吗？”

“什么书？什么书？”这时她正心乱如麻，同时她随便向房间的四周望了望，在昏暗的灯光下，大大的银餐具闪烁阴暗森森的光芒，黑暗的角落里显得非常可怕。

“而我被你拒绝于门外，是因为我太粗俗，不能与你的高雅相匹配——因为你不想再生孩子。这使我的心里感到多么难受啊，亲爱的宝贝！这使我多么伤心啊！所以我出去寻找欢乐的慰藉，并把你的高雅给你留着。而你却把时间花费到去追随长期受苦的威尔克斯先生。那个该死的，他有什么苦难呢？他在精神上不忠于他的妻子，而在肉体上，又不得不忠实于她。他只是一味胆怯，他下定不了决心，你不是反对生孩子吗？——你们生出来的孩子也可以把他们冒充为我的孩子，是吗？”

她大喊一声，跳了起来，他从椅子上冲了过来，他用自己棕色的大手把她按回到椅子上，并斜身靠着她，大笑起来。他的笑声使她的汗毛都要竖起来了。

“看看我的手，亲爱的。”他说着，在她的眼前把自己的手指捏了捏，“我可以用这只手，毫不费力地就把你撕成碎片，如果这样做，能把阿希礼从你心中挖出来的话，我就会这样做的。可是这样做也无济于事。所以我想，就这样把他从你心中永远除掉，也就是说，我要用我的一双手，夹住你的脑壳，就像挤胡桃那样，把他挤出你的脑壳，这样就可以把他除去了。”

他把他的两只手夹住了她的两鬓，抚摸着，并渐渐地用力，把她的脸转过来，朝他的脸仰着。在她的眼前，他的表情就像一个陌生人似的，像一个喝醉了的陌生人的脸。她在危险的时候，是从来也不会缺乏那种兽性的勇气，这时，它像一股热流来到了她的血管里，让她挺直了脊梁，眯起了眼睛。

“你这个喝醉了的傻瓜，”她说，“放开我。”

让她感到有些吃惊的是，他松开了手，并在桌旁坐了下来，又为自己倒了一杯酒。

“我一直都佩服你的这种勇气，亲爱的。但是从没有像你现在被逼入绝境的情况下佩服得很。”

她把睡衣紧紧地裹在身上。哦，她要是能到卧室里去，用钥匙锁上那扇坚固的房门，独自待在里面就好了。无论如何，她必须离开他，要把他制服，眼前的瑞特是她以前从没有见到过的。她不慌不忙地站起身来，虽然她的双膝还在发抖，她还是把睡袍在臀部裹紧，并把脸上的头发向后一甩。

“我没有被逼入困境，”她锋利地说道，“你是从来也不会把我逼入困境的，瑞特，从来也不会吓倒我，你只不过是一头喝醉了的野兽，长时间与坏女人待在一起，以至于除了那些坏事以外，把人都给看坏了。你不能理解我，你不能理解阿希礼。

“你长时间生活在肮脏的环境中，以至于对别的什么也不能理解，并对你所无法理解的东西心生嫉妒。晚安。”

她从从容容地转过身来，向门口走去，一阵大笑声，让她不由得停住了脚步。她转过身，见他正摇摇晃晃向她走来，天哪，但愿他能止住那可怕的笑声。这有什么可笑的呢？当他走过来的时候，她向门口退缩着，并使自己背对着墙壁。他用双手重重地按住她，让她的双肩紧紧地贴在墙壁上。

“不要笑了。”

“我笑是因为我为你感到难过。”

“难过——为我？是在为你自己难过吧。”

“是的，上帝啊，我为你难过，亲爱的，我漂亮的小傻瓜。我说的话把你伤着了，不是吗？你是对我那可怜的笑声感到难受，是吗？”

他止住了笑，只是把他的身子重重地靠在她的双肩上，使她感到十分疼痛。他的脸色也变了，又靠近了一些，以至于他呼出的威士忌那浓烈的味道使她扭过了头。

“我是嫉妒吗?”他说，“为什么不是呢？哦，是的，我嫉妒阿希礼·威尔克斯。为什么呢？哦，不要费力地分辨和解释了。我知道你在肉体上是忠实于我的。这是不是你竭力要说明的事呢？哦，这些年来，我一直都清楚这一点。我是怎样知道的呢？哦，是的，我了解阿希礼·威尔克斯，也知道他受到的教养。我知道他是一位品德高尚的君子。在这一方面，亲爱的，我可以这么说，在你的心目中，他是更高尚的——对于我来说，也是如此。我们都不是正人君子，我们也没有那么高尚的名声，是吗？我们只有这样，才能像绿色的月桂树那样茂盛。”

“让我走。我不想站在这儿受你的侮辱。”

“我没有侮辱你。我是在称赞你肉体上的纯洁。而且在这方面，我没有受到一点愚弄。你以为男人都是傻瓜，斯佳丽。低估你的对手的能力和智慧是没有什么好处的。我也不是一个傻瓜。难道你以为我不知道你躺在我的怀中，却一直把我当作阿希礼·威尔克斯吗?”

她低下了头，脸上明显地露出害怕和惊讶的神情。

“这是一件十分愉快的事情。事实上却是一种罪过，本来应该睡两个人的床上，你却要让它睡着三个人。”他仍然很温柔地晃着她的肩膀，打着嗝，并嘲笑着。

“哦，是的，因为阿希礼不要你，你才对我一直都很忠实。可是，混蛋，我并不吝惜你给他肉体。我知道区区一点肉体算不了什么——尤其是女人的肉体。可是我不舍得给他的是你的心，以及你的可爱的、无情的、没有操守而又固执的精神。可是，他不想要你的心，你这个傻瓜，而我不想要你的肉体。我可以很便宜地买到女人的肉体。不过我确实想得到你的情、你的心，可是我永远也没有得到，就像你永远得不到阿希礼的心那样。我为你难过的也就是这一点。”

即使在她的害怕和不知所措之中，他的嘲讽仍伤着她的心。

“难过——替我?”

“是的，难过，因为你真像一个孩子，斯佳丽，就像一个哭喊着要天上的月亮的孩子。即使这个孩子得到了月亮，又能拿它怎么样呢？你对阿希礼又能怎么样呢？是的，我很为你难过——看到你用双手扔掉了幸福，并伸手去抓那个决不会给你带来幸福的东西。我也为你竟是这样一个傻瓜而难过，你不知道，除了和志趣相投的人结合以外，是决不会有什么幸福的。如果我死了，如果梅兰妮小姐死了，你就可以得到了你那个宝贵，高尚的爱人了，难道你认为你与他生活在一起，就能得到幸福吗？混蛋，不懂得什么是幸福的你！你不了解他，不知道他正在想什么。你不理解他，正像你不理解除了金钱以外，还有音乐、诗歌和书籍那样。然而我们，我心中的爱妻，如果你曾经给我半个机会的话，我们就会非常幸福，因为我们非常相似，我们都是流氓，斯佳丽，只要我们想要，我们无所顾忌，什么都可以得到。我们会很幸福，因为我爱你，我了解你，斯佳丽，我能了解你的骨子里面，以某一种方式，而阿希礼决不会和我一样地了解你。而且如果他确实了解你的话，他会看不起你的——但是，你一点也不觉悟，你要追随着一个你无法了解的人，你一定要这么痴心妄想。而我，亲爱的，也就只有继续和妓女们鬼混下去了。不过，我敢这样说，只要你有所觉悟，我们还会比大多数夫妻过得更好。”

他突然把她松开，又摇晃着回到桌子旁边去取酒瓶了。片刻之间，她一动不动地站在那儿，各种各样的想法在心头飞驰，以至于她没法抓住它们仔细思考一下。瑞特说他爱她。他说的这些话会当真吗？或者只是他在说着醉话而已？或者这是他说的一句可怕的玩笑？还有阿希礼——月亮——哭着要月亮。她飞快地跑进黑暗的大厅，仿佛有个魔鬼向她扑来似的。哦，她要是能到达她的房间里就好了！一只脚踝一扭，她的一只拖鞋坏了。当她停下来，猛地踢掉那只拖鞋时，瑞特像一个印第安人，在黑暗中轻轻地跑到她的身旁。他喘出来的气体扑到她的脸上，热热的，他那一双手粗鲁地搂着她，在她的睡袍下面，贴着她赤裸着的皮肤。

“你追求着他的时候，却把我从你的床上赶了出去。上帝啊，今天晚上，我的床上就会是两个人了。”

他把她凌空抱了起来，并开始向楼上走去。她的头紧紧地贴着他的胸口，能听见他的心在她耳旁边怦怦地剧烈跳动着。她被他夹疼了，便沉闷地、害怕地叫了起来。他也不理睬，在黑暗中一步一步地走到楼上，她十分害怕。他变成了一个疯狂的陌生人，这里是她所不知道的漆黑一片，比地狱还要黑暗。他像是已经死的人了，抱着把她带走了，抱得她很疼很疼。她贴着他的身体，尖叫着的声音有些沉闷。突然，他在楼梯顶部停了下来，迅速地把她在怀中转了个身，向她俯下身去猛烈地狂吻着她，除了黑暗和他的嘴唇以外，她心中的每一件事都被扔到了脑外。她好像是站在狂风中，浑身在不停地发抖，他的双唇从她的嘴往下移动，直到把她的睡袍脱到肌肤柔软的地方。他在喃喃自语着，她什么也听不到，他的双唇激起了她以前从没有的快感。她和他都处于黑暗之中，在这个时刻来临之前，除了黑暗和他放在她嘴上的嘴唇以外，什么也没有。她费力地想说些什么，可他的嘴却在贴她的嘴上。突然，她产生了一种激烈的快感，这是她以前所没有感受过的：快乐、害怕、疯狂和兴奋，使她对他那大而有力的手臂、粗野的双唇、转变得太快的命运屈服了。在她的一生中，她第一次遇到了比她更强壮的人，一个既不能被欺凌，也不能被打败的人，一个正在欺凌着她，把她打败了的人。不知为什么，她已经用双臂搂住了他的脖子，她的嘴唇在他的嘴唇下面颤抖着，他们又一步一步地进入黑暗之中，一个温柔的、模糊的、包容一切的黑暗之中了。

第二天早上，当她醒过来时，他已经离开了。如果她身边没有那个皱巴巴的枕头，她本来还会认为，昨天晚上所发生的一切只不过是一个非常荒唐的梦而已。想起所发生的事，她的脸变红了，把毛毯拉过来盖在她的脖子上，躺在床上沐浴着阳光，尽力想把心中混乱的记忆整理出头绪。

她首先想起两件事。她已经与瑞特在一起生活了几年，与他一块睡觉，一块吃饭，也和他吵架，并生下了他的一个孩子——然而，她却并不了解他。把她抱上黑暗的楼梯上的这个人还是一个陌生人，她从没有想到过他的存在。可是现在，虽然她尽力去让自己恨他，尽力对他表示气愤，但她已经无法做到了。通过那疯狂的一夜。他挫了她的锐气，伤害了她，野蛮地利用了她，她却以此为自豪。

哦，她应该为此感到羞耻，也不应该再想象那个在黑暗中所发生的火热的而又有些模糊的回忆！一个太太，一个真正的太太，在经过这样一个夜晚，她就再也无法抬起头来了。可是还有一种比羞耻更为强烈的心情，那就是对昨夜狂欢的回忆，对屈从于他的那种心醉神迷的记忆。有生以来，这是第一次，她感到了快活，感到了强烈的情欲，就像她逃离亚特兰大的那天晚上所感受到的恐惧一样，那是一种很强烈的、原始的激情，同时又是模糊而又有些甜蜜的，就像她怀着很残酷的仇恨打死北方佬一样。

至少，瑞特爱她！他说过他爱她，现在她对这句话，又有什么值得怀疑的呢？她与这个野蛮的陌生人，如此冷淡地生活在一起，他竟然爱她，这是多么奇怪、多么令人困惑，又是多么令人难以置信啊！对他的这种表示，她的感觉如何，她自己也没有把握，不过她想出一个主意，使她突然笑了起来。他爱她，因此她最终拥有他了。她几乎忘记了她当初的愿望，因为他爱她，她就可以把鞭子举在他那傲慢的黑脑袋上面。现在这个愿望又出现在她面前，这使她得到了极大的满足。在这一夜中，他都把她置于他的支配之下，但是，现在，她知道他的盔甲的薄弱之处了。从现在开始，她可以随心所欲地支配他了。长期以来，他的冷嘲热讽都让她感到非常痛苦，可是现在，她可以任意地折磨他了。

当她想到，她又要在光天化日之下，再一次与他面对面地相见时，她又有些为难并有些紧张了，同时，这也让她处于兴奋而又愉快之中。

“我紧张得简直像个新娘，”她想，“而且是为瑞特！”想起这些，她咯咯地傻笑起来。

可是，瑞特并没有回来吃中午饭，晚饭桌上也没有他的身影。一夜过去了，在漫漫长夜中，她躺着一直未睡，直到黎明时，她还在侧着耳朵，听他的钥匙在锁孔里开门的声音，但是他没有回来。第二天过去了，还是没有他的任何消息。她有些失望、担心而又有些焦虑不安。她到银行去看了看，他不在那里。她去了店里，对每一个人都仔细打量着，在打开门让顾客进来时，她都紧张地抬头看看，希望进来的是瑞特。她也到过木材场，找遍了那里的每一个角落。但是，她还是没有找到瑞特。

她又不好意思去向朋友们打听，他们是否看见他了呢？她也不便在仆人中间打听他的消息。不过她觉得，对自己不知道的那些事情他们都会知道的。黑人总是很快就会知道每一件事情。这两天中，嬷嬷不同寻常地沉默了。她只是在默默用眼角的余光打量着斯佳丽。第二个夜晚过去了，斯佳丽决定去警察局报警。也许他已经出事了，或者在从马上摔下来了，他正无助地躺阴沟里。——哦——多么可怕啊——也许他已经死了。

第三天早上，她已经吃过早饭，正在她的房间里戴上她的软帽。她听见了楼梯上响起急促的脚步声。正当她有些放心地躺在床上时，瑞特走进了她的房间。他刚刚理过发、修过胡子并经过按摩，看上去很清醒，只是在他的眼中布满了血丝，脸上也因喝酒过量而有些红肿。他装作毫不在意地向她挥了挥手，说道：“哦，喂。”

一个男人出去了两天，也不做任何解释，怎么就说“哦，喂”就把自己给打发了呢？他们两个度过了那样一个夜晚，在他的头脑中，怎么还是如此冷淡呢？他不会这样，除非——除非——一个可怕的念头跳入她的脑海。除非这样的夜晚，对于他来说，只是一件司空见惯的事情。一时之间，她什么也说不出来，她已经想好的对他要做的那些漂亮的媚态和微笑，全抛到了脑后。他甚至都没有向她走近，或是像平常那样随便地吻了吻她，而只是站在那里看着她，咧开嘴笑着，手里夹着一支点着的雪茄。

“你到哪儿——哪儿去了？”

“不要再装模作样了，你不知道！我想，现在，肯定全城人都知道了那件事。也许他们都知道了，除了你，你知道那个古老的谚语：‘丈夫有外遇，妻子最后知”’

“你这是什么意思？”

“因为前天晚上，警察去过贝尔家了——”

“贝尔家——就是那个——那个女人！你一直和——”

“当然。别的我能去哪儿呢？希望你并没有为我担心。”

“你从我这里出去——哦！”

“得啦，得啦，斯佳丽！不要装成受骗的样子了。你肯定很久以前就知道我与贝尔的事了。”

“你从我这儿到她那里去了，后来——后来——”

“哦，这个吗？”他做了一个无所谓的手势，“我很快就把我做过的事给忘记了。我们在上一次，我为我的行为向你道歉。你一定知道，我喝得大醉，而你的魅力确实让我神魂颠倒，——需要我列举一下你的魅力所在吗？”

突然，她委屈得要哭了，想躺在床上永远哭下去。他没有变化，一点也没有变化。她一直都是个傻子，一个愚蠢的、自负的、低能的傻子，竟然认为他会爱她，那只不过是他的一个令人厌恶的、酒后的一个玩笑而已。当他喝醉了酒的时候，就想占有她、利用她，正像他利用贝尔家的女人们一样。现在他回来了，就要侮辱她、讽刺她，而自己却对他无可奈何。她咽下自己的泪水，并镇静了一下。一定不能让他知道自己的想法。如果他知道了，他又会笑话她了。嗯，决不能让他知道。她飞快地抬起头望着他，并看到了他眼中的那种原来的、迷惑的、警觉的光芒——敏锐而有些急切，好像在等着她要说的话，希望她的话是——他希望自己说些什么呢？希望她成为一个傻子，并会大喊大叫起来，让他得到这种笑料吗？她不会这样做的。于是，她突然严肃地皱起了眉头。

“我自然怀疑，你与那个畜生有着那种关系。”

“只是怀疑吗？你为什么不问问我来满足你的好奇心呢？我本来就应该告诉你的，自从你与阿希礼·威尔克斯串通好了，我们应该分居那一天起，我就一直与她住在一起。”

“你竟然厚着脸皮站在这儿，向我——你的妻子说着这样的话——”

“哦，不要对我说你这是出于道德义愤了。只要我做事我付钱，你就别管我去和谁睡觉了。而且你也知道，我又不是圣人。对于说你作为我的妻子——自从邦尼出生以来，你已经不像一个妻子了，不是吗？我在你身上的投资是赔本了的，斯佳丽，而在贝尔身上，我花钱就能得到。”

“投资对象？你的意思是你给她——”

“我相信，我只是帮她建起了一些业务，这是一个很确切的措辞。贝尔是一个精明的女人，我想看着她有所发展，她所需要的只是用钱去建造一所属于她自己的房子。你应该知道，当一个女人只要有一点钱，她就会创造出一个什么样的奇迹来。看看你自己。”

“你把我比作——”

“嗯，你们两个都是头脑精明的事业型女人，并且也都很成功。当然贝尔比你更占优势，因为她有一副热心肠且脾气又好！”

“你要从这间房子里滚出去吗？”

他懒洋洋地向门口走去，并回过头来，嘲弄她似的，竖起半边眉毛。他竟这样侮辱她，斯佳丽愤怒而又痛苦地想道。他是故意在伤害着自己，让自己丢尽了脸面，当她又想起，在她多么渴望他回家的时候，他却一直在妓院里喝着酒，并与警察大吵大闹，她心里感到十分痛苦。

“从这个房间里滚出去，再也不要进来了。我以前曾经告诉过你，不过你不是一个可以明白的绅士。从今以后，我要锁上房门了。”

“不必麻烦。”

“我要锁上门。因为你那天晚上的行为——喝醉了酒，就那样令人厌恶——”

“得啦，亲爱的，你一定不讨厌的。”

“滚出去。”

“不用担心，我正要出去。而且我还承诺，我再也不打扰你了。这就行了吧。不过，我认为我还应该告诉你，你要是不能忍受我这种不名誉的行为，你就可以提出离婚。只要你给我邦尼，我就不会对离婚提出任何异议。”

“我不会做这种败坏门风的事，我就是不和你离婚。”

“如果梅兰妮小姐死了，你很快就会把门风给败坏了，不是吗？想起你那么快就要与我离婚，真让我感到有些惊慌。”

“你要出去吗？”

“是的，我正要离开。我回家来，是要告诉你，我正要去查尔顿和新奥尔良还有——嗯，是的，一个需要很长时间的旅行。我今天就要动身了。”

“哦！”

“而且我还要带着邦尼。让那个愚蠢的普西里把她那无用的东西给收拾一下。我把普里西也带走。”

“你决不能从这所房子里把我的孩子带走。”。

“也是我的孩子，巴特勒太太。我把她带到查尔斯顿去见她的奶奶，你一定不会介意吧？”

“见她的奶奶，见鬼去吧！难道你以为我会让你把孩子从这里带走吗？你每天晚上都喝得烂醉如泥，而且还有可能把她带到像贝尔家的那个房子里去住——”

他猛地把雪茄扔到地上，燃着的地毯发出了难闻的气味，烧焦的羊毛味直扑他们的鼻孔。他快步走到她的身边，脸色气得发青。

“如果你是一个男人，我就会为此打断你的脖子。你不是，我只能说让你闭上你那张该死的嘴巴。难道你以为我不爱邦尼，我会把她带到那儿去——那是我的女儿！上帝啊，我真傻！但还不至于像你，做出一副被她尊敬的母亲的样子，嘿，你这种母亲，连一只猫都比你强。你为孩子们做过什么呢？韦德和艾拉怕你怕得要死，而且，要不是梅兰妮·威尔克斯，他们绝不会知道什么是爱，什么是仁慈。可是，邦尼，我的邦尼！难道你以为我不能比你更好地照顾她吗？难道你以为，我会让你去恐吓她，就像你对待韦德和艾拉那样，把她折磨得死气沉沉的吗？见鬼去吧，决不会的！让她在一个小时内帮我收拾一下，准备好，否则我警告你，那天夜晚发生的事情，还不能算是野蛮。我一直想用马鞭子狠狠地打你一顿，那样会对你更有益。”

没等她讲话，他就转过身去，快速地走出了房间，她听见他穿过大厅时，走向孩子们的游戏室，并把门打开了。那里充满了孩子们的欢呼声，她听见了邦尼的声音特别地响亮，超出了艾拉的说话声。

“爹爹，你一直在哪儿呢?”

“寻找一张兔子皮用来裹住我的小邦尼。过来，让你最亲爱的爹爹吻一下吧——还有你，艾拉。”

第五十五章

“亲爱的，我不需你的任何解释，我也不想听你的任何解释。”梅兰妮坚定地说着，用一只小手捂住了斯佳丽那痛苦的双唇，不让她继续说下去，“你认为我们之间还有解释的必要的话，那就是对你自己、阿希礼和我的侮辱。怎么，我们三个一直——一直就像是战士，多年来一直都在共同打天下，你要是认为那几句无聊的闲话就能离间我们，那我只能为你感到羞耻。难道你以为我会相信你和我的阿希礼——嘿，这种想法！难道你没有意识到，我比世界上其余任何了解你的人更能理解你吗？难道你认为我已经完全忘记了你为阿希礼、小博和我做过的那些令人感叹的、无私的大恩大德吗？从你救了我的生命，到不让我们挨饿的每一件事！你应该认为我是能够记住，那时的你几乎光着脚板，在犁沟中跟在北方佬的马匹后面行走着，你的手上磨出了水泡——这样做的目的，也只不过是为了孩子和我能够有东西吃。我能够相信有关你的那种可怕的谣言吗？我不想听你说的任何一句话，斯佳丽·奥哈拉，一个字也不想听到。"

"可是——"斯佳丽支吾着停了下来。

一小时前，瑞特已经带着邦尼和普里西离开了。斯佳丽除了羞耻和气愤之外，又增加了一些凄凉的感觉。她和阿希礼之间的丑事，尤其梅兰妮还在为自己辩解着，这种心理上的负担是她无法承受的。如果梅兰妮相信英迪亚和阿奇的话，在招待会上对她视而不见，甚至还很冷淡地迎接她的话，那么，她就可以昂起头来，并能够用自己武器库中的任何一件武器来进行回击。可是，现在，想起梅兰妮一直站在她的身边，面对着社会对她的责难，像一把薄薄的、闪闪的宝剑似的，眼睛中充满信任和战斗的光芒，站在那儿为她做着辩护，这使她似乎只有向梅兰妮认罪，再没有别的什么诚实的事可做了。是的，应该说出每一件事情，从很遥远的时候，在塔拉庄园，在被阳光照射着的走廊上发生的事情说起。

现在，她受良心的驱使了，尽管她那天主教的良心长期遭到压抑，却仍然能够复苏过来。"承认你的罪过，并用悲痛和悔悟赎罪。"艾伦曾经多次这样告诉过她。在这一次面临危机之时，她又想起了艾伦的宗教教导，并在紧紧地督促着她。她要去招供——是的，要把自己与他的一举、一动、一颦、一笑以及那几次相互拥抱都说出来——然后，上帝才能减轻她所忍受的痛苦，使她的良心得到安宁。而至于说母亲说过的惩罚，当然不会发生。她要是真的把这所有的事都说出来后，将会看到梅兰妮的表情上的变化是多么可怕，将会从对自己的挚爱和信任之中，变成为难以置信的恐惧和厌恶。哦，这种赎罪方式也未免太残酷了，她痛苦地想到，这次她将不得不终生难忘，永远都会记住梅兰妮的那个表情。这样，梅兰妮也就知道了她内心的卑鄙微小、两面三刀、不忠实和虚伪的本质。

她也曾经想到，如果梅兰妮知道了事情的真相，就可以亲眼看见这个傻瓜的乐园立刻倒塌的情形，这确实是一件大快人心的事，即使因此而失去的一切也是值得的。

可是现在，一夜之间，一切都发生了变化，她又不愿意这样做了。她也不知道这都是为什么。在她的想象中，太多的想法相互冲突着混在一起，让她理不出个头绪来。她只是知道，现在，她非常希望梅兰妮能对她还是保持着那么高的评价，就像她曾经希望自己能在妈妈的眼中，是一位庄重、善良、心地纯洁的姑娘那样。她只知道，她会不在乎世人对她有何评价，甚至阿希礼、瑞特对她有什么想法都可以不管，不过，这个梅兰妮一定不能认为她与以前大不相同。

她对告诉梅兰妮真相的后果，实在有些担心。但是，她那种还未曾根绝的诚实的本能，终于让她无法控制了，这种本能使她无法在这个为她而战的妇女面前，还要保持着自己的伪装。所以，今天早上，瑞特和邦尼一离开家，她就急忙过来找梅兰妮了。

可是她刚紧张地说了一句，“梅兰妮，对于那天所发生的事，我必须向你解释一下”时，梅兰妮就急忙地挡住了她的话题。斯佳丽满脸羞愧地望着她那双流露着爱和愤怒的眼睛，在她沮丧的心里也明白了这一点，即使坦白交代以后，也不能让自己的心里得到安静。梅兰妮开始的几句话，已经永远也不让她实现自己的意愿了。斯佳丽多少有一点成年人的世故，她也意识到了，放下自己心中那痛苦的包裹，简直就是一种最纯粹的自私行为。她要是把自己的心里包袱解下来，放在一个清白的、信任她的人心中，她就会欠下梅兰妮的感情债，因为梅兰妮帮助了她，而这笔债也只能用沉默来偿付。如果梅兰妮知道了这种不愉快，她自己的丈夫不忠于她，而与她丈夫发生关系的又是她最亲爱的朋友，这种偿还将毁坏梅兰妮一生的快乐，这将是一个多么残酷的偿还啊！

“我不能告诉她，”她烦恼地暗自思忖，“决不能，即使我被良心折磨死，也不能告诉她。”她又不着边际地想起了瑞特的醉酒后所说的话：“她对于自己所爱着的人决不会有什么怀疑——就让这件事成为你自己的十字架吧。”

是的，这件事将永远成为她心头的十字架，直到她死去为止。这种痛苦将默默地存在她的心中，穿上用耻辱的布料做成的衬衫。在这一生中，梅兰妮看着她的每一个目光和动作，都会使她感到一种被擦伤了的疼痛，使她永远无法克制心中的冲动，而不得不在心中暗暗叫道：“不要对我这么友好！不要为我费力！我不值得你这样做！”

“如果你不是一个这样的傻瓜、一个如此善良而又头脑简单，只知道一味信任人的傻瓜，情形就不会让人如此痛苦，”她绝望地想道，“我生平挑过许多令人疲惫不堪的重担，可是这件事却是我挑着的一个最沉重、最令人痛苦的担子。”

梅兰妮和她面对面地坐在一只矮椅子上，两只脚又高又稳地放在一个有垫子的椅子上，立着两个膝盖，这让她像个小孩子似的。要不，就是因为生气让她忘记了礼貌；否则，她是不会这样坐着的。她手里拿着一条梭织的花边，并飞快地用一个织针来回移动着，好像是在决斗中挥舞着的宝剑一样。

如果斯佳丽怀着这样的愤怒，就会像正值壮年的杰拉尔德那样，顿着双足，大喊大叫着，并且还要招来上帝对人类的欺骗和奸诈作证，并扬言，一定要进行血腥报复。可是，梅兰妮却不是这样，只让人看到她那飞快地闪闪发光的织针，以及向鼻子紧锁着的纤细的双眉，就知道了她内心不平静，她的声音也很平淡，她说的话比平时还要简短。不过梅兰妮那斩钉截铁的话语，却是斯佳丽平时所没有听到过的，因为她很少发表自己的意见，也没有说过不友善的话。斯佳丽突然意识到，威尔克斯和汉密尔顿家的人，同样也能像奥哈拉家的人一样发脾气，甚至还要更厉害一些。

“平时别人那么批评你，我早已非常厌烦了，亲爱的。”梅兰妮说，“而这一次超过了我的忍受范围，我就要采取一些措施。这所有发生的事，都是因为她们太妒忌你了。因为你太聪明又获得了成功，甚至许多男人都做不成的事情，你却能做得很成功。喂，不要向我发脾气，亲爱的，我说的这些话，我的意思并不像许多人所说的那样，说你不守妇道，不像个女人，因为你并不像他们所说的那样。人们只是不理解你罢了，他们不能容忍精明能干的女人。不过你的精明和成功，却并不能让他们有权利说你和阿希礼——苍天在上啊！”

这最后一句呼喊，是那样轻，若是出自男人之口，肯定是亵渎上帝的。斯佳丽看着她，被她这种从未有过的感慨震惊了。

“至于来到这里向我编造那些肮脏谎话的人——阿奇、英迪亚、艾尔辛太太，他们怎么能这样做呢？艾尔辛太太没有到这里来。确实没来，她没有这种勇气。不过她一直都在恨你，亲爱的，因为你比她家的范妮更受欢迎。而你撤了休锯木厂经理的职，使她更为恼怒。不过你对他的降级，这种做法很正确。你把他这个一点也不能干的、无所事事的、干不成任何事情的人留着有什么用呢！”这样一来，梅兰妮就把她这个儿童时代的伙伴、少女时代的情人，从心中彻底给否决了。“我应该为阿奇而有些自责，我不该给这个老恶棍提供庇护所。人人都这样说，可是我就是不听。他不喜欢你，亲爱的，是因为那些犯人。可是，他是什么身份，竟敢批评你！一个凶手，是一个杀害女人的凶手！而他竟然忘了我对他的恩德，而过来这样告诉我，我恨不得让阿希礼开枪把他打死。我还可以告诉你，我狠狠地训了他一顿，把他打发走了！他已经离开了这个城市。

“至于英迪亚，这个卑鄙的家伙！亲爱的，我第一次看见你们两个在一起时，就不禁意识到，她在嫉妒你、恨你，因为你比她要漂亮得多，有着更多的情人，特别是因为斯图兰特·塔尔顿的事，她非常恨你。而且她现在还很思念斯图兰特——嗯，对于阿希礼的妹妹，我不应该说这些话，不过，我认为她为了这件事，怕是非常想念他，以至于有点精神不正常！对于她的行为，我没有别的解释……我已经告诉了她，不让她再进我的家门，并告诉她，如果我要再听到她说出这种卑鄙的，或做出令人不愉快的暗示，我就——我就当众称她为惯会造谣生事的人!”

梅兰妮停止了讲话，突然间，她脸上的怒气消失了，而且还充满了忧愁。梅兰妮具有佐治亚人所特有的，对家族的那种强烈忠诚感。一想起家中所发生的争吵，她感到很伤心。她踌躇了一会儿。感到在这些亲人中，斯佳丽是最亲的。在她心中，斯佳丽占有首要地位。于是她就很忠诚地继续说道：

“她一直在妒忌你，因为我爱你，亲爱的。她再也不能走进这所房子了，谁要是接待了她，我就决不到他的家里去了。阿希礼也同意了我的观点，不过他自己的妹妹竟说出——这也让他伤透了心。”

一提及阿希礼的名字，斯佳丽那原本过于紧张的神经再也控制不住了，她忍不住又流出了眼泪。为什么她老是让他伤心呢？她只是想让他幸福、安全，可是她似乎经常让他受到伤害。她已经毁坏了他的生活，损伤了他的自尊心和自豪感，扰乱了他内心的平静，这种平静是基于他的诚实正直。现在呢？她又离间了他和他深爱的妹妹。为了挽救他自己的名声以及他妻子的幸福，英迪亚不得不做出牺牲，并给人留下了说谎、半疯半癫、心存妒忌的老处女的印象——其实，英迪亚心中的每一个怀疑，说过的每一句责难的话，都是能找到足够的证据的，绝对说来，应该说她是正确的。无论什么时候，阿希礼只要看着英迪亚的眼睛，他都能看出她的话句句真实，威尔克斯家族所特有的那种对事实、责备以及冷漠的蔑视都包含在里面。

斯佳丽知道阿希礼视荣誉重于生命，也知道他心里肯定十分痛苦。他和斯佳丽一样，被迫躲藏在梅兰妮的保护之下。虽然斯佳丽意识到这样做是很有必要，也清楚他处于这种境地，大部分罪过应该归于她自己，不过——不过——如果阿希礼开枪打死了阿奇，并向梅兰妮和世人承认了一切，作为一个女人，她也许会更加尊敬他。她知道现实对他是很不公平的，可是她现在实在是太痛苦了，已经无法顾及这种美德了。她又想起了瑞特说过的那些嘲弄和看不起自己的话，于是她就感到阿希礼在这种混乱的情形中，确实表现得有损男人的形象。因为自从自己爱上他的第一天起，他在她的心目中一直都是很伟大的形象，但是第一次，在不知不觉中，那种好感被减淡了一部分。这时，她身上所正在忍受着的耻辱和罪过，也开始笼罩到她的身上。她竭力要消除这种想法，可是，这样只能使她哭得更加厉害。

“不！不要这样！”梅兰妮喊着，扔下手中的花边，一屁股坐在沙发上，把斯佳丽的头靠在她的肩膀上。“我不该谈论这些事，让你这样伤心。我知道你肯定感觉到这有些太可怕了，我们再也不提这事了。不，我们不提，也不对任何人提起。就当这事从来也没有发生过一样。可是，”她又恨恨地继续说道，“我要给英迪亚和艾尔辛太太一点颜色瞧瞧，让她们两个再也不敢传播我丈夫和我嫂子间的那种谣言，我正在一心想着这件事，要让她们无法在亚特兰大抬起头来。而且任何相信她们的人，以及接待她们的人，都会成为我的仇人。”

斯佳丽忧伤地眺望着未来的景象，知道自己是他们长期不和睦的根源，并会永远分裂着这座城市和家庭。

梅兰妮果不食言。她不再向阿希礼或斯佳丽提起这个话题，也不与任何人讨论这件事。她维持着一副平淡而又毫不在乎的样子，如果有人胆敢对这件事进行暗示的话，她的表情甚至可以很快就会变成漠然的样子。紧接着她的惊奇宴会后的几个星期内，瑞特竟神迷地失踪了，这个城市又处于了一种疯狂的状态之中，于是流言四起，一片骚动，在对待此事的看法上，还形成了不同的派别。梅兰妮对于斯佳丽的贬抑者，决不饶恕他们，不论是她的老朋友或是她的亲人。她只做着自己的事，从来不说什么。

她像一只苍蝇似的守在斯佳丽的身边，她陪着斯佳丽，让她每天早上可以像平时那样去商店或者是去木材场。尽管斯佳丽有点不太愿意，让自己暴露在城里人的那种急切的、好奇的目光中，她还是坚持让斯佳丽在每天下午都要赶车出去兜兜风。同时梅兰妮也在马车里，坐在她的身旁。梅兰妮还带着她参加正式的午后社交活动，并强迫斯佳丽走进她已经两年多没有坐过的客厅，梅兰妮脸上还带着严厉的“爱屋及乌”的表情，与惊讶的女主人们进行交谈着。

这些下午，梅兰妮总是让斯佳丽早早地到达那些地方，并且，还一直在别人家里待到最后一批拜访者离开之后。这样就使这些太太们，根本就没有机会聚集在一起尽情地讨论和猜测那种事，这样做引起了那些人的大为不满。这些拜访对斯佳丽来说，尤其是一种折磨，可是她不敢拒绝梅兰妮。她不愿意坐在这些女人当中，她们暗地里都想知道斯佳丽和阿希礼是否偷过情。她感到痛恨的是，这些女人如果不是喜欢梅兰妮，并且还不想与梅兰妮绝交的话，她们是不会愿意与自己说话的。不过斯佳丽也知道，她们一旦接待了自己，从此以后，就不能再对自己视而不见了。

对于这件事，人们对于斯佳丽的支持或批判，很少是建立在她个人的诚实正直的人品基础上的。最普遍的态度是“我不能对她评价过高”。斯佳丽得罪了太多人，所以现在支持她的人很少。她的言行使大多数人感到伤心，所以她们也就不在乎这件丑事，是否会让她伤心。但是，人们都非常在意这桩丑闻对梅兰妮和英迪亚的伤害。因此，在她们之间最关心、讨论最激烈的是她们两个，而不是斯佳丽，焦点也集中到一个问题上，那就是：“英迪亚是不是在说谎?”

那些支持梅兰妮的人，所指出的一个很有力的证据是，这些日子里，梅兰妮一直都与斯佳丽待在一起。像梅兰妮这样一个有着高度原则性的人，会帮助一个犯有那种错误的女人，特别是一个与她自己的丈夫有奸情的女人吗？真的不会！英迪亚是一个有些神志不清的老处女，她恨斯佳丽，就造她的谣，而且诱使阿奇和艾尔辛太太也相信她的谎言。

但是，英迪亚的支持者则问道，如果斯佳丽是无辜的，那么巴特勒船长现在会在哪儿呢？为什么他不留在这里，待在他妻子身边，用他本人的力量给她以鼓励呢？这是一个令人无法回答的问题。而且，几个星期过去了，又有谣言传了出来，说斯佳丽怀孕了，支持英迪亚的那一派人都满意地点了点头。他们说这不可能是巴特勒船长的孩子。因为长期以来，他们夫妻已经分居的事实已经成为公开的事情，而且长时期以来，全城人都为他们的分居而大为反感。

随着谣言的广为传播，全城人逐渐分成了两派，而一些结合紧密的家族，如哈密尔顿家、威尔克斯家、伯尔家、怀特家和温非尔德家，也分成两派。这些家庭中的每一个成员被迫庇护一派，不能保持中间立场。梅兰妮则带着冷漠的威严看着这一切，英迪亚也深感痛苦地看着这些事。不过这些亲戚们，无论是站在哪一派，都在怨恨斯佳丽，认为她是自己家庭分裂的祸水，他们都认为，为了她这样一个女人，不值得搞这样的家庭分裂。而且无论他们支持哪一方，他们心中都痛恨一个事实，即英迪亚把家丑外扬了，并且把阿希礼弄到了一个很不光彩的丑闻当中，但是，既然她已经把话说出了口，许多人便急忙为她辩解着，支持她反对斯佳丽，而另外一些喜爱梅兰妮的人，则站在她和斯佳丽一边。

在亚特兰大城中，有一半的人，或者自称是梅兰妮和英迪亚的亲戚，近亲、表亲以及表亲的表亲，其分布非常复杂，涉及面也非常广，这是非土生土长的佐治亚人所无法弄明白的。他们一直都是一个宗亲部落，在这个危急的关头，无论他们对每个宗亲的行为有着什么样的私人看法，他们都能用自己手中的盾牌，交织成一个不可攻破的方阵。贝蒂姑妈与亨利伯伯之间的那场游击战争，一直延续多年的家庭内部的笑话，除此之外，在这个愉快的家庭关系中，从来也没有过这样的分裂。他们都很温和、谈吐文雅、有些保守的人们，甚至不会发生那些不友好的争执，这就是亚特兰大大部分家庭的一个特征。

但是现在，他们却被分裂成两派，亚特兰大人很幸运地观看了这些五代六代的表亲们，在亚特兰大城发生了最具有爆炸性的丑闻后，各自便加入到不同的派别中去。这也使得城中那些与她们没有亲戚关系的人，要想尽力表现出世故与压制的状况，也是非常困难。因为英迪亚与梅兰妮之间的不和，已经导致了社会组织的某种破裂。像“喜剧团”、“南方邦联遗孀、遗孤缝纫会”、“阵亡英雄墓地美化协会”、“周末音乐会”、“好交谊舞协会”、“青年图书馆”等组织，全部被牵连进去了。另外还有四个教会以及所属的“妇女救护布道协会”也是这样。为了避免同一个团体内部出现派别之间的对立，他们都做出了很大的努力。

每当从四点钟直到六点钟，在家庭午后社交开始时，亚特兰大的妇女们都感到非常痛苦，因为担心英迪亚和她的忠实的亲戚们正待在她们家客厅里的时候，梅兰妮和斯佳丽也会这时来访。

在所有的家庭中，最感痛苦的人是可怜的贝蒂姑妈。贝蒂唯一的愿望就是能舒舒服服地生活在亲戚们的关爱之中。在发生了这件事以后，她会非常愉快地与兔子们在一起逃跑，又会和猎犬在一起搜寻着。但是兔子和猎犬们却不允许这样做。

英迪亚又与贝蒂姑妈生活在一起，如果贝蒂姑妈想要像自己希望的那样，能站在梅兰妮的一边，英迪亚也就会离开了。如果英迪亚离开了她，可怜的贝蒂姑妈该怎么办呢？她无法独自生活。她就不得不找一个陌生人与她生活在一起，或者不得不关上她的家门，去与斯佳丽生活在一起，贝蒂姑妈模模糊糊地感觉到，巴特勒船长不喜欢她这样做。她也就不得不与梅兰妮一起生活，睡在那个做过小博育儿室的小房间里。

贝蒂并不是非常喜欢英迪亚，因为英迪亚用她那不露声色的冷淡和容易激动的脾气把她吓坏了，不过，与英迪亚在一起，贝蒂姑妈就有可能保住那个舒适的固定住处，而且贝蒂姑妈太注重考虑个人的舒服问题，而很少考虑不道德的问题，英迪亚因此就留了下来。

可是，英迪亚的光临却使贝蒂姑妈成了人们的议论中心，因为斯佳丽和梅兰妮都认为这意味着她站到了英迪亚的一边。只要英迪亚和贝蒂待在同一个屋檐下，斯佳丽就要无礼地拒绝给贝蒂更多的金钱帮助。阿希礼每个星期都要给英迪亚送一些钱，英迪亚每次都傲慢地、一声不吭地把钱给退回来，这使贝蒂既感到惊讶又有些遗憾。要不是亨利伯伯的参与，这所红砖房子里的经济状况，肯定会处于非常悲惨的境地。但是拿亨利的钱又使贝蒂感到自己受到了屈辱。

除了爱自己以外，贝蒂比世界上的任何人都更喜爱梅兰妮。可现在，尽管梅兰妮住在贝蒂家的后院，梅兰妮对她的举止，实际上，就像对一个冷漠而又礼貌的陌生人似的。过去的日子里，每天她总要进进出出十来次，可现在，她从不穿过那个矮树篱一次了。贝蒂到家里去拜访她，并哭着声明自己对她的爱和忠心，可梅兰妮总是拒绝谈论这种事并且也不回访她。

贝蒂非常明白她欠着斯佳丽的是什么——她的存在几乎完全依赖着斯佳丽。无疑，在战争后那些苦难的日子里，贝蒂面临着抉择，要么依赖亨利伯伯，要么等死。就在这时，斯佳丽接济了她，给她吃的、穿的，并使她能够在亚特兰大这个社会里重新做人。并且，自从斯佳丽结了婚并搬到自己这座房子里以后，她还是对自己非常慷慨，还有那位令人害怕但迷人的巴特勒船长——每次他和斯佳丽来访之后，贝蒂就经常在墙壁的夹台上，发现一个塞满了钞票的新钱包，在针线盒中也会找到被人偷偷放进去的、用手帕包好并打着结的金币。瑞特总是发誓说，他根本就不知道这些事，并非常粗俗地为难她，说她有一个秘密的爱慕者，可能是长着络腮胡子的梅里韦瑟爷爷。

是的，贝蒂欠着梅兰妮的爱心债，以及斯佳丽的经济债，而她欠英迪亚什么呢？除了英迪亚的光临，能够让她能保持自己愉快的生活，并可以帮她拿定主意以外，什么都没有了。贝蒂一生中没有亲自做过决定，让事情随便发展，结果就是在得不到满足时，也只会长时间地流泪，这太令人苦恼，也有点太庸俗了。

最后得出的结论是，有些人也确实认为斯佳丽是清白无辜的，这不是出于她本人的人格美德，而是因为梅兰妮确信她是清白的。还有一些人心中还有点保留意见，不过，他们对斯佳丽仍能够以礼相待，并去拜访她，因为他们都喜爱梅兰妮，并且希望能够保留与她的关系。英迪亚的支持者却对她只不过淡淡地鞠个躬，打个招呼而已，有的人甚至公开视而不见。这后两种人是令人手足无措而又令人恼火的，不过斯佳丽也意识到，若不是梅兰妮的支持以及她的快速行动，全城人的面孔都应该对她冰冷，而她也就成了一个被逐出家庭和社会的流浪者了。

第五十六章

瑞特已经离家三个月了，在这期间，斯佳丽没有收到他的任何音信。她也不知道他现在在哪儿，也不知道还有多长时间才能回来。事实上，她不知道他是否还会回来。在这一段时间内，她还是仰起头来，继续经营着她的生意，可是她心中很是难过。她觉得身体有点不好，可是，在梅兰妮的逼迫下，她每天还要到商店里去，到木材场，表面上还要露出一副很快乐的样子。可是，这个商店第一次让她感到很讨厌，虽然店里的生意比上一年扩大了三倍，利润滚滚而来，但她已经对钱不感兴趣了，并且还常对店员们找事发脾气。约翰尼·高莱佛的锯木厂经营状况也很好；在木材厂，很容易地就把厂里的供货售了出去，可是他的言谈举止，都不能使斯佳丽感到顺心。约翰尼与斯佳丽一样，也是爱尔兰人。她的挑剔，终于让约翰尼大发脾气，并威胁说要辞职不干。发了一通脾气之后，他又总结道："我说你很背运，太太，克伦威尔也会咒骂你的。"斯佳丽不得不低声下气地向他道歉，才平息了他的怒火。

她绝没有去阿希礼的锯木厂，也没有到过木材场的那间办公室里去，如果她认为阿希礼有可能在里面的话。她知道他正在躲避她，她也清楚，由于梅兰妮的那种让人无法逃避的邀请，她经常到他家里去，对他来说，那是一种折磨。他们绝没有单独交谈过，而她不顾一切地想问问他，她想知道他现在是否还在记恨她，以及他都告诉了梅兰妮什么。但是，他就是不与她接近，还默默地请她不要与自己说话。看见他那张衰老、枯槁而又带有悔恨的表情，她心理上的负担也就更重了。阿希礼的那家锯木厂每星期都要亏本的事实，对她来说，又是一个她无法说出口的额外刺激。

他脸上流露出来的那种对眼前的处境感到无奈的表情，让她感到十分苦恼。她不知道他可以怎样做才能改善这个局面，不过她觉得他应该采取一个办法。如果是瑞特的话，他一定会有办法的，瑞特总能想出各种办法，即使是错误的办法，即使她为此而不太乐意尊重他。

现在，她当初对瑞特以及他对自己有所侮辱的愤怒也都消失了，她开始想念他，而且随着日子一天天过去，瑞特仍没有任何消息，她越来越想他了。想起瑞特留下的各种复杂的感情，狂喜、愤怒、心碎以及让自己的自尊心受到伤害，她心中便有一种很难受的感觉，像一只专吃腐肉的乌鸦落到她的肩头上。她想念他，想着他那些让自己开心的逸闻趣事，以及他那种大事化小的具有讽刺意义的傻笑，甚至怀念他那种让她很是愤怒，反驳她的嘲笑。最令她想念的是，他们之间可以无话不谈，在这方面，瑞特让她感到非常满意。她可以毫不羞耻，并且引以为荣地讲述自己是如何赤裸裸地剥削别人的情形，他听后还会为她大声喝彩。但是如果她在别人面前提到这些事，那些人就会大为吃惊。

没有他和邦尼，她感到有些孤独。她想不到自己竟是这样想念孩子。一想起瑞特临走时，对自己的那句掷地有声的批评，她就尽力陪孩子们玩，以弥补过去的不足。然而这样做还是毫无用处，因为孩子们对她的做法没有什么反应。她就不得不相信瑞特的话了，看到这个事实，让她感到惊奇又有些苦恼。在这两个孩子小的时候，她一直太忙，过于为钱的事心烦意乱，对他们有点太严厉而且还爱发脾气，因此就没有取得他们的信任和爱戴。而现在，再怎样做都已经为时已晚，要么就是自己还是没有足够的耐心和智慧，再次打进他们的小心眼里去。

艾拉！斯佳丽感到苦恼的是，她意识到艾拉可能有些傻，似乎这是毫无疑问的，她确实像个傻孩子，她也不会让一个话题牢牢地记在她的心中，就像小鸟在一个树枝上不会停留太久那样。在斯佳丽费尽心机给她讲故事时，艾拉突然会问一些跟所讲故事毫无关系的问题，她会打断她的话，就像个小孩子似的，没等斯佳丽答话，她早就把所问的问题给忘了。至于韦德——可能瑞特的话很正确，也许是有点怕她。当她试着想要他说话时，他就看着她，用查尔斯那样温柔的棕色眼睛，并局促不安地扭动着身子，转动着双脚。不过在梅兰妮的面前，他就会很高兴地说着话，并从口袋里掏出每一样东西给她看，包括作鱼饵用的蚯蚓、旧钓鱼绳等。

梅兰妮有一套对付孩子的办法，没人能比得上她。她自己的小博是亚特兰大举止最优秀、最好、最可爱的孩子。斯佳丽与他相处得比和自己的儿子还要好，因为小博在大人面前一点也不害羞，只要一看到斯佳丽，不用邀请，就会主动爬到她膝上来了。一个白皮肤、金色头发的小男孩，长得是多么漂亮啊，很像阿希礼，但愿韦德能像小博那样——当然，梅兰妮可以多照看他一些，因为她只有一个孩子，而且她也不必像斯佳丽那样去费心地工作。至少，斯佳丽尽力用这种方式为借口，开脱自己。不过，她也不得不老老实实地承认梅兰妮关爱孩子，而且喜欢有更多的孩子。她把过剩的母爱都倾注在韦德和邻居家的孩子们身上。

斯佳丽决不会忘记那天的惊奇，当她驾着车去梅兰妮家接韦德时，刚走进她家的大门，就听见了自己的儿子在大喊大叫，就像南方邦联的战士们在战场上的喊杀声一样（韦德在家中，总是文静得像个耗子似的）。紧接着韦德勇敢的喊叫声的是小博那尖细而又有些刺耳的喊声。当她进入起居室时，才发现这两个孩子正用木剑向沙发进攻。见她走进来，他们两个都尴尬地静了下来。而蹲在沙发后面的梅兰妮，手握着发夹和散乱的卷发也笑着站起身来。

“这是葛底斯堡战场”，她解释说，“当我是北方佬，当然要遭到一场痛击。这位是李将军”，她指着小博说，“而这位是皮克特将军。”她把一只胳膊放在韦德的肩膀上说道。

是的，梅兰妮对孩子确实很有办法，这是斯佳丽学不会的。

“至少，”她想，“邦尼喜爱我，并且喜欢与我在一起玩。”不过她又不得不老老实实地承认，邦尼对她的喜欢同邦尼对瑞特的喜欢相比，那是微不足道的。而且她也有可能再也见不到邦尼了。因为据她所知，瑞特现在可能在波斯或者在埃及，并且准备要在那儿永远待下去。

当米德大夫告诉她，她已经怀孕了的时候，斯佳丽大吃一惊，因为她原以为诊断的症状要么是肝病，要么是神经过度衰弱。于是她又想起那疯狂的一夜，想起当时所发生的那些事，她就涨红了脸。原来这个孩子是来自那次高度狂欢的时刻，虽然这次狂欢的细节，由于随后发生的事而变得有些模糊不清了。而且这还是她第一次，为自己怀上一个孩子而感到高兴。但愿那是一个男孩！一个很可爱的男孩，不要像韦德那样是一个毫无生气的小家伙。她将是多么快乐啊！现在她有闲工夫去专心照料孩子，也有钱养活他了，她会是多么幸福啊！她兴奋得想写信给瑞特，让他住在查尔斯顿的母亲转交给他。上帝啊，他一定会回来的！假如他一直在外面待着，直到孩子出生后才回来，她就再也无法解释了！可是，如果给他写信，他会认为她想让他回来了，会为此而感到很可笑，而她决不能让他认为她想他或者需要他。

当斯佳丽收到波林姨妈从查尔斯顿的来信时，她第一次从信中知道了瑞特的消息，他好像去看他母亲了。斯佳丽也为自己没有因一时的冲动给瑞特写信，而感到十分高兴。虽然波林姨妈的信使她非常愤怒，让她感到宽慰的是，她知道瑞特仍然待在美国。瑞特曾经带着邦尼去看望波林姨妈和尤拉莉姨妈，在她们的信中充满对孩子的赞美之词。

“这么漂亮的孩子！当她长大成人后，肯定是个小美人儿。不过我想，谁要想向她求爱，将要过一过巴特勒船长这一道难关，因为我从没有见过如此称职的父亲。现在，亲爱的，我想对你直言。在我见到巴特勒船长之前，我一直认为你和他结婚是一种可怕的、屈就的婚姻。论其原因，当然是在查尔斯顿根本就没有人说过他的任何好话，而且每个人都对你们的结合感到有些难过。事实上，对于我们是否接待他，我和尤拉莉一直拿不定主意。但是，那个可爱的孩子毕竟是我们的外孙女。当她来到这儿时，我们既感到高兴又感到有些惊奇，主要是高兴，我们意识到，轻信那些无聊的流言，是违反基督教的教义的。因为我们认为他是一个非常有魅力的男人，长相也非常英俊，又很庄重也很有礼貌，对你和孩子又非常忠心。

"还有，亲爱的。我们必须给你写信，说一些我们听到的事——我和尤拉莉最初都不愿意相信那种事，当然我们曾经听说，你常到肯尼迪给你留下的那片商店中去做事。我们还听到一些谣言，当然我们都不肯承认。我们以为在战后初期的那些可怕日子里，你们的生活条件肯定很艰苦。你也许不得不去工作，可是现在，对于你来说，就没有必要再工作了。据我所知，巴特勒船长经济上也很宽裕，并且也有足够的能力替你经营你的那些生意和财产。我们想了解谣言的真相，被迫直截了当地问了巴勒特船长，谁知这一问，让我们所有的人都感到非常伤心。

"他不太情愿地告诉我们，你把早上的时间都花费在商店上了，而且不许其他人管账。他也承认你对一个或者几个锯木厂很感兴趣，（我们没有逼迫他说这件事，因为这个消息令我们感到非常难过）这样就必须要你自己一个人去，或者由一个恶棍陪着你赶车到厂里去，巴特勒船长直接告诉我们，这个恶棍原来是个杀人犯。我们看得出，他心里是多么痛苦，并承认自己是一个非常放纵妻子的——事实上，也确实是一个过于放纵妻子的丈夫。斯佳丽，你就别这样了。你的母亲已经不在了，我就必须站在她的位置履行职责，制止你的这种行为。你想一想，当你的孩子长大后，知道你还在做生意，他们将会有一种什么样的感觉呢？如果他们知道你为了照料那个锯木厂，而不得不遭受粗野男人的侮辱，并置身于那些不负责任的流言之中，他们要忍受多么大的屈辱啊！这种不合妇道的——"

斯佳丽骂了一句，把那封还没有看完的信给扔了。她可以想象，波林姨妈和尤拉莉姨妈正坐在炮台街，在那快要崩塌的、里面已经一无所有的房子里谴责着她。如果不是她——斯佳丽每月给她们寄些钱的话，她们也许早就饿死了。不合妇道？上帝啊，如果她遵守妇道的话，波林姨妈和尤莉拉姨妈这时候有可能连头上的房顶都没有了。而这个该死的瑞特，竟然把商店、管账以及锯木厂的事都告诉了她们！他有些不太情愿，是吗？她也非常清楚，瑞特是以一位严肃、彬彬有礼、富有魅力、忠心耿耿的丈夫和父亲的身份，来欺骗这两位老太太以从中取乐。他肯定是在有意描述自己，在商店、锯木厂以及沙龙活动让她们感到伤心。他真是一个恶棍！为什么要做出这种可恶的事情，就可以给他带来这样大的快活呢？

但是，一会儿之后，就连她的这种愤怒也变成了冷漠。近来，她对生活的那种强烈兴趣已经大大地减弱了，但愿她可以重新找到一种刺激，以恢复阿希礼以前的荣耀——要是瑞特能回到家，她就会感到很高兴了。

也没有预先通知一声，突如其来地，他们就回来了。他们回到家的第一个音信，就是把行李重重地扔在前厅地板上，然后邦尼就叫了起来："妈妈！"

斯佳丽赶忙从她的房间里跑了出来，走到楼梯的顶端，看见她的女儿正伸着她那胖胖的短腿，吃力地往楼梯上爬，怀里还抱着一只温顺的条花纹小猫。"这是奶奶给我的。"她兴奋地喊着，并抓住小猫背部宽松的皮毛。

斯佳丽急忙把她搂在怀中，吻着她，暗中庆幸有孩子的出现，可以让她不必先与瑞特单独碰面。她从邦尼的头上看见，他正站在楼下的大厅里，正给车夫付钱。他抬头望见了她，只是用一种很夸张的手势摘下了帽子，向她鞠了一躬。当她看见他的黑眼睛时，心就剧烈地跳了起来。无论他以前怎么样，无论他曾经干过什么事，他毕竟回来了，她为此而高兴不已。

"嬷嬷在哪儿呢？"邦尼问道，并扭动着身子要从斯佳丽怀里下来。斯佳丽极不情愿地把她放到地上。

对于斯佳丽来说，她感到很为难，要以适当的随随便便的态度，来迎接瑞特并告诉他自己已经怀孕的事，那是很不容易的。当他走上楼梯时，望着他的面孔，黑黑的面孔有些冷漠茫然而又毫无表情。是的，她要等一段时间再告诉他自己已怀孕的事，不能马上就告诉他。可是这种消息，丈夫应该是第一个知道的，因为丈夫听说这种事情总是很高兴的。可是她认为对他来说，不见得会为此快活。

她站在楼梯口，斜倚在栏杆上，想着他可能会来吻着她了，不过他并没有吻她，只是说："看起来你的脸色很苍白，巴特勒太太，家中没有胭脂了吗？"

没说一句想念她的话，甚至连个意思都没有表示。至少，在嬷嬷面前，他也许应该吻她一下。在楼梯口，他站在她的身旁，毫不关心地打量着她。

"看你这副憔悴的模样，这意味着你一直在想着我吗？"他只是把嘴咧了一下想笑，眼睛中却不带笑地问道。

那么，这就是他对自己的态度。他仍然与以前那样可恶。猛然间，她怀着的孩子又成了她的一个很沉重的负担，她已经高兴不起来了。她眼前的这个男人，漫不经心地在一旁站着，把宽边的巴拿马帽子贴在他的屁股上，这是她最难以容忍的敌人，是她一切痛苦的根源。当她答话时，眼里流露出了凶光，这道凶光有些明显，他见此光景，脸上的笑容也消失了。

"如果说我脸色苍白，那是由你而引起的，不是因为我想念你，你这个虚伪的家伙。只是因为——，"哦，她本来并不准备用这种态度来告诉他，可是过激的话语从她的嘴中冒了出来，她就再也忍不住了，也不在乎可能会被佣人听见。"这是因为我已经怀孕了！"

他猛吸了一口冷气，目光快速从她的身上看了一遍。他很快就向她迈了一步，伸出一只手好像想抓住她的胳膊，但是她一扭就把他躲开了。看见她那种怨恨的目光，他的脸色也沉了下来。

"真的！"他冷冷地问道，"好，谁那么幸运要做爸爸了呢？是阿希礼吗？"

她正抓着栏杆那雕刻成狮子的耳朵，一听到这里，不由得心里一狠，用力一抓，直到把她的手掌刺疼了，才感觉到。她即使非常了解他，也不能料到竟会受到他这样的侮辱。当然，他是开玩笑，但是，有些玩笑太可恶了，简直让人无法忍受。她想用自己那尖利得像耙子似的手指去掐他的眼睛，把他眼中那种奇异的光芒给抠出来。

"你这个该死的！"她开始骂了起来，她的声音因过分的生气而颤抖，"你——你知道这个孩子就是你的。你不想要孩子，难道我能想要孩子吗？没有——没有一个女人愿意为你这样下流的人生孩子。我希望——哦，上帝啊，我倒希望怀的是别人的孩子，而不是你的。"

她看见他那黝黑的面孔突然就发生了变化，那是一种愤怒和一种她无法分析的表情，使他像被刺着一下似的抽动起来。

"好吧！"她心中暗中称快道，"好啦！现在我终于把他给气着了！"

但是一会儿，他的脸上又恢复了以前那种不动声色的伪装，他摸着自己的半边胡须说道。

"高兴点儿吧，"他说着，转身离开她并开始向楼梯上走去，"不要这么生气，这样有可能会流产的。"

片刻之间，她又想起了生孩子的种种情形：令人难受的恶心呕吐，无聊的等待，肚子不断地变大，几小时的阵痛。这些都不是男人能意料到的事情。而他竟敢开这样的玩笑。她要抓挠他，直到看到他脸上的血流出来，她心中的痛苦才能有所减轻。她向他冲去，敏捷得像只猫，可是他吃惊地挪动着身子，把脚向旁边跨了一步，伸出手臂挡住了她。她正站在刚刚打过蜡的楼梯顶的边上，全身的重量都在她那只打瑞特的胳膊上，经他这么一挡，她失去了平衡。她想抓住栏杆柱，却没有抓住，她仰面倒在楼梯上，感觉到肋骨一阵剧烈地疼痛，便头晕眼花，失去了控制，骨碌碌地一直滚到楼梯底下。

除了几次生孩子以外，这是斯佳丽第一次生病。不过那几次生孩子都说不上是生病，那时也不像现在这样不幸和担心，也不像现在这样虚弱、痛苦、不知所措。她知道她的病比别人告诉她的要厉害得多，她无力地意识到她可能快要死了。她一呼吸，那根断了的肋骨就疼得难以忍受，跌伤的脸和头部也在隐隐作痛。浑身上下好像有魔鬼在用发烫的钳子拧着她，用钝锯子在锯着她。疼痛暂时停止的时候，她体力也几乎要耗尽了。她还没有恢复体力，身上的疼痛又开始了。生孩子的时候却从来也不是这样的，她生下了韦德、艾拉及邦尼后，过了两个小时，就可以尽情地吃饭了。可是现在，除了凉水以外，无论她吃些什么，都会吐出来。

生一个孩子是多么容易啊，而失去孩子后又是多么痛苦啊！奇怪的是，当自己知道这个孩子养不成时，她竟是那么悲痛。更奇怪的是，这个流产的孩子，又是她真心想要的第一个孩子。她努力回忆着自己想生下这个孩子的原因，但是她实在是太累了。她的心也太累了，除了对死的恐惧以外，什么也不想考虑。死神就在房间里，她却没有力量面对它，把它打败，所以她感到很是害怕。她想有一个强壮的人能够站在她的身边，握住她的手，把死神击退，直到她自己恢复足够的力量再去亲自把它抵挡住为止。

她竭力咽下她的愤怒，她希望瑞特能在身旁。但是他不在，而她自己又没有足够的勇气让人去喊他。

她最后的记忆是，当他在黑暗的大厅里，把她从楼梯底下抱起来时，他的脸色看起来是那么苍白，除了极度的恐惧之外，什么都忘了，只是用嘶哑的声音喊着嬷嬷，然后又迷迷糊糊地记得自己被抱到了楼上，紧接着，便是一片黑暗。后来，她只觉得很疼，而且愈来愈疼，房间里充满了嘈杂声，还有贝蒂姑妈的呜咽声，米德大夫粗鲁的吩咐声，楼梯上匆忙的脚步声以及楼上大厅里踮着脚尖的走路声，然后像是来了一道令人目眩的闪电，一种死亡恐惧的意识袭来，她突然想尖叫出一个人的名字，然而这种尖叫只是一个低语罢了。

不过，她那可怜的低语声，立即从床边的某个黑暗中得到了回应，那个人的声音像是催眠曲似的，很轻也很温柔："我在这里，亲爱的。我一直都在这儿。"

当梅兰妮拿起斯佳丽的手，静静地放在她那冰凉的面颊上时，死亡和恐惧感轻轻地退去了。斯佳丽想转过身来看看她的脸，可是她无法做到。她好像看到梅兰妮正在生孩子，北方佬就要来了，全城都起火了，她必须快点逃跑，快点跑，但是梅兰妮还在生孩子，她不能逃跑。必须和她待在一起，直到孩子生下来，而且自己要坚强些，因为梅兰妮正需要她的帮助。梅兰妮正在忍受着痛苦——就像有一只发烫的钳子在拧着她，钝刀子在砍着她似的，一阵一阵地剧疼着。她必须抓住梅兰妮的手。

但是，米德大夫还是来到了，虽然车站上的士兵也确实需要他，因为她听见他在那里说："她说着胡话，巴特勒船长在哪儿呢?"

那天夜里，她一会儿糊涂，一会又清醒过来。有时候是她自己在生着孩子，有时候仿佛是梅兰妮在喊叫着。这一夜，梅兰妮一直都在那儿，她的双手冰凉，不过她没有流露出丝毫的焦急，也不像贝蒂姑妈那样只会呜咽。无论斯佳丽什么时候睁开眼睛，只要问一声"梅兰妮呢?"，就能听到她的声音。斯佳丽此时常常低声道："瑞特——我要瑞特。"然后，她又好像从梦中醒来了似的，想起来瑞特不想要她了，又想起了他那张黑得像印第安人一样的面孔，讥笑中露出了雪白的牙齿。她想要他，而他却不再想要他了。

有一次她问道："梅兰妮呢?"，而嬷嬷的声音回答道，"是我，孩子。"并拿出一块凉毛巾放在她的额头上。而她一遍遍烦躁地喊道"梅兰妮，梅兰妮"但是，喊了好长时间，梅兰妮还是没有来。因为梅兰妮正坐在瑞特的床边，而喝得酩酊大醉的瑞特正呜咽着，伸开四肢躺在地板上，把头放在她的膝盖上，哭喊着。

梅兰妮每次从斯佳丽房间里走出来时，都会看见瑞特的房门大开着，他坐在床上，盯着大厅对面的房间。他的房间里一片狼藉，满地都是烟头，桌子上放着一盆盆没有吃的饭菜。床铺没有整理，皱巴巴的。他一直坐在床上，胡子老长，只是不停地抽烟，他一下子就憔悴了许多。他一看见她，也不问她什么事。她总是在他的门旁站一会儿，把消息告诉他"我很难过，她的病情又有些恶化了"或者说，"不，她还没有问及你。你看，她正在胡言乱语"或者"你决不能对此绝望，巴特勒船长。让我准备一些咖啡和吃的东西。否则，你自己也会得病的。"

梅兰妮一直在为瑞特可怜，虽然她太累了，太困乏了，几乎要失去知觉，她还是为他感到很痛苦。人为什么要说他那么多坏话呢——说他无情、歹毒以及对斯佳丽不忠，她同时也可以看出，他渐渐地消瘦下去，亲眼看到他脸上那痛苦不堪的表情，虽然她也感到太累了，但她从病房出来要告诉他一些情况时，她总是用一种比平时还要和蔼的语气。他看起来非常像一个被打入地狱、在等待审判的鬼魂，又像是一个小孩子，突然走进一个充满敌意的环境里，但是对梅兰妮来说，他们都像孩子一样。

可是，当斯佳丽病情有些好转的时候，她高兴地走到他的门口，要把这个消息告诉他，却出人预料地发现，在他床边的桌子上，放着一个只剩下半瓶的威士忌了，屋子里充满了酒气。他抬起头，目光呆呆地望着她，尽管他努力地咬紧牙关，下巴上的肌肉还是在激烈地颤抖着。

“她死了？”

“哦，没有。她好多了。”

他说：“哦，我的上帝。”就用双手捧着他自己的头，她怜悯地看着他，他那宽阔的肩膀在发抖，像是神经质似的在打战。她对他的怜悯又变成了恐惧，她看见他哭了。梅兰妮从来也没有看见男人哭过，并且在所有的男人当中，瑞特又是这样和蔼、坚强并永远都能够克制自己的人。

他发出的绝望的哽咽声，使她感到害怕。她起先以为他已经喝醉了，而她又害怕喝醉酒的人。不过，当他抬起头来的时候，她看着他的眼睛，发现他没有喝醉。她赶紧进入房内，轻轻关上身后的门并向他走去。她从没有见过一个男人在哭，不过她曾经安慰过许多正在哭泣的孩子。当她把一只手轻轻地放在他的肩膀上的时候，他的双臂却突然抓住了她的裙子，还没等她弄明白是怎么回事，她已经坐在床上了，他则坐在地板上，把头放在她的膝盖上，用双手拼命地抓住了她，抓得她有点发疼。

她轻轻地抚摸着他的黑发说：“好啦！好啦！”她又安慰他说，“好啦！她的病会好的。”

一听到她的这句话，他的手抓得也就更紧了，并开始急急地说着什么。用他那嘶哑的声音，像是对一个不会泄露出去的坟墓诉说着，这是他人生中第一次吐露真情，把自己的内心世界一点也不留地都倾诉给梅兰妮。开始时，她还不能够理解他在说些什么，只是像位母亲似的在倾听着。他时断时续地说着，把头放在她的膝盖上，用手抓住她裙子的卷边。他的话有时候发闷而又模糊不清，有时候却又过于清晰了。他的自我忏悔的声音听起来有些刺耳，有时又让人难以忍受，她从没有听到过关于他和他妻子的一些私事。有些话，让她听起来不禁满脸通红，庆幸的是，他把脸伏在那儿，不会被他发现。

她就像对待小博似的轻轻地抚摸着他的头，说：“静一静吧，巴特勒船长！这些事情是不能告诉我的。你已经有点控制不住自己了。静下来吧！”可是他仍然激动得滔滔不绝地向她倾诉着，并紧紧地抓住了她的衣服，仿佛那就是他的生命的希望。

他责备自己做过的一些事，多半让她听不明白，他还嘟噜着提到贝尔·沃特林的名字，又猛地摇着她大喊：“是我杀死斯佳丽，我已经把她杀了。你还不明白。她不想要这个孩子，并且——”

“你一定要静下来了！你控制不住自己了。不要孩子？为什么，哪一个女人能不要——”

“不！不！你想要孩子，但是她不想要。她不想给我生个孩子——”

“你不能这样说!”

“你不知道。她不想生孩子，是我让要她生。这个——这个孩子——都是我的过错。

“我们不应该在一起睡觉——”

“静下来，巴特勒船长，这不合适——”

“我喝醉了，非常愚蠢，我想伤害她——因为她伤害过我。我想要——并且我确实想要——但是她不想要我。她不再想要我了。她从来都不想要我，并且我在努力——我在努力得到她的心，但是——”

“哦，别再向下说了吧!”

“但是我不知道她怀上了这个孩子，直到那天——她跌倒时。她不知道我在哪里，也无法写信告诉我——就是她知道，她也不会给我写信的。我告诉你——我告诉你我会直接回来的——我要是真的知道——无论她是否让我回家……”

“哦，是的，我知道你会回家的。”

“上帝啊，这几个星期我一直都在发疯，又喝得烂醉！当她在楼梯上告诉我的时候——我都做了什么呀？我说了什么？我笑着说道‘现在高兴了吧，别太高兴，这样你可能会流产的！’而她——”

当梅兰妮低下头，看着她膝盖上那颗在痛苦中扭动着的黑脑袋时，她突然感到十分恐惧，脸色也变白了，眼睛睁得大大的。下午的阳光从开着的窗上照射进来，她突然看见，就像是第一次发现，他那又棕色的大手是那么大、那么有力，手背上的黑毛长得又是多么浓密。她不由得有些畏缩了。这双手看上去非常贪婪、残酷无情，可是现在却无能为力地抓着她的裙子不肯松手。

难道他有可能听说，并相信了那些有关斯佳丽和阿希礼的谣言，因而就有了妒忌之心？是的，当这个丑闻传出去的时候，他就离开了亚特兰大，可是——不，不可能是因为这个原因。巴特勒船长总是说不定什么时间就要出去旅行的。他不会相信这些谣言的。他太有判断力了。如果这件事让他很苦恼的话，难道他不会想办法开枪杀死阿希礼吗？或者至少去讨一个说法？

不，不会是这样，只不过是因为他喝醉了而已，精神高度紧张，又胡思乱想造成的，只不过在说着胡话而已。男人可能也和女人一样，也经不住过度的紧张。也许有些让他烦心的事情，他就与斯佳丽吵了一架，结果就把事情给夸大了。在他说的可怕的事情中，也可能有一些会是真事，但不可能都是真的。哦，他最后说的那个事，肯定不会是真的！如果他真的爱她，这个男人是不会对一个自己爱着的女人说这种话的，这个男人深深地爱着斯佳丽决不会说出那样的话。梅兰妮从没有接触过邪恶，也从没有接触过残酷，而现在，这是她第一次看到它们，发现它们太令人无法想象，太难以置信了。他一定是醉了，一定有病。而面对一个有病的孩子，她一定要去爱着。

"好啦！好啦！"她低声说道，"别再说了，我已经全明白了。"

他猛地抬起头来，用他那布满血丝的眼睛望着她，愤怒地甩开她的手。

"不，上帝啊，你不清楚！你无法弄明白！你——你太善良了，不会明白这件事的。你不相信我，我说的话可全是真话，我现在就是一条狗。你知道我为什么这样做吗？我疯了，因妒忌得有些发狂。她并不爱我，我以为我可以让她爱上我。可是她决不会爱我的。她不爱我。她从没有爱过我。她爱——"

他那充满激情的、醉迷迷的眼睛，凝视着她，一遇到她的目光，他就不再说话了，只是张着嘴巴，仿佛是第一次意识到他在对谁说话。她的脸色苍白、神色有些紧张不安，不过她的目光却很平静、也很温柔，充满了怜悯和不相信的神情。她那棕色的、温柔的、明亮而又安详的眼睛深处，是一种天真无邪的表情，这好像是在他的脸上猛击了一拳，让他的脑子从酒精中清醒过来，他把那一连串的疯话也给阻住了。他避开了她的目光，很快地眨动着眼睛，口中在喃喃低语着，神志也慢慢地清醒过来了。

"我是一个恶棍，"他低声说道，又把头疲倦地放到她的膝盖上，"但是，我不是最坏的恶棍。如果我真的都告诉你，你也不会相信我，是吗？你太善良了，不会相信我说的话。我以前从来也没有见过真正善良的人。你不相信的，是吗？"

"是的，我不会相信你的，"梅兰妮一边安抚着他，一边又抚摸着他的头发，"她快好了。巴特勒船长，别哭了！她快好了。"

第五十七章

一个月后，斯佳丽和韦德、艾拉一起登上了去琼斯博罗旅行的列车，她的脸色很苍白，也很消瘦。两个孩子看到母亲那依然苍白的面孔，只是默默地跟着，局促不安地紧紧偎着普里西，因为在他们幼小的心灵里，也知道母亲和继父之间的关系是很冷淡的，没有亲情的气氛，这使他们感到有些害怕。

虽然斯佳丽的身子还有点虚弱，但是她还要到塔拉庄园去。她觉得她心里很烦闷，如果她在亚特兰大再多待一天的话，在她那疲倦不堪的脑海里，就会不由自主地去思考自己所处的那种混乱的局面。她身体还有病，精神疲惫，就像一个在梦中迷路的乡下孩子站在那儿，找不到熟悉的路标一样。

曾经有一次，在亚特兰大遭到围攻前，她逃离了，现在她是第二次从亚特兰大逃跑了，是为了用她那种对抗世人的自我防护的老办法，坚持要把她所受到的痛苦，都变成她的精神动力。“我现在不再想它了。如果我再想这些事的话，我就无法忍受了。我要到塔拉庄园去，明天再去考虑这些事吧，明天又是新的一天。”似乎她只有回到家中，在绿色的棉花地里那宁静的环境中，她的一切痛苦才会消失。无论如何，她也能把她各种紊乱的思想，重新改造成她可以赖以生存的新思想。

瑞特目送着火车远去，直到看不到为止。他的脸上流露出一种很不乐意的、若有所思的痛苦的表情。他叹了口气，打发走马车夫，跨上自己的那匹马，沿着常春藤街向梅兰妮家骑去。

上午的天气很是暖和，梅兰妮正坐在葡萄架下的走廊里，她的针线筐里堆满破袜子。当她看见瑞特从马上下来，把缰绳拴在人行道上那个铸造成黑人孩子的手臂上时，她有一种困惑和沮丧的感觉。自从那天斯佳丽病得很厉害，他经常喝醉以后，她从来也没有单独碰到过他。梅兰妮甚至不愿意和他多说一句话。在斯佳丽生病恢复的日子里，她去探望的时候，总难免要碰面，但也只是随便说上几句也就罢了，目光始终不敢和他接触。不过在那时，他都是神态自若，言行之中从来也没有表现出他们之间所说过的那些话。阿希礼也曾经告诉她，男人对于喝醉时说过的话和做的事，日后也经常想不起来。所以，梅兰妮在心中就暗暗地祈祷巴特勒船长把那时发生的事情忘了。对于他是否还记得他当时的倾诉，她觉得宁愿去死，也不愿意去了解这件事。所以，当瑞特走上通道的时候，她开始有些胆怯、有些难为情，脸上升起了一阵红晕。不过，也许他只是来问一下小博是否可以陪邦尼玩一天。他肯定不会那么不识趣，还特意过来为那天他的事而向她表示感谢！

她站起身来像平时那样迎接他时，这才注意到，身材高大的他，走起路却非常轻快，不由得有些吃惊。

“斯佳丽已经走了吗？”

“是的，到塔拉庄园对她的身体有些好处。”他笑着说道，“有时候我想，她像巨人安替厄斯①一样，每次只要一接触大地母亲，就会变得强壮起来。对斯佳丽来说，长期离开那块她热爱的红土地是不行的。棉花的成长对于她来说，比米德大夫的补药还会更有好处的。”

“你请坐下吧！”她双手颤抖地说道。他是那么高大，又充满着阳刚之气，而且，她对充满阳刚之气的男人总是有一种心神不宁的感觉。他的高大与阳刚之气似乎折射出一种活力和生机，使她感觉到自己比平时还要弱小。他的面孔又是那么黝黑，让人感到有点可怕，他肩膀上那些发达的肌肉在高高地隆着，把白色亚麻布的上衣撑得鼓鼓的，这使她感到胆怯。她曾经见过这种力量和傲慢似乎不可能被征服。然而他却曾经把这个黑脑袋放在她的膝盖上！

“梅兰妮小姐，”他轻轻地说道，“我的光临使你感到很烦恼吗？你是不是很想让我走开吗？请直说。”

“哦！”她想，“他真的还记得！而且他也知道我是那么痛苦。”

她抬起头，用哀求的目光看着他，忽然间，她的局促不安和迷茫消失了。他的目光非常安详，非常友善，非常了解，她感到惊奇，她竟然不知道自己为什么一直都感到有些惊慌。他的脸色看起来是那么疲倦，也有些悲伤。而让她感到吃惊的是，刚才她为什么竟然认为他是个没有教养的人，会把他们二人都愿意忘却的话题再提出来呢？

“这个可怜的人，他一直都在为斯佳丽担心。”她想到这里，就笑着说，“请坐，巴特勒船长。”

---

① 希腊神话中的一个巨人——译者注

他重重地坐了下来，看着她拿起要织补的袜子。

“梅兰妮小姐，我是来求你帮一个大忙的，并且……”他的嘴向下撇了一下说，“我想要骗一下人，想得到你的一些帮助，我知道你会害怕的。”

“欺骗人?”

“是的。实际上，我是来向你谈一桩生意的。”

“哦，上帝啊，你找威尔克斯先生会更好一些。对于做生意的事，我是一个傻瓜，我没有斯佳丽精明。”

“我怕斯佳丽太精明了，对她本人没有任何好处。”他说道，“而且，我正是想与你商量这件事情。你知道她病得很厉害，当她从塔拉庄园回来后，又要把全部精力都用在管理商店和锯木厂上了。我倒真心希望有一天它们能被炸掉，我一直在为她的健康而担心，梅兰妮小姐。”

“是的，她干的事情太多了。你一定要使她停下来，保护好她自己的身体。”他笑了笑。

“你也知道，她是个多么固执的人。我甚至从来都没有要与她争吵过。她就像一个刚愎自用的孩子一样。她不想让我帮她——她不想让任何人帮助她。我曾经尽力劝她，让她卖掉锯木厂的那些股份，但是她不愿意。至于现在，梅兰妮小姐，我这是来与你谈论生意上的事情。我知道，除了威尔克斯先生，斯佳丽是不愿意把她在锯木厂的剩余股份，都卖给其他人的。我想要威尔克斯先生买下她的股份。”

“哦，我的上帝！这很好，但是——”梅兰妮停止说话，咬着她的嘴唇。她不能对外人提钱的事。尽管阿希礼在锯木厂也能挣到工资，可是无论如何，她和阿希礼似乎从没有过足够用的钱。使她苦恼的是，他们的积蓄也太少了。她不知道钱都花到哪儿去了。阿希礼给她足够的钱用来维持家庭开销，可是，一遇到额外的开支，手头就要紧了。当然，她的医疗费也要占去很大的一部分，再就是阿希礼从纽约订购书籍和家具的开支，使他们的经济陷入危机之中。另外，他们还要为睡在他们家地下室里的、那些数目不定的流浪者提供衣食。如果碰见曾经在南方邦联部队服役过的人来借钱，阿希礼是决不会拒绝他们。还有——

“梅兰妮小姐，我想借钱给你。”瑞特说道。

“你太好了，可是我们可能还不上你的钱。”

“我不想让你们还钱。请不要生气，梅兰妮小姐！请你让我把话说完。只要能让斯佳丽每天不再驾车跑到几里外的锯木厂把她累得筋疲力尽，你们就是还我的钱了。那家商店的事就够她忙活的了……你听明白我的意思了吗?”

"嗯——明白了——"梅兰妮犹豫不决地说。

"你想让你的儿子有一匹小马驹，不是吗？你还想让他上大学，上哈佛大学、去欧洲留学吗？"

"哦，当然。"梅兰妮大声说道，像平时提到小博时那样，她的脸上流露出一种喜悦的神情，"我想让他得到这一切，可是——嗯！在这些日子里，每个人都很贫穷——"

"有朝一日，威尔克斯先生会在锯木厂挣上一大笔钱的，"瑞特说道，"而且，我还希望看到小博能够拥有他应该得到的一切便利条件。"

"哦，巴特勒船长，你真是一个狡猾的坏蛋！"她微笑着大声说道，"你知道每位母亲都爱孩子，就来这样劝说我！我可以像读一本书那样，把你看透。"

"不见得，不见得是这样。"瑞特说着，眼睛中开始流露出一点喜色，"现在，你可以让我借给你钱了吗？"

"可这和骗人又有什么联系呢？"

"我们必须是串通在一起，骗住斯佳丽和威尔克斯先生。"

"哦，上帝啊！我不能那样做！"

"如果斯佳丽知道了我背着她搞这种诡计，即使是为了她好——嗯，你也知道她的脾气。而且我害怕威尔克斯先生会拒绝我借给他钱。所以他们都不能知道这些钱是从哪儿弄来的。"

"哦，不过敢肯定，如果威尔克斯先生明白了这件事情的真相，他是不会拒绝的，因为他非常喜欢斯佳丽。"

"是的，我敢肯定你也喜欢她，"瑞特平静地说，"不过他也一样会拒绝的。你知道威尔克斯家的人有多么高傲吧。"

"哦，上帝啊！"可怜的梅兰妮喊道，"我希望——实际上，巴特勒船长，我不能欺骗我的丈夫。"

"为了帮助斯佳丽，也不能吗？"瑞特看上去很是伤心，"而她可是非常喜欢你！"

泪水在梅兰妮的眼中晃动着。

"你知道，我愿意为她做世界上的任何事情，她为我做过的那些事，我连一半都不能报答她，这你也知道。"

"是的，"他简洁地说，"我知道她为你做过的那些事。难道你不能告诉威尔克斯先生，这笔钱是你的一位亲戚在遗嘱中留给你的？"

"哦，巴特勒船长，我没有一个亲戚有一分钱会当作遗产留给我的！"

“那么，如果我通过邮局把这笔钱寄给威尔克斯先生，并且不让他知道寄钱的人是谁，你肯不肯用这笔钱买下锯木厂，而不——嗯，而不分给南方邦联的那些穷人呢？”

起初，他最后的那句话看起来是让她受到了伤害，仿佛暗示着对阿希礼的批评。可是，他在好像能够理解地微笑着，她也向他微笑了一下。

“这我当然愿意。”

“那么这事就定了？它将成为我们两个人的秘密，可以吗？”

“不过，我从来没有对我的丈夫保守过什么秘密？”

“我对此很有把握，梅兰妮小姐。”

当她看着他的时候，心中暗想，她对他的看法一直都很正确，而其他大部分对他的看法却是那么错误。别人都说他残忍、傲慢、无礼，甚至说他不诚实。但是，现在许多很善良的人承认了他们自己一直都有一种错误的认识。嗯！从一开始，她就知道他是一个好人。他对她向来都极为和气、细心、尊敬，也很会理解人，她从没有见过他有什么过分的表现。并且，他多么爱斯佳丽啊！他太好了，竟会用这种迂回曲折的办法来减轻斯佳丽肩上的一个担子！”

于是，她出于一时冲动，说道：“斯佳丽太幸运了，有一个对她这么好的丈夫！”

“你真是这样认为的吗？我恐怕如果她听见这句话，也不会同意你的。另外，我也愿意对你好，梅兰妮小姐，比我待斯佳丽还要好。”

“对我？”她迷惑不解地问道，“哦，你的意思是说给小博吧？”

他拿起帽子，站了起来。站了片刻，低头望着她那普普通通的瓜子脸、长长的头尖，还有那双庄重的黑眼睛。一张如此不谙人世的面孔，一张对生活不设防范的面孔。

“不，不是要给小博，我想给你一些东西，比给小博的还要多，你是否能想象得到。”

“我，我不能，”她又迷惑不解地说道，“对于我来说，世界上没有比小博更珍贵的东西了，除了阿希礼——除了威尔克斯先生。”

瑞特低着头看着她，什么也没有说。他黝黑的面孔很平静。

“你太好了，巴特勒船长，你想为我做些事情。不过，事实上我也很幸运。一个女人想要的世界上的任何东西，我已经都有了。”

“这就好，”瑞特突然严厉地说，“而且我准备看着你牢牢地守着它。”

当斯佳丽从塔拉庄园回来的时候，脸上那种不健康的苍白已经消失了。她的面颊圆圆的、露出淡淡的红色。她的绿眼睛还是那样机警地闪烁着光芒。当瑞特和邦尼在车站接她、韦德和艾拉的时候，她几个星期以来第一次发出了爽朗的笑声——既有些气恼又感到可笑，因为她发现瑞特的帽檐上还插着两根散乱的火鸡毛，而邦尼穿着星期日穿的外衣，都被她撕扯得很烂了。她的脸上画着两道深蓝色的交叉线，卷发上还插着一根有她的身子一半高的孔雀羽毛。很显然地，在接车的时间快要来到时，他们正玩着一场印第安人的游戏。从瑞特脸上那种自我嘲弄而又无可奈何的表情，和嬷嬷紧皱眉头的气愤神色来看，很显然，邦尼就连去迎接妈妈也不愿意擦掉脸上的妆。

斯佳丽说道，“真是太脏了！”并吻了一下孩子，又转过脸来让瑞特吻了一下。车站有许多人，要不然，她决不会向他做出这个要求亲热的动作。由于邦尼的这副打扮，使她感到有些难为情，所以她禁不住注意到，那儿的人们都面带微笑地看着这对父女的打扮，他们的微笑不是出于嘲弄，而是出于真正的兴趣和善意。大家都知道斯佳丽最小的女儿很会和她的父亲在一起玩耍，亚特兰大人都对此很感兴趣并普遍持赞同的态度。瑞特对于自己孩子的深深的父爱，也很有助于恢复公众对他的评价。

在回家的路上，斯佳丽一直都在讲一些郡里的新闻。炎热、干燥的天气使棉花的长势很旺，使你几乎可以听见它生长的声音。但是，威尔却说，今天秋天，棉花的价格还是会下跌的。苏伦又要生孩子了——她把小孩这个词用字母拼出来，以便让孩子不能理解——还有艾拉一反常态地咬了苏伦的大女儿一口。虽然，据斯佳丽评价说，小苏西是罪有应得，因为她的脾气很像她的妈妈。可是苏伦却被激怒了，以至于她们两个像从前那样激烈地吵了一架。韦德曾经一个人打死了一条水蛇，塔尔塔家的兰达和卡米拉都在教书，这不是在开玩笑吗？塔尔塔家竟然没一个人能拼出一个“猫”字来！贝齐·塔尔顿嫁给了一个胖胖的、只有一只胳膊的洛夫乔伊人，他们和赫蒂以及杰姆在费尔希尔种植棉花，收成也是挺不错的。塔尔顿太太家有一匹供繁殖用的母马和一匹小马驹，快活得好像她有一百万元钱似的。还有，在老卡尔佛特家的房子中，竟然住着一大帮黑人，并成为那栋房子的实际上的主人。他们是从行政司法长官那儿买来的房子。那所房子总是被弄得一塌糊涂，让人看了非常伤心。没有人知道凯瑟琳和她那没用的丈夫到哪儿去了。而阿历克斯要与他哥哥的遗孀萨莉结婚。想一想，他们已经在同一个房子中生活了那么多年才结婚。人们都说他们是为了图方便才结婚的，因为自从他家老奶奶去世后，他们在一起居住，别人能不说些闲话吗？但是，他们的结婚却伤透了迪米特·芒罗的心，不过，对她本人来说，也是活该。如果她有点进取心的话，早就该另嫁他人了，为什么非要等到阿历克斯挣到足够的钱时，再和他结婚呢？

斯佳丽兴奋地说个不停，不过，对于郡里所发生的事情，她也隐瞒了许多，因为她一想到这些事就感到伤心。她和威尔曾经赶着马车在郡里转了个遍，竭力不去回忆那几千亩曾经种着绿油油的棉花的肥沃土地。现在一个个的种植园又重新变成了森林。蓑衣草、矮橡树和矮小的松树，都悄无声息地在沉寂的废墟上和以前的棉花地里长出来了。以前那一百亩耕地中，现在只有一亩是用来种庄稼。所以，他们在那儿走着，好像进入一个不毛之地之中。

“如果要恢复的话，再过五十年时间，这一带也不会恢复原状。”威尔曾经说过，“塔拉庄园曾是全郡最好的农场，而不是种植园。还有芳汀家的农场，居于第二位，然后就是塔尔顿家的了。他们没有挣到多少钱，不过，还是可以维持下去的，他们有谋求成功的勇气。可是其余的人家，其余的农场……”

不，斯佳丽不愿意再去回想，一路上所见到的郡里那种荒凉的景象。在亚特兰大的繁华面前，回顾郡里的情形，好像会让人更加难过。

“家中发生什么事吗？”当他们到家后、坐在前面走廊上的时候，她才问道。在回家的路上，她一直都说个不休，以免出现沉默的局面。自从那次她从楼梯上摔下来以后，她从没有同瑞特单独说过话。现在，她也不急着要与他独处。她不知道他对自己的感觉如何。在可怜的她病愈恢复的那段时间内，他对自己确实一直都很关心，不过那是一种不是很亲切的爱意，像对待陌生人一样。他能猜出她现在想的什么，别再让孩子们打扰她，帮她监管着商店及锯木厂。不过他从没有说过“对不起。”嗯，也许他认为没有什么对不起的。也许他仍然认为那个没有生下来的孩子不是他本人的。她如何才能在他那不露声色的黑脸后面，看出他内心的想法都是些什么呢？不过，他曾经表现出一种倾向，就是对自己很客气，这在他们的婚姻生活中，还是第一次，并且他还流露出一种愿望，好像他们两个人之间，从来也没有发生过什么不愉快的事情似的，让他们继续过着各自的小日子。斯佳丽心中暗想，好像他们两个之间没有什么关系，要各人只管各人的事似的。那么，如果他想这样的话，她也未尝不能做好自己的事情。

“家中一切都还好吗？”她又问了一遍，“你为那个商店换上新房顶了吗？你把骡子换了没有？看在上帝的面上，瑞特，快把你的帽子上的羽毛取下来吧。你看起来像个傻子一样，你上街时，可能还会忘了取下来，戴着就出去了。”

“不。”邦尼嚷道，并拿过她父亲的帽子，用手护着它。

“家中一切都好。”瑞特回答说，“邦尼和我过得很愉快。自从你离开后，我从没有梳理过她的头发。不要闻她的头发，亲爱的，也许有些臭味了。是的，屋顶板盖好了。骡子换了。没有，这儿实际上没有什么新闻。一切都很沉闷。”

然后，他思考了一下又补充道，“那位令人尊敬的阿希礼，昨天晚上来了一趟。他问我，你是否会肯把你的锯木厂以及你在锯木厂中的部分股份卖给他。”

斯佳丽一直坐在摇椅上，晃着自己，并用一把火鸡毛扇子为自己扇着风，一听到这句话，她便急忙停了下来。

“卖给他？阿希礼从哪儿得来的钱？你知道他们从没有一分钱。梅兰妮花钱的速度同他挣钱的速度一样快。”

瑞特耸了耸肩膀说道：“我一直认为她是一位很会节俭的人，那么，关于威尔克斯家的详细情况，我似乎还没有你知道得多。”

这种猛然的讽刺，似乎有点像他的原先的那种说话的风格，斯佳丽有些恼怒了。

“出去玩吧，亲爱的。”她对邦尼说，“妈妈想与爸爸说说话。”

“不。”邦尼坚定地说着，又爬到瑞特的膝盖上了。

斯佳丽对着她的孩子皱了皱眉头，邦尼也对她皱了皱眉头，那种神情完全与杰拉尔德·奥哈拉一样，弄得斯佳丽几乎要大笑起来了。

“让她待在这儿吧，”瑞特高兴地说道，“至于他从哪儿得来的钱，好像是他在罗克岛时，照料过的一个患有天花的人，是那个人寄给他的。这使我恢复了对人性的信念，由此表明，人们还是知道感恩戴德的。”

“那人是谁？我们认识吗？”

“信上也没有署名，是从华盛顿寄来的。阿希礼不知道谁会寄钱给他。不过，大家都知道阿希礼的那种舍己为人的品质，他做过那么多的好事，你可以想象，他不可能把什么都记住的。”

对于阿希礼的那笔意外之财，斯佳丽并没有感到特别惊讶，否则，她会和瑞特争吵的，虽然在塔拉庄园的时候，她已经下定决心，自己再也不为阿希礼的事与瑞特进行任何争辩了。在这件事上，她的立场还不能完全确定，非要等她彻底查明这件事之后，再决定自己所持的观点，故此，她也不急着吐露自己的想法。

“他要买我的利益和股份？”

“是的，但是，我当然会告诉他，你根本就不愿意出卖。”

“我希望，你能让我自己处理我自己的事。”

“好吧。我知道你是不愿意放弃那两个锯木厂的。我告诉他这种情况后，他也和我一样明白，你总是喜欢指挥别人，如果你把锯木厂卖给了他，那样，你就不能再告诉他如何经营那个生意了。”

“对于我，你竟敢这样对他说话?”

“为什么不能?这都是实话，不是吗?我相信他心中也会赞同我的观点，不过，当然，他是一个很爱面子的人，不便于直接地说出这些话。”

“你这是瞎说!我愿意把厂子卖给他!”斯佳丽生气地喊道。

直到这天早上，她从来也没有产生过要卖掉这两个锯木厂的念头。她有好几个理由要留着这两个厂子，经济利益是很次要的因素。在最近几年中，她随时可以把锯木厂卖出去，赚一大笔钱，但是，她拒绝了所有人的出价。这两个锯木厂，是她在没人帮助的情况下，克服了极大的困难，是自我奋斗的一个明确的见证。她为这两个锯木厂以及为她自己的奋斗经历而感到自豪。最重要的是，她不想卖掉它们，因为那是她和阿希礼接触的唯一途径。如果她失去了对锯木厂的控制权，就意味着她很少能见到阿希礼了，也许她永远再也无法与他单独见面了。而她又不想失去单独见到他的机会。自从梅兰妮要举行宴会的那个可怕的夜晚以后，她再也不能这样继续下去了。她不知道他现在对她的感觉如何，不知道他对自己的那些爱是否已经在耻辱中消失了。在做生意的过程中，她可以找到许多机会与他单独谈话，而不会引起别人的注意，好像她是在有意寻找他似的。而且，只要有时间，她知道她还可以重新获得自己在他心目中一度失去的位置。但是，她要是卖掉了锯木厂——

不，她不想卖，可是瑞特把自己真实的一面都告诉了阿希礼，这会给他留下一个很不好的印象，她也为这种想法所愤怒，当即下定决心要把厂子卖给阿希礼，并且以非常低的价格卖给他。这样，阿希礼就拥有两个锯木厂了，这样，他不得不感觉到自己对他是多么慷慨。

“我就是要卖给他!”她愤怒地喊道，“现在，你对此还有什么想法呢?”

当瑞特俯下身子，去帮邦尼系鞋带时，他眼中闪现出一点点胜利的光芒。

“我认为你可能会后悔。”他说。

她现在已经为轻率的言辞感到后悔了。除了瑞特，如果这些话是讲给别人听的，她可能会厚着脸皮收回那些话。她怎么能像这样脱口而出呢?她生气地皱着眉头，看着瑞特，她见他正偷看着自己，他这时却突然大笑起来了，露出了洁白的牙齿。斯佳丽见他这一笑，心中便产生了一种上当了的感觉，自己已经被他骗了。

“你与这件事有什么关系吗?”她厉声问道。

“我?”他皱起眉头，装出一副很吃惊的样子，“你应该更了解我。如果我可以避免的话，我决不会到处做这样的好人。”

这天晚上，她将两家锯木厂连同在那里的股份都卖给了阿希礼。她并没有因此受到任何损失，因为阿希礼拒绝接受她第一次的最低的要价，而是以她以前曾经提出的最高价目成交的。当她在契约上签字时，两个锯木厂也就再也不属于她了。而梅兰妮正给阿希礼和瑞特递过一小杯葡萄酒，祝贺交易的成功。斯佳丽觉有一种怅然若失的感觉，好像是卖掉了她自己的一个孩子似的。

这两个锯木厂一直被她看作是自己的宝贝，那是她的骄傲，是用她那双贪婪的双手取得的成果。在那些黑暗的日子里，亚特兰大几乎还是一片废墟时，她却在这劫后的灰烬中挣扎着崛起，她面临着甚至很贫困的威胁，开办了一个小小的锯木厂。在那黑暗的日子里，北方佬就要开始征收活动，银票很紧，就连很精明的人也陷入了困境，她却奋斗着、策划着、细心地照料着锯木厂。而现在，亚特兰大从战后的创伤中恢复过来，建筑业在各处拔地而起，每天都有大量的新来者涌入这座城市。她有两个不错的锯木厂，两个木材场，十多个骡子队，并以低价雇佣犯人干活。现在卖掉这两个锯木厂，就好像永远地关闭了她这种生活的大门，这种生活虽然悲伤、残酷，但回忆起来确实可以让她有一种满足感。

她苦心经营的这份生意，现在把它卖掉，这当然使她感到难过，因为没有她的指挥，阿希礼会亏本的——把她努力创造的一切东西都失去。阿希礼什么人都信任，并且他现在还几乎分不出来二英寸厚四英寸宽的木板和六英寸厚八英寸宽的木板有什么差别。可是现在她决不能再给他提那些有利的建议了。这是因为瑞特曾经告诉阿希礼，说她喜欢指挥别人。

“哦，这个该死的瑞特！”她想到这里，注视着瑞特，更加坚信他是这一活动的幕后策划者。至于他是如何策划和为什么要策划，她并不知道。他正在与阿希礼谈话，他的话突然引起了她的注意。

“我想你会马上把这些犯人给打发回去的。”他说道。

把犯人都打发回去？为什么要有把犯人们都打发了的想法？瑞特完全明白，工厂的巨额利润是来自于廉价的犯人的劳动。为什么瑞特能如此肯定地说，阿希礼将来会如何行动呢？他了解阿希礼什么呢？

“是的，他们将马上回去。”阿希礼回答道，并避开了斯佳丽那目瞪口呆的注视。

“你失去理智了吗？”她喊道，“你会失掉根据契约所付给我的那些钱的，而且，你可以雇佣什么人来做工呢？”

“我将使用那些自由的黑人。”阿希礼说。

“自由的黑人！简直胡扯！你知道他们的工资有多高。此外，那些北方佬会每时每刻都在身后盯着你，能不能一天让他们吃上三顿鸡肉，晚上是否能让他们盖上鸭绒被子睡觉。并且，你如果抽打一个懒惰的黑鬼两鞭子让他快点干活的话，你就会听见北方佬高声尖叫着，从这里一直会闹到多尔顿，那时，你就要坐牢。喏，犯人是唯一的——”

梅兰妮低下头看着自己叠放在膝头的双手。阿希礼看上去有些不高兴，但很固执。他沉默了一会，然后与瑞特交换了一下眼色，他好像是从瑞特的眼睛中得了理解和支持——他这一瞥并却并没有逃过斯佳丽的眼睛。

“我不愿意用犯人干活，斯佳丽。”他平静地说道。

“嗯，先生！”她大为吃惊地说道，“这是为什么呢？难道你怕别人像议论我一样地议论你吗？”

阿希礼抬起了头。

“只要我是正确的，我就不怕人们说什么。我只是觉得使用犯人做劳工是不正确的。”

“那是为什么——”

“我不能从别人被迫的劳动和痛苦中挣钱。”

“可是你拥有过奴隶！”

“他们却并没有感到痛苦。此外，如果这场战争并没有让他们获得解放的话，在我父亲去世以后，我也会让他们自由的。但是，使用犯人就完全不一样了，斯佳丽。这种制度有太多的弊端。你对此也许不了解，我却很清楚。我非常清楚地知道约翰尼·高莱佛在他的工棚里至少杀死过一个犯人，或许是更多——谁会或多或少地关心一个犯人呢？他说那个被杀的人想要逃跑，但是我听别人说的情况却并非如此。并且我还知道，他迫使那些病得无法再去干活的人继续干活。你可以说我这是迷信，但是我相信，快乐是不能建立在别人的痛苦上。”

“见鬼吧！你的意思是——上帝啊，阿希礼，你不是把华莱士关于不要用肮脏的金钱的说教给生吞下去了吧？”

“我不必把它吞下去。早在他讲这个道理之前，我就相信这一点了。”

“那么，你肯定也认为我所有的钱也都很肮脏。”斯佳丽大声喊道，并说道，“因为我用犯人来干活，并拥有一个商店的财产，还有——”她突然停住了。威尔克斯夫妇看上去有点很难堪，而瑞特却张着大嘴在笑。“他真该死。”她心中恶狠狠地骂道，“他又认为我在干预别人的私事了，阿希礼也是这样想的吧？我真想把他们两个人的脑袋都给打碎！”她咽下了自己心中的那股怒气，并尽力装出一副威严而又冷淡的表情，但却装得不像。

“当然，这对于我也是无所谓。”她又说道。

“斯佳丽，不要以为我是在批评你！我没有。只是因为我们看问题的方式不同，适合于你的事情，也许并不适合于我。”

瑞特和梅兰妮会到地狱里去，那时，她就可以大喊道：“但是，我想与你看待事情的方式一样。告诉我你的真实意思是什么，这样我就可以明白此事，并照你的安排去做。”

可是有梅兰妮在场，她正为这种局面而痛苦地发抖，而瑞特正懒洋洋地咧着嘴笑话她，她勉强装出一种漠然地、忍气吞声地，概括一下自己的观点：“我相信，这是你自己的事，阿希礼，你根本也用不着我告诉你去怎样经营。但是，我必须要说明的是，我不明白你刚才的这种态度，和你说的话都是什么意思。”

哦，要是他们两个能单独在一块就好了，她那样就不必对他说出这引起态度冷淡的话来，这些话会让他不高兴的！

“但是你这种认识是错误的！”她再也抑制不住了，就大声喊道“看看我！你就会明白我的钱是怎样挣来的了。你也知道，在我挣到钱之前，当时的情况如何。你还记得在塔拉庄园的那个冬天，天气非常冷，我们把毯子剪下来当作鞋子穿，也填不饱肚子，并常想，我们怎样才能让小博和韦德受到一些教育呢。你还记得——”

“我记得，”阿希礼颇为疲倦地说道，“但是我巴不得早点忘掉。”

“嗯，你总不能说我们那时是快乐的吧？瞧我们现在，你有一个良好的家庭，有美好的未来。而我，有谁能比我的房子更豪华，比我的衣服和马匹更讲究呢？没人比我吃得更好，也没有人举行的招待会比我家的更豪华，并且我的孩子们想要什么就可以得到什么。嗯，我是怎样挣到钱使这一切成为可能的呢？从树上掉下来的吗？是来自犯人的劳动、商店的利润、租金以及——”

“不要忘了自己谋杀过北方佬的事，”瑞特轻描淡写地说，“你实际上是由他们发的家。”

斯佳丽猛地转过身来，看着他，正要发作。

“但是，这些钱也使你非常快乐，不是吗，亲爱的？”他带着恶意的微笑，问道。

斯佳丽突然张口结舌，停止了说话。她很快又看了看另一个人的眼睛。梅兰妮难过得快要哭了，阿希礼的脸色也突然变得很苍白、不愿意再说什么，瑞特吸着雪茄，毫不关心地看着她。她准备要大喊：“那当然，钱使你感到快乐！”

但是，不知为什么，她这话怎么也说不出口。

第五十八章

自从斯佳丽生病以来，她注意到瑞特发生了变化，她不能完全肯定自己喜欢他这种变化。他变得严肃、安静并且经常满腹心事。现在他常常在家吃晚饭，对仆人也更为和善，对韦德和艾拉也更加慈爱。对于他们过去的那些事，无论愉快与否，他从不提及，并且似乎在默默地暗示着她，不要再提起那些话题了。而斯佳丽也只有不再说什么了，因为这是他们很容易就能做到的。因此从表面上来看，日子过得是非常平静。从她病愈康复期间开始，他一直对她都有所疏远，但又彬彬有礼。他也不用那种温和而又拖长腔调的话来刺激她，也不讽刺她。现在她意识到，虽然他以前曾用过恶毒的话来刺激过她，并引起她强烈的反驳，但是他那样做的目的，却是因为他关心她所做的事和所说的话。现在她不知道他是否还关心她所做的一切。他现在的客气中却带着冷漠。她很想让他关心自己，虽然这种关心只是表面上在故意作恶。她也想过去的那种吵吵闹闹。

现在他对她很陌生，几乎把她当成陌生人一样。可是，以前他的眼睛经常盯着她，现在却在盯着邦尼，好像他的生活流向已经转向了窄窄的河道一样。斯佳丽有时候在想，如果瑞特把他那些慷慨地给予邦尼的关注与仁慈，能拿一半给她，他们的生活也会换个样子。有时候，当人们说“巴特勒船长太宠爱这个孩子了”的时候，她很难表现得很高兴。可是，如果她不笑，人们就会因此而感到奇怪。甚至斯佳丽自己也不愿意承认，她这是在嫉妒一个小女孩，特别是这个小女孩又是她最喜欢的孩子。斯佳丽总是想成为周围人们心中的第一位，可是，很显然，瑞特和邦尼两个现在一直都在别人的心目中占第一位。

最近几个晚上，瑞特总是外出，不过他晚上回家时是很清醒的。她经常听见他轻轻地吹着口哨，从她关着的房门走进大厅。有时候，他在后半夜时，还带着男人回家过夜，还会坐在餐厅里，一边喝着白兰地，一边聊天。这些男人不是他们结婚第一年时与他在一起喝酒的那些人。现在，他邀请来家做客的人中没有提包党人、没有无赖汉也没有共和党人士。斯佳丽有时也踮着脚尖慢慢地走到楼梯口去听，那里竟是雷内·皮卡德、休·艾尔辛、西蒙斯家的弟兄们，以及安迪·邦内尔的声音，梅里韦瑟爷爷和亨利伯伯也总是在那儿。有一次，令她感到大为惊奇的是，她听到了米德大夫的声音。而这些人过去曾认为瑞特应被判处绞刑，对瑞特来说也是有点太仁慈了！

斯佳丽总是把这群人同弗兰克联系在一起。这些天来，瑞特总是在外面待到后半夜才回家，这更让她想起了三K党人发动侵掠前聚会的时刻，结果是弗兰克在侵掠时丧失了生命。她记起了瑞特那些让人感到有点可怕的话，虽然他也希望上帝不要把这么沉重的负担放在他的肩膀上，为了获得别人的尊重，他甚至愿意参加他们那个该死的三K党。假如瑞特能像弗兰克——

一天晚上，瑞特在外面待的时间比平时还要更晚，斯佳丽再也无法忍住了。当她听到门上的钥匙响时，她就披上一件睡袍走进亮着煤气灯的大厅，并在楼梯的顶端碰到了他。当他看见她在那儿，他那茫然的、若有所思的表情顿时好像大为吃惊。

“瑞特，我必须知道！我必须知道你是否——是否加入了三K党——你在外面怎么待到这么晚才回来？难道你是——”

在燃烧着的煤气灯下，他不在意地望着她，然后就笑了起来。

“你太跟不上时代的发展了，”他说，“现在亚特兰大根本没有三K党。大概佐治亚也没有了。你这样认为，只不过是因为你一直在听那些拎包投机家和无赖汉朋友，讲述三K党暴乱的故事而已。”

“没有三K党了？你是在说谎安慰我吗？”

“亲爱的，我什么时候想方设法安慰过你呢？没有了，现在没有三K党了。我们在认真考虑后，都一致认为，三K党所做的事，是害大于利，它只能继续让那些北方佬骚动不安，并为布洛克州长阁下的造谣提供更多的素材。布洛克明白，要想保持他的职位，就要使联邦政府和北方佬的报纸相信佐治亚一直都在动荡不安，并且让他们相信，那里的每一片灌木丛中都有可能藏着三K党人。为了手握大权，他就要拼命地捏造一些并不存在的三K党暴乱的故事，说忠诚的共和党人士被系住大拇指悬挂起来了，忠实的黑人因强奸被私自处死了。不过他也明白，他的这些谴责都是无中生有的。谢谢你为我担心，不过，在我脱离了无赖汉，并成为一名卑微的民主党人以后，没多长时间，这儿就没有一个三K党人了。”

对于他所说的有关布洛克州长的那些话，她是一只耳朵进，一只耳朵出，并没有留意，因为在她的心中主要是为三K党的不存在而感到宽慰。瑞特不会像弗兰克那样被人杀掉，她就不会失去自己的商店和他的金钱了。不过他话中的一个词引起了她的高度重视。他说“我们”自然地就把他本人也包含在曾经被称作老自卫队队员中了。

“瑞特，”她突然问道，“三K党的解散，与你有什么关系吗？”

他看了她一会儿之后，他的眼睛又开始跳动起来了。

“亲爱的，我与这件事是有一些关系，阿希礼·威尔克斯和我是主要的负责人。”

“阿希礼，与你？”

“是的，这是非常平常的事情，不过却存在着一个事实。政治会使陌生人成为伙伴。无论是阿希礼，还是我，都不乐意把对方当作伙伴，可是——那个阿希礼，从来就不信任三K党，因为他反对任何形式的暴力。而我也从来不相信三K党，因为他们做的都是应受谴责的愚蠢行为，无法实现我们想要达到的目的。那样只能让北方佬控制住我们，直到天国的降临。阿希礼和我让那些性子急躁的人相信，观察、等待和积极的工作一定比那些穿着夜行衣蛮干和点燃着的十字架对我们会更有帮助。”

“你的意思是说，这些男人真的会听从你的劝告吗？像你——”

“像我这样的投机者？无赖汉？一个北方佬的同谋？你忘了，巴特勒太太，现在我是一个立场坚定的民主党人士。为了把我们热爱的州从掠夺者手中收复过来，我愿意献出自己的最后一滴血！我提出的建议，都是切实可行的，所以也就被他们采纳了。我的建议在其他的政治事务中也是切实可行的。现在在立法议会中，我们的民主党占了多数。而且很快，亲爱的，我们就会把我们以前的那些共和党好朋友，送到监狱里去了。近些日子以来，他们的行为有些过于贪婪，过于公开化了。”

“你要把他们投入监狱中去吗？哟，他们可是你的朋友！他们曾经让你参与铁路债券的生意，你从中赚了好几千呀！”

瑞特突然咧开嘴笑了，还是他那原先的那种带有嘲弄的微笑。

“哦，我对他们并不存在恶意，可是，我现在站在另一方的立场上，如果我有能力去帮助本党处置他们的话，我就会送他们到应该去的地方。而且这样做也会很快提高我的信用啊！我非常清楚这里面的一些交易内幕，如果议会开始对他们调查的话。我知道的事情是很有价值的——从现在的情形来看，这一切也不会离得太遥远了。他们也会对州长进行调查，如果有可能的话，他们会把他投入监狱的。最好告诉你的好朋友吉勒特家和亨登家，让他们准备好，一有消息，就离开亚特兰大城。如果人们能抓住州长，他们也会被抓住。”

斯佳丽目睹共和党人士在北方佬军队的支持下，在亚特兰大已经执政多年，因此也就无法相信瑞特的轻松言论。州长是一个有实力的人物，连议会都拿他没有办法，更不用说把他投进监狱了。“你怎能这样说呢？”她说。

“即使他不被投入监狱，他也不会被连选。我们下一次将要换一位民主党人做州长。”

“那么我认为你与此事有些关系吧？”她不无讽刺地问道。

“亲爱的，是的。我目前正参与此事，这也是我夜间在外面待到这么晚的原因。这和我当年拿着铁锹淘金子的时候相比，我对现在的工作更加卖力，尽力去帮助他们把这一次选举组织起来。同时——我也知道，这会让你伤心，巴特勒太太，我也正在为这次组织活动捐很多钱。你还记得吗，几年以前，你在弗兰克的商店里曾告诉我，说我保留南方邦联大量的金钱是不太老实吗？至少我慢慢地同意了你的看法，因此，南方邦联的金钱正被用来重建南方邦联的政权。”

“你这是在往耗子洞里大量地扔钱！”

“什么！你称民主党为耗子洞？”他嘲弄似的看着她，而后又毫无表情地平静了下来，“谁赢得这场选举与你绝对没有任何关系。而要紧的是人人都知道，我曾经为选举做过努力，并为选举花过钱。而且在将来的岁月里，这件事也会被人们记住，这会对邦尼有利的。”

“你说得这样慷慨激昂，我恐怕你真的要变了心肠。不过我也明白，你对民主党与你对别的事情一样，也是没有诚意的。”

“我的心根本没有变化，变化的只是表面。你可以擦掉豹子身上的斑点，但它同样还是一只豹子。”

大厅里的声音弄醒了邦尼，她便拼命地喊“爹爹”。瑞特于是从斯佳丽身旁走了过去。

“瑞特，等一下我还有一件事情要告诉你。下次的政治会议上，你一定别带邦尼去了。这样做好像不太好。在那种场合，怎么能让一个小女孩去呢？而且，这也让你看起来非常愚蠢。直到亨利伯伯提起这事，我还没有想到你会带她到那个地方去，他似乎认为我知道那些事，并且——”

他猛地转过身来，脸色沉了下来。

“爸爸正与朋友聊天，一个小女孩坐在他的膝头上，你怎么能有这样一个错误的认识呢？你也许认为我看起来很可笑，但是这并不可笑。数年以后，人们还会记得，当我帮本州赶走共和党人的时候，邦尼还坐在我的膝头上呢。许多年以内，人们都会记住的——”他脸上那种严厉的表情消失了，而眼睛中跳动着恶意的光芒，“你知道吗？当人们问她最爱谁时，她说‘爹爹和民主党’，问她最恨谁时，她说是‘无赖汉’，感谢上帝，人们会记住这事的。”

斯佳丽愤怒地提高了声音：“那么，我想你肯定告诉过她，我是一个无赖汉！”

“爹爹！”邦尼那小小的嗓音显得很生气地叫道，而瑞特却仍然在大笑着，穿过大厅向他的女儿走去。

这年的十月，布洛克州长辞去了他的职务，并从佐治亚逃走了。在他执政期间，滥用公款、浪费、贪污达到很严重的程度，以至于他统治的大厦不堪重负而摇摇欲坠了，甚至连他自己的政党都开始分裂了，人们的义愤也更加激化了。现在，在立法议会中，民主党人占有大多数，这意味着只有一件事情要做。布洛克明白他将要被调查，并担心被弹劾，他再也不能坐以待毙了，于是就偷偷地逃走了。经过安排，在他安全抵达北方之前，他辞职的消息都没有公之于众。

他逃走一个星期后，他辞职的消息最终被公布了，亚特兰大城内一片欢呼，群情激昂。人群涌向街头时，男人们在欢笑着握手庆贺，女人们则互相亲吻泪流不止。人人都举行欢快的庆祝宴会。喜气洋洋的孩子们点起了篝火，火花蔓延开来，忙坏了消防部门。

困境几乎就要过去了！重建工作就要结束！确切地说，代理州长也是一名共和党人，不过十二月份的选举即将来临，对于选举的结果如何，每个人的心中都很有把握。当选举到来的时候，尽管共和党人费尽了心机，佐治亚再一次拥有了一名民主党人州长。

亚特兰大此时又是一片欢呼和振奋，不过这一次与布洛克逃走时不同，这是一次更加清醒的、发自内心的欢呼；是一次发自心灵深处的感激之情的表现。教堂中也挤满了人，里面基督教的牧师们，正在虔敬地感谢上帝对佐治亚州的拯救。在兴高采烈的欢呼声中，人们感到了骄傲。让人们深感骄傲的是，不管华盛顿政府采取什么措施，也不管军队、提包党人、无赖汉以及本地共和党的阻挠多么严重，佐治亚州终于又回到了人民自己的手中了。

国会曾经针对佐治亚州，通过了七次压倒多数的议案，要把它划作一个被征服的省份，而军队也曾三次置民法于不顾。黑人们通过立法议会去寻求刺激，贪婪的外来者把政府管理得一塌糊涂，私人挪用公款使自己先富了起来。佐治亚曾经被彻底击垮，遭受百般欺凌，而又有些无可奈何。但是现在，佐治亚人民经过不顾一切的努力，终于使佐治亚获得了独立。

共和党人的突然垮台并不使每个人都欢呼雀跃。无赖汉、提包党人和共和党内的那些人都非常惊慌。吉勒特家和亨登家显然也得知了布洛克将在他公开辞职之前逃走的消息，他们也悄悄地地离开了这座城市，与他们来时一样，悄无声息地消失了。那些留下来的提包党人和无赖汉们也都是前途未卜，非常害怕，他们都在一起寻求安慰，不知道对于他们的那些个人私事，立法机构调查会将怎样揭露。现在他们再也不目空一切了，都很惊慌失措，非常担心。这些来拜访斯佳丽的太太们不停地说："可是谁能想到，事情的结果竟会是这样的呢？我们认为州长是非常有权力的，并且认为他还会在他的位子上待下去的。我们认为——"

尽管瑞特事先警告过她这些事的发展趋势，但事情的突然变化，同样使斯佳丽有点不知所措。尽管没有人相信她，她却并不为布洛克的逃走，以及民主党的卷土重来而感到难过，也不为北方佬统治的最终垮台而幸灾乐祸。她现在还清楚地记得，在当初重建的那些日子里，她在北方佬士兵和拎包党、投机家们，征收她的金钱和财产时所产生的恐惧。她还记得当时的她是多么无助，以及因此而产生的恐慌，她仇恨这种情景。但是在那时，为了更好地利用形势，获得绝对的安全保障，她只有与征服者同流合污。不管她多么讨厌他们，她还是和他们交往，并与她的老朋友以及旧的生活方式断绝了联系。可是现在，那些征服者的天下已经结束了，她曾经把赌注压在布洛克政权的存续上，但是，她输了。

1871 年的圣诞节，那是佐治亚州十多年来所过的一个最愉快的圣诞节，可是，这时的斯佳丽却谨慎不安地审视着周围的形势。她看到，瑞特曾经是亚特兰大最令人憎恨的人，可现在却成了最受欢迎的人之一，因为他已经放弃了共和党的异端邪说，并献出了他的时间、金钱，以及为了佐治亚的收复而出谋划策，做很艰苦的工作。当他骑马在街上行走的时候，一路上都在微笑着，举着帽子向人打招呼，邦尼则在马鞍上他的小蓝包裹上面坐着，人们也纷纷对他微笑着，热情地与他打着招呼，并慈爱地看着这个小女孩。然而，斯佳丽却——

第五十九章

人们都认为他对邦尼太放纵，这是毫无疑问的，需要对她严加管教，可是她这样讨人喜爱，没有人能够忍心对她进行严厉的约束。在她与她的父亲一块出去旅游时，她就开始不服管教了。她与瑞特去新奥尔良和查尔斯顿的时候，她就被允许想什么时候睡觉就可以什么时候睡觉，而且无论是在剧院里、饭店里，还是在牌桌上，她都是躺在瑞特的怀中睡觉。从那时起，她就不愿意与听话的艾拉同时睡觉了。她与瑞特一起外出的时候，她想穿什么衣服，瑞特就让她穿什么衣服。从这开始，当嬷嬷想要她穿上棉衣、戴上围兜，而不穿花边衣领的蓝塔绸衣服时，她还敢大发脾气。

想让邦尼像以前那样听话，似乎有点不可能了。因为她离家外出了一段时间，紧接着斯佳丽又因病去了塔拉庄园。在邦尼长大一点的时候，斯佳丽想管教管教她，不让她过于放纵、任性，但是收效不大。瑞特总是在赞同孩子的意见，而不论她的想法多么不可思议，或者她的行为有多么缺乏教养。他还鼓励她说，要把她当作成人看待，非常严肃地听她发表意见，并假装按她的意见办事。结果，邦尼经常随便干涉大人的事情，反对她的父亲，使他在她面前低声下气。对此，他也不过是一笑了之，甚至斯佳丽要打她的手心作为惩罚，他也不答应。

“如果这个小宠物不是长得那么漂亮可爱的话，她也不可能变成这个样子。”斯佳丽不由得暗自后悔想道，并且意识到她与自己一样，是一个具有坚强意志力的孩子。“她崇拜瑞特，他如果愿意的话，他是可以让她的行为变得更守规矩。”

但是瑞特并没有想让她学会懂礼貌的意向。不论她做什么事都是正确的，即使她想要天上的月亮，如果瑞特能够的话，也会给她摘到。她长得那么漂亮，看着她的卷发、脸上的酒窝儿、优美的姿态，都使他感到无限的骄傲。他爱她的活泼、她的激情，并很喜欢她向他表示爱时的那种古怪而又可爱的神态。虽然她的行为非常放纵、任性，但她仍是一个很可爱的孩子，他的确不忍心去约束她。同时孩子也把他当作上帝，做她小小世界的核心，对他来说，这太可贵了，他不愿意冒着要失去这种地位的危险而去惩罚她。

她像个影子似的缠着他。早上，在他醒来之前，她就把他唤醒。她挨着他坐在饭桌旁边，交替吃他和她自己盘子里的食物。骑马的时候她就坐在他的前面。她睡觉时，也一定要瑞特帮她脱衣服，并把她放在他床边的小床上。

看到自己的小女儿竟有这种铁的手腕去支配她的父亲，斯佳丽感到十分有趣，并深有感触。在所有的人中，有谁会想到，瑞特做起父亲竟是那么认真？但是，有时候，她突然间也会心生嫉妒，一个四岁的小邦尼，竟然比她过去更能理解瑞特，更好地控制住瑞特。

当邦尼只有四岁时，嬷嬷就开始唠叨“一个小女孩家，叉开两腿坐在她骑马的爸爸前面，衣服高高地飘起来，实在有些不太礼貌”。瑞特对嬷嬷的这种唠叨非常在意，他很在意嬷嬷所说的那些关于正确教养小女孩的话。结果他买了一匹褐白两色的什得兰小马，身上银色的马鬃和马尾巴都长得长长的，并配上一个带着银色饰物的偏坐马鞍。表面上这匹马是给三个孩子买的，他也给韦德买了一个小马鞍，可是韦德却非常喜欢他的圣诞亚狗，而艾拉则害怕所有的动物，所以这匹小马驹就成了邦尼一个人的了，并被命名为“巴特勒先生”。邦尼唯一的美中不足就是，她不能像爸爸那样跨着骑马，不过在瑞特向她解释偏鞍骑马是多么困难之后，她就感到很满足了，并很快就学会了骑法。瑞特为她稳当的坐姿和娴熟的手势感到骄傲。

“等到她再大几岁的时候，就可以出去打猎了。”他炫耀说，“在猎场上，将没人能像她那样勇敢，到那时候，我就带她去弗吉尼亚，那儿是真正打猎的地方。并到肯塔基州去，在那儿可以欣赏到好骑手。”

等到要为她做骑马服的时候，还像平时那样任她自己挑选颜色，她也像平常时那样挑选蓝色。

“可是，亲爱的宝贝！不要挑那种蓝天鹅绒，那种蓝色天鹅绒布料是为我做一件宴会礼服用的。”斯佳丽笑着说道，“优质的黑色布料最适合小女孩穿着。”看见她皱起了那又小又黑的眉毛，斯佳丽又说道：“看在上帝的份上，瑞特，请告诉她穿蓝色天鹅绒颜色，有些不太合适，并且还很容易弄脏。”

“哦，让她做一件蓝天鹅绒的吧。如果把衣服弄脏了，我们再给她做一件。”瑞特轻松地说道。

于是，邦尼就有了一件蓝天鹅绒骑马服，衣裙一直拖到小马的一侧，还有一顶插着一根红羽毛的帽子，这是因为梅兰妮姑妈听到杰布·斯图兰特帽子上插着羽毛的故事，就发挥她的想象力做成了这个样子。在阳光明媚、天空晴朗的日子里，人们就能看见他们父女两人骑马经过桃树街，并看见瑞特勒着他的大黑马的缰绳，和邦尼的小胖马以一样的速度前进。有时候，他们骑马经过城中那些僻静的道路时，吓得鸡、狗以及孩子们四散跑开，安静的道路上一片嘈杂。这时邦尼就用鞭子抽打她的“巴特勒先生”，她的卷发高高地飘扬着，而瑞特则用手牢牢地控制住他的马缰绳，这样邦尼也许还以为她的巴特勒先生在他们之间的比赛赢了呢。

当瑞特看到邦尼的坐姿、手势以及胆量也变大了以后，他就决定这是让邦尼学习跳栏的时候了，并在小马的短腿能到达的高度，建了一个低跳栏。他把跳栏建在后院内，并且每天付给彼得大叔的一个小侄子二角五分钱，让他教邦尼学习跳栏。他开始时，把一根横竿放在离地面二英寸高的地方，并逐渐地增加到一英尺的高度。

这种安排，对沃什、“巴特勒先生”以及邦尼三方来说，没有一方是赞成的，沃什本来就有点害怕马，只是因为那丰厚的报酬，才骑着这匹倔强的小马，一天跳栏十几次。而“巴特勒先生”对自己的小女主人拉它的尾巴，不停地检查它的蹄子，它也能温顺地忍受着，但却认为自己的小女主人并没有打算让它那肥胖的身体，一天中要越栏几十次。至于邦尼不能忍受亲眼见到别人骑在她的小马上。当沃什教她驯马的时候，她总是不耐烦地又蹦又跳。

当瑞特最后看到这匹小马的动作已经训练有素，并相信可以让邦尼骑在上面的时候，邦尼这才感到十分高兴。邦尼第一次跳栏时，就成功了。从此以后，除了与她父亲一起骑马跳栏外，别的就吸引不住她了。亲眼看到了他们父女俩的那种自豪与热情的劲头，斯佳丽情不自禁地笑了。然而她却以为，一旦他们的新鲜感消失，邦尼的兴趣就会转移到别的事情上了，而邻居们也会得到一些清静。但是这种活动并没有让她生厌。从后院尽头的亭子边上直到跳栏处，竟然被他们踏出了一条光秃秃的跑道。每天上午，院子里都充满了兴奋的呼喊声。曾在 1849 年做过陆上旅行的梅里韦瑟爷爷说，这种呐喊声听起来就像一名印第安人成功地剥掉一个人的头皮后回来时的呼喊声。

一星期后，邦尼要求提高一点横杆，达到离地位一英尺半的高度。

“要等你到六岁的时候，”瑞特说道，“到那时候，你的身体才适合跨更高一点的跳栏，我将给你买一匹大一点的马，因为‘巴特勒先生’的腿不够长。”

“马腿的长度足够了。我跳过了梅兰妮姑妈家的玫瑰丛，只是花丛太高了！”

“不行，你必须再等等。”这一次瑞特却是很坚定地说道。但是在邦尼的再三要求和吵闹声中，瑞特脸上那坚定的表情渐渐地消失了。一天上午，他笑着说：“哦，好吧，”并把窄窄的横竿提高了一点，“如果你摔下来的话，不许哭，也不能埋怨我！”

“妈妈！”邦尼抬起头朝斯佳丽卧室尖叫道，“妈妈，看我，爹爹说我能跳了！”

正在梳头的斯佳丽走近窗户，她看到这个非常兴奋的小家伙，穿着满是尘土的蓝骑装，真是太令人可笑了。

“我真该为她再做一件骑马服了，”她想道，“可是，天知道，我怎样才能让她换下这件脏衣服呢。”

“妈妈，你瞧！”

“我正看着呢，亲爱的。”斯佳丽笑着说道。

当瑞特抱起邦尼，把她放在马背上的时候，斯佳丽看见她挺起腰，骄傲地抬起头，突然自豪地喊道：

“你太漂亮了，亲爱的！”

“你也是。”邦尼大大方方地说道，并用脚猛地蹬了一个“巴特勒先生”的肋骨，穿过院子朝亭子飞驰而去。

“妈妈，看我这一次就要获胜。”她喊着，猛抽了一鞭。

看我这一次获胜！

斯佳丽心中已想起了很久以前的这一声喊叫，在这句话中似乎有一种不祥之兆。这是什么呢？她又为什么回忆不起来了呢？她低下头，看着她的小女儿，正非常轻巧地坐在疾驰的马背上。她的胸口猛地打了一个寒战，眉头皱了起来。邦尼正在冲刺，她那卷得特别紧的黑卷发正在飞快地抖动着，蓝眼睛里也闪烁着光芒。

“她的眼睛也和爸爸的眼睛一样。”斯佳丽想到，“一双爱尔兰人的蓝眼睛，而且她在任何地方都和他非常像。”

一想起杰拉尔德，刚才正在搜索的记忆突然闪现出来的答案，就像夏天那明亮的闪电一样，刹那间，就把整个乡下都投入到反常的光亮之中，她的心似乎停止了跳动。她似乎可以听到一个爱尔兰人的歌唱声，听到嘚嘚的马蹄声向塔拉庄园牧场的山坡急驰着，听到一个鲁莽的声音，就和她的孩子一样的声音：“艾伦！看我这一次获胜！”

“不行！”她喊道，“不行！哦，邦尼，停下来！”

还没等她从窗子上探出头来，底下就传来了木头的劈裂声、瑞特嘶哑的呼喊声，蓝天鹅绒骑装和马蹄在地上很快地踢蹬着，乱作一团。然后“巴特勒先生”从地上爬起来，背着一副空马鞍飞快地跑开了。

邦尼死后的第三天晚上，嬷嬷缓慢而又费力地登上了梅兰妮家厨房的台阶。她脚上穿着一双肥大的、开了叉并且可以随意穿脱的男式鞋子，头上戴着黑头巾，从头到脚全是黑的。她昏花的老眼中布满了血丝，眼圈也是红红的。她那肥胖身体上的每一个线条似乎都在痛哭，她像一只悲伤而又不知所措的老猿猴一样皱着面孔，不过她的下巴还能看出她是有主见的人。

她同迪西轻轻地说了几句话，迪西友好地点了点头，好像是她们之间长期存在的宿怨，现在已经悄悄地停止了。迪西放下手中的晚餐碟子，悄悄地经过食品间向餐厅走去。梅兰妮很快也来到了厨房，她手中拿着餐巾布，满脸的忧虑。

“斯佳丽小姐是不是——”

“斯佳丽小姐同以前一样，还能挺得住，”嬷嬷沉重地说道，“我本不想打扰你吃晚饭，梅兰妮小姐。但是我有句心里话，要急着告诉你。”

“晚饭可以等一下吃，”梅兰妮说，“迪西，你照料其他人吃晚饭。嬷嬷，跟我来。”

嬷嬷艰难地跟着她，穿过大厅，经过餐厅门口时，见餐厅里的阿希礼正坐在餐桌的上首，小博坐在他的身旁，斯佳丽的两个孩子坐在对面，他们手中的汤匙碰得叮当作响。餐厅里充满了韦德和艾拉愉快的声音。对于他们两个人来说，这一次在梅兰妮姑妈这儿待了这么长的时间，就像上次来参加野餐一样，让他们很开心。梅兰妮姑妈还是十分和善，尤其现在，更是如此。他们小妹妹的死，对他们两个的影响并不是太大。邦尼从马上摔下来以后，妈妈哭了好长时间，梅兰妮姑妈就把他们两个带回家来，与小博一起在后院里玩，并给他们一些茶点，他们想什么时候吃就什么时候吃。

梅兰妮把嬷嬷带进放有书架的小起居间里，关上门，示意嬷嬷在沙发上坐下。

“我正准备晚饭后过去，”梅兰妮说，“既然巴特勒船长的母亲已经来到，我想明天上午，就可以举行葬礼了。”

“葬礼，可不是吗?”嬷嬷说道，“梅兰妮小姐，我们都非常苦恼，所以来求你帮忙了。真令人讨厌的重担，亲爱的，真令人讨厌的重担。”

“斯佳丽小姐已经垮下来了吗?”梅兰妮担心地问道，“我几乎没见到她，自从邦尼——她一直待在她的房间里，而且巴特勒先生又不在家，而且——”

泪水突然顺着嬷嬷的黑脸往下流了。梅兰妮坐在她的旁边，轻轻地拍着她的胳膊。过了一会儿，嬷嬷撩起她黑裙子的边，擦干了眼泪。

“你一定要过来帮我们一下，梅兰妮小姐，我已经尽了最大的努力，但是一点作用也没有。”

“斯佳丽小姐——”

嬷嬷坐直了身子。

“梅兰妮小姐，你同我一样，对斯佳丽小姐很了解。当她小产需要帮助的时候，由于善良的上帝给予了她一些力量，她虽然伤心，但总算坚持住了。我要说的是瑞特先生。”

“我一直想去看他，但是不管我什么时候到他家里去，他要么已经去街上了，要么就是他把自己锁在房间里——而斯佳丽看上去又像是一个幽灵，什么也不愿意说——快点告诉我，嬷嬷，你知道，如果我能办到的话，我会尽力帮助你们的。”

嬷嬷用手背擦了擦自己的鼻子。

“我说斯佳丽小姐可以坚持住，因为她经历过好几次痛苦，而瑞特先生——梅兰妮小姐，他从未经历过痛苦，也决不想自己要经历那些痛苦的事。我是为了他才来找你的。”

“但是——”

“梅兰妮小姐，今天晚上，你同我一起过去，”嬷嬷声音急迫地说道，“也许瑞特先生听你的话，他总是认真地考虑你的意见。”

“哦，嬷嬷，这是怎么回事呢？你这是什么意思呢？”

嬷嬷挺起了腰板。

“梅兰妮小姐，瑞特先生他——他有些昏了头。他不愿意让我把小姐运出去安葬。”

“他糊涂了吗？哦，嬷嬷，不可能吧！”

“我没有说谎，确实是这样的。他不许我们埋葬孩子，这是他亲口告诉我的，还不到一个小时。”

“但是他不能——他不是——”

“所以我才说他糊涂了。”

“可是为什么——”

“梅兰妮小姐，我就从头都告诉你吧。我本来不应该把这些事告诉别人的，不过你是我们自家的人，所以我就告诉你了。我就从头告诉你吧。你也知道，孩子甚至就是他的生命。我从来没有见过一个男人，无论是白人或是黑人，像他那样疼爱孩子。当米德大夫说她的脖子断了的时候，他几乎像要疯了似的。拿着枪就跑出去把那匹小马给打死了。上帝啊，我认为他会开枪把他自己给打死的。我惊呆了，斯佳丽小姐当场就昏过去了。所有的邻居挤满了屋子。瑞特先生抱起孩子，他不让我给孩子洗一下脸。斯佳丽小姐苏醒过来后，我想，感谢上帝，他们可以相互安慰一下了。”

嬷嬷又开始流泪了，不过这一次她没有擦去。

“但是她醒过来后，就跑进他的房间，他正坐在那里，怀里抱着已死去的邦尼小姐，她说‘你得赔我的孩子，因为是你害了她。’”

“哦，不！她不能！”

“是的，她是这样说的。她说‘你杀了她。’我看到瑞特先生像只可怜的猎狗一样，我感到非常难过，就忍不住哭了。我对他说‘把孩子交给嬷嬷吧，我讨厌听你们这样说小姐！’我就把孩子从他怀中抱了过来，到屋里给她洗了洗脸。我听见他们两个那些争吵的话，我的血都快变凉了。斯佳丽小姐说他是杀人凶手，因为他不该让她试跳那么高的栏杆，而他说斯佳丽小姐不亲近邦尼小姐，也不关心她自己的孩子——”

“别再说下去了，嬷嬷，别再告诉我了。你把这些都不应该告诉我！”梅兰妮喊道，她听到嬷嬷描述的那种情景，使她的心开始缩成一团。

“我知道，我不应该来告诉你。可是我心里闷得慌，让我对谁说去呢。后来他亲自把邦尼抱到殡葬承办人那儿，又把她抱回到他自己的房间，放在她自己的那张小床上。而斯佳丽小姐说，应该把她放在客厅的棺材中。我以为瑞特先生气愤地打了她，他却非常冷淡地说：‘她应该放在我的房间中。’他转过身来对我说道：‘嬷嬷，你在这儿帮我看好孩子，等着我回来。’然后他骑上马出去了。他回来时，太阳已经落山了。我看见他已经喝得烂醉。不过他和往常一样，并没有发酒疯，就径直冲到了屋子里，对斯佳丽和贝蒂小姐以及来看他们的太太们也不理会，而是冲上楼梯，打开他的房间门，并开始喊我。我便尽快地跑了过来，他站在床边上，房间里很黑，我已经看不清他的表情，因为百叶窗都已经拉上了。

他看见我，就凶狠狠地对我说：“打开百叶窗，屋子里太黑了！”我急忙打开窗子，他看着我。上帝啊，梅兰妮小姐，我的双腿都不听使唤了，他看起来是那么古怪。然后他又说：‘去拿灯来，多拿几盏灯，并且让灯一直亮着。不能拉下百叶窗和窗帘。难道你不知道邦尼小姐害怕黑暗吗？’”

梅兰妮充满恐惧的双眼同嬷嬷对视了一下，嬷嬷不安地点了点头。

“他就是这样说的：‘邦尼小姐害怕黑暗。’”

嬷嬷全身都已经颤抖了。

“当我拿来十几支蜡烛时，他又说道：‘出去！’然后他就锁上了房门，坐下来陪着小小姐。斯佳丽小姐使劲捶着门喊他，他就是不开门。他这个样子已经两天了。他不愿意提起有关葬礼的事情。早上他锁上门就骑马出去了，到太阳落山的时候才醉醺醺地回来。然后他又把自己锁在屋里，不吃也不睡。现在他的母亲巴特勒太太，从查尔斯顿赶来要参加葬礼，苏伦小姐和威尔先生也从塔拉庄园赶来了，但是瑞特对他们任何人都不搭理。哦，梅兰妮小姐，太可怕了！而且事情还会更糟。因为再这样下去，大家都要为他担心了。”

“今天晚上，”嬷嬷停下来用手擦了擦鼻子，又说，“今天晚上，他回到家时，斯佳丽小姐在楼上的大厅里碰见了他，跟着他来到房间里，并对他说：‘葬礼定在了明天上午。’但是他说：‘如果那样，我明天就杀了你。’”

“哦，他肯定糊涂了！”

过了一会儿，斯佳丽小姐说：“你倒是一个好人。经常说这些话，最终害死了她，你的心满足了吧。”而他说：“难道你没有一点慈悲之心吗？”她回答说：“没有，我也没必要总是守着孩子。自从邦尼死后，你的举动像疯了似的。全城的人都在议论着你。你整天醉醺醺的，你以为我不知道你这几天都待在哪儿吗？你真是一个傻瓜。我知道你又去那个女人家里了，到那个贝尔·沃特林家里去了。”

“哦，嬷嬷，不！”

“是的，她是这样说的。梅兰妮小姐，她说的都是实话。黑人的消息比白人灵通。我也知道他到哪儿去了。但是我只是不说，而他自己也不否认。他说：‘是的，我一直都在她那儿，但是你用不着生气。你也用不着在乎我。家中快要成了地狱，而妓院就成为我的避难所了。贝尔是世界上心地最善良的女人，她不怪罪我，也不说我亲手杀死了我的孩子。’”

“哦。”梅兰妮喊道，她的心马上就要伤透了。

她自己的生活如愉快，如此无忧无虑，爱她的人紧紧地围在她的身边，而且对待她又那么亲热。因此嬷嬷所说的话是她是无法理解，也是难以置信的。可是，她又慢慢地想起那件事，她急着要忘掉的一幅画面，就像她想从心中摆脱一个关于裸体的记忆一样。瑞特哭着把头放在她膝盖上的那一天，他就曾提到过贝尔·沃特林，不过他爱斯佳丽，对此，她是不会弄错的。当然，斯佳丽也爱他。他们之间是怎么回事呢？一对夫妻怎么能用这种利刃，非要把对方切成碎片才甘心呢？

嬷嬷又沉痛地说了下去。

“过了一会儿，斯佳丽小姐从房间里出来了，脸色苍白得似一张纸，不过她还是紧紧地绷着下巴。她看见我站在那儿，她说：‘葬礼就在明天举行，嬷嬷。’然后她像个幽灵似的从我身边走了过去。我的心在剧烈地跳动着，因为斯佳丽说过的话是算数的，而瑞特说过的话也是算数的。他说过如果她那样做，他就杀了她。我不知道该怎么办才好，梅兰妮小姐，我的良心突然发现了，这也使我感到非常难过。梅兰妮小姐，小姐怕黑暗，都是我给吓唬的。”

“哦，不过嬷嬷，这没有关系——现在已经没关系了。”

“不，是有关系的。麻烦就在这儿。它促使我去告诉瑞特先生，即使他杀了我，我的良心也会好受一些。于是，趁他还没有锁上房门，我就飞快地溜进他的房间，我说：‘瑞特先生，我是过来认罪的。’他猛地转过身来，像个疯子似的说道：‘滚开！’上帝啊，我从没有如此害怕过！不过，我说：‘对不起，瑞特先生，请让我告诉你。否则，它会把我给折磨死的。小姐害怕黑暗是我引起的。’然后，梅兰妮小姐，我低下头让他打我，但是他什么也没有说。我又说：‘我不是真心吓唬她的。可是，瑞特先生，这个孩子——她的胆子也太大了，什么都不怕。别人都睡了以后，她却下了床，光着脚在屋内乱跑。我就有些担心、怕她把自己给碰着了。于是我就告诉她黑暗中有妖怪。’

“等我说完了——梅兰妮小姐，你知道他做什么了？他的脸色变得非常温和，并走到我身边，用手抓住我的胳膊。这两天来，他第一次有这种表现。他说：‘她非常勇敢，是不是？除了黑暗以外，她什么都不会害怕的。’见我哭了，他又说道：“好啦，嬷嬷，”并拍拍我，‘好啦，嬷嬷，别这么难过了。你告诉我，只会让我感到心里高兴。我知道你也爱着邦尼小姐，就因为你爱她，才这样做的，这无关紧要，最要紧的是一个人的良心。’那么，他友好的态度使我鼓起了勇气，于是我就大胆地说：‘瑞特先生，你看葬礼什么时间举行呢？’他马上沉下脸去，眼睛骨碌骨碌地看着我说：‘仁慈的上帝啊，我以为即使别人都不明白，你也应该明白这件事，我难道明明知道自己的孩子那么害怕黑暗，我还会把他放在黑暗之中吗？’梅兰妮小姐，我这才知道他已经糊涂了。他喝得醉醺醺的，而且他更需要的就是睡觉，是吃东西，但他一句话也不听。他完全疯了。他把我推了出去，并说：‘滚出去！’

“我一边下楼，一边想起他说过不能举行葬礼，而斯佳丽却说，明天要举行葬礼，他说，如果这样的话，他就杀死她。现在在他家里他的所有亲戚，以及他的所有邻居们，像一群珍珠鸡似的都在叽叽喳喳地商议这件事。因此我想到了你，梅兰妮小姐。你要过来帮帮我们。”

“哦，嬷嬷，我没法劝啊！”

“你没法劝，谁又能劝劝他呢？”

“但是，我能劝他什么呢，嬷嬷？”

“梅兰妮小姐，我不知道。但你总应该做些什么事，你也可以同瑞特谈谈，他也许会听你的。他非常尊重你，梅兰妮小姐。你也许不知道，他确实是这样的。我经常听他说，你是他知道的唯一的再好不过的太太。”

“可是——”

梅兰妮迟疑不决地站起身来。一想到要去见瑞特，心中就感到胆怯，一想到自己要去劝说那位被嬷嬷描述成忧伤得近乎疯狂的男人，就使她浑身发凉。一想要进入那间灯火通明的房子里，那里躺着他非常喜爱的小女孩，她的心里就有些难过。她能怎么办呢？她对瑞特说些什么呢？怎样才能减轻他的忧伤，让他恢复理智呢？她站在那儿犹豫了片刻，从关着的门外，传来了她儿子那响亮的笑声，假如她的小博浑身冰凉，他的笑声已经停止了，正直挺挺地躺在楼板上。

“哦，”她紧张得喊了起来，在她的想象中，她把他紧紧地搂在怀中。她知道了瑞特是什么样的感受了。如果小博真的死了，她怎么能忍心把他一个人与风雨黑暗放在一起呢？

“哦，可怜的，可怜的巴特勒船长！”她喊道，“我马上就去看他。”

她快速回到餐厅，与阿希礼轻轻地说了几句话，又紧紧地搂住她的小儿子，亲热地吻着他那金黄色的卷发，这使他感到有些惊讶。

她没有戴帽子就离开了家，她的手里仍然拿着餐巾，她的脚步那么快，使嬷嬷那年迈的腿难以跟上。一走进斯佳丽家的前厅，她就朝图书室里的人鞠了一躬，并朝着正在害怕的贝蒂帕特小姐、仪态高贵的巴特勒老太太以及威尔和苏伦鞠了一躬，就快步走上了楼梯，后面跟着气喘吁吁的嬷嬷。她在斯佳丽那紧闭着的房门前停了片刻，可是嬷嬷嘘了一声，说道：“别，别进去。”

现在，梅兰妮放慢了脚步，顺着大厅走到瑞特的房门前，停了下来。她犹豫不决地停了片刻，好像她想要逃走似的。然后她又像一个即将投入战斗的小战士一样，做好了充分的心理准备。她敲了敲门，并轻轻地喊道：“请让我进去，巴特勒先生。我是威尔克斯太太。我想看看邦尼。”

门很快被打开了。嬷嬷退回到大厅的阴暗之处，看到在明亮的烛光下，映射出瑞特那高大的身影。他的腿有些打战，从他的呼吸中，嬷嬷可以闻见一股威士忌的味道。他低头看了梅兰妮片刻，然后一把抓住她的胳膊，把她拉到屋里并关上了房门。

嬷嬷悄悄地、慢慢地移动到门旁的一只椅子上，疲倦地坐了下来。她那肥胖的身子使椅子几乎都快散架了。她静静地坐在那儿，默默地流着眼泪，并不住地祈祷着。她不时地撩起衣服边擦着眼睛。她尽力竖起自己的耳朵仔细听着，房间里除了时断时续的嗡嗡声以外，她什么也听不到。

过了好长的一段时间，房门吱嘎一声被打开了，梅兰妮那张苍白而有些紧张的脸探出了房门。

“快去给我拿一壶咖啡，几片三明治来。”

就像有恶魔在追赶她一样，嬷嬷像一个灵巧自如的黑人小姑娘似的，飞快地跑着，而进瑞特房间内的好奇心又让她跑得更快。但是，她的希望却成了泡影，因为梅兰妮只是把门拉开一条缝，把盘子接了过去。嬷嬷又一直在侧着她的尖锐的耳朵仔细听着，但是除了银餐具碰着瓷盘的叮当声，还有梅兰妮沉闷的说话声以外，她什么也听不清。紧接着，她听见了床的咯吱声，像是有一个沉重的身子压在了上面，接着就是靴子掉在地板上的声音。过了一会儿，梅兰妮又出现在门旁，嬷嬷虽然想从门缝里往里看看，但是什么也看不见。梅兰妮看上去很疲劳，睫毛上的泪花在闪着光，不过她的脸恢复了平静。

"去告诉斯佳丽小姐，说巴特勒船长已经同意明天举行葬礼。"她低声说道。

"感谢上帝！"嬷嬷突然说道，"你怎么——"

"不要大声说话。他要睡着了。另外，嬷嬷，还要告诉斯佳丽小姐我要在这儿待一夜，你去给我拿点咖啡来。把咖啡直接带到这儿来。"

"拿到这个房间中去吗？"

"是的，我已答应巴特勒船长，如果他愿意睡觉，我就在邦尼旁边坐一晚上。快去告诉斯佳丽小姐，这样她就不用再担心了。"

嬷嬷顺着大厅走了，她肥胖的身子压得地板发颤，她心中轻松地唱道："哈利路亚！哈利路亚！"在斯佳丽的门外，她停下来想了想，她心中充满了好奇和感激之情。

"我实在不清楚梅兰妮小姐是怎样劝说的，也许有天使在助她一臂之力。我就把明天可以举行葬礼的事告诉斯佳丽小姐，但是梅兰妮小姐陪伴着小姐的事，我最好留在心中，斯佳丽小姐听了会不高兴的。"

第六十章

世界上就存在着某种邪恶的东西，在斯佳丽的周围，就有一种阴沉的、令人恐惧的邪恶，就像在一片黑暗中，无法穿过的迷雾一样，正悄悄地从她的四周笼罩上来。对它的恐惧要比邦尼的死还要可怕得多，因为邦尼的死最初只是给她带来一种令人无法忍受的痛苦，到了现在，它已经慢慢地消失了，并无奈地接受了邦尼已经死了的现实。这种如此神秘而令人恐怖的灾难是非常顽固，仿佛是一种黑色的、裹着头巾的东西正在她的肩头上站着，又好像是她脚下的那片土地，只要一踏上去就会变成流沙似的陷了下去。

她从前也不知道有这种类型的害怕。她一直都坚定地植根于常识之上，她只害怕曾经经历过的那些事，如伤害、饥饿、贫穷、失去阿希礼的爱。不会分析的她现在试着思索一下，但是仍然是一无所获。她已经失去了最亲爱的孩子，不过她可以设法去忍受这个事实，就像她忍受其他重大的损失一样。她拥有健康的身体，拥有她所希望得到的大笔金钱，并且依然拥有对阿希礼的爱，虽然这些天来，她看见他的次数愈来愈少了。即使自从梅兰妮举行的那次惊奇宴会以前发生过那次丑闻之后，在她和阿希礼之间的那种难堪，也没有使她感到担心，因为她明白这种事情很快就会过去的。不过，她害怕的不是痛苦、饥饿和爱的失去。这些害怕都没有产生像这种邪恶所带来的恐惧那样厉害，把她给压垮了——这种恐惧很是奇怪，就像她在以前的梦中所产生的感觉一样，像是在一片浓浓的、飘荡着的迷雾中一样，她在其中猛跑着，心都快要炸裂了，又像是一个迷途中的孩子，找不到自己的避难所一样。

她还记得瑞特在以前，总是用他的嘲笑来帮助她摆脱这种恐惧。她又想起了他那宽阔的褐色胸膛，以及他那强壮的双臂所给她带来的安慰。于是她就转过身来望着他，实际上，这是几个星期以来，她第一次这样看他。而她看到的情景却让她感到胆战心惊，这个男人已经变得不再会笑了，也不再会安慰她了。

在邦尼死后的那段时间里，她一直都对他非常生气，同时她又非常悲伤。因此，她对他说话时，哪怕是在仆人面前，也一样毫不客气。她一直都在追忆着邦尼，听她那两条腿在飞快跑动时的啪嗒声和她那咯咯的笑声，所以她能想到，瑞特可能也在想着这些事，而且比她还要痛苦。在这几个星期里，他们见面后的说话很是客气，就像在同一个旅馆里相遇的那些毫无关系的陌生人一样，共同使用着同一间房子、同一张桌子，但决不涉及彼此的内心世界一样。

现在，她在害怕的同时，也感到很孤独，如果有可能的话，她早就想打破这一道障碍，但是她发现他一直都不与她亲近，好像在这种表面现象下，他也不希望与她深淡。现在她的怒火已经慢慢地消失了，她想告诉他，她不把邦尼之死归罪于他了。她想躺到他的怀里伤心，并说她也因女儿的骑马技术感到十分自豪，也曾为满足她的要求，对女儿有些过度放纵。现在她愿意为过去为了发泄自己的痛苦而对他进行的猛烈谴责，向他表示道歉，那时自己只不过是想借此减轻一下自己的痛苦而已。但是她一直都没有机会对他表达。他一直都在用一双黑眼睛茫然地看着她，使她没有机会对他说这些话，而那些表示歉意的话，一旦被搁置起来，就越来越感到难以说出口，最后也就不可能再说出口了。

她不知道他们之间为什么会这样。瑞特是她的丈夫，他们已经牢牢地结合在一起了，他们同床共枕，又生下了一个很可爱的孩子，然后又一起看着这个孩子过早地在黑暗中消失了。只有在这个孩子的父亲的怀抱里，她才能感到一种安慰，只有他们在痛苦之中的互相交流，才能有利于伤口的愈合，虽然这些记忆和忧伤在开始时也许非常令人伤心。可是他们之间现在的情形，即使她主动投入他的怀抱之中，也像在被一个完全陌生的人拥抱着一样。

他很少在家。当他们坐在一起吃晚饭的时候，他常常是醉醺醺的。以前那样在酒精的刺激下，显得更加文雅，更加刻薄俏皮，说的也是一些可笑而又带着恶意的事，让她忍不住大笑起来，而现在，一到晚上，他只是一声不响、心事重重地喝着酒，随着时间的流逝，他便喝得酩酊大醉。有时候，在黎明前的那一阵，她能听见他骑着马来到后院并不住地敲打着仆人的房门，以便让波克扶他上台阶，服侍他进屋睡觉。瑞特在以前总是要把别人灌醉到桌子底下，他自己却不受酒精的丝毫影响，再把他们扶到床上睡觉的。

以前他总是修饰得十分整齐，可是现在却经常是衣冠不整，就连在晚饭前，波克让他换一件衬衣时，都要非常生气地与他争执一番。威士忌酒的威力在他脸上已经明显有所表现，他眼中布满了血丝，脸上也过度肥胖，很不健康，下巴上长长的线条也变得模糊起来；那副曾经是肌肉发达而又高大的身躯，现在看起来却显得柔软、松弛了，腰身也开始粗了起来。

他经常彻夜不归，甚至也不让人送个信，就整夜待在外面。当然，他也许是在一个酒店的某个房间里醉醺醺地睡着了。不过在那时，斯佳丽总是以为他是在贝尔·沃特林那儿。有一次，她在一家商店里看到了贝尔，现在她是一个十分粗俗、早过了青春年华的那种中年人了，她那漂亮的相貌也已经消失了。虽然她涂着胭脂，穿着华丽的衣服，但是却太丰满了，看起来好像是一位母亲。贝尔看到了斯佳丽，也不像一些轻浮的女人，见了高贵的太太，就会垂下眼睛或者是公然不服地怒目相视，她却在目不转睛地盯着她，用一种急切的、近乎是怜悯的神色，在她脸上寻找着什么，倒把斯佳丽看得红起脸来。

现在，她不能因为曾经指责他害死邦尼，而无法去主动向他道歉一样，再也不能对他所指责，有所愤怒，不能要求他要忠于自己，也不能尽力去羞辱他了。在她的心中，有一种令人困惑的冷漠和一种让自己无法理解的烦恼紧紧地抓住了她。这种不愉快，是她以前所从来也没有经历过的。她感到自己特别孤独，她也想不起以前是否也这样孤独过。也许直到现在，她从来都没有时间去感受一下孤独的滋味。她感到了孤独的可怕，除了梅兰妮之外，她无法向其他人求助了。而现在，就连嬷嬷，她的主要支柱，也已经回到塔拉庄园，永远离开了自己。

嬷嬷没有解释要回去的原因。当她要回家的火车费时，只是用她那双疲惫的老眼，悲伤地看着斯佳丽。斯佳丽哭着恳求她留在家里，嬷嬷只是回答道："我像听见了艾伦小姐对我说：'嬷嬷，回家吧，你已经完成了你应做的工作。'因此，我就要回家了。"

已经听见了这场谈话的瑞特，给了嬷嬷一些钱，并拍着她的肩膀说：

"你做得很对，嬷嬷。艾伦小姐说得对。你在这儿的工作已经完成了。回家去吧。不论你什么时候需要什么东西，请你告诉我。"当斯佳丽还要再说些什么的时候，他愤怒地命令道："住嘴，你也真蠢！让她走！为什么要人家老在这所房子里待着——现在这里是——"

他说这些话时，愤怒的眼睛里好像在冒火，斯佳丽害怕地退到一旁。

"米德大夫，你认为他会——他会失去理智吗？"她问道。后来她实在感到无助，就驾车来请教医生了。

"不会的，"米德医生说道，"但是他再这么豪饮下去，会要了他自己的命的。他喜欢孩子，斯佳丽，我想，他喝酒的目的，是为了能够忘掉她。现在，我向你提出个建议，小姐，尽快再为他生个孩子。"

"唉！"斯佳丽离开米德的诊所时痛苦地想道。说起来比做要容易得多。如果孩子能带走瑞特眼中的那种表情，并能填补她自己心中的痛苦的话，她很愿意再生一个孩子，生几个孩子都行。生一个像瑞特一样的男孩，那么黝黑英俊，再生一个女孩。哦，至于再生的小女孩，要漂亮、活泼、任性并且要爱笑，而不像头脑简单的艾拉。为什么呢？哦，如果上帝不得不带走一个孩子的话，为什么不带走艾拉呢？现在邦尼已经死了，而艾拉又不能给她带来精神上的安慰。但是瑞特似乎不想再要孩子了，至少他从没有到过她的卧室，虽然现在她的门没有上过锁，并且常常像邀人进去似的半开着。他似乎是愿意那样做，现在，除了威士忌和那个邋遢的红头发女人以外，他好像对什么都没有兴趣。

现在他非常厉害、非常残忍，不像以前那样，嘲弄人时，能让人感到愉快，讽刺人时，也能让人觉得他很幽默。在邦尼死后，邻居家里许多好心的太太们都急着向他表示慰问，因为他对女儿的那种痴心的态度，一直得到了她们的好感。她们在街上拦住他，向他表示同情，或者隔着家中的篱笆墙与他讲话，表示能理解他的心情，可他毫不客气，总是粗鲁地打断了这些太太出于好心的吊唁。现在，邦尼去了，他的友善态度也随之而去了。

但是，非常奇怪的是，这些太太们并没有被他触怒，她们理解或者自以为理解他。当他傍晚回家的时候，醉得几乎坐不稳马鞍时，竟还对那些与他说话的太太们怒目而视，她们只是说道，“可怜的人啊！”并加倍努力地表达她们的善意和温柔。她们为他的遭遇感到非常难过，因为伤心的他骑马回到家后，也得不到斯佳丽的一丝安慰。

每个人都知道斯佳丽是那么冷酷无情。斯佳丽已经从邦尼之死中恢复了表面的平静，人人都为此感到惊骇不已。她们不知道，在这种表面上恢复过来的平静后，她所付出的努力。瑞特得到了全城人最亲切的同情，但是他不知道，也不在乎这些。斯佳丽却得到了全城人们的厌恶，但她同时又想接受老朋友们的同情。

现在，除了贝蒂姑妈、梅兰妮和阿希礼以外，没有一个老朋友到她家里来了。只有她的新朋友坐着闪亮的马车来拜访她，急切地向她表示同情，告诉她一些关于别人的闲言碎语，希望能以此转移她的注意力，但是她对此毫无兴趣。这些“新朋友”，都是外地来的人，他们不了解她，也永远不会对她有所了解。他们不知道在她搬入桃树街的府邸后，并达到目前这个安全而又显赫的地位以前，她是怎样生活下来的。他们在获得了价格高昂的锦缎服饰、成群的骏马这些胜利的果实以后，他们便不再愿意谈起自己以前过的是一种什么样的生活。他们不知道她的奋斗经历、她以前的贫困，以及得到了这所宽敞的房子、漂亮的衣服、银器和招待会的东西的历程。他们不知道，他们也不想知道。这些只有上帝才会知道他们来自何方的人，似乎总是靠事物的表面来生活。他们对于战争、饥饿和奋斗没有共同的经历，他们也没有在一个地方生活过。

现在，她在孤独之中，很想同梅贝尔、范妮、艾尔辛太太、怀廷，甚或令人敬畏的“老战士”梅里韦瑟太太在一起长谈。因为只有她们才了解她，她们都经历过战争、恐惧和火灾，都经历过过早失去亲人的痛苦。她们都经历过忍饥挨饿、衣衫破烂、勉强生存下去的生活。她们还都是在一片废墟上重新发财致富。

与梅贝尔坐在一起，回忆着梅贝尔在谢尔曼军队到来之前，在拼命逃跑时，埋掉一个死去的孩子的情形，对于斯佳丽，那确实是一种安慰。范妮的光临对她也是一种安慰，因为她知道在黑暗的戒严时期，她与范妮都失去了丈夫。与艾尔辛太太在一起，可以回忆在亚特兰大失陷的那些日子里，当她用鞭抽打着马匹，在五角场上穿行时，她的军用战利品纷纷从马车上掉下来的情形，那也是一件带着一种残忍而又让人感到可笑的趣事。如果把她的故事同梅里韦瑟太太的相比，也会让人感到很愉快。现在面包铺的利润，使梅里韦瑟太太的生活有了保障，然后她还会很高兴地说："你还记得，在刚刚投降时，那种情形是多么糟糕的吗？你还记得吗？当时我们要待在哪儿还不知道呢？再看看我们现在！"

是的，这些事很令人愉快。现在她才明白，为什么当两个南方邦联的人见面时，他们一谈起那场战争，就那么兴奋，充满了骄傲和留恋之情。那是让他们的心灵忍受煎熬的日子，不过，他们都挺过来了。他们是老战士，她也曾经是一名战士，但是她没有与亲密的伙伴一起重新回想那场战斗。哦，要是能再与她自己有着共同经历的人待在一起，那有多好啊！他们有过共同的经历，并知道他们所忍受的痛苦，而且她的经历他们大部分都经过！

但是，不知为什么，这些人都悄悄地溜走了。她知道这是她自己的错误。直到现在，她从没有在乎过——现在，邦尼死了，她感到又孤独又害怕，她看见在她那闪闪发光的餐桌对面，坐着一个黝黑的、反应迟钝的，已经不再具有完整人格的陌生人。

第六十一章

斯佳丽正在马里塔时，瑞特来了一封加急电报。她除了带着一个女用小手提包外，别的行李什么也没有带，把韦德和艾拉留在旅馆里同普里西在一起，十分钟以后，她就赶上了发往亚特兰大的一列火车。

到亚特兰大只有二十英里的路程，但是火车却在潮湿的早秋的一天下午，在慢吞吞地爬行着，在每一个小站都停下来让旅客上下车。瑞特的电报让她有点惊慌失措，急于到达目的地而几近疯狂的斯佳丽，在每一次停车时几乎都要尖叫起来。火车沿着铁路线，轰隆隆穿过模糊的、没有生机的森林，依旧留有曲曲折折的围墙的疤痕的红色山坡，驶过了昔日的大炮掩体和杂草丛生的弹坑，沿着当年约翰斯顿的军队，在非常艰苦的环境中且战且退的路线上行驶着。列车员报过的每一个车站，每一个交叉道都是一次战役的名字，一次小冲突的地点。它们一度曾激起斯佳丽对恐怖的回忆，可是现在，她再也没有心思去想这些事了。

瑞特的电报内容是：

"威尔克斯太太生病，速归。"

当火车驶进亚特兰大时，夜幕已经降临，毛毛细雨让全城变得迷迷蒙蒙。街上的煤气灯在雾中发出昏暗的光，好似一个黄色的光圈。瑞特带着马车在车站正等着她。他脸上的表情比他的电报还要使斯佳丽感到可怕。她以前从来也没有见到过他的脸色这样毫无表情。

“她还没有——”她喊道。

“不，她仍然活着。”瑞特把她扶上马车，“尽快地到威尔克斯太太家去。”他吩咐车夫道。

“她怎么了？我不知道她生病了，上星期她看起来还是好好的。她发生什么事了吗？哦，瑞特，它不会真的有这么严重吧，像你——”

“她快死了，”瑞特说道，他的声音和他的脸色一样毫无表情，“她想见你一面。”

“梅兰妮不会死！哦，梅兰妮不会死！她发生什么事了？”

“她流产了。”

“一次——一次——流——产，瑞特，她——”斯佳丽语无伦次地说。这个可怕之至的消息一说出口，她便紧张得喘不过气来了。

“你不知道她要生孩子吗？”

她甚至连头都不会摇动了。

“啊，是的，我想你不会知道。我认为她一定不会告诉任何人的。她想使它成为一件让人惊喜不已的事情。但是我知道。”

“你知道？但是她肯定不会告诉你的。”

“她不必告诉我。我知道。近两个月来，她一直都非常——愉快。我知道这不会有别的什么原因。”

“可是，瑞特，医生说过，她要是再生孩子的话，会把她自己给害死的。”

“确实已经害死她了。”瑞特说着又对车夫道，“看在上帝的面上，你不能走快点吗？”

“可是，瑞特，她不能死！我——我不——，我——”

“她不像你那样强壮。她本来就没有多少力气。除了一颗爱心，她什么也没有了。”

马车摇晃着到了一排小平房的前面，悄无声息地停了下来，瑞特扶着斯佳丽下了车。斯佳丽又害怕得浑身发抖，一种孤苦无依的感觉又猛然袭上心头，她紧紧地抓住他的胳膊。

“你进来吧，瑞特。”

“不。”他说着回到了马车上。

她快步走上前台阶，穿过走廊，然后推开了房门。在黄色的灯光下，坐着阿希礼、贝蒂姑妈和英迪亚。斯佳丽心想：“英迪亚在这儿干什么呢？梅兰妮不是告诉过她，不让她再进这个家门了吗?”看见她，三个人都站起身来。贝蒂姑妈咬着颤抖的嘴唇，想让它不再哆嗦，英迪亚那双忧伤而不带恶意的眼睛在定定地看着她。阿希礼看来像个反应迟钝的梦游者一样。他走到她的身旁，把手放在她的胳膊上，说话也像个梦游者似的。

“她要见你，”他说道，“她要见你。”

“现在我可以看看她吗?”她转身望着梅兰妮房间紧闭的房门。

“不行。现在米德大夫在里面。你的到来使我感到高兴，斯佳丽。”

“我会尽快赶来的，”斯佳丽脱掉了她的帽子和大衣，“火车——她不是真的——告诉我，她好点了，是不是，阿希礼？告诉我！不要这样！她不会真的——”

“她不停地说要见你。”阿希礼望着她的眼睛，说道。她从他的眼中找到了自己所要的答案，刹那间，她的心停止了跳动，然后就有一种奇怪的恐惧感敲打着她的胸口，比忧虑和悲伤都强烈得多。“这不会是真的。”她想道，并尽力压抑着心中的这种恐惧，“是医生弄错了。我想，这不是真的。我无法让自己承认这个事实，如果真的是这样，我会尖叫起来的。我必须想些别的什么事。”

“我决不相信!”她大声喊道，并向他们三个人都瞪了一眼，好像是禁止他们说这样的话，不要反驳自己，“那么，梅兰妮为什么不告诉我？如果我知道了，我决不会去马里塔的!”

阿希礼回过神来，显得很痛苦。

“她不告诉任何人，斯佳丽，尤其是不告诉你。她害怕如果你知道了，一定会批评她的。她想等到——等到她认为自己的安全有把握之后，再让大家兴奋地大吃一惊，说她的大夫犯了一个什么样的错误。她非常高兴。你明白她是如何对待孩子的——她多么想要一个小女孩。并且什么事情都很顺利，直到——然后，就毫无缘由地——”

梅兰妮的房门被静静地打开了，米德大夫走进大厅，并随手把它关上了。他站了片刻，花白的胡须垂在胸前，盯着突然怔住了的四个人。他把目光最后落到了斯佳丽身上。当他向她走近的时候，她看见了他眼中也是充满了忧伤，同时也有一种不满和蔑视的神情，这使她那颗正在害怕的心，又涌起了一种内疚感。

“你终于来了。”他说。

没等她答话，阿希礼就向关着的房门走去了。

“你还不能进去，她想与斯佳丽说说话。”

“大夫，”英迪亚拉住他的衣袖说道，她的声音虽然平淡，但她的话更引人注意，“让我看她一下吧。我从早上一直都等在这儿，可是她——就让我看一眼吧。我想告诉她——必须告诉她——对于——那件事，是我错了。”

她说话时并没有看阿希礼和斯佳丽，但是，米德大夫冷淡的目光，却落到斯佳丽的身上。

“我知道，英迪亚小姐，”他简洁地答道，“但是，只有你对我做出承诺，不能因为要告诉她你错了，就要耗尽她的力气。她本来就知道你是错的，听到你的道歉，只会让它更为烦恼。”

贝蒂胆怯地说：“请米德大夫——”

“贝蒂小姐，你知道你还会尖叫的，并会晕倒的。”

贝蒂挺直了她矮胖的身躯，目不转睛地看着大夫。她的眼里没有了泪水，上面的每一条曲线都显示了她的尊严。

“嗯，好吧，亲爱的，稍等一下，”大夫较温和地说，“过来，斯佳丽。”

他们两个踮着脚尖，沿着大厅走向关闭着的房门，大夫的手紧紧地抓住了斯佳丽的肩膀。

“现在，小姐，”他简短地低语道，“你不许这样哭叫，也不许在要死的人的床前忏悔，否则，在上帝的面前，我就拧断你的脖子！你不用这么呆呆地看着我。你明白我的意思。梅兰妮小姐要舒舒服服地死去，你不能为了减轻良心上的痛苦，就告诉她自己与阿希礼的那些事情。我从没有伤害过一个女人，但是如果你现在说了这些——你必须对我负责。”

还没有等她答话，他就打开了房门，把她推进房间，并关上了她身后的房门。在小房间里，在半明半暗之中，搁置着几件价格低廉的黑胡桃木家具。房间里放着一盏灯，用报纸遮着。地板上铺着干净的、褪了色的旧地毯。这些都与斯佳丽那豪华卧室里的那些精雕细镂的家具、粉红色的锦缎帐子以及绣有玫瑰图案的地毯相比，有着很大的不同。

梅兰妮躺在床上，在毯子的下面，蜷缩着扁平的身子，像个小女孩似的。两条黑辫子，放在脸的两侧，闭着的双眼下，显露出两个紫色的圆晕。一看到这种情况，斯佳丽就站在那里，一动不动地靠在门上了。尽管房间里灯光昏暗，她仍可以看见梅兰妮那蜡黄的面孔，已经没有一丝血色，就连鼻子看起来也缩小了。在这以前，斯佳丽一直希望米德大夫弄错了。现在她才明白，在战争期间的医院里，她曾经见到过许多这种缩小后的面容，不会不明白这不可避免的预示。

梅兰妮已经奄奄一息了，但是她心里，一时还无法接受这个事实。梅兰妮不能死。对她来说，死是不可能的。当她——斯佳丽很需要梅拉尼时，上帝决不会让梅拉尼死的。以前她从没有想起过她是否需要梅兰妮。可是现在，事实像潮水一样涌到了她心灵的最深处，她相信梅兰妮，甚至就像相信她本人一样，不过，她以前却从没有意识到这一点。现在，梅兰妮就要死了，斯佳丽终于明白过来了，没有她，她也无法生活下去了。现在，当她踮着脚尖，穿过房间，向她那安静的身体走过去的时候，心中充满了恐惧。她明白，梅兰妮一直就是她的剑，她的盾，她的安慰，她的力量。

"我一定抓住她！我不让她离开！"她想到这里，就坐在了床边，裙子一阵沙沙作响。她急忙抓住梅兰妮那只放在毯子上的很虚弱的手，可梅拉尼那冰冷的手又把她吓了一跳。

"我来了，梅兰妮。"她说。

梅兰妮的眼睛睁开了一条缝，然后，好像是已经满足了似的，真的是斯佳丽，她又闭上了双眼。停了一会，她换过一口气来，低声说道：

"答应我吗？"

"哦，什么事！"

"小博——照顾他。"

"我把他交给你了，"她脸上露出了微弱的笑意，"我以前就把他交给你了——记得吗？——在他出生前。"

斯佳丽只能点点头，她的喉咙中有一种要窒息的感觉，她只得轻轻地按了一下她握着的手，表示同意。

她想起来了吗？她怎么能忘记那一天呢？那些可怕的日子，仿佛又清晰地闪现在她的眼前，她好像感受到了在九月的一个很闷热的中午，想起了她对北方佬的恐惧，听见了军队正在撤退的脚步声，想起了梅兰妮正在哀求自己的声音，假如她死了，就请她把孩子带走——也想起在那一天，她是多么恨梅兰妮，并希望她快点死掉。

"我已经把她给害死了，"她在迷信的痛苦中想道，"我经常希望她能死去，上帝一定是听见了我说的话，正在惩罚我。"

"哦，梅兰妮，不要这样说话！你知道，你会挺过这——"

"不，答应我。"

斯佳丽哽咽着。

"你知道我会答应你的。我会像对待我自己的儿子一样对待他。"

“送他上大学吗?”梅兰妮用微弱平淡的声音问道。

“哦，是的！大学、上哈佛大学、去欧洲，他要什么就会得到什么——还有——还有——一匹小马——还要上音乐课——哦，梅兰妮，一定要挺住！一定要努力!”

两人又陷入了沉默，梅兰妮的脸上显现出的那种努力的神态，正在聚集着力量，好像还有话要说似的。

“阿希礼，”她说道，“阿希礼和你——”她的声音又颤抖着停了下来。

一提到阿希礼的名字，斯佳丽的心又停止了跳动，像花岗石一样冰冷。梅兰妮一直都知道。斯佳丽把头放到毯子上，只觉得有一只很残酷的东西，正堵在自己的喉咙里，使她呜咽着说不出话来。梅兰妮早就知道。现在，斯佳丽已经感觉不到羞耻了，除了一种强烈的悔恨外，她已经没有了别的想法。她恨自己这么多年以来一直在伤害着这个温柔的女人，梅兰妮早已知道这些事——然而，她一直是她最忠实的朋友。哦，如果她能够从头开始做起的话！她决不会再瞧阿希礼一眼。

“哦，上帝啊!”她急切地祈求道，“请一定让她活下去吧！我要补报她，我要善待她。只要你让她康复，只要我活着，我就决不会再与阿希礼说话!”

“阿希礼，”梅兰妮微弱地说着话，伸出手来摸着斯佳丽那低垂着的头。用她的拇指和食指夹住斯佳丽的头发，拉了拉，就像婴儿一样没有一点力气。斯佳丽知道这都意味着什么，知道梅兰妮想让她抬头来。但是她不能抬头，不能与梅兰妮的目光相对，不能去理解她眼中的一切。

“阿希礼，”梅兰妮又低声说道。斯佳丽再也控制不住自己。即使在接受上帝审判的时候，当她看着上帝，从他的眼里看出对自己的判决以后，也不会像现在这样让她如此难受。她的灵魂在畏缩着，不过，她还是抬起了头。

她看到的还是那双充满爱意的黑眼睛，只是显现出了一种弥留之际的下陷和呆滞，还是以前那样温柔的嘴唇，正痛苦地用力挣扎着，要进行最后的几口呼吸。她脸上没有表现出批评、指责，恐惧——而只是显出一种有些焦急的神情，她也可能已经没有说话的力气了。

刹那间，斯佳丽感到大为震惊，甚至感觉不到自己的那些痛苦。然后，她更紧紧地握住梅兰妮的手，感到心中有一股感激上帝的暖流，涌上了她的心头。自从孩提时代以后，这是她第一次，至诚至恳地祈祷着。

“谢谢你，上帝，我知道我不配这样做，但是，还应该感谢你没有让她知道那些事。”

“阿希礼怎么了，梅兰妮？”

“你愿意——照顾他吗？”

“哦，会的。”

“他患感冒——很容易。”

她停顿了一下。

“照顾他——他的生意——你知道吗？”

“是的，我知道。我会那样做的。”

她做了一次很大的努力。

“阿希礼没有——经验。”

只有临死之时，才能强迫梅兰妮对他进行批评。

“照顾好他，斯佳丽——但是——不要让他知道。”

“我会照顾他和他的生意，我决不会让他知道。我会给他提一些建议的。”

当她再次同斯佳丽对视时，梅兰妮竭力露出一丝微笑，那是一种胜利的微笑。她们的相互一瞥就达成了一项协议，在这个残酷的世界上，保护阿希礼的责任，从此就从一个女人传到另一个女人的身上了，而且又不能让阿希礼知道，以免伤害他男子汉的自尊心。

现在，那张疲倦的面孔已经不再挣扎了，好像斯佳丽的承诺，已经让她放心了。

“你太精明了——太勇敢了——对我一直都很好。”

听到这些话，斯佳丽的喉咙，已经在不由自主地呜咽起来了，她急忙用手捂住自己嘴。现在，她要像个孩子似的大哭起来：“我是个魔鬼！我对你太不公正了！我从没有为你做过任何事！这都是因为阿希礼才做的。”

她猛地站起身来，用牙齿咬住她的拇指，以恢复她的自制力。瑞特的话又在她耳际响起来：“她爱你，就让她的爱成为你身上的十字架吧。”唉，现在，这个十字架，就要更加沉重些了。她曾经试着用各种阴谋，把阿希礼从她的身边挖走，这本身就是不道德的事。可是现在，更加让她感到悔恨的是，梅兰妮在一生中，都在盲目地信任着自己，在弥留之际也一样爱着她、信任她。不，她不能把真相给说出来。她不能再说：“要努力地活下去。”她必须让她轻松地离去，不再挣扎，不再流泪，也不再有忧伤。

门轻轻地打开了，米德大夫站在门槛上，急急地向她招手。斯佳丽就俯在床上，强忍着泪水，拿起梅兰妮的手放在她的脸上。

“晚安。”她说，声音比她想象得要平静多。

“答应我——”声音虽然很低，却显得非常温柔。

“什么事，亲爱的。”

“巴特勒船长——要好好地对待他，他——非常爱你。”

“瑞特。”斯佳丽困惑地想道。这句话对她来说已经没有意义了。

“是的，的确。”她无意识地说着，在她手上轻轻地吻了一下，就把它放到床上去了。

“告诉那两位女士，让她们马上到这里来。”当她走出房门的时候．米德大夫低声说。

透过泪水模糊的双眼，她看见英迪亚和贝蒂跟着医生走进了房间，紧紧地用手抓住她们的裙子，免得再沙沙作响。房门被她们关上了，房间里静悄悄的。没有看见阿希礼在哪儿。斯佳丽把头靠在墙上，像一个淘气的孩子，正躺在角落里，揉着她那有些疼痛的喉咙。

在那扇门后，梅兰妮就要死了，随她而去的，还有多年来她不知不觉中所依赖着的那种力量。这是为什么呢？哦，为什么她以前不知道自己非常爱她，也很需要梅兰妮呢？可是谁又能想到，瘦小而又普通的梅兰妮，竟是一位值得信赖的人呢？梅兰妮在陌生人面前，只会害羞得流下眼泪，胆怯得不敢大声发表自己的意见，害怕老太太们对她表示不满，梅兰妮甚至连对一只鹅说呸的勇气也没有。然而——

斯佳丽的思绪又回到了很多年以前，在塔拉庄园的那个寂静而又炎热的中午。当时一团灰色的烟雾正在一个身穿军服的尸体上缭绕着，梅兰妮站在楼梯的顶端，手中拿着查尔斯的军刀。斯佳丽记得她当时想着：“太傻了！梅兰妮甚至连个刀都举不起来。”但是，现在她才明白，如果必要的话，梅兰妮会冲下楼把那个北方佬给杀死的——或者她自己被杀。

是的，那天，梅兰妮手中握着的军刀，就是为她的战斗所做的准备。直到现在，当斯佳丽伤心地回顾过去的时候，她才意识到，梅兰妮总是站在她的旁边，手中拿着刀，不露声色地与自己形影不离，以盲目的热诚爱着自己，为自己去战斗，去与北方佬、火灾、饥饿、穷困、公众的舆论甚至她爱着的亲人作战。

当斯佳丽在她和世人之间一直挥舞着的军刀已经永远要插入刀鞘的时候，她感觉到自己的勇气和自信也要逐渐消失了。

“梅兰妮是我唯一的女朋友。”

她孤独地想道：“除了母亲以外，她是唯一一个真正爱着自己的女人了。她非常像母亲。每一个认识她的人，都想与她结交。”

突然，她好像感觉到正躺在紧闭着的门里面的是艾伦，她又一次要离开这个世界了。突然，她觉得自己又回到了塔拉，她耳边的世界仍然是一片凄凉。她明白自己在失去那个柔弱、温和、善良而又令人敬畏力量的帮助，就再也不敢直面人生了。

她站在大厅里，有些害怕，又有些犹豫不决，起居室里闪烁的灯光，让她在周围的墙壁上投下了长长的而又有些模糊的影子。房子里死一般地寂静，就像是冰冷的细雨浸透了她的全身。阿希礼！阿希礼在哪儿呢？

她像一只冰冷的动物想找到火那样，就到起居室里去找他，但是，他不在那儿。她必须找到他。她已经发现了梅兰妮的力量和自己对这种力量的依赖，只是在她发现这种力量的同时，她也失去了它，但是，阿希礼仍然活着。阿希礼的健壮、聪明，也能给人以安慰。在阿希礼的爱中，存在着一种力量，可以战胜她的软弱，具有一种勇敢，可以去除她的恐惧，具有一种舒适可以缓解她的悲哀。

“他肯定在他的房间里。”她想到这里，就踮着脚尖沿着大厅走去，她轻轻地敲了敲门。屋子内没人应答，于是她就推开了房门。阿希礼正站在梳妆台的前面，眼睛盯着一双梅兰妮已经修补过的手套。他先是拿起一只看了看，好像他以前从没有看见过似的，然后他又轻轻地把这只手套放下了，好像它是玻璃做成的，紧接着他又拿起了另一只。

她声音颤抖着叫道：“阿希礼!”阿希礼慢慢地转过身来，望着她。在他灰色眼睛中，那种呆滞冷漠的神色消失了，还是像平时那样，睁得大大的；从他的眼睛中，她看到了与她自己的一样恐惧的神情，只是比她更显得无助罢了，还有她永远不明白的那种强烈的困惑。看着他的面孔，她比刚才在大厅里所产生的恐惧，还要更加增强一些。

“我有点害怕。”她说，“哦，阿希礼，快扶着我，我太害怕了!”

他并没有向她移动脚步，只是呆呆地看着她，双手紧紧地抓住手套。她把一只手放在他的胳膊上，低声问道：“怎么了?”

他在她脸上急切地搜寻着，好像在寻找一件东西，却是没有找到。最后，他才开口说道，不过他的声音完全变了一个样。

“我也正需要你，”他说道，“我正要跑去寻找你——像一个寻找安慰的孩子那样跑着——但是，我却发现了一个比我还要害怕的孩子，正向我跑来。”

“你不——你不要害怕，”她喊道，“没有什么能让你害怕的。可是我——你总是非常坚强的——”

“如果我曾经坚强过，那是因为有她在身后支持着，”他说到这里，就停了下来，低下头看着那只手套，并摸着上面的指头，“而且——而且——我所拥有的力量都随她而去了。”

在他那低沉的声音中，带有一种极度绝望的口气，这让她从他的胳膊上拿下了自己的手，向后倒退了一步。在他们之间的沉默之中，她感觉到这是她第一次真正对他有所理解。

“为什么，”她慢慢地说，“为什么，阿希礼，难道你真的爱她，是不是?”

他像是费了好大的劲才说道。

“她是我曾经拥有过的唯一梦想，她生活着、呼吸着，在现实的面前永远不会失去。”

“梦想!”她想道，不由得又像从前那样愤怒起来，“梦想总是与他在一起!他总是这么古怪!”

于是，她心情沉重而又略带烦恼地说：“你一直是这样的一个傻子，阿希礼，你为什么不能早一点知道，她比我要好一百万倍呢?”

“斯佳丽，请不用再说了！要是你能知道，自从医生——我是如何挺过来的就行了。”

“你是怎样挺过来的！难道你以为我——哦，阿希礼，你也应该知道，多年以前，你为什么不早点知道？你爱的是她而不是我！所有的事情都会是完全两样了，那么——哦，你本来也应该意识到，而不该用你的那些有碍荣誉和牺牲的言论，让我苦恋着你！如果几年前就这样告诉我的话，我本来——也会伤心欲绝，但是，我还是会设法挺过来的。你一直要等到现在，等到梅兰妮奄奄一息的时候，你才发现这一点，现在已经太晚了，已经无法挽回了。哦，阿希礼，男人应该明白这些事情——而不应该让女人——你应该清楚地看到，你始终是在真心地爱着她，而不是我，之所以要我，就像——就像瑞特要沃特林的那个女人一样!”

他听到她说的这些话，不由得有点畏缩了，但是他的目光仍在与她的目光相对视，好像在哀求她不要再继续说下去了，并想从她眼睛里得到一点安慰。他脸上的每一根皱纹都说明了她所说的话的真实性。他低垂着的肩膀，说明了他内心的自责，要比她给予的任何责备都要残酷。他默默地站在她的面前，手里紧握着那只手套，好像它是一只善解人意的手似的。在沉默之中，随着她情感的发泄，她的愤怒也就慢慢地消失了，代之而起的是，带有轻蔑的怜悯之情。她受到了良心的谴责。她正攻击着一个被打败之后、毫无防卫能力的人——况且，她已经答应梅兰妮，她会好好照顾他的。

“而我刚刚答应过她，就对他说出这些卑鄙的、有伤感情的话，这些话不需要我对他说，也不需要别人去说。他自己也明白这个道理，而且他心里也正忍受着煎熬。”她无奈地想道，“他是一个像我一样的孩子，还没有长大成人。因为害怕要失去她心中才忧伤不已。梅兰妮很理解他的心情——梅兰妮对他的理解，远胜于我对他的认识。这就是她为什么说，在照顾好小博的同时，也要把他照顾好的原因。阿希礼怎样能受得了呢？我是受得了的，我可以忍受一切，我是什么都受得了的，因为不得不忍受而已。但是他不能，他要是没有了她的支持，就什么也忍受不了。"

"原谅我，亲爱的，"她温柔地说着，伸出了她的双臂，"我也明白，在你的心中，一定非常痛苦。不过，你要记住，她什么也不知道——她也从没有过怀疑——这是上帝在保佑我们。"

他快步走近她，急忙把她搂在怀中。她踮着脚尖，把她温暖的脸颊舒服地贴在他的脸上，伸出一只手，轻轻地抚摸着他后面的头发。

"别哭了，宝贝。她让你勇敢一些。她马上就要看到你了，你一定要坚强一些。决不能让她看见你一直在哭，她会为这些担心的。"

他紧紧地搂住她，以致她呼吸都感到有些困难，她只能听到他哽咽的声音。

"我能做些什么呢？我没有办法——没有她我就无法生活下去了！"

"我也活不下去了。"一想起在将来的漫长的年代里，没有梅兰妮的情景会是怎样，她就不停地颤抖，不过她还是要克制住自己。阿希礼正要依靠她，梅兰妮也正要依靠她。就要像以前那样，她在塔拉庄园的月光下心中暗想："重担是要由非常有力的双肩来承担的。"是的，她决不能崩溃。阿希礼的双肩已经没有力气，她的双肩更要坚强有力一些。她要为那副重担而挺直自己的腰杆，带着她完全意识不到的平静，毫无兴奋、渴望或激情，只是很冷静的，亲吻着他那有些潮湿的面颊。

"我们应该想办法——无论如何。"她说道。

大厅里突然传来了猛烈的开门声，米德大夫在急切地喊道：

"阿希礼！快过来！"

"我的上帝！她已经死了！"斯佳丽想道，"可是阿希礼还没有与她诀别呢！不过，也许——"

"快点！"她大声喊道，并推了他一下，他还目瞪口呆地站在那儿，"快点！"

她拉开门，把他推了出去。听到她的催促声，像被惊醒一样，他急忙跑进大厅。他的手里，仍然在紧紧握着那只手套。片刻间，她听见，她听见他急促的脚步声，然后是关门的声音。

"我的上帝啊，"她叫了一声，就慢慢地走到他的床边坐了下来。她用手抱住头，突然感到很累，比这一生中任何时候都要累。随着刚才的关门声，一直处于强打着的精神一下子消失了。她觉得浑身筋疲力尽，心里的那种情感也已经枯竭了。现在，她已经没有忧伤、悔恨、害怕和惊奇的感觉。她累了，她的心像壁炉架上的钟表一样，只是在沉重而又机械地跳动着。

在沉闷之中，她又想到，阿希礼根本就不爱自己，也从来都没有真心爱过自己，这并没有使她感到伤心。这本来应该让她感到伤心。她应该感到孤独、伤心，应该为自己的命运而惊呼。长期以来，她一直依靠着他的爱心。是他的爱支撑着她度过那许许多多的黑暗。然而，在事实上，他不爱她，她对此也毫不在乎。她不在乎，是因为她也不爱他。她不爱他，所以他的言行也无法让她受到伤害。

她躺在床上，把头疲倦地放在枕头上，想要与刚才的想法进行斗争，也用不着对自己说："不过，我确实在爱着他，许多年来，我一直都在爱着他。爱是无法马上转变为冷漠的。"

不过，爱是会变化的，并且真的已经发生了变化。

"除了在我的想象中，他实际上根本就不存在。"她疲惫不堪地想道，"我爱我自己虚构出来的东西，这和已经奄奄一息的梅兰妮一样。我做了一套漂亮的衣服，并深深地喜欢上了它。而当非常英俊而又出众的阿希礼骑马过来的时候，我就把这套衣服穿在他的身上，不管是否合身，都让他穿上，而且我也不想了解他到底是要去干什么。我一直爱着的是这套漂亮的衣服——而不是爱他本人。"

现在她可以回顾过去那些漫长的岁月了。她好像看见她穿着绿花条格的棉布衣服，站在塔拉庄园的阳光下，为那个年轻的骑手，像一顶银色的头盔一样闪闪发光的金发，而感到激动不已。现在，她非常清楚地认识到，那只不过是一个孩子的空想而已，实际上，与她骗杰拉尔德为她买耳环是一样的事情，一旦把它买到手以后，她就觉得不再稀罕了，就像除了钱以外，对于其他任何东西，一旦到了她的手上，就会变得十分廉价了。假如当初，在那些遥远的日子里，她如果拒绝和他结婚的话，如果她能够任意地占有他、目睹他也像别的男孩子那样，激情高涨，对她一直都缠扰不休，为她争风吃醋，心情郁闷，并苦苦地哀求她的话，她对他的疯狂迷恋早就会消失了。当她再碰到另一个陌生的男人时，他也就会像阳光和微风下面的雾一样，被轻轻地吹走了。

"我是多么傻啊，"她痛苦地想道，"而现在，我将为这种愚蠢的行为而遭到报应了。我一直希望的事情就要发生了。我一直希望梅兰妮能够死掉，那样我就可以得到他了。而到了现在，她已经死了，我能得到他时，我却不再想要他了。他当然会顾及面子，会来问我，是否愿意与瑞特离婚，以便与他结婚。要嫁给他吗？即使把他放在银盘子中托来给我，我也不愿意要他了，不过，在我的余生，我将不得不让他待在我的周围，只要我活着，我就不得不去照顾他，免得让他挨饿，不让别的人伤害他的感情，他只不过是抓着我的裙子的又一个孩子而已。我失去了我的爱，并且又得到了一个孩子。如果我不曾答应梅兰妮，我——即使我再也见不到他，我也毫不在乎。”

第六十二章

斯佳丽听见门外有低低的说话声，就走到门口，她看几个黑人恐惧地站在后面的大厅里。迪西抱着沉重的小博，他已经熟睡了，她的手臂被压得向下垂着，彼得在大声地呜咽着，厨娘正在用她的围裙擦着脸上的泪水。他们三个都盯着斯佳丽，无言之中好像是在问他们能干些什么。斯佳丽抬起头来，通过大厅向起居室的方向望去，她看见英迪亚和贝蒂姑妈握着对方的手，默默地站在那儿，而英迪亚这时也失去了她那固执的神态。与那几个黑人一样，她们两个也是用一种恳求的目光盯着斯佳丽，希望得到她的指示。她进入起居室，两个女人就紧紧地围住了她。

“哦，斯佳丽，做点什么——”贝蒂姑妈那胖胖的，像孩子似的嘴唇颤抖着，开口问道。

“不要再和我讲话，要不然我自己就要尖叫起来了。”斯佳丽说道，过度紧张的神经，让她的声音非常刺耳，她的两只手攥成了拳头。现在，只要一想到梅兰妮的名字，一想到必须为她的死料理后事，斯佳丽的喉咙就会绷得紧紧的。“我一点都不想听你们两个说些什么话。”

一听到她在说话的声音中带有一种很威严的口气，她们两个都后退了一下，只得面面相觑，露出一种无助的痛苦神态。“我一定不能当着她们的面掉眼泪。”她想，“现在我千万不能哭，否则，他们也开始哭了，这几个黑人也会尖声地哭叫起来，到那时，我们都会激动得痛哭一场。我要振作起来。我还有许多必须做的事。我要去找葬礼承办人，以便安排葬礼。务必要把房子打扫干净，而且要待在这儿招待那些前来吊唁而抱着脖子大哭的人们。这些事情都不是阿希礼干的，贝蒂和英迪亚也不会干，我不得不去做这些事，哦，这是多么累人的负担啊！这总是一个沉重的担子，而且总是为别人而负担！”

斯佳丽看着英迪亚和贝蒂那种茫然而又痛苦的表情，她的心里又对她们深感内疚。梅兰妮爱着这些人，如果她知道，决不会让自己对她们这么严厉。

“对不起，我又发脾气了，”她艰难地抱歉说，“是因为——对不起，我刚才发脾气了，姑妈。我去走廊里待一会儿。我必须独自清静一下。等我回来以后，咱们就——”

她拍了拍贝蒂姑妈的肩膀，就从她的身边快步向大门口走去。她知道，如果自己在这房间里再多待一分钟的话，她就会控制不住自己的。现在，她要是再不哭着发泄一下，她的心就会爆炸的。

她走进黑暗的走廊，关上身后的房门，夜间潮湿而又冰冷的空气迎面扑来。除了从房檐上偶尔落下来的水滴声外，再也没有任何声音。四下里都寂然无声，笼罩在一片浓雾之中，淡淡的、寒冷的雾气中，对面街上的人家都很黑暗，只有一些人家点着的灯光照射在大街上，在浓雾中挣扎着，散出了一点点金色的小点。整个世界都灰蒙蒙的，像毯子一样的烟雾覆盖着四处，一片静寂。

她把头靠在一根走廊的柱子上，想要大哭一场，但是已经没有泪水可以流下来了。这个不幸太沉重了，只流眼泪是不行的。她生命中的两座自以为坚不可破的城堡，在她耳畔轰然一声就倒塌下来，变成了尘土，这种倒塌的声音，好像还在她的心中回响着。她站了好大一会儿，尝试着念她过去惯用的符咒：“就等到明天能挺得住的时候，再去考虑这些事吧。”但是，这个符咒现在已经失去了效力。现在，她必须要考虑两件事，一是想念梅兰妮，自己竟然是那么爱她、需要她；二是想起自己对待阿希礼，曾经是多么固执、盲目地拒绝去弄清楚他的真相。她现在才知道，无论是明天，还是任何一个明天，想起这两件事都非常让她伤心。

“现在，我不能回到那儿与她们说些什么，”她想，“今天晚上我不能同阿希礼见面，也不能安慰他。今天晚上不能！明天上午，我再早点过来，再做我必须做的事情，说我必须说的安慰话。但是今天晚上不能。今天晚上我不能这样做，我要回家。”

这儿离家只隔着五条街。她不愿意再等着呜咽着的彼得套上马车，也不愿意等米德大夫赶着车把她送回家。她无法忍受前者的眼泪，也不能忍受后者的责备。她也没有穿上她的外套，也没有戴上她的软帽，便敏捷地走下前台阶，进入雾蒙蒙的夜色之中。她转过拐角，踏上了通往桃树街的那个长长的山坡。她走在一个万籁寂静而又潮湿的世界里，连她的脚步也没有一丝声响，好像是在梦中一样。

当她走上小山坡时，心中充满了无法流出来的泪水，一种不真实的感觉慢慢地爬上她的心头，这种感觉是，她以前曾经在这么一个朦胧而又寒冷的地方待过，周围的一切环境也都相似——还不止一次，而是许多次。“多么傻啊。”好像是神经正在同自己开着玩笑似的，她不安地想到这里，并加快了脚步。但是这种感觉却固执，悄悄地在她心中扩散开来。她迟疑地向周围望了望，而这种感觉还在增强，令人感到有些恐怖但又有些熟悉，她猛地抬起了头，像一个动物嗅出了有什么危险似的。“这不过是因为我太疲倦了而已，”她竭力安慰着自己说，“而这个夜晚也有点太奇怪了，雾也太大了。以前，我从来也没有看到过这样浓的雾，除了——除了!”

紧接着她想起来了，同时，她的心里也开始害怕了。现在她终于想起来了。以前，她不知做过多少次这样的噩梦，她都是在这样的浓雾中奔跑着，常有鬼魂出没而又无边无界的田野中奔跑着，四周笼罩着冰冷的浓雾，到处都是幽灵和鬼魂。她又在梦中吗，或者是她的梦已经变成了现实?

刹那间，她已离开了现实，又把自己给迷失了。就像往日那种做着噩梦的感觉又袭上了她的心头，而且还比以往任何时候还要强烈，她的心开始奔跑起来了。她又站在死亡和静止中间了，她好像又站在塔拉庄园，世上所有要紧的事，似乎都与她无关了，生命正处在毁灭之中，恐惧像一阵寒风似的，在她心中号叫着。恐惧就在迷雾之中，而迷雾又攫住了她。于是，她开始狂跑起来，就像她曾经多次在梦中的迷雾中奔跑那样，她奔跑着，像是被一种无名的恐惧所驱赶，盲目地飞奔着，不知道要去哪里，在灰蒙蒙的雾色中，似乎前面就是安全的地方，却又不知道它存在于世界的哪个角落里。

她在朦胧的街上低着头，飞快地奔跑着，她的心在剧烈地跳动着。夜晚的空气打湿了她的双唇；头上的树枝也在恐吓着她。到某一个地方，在这潮湿、寂静的荒地上的某个地方，会有一个避难所的！她潮湿的裙子冰冷地裹在她的腿上，她的心都快要迸裂了，紧身的束胸把她的肋骨都快要勒到心里去了。

此时，一盏灯光隐隐约约地呈现在她的眼前，一排灯光，朦胧而又有些闪烁不定，但是，那是很真实的灯光。在她的噩梦中，从来也没有见过灯光，只有灰蒙蒙的浓雾。她好像抓住了这些灯光。灯光意味着安全、人世和现实。突然，她不再奔跑了，而是紧握着拳头，挣扎着要把自己从恐惧中挣脱出来，她急切地看着那排煤气灯，它们已经向她发出了信号，这就是桃树街，亚特兰大，而不是睡梦中的那个存在着幽灵的灰蒙蒙的世界。

她喘息着坐在一个马车的停车台上面，定了定神，好像它们是一根很滑的强索，一不小心，就会从她的手中要滑掉似的。

“我一直在跑——像一个疯子似的在跑着！”她想到这里，她的颤抖、恐惧也渐渐地减轻了。怦怦的心跳使她感到恶心：“可是，我要向哪儿跑呢？”

现在，她的呼吸比较平静了，她用一只手按住腰，继续在那里坐着，抬头看着桃树街。在那儿，在小山的顶端，那就是她自己的家。看起来好像每一个窗子里都亮着灯光，这些灯光驱除着迷雾，让它不再那样朦胧。是家！是真的！她看着远处那模糊不清的房子，心中有一种感激和渴望的感觉，好像心里也平静了许多。

家！那就是她想要进去的地方。那是她正要跑去的地方。回家去找瑞特！

一想到这里，好像那条束缚自己的锁链从她手上掉了下来。随之而去的是自从那天晚上，迷途的她去塔拉庄园而骤然发现一切皆空，这种恐惧就经常出现在梦中，现在已经终结了；在通往塔拉庄园的那条路的尽头，她曾经发现失去了所有的力量、智慧、爱的温柔以及所有的理解，都消失了——所有这些体现在艾伦的身上的东西，曾经是她孩提时代的堡垒。而且，自从那天晚上以后，她虽然获得了物质上的满足，但是，梦中的她，仍然是一个经常担惊受怕的孩子，还在寻找着在那个失去的世界的保障。

现在她才明白，她曾经在梦中寻找的那块安全的地方，认清了一直藏在迷雾中的那个既温暖又安全的地方。不是阿希礼——哦，绝不是阿希礼！他就像沼泽地的一片鬼火一样，毫无温暖，在他的身边，就像处在流沙中一样，毫无安全感。那是瑞特——瑞特有坚强的双臂搂抱着她，有宽阔的胸膛枕在她疲倦的脑袋下面，有嘲弄的笑声把她自己引入正确的发展轨道，并有透彻的理解能力，因为他也和她一样，凡事都从实际出发，不在意那些不切实际的荣誉、牺牲，以及关于人性的那些偏激的见解。尽管他爱说一些相反的嘲弄之辞，但是他是爱着她的，为什么自己以前就没有意识到这一点呢？而梅兰妮却能理解这一点，并用她的最后一口气说：“要好好地待他。”

“哦，”她想，“不单是阿希礼自己愚蠢而又有些盲目。我本人也应该早就明白的。”

多年以来，瑞特的爱就像一堵石壁一样支撑着她，可是她对待瑞特的爱，就像她对待梅兰妮的爱一样，颇有些不以为然，以为一切都是靠她自己的力量。直到今天晚上，她才意识到在她为谋生而艰苦的斗争中，梅兰妮一直陪伴在她的身旁，现在她才明白过来，瑞特一直默默地站在她的身后，爱着她，理解她，随时要准备去帮助她。在义卖市场，瑞特看见她眼中流露出不耐烦的神情，便把她领出去跳舞。她穿着丧服，是瑞特帮她摆脱了它的束缚。在亚特兰大失陷的那天晚上，瑞特护着她从火海和爆炸声中逃了出来。瑞特又借钱帮她创业。当她在夜间的梦中受到惊吓而哭醒的时候，是瑞特在安慰着她——当然，一个男人如果不是发狂地爱着一个女人，是不会这样做的！

树上的水滴落在她的身上，但是她没有感觉到。雾气在她周围旋动着，她也没有在意。因为这时候她很想念瑞特，一想到他那黝黑的面孔、闪亮的牙齿和机警的黑眼睛，浑身就不由得颤抖起来。

“我爱他。”她想，并像平时那样，这是理所当然的，这是事实，就像一个孩子接受礼物那样，“我不知道爱上他有多长时间了，不过这是真的。而且如果不是阿希礼的话，我也许在很久以前，就应该明白这一点了。因为有阿希礼插在中间，我一直都没有看清这个世界。”

她爱他这个无所顾忌、不讲人格的流氓、无赖——至少，他不像阿希礼那样看重名誉。“阿希礼那该死的名誉！”她想，“阿希礼所计较的名誉总是让我感到失望。是的，从一开始就是这样，虽然他也知道，他的父母希望他与梅兰妮结婚，但是他还是经常来看我。瑞特从来都没有让我失望过，即使在梅兰妮举行招待会的那个可怕晚上也没有，那一天，他本来应该拧断我的脖子的。在亚特兰大陷落的那天晚上，他把我扔到路上，是因为他知道我是安全的，知道我会想法平安到家的。还有，在北方佬营地上，我向他借钱，他装出让我回报他的时候，也是这样，他不会真的要我回报他什么的，他只是跟我开个玩笑而已，他一直爱着我，而我却一直对他很粗暴。我曾经不止一次地伤害过他，但他的自尊心太强了，从来也没有表现出来。还有，当邦尼死的时候——哦，我怎么能……”

她挺直身子，望着山顶上的房子。半个小时以前，她曾经认为她已经失去了世界上的一切东西，除了钱，她失去了生活中值得想念的一切——艾拉、杰拉尔德、邦尼、梅兰妮和阿希礼。在她不得不失去这些人时，她才会意识到，她爱瑞特——爱他是因为他像她那样坚强、无所顾忌、热情和粗俗。

“我要把一切都告诉他，”她想，“他会谅解我的。他总是很会谅解人。我要告诉他，我以前实在是太傻了，告诉他我是多么爱他，并要补报他的爱。”

突然，她觉得自己强壮起来，高兴起来了。她不再害怕黑暗和浓雾，她心情很愉快，因为她明白自己再也不会害怕黑暗了。将来，无论有什么样的迷雾包围着她，她都知道自己的避难所在什么地方。她轻快地从街上向家中走去，街道似乎很长，很长。她把裙子挽到膝盖，开始轻快地跑了起来。不过，她这一次不是出于恐惧。她跑快些是因为瑞特的怀抱就在大街的另一端。

第六十三章

大门半掩着，她上气不接下气地快步跑进大厅，在多彩的枝形吊灯下站了一会儿。房子里虽然灯火通明，却非常寂静，不是一种熟睡后的寂静，而是带有一点不祥的气氛，是带有戒备性的、疲劳后的那种宁静。她瞥了一眼，发现瑞特不在客厅里，书房里也没有，她的心就猛地一沉。假如他出去了——到贝尔那里去了，或者去了那个晚上不在家吃饭时常去的地方？她没有预料到这一点。

她正要上楼去找他，却看见厨房的门是关着的。看见这扇关着的房门，她的心就惭愧地猛地一紧。她想起了在今年夏天的许多夜晚，瑞特常常一个人待在里面，喝得痴痴呆呆的，等波克过来催他上床睡觉为止。这都是她的过错，不过她会把这些都彻底改变的。从今以后，一切都会与以往不同——不过，希望上帝今天晚上不要让他喝得太多。他要是喝得太多，他就不会相信我的话，并会笑话我的，这将使我感到伤心。

她轻轻地把餐厅的门推开一条缝眯着眼睛往里面看了看。他正坐在桌子前，深深地坐在椅子里，桌子上放着一瓶还没有开启的酒瓶，酒杯没有用。感谢上帝，他没有喝醉。她打开门，克制住自己没有向他扑过去。但是当他抬起头来，望着她的时候，他目光中的那种表情，让她在门口呆住了，话也停在嘴边上了。

他平静地看着她，疲惫的黑眼睛里没有一点光芒。虽然她的头发散乱地披在肩膀上，胸口在一起一伏地喘着粗气，裙子上、膝盖上都溅满了泥巴，他也没流露出惊奇或要询问的表情，也没有嘲弄地动动嘴唇。他深陷在椅子中，整洁的衣服现在也皱巴巴地，穿在他那粗粗的身上。他身上也发生了一些显著的变化，显然，一个威武而又强壮的体形毁灭了，一张坚强的面孔也变得很粗糙了，酗酒和放荡的生活已经像一枚硬币的清晰的轮廓一样，在他身上起作用了。在它的长期影响下，他的面孔已经不再像一枚新铸金币上的年轻异教主子的头像，而像在一枚磨损了的铜币上、颓丧疲惫的恺撒的头像。她站在那儿，他抬起头来看着她，手放在胸前，近乎亲切而又安详地看着她。这使她感到吃惊。

“来坐这儿，”他说道，“她死了吗?”

她点了点头，犹豫不决地向他走了过来。他脸上的这种表情，使她心中一点把握也没有。他没有站起身来，而是用脚把一只椅子朝后推了一下，她就坐在这张椅子上了。她希望他不要现在就问及梅兰妮。她现在也不想谈到她，以免再忍受刚才的痛苦。在她的生活中，还有时间把梅兰妮给忘掉，可是现在似乎有一种强烈的愿望，让她大声喊：“我爱你。”只是在今天晚上，在这个时刻，她想告诉瑞特她的想法。可是他脸上的那种神情阻止了她，并且，梅兰妮尸骨未寒，她也不好意思立刻提及自己的爱意。

“好吧，愿上帝让她安息。”他心情沉重地说道，“她是我所知道的唯一一个最慈善的女人。”

“哦，瑞特，”她凄惨地喊道，因为他说的这句话，使她清晰地想起了梅兰妮曾经为她做过的那些好事，“你为什么不陪我进去，太可怕了——我非常需要你!”

“我忍受不了了，”他简洁地说道，他沉默了片刻，然后很费力似的轻声说，“一个伟大的太太。”

他忧郁的目光从她身上扫过，这种目光同亚特兰大失陷的那个晚上，当他告诉她，自己要与撤退的部队一起离开时，她在火焰的亮光中看的目光一样。使这个男人吃惊的是，她完全了解自己，然而他竟在自己身上发现了意料不到的忠诚和激情，对于这个发现，他觉得当时还有一点淡淡的自嘲。

他忧郁的目光从她的肩头上望过去，好像看见梅兰妮正默默地穿过房间向门口走去。在他脸上诀别的神情中，没有悲伤、没有痛苦，只有对他自己的思索着的惊奇，只有一种在过了孩提时代以后，就消失了的那种感情的激动，他又说道，“一个伟大的太太”。

斯佳丽浑身开始颤抖了，她那满腔的热情没有了，使她要脚生双翼，飞奔回家的美好的愿望和温暖的感觉也没有了。当瑞特向这世界上，他唯一一个尊敬的人诀别时，她猜透了他的一半心思；她也有一种凄凉的感觉，并还有一种不再是个人损失的恐惧感。她无法完全理解和分析清楚他现在的感受，不过，好像真有沙沙的裙子，从她的身边擦过，最后一次轻轻地爱抚着她。通过瑞特的眼睛，她看见正要走过的不是一个女人，而是一个传奇人物——温柔的，愿意做自我牺牲，却具有钢铁意志的女人。在战争中，南方正是依靠她们来管理自己的事务，战败后，也是靠着她们那自豪而又挚爱着的双臂，才恢复过来的。

现在，他的目光又望着她，声音也变得又轻又冷淡。

“她现在死了。你也就可以称心如意了，不是吗?”

“哦，你怎么可以说出这种话呢?”她愤怒地大喊道，眼中立刻涌现出了泪水，“你也知道，我是多么爱她!”

“不，我不能说我知道，你为了增加自己的声誉，你只有在最后才能欣赏她，你不把她作为一个无用的白人来考虑，实在是出乎我的意料。”

“你怎么能这样说呢？我当然很欣赏她！你没有。你不能像我这样了解她！你不会理解她的——她是多么好——”

“真的吗？可能不会吧。”

“除了她自己以外，她处处都要为别人考虑——唉，她临终时的几句话还提及过你。”

当他向她转过身来的时候，他眼中闪现出了一种真实的感情。

“你说什么?”

“哦，现在我不说，瑞特。”

“告诉我。”

他的声音很冷淡，可是他却用手把她的手腕抓得生疼。她不想告诉他，因为她不打算以这种方式，贸然地说起她心中的爱意，但是他的手将她捏得很疼。

“她说——她说——‘要善待巴特勒船长，他非常爱你。’”

他瞪着她，放下了她的手，他垂下了眼皮，脸上留下一片阴郁而又有些茫然的表情。他突然站起身来，向窗口走去，拉开窗帘，急忙向外面看了看，外面好像除了朦胧的雾气，还有什么东西可以看得到似的。

“别的还说些什么?”他问道，并没有转过头来。

“她要我照顾好小博，我说我会把他当作自己的儿子来对待的。”

“还有什么?”

“她说——阿希礼——她还要我照料阿希礼。”

他沉默了一会，然后，就轻轻地笑了起来。

“得到前妻的允许，事情就更方便了，不对吗?”

“你说这话的意思是什么?”

他转过头来，即使在慌乱中，也没有看到他脸上那种开玩笑的神情，她不由得大吃一惊。而且他的表情，就像一个人在观赏一出并不太令人感到可笑的喜剧时一样，没有一丝感兴趣的样子。

“我认为我的意思非常明了。梅兰妮小姐死了，你当然就会有充足的理由与我离婚，并且你也不会为一次离婚，而伤害你所剩无几的名誉。而且你也没有留下任何宗教信仰，教堂对你来说，也是无关紧要的。那么——带着梅兰妮小姐的祝福，阿希礼和你就可以梦想成真了。”

“离婚?”她喊道，“不行！不行!”一时间，她激动得语无伦次了，跳起来，跑过去抓住了他的手臂，“哦，你完全弄错了！错得很严重！我不想离婚——我——”她停住了，因为她无法再找到什么别的话要说。

他用手托住她的下巴，默默地抬起她的脸，对着灯光，急切地看着她的眼睛，她也用眼睛看着他，她的眼中流露出了她内心的想法。她的嘴唇抖动着好像在竭力想说些什么，但她却无法正确地表达出来，因为她正尽力要从他的脸上看出他的情绪反应，想从他脸上发现一丝希望和欢乐的光芒。现在，她以为他肯定心中十分清楚！但是，在她狂热的搜寻中所发现的，却仍是那种让她经常感到困惑的表情，平静、阴郁、茫然。他放下她的下巴，转过身来，走到他的椅子旁，又四肢伸开着，疲倦地躺在那儿了。他的下巴紧靠在胸前，他从黑睫毛下面抬起眼睛，以毫无表情的、猜测似的眼光望着她。

她跟着他走到他的椅子旁，垂着双手站在他的面前。

“你弄错了，”她又没话找话地说，“瑞特，今天晚上，当我明白过来的时候，我就快步跑回家来告诉你了。哦，亲爱的，我——”

“你累了，”他仍然看着她说，“你最好是去睡一觉吧。”

“但是我必须告诉你!”

“斯佳丽，”他呆板地说，“我不想听——什么也不想听。”

“可是，你不知道我要说什么!”

“亲爱的，这都很清楚地写在你的脸上。你不知是因为什么事，或者什么人，已经让你意识到威尔克斯先生会是一个倒霉蛋，甚至让你嚼都嚼不动。而因为同一件事，又突然让你感觉到我，在你的面前，有一种新的魅力，挺吸引人的印象。”他轻轻地叹了口气，“可是谈论这些有什么用。”

她惊奇地倒吸了一口冷气。当然，他总是轻而易举地料到她的想法，这使她一直都在抱怨，可现在，在他把她的心事都说出来感到非常震惊之后，她反倒又高兴起来了，感到很轻松。他明白，他理解，她的使命竟奇迹般地完成了。谈论它是无用的！当然她不会相信，她将不得不巴结他，向他求爱，同时也对他付出大量的爱，要让他相信，而这样做会是一件多么愉快的事情啊！

“亲爱的，我还要告诉你一件事，”她说着，把手放在他的椅子扶手上，向他倾斜着身子，“我一直在犯着一个错误，简直是一个大傻瓜！”

“斯佳丽，不要再这样说下去了。不要在我面前这样低声下气的。我忍受不了，留给我们一些尊严，一些沉默，以便日后对这场婚姻有美好的回忆。这最后的一幕是大可不必的。”

她突然站直身子。最后的一幕？这最后一幕是什么意思呢？最后？这是他们的最初，也是一个开端。

“可是，我就要告诉你。”她急切地说着，好像怕他为了让她沉默，就会用手把她的嘴给捂住似的，“哦，瑞特，我非常爱你，亲爱的！我一直爱你，已经有许多年了，而我竟这样傻，我竟然不知道。瑞特，你一定要相信我说的话！”

他看了一会儿站在面前的她，审慎地看着她，好像一直要看透她的心似的。她看见他眼中含着一种信任的目光，但却不像有多大兴趣。哦，在这一刻，难道他还会那样地卑鄙吗？要“以其人之道，还治其人之身”的方式折磨她一番吗？

“哦，我相信你说的话，”他终于开口说道，“但是，阿希礼怎么办呢？”

“阿希礼！”她做了一个不耐烦的手势说，“我——我相信，我多年来一直在关心他，但不是那种——嗯，我从小就养成了一种习惯。瑞特，如果我以前知道他的真相的话，我连关心他的念头都不会产生。他是一个萎靡不振的可怜虫，虽然他嘴中喋喋不休地说着什么诚实、名誉以及——”

“不，”瑞特说，“如果你一定要看清他究竟是一个什么样的人，需要直接地看他。他只不过是陷入一个不属于他自己的世界里的一个绅士，用着旧世界的规律，在新世界里拼命地做着可怜的挣扎而已。”

“哦，瑞特，我们不要提及他了，他现在对我们来说是无关紧要的，难道你不高兴知道我的意思，我现在——”

他疲惫的眼光盯着她的眼睛，使得她感到有些难为情，也就不再说什么，只是羞答答得像一个小女孩，正面对着她的初恋情人一样。他要是能让自己感到很轻松就好了！他要是能伸开双臂，她就可以感激地爬上他的膝头，把脑袋靠在他的胸脯上，把嘴唇贴在他的嘴唇上，她也就可以流利地说出她的心里话来，而不会再结结巴巴了。但是，她看了看他，意识到他亲近她，目的只是可怜自己一下。他看上去已经精神枯竭，好像她说的什么话都不能打动他了。

“高兴吗？”他说，“我要是以前能听到你能说出这些话来，我会用斋戒的方式来感谢上帝。可是，现在，这已经是无关紧要的了。”

“无关紧要？你在说什么？当然很重要！瑞特，你肯定会在意的，不是吗？你一定会在意的，梅兰妮也说你会在意的。”

“是的，按她所知道的来说，那是很对的，可是，斯佳丽，你想过没有，即使最有生命力的爱情也会被磨灭的?”

她望着他，嘴巴张成一个圆圆的“O”形，什么也说不出来。

“我的爱情已经消失了，”他继续说道，“是被阿希礼和你的那种疯狂的固执给磨灭的，你固执得像只牛头犬似的，抓住你任何想要的东西就是不松手——我的爱情已经不存在了。”

“但是，爱情是不会消失的!”

“你对阿希礼的爱怎么会消失了呢?”

“可是，我从来也没有真正地爱过阿希礼!”

“那么，你想得当然很美——直到今天晚上为止。斯佳丽，我并不是在斥责你，指责你，批评你，我责备你的时刻，已经过去了。所以你不必对我再做辩护和解释。如果你不打断我的话，就让我说几分钟，我是可以把我的意思对你解释清楚的。虽然，上帝也知道，我不需要过多地解释。事情就明明白白地摆在这儿。”

她坐了下来，刺目的煤气灯光照在她那张苍白的、不知所措的面孔上，她看着他那双非常熟悉的眼睛——同时又有点陌生——听着他那平静的声音，开头说的似乎都没有什么意义。这是他第一次用这种方式与她谈话，像是一般的人之间的谈话，没有轻率、嘲弄，也没有让人难以理解的地方。

“你曾经想过没有，我爱着你，达到一个男人爱着一个女人极限的地步呢?是否想到，我在得到你之前，已经深爱着你好多年了呢?在战争期间，我离开你是为了想要忘掉你，但是我做不到，我不得不又回来了。战争结束以后，为了回来找你，我不惜冒着被逮捕的危险。我非常喜欢你，我相信，如果弗兰克还没有死的话，我应该把他杀掉。我爱你，但是，又不能让你知道。你对那些爱着你的人都非常残忍，斯佳丽。你接受过他们的爱，就像举在他们的头上的一条鞭子，在威胁着他们。”

在他说的所有话中，只有他爱着她，这个事实还有点意义。同时，她也听到他的说话声中有一点淡淡的热情回应，愉快和兴奋又重新爬上了她的心头。她于是就平心静气地在那儿坐着、听着、等待着。

“我知道我要与你结婚时，你却并不爱我。你明白，我也知道阿希礼的那些事。可是我也太傻了，我想我可以让你在意我。如果你愿意，尽可以嘲笑我，但是我想照顾你、宠着你，给你想得到的一切。我想和你结婚，我要保护你，如果能让你高兴的话，给你做任何事情的自由——就像我对邦尼那样。你一直都在努力地奋斗着，斯佳丽，没有人能比我更了解你是怎样挺过来的了，我想让你从此就舒舒服服地过日子，让我替你拼搏，我让你像一个孩子似的玩，因为你对我来说就是一个孩子。一个勇敢的、受了惊吓的却很固执的孩子。我认为你仍然是个孩子。只有一个孩子才能固执迟钝到这种地步。”

他平静的声音带着疲惫，但是，其中包含着能激起斯佳丽记忆的因素。以前，她曾经听见过这种声音，那是在她人生的另一个危急关头。是在哪儿呢？那是一个男人没有感情、退缩，也没有期望的声音。

对了——对了——是阿希礼的声音，在塔拉庄园刮着寒风的果园里，他们对人生和隐退的谈论。他的声音也是这样平静而疲惫，但是他的音质中更具有一种决定的意味，是任何绝望的痛苦都无法显示出来的。那时候，她并不明白阿希礼在说些什么，但是，他的声音使她对那些可怕的事情变得更为冷淡，现在，瑞特的声音，却让她的心直往下沉。他的声音以及他说话的态度，比他说话的内容更让她感到烦恼，使她意识到刚才那种一腔愉快的心情未免有些过早。有些事情是错误的，是非常错误的，她不知道这些事情都是些什么，但她绝望地听着，双眼紧盯着他那棕色的面孔，希望听见可以驱除她内心恐惧的话来。

“很明显，我们两个非常匹配。非常明显的是，在你所熟悉的人中，在真正了解你的人中，能够真心爱上你的，只有我一个人。你却对我那样苛刻、贪婪而又无所顾忌。我爱你，并不是想要碰碰运气，我认为阿希礼会从你的脑海中消失。可是，”他耸了耸肩膀，“我用尽了我所知道的所有办法，都没有起任何作用。而我又非常爱你，斯佳丽。你如果过去曾经给我个机会，我还会像一个男人爱着一个女人那样，温柔地爱着你。但是我不能让你知道，因为我明白，你会以为我太软弱，并会用我对你的爱来欺侮我，而且总是——总是有个阿希礼，存在于你的心中。这快要把我给逼疯了。每天晚上，我都不能坐在你的面前，我知道你是希望阿希礼处于我的位置上。还有，我晚上也不能把你拥在怀中，我知道——嗯，现在这无关紧要了。我真不明白，我为什么会为你痛苦，这就是我为什么要去找贝尔。与一个完全爱你的女人待在一起，她还把你当上流绅士来尊重，这当然能得到一点可怜的安慰。即使她是一个不识字的妓女。这也能安抚我的虚荣心，你从来没有给我太多的安抚，亲爱的。”

“哦，瑞特……”一听到他提及贝尔的名字，她心里就有点难受，就想插嘴，但是他挥挥手，示意她继续保持沉默，又说道：

“还有，在后来的那天晚上，我把你抱上楼的时候——我想——我希望，我非常希望……我第二天早上，简直很害怕要见到你，因为我害怕我做错了事，你不爱我。我是如此怕你，怕你笑话我，以至于我逃出去喝醉了。而当我回来的时候，我浑身都紧张得直发抖，如果你能在半路迎接我，向我做出一点爱的表示，我认为我就会吻你的脚，但是你却没有。”

“哦，可是，瑞特，那时我确实想你，但是你非常让我不快！我想你！我认为——是这样的，那是我第一次知道我喜欢你。阿希礼——自从那次以后，我从没有从阿希礼身上得到过快乐，但是，你太令人感到快乐了，我——”

“哦，好的，”他说，“好像我们的意愿一直都相反，不是吗？不过现在也无关紧要了。我只是告诉你，让你明白到底是怎么回事。当你生病的时候，全是我的错，我站在你的门外，希望你能叫我，但是你没有。于是，我知道，我一直太傻了，一切都结束了。”

他停了一下，审视着她，像是看穿了她似的，就像阿希礼过去常常那样，看着她所不能看到的东西，而她只能默默瞪着他那沮丧的面孔。

“不过，在那以后，从邦尼身上，我看到了一切并没有结束。我喜欢把邦尼当成你，又是一个没有遭受战争的、那个以前很快乐的小女孩了。她非常像你，也非常任性，非常勇敢无知，并充满激昂的情绪，于是我宠着她，惯着她，正像我想宠爱你一样。但她不像你——她爱我。我可以把你不想要的爱都送给她，真是太幸运……当她走的时候，她把一切都带走了。”

突然，她为他感到难过，非常难过，这使她忘记了自己的忧愁，以及他话中的含义所给她带来的恐惧。她一生中第一次为别人而难过，同时也没有丝毫轻视别人的感觉，因为这是她一生中第一次真正地理解别人，她可以理解他那颗狡猾而傲慢的心理，就像她自己那样。她也能理解他那颗固执的自尊心，使他不敢承认他对她的爱，以免遭到她的拒绝。

“啊，亲爱的，”她说着又向他走了过去，希望他会伸出双臂把她搂在他的膝上，“亲爱的，我真是太难过了，但是我想补报你！我们会非常幸福的，我既然知道了真相，而且——瑞特——看着我，瑞特！我们——我们可以再生一个孩子——不要邦尼，而是要——”

“谢谢你，不用了，”瑞特说着，好像他在拒绝别人送给的一片面包那样，“我不愿意让我的心再第三次冒险了。”

“瑞特，不要这样说话，哦，我能说什么才能让你明白呢？我已告诉过你，我是多么难过——”

“亲爱的，你真是个孩子。你以为说一声‘我非常难过’，过去那么多年的错误和痛楚，就可以被除掉吗？就可以从心中把它抹去吗？所有的毒物都可以从旧伤口中抽走吗？拿着我的手绢，斯佳丽，在你生命中的任何危急的时刻，我从没有见你用过手绢。”

她拿过手绢，擤干净鼻子后，坐了下来。他显然不想把她抱在怀中了。她也开始明白了，他关于爱的谈论都是没有意义的。他像是在讲述着发生在很久以前的一个故事，而他看上去，好像对这些往事，都从来没有在他身上发生过似的，这使她非常害怕。他几乎是在用一种很友善的眼光看着她，眼睛里有一种思索的神情。

“你几岁了，亲爱的？你还从来都没有告诉过我。”

“二十八。”她答道，并用手绢捂住嘴巴。“年龄不大，对于获得整个世界！而失去了心灵的你来说，是够年轻的了，不是吗？不要装出一种害怕的样子。我不是因为你和阿希礼有过私通，就想用地狱之火对你进行煎熬，我这是用的一个比喻的说法。从我认识你开始，你就需要两件东西，阿希礼，还有你要有足够的钱，让整个世界都见鬼去吧！是的，你富有了，你可以严厉地对别人发号施令，而且，如果你需要他的话，你就可以得到阿希礼。可是现在，这两样似乎还有些不够。”

她感到害怕，不过，不是因为想起地狱之火。她心里想：“但是，瑞特是我的灵魂，我却正在失去他。我现在要是失去了他，一切都会变得毫无意义了！不，不仅是朋友、金钱和——一切都没有意义了。只要我能够拥有他，我哪怕会再次穷下去，我也毫不介意，不，我不介意要再次受冻挨饿。但是他的意思不会是认真的——哦，他不会！”

她擦了擦眼泪，孤注一掷地说道：

“瑞特，如果你曾经非常爱我，你肯定还给我留有一点爱吧！”

“在我心中，我只剩下了两件东西，它们都是你平时最讨厌的两样东西——一种是怜悯，另一种是奇怪的友善。”

怜悯！友善！“哦，我的上帝！”她绝望地想道。

除了怜悯和友善以外，一切都可以。在对待别人的时候，只要她感觉到这两种东西在里面，她就会看不起他们。他也看不起自己吗？无论哪一种态度都比看不起要好。甚至在战争时期，他那嘲讽冷淡的态度也行，那天晚上，他酒后疯狂地把她抱上楼去，用他那坚硬的手指弄伤了她的身体，还有他那好带着讽刺的话语，现在，她才意识到，这一切都是一种含有痛苦的爱。在他脸上，除了清楚地显示他的好心以外，什么也没有。

“那么——那么你的意思是说，我已经把你给我的爱全毁掉了——你不再爱我了吗?”

“是的。”

“可是——”她固执地说，就像一个固执的孩子那样，认为只要说出自己的愿望，这个愿望就可以得到满足似的，“可是我爱你!”

“这是你的不幸。”

她急忙抬起头，想看看他说这话的后面是否有讥笑的意味，但是，没有。他像是在陈述一个简单的事实，但是，她仍然不愿意相信这是一个事实——她无法相信，她斜眼看着他，眼中仍燃烧着孤注一掷的固执。她温柔的脸上，也突然在下巴上布满了冷酷的线条，这是她父亲杰拉尔德的特征。

“别再犯傻了，瑞特，我可以使——”

他装作受到惊吓的样子，突然扬起一只手来，黑黑的棕色眉毛又被扬成了两个新月形。

“不要用这副坚决的面孔给我看罢，斯佳丽!别让我害怕了。我看你正在准备要把你对阿希礼那狂风暴雨的爱转移到我身上，而我为我的自由以及我内心的安宁而感到担心了。不过，斯佳丽，我不愿意像倒霉的阿希礼那样被你追逐。我正准备要离开。”

她的下巴颤抖着，她咬紧牙齿竭力想让下巴不再抖动。去哪儿?不行，除了离开，干什么都行!没有他的日子，她将怎样过呢?那些同她亲近的人，除了瑞特以外，都离她而去。他不能走。可是怎样才能拦住他呢?对于他颗冷漠的心和冰冷的话语，她是无能为力。

“我正要离开，我本打算在你从马尔塔回家时再告诉你的。”

“你要把我给抛弃了吗?”

“不要装得像戏剧里被抛弃的妻子，斯佳丽。这个角色是不适合于你的。那么，你是不想离婚，甚至也不想分居吗?嗯，好吧，我会经常回来陪你，以免别人说些闲话。”

“该死的闲话!”她激动地说道，“我要的是你，请你把我带走!”

“不。”他说道，声音中带有一种决定的语气。刹那间，她几乎要像孩子似的大哭起来了。她本想猛地倒在地板上，诅咒着、哭喊着，用脚跟像敲鼓似的跺着地板，但是，一想到自己还留有几分自尊，还具备一些常识，就让她强硬起来。她想:“如果这样做，他就只会嘲笑我或看着我罢了，我千万不能大喊大叫，千万不能乞求于他。我也决不能做任何让他看不起的事情。他肯定要尊敬我，即使——即使他不爱我。”

她抬起下巴，又故作镇定地问道：

“你要到哪里去?”

当他答话时，眼中露出一丝赞许的神色。

“也许去英国——或者去巴黎。也许去查尔斯顿设法与我的家人缓和一下关系。”

“可是，你是怨恨他们的！我常听到你在嘲笑他们，并且——”

他耸了耸肩膀。

“我仍然嘲笑——但是我漂泊的生活已经到了尽头，斯佳丽。我四十五岁了——在这个年龄，一个男人会开始重视自己在年轻时，曾经轻易就扔掉的那些东西，如家庭、荣誉、安全，以及代代相传的根——哦，不！我不会放弃，我不会为我曾经做过的事而感到后悔。我曾经有过非常愉快的时光——我开始厌倦这些愉快的日子，现在，我想得到一些不同的东西。不，我要更换的也只不过是我身上的斑点而已。而且想让自己的外表看上去就像我过去很熟悉的那样。比如，很无聊的体面——别人的体面，亲爱的，不是我的——这是上等人赖以生存的平静而又庄重的生活，这就是已经失去了的高雅。在我过去的日子里，我一直都没弄明白，他们这种慢节奏生活的魅力所在——”

斯佳丽好像又回到了塔拉庄园那个多风的果园里。在那天，阿希礼的表情同瑞特现在的表情完全相同。阿希礼的话又清晰地在她耳边响起，好像现在讲话的是他而不是瑞特。她回想起了他话中的一些片段，并鹦鹉学舌般地引用起来：“一种魅力——一种完美，一种希腊艺术一样的对称美。”

瑞特警觉地说道：“你为什么这样说？我也是这个意思。”

“这是一些——阿希礼，他曾经说过的有关往昔的话。”

他耸了耸肩，眼中的光芒顿时消失了。

“又是阿希礼。”他说道，又沉默了一会。

“斯佳丽，当你四十五岁的时候，你也许会明白我现在所说的话的意思，大概你也会厌烦那些假装高雅、拙劣的举止和廉价的情绪了。不过，是否真的是这样，我现在还持怀疑的态度。我认为你总会很虚荣而不切实际。无论如何，我是无法等到那个时间去看个明白了，而且我也没有等下去的愿望。我对此也不感兴趣。我打算去古老的城镇和古老的农村寻找，在那些地方，肯定还存在着一些昔日的东西。我现在有些伤感。对我来说，亚特兰大太新潮了，也太不适合我了。”

“别再说了。”她突然说道。对他说的话她一点也听不进去。当然，这些话她是听不到心里去的。但是她知道他话中并没有提及对自己的爱，她再也不能耐着性子这样听他再继续说下去了。

他停住了说话，吃惊地望着她。

“嗯，你明白我的意思了，这是什么意思?”他起身问道。

她猛地向他伸出双手，手心向下，以一个古老的请求姿势，她的心情又写在脸上了。

“不”，她大喊道，“我知道的是，你不再爱我了，你要走了！哦，亲爱的，如果你走了，我该怎么办呢?”

他犹豫了一会儿，好像是心中在进行激烈的斗争，从长远的观点上看，是说一个善意的谎言，还是说出真话，哪样做更好，拿不定主意。然后，他耸了耸肩膀：

“斯佳丽，我绝不是一个有耐心把破碎的东西拾起来黏合在一起，再告诉自己，修补完整的东西与新的一样完好的人。破碎的东西就是破碎了的东西——而且我宁愿记住它本来的面目中最好的一面，也不愿再去缝补它，然后，在我有生之年中，都要看着那些破碎了的地方。如果我再年轻些的话，也许——”

他叹了口气，“可是我太老了，无法相信，也非常伤心，一切不会重新开始的。我太老了，不愿意再说些谎言欺骗自己，不想再品尝那些文雅的幻灭之苦了。我不能与你生活在一起，我不能向你说谎，当然也不能对我自己说谎。我甚至再也无法向你说谎了。对于你所要做的事，还有你要到哪儿去，我很希望自己能够继续关心你，可是我不能。”

他又稍稍地吸了口气，轻快而又温柔地继续说道：

“亲爱的，我一点也不在乎。”

她默默地看着他走上楼梯，觉得自己的喉咙，哽得快要窒息了。随着他的脚步声，在楼上大厅中渐渐地消失，她觉得世界上最紧要的一切事物也都消失了。她现在才明白过来，在那冷静的头脑中做出的决定，不是借助感情和理性所能扭转过来的。她现在也明白了，他轻描淡写地说出的每一句话，都是算数的，虽然其中也有一些许诺，他以前所说过的话。她明白，因为自己意识到了他身上的那种坚强、不屈不挠、不会改变的个性——她曾在阿希礼身上寻找这些性格，但却不可能找到。

对于她曾经爱过，并因为爱而失去的这两个人，她从来也没有了解过。现在，她试着了解他们，如果她以前明白阿希礼话中的含义，她也许早就会爱上他了；如果她能理解瑞特的话，她也绝不会失去他了。她独自思索着，她是否对世界上的任何一个人有没有真正了解过呢?

现在，在她的心中，有一种仁慈的麻木感，她从长期的经验中得知，这种麻木很快就会变成剧烈的疼痛，甚至会像做外科手术时一样疼痛，虽然组织可以暂时失去知觉，不过剧烈的疼痛马上就会开始了。

“现在我不去想他，”她恶狠狠地想着，并用她惯用的咒符，“现在我如果想着那些失去他的事，我就会发疯的。等到明天再想吧。”

“但是”，她把咒符抛在一边，便开始疼痛起来，心中在大喊，“我不能让他走！肯定会想出办法来的！”

“现在我不想它，”她又大声说道，竭力想从心中除去那种痛苦的感觉，并尽力想找到某个堤坝，以便可以挡住正在高涨痛苦的浪潮，“我要——对，明天我就回塔拉庄园的家中去。”她的情绪就稍好了一些。

她曾经因为恐惧和失败而返回过塔拉庄园，当她从它的庇护下再出现的时候，她会再次坚强起来，并用武装去夺取胜利。她曾经设法做过——去乞求上帝，让她可以再做一次！她还不知道怎样做。现在她不再急着考虑这件事，她需要的是可以让她自己呼吸的空间，让她去痛定思痛，到一个安静的场所去重整旗鼓，到一个避难所去计划一下她下一步的活动。她想起了塔拉庄园，她像是一只温柔而又冷静的手，在悄悄地抚平她那颗伤痕累累的心。她像是可以透过红色的秋叶去看闪闪发光的白房子，正在欢迎着她，好像感觉到乡间傍晚的那种宁静的气氛，似乎是向她祝福般地拢了过来，感觉到露珠落在田野上一片绿色之中像是洁白的羊毛般的棉花上，又像看到了红色的原野，以及起伏着的小山上苍松的阴郁之美。

这幅画面，让她感觉受到一种模糊的安慰，把她心头上的痛苦和强烈的懊悔也给驱除掉了。她站了片刻，又想起了一些小事——在通向塔拉庄园的雪松林荫道上，白色的墙壁衬托翠绿色的茉莉花丛，以及那随风飘动的白窗帘。还有，嬷嬷肯定也在那儿，她突然想起嬷嬷来了，就像她是小女孩时那样，想把她的头靠她在宽阔的胸前，想让她粗糙的黑手抚摸她的头发。嬷嬷是她跟旧时代连接唯一的一个链锁了。

因为她这类人从不知道失败是什么东西，甚至失败在盯着他们的脸看时，她也会扬起她的脸，勇往直前。她可以再得到瑞特。她知道她是可以的。一旦她把心思放在一个男人身上，她决不会拿不到手。

“我明天去塔拉庄园时再思考这些事吧！到那时，我就可以忍受了。明天，我要想出重新得到他的某个办法。毕竟，明天又是新的一天。”

（完）